归离

十四夜

GUI
LI

Ⅰ

十四夜

著

SHISIYE **WORKS**

图书在版编目（CIP）数据

归离 / 十四夜著. -- 成都 : 四川文艺出版社,
2020.11

ISBN 978-7-5411-5789-9

Ⅰ.①归… Ⅱ.①十… Ⅲ.①长篇小说－中国－当代
Ⅳ.①I247.5

中国版本图书馆CIP数据核字(2020)第170706号

GUI LI

归 离

十四夜 著

出 品 人　张庆宁
出版统筹　赵丽娟　杨　琴
选题策划　木本水源　众和晨晖
责任编辑　陈润路　彭　炜
责任校对　汪　平
特约编辑　胡文哲
封面设计　安　宁
版式设计　唐　昊

出版发行　四川文艺出版社（成都市槐树街2号）
网　　址　www.scwys.com
电　　话　028-86259287（发行部）　　028-86259303（编辑部）
传　　真　028-86259306

邮购地址　成都市槐树街2号四川文艺出版社邮购部　610031
印　　刷　大厂回族自治县德诚印务有限公司
成品尺寸　168mm×235mm　　　　开　　本　16开
印　　张　67.25　　　　　　　　字　　数　1270千
版　　次　2020年11月第一版　　印　　次　2020年11月第一次印刷
书　　号　ISBN 978-7-5411-5789-9
定　　价　138.00元（全三册）

目录

❋ 第一卷 ❋

目 录

❀ 第二卷 ❀

九万里山河，挥剑三军。覆手翻云，纵横间谁是英雄。数千年沧海，浮世芳华，袖中云烟，回首处月明风清。

第一章 风雨江山

雍朝东帝七年，重华宫。

更漏长，夜未央，瑶台琼宇连霄汉，宫门千重深如海。

万盏金灯照亮的深宫大殿，一层层绣纹繁丽的云帷静垂于龙柱之间，近旁跪地捧灯宫奴的影子凝滞在巨大的玄石青砖上，浓重而晦涩。

万籁俱寂的长夜，四周不闻一丝响动，大殿深处忽然响起急促的脚步声，在这样的寂静中显得格外突兀。十几名已在殿前跪候了半夜的医女未及抬头，便听到长襄侯峫息气急败坏地低吼："都愣在这里干什么！太后至今毫无起色，还不快想办法！"

众医女无人敢发一言，只为首的一个年轻医女抬头缓声禀道："侯爷，太后沉疴已久，气血皆枯，我们……实在已无能为力了……"

话音未落，峫息勃然大怒："本侯要你们来干什么的！你们难道不会用药？"他在殿中急速踱步，原本俊美的脸上神色暴戾，却再难掩惊慌，"不管你们用什么法子，给我想办法！"

那医女沉默了片刻，再道："禀侯爷，太后如今的情形，除非有巫族之医在此……"

乍听"巫族"两个字，峫息仿佛是被毒蝎蜇了一下，猛地回身，抬手便向那医女脸上狠狠扇去。那医女被打得一个趔趄，扑倒在地，面上顿时一片红肿。这些人虽是服侍王太后的医女，在长襄侯面前却与一般宫奴无二，如此虐骂早已司空见惯。那医女挨了一巴掌，只撑了撑身子重新跪着，敛眉垂目，再不说一句话。

"活够了是不是？竟敢在重华宫提这两个字！告诉你们，太后若有不测，你们一个个全都要殉葬！谁也免不了！活殉！通通活殉！"

怒斥夹杂着男子困兽样的脚步声在大殿中空洞地回响，众医女神情麻木，跪于昏冥的灯火间，好似无数没有生命的石像，一片无底无尽的沉默。深宫冷夜，点点更漏渐渐连成一片。猛然风起，高悬的九盏凤鸣灯似经不住这突如其来的冷风，忽地熄了数盏。外面不知何时下起了雨，乌云蔽月，夜，越发黑得死寂。

太后身边男宠无数，或杀或贬无人长久，却唯有一个峫息深得其欢心，数年来开府封侯恩宠不断，出入朝堂呼风唤雨，天下无人不避其锋芒。

太后崩，第一个陪葬的便将是他峫息，一人之下万人之上的长襄侯，王太后须臾难离的宠臣，连东帝亦不放在眼中的峨息。

太后崩，便是他荣宠的尽头、权贵的尽头、性命的尽头。

半生繁华，终作灰飞烟灭，风云叱咤，奈何生死无常。一手掌控了雍朝十余年的王太后终于熬不过东帝，或者便是今晚了……

峨息强压下心底的惶恐，脸色逐渐阴沉下来，无人见得的瞬间，目中极快地掠过一丝狠毒。心中念头方起，突然听到一个声音淡淡地在身后响起："这么晚了还在重华宫，长襄侯可是在为太后准备葬仪？"

飞雪过冰弦，流水溅玉盏。

那声音入耳清缓，殿中一瞬有风拂入，黑夜冷雨低眉顺目退却，只余无数灯火的影子摇曳于这王宫天阙，寂寂人间。

宫门外，明灯下，天阶前，一袭清冷白衣自那夜色深处渐行渐近，恍若淡淡月华穿透重云，在深沉无边的暗夜中落下极不真实的幻影，其后另有一人黑衣玄袍，沉默如前人的影子，步履无声，相随而行。

乍见那人，峨息眼角一阵痉挛——东帝子昊，先帝仅存的子嗣，雍朝真正的主人，此刻他最不希望见到的人！

夜雨在天地间形成一道细密的幕帘，不时反射出点点轻微的光芒，如丝如刃。

东帝缓步入殿，含笑扫视前方，那笑意温雅，却遮不住眼底透心的冷，看向峨息时，竟让这权势熏天的权臣生生打了个寒战。

峨息心中倏然一沉，脸上却早已转出笑来："夜雨天寒，王上该当心自己的身子，太后这里一切安好，何劳您亲自前来！"

子昊看着他，一声轻笑："峨息，你在害怕。"

峨息欠了欠身，也是一笑："王上何出此言？"

子昊抬头，修眸微敛，似是在欣赏这灯火下美轮美奂的华殿，削薄的唇角带出一弯高傲的浅弧："你不怕吗？你的王太后，挨不过今晚了。"

峨息浑身一震，霍然抬眼。子昊俊眸淡挑，对视之间，黑沉沉的瞳仁犹如深不见底的旋涡，一瞬间寒意噬人。

片刻之后，峨息冷笑道："王上虽有此心，却未必天从人愿。太后不过玉体违和，怕是要让王上失望了。"

子昊一声轻叹，仿佛振剑出鞘后发现对手不堪一击的失望，夹杂着淡淡不屑："日摧月毁，星陨山崩，天从吾愿，国必有殇。每逢星落岐山，帝都总有生死交替，千百年不变的预兆，今夜也不会例外。长襄侯难道还没有看清吗？"他转头，微笑道，"离司。"

那为首的医女趋前柔顺地跪至他身旁，子昊抬手轻抚她乌黑的秀发，如抚摸一只驯养已久的猫儿："你们怕是忘了，离司曾经是琅轩宫九公主的侍女，她虽然解不了你们的毒，却也会用很多药。现在的她，可是太后最为倚重的医女。对吗，离司？"他低声的询问似一道幽深的山泉，淙淙流淌于冰冷的雨夜。离司抬头，柔声答道："是，主上。"

深夜中一道闪电劈下，金蛇般的电光裂开浓重的黑云，照得殿中一片惨白，照出北方一座沉寂已久的宫殿，照见幽森的古木，高耸的玄塔。

峋息看着跪服在东帝脚下的医女——太后重病年余，药石无效，刹那间他真正明白了什么。

琅轩宫，那个已被囚禁了七年的女子，她的一个侍女，难道竟在这不知不觉间翻覆了天日？

闷雷滚滚而来，骤雨凌乱，随风狂舞，无情地抽打在宫门之上。电闪雷鸣间，峋息死盯着离司，仿佛要将这温柔的女子吞下腹去，突然眼中凶光骤闪，挥掌便往她后心劈落！

这一掌阴毒狠辣，未曾及身，已带起掌风逼面。离司一肩长发骤然乱舞，眼看将遭毒手，一道墨羽般的剑影破空而至，玄光凌厉，疾射偷袭者的眉心。

峋息猝不及防，被迫回掌，只见两道人影电光石火般交错一处，乍合即分。便听一声闷哼，峋息连退数步，同时人影一闪，一人从容地退回东帝身后灯影暗处，玄衣墨剑，无声静立，似乎从未离开。

一切都在眨眼之间，子昊的手尚未离开离司的发梢，唇角淡笑如旧。离司仍跪于他身侧，神色安静，几缕长发以轻柔的姿态飘落，最终落上他瘦削的指尖。

灯下深沉的夜，无边无尽，外面雨声更急。

峋息怒极喝道："墨炟！你造反吗？"

子昊身后的黑衣人连眼角都不动一动，面无表情地看着前方，然而周身一股冷冽的剑气令人生畏，令一切轻举妄动都惶惶为之退避。

子昊手指轻抚离司仍微微红肿的脸庞，眼底融有一丝浅淡的怜惜。他慢慢理顺了她的发丝，似是温润一笑，随着眸心收缩，那笑骤作冰刃，转身间衣袖一拂，一股奇寒无比的真气扫过点点金灯，卷起冷雨片片，直逼峋息而去。

峋息浑身顿时如坠冰窖，只觉心头气血乱窜，似有千把利刃直戳进来，生生扎透血肉。剜心剔骨的痛楚，随着那寒意越来越重，窜入血脉中冰冷的煞气令他几乎连呼吸都要封冻。他勉力运功相抗，眼见便再难支撑，忽地一道流云广袖迎面扬过，将他甩出丈余，重重撞上殿柱，一道鲜血张口喷出，若不是身后有柱子支撑，人怕是早已瘫软在地。

子昊微微闭目，似是极力平息心中翻腾的情绪，稍后睁开眼睛，眼底锋锐已然褪去，唯余深潭样的墨色：“太后尚在，暂且留你一命。离司既是朕的人，你敢伤她，朕必让你求死也难。”

岄息缓过劲儿来，将心一横，咬牙狞笑道：“王上莫要忘了，臣若有不测，你也活不长久！太后如果当真不治，你一样会生不如死！”

子昊闻言放声长笑，忽而笑意一收，眼中满是嘲讽：“不错，朕若不服你们的解药，怕是难熬过三日。但你高估了自己，朕今日敢送她上路，就必有计较。”说话间他微微侧首，唇角一勾，“你听到了吗？”

透过疾风骤雨和浓重的黑暗，殿外传来连续不断的脚步声，夹杂着铠甲剑戟摩擦的声音和宫奴突兀急促的惊呼。被大雨模糊成一片的种种声音似正在这王宫四处蔓延，不知究竟是风声、雨声还是橐橐靴声，逐渐包围了王殿宫宇，震动着大地，翻转这人间天阙中的尊荣与屈辱，颠覆这天下间兴亡乱世的沧桑。

长电裂空，扫落岄息脸上所有颜色，他仿佛从来没见过似的盯着东帝：“你疯了，这绝不可能！不可能！”

子昊冷淡一笑，傲然视他：“兵符是吗？没有什么不可能。你低估了离司，正如朕当初，也一样不曾防备自己的‘母后’。”他转身举步，“好好照看长襄侯。离司，带朕去见见朕的‘母后’。”

步入太后寝宫，外面急促的雨声逐渐转弱，淅淅沥沥、点点滴滴，隔着玉帘宫帷，似是这漫漫长夜恢复了应有的宁静与安然。

满室的龙涎香息遮不住汤药浓重的苦涩，鲛绡烟罗软丝帐拖曳榻前，朦朦胧胧，隐约可以看见帐中女子沉睡的容颜。

东帝独自站在灯下，眼中冷漠如霜。

王太后凤妧，这个世所公认凰族最美的女子，十七岁嫁于襄帝子竑，次年晋封王后。为后期间，连续废逐、杀戮天子姬妾夫人三十六人，独擅后宫。

襄帝九年，王后以天子重病为由垂帘摄政，襄帝自此闲居昭陵宫，实与废黜无异。

至十五年襄帝崩，公子昊继位，是为东帝。

东帝自幼羸弱多病，向来深居宫中不问政事，登基七年间，天下的实际执掌者仍是太后凤妧。

雍朝天下共有五族四国，称为九域。凰族、巫族、九夷族、柔然臣于王族，其中凰族历来与王族通婚，一族内曾有十六后二十七夫人，尊贵程度仅次于王族；巫族擅医药，通异术，自来奇人辈出，最是神秘莫测；九夷族中多女子，族人性柔美而多姿，歌舞冠绝天下；柔然地处北域，人人骁勇彪悍，豪放不羁，族中骑兵精锐，崇武善战。

天下封邑，四国为大。南方楚国，含为王姓，封地三千里，城四十二座，都上郓；北地宣国，姬为王姓，封地两千三百里，城二十七座，都支崤；西境穆国，夜为王姓，封地两千七百里，城三十六座，都邯璋；东海后风国，召为王姓，封地一千八百里，城二十一座，都长瑄。

襄帝之时，王后因忌恨出身巫族的婳夫人为襄帝所爱，更诞下公主，便下令灭其全族。巫族一脉被贬为叛奴，惨遭杀戮，几乎绝迹于九域。襄帝驾崩之后，婳夫人亦被送入王陵活活殉葬。

东帝四年，九夷族女王入帝都朝贡，太后妒其美貌，在宫宴之上公然将其鸩杀，继而独断专行，发兵征讨九夷。

九夷族上下哀王之丧，誓死反抗，这场战事历时三年，至今未息。也正因如此，东帝才能借都城兵力空虚之机发动宫变，一举将太后及长襄侯的势力连根拔除。

急雨如瀑，铺天盖地。

岐山之巅的王陵已打开了沉重的石门，那耗尽天下民脂民膏，发万夫之众开山劈岭历经十余年而成的地宫终将迎来它的主人。

七年忍辱负重，七年漫漫煎熬，终至今夜。

子昊抬手拂开帷帐。

面前这曾经艳重天下的女人如今颜色凋零，再不复往日夺目之美。乌云青丝半见苍白，凌乱散落于枕畔，向来精心保养的肌肤此时呈现出一种枯槁的死灰色，岁月的痕迹在病痛之中尽显无遗，已然悄悄布满了眉梢眼角。

即便是权倾当世，即便是风华绝代，终不过一朝凋零，白骨成灰，无非早一日、晚一日。子昊嘲讽般地挑了挑唇角，随手挥袖，数道真气沿他的指尖透入太后身上几处要穴，太后脸上立刻泛起一阵异样的潮红，微微呻吟，睁开了眼睛。

"母后。"

太后看清榻前站着的竟是东帝，心中一震，勉力撑起身子："峒息！峒息何在？"

子昊轻声道："长襄侯并不在此，母后若有吩咐，告诉儿臣也一样。"

太后斜斜撑在榻上，一双美目虽已暗淡，往日威势仍在："你好大的胆子！是谁准你进重华宫来的？"

子昊满不在乎地一笑："那便请母后恕罪吧！母后既这般离不开峒息，明日儿臣定将他送入王陵为您殉葬，让他长久侍奉母后，以尽儿臣一片孝心。"

太后闻言，气得浑身颤抖："你将屿息怎样了？你以为哀家来日无多，这天下便由得你做主了吗？"

"母后放心，我还没有杀他。"子昊目视着这个他叫了二十年母后的女人，声音仍旧淡如流水，所过之处却丝缕成冰，"他不过是母后身边一个低贱的男宠，即便要他的命，也要等我恭送母后上路再说。"

"放肆！你眼里还有没有我这个母后？"太后怒极，不知哪来的力气，扬手便往他脸上挥去。

子昊眸心冷光一现，轻易便制住了她，冰凉的手指紧紧钳着她的手腕，脸上透出冷玉般的寒意。他骤然发作，逼近太后身前，一字一句道："你当真是我的母后吗？逼死父王，杀我生母，数年之间，我兄弟姐妹无不遭你毒手，你不敢杀子娆，却将她囚于琅轩宫整整七年！我从出生那天起，便每日都要服用你派人送来的毒药，你以为这样，就可以将我变成你的傀儡？你不要忘了，我身上流的是子姓王族的血！只要我还有一口气在，雍朝，便属于我王族！"

"你……你……"太后气息紊乱，被这厉声质问逼迫得一句话也说不出来。子昊额前青筋隐现，指下狠辣的力道几乎要将她整个人捏碎，眸底已泛出潆潆杀意。

"我怎么了，你觉得这么多年我早已任你摆布了，是吗？你太大意了，你能给我用药，我也一样有这个机会。不过你不必担心，我会让你风风光光地入葬王陵，连同你那些下贱的男宠！"

太后急剧喘息，脸色惨白如死。她紧紧盯着眼前这张酷似襄帝的面容，多年前她第一次见到这孩子，也是这样一双墨玉般的眼眸，不哭亦不闹，在那样近的距离间静静注视着她，目光清澈得令人心悸。直觉告诉她不该留下这孩子，他却在襁褓中对她绽开微笑，一刹那柔软了她冰冷的心。

长大后温文尔雅的子昊，风华俊秀的东帝，在她面前从来都带着清淡的微笑，像极了他的父王，就连那笑容背后疏离的冷漠、深藏的憎恶都如出一辙。她突然便仰身笑出声来，云帛长袖掩住唇角，笑得几乎透不过气："你以为王族有多了不起？我凭什么要任由你那高贵的父王风流潇洒，处处留情？难道我还不够美，还是我待他不够好？还有你的母亲，我的亲妹妹，也要背着我勾引他！我岂会放过他们！"

灯火恍惚了容颜，眼前男子仿佛化作记忆中那人，如丝浅笑刺得人晕眩，二十年余恨翻上心头！

"那巫族贱人的女儿，你以为我当真是不敢杀她？既然你这么在乎，我便让你看看！来人哪！来人！"

空旷的寝殿中不见有人回应，唯有潮湿浓重的雨意悄然弥漫，断续间夹杂着冰冷的雨声。

子昊一声冷笑，将一面铜镜送到太后面前："自以为天下最美的女人，却有着蛇蝎般的心肠，可惜现在你连美貌也不再拥有。"

太后一生自负容貌，猛见镜中憔悴不堪的身影，浑身如罹雷殛。她惊恐地尖叫一声，挥手便将铜镜打翻，慌乱地整理早已失去光泽的头发，满目焦灼。

子昊冷冷地看着她，弯腰将铜镜拾起，把弄在指间："有没有人告诉过你，你实在是这世上最令人生厌的女人。无怪父王始终对你敬而远之，没有哪个男人会喜欢你这种女人——就连那峓息，背着你也不知曾和多少女子厮混。哦，对了，你不知道吧？有人曾问他这世上最美的女人是谁，你猜他的回答是什么？婠夫人——子娆的母亲，被你生生逼死的婠夫人——你永远都不如她，不如已亡之人……"

狂风骤起，倾盆大雨中一道道惊雷滚过琉璃重瓦，震动天地，直击心头，太后咬牙切齿，神情已见狂乱："你胡说！不可能！他敢背叛我？他敢？"她的声音突然间断在喉中，一只手仍指着东帝，另一只手痉挛地握在胸前，忽然身子剧颤，一口鲜血喷落满襟。

子昊面无表情地看她向后倒下，那面铜镜随着他的转身坠落在榻前凌乱的丝锦之上，镜中幽光，一抹红罗似血。

凤帷滑落，宫灯骤熄，夜雨如幕，一切重新陷入寂静。

子昊头也不回地向外走去，殿中只听到自己轻微的脚步声，从那片阴暗昏冥的深宫，逐渐走向外面高阔的殿宇，庄严的宫门。

一人生，一人死，今夜之后的王宫将不复往昔之靡乱，然而放眼天下，却是满目疮痍——贤臣放逐，良将折戟，苛政苦役，苍生困顿，王室衰微，诸侯群起，九域动荡，战火连绵……

殿外铺天盖地的雨丝反射出点点光亮，不时飘落在他的脸上，冰凉一片。他驻足于殿阶尽头，抬头看向无边无际的苍穹，唯见夜深近墨，风雨飘摇。

第二章 饮鸩止渴

玉阶如洗，檐雨如注。

子昊负手立于寝殿之前，静静望着王宫正北方，雨湿衣襟，犹自未觉。

离司站在他身后一步之遥，抬头沿着他的目光看去，越过重阁飞檐，一座宫殿隐约出现在视线尽头。那是琅轩宫。已被封禁了七年的深宫在漆黑夜雨中只露出模糊的轮廓，那女子的身影却如此清晰。

有女绝色，美而近妖。静若莲华，展若凤翔。

襄帝九公主子娆，媚夫人所出。太后诛襄帝子嗣，恨其母媚艳，妒其颜倾国，于琅轩宫尧光台架柴薪、浇桐油，欲以火刑。及刑动，天降暴雨，三熄其焰，狂风骤作，人不能立。众臣跪谏乞恕，太后不得已而赦之。公主下阶，其后长空霹雳，天降惊雷，击燃柴薪，焚尧光台，焰高十丈，毁宫倾宇，浓烟蔽日，百里可见。众人扑救，三日不止，台毁而火熄。太后惊惧，以为妖女，筑九重玄塔于琅轩宫而囚之，永不赦出。

离司至今仍记得那日。烈火冲天，妖娆似血，阶下内外朝臣俯首跪求，哀声一片，白衣赤足的九公主在尧光台前绰约而立，一双凤眸斜飞如媚，似笑非笑地望着凤座之上的太后，自始至终未有片言哀求。灼灼烈焰之下，那勾魂夺魄的眼中荡漾着的，尽是嘲弄与不屑……

冷雨潇潇，光影迷蒙，近在咫尺的男子的侧颜轮廓分明——何其相似的眉眼，微笑底下冷冷的轻讽，漠然之中淡淡的怜悯，当他看向你时，那目光清醒得令人心悸……离司正想得出神，忽听子昊轻叹一声，似是自言自语，又似是问她："七年了，不知她现在可好？"

离司轻声道："主上很快便能见到公主了。"

子昊转身，无声一笑："我让她等了七年，七年，太久了啊！"

离司方要说话，墨炘自重华宫那边快步而来，行至近前，单膝一跪，将手中一个玉石雕成的盒子高举奉上，内中是九把乌金打造的钥匙。

琅轩宫，九重塔，取昆山玄石九万方封筑，以东海乌金铸造禁门，千斤一门，九重而成。人若入塔，天日难见，倘无这九把钥匙，想要开塔放人，无异于开山劈岭之艰难。

为了囚禁这所谓"妖女"，太后不惜调用岐山寝陵的工匠和石料，发万夫之役，兴师动众，并将所有钥匙亲自掌管。子昊目光掠过玉盒，眼底泛出淡淡冷笑："去吧。"

墨炀领命而去。寒意冷冽，子昊迎着雨幕仰面长舒了口气，突然经脉间一阵刺痛直袭心头。他身子微微一晃，一片冷雨扑上衣襟，脸上瞬间便失了颜色。

"主上！"离司急忙上前，伸手欲扶。子昊却将唇角一抿，拂开她的手，独自往寝宫走去。

时值寅初，一夜之中最黑、最冷之时，大雨倾泻连绵，不见丝毫收敛的意味，天台重宇，混沌一片。

东帝居处向来宫深人静，今夜变故初平，禁军防卫分外森严，廊前两列带甲侍卫抚剑而立的身影坚如磐石，刀剑的肃杀透过灯火重影遍布深宫内外，更令四处静极无声。

当值的宫奴侍立于外殿，在这暴雨的压抑之下，人人噤肃。忽然间，一阵骤风夹杂着急雨呼啸，未关严的长窗冷不防被扑开，窗前云帷霍然扬起，扫灭一片灯火。漫天风雨如被囚困了多时的怒龙，挣脱樊笼，咆哮而入，唬得几个宫奴顾不得急雨扑面，七手八脚拥去关窗。

正忙乱间，内殿突然遥遥传来一声响动，隔着风雨听不真切，似是银瓶迸裂、玉器落地的声音，隐约伴有几不可闻的低呼。

众人都愣在原地，相望间惊疑不定。天边忽有炸雷滚过，惊得人浑身一个激灵，再留神去听，殿中却半点声息也无，重重宫帷影影绰绰连灯火也显得幽暗，平添不安。

"王上……"一名宫奴犹豫片刻，行至殿前斗胆提了提声音道，"恭请……王上圣安！"

内殿中一片死寂，许久，方听到东帝的声音透过风雨重帘低低传来："朕安。"

重帷影深，遮住了所有人的视线，寝殿内几案翻倒，一对青玉盘云夔龙灯支离破碎，裂了金铜，溅了玉脂，污了烟罗软帐色如血，地上一簇冷焰兀自跳动，将凌乱的影子映上云水画屏。

方才短短两个字似是耗尽了子昊所有力气，失血的唇色和紧锁的眉宇显示他正忍受着某种巨大的痛苦，离司不停替他拭去额前冷汗，一旁端着药盏的手禁不住微微地颤抖。

她勉强扶他饮尽那盏汤药，他却猝然转身，几口鲜血便随着剧烈的咳嗽喷溅而出，点点血腥黑紫近墨，落上流云白衣、玉榻龙帷，一片触目惊心。

一点灯焰忽明忽暗，灯下惨白的面容，已不见一丝活气，药物显然再也压制不住毒性的发作，离司情知再这样下去必出大事，匆匆取出一个小巧的皮囊。皮囊上花纹繁复，内中似乎有什么东西正在隐隐蠕动。离司单膝跪在榻前，挥手将结口挑开，用刀刃在自己指间迅速划过，几滴鲜血溅落在身旁玉石之上。

血腥之气慢慢散开，过不多会儿，囊中红信伸吐，一条金鳞碧目的小蛇游走而出。这蛇周身泛金，唯额前一抹朱砂颜色赤红如血，乃是来自昆仑山外西域之地，专以活物鲜血喂养的毒物，见血封喉。小蛇出了皮囊，径直游向血迹落处，忽而一只手如电闪过，一晃便将蛇头制在了手中。

金蛇登时凶性大发，紧紧缠住离司的手腕，口中毒涎蜿蜒而下。离司看了看榻上，犹豫片刻，终于还是小心地挽起了东帝的衣袖，将指尖鲜血滴上他的手臂，微微松手。那金蛇正狂怒躁动，一靠近血腥，张口便咬，尖牙刺入肌肤，剧毒随血而出。

子昊闷哼一声，人却清醒过来，咬牙不语。金蛇贪婪地吸食着他的血，猛然间在离司手中剧烈地翻腾了几下，随即软软垂下，片刻之间，原本金鳞闪闪的蛇身化作乌黑一片。

丢开这毒物，离司只觉心头一空，先前所有的镇定突然都消失得无影无踪，无力地跪在榻前。子昊仰面靠在枕上，仿佛疲累已极，云丝广袖落处，触得一双柔软而微颤的手，忽然间，肌肤上落来一点凉意，沿着他的手臂悄然滑落。他暗叹一声，十分吃力地抬手："傻丫头，你哭什么？"

他的声音非常虚弱，低得几乎听不清楚。离司只轻唤了一声"主上"，却什么也说不出，拭了泪痕，默默为他敷上伤药，待到伤口处理完毕，再抬头看时，却见他早已昏沉睡去。

绡纱影重，玉石地上湿意斑驳，泪水与鲜血浸湿了祥兽瑞纹涸出暗碧的色泽，如一泓深潭幽浓，探不见底处的暗，望不到光亮的静。

离司轻轻掩好被衾，看着寝帐后男子沉睡的容颜、轻锁的眉头。除了在睡梦中，他极少会这样皱眉，太多时候，他都戴着一副微笑的面具——清雅的笑、平静的笑、淡漠的笑、高傲的笑，甚至无情的笑……唯在五年前，当她不知是第几次借奉药之机偷偷求他设法救出九公主的时候，他终于收起了那无处不在的笑容，眸中深刻的戒备在那一刻尽作幽凉，他说，离司，给我一点时间。

这话一出口，便是五年。

将近两千个日夜，就这样看着他每天按时喝下重华宫送来的药，依照太后的旨意在早已拟好的奏章上加盖印玺，在国家大典之时奉天祭祖受礼如仪。雍朝第二十七代君王子昊，在所有人眼中只留有一个清瘦文弱的影子，承命于天，却受制于人，让曾经满怀希望的大臣们信心丧尽，令太后一党不屑一顾，更替这荼毒苍生的苛政担起天下黎民戳指詈骂。

亲丧、近离、臣哀、民怨……然而没有人，也不可能有人知道，孤立于万人中央的东帝，身边却有两个人始终忠心耿耿——一个是曾奉命追杀逃亡宣国的五公子子严，于宣王宫中亲取其首级奉于太后座前，从而倍受赏识擢升左卫将军的墨烆；一个便是原为琅轩宫女奴，因向太后呈献驻颜秘术而得免一死，进而渐得太后宠信的医女离司。

离司从子昊那里收回目光，低头静静看着自己的一双手。

纤细的手指，晶莹如玉，烛火在掌心覆上微光，使那清晰交错的纹路显得朦胧，指尖依稀余有药草的芬芳。

就是这双手，七年来替太后挑选东海之明珠，收集琼苑之仙露，采撷灵山之琪草，掬取瑶池之玉液……亦是这双手，伴随着他的寂寞与痛苦，承接着他的坚韧与力量，终化艳骨为枯槁，尽掩风流入黄土……

离司跪在榻前，慢慢将脸庞埋向掌心，丝罗冰凉，如这七年漫长的黑暗，丝丝缠绕肌肤，化入静冷的深夜。一切仿佛已经结束，又仿佛刚刚开始，原本空无着落的心中突然百味翻涌，雨冷风急，唯有近旁男子身上清淡的气息让她感觉一点安宁与平静。

清晨，被光亮唤醒，离司发现自己竟和衣沉睡于龙榻之畔，肩头搭着一件柔软的白袍，依稀带有男子身上清雅的温暖。绡帐如烟，四周似乎悄无一人，她着实吃了一惊，迅速起身掀帐而出，却见子昊不知何时已然醒了，正自窗前回首看来。

窗外有风拂过，轻寒隐隐，离司急忙起身，取了外袍替他披上。他便随意伸手任她打理，在她俯身请罪的时候方淡笑道：“离司，你若再不醒，朕的药可要凉了。”

这熟悉的声音温润如旧，隐约带了一丝低沉的倦意，牵得人心头一痛。离司满面窘色地低了头，匆匆出去打发了早已在殿外跪候多时的医女，端药进来：“主上，商公公过来了。”

屏风外，一个苍老而略显尖细的声音道：“老奴商容恭请主上圣安。”

子昊返身在榻前坐下，接过离司递来的羊脂白玉盏，缓缓把玩手中。苦涩的药气纠缠指尖，他抬手轻轻一拂，轻声问道：“事情办得如何？”

商容在外恭敬地道：“回主上，昨夜重华宫七十二名影奴无一逃脱，都留了活口，但有六人重伤，如何处置，还请主上示下。”

子昊仰头将药一饮而尽，扬手将那玉盏掷回盘中，药浓重的苦味直入五脏六腑，牵起唇角一抹冷笑：“金凤石呢？”

“尚未有着落，据众人招供，金凤石的下落太后从不肯泄露半分，就连那峒息亦不知其所在。”

“继续查。”子昊垂眸徐徐啜了一小口清露，“回去将那六人救过来，莫要他们轻易死了，余人暂押掖庭司，待九公主亲自处置。往后但凡重华宫的人，有敢逃逸反抗的，你可自行料理，不必再来报朕。"

屏风上模糊的影子躬了躬身："老奴知道了，请主上放心。"话音落后，那人影已然消失，外面便恢复了原有的安静。

这来去无声的轻功看得离司暗暗心惊，禁宫内最为神秘的影奴，身份并不同于普通宫人，这些人自幼入宫受训，人人以血誓效忠于王族，唯王命是从。多年前，太后以铁腕控制了其中大半，从而牢牢掌握了禁宫，但却有一部分人誓死追随王族，在东帝暗中授意之下出宫避难，以图来日。这商容便是其中辈分最高、资格最老之人，一身阴柔功夫炉火纯青，行事亦十分老练狠辣。

商容虽说得轻描淡写，但照昨夜重华宫中的情形，曾经投靠王太后的人，死亡对他们来说早已是奢望。离司冷不防打了个寒战，忽然间，一副雪色衣袖落入眼帘，一个晃神，下巴已被子昊轻轻勾起。

子昊低头看她，修长的眸中似见微澜一漾，淡淡问道："怎么了，离司，你在怕什么？"

离司被迫迎上那双眼睛，有种被洞悉心事的惶恐。子昊感觉到指下她细微的颤抖，随着唇角优雅的弧度，眉梢便轻轻一挑："怕朕？"

"是。"离司轻轻垂眸，如实回答了他。

这短短一字令他眸中笑意更深："离司，难得你从不对朕说假话。"

"无论什么事，离司都不会欺瞒主上。"离司几乎不假思索地说道。

子昊眼底深浅涌动的波澜渐渐恢复一片幽静，片刻之后，他微微一笑，轻声道："那么实话告诉朕，究竟还有多少时间？"

离司身子一颤，这声云淡风轻的询问如同细薄利刃倏地划过心头，那痛楚带着强烈的酸楚直冲眼底，模糊了面前清瘦的身影。

"三年？"子昊转身望向窗外，平静相询。

御苑之中，一片浮云纱纱，晨曦寒凉。离司怔怔立在他身边，似有苦涩抑在喉间，一直不忍也不愿去想的答案怎么也说不出口，生怕一旦说出，便成了无法扭转的事实。

"两年吗？"他微微侧首。

见她仍旧没有回答，他再笑了笑，轻声一叹："一年，或者也勉强够了。"

第三章 有女红颜

巨大的机枢缓缓扭转,琅轩宫九重玄塔沉重的石门依次洞开,带起一阵轻微的尘埃。

墨烆暗中深吸一口气,右手习惯性地握上了剑柄,隐隐感到掌心有微湿的汗意。这一刻几乎可以听清自己的心跳,对于将要见到的人他分明有所期盼,又有几分莫名的回避。

重门开启,当他终于踏入最后一道石门,四周仿佛忽然陷入了与世隔绝的寂静。一切光亮与声息都被吸入了无底的暗处,沿着盘旋修筑的石阶往上走去,身边一块块巨大而平整的玄石散发出幽冥的微光,让人渐渐生出永远走不到尽头的错觉。

不知走了多久,待迈入最高一层塔顶,眼前反而微微一亮。同样的玄石砌成的石室,只极高的顶处有一方冰玉镶嵌的天窗。雨乍歇,云初散,点点星月自雨雾重云的背后悄然露出,迤逦散入淡薄的夜色。一道天光穿透玉石洒入石室,落于室中一名玄衣女子的身上。

她背对着墨烆绰约而立,幽冥的光线下,一袭水缎般的长发流光潋滟直泻腰畔,勾勒出修长曼妙的身姿。听到脚步声她并没有回头,只是静静看着那一角云开雾散的夜空。直到墨烆在她身后数步之外停下脚步,她才突然转过身来。

那一瞬间,仿佛所有星光与月色骤然落入了这方寸天地,随她眼波一转,秋水夺目,媚影如烟,烟波如幻。

若有一道长电直掠心间,墨烆几乎是有些狼狈地移开目光,借抚剑行礼的动作低下头去:"九公主!"

耳边一丝轻笑,身前幽香似水,一道清柔妩媚的声音传入耳中:"墨烆,你为何总这么怕我?有什么亏心事,还是我交代给你的事情没有办好?"

墨烆握在剑上的手下意识地收紧,定了定神,自怀中取出一串晶莹剔透的碧玺串珠:"属下幸不辱命,九域诸国冥衣楼部属,誓死效忠主上与公主。"

串珠滑上子娆手腕,凝脂雪肤,转过炫彩流光,随即遮入了飘垂的长袖之下。颗颗玉石清透温润,隐约仍能感觉到男子胸怀的热度,子娆悠悠细了眉眼,含笑往对面年轻的将军打量过去。

墨烆方要收回手,蓦地心中警兆忽现,眼前玄衣飘飞,暗香拂面,一双白玉般的素手直探他腰间长剑。

他大吃一惊,仰身急闪。然而他的动作快,那双手却更快一步,只听一道龙吟声起,长剑出鞘，竟被子娆空手夺去。接着四周剑光大盛，剑光幻作一片炫目清芒，直点他的咽喉。

眼见剑气袭至，墨炘瞬间恢复了应有的冷静，闪电一般疾退数步，"叮"的一声金鸣贯耳，竟用剑鞘生生阻下了凌厉的一剑。

子娆轻声笑赞："好！"剑势急转，光影绕身，瞬间再向他攻出数剑。

墨炘手腕陡然下沉，手中剑鞘斜挑而起，后发先至，准确无误地迎上千万道寒光中星芒暴闪的剑尖。

子娆一声娇笑："剑还你！"

衣旋袖飞，呛啷声落，长剑入鞘，便如两人早已演练好了一般，分毫不失。

子娆虽将剑还入鞘中，人却不停，身如轻烟，纤手如玉，一掌拍向墨炘。

墨炘眉峰一扬，不退反进，身形前进之时手已握住剑柄，长剑"嗖"地擦身而过，下一瞬已脱鞘疾出，划出一道耀目的长弧破入对方攻势之中。

剑在手，人如剑。他眸中精光大盛，如同完全换了一个人，石室间顿时剑气漫空，玄衣魅影疾错纷飞。

蓦地子娆身形一闪，手起袖扬，两人间似是掠过整片幽光微灿的星云，出其不意地卷上了墨炘的剑。

墨炘猛然记起她这件看似普通的衣服乃是用冰蚕玄丝织成，轻若纱，柔若云，却可经水火而不侵，过刀剑而无痕。此时他若不弃剑后退，定避不过子娆随后一掌，心中电念飞闪，攻势不变，人剑合一，冲向对手。

轻笑声中，子娆衣袂飘扬，在剑锋及体的刹那飞身而起，恰如一片缥缈轻云落在了他身后。

青丝如水，轻轻荡漾身前，玄衣静垂，隐隐冥光流转。她浑然不像刚刚和人动过手的样子，慵然抬手理过鬓角碎发，曼声笑问："墨炘，那么拼命干吗？"

墨炘顺势还剑入鞘，脸上居然也带出难得一见的笑意："属下鲁莽，还请公主恕罪。"若换了真正生死相见的敌人，他方才必能在身受重伤之前一剑贯穿对手的身体，除非抱着同归于尽的决心，否则任何一个对手也要变招躲避这必杀的一剑。

子娆妩媚笑道："总是这样，非得打上一架你这张脸才有点儿人样。你的剑法倒真是越发精进了，不知现在还有多少人能挡得了你十剑。"

墨炘眉梢轻轻一动："公主过奖了，若是主上肯出手，我在他剑下便走不过十招。"

"哦？"子娆明眸一转，"他这么厉害了吗？也难怪，你今天能入这九重玄塔，那女人终不是他的对手了吧？"

墨炽点头，微微含笑。

子娆转身向外走去，沿石阶而下，步出重重禁门，踏上漫长的石道，面前遥遥已见天光。

当她迈过塔中最后一道禁锢，踏上久违的土地，等候在外的近百名心腹侍卫不约而同抚剑拜下，齐声道："恭迎九公主！"

子娆站在石阶尽头，举目处，巍峨重楼连绵似海，天光淡淡，浩瀚无垠。

恰在此时，一轮旭日灿然升起，千万缕晨曦梳破云霭，洒照在被一夜狂风暴雨洗净的大地之上。一片炫目的金光里，绝艳的女子含笑回首，衣发飘扬，仿若天女下凡。

东帝居住的长明宫中并不多见奇花异草，却四处植有茂密的竹林。片片修竹分外挺拔，无论何时始终以高傲的姿态立于风霜之中，不变的是苍翠的色泽。

微风轻掠竹叶，潇潇如雨。子娆缓步前行，修长的裙裾随她优雅的步履轻缓曳地，渐渐没入幽深的大殿。

层层微光透过玉帘云帷的纹路融入这方宽阔的空间，温度与光芒收敛于无边的寂静，仿若黄昏时分一层漂浮的光影，落于她风情妩媚的眼角，透露出一抹清浅的温柔。她踏上衬以飞云花纹的盘龙织锦长毯，无声亦无息，转过长长的玄龙玉屏，便悄然停伫，神情中并不见与墨炽初见时飞扬的笑意，落落忧愁使得那双丹凤媚眼浮有迷离与幽凉的美。

东帝生性喜静，身边极少留宫奴随侍。此时独自负手立于长案之旁，盘螭鎏金青铜炉中一缕沉息香绵绵弥散，缭绕玉屏金案，轻轻落上他的衣襟，落上子娆柔软的丝袍。

子娆来到他身边，他正抬头看着墙上刚刚写好的一幅字，也不回身，笑问："这幅字写得如何？"

雪丝冰锦之上银钩铁画，以朱笔书了一行大字——"天地不仁，以万物为刍狗"，笔力峭拔，墨迹簇新，显然是刚刚完成的。

子娆凝眸看去，漠然道："天生万物，视如草芥，抛于万象幻生之地，弃于欲孽浮沉之世而不顾，人却视天如神，岂不可笑可怜？"

子昊笑了笑："天地无心，生万物于混沌，滋之以雨露，赐之以自然，付之以逍遥。众生有心，心生万象，岂是天地之过？"

子娆道："那世间这么多悲苦挣扎，该去找谁问个究竟，求个明白？"

子昊淡淡道："生死祸福，怨天不如求己。"

子娆静了片刻，忽而一笑："这些年无聊，我倒也常常练字。"说罢她反手一挥，长袖如云飞卷，掠过龙案上的朱砂砚。一抹丹红似血，随着她行云流水般的袖袂在墙壁之上书下一个大大的"忍"字，起横转折，张扬纵肆，仿佛浴火而出的凤鸟冲天飞起，展翼之间，直令九天失色。

长袖飘落，她无声静立，眼底神情错综复杂，难以言表。

子昊盯着这字看了一会儿，蓦然失笑，终于转过身来："子娆还是子娆，这么多年了，竟一点儿都没有变。"

子娆亦扭头看向他，眸光中渐渐现出一丝柔和的神色："你变了吗？"

子昊不答，回身提笔润墨。案上雪缎铺泻，如丝如冰，他从容行笔，纡徐有致，同样一个"忍"字落在面前。

如此沉凝的笔迹，锋芒深敛，华光尽落，字中看不出他心底分毫的情绪。字只是字，无喜无悲，无风无浪，经历了太多，看过了太多，一切都可化作无形、无声、无痕。

忍到极处，忍耐本身早已忘记。

他放下笔，淡笑回首，突然间笑容凝固在脸上，身后子娆竟早已泪流满面。

他刚要开口说什么，子娆跪在他身旁，猛地握住了他的手臂。猝不及防之下，伤口的疼痛让他下意识抬手一收，然而子娆那样用力地抓着他，根本不给他任何躲避的余地，伸手去拂他的衣袖。

"子娆！"他极快地压住了她的手。子娆迅速抬头，直盯向他的眼睛，他一时间竟无法与她锐利的目光对视，终于放弃了阻拦。

她缓缓将他的衣袖挽起，只见整条手臂之上伤痕点点，尽是毒蛇细密的齿痕，虽然多数已经痊愈，却仍旧触目惊心。她紧紧咬着嘴唇，哑声质问："你疯了吗？你不要命了？那金蛇是什么东西难道离司没有告诉你？"

子昊若无其事地一笑，放下衣袖："我知道。"

太过平静的回答，让人只觉无言以对，子娆僵跪在那儿。他拍了拍她的手，笑道："不必担心，我不会轻易就死掉。否则留下子娆一人岂不孤单？"

子娆看着他，忽然伸手抱住了他，紧紧抓住他的衣襟，埋首于他的胸前："这七年来，我看不到你，听不到你，触不到你，但每一次你身上的痛，我都能感觉得到，每一次我都觉得自己的心在流血。可是我知道子昊还活着，我也一定要活下去，他会来救我，我也绝不会让他死。"她抬起头来，眼中满是倔强的神情，如同一个固执的孩子，想要保护自己最珍爱的东西，"绝对不会。"

子昊微笑，轻轻抬手抚摸她的肩头，拥她在怀。隔着衣袖，子娆的手指滑过他臂上的伤痕，幽幽问道："你难道不恨她？为什么要这么轻易地放过她？让她就这么死了，落个痛快？"

"恨。"子昊轻声道，"恨不得将她碎尸万段，抽筋剔骨。但我还有太多事情要做，没时间去和一个该死之人纠缠。我对她的恨，止于重华宫中那一夜，此后人间黄泉，两不相欠。"他似是不愿多谈此事，随即转开了这话题，低下头，柔声对她道，"子娆，大乱初定，有些事情亟待处理，我想让你替我去见一个人。"

子娆闭上眼睛，似乎并没注意他在说什么，片刻之后她断然道："我要去一趟楚国。"

"楚国？"

"不错，如果天底下还有人能解你身上的毒，那一定是歧师。我知道他没死，即便整个巫族都亡了他也不会那么容易死。墨炀这些年暗中查过，他现在很可能在楚国，我要去找他。"

"哦。"子昊可有可无地应了一声，"那么正好，我要你去见的人也在楚国。"

"谁？"子娆抬眸相询。

子昊淡淡地道："少原君，皇非。"

第四章 昊昊苍天

骤雨初歇，风萧萧。

偶有几片落叶卷过殿前，整个禁宫尚笼罩在一片将明未明的天色下。层层白幔随风而起，飘摇如幕，落了玉帘金灯，遮了雕梁画栋，宫苑内外丧仪张挂，将国丧的消息宣告于世。

自日前太后崩逝，宫中传出东帝欠安的消息，朝中外臣始终不得入见，唯见道道御旨流水般颁下：即刻拆毁琅轩宫九重玄塔，迁重华、琅轩两宫为废殿，另筑新宫，九公主子娆赦出，晋封清衍长公主，赐住流云宫。

一连数日，唯有长公主得以出入长明宫寝殿，侍奉御前，东帝连续废黜长襄侯、长陵侯、息乐侯、定武君、宜阳君等，贬其为庶人，尽罢宫中内官近臣，赐太后所宠信的十三名内臣尽入岐山王陵活殉。翌日，复降旨罢免包括司徒孟说、司空厉鞅、司马乐让在内大小朝臣三十余人，所有人等发刑谳司一并囚禁。

与此同时，钦天司定于十日之后为王太后发丧，奏请以重华、长明两宫数千宫奴随殉，此事虽暂时未有旨意处置，但十有八九已成定局。

九曲回廊玲珑蜿蜒，朱栏微湿，晨风微凉。穿过翠色如海的竹林，一座精巧的浮桥横卧于碧波之上，古老的玉石沾了雨意，呈现出淡雅沉润的色泽。几名医女手捧金盘玉盏往寝殿而来，细碎的脚步夹杂在星星点点的残雨中打破了沉寂，玉湖清波之上涟漪微漾，瞬间又恢复了一片无边的宁静。

待到寝宫之外，为首的医女将手中汤药跪奉于前。离司从玉匣中取了银针试药，那医女得她首肯，方将药送入寝殿。另有医女奉了清水、甘露上来，待内官如前法一一查验无误，亦随后而去。

离司方要转身入内，远远见禁中侍卫引了一名皓发白须的老者前来，便停住脚步，等几人到了近前，敛衣一福：“主上尚未起身，还请昭公稍候片刻。”

那被称作昭公的老者身着宽袖素服，头绾缨簪，相貌高古清奇，虽已年近花甲，但双目炯然有神，精光沉敛，令人一见之下顿生肃敬。

伯成商，雍朝辅国重臣，王族旁系之宗，因受封于昭地，故称昭公。此人数十年来历三代为相，为人清正贤明，刚直不阿，在朝野内外可谓德高望重。襄帝在朝，他便因数度痛陈女祸误国之害而开罪凤后。东帝四年，更是因极力反对以无道之兵攻伐九夷，与太后势成水火。

太后虽恨他入骨，却慑于其威望不敢杀之，遂设法将其逐出帝都，贬往封国昭地。出乎所有人意料，伯成商归国之后竟一反常态，命家人筑土封门，闭户不出，彻底不再过问帝都之事。自此，朝中佞臣当道，宵小得志，雪上加霜，再无天日。

数日之前，东帝遣人西入昭国，密召伯成商还朝。此时，伯成商与身旁两位影奴皆是日夜兼程赶到，犹自一身风尘仆仆。离司知道主上昨夜几近天明才睡，正犹豫是否应通报，却听殿内传来清淡的声音：“离司，请昭公进来。”

子昊夜里一向少眠，能小睡片刻已是难得，此时刚刚醒来，披一件云色单衣斜靠于龙榻之上，脸色苍白一如前日。他撑起身子，亲手搀了欲要俯身叩首的伯成商，笑道：“一别三年，昭公可还记得当初朕说过的话？”

伯成商被他握住的手微微颤抖，仍坚持叩拜下去：“老臣未有一日敢忘，万幸主上无恙，终有今日君臣再见！”

子昊轻缓一笑，慢慢向后靠上软垫，微合双目，似在回忆着什么：“那日昭公离京西去，朕曾说过，要你守国自保，以待来日，不出三年，朕定会请你还朝，今天，朕做到了。”

伯成商道："老臣亦未负主上所托，昭地四境国靖民安，即便是面对穆、楚等强国，亦可有一争之力。"

子昊闻言，笑中略带了不易察觉的苦涩。

雍朝王族得天下近八百年，传至二十五代幽帝为王，因听信佞臣谗言兴兵伐穆，以致天下大乱。从此王族威望渐失，九域诸国纷争不断，数十年来愈演愈烈。

幽帝末年，穆国借兵胜之势，先后灭嬴、启、陟、襄等小国，西臣昆仑，东逼帝都，扩国土千里，一时盛极。待到襄帝九年，东海后风国祸起萧墙，五位公子因争夺王位掀起变乱，导致一国分崩离析。诸公子先后自行立国，却被宣、楚两国乘虚而入，两年之内五国尽亡，领土以云泽湖为界一分为二，宣、楚各得其一。

襄帝十二年，柔然族脱离王族自立为国，欺宣国老王宾天，新王初立，贸然犯其边境。宣王姬沧亲率大军迎战，大败柔然于赤峰山。与此同时，穆国发兵漠北，柔然走投无路，最终臣服于宣王，边境八百里城池却为穆国所得。

自此穆、楚、宣三国渐成鼎立之势，数年来攻伐兼并诸王封地，九域间战火连绵，弱小侯国人人自危，黎庶百姓苦不堪言。而帝都之内太后篡政，无端兴兵灭巫族、诛九夷，穷兵黩武，国弱民疲，情势已危如累卵。

子昊微一抬头："这是在那峄息手中压了数日的军报，昭公不妨一看。"离司得他示意，自御案上取来一封书简，交给伯成商。

伯成商展卷而阅，一见之下，素来沉稳持重的老臣蓦地直起身子，面色大变："文简兵败！"

子昊闭目养神："二十万王师身葬仓原，文老将军及其三子力战而亡，朝中自此已再无可用之将。"

伯成商震惊过后，仰天悲叹。

自东帝二年大将卫垣被太后一党迫害，愤然反出帝都，投奔穆国后，雍朝军中唯有义渠侯文简拜将领兵，独撑大局。如今经此一役惨败，将折兵损，帝都外无拒敌之军，内无安国之策，已几近名存实亡。

伯成商念及往日与文简将相携手，辅国安政，谁知三年一别，竟成永诀，不禁悲从中来，再看那奏报日期，赫然已是五日之前："仓原失守，那叛军岂不……"话到嘴边，心惊之下，竟未敢再说下去。

子昊睁开眼睛，仰望高旷的殿宇，声音平静如水："九夷族且兰公主亲率骑兵乘胜追击，若朕所料不错，他们必已沿江北上，兵临息川，再有四百里便是帝都。"

伯成商神色凝重异常："主上可有何打算？"

子昊淡淡道："遣使休战。"

伯成商沉吟片刻："那且兰公主因九夷女王之恨，发誓为母复仇，如今连战得胜，帝都指日可下，她岂会善罢甘休？"

子昊一笑："此事由不得她，这场战事如此出人意料，绝非她一个小小女子所能为。"

"主上此言可是另有所指？"伯成商掩卷相询，只见一丝锋锐无声地掠过面前君王的眼眸，东帝略略抬眸，缓缓说出一个名字："皇非。"

楚有皇非，当世无人称美；楚有少原，九域弗敢言兵——

大楚少原君皇非，当年首次领兵出征，便以五千奇兵大破宣国十万入侵之军，一战成名。自此之后，宣王姬沧以百战之身，千乘之军，万骑之兵，六十余万带甲之士，再未敢对楚国正式用兵。

近年来，皇非率楚军北拒宣国，西联穆国，不断兼并小国属地，攻城略地无往不胜，五族四国或者有人不知今日谁为天子，却绝不会有人没听说过少原君皇非。

潇洒如皇非，是每一个深闺女子都梦寐以求的情人；高傲如皇非，是令每一个沙场男儿都热血沸腾的对手。

子昊扭头看向窗外，外面风雨浪涛、江山飘摇尽入眼底。"区区九夷一族，族人不过数万，十之五六皆为女子，如何能与几十万大军抗衡三年之久？若非得人暗中相助，早应国破族灭。楚国皇非，唯他能令文老将军饮恨沙场，也只有他这个理由保全九夷。"

伯成商点头道："九夷位于王域边缘，与楚国地形交错，唇齿相依，一旦亡国，楚国便失去一面天然屏障，战略上优势大减，若连此点都想不到，皇非便也不是皇非了！"

子昊轻轻咳嗽几声，眉心微攒，又重新阖上眼睛。九夷族国小民弱，却能够依靠楚国，求得皇非庇护，联手抵抗王族，甚至逼得帝都山穷水尽，那且兰公主倒也非等闲人物。他不说话，殿中一时便十分安静，突然外面隐约传来一阵喧闹，夹有侍卫的呵斥、女子的低泣。子昊略皱了皱眉，离司知他素来厌烦吵闹，微微欠身，便悄声移步往殿外而去。

御苑中竹影潇潇，一片晨曦朦胧，禁中侍卫正在清点长明宫宫奴人数，玉阶之前，青衣乌冠、环鬟累累跪了满地。不断有年轻的女子被带出去，伴着残雨凄迷，一行行队伍蜿蜒而至洞开的宫门，遗一路悲声与凄凉。

离司不料外面是这等情形，心中百味杂陈，一时竟忘了该命他们安静。无意间抬头，却见九公主自回廊尽头徐缓而来，幽然驻足于殿外高大的廊柱旁，静静看着眼前凄惨的场面。

微风中，她墨色的长发几欲委地，沿着云丝长衣悄然流泻，便似一袭淡墨轻烟，浸染了面前繁华江山，素色如海。殿檐飞起挑破天空，丝缕云光穿透重雾悄然而落，于那白衣素颜之上淡淡倾洒，渐作一片霞色似血。她似厌恶这莫名的光亮，靠了廊柱微微侧首，半掩的眸底波光淡漠，冷冷如秋水寒霜。

离司上前轻轻唤了一声："公主。"

子娆慵然抬眸，见是离司，唇间无声泛起一笑："离司，你可还记得七年之前，琅轩宫中那一夜？"

淡言轻语飘落，离司心头却似被一只冰凉的手骤然握住，那一瞬间呼吸停滞，多年尘封下的记忆如洪水破冰，自遥远的深渊汹涌而来，挟一路尖石碎屑生生撕裂痊愈的血肉，直将人重新卷入黑暗与恐惧。

那一夜，七年之前，琅轩宫中也是这般白幡飞舞，长夜将尽，襄帝驾崩的消息尚未公之于世，重华宫派出的影奴已然闯入琅轩宫。

刀光划破锦屏，血色溅上罗帷，负责保护娴夫人和九公主的侍卫不断倒下，宫奴惊恐的惨叫化作鲜血，凝固在满院冰冷的雪地之上，如一片片残梅凌乱绽放。

离司躲在御药司的石柜夹层中，瑟缩于角落，不敢发出任何声响，透过狭窄的缝隙眼睁睁看着当初带她入宫，方才匆匆将她藏入此间的廖公公头颅飞落，一道热血溅上柜门，和着泪水滑落于脸颊，成为每一次深夜惊醒时最为残忍的颜色。

那一夜漫天白幡化作火舌，在华美的宫殿上空狂肆飞舞，杀出一条血路的九公主在被挟持的母亲面前丢落长剑，看乱刀齐下，宫中仅存的数名护卫惨死于前。

血如河，洗过玉砖鸾纹、瑶池琼阶，映出烈焰吞噬一切灼目的光。那一夜父丧宫倾，那一夜家毁族亡，记忆最终止于母亲迈上王陵神道时凄美绝艳的背影，烈烈祭火，燃尽长天。

玄塔之下千日静修，仇恨如被魔镇多年的妖孽，在这日宫人的哀戚之下破土而出。天地无亲，何仁之有？纵然倾重华宫所有人的性命，又如何能洗清灭族弑母的血海深仇？子娆细媚的双目渐渐泛起森然杀意，身体中翻腾的血液似不能止，袖中双手却冰冷如斯。

忽然之间，隔着龙楼凤阁隐有细弱的女声传来，字字哀凄，是一首凄凉的歌谣。

> 天之苍苍，地之茫茫，天寒地冻，风吹草黄。
> 天生我何，宿命无常，地养我何，世情悲凉。
> 鸿雁于飞，我行其旁，悠悠昊天，怜我其殇。
> 鸿雁哀哀，我心其亡，悠悠昊天，怜我其殇……

歌声于晨雾深处飘浮，初时只是一人低唱，渐渐却有众人相和，其声切切，哀伤欲绝。子娆似被霍然惊醒，茫然抬头听着，许久之后，终有一缕叹息幽然转落。她伸手以指尖托一丝晨光，双目轻阖，转身向殿中徐行而去。

殿中伯成商正与东帝商议仓原战事，忽见九公主未经传召径直入殿，待到御前优雅俯身，宽大的裙裾曳地如云，抬眸一视，媚色如烟。

伯成商起身退避行礼，暗中却蹙了眉头。太过妖冶的女子，倾国倾城倾天下，幽、襄两朝前车之鉴不远，如何不令人心惊？这出身巫族的九公主自幼便放肆乖张，跋扈如太后也时常惧她三分，如今虽被囚禁多年却仍不见收敛，只怕非国祚之福。

子昊停止说话，微微抬眼，静看了子娆片刻："子娆，你哭过，发生了什么事？"

子娆伸手抚上脸颊，意外地触得一抹轻晕的湿意，她漫不经心地一笑，丹唇微启："臣妹恳请王兄，开恩赦了重华、长明两宫宫奴，那钦天司的折子，不准也罢。"

话未落音，近旁的伯成商双目一抬，隐含的不满与分明的警惕化作一道锐利的目光刺到她身上。

子昊斜倚软榻，一盏暖茶握于掌心，面上未见丝毫情绪："说说你的理由。"

子娆眼波转处，凤眸微垂，轻声道："数千人一起哭哭啼啼，叫人听了心烦，倒还不如昨夜那些影奴，一杯鸩酒赐死了事。"

面前的玄玉地砖光亮如镜，倒映她轻柔的身姿，雪衣铺展，如一朵幽莲静静绽放于无边墨色之上，丝毫不见昨日中宵披庭司中处置叛逆者时绝冷的姿态。子昊目光从她面前掠过，阖了双眸暂未作答，整个大殿寂静无声。片刻之后，他睁开眼睛淡淡一笑："前几日，朕见你倒并不是这么想的。"

子娆眉眼略细，迎上他的目光，曼声道："王兄不计前嫌，恩准那女人仍旧入葬王陵，她却哪配这般兴师动众的陪葬？数千性命去便宜她，倒不如臣妹做了善事，积了阴德更好。只不知王兄准是不准？"

她同他说话向来随性，便是人前也不见收敛，直听得伯成商老眉频锁。子昊却毫不在意，静静与她对视片刻，忽而唇角淡挑，闪过丝别样的意味："好，那朕便准你所请。太后葬礼以陶俑代替众宫奴殉葬，与重华宫有关之人全部发往岐山王陵，限时烧制陶俑、修筑地宫，完工之日一并遣散，此后永不得踏入帝都一步。"

所请得准，子娆亦不见十分喜悦，只叩谢了王恩，娉婷起身。伯成商看她一眼，终忍不住自案前拂袖而起："主上，老臣有一言劝谏。"

子昊抬眸，笑了笑："昭公请说。"

伯成商肃容道："主上，我朝自望帝立国，祁帝迁都，国祚延绵近八百年，本是诸侯归心，九域安宁。但自幽帝之时，先后宠幸瑶夫人、郦夫人，以致朝政荒芜，更为那郦夫人枉兴兵戈，以致乱起中州。及先帝登基，先是迷恋巫族之女，复令王后祸国乱政达二十年之久。红颜祸水，女主之害，主上岂不亦有切肤之痛？如今祸乱初定，九公主便于御前妄议赏罚、干涉朝政，今后难保她不是第二个郦夫人，第二个凤后！更何况，斩草当除根，眼前留下重华宫众人性命，只怕将来后患无穷，老臣，深为我主忧之！"

子昊半垂眼帘，缓缓浅啜手边清茶。细瓷薄盏中汤碧如玉，嫩芽成朵，浮沉不止。许久，茶盏放下，淡淡语声响起："红颜祸水，朕倒不以为然，昭公言重了。"

"主上……"

子昊轻轻一抬手，眸色清静探不出喜怒："昭公用心良苦朕清楚，朕非先王，身边之人自有约束，昭公不必忧心。"

他话中自有一股不容置疑的威严，显然不欲再讨论此事。子媱在旁可有可无地听着，唇角噙一抹几不可见的淡笑，对于因她而来的指责置身事外，不惊亦不怒，仿佛眼前一切皆与她无关。却听子昊再道："战事未平，国逢大丧，许多事情亟待处置，刻不容缓，明日昭公还朝，便以丞相身份摄政监国吧。"

伯成商大惊失色，不及坚持方才的谏言，拂襟跪下道："主上，这万万不可！主上已过冠礼之年，早应亲自听朝理政，岂可由臣子摄政？老臣断不敢从命！"

子昊道："国事繁杂，千头万绪，朕身子倦怠，纵要亲政，也是有心无力。你不必再行推辞，帝都之内朕予你专断之权，他日若有万一，朕信你绝不会有负社稷。子媱，你过来，替朕拜谢昭公。"他的声音清淡，似已带了几分倦意，伯成商一凛抬头，震惊之余，竟忘了言语。

子媱悠悠瞥了子昊一眼，浅淡一笑，移步前行，敛了袖袂，低了蛾眉，于伯成商身前以娴雅的姿态婉转叩拜，属于王族的高贵与敛眉时一抹幽凉相融，呈现出一种奇异而清艳的美。这一拜是为国、为他，还是为自己，她并不想去分辨清楚，眼前白发苍苍的老臣不负这郑重其事的大礼，她也不愿违逆他一片苦心。怕她任性得罪于朝野，一拜之下为她铺下后路，留下靠山，若有一日……若有万一……她垂眸轻笑，低低一叹，若真有那么一天，她要这些做什么？

伯成商连忙向旁避让，不敢僭越受礼，眼前女子冷静清澈的眼神几乎令人不敢逼视，他突然觉得方才的指责有些贸然，或许当真太过唐突了。只是前事不忘，后事之师……他抬头望向东帝，似有话要说，满腹言辞却在那如雪的面色与平静的注视下皆尽冰封，僵跪片刻，终于深深叩首下去，眼前一片老泪纵横："老臣戴罪之身，蒙主上不弃，得列朝堂，托以国事，臣蒙此恩，粉身碎骨无以为报，必以身事国，虽万死不敢稍辞……"

第五章 西陵残阳

接二连三惊天动地的重响，琅轩宫九重塔上最后一块巨石落地，激起层层飞浮的尘埃。

石块震动大地的余波沿着层叠的宫宇与起伏的山脉遥遥传向岐山之巅的王陵，与连绵不绝、沉重的丧钟合为一体，宣告了一次彻底的终结。

天暗云低，日淡无光。

王陵正东方的祭台高耸入云，几接天宇，子昊举步踏上祭台尽头，长风凛凛吹拂衣衫，天地人间尽入眼底。

漠漠云海，九域苍茫，唯有一座被万山推出的孤峰傲然独立，直插云霄，仿若一道玉柱擎天，撑起六合八荒。位于穆、楚、宣三国与王域交界处的这座惊云山，乃是雍朝天下第一高峰。相传上古之神曾以此山开天辟地，引万川河流而成九域，后世沧桑，千般兴替，登惊云者，皆王也！

子昊遣退侍从，独自负手遥望远山，显然对葬礼的诸般仪式毫无兴趣，亦无人敢来请他执孝礼服丧送葬。文武群臣在渐暗的天色下一片肃然静默，钟声长鸣，祭台四周缓缓升起绘以四方天灵的玄色大旗，自神道至主陵墓依次燃起祭火，主祭司手中的神器高高举起，即将入陵活殉的十三名废臣被押至祭台之下。

雄伟的陵墓重门洞开，如同巨大的阴影笼罩下来。

在戍卫押解之下，岷息进入陵墓前最后一次驻足，祭台之上清冷的身影直刺双眼，仿佛天际遥不可攀的光芒，他不由冷哼一声，眼底隐隐闪过了阴毒的戾色。

停放太后棺椁的内宫早已封闭，殉葬之人所在乃是拱卫内宫的殉室。虽是殉室，四周美奂绝伦的壁雕却丝毫不逊于内宫，巨幅长卷，镶金涂丹，绵延而至甬道长廊，不见首尾，由此可知这地宫规模之宏大，设计之奢华。

此时其他殉室中密密麻麻地排放了数千陶俑，唯有这正中一间是为重华宫十三名废臣所留。

门外是重重弓弩防护，随着护陵侍卫脚步声的消失，隆隆巨响，数道沉重的石门缓缓沉落，渐渐吞噬门外的光明。与岷息一同进入墓穴的殉葬者身子不停发抖，突然有人大声狂喊："我不想死！我不想死！不要关门，放我出去！"一边喊着，一边疯了一样扑向坠落的石门。

无情的墓门轰然关闭，阻断最后一丝光亮，殉葬者沿着石门瘫倒在地，绝望的哀号被死亡的阴影彻底吞没。

一片死寂之中，脚步声忽然响起。

墓壁上镶嵌的明珠浮现出微弱光影，一直毫无声息的峎息慢慢自黑暗中走出。待死之人木然抬起头来，看着昔日呼风唤雨的长襄侯，蓦地有人发出一声歇斯底里的狂笑：“哈哈哈哈，我们都得死，一个也逃不了，你是长襄侯又怎样，太后宠你又怎样，还不是和我们一样，落得个活埋的下场！”

峎息亦在笑，妖魅的笑意自眼中流出，犹如墓地里开出鲜活的花朵，带着丝缕冷冷的邪气。他俯下身，低低笑道：“下一世你们会明白，我峎息和你们，永远不一样。”

话落，袖起，寒锋闪过，骤断的惨呼声中，一片喷薄而出的鲜血冲向了浓重的黑暗……

江水拍岸，滔滔东去。日暮千里，残阳似血。

岐山之阴，泗水之畔，王陵之外，另有数座墓葬，经历了数年变迁无人照看，已是一片荒芜。

一辆青帘素帷的马车自江边缓缓驶来。马车渐渐行近，最终停在离墓葬不远处，墨炘上前打起幕帘。子昊自车内走出，江风飒飒，扬起他身上云色披风，夕阳之下，枯叶纷飞。

他独自一人徐徐踏过嶙峋山石，穿行于乱草丛生的墓地，最后在一座坟墓前停下脚步。

静静垂眸，这里每一处墓碑都刻着一个熟悉的名字，同样是王子皇孙，同样是帝女娇颜，与岐山王陵比邻的这处山岗，才是王族真正的陵墓。这十余年来或是病亡夭折，或是获罪遭诛，除他和子娆外，襄帝众多子女没有一个得以存活。太后容不下任何女人为襄帝诞育的血脉，赶尽杀绝之后亦不准他们入葬王陵，便这般埋于荒野，尽做游魂。

抬头环视山野，子昊伸手拂去墓碑上凌乱的杂草，突然听到子娆的声音打破了暮色沉寂：“五年前，是不是你命墨炘去了宣国？”

子昊沉默了片刻：“是。”

子娆移步上前，晦暗的影子渐渐投上残败的石碑：“是你让他取回了子严的首级？”

“是。”

身后一阵死寂，天边残阳无力地沉入了穆岭远山，江畔只余一片血色猩红。过了许久，子娆的声音才自这落日余晖中再次响起：“真的是你。子严既已到了宣国，那个女人又能将他怎样？墨炘不出手，帝都谁人奈何得了宣王？为什么，你要让墨炻千里迢迢去要他的命？"

子昊转身，面对子娆有些咄咄逼人的眼睛，淡淡道："因为他不是凤妩的对手，更不是姬沧的对手。"

子娆冷笑，不知为何心中像被一片无形焰火烧灼般难受，就像那夕阳径直坠入了胸口，滞塞沉重得令人不堪重负，一句话未假思索便脱口而出："只要子严一死，就永远不可能有人再威胁到你的王位了对吗？"

猛一抬眸，子昊眼底倏地闪过怒意，但只一瞬，唇角却又微微挑起，一抹难言的孤独浸入那清冷的笑容，沉淀进幽深的底处："你以为，他是我的对手？"

他淡漠的语气令子娆心头一室，冲动之下话说出口，立时已觉后悔。她怎么会说出这样的话？若连她也要指责他，那么天下还有谁能懂他？是当真不知他的心思吗？不是不知，只是不愿承认，无法如他一样，担负起那样沉重的事实。

北域宣国，国力强盛，兵强马壮，多年来雄霸一方，实力远在帝都之上。宣王姬沧征伐诸侯，早有问鼎中原之意，只因师出无名，始终不得轻举妄动。子严逃亡宣国，正是天赐良机，宣王必以此为由进兵帝都，楚、穆等国又岂会袖手旁观？大战一起，天下必乱，雍朝必亡，子严亦只会变成宣王的傀儡，雍朝灭亡之日，便是他的死期。

一个无用之人，不如一死。一个必死之人，不如死在墨炻的剑下。

子娆微拧了眉心，日落千山，似血海里燃起的烈火，残焰灼目而来，仿佛忽然间又是七年前的那一日。

那一日，琅轩宫中火光连天，她被太后下令押上高耸的尧光台时，长明宫中孤单沉默的少年，挥手打翻了重华宫送来的药盏。

那是他第一次直接忤逆太后的懿旨，将两宫间彼此维持的和睦公然撕裂。

那一日他以命相护，她记得清楚明白。

一人一身，谁又当真对不住谁？谁又必须护着谁？他是谁？她是谁？子严又是谁？从发现他药中秘密的那一刻，从眼见母亲被送入陵墓的那一刻，从王族尊严扫地任人凌辱的那一刻，他与她，同这黄土掩埋之下每一个曾经鲜活的灵魂，早都无路可选。

所有的一切，本就是王族的天命与责任。从认清这一点的那天起，他所走的每一步都有着明确的目的，必要得到最大的收益，王族再也输不起，他们都明白。只是这颗心终究不如他那般平静，便如那一个简简单单的"忍"字，他写得出，她却不能。

眼中的怒意渐渐退去，子娆自嘲般笑了："是该杀，子严当年妄图叛变夺位，险些惹下大祸，他不自量力，其实是自取灭亡。只是，刑谳司的宗卷明明白白地呈在长明宫御案之上，弑杀王子的罪名，墨炻又将如何自处？"

子昊一言不发，只是静静负手遥望大江。

随在两人身后不远处的墨炀上前一步，在子严墓前屈膝跪下，低头道："刑谳司要的不过是臣的性命，请主上不必为难。"

子昊头也未回，身侧衣袖飘拂随风，一句问话水波不兴："他们要，你便给？"

墨炀一怔，抬头道："主上……"

子昊目视滔滔江水长浪，语声极淡，亦极傲然："跟着我的人，我要他做的事，便是错了也轮不到别人指手画脚。不过区区几道弹劾，你身为左卫将军若连这都受不住，以后朕还能要你干什么？"

话中一股无形的压力透心而来，迫得人屏息静气，墨炀低头："臣……知错。"

子昊道："你此时不必待在帝都，替我带一封信去穆国，三日之内，务必送到。"

墨炀再次俯身，应命退下。子昊微一侧首，幽静的眸心隐见一丝黯然，转瞬泯灭。这一片陵墓，子严、子喧、子青、子如、子姝……帝王处处风流，江山几多游魂，若有一日他也去了，就在这里便好，都在，齐齐全全，团团圆圆，想必再完满不过。

暮色终于在眼中落下深沉的影子，掌心却忽有柔软的触觉传来，是子娆突然牵了他的手。心中微微一动，顿了顿，指间轻轻收拢，握住了她温软的柔荑。

只是站在他身边，并不开口说话，子娆便这样静静陪伴他，两人并肩而立，看那江山逝水奔流，浪涌如花……

第六章 楚国皇非

息川城，宽阔的护城河穿过一望无际的原野环绕着这王域第一重镇，高大的城墙似乎永远不可能被任何敌人攻破，巍巍耸立在大河之畔。

此时此刻，城外一片战火狼藉，断剑残戈，陈尸遍布。护城河水已被鲜血染成浓重的红色，昏暗天日之下，阵阵悲风刺骨，显然刚刚经历过一场激烈的大战。

"将军！"

两名偏将快步进入主营，靳无余立刻转身："还有多少人？"

"连受伤的兄弟算上，不足两千。"

靳无余心头一沉，眉心紧锁。三日前，他率仓原一战中幸存的将士拼死突围退至息川，息川守将不待敌军杀至，竟然弃城而逃。昨夜，他们虽借息川城坚池深之利勉强挡下敌军一轮攻势，但却损失惨重，眼下仅凭这两千残兵想要守住息川，无异于痴人说梦。

"敌人情况如何？"

"毫无动静。"

"毫无动静？"

"咱们……探不到消息！"

靳无余顿时想起当夜仓原的情形，心中不由忽生寒意。

仓原一战，敌人在最不可能的时候，以最不可思议的方式从天而降，遍布山野的哨岗竟事先没有察觉分毫。

锐如刀锋的铁骑，将二十万大军冲散，四面夹击，围追歼杀，一夜间横尸遍野，血染山林。若非文老将军拼死断后，让他们有了突围的机会，恐怕没有一人能得生还。

靳无余缓缓握紧了双拳，那夜血战的惨烈一幕幕重现眼前，二十万大军就这么败了，一败涂地，却连敌人是谁都不知道。从军杀敌，身经百战，败军之耻，莫过于此！

"什么人！"帐外突然一声呵斥惊回他的神思，靳无余猛地抬头，却见众人刀剑出鞘，正将一人团团围住。

那人穿一身飘逸的黑丝软袍，腰间一根暗银丝带系出修长身段，营前道中，闲闲负手，面上淡纱衬了鸦色双鬓飞扬修眉，点漆般的眸子那么一抬，落在靳无余身上，隐约一笑。

靳无余眼前似被阳光刺了一下，虽看不到面容，却依稀觉得这人像在何处见过。前面侍卫退回一名，低声道："将军，是冥衣楼的人。"

冥衣楼座下二十八分舵遍布诸国，无论何人都要买上三分情面，这一袭玄色长衫，如今江湖中已少有人敢如此招摇地穿在身上。但见这风采气度，靳无余猜想来人在冥衣楼中地位应当不低，当下抱拳朗声道："在下靳无余，不知尊驾何人，有失远迎！"

来者不是别人，正是日前改换装束离开帝都，南下前往楚国的子婳。

息川虽非入楚必经之路，但冥衣楼探得楚军追击仓原残部，正调集兵力进攻息川，子婳猜测皇非必然亲自领兵在此，便决定临时改道，先至息川一探究竟。

"靳无余，怎么你当真在息川，是走不了，还是不想走？"刀剑环伺之中，子婳眉梢轻微一挑，施施然迈步前行，四周侍卫不由自主地向后退去。

靳无余心中一凛，听这人口气着实不小，微微皱了皱眉头："在下身负王命，息川重镇，岂能弃之不顾？"

"你守得住吗？"说话间子婼已到了眼前，不冷不热，再问一句。

靳无余面无表情地道："大丈夫明知不可为而为之，岂有临阵退缩之理！"

子婼上下将他打量："那我倒想问问，你们可知攻城的是哪支军队？有多少人？从何而来？现在何处？何时攻城？如何来攻？"

一众将士皆尽语塞，靳无余眼角一跳，压下心中情绪，拱手道："无余鲁钝，还请不吝赐教！"

子婼踱步转身，不急不缓地抬手一指："帝都之南，九夷之东。"那清冽的眼神如一道灵光激闪，靳无余霍然惊道："楚国皇非！"

"城东十里之外密林之中，来的是少原君帐下五千烈风骑，加上先前与你交过手的楚军，兵力三万。那皇非攻城，不待黎明，不趁夜半，向来是正午时分，奇兵绝袭，你此时不走，更待何时？"

几句话如惊雷当空，直劈人心，一名偏将自震惊中回过神来，大声道："不可能，方圆十里皆有我军探兵，三万楚军又不是草虫蝼蚁，怎么可能藏得毫无动静！"

子婼冷冷一笑："你若探得到，皇非还叫皇非？少原君的名号不如送给你算了。"

"你！"

靳无余将手一扬，止住那副将，看向对面清辉流激一双丹凤长眸："承蒙提点，无余若有幸留得性命，今日之事定当再行答谢。息川大战在即，不宜久留，还请阁下速速离城吧！"

子婼眸光一转，扫过他面上："冥衣楼既插手此事，便无半途而废的道理。你若尽快撤离息川，至少性命可保，此时与那皇非交战绝无胜算。弃息川，守帝都，方为上上之策。"

靳无余笑笑："仓原已失，再丢息川，我还有何颜面去见王上？此番好意心领了。"

子婼修眉微拧，不以为然："息川失守罪不在你，你何必在此送死？"

靳无余方要再言，突然营外冲进一人，步履踉跄，嘶声喊道："将军！敌兵！攻进来了！"

身旁偏将大惊，一把揪住来人染血的战甲："你说什么？"

"楚国烈风骑！他们攻进城了！"

城中箭如雨落，杀声震天。

敌兵铁潮一般拥上前来，不断有尸体随着箭矢坠落，一重重鲜血染透深褐色的土地，在刀光剑影中汇流成河，守城将士人人誓死抵抗，纵知大势已去，却无一人退缩半步。此刻息川城中，只有战死之将，没有畏死之卒！

靳无余挥剑斩杀数名敌兵，向帝都的方向看了最后一眼，便在这时，他看到了一个人。

漫天骄阳之下，那人一袭火云纹银甲神光夺目，仿佛连天日凛冽的杀气亦难抵挡他的光芒，他站在高高的城头，好整以暇地看着面前血肉横飞的战场，好似闲看前庭花月，风云不惊。

白色战袍逆风飞扬，映着他唇角高傲的微笑，靳无余抬头的一刻，他的目光突然转向这边，眼中笑意刹那一盛，忽然之间，他自城头飞掠而下，一声清啸，一道剑影，仿如长虹惊电裂天而至，无匹的剑气直破敌阵中心。

天地间仿佛骤然被阳光笼罩，不是温和煦暖的春光，而是流火铄金的骄阳，破冰融雪的烈日！最先当其剑锋的几名兵士横飞跌退，吐血丧命，其人剑下竟无一合之将。

靳无余怒声狂喝，飞身迎上这惊天贯日的一剑！

双剑相交，金鸣震耳！

对方剑上一股锐不可当的气势压顶而来，靳无余巨震之下倒退三步，耳边一声朗朗长笑，剑气漫空，对手第二剑又至身前！

他身形急冲，堪堪避开对手剑气最锐之机，剑锋斜掠，全力击出。

那人眼中笑意更盛，龙吟啸起，利芒夺目暴满天地，剑如游龙，人若惊鸿，以靳无余全力之势竟无法挡其一招。

靳无余全身大小十余处伤口几乎同时爆裂，鲜血长流，一股腥甜之气直冲喉头。他知道自己已近血枯力竭，四周喊杀声渐弱渐远，眼前唯有对手的剑清晰如旧。

生死一刻，他的心中、眼中只见这一剑，皇非之剑！

靳无余纵声长啸，合剑而出！

皇非笑容一敛，满不在乎的神情下现出敬佩之色，一股兴奋的火焰陡然在他眸心亮起！

阳光下烈芒大盛，战场中心，热血、刀光、拼杀、嘶喊，似乎都被这惊天裂地的剑势卷入其中，双剑越来越近，劲气横空，生死将现。

不料就在此千钧一发之际，半空中一道阴影飞掠而至，直卷皇非剑锋。一人闪至两人之间，墨纱遮面，身若鬼魅，如云广袖灵蛇般缠至靳无余腰中，左手衣袖挥击皇非长剑，借这反击之势带靳无余腾空而起。

皇非岂容他们轻易脱身，剑如电掣，衔尾追击。那人竟不惧长剑，衣袖直掠其锋，同时挥手一扬，点点冰芒罩向皇非。

剑光如练潇洒转过，皇非剑势过处，所有暗器反向近旁敌兵射去。就这一瞬，那人和靳无余已在三丈之外。此时息川城已几乎落入楚军掌握，阵中箭弩齐张，纷纷瞄准城上。

"退下！"皇非却将手一抬，制止众人。

目送那点黑影飘然逝去，皇非饶有兴趣地看着对手消失的方向，俯身拈起地上一枚冰针。骄阳烈烈，瞬间在他指尖化出一点水珠，他抬手轻轻掠过鼻尖，一缕幽香似水，纠缠风中而来，若有若无，牵起他眸中笑意深深。

一间青竹小屋，半幅竹帘低垂。应是拂晓，微光窥入室内似一抹清幽流水，晨雾淡凉，一片幽冥迷蒙。

靳无余醒来之时，周身阵阵隐痛，头昏目眩，举目四顾，茫然不知身在何处。

他试着撑起身子，发现身上伤口都已被包扎过，干净的衣衫上皆是淡淡的草药味道。抬头环视，直觉屋中有人，却只见寂寂晨光融进未尽的夜色，四处一片冥幻深静，不闻半丝响动。正迟疑间，突然听到暗处一声低低浅笑："舍生取义的英雄，可梦醒了？"

那声音有几分熟悉，靳无余勉力摇了摇头，入目景象略见清晰，但见幽暗中有人站了起来，一道纤长身影缓步往榻前而来。

竹帘后透进半幅光影，随来人脚步轻漾，细细缕缕微尘飞浮。玄衣、银带、薄唇、笑眸，落了那半面轻纱，惊心动魄的一张脸，靳无余剧震之下目瞪口呆，半晌方说出一句："王……王上！"

情急之下挣扎着要起身，那人袖袂一拂，便将他扫回榻上："什么王上？胡言乱语的，莫不是被皇非那一剑震丢了魂？"

凉衣似水扑面而过，靳无余顿时清醒了几分，不由暗思糊涂。东帝深居帝都，怎么可能身在此处？竹影青光下恍然一瞥，这眉眼，这模样，这神态，是有几分相似，但神采飞扬的举止却与御座之上喜怒无痕的君王大相径庭。昏迷前的种种浮现出来，蓦然惊醒，<u>丝丝惨然</u>，勉强收拾心神："是我认错了人，还望恩公见谅。只是恩公相貌与我王上确有几分相像，一时间看花了眼。"

那人立于榻旁光影边缘，再看不清眉目，唯听语声淡淡："哦？雍朝右卫将军的王上，不知却是何人？是那重华宫的女主，还是长明宫的东帝？"

靳无余愣了愣，脸上陡现恼怒之色："我朝之主唯有东帝一人，重华宫那个女人算什么东西，怎配与王上相提并论！"

却听那人"扑哧"一声笑了："这真是奇怪，肚里有这么一番话，竟还能升到右卫将军，重华宫那位难道瞎了眼？"

靳无余冷冷道："若非义渠侯设法将我调离帝都，那女人怎会放过我？我这右卫将军是靠军功晋升而来，却不像其他人，是非不分，滥杀无辜以求封赏！我靳无余心中，从来只认一位王上！"

这话令那人有半刻的沉默，似欲说什么，却忍在了嘴边，末了没好气地冷哼一声，"不想倒是个有良心的，可惜太过迂腐，若不是有人丧这一员大将会心疼，我才懒得救你。"

靳无余一怔，未解话中之意："恩公……"

那人转身："不必叫我恩公，息川城现已落入楚军掌握，你若肯早些听我劝告，也不至于白白搭上两千将士的性命。你在此好好养伤，三日后回去接管息川，安抚百姓。下次若再丢城损兵，我必先替王上取你性命！"

靳无余一时呆住，息川被楚军攻占，这人能自皇非剑下救人脱身已属不易，难道还能从楚军手中夺回息川？冥衣楼纵然号称江湖第一大帮，又哪来这般手段扭转乾坤？他心头疑问重重，待要再问，那人却早已扬袂而去，飘然身姿转瞬没入门外光亮天地，踪迹全无。

第七章 子夜惊云

晴日，有风。

息川城头，一面血色绘朱雀图案，代表楚国王权的战旗缓缓升起，迎着夺目的阳光，猎猎长风之中。

随着锁链绞动沉重的声响，内城城门洞开，护城桥缓缓放下，一队人马飞驰而出。当先一人剑眉飞扬，朗目如星，着一身月白窄袖金纹武士服，头绾缀玉簪缨冠，纵马急驰间赤色披风飞舞身后，如一道灼目的火焰飘扬于晴空之下。

跨过护城河，一众人等沿宽阔的驰马道策马而上，直至外城城垣方勒缰停住。城头守将迎上前来，单膝一跪："善歧见过君上！"

皇非甩蹬下马，抬手一扬命他免礼，也不停留，一边走一边问道："有什么消息？"

善歧随后跟上："末将已命人四处搜查，息川城中并不见那两人踪迹。但可以确定，救走靳无余的是冥衣楼的人没错。”

皇非登上城头，周围将士皆正身行礼，他回头遥遥环视位于脚下的息川城，唇角泛起一缕自信的笑意："果然是冥衣楼，那便要费些周折了。靳无余伤得不轻，此刻决计走不远，你派人继续搜索，尤其留意各处药铺。记住，那人是个女子，莫被她的装扮糊弄了。"

"末将遵命！"善歧接着递上一封信，"楚都的信使今日到了，那穆国三公子再次遇刺，已经暗中查过，死了的刺客中有两个穆国人。另外这封是含夕公主命人带来的信，请君上亲阅。"

皇非接过来拆开封口，只见淡碧色细绢之上玲珑清秀地书着几行小字：皇非，我行笄礼时你一定要回来观礼，不准不到，否则我饶不了你！

皇非摸了摸鼻子，像是想到些令人头疼的事，无奈一笑，收了信笺随口问道："那三公子如何？"

善歧道："并无损伤。"

皇非似对这答案早有预料："穆国这位三公子，看来想杀他的人不在少数，老穆王放着诸多庶子不选，单单将他送到我楚国来做质子，怕也是别有用心。"

善歧道："听说老穆王已然病入膏肓，穆国如今是太子玄御当政，想必对这三公子是越发不放心了。"

皇非缓缓踱步，似暂时陷入了沉思，稍后眼角一挑，道："人既在我楚国，总不能让他们太过放肆，老穆王毕竟还在，含回公子亦在穆国，莫给他们生事的理由。派人将那两具尸首送回穆国，替本君问候太子御。"

"是。"

皇非负手转身，方要再说什么，忽然之间，心头警兆骤现！

便在此时，城外密林中毫无预兆地爆起一团光亮，半空中化作一丛耀眼锐光，流星惊电般射向飘扬在城头的楚军战旗！

那光芒极快，挟锐风强劲，转瞬即至。众将士大惊失色，不及阻拦，却见阳光下一道剑芒惊现，皇非腰畔那柄名震天下的"逐日剑"一声清啸，后发先至，在旗毁杆折之前截住来者。

两道光芒凌空交撞，猛然盛开层层炫目的光雨，星星点点向四周散落而去，刺得人眼如盲。皇非一剑迎上，却觉剑下轻若无物，极不真实。就在身边漫天剑光之中，那被他斩中的东西随风而起，飘然化作一只只墨玉色的蝴蝶，于一天阳光之下翩跹起舞。蝶翼之上金星纷落，恍如道道轻盈美丽的烟火，点缀着一望无际如水的碧空。

墨蝶翩翩，落上城头的旗帜，落上皇非的剑尖，在他身前流连飞舞，一缕似有似无的幽香依稀传来，随着蝴蝶的舞动，若即若离。众人都呆看着面前，一时被这美景所惑，忘记了言语。皇非审视四周，却是眉心渐锁。便在这时，伴着一阵焦灼的气息，所有蝴蝶忽然化作火焰盛放，火借风势，瞬间将那风中战旗没入一片烈焰之中。

火光爆现的一刹，皇非早已掠出数丈，身前火焰只成为他剑下丝缕残烟。他在城郭突起的青石之上借势一点，几个起落便往那片密林中追去。

林中有衣影一闪而过，飘忽如山间一抹淡烟轻雾，追至近处，对方却已踪迹全无。阳光自枝叶间洒下斑驳的光影，山野寂寂，空无一人，唯有几只墨色蝴蝶上下飞舞，与在城头所见一般无二。

放眼山野，他直觉与那神秘女子相距不远，风中似有她清魅的气息，与满山草木的芬芳纠缠飘浮，引人遐思，复又前行数步，忽然见到一株大树之上书了几行朱字：

惊云之巅，九域江山，子时夜半，邀君赏谈。

他还剑入鞘，以指尖沾了那妖冶艳色，低头引至鼻下，果然又是那熟悉的幽香。

息川地处王域边缘，北临岐山，西带雍江，汐水、泗水交汇于此奔腾而去，直入惊云山脉。此段路程不过百里之余，皇非进入惊云地界正值日落千山，天边云霞似火，山中飞鸟投林，山野四合宁静旷远，渐渐笼入一片冥迷的暮色之中。

果不出所料，在山前又见那墨色蝴蝶，似引路的使者翩跹于前，翼上点点金芒在风中流转如同散落的星辰，云雾之间时隐时现。

皇非不慌不忙地负手随行，一路但见峭壁深峡，险峰叠翠，流岚浮云，缥缈如幻。那山路曲折通幽，于不可能之处转折而上，渐行渐高，两侧林木亦渐作一片苍翠竹林，夜色下无边无际地铺展于云雾深处，清风过时，涛声如海。

行于这云山竹海之中，但觉神清气爽，尘虑尽消。待到峰顶，那墨蝶翩然消失在视线之中，皇非抬眼望去，只见苍穹之下星空璀璨，山顶一方白石平坦开阔，一名玄衣女子以手支颐，合目而卧，云衣广袖闲闲流泻于石畔，如夜色深处一抹自在的云迹。

竹影潇潇，微风送来丝缕幽香和淡淡美酒醉人的气息，皇非驻足的那一刻，子娆星眸微启，随着唇角优美的弧度，两道清透的目光落于他的脸上。

白衣临风，从容潇洒，皇非悠然立于竹林之前，并不急着开口。

子娆凝眸看他，忽而妩媚一笑，素手执壶微微一倾，玉盏之中星光洄转，清香四溢，"子时方至，公子果是守约之人。"

她的声音柔媚清雅，带着淡淡慵懒的意味，令人想起夜半花满春庭，轻红飘落时幽静而婉转的姿态。皇非缓步上前："惊云圣域，佳人有约，非又岂敢迟到？"

　　子娆托了玉盏，朱唇微启："那这一盏酒，我便谢公子如约而至。"

　　皇非一笑，欣然将酒饮尽。那酒入喉甘洌，似一道清流直浸肺腑，悠远明澈的酒意千回百转，渐作浓烈香醇，回味深长，他忍不住赞道："好酒！"

　　子娆再举手斟酒，皓腕似雪，细流如注，淡淡冰蓝颜色晶莹沉浮，明澈剔透，隐有风之清凉，雪之澄洁。她悠然道："惊云山巅有泉自云中而下，撷天地之灵气，得日月之精华，虽琼浆玉露不及其万一。以此酿酒，名为'冽泉'，公子以为如何？"

　　"风为衣裳云为台，月下有酒天上来，美人如玉，美酒如泉，自是妙极。"皇非笑道，英气逼人的俊面染了酒意，看向子娆的眸底深处似有一抹迫人的光彩。

　　子娆嫣然而笑："这第二盏酒，是谢公子息川城中剑下留情，让我将靳无余带走。"

　　皇非眉梢一动，把玩手中玉盏，浅啜了一口："姑娘不妨替我转告靳无余，待他伤愈之后，非愿再领教他的剑法。"

　　子娆优雅垂首添酒："此话我一定替公子带到，想必靳无余也正有此意。"

　　皇非将酒饮尽，看向她的目光半是含笑半是玩味——不知这第三盏酒却又如何。便见她黛眉微挑，眼波明媚："这一盏酒，是向公子赔罪的，今日毁了烈风骑战旗，还望公子莫要怪罪。"

　　夜色下伊人风华出尘，轻颦浅笑自成风流，那眉间眼底，一宛转、一曲折、一浓勾、一淡描无不是一番别样的韵致，竟似美到了极处，几乎叫人看去便移不开眼。皇非以手指轻轻叩动玉盏，漆黑的眸子映了夜色，笑意深长。来之前他心中颇有兴师问罪之意，不料风清月朗，红颜在侧，她亲手执酒轻言笑语，句句坦荡，声声柔婉，竟叫人始终无从发作。他不动声色地笑了一笑，朗目之间隐见锋锐："旗者军中之魂，以一盏酒换我烈风骑的战旗，姑娘这盏酒，是否太烈了些？"

　　子娆轻轻抬眸，细密的睫毛底下轻光一闪，隐见几分傲然，"我毁那战旗倒也并无恶意，只是因它不该出现在王域。公子无故取了息川一面王旗，还一面烈风旗，也算公平。"

　　皇非剑眉一扬，锐利的眼光扫视而去。

　　子娆亦保持着之前高傲的姿态，对视之间目光交击，石上清酒冰色幽澈，一丝波澜沉进深深光影底处，渐见寒凉。阵阵山风飞拂，一人发丝轻扬，一人长衫飘荡，四面竹海涛声翻涌，绵密澎湃，更显得深山空寂，不似人间。片刻之后，子娆轻轻转动玉盏，突然抿唇而笑："人家诚心备酒赔罪，公子又何必动怒呢？"

皇非心底微微一动，那一笑间熠熠夺人的眸光，让他直觉眼前这女子并不简单。却见她拂去石上几片竹叶，盈盈举杯："这样如何？我知道公子心中定有不少疑问，公子饮了这盏酒，便可随意问我三个问题，我必知无不言，言无不尽。"

皇非俊眸微抬，一瞬不瞬地看她一会儿，突然也是一笑，举手将酒饮尽，照杯一亮，在她为他添酒时淡淡问道："姑娘身上的'幽罗玄衣'乃是凰族至宝，'冽冰''焰蝶'皆是巫族不传秘术，两者得其一已是不易，姑娘却兼而有之，请问究竟是何人？"

子嫣轻轻一展罗袖，皇非眼目锐利，意外见她衣襟之上竟绣有精美的夔龙图案。"我是冥衣楼的主人。"她轻描淡写的答案亦让他十分惊讶，不料威震江湖的冥衣楼主人竟是如此妖娆绝色的女子，而她的目的又是什么？

"失敬。"皇非不由再次将她打量，目光掠过她的眼底，对这话的真伪再作评估。她平静与他对视，唇角始终含一抹魅人的浅笑，眼中波澜不惊，未见丝毫端倪。

皇非略一思索，徐徐再道："姑娘今晚特意约我来这惊云圣域，想必不只为饮酒赔罪。"

子嫣婷婷起身："我想请公子到惊云山绝顶之处，共赏这如画江山下的一场好戏，不知公子意下如何？"

"哦？"皇非饶有兴趣地看她。她做了个请的手势，便轻移莲步，先行带路。

穿过整片茂密的修竹，她引他沿山崖一路而上，峰顶陡峭，几乎让人寸步难行，她却专拣险处落足，衣袂飞拂间身姿飘然如风，似是有心考校他的轻功。留心看时，却见他始终在她身后半步之遥，步伐从容、气定神闲，不急不缓、如履平地，心中不由暗赞，便这番风采气度，少原君果然不是浪得虚名。

峰顶极处直接天宇，身处其上几可手揽星辰。山风浩荡，吹得茫茫云雾在近旁迅速飘过，竟令人生出行于云端的错觉。然而山路骤然收起，面前只余一道狭窄的青石。子嫣飞身踏落那青石之上，回头看了皇非一眼，便径自转身而去，妙曼的身姿瞬间没于浮云深处。

皇非笑了笑，亦施展身法，紧随其后，丝毫不因面前未知的险境而有所畏惧。

两人一前一后踏云而行，没过多久，眼前突然风清雾散，竟有一种豁然开朗的感觉。原来这道青石尽头竟是另外一座山峰，自然鬼斧天工，化石为桥，将两座山峰巧妙地连接在一起，穿云而过，别有天地。

繁星深邃清亮，点点洒落山野，凭着过人的目力，皇非发觉这山峰之上竟有屋宇连绵，七座殿宇点缀在苍翠葱郁的山岩之间，隐成七星之势，拱卫着正中一座玄石大殿。

子娆俏立于石桥尽头,待他走近,随口介绍:"此处是我冥衣楼总坛。"

皇非将目光从山间收回:"姑娘将我带入帮中重地,难道不怕将来事有万一,惹出祸端?"

子娆媚然一笑:"没有我带路,你过不了那'云索飞桥',待会儿我若不带你回去,你也一样走不出去。"

皇非亦笑道:"姑娘莫忘了我走过一次,我若出去了,又如何?"

子娆满不在乎地扬了扬眉:"你若出去了,便再也进不来。便是你师父仲晏子亲临此处,也未必能出入自如。"说话时她飞扬的神态很有些娇俏的意味,不知为何,竟看得皇非心中一动:"如此说来,姑娘莫非与家师相熟?"

她只斜他一眼,笑而不答,转身带他来到一座高耸的云台之上。皇非放眼望去,不禁大为惊讶,原来身临此处竟能尽览九域大地江山。夜色苍穹之下,红尘三千,灯火万丈,山河城池的轮廓与白日迥然相异,在深夜繁密的光亮之中如一幅无尽长卷,呈现出令人惊叹的壮丽。

轻云过袖,衣带当风,那一刻身处浩茫天地,无人不觉自己渺小,然而举手之间江山在握,却又有舍我其谁的豪情凌云而生。

"公子可知,我为何要带你来此?"耳边传来子娆轻柔的声音,皇非长吸一口气,转身相答:"愿闻其详。"

子娆轻描淡写地说道:"我想请公子从息川退兵。"

如此话语,引起皇非意外的笑容:"姑娘以为我会答应吗?"

子娆前行几步,只身立于云台边缘,静静望向远方,云雾之中袖袂飘摇,宛若天人:"公子定然会答应。"

这一问一答尽做人间风云变幻,战与不战皆在他一念之间,苍茫王域,她看不得任何人挥兵践踏,抬手指向西南方向:"子时已过,公子请看。"

她所指之地乃是距惊云山不远的楚国边境,皇非遥望过去,起初并未见有何异样,但不过少顷,他突然敏锐地察觉到,目所能及之处有一道烽烟意外升起,所处位置正在楚、穆交界。他以相卿之职官拜上将军,对楚国军政了如指掌,立刻便知这是边城遇警求援的狼烟,心中震惊非比寻常。果然那烽火接连燃起,直往都城上郢方向而去,在原本平静的大地之上留下鲜明的痕迹。

八百里烽烟报急,除非是有敌国大军来袭,否则不得擅用。皇非毕竟出入朝堂、领军沙场,一份处事不惊的沉稳早已深入骨髓,纵然心中惊涛翻涌,面上却仍如平湖不波,只是看向子娆的眼中不可避免带了淡淡犀利:"冥衣楼果然手段非凡,竟能令穆国大将卫垣发兵攻楚,如此高明,非不得不说一声佩服。"

他单凭如此情形便能立刻断定敌军情势，准确无误，子娆心间亦是一凛。回首四目相交，他面上如笼淡霜，丝缕冷然于俊美中勾出硬朗的线条，天宇星光之下竟有慑人的气势，令人似乎瞬间感觉到千军对峙时无形的杀气。在这样目光的逼视下，子娆却缓缓笑了："公子言重了，我一小小女子，哪能令穆国上将军俯首听命？卫垣此举不过势之所趋，恰巧与我一样，欲请公子退兵息川罢了。"

皇非冷冷道："我若不答应呢？"

子娆轻叹一声，低头审视自己纤美修长的手指，唇角如丝微笑，似媚毒噬骨勾魂夺魄："我指尖之上有十种毒，息川城外你沾了我的蔻丹，那是凤仙子的汁液，方才你饮下的三盏酒，第一盏中我本来打算用曼陀罗，第二盏，我可以用赤锦红。剩下第三盏，便用蓝烟子。但这几种药你即便喝了也无妨，因为它们相互克制，并无害处，除非，我用了这万紫千红。"

淡紫色的蔻丹点缀着指尖，衬着她凝脂白玉般的肌肤，一抹艳色妖冶。皇非面色冷静，负手而立，淡淡道："可惜你现在已失去了机会。"

子娆似笑非笑地瞥了他一眼："所以此时我拿你无可奈何，你的剑太利，我也没有取胜的把握。"

皇非不语，只静静看住她，待她把话说完。她侧身回视那烽火之地，长发临风飞舞，风姿狂肆，几夺星辰之色，微笑之间，一字一句说得清晰："若要令楚军退兵，还有一个法子，那便是刺杀楚王，这对冥衣楼来说，绝非难事。"

皇非眉心猛地一收，眼底瞬间闪过怒色，但却冷冷一笑："我王若有万一，楚军必定踏平冥衣楼，包括帝都王城。"

子娆亦拧了眉，转身将他望定："冥衣楼与王族的力量，并非不堪一击，纵被夷为平地也足以重创楚国。公子慎思，你我双方两败俱伤，得益者何人？"

皇非目光似有穿透之力，直要将眼前女子心思看穿。便是最强悍的对手也没她这般花样百出，从一开始便步步为营，她是否早已算准了他必然会答应她的要求？这双纤柔玉手之下，她设了多少局？这一片残破江山，为何令她如此费尽心机？她背后的冥衣楼又与王族是何关系？他心头骤然闪过日前密报上帝都右卫将军墨炽的行踪，蛛丝马迹，渐作一张细密蛛网，背后似有一只手已然翻弄了风云。

时间一分一秒地流逝，玄衣飞舞似火，白衣冷冽如雪，注视之间滴水不漏的心思，目光相撞风云翻涌的激荡。片刻之后，皇非突然朗声长笑："上兵伐谋，我皇非征战多年，今日棋逢对手！楚军退兵息川，帝都以玉璧百对、美酒千坛、三万金帛犒军，若楚、穆交战，王军需发兵助我楚国，兵车不得少于五百辆，将士需满万人。"

子娆眼角微挑，立刻道："玉璧百对、美酒千坛、金帛一万，楚、穆交战，帝都遣使调和，不出兵马参战。"

只要烈风骑回师楚国，一切便可迎刃而解，自不需他人插手，皇非原本也意不在此，任她讨价还价："王族需给天下一个交代，九夷族无端受诛，几遭灭族之祸，此事又当如何？"

"只要九夷族肯撤军罢战，王族自会还他们公道。"

她答话的神态傲然自若，难掩那与生俱来的高贵，决断于指掌之间。皇非看得清楚，墨色瞳仁微微收缩，子娆惊觉他的探视，明眸一转，曼声笑问："不知那且兰公主究竟与公子是何关系，值得公子亲临战场，这般替她谋划？"

皇非不慌不忙道："是友非敌，敢问姑娘与王族又如何？"

子娆亦从容："是友，非敌。"

皇非闻言失笑，眉心却带一分凝重。如今息川得之无益，王族气数未尽，穆国兵锋既现，宣国自然不会无动于衷。事态未明，静观其变是为上策，却只怕九夷族大军已至帝都，他亦无把握能及时阻拦。皇非深深看向子娆："九夷族未必善罢甘休，巍巍王城，姑娘还是小心为宜。"

子娆含笑不语，遥望苍茫山河，九域正中，云雾深处，一座雄伟的城池依稀可见。帝都，自不用她去担心。

第八章 九转玲珑

雍朝帝都建于岐山南岭，泗水的两条支流交错而成的护城河周回七十余里，河宽水深，易守难攻，在帝都周围形成一道天然屏障。越过重兵把守的三十六座浮桥，可见外城高逾十丈的城墙如山耸峙，九道城门由此深入，进入内城，便有殿宇巍峨，宫室连绵，方是气象森严的王城重地。远远看去，整座城池依山而建，势如盘龙，雍容险峻，其城之坚，虽千军万马难撼分毫。自雍朝立国至今，从未有任何军队攻破过这座城池，高高在上的帝都，是天下人视如神域般敬仰的圣地。

时将破晓，大地却始终笼罩在一片黑沉沉的乌云之下，无边墨色浓得似乎无法化开，隐隐雷声自天幕后似远似近地传来，一如两军对峙时隆隆不绝的战鼓。

伴着无数急促的马蹄声，一批训练有素的骑兵出现在泗水河畔，当先一面白色战旗猎猎飞舞，迎风飘扬，正是九夷族且兰公主所率的大军。

沿河密林中亮起点点火光，仿如长蛇相连蜿蜒而至，火把之下尽是束发带甲的九夷族战士，除却四面蹄声落地轻如急雨的微响，行动间不闻丝毫杂乱，迅捷有序的队伍中，一排排铁弩黝黑，一道道剑寒如雪。

待到三军齐结，且兰策马踏上前方突起的岩石，疾风之中将目光投向不远处巍峨高耸的城池，雪缨凤盔之外一双清丽的明眸，寒意凛凛隐见杀伐。

帝都王城近在咫尺，面前这一刻，九夷国每一个族人都已经付出了太多，等待了太久。且兰突然猛提缰绳，身下战马一声长嘶扬蹄转身，腰间利剑出鞘。她看向身后跟随自己的数千战士，雪亮的剑锋直指天空："九夷族的战士们，三年之前，王族的大军践踏了我们的土地，我们恨是不恨？"

众将士一同回应："恨！"

"他们害死了我们的女王，我们恨是不恨？"

"恨！"

"他们屠杀了我们的亲人，我们恨是不恨？"

"恨！"

"他们要灭我九夷，让我们成为王族的奴隶，我们恨是不恨？"

"恨！"

风起云涌，低低的云层迅速掠过苍穹，一道无声的闪电划破天空。似是呼应将士们的回答，天边闷雷滚滚而起，如众人胸中翻腾的血性，雷霆震动，天地惊怒。

且兰纵马转身，剑指王城："九夷族的男儿们，亮出你们的刀剑，随我杀进王城！我们所受的苦难，今天，让他们用血来还！"

阵中万剑出鞘，雷声骤急，大军如一片汹涌铁潮席卷而去。

自九夷之战始，帝都王军屡遭战败，实力大减，数日前仓原一战复遭重创，如今无兵无将，不堪一击。九夷族军队在护城河畔几乎未遇抵抗，甫一交手对方便溃败而退，很快夺下数座浮桥，随即衔尾追击，杀过河去。

待到城下，且兰意外地发现外城九道城门全然洞开，一眼望去空无一物，黑云压城，灰蒙蒙的浮雾在空旷的城门中若隐若现，天地一片昏暗，万物噤声。

对方战士撤入城中突然失去了踪迹，整个王城静如鬼域，不见一个人影，不闻一丝响动，唯有一股诡异的气氛从浓雾中蔓延而来。

"公主。"副将青冥收剑入鞘，带马上前，"似乎有些不对劲，恐怕城中有诈。"

且兰眉心略紧，传令暂停进攻。三百弓箭手越阵而出，两排铁弩寒光冷冽，随她马鞭一落，无数利箭呼啸而去，如雨般落向城中。

箭矢没入云雾，直坠无底深渊，只见雾气愈浓，漫过城阙重门，整座帝都似将慢慢消失在眼前。且兰此时已看出城中有人布阵拒敌，随即点出一千精兵："青冥、鸾瑛，随我入城探阵！古将军，你且率兵接应，倘若一个时辰不见攻城的信号，立刻撤兵，不得恋战，飞书告知少原君，请师父前来相助。"

大将古秋同翻身下马，单膝一跪："公主千金之躯，岂可以身犯险？请让末将领兵入城，一探究竟。"

且兰秀眸深处隐约透出一丝凝重，缓缓道："玄冥九转，八方入照，没有灵石相助，你破不了这九转玲珑阵。"说罢扬鞭催马，率一千战士疾驰而去。

甫一入城，迎面便见无数杂乱无章竖立在前的巨大石柱，每一根石柱都似刚从山岩上直劈下来，削面如刃，光滑耸直，半隐半现穿插于浓雾之中，随着雾气翻涌，似在缓缓穿行。

天旋地转，仿佛整座王城都在不断转动，不断陷落，给人如坠深渊的诡异感觉，众人心中惊骇，一时间寸步难行。

"十人一队，内结车悬阵，外成六花阵，随我前行！"

且兰乃是阵中唯一不受影响之人，在真力催动之下，她手中一串灵石如月华般散发出晶莹灵光，王城上方点点天星突然透过重云射出凛冽的光芒，倏地散布开来，形成一个巨大的阵形。

天星阵图，一闪即逝，却已示出西方生门所在。且兰身边，一千战士分作数队，由内而外结成旋涡状的车悬小阵，阵阵相连，复成六角形防守阵形，仿佛黑暗之中盛开了一朵洁白的雪花，那一点灵石之光在且兰手中若隐若现，前方雾气随之荡漾，逐渐现出条条去路。

便在此时，云雾深处突然传来一阵若有若无的箫声。

箫韵缥缈几不可闻，却如天边仙乐，说不出的美妙动听，恰似一只温柔的手轻轻拂过每个人的心头，茫茫雾气缭绕飞浮，叫人生出丝丝迷幻的感觉，仿佛心魂神魄随着那悦耳的韵律慢慢沉了下去，散了开来，只想就此闭上眼睛，放下武器，不再前行亦不再杀戮。

且兰眉心微蹙，直觉这箫声来得诡异，却一时又说不出什么不对。就在众人心神皆醉之时，那箫声却骤然一变，一起一扬，恍若龙吟清啸入云，怒海狂涛，铺天而来。

四周战马最先遭殃，哀鸣惨嘶声中纷纷倒地。马匹如此，人亦难以支撑，箫声如幻，盘旋飞绕，忽而清越激昂，忽而幽吟低回，似从魔域深处连续传来，无孔不入。阵中内力稍逊之人无不气血翻涌，难受至极，突然间，便有战士举刀劈向同伴，血色溅开，人人目色如狂，竟然不分敌我自相残杀起来。

且兰虽不至于神志狂乱，也觉十分烦躁难当，心知不妙，连退数步，身后炎凤弓已拿到手中。

"破！"

一道利啸声起，箭似流星，精芒夺目，化作烈羽飞凤穿云破雾，直袭正北方重雾深处。

凤羽箭没云直入，北方天空蓦然有数道星芒大盛，冷光之下，天宇失色，那不可一世的光芒凌然霸道，划破暗沉的乌云，霎时笼罩王城上方，却又在众人睁眼如盲的瞬间旋即隐去，箫声缈缈，随之而止。

四周浓雾飞浮游离，阵中诸人手握兵刃僵立在原地，无不面面相觑。

正喘息间，阵中忽然响起惨叫，一批玄衣战士不知自何处现身，似道道墨刀掩杀而至，快如鬼魅，九夷族人猝不及防之下，顿时死伤惨重。

且兰修眉一挑，炎凤弓弯如满月，一双凤羽箭同时离弦，挟劲风疾射前方。眼见利箭贯穿敌人身体，忽觉心头一痛，眼前异变丛生，溅血倒地的敌人竟化作自己族人，同时骇然发现，己方所有战士都在敌人面前一味闪避，竟似还在刚才箫音的控制之下，要竭力避免误伤同伴，而那些玄衣人却刀法狠厉，所过之处道道血光频现。

阵中石柱再次缓慢移动，天地似陷入一个巨大的无形空间，真实与幻影旋转交融，难分难辨。

且兰紧守心中一点清明，断然闭目，腕上月华石散出点点清辉，晶石深处似有无数亮光飞射，随着这光华流转，一道清流如水直击心间。

四周幻象霍然消退，且兰手上长箭毫不犹豫地飞射而出，救下一名族人，随即厉声喝道："所有人以白布遮目，结冲轳阵御敌！"

这一声冷喝振聋发聩，九夷族战士皆受过严格训练，乱中有序，迅速扯下左臂白布遮于眼前，不再受幻象干扰，四人一组结成十字队形，左右呼应，首尾相顾，阵势发动，四面利刃白光如练，敌人一旦与之接触，便像遭遇急转的飞轮，绝无幸免。且兰居高临下，凤羽箭亦连珠劲发，箭到血飞，毙敌于前。

此时北方忽闻一声清啸，啸声悠长远远传来，瞬间便到近前。但见阵中突然多了一个青色人影，便如一道清风肆意穿行，所到之处必有星阵四散，溃不成军。

且兰一声娇叱，凤羽箭出，直取那人后心。那人头也不回扬袖扫去，凤羽箭势头急转，哧的一声锐响，洞穿一名九夷族战士的咽喉。

热血飞溅之时，但见那人手起袖落，面前竟无人能当其一掌之力，杀敌破阵如入无人之境。随着他行云流水般的身法，四面星芒破碎，白影跌退，不过片刻工夫，九夷族战阵眼见溃散，再也难成气候。

且兰飞身接住被掌风震飞的鸾瑛，惊怒交加，挥剑攻向对方，其势之快，直令四周浓雾无风翻涌，破开一条锋利的裂痕。

剑锋及体，那青衣人闪电回身，赫然只见一张青玉面具遮住了他的脸庞，唯有一双漆黑的眸子惊电般掠来，深冷摄人。蓦然间，那人眸中笑意大盛，面对且兰追魂夺命的一剑不退反进，电光石火之间，他瘦削的手指已后发先至搭上剑锋。但听一声刺耳清鸣，且兰手中的长剑竟被他以两指之力从中折断，与此同时，旁边数人在他掌下吐血跌飞，至此无一幸免。

冰凉的剑尖，修长而稳定的手，青衣广袖落如流岚，随涌动的云雾微微飘垂。

阵中陡然安静，那人不知何时已到了且兰身后，半截断剑漫不经心地抵在她白玉般的颈间，没有人会怀疑它能于瞬间取人性命。

勉强还能站立的九夷族战士无人敢妄动，四周一片惊人的死寂。

突然间，一声低笑打破了僵局，且兰感觉到那细薄的剑锋沿脖颈缓缓移动，如丝冷意刺得人肌肤生寒，耳边却有温热的呼吸传来："雪衣羽箭，明眸慧心，区区千人竟费了我这么大的力气，公主果真妙人。"

他的声音温润低雅，十分好听，似有一股冷淡而奇异的魅力无意流露，令人纵然知道危险却仍忍不住去一探究竟。且兰动弹不得，手握断剑缓缓收紧："你是什么人？为何要与我九夷族为敌？"

那人又是一笑："公主闯入别人家中，却连主人都不认识吗？"

这一惊非同小可，且兰竟忘了利刃在颈，霍地回头。子昊显然不欲与她为难，随手掷开断剑，轻弹衣袖，似笑非笑地望定那双寒意凛然的眸子。

"不想雍朝东帝竟然鬼鬼祟祟见不得人，怕是冒充的也难说！"且兰冷冷地挑眸看他。

他并不以忤，从容负手，状极悠闲："公主若想查验真假倒也无妨，只要入宫住些时日，自然便见分晓，不知公主意下如何？"

笑容惬意，他闲闲地向前踱了一小步，两人间距离陡近。青衫飘拂，一丝微苦的清气仿如梅香疏朗，隐隐浮动，令人蓦然想起雪后茫茫清冷的大地。与那目光一触，且兰竟有瞬间恍惚，惊醒时抽身欲退，却惊觉在他无处不在的真气笼罩之下，她根本无处可退。

"你想要怎样？"

子昊淡淡笑道："我以此阵恭候公主，自是为那月华灵石的下落，既然破不了我的阵，月华石留在公主手中也没什么用处了。"

且兰冷笑道："王族想集齐九转玲珑石，还是死了这条心吧！"

子昊幽深的瞳仁淡淡泛过一丝清光："世人皆知九转灵石中藏有莫大的秘密，怀璧其罪，公主难道不怕为九夷族再招祸患？"说话间突然反袖一扬，伴着一声惊呼，兵刃落地的同时，身侧意图偷袭的青冥被他一掌震飞。

九夷族战士齐声怒喝，且兰抽身拔剑，决然道："九夷族早已拜王上所赐国破族亡，还有什么祸患承当不起！正因为九转玲珑石藏有莫大的秘密，我才绝不会让它落入王族手中，你今天便是杀尽我们所有人，也休想得逞！"

子昊眸光微微一漾，薄雾在那笑容中荡开，且兰虽然看不到他的脸，却能感觉到那目光中探不见底的幽深，微微带出深寒的冷。他挥手命四周玄衣战士退下，不疾不徐地迈步前行："公主看来是抱了必死的决心，却不知打算将托付给昔国那两千三百七十二名九夷族人如何处置？"说罢最后一个字，且兰的剑已在他咽喉半寸之内。

隔着冰冷的剑锋，对面女子一直保持冷静的眼神骤然大乱。且兰手中的剑几乎已经触到了他的肌肤，却再也无法前进分毫，剑锋轻微的颤抖，透露了震惊、痛楚、愤恨以及深刻的绝望。

三年前王族发兵攻打九夷，曾下令将所有人赶尽杀绝。九夷族人惨遭杀戮，死伤无数，除现在军中战士之外，唯有两千余人幸免于难。且兰在得到楚国援手前无力与帝都对抗，不得不放弃故土，重新寻找居所安置族人。位于楚国东南的昔国与九夷族比邻，因国中多有战马而同诸国一向交好，公子苏陵文采风流、交游广泛，一手剑法更是堪与少原君并称当世，当年九夷族危难之时，便是得他冒险相助，方得劫后余生。

且兰率族人举国避难，为逃过帝都派兵追杀，始终隐秘至极，岂料行踪竟早在他人眼中。他轻描淡写的一句话不啻晴天霹雳，她透过眼前迷离的烟岚死死盯住那张未知的面孔，在她的注视下，他清澈的眸底却泛出异乎寻常的柔和。

仿若一点水滴悄然落入平静的湖面，丝丝涟漪如晕，轻柔地洇入心头。似曾相识，却又如此遥远，这陌生而熟悉的凝注竟令人莫名地忧伤，莫名地疲惫，此时此刻，如果可以摆脱身边无休无止的杀伐，她情愿放弃些什么，换取刹那间的宁静与温暖。

"不要再让你的族人冒险，他们可以更好地活下去，相信我，九夷族以后不必再四处逃亡，不必再担惊受怕，也不必再流血牺牲……"

谁的声音，谁的话语，依稀是盼望已久寒冷中的暖意，似带着奇异的魔力萦绕耳边，如此温柔，如此低沉，声声催人欲睡。所有的一切都淹入浓雾，面前只余那深邃的目光，深如无波无浪的古井，静如无边无垠的夜空，渐渐地，将人覆没、吞噬……

且兰手中的剑不由自主地落下，在失去意识的那一瞬间听到一声低低的叹息，身子骤然落入了一个温暖的怀抱。

第九章 王者止戈

隐于重雾深处的王城之上，天空乌云密布，黑如墨染，低沉的云层背后不时有金蛇般的电光流窜，似要穿透苍穹，割裂山川大地。天生异变，斗转星移，阴阳混淆，日隐月消，一切仿佛都在昭示着一种毁灭的力量，令人望而生畏。

就在且兰等人由巽门入阵不久，北方坎门之中忽然出现了一个灰衣素袍的老者。没有人知道他何时出现，又为什么出现在王城，面对这借灵石之力发动的奇门阵法，他面上似有些微凝重的神色，继而一声冷笑，身形略晃，便消失在空茫的城门之中。

九转玲珑阵八门八境，自成天地，各不相同，坎门之内并不若巽门有巨石当前，薄雾之中反而空无一物，一片平淡冲和。一角灰衣在雾气之中若隐若现，那老者再次出现，已是阵法中心之地，闭目沉思片刻，径直举步往正北方而去。

就在他转身之时，周围景象突然生出变化。

清风过境，云开雾散，整座王城的轮廓渐渐呈现出来，一座巍峨的金殿屹立于王城正中，下临三千碧波，周围浮云飞绕，八十一座飞桥交错相连，凌空飞架，却没有一条能够到达金殿。四周宫宇万千，皆隐于密密的繁花之下，阵阵风过，花落如海，无声无息，无止无尽。

阵中诸相，明灭交错，置身其中恍若穿行于至美的梦境，令人不由心生留恋，但那灰衣老者却丝毫不受影响，径自徐步前行，当他踏上正中一座横卧于湖波之上的白玉浮桥时，重雾之上星象骤现，四面幻景纷然尽灭，殿宇、瑶台、琼光、花影，皆作一片飞烟尘埃。

雄伟的王殿正在前方，玉石铺就的广场上却隐隐现出一面巨大的棋盘。

盘中棋局纵横各十七道，深入平石，黑子如墨，白子如玉，错落分布而成珍珑古局。那老者一眼看去，不由定住了脚步。

要知这灰衣老者原本出身不凡，自幼便是聪颖绝伦，资质天纵。他博览群书，涉猎古今，非但于武学大有所成，更是天文地理、五行八卦、兵法数术无一不精。只是十余年前遭逢一场变故，遂去国离家，改名换姓，自隐于江湖，沉浸于琴棋书画之中，以为消遣。但他毕竟是心志极高之人，一旦精研某事，自有好胜求全之心，数年前曾立誓要尽破古人所设珍珑，先后得多本上古棋谱一一破之，眼前这局珍珑却不是别的，正是他近日苦思而不得其解的一局绝棋。

眼前棋盘之上二百余子密密布列，纵横纹枰，或反扑，或尖侵，或治孤，或杀气，劫中有劫，死中见生，攻守变化无处不是玄机，妙不可言。那老者直觉棋局之中实有一处深藏的破绽，如一道灵光乍现，稍纵即逝，忍不住便凝神细看进去，也不知过了多久，那棋中繁复变化越发凌乱，黑白双子纠缠散落，全然不成规矩，令人久思难解之下，心中竟无由生出一阵难言的烦躁。

这念头方起，抬眼之处殿宇森然，一道道朱红宫门无声无息，缓缓洞开。

幽深沉寂的大殿，巨大的九龙缠金琉璃灯明光四射，照出一片雍容华美，直刺眼目。珠帘凤帷之后，是什么人的身影妖丽曼妙？金殿龙座之上，是什么人惊怒声声急斥？琼阶玉壁之前，是什么人的刀，什么人的剑，什么人的鲜血汇流成河……

止不住的血色漫过阶前瑞云祥纹缓缓扩散，渗入纵横线条的纹路，巨大的棋盘开始旋转，黑白两色混了刺目的鲜红化作急急旋涡，终成一片空洞的灰色深陷下去。

是火光，突然冲天而起，烈烈火舌遮天蔽日，火海无边，浓烟热浪扑面卷来！

那老者目光一利，猛然仰首长啸，随着那啸声悲愤，狠狠挥掌击下，面前棋盘应手崩裂，一声巨响，碎石四溅，与此同时，无数冷利锋刃如影袭来。

杀气扑面，那老者眸中厉芒大盛，啸声未绝，穿入四周黑衣人之间，手起，剑飞，血溅，敌伤，交睫瞬间，十余名黑衣人大半飞身跌退，数柄长剑叮当落地，持剑的右手几乎同时被废，无力再战。

甫一交手便遭挫败，黑衣人却阵势不乱，受伤者虽剧痛钻心，却无一人惊呼出声，而是迅速翻身退开，其后同伴随之补上空位，剑势连绵不绝，将那老者困在中心。与且兰在阵中遭遇的玄衣战士不同，这批人行动迅急飘忽，人人身法诡异，剑招阴柔狠辣、森严冷厉，进退不留丝毫余地，每招之下，竟大有与对手同归于尽的决绝。

这情景落在那老者眼中却再熟悉不过——禁宫影奴，王城中最为可怕的杀手，禁宫中最为忠实的守卫者，无论是谁想要闯入帝都，唯有一条路一个办法，便是踏着他们的尸身而去。

一声冷哼，那老者闪身插入敌阵，反手震退一人，回身之时衣袖拂去，面前数人便如撞上坚硬的墙壁，顿时浑身剧震，踉跄跌退。

战圈骤然扩大，但听那老者厉声喝道："商容，再不退下，莫怪我手下无情！"

那为首的黑衣人闻言一惊，剑势不由缓了一缓，猛地与来人四目相对，面色大变："你……你是……"

一道目光如电，急掠心间，商容愣了刹那，突然将剑一收，单膝跪了下去："老奴有眼无珠，该当死罪！"其他影奴唯他马首是瞻，立刻纷纷后退，瞬间之内，半点声息也无，亦跪了一地。

那老者眼角微垂，冷冷看向商容："死罪？谅你也没这胆量自作主张，叫你们主子来！"

商容恭声道："主上便在宫中，请容老奴前去通禀。"

"哼！"那老者神情倨傲，似是根本不把东帝放在眼里，丢下一句"让他来阵外见我"，便头也不回，径直拂袖而去。商容抬起头来，眼中惊异、感伤、疑惑、忧虑，百味交集，异常复杂，呆立了片刻，匆匆收剑赶往长明宫去。

一千兵马入城之后消息全无，王城之外，古秋同等正自等得焦躁，忽然之间，耳边一阵隆隆声响，脚下大地微颤，护城河上四方三十六座浮桥突然缓缓移动，从中一分为二，逐渐没入两旁石壁之中，偌大的帝都断开了与外界相连的唯一通路，顿时成为一座孤城。

九夷族大军前有坚城，后临深河，四面通路阻断，便如虎入樊笼，进退不得，所有人不由心神一凛。

"将军，事情恐怕有变，我们是不是发兵攻城？"

两名偏将忍不住出言请命，古秋同尚未答话，忽听一个苍老的声音冷冷道："不自量力，想去送死吗？"

方才那灰衣老者不知何时已站在阵前，负手斜睨众人。古秋同认得这正是且兰公主的师父仲晏子，心头一喜，快步上前叫道："前辈！公主他们已进城一个时辰，至今消息全无，还望前辈指点一二！"

仲晏子却不答话，只是微微冷哼一声，望向城门方向。

空中原本密布的乌云隐隐散开，但天地依然笼罩在一片茫茫雾色之中。浮桥断开的同时，王城周围八道盘龙巨柱徐徐滑落，四面城门皆尽封闭，唯有正中的雍门依然洞开，一条青玉玄石铺就的御道宽阔肃穆，一直延伸到遥遥禁宫深处。

城中机关停止运转，整个帝都安静得异乎寻常，过了片刻，茫茫的雾色之中，一道修长的身影渐渐清晰。

一见有人现身，九夷族弓箭手同时列阵严待，无数冷利的铁弩齐齐对准了王城正中。但见万箭所指之处，一袭天青丝衣飘逸如云，随着来人从容不迫的脚步轻轻飞扬，纤尘不染。薄雾之下，那人的面容似乎太过苍白，身形仿佛过于单薄，但当他出现的时候，那因兵戈而来的杀气纷纷收敛退避，似是挡不住他身上与生俱来的高贵与清冷。

隐现于雾中的城池与嵯峨山陵是一片凝重的背景，他最终驻足此前，往那千军万马中淡淡投去一瞥。只一眼，却让所有注视他的人无不惊凛，每一个人都感觉他是在看向自己，那眼底洞穿肺腑的清光，于无形中迫人之心，于无声中摄人之神。

仲晏子双目精光一现，几乎是同时，那人亦将目光落在他的身上。浮云深处，他似是温雅一笑，朗声道："敢问阵前可是子程王叔？"

仲晏子面无表情，冷冷开口："洛王子程早在十几年前王城那场大火中便已化为灰烬，死无葬身之地，哪里还有命活到今日？"

那人闻言，轻叹一声："洛王虽死，但王叔还在，侄儿子昊见过王叔。"说罢微微躬身，拱手执礼。

仲晏子不避不让受他一礼，看他半晌后，慢慢点了点头："嗯，你是子昊，好夫人的儿子。"

子昊微笑道："十余年未见，王叔别来无恙？"

仲晏子冷笑道："逆臣叛贼，什么有恙无恙，岂敢劳王上垂询！"

子昊不愠不怒，语气仍旧温文："当年那变故事起仓促，侄儿纵知王叔遭人陷害，却难令父王回心转意，只能设法在宫中制造些混乱，幸而王叔无恙，也算苍天有眼。"

仲晏子心头一震，猛然忆起旧事，皱眉道："璃阳宫的那场火，是你弄出来的？"

"侄儿那时出不了东宫，唯有出此下策。"子昊笑了笑，"那火，是子娆亲手去放的。"

仲晏子微微眯了眼睛，襄帝九年，璃阳宫……急急岁月，多少尘封之事，竟似已是前生……

洛王子程，襄帝一母同胞之弟，出自幽帝王后膝下。幽王后早逝，洛王自幼跟随襄帝长大，兄弟二人手足情深，十分友爱。后襄帝即位，赐九百里封邑，城池十二座，封王弟于洛，却舍不得幼弟远行，遂让他享封国食禄，留在帝都，掌管内外禁军。

襄帝为人闲疏，生性风流，于国事上并不十分用心，而洛王才貌出众，文武双全，心胸韬略向来不凡，因此甚得襄帝倚重。及至后来，襄帝命他以王弟身份监国，军政大事一律交之裁决，信任之至，无人能及。

洛王权重，以王后凤妁为首的凰族一直心存不满，而洛王恃才傲物，对凰族亦始终不以为然，久而久之，宫府间凰族一派与洛王一派两股势力渐生嫌隙，争斗愈演愈烈。

襄帝九年元月，恰逢洛王生辰，襄帝在宫中替王弟设宴庆祝，兄弟二人多饮了几杯，遂留洛王宿于宫中。当晚深夜，凤后突然衣冠不整求见襄帝，哭告洛王酒后私闯重华宫，意图不轨。襄帝闻言大为震惊，下令将洛王暂时拘禁，命人传旨查问。

凤后此举本便是要构陷洛王，设局除去政敌，洛王自来心高气傲，从不将凰族放在眼中，竟然抗旨不遵，率亲卫禁军兵逼重华宫，锁拿凤后御前对质。却不料凤后早有准备，与凰族亲信里应外合，瞒过襄帝，趁夜矫诏调动五万帝都守军包围王城，便借护驾之名对禁军发起猛攻。

双方遭遇，帝都守军奉命痛下杀手，禁军寡不敌众，血战之间拼死护卫洛王退至璃阳宫，最终尽被围困剿杀。璃阳宫莫名其妙燃起大火，火势凶猛，直将整座宫殿化为一片废墟，洛王就此葬身火海，尸骨无存。

襄帝九年是雍朝历史上空白的一年，史笔如刀，道不出烈火鲜血光影下的阴谋与杀戮，刻不尽尊荣风光恩爱中的背叛与死亡。

是年初，洛王谋逆，事败，毁宫自焚。襄帝闻讯惊怒悲痛，卧病不起。

三月，凰族联手司马乐让、司徒孟说、侍中舍人峫息发动宫变，将襄帝幽禁于王城昭陵宫，凤后垂帘听政，以铁腕镇压朝臣，剪除异己，一手掌控天下。

五月，凤后以极刑处死襄帝宠妃好夫人，宫中妃嫔二十二人皆赐白绫自缢，其中三人身怀六甲，婴儿未及出生，便随母亲含恨而逝。

八月，巫族侍女携襄帝密函血书出宫借兵求援，为影奴中途截获，凤后盛怒之下传令将巫族全族贬为叛奴，族人无论老幼，一律格杀勿论。

十月，容夫人所出公子暄、绮夫人所出公子青先后暴毙，王后"嫡子"公子昊立为储君。

十二月，太史戚六名太史同时请辞，凤后阅王史而大怒，杖毙六人于殿前，焚王史，废太史戚，尽逐史官。自此，雍朝史记戛然而止，残的卷，断的章，春秋过往，众口悠悠，尽淹没在一片腥艳如血的颜色中……

那一年东帝十岁。

当他第一次以储君身份登上九华殿至高处接受群臣叩拜时，身边被称为"母后"的女人以强者的姿态傲视众生，凛然风华，逼人夺目。

在她垂眸审视的那一瞬间，他以平静而恭顺的目光相对，锐利的眼睛穿不透淡淡微笑，看不清少年深藏的心。

"王叔或者想不到，我早已知晓亲生母亲是谁。凤妩虽从小便将我留在中宫抚养，有些事却是瞒不住的，就像我每日服用的汤药，喝多了，总会品出些滋味。"子昊淡定娴雅的语调，仿若只在说一件无关紧要的琐事，"王叔还是小看了她，她所想要的，从来就不只是王后的凤玺而已。"

"很好！很好！很好！"仲晏子一连说了三个"很好"，似悲似叹，"我竟真是没想到，你比你的父王聪明得多。"

子昊收敛了笑容，缓缓道："王叔出事后，父王十分伤心，想必也心知错怪了王叔。昔日若有什么对不住王叔之处，侄儿今日替父王赔个不是，还请王叔见谅。"

他始终对仲晏子执晚辈之礼，丝毫不以君王的身份逼人，温润之处，只令人万般戾气全消。但仲晏子一直误以为当年帝都守军是奉王命剿杀禁卫的，是以兄弟情绝，将襄帝恨入骨髓，多年宿怨并非三言两语便能化解，此时虽不曾发作，面色却还是冷的："少说这些无用之事，我只问你，且兰现在何处？"

子昊眉梢微微一掠，如实道："且兰被我困在阵中，失了知觉，如今人在长明宫。"

九夷族阵中掀起一阵轻微的骚动，当先一名偏将按捺不住，"锵"的一声拔剑出鞘："你这昏君！还不快放了公主，否则我们必踏平帝都……"

话未说完，子昊俊冷的眼角无声一挑，眸心霎时似有微光轻闪，仲晏子暗叫不妙，心念动时，人已往阵前抢去。

那说话的偏将尚未反应发生何事，只见青灰衣影疾闪，半空中两股真气交撞的力道硬生生将他撞退数步，人未站稳，眼前一花，手腕剧痛，颈间微凉，一丝温热的液体沿肌肤缓缓而下，反手一摸，指间竟触得一片血迹。惊骇间抬头，却见东帝仍闲闲立于阵前，只是手中多了一把长剑，剑刃上一抹血痕宛若新生，掩映在青衫飘摇间，摄魂的冷，迫人的傲。

子昊眼尾带过一瞥，轻声道："我与王叔说话，如何轮得到你这外人插嘴？"漫不经心地挥袖一扬，三尺长剑脱手钉入近旁玄石缝隙，生生没柄而入，只余一道血红的缨穗兀自轻晃。

他入阵、夺剑、伤敌不过交睫瞬息，千军之间来去从容，若非仲晏子出手阻拦，那将领恐怕早已横尸当场，九夷族数千战士皆被震住。古秋同出鞘一半的剑定在手边，片刻之后缓缓收回，对仲晏子道："未想前辈竟是王族尊长，九夷族失敬了。如今公主被困王城，不知前辈意将如何？"

仲晏子听了此话，知他已生出疑惑，顿时心下不悦，两眼一翻，冷冷道："你若有本事，不妨自己去破阵救人，又来问我做甚？"

古秋同遭他抢白，一时语塞，深知此人孤傲怪僻，喜怒无常，当下不敢再行妄言。仲晏子却不再理他，只深深看向东帝："你不知天高地厚，竟去修炼'九幽玄通'，这门功夫需以九九八十一种剧毒相辅，无异于自残经脉，你胆量不小。"他方才与子昊硬拼一招，因不欲伤人只用了不足五成功力，原想足以将他拦下，却不料被他轻描淡写地单掌逼退，交手间一股奇冷无比的真气直侵经脉，阴寒霸道，此时半边手臂尚隐隐发凉。惊异之下，不由再将子昊细细打量，发现他虽目光清澈，举止从容，但面色苍白，唇无血色，显然体内深缠剧毒，已成痼疾。

子昊闻言，淡淡一笑："多谢王叔提点，侄儿体内何止八十一种剧毒，早已经习惯了。"

仲晏子道："你要自讨苦吃，与我无关，但且兰是我门下弟子，你将她掳了去，我却不能不管。"

"哦？"子昊眉梢一挑，"无怪皇非肯如此相助九夷族，原来且兰竟与他有同门之谊。"

仲晏子双目隐泛冷意："王族要灭九夷，我却偏要帮他们，且兰这丫头聪慧乖巧，甚合我心意，你们迫得她国破家亡，我就偏要收她做弟子。"

子昊点一点头："今日王叔亲自来此，便是看在王叔的面子上，我也该放且兰回去。但九夷族兵逼帝都，我若放了且兰，她复仇心切，难免冲突再起，请王叔恕我难以从命。"

仲晏子也不多言，只徐徐道："且兰我是一定要救的，你若当真不肯放人，便莫怪我不客气了。"他袖袍静垂，足下不丁不八，看似随意而立，周围却渐有一股无形的劲气缓缓旋起。众人无不生出奇异的感觉，仿佛面前是一片深海汪洋，海水看似平静，却旋涡片片，急急翻涌，而东帝独立的身影便如暗潮汹涌的海面上一叶微不足道的扁舟，四面浪来，似随时都有覆灭的危险。

子昊负手静立，衣衫无风自起，面对如此强大的气机，却是神态自若，笑道："王叔未免也太过偏心，且兰性命无忧，帝都却危在旦夕，王叔难道便这般袖手旁观？"

仲晏子注视他的目光别有一番复杂意味："你擒了且兰，将九夷族军队困在这帝都坎脉之上，二坎相重，险上加险，阳陷阴中，渊深不测，王城东、西两门水闸一开，宫中三千御湖之水由此尽泄，届时这区区数千人还不都喂了鱼虾？却说什么帝都危难？就算帝都当真不保，又与何干？我早已与王族毫无关系！"

此言一出，九夷族将士无不色变。古秋同断然拔剑，一声令下，身后两翼骑兵整列延展，弓箭手迅速退居阵中，众将在前，阵如锋矢，事到如今，九夷族除全力攻城之外已别无退路。

眼见大战一触即发，子昊却似视而不见，只淡淡看向仲晏子一人，片刻之后，唇角一扬："当真是什么都瞒不过王叔，往后侄儿还要请王叔多多指点才是。只是王叔若真对帝都毫无牵念，方才在阵中又如何会触景生情，以至心神失守，衍生幻象，让商容他们得了先机？"

玲珑九转，八方入照，千般幻象，皆由心生。

心之所忧，心之所惧，心之所念，心之所欲，七情成刀，六欲成伤。世间人，凡俗子，满心情仇，一身恩怨，但凡入阵，在布阵者的气机牵引之下，无不妄念丛生，才会让杀者有可乘之机。这道理仲晏子再清楚不过，却无论如何不肯承认，勃然怒道："一派胡言！你当我手下留情，便是破不了你的阵势吗？"

子昊笑容淡去，眉目之下隐透着一股别样的幽深："王叔若要破阵，自然易如反掌，侄儿自问未必挡得下王叔。只是侄儿亦知道，王叔毕竟是我族之人。天有不测，人有不察，同室操戈，骨肉离间，上一辈生死恩怨相杀至今，王族人脉凋零，只剩我与王叔几人，血浓于水，任谁也抹杀不了，雍朝江山，侄儿固然无法坐视不理，王叔又当真无动于衷吗？"

他的声音平淡无波，却字字如刃，恳切深重，更有一股沉痛的力道直击人心。仲晏子望他良久，自那眉眼形容间不由念起昔日与襄帝手足情深，心中一阵波涛翻涌，着实难以自抑，目光掠过风云苍茫下高大的城池，巍巍宫阙，忽然仰面长叹："天作孽，犹可恕，自作孽，不可活！天下到今天，王族到今日，乃是自取灭亡！"

子昊淡淡道："侄儿却觉得，王族之兴亡，向来由不得他人做主，王叔以为呢？"

仲晏子本欲出手制住子昊，逼他开城放人，但如此一来，九夷族挟怨破城，帝都必无幸免，在他心中，实际亦不愿见到此事发生。更何况他深知这王城之中的阵势非同小可，九夷族军队被困险地，想要全身而退几无可能，一旦开战，唯一的结果便是两败俱伤，念及此处，怒容略收："事已至此，便是由得你做主又如何？"

子昊隐隐一笑："王叔柄政之年，帝都堪称兵强马壮，却未曾加一兵一卒于诸国，武者，止戈也，王者，唯仁德不可或忘。黎民苍生困苦已久，天下乱极，必归清宁，乱由王族而生，便让它由王族而止。"

仲晏子眉峰微蹙，心有所感，问道："先是巫族，再是九夷，无论战与不战，子昊，你要如何向他们交代？"

这声"子昊"来之不易，子昊眼底微微一动，一抹傲然笑意随之隐现："王叔当看得明白，我若真要灭九夷，何须如此麻烦？且兰率兵攻城之际，只要我下令断桥放水，九夷族精锐便要尽折于此。你们身后的护城河中，早已不是江水清流，里面的'噬骨无魂散'足以令上万人瞬间化为乌有，寸骨不留。而终始山洗马谷中那些老幼妇孺，想必也绝非昔国军队的对手。"

清冷的话语淡淡入耳，却宛如炸雷迭起，直惊得古秋同等面无人色。在他们心神俱震之时，子昊突然容颜一肃，朗声道："王叔既问朕如何向九夷族交代，朕便以雍朝天子的身份向他们保证，帝都会释放九夷族所有族人，归还九夷族所有土地，蠲免九夷族所有赋税，并以九哀之礼厚葬九夷族女王。"他顿了一顿，望向王城前片片耀目的剑光，语调平缓有力，"三年战乱，其苦自知，无论是九夷族还是帝都的将士，岂有一人愿征战残杀？岂有一人愿埋骨沙场？将士男儿，谁无父母？谁无兄弟？谁无手足？谁无妻儿？两族相残，何日得终？九夷之战，乃是王族兴无道之兵，罪在朕躬，朕当降诏罪己以谢天下，还九夷族清白公道……"

他这番话清朗沉稳，以自身内力遥遥送出，清清楚楚、切切实实地传入每一个九夷族战士的耳中。九夷族阵中轰地一乱，刹那间又声息全无，一片沉默惊愕。仲晏子也不由怔住，不想以他君王之尊、先时之傲，分明胜券在握，却情愿如此退让，这非但出人意料，更令所有人再无从挑剔。

这般手段，杀之以威，赦之以恩，存之以情，晓之以理……仲晏子心头五味杂陈，倘若昔年襄帝有此一半谋略，王族何至大权旁落，天下又何至分崩离析？

征战惨烈，历历在目，九夷族从来无人愿意浴血厮杀，只是为争那一口气，决不能不战而死，任人凌辱。而如今天子降诏谢罪，封国享九哀之礼，如此殊荣，自古未有，九夷族至此还有何可怨？

东帝从容的声音传遍王城内外，穿透浓雾，隐隐回荡。云开，雾散，万里长空渐渐露出如水颜色，湛蓝晴冷，阳光缓缓铺展而下，终将帝都笼罩在一片金色明光之中……

第十章 血魄冰魂

软玉枕，烟罗帐，夕阳光暖，自层层繁复的黄绫宫帷缝隙间悄然透露，一片恬淡如金的浅影覆上且兰凝脂般的肌肤、细密的睫毛、挺秀的鼻梁、温软的红唇，鸾被锦衾之下伊人静静沉睡，神情安然若梦。

一只修长的手轻轻挑开罗帐，淡青色衣襟上夔龙玉饰的丝绦微微一晃，随即静垂无声。有人驻足凝眸，目光淡淡扫过这绝美的容颜，良久，一丝轻叹，低低飘落。

是谁的目光柔和似水，是谁的气息温雅如春，是谁一笑间月朗风清，是谁的怀抱如此温暖、如此安全……

"母亲……"唇畔一声模糊的呢喃，似是梦呓，随着眉宇间细微的蹙痕，且兰秀眸微张，突如其来的光亮落上眉眼，心头一惊，猛地清醒过来。

四周悄无人声，这是一间安静的大殿，整块白玉制成的圆形凤榻居中摆放，其上锦衾如雪，四角玉钩微垂，上方杏色轻纱绡帐缀以明珠美玉层层铺展，沿着饰以鸾纹的玉阶一直拖曳至光洁明净的地面，在轻衾的沉香曼影之中，只觉静谧。

隔着垂帘重重，玲珑窗格间透出幽静的光线。且兰发觉身上的战袍已被换成了洁白柔软的丝衣，下意识伸手一摸，腕上月华石却赫然仍在。她微微拧了眉，环目四顾，起身步下凤榻。

地面玉石异常温热，足尖与之相触，一股熨帖的暖意融融浸透肌肤，且兰抬手拂开水晶帘，赤足踏着斜阳宁静的光影向外走去。木兰清香缈缈，大殿深处隐有流水的声音传来，转过一道羊脂白玉屏，眼前竟是一间浴室，温泉水暖，不知从何而来，淙淙流淌过玉石浅阶，更衬得四周静极。

偌大的空间里似是只有这水声，只有她一人。且兰在池畔驻足，只觉这里静得令人不安，正要转身，心中忽觉异样！

这念头甫动，她黛眉一挑，掌起袖扬，头不回，腰不折，修长白衣如云出岫，划过水雾异香，直袭身后之人。

只听"呀"的一声轻呼，眼角一片衣影闪过，来人侧身疾退，堪堪避开一掌。

且兰掌下落空，却不停顿，纤手如刃斜切对方手臂，同时看清来人是名年轻女子。

眼见掌风袭来，那女子被迫应招，手腕一翻，素衣底处叩指如兰，拂向且兰手心。

双掌相交，她掌心一股柔劲似有似无，微微一漾，两人错手而过。且兰衣袖轻抖，旋身向左，右手云袖忽然便向她肩头拂去。

那女子不及躲避，侧步时纤腰急拧，人便像附在那飘舞的长袖之上，滴溜溜连转数周，却不料且兰左手衣袖飞扬，势挟劲风，已扑面而至。

情急之下，那女子足尖一点，腰身轻折，竟在那柔软的长袖之上微微借力，一个翻身脱出双袖夹击，轻飘飘落在数步之外，顺势俯身，急道："公主请住手！"

且兰见她手中托着个翡翠玉盘，内中盛一袭雪丝冰蚕锦，并一支精美雅致的冰玉木兰簪，整整齐齐分毫不乱，忍不住赞道："好漂亮的身法！你是什么人？"

那女子一身碧衣罗衫，眉清目秀，看去温柔可亲，听这问话，暮色光影里抬头盈盈一笑："些许微末功夫，公主过誉了，离司不过是主上身边的医女，方才情急之下多有冒犯，还请公主见谅。"

且兰眼角一挑，扫过已逐渐没入幽暗的大殿："这里是王城？"

离司点头道："公主现在是在长明宫兰台，这兰台建在温泉海上，所以四面如春，主上特意吩咐在这里为公主备了兰池香汤。"她起身将手中的托盘放下，"这是主上亲自替公主挑选的衣饰，让我送来，顺便看看公主是不是醒了。"

她声音清甜婉转，带着股温软动人的味道，一言一笑令人即便知道是敌人，却偏偏不会生厌，且兰静看了她一会儿，突然淡声道："我要见他。"

离司将四面宫灯逐一点亮，含笑道："主上正在隔壁漓汶殿，两宫间有飞桥复道相连，隔得很近，公主沐浴更衣之后，我便带公主前去。"

水雾氤氲满兰池，飞花漂转轻漾，异香浮动。且兰缓缓沉入水中，长发缭绕，如丝如幕，一袭墨华浓婉，随池中微赤的灯影脉脉流漾于雾光水波之上，恍惚间，如一匹丝绸泛染了血色，浮沉，纠缠，将人深深包围。她静静闭目沉思，昏睡前的情景浮上心头，兵锋铁蹄，刀光剑影，逐渐化作三年前九夷族国都城破的一幕。

杀戮与血光织就的记忆，已隔了近千个日夜，却每逢闭目都会异常清晰地浮现于眼前。焦石断木，满目疮痍，遍地尸体支离破碎，一道道缺口恰似残碎断裂的城墙，宣告着无数生命惨烈的终结。

血如河，倾覆了黑暗，染透了夜色。浓烟下，山风中，弥漫而来血腥的味道、浓烈的杀气，挥之不去的厮杀声与族人临死前绝望的惨叫，一分、一毫、一点、一滴，都是刻骨铭心的痛，不共戴天的恨！

且兰忽地睁开眼睛，眼底一丝锋利的光芒令水雾中柔美的面容突然冰冷如雪，没有任何一刻，她离自己的仇人这样近！

离司的声音自屏风外响起，且兰目光透出寒意，徐徐自水中起身，晶莹的水滴滑落玉雕般的肌肤，茜纱灯下坠落无声。

漓汶殿地势偏高，一道玄石飞桥横跨兰台绕山而上，隐于大大小小数十道瀑布之间，不见首尾，层叠流瀑垂泻如幕，一盏银纱宫灯若隐若现，穿行于水帘深处，渐往高处而去。

一片洁白的衣袂，似水波，如轻云，宫灯柔亮，透过蝉翼薄纱照出且兰冷丽的侧颜，映着一支寒玉雕琢的木兰发簪清光流转。

进入这王驾驻跸之处，且兰很快发现整个漓汶殿不见一个宫奴，不设一名守卫，清静得异乎寻常。明月当空，瀑布深处不时折射出点点亮光，耳畔唯闻水声激荡，细密如织。

再行片刻，便见一座楼阁凌空飞起，竟是建在一处陡峭的山崖之外，半隐在水瀑之中。

似有琴音于微风中遥遥送来。

四周流水响声不绝，如击重鼓，琴音却始终清晰异常，一丝一弦，通透清和，似于这三千飞瀑之中化作一颗颗清亮的水珠，错层铺泻，澄澈晶莹，潇洒处，飞流直下溅珠玉，极静处，明水净沙过溪山。

水如帘，风如雾，一时之间，不辨琴音流水、天上人间。

离司在殿前止步，只剩且兰独自穿过一道道碎光摇曳的水晶垂帘，继续向前行去。微风轻拂，肌肤间绡纱冰凉，罗衣如水，似乎仍行走在漫天的水幕之间。那宫殿极深，似无尽头，琴声却就在耳畔，如勾魂摄魄的魔音，引人一步步前行。

缀珠绣鞋已被留在幕帘之外，赤裸的双足，如它的主人一般美得令人屏息，白裙半掩，欲露还隐，比任何一句语言、一丝眼神更能表现女子动人的风姿。

且兰在淡香清郁的檀木地板上踏出最后一步，琴音一分不差，悠然而止。袅袅余音，绕梁不散，她缓缓抬眸，便自水晶帘后看到了那人。

亦是白衣，静静垂落在古琴一侧，玉帘低垂，深深浅浅的光影洒落在他的脸上，看不清容颜。

且兰敛衣拜下，幽柔发丝随那一低头的婉转轻漾在颈畔："九夷族罪女且兰叩见王上。"

帘后传来一声轻叹："八百年前白帝抚琴成曲，玄女如夷纵舞而歌，二人情终此曲，玄女飞天，化仙而去，白帝入世，始有人间，公主可曾听过这个传说？"

且兰温顺答道："罪女听过。白帝无亏开天地，立九域，教黎庶，协阴阳，乃是上古圣贤、人间之主，而那如夷本是幽冥圣女，因感白帝之情，情愿以身补天，救苍生于浩劫，精魂化作九色灵石，散落人间，便是九转玲珑石。白帝将九道灵石分赐九族，共有天下，后登惊云山巅再奏此曲，百鸟齐翔，彩云缭绕，一曲终了，羽化成仙，而此曲亦成世间绝响。白帝临去前禅位于贤者子出，立为望帝，九族辅之，其后八百余年，便是雍朝。"

那人似含笑，继续道："朕前些时日空闲，翻阅宫中所存残谱，按弦引律，补为八十一大调、三十六等音，终奏成此曲。只是曲已成，舞难再，不免略有遗憾，可惜！"

且兰沉默了极短的刹那，轻声道："既已有曲，舞便不难。"

"哦？"玉帘折射了光影，一漾，掠过眼前，"朕倒忘了，九夷族女子善歌舞，冠绝天下。"

且兰轻轻抬头，眼波流转，秋水多情，只一眼，美得摄魂夺魄。

"愿为王舞之。"

三两点琴音低低颤过丝弦，白衣乌发的女子单足合掌，明眸静垂，宛如莲华圣女，宝相庄严。

清音似流水，纤指美如兰，绵长水袖如云出岫，绕身急落。

羽衣白纱轻飞旋，玉人踏歌，翩然起舞，每一分转折，每一次轻回，都完美地契合着弦间音符，一人指下生玉，一人袖底飞花。

七丝冰弦，溅珠撼玉惊游龙。

九天飞仙，凌空飘逸纵云生。

斜曳裙，半举袂，绿腰轻折柳无力；敛蛾眉，浅回眸，含情凝睇视君王。

且兰足尖一点，曼妙的身姿忽如飞雪随风旋转，越旋越轻，越转越快，层层衣袂似妙莲绽放，一头秀发亦自由自在地飞散开来。

月色、琴音、明光、花枝、轻纱、魅影，都与这绝艳的舞姿交织幻作一片炫目的光。忽然间，旋转中的人儿凭空跃起，毫无预兆地化作一道白光，挟着短促的尖啸声，穿破玉帘！

就在这电光石火之间，那道玉帘无风自扬，飞射而出，化作凶器的玉簪迎面一室。

与此同时，且兰腰间骤紧，被一只有力的手臂环住向前带去，不由自主便撞入一人怀中，蓄满杀气的玉簪在离那人咽喉半寸之处生生停住，再难前进分毫。

干净修长的手指，轻轻抵在玉簪之侧，且兰猝然抬眸，终于看清了他的模样。

温如玉，寒若雪，这便是王域的主人，天子东帝。

除了面具的遮挡，她见他飞扬入鬓的眉，薄而含笑的唇，微挑的唇角弧度优雅，笑意却如裂冰，凉透心魂。

耳畔一声低叹，他离她那样近，笑语温润："这支玉簪乃是朕送你的礼物，似乎不太适合杀人。"目光一低，"这样美的一双手，也不应沾染血腥。"

且兰狠狠一挣，却半分动弹不得，恨意再不隐藏："我今天杀不了你，但总有一天，你定会死在九夷族人的手中！"

"你若要行刺，便不该用这样的目光看朕，倘若再温柔隐忍些，说不定便成功了。"子昊漫不经心地取过她手中的玉簪，重新替她绾在发间，满目兴味地看住眼前的女子，"怎么就这么恨朕，非要置朕于死地？"

且兰这才发现他是刚刚沐浴过，微湿的发以一根纯白的丝带轻束身后，宽松的丝袍随意穿着，襟怀半敞，若有若无的水气混入一丝淡淡的药香自他身上散发出来，清暖而魅异，丝丝惑人。

咫尺间刻骨铭心的眼睛，冷峻，清净，如水如墨，如静夜深沉月满天。

这般肌肤相亲，翠炉香暖，红烛低照，一室玉光流溢，尽是温柔旖旎，他唇边玩味的浅笑却勾起她眼底淬毒的光："杀我母亲，屠我族人，此仇此恨，我与你不共戴天！"

子昊眉梢轻微一挑："为你的母亲，你该谢朕，若非朕使人换了酒中的毒，她不会去得毫无痛苦。"

"你们害死我母亲不够，难道还嫌没能折磨她？我倒还要为此叩谢主上圣恩了？"且兰心中直将他恨到极处，若还能动，怕是早便一掌掴去。

子昊眼底一片幽深，喜怒难辨："不错，你真的要谢朕，否则她会生不如死。"他看着且兰因愤怒而绯红的脸，淡淡问道，"你可听说过妤夫人？她是王太后的嫡亲妹妹。"

且兰闭目扭头，索性一言不发。他低低一笑："你知道她是怎么死的吗？那还是先帝年间，王太后当着先帝的面，命人挑断了她的手筋、脚筋，割去了她的舌头，以荆条为鞭将她抽得体无完肤，然后丢入了虿池。"

且兰原本决心不听他说话，这时却闻言一震，睁大了眼睛。

虿池极刑，以九丈深坑蓄养蛇蝎，受刑者断手足，裸体肤，一旦入刑，即遭钻肠破肚，万毒噬骨，却一时不得气绝，非挣扎哀号数日方化为血污，其形状之惨，惊绝鬼神。

"那虿池之中共有大小毒蛇近千条，但毒性都不会立刻置人于死地。妤夫人被投入池中，浑身鲜血激起饿蛇凶性，越是挣扎、恐惧便越惹来群蛇攻击。她眼睛看得见，耳朵听得到，神志未失，痛觉尚存，但手足俱废，口不能言，就连自尽都做不到，求生不得，求死不能。"他突然停了下来，且兰感觉身后手臂略微收紧，忍不住追问："后来呢？"

"后来，她在池中整整受了三日折磨。三日之后，离司往池中投了一条血顶金蛇。"

"啊！"且兰倒抽一口冷气，"那妤夫人……"

"一蛇毙命，万蛇穿心，尸骨无存。"他的声音不知为何变得极冷，似有冰雪融入其中，寒天彻地，万物不生。

且兰忽地醒悟："离司是你的心腹侍女，是你杀了妤夫人！"

"对。"子昊抬手一送，且兰顺势跃出帘外，恢复自由。他淡淡掷下这一字，再未说话。

玉帘急晃，碎影纷乱，白衣之上洒满明暗不定的光，一室沉寂中只闻珠玉碰撞，极轻的微响。

过了一会儿，且兰突然冷笑道："真是有其母必有其子，王上与太后，倒是一般的心狠手辣。"

子昊徐徐站起来，拂帘而出，声音平缓："王太后凤妧，并非朕之生母。"

玉帘拂落的刹那，且兰看得分明，面前男子的神情极冷极淡，脸上半分血色也无，冰玉光影折射下一片难以言喻的苍白，几近透明的面容与那云丝软袍相衬，周身清寒似雪，纤尘不染，令人不敢逼视。

且兰冷笑。

高贵，这是她看清这身影时脑海中第一个念头，高贵到不可一世的王族，万物都该匍匐于其脚下，任他们凌辱宰割，生死贱如草芥。眼前清高出尘的东帝，与那雍容华贵的王太后一样，双手沾满了巫族与九夷族的鲜血，这样的人，竟然是九域大地、天下苍生的主宰！

"那敢问王上的生母又是谁？是不是也一样狠毒？"

问话之人唇角带着显而易见的嘲讽，子昊抬眸，眼底深如平湖，静若冰海。他却并未回答她的问题，只继续道："死在太后手中的女子，除了好夫人，还有一个媚夫人。她被关在琅轩宫，每擒住一个巫族叛奴，太后便命人在她面前凌迟处死，最多一次百人同刑，琅轩宫中如修罗地狱，血腥连天，惨相绝伦。这种灭族的法子，比起九夷族如何？先帝去后，媚夫人被送入王陵活埋而死，如此死法，比起你的母亲如何？"

这般静冷的面容，波澜不惊的陈述，且兰望着他，一时说不出话。他漆黑的眸心映出王城深宫中一幕幕不为人知的杀戮，一切却仿佛只是司空见惯，丝毫不曾令他动容。

"所以你不妨记着，若真恨极了一个人，千万莫要一剑杀了他，看他生不如死才叫解恨。"他最后一笑，看透她的双眸，"现在，你可还想杀朕？"

且兰只觉得眼前男子是魔非人，寒意自背心陡然而上，掌心一片冷汗涔涔，盯了他良久，方吐出一句话："我只知道，你一日不死，我一日大仇未报！"

子昊又是一笑，微微颔首："既如此，朕便给你一次复仇的机会。"一挥手，旁边玉案之上雪缎扬起，露出一柄紫鞘长剑，"白日朕折断了你的剑，现在还你一把。这'浮翾剑'乃是当年白帝采沧海精钢铸炼而成的一柄神器，吹毫断发，削铁如泥，乃天下兵器之克星，要杀人，便该用这样的剑。"他淡笑，"朕让你一剑，不避亦不还手，你若要报仇，便拔剑吧。"

且兰秀眸一凛，颇不相信地看向他，他淡笑示意，负手而立。

且兰缓缓走到案前，只见那剑细长修窄，紫鞘银纹，淡笼寒意如霜似雪，未曾出鞘，剑气已逼人心神。她轻轻触到剑柄，一股凉意似水，透上指尖。

是杀气，多少鲜血浸染的杀气，育有灵魂一般孕于剑身，激得人心血陡然一跳。眼前，仿佛再次看到家园尽毁在战火之中，母亲猝死于金殿之上，族人惨亡于乱刀之下！

漫天血色，模糊了一切。

一条条鲜活的生命，血债血偿，天经地义！

手指猛地握上剑柄，越攥越紧，忽然，飞袖，拔剑，回身，剑出！

惊电裂空，横贯深宫，一道寒光刺目急似流星，飙射子昊心口。

而他，果真分毫不动，束手待毙！

剑似白虹，去无余势，光若匹练，猛地照亮那双清冽的眸子。静如渊，湛若水，惊鸿乍现，且兰心头就像被闪电击中，肺腑洞穿，手腕不由一颤，剑光斜飞而上。

血溅白袍！

剑锋入体的那一刹那，她清楚地感到血飞骨裂的阻绊，他竟连护体真气都未运，以血肉之躯生生受她一击。

且兰因知子昊武功高她甚多，一击不中便再无机会，这一剑运足了十二分功力，直从他的肩头没柄而入。子昊被凌厉的剑气激得后退了数步方稳住身子，心口一阵刺痛传来，那潜伏在体内的剧毒蠢蠢欲动，肩头的伤反倒显得无足轻重。剧烈的咳嗽声中，他脸色只比方才更加苍白，衬得那双眸子越发黑亮。

"可解恨了？"好不容易缓过来，他勉强立定，抬头笑问。

且兰呆立在面前，一瞬不瞬地盯着他——血，自他肩头伤口汩汩流下，很快便染透了半边衣袖。那诡艳的颜色映入他细长的笑眸，恍如魔域深处绽放了红莲，几近妖异。

重伤仇敌，她却连半分快感也无，心头似被一只手紧紧攫住，竟有痛楚随那鲜血喷薄而出。

为什么这个时候，他还能笑得如此轻松？

为什么她的恨，他要如此从容消受？

见她愣着说不出话，子昊眸中笑意愈深："你分明可以一剑取我性命，为何又突然改变了主意？"

"我不杀不还手的人。"且兰终于恢复过来，哑声道。

"那你便再没有机会了……"子昊不由又是一阵呛咳，抬袖间身上再添血色，唇角的微笑却始终不变。

"我不信。"且兰倔强亦如从前。

"你不会。"子昊微微一摇头，含笑看她，反手扬去，浮翾剑应手而出，一道鲜血溅过地上的古琴，落在且兰赤裸的足畔，似残梅，如红妆。

他并不理会伤口血流如注，闭目仰首，似在思量什么。片刻之后，手腕微振，一道真气贯透剑身，浮翾剑紫芒暴现。

剑泛寒光，回风惊雪，随着那清逸的白衣、狂肆的血色，剑下飞扬转折，在坚硬的檀木上毫不停顿地书下峻冷字迹——

罪己诏！

朕以凉德，承嗣天下，七载于兹。君临万邦，暗于经国之务，不知苍生之艰难，不恤征戍之劳苦，枉兴兵戎，征师四方，诛戮巫族，而伐九夷。两族子民，人其流离，国毁亲亡，血泪成愁。将士枯骨，转死千里，魂魄聚兮，鬼神为泣。念此苍生，谁非赤子，摧残极易，生聚綦难。天谴于上，人怨于下，而朕不自知，此罪矣！

……

剑锋寒，血如花。

字字句句，锥心刺骨，直刺且兰双目，泪，再也无法控制，终于夺眶而出……

第十一章 艳凤游龙

九域之内，非战不成其国，四海之下，失天日而无光。兵者，凶也，不祥之器，至危之道。以此毒天下，而民从之，吉复何咎？

蒸民之疲，在朕一人，天下愁苦，在朕一人，及其万方有罪，在朕一人，朕一人之罪，无以之万方……

楚国，沣水渡。细雨如芒，随风斜入，将渡口前竹木刻成的诏书染成深暗的黄色，亦将这滔滔江水化作千里烟波茫茫。

三日之前，东帝降诏罪己，颁行九域，世间众说纷纭，毁誉参半。服之、叹之、赞之、谤之，这前所未有的诏书让天下诸国莫不震惊。

子嫚站在木栈之前，隔着绵密的雨幕一字一句看下去，微风忽过，将她竹笠之上的玄色轻纱淡淡扬起，露出唇角一丝浅笑，半副玉容初露，惊鸿般一瞥，令旁边避雨的行人无不屏住了呼吸。

风过如烟，子嫚妙眸低转，忍不住含笑轻叹，这人啊，真个是心深似海，反手乾坤。这么一道诏书，短短两三百字，巫族人脉凋零，倒也作罢，那九夷族却怎还翻得出他的掌心？就连堂堂楚国也平白挨了一巴掌，怕是得止戈息兵，消停些时日。

她转身离了栈头，踏上一艘停泊在江畔的渡船，摘下竹笠，笑意未收的艳色令迎上前来的船家呆了一呆，说话也略见不畅："姑……姑……姑娘……"

子娆眼角一勾，笑道："我看起来很老吗，竟做得你姑姑？"

"不是，不是，姑娘说笑了。"那船家堆起笑来解释，急忙退了两步，将子娆让到上层船舱，显得十分殷勤。

这是一艘宽敞的渡船，装饰豪华有别于普通船只，船舱上下两层皆设有精席雅座，供客人饮酒品菜、观赏江中风景。从沣水渡到楚都上郢两三个时辰的水路，这样的渡船并不少见，但今日不知是否因风雨的缘故，只有这一艘渡船停靠在此。

此时船未起锚，舱中已有些客人在座。上层船舱当中两张桌子坐了七八个身束软甲、腰佩长剑之人，内中一色白衣，看样子是同出一门的弟子；邻近他们的是几个商客，所着服饰像是来自南楚，几人非但衣衫华贵，点的酒菜也极为讲究，每人身旁皆带着一条长形包裹，不知是什么货物。再往里一边坐了四个大汉，面目颇有相似，面前皆是大块酒肉，听说话的口音并非楚人；离子娆最近的却是两个文士打扮的中年男子，一着绿袍，一着赭衣，貌虽风雅，却宽肩长臂，身量高壮，尤其面对子娆那人隼目鹰鼻，神情阴鸷，予人心狠手辣的感觉。

子娆所坐的是船上最后一张空桌，船家上前笑问："姑娘要不要用些什么酒菜？"一边说话，一边眼睛直往那曼妙的身段上逡巡。

子娆眼风带过，转而一笑："随便什么小菜，拣可口精致的送来。"

船家答应着去了，不过一会儿，便将饭菜送了上来，子娆倒不急着品尝，倚窗而坐，将这客船打量。发现下层船舱不知为何以油布遮挡起来，并不招待客人，甲板上也不见船夫忙碌，唯有风雨渐急，一片烟色迷蒙。

江畔浪涌，船身随着江水起落不休，微微轻摇，这时忽然舱帘一掀，带起一阵细雨斜飞，一个年轻男子阔步而入。身后跟着船家一声招呼："贵客到——"

此人出现在门口的一刹那，子娆敏锐地察觉到船上气氛有一丝细微的异样，似是极快的一瞬凝滞，立刻又恢复如常。抬眸看向那人，只见他身着墨色紧身武士服，沾雨微湿，但分毫不见狼狈，冠带束发，背插长剑，身形颀长却不瘦弱，肩宽腰窄，龙行虎步，双目奕奕隐含精芒，扫视之间竟有一番睥睨气势，令人望之心折。

那人环目一周，见已客满，便走到子娆桌前抱拳道："在下唐突，不知可否与姑娘同桌暂坐？"他说话时直视对方双目，举手投足间带着极强的自信，有种十分吸引人的气质。

子娆点了点头："公子请便。"

那人道了声谢，拂衣落座。船家早赶过来伺候，满脸带笑，目不转睛地看着那人，好似天下突然掉下来一尊财神，旁边一直令人垂涎的绝色反倒变得无足轻重。

那人丢出块楚金，吩咐道："不拘什么菜，但要好酒，快些送来。"

那船家与他目光一触，竟不敢正视，忙点头哈腰地接了赏钱去办。

船身一晃，终于缓缓驶离渡口，子娆只随便尝了尝菜肴，便倚栏静望窗外，转眸间偶尔与那人目光相触，彼此微微一笑，他眼中毫不掩饰惊艳与赞叹，却又并不让人觉得唐突。

外面雨势略急，江上白茫茫舟船难见，栈头那被雨水洗得清亮的王诏亦渐渐消失在视线之外。子娆不着痕迹地再叹一口气，骄傲如他，自负如他，为这片风雨飘摇的江山，却将一个"忍"字练到了极处。这九域天下，四海臣民，王族一代代不变的传承，压在他肩上，亦压在她心里。

正出神时，忽听旁边那两个文士打扮的人随口闲聊，其中一人冷笑道："方才在渡口看那王诏，堂堂天子屈尊罪己，莫不竟是走投无路了？区区一个九夷族也至于如此，倒真是叫人想不到。"

那赭衣人道："王族式微，九域诸侯群起，当今东帝不过一个弱冠少年，有什么能耐撑得起天下？"

"说得是，我看王族是气数已尽，如今罪己，下一步便该退位让贤了，八百年江河日下，倒也不稀奇。"

"连九夷族的娘们儿都能逼得他如此，倘换作楚、穆等国，怕不是要吓得跪地求饶？哈哈……"

两人举杯对饮，声音虽不大，子娆却听得一清二楚，凤眸冷冷一掠，一刃清光似轻羽点水，稍纵即逝，艳红的唇，淡淡抿起。对面那黑衣人亦将这些话听得分明，眉峰轻挑，遥望向已然看不清晰的栈头，眼中却是一片深思的痕迹。

这时船家送了酒菜上来，几品菜色不见出奇，酒却是上等的佳酿。美酒色润而味清，倾之如一泓美玉，嗅之如郁郁兰芝。

子娆坐在对面，闲闲看那人斟酒，酒香醇厚，沁人心脾，她不由微微吸一口气，眼中却忽而闪过一丝诧异。那人方执酒欲饮，子娆突然出声打断他："公子！"

那人抬头看来，子娆羽睫一扬，柔声笑道："好香的酒，可否冒昧讨你一盏？"

那人愣了愣，随即露出魅力十足的笑容，让过酒盏，将手一抬："独饮岂如对酌，姑娘请。"

子娆接了酒盏，却不饮，仍看着他："我想要你这一壶，不知公子肯不肯？"

那人豪爽地笑道："想不到姑娘这么好的酒量。"将那吊环耳壶送到子娆面前，扬声道，"再取一壶酒来！"

船家高声应下，立刻送酒过来，临走前盯了子娆一眼，目露诧异。子娆视而不见，只看着那人："这酒用料不凡，难得一见，公子可否将这壶新酒也送了我？"

那人虽有些奇怪，却十分大方，笑道："姑娘若嫌不够，便再让他们取酒来，无论多少皆算在我账下，今日我便和姑娘交个朋友，如何？"

"好啊。"子娆白玉般的手指轻叩壶身，对他妩媚一笑，"不过两壶足够了。"说着凤眸一漾，转向旁边那两个文士。那两人也正侧目看着这边，留神听他们说话，猝然与子娆打了个照面，皆是一震。

勾魂夺魄的一双美目，泠泠然似天湖秋水，分明是澈滟不染铅华的清澈，顾盼一笑，如仙如魅，妖娆如淬艳毒。

子娆开口，媚语清柔："方才听两位高谈阔论，着实见地不凡，我借这位公子的酒敬两位一杯！"说罢素手一拂，真气透壶而入。两道清流破出陶壶，化一双水箭激射而去，不偏不倚，正中两人面前酒盏，余势不歇，反溅而起，直扑两人面门。

那两人大惊失色，忽地折身，双双急避，身手灵活，反应极快，武功竟是不凡。饶是他们避得及时，仍有数点残酒溅上衣衫，嗤嗤几声轻响，竟将衣服穿出几个小洞，更有三两滴溅到邻座之人身上，那人顿时惨叫着倒地，皮肉腐蚀，传来骇人的血腥之气。

来自南楚的剧毒"天溟水"，无色无味，化骨噬血，一滴足以杀人于无形，亦如千金之贵重，若非出身巫族自幼见惯各种异毒，便是子娆也未必分辨得出。黑衣人不知是何来历，竟令这些人动用如此手段。子娆目光向侧一扫，便在此时，舱外传来一声断喝："动手！"正是那船家的声音。

那批白衣剑客闻声飞起，如鹰搏兔，扑向黑衣人。品菜的几个富商行囊一抖，竟都是随身带着兵刃，从两侧包抄。吃肉的四个大汉赤手空拳，罡风振衣，自后攻袭，一时间将那黑衣人团团围住！

绿袍、赭衣两人显然武功最高，亮出兵器——一对金钩、一道银锥，联手攻向子娆。

杀气近身，那黑衣人面露不屑，大笑一声，目中神光暴涨，背上长剑紧握手中。

四面攻来的对手被这笑声震得一室，他已身形急晃，闪电般自对方兵刃最密之处破入敌阵，横剑旋身。

剑气透鞘，如一重劲浪扫中周围兵器，几个对手把持不住，利剑长刀竟被他生生砸飞。

那人一击慑敌，"嗖"地后退，后背逼近一名大汉时，反手一晃，长剑挟一道炽烈真气自肋下连鞘穿出，撞中对手胸口！

那大汉狂吼一声，吐血跌退，倒地不起。

几柄利刃已至眼前，黑衣人嘴角现出一丝冷酷至极的微笑，甫退便进，快如疾风，闪身逼近一名敌人，抬膝狠狠撞上对方小腹。那人弯腰惨叫，立时昏死过去。

黑衣人运劲一带，手中人被他抛向身后，数柄刀剑砍下，顿作冤魂。而他已闪入两名商客之间，长剑忽然弹上半空，双手使出精妙手法擒敌手腕，真气贯臂，左右疾送，两柄长刀透腹穿出，对手双双毙命。

长剑回落，突然中途转向，脆响声中一个偷袭过来的酒壶四分五裂，化作片片飞瓷。那人运剑如风，快击之下锋利的碎片纵横飞射，每中敌身，必有人惨呼溅血。

他剑未出鞘，数名敌人已死于非命，此时眼风扫去，见子姣与其他两人缠斗在一起，一时未分胜负。就在此刻，却听"喀喇"一声巨响，子姣身后的船舱突然化作漫天激射的木屑，碎屑影中，一柄长矛如毒蛇出洞破壁而入，直飙子姣后心！

长矛之后，出现那船家的身影，一批扮成船夫模样的杀手破舱而入。

"小心！"黑衣人震开数人，飞身欲救。却见子姣折腰一让，数道寒风自指尖射出，逼得身前两人仓促后退，同时飞袖回身，让过急射而来长矛，一道玄光如影似魅，忽地缠住那船家，一声轻笑："送你！"

身旋袖扬，那船家武功不弱，谁知被一袖卷中，竟毫无抵抗余地，直被凭空甩出。

黑衣人朗声大笑，长剑终于出鞘！

但闻半空中一道龙吟，长电惊魂，异芒夺目纵射，剑光下一蓬血雨漫天飞起。

空中两人擦身而过，黑衣人飘落地上，背对众敌。其后，那船家一颗大好头颅抛飞而起，身子"嘭"地自船舱破洞处飞坠下去，连同半空喷溅的鲜血落入江中，瞬间被风浪卷没了踪影。

剑锋沾血，杀气狂溢。黑衣人缓缓回身，眼中遽然寒芒大盛："哼！要送死便一起来吧！"

话音未落，剑芒化作孽龙，长啸而出。剑气如浪，卷起嗜血的旋涡，就连和子姣对敌之人亦不能幸免，纷纷卷入其中。

子姣乐得清闲，抽身飘退。风雨急啸，含血四溅，船舱中顿时只见剑光与血色，惨叫声迭起。

那人身处众敌之间，杀人夺命浑若无物，一声利啸，那绿袍人手中银锥被迎面劈中，剑气透体，一口鲜血喷出，眼见命丧剑下。赭衣人大惊失色，一双金钩抢至近前，招招狠辣犀利，猱身抢攻，不可小觑。

那人被他一阻，未下杀手，身旁数人扑来，血光暴现，两个大汉顿成剑下之鬼，那人臂上亦添伤口。

绿袍、赭衣两人抽身飞退，突然改变方向，钩锥齐发，射向子姣。子姣竟不躲闪，金钩直抵咽喉，银锥止于腰畔，赭衣人厉声道："夜玄殇！还不住手！"

子娆先后数次阻他们用毒，以至于双方动手血战，已被认作是那人的同伴。舱中剑芒一盛，迫退对手，夜玄殇仗剑转身，冷冷看向对方。

一阵风雨自船舱破裂处扑进，冲洗着甲板上四溢的血色，幸存的杀手陆续后退，围到子娆身边，兵器却仍指向夜玄殇。夜玄殇深眸微眯，缓缓道："金钩辛厉，银锥辛实，你们两个也算是江湖上响当当的人物，竟这般不要脸面。"

"少啰唆！"金钩辛厉喝道，"放下剑！"

夜玄殇随意搭剑于肩，神情十分倨傲，浑身上下不知是敌人的血还是他的，染透衣衫，散发出一股令人窒息的霸气。他以眼角睥睨而视，冷冷笑道："我夜玄殇从不受人要挟，你若想要我性命领赏，尽管自己来取。"

银锥辛实抹了抹唇角鲜血，阴森森地道："三公子武功高强，我们兄弟不愿在这儿丢了性命，也只好如此了，公子只要弃剑投降，我们保证不伤害这位姑娘就是。"

夜玄殇虎目扫射一周，笑道："金钩银锥、西峡四雄、跃马帮和赫连武馆的人都来蹚这浑水，看来这次赏金不少。"

辛实阴笑道："兄弟们这场富贵，还得仰仗公子的项上人头。"

夜玄殇忽然向前一步，骇得众人慌忙后退，辛厉将左手金钩一横，急喝道："站住！"他果然站住，剑眉一扬，看向受制于金钩银锥间的子娆。

利器迫身，子娆却一副慵懒模样，突然勾唇一笑，问夜玄殇道："喂，你要不要活口？"

那辛实怕生事端，未等夜玄殇回答，将银锥微微逼近："闭嘴！"

江风拂面，一片微雨纷落。子娆似怨似恼地掠他一眼，柔声道："我又没问你话，你干吗插嘴呢？"一道眼波，万般风流，美人轻嗔薄怒，娇声软语，那金钩银锥竟同时呆了一呆，三魂出窍，一时全忘了言语。

"到底要不要活口？"子娆转眸再问夜玄殇。

夜玄殇见她眉目带笑，神态自若，并没有分毫局促，便道："他们杀不了我，生死已无分别，姑娘随意好了。"

子娆幽幽轻叹，对金钩银锥道："没办法，人家既然不要活口，那我可对不住了。"话音尚在，婀娜腰身突然一荡，衣若魅影，人似轻烟，飘飘然便脱出金钩银锥之外。众人眼前一花，未及反应，忽见船舱中一道墨色烟云似随风旋，一片淡香之中冰色飞散，寒芒淬闪水光，遽然穿喉而过。

叮叮当当，兵器落地，未在夜玄殇剑下丧命的数人同时倒地，仿佛是被那飘飞而来的风雨取走了性命。金钩银锥这时才回神，齐声怒喝，扑向子娆。

便听耳畔一声娇笑，子娆皓腕一翻，两丝白光自袖底射出。

金钩银锥分明看得异物袭面，偏偏无法躲闪，一道蚕丝样的东西倏地迎面入口。

子娆眸色微微转冷，徐声道："我最讨厌人家多嘴多舌，你们两个来世若还投胎做人，千万记得说话小心！"纤指一弹，对面两人齐声惨叫，数道晶莹透亮的白丝自他们眼、口、鼻、耳中四面生出，在头颈之间飞旋缠绕，瞬时便将七窍死死封住。两人在地上痛苦翻滚，全身很快被一层细丝密密包裹，挣扎几下，慢慢化作枯茧一般，血肉无存。

夜玄殇拊掌笑赞："冽冰夺魄、千丝索魂，不想今日竟能在此得见，姑娘不但人美，这身功夫更是惊艳！"

子娆收了丝蛊，瞥他一眼，他双眸熠熠与她对视，目光深邃，笑容并不因方才血战而染半分阴霾。子娆挥袖将那竹笠取来，嫣然一笑："你也不错，好剑法，好功夫。"轻纱遮下，风雨扑面飞扬。

两人一同检查船舱，发现下层舱中竟堆满桐油火料，一旦点燃，难免船毁人亡。而底舱中另有几具尸首，看样子乃是原来的船家与小二，事先便被杀人灭口。这批人行事如此心狠手辣，显然是针对夜玄殇而来，而他却仿佛司空见惯，站起身来，随口问子娆："姑娘可是要去楚都？"

子娆正打量他，见他问，便道："路过而已，我要去魍魉谷。"

这回答轻描淡写，夜玄殇却有些吃惊："魍魉谷地处深峡，千年密林遍布泥泽，且异兽凶物繁多，乃是江湖上一大凶地，不知姑娘去那里做什么？"

子娆淡淡道："正因有异兽才好。"

夜玄殇皱眉道："姑娘莫不是听了江湖传说，为那巨蛇烛九阴而去？"

子娆笑了一笑，不曾反驳。那烛九阴之胆乃是世间奇药，可医沉疴、解剧毒，既已到楚国，她自然不会错过。

此时船已近岸，两人施展轻功飞身上岸，临去前点燃桐油，偌大一艘渡船顿时被熊熊火光吞没，很快沉入江中。雨意渐收，夜玄殇站在一块岩石上遥望大江，沉思片刻，转身微笑道："姑娘方才阻我饮那毒酒，我欠你一个人情，若无什么不便，我愿陪姑娘走一趟魍魉谷，略尽绵力。"

淡纱内黛眉笼烟，似见清光潋滟，子娆抬眸向他看来，便一停，那湖光般的眉色一漾，盈盈晕开涟漪："如此，我先谢过公子了。"

第十二章 恩是怨非

一望无际的大路，一辆青帷马车。车子并不十分起眼，除了略微宽敞之外，看起来与普通马车并无不同。驾车的马是骊马，御马的年轻人脸上不带一丝笑容，腰畔一柄长剑，剑薄而利，身旁坐着一个碧色衣衫的女子，轻风扑面带得发丝飞扬，却吹不走女子唇角温柔的浅笑。

一连数日，这辆马车日行夜宿，每到一处，每过一城，必已有人事先将一切安排妥当。客栈未必是最好的，却一定最舒适清静，饭菜未必是最贵的，却一定清淡可口。车中的人最多在每个地方停留一夜，那这一夜就必定是那里最安静的一夜，做这些事的人虽然连车中人的模样都不一定见得到，但每个人都恭谨小心，绝不允许出一点儿纰漏。

虽已入春，沿路柳绿莺啼，花开渐暖，车内却仍放着一个紫铜火盆。雪色银炭寸寸成灰，隔着淡淡木枝清香，对面青衣白裘的男子靠在软垫上闭目养神，且兰静坐对面，目光再次落到那人身上。

平静的眼神，并不代表心中无波无澜，几日来细细观察，她发现他精神似乎并不太好，或者说他不愿随便浪费任何一丝精力，除了偶尔翻看书卷之外，便是这般静靠着休息。

而实际上，他连看书也不愿花费太多力气，帛书掠过手指时只是稍作停顿，几乎一扫而过，每看完一卷便随手丢入火盆，继续静静养神。一路下来，这火盆吞噬了东海派的《无涯剑谱》、清台山的《般若十三经》、劫余门的《天残灭度掌》、赫连武馆的《千字彻心剑》……这每一本心法都是各帮各派不传之秘，每一种武功都足以令人扬名江湖，而他却弃之如敝屣，毁之于不屑，仿佛看过已经是给足了面子。

他时常轻咳不止，不知是不是因前些时候的伤，他每天都要喝药，那药闻起来极苦，她分辨出有龙胆的味道，而他连眉头也不皱分毫，像是早已习惯。

他每日总是会收到来自各方的消息，似乎随时都在想着些什么事情，然而她从不见他有忧虑的神情，最为熟悉的却是他唇角从不消失的笑痕。

他很信任墨炘和离司，同他们说话眼中常流露出淡淡的愉悦，但她能感觉到那微笑中的疏离，那是存在于一切而又与一切无关的冷淡，分明在局中却又置身其外的漠然，仿佛没有任何人能真正接近他，亦没人知道他心里究竟在想些什么……

微红的炭火中最后一丝残帛成灰，且兰眼中烟岚过境，现出极复杂的神情。这几日身处禁宫，一连数道御旨颁下，他非但下令赦免九夷族所有族人，归还九夷国故土，更降诏罪己，厚葬九夷女王。在她被俘之后，九夷族进攻帝都的军队竟然全身而退，未折一兵一卒，在古秋的率领之下与藏身于昔国的族人会合。她那日刺他一剑，本已是大逆死罪，却是除了离司之外未有任何人知道。

此时此刻，浮翾剑便在身旁触手可及，连同炎凤弓和凰羽箭他都交还给她，明知她心存恨意，他却对她毫不防备。他的一举一动都让人迷惑，且兰看着眼前陌生的男子，想要寻找藏在他身上的某种答案。

眼前他似已入睡，眉心微微轻蹙，使得那淡漠的脸上现出一种难得一见的清弱，侧身之时，肩头白袭不期然滑下，眼见便往面前炭火中落去。且兰一愣，下意识将袭衣接住，站起身来，却见他右手轻压于左肩，显然是因翻身触动了那日的剑伤。

且兰犹豫了片刻，抬手想将袭衣放回子昊身旁。不料刚刚靠近，子昊突然睁开眼睛，一道冷冽的目光锐芒骤现，直摄心魂，待看清是且兰，他略微一怔，眸心中波澜轻漾，却瞬间恢复幽深。

与他对视的刹那，且兰竟感到惊人的杀气笼罩周身，她分明有数种身法可以后退，却一动也不能动，只因任何一丝妄动都可能引来致命一击。

他究竟是睡着了，还是根本就醒着？

四目相对，空气里有一丝异样，他疲倦的脸上带着若有所思的笑意，她惊诧的眸中似有半明半暗的探寻。他含笑凝注，却一直不说话，似一定要等她先开口。且兰发现他的耐心简直超乎寻常，僵持片刻，终敌不过他："我想问你一件事。"

他微微颔首："你问。"

且兰一瞬不瞬地看着他的眼睛："我想知道，杀我母亲和攻伐九夷究竟是不是你的命令？"

他眉目不动，淡淡道："是我。"

且兰道："你是被迫下旨的？"

他合目笑了一笑，低低轻咳："不，我心甘情愿。"

且兰眸心骤紧，目光直刺他眼底，却只见无尽静冷，他的声音亦淡然清晰："遇强不争，不折于强。"

且兰闻言怔住，她本是心思灵透之人，虽然之前不知真相，但这几日留心看察，前后细思，隐约也明白了些什么——

凤后当年选立东帝，两宫看似和睦，相安无事，实际却是女主临朝篡政，少帝受制于人，各自淬毒的心机，彼此深沉的算计，掩于尊荣，藏于慈孝，底下真相不为人知。

巫族之祸，九夷之灾，暴政苛令，劳役征伐，东帝要瞒过凤后，必先瞒过天下人。遇强不争，不折于强……且兰将这话在心中默念数遍，沉默半晌，复又抬眸："从头到尾，我都错怪了你，对吗？"

"哦？"子昊挑了挑眉梢，等她说下去。她眼中闪过一丝复杂的情绪，在他平静的注视下，亦没有回避他的目光："杀我母亲的命令是你下的，灭我亲族的旨意是你发的，你将我困在王城，设下了重重机关，我原以为你要赶尽杀绝，令九夷族再无生路。"她顿了顿，"但现在我知道，事情并非像众人表面看到的那么简单，那一剑，本不应该你来承受。"

炉火最后的暖意融融升起，映入子昊浅笑的眸中："那一剑既是我让你刺的，你便不必为这个感到歉意。我若不愿，你也没有机会伤我。"

且兰道："这正是我想问的第二件事，为什么？"

子昊道："王族亏欠九夷，这是不争的事实。"

且兰不解："但那一剑可能会要了你的命。"

子昊漫不经心地一笑："想要我命的人原本便很多。"

且兰微微蹙眉："凤后既然非你生母，你何必替她承担一切，包括那道罪己诏，九域之乱罪不在你，你却为何要如此？"

子昊勾了勾唇角，那笑意似是一抹清傲的痕迹："你错了。她是先帝的王后、当朝太后，这是谁也改变不了的事实。她之所以入宫为后，是我王族所选，她之所以独揽大权，是我王族给了她机会。先帝心智不如她，谋略不如她，识人不如她，连调兵遣将都不如她，被囚禁至死，不怪她心狠手辣，只怪先帝懦弱无能。这是我王族之错，自该由我王族承担。我既为王族之主，她的所作所为我无法阻止，以至于子民受戮，苍生愁苦，这是我之过，我亦不会推诿。你要恨我，那是理所当然。"他深邃的眸子一抬，那样清冷的光，"更何况，她之于我，既是仇人，又是母后。她迫我害我，让我忍受常人不能忍受的痛苦，我杀她恨她，是报她之仇。但她养我教我，让我学到常人无法学到的东西，我厚葬她，担她罪责，是还她的情。我绝不欠她半分，她也别想欠我丝毫。"

这一番话仿若匣中犀利的剑锋，深敛鞘中，却自迫人。

且兰先觉莫名的惊诧，但到最后，秀眸微低，复又抬起，泛出一笑："的确，恩怨两清，何其干脆。你是王族之主，无论为何目的，曾经下令灭我九夷，我刺你一剑，是为家国之仇，你受我一剑，偿清九夷族之恨，从此互不相欠。但你帮我杀了真正的仇人，亦几次三番照拂我和族人，九夷族欠你的恩，日后，必定相还。"

子昊俊眸一掠，看向她，且兰亦侧头看来，对视之间，两人突然都转出笑意。且兰只觉心头轻松了许多，再不复之前疑虑压抑，轻轻舒了口气。子昊微微垂眸，刹那间掩去了眼底莫名的情绪："以后若见我睡着，莫要轻易靠近我，说不定会误伤了你。"过了片刻，他突然轻声对且兰道。子昊面上略见倦意，深深靠往软垫上，抬手抚了抚额头。二十年来不知不觉养成的习惯，终究是改不了啊。即便身体放松下来，心神却永远保持着无懈可击的警醒。从来不容人轻易近身，纵是亲近如离司、墨炬亦不例外，百分之百毫无保留的信任，只有可能是错误的开始。

且兰闻言愣了一愣，方要问为什么，车帘忽地一动，一团小小的白色影子一闪而入，嗖地蹿入子昊怀中。子昊睁开眼睛，抬手将那小兽拎起来。且兰仔细一看，见这小兽雪色狐尾，似猫似貂，一双金瞳异芒涟涟，竟像是传说中长于惊云圣域，专食毒物，生性通灵的云生兽。

"它叫雪战。"子昊一边说，一边自雪战颈上取下一卷细帛，松开手，雪战躬身蹿上面前低案。且兰见它玉雪可爱，伸手逗它玩耍，子昊一眼瞥见，"小心它伤人！"不料雪战只嗅了嗅且兰，竟也没有对她怎样。

子昊颇觉惊讶，这只云生兽尚在幼年，野性未收，他和子娆悉心豢养，借此互通消息，亦特意训练它提防陌生人，不想它肯让且兰近身。但雪战虽无十分敌意，却也不容且兰碰触，且兰小子昊几岁，毕竟少女心性，将这异兽上下打量，脸上露出好奇的模样。

子昊笑了笑，敲敲案面唤雪战过来，伸手给它。雪战跳入他的掌心，小小的身子几乎都蜷在里面，然后张口便咬住了他的手指。且兰"哎呀"一声，心道这异兽身怀剧毒，常人怎能忍受？却见子昊若无其事，反倒是雪战似有些受不住，饮过他的血后很快松口，趴在那里眯起双瞳，神情怏怏。

子昊低头浏览手中密信，皱了皱眉头，笑了一笑，最后叹一口气，提笔写了数行字，重新放回雪战颈中，含笑弹了弹它脑门。雪战伸个懒腰，依依不舍地在子昊身边磨蹭一会儿，跳出车外，一瞬便没了踪影。

第十三章 杏林浅风

正午，马车停在一片杏林之外。

且兰打量此处地界，发现不远处有酒家在望，临近城镇，路上行人多为窄袖长衣，华带束腰，足踏鹿皮长靴，竟是已入昔国境内。

子昊躬身下车，墨炘上前请示行程，飞花中只听他淡淡吩咐："去前面坐一坐，让苏陵来见我，我们不进城，直接去洗马谷。"

听他提到"洗马谷"，且兰方知此行的目的，念及族人安危，不由向他看去。子昊似能看透她的心思，道："放心，如今昔国是九域最安全的地方，没有人会冒开罪苏陵的危险对九夷族不利。"

且兰抿嘴不语，露出若有所思的神情。

几人选了一家酒肆临窗的位置，刚刚点下酒菜，便听外面传来一片急促的马蹄声。循声望去，只见一群白衣武士纵马扬尘飞驰而至，待到酒肆之前，当先两人突然一提缰绳，身后诸人随即勒马，十几匹快马齐刷刷说停便停，单是这份骑术已然不凡，再看他们皆着一色软甲紧身武士服，人人腰悬长剑，显然同属某一颇具声势的江湖门派。

一众人等下马，亦往这家酒肆中来，寻桌落座，高声招呼上酒上菜。掌柜的见这些人看起来不好惹，任他们颐指气使，小心伺候，店中一时人声马嘶，喧哗不已。

这边离司隔了垂帘看了一会儿，轻声道："主上，是赫连武馆的人。"

子昊轻轻点了点头，看向那面："赫连闻人吗？"

离司道："前面那男子是他们宗主赫连羿人的儿子赫连齐，他既喊那灰衣人叔父，想必便是江湖上人称'急雷惊电'的赫连闻人了。"

这时听外面有人道："大师兄，这次三师兄他们到底遇上了什么人，怎么竟连性命都搭上了？"

那赫连齐一副世家公子模样，生得一表人才，在一身剪裁得体的白色镶银边武士服的衬托之下显得身形高挺、颇具英姿，只是态度异常傲慢，有些目中无人，闻言冷哼道："一群没用的废物，这么多人对一个都会失手，还要咱们千里迢迢赶回去收拾烂摊子，赫连武馆的脸都让他们丢尽了！"

旁边人道："难道对方真是冥衣楼的人？听说有几个师弟是死在巫族绝技'冽冰'之下，当真蹊跷得很。"

赫连齐道："冥衣楼算什么东西，父亲既与穆国有约，我们只管取那人性命便是，管他……"

话未说完，那赫连闻人低咳一声："齐儿！"

赫连齐自知失言，举酒笑道："多谢叔父提醒，侄儿晓得了。"

听他们这番话，离司皱眉道："听说这赫连齐为人甚是轻浮，仗着自己武功过人，父亲又是楚国上卿，到处胡作非为，糟蹋了不少良家女子，不知今天这么急着赶路，又要做什么勾当。"

子昊却已根据子娆来信猜出大概，知道赫连武馆这一行人定是急着赶去沣水渡，沉思片刻："据我所知，赫连家与少原君府似乎并不和睦。"

说话时却是看向且兰，且兰因着皇非的缘故，对楚国之事颇为熟悉，解释道："赫连侯府与少原君府分庭抗礼，两家宿怨已久，前些日子这赫连齐还曾夸下海口欲夺楚国第一剑手之位，人人都知他是针对皇非而去。只不过皇非军功赫赫，在楚国朝野极具影响，武功又高，岂是一般人能比？赫连羿人虽然位高权重，却始终受其压制，能在楚国一呼百应的，唯皇非一人。"

"哦？"子昊淡淡抬眸，"那楚王又如何？"

且兰想了想，道："楚王对二人皆是十分倚重。"说到这里突然一顿，看向外面，"咦？"

此时店外又有几匹快马驰来，四个身着骑装的女子飞身下马，其中一人竟是且兰随身副将青冥。

四名女子挽发佩剑，皆是英姿飒爽，并骑而来，颇为引人注目，尚未走进酒肆，赫连齐等便已注意到她们，目光放肆地上下打量，颇不怀好意。待她们路过旁边时，赫连齐忽然将足尖向外一挑，青冥一不留神便被绊了一下。但她反应极快，轻身一转，堪堪避开脚下阻拦，不料赫连齐存心戏弄，肘弯不落痕迹地一伸，恰好让她撞个正着，满满一盏酒便洒了大半在身上。

旁边赫连武馆的人立刻跟着起哄，赫连齐邪邪笑道："这位姑娘走路未免也太不小心了吧？"

青冥愣了愣，随即看出赫连齐是故意生事，她们外出探听消息，此时急着赶回洗马谷，不愿招惹是非，便施了一礼，道："没留意弄脏了公子的衣服，无心之过，还请公子见谅。"

赫连齐站起来故作潇洒地弹了弹衣襟，语意轻佻："衣服脏了就脏了，本公子不计较这些，你过来陪我几位师弟喝杯酒，这事便作罢。"

青冥微微蹙眉："公子请自重。"

赫连齐笑道："生得这么漂亮，本公子一定好好疼你，害什么羞呢？"说着伸手去挽青冥肩头。

青冥侧身一让，出掌击他手臂，赫连齐忽然变抱为抓，倏地扣向她手腕。他武功高出青冥许多，原想必定手到擒来，不料青冥忽然反手弹指，一道劲气锋利，射向他的掌心，竟逼得他不得不放手后退。

青冥逼退赫连齐，迅速向后避去，随行几个女子都已不着痕迹地按上剑柄。赫连齐眯了眼睛打量她们几人，哈哈笑道："我说昔国哪来这么清秀的美人，原来是九夷族的人。你们女王和襄帝弄得不明不白，差点儿被人灭了族，如今听说公主又被东帝掳去，这会儿说不定连夫人都封了。既被本公子看上了，还装什么三贞九烈！"

青冥等齐声怒叱："你胡说什么！"

此刻且兰再也忍耐不住，方要发作，子昊放下茶盏，淡声道："离司，你过去问一下，看往终始山的路该怎么走。"

且兰诧异地转头，唯见他眼中一片清静如水，不变的高深莫测。

这边赫连齐正故意和青冥缠扯，忽听身后有个温柔的声音问道："这位公子，请问你知道从这儿如何去终始山吗？"

杏花影里，只见一个身着碧衫的女子含笑俏立，眉也盈盈，眼也盈盈，人也盈盈，笑也盈盈，清秀娇美，姿色可人，相比之下青冥等女子竟都成了俗物。赫连齐不由眼中一亮："姑娘要去终始山吗？终始山离这里不远，不如我……"话说了一半，猛地脸色一变，抬手握住喉咙，张了张嘴，竟突然一句话也说不出来。

"咦？"离司笑吟吟道，"原来公子不想告诉我，那我问别人好了。"说着转身对赫连武馆的人道，"请问这几位大哥知不知道去终始山的路呢？"

青冥听她提到终始山，留心注意，却见她转身时手指轻轻一弹，似有一层透明的东西飞上桌案，瞬间落入几个酒盏。旁边有人正取盏欲饮，猛听赫连闻人一声断喝："小心有毒！"说话时弹剑出鞘，一道轻光擦过几人掌心，三盏酒随之凌空飞起，袭向离司脸面，去势之快，劲道之狠，竟是不惜取她性命。

"哎呀！这么多酒，我可喝不了！"离司笑着向后退去，衣衫飘飘左右转过，两盏酒被她双手抄住，眼见第三盏酒落下，她又突然向前一飘，那盏酒便稳稳当当落在头顶。"怎么这酒里有毒吗？我看倒未必，不信，我喝给你们看。"她一边说着一边轻轻一晃，头顶的酒盏倏地落下，被她咬在齿间一饮而尽，再一仰首，酒盏落到肩头，"看吧，哪里有毒？我只是问一问路，这位先生你怎的这么凶？"

赫连闻人以剑击盏，其中分别含了三道不同的内家真气，原本极难应付，不料竟被离司轻轻松松地接下来，顿起警惕之心。但他自恃身份，不愿再对一个年轻女子轻易出手，冷道："哪里来的小丫头？竟敢和我赫连武馆作对，不快交出解药，休怪我剑下无情！"

离司俏声笑说："酒中分明没有毒，我又去哪里找解药？这位公子看起来可有些不妙，不如好好给两位姑娘道个歉，说不定就没事了。"

赫连齐喉咙中似有一片虫蚁密密爬噬，奇痒难耐。他虽不能言语，神志却清醒，知道定是离司方才做了手脚，强提真气将手一挥。赫连武馆众弟子嚣张惯了，立时拔剑出鞘，不分青红皂白便向离司扑去。

青冥见状急呼："姑娘小心！"

离司挥手将身上酒盏送出，真气透处，琼浆四溅，众人畏惧毒酒，向后闪避。她却转头对青冥笑道："借妹妹佩剑一用！"取剑在手，足尖一点闪入剑光之中。

赫连闻人心忖众人对付一个娇弱女子绰绰有余，独自在旁袖手观战，但不过片刻，突然微微色变。

场中白衣之间碧影飞闪，一道剑光似乎比所有长剑都要快上几分，离司御剑如风，手中流光疾驰，星芒迸射，用的赫然便是赫连武馆的千字彻心剑。

但见她在剑阵围攻之下声东击西，进退自如，同时不忘笑说："你这一招'千秋万代'使得不对，少了后面几式变化，应该改成'千疮百孔'才是！"

"你这是'千娇百媚'吗？看起来倒像'千奇百怪'，这么难看，可真是难为你了！"

"'千军万马'不是这样的，看我教你！"一剑飞出，姿态之妙，招式之精，竟远在赫连武馆众弟子之上。小小酒肆中一时剑光飞舞，令人眼花缭乱。赫连闻人越看越是心惊，离司用的虽是千字彻心剑，但变招进退匪夷所思，这剑法中原有的破绽竟在她手中消于无形，从而威力骤增，令得众弟子从无应付。

"住手！"片刻后，随着他一声喝令，赫连武馆的人纷纷停手。离司并不追击，在众人包围下执剑而立，笑意如旧。

赫连闻人将她打量一番，沉声道："你非我赫连武馆之人，从哪里偷学到这套剑法的？"

离司抿嘴笑了笑："这剑法有什么稀罕的，还值得去偷学？我家主人说了，这种剑法也就是练着玩，千字万字，其实一字可破，我们家中诸多剑谱，这实在算不上什么。"

"好大的口气！"赫连闻人道，"你家主人难不成看尽天下所有剑谱？敢说这样的大话！"

"是啊！"离司一副理所当然的样子，"我们家藏书万卷，天下有的书，我家主人都有，天下没的书，我家主人也有。秘籍剑谱什么的，不过是主人无事消遣的闲书罢了。至于这千字彻心剑，我家主人最近没书看了，才让我找出来翻一翻的，看完了觉得没什么意思，好像随手烧掉了。"

赫连闻人听她如此诋毁宗门剑法，不由怒火中烧："好大胆！如此我倒想领教一番，看你怎么一字破我千字！"他向前迈出一步，身旁弟子立刻收剑退下，场中顿时变得落针可闻。

离司见他原本满面怒意，但手触剑柄时却已变得平心静气，身形气势无懈可击，便知不易应付，轻轻错步，心中留意提防。

赫连闻人既被称作"急雷惊电"，一手剑法快如闪电，急似惊雷，自然是迅捷无比。振剑而起时，离司刹那间便像落入层叠爆现的雷电之中，只觉眼前一剑快似一剑，四面八方尽是剑影，虽知道每一剑都是千字彻心剑的招式，但不等应对，已被剑势逼住，纵然看到破绽，却也来不及还击。她当下不敢轻敌，施展身法以快对快，动若轻风，片影难见，赫连闻人长剑伤她不得，但她也只能飘忽闪避，却无还手之力。

此时帘后忽然有人朗声道："一尘不染！"

离司闻言不假思索，手中长剑斜飞前掠，剑如月华，银芒急洒，恰巧迎上赫连闻人袭来的剑风。

"叮"的一声清响，赫连闻人的长剑被她劈个正着，后面一招"千里无烟"便使不出来。

只听那声音再道："一顾倾城！"

离司回身出剑，嫣然一笑，佳人妙舞，风姿翩然，一点寒芒如星飞射，破入赫连闻人剑气之中。

赫连闻人身形一室，竟被她逼退半步。

"一叶知秋、一了百了。"帘后那人不断出声指点，紧接着"一波三折""一挥而就""一寸丹心""一掷千金""一飞冲天""一点灵犀"……诸般招数来自武林各派剑法之中，皆以"一"字开头，他信手拈来随意道出，离司竟也剑剑契合，分毫不乱。赫连闻人剑势虽快，那人却似知他心思一般，每招说出，总能令离司抢占先机，攻其必救。

一招受制，处处受制，赫连闻人手中长剑被离司行云流水的攻势迫得左支右绌，恼怒之余，心中杀意渐起。

再挡离司一剑，他忽然目光暴涨，身形凝立，震喝声中，一招"千山万水"凌空劈下！

三尺长剑，滔滔势急，如千丈垂瀑，飞流狂落，挟一股威猛的真气以快不可挡之势向离司当头罩来。

离司飞剑迎上，"当"的一声刺耳铮鸣，双剑相交，离司手臂一麻，长剑竟险些被震得脱手飞出，情急之下翻身后退，半空中连转数周，以化解对方怒浪般的劲气。

赫连闻人猱身逼上，袖风微振，真气贯剑而出！

离司虽然剑招精妙，但内力却与赫连闻人相差甚远，此时勉强抵挡一剑已觉吃力，当下抽身疾退，不敢再掠其锋，不觉已退至垂帘旁。

赫连闻人知她弱处，立意要以浑厚的内力将她震伤在剑下，擒住搜索解药，当下冷笑一声，竟运起十分功力，长剑再次劈下。

帘内有人一声轻喝："离司退下！"

离司身影一闪，轻烟般没入帘中。赫连闻人剑势不歇，仍旧直劈下去。

席前垂帘忽然扬起。

一只苍白瘦削的手,分花拂柳般向外轻轻一挥,复又落入帘后。

赫连闻人尚未看清那手的动作,长剑便被一股极柔的真气扫中。寒意沿剑陡起,他心知不妙,当即飞身疾退,不料尚未站定,剑身上倏然传来一阵森寒的力道,令人浑身剧震,奇经八脉便似被冰潮猛地涨满,竟把持不住腾腾腾连退三步。

勉强立定,赫连闻人面上隐有红潮一闪而没,连续数次,方才恢复正常,惊疑不定地打量那道垂帘:"敢问帘后何人?有此手段,何不赐面一见!"

帘后之人轻轻咳了一声,又一声,然后静了静,似待气息平复,才淡淡道:"要见我,你还不配,就算赫连羿人来了,我也未必肯见。"

赫连闻人心下生怒,冷声道:"明人不做暗事,阁下究竟何人,得罪赫连武馆,可要三思!"

帘后那人似笑了笑:"千里幽冥地,日月不沾衣,这句话你想必听过。"

赫连闻人等面色皆是一变:"冥衣楼!"

江湖中人听到这三个字,心中无不一惊。无论是什么人,只要招惹了冥衣楼,便是一只脚踏入了修罗殿,无论谁与冥衣楼作对,天下之大,便再难有容身之地。非但是江湖武林,就连宣王这般人物也曾要倚仗冥衣楼,就算权倾楚国的少原君也不愿轻易与其冲突——这也便是当初在惊云山,皇非如此顾忌子娆,最终答应退兵息川的原因之一。

冥衣楼之神秘,没有人知道他们的首领是谁,冥衣楼的力量,没有人知道究竟有多大,它便如一股汹涌的暗流,贯穿于整个九域甚至帝都,却没有人知道源头到底在何方。

但是,赫连武馆的势力亦非同小可,横行江湖,岂有束手挨打的道理?今天若善罢甘休,那日后赫连家也不必在江湖上立足了。

"冥衣楼与我赫连武馆向来井水不犯河水,你们前些天在楚国坏我们一桩大事,今日又无故伤人,这未免太说不过去了。"

赫连闻人言语还算客气,帘后那人却轻声道:"没什么说不过去的,我看你们不太顺眼。回去告诉赫连羿人,他生子不教,我便替他了断了,免得日后祸连九族。至于你们这些人,过去给九夷族几位姑娘磕头赔罪,今天便饶你们一命。"

如此不客气的言辞,只听得赫连闻人勃然大怒,大声喝道:"冥衣楼未免欺人太甚!"手上剑芒暴涨,"结千字剑阵!"

这厉声一喝,赫连武馆十余名弟子飞身挺剑,催动真气,随着众弟子脚步移动,层层衣影交错飞闪,四周卷起整片凌厉的剑气,酒肆中顿时充满森然剑光,一刻不停,雪浪般扑向垂帘。

垂帘被疾风掀动，一荡扬起，那只手再次出现。

雪白的手，修长的手指，五指一挥，如抚轻弦，一片白色漫天飞出。

是杏花，白若雪，轻如絮。点点飞花扑面而至，刹那间幻作千枝魅影，冰雪压不住春色，冷芒尽散，缠绵微香之中纷纷花落如雨，严密剑阵竟在瞬间冰消瓦解。

四周花飞、旋舞，软柔飘落剑锋，一片暖光如玉，清洁不沾半丝杀气，赫连武馆众弟子却已痛呼出声，纷纷掩面跌出阵外。

这时众人都未注意，酒肆门口不知何时出现了两个男子，一着黑衣，一着蓝衫，一人身形笔挺，神色冰冷，一人缓带轻衫，面若春风。此时赫连闻人怒喝一声，再次攻向垂帘。那黑衣人肩头一动，却听蓝衫人道："既在昔国，便交给我吧。"说话时，人已飘出，手上突然多了一柄细长的薄剑，"哧"的一声轻响，清澈的剑光乍现即逝，敛回鞘内，他人已落在众人之前。

赫连武馆众人眼前电掣般的剑光闪过，手上猛地一痛，掌心已被刺中，十余柄长剑叮当落地，唯有赫连闻人长剑未曾离手，却惊出一身冷汗。

原来剑光现时，蓝衫人瞬间已出了一十二剑，十二声极速的剑响连成一气，听起来只像是一剑刺出，一剑伤敌。赫连闻人号称"急雷惊电"，却发现若非对方手下留情，他的剑此刻也早已躺在地上。

众人身旁似仍有未逝的剑光点点，隐隐散入满地飞花之中，一柄银鞘长剑闲挂腰畔，那蓝衫人淡笑回身，对垂帘一礼，温文说道："苏陵来迟，请公子恕罪。"

他正是剑术与皇非齐名，仁义与楚王比肩的昔国储君苏陵。

帘内之人微微一笑："既然你来了，这里的事便交给你吧。"

"是。"苏陵轻轻一低头，转身面对赫连武馆的人，微笑道，"赫连先生，没想到刚分手不久，便又在这里见面了。"

赫连闻人此次来昔国是奉命前来购买战马的。昔国战马天下闻名，在这战争频繁的时代，战马的优劣及数量往往决定一个国家军事力量的强弱。楚国兵力强盛，又与昔国比邻，两国每年都有大批的战马交易，赫连家与苏陵常有接触，因此颇为相熟。

赫连闻人抱拳道："苏公子，你我两国一向交好，冥衣楼在昔国境内行凶伤人，不知公子这是什么意思？"

苏陵看了一眼满面痛苦的赫连齐，道："先生若肯看在下薄面立刻离开，至少其他人的性命还可以保住，否则，便是让在下为难了。"

赫连闻人目光一利："公子要袒护冥衣楼！"

苏陵温言道："赫连先生，冥衣楼是我昔国的贵客，与冥衣楼为敌，便是与苏陵为敌，亦是与昔国为敌，还请先生三思。"

他说话始终优雅得体，赫连闻人却着实吃了一惊，万万不曾想到，昔国竟为冥衣楼不惜开罪楚国。帘内那人究竟是谁，能让整个昔国都为之所用？与此相比，赫连武馆剑法的外传倒成了微不足道的小事。这一切都在电光石火之间，他冷声道："如此说来，公子是决心与我楚国为敌了？"

苏陵并不回答，只侧身看向帘内。帘内一片安静，过了片刻，传出方才那人疲倦的声音："区区赫连家怕是还代表不了楚国，昔国的战马，只是不卖给赫连犟人。"

苏陵便一笑，对赫连闻人拱手道："我会立刻命人将赫连侯爷所付的定金送还，并依约赔偿两万楚金，先前与先生约定的一万匹战马，恕敝国无能为力了。"

赫连闻人此时怒到极处，反倒冷静下来，眼下众人身处昔国，若来硬的是决计讨不了好去，何况战马一事关系重大，亦不能这样翻脸不顾，冷冷看住苏陵："贵国今日之情，我楚国记下了，但愿公子日后不要后悔。"

苏陵却笑道："昔国的战马不卖给赫连家，并非不卖给楚国，先生不要误会了。至于令侄……"他顿了顿，略一思索，对帘内道，"赫连齐虽然平素行为不端，但却罪不至死，公子能否饶他一次性命？"

但见垂帘一动，离司闪身而出，笑说："死不了的，我早说过那不是毒，清水里面泡三天，自然就没事了。但要记住一个月内切勿妄动真气，否则可就不好说了。"

垂帘扬起的刹那，赫连闻人一眼瞥去，竟看到了皇非的师妹九夷族公主且兰。垂帘转瞬飘下，他这一愣，便未及看清且兰身旁之人，但似忽然想到了什么，目光中隐隐掠过杀机："我们走！苏公子，咱们后会有期！"

一时间，赫连武馆的人走得一干二净，苏陵毫不在意地笑笑，并不因多了赫连家这样强大的对手而见忧虑，转身时已换了称呼，建议道："主上，连日路途劳顿，是否入城稍事歇息，明日再去洗马谷？"

子昊长身而起，迎向且兰略带探寻的目光，轻轻笑了一笑，道："不妨事，我们走吧。"

苏陵遂不多言，欠身从命。

不知为何，面对此时的东帝，且兰突然生出一种奇怪的感觉——他似乎有很多事等着去做，不愿浪费任何一点时间，他的每一丝笑容，都像一张无形的面具，他的每一句话，都将改变些什么，他的每一个决定，都有着莫名的深意。这样的他，这样的东帝，这个叫子昊的男人，在与她一直以来的想象出现如此之大的反差后，如同一片深邃的海洋，吸引着她，亦困惑着她。直到多年以后，且兰才知道，原来他与她，相识之前便已注定，生死爱恨从未由她……

第十四章 洗马中原

昔国境内的终始山是惊云山脉的分支，惊云奇峰连绵至此，山势缓落，与逐渐开阔的平原相接，形成一处群岭环绕的盆地，再往西行，便是一马平川的云中平原，西南、东南两面，则分别是九夷族旧国以及国势强盛的楚国。雍朝第十一代天子将这片风景奇秀的土地赐予王姐子昔为封地，是为之昔国。

一行人进入洗马谷，眼前连绵起伏的山脉如两条巨龙蜿蜒盘踞，将峡谷环抱在群山中央，深不可见。身处此地，目所能及只是一片无垠青翠，天外有天，山外有山，驰上一侧山崖，众人都不由自主地停缰勒马，面对这碧色如海、群山逶迤的美景，心中无不生出赞叹之情。

苏陵带马上前："主上，前面便是九夷族暂居之地了，我们不如在那儿稍作歇息。"话未说完，忽然扭头听了听，笑道，"今天倒来得巧了。"

子昊在他说话前目光早已投向正北方的峡谷口，只过得这片刻，便有一阵巨大的响声清楚地传来。声音由远及近滚滚而至，速度之快，令人仿佛突然身陷千军万马之中，似闻万象齐吼，重石坠落，伴着脚下巨雷隆隆，连山川大地亦随之震动不已。

循声望去，眼前峡谷入口率先出现数匹矫健的骊马，紧接着，十匹，百匹，千匹……庞大的马群迅速冲入山谷，飞蹄扬尘，踏地如雷，化作一片深暗的浪潮席卷了整片赭黄色的土地，激起遮天蔽日的浮尘。

众人从未见过如此庞大的马群，只觉心神激荡。苏陵将马鞭一扬，傲然道："主上，这便是洗马谷中饲养的战马，这些年悉心经营，如今已足够装备天下任何一支军队，没有哪国的马会比它们更快，更有耐力。"

子昊目光掠过滚滚不绝的马群，似有清冽的锋芒瞬息闪过。离司好奇地问道："苏公子，这么多战马，任它们这样随意奔跑，若走丢了怎么办？"

苏陵抬手前指："昔国自来有一套特殊的御马术，这数千匹战马其实只需几个驭奴即可，你们看。"

众人凝神看去，果然发现其中几匹马背上有两个体形瘦小、发肤黝黑如炭的驭奴。那驭奴并不固定待在一处，而是不时在马背之上跳跃移动，身手灵活如猿猴，嘴中不时发出短促而奇异的哨声约束战马，但因身形肤色毫不起眼，若非苏陵指点，当真不易发现。

子昊似乎兴致极好，突然一带缰绳，朗声道："走，我们入谷去！"说罢领先策马冲出。墨炘、离司立刻跟上，苏陵、且兰以及青冥等四女稍稍落后一步，一行人沿山侧纵马急下，顿时融入浩荡的马群之中。

众人一路随奔马疾驰，待到冲出谷口，面前景色豁然开朗，且兰浑身一震，不由自主地勒马停了下来。

出现在他们眼前的是一片广袤若草原般的大地，无边碧草连天，天空湛蓝如水，阳光毫无顾忌地洒在大小不同的湖泊之上，不断反射出淡金碎银样的光泽，洁白的浮云落于湖畔，清泉瀑布便自那云中随意流泻，映出道道五彩的虹光。就在这水美草肥的土地上，星星点点散布着九夷族人居住的屋舍，那一瞬间，且兰恍然以为回到了九夷族故乡。

如此平静而美丽的地方，已经有多少年只能在梦中留恋、思念，她几乎不敢再策马前行，生怕惊扰了这样的景象，一种强烈而复杂的情绪冲上心头，几令泪水夺眶而出。

"公主。"身边突然响起苏陵温文尔雅的声音，且兰匆忙一闭目，转身看去。

苏陵策马靠近，对她笑了笑，道："一直没有机会跟公主道声抱歉，公主想必已知道了，昔国当年收留九夷族人，实际上是要牵制公主不能威胁帝都，还望公主能够谅解。"

且兰不想他如此坦率，微微一怔，道："公子言重了，是我应该向公子道谢才对，无论昔国真正的目的是什么，九夷族毕竟在此得到保全，这份援手之情，且兰和族人会毕生铭记。"

苏陵微笑道："古将军的军队就驻扎在谷外不远处，公主是否要与他们先行会合？"

且兰思量片刻，抬眸问道："公子与东帝不远千里来到洗马谷，应该不仅仅是送我与族人相见这么简单吧？"

苏陵点头道："主上亲临昔国，自然是有重要的打算，对于九夷族来说，前面之路也有无数种可能，不过要与族人留在此地，抑或是其他，公主可以自行决定。"

且兰的目光越过他身后，望向山野间那幅悠然明媚的画面，笑容之中，透出一丝淡淡的无奈："天下之大，莫非王土，率土之滨，莫非王臣。九夷族想要得到真正的安宁，其实根本别无选择，对吗？"

苏陵道："公主若是选择留下，我会以昔国储君的身份保证，九夷族在昔国领土中会得到最好的照顾。"

且兰微一带马，回头笑道："公子美意，且兰铭感在心，但我要靠自己的力量保护族人，让他们不再为仇恨拼杀，也不再流血牺牲，永远这样安宁地生活下去，这是我的责任。"

女子温柔而坚决的话语，如同阳光划过天际，映得苏陵眼中蓦然一亮，且兰却已纵马向前，奔向不远处辽阔的草原。

众人离开九夷族暂居的地方，开始继续往山谷深处而去，一路上快马不停，深入终始山腹地，终于在日落前来到了此行的最终目的地。

除苏陵外，包括子昊亦是第一次来到这深隐于群山中的峡谷，沿途看似悠远平静的山林中实际暗哨重重，若无人带路，根本无法接近这方圆数十里地。且兰是亲身带过兵的人，一路发觉这峡谷排兵布阵防御森严，竟如一个严谨有度的大军营，不但隐秘，而且易守难攻。倘若有心屯兵在此，纵有皇非、姬沧这等人物率大军前来，怕一时也难以攻克。

不多时到达岭前，与初时只见鸟飞猿啼、古木参天的山涧相比，阵阵呐喊冲杀、剑戟相交的声音顿时清晰地传入耳中。偌大的山谷腹地开阔平坦，足以容纳数万人齐聚，远处飞骑扬尘，驰骤纵横，似是轻甲骑兵正在交锋对阵；近处令旗翻舞，变幻无穷，却是步兵演练阵法。众人并未深入，只从旁观看，但他们刚一出现，前方点将台上便有两人转头看来。苏陵事先已得子昊吩咐，遂将手中马鞭一摆，示意他们不必来见，两名将领遥遥欠身致礼后，继续督促战士操练。

众人下马，子昊在这处高丘之上静静看了一会儿，便问苏陵："多少人？"

苏陵从容答道："五十万。"

众人闻言都吃了一惊，不约而同地齐齐转头再往谷中看去。且兰先前虽隐约猜出些端倪，乍入谷时心中的震惊仍未平复，不想历来韬光养晦的昔国竟暗藏了这样一支精兵，但再三审视，却觉得这里无论如何也不可能有五十万大军——那几乎已与整个楚国的兵力相当。

几人皆面露疑惑，唯有子昊神情如旧，不带半分惊讶。

只听苏陵继续道："三万骑兵，两万步兵，洗马谷屯兵五万，备马三万六千匹。谷中将士，非勇武者不入，非志坚者不进，非死忠者不留，兵、器、骑、射，有一者不知则不取，入谷一年，有一者不精，自请军法处置。自主上传令之后，我用了三年时间挑选这些人，又用了三年时间以最严酷的方式训练调教，主上若要用这些人，一可当十，十可当百，五万，便是五十万。"

子昊始终不曾回头，此时俯视整个山谷，各处的布置尽收眼底，清冷面容之上隐含了一丝极淡的赞赏。

他身后的苏陵一袭长衫儒雅，不染分毫兵锋戾气，令人很难想象他领军布阵的模样。然而就是在他手中，调教出了足以和天下任何一支军队抗衡的精兵。

日暮四合，苍翠如染的山岭已渐渐笼入霞色交织的余晖之中，万山如海，托起了无边无尽似燃烧着的云。子昊迎着夕阳看了看天色，轻轻一合目："很好。"转身迎上且兰讶异未平的目光，笑了一笑，"时间还来得及，带你去冶庐看看，十娘这几年应该又研究出不少好东西。"

　　且兰不禁问道："冶庐是什么地方？"

　　子昊负手举步："工欲善其事，必先利其器，冶庐是为这数万将士炼戈铸剑之处。寇十娘是后风国冶剑大匠寇契的女儿，冶庐多年来一直由她主持。"

　　且兰心中越发惊奇，当年楚、宣两国亡后风时，曾兵围皓山以求冶剑之术，寇契怒折数把名剑，焚山毁家，冶剑之术自此失传，不想竟有传人。默默随他走了一会儿，她忽然道："精兵、良将、快马、利剑，奇谋、绝阵，我今天才知道，原来九夷族根本就不是你的对手，你只是不屑与我为敌罢了，这三年复仇，真真便是一个笑话。"

　　她转身，面对这个险些使整个九夷族万劫不复，又突然将无限光明送到他们眼前的男子，清澈的眸中深深映出他不变的笑容。

　　子昊微微抬了抬眸，却没有回答她。有些话，根本无从说起，原本也不必多说。或许她已经看出端倪，或许她永远也不会想到，九夷之战原本就是他一手促成的契机，步步经营的赌局。整整七年，重华宫中那个女人何其精明，并不强大的九夷族是他信手拈来的一枚棋子，进退杀伐何曾由己，但昔日在王城之中，曾有一个人猜出了他的谋划——一个最应该阻止，最后却毫无保留支持了他的人。

　　长明宫中短暂的密谈、隐晦的话语牵出缜密的布局，最终归于一个惊人的秘密。九夷族的女王，那个高雅聪慧的女子，将她的性命、她的女儿、她的国家和族人，以一种平静而奇特的方式交到了他的手中，换取了一个承诺。

　　倾一国而算天下，这便是九域之主，真正的东帝。弃一国而守天下，却是九夷族女王曾经的决绝。

　　几人正说话间，几匹快马自谷口驰入，一路深入，瞬间近前。未等马停，当先一个黑衣女子已经飞身而下，远远便传来轻快的笑声："十娘见过主上！主上竟然这么快就到了，也不事先派人通报一声，若知道主上今日便到，我们昨天便进谷来了！"

　　这女子似比且兰大上几岁，五官说不上十分漂亮，但眉目间明媚爽朗的风韵却使得她整个人就像一朵盛开到极致的花朵，有着引人入胜的美丽。她身后几人皆是一色玄衣劲装，唯她马首是瞻，一一趋前行礼。子昊对他们点了点头，看向十娘，唇畔带出愉悦的笑容："十娘的性子还是这么急，刚说我们去冶庐看你，你就先来了。"

　　十娘抬起头道："冶庐那边尽是些破铜烂铁，荒山野岭又闷又热，到处都是飞灰扬尘，主上去那里干吗？若是为了看剑，我已替主上带过来了。"

子昊目蕴浅笑："如此听来，十娘倒像是来找我诉苦的，打发你去那种地方，一待便是数年，也着实委屈你了。"

十娘的父亲生前曾与商容有结拜之义，后风亡国时商容将她救出，带入宫中抚养，在离司之前，一直是她照料东帝起居，主仆感情甚笃，因此说话并不像别人那般敬畏小心，顿时笑道："主上算是说对了，我今天来还真是想请主上准我离开冶庐一趟。"

"既然来了，便去看看你的剑。"子昊一边缓步向前走去，一边问道，"突然想要下山，可是为了那《冶子秘录》？"

十娘道："主上已知道了，当年皓山大火，我以为此书已然焚毁，可如今聂七传了消息过来，这书竟在楚国重现踪迹。《冶子秘录》是先父毕生心血所在，其中记载的冶金、铸剑、机关之术，比我凭记忆所知要详细百倍。主上，这本秘录说什么也不能落入他国之手！"

子昊微微颔首："秘录的真伪唯有你能分辨得出，我也有意让你下山一趟。子娆现在正在楚国，你可与聂七一同前去，一切听她安排。"

十娘大喜道："多谢主上！若能取回《冶子秘录》，十娘敢给主上立下军令状，必让咱们军中将士人人都佩得浮翾剑那样的利器。"

子昊不由失笑："你也怎地贪心，浮翾剑乃是上古神器，岂容人手一把？"

十娘看了看且兰，眉眼略扬，半是玩笑半认真地道："人说宝剑赠佳人，浮翾剑自是要配且兰公主这样的美人才好。不过主上不会不知道，这浮翾剑乃是当年白帝赠予玄女如夷的定情之物吧！"

她促狭的笑容令得且兰微微一怔，转头正遇上子昊温润的目光。那幽深的注视融入了山林间明净的阳光，若有炫目的色泽微微浮动，仿佛秋色下潋滟荡漾的湖水。他便这样看着且兰，似想知道她会说些什么，一种出其不意的温暖自他的微笑中轻轻蔓延，动人心肠。且兰突然被那目光摄住，脑中竟是一片空白，不由双颊微红。见她如此，子昊眉梢微微一动，终于放过了她，负手转身，抬眼间却望向了千山云外遥远而未知的地方。片刻之后，他才淡淡笑道："情之所至，何必系之俗物。十娘，你着相了。"

如常的笑语落入耳中，蓦地令身边几人同时生出异样，山风之中青衫淡渺，那种无从把握的感觉令人心头无由一空。十娘和苏陵对视一眼，目带询问，苏陵好似有话要说，目光在且兰身上微微一停，最终却没有开口。

第十五章 自在无相

山阴古道，两匹骏马飞驰而过，白马之上的男子墨色长衣，神情沉着冷漠，正是日前曾在沣水渡遇袭的穆国三公子夜玄殇，身旁一骑紫燕马与他并驾齐驱，马上女子玄衣飘飞，貌若仙姝，便是数日来一路与他同行的子娆。

两骑快马折过山坳，突然不约而同地放缓速度，夜玄殇眉峰一扬，手勒缰绳，一边拍了拍马匹以示安慰，一边对子娆道："穿过前面的山涧便是魍魉谷，我们把马留在这里，带进去反是拖累。"

子娆同他一起翻身下马，此时马儿似乎十分躁动不安，频频踏蹄嘶鸣，已不肯再前行一步，仿佛前方有什么无形的危险令它们惊悸恐惧。子娆以手轻抚马背，掌心透出柔和的真力，试着加以安抚，凤眸轻轻转过，对夜玄殇道："魍魉谷并不是什么好玩的地方，我有非去不可的理由，你却没有必要当真陪我冒险。"

夜玄殇抬头看了她一眼，手起掌落，两匹骏马齐声闷嘶软软卧倒在地，陷入昏迷之中，他将马上的水囊取下，扬手丢给子娆："可惜我生来喜欢冒险，把这个带好。这两匹马留在荒山难免遭猛兽袭击，如此少些痛苦也罢。走吧！"

一路同行，子娆对他这般利落中略带霸道的行事作风已颇为习惯，并不在意，反而笑道："此去凶险，若万一在谷中成了荒山冤魂，可莫要怪我。"

夜玄殇哑然失笑，转而身子一倾，靠近她，目光清亮："凶险又如何？有美人相伴，玄殇纵死无憾！"

子娆睨他一眼，嗔道："你倒真是从不掩饰自己好色。"

夜玄殇边走边道："食色，性也，这世上根本没有见到美色还心如止水的男人，可惜女人却总爱相信那些道貌岸然的君子。我夜玄殇喜欢便是喜欢，何须遮遮掩掩？"

"哦？"子娆烟眉浅漾，调侃他道，"这么说来，那你既然不是君子，岂非便是小人？"

夜玄殇不以为忤："君子小人，无非世人口舌，我行我素方是自在，你管他们作甚？"

子娆平素在帝都见到的多是些卑躬屈膝的宫奴、守礼有度的臣子，这些人对她或是敬若天女，或是畏如妖魅，无不谨言慎行。子昊虽与她亲厚，但自幼心思深沉，心中所思所想极少说与别人，自不会像夜玄殇一样同她说话。和夜玄殇在一起，她不是什么娴雅贞静的淑女，他亦不是什么温文有礼的君子，这颇有点儿肆无忌惮的味道，倒让她觉得十分有趣。

说话时两人已进入前方峡谷，四周无数千年古藤自悬崖垂下，形成层层巨大的垂瀑覆盖了整座山岭，幽暗惨碧的树藤盘根错节，其旁险涧深壑，绝谷危崖，一路行来，耳畔除了单调的水声，不觉丝毫生气，亦不见飞鸟走兽，仿佛天地间已没有任何多余的活物。

此处尚是魍魉谷边缘，并不见十分险恶，只是深山中一片死寂，令人感到极为压抑。两人虽谈笑自如，却都暗中凝神警惕。魍魉谷乃是江湖中一大凶地，不知曾令多少人有去无回，两人纵艺高胆大，也不敢掉以轻心。

前行不过一炷香的工夫，子娆脚步忽然一缓，与此同时，夜玄殇扭头看来。两人对视一眼，夜玄殇低声道："右侧十八人，十步之外。"

子娆体内玄通真气流转，耳目灵觉顿时无限延伸，整个峡谷中纤毫微动，尽收心底，潜伏在巨藤之后的十几个人近乎无形的呼吸瞬间变得清晰可闻。"左侧亦是十八人，大自在四时法中的自在无相，掩藏得很好。"

两人虽口中交谈，面上却毫无异样，照旧向前不止。大自在四时法乃是后风国的武道绝学，一法逍遥，无尽无际；二法须弥，无始无终；三法无相，万形寂灭；四法如意，诸相随心。昔年后风国分裂为五国，为楚、宜联手所亡，其中一国的残余势力建立名为"自在堂"的组织，买卖各国情报，从事刺探、暗杀等活动，这些人因精通大自在四时法，善于潜踪匿迹、逃避追捕，行事极少失手，近年来已成为江湖上最可怕的黑道帮派之一。从来人掩饰行藏的手段推测，眼前这批杀手显然便是自在堂的部属。

大自在四时法中，自在无相法乃是匿形之术，修习者可借遁五行，隐入周围任何事物之中掩藏踪迹，极难被人发现，倚仗此法，刺杀偷袭往往一举得手。此时若非在这死气沉沉的魍魉谷前，一切生机都变得极为敏感，子娆和夜玄殇亦未必能事先察觉周围潜伏的危险。

天地无风，日光沉寂，两人的脚步踏上厚重的枯叶，发出沉闷而轻微的"沙沙"声。

一步、两步……十步踏出，谷底枯叶骤地无风自起，四周异变陡生！

高崖两侧，无数条静垂如死的粗壮巨藤突然同时笔直前伸，骤然射向并肩而行的子娆和夜玄殇。半空中似是出现了一个巨大的圆轮，天日霎时一暗。待到近前，千百条巨藤飞卷而来，如化灵蛇，倏地将中心两人紧紧裹住，谷中顿时只见一个巨大的碧绿色旋涡，风疾影快，碎石激飞，身处旋涡中心的两人竟完全失去了踪影。

忽然间，激战中传出一声低沉而轻蔑的冷哼，疾密的旋涡中一道夺魄的剑光激电般飞旋而起，仿如九天重宇一条白龙盘旋傲啸，摧云破雾。白光到处，接连响起数声闷喝，紧缩的战圈猛然扩大。

与此同时，错纵交织的藤影间蓦地飞出数只墨蝶，蝶翼轻轻一颤，化作幻影万千，再一颤，金芒如火纷烁。不过转瞬间，整片树藤都被翩跹飞旋的墨蝶缠绕，不时散出点点亮晶银芒，如星似雨。

这时随着一声悦耳的低笑，蝶影中一道清魅的身影冲天而起，袖飞袂旋，空谷上方犹如散开一片幽灿的星云，清光四溅，星辉纷落，刺眼如盲。

"着！"

轻笑声中，所有墨蝶同时绽开炽亮的火花，片片流光飞炫，迸溅如雨。巨藤断裂，触火即燃，纷纷被火焰吞噬，坠落迸散，旋涡中心顿时现出夜玄殇寒冽的剑影和十余名向他围攻的黑衣人。

五行循环，利金克木，阳木生火，自在堂借以藏身的屏障惨遭摧毁，片甲无存。当先几名蒙面人尚未来得及反应，眼前寒光惊现，似见孽龙飞啸而至，带起银芒千道，魂飞神驰之间，冰冷的剑锋夺血而过，颈中一阵室痛已成为生命最后的感觉。

剑光隐去，夜玄殇仗剑在手，冷然卓立，身畔一抹轻云，带着魅冶缭绕的幽香，飘落在遍地血色艳花之上。足踏红莲的玄女，垂眸淡看纷纭，绝俗的面容中漾一缕浅笑，清冽冷丽。

"道法自在，自在难求，心欲无相，孽幻丛生。自在堂就凭这点修为，今天遇上冥衣楼，这块金字招牌算是砸定了。"

媚雅慵然的话语，却令包围在四面的蒙面人瞳孔猛地一缩，目光变幻不定，打量子娆。片刻之后，对方为首一人道："自在堂与冥衣楼两不相干，你走，我们恭送，但他必须留下。"

子娆闲闲向侧一瞥："找你的呢。"

夜玄殇道："这等货色，每年不知有多少送上门，在我归离剑下，至今还没有活着回去的人。"

子娆幽然微叹："唉……两个人杀人，总要比一个人快些，你说，是不是？"

夜玄殇唇角勾起一丝笑痕："想必如此。"

话音未落，眼眸之中同时掠起异芒，两道玄影，双双疾飘，不分先后地卷向四周众人！

媚衣销魂，诛心灭神，冷剑光寒，嗜血夺命。自在堂的杀手纵然武功不弱，却抵不住这般联手突袭。躲得过子娆纤纤玉手，躲不过夜玄殇三尺青锋，避开夜玄殇掌力摧心，难逃子娆长袖追魂。峡谷之中一时间森森杀气尽是剑光，云荡风旋飞血横溅。漫空剑气之中两人背对彼此，绝无后顾之忧，手底尽是有攻无守，纵横进退，出入从容，身旁几乎无人堪做一合之敌。

自在堂损伤惨重，那为首之人功力最深，接连数次避过两面杀招，眼角余光扫去，骇然发现己方同伴只剩下不足半数，当即暴喝一声："遁！"

围攻中的蒙面人闻声不再恋战，身形暴退，半空中只见人影飞闪，一批人竟然凭空消失在峡谷之中。

夜玄殇一声冷笑，手中长剑弹起，准确无误地落入背后鞘中，微微俯身，真气瞬间凝聚双掌，以迅雷不及掩耳之势向下击去！

"破！"

断喝声中，一股浑厚霸道的真气透入土中，周围被落叶覆盖的山岩顿时隆起数道极速前进的裂痕，如冥池之中怒龙狂啸，飙向八方。

刹那间，谷中土崩石裂，枝碎叶飞，伴着几声清晰的惨哼，方才借自在无相法隐遁的数人被逼破土而出，冲向半空，同时提身转气，身化猛鸷，陡然扑向下方。

便在此时，所有人耳边响起极低极柔的叹息。叹息声中，一抹玄色身影轻轻一漾便穿入漫天刀光，纯阴真气幻化成冰丝，万道清烁明媚的流光随那幽冷玄色飞绕炫舞，由玄而白纯粹的颜色充盈天地，忽地光华大盛，霎时阃宇尽虚，最终只余一片纯净而夺目的明华。

几声沉闷的躯体落地的声音，玄光明迷，片片妖艳的残红伴着枯叶如蝶飞舞，谷中清静，四寂无声。

子娆静静地站在纷扬洒落的红雨中，仿佛从未离开过，唯见轻云般的衣袂幽然飘落，无风自舞。缥缈天色之下，她美若天人的容颜好似寒玉雕成，似笑非笑地一声轻叹："多年修行不易，何苦前来送死。"

夜玄殇虎目扫视一周，来到她身旁："想要别人的命便要随时准备送命，再公平不过。"

子娆抬眼瞥去，他眉宇间不见素日散漫，取而代之的是森冷与肃杀、自信至极的狂傲。每当他杀人的时候，脸上便总是这副神情，令对手胆战心惊，令同伴笃然心安。两人方才这番联手克敌，于无意中配合得天衣无缝，这时彼此都有种异样的感觉悄然生出，子娆笑了笑，启口欲语，忽见他剑眉一蹙，眼中透出冷光。她以目相询，夜玄殇淡淡道："三十个。"

子娆心思何其灵透，垂眸淡扫，立刻便领会他的意思："还有六个。"

两人目光相交，夜玄殇向旁边水流汹涌的山涧微微示意。子娆唇角泛起如斯浅笑，一点艳若桃色的丹蔻凝于指尖，暗转"冽冰"心法，突然挥袖弹指，数道寒芒应手射出，带着细微冷锐的啸声没入涧水之中。

冰针入水的刹那，山涧中"哗"的一声巨响，六道水柱冲天而起，借水遁隐藏起来伺机而动的杀手被剧毒逼出身形，激溅如飞的水光之中，刀芒骤现！

但他们还是慢了一步，夜玄殇的剑早已化作飞虹，凌空破水而去！

白色的水柱落下时散作血雨，夜玄殇惊龙般的身形从中穿过，身后数人随之抛坠，最后一人被长剑贯透心脏，生生钉上坚硬的山岩，双目圆睁，黑色的面巾缓缓滑落。

暴露在眼前的是一张生机全无的脸，写满了生命终结那一刻的恐惧、不甘和绝望。不知为何，夜玄殇看清这张脸时忽然浑身巨震，原本冷静到无情的眼中翻起滔天巨浪。

血，沿着剑锋汩汩流出，身后尸体落水的响声如击重鼓，盖过了一切声音。他猛地拔出长剑，飞血中挥手划下，那人腰间的一道令牌露了出来，对他来说和这张脸一样，再熟悉不过——那是来自穆国王宫老穆王用以调动亲卫的白虎金令。

是父王终于动手了吗？还是王宫已经完全落入了太子御的掌控之中？无论是哪一个答案，都清楚意味着一件事情——父王真正已经来日无多了。

刹那的震惊之后，夜玄殇迅速恢复了沉着，冷冷看那尸体软倒在地，沿着巨石滚入涧中。他面无表情地转身，大步走到水边，将长剑随手一丢，单膝跪下，俯身抄起冰冷的涧水。飞溅的水珠密密打在脸上，流落时隐带血红的色泽，涧水的凉意让人头脑陡然清醒，他闭目深吸了口气，突然听到身旁的声音，略带慨叹："穆国三公子，果然是名不虚传啊！"

子娆不知何时到了近旁，夜玄殇霍然抬头，清澈的水滴自那俊冷的面容之上滑落，明明是寒山净水，冰冽无尘的莹透，却在突如其来的一道阳光之下现出令人窒息的霸气。这般看了她半晌，他忽而一笑："你早便知道我的身份。"

子娆道："令太子御如此顾忌，非杀之而后快的人物并不太多。你在楚国六年，经历了大小近百次暗杀却安然无恙，如今江湖上可少有人不知夜三公子的名头。"

夜玄殇起身还剑入鞘，声音冷淡："没想到拜我大哥所赐，夜玄殇三个字倒还名扬天下了。"

子娆目光转向涧中急流，自在堂杀手的尸体早已被水流卷没，踪迹全无。"这次也是吗？"她漫不经心地问道。

夜玄殇眸心微微一收，惊讶于她的敏锐，但却不着痕迹地转换了话题："你知道我的身份，我却不知你是谁，这未免不太公平。"

子娆眉梢轻挑："怎么，你不知道我是谁？"

夜玄殇道："冥衣楼，抑或是巫族的传人？我可不认为就这么简单。"

面对他眼中深藏的精芒，子娆眉眼微细，轻轻一笑："看来早晚也瞒不过你，这样吧，若你我活着出了魍魉谷，我便告诉你，如何？"

夜玄殇深深将她看住，随即笑道："好，一言为定。"

子娆妩媚抬眸："一言为定。"

第十六章 戾鹤幽骨

两人遇袭的峡谷离魍魉谷的中心魑泽林尚有一段距离，待到达那片被重雾封锁、望去浑无边际的密林时，天色逐渐暗下，深浓的雾气早已将日光封锁，使得整片山岭都陷入一片幽暗迷离的昏冥之中，浮光游荡，幻影万千，充满了诡异的气氛。

自从离开峡谷，夜玄殇一反常态，显得十分沉默。子娆在玄塔中静修七年，纵千日不与人言亦是习惯，此时多少猜到他几分心事，便也不去打扰。两人施展轻功，无声无息地落上一块岩石，夜玄殇方才低声开口："前面有人。"

子娆点头，两人隐去身形，悄然靠近魑泽林边缘。数道火光自山岩之前隐隐透露，密林旁几个金衣大汉手执火把，火光跳动摇晃，映得他们面容明暗不定。黑暗中不断有冰蓝色的流萤飘忽游离，一旦靠近火把便形销影散，但远处魑泽林中冷芒点点，始终浮动着这般细微的光泽，使人仿佛看到幽冥深处的景象，妖异难言。

因彼此相隔甚近，两人不便交谈，夜玄殇便以指尖在子娆手心写了三个字——"跃马帮"。这些人的服饰打扮华贵考究，显然是跃马帮中地位较高的人物，但见他们人人神色凝重，不知究竟发生了什么事。

正思量间，魑泽林里突然传出一声惨叫，叫声凄厉无比，令所有人心头一惊，几个金衣人神色骤变。紧接着又是数声惨叫之后，林中恢复一片死寂，为首的金衣人眉头紧皱，下令道："随我入林！"

"秦舵主。"旁边一名属下劝道，"这林子如此诡异，今天我们已折损了六批人手在里面，此时入内太过冒险，不如等明天再说吧。"

那秦舵主冷哼一声："哼！少帮主的伤势要紧，还是你的命要紧？"

那属下顿时不敢再言，一行人复又点燃几个火把，将四周照得通明，各自执了兵刃，慢慢往林中而去。

眼前火把的光亮很快被无尽的浓雾吞噬，子婼侧首道："如何？"

夜玄殇眼中略带嘲讽，淡淡地丢下一句："有勇无谋。"像是回应他的判断，魃泽林中再次响起撕心裂肺的惨叫声，两人听出其中正有刚才出言反对之人的声音，眼中同时一凛。这次惨叫声间隔时间略长，但也不过就是瞬息，林中雾气突然无风翻涌，隐约有人影狂舞着向外冲出。

子婼凝神分辨，依稀认出是那秦舵主，见他不断挥剑乱砍，似在拼命抵挡什么东西的攻击，手腕轻轻一动，便要出手救人，却被夜玄殇一把拦住。

子婼奇怪地看他一眼，夜玄殇只目不转睛地盯着前方。这时那人已快要奔出林外，忽然间，他上方的雾气狂旋激荡，化作一片巨大的暗影当头罩下，黑雾中似有一柄利刃闪电般穿出，准确无误地击中他的头顶！

惨叫，带着无尽惊恐的惨叫自他口中发出，那人满面鲜血地冲出林外，又奔出十余步方一头栽倒在地，身体不断抽搐，渐渐变成了一具毫无生机的尸体。前方魃泽林中雾气早已平复，点点荧光飞转，一片幽异，仿佛什么都没有发生过。

夜玄殇冷静地看着眼前的一幕，神情中连惊讶都欠奉，只在那雾中黑影现形时目光微微一利。

"是什么东西？"子婼眉心淡拧，此时她已明白了夜玄殇的意图，但那人虽将林中异物引出，浓雾之中却无法看得确切。

"不好说，但绝不是人。"夜玄殇简单说了一句，起身点燃火折子。

子婼和他一同上前，低头一看，眸心深处泛起一丝波动。那人顶心竟被生生击出一个拳头般的血洞，头盖骨完全碎裂，雪白的脑浆和殷红的鲜血混杂流淌，在整张脸上涂出骇人的惨厉，那血浆背后仍残留着极度的恐惧，使得他的表情扭曲，几近狰狞。

"小心！"夜玄殇轻声提醒，伸手挽住她退开几步。那尸体头顶不知何时覆上了一片冰蓝色的亮点，无数萤虫开始向鲜血流出的地方聚集。很快，整具尸体便被层层飞浮的流光包裹，周身发出冥暗的光芒。细密如蚕食桑叶的声音连续不断，不过片刻，偌大一个人便化作了干净的白骨，血肉无存，片片流萤逐渐向四方散去，最终逝入幽林深处。

目睹这一切，子婼只觉心头发麻，一时不知该说什么。夜玄殇沉声道："我们回去。"

子婼心头一顿，随即道："你出谷我绝不阻拦，但无论前面是什么情形，我都非去不可。"

夜玄殇借着手中微弱的火光看了她一会儿，唇角微微一挑："黑夜入谷，实属不智，你即便要闯这龙潭虎穴也得先随我回去。我既然陪你来此，就不会让你空手而归，我们今晚要找合适的地方好好休息，养足了精神明天才有胜算。"

子娆愣住，细密的睫毛倏忽扬起，火光如魅异蝶舞在她眸心微微跳动，渐渐地化作一片秋水般明艳的柔媚。夜玄殇突然一挑眉峰，低声笑道："若想谢我就不必了，你知道，我可是有所求的。"

子娆不由气结，目视他故意露出来别有用心的坏笑，之前的些许歉意顿时无影无踪，星眸中晶光闪漾，一瞬不瞬地盯住他："你求什么？"

夜玄殇好整以暇地欣赏着她诱人的秀色，眼中满是笑意，接着一句突如其来的话语却沉稳笃定，令人无从抗拒："我不管你为谁拼命，但我，就是为你而来的。"

一簇燃亮的篝火在无止无尽的黑夜之中照出温暖的影子，岩洞中略有一点潮湿的气息，朦胧深幽，四周石壁在火焰的照耀下呈现出一种暗紫的色泽，不时闪过针芒般的微光。

归离剑横置膝上，夜玄殇在篝火旁静坐调息，体内真气自然流转，一日疲累尽消，遂引导真气穿经过腑，还本归元，睁开眼睛时，发现子娆正独自坐在洞口安静地看着天空。

天边无星无月，她目光投向的方向是一片遥远的黑暗。深邃而广阔的夜空黑得如此纯粹，似包容了万物，却又空茫到一无所有，就像这些年来身处玄塔中每一个夜晚所看到的一样，从来不会有分毫改变。亘古洪荒，千年虚无，而她的神情却显得十分柔软，好像正自那无尽的空虚中看到了什么人、什么事，那深深的眷恋化作唇边一丝轻柔的浅笑，竟叫夜玄殇心头微微一动。

深黑的眸底，淡淡火光映出她半边侧颜，从发梢到指尖，无不流转着冷丽的媚色。清清然、袅袅然，眼前女子似这光明与黑暗交界处无声绽放的一朵幽莲，清极而妩媚的墨色，在遗世独立的明净中生出噬魂的妖娆，仅一个无心的姿态，便足以倾覆三千世界的繁华。这样的子娆令夜玄殇突然想到了另外一个女人，一个存在于穆国王宫中最为神秘的身影。

入道修真、能够洞明玄机的女子，父王为她大兴土木，筑"玉真观"，辟"太虚池"，甚至给她更胜王后的超然地位，却未有人能见到她掩于轻纱之后真正的容颜。

但他，却在去楚国前最后一次入宫时见过。

时隔多年，已经记不太清当时究竟是为了何事自西宸宫寝殿摔帘而出，疾步穿行于满苑雍容华贵的花丛中，难抑的怒气冲得血脉火海一样翻滚，几欲拔剑长啸，一泄愤懑，而那身着紫衣道袍的女子便在此时出现在视线尽头。

无声无息，她以莹白的指尖掠过冰雕玉琢般的花蕊，淡纱被清风扬起，刹那间，牡丹妆残，艳华无光。

"守国而争，不如去国。"

直到今日，那清淡至极，却最终促成少年甘愿入楚为质的温言浅语仍在耳畔，记忆中轻纱影下惊鸿一瞥，令天地失色的媚冶仿佛是对世间所有美丽的淡嘲，却又温柔如无底的春水，在此刻浅影流漾的火光之下，竟与子娆清魅入骨的微笑丝丝重叠。

"子娆。"夜玄殇突然开口，声音柔和得连自己都觉意外，"你在想什么？"

子娆似被从未知的思绪中惊醒。"没什么。"她淡淡一笑，"我只是在想，明天到底能不能找到烛九阴，取到蛇胆。"

夜玄殇道："还是在想需要蛇胆的那个人？"

子娆闻言怔了一怔，笑容却依旧："或许都有吧。"

"我可以知道他是谁吗？"

这一问，声音中竟略有些紧张。隔着轻暗的光线，面前的女子垂眸沉默，再抬头时，迷蒙波光之下点点荡漾的幽凉，看得人心头纠结难休。"他是我的哥哥。"她低声道，"是这世上最宠我、最疼我的人。我入楚都为他求医，对方却说除非我能取到这蛇胆为交换，否则便不肯援手。"

子娆黛眉轻颦，细媚的眸中隐隐泛起寒亮的光，凭着巫族的秘术，前些日子她果然在楚都找到了歧师。这老怪物深恨王族，得知她来意之后一口拒绝，后来虽被她用言语逼住，但却提出了这般苛刻的条件。

虽明知是故意刁难，魍魉谷她还是要来，纵然到时候歧师言而无信，这蛇胆也能暂时抑制毒性，至少他不必再受那毒蛇噬骨之苦。再往岩洞外看一眼，雾锁幽林，魑魅魍魉丛生之地，遥远的地方却有她无比熟悉的笑容，令冰冷的深夜幻作一片洁白的宁静，那是轮回不休的黑暗中唯一的光明，她倾尽一切也要守护的东西。

夜玄殇无意中挺直的脊背微微放松，目光中只余深亮温暖："放心，我们定能取到蛇胆回来。凭你我两人的武功，对付那林中异物应该不成问题。只是要小心那'幽骨虫'，明天进了谷中，千万小心莫要见血，否则招惹了它们来怕是麻烦。"

子娆知道他指的是那冰蓝色的流萤飞虫，凝眸想了想，指尖一弹，炫出一只轻盈的墨蝶，转手挥袖，那墨蝶飞向岩洞外游荡的荧光，"噗"的一声轻响，绽开一片飞旋的火花。星火散开，周围原本飘忽不定的幽骨虫瞬间被吞没，分毫无存。子娆对夜玄殇指了指身前的火焰："幽骨虫怕火，先前那些跃马帮的人所持的火把和这堆篝火都是它们的克星，我的焰蝶化五行之火而成，也一样有效。"

夜玄殇含笑道："这么美的武功，这么美的人，便是死在其中也该无憾了！"

子娆借火光斜斜漾了他一眼："你这人呢，冷起脸来怪怕人的，说起话来又常恨得人牙痒痒，待哪日恨极了，便让你死在我手中试试看。"

夜玄殇悠然道："牡丹花下死，做鬼也风流，玄殇何其幸也！"

子婳扬眸瞪他，却是欲嗔还笑，随手用枯枝拨弄着篝火："这一路有你做伴，还真省了不少麻烦，想不到夜三公子江湖经验如此丰富。"

夜玄殇道："我自七岁那年就离开王宫，十余年闯荡江湖，若还浑浑噩噩，那才真是奇怪。"

"嗯？"子婳道，"你为何七岁便出宫？"

夜玄殇漫不经心地道："我不愿待在宫中。"

子婳心下奇怪，随口问道："为什么？"

夜玄殇似乎静了静，继而一声冷淡的轻笑："母后不喜欢我。说是生我的时候梦遇白虎啸日，为噩梦所惊而早产，险些性命不保。白虎啸日，遇子克母，所以她极厌恶我这个儿子，甚至在重病弥留之际，我自漠北千里迢迢赶回去，她都不肯见我一面，我又何必待在宫中惹人厌烦？"

克母？这两个字眼闪入脑海，终究记起那次从宫中愤然离去的原因。太子御别有用心的话语，父王深沉的眼神，母后冰冷的面容在生前不曾给予半丝温暖，死后亦带来更加荒唐的难堪。那日出宫之后，继而奉诏入楚，除了一个质子的身份和无休止的刺杀之外，六年来再不曾与穆国有半分交集。

实际上，自七岁时拜天宗宗主渠弥国师为师修习武道后，在他心中，那金碧辉煌的王宫早已万分遥远。

但终有一天他会回去。

横置膝上的归离剑缓缓在指间收紧，唇边一丝笑痕越发深了几分，明灭不定的火焰，映得整张脸庞深邃如若刀削，多年来明枪暗箭下淬砺出的杀气，无形中逼得这烈烈火焰跳动不休。

子婳一阵沉默："我……问得冒昧了。"

夜玄殇却将手腕一翻，归离剑插入地上，靠向背后岩壁换了个舒服的姿势，一手把玩剑上垂下的玉玦，一手搭在膝头，亮焰黑衣，笑容散漫，说不出的潇洒好看。他看了她一会儿，突然说道："但凡知道我真正身份的人，没有几个敢和我一路同行，你是第一个。"

子婳微微细了凤眸，半是认真，半是玩笑："你难道不怕我别有所图，说不定我也是太子御派来的杀手？"

夜玄殇深眸之中满是兴味，唇角挑起一刃薄薄的微笑："联手杀敌如此默契，却又如此美貌的杀手，当真别有所图，我也甘之如饴。"

子婳清脆的笑声随之响起："那么明天便看看我们是不是还这么默契吧。"

第十七章 魈泽奇阵

篝火渐渐燃尽，一夕长夜，随着黎明的到来退步远去，谷中的阳光在氤氲薄雾的遮蔽之下呈现出一种朦胧清幽的姿态，但当越过魈泽林边缘之时，便忽然再次黯淡下来，掩入了笼罩不散的雾气之中。

幽林之中毫无道路可寻，子娆和夜玄殇一路小心辨别方向，往北行了不过小半炷香的工夫，地上深厚的败叶枯枝间散乱的白骨逐渐增多，颜色灰败的是旧时遗骨，而一些新鲜惨白的则显然是刚死不久之人留下的残骸。白骨旁边散落着各种不同的兵器，夜玄殇目光扫过一柄几乎淹没在枯叶间的长剑："东海剑派掌门白余上人多年前失去踪迹，以至派中纷争迭起，门户大乱，不想竟是死在这魈魈谷中。东海无涯剑法虽不以快见称，但以白余上人的修为，却连剑都未及出鞘，好快的速度。"

子娆轻轻一挥袖，将嵌在身旁树干高处的几柄飞刀卷下，垂眸审视："无涯剑法虽不算快，但一刀门的暗器却是公认的追风夺命，这是他们天字堂高手的飞刀，看来也落了下风。"

两人不约而同地注意到不远处一对分水刺，认得是昨晚跃马帮一名帮众携带的兵器，旁边一副骸骨向下扑倒，头骨正中一个圆洞，四面碎裂，正和那秦舵主一模一样，身上的血肉也早已分毫无存。

"是昨晚他们遇袭的地方。"夜玄殇简单道，停下脚步仔细察看，"这一片树林并不茂密，正适合自上而下的攻击，但想要去烛九阴藏身的魈泽，似乎必须经过这里。"

子娆掌心早已凝聚真气，暗中提神戒备，四周只见无边雾气和幢幢明暗的树影，难以穿透浓雾的光线在林中化成丝丝点点的浮光，使两人身上玄色的衣袍亦似沾染了金银碎末一般。夜玄殇微微抬眸向前方更加开阔的地方示意："先发制人。"

子娆会意前行，林中雾气飘浮，一片冥蒙死寂，但极轻微的空气旋动的先兆，对于借自身真气而将感官灵觉提到极限的人来说，已是无比明显的波动。仍是背对而立，两人侧首时目光短暂交汇，却耐着性子一动不动，待再过了片刻，空中似有阵风旋过，卷得雾气翻涌不休，夜玄殇忽然低喝一声："动手！"

话音未落，两人身形已同时冲天拔起！

雾气被冲开一道急遽收缩的缺口，去势之快，似连地面也被猛地向上吸去。两人这一冲足有两三丈高，眼见力将尽时，凭空双掌牵引，互借对方真力陡然再升上数丈。身在半空，子娆挥袖卷住夜玄殇腰身，猛地借势上抛。在她自己飘然下坠之际，夜玄殇身形疾升，眼前忽地一暗，空中雾气似化作锋利的气旋，合着一股巨大的压力扑面罩下。

眼见罡风袭来，夜玄殇纵声长啸，归离剑夺鞘而出，挟着他手中凌厉无匹的真气化身银龙，直飙上方空间！

一道惊电贯空，一声惨厉长鸣，他与一只怪鸟庞大的身体间不容发地擦过，下方爆起一片血雾，伴着凌乱的羽毛当空撒开。

破云伤敌，一切不过兔起鹘落之间，子娆这时刚刚落地，身子轻柔斜飘，卸去下坠的冲力，漫天血雨已四处激溅。那怪鸟原本正下冲攻击夜玄殇，却被归离剑透胸斩过，半边身子几乎都被砍去，顿时以比他快了数倍的势头重重栽落在林中，甫一落地振翅欲起，却长声哀鸣，再次摔下。

这怪鸟形如巨鹤，周身羽色如墨，唯有头顶殷红似火，赤艳夺目，半边翅膀铺展开来，几近半丈，尖喙利爪，不逊锋刀锐剑。子娆避开四周飞溅的血雨，方要上前查看，忽听夜玄殇厉声急喝："子娆当心！"

毫无预兆地，一片巨大的阴影当头罩来，竟是一只一模一样的怪鸟正以雷电之势凌空扑下！

子娆大惊失色，抽身欲退已是不及，突然身子一轻，被一股大力向旁推开。夜玄殇竭尽全力赶在怪鸟之前一掌将她震离原地，那怪鸟的巨翅却重重砸在他背上！

这一下不啻一个武林高手全力出击，力道重逾千斤。仓促间不及运气护身，锥心刺骨的剧痛令夜玄殇眼前一黑，险些吐血昏厥，急忙提真气稳住脚步，转身之时归离剑裂空贯出。

那怪鸟似乎知道剑气厉害，不敢应敌，唉啸声中斜飞而起，只一个盘旋，便再次迅速俯冲过来。

数柄尖利的飞刀自夜玄殇身后飙飞而出，化作半弧形夺目的光华急速斩向前方，却是子娆后退时挥袖射出了方才随手取来的暗器。

那怪鸟愤于同伴重伤，竟浑然不惧刀光，巨翅横扫之下，狂风席卷，泥飞树折，飞刀纷纷落向一旁。但子娆出手前以冽冰真气贯于刀身，被劲风击中后，冰针如雨，晶光四射，无数细芒破羽而入，所淬的剧毒使这异物一阵颤抖，陡然升高。

这怪鸟之厉害委实出人意料，非但异常凶猛，更如同经人调教过一般，攻守之间似有谋略。与子娆再次周旋，遭遇她的冽冰真气，振翅而起仿佛趋避不及，却忽然侧身急掠，往近旁刚刚硬受它一击的夜玄殇猛扑过去！

夜玄殇冷哼一声，右手剑光虚闪，疾吐疾收，那怪鸟以为有机可乘，随剑展翅攻入。但它再厉害，又岂是夜玄殇这种兵法剑术皆臻上境的高手之敌？飞扑之时胸前空门大露，夜玄殇引它低飞，身子瞬间自不可思议的角度移形换位，左手聚起十成掌力，轰然击出！

怪鸟惨声厉鸣，直破九霄，巨大的身躯被这刚烈无俦的真气直接击飞，然而反震之力撞击回来，夜玄殇胸口如落重锤，身形剧震之下，鲜血终于夺口喷出。

眼角闪过几丝荧光，他正心叫不妙，数道虚缈的玄光绕身而来，刹那间绽作明媚的飞焰，及时将他护在其中。子嫣以墨蝶将幽骨虫逼退，另一只手早幻出"千丝"之术，凭空虚点，无数莹洁如玉的细丝恍若活物一般急速向空中的怪鸟射去。

千丝万缕，飞速缠绕，幽暗飘忽的雾气之中仿若有千万道透亮的光华穿插交错，疾转飞舞，将那怪鸟层层包围在其中。怪鸟虽受重伤，却仍凶恶无比，上下翻腾挣扎，不断要冲破丝网扑将下来，但每挣扎一下，身上便沾上更多的韧丝。

子嫣脸色渐渐透出雪样的苍白，却不肯收了"焰蝶"之术，全力施展"千丝"。心法源源流转，清叱声中，真气自指尖破出，冰丝凌空齐飞，光华暴涨。

伴着怪鸟尖利的哀嘶，巨大的丝茧终于形成，越收越紧，越缩越小，丝上光华忽明忽暗，渐渐收敛，轰然坠地之时已化作一片冰冷的寒白。

子嫣顾不得其他，抢至夜玄殇身旁，急急问道："你怎样？伤得厉害吗？"

夜玄殇先前一直以剑撑地，勉强站立，这时身子一晃，便单膝跪了下去。他替子嫣受那一击委实伤得颇重，随后与那怪鸟硬拼更是被巨力震及肺腑，只是凭一股傲气尽力支撑在这儿，此时心神一松，眼前竟一阵天旋地转。

背后一双柔软的手伸来扶住，带着兰若幽香的柔丝素绢轻轻拭过，细心替他擦干唇角残留的血迹。子嫣仔细确定他身上并没有再沾染鲜血，挥手将绢帕遥遥丢出，半空飘下时已化作一片烟火纷飞。她收了焰蝶，转头看来，眸底原有的冷媚之中尽是关切。

夜玄殇愣了一会儿，眼中浮出一丝淡笑，撑着她的手慢慢起身："没料到竟是一对戾鹤，一时疏忽，差点儿便着了道。"

不远处，先前重伤的戾鹤早已在幽骨虫的围覆中化作白骨，而那只被丝蛊缠绕的却连幽骨虫也不敢靠近，纷纷向四周趋避。子嫣扶他到一片干净的地方："先别说话，赶快调息一下才是。"

夜玄殇自知伤势不轻，魍魉谷中危险重重，着实不易带伤前行，遂不多言，就地盘膝而坐，闭目疗伤。他的内功心法得穆国天宗真传，至刚至阳，浑厚精纯，子嫣从旁相护，眼见不过一盏茶工夫，他原本紧锁的眉心复于平静，呼吸也渐趋悠长沉稳，这才略微放下心来。

但就在这时，不知何处突然传来了一阵若有若无的歌声。

清清水，长悠悠，来无尽，去无休，曲曲折折入幽冥，山山岭岭难阻留……

沉沉夜，暗昏昏，天无光，地无痕，冥冥杳杳路难回，生生世世多少魂……

这歌声似远似近，仿佛自四面八方极尽空虚之处传来，无处不在，却又无处可寻。女子幽美的声音一遍一遍地轻轻吟唱，子娆听了倒还作罢，夜玄殇却心头剧震，刚刚平复的气息骤然岔乱，身子一晃，毫无预兆地呛出一口鲜血。

子娆大惊之下指尖疾点，急忙施出焰蝶相护。夜玄殇踉跄着伸手扶住一棵大树，那歌声牵魂绕魄般不断传来，虚虚实实，飘飘荡荡，听在耳中，胸口一阵更甚一阵的闷痛袭来，几欲再次呕血。

摄虚夺心术！子娆猛然想到此处。她的真气出自"九幽玄通"一脉，又深通巫族奇术，与这种异法自然相克，所以并不受影响，但此时夜玄殇重伤未愈，却绝受不起这般冲击。

夜玄殇扶着树干的手难以抑制地不断颤抖，突然间剑眉一扬，反手拍击大树，精神陡振，一声长啸纵声而起。与此同时，子娆清啸之声亦冲口发出。

两人啸声远远送出，一啸未已，一啸又起，前赴后继，连绵不绝。夜玄殇啸声雄浑激昂，子娆啸声明亮清澈，两人以真力催动啸声，双啸齐作，恍若飞龙清凤上破天宇，翻覆九霄，直震得四周林木簌簌作响，奇鸟怪兽疾走乱飞。那歌声与啸声一触，顿时一窒，便如幽幽火焰骤遇狂风，被割裂得断断续续，难以为继。

啸上加啸，振荡重叠，遥遥声传数里，歌声终于直坠深渊，西北方传来一声极低的闷哼。夜玄殇和子娆展动身形，同时掠出密林，直扑而去。

冲出密林，两人眼前突然出现了一片不见尽头的湖泊。光线极暗，似入黑夜，湖面上冥冥静静笼罩着幽亮迷蒙的薄雾，仿佛有漫天星光折射在其中，时隐时现，飘忽不止。湖畔一只小船，如金月弯弯，轻轻漂荡在水中，说不出的魅异清雅。

不见唱歌的女子，甚至没有任何气息浮动的迹象。两人目光落入那幽美的湖中，心底不知不觉竟泛起一阵松缓，仿佛经历先前一番恶斗后，此行之目的渐渐都变得模糊不清了，神魂似要沉入这迷人的星光之中，什么都不愿再想，不愿再看……

念头方起，蓦然惊觉！

夜玄殇眸心骤缩，多少年养成的习惯如一刃细弦猛地绷紧——随时随地保持清醒与警惕，永远不要在未知的环境面前放松。他能在无数次刺杀中频频脱险，心志之坚、思虑之密自然非比常人，只一恍惚便收摄心神，顿时意识到对方以奇门之术布下了陷阱。

"玄冥九转，八方入照！"子娆手结妙莲法印，一声低喝，真力到处，碧玺串珠在她如雪的肌肤上呈现出一种异亮的剔透，黑暗中清烁炫美，宁静夺目。七彩明辉深深蕴于晶石中心，仿佛育有灵魂样的幽光一丝丝漾动流转，目光一旦与之相触，便像触到一片清虚，心头顿觉洁净空明。

她转头向夜玄殇看去，见他没有灵石护持却不为幻象所迷，不由有些惊讶，问道："你的伤怎样？"

除了脸色略有些苍白，夜玄殇面上看不出丝毫异样，仍旧看向湖面的眼中锋芒深邃，清湛无比，闻言微一侧首，淡声道："并无大碍。"

子娆道："这湖中有人借玲珑石设了大奇门九宫阵，四处都是幻象异景，若被迷摄心神，轻则经脉受创，重则走火入魔，你内伤未愈，莫要逞强与之硬抗。"

夜玄殇神情中闪过一丝高傲，语气却平淡："原以为魍魉谷是怪鸟异兽的天下，谁知却是人在弄鬼，能布下这样的阵势，天下不过寥寥数人而已。"

子娆静立湖畔，凝神思索："大奇门九宫阵是玄门中极高明的阵法，阵依九宫之术设局，每宫中又暗藏先天八卦，共做八九七十二之数，自坎一宫休门天蓬星始，阵盘不断变化，不同的时辰入阵，所遇的景象便也不同。这湖上所设阵盘十分严谨，且在中宫坤位又加了一道神盘，设下直符、腾蛇、太阴、六合、勾陈、朱雀、九地、九天八神，可见布阵之人非但精通奇门遁甲，更是大六壬中的高手。"

夜玄殇双臂交叉抱于胸前，靠在近旁一块巨石上："如此说来，破阵倒要费些周折。"

子娆淡淡斜睨湖心："这阵法虽设得不错，却也没什么了不起，若是哥哥在的话，一眼便能看出七十二局生死之门所在，破去阵盘易如反掌。"

夜玄殇微一合目："那你呢？"

子娆笑道："虽没他那么快，我当然也推算得出，不过光是七十二局八门九星，便有一千二百二十四种变化，再加上当中神盘，正是一千八百种，我才懒得费神。"她媚眼细挑，浅笑之下闪出几分狡黠，"告诉你个秘密好了，大奇门九宫阵是很厉害，可惜却有个致命的破绽，每十八局轮转，必有一刻时干克于日干，一旦阵法运转到此，天、中、神三盘自成太白入荧之势，便会有瞬间停顿，利客妨主。"

夜玄殇一直垂眸听着，此时目光一抬，点头道："好，那时辰到了你叫我。"说罢就这么双目微阖，倚在石上静静养神。

子娆知他方才强提内息对抗摄虚夺心术，虽以啸声震伤敌人，但经脉再受震动，绝不像表面看起来这么轻松，便也不打扰他，默默在心中推算阵法。不知不觉，一个时辰过去了，癸卯时一到，天、地、神盘交错更替，大奇门九宫阵果然出现一丝不易察觉的停顿，两人随即展开身法，以极快的速度往湖心掠去。

子娆不断出声点出落脚之处，自正西方震位，斜七直九，似曲似折，看似绕湖而行，一直走到第三百零四步，便见湖心光芒一亮，一道莹莹光华当空闪过。眼前景色忽然一变，湖泊仍是湖泊，但那片幽冥诡异的雾气凭空消失得无影无踪，取而代之的竟是一片意想不到的美景。

近山掩黛，隔水横烟，一望无际的湖面之上蒙蒙烟波浩渺。湖心有岛，几点深墨落清波，对岸却是桃花，整片如霞似火的桃林正值绚丽，浓浓艳色飘入云水之中，令那湖光山色也透出胭脂般的柔美。一叶扁舟，轻轻荡漾，在那无边桃色之中欲棹还停。

确实是船，但不是幽冥湖畔诡异的小舟，船上有人，一个身着银红明纱绛绡衣，看去不过十四五岁的少女正在船头，垂眸静坐。似是若有所觉，她忽然睁开眼睛，乍见到两人，着实吃了一大惊，霍然起身喝道："你们是什么人？竟敢闯入魃泽禁地！"她的声音娇软清脆，悦耳动听，正是方才施展摄虚夺心术，险些令夜玄殇走火入魔之人。

子娆早已看出这少女刚刚硬抗他两人的啸声吃了暗亏，若非她见机快，及时罢手，单是夜玄殇的天宗心法就足以令她消受了，她轻轻一笑："姑娘偷袭不成，若是知道以湘妃石及时镇辅大奇门九宫阵，我们进来难免便要费些周折，只可惜，姑娘疏忽了。"

那少女心头一凛，知道一时大意被对方乘了先机，冷哼道："原来就是你们伤了我的鹤儿，竟然还敢来送死！"

子娆摇头浅笑："我们入谷是为寻药，至于送死，却不感兴趣。"

"寻药是吗？"那少女柳眉一扬，一双俏眸上上下下地打量着他们，"果然又是为烛九阴来的，好啊，我的鹤儿被你们杀了，阵法又被你们破了……"她一边说着，一边轻声撮啸，桃林中便有雪羽白翎的鸟儿应声展翅，在她身边盘旋翻飞，洁白的羽毛衬着缤纷绚烂的桃红，画面优美至极。她伸手逗弄着鸟儿，神情悠闲散漫："你们这么大的本事，看来我想拦也拦不住，要寻烛九阴，随你们便吧。"

子娆略一沉思，语气放缓："我们失手伤了姑娘的鹤儿，当真对不住，但家兄身患重疾，须这烛九阴之胆才好求医救治，姑娘若肯指点一二，我们感激不尽。"

"哦？"那少女脸上笑意娇美可人，明眸顾盼，一字一句地重复道："真的要我指点一二？这可是你说的，你既然求了我，我也不能见死不救，要找烛九阴容易得很，可是，就怕你们找到了后悔！"说着挥手弹指，身旁白鸟翩飞而起，掠向湖面，她一转身，便自小舟上举步走下，就这么轻盈盈凌波踏水，往两人身处的小岛而来。

第十八章 烛龙九阴

微风中一湖波光潋滟，红衣灵动飘飞，如画般清美脱俗。夜玄殇一直不曾说话，此时突然目光一动，看向不远处深不见底的湖面。

"不好！"他刚刚想到了什么，那少女口中便发出奇异的低啸，原本平静的湖面骤然生出巨大无比的旋涡，湖心巨浪四面狂涌，在那少女脆如银铃的轻笑声中，一条庞大到难以想象的巨蛇携着丈余高的水柱陡然现身！

惊涛翻滚，浪落风急，日光似乎猛地一暗，还未及看清一切，那巨蛇已腾空而起，在漫天暴雨般的飞浪之间冲向两人立足的小岛！

子娀和夜玄殇见机何等之快，异变发生时早已双双飞退，自一天浪雨中凌空穿出。那巨蛇落势极猛，轰然击向他们原先站立的地方，一片数人之高的山岩被它扫中，顿时四分五裂，迸溅激散。整座小岛才不过一亩见方，陡遭如此重击，几乎半边都被夷为平地。

巨蛇一击之后，顺势夭矫游走，阳光下周身如被银甲，半隐湖中不见其尾，大如车盘的巨头昂然高起，上有殷红怪角若龙，双目精赤如电。那少女红衣夺目，俏生生立在蛇头之上，得意地拍手叫道："哈哈！你们不是要找烛九阴吗？现在我替你们唤来了，怎么样，满不满意，要不要再来一次？"

子娀和夜玄殇几个起落踏上离桃林不远的湖岛边缘，险险避开致命的一击。先前那少女凌波而行，原来并非轻功有多高明，而是悄悄唤了水中巨蛇出来，攻了他们一个措手不及。这一人一蛇彼此配合，比那庚鹤更难应付，夜玄殇眉心略紧，突然低声对子娀道："缠住她。"

子娀一愣，见他侧身闪开，抬手点向自己胸口几处要穴，登时明白他要以封穴之法强行压住伤势。明知这样做极损真元，子娀却已顾不得阻止，上前一步扬声笑道："妙歌夺心魂，灵法驯奇物，如此精湛的摄物夺虚之术，想必是出自莒山樵枯道长门下，那湖上的大奇门九宫阵，十有八九便是仲晏子所传了，却不知姑娘是他们哪位的高徒？"

那少女正对被破了阵法一事耿耿于怀，杏眸圆瞪，喝道："本姑娘的师承来历关你什么事？"

子娀也不恼，不疾不徐地道："姑娘既不想说，我便猜一猜也无妨。我知道仲晏子有两个徒弟，一个是赫赫有名的楚国少原君，一个是喜着雪衣战袍的九夷族公主，姑娘显然都不是，那你的师父一定是樵枯道长，对吗？"

那少女被她猜中师门，有些不悦，但随即俏眸一转："哼，是又怎样？让你们知道也无妨。你们借机取巧破了师伯的阵法，算不得厉害，若真有本事，便和我的白龙儿斗上一斗！"

子娆笑吟吟地环视湖光美景，说道："姑娘此言差矣，但凡奇门术数，上法天象，下应八方，天地交泰生死轮转，任何阵法都有破绽可寻。你说我取巧入阵，看来是心中不服，当我凭真本事破不了这大奇门九宫阵吗？"说着纤指一点湖心，"此湖中阵盘，酉卯相冲，金虚木辱，应在西方勾陈，东方六合，按大奇门九宫阵之演变规律，辰时二刻，开门引动，辅、禽二星双吉。"指尖往西方微侧，"辰时三刻，阵心逆转，死地化为生门。"袖袂一扬，指尖点向正西，"巳时一至，天盘乙奇，中盘休门，神盘六辛艮八宫，虎遁之势既成，自此出入阵中，易如反掌，姑娘以为如何？"

那少女听得错愕，心想按师伯所教的法子推算，这番说法竟分毫不差。子娆故意谈论阵法拖延时间，不过片刻，便见夜玄殇原本苍白的脸色已与常人无异，甚至看起来更加神采夺人。听到她与那少女的对话，他似乎想到些什么，眼中闪过明显的异样，随即在她耳边道："诱他们上岸来。"

子娆自然明白他的意思，念头一转，妖媚笑说："小姑娘，看来你的修为还差得远，不如我指点你一下吧。其实你只要上转天盘入丙奇，下佐地盘为六庚，九宫阵法天网四张，要困住我们易如反掌，又何必闹得这般翻山倒海？不过我看你学会了阵法也没什么用，那两只怪鸟的下场你也知道了，既然唤这烛九阴出来，不如索性乖乖取了蛇胆奉上，免得大家麻烦。"

果不出所料，那少女一张俏脸霎时气得又红又白，娇喝道："鹤儿的事我正想找你们算账，这是你们自己找死！"大怒之下口中急声撮啸，那烛九阴巨口陡张，猛地向后一缩，带着湖中汹涌的巨浪，直向岸上冲来！

子娆和夜玄殇早有准备，仍是飞退，却在半空中投向不同的方向。子娆飘然落向鲜艳的桃林，夜玄殇则疾速往岛中心一座小山投去。

绛衣少女连声发令，烛九阴体形虽大，行动却极为灵活，巨尾狂扫，偌大的桃林被摧枯拉朽般地整片击毁。子娆体内真气催到极致，于刻不容缓间避开重击，自一片残花飞红中倏忽逸出。纵然及时，仍被蛇身上坚硬的鳞甲挂得肌肤生疼，险些被猛烈的罡风直卷回去，不由惊出一身冷汗。

夜玄殇一落到山岩上，顿时暗呼不妙。他原打算将烛九阴引至此处，借助山势丛林限制这庞然大物的行动，谁知临近之后才发现这根本算不得什么山。整座湖岛虽看起来处处林木葱茏，却也不过数亩见方，岛在湖心，四面临水，一掠即出，眼前湖泊广阔几如大海，这样的小岛零星散布，数不胜数，真正山岭耸峙的岛屿最近的也在两三里外。

骤入险境，夜玄殇剑眉一紧，精神却陡然攀上了前所未有的高峰！身后腥风及体，脑中电光一般闪过自幼苦修的武道，继而一片纯粹空明。

返身，冲天而起，归离剑入手，真气沛然流转，一式剑招化身长电自九天击落，迎着凶猛的对手当头疾去！

势如鹤，烈如惊雷！剑气狂涌如潮！

半空中千万剑影，似有一只巨大的白鹤傲然展翅，几遮天日。鹤蛇天敌，物形相克，清啸声中，那烛九阴发出一声怪如潮涌的嘶吼，巨口之中血光飞溅！

夜玄殇几乎是自蛇口中横穿出来，就势落到山下。尚未及喘息，怒极而狂的烛九阴带着一股飓风回身扑来！归离剑横扫而出，不料斩中蛇身，竟发出金铁交击的响声。那烛九阴乃是千年灵物，鳞甲坚逾精钢，刀枪难入，夜玄殇大惊之下借剑身反弹之力急速后退，饶是如此，仍被那股巨力震得周身气血翻涌，胸前几处要穴同时剧痛，硬被压下的内伤几有发作之势。

他落足之处正在子娆身旁，两人还来不及说话，再次狼狈闪避，躲过烛九阴的又一次攻击。

"竟敢伤我的白龙儿！"那绛衣少女自驯养烛九阴以来，何时吃过这等大亏？当下将灵术催到极致，指挥烛九阴大发神威。前面两道玄影飘闪不定，后面红衣御风紧追不舍，三人一蛇绕山追战，小岛上岩摧地裂，树倒石崩，着实害苦了原本安居在此的飞鸟走兽。烛九阴力大无穷，所过之处无不夷为平地，这般不分青红皂白的攻势，逼得子娆和夜玄殇只能躲避，毫无还手之力。

正当难分难解时，岛上忽然响起一声奇异的低啸，啸声未落，一道极小的白影轻电般自烛九阴眼前闪过，半空中急转一周，倏地便向蛇头落去。

烛九阴陡然受惊，急速向后退走，绛衣少女猝不及防，险些被闪下蛇头，急忙连声呵斥。白影稍纵即逝，烛九阴退开一段距离，身躯盘成小山样的一团，巨首高昂，双目凛凛，盯住不远处一块岩石。

"咦？"绛衣少女遥遥一看，只见岩石上蹲着只小兽，雪色金瞳，貂身狐尾，样子威风神气，但只不过巴掌大点儿，和烛九阴相比简直是天壤之别。可就是这小兽，似乎令烛九阴颇为忌惮，晃动盘旋，仅余半边的红信频频伸吐，却不敢贸然进攻。

"雪战！"听得子娆一声召唤，那小兽斜睨了烛九阴一眼，返身蹿至她的怀中，又一跳，蹲上肩头。

绛衣少女诧异万分，俏眸闪闪不断打量雪战，又是好奇，又是不满，转而低低发声催促。烛九阴目露凶光，开始绕着子娆和夜玄殇缓缓游走。雪战蹲在子娆肩上，喉中低啸隐隐，一瞬不瞬地紧盯着面前巨大的对手。

双方对峙片刻，烛九阴血口陡张，猛地扑向子娆。雪战亦从子娆肩头蹿出，直扑烛九阴赤色如血的眼睛而去。

"你缠住那少女，烛九阴交给我！"夜玄殇当机立断，趁烛九阴被雪战吸引，展动身形，飞身抢上蛇头。

"大胆！"绛衣少女转身一声娇叱，玉掌如刃斜劈，欲逼他无法立足。夜玄殇猛提内息，身形陡然一高，便如玄鸟般凌空扑下，撮掌击出。如此以硬碰硬，虽留了三分掌力，绛衣少女却哪是他的对手？一声惊呼，两人双双自蛇头坠落。

半空中一道灵巧的彩带自绛衣少女袖中飞出，近旁树上微微借力，人未落地，一点金光便向夜玄殇射去。却闻一声清笑，旁边有人将她拦下，子娆闪至身前："小姑娘，你的对手是我！"

"两人欺负我一个，有什么了不起！"绛衣少女气呼呼地喝道，手中彩带疾绕，一柄小巧的金剑光芒闪烁，叮当轻响之声不绝如缕，刹那间已与子娆过了数十招。

这时夜玄殇早已和那烛九阴斗在一起，四周狂风呼啸，漫天飞沙走石，激尘滚滚，除了时隐时现的巨蛇身躯，雪战和夜玄殇完全不见踪影。子娆武功本在这绛衣少女之上，但因不欲伤她，始终留有余地，只将人困住作罢，大半心神倒在那边人蛇之斗上。绛衣少女奈何不了她，突然招式一变，彩带收回袖中，使出一套精妙掌法，一双玉手如千鸟穿林，上下纷飞，落掌之时寸劲激发，隐隐竟有群鸟齐鸣之声，清音错落高低，美妙至极。

鸟鸣声起，先前林中被惊散的白翎鸟不知从何处纷纷齐至，展翅扑向两人，一时令人眼花缭乱。绛衣少女"咯咯"一笑，趁机俯身前蹿，便从子娆袖底穿出，趁她被白鸟阻住，口中迅速发出一声异啸。

"不好！"子娆脸色猛地一变，身后传来如雷巨响，烛九阴化身白虹腾空跃起，直投湖心而去！

潮水扑上小岛，一天飞尘尽落，眼前哪里还有夜玄殇的踪影？整个湖泊化作一渊滚水沸腾，波涛汹涌，惊浪狂翻，烛九阴巨大的身躯忽隐忽现，浮沉翻滚，远处几座小岛受它波及，一片片岩石崩塌，巨震不已。

子娆霍然回身，眸中寒光冷冽，袖底玉指急扣法印，数道真气破空飞旋，"莲华"心法随之展出。

这巫族异术以己之心神，摄人七情六欲，绛衣少女正自得意扬扬，忽被至纯至柔的玄阴真气包围，眼前似见朵朵洁净无瑕的白莲陡然盛开在一片狼藉的世间，清美中带来寂灭涅槃般的虚无之感。

玄阴真气有若实质，时凝时放，莲华齐绽，她"啊"的一声跌倒在地，身子不断颤抖。子娆眸光静如深渊，冷声命道："唤你的白龙儿上岸来。"

幽冷的目光透入，绛衣少女心中泛起一片混乱，惊怖、忧伤、绝望、恐惧、思念……种种莫名的感觉纷至沓来，是她从来没有想象过的情绪，仿佛被丢入了众生万物的痴念欲海，挣扎抗拒，永世难休。她脸上显出痛苦的表情，却紧咬着嘴唇，倔强着不肯说话。

湖中浊浪滔天，水下传出震耳欲聋的吼声，一股股血浪从中冒出，越冒越急，将碧波染得赤红一片。子娆一颗心随那吼声直沉下去，微微合目，眸心忽有一点魅亮的异光自极深暗处幽然绽现。绛衣少女和她四目相交，目光不由一凝，心神仿佛坠入无边虚渺的空间，只听到有个柔和的声音在心底轻声道："去唤你的白龙儿上岸。"

"唤白龙儿上岸。"她毫无意识地重复一句，就那样站起来，什么都不想，只按这声音的吩咐去做。

啸声自她口中传出，冲天的水柱带着血色涌上半空。烛九阴重新现身，一只左眼鲜血淋漓，已被利物重伤，右眼赤红狰狞，仿佛有地狱之火燃烧在里面，狂躁之态大异先前，扫视岛上，陡然一昂巨头，便向子娆和绛衣少女立足之处冲来。

子娆收了"莲华"异术，心神一阵虚弱，眼见飓风之中庞大的暗影如山般压下，勉力提气，伸手揽住已然陷入昏迷的绛衣少女急急掠出。

"轰"的一声巨响，原先站立的地方被烛九阴击出一个深坑，碎石齐飞。烛九阴受伤之后狂暴难安，又失去了那少女的控制，一味猛攻不休。子娆方才催动丹元之气强行控制那少女心神，体内气息纷乱不继，不知还能躲得过它几次发狂般的攻击。烛九阴一击不中，血口张合，再次昂起身来，准备发动攻击！

便在此时，一柄长剑突然自巨蛇的腹部穿出，戳透蛇身，狠狠钉入了地面岩石的缝隙！烛九阴吃痛之下，整个身子如箭般向前蹿去，那长剑死死插入岩石，锋利的剑锋自烛九阴没有鳞甲的腹部迅速划过，巨大的蛇身被生生剖开，腹中内脏随血四流。

烛九阴受此重创，痛不可当，在小岛之上剧烈翻滚，首尾横扫，激起四周断木碎石不断坠落，大有天崩地裂之势。子娆抱着那绛衣少女急忙躲避，混乱中闪来一个黑影，一把护住她两人，纵身投向湖中。

随着一股大力潜入水下，而后拉着那少女奋力冲出水面，子娆感到身后有人将她一把托起，向不远处另外一座小岛游去。身后重击之声连续传来，连身在湖底都能感到震动，攀住岛侧岩石上岸，两个人同时扑倒在岸边，将手中托着的少女用力向上一推，谁也说不出话来，伏在岩石上不住喘息。子娆只缓了一下便撑起身子，将身旁那人用力拖起来，待看清果然是夜玄殇时，也不知哪来的力气，竟不顾他身上泥污血腥一片，一把抱住他："太好了！你还活着！"

夜玄殇和烛九阴从岛上打到水底，恶斗中故意被它吸入巨口，再以那种要命的方式破出蛇腹，这时浑身上下酸痛乏力，连动根指头的力量都欠奉，被子娆一撞，攀着岩石的手一松，两人齐齐跌回水中。

一旋浪花翻起，子娆拖着他重新冒出水面，这才发现他脸色极其苍白，匆忙问道："喂！你没事吧？"

夜玄殇缓了口气，勉强笑道："好像还没死。"

湖中波光起伏不定，幽暗的水色随着一旁岩石的倒影不住荡漾，几缕乌发如丝，时聚时散，勾勒出女子妖娆的容颜。湖水将子娆一双眼睛洗得清亮，亦透出几分心有余悸："你和烛九阴打到湖里去，我……还以为再也见不到你了。"

夜玄殇抬手抹了一把脸上的水，面前清如星湖的目光就这么撞进眼中，耀得人心跳微微一顿，他怔了片刻，脸上突然现出一抹奇异的神情。见他不说话，子娆晃了他一下，似是想到什么，声音转柔："怎么了？是不是伤得厉害？"

夜玄殇空着的手在水中一握，复又缓缓松开，有些刻意地避开了她的眼睛，但听了那柔美的声音，或许连自己都没有察觉唇边浮起了一丝浅笑。"没事，还撑得住。"他低声应了一句，勉力扶着岩石上岸。

对面岛上，烛九阴虽然重伤，却一时未死，正发狂一样地不断翻滚，似要摧毁周围一切。蛇头上有个小小的白点，任巨蛇如何翻滚，始终无法摆脱它的钳制。过了片刻，一声惊天动地的巨响，烛九阴庞大的身躯自半空中急遽摔落，再次扬起，力有未逮又摔下，连续几次，震得湖岛皆颤，终于不再动弹。

"死了吗？"子娆见烛九阴身躯几次卷动，由频繁的抽搐而至僵硬，不由站起身来。夜玄殇靠在岸边岩石之上，神情似乎有些委顿："过去看看再说。"不料刚刚举步，眼前猛地一黑，踉跄了一下险些踏空，勉强一提真气，经脉间空空荡荡难受至极，竟一丝力气也使不出来。

子娆急忙伸手扶他："你身上有伤，不如在这里等我。"子娆见他气色灰败，显然强封穴道压制伤势遗祸甚深，此时后果显现出来，不啻再次重伤，担心地道，"那烛九阴看起来是活不成了，我取了蛇胆很快回来。"

夜玄殇方要说话，一口血气直冲唇边，紧抿了唇忍过去，身上却泛起阵阵寒战。极深的疲惫透心而来，他清楚这是内伤即将发作的前兆，再不设法疗伤，后果不堪设想，只得强自调匀气息，嘱咐子娆："千万小心。"

子娆点头答应，再次潜入湖中，一道细长的水纹通向对面小岛。

第十九章 天之娇女

夜玄殇遥看子娆上岸，一切皆无异样，这才放心地就地坐下，缓缓引导丹元真气游走于几度遭受重创的经脉。疼痛太甚反而变得麻木，倒不再像初时那么难以忍受。记忆之中，好像已经很久没有受过这么重的伤了，最近一次也是三年之前，独自结果了来自东宫的数十名死士，也是那一次，彻底清楚了究竟是谁想置自己于死地。念头至此，真气突然毫无预兆地四处冲撞，丹田中蓦觉绞痛，险些便要彻底失去意识，他心中顿时凛然，随即强行压制心神，专心调息运气，摒弃杂念，渐渐进入物我两忘的空明境界。

过了不多时候，他被一声低微的呻吟惊动，一直昏迷在近处的绛衣少女慢慢恢复了意识，正以手抚额坐起身来。夜玄殇剑眉微收，下一刻归离剑已抵向她的咽喉，待她茫然睁开眼睛时沉声吩咐：“不要乱动。”

绛衣少女愣了半晌，等看清他是谁，竟也不顾利刃加身，抬手指着他惊奇道：“啊……你居然还活着！”

夜玄殇淡淡道：“我好像一直命大，抱歉，让姑娘失望了。”

“白龙儿呢？”绛衣少女似乎此时才意识到情况不对，四处看去，发现已经不在原来的岛上，再往别处找去，隐约见到烛九阴伏在对面小岛上，忙以灵术遥遥召唤，烛九阴却一动不动。她呆立了片刻，扭头看夜玄殇，满脸的不可置信，“你们……你们杀了我的白龙儿？”说着声音里已带了哭腔。

夜玄殇剑身一振，仍将她逼在数步之外，胸间却真气逆冲，一句话也说不出来。绛衣少女眼中已经水光盈盈，长长的睫毛微微颤抖，眼见就要掉下泪来，再看看远处的烛九阴，一转身，委屈万分地冲着他嚷了过去：“你杀了白龙儿！你竟然杀了白龙儿！赔我的白龙儿来！”

她这般喊了几声，夜玄殇眉峰越蹙越紧，听她不依不饶，突然冷喝了一声：“含夕公主！”

“干什么？”绛衣少女脱口应道，忽而一顿，又道，“好啊，你知道我是谁还敢如此，我定要王兄治你的罪！”

夜玄殇暗中长叹，果然所料不错，这少女真是楚国公主含夕。以前只听说楚王有个一母同胞的妹妹跟随樵枯道长学艺，却从未有机会见到过，不想今天竟在这里遇上。出了这魍魉谷，他不仅仅是夜玄殇，还是穆国入楚为质的三公子，其实早在猜测对方身份时便已想到，此时正值楚、穆交恶之际，着实不宜多生事端，否则处境会比以前更加艰难。但明知棘手，却还是做了，只因在他心中，世间从无不可为之事。他眼中深光一锐，剑尖微抬，便冷声道："烛九阴是我杀的，你若再哭闹，我连你也一样杀。"

含夕原本正气恼地瞪着他，猛地和他目光相触，身子不由为之一僵，仿佛有一桶雪水当头罩了下来，寒意直浸心头，一时竟吓得愣了。

就在此时，岛外忽然间遥遥传来一阵异兽低啸。含夕眼睛一亮，跳起来叫道："金猊！是师父来了，哼，看你们怎么办！"

啸声片刻趋近，很快便到了近前，夜玄殇目光扫过四周，见先前那艘小船不知何时被湖波推到了近岸，船身虽有破损，但还勉强可用，遂将剑尖微偏，沉声道："麻烦公主上船，随我上岛去。"

含夕气鼓鼓地哼了一声，起身跳到船上。夜玄殇长剑始终不离她的要害，暗暗运功自视，发现内伤远比想象的严重，眉宇间无声一紧。离小岛越来越近，便见岛上不知何时多了两个人，一名老者布衣青袍，形象孤傲，正负手打量子娆，旁边却是个灰袍老道，头顶一字巾，足蹬黄麻履，破烂落拓倒有三分像街头叫花子，唯腰间挂着的酒葫芦揩得干干净净、油光闪亮，脚下蹲着一只状如狮子的金毛异兽。

那异兽乃是一只金猊，自来颇通灵性，遥见含夕被人挟持，顿时跃起身来，发出极为不满的低哮。孰料声音未落，子娆肩头的雪战金瞳一竖，起身便是一声怒吼，其声直似虎啸龙吟，震得众人都是一惊。那金猊也算兽中珍奇，竟浑身一个哆嗦，呜地缩回了主人身后，匍匐在地，头也不敢再抬。雪战高踞子娆肩头睥睨一番，方才懒洋洋地蹲下，姿态中尽是不屑。

樵枯道长除了饮酒，生平一大嗜好便是驯养异兽，眯了眼打量雪战："唔，云生兽，难得难得。"一转头看向含夕，胡子一动，"小子，你是什么人？胆敢用剑指着老道的小女徒。"

夜玄殇长剑一振，收回长剑："夜玄殇见过两位前辈，含夕公主乃是楚王胞妹，玄殇岂敢冒犯？"口中虽称前辈，却只是负手傲立，毫无见礼的意思。樵枯二人同时冷哼，显然对他狂妄的态度极为不满。

子娆心下诧异，多日来相处，她深知夜玄殇看似率性不羁，实际心思缜密、进退有度，眼前情势之下，断无道理这般激怒对方，而以他一贯作风，既点明那少女是楚国公主，如何竟这么轻易放她自由？满心疑问转眸相望，夜玄殇和她目光一触，脚步微微后退，突然抬手，便将她挽入了臂弯之中。

他一路虽和子娆谈笑无忌，却从未有过如此越礼的举动，子娆先是一怔，随即心中凛然。只因此时此刻，她清楚地感觉到夜玄殇身子虽如以往任何时候一样站得笔直，但大半的重量已就势移到了她身上。悄悄伸手过去，不动声色地扶在他腰上，触手之处一片温热潮湿，显然不是湖水，而是他身上某处伤口的鲜血正慢慢浸透衣衫。

贴着他的怀抱，子娆感觉他用指尖在身后写下几个字——设法先走。心头微震，抬头向他看去。夜玄殇目光一沉，眉间极快地掠过蹙痕，只因她以眼神清楚地做了回答——同进同退。

含夕得了自由，早已上前拉着樵枯道长的衣袖撒娇："师父，他们杀了鹤儿和白龙儿，破了师伯的大奇门九宫阵，还把桃林给毁了！你快替夕儿教训他们！"

樵枯道长向来极宠这个徒儿，摸着胡子道："老酸儒那个鬼阵原本就乱七八糟，被人破了有什么稀奇？倒是老道的灵蛇被人取了胆，这个面子丢不起。"面色一沉，"两个小娃儿，是你们干的？"

两人尚未来得及回答，那青袍老者便冷哼道："自己徒儿学艺不精，反倒怪我的阵法不济，好没道理。"

含夕早替师父接着酒葫芦，扭头娇声笑道："师伯，你上次设好了阵盘，只教我几天就走了。"下巴往子娆那儿一抬，"我是学艺不精啊，可是她说大奇门九宫阵没什么了不起，阵盘设得也不怎么高明，摆明了不把师伯的阵法放在眼里！"说着冲子娆两人做了个鬼脸，一副让人又气又恨的调皮模样。

子娆眉心一拢，迅速横了含夕一眼，还未想好如何应对，那老者沉冷的目光已扫视过来："这话可是你说的？"

那青袍老者不是别人，正是仲晏子，子娆知他身份，一时心下迟疑，沉默不语。夜玄殇瞥见她眸中复杂的神情，突然放开她的手，朗声道："两位前辈莫要错怪了他人，闯阵入岛，杀蛇取胆，都是在下所为，请让这位姑娘先行离开，在下一人做事一人当。"

仲晏子睨他一眼，冷冷道："哼！脚步虚浮，面色灰败，分明经脉受损，真元大伤，还敢以闭穴之法硬压伤势，你若像现在这样再站上半个时辰，下场便不比老道士那条怪蛇好到哪里去，老夫倒想看看你如何逞强下去！"

夜玄殇浑不在意地笑了笑："前辈所言极是，我便是想逞强怕也有心无力了，打发了不相干的人，我任两位前辈处置就是。"

子娆从诧异中回过神来，目光在身旁男子散漫不羁的神情间停留，唇角忽而荡开一丝清艳淡笑。无奈地嗔了他一眼，再一垂眸，她像是做了某种决断，跟着款款移步上前，面对仲晏子盈盈拜下："子娆见过叔父。"

众人无不一愣，樵枯道长最是惊奇："老酸儒，你什么时候有了这么个漂亮的小侄女？老道我怎么不晓得？"

仲晏子没理会他，只是看着子娆，面前的玄衣媚颜的女子，早已不是当初王城中放肆乖张的小女孩，但那眉眼神情却一见便知，他心中并无怀疑，只是当众相认却绝不可能，冷冰冰再问一句："大奇门九宫阵没什么了不起的，这话是你说的？"

子娆眸光轻漾，这位王叔虽在帝都与子昊暂时和解，却对旧事难以释怀，不愿重归宗族，子昊信中言简意赅，略述事情经过后，只嘱咐了四个字"待之以礼"。

待之以礼，无害于王族，他的意思，她自然清楚，面对责问也不反驳，承认道："是我说的。"

"口气倒不小，你仗着什么本事，敢说这样的话？"仲晏子沉声道。

子娆不慌不忙，依旧面带淡笑："子娆所学的阵法都是哥哥教的。想必叔父还记得，哥哥自幼便喜欢在竹苑琅轩中看书，琅轩集天下万般奇书于一苑，哥哥这些年来几乎阅遍群书，胸中所学可谓博采众家之长，但这奇门、六壬、太乙神数，所知所学却多半来自那一套二十八卷《太御奇数》。"顿一顿，悄悄一抬眼，果不出所料，仲晏子脸上现出些许意外的情绪，"这套书可是出自叔父之手，所以说起来，哥哥该称叔父一声师父才对，子娆不过跟哥哥学了这么一星半点儿，也不敢央叔父认作徒儿。只是今日入阵之时，见人空有那么好的阵盘在手却不会用，忍不住就教了她几局变化。"扭头妩媚一笑，"公主，我说得可对？教你的阵法可记住了？"

含夕颇不服气，却又不得不承认她是指点了阵法："不就是阵法吗，有什么了不起？"

"嗯。"子娆微微点头，"我记得好像是有人说过，破了大奇门九宫阵没什么了不起，倒是斗得过她的白龙儿才算厉害，是不是？"

含夕一愣，随口道："是啊，那又怎样？"突然发觉不对，瞥见师伯已然阴沉的脸色，下一句话及时咽了回去。子娆却笑吟吟又道："公主这样说，便是觉得我叔父教的东西，不如你师父教的了？"

含夕一双杏眸圆瞪，急道："喂！我可没这意思！"

夜玄殇从旁听她们斗嘴，唇角不由挑起几分，仲晏子和樵枯道长这对老友，相互间言语交锋多半是因自视甚高，谁也不服谁，如此一来，怕是两人都要忍不住了吧。果然，不待子娆再言，樵枯道长便拍着身旁金猊的头开了口："呵呵，小女娃敢情是来给老酸儒讨面子的，老道的灵蛇死得可冤了些。今天若让你轻轻松松走了，老道岂不是输给了这老酸儒？"抬手往湖上一指，"你且试试看，只要能出了这魍泽半步，老道今天便将那蛇胆白送于你。"

仲晏子眉峰微微一动，子娆依言看向湖畔，不由吃了一惊。湖中不知何时出现了

111

一片片浮沉游动的暗影，仔细分辨，竟是为数甚多的巨鳄，其中不少已伏在岸边，逐渐昏暗的暮色之下，点点巨目似开似合，凶恶狰狞，甚是骇人。樵枯道长的驯物之术比起含夕来高明了不知多少倍，不见任何动作便唤了这些巨鳄前来，含夕"哈"的一声拍手叫道："师父，师父，这些巨鳄前些时候被白龙儿赶得怎么也不敢回这边岛上来，你是如何把它们唤来的？快教教我！"

"教什么教？"樵枯道长瞪她一眼，"仗着灵蛇还输给人家，师父的脸都让你给丢尽了！"

含夕吐了吐舌头："师父最厉害了嘛！"

子娆已自湖上收回目光，轻轻一笑，便像压根儿没见到那些巨鳄，袅袅娜娜对樵枯道长福了一福："道长，您是叔父的好友，便是子娆的长辈，子娆再不知天高地厚，也不敢在道长面前争什么输赢。"

樵枯道长一愣，盯了她半晌，突然笑道："老酸儒，这小女娃嘴巴厉害，就这么一句话，老道便成了以大欺小，不好意思再出手了，你们叔侄合起伙来算计老道吗？"

仲晏子冷声道："我何时说过有个侄女了？"

子娆却不容他推拒："叔父！子娆今天来求取蛇胆，是因哥哥剧毒缠身，不得已而为之。哥哥乃是一家之主，一旦身有不测，家中必生大乱。此事牵连甚广，非同小可，叔父想必也深知其中利害，还请不计前嫌，助子娆一臂之力。"说着衣襟轻敛，这一礼，却是王族参见尊长的大礼。

仲晏子眼眸淡垂，不曾阻止，面上却也没有任何情绪波动。他虽因当年的变故不肯再认王族，但当年子昊和子娆曾暗中相助，使他逃过大劫，他向来恩怨分明，眼见子娆相求，心中已有了援手之意，看她一会儿，沉声道："你那哥哥胆大妄为，强行修习九幽玄通的功夫，以剧毒淫浸奇经八脉，毒废而玄功尽废，根本就是自寻死路，你纵取到这蛇胆又有何用？"

子娆略一沉吟，遂决定将实情和盘托出，摇头道："叔父有所不知，哥哥体内剧毒并非因修习九幽玄通，而是二十余年汤药所致！"

仲晏子眼底精光一闪："汤药？"

"不错，叔父以为，哥哥当真是自来体弱多病吗？"子娆声音平静无波，却又似含了极深的怨抑，"那女人的手段叔父也曾领教过，她想控制哥哥，从小便以百毒为药迫他服食，二十余年毒药、解药交相更替，以至于现在毒入骨髓，侵蚀五脏。竹苑琅轩多少武功绝技，哥哥偏挑了九幽玄通，固然是因为这门功夫十分厉害，却也是发现修习时借毒炼气，可以引导剧毒为己所用，设法加以控制，而今他体内剧毒倒有大半是靠这玄阴真气的压制才不至于一发不可收拾。"

仲晏子神色阴沉变幻，震惊之下不由怒道："那女人竟用如此恶毒的手段，岂有此理！"

子娆凤眸细挑，渐生冷澈之意："哥哥从来最恨别人要挟，那女人越是想控制他，他越是不让她得逞，当初决定修习九幽玄通时，便早已有了与她一争高下的打算。我与哥哥都是一般想法，叔父离家之后，那女人曾将我关进玄塔，让我受那不见天日的折磨，可我偏要活得好好的。塔中七年，我日日潜心修炼，就是要让她知道，她关我囚我，不过是造就我一身武功，而今我也定要为哥哥求医解毒，若人有神魂，必让她九天黄泉，永不安宁！"

她这番话说得十分偏激，却极合仲晏子口味，冷笑道："好，她要害人，老夫偏要救给她看看！"一转身，"老道，借你蛇胆用一用，你肯不肯？"

凭他两人的交情，樵枯道长自然不会不答应，却多年来斗嘴斗惯了，断没有当即应承的道理，两眼一翻，以手抚须："烛九阴千年灵物，老道不吃这个亏，蛇胆取出来，不如用来泡酒。"

仲晏子对他再了解不过，淡淡丢出一句："三瓶百年雪腴酒。"

"百年雪腴？"樵枯道长眼中一亮，神色大动之余，却仍摇头，"百年雪腴换我千年蛇胆，不划算，不划算！"

子娆这时哪还会不明白樵枯道长嗜饮，当即柔声央求："道长，您若肯借了这蛇胆，莫说百年雪腴，就是惊云冽泉、东海玉髓，这些好酒我都能取来孝敬您老人家。而且啊，我们家还藏有几种好酒，别处可喝不到，到时候我请您尝个够，好不好？"

樵枯道长胡子一动一动，显然大为动心。子娆看在眼中，借机再软声磨他。樵枯道长本也不想与她为难，如何经得这般依依相求，终究答应了不再追究此事。子娆欣喜万分，俯身道谢时突然察觉，不过说话工夫，原本浮聚在岛畔的巨鳄早已无声无息没了踪影，粼粼湖面波平如明镜，一片寂静安然，心中不由暗自惊叹。

这时天色已晚，樵枯道长命含夕聚幽骨虫将烛九阴尸身化除，免得生出腐败瘴气，污了这片湖岛。星星点点的幽骨虫在灵术的召唤之下自四面密林深处飘忽聚来，附上烛九阴长卧岛上的身躯，晶芒万聚，冷冷幽灿，恍如在湖光轻波间架起了一道银河，美不胜收。夜玄殇从子娆开始和含夕斗嘴时便再未说过话，这会儿也只是静靠着近旁一株幸存的古树，看着不远处奇异的景象，和那独立风中的女子。

短短数日相识，这个让他一见之下竟难以自持的女子，似乎是他生命之中一个异数，对方的身份与心思，也曾在目光对视间猜测揣摩，她究竟是谁，如今也已呼之欲出。然而他并不十分在乎，甚至连生死也一样，他杀人，不过是不愿死在那样的人手中，他陪她冒险，不过是因为她吸引了他。

含夕失了灵物不免有些耿耿于怀，好在少年心性，不过闷了一会儿，很快又对雪战产生了兴趣，但她对杀了烛九阴的夜玄殇似乎更加好奇，处理好烛九阴便缠着他问东问西。夜玄殇倒也出奇地耐心，虽已倦极，却有问必答，不时与她讲些江湖趣事，很快逗得她开心不已，浑然忘了白日里大家还是敌人。

子娆一直心念夜玄殇的伤势，几次留意他的神色，目蕴关切。夜玄殇有意无意看向她，淡淡一笑，长夜悄逝，又是人间欢颜。

第二十章 山谷夜宴

天如穹庐，夜色苍茫，无垠夜空清如墨洗，朗月似玉当空，俯瞰洒照碧野。九域山河，千里月华如一。

洗马谷中几个大小不一的美丽湖泊间，数堆篝火将山谷映得几如白昼，火光中一阵阵笑声不时扬起，柔美多姿的九夷族女子，有着戎装，有着彩衣，且歌且舞，轮番携酒相敬，不断将四周热闹的气氛推向高潮。

明美炙热的火焰，随风跳动轻舞，对面主席之上子昊一身白袍无意中着了火光明亮的色泽，雪衣丰仪映衬如玉俊面，越发显得雍容出尘。他正微微侧首和坐在右侧的且兰说了句什么，神情温润如沐春风，全不似平日清冷少言，且兰亦笑语回应，酒晕飞霞上玉肌，明艳中更添娇美。

日前他们一行人自剑庐归来，再次路过洗马谷，且兰得东帝首肯同九夷族军队会合，继而召集族人宣布了与王族停战的决定，今日便是在谷中举族设宴，庆祝战事消弭，同时招待王族与昔国的贵客。

入夜之后，九夷族人以草原为席，在选定的几处空地上燃起熊熊篝火，居中一处便是这群湖环绕的高地。一盏盏美酒敬到席前，且兰连饮了数盏，已然面若桃色，有些不胜酒力。子昊坐在主席，自然不比她饮得少，只是酒喝得越多，脸色反而越见苍白，但与众人谈笑风生，一双幽深的眸子清亮摄人，几似星光落入其中，只见风流俊逸。

子昊先后见了几个九夷族中辈分较高的尊长，不厌其烦地与他们一一长谈。酒过三巡，苏陵早已明白主上的意思，言语之中配合得恰到好处，末了更代他以晚辈之礼亲自送几位老者还席。待他们离开之后，子昊微微侧身一声低咳，除了侍奉在他身后的离司，谁也不曾见他眉心极轻地蹙了一蹙。

　　离司柔和的眸子闪过一丝担忧的光泽，但只不言不语，将他手边酒盏换上了清茶。

　　茶香如缕，子昊低头缓缓啜饮，逐渐压下令人不适的酒意，趁这空隙理一理思路，眸心不由带出几分深沉。几位长者话中有话，背后透露出的是所有九夷族人的顾虑，多年生死相拼的战事所造成的影响并非三言两语便能完全消除，这几盏酒的味道委实够烈，子昊目光投向十几步外另一堆篝火处，再次闪过深思的痕迹。

　　这时候，那军中战士所在的篝火旁忽然爆出一阵喝彩声，接着传来几人爽朗的大笑。人群散开，古秋同、墨炘和几个军中地位较高的将领一起往这边走来，人未至，先听到豪爽的笑语："墨将军不愧为帝都第一剑手，闻名不如见面，今晚可真是痛快！"因着几分酒意，墨炘一向冰冷的脸上略见几分生气，声音却还是不带太多感情："将军过誉了，墨炘只是侥幸而已。"

　　众人纷纷上前见礼，子昊把盏笑问："墨炘，看这样子是得了彩头？"

　　墨炘以手扶剑微微躬身："没有给主上丢脸。"

　　"墨将军剑法高明，我们今晚可都成了他手下败将！"古秋同接过旁边人递来的酒，朗声笑道，"王上，方才和墨将军聊起日前帝都那一战，说实话，我们以前也吃过败仗，却从没有那次输得彻底。事后才听说，那时王城中原来只有战士一千多人，王上用兵之神，当真令人心服口服，这盏酒是末将代军中将士们敬王上的！"

　　子昊微一垂眸，抬手拿起酒盏，帝都多年穷兵黩武，倾举朝之师而伐九夷，却遭息川惨败，以至于最后偌大的王城只有千余名将士可用，这对他来说，并不值得夸耀。心中虽这么想，面上却当然不会露出，只是执酒一笑："帝都城坚池深，本就易守难攻，这也算不得是你兵败。"

　　古秋同道："前路受阻，后路被断，主帅生死未卜，王上明明没带一兵一卒孤身出城，我们却连动都不敢动，末将十二岁从军，仗也打了不少，但就算是场血战也没这么难忘，至今仍像陷在里面似的。今天这番话若不说出来，自己闷也闷死了，还望王上莫要见怪。"抬头喝光手中之酒，"不战而屈人之兵，末将委实受教！"

　　子昊目光在他面前一停，笑了笑，将他所敬的酒一饮而尽，与他照杯一亮："古将军乃是九夷军中栋梁之柱，幸好我们并未当真兵戎相见。如今两族尽释前嫌，日后相互扶持，将军必然多有辛苦，这盏酒当是朕先敬将军。"

古秋同连忙抱拳道："末将不敢！"抬头时心中感慨丛生，不由便望向席上，子昊似是突然抬眸，正和那道复杂的目光撞个正着。

与他眼睛一触，古秋同很快低下头去，侧身退了一步，旁边一个肤色黝黑、高大魁梧的将领大声道："我楼樊也敬王上一盏酒，多谢王上那天手下留情，虽然王族和九夷族有深仇大恨，王上的功夫我却佩服得紧，酒我先干了！"

"哦，楼樊？"子昊眼角微微一挑，打量了这人几眼，认出是当时在王城被他夺了剑的那个偏将，淡笑道，"原来你就是那个曾经五度单骑杀回九夷国都城，救出近百名族人，最后身中十余箭却仍能突围而去的大将楼樊。"

楼樊哈哈笑道："王上也知道这事，那几箭还真差点儿要了我的命，不过那时候杀红眼了，管他奶奶的什么箭不箭的！"

他突然爆出句粗口，且兰忍不住皱眉，却又莞尔。子昊不以为意，以手轻抚酒盏，缓缓道："朕记得你曾在两界关连斩文老将军手下两员大将，最后和靳无余战成了平手，看来你的功夫不在他之下。"

楼樊道："那个靳无余倒是条汉子，我奈何不了他，他也不能把我怎样，下次若再见到他，必得好好打一仗才痛快！"

子昊点了点头："两界关之后函田一战，你同大将昔宬率八百兵力断后，竟能挡下三万精兵的追击，就连文老将军也对你很是另眼相看，九夷军中有你这等人物，着实难得。"

楼樊原本酒量便大，今晚趁着热闹已喝了不少，此时提起这些征战旧事，胸中酒意血性上涌，浑忘了席上坐的是何人，忍不住恨声道："若不是王族仗着人多，昔将军又怎会阵亡！我九夷族多少兄弟就是这般……"

"楼将军！"身旁古秋同突然出声低喝，楼樊一愣，扭头看他，古秋同使了个眼色阻止他继续说下去。楼樊呆了会儿方才醒悟，"嗨！"了一声转头，难掩一脸的愤愤不平。

对面子昊却似没有看到这些，一如先前温润含笑："率性豪爽，忠义勇猛，像楼将军这样的好汉子，朕最是欣赏，我们再喝一杯如何？"

楼樊没想到他会主动邀自己饮酒，又呆了一呆，才转身取了盏酒，向上一举，一口气喝光，却没再说话。

子昊搁下酒盏，清澈的眸子在九夷族几个将领面前一扫而过。即便今晚将王族和昔国奉为上宾，举行这样盛大的宴席，九夷族人却终究不可能完全放开心结。尤其是身在军中的将士，每个人都曾直面那一幕幕铁血杀戮，经历过九死一生，他们接受王族的安抚，遵从公主的决定，但心中却做不到毫无芥蒂。

古秋同他们邀墨炻比剑，难免不是存了落王族面子的心思，他让墨炻去，是因为知道墨炻绝不会输。墨炻不擅谋略机锋，但心性坚毅，于剑法武道极为执着，造诣并不低于苏陵、皇非等人。军队之中崇尚武艺，这样的比试，反而会给屡遭九夷族和楚国联手重挫的王族树立威望，所以他并不担心，只是接下来这番敬酒，却多少有些出乎意料。

楼樊这莽将军心直口快，不似其他人那般掩饰得当，被他几句话便试探出心中想法，这般血泪生死凝成的仇恨，如何不令人心惊？但是，他绝不会允许九夷族成为一个后顾之忧，只因一旦有所差池，势必要花费数倍的时间去弥补，而他，最浪费不起的便是时间。

气氛突然有些异样，且兰微微蹙眉，抬眸之间向古秋同投去一瞥。古秋同触到她含有制止意味的目光，心头微凛，刚要说话，却听子昊笑问："今日难得欢聚一场，古将军，你身边这几位朕好像是第一次见，何不介绍一下？"

古秋同毕竟还算稳重，纵然心中亦有不平，却无论如何不会像楼樊那般鲁莽冲动，听东帝开口相询，随即笑道："王上不说，我倒还真疏忽了。"指了身边一位红袍将领，"这位是左偏将褚让。"

那褚让十分沉默，只向上抱了抱拳。子昊微微点头："神箭褚让，赤平关曾独战文家三位少将军，走允川，破厉城，洹水双箭定三军，九夷族中，箭术无人可及，幸会。"示意离司斟酒，举盏一笑。

褚让微怔之后，遂也取酒在手，原本面上的冷漠淡了些，犹豫一下，终是躬身向席上施了一礼。

"这位是右偏将司空域。"

"屺州司空家与九夷族素来渊源深厚，司空将军一双金铜出神入化，随且兰公主转战千里，忠心耿耿，从无怨言，九夷族兵马日盛，你功不可没。"

"中军副将，叔孙亦。"

"叔孙将军智勇双全，昔国求援，楚国借兵，你几度对且兰公主提出谏言，助九夷族度过危难。仓原一战，你配合少原君调兵遣将，几乎断了文老将军所有退路，论兵法谋略，当世屈指可数。"

"中护军古宣。"

"古将军长子，十一岁随父征战，十六岁便能独自领军。将军次子亦在军中，近年来屡立战功，一门三将，真可谓虎父无犬子。"

古秋同将七八个将领一一介绍，子昊举酒笑谈，众人出身经历随口道来，无不精准，竟是对诸将了如指掌。古秋同面上渐露惊讶，和那叔孙亦对视一眼，皆从对方眼中看到一丝震动。

每同一人说话，子昊便与之对饮一盏，他毕竟身份不同，如此以礼相待，众将神情间也都缓和许多。数盏烈酒饮下，子昊拂襟起身，缓步离席："古将军，我们两族间虽多有误会，但王族从来不曾真的将你们当作敌人，现在不会，以后也不会。今晚难得有此机会，朕想与军中将士多亲近亲近，不知将军可愿相陪？"

话虽是对古秋同说的，目光却含笑扫过面前诸人，最后落在那叔孙亦身上。果然，古秋同尚迟疑未决，叔孙亦已抬手道："王上有此雅兴，我等理应相陪，请！"

让开道路，一行人往军中将士聚集的湖畔走去，墨炘在主上举步之时便要跟上，肩头忽然一沉，被人阻住，回头见却是苏陵不知何时回到了这边。面对他疑问的神情，苏陵轻轻摇了摇头，一旁且兰也一样没有动，遥遥看着子昊独自同众将步入数千名九夷族将士之中。

第二十一章 周天剑阵

苏陵对墨炘和离司投去一个放心的笑容，转而对且兰微微抱拳："公主。"

且兰手握酒盏，目光转向苏陵，缓缓道："谷中这些将士，几乎每一个人都有兄弟姐妹、父母亲人死在与王族一次次的交战中，他们并不是圣人，有血有肉，有爱有恨，无法轻描淡写忘掉一切。我可以放下仇恨，为九夷族选择一条明智的道路，但要与王族和平相处，并非一朝一夕便能做到。"

苏陵笑了笑："促使那场战争开始之时，主上想必早有预料，时隔三年，主上既如此相待九夷族，就必会有所把握。"

且兰点了点头，对面篝火之下，一片深色戎装之间，那人白衣胜雪，超然卓立，自有一种控制全局的从容。这样不远不近的距离，听不清他们具体在说什么，但透过那殷殷火色，却可以慢慢感觉到周围一片深含戒备的戎武之气松动消融，继而生出一丝轻松，然后沉落、瓦解，终被或爽直或豪迈的笑声逐渐取代。古秋同不断命人抬酒送来，东帝闲闲负手，笑立军中，湖风吹拂袍角飞扬，自一派丰神卓然，此刻正和离他最近的叔孙亦说了几句话，叔孙亦脸色变了又变，最后深深地盯了他一眼，微退半步，拱手低头。

且兰收回目光，轻轻斟酒入盏，琥珀色的美酒和着星光自指尖流漾旋转，映出一抹淡笑。果然是好眼力，早就看出叔孙亦虽身为副将，实际在军中的影响力并不低于古秋同了吧。古秋同是她不在时战场上直接的统帅，但这些年来九夷族的每一个决断，她都必然会先和叔孙亦推敲商议，再做具体打算。

近日来她曾几度召开族中会议，众人自然都是心存顾虑，所以才有方才半真半假的试探。理所当然的试探，她示意古秋同阻止，是并不想令矛盾浮出水面，事缓则圆，假以时日，一切都可以更加妥当地安排。但是，他却不知为何，非但刻意引导楼樊重提旧事，更毫不掩饰地直接将两族宿怨挑明，令人颇有些费解……

这般抽丝剥茧地想着，且兰忽然敏锐地感觉到一阵剑气，一抬头，赫然竟见十余名九夷族女战士人人佩剑出鞘，将子昊团团围在中央。苏陵、墨炀同时吃了一惊，且兰起身将他们拦住："是青冥她们平时修习的剑阵，少安毋躁。"

话虽这么说，人已快步赶了过去，九夷族将士们纷纷起身，且兰抬眸扫过："这是干什么？王上面前岂可放肆？"

众人未及回答，子昊已转身笑道："方才听叔孙将军说，九夷族女将练有一套极为厉害的剑阵，我一时兴起，便想看一看。"

且兰目光在众将间一掠，哪还不知他们是欲借此试探王族真正的实力，遂微微一笑："难得王上有此雅兴，不如我率众女将与王上演练一番如何？"迈步上前，抬手接剑，青冥、鸢瑛便不由自主地往旁边退了开去。

子昊目视于她，眸中笑意略深，微一颔首："如此甚好。"苏陵在人群外围驻足，和墨炀抬眸对视，目光双双落在且兰身上。

青冥和鸢瑛退向两侧，撤下一名女将，十二人重新站定方位。且兰将剑锋一振，雪衣白袍迎风猎猎："这套剑阵取古六历易数推演，上应周天星象运转，还请王上不吝赐教。"

子昊闻言眉梢一挑："若取古六历之演变，历法四分周合，十二道之外想必还有二十八宿相佐。公主何不将阵法布完整了，全力施为，方才尽兴？"

且兰一怔，随即展颜笑道："谨遵王命。"扬声吩咐，"青冥、鸢瑛，点将布阵！"

身旁两名女将齐声领命，传令下去，军中又有二十八名戎装女子出列，执剑各就其位。青冥双手捧剑，奉至子昊身前，子昊笑了笑："不必，若有需要，我自会取用。"

场中剑阵内外浑圆，四方各增七星守护，二十八宿相连，声势顿时大为不同。子昊负手静立其中，两层剑阵快速旋转起来，一正一反，一反一正，几度交错之后，剑圈瞬间扩大，周围其他将士为剑气所迫，纷纷向后退去，让了更大的空地出来。

烈烈火光之下，九夷族女战士手拈剑诀，战袍飞扬，步伐一致，身形展动开来再分不清人影，只能见两圈疾速飘动的剑光，阵外三步之内一片清芒流转。

道道剑气自四面八方飘来，子昊衣袍无风自动，人却如渊临岳峙，似对天地万物都视若无睹，予人以强烈的静极空虚之感。四周剑气无法影响到他，阵势即刻变幻，剑光忽绽，夜空下如落天星，闪现不休。突然间，漫天银芒飘荡交织，骤然化作一道绚烂无比的星河，流光电掣，向内疾射阵中。

剑气激得袖袂劲扬，令人睁眼如盲。就在众人以为数十柄长剑即将刺中子昊时，阵中白衣倏忽一闪，众女子无不一愣，必杀的进招同时落空。剑光陡失目标，乍收之下光华四散，现出无数剑影，不料光华一落，赫然见子昊竟仍旧静立在阵心，似乎从未离开过。

娇叱声中，剑阵再次催动，威力更甚之前。子昊微合双目，心中映出一片浩瀚星空，星象剑光流转交替，生生不息，其形其势，如观指掌。他忽然负手，足下倒踩七星，于那剑影之中从容进退，四方攻势虽然凌厉，却根本无法沾到他一片衣角。

见他如此托大，周围响起一片哗然之声。

如此数周之后，子昊唇边勾出一抹清淡的浅弧，星眸忽开，朗然一声长笑："楼樊，三招之后借你佩剑一用，小心了！"

这几句话刻意以内力送出，声震全场，谷中诸人无不听得清清楚楚。楼樊闻言浓眉陡竖。他虽性情莽直，但在九夷族中武功数一数二，当日王城之外子昊空手夺剑，此间将士大多曾亲眼得见，若说那时还算是出其不意，此刻他已事先出声提醒，便是公平较量。

九夷族女将岂会容对手轻易出阵取剑，皆将剑法全力施展，不料子昊身影飘忽不定，甫进忽退，踏角宿，入龙渊，三招一过，突然从不可思议的角度倒射而出，身前阻来的两剑竟然迎面落空。

楼樊正全力戒备，反应不可谓不快，呛然一声佩剑离鞘！

但就在他腕力初发，剑势陡起之时，一只瘦削的手却早已搭上他的手背！掌力吞吐，楼樊五指剧震，竟然把持不住，长剑脱手飞出，人亦闷哼一声，便向后跌去。

古秋同离得最近，手掌向前疾探，欲助楼樊稳住脚步。不料两人身子一碰，楼樊身上陡然泄出一股奇寒的真气，凭空震得他大退一步，脚下猛使一个千斤坠，方才勉强站定。

此时褚让、司空域齐声断喝，双双自两侧抢出，直取飞上半空的长剑！

一只手比他们更快！

白影忽闪，长剑仿佛原本便就在那手中，两面劲气夹攻而至，下沉的剑峰突然微微一侧，抓向剑柄的两只手便疾速撞向锋刃。

两人大惊之下同时撤掌。子昊唇角微挑，收剑时手腕几不可察地一振，人却不停留，倏地后退。

几人交手只在眨眼之间，先前剑阵中阻拦子昊的两名女将甚至还未来得及归位，眼前再见白衣飘拂，子昊人已出现在阵心，一笑间脚步微错，便与且兰擦身而过，趋入阵法转变时稍纵即逝的空隙，不知如何便取代她踏定了全阵中枢星位。

褚让和司空域这时才落回地上，皆从对方眼中看到显而易见的震惊。无人知晓的掌心处，各有一丝极细的血痕正缓缓渗开，冷汗浸入其中带出轻锐的刺痛。

取剑在手，子昊已不愿再浪费时间，他因左肩有伤行动不便，一手始终倒负身后，此时便是单手持剑，忽然在身前三尺之外画了一个空旷的圆。

剑锋递出的一刻，九夷族女将们手中长剑同时一室，紧接着便听嗡嗡剑鸣之声迭起，人人手中长剑无故震颤，似在某种气势威压之下突然战栗不已。一道无可匹敌的剑气自阵心透出，形成完美的浑圆，四周长剑被这剑气牵引，再不受主人控制，齐齐飞向圆心。数十柄长剑同时钉入一处，铮然一声整齐的鸣响，而原先持剑之人，包括且兰，已纷纷身不由己单膝跪地，心头皆涌起无力相抗的感觉。

场中只余子昊独立阵心，一剑在手，襟袍轻扬。不仅仅是身旁女子，山谷中所有将士无不生出朝见君王的感觉，明知不可思议，却有种俯首叩拜的冲动，臣服之意自灵魂深处强行升起，使得场中万人噤声，一片屏息静气。

九幽剑境，王者之剑。

没有一个人敢开口说话，夜色下唯闻篝火燃烧噼啪轻响的声音。所有人都像在等待什么，望向湖畔那清冷的身影。

子昊独自负手静立，目光遥遥投向夜色下浩瀚无际的星空。过了片刻，方微一合目，淡淡一笑："周天剑阵，可圈可点，叔孙将军可曾想过，由四分而大衍，或者更有可为？"转身时望向叔孙亦，那清朗话语消冰融雪，猛地令这智囊人物回过神来。

叔孙亦看向四周，发现所有人都如梦初醒一般，谷中气势竟完全被对方控制。暗吸一口气定下心神，斟酌道："古六历以四分法定二十八宿，建子、建寅、建丑、建亥，十二中气应历而生，章岁罔替可成阵法，大衍历却始于中五，三微而生四象，两者似乎难以相济。"

子昊含笑道："大衍历议，何取天地之数？"

叔孙亦一怔，答道："天地之数取于易，天数五，地数五，五位相得而各有合，天数二十有五，地数三十，凡天地之数五十有五，所以成变化而行鬼神也。"

子昊微微颔首，再问："何谓三微生四象？"

叔孙亦道："夫数象微于三、四，而章于七、八。卦有三微，策有四象，故二微之合，在始中之际焉。蓍以七备，卦以八周，故二章之合，而在中终之际焉。中极居五六间，由辟阖之交，而在章微之际者，人神之极也。"

"三微四象，何以纪日月？"

"策以纪日，象以纪月。故乾坤之策三百六十，为日度之准。乾坤之用四十九象，为月弦之检。日之一度，不盈全策；月之一弦，不盈全用。策余万五千九百四十三，则十有二中所盈也。用差万七千一百二十四，则十有二朔所虚也。"

"数象相合，何谓遁行之变？"

"夫遁行者，以爻率乘朔余，为十四万九千七百，以四十九用、二十四象虚之，复以爻率约之，为四百九十八、微分七十五太半，则章微之中率也。"

两人就历法一问一答，问者固然信手拈来，答者亦准确迅速，毫无滞怠，可见于此极为精熟。周围将士不知所然，皆听得一头雾水，却只见叔孙亦面色由思而怔，由怔转惊，由惊再喜，先后几度变幻，几乎难以自持。子昊引他背诵历法算经，手中剑尖微斜，就近点出几个阵图。叔孙亦目光一凝，盯着地面半天不曾抬头，口中自言自语，尽是大衍术之推算法诀，眼中竟慢慢现出狂喜的神色，待终于抬头，语气中已隐含请教之意："敢问王上，四分月建十二地支，何合中五之数？"

子昊方要做答，心脉处忽觉一阵悸痛，利刃般锥来，身子一僵，急以长剑撑地，唇角紧抿，一时竟说不出话来。他掩饰得及时，就连身前叔孙亦也未看出异样，只以为他是在垂眸思索，从旁耐心等候。过了会儿，方听一声压抑的低咳，子昊缓缓开口道："天数五阳十阴，地数十五阴，五居阳数之中，舍天五退藏于密，合二十五双。故大衍之数五十，其用四十有九……"说着略作停顿，收剑回身，"五十完满，万物各归本位，静极无为，若虚其一，则余四十九象三万六千之数，生息流转，无有穷尽。天道以变迁为不变，数由一始，亦从一终，阴阳幻化，唯一而已。古六历法取四分，大衍法天地中五而立，实际万法归一，万变不离其宗，此为阵法之根本。"

叔孙亦眸中露出深思的痕迹："难怪方才无论阵法如何变化，王上却如在无人之境，处处先其道而行。"

子昊微微一笑："不错，破阵如是，立阵亦如是，大道之行，充盈于万物，周游于天地，苍天浩海、微尘草芥皆如是。知其一而守，则归玄黄混沌未开之圆满，得其一而用，则天下无不可立，无不可破。"

叔孙亦闻言浑身一震，似若有所悟，良久之后，突然后退半步，长身一揖到地。

子昊不动声色负手身后，剧痛过后，心神竟阵阵虚弱，突然只觉疲惫不堪，眉心微紧，遂将右手向下一带，左边肩头的伤口顿时一阵裂痛，神志却随之清醒几分："此三阵之后的变化，你可推算得出？"

叔孙亦稍加思索："取大衍三十六周天之数，末将省得。"

子昊淡淡道："这阵法威力虽大，但用于战场却欠于灵动。明日你斟酌一下，自军中挑选四十九名擅长剑法的战士出来予我备用。"这番话已是命令的语气，叔孙亦却也不问为何，当即恭敬应下，顿了一顿才问道："王上可是要以小阵辅于大阵，取四分、大衍之所长，相互为济？"

子昊目露欣赏地点了点头，缓步踱向楼樊那边，将剑还与他，笑道："多谢将军借用。"说话时徐徐看向周围诸将，古秋同、褚让、司空域都默不作声，但几乎是不约而同，几人将目光一垂，皆如先前叔孙亦一般，抱拳躬身拜下。

第二十二章 美人如玉

酒尽宴散，夜已近半。辞别众人，离司跟着子昊往暂住的营帐走去，一路上只觉得他越走越快，自己几乎要小跑才能跟上，待到帐中，一直默不作声的他匆匆吩咐了一句"莫让人进来"，便径自进入后帐。

营帐由两幅布幔从中隔下，分为前后两进，外面是议事会客之所，里面则是东帝休息起居之处。离司在外帐停下脚步，垂幔扬起的瞬间，瞥见他身子踉跄一晃，随即便被落下的垂幔挡住了视线。

身边再无一人的时候，子昊几乎是跌坐榻前，眉心终于紧紧蹙起，体内气息逆冲带来的痛楚尽显无遗。药毒遇酒本就不易压制，方才又强行动用真气，尤其是最后那一剑，真气贯入剑境，直接以九幽玄通压慑场中所有人的心神。九幽剑境，这世上怕是没有几人能够与之抗衡，那样的结果早在预料之中，但九幽玄通的境界每上一层，就意味着体内的毒又深几分，反噬之力亦越发严重，两相纠结，此时经脉中翻腾不息的已分不清是真气还是毒势，一味地疼痛，令他紧攥的指节冷冷发白。

离司未得准许，不敢随便入内，只听帐内不断传来低抑的咳嗽声，好不容易止住，却又静得令人焦虑难安。也不知过了多久，终于听到里面低声叫道："离司。"

那声音暗哑疲惫，几乎就听不清楚。离司匆忙掀帘入内，只见子昊盘膝而坐，显然刚刚调息完毕，听她进来，吩咐道："去沏茶来，要酽一些的。一会儿苏陵和且兰过来，让他们直接进来见我。"

离司看他脸色，欲言又止，终是没说什么，答应着退了出去。子昊双目半合，一动不动地坐着，似是想到什么事情，眉宇间依稀现出一丝隐忧，然而也不过瞬间，就又重新恢复了淡然与平静。

苏陵来时，离司已烹好了热茶入内，子昊接在手中，很快一盏茶便空了，垂眸令离司再添新的，这才抬头："见了古秋同还是叔孙亦？"

苏陵道："两人都来过了。"

"如何？"

"古秋同年长稳重，话并不多，看得出他一向尊重且兰公主的决定。叔孙亦心思十分敏捷，考虑得也比他人要周密，问了不少帝都旧事，包括九夷族女王，当然，他问得最多的还是昔国。"

"昔国这三年来待九夷族仁至义尽，对之影响非同小可，他们自是要亲自确定你的想法才行。"子昊淡声道，"以古秋同为帅，叔孙亦为副，且兰这两个人用得不错。"

"是，用此二人公主显然是精心考虑过。"古秋同之沉稳辅以叔孙亦之机智，身为主将的人在做出重大决策的时候要能支持自己的决定，又同时重用颇具才略的副将，不但发挥他的最大作用，更能从旁对主将造成隐形的牵制。权衡取舍，不失用人之道，九夷族自亡国始，一直是且兰公主独撑大局，其中艰难可想而知，倒真是个令人敬佩的女子。苏陵一边想着，一边随手便拿起面前的茶抿了一口，只一口，突然蹙眉。

这茶极浓，至少多放了两倍的茶料不止，大违主上平日习惯，苏陵正觉费解，一抬头，却见子昊已经又饮下一盏，离司也在他的示意下再次添茶。心中一震，这分明不是品茶，更不是解酒，而是借了浓茶强自提神，苏陵视线便往离司那边一落，两人刚交换了一下目光，便听子昊问道："且兰呢？"

苏陵放下茶盏："古秋同和叔孙亦从我营帐离开，便去了且兰公主那里，九夷族几位长者和其他将领先前都已经在公主帐中了。"

"嗯，再等一等。"子昊合上双目，下意识地用手撑了撑额头。苏陵虽不想他过于劳神，有些话此时却不得不问："主上，若九夷族今晚的决定不尽如人意，请主上示下，该如何处置？"

帐中安静了刹那，离司斟茶的手不由一顿，便听子昊的声音自那薄霜样的水雾中淡淡响起："弃子无用，斩草除根。"

漠然，漠然而决绝。

指掌间暗影之下，那般清寒的眼，那般静冷的目光，仿若孤峰之上千年玄冰，不含一丝情绪，不带一分迟疑。

离司心头震荡，手底的茶险些便自杯中溢出来，慌忙收手，耳边传来苏陵同样平定的回答："苏陵明白了。"

不必动用昔国的兵力，终始山中五万精兵便有把握完全控制整个洗马谷，那么一夜之后，雍朝大地之上便不会再有九夷族的存在。倘若如此，便必要做到万无一失，否则走脱一人都会惊动诸国势力，引起无谓的麻烦。要达到这样的效果尚需费些周折，尤其如何处置且兰公主，将会成为十分棘手的问题。

子昊轻轻一拂袖，抬手取了茶盏啜饮，无须看，便知这得力重臣心中必已有了恰当的布置，复又一笑："苏陵，多虑了。"

苏陵抬起头来，脸上亦露出温雅淡笑："谋定而后动，不失先机，主上以前曾这般说过，苏陵一刻不敢忘。凡事多想一想，总比不想要好。"

子昊向身后软垫上靠去，腕上的灵石串珠滑下，习惯性地把玩在手中。苏陵和离司都知他正想着事情，并不出声打扰，过了片刻，只听他淡淡说了四个字："且兰不会。"

苏陵点头道："应当不会，但是其他人的意见必然影响她的决定，也要以防万一。"

子昊道："且兰刚从终始山回来，有些事情应该已经看得很清楚。这三年征战早已使她成为九夷族真正的决策者，对于九夷族，她就是那个可破可立的'一'。"

对于九夷族，且兰是那个足以控制全局的"一"，对于天下，九夷族同样是那个至关重要的"一"。征伐九夷的战争，使天下棋局出现微妙的转折，九夷族背后牵扯的势力错综复杂，有帝都，有昔国，有楚国，就连穆、宣等国也无不想要插手其中，只是被楚国那风头极盛的少原君生生压了下去。三年之前，尚未完全控制王城的东帝亲手在棋盘上落下了这样一枚棋子，牵制诸国的同时促成了帝都王权的更替，如今翻手乾坤，又使之成为各方势力博弈的关口。

千丝万缕，牵之一线。所以无论花费多大的代价，收服九夷族是必然的一步，决不容有失，但事情若要做得再有把握些，其实还有个更好的法子——且兰公主，是一个女人。

苏陵这样想着，便将想法说了出来："主上，以前怕王太后借机安插凰族女子入宫，主上一直托病不立后妃，这一拖就是好几年，如今已没了这顾虑，且兰公主才貌出众，身份得宜， 主上为何不考虑一下此事？"

离司心头一动，且不说一举两得，放眼九域，还有什么人比且兰公主更加适合入主中宫，不由满是希冀地看向主上。子昊却只随意笑了一笑，不置可否，墨色的玄石串珠深潭般映着那双清静的眸子，一颗颗自他指尖坠落，很长一段时间的静默，他才缓缓开口道："此事无碍大局，以后再说吧。"

面前两人不约而同生出一种感觉——每当遇到且兰公主的问题时，他的态度总会有些难以言喻的复杂。他似是对她另眼相待，在她面前时常自然而然地流露出愉悦的情绪，但与此同时，他又刻意保持着和她的距离，似是出于某种顾虑，不愿让她太过靠近自己。子昊却没有注意他两人神情中的异样，低头再饮了一盏浓茶。

已经记不清是第几盏茶了，茶虽酽，但效果似乎并不大，经脉间的疼痛缓下之后，神志竟不受控制地有些昏沉，他微微蹙眉，抬手按了下左肩，尖锐的疼痛立刻自伤口扩散开来，利刃般激得精神一振。离司突然见他外袍滑开，底下徐徐渗出一片血迹，染上白衣分外醒目，连忙上前道："主上，留心伤处！"

子昊却阻止她检查伤口的动作，修眸微微一抬。帐外传来脚步声，风吹夜帘，一天星光骤然洒入。

且兰雪白的衣袍逆风飘落，沉静的姿态犹如一泊清明的月华，照入略暗的营帐。子昊目光半空中和那双明丽的眼眸相遇，两人谁也没先说话。

苏陵对离司望去一眼，起身道："主上，没什么事的话，我先回去了。"

子昊点头，随口吩咐："过些时候我会将靳无余调离中枢，你安排一下，由他接手洗马谷兵权。"

"是。"苏陵略一欠身，微笑答应，温文从容一如既往，身旁两女却都难掩瞬间的惊讶。

一句话五万大军统属变更，数年心血移交他人，苏陵却仿佛是接受了再平常不过的一道命令，既无犹豫，更无不满，躬身，抬头，君臣二人目光交错，那种无法形容的平静与默契，令得且兰心中一瞬震动。目送那飘逸蓝衫消失在帐外，正愣愕间，眼前突然多了件东西，却是离司将取来的伤药塞到了她手中，福了一福："公主，我外面还熬着药，主上肩头的伤口裂开了，麻烦公主！"说着根本不等回答，紧随苏陵掀帘而出。

帐中垂帘一掀而落，只余下了二人目光相对。

"伤处刚刚好些，怎么这么不小心？"且兰迟疑了片刻，取了干净绷带跪至子昊身边，小心地帮他褪下外衣。她在军中常亲自替受伤的将士们包扎伤口，这些事情自不生疏。子昊斜倚长榻，微微垂眸看向眼前佳人，那灯下容颜分明的轮廓，令人想起多年之前那个曾经将她托付于己的女子，那样清晰柔和的美，秀雅而坚强的神态。

"一时没留意。"他淡淡答话，且兰一径沉默，柔软的指尖拂过肌肤，在那道深刻入骨的伤口之前，似有几不可察的一颤，不经意传递出她想要掩饰的心情。即便感觉到他的注视，她却不曾抬头，直到处理完伤口，才向他投来轻微的一瞥。

那月痕般清澈的目光中一闪而过的歉意，掠过子昊耐心而深沉的眸子。但些许情绪的波动并没有打乱她的步伐，她退后一步，隔案跪坐在他对面，似乎想用这道长案隔开一段距离，以保持心思的冷静，略略斟酌，道："此间事了，过些时候我想率族人迁回九夷故土，不知王上意下如何？"

这像是一种谈判的姿态，但却无损于她的美丽，子昊唇畔似有笑痕，披衣而起："这是否是九夷族一致的决定？"

"是。"且兰微微点头，"九夷族六位长老和所有军中大将现在仍在我帐中，他们在等待王上最后的定夺。"

子昊侧身倚榻，把盏品茶，隔了一会淡声问道："三年之前，九夷族借兵楚国的条件是什么，你的决定是否与此有关？"

灯火在且兰眼底轻轻一跳，在他洞若观火的注视之中，她目光落向案前铺展的王舆江山图，沉默片刻，纤细的指尖自那万里山河间轻轻滑过，最终落在故土的方向："九夷族虽然地域不算广阔，但从位置来说，与昔、昭两国正好连成一道拱卫帝都的防线。这三年战争，九夷族的国土有小半沦为残城荒野，但更多地方却落入了楚国的掌控。如果战事发展下去，无论九夷族胜负如何，烈风骑随时可以发兵王域，只要皇非有此心意。"她停了一停，看向子昊，他微一抬头："说下去。"

且兰道："你那道罪己诏斩断了我们两族间的战争，也打乱了楚国的布局，但只要九夷族一日故国未复，楚国便实际掌握着王域南面防线，一旦他们调兵入境，王族即便能够抵挡，结局也可能是两败俱伤，更可能令你和皇非一直都费尽心机牵制着的穆、宣两国有机可乘，那么最终必然变成天下混战。我想，这应该不是你想要的局面。"

子昊淡淡道："继续。"

且兰抬眼相望："方才在我帐中，发生了极大的争论，对于今天的晚宴和王族的态度，各人看法莫衷一是。但是，所有军中将领意见却出奇一致，颇是出人意料。你可知道叔孙亦他们是怎么说的？"

子昊缓缓向后靠去，含笑摇一摇头。

且兰秀眉轻拢："你故意用那样的手段，将他们几人压得话都说不出一句，明摆着告诉所有人，与帝都为敌绝无胜算，现在却不关心他们心中的想法？"

子昊低低轻咳，再次摇头："我只关心结果。"

且兰深吸一口气，朦胧的灯光在她眉间落下清丽的光泽，冰肌玉骨，剔透的眼神。这一场战争的结束，对九夷族来说并不代表真正的和平。师出同门的少原君，有着征战天下的抱负与野心，在拜师的那一刻她便知道，九夷族即便赢了这场战争，亦无法得回国土，最终必将成为楚国称霸九域的开端。

但是眼前，有一个契机。

"那么，王上想要的结果又是什么？"

子昊唇边渲开淡笑："我要你，和九夷族的忠诚。"

他的回答不给人任何犹豫的可能，笑容却如此诱人，就像是一片莫测的渊海，广阔的海面似乎永远风平浪静，深处却有无数诱人的旋涡，只要进入这片领地，便没有人能够逃离。

且兰盯了他一会儿，一声轻叹，长身跪起，从怀中取出一样东西托在掌心，而后容颜微肃，以诚挚的姿态双手举过头顶，俯身低下头去："且兰此来，是代表所有九夷族人将月华灵石奉于主上，并在灵石之前盟誓，九夷族愿重新归服王族，为之生，为之战，为之存，为之亡。无论何时，无论何事，九夷族人将以生命遵从主上的一切决断，绝不背叛！"

一字一句，重复了曾经古老的盟誓。她将灵石奉至他面前，连同九夷族未来的命运。灵石中传承自千百年前天地初开时神秘的力量，在她的真力催引下发出清明灵光，照亮四壁，营帐中一片清辉如水，净彩纷呈。

九石出而天下一。

灵石光芒映入子昊岑寂的眸中，明亮与暗沉交替，仿佛九域风云，沧海变幻。

片刻之后，他轻轻抬手覆上她的掌心。指尖相触，九幽玄通真气透出，月华石骤然光芒四射，与他腕上的黑曜石交映生辉，照亮深远的黑暗、无声的长夜……

第二十三章 穆国质子

一叶轻舟，迎着天光水色顺风扬帆，如平川驰马，直放楚都。玄衣劲装的男子独坐船头，合目入定，神色静穆，一任江风扬起衣角发带，沿途风物变幻，而他却一直静坐不动，仿佛已然融入了广大的天地之中，任何事情都不能影响他分毫。

船行顺水，轻浪隐隐，身后突然"嘻"的一声轻笑，江中水波扬起，十余尾白鱼出其不意地跃出水面。水花漫天，散如雨落，眼见连鱼带水便要落到他身上，船头剑光一闪，一柄长剑不知自何处弹起，吞吐如电，噼啪轻响声中，高高跃起的白鱼不断被长剑侧锋击中，阳光下纷纷化作耀目的弧线，重新坠入江中。

"呀！漂亮漂亮，居然一条都没伤到啊！"随着一阵清脆的笑声，含夕大呼小叫地扑在船舷上往水中看去。夜玄殇收剑回头，正见子娆慵懒地步出船舱，江风中衣袂荡漾，眉目间说不出的媚雅闲散，和他略一对视，都既有趣又无奈地看着这位令人头疼不已的小丫头。

昨天两人离开魍魉谷，含夕极"乖巧"地主动要求随行回楚都，上船不久，夜玄殇只是不慎说了句伤势已恢复得差不多，她便顿时来了精神，不断召唤各种动物来试他的剑法，从天上的飞鸟到水中的鱼虾，端的是花样百出，玩得不亦乐乎。夜玄殇正暗中叹气，却听含夕笑嘻嘻地叫道："夜大哥，这几天剑法长进不少嘛！"

这一声"夜大哥"，夜玄殇唇角明显抽搐了一下，果然含夕后面的话更令人哭笑不得："鱼儿、鸟儿都不够厉害，你肯定觉得没什么意思吧，等下了船，我想办法招几只金狮或是雪豹来给你练剑好不好啊？"

夜玄殇唇角又是一牵，看了看她，片刻后突然问道："含夕，你这驯物灵术楚国应该没几个人会吧？"

"那是当然。"含夕俯身单手浸在水中，灵术催动下，一群群白鱼自然而然聚拢过来，不过片刻，便在小舟之后形成庞大的鱼群。长江浩荡，银浪白鳞如织游龙，随船迤逦前行，波光中翻腾跳跃、欲隐欲现，几乎占满了小半边江面，蔚为大观。她一边弄水一边得意扬扬地道："师父教我的灵术很好玩啊，别说楚国，就是天下也没几个人会！"

夜玄殇深眸微眯，笑得便有点儿不怀好意："那等下了船，你多弄几只虎豹给我，什么金猊、白龙也没关系，想必到时候楚都一定热闹得很，说不定连你王兄都要出宫来看看是谁这么大的能耐，把天下奇珍异兽都招进了城。"

含夕跳起来大叫："不行，我是偷偷跑出来的，你要练剑也不能害我被王兄抓回宫去！"在旁闲看风景的子娆终于忍不住轻笑出声，却不料正和含夕玩闹的夜玄殇忽而扭头，猝然间四目相触，他带笑的眼中似有炫目的光芒轻闪，那一片深沉的墨色蕴了骄阳的光彩，如此明亮的热度，一瞬间灼入了她心底。

天清如水，阳光粼粼如金倾洒江面，随着楚都渐近，闲山逸水间渐渐透出繁华的痕迹。江面上往来船只越来越多，途经几处渡口，不时见各国船只进出停靠，无不载满了人员货物，南客北商，车水马龙，繁忙的景象显示出这大国都城举足轻重的地位。楚国之兴盛和帝都的萧条靡乱形成鲜明的对比，踏足楚都的那一刻，子娆才知道为何子昊在提起楚国时总有一种意味深长的神态。

此时正值穆、楚两国交战，穆国大将卫垣突发奇兵，长驱直入连夺楚国四座城池，兵锋直指上郓，军情不可谓不急，但整个楚都却没有丝毫紧张不安的气氛。坊间不乏有人谈起当前战事，无论何人，都会提到一个人的名字——皇非。几乎没有人怀疑，一旦烈风骑归国出战，穆国便将付出远多于四座城池的代价，只要少原君在，便没有人动得了楚国分毫。

没有皇非的楚国，谓之大国，有了皇非的楚国，谓之强国，子娆遥望上郓城中那一片华丽堪比王宫的少原君府，记起临行前子昊说过的话。将整局棋的棋眼布在楚国，或许就是因为这个人，连他也不得不关注吧。

息川城头，惊云山巅，那男子骄傲的身影在心头一闪而过。一别多日，以烈风骑的行军速度，应该早已回师才对，却偏偏至今毫无动静。恰如那攻占息川的一战，烈风骑再次在诸方势力的关注中消失了踪影。

弃船登岸之后，不断听到关于战事的谈论，夜玄殇脸上渐渐出现一丝凝重。想到自己离开质子府数日未归，眼中隐约闪过异样，但随即微一挑眉，转身对子娆和含夕拱手道："我府中还有些要事未办，先行和两位别过了。"

子娆目送他离开，眸中浮起一丝复杂的神色。以穆掣楚，保全息川，眼前诸般形势乃是王族一手造就，两国失和，身在敌国的质子将面临什么样的处境不得而知，但一时之间却也想不出什么两全的法子。含夕心中没这些思虑，看夜玄殇突然匆匆告辞，颇觉无聊，建议道："夜大哥干吗急匆匆走了，左右没事，我们悄悄跟去质子府看看怎样？我还没去过那儿呢。"

子娆轻抚怀中雪战，抬头看她一眼，便笑说："好啊，去看看也好。"两人抄近路往质子府去，竟还先夜玄殇一步到了那里。含夕调皮心起，趁没人注意拉了子娆飞身隐入一株大树之上，想要找机会和夜玄殇玩笑。

质子府位于楚都内城之东，规模并不算大，亦不及四周其他王公府邸富丽堂皇，孤立于一片碧瓦飞檐之间颇有几分格格不入，显示出主人特殊的处境。

夜玄殇虽是以穆国嫡子身份入楚，但太子御对他忌惮莫名，自不会好心关照这个三弟，反而处处想尽办法与他为难。夜玄殇对此心知肚明，入楚以来竟是从未主动与穆国有过一次联系，除了每隔数日回府一趟免得麻烦之外，对这府邸以及跟随伺候的府中诸人也不甚上心。此时到了府外，目光落在停于近旁的车马之上，尚未踏上台阶，便听里面传来一阵喧哗。

"滚去找你们公子回来！竟害我们一连来了数趟，你们这些穆国人是想抗命吗？"大门"咣"的一声向两侧撞开，府中管家计先极狼狈地被摔出门外，连同其他几个下人，撞向街头。

夜玄殇眉心微收，随手将人一拦，计先慌乱中看清是他，脱口大叫："公子！他们……"不料耳边一声冷哼，夜玄殇劲力贯臂，竟反手将他掷回，正冲那迈步出门的楚将飞去。

他摔人时故意借力打力，那楚将猝不及防，顿时和计先一起摔作了滚地葫芦，大怒之下喝道："竟然还敢还手，给我再打！"

剑光闪烁，两列持剑带甲的楚兵冲出来。夜玄殇闪身切入其中，归离剑到处，数把兵器飞上半空。

"围起来！把人给我拿下！"随着那楚将气急败坏的叫声，再听连续惨呼，围攻上来的楚兵有一半跌飞出去，人人抱胸捧腹爬不起身。

"他们是赫连侯府的人。"含夕小声对子娆道。这时正值上午，街道上人来人往，十分热闹，这一番打斗惊动了不少人在街口远远围观。出乎意料的是，众人见被揍的楚兵来自赫连侯府，非但没有一国同仇敌忾之心，反而哄然叫好，可见赫连府上家将平日在楚都飞扬跋扈，早已招惹公愤。

围观者众，夜玄殇眉间隐隐掠过不耐，剑下力道加重，同时足下闪电般前挑，地上便有两人凭空飞起，将扑上来的楚兵撞得滚倒一片。而他却猝然向后倒射出去，归离剑铮然一声出鞘三寸，锋芒一闪，便压在了那正要挥剑冲上来的楚将颈侧。

眼前楚兵横七竖八跌了满地，已没几个人还能站得起来。那楚将骇得面无人色，半天才颤声道："夜玄殇……你……你敢！"

日光一耀，子娆瞥见夜玄殇眸中精芒闪现，心想这人怕是要糟，不料他却忽而挑唇一笑，神色放缓，像是刚好认出了这人："呵，怎么竟是骆将军？抱歉，我还当有人要打劫我这四面徒壁的质子府呢！"说话时手腕一振，归离剑铮地回鞘，顺势抱拳，"不知将军大驾光临，玄殇有失迎迓了！"

那楚将惊魂甫定，见他收剑行礼，以为他是心生顾忌，顿时怒道："夜玄殇！你好大的胆子，竟敢在楚都放肆，也不想想自己现在是什么身份！"

之前被摔出府外的几人还倒在地上呻吟，分明是他们先动手伤人。含夕白了那楚将一眼，显然对赫连侯府的人也是极为不满，俏目机灵闪烁，片刻之后，目光落在近旁树枝间一个大蜂巢之上，便暗暗操纵灵术，一群野蜂陆续从巢中逸出，盘旋在那些楚兵骑来的马匹附近。

她回头冲子娆眨眨眼睛，子娆眉色一漾，柔柔压低了声音道："待会儿再动手。"含夕急忙点头，两人心照不宣地一笑，透过枝叶缝隙重新看向夜玄殇。

一回到质子府，他似与之前判若两人，初相见时的狂傲，魍魉谷中的不羁，一路之上的散漫都不再见，唯眸心深处一抹熟悉的淡笑，在这怒气冲冲的楚将面前，那笑意深不见底，看起来倒像是几分彬彬有礼的恭敬："玄殇一时失手，还请将军息怒，不知将军此来，有何贵干？"

轻描淡写的一句话，显然没打算把方才动手当回事儿，那楚将和他目光一触，竟下意识地退了一步，眼睛频频瞄向他手中长剑："你……你等着，今日之事我定会如实上报大王！"想起来此的目的，自行又长了几分气势，喝道，"夜玄殇！穆国背信弃义，无故发兵攻楚，大王命你入朝面驾，速速解释此事，你还在这里啰唆什么！难道要我们大王自来请你不成？"

夜玄殇早料到如此，拱手道："如此劳烦将军稍候，待我换过朝服便随将军前往。"

他一举一动再平常不过，那楚将却只觉得浑身不自在，仿佛一股莫名的煞气正从眼前这人身上徐徐散发出来，直叫人心头发怵。硬撑着没再退步，却一刻也不愿久留，重重哼了一声："本将军没空和你浪费时间，给你半个时辰，半个时辰不到宫中，我就报你私下潜逃！"说着转身急走，故意大声喝令手下，出气般抬腿踢开刚才摔在一旁的计先，率众扬长而去，只可惜动静虽大，一群人却大多鼻青脸肿一瘸一拐，实在狼狈。

四周围观的人一片嘘声。

计先惨叫着沿台阶滚了下去，夜玄殇却似视而不见，只倒负双手立在府前，目送一群楚兵纵马离开，过了片刻，唇角冷冷一勾，径自转身入府。

计先爬起来跟在后面叫了声"公子……"，夜玄殇似是想起什么，脚下突然停顿，计先差点儿撞在他背上，急退了两步跪下，一边却小心地抬眼观察他的举动。

夜玄殇缓缓转身前踱几步，在他身前站定，一垂眸，那计先被他目光扫过，周身一个激灵，匆忙低头。夜玄殇打量他几眼，又看了看阶下那些东倒西歪的侍从，冷冷的话语伴着轻笑掷出："回去告诉你们太子，今后派人来我身边，最好挑几个有用的，免得给我穆国丢脸，否则，我不一定忍得住，便先替他处置了。"

计先骤然色变，夜玄殇极不耐烦地蹙眉，蓦地冷喝道："还不滚去备马！"

这边计先还未及应声，不远处大街上忽然生起一阵骚乱，人仰马翻的动静遥遥传来，夹着含糊不清的惨叫此起彼伏。府前众人都不明所以，唯有树上含夕笑得双肩颤抖，却又苦忍着不敢弄出动静，生怕被夜玄殇发现。

直到夜玄殇回身入府，她才拍手大笑出声，毫无顾忌地坐在树枝上，脚尖向半空中调皮地一晃一晃："夜大哥教训得他们不够，这下他们一定知道厉害了。"

子娆遥见那群楚兵被野蜂围攻的情形，亦不禁莞尔，笑问她道："真是奇怪了，你这楚国公主，怎么反而帮着别人欺负楚人？"

含夕撇撇嘴："哼，赫连家又不算得真正的楚人，就是要他们好看！"

赫连家入楚之前乃是曾国贵族，幽帝时楚国灭曾，兼并沫水以北四百里沃土，其祖赫连弑主献城，投靠楚国，而后数代经营，使得赫连家逐渐成为楚国举足轻重的一大势力。子娆对此略有所知，从含夕的态度亦不难看出，楚国内两派纷争由来已久，眼前便是以皇非为代表的本国势力和以赫连侯府为主的外来势力彼此压制，争斗之下，也形成了楚国政局最好的平衡。

含夕继续道："赫连府中的人从来都最讨厌了，尤其那个赫连齐，格外让人看着不顺眼，下次见到他，定让他也尝尝这滋味……"

子娆突然做了个嘘声的手势，含夕急忙躲回树枝后。质子府大门再开，却是夜玄殇换了正式的朝服出来，暗金色深衣，螭形玉带束腰，外面仍是玄色长袍，宽袖广襟，云纹滚边，于那英挺身姿中平添几分峻肃，也不理会身后随从，径自策马往楚宫而去。

含夕有些不习惯地看着一行人消失在长街尽头，道："怎么穿成这样子，要去哪里啊？"

子娆知道她刚才定是只顾着想法捉弄那些楚兵，压根儿没听到那姓骆的将领来传了什么命令，便道："依两国之礼，入宫面见楚王，自然要更换朝服才行。"

果然含夕杏眸一挑，扭头再问："咦？他去见我王兄干吗？"

子娆深看了她一眼，轻轻抬手，遮挡了枝叶间漏下来斑驳细碎的阳光，眸心一片光阴浓郁："楚、穆无故交战，你王兄要拿他这穆国三公子问罪。"

第二十四章 欲加之罪

一红一墨两道身影绕开质子府，穿过几个街坊在一道小巷前一闪，突然失去了踪影，再出现时，已是楚宫大内。

含夕蹑手蹑脚地将密道出口撑起，露出一对亮晶晶的眼睛，左右看了看，低声对子娆道："小心一点儿啊，可千万千万别让人发现，否则以后我要溜出宫就难了。"

子娆借着微光打量这从城中直抵楚宫的密道，历来各国王宫中都会有些不为人知的密道通向外界，以备不时之需，这楚宫亦不例外。密道四周以极为平整的青石筑壁，工整宽敞至少可容两三人同时并行，虽然深处地下，却并不觉憋闷，可见预留了恰当的通风口，建造时应该花费了不少心思。只是此刻，却成为含夕公主出入禁宫玩乐的绝好通道。

密道的出口位于楚宫西苑一处偏殿，含夕熟门熟路，带着子娆绕开侍卫们必经之处，向楚王理政的焕章殿而去。两人略施了点儿小手段引开周围侍卫，暗中潜入大殿，最终隐到了前殿左侧离楚王王座不过数步之遥的锦屏之后。近旁羽扇屏开，恰好遮挡了形迹，除非有人绕过殿柱前来查看，否则根本不会发现有人在此。含夕得意地冲子娆眨眨眼睛，两人屏住呼吸自那锦屏之后悄悄看出去。

除少原君带兵未归之外，楚国重臣此时皆在殿中。楚人性喜华美，自殿堂而至将相官服无不纹饰繁丽，色彩鲜明，一眼望去，殿下锦衣玉带朱冠华服，夜玄殇那身纯色玄袍便分外显眼。

对面一名楚臣义正词严，正在责问穆国无故兵犯边境之事。夜玄殇微垂眼眸静听其言，眉宇间偶尔掠过一丝几不可见的玩味，任那楚臣侃侃而谈、咄咄逼人，始终缄默不言。直到对方那长篇大论的指责结束，他才不疾不徐抬眼向上一瞥，却是看了看高踞上位的楚王，一笑，对那楚臣道："请问瞿大夫，天下诸侯，何以为主，九域诸国，何以为尊？"

上大夫瞿泰一愣，道："这还用问？自然诸侯以王族为主，诸国以天子为尊。"

夜玄殇道："为臣者当替主上分忧解难，瞿大夫以为然否？"

瞿泰道："此为臣之道也！"

夜玄殇微笑再道："若遇以臣欺主者，为臣者该当如何？"

瞿泰道："主忧臣辱，主辱臣死……"

夜玄殇紧跟着又是一问："倘若有人目无尊上，以臣欺主，放肆无当，瞿大夫意将何为？"

瞿泰为人耿忠，立刻直言道："逆臣作乱，天下皆可伐之！"

话音未尽，夜玄殇从容转身对楚王一揖："大王，此穆国所以为兵也！"

大殿里倏然一静，屏风之后，子娆不禁挑唇而笑。要知多年来王族衰微，九域群雄厉兵秣马、争城夺地，问鼎之心无不昭然若揭，但是，却没有任何一国肯公然脱离帝都，当先担上逆臣之名。楚国此次纵然借息川试探王域，亦绝不肯在此事上授人以权柄。此时此刻，穆国何以突然举兵东征，楚国自家人知自家事，只不过面上却必要做足一篇文章。

朝堂如戏场。

鲜血烽烟的帷幕之下，一方舞台，万里江山。大国小国，君君臣臣，谁人不是唱、念、做、打样样俱佳，一幕未落一幕起，一转身一举步，颠倒这大千世界，翻覆这浮云苍生。

所谓天下，无非如此。

子娆淡淡细了眉目，百无聊赖地将那眸光一转，不经意自一双漆黑的眸子中，再次触到了显而易见的嘲弄，不知是对自己，还是对这满殿堂皇、浩浩天下。

这时候，王座之侧一个深沉的声音突然响起："三公子此言何意？楚国一向尊崇天子，恪守臣道，你穆国无故占我疆土，夺我城池，反而在此巧言令色、强词夺理，敢问居心何在？"

说话之人年逾四旬，身着云蟒紫缎朝服，峨冠金缨，鹰目隆鼻，形容威肃，一见便知是深于谋略、惯用权术之人。含夕暗暗撇嘴示意，子娆猜得这定然就是那可与皇非分庭抗礼的赫连羿人了，不由多留了几分心。

夜玄殇拱手道："赫连大人言重了，玄殇不过据实而言，并无他意。"

赫连羿人冷哼一声："好一个据实而言！楚、穆两国歃血为誓，互结盟好，天下人尽皆知，现在你们却背信弃义，兴兵伐我边城，今天你必要给出一个交代！"

夜玄殇笑了一笑："此事玄殇实在没什么好交代的。"

"哼！"赫连羿人冷眼斜睨，"三公子莫非忘了自己的身份？你若无可交代也罢，只要为穆国所作所为负责便是！"

时下诸国间或缔盟或交恶，时战时和，反复无常，因彼此失和而导致质子被杀之事屡见不鲜，亦被视为理所当然。赫连羿人此言倒有半数以上的楚臣附和，纷纷奏请楚王定夺。

高踞王座之上的楚王听得群臣七嘴八舌，议论不休，抬手令他们安静："穆国虽背盟誓，众卿之议事关重大，却需再行斟酌，不可贸然为之。不若……不若等少原君回朝，孤王问过他的意见再说。"

"大王！"赫连羿人即刻转身道，"此事若如此善罢甘休，楚国必令诸侯耻笑！那卫垣分明是不将我楚国放在眼中，大王虽以仁德服天下，却岂能容他如此放肆？"

话音未落，殿下武将已先后出列请战，"大王，侯爷所言有理，末将愿为先锋，迎击穆国敌兵！"

"大王，是可忍孰不可忍？穆国此举欺人太甚！"

"大王！末将愿往迎战！"

"末将愿往！"

赫连羿人似是定要将夜玄殇逼入死地，再上一言："臣请大王即刻下令处置夜玄殇，昭告九域，还穆国以颜色，示我国威，振我军心，则穆国之兵指日可退！"

楚王皱眉不语，似是难以决断，正自斟酌，殿外忽有一个声音朗朗传来："区区穆军，何须如此大费周折，还要劳动大王亲自过问？三日之内，卫垣必然退兵，大王放心便是！"

随着这自信无比的话语，一人身披云白刺金精甲战袍，兽纹吞肩，金冠束发，踏着玉阶天光阔步而来。一道赤红披风伴着他矫健的步伐恣意飞扬，如鹰振翼，如龙展云，便在那一刻，覆盖了漫天烁烁阳光，夺尽了座上赫赫王威。

楚王闻声大喜："皇非，你总算回来了！"

那人登堂入殿，丹陛之前扬手抱拳，潇洒欠身："皇非率烈风骑归国，参见大王！"

佩剑面君，立而不拜，楚王却笑着抬手，问道："穆国兴兵来犯，你可知道了？"

皇非奕奕抬眸："臣便是为此事而回。"

楚王道："回来得正好，这次卫垣亲自率兵，可见来者不善。"

皇非笑道："臣与卫垣是老对手了，多年未见，正想切磋一下！"

楚王点头道："众卿在商议穆国质子之事，孤正拿不定主意，你意下如何？"

皇非眼角微微一挑，扫过殿下："臣认为穆国退兵与否，与此无关。"

"君上此言差矣。"自皇非入殿后便一直神色阴沉的赫连羿人突然开口，"两国互送质子结为盟好，而今一方毁诺，如何能说与其质子毫无关系？"

皇非转身淡笑："侯爷还记得我与穆国是互送质子，若杀夜玄殇，岂非置二公子于险境？"

赫连羿人道："纵杀夜玄殇，二公子亦将无恙！"

"哦？"皇非将剑眉一挑，"侯爷何以如此肯定，难道穆国曾向侯爷保证过？"

一抬眸，对视之间赫连羿人眼中冷芒隐现，沉声道："君上想必也知那穆国太子兄弟不和，他怎会为此难为二公子？"

"哈哈！"皇非扬声笑道，"既如此，那太子御又岂会在乎其弟生死？更遑论因此退兵了。我倒有一事不解，侯爷如此咄咄逼人，难道是夜玄殇曾经开罪过侯爷，以至于侯爷如此容不得他？"

两人一开口便针锋相对，满殿朝臣无不关注，反倒是夜玄殇一脸置身事外的漠然。赫连羿人一时不慎被皇非扣住话柄，心中暗怒，随即反问道："如此说来，君上想必已有了退敌良策，三日内令卫垣退兵，却不知是真是假？"

皇非道："真假与否，侯爷可以拭目以待。"

赫连羿人道："口说无凭。"

皇非傲然道："三日之内敌兵不退，非愿从军法处置。"

"好！"赫连羿人看住眼前这锋芒毕露的年轻对手，"军中无戏言，就以三日为限！"

"三日为限！"

"爱卿！"见皇非当堂立下军令状，楚王不免有些担忧，"三日，未免太仓促了些，便是烈风骑即刻启程，三日时间也只能赶到边城扎营布阵而已。"

皇非将披风一扬，从容回身："启禀大王，烈风骑早已抵达边城，臣之所以迟归两日，便是为此。日前一战，穆军损兵两千，退守镇阳，臣可以保证，三日之内定要穆军知难而退！"

话音一落，殿中惊叹声起。众臣纷纷交头接耳，就连一直对事态漠不关心的夜玄殇也不禁抬眼看向皇非。屏风之后，含夕忍不住"哈"一声，子娆心道不妙，未及反应，皇非蓦地扭头，一道锐利的目光扫射过来，透过玉石间狭长的缝隙正和她四目交撞！

"什么人！"随着一声劲喝，皇非腰畔那令人谈之色变的逐日剑离鞘射出！

一道电芒惊目，凌厉的剑气瞬间充斥整个大殿，以令人难以想象的速度击向屏风！

剑锋未至，金断木折，坚实的屏风四分五裂，变作无数碎块飘向周围。子娆拽了含夕疾速后退，却清楚地感觉到无论如何都无法避开这必杀的一剑。

剑锋迫目！子娆一掌将含夕送离身旁，体内真气瞬间凝聚到极致，广袖飘旋，人若惊鸿凌空飞起。

玄阴真气笼罩之下，四周顿时冰华灿烁，一片清光如雪，子娆的身影消失其中。

皇非手中一点流光急闪，骤作万道金芒，破入雪色之中蓦然大盛，仿若十日当空，灼灼燃尽万物。冰色光华如雪向火，被金芒转瞬吞噬，大殿之中顿时眩眼如盲。

夺命的杀气，如影随形地射向身在半空的子娆！千钧一发之际，夜玄殇忽然飞身抢上，一柄长剑于电光石火的瞬间迎上了皇非无可匹敌的剑气！

真气交撞，星芒激散如雨，两道玄色身影双双自那金芒之中脱身而出，落往阶下。子娆急退数步，脸色蓦地一白，唇角溢出殷红鲜血。夜玄殇一手扶在她的腰间，一手顺势向侧引去，轰的一声巨响，脚下坚硬的青石应手开裂。

"护驾！"侍卫们奔入殿内将子娆和夜玄殇团团围住。

丹陛之上，皇非单手持剑护在楚王身前，逐日剑的剑气始终笼罩四周，几乎连空气都为之凝固。他居高临下，一瞬不瞬地锁定夜玄殇，气势姿态无懈可击。夜玄殇亦一扫先前散漫神态，剑锋斜指，寒光凛然，黑眸深处隐隐透出别样的异芒。

"三公子好身手。"双方僵峙片刻，皇非开口道，"若我没看错，公子不久前曾元气大伤，并未痊愈，否则今日定要与公子好好切磋一下。"

夜玄殇方才硬挡他一剑，刚刚重伤恢复的经脉受了不小的冲击，强压下心头气血翻涌，笑道："承蒙君上剑下留情，他日君上若有雅兴，玄殇定当奉陪。"

皇非亦笑道："如此甚好。"目光转向子娆，略带诧异，"是你？"

子娆心中正自惊凛，方才若非两人联手，皇非这一剑纵不取人性命，也必让她当场重伤。这才是他的真正实力？息川城内，惊云山巅，他和她谈笑交锋，言行风流，原来一直都是有所保留。她心中极快地掠过无数念头，不由重新审视面前这名震天下的男子。

"夜玄殇！你好大胆子，竟敢勾结刺客行刺我王！将他们拿下！"殿中响起一声怒喝，赫连羿人虽未出手，但所站之处与皇非成掎角之势，将楚王保护周全。

"住手！""且慢！"刚回过神来的含夕和皇非同时喝止，含夕落至皇非身侧叫道："退下！他们是我的朋友！"

"公主！"赫连羿人皱眉欲语，含夕却不理他，转向皇非兴师问罪："皇非！好端端的你干什么啊？吓死人了！"

皇非长姐乃是楚王王后，他和含夕自幼朝夕相处，可谓青梅竹马，往日含夕偷偷溜出宫玩，他每次都心知肚明，自会派人暗中保护，对她到过何处、接触何人了如指掌，只是此次出征在外无暇顾及，不知她何时多了这样两个朋友，扫了夜玄殇一眼，问道："你的朋友？"

含夕道："是啊，你干吗不问明白，就当人家是什么刺客？"

皇非挑了挑眉梢，却听楚王道："含夕，大殿之上，怎可如此胡闹？越来越不像话了，你这些日子去了哪里？"虽是责备，声音却并不严厉，子娆这才发现，原来这身为一国之主的楚王并不会武功，难怪皇非和赫连羿人都如此紧张。

赫连羿人上前奏道："大王，夜玄殇和这刺客分明认识，身边又携带兵器，恐怕早有预谋，万万不能放他们离开！"

夜玄殇目光一动，此次进宫根本未经侍卫阻拦，便顺利佩剑入殿，想必纵然没有子娆出现，今天这大殿之上也要生出多余的变故。先前入宫颇为匆忙，一时大意，竟不曾注意到这点细节，他抬头看向赫连羿人，眼中隐有锋芒微沉。

这时含夕不满地道："照侯爷这么说，我也认识他们，也是刺杀王兄的刺客了？"

赫连羿人道："臣并无此意，但事关大王安危，臣等不敢大意。两国交战，夜玄殇携带兵刃见驾，断无宽赦之理！"

含夕一撇嘴："哼！你们方才说的话我都听到了，不就因为他是穆国人吗？天下人皆知太子御无情，难道杀了三公子穆国就会退兵不成？你是不是想二王兄在穆国也被人如此对待？何况皇非都已说了三日退兵，你非要逼着王兄杀人，究竟居心何在？"

她伶牙俐齿，连珠炮似的质问下来，楚王微微蹙眉，开口斥道："含夕，不得无礼！"

含夕撇撇嘴，转身拽了哥哥的衣袖撒娇："王兄，我不准你为难他们！"

楚王道："事涉朝政，岂容得你三言两语左右？"

含夕道："既然是朝政，那咱们问过皇非便是。喂！皇非，你方才不也说穆国退兵与夜玄殇无关吗？"

皇非微一垂眸，淡笑道："杀夜玄殇穆国未必退兵，但是，不杀夜玄殇穆国一定不会退兵。"

他突然不如先前般反对赫连羿人的建议，含夕不由愣住："你说什么？"

"我说不杀夜玄殇穆国想必不会退兵。"皇非说着，微带笑意的目光扫过傲立殿下的男子，最终落在子娆身上。子娆凤眸轻转，迎上他的注视，忽而妩媚一笑，轻轻抬手拭了唇角血痕，低声道："楚、穆之战，公子其实胸有成竹，又何必多此一举？"

皇非笑道："有些事情并不十分明了，难免出人意料，还是万无一失的好。"

子娆道："言而无信非义也，些许琐事，公子放心便是。"

皇非耐人寻味地道："姑娘手中的棋子似乎不止一枚。"

子娆亦笑道："公子多虑了，日久见人心。"

两人说话如打哑谜，听得众人如坠迷雾，皇非看了看夜玄殇，便对楚王道："大王，此事请交由臣来处理吧。"

第二十五章 青梅竹马

迎面微风起，飞花沾衣，一路碧水环绕楚都，悠悠东去，两岸碧柳如玉，桃红似火，数点江舟轻盈，飘然穿桥而过。夜玄殇在江畔勒马，子娆微微睁开双目，触到一双深亮的黑眸。

"好些了吗？"他在身后低声相询，坚实的臂弯沉稳而安定。

皇非那一剑令子娆受了些许内伤，眉间倦意淡淡，抬眼处更添慵媚："你方才为何要出手？否则皇非不会突然改变对你的态度，几乎置你于死地。"

夜玄殇反问："你又为何和含夕入宫？"

子娆眼波一漾，抬起头来。四目相视，覆水双瞳魅影深处，映出桃色飘转的妩媚，几点飞花，落上男子宽阔的肩头。忽然，两人不约而同地一笑。

夜玄殇一边带马缓行，一边问道："你答应了皇非什么条件，他肯这么轻易放我们出宫？"

子娆微微合了双眸："一桩小事罢了。"

"哦？能让少原君当堂退步，便只是微不足道的小事？"

子娆唇边渲开淡笑："天下诸侯，王族为主，九域诸国，天子为尊。少原君也不过只是君王下臣而已。"

夜玄殇眸光深沉，不动声色地审视眼前的女子。漫不经心的话语，轻淡闲散的表情，这场险些陷他于绝境的战争，是否和她有着或多或少的联系？她和皇非又究竟约定了什么？这些他并非不想了解，然而静默了一会儿，却淡声问道："若我不是穆国公子，你可会来楚宫？"

子娆斜睨他一眼，眸色清亮魅人："若我只是一个普通江湖女子，你又会不会随我去魍魉谷呢？"

夜玄殇唇角微挑，低头看她："我早说过，无所谓你是谁，我都可以陪你。"

子娆道："当真？"

夜玄殇笑道："刀山火海，任凭差遣。"

子娆侧了身悠悠将他打量，低眉浅颦如嗔似叹："刀山火海倒不必，只盼将来，你我不是敌人。"

夜玄殇挑一挑眉梢："我想应该不会。"

"那便好。"子娆在他手臂上微一借力，飘身下马，妩媚侧眸，"以后再私自佩剑入宫，可要记得收好，莫要轻易被人看到！"

夜玄殇一愣，身前女子俏然一笑，转袂而去，风中只余淡香如蝶，桃红翻舞……

与夜玄殇分手后，子娆径直赶往歧师所住之处，路上一边盘算如何能让这将王族恨入骨髓的老怪物兑现诺言，一边沿途留下冥衣楼独有的暗记，与已在楚都的十娘等人联系。

刚刚踏上一座白石拱桥，她突然驻足不前。两队身着战甲的铁卫骑兵自桥头阻断了道路，随后停有一辆华丽的马车。见到子娆，当前一人在马上拱手道："在下善歧，奉我家公子之命想请姑娘过府一叙！"

子娆抬眸打量过去，但见那马车金顶紫帷，珠玉为饰，典雅雍容，非比寻常，一众铁卫骑术精湛，显然都曾经过严格的军事训练，并非普通侍卫，子娆凤眸微眯："是皇非让你们来的？"

善歧语气颇为客气："我家公子有些琐事耽搁在宫中，一时脱不开身，所以才命末将来请姑娘。"

子娆眸心泛过一丝清光，面前，众铁卫成半弧形环卫桥畔，以善歧为中，两侧依次阵列，井然有序，正是战场上常用来阻击敌人的鹤翼阵，桥的另一面亦有同样装束的铁卫出现，无意中已封死了所有道路。

善歧又道："我等自知姑娘身手不凡，那日在息川城来去自如，寻常人也不是姑娘对手。但眼下正是战时，姑娘又有伤在身，公子吩咐过，无论如何都要保护姑娘平安。"

听他无故提起息川之事，子娆眸光一闪，轻笑道："还真是想得周到，现在你们请已经请过了，可以回去了。"

善歧抬眼往旁边扫去，有意无意间，骑阵两侧的铁卫缓缓移步，越发靠近桥头："若请不到姑娘，末将回去怕是不好交差……"

子娆将眼角一挑："那是你们的事，与我何干？还不让开！"

"姑娘请留步！"善歧引马上前，作势欲拦，忽见衣影一漾，一双流光妖冶的眸子倏忽闪过，和那目光相触，心神刹那间空荡无主，身子一轻，不知怎的便自马上跌飞出去。身边广袖舒卷，子娆取而代之落上马背，娇叱一声，策马前冲，直插鹤翼阵中心！

四周铁卫不愧来自烈风骑，应变极快，当先五骑护了善歧后撤，两侧阵翼迅速包抄而上，截断对手所有退路。阵形变换，便有数人腾空扑下，同时拔剑出鞘，落地时矮身削向马腿！

就在他们手中剑光爆起的瞬间，子娆纤手一扬，催动冽冰心法，桥下江水犹如活物般冲天而起，一片冷光落如散雨，几名铁卫不约而同痛呼坠地，险些便丧命于乱蹄之下。

烈风骑阵势大乱，当中马背上却早已不见了人影。一声淡淡轻笑，子娆越过众人头顶，足尖在石栏上一点，飘然落向桥下。临去前挥袖一扫，善歧身上喀喇喇数声轻响，后背整片铠甲四分五裂，落得满地碎片。

桥下一叶小舟顺流直下，子娆轻盈踏上船头，眨眼间飘向数丈之外。善歧等人扑到桥头，只闻悦耳的笑声遥遥传来："回去告诉皇非，这番我们扯平了……"

长剑、快马、金弓、红氅，猎猎劲风卷过长街，一行烈风骑战士疾驰而来，少原君府朱门大开，当先一人甩蹬下马时，两列铁卫同时正身行礼，动作整齐一致，声势震人。

朱红大氅如火闪过，烈风骑众将簇拥着那人一路入内，随着眼前风氅飞扬，府中众人先后拜下："恭迎君上回府！"

府中早有数名锦衣女子俯身相迎，皇非随意将手一扬，当先两人急忙接住他丢下的大氅，左右两名女子上前替他解开战甲，一人在旁恭恭敬敬托了佩剑，便有一个眉目清秀的美婢捧了银盘半跪身前，奉上温热的丝巾。

皇非接过来，低头深深一嗅，笑道："韵儿，你们今天定是用的兰陵香，芬芳清冽，正配这身留仙裙，妙哉！"

几名女子同时俏脸飞红，当先那美婢似嗔还喜地瞥他一眼，转身取来一身月白锦丝长袍："公子刚刚自边城回来，又在宫中耽搁了这么久，怕是累了吧？一会儿我们伺候公子沐浴休息。"

"唔……"皇非伸展手臂任她们前后打理，末了潇洒将袖一振，才回身对早已候在旁边许久的善歧道，"人呢？"

善歧躬身道："回公子，属下……"

话未说完，皇非便笑道："没请到，是吧？"

善歧单膝跪下："属下一时大意，没能将人拦住，请公子恕罪！"

皇非返身落座，接了婢女奉上的香茗，目光在他面上扫过，眉心一动："伤了几人？"

善歧顿了顿："有四五个兄弟受了点儿轻伤。"

皇非垂眸轻拨浮茶，如玉俊面在那袅袅雾气之后一片水波不兴。"自作主张。"过了片刻，他淡淡说了一句。善歧低头不语，背心涔涔冒出冷汗。皇非微微抿了一小口茶，看他一眼，忽而又笑了笑，"算了，意料之中，请不到也罢。"

善歧有些诧异，抬头问道："公子不是说定要将人带回来吗？"

"不错。"

"属下这就加派人手去找！"

"不必了。"皇非眸中浮起一丝别样的笑意，"你这般若请得她来，那才真是奇怪了。"

善歧不解，正要询问，忽听外面一阵混乱，有人脆声娇喝："皇非！你给我出来！"

这声音熟悉无比，皇非眉峰一挑，无奈地敲了敲茶盏。一众侍卫跌跌撞撞地后退，想拦又不敢拦，却是含夕毫无顾忌地闯了进来。

皇非搁下茶盏，叹了口气："这么气冲冲的，谁又招惹你了？"

含夕此时换了一身茜红洒金石榴裙，头挽七宝桃心璎珞冠，锦衣明饰衬得肌肤胜雪，见了皇非俏眸一瞪："我问你，你和王兄说什么了？"

皇非目中笑意十足，挥手遣退众人，闲闲踱步下来，一脸的若有所思："方才在宫中……我一直在和大王商谈边城战事。"

含夕柳眉高扬："只是边城战事？"

皇非步到她面前微微一低头，笑问："那还有什么？"

含夕看着眼前这张魅力十足的笑脸，气越发不打一处来，叫道："我说的不是刚才，是你回来前的那道手折！你……你竟然向王兄请旨赐婚！"

她越是恼怒，皇非越是悠闲："我当是什么事呢，你我好歹也是'青梅竹马，两小无猜'，'自幼便深知对方禀性，到如今也是顺理成章的'，何况'含夕那丫头交给皇非倒是叫人放心得很'……"不等他话说完，含夕自牙缝里蹦出两个字："皇……非！"

似是早有准备，皇非身子一斜向后退开，堪堪避开了她迎面挥来的一掌。含夕怎肯饶过他，手若穿花，接二连三地向他攻去。皇非也不恼，从容负手神情惬意，含夕攻势虽急，却始终沾不到他半分衣角。待到数招过后，他身形一闪，倏地穿出含夕掌势所及，潇洒退到檐下："几日不见，你这套掌法倒是越发娴熟了！"

"哼！"含夕杏眸上挑，"别以为我奈何不了你，你再胡说，我就告诉师伯去！"

皇非笑道："那些话可不是我说的，你若要恼，也该去找大王才是。"

含夕道："王兄还不是事事都听你的！"

"那你的意思可是要我拒绝？"皇非目含兴味，"看来你是宁肯嫁给那赫连齐，也不愿嫁入我少原君府了？"

含夕一愣："赫连齐？关他什么事？"

皇非弹了弹衣袖，挑了挑眉梢："你当今日赫连羿人那般和我较劲，就只是为了那穆国三公子？他数日前替长子赫连齐求娶公主，大王快马传书于我，我才千里迢迢赶回来替你解决这桩麻烦，难道你就这般谢我不成？"

含夕没好气地道："用得着你操心，他求我便嫁吗？"

皇非无奈摇头："赫连家数代功勋，大王要拒绝，总得有个合情合理的理由。"

含夕道："就算如此，我也用不着嫁给你，和你这一府的姬妾美婢争风吃醋啊！"

皇非唇角一弯，露出个英俊的笑容，慢条斯理地道："说实话，你这么凶巴巴的，就算要嫁，我也未必想娶。"

眼见含夕又要发作，他及时抬手阻住："哈哈，好了好了，就这点儿小事，犯不着拆了我这君府吧？不过给大王寻个合适的借口拒绝赫连羿人，往后有我在前，谁又敢打你含夕公主的主意？待你遇着了如意郎君，我自会备上一份大礼恭贺公主出阁。非虽心仪公主，无奈落花有意流水无情，往后也只好暗自伤情徒留遗恨了……"

看他说得煞有其事，含夕忍不住"扑哧"一声笑了，先前那点儿恼火早丢了个无影无踪："算你有理，但你可要和王兄说清楚，免得他当了真！"

皇非笑了笑，便同她往殿中走去："最近又溜出宫了？玩得可开心？"

含夕听他问，立刻兴致勃勃地讲起这几日发生的事情。她口齿伶俐，连说带笑，一会儿便将夜玄殇和子娆如何入谷，如何与那烛九阴相斗，又如何遇到师父师伯等一一道来。耳边少女的声音清脆跳跃，皇非坐在案前，把玩着茶盏含笑倾听，待到最后，突然问道："她称师父为叔父？"

含夕道："嗯！师伯虽然不承认，但也没说不是。若非如此，师父怎么可能答应将蛇胆送人医病？"

"她的哥哥吗？"皇非轻声自语，复又问道，"你说她手上的串珠是碧玺灵石？"

含夕点头道："是啊，所以才能破得了大奇门九宫阵嘛。喂，碧玺灵石是不是要比我的湘妃石厉害？你找一串来给我玩啊！"

皇非瞥她一眼，忍不住又叹了口气，道："灵石之中，以王族所有的黑曜石灵力最强，巫族之碧玺灵石、凰族之金凤石次之。自此而下，我楚国的湘妃石、柔然族的幽灵石、九夷族的月华石、宣王手中的血玲珑、穆国曾有的紫晶石，还有后凤国亡国后便下落不明的冰蓝晶则不相上下。数百年前便有传言，九石出而天下一，九转玲珑石关系着天下大势，若能兼而有之则可掌控翻覆九域的力量，这些年来各国无不暗中关注于此，哪里是说找便能找到，说玩就能拿来玩的？"

含夕撇撇嘴："玩一玩有什么要紧，当初穆国在碧山兵败，不就曾送了紫晶石来求和吗？你就拿来给我看看嘛！"

"唔，好。"皇非也不和她认真，一边随口答应，一边缓缓啜茶，垂眸思量，片刻之后，眼中掠过了一丝极深的笑意。

第二十六章 人间天阙

日西斜，云光淡，天边流岚渐渐透出魅丽的色泽，少原君府清雅的后苑一片湖波烟色，浮光掠影，如幻似金。

几点琴声自湖心轻舟之上远远传来，隔着烟波浩渺，清灵如坠珠玉，令人仿佛能想见那如丝冰弦轻轻摇颤的姿态，若有若无地透出几分娴雅。几名绯衣侍女路过廊前，不由驻足观望，窃窃私语："公子今天也不知是怎么了，宫中来人都避而不见，却有自己泛舟弹琴的闲情。"

"好像是在等什么人呢！"

"等谁？快说快说，是什么人让咱们公子这般相候？"

"不知道！你问公子去啊！"

"明知公子吩咐了不准入湖……"

嬉笑之声渐行渐远，待到天色入暮，原本安静的府前出现了一个曼妙的身影。几丝云光缥缈，那人玄色的衣裳在光明与黑暗的交界处轻轻飞扬，几乎瞬间便到眼前。

门前侍卫不约而同地一凛，喝道："什么人？"

"叫皇非出来，就说他等的人来了。"女子的声音极柔极媚，似有一种清幽的蛊惑，一弯朱唇，淡勾浅笑，眼波流漾之下却是深若寒潭的冷。几名侍卫不由自主后退两步，却又一愣，喝道："好大的胆子！竟敢要君上出府迎接你？"

那女子轻声一笑，仿佛已是不耐烦："真是麻烦，他不出来，那我进去了！"说话间也不见如何动作，便自几人面前闪过，下一刻，人已出现在少原君府的高墙之上。长袖飞拂，跃起来阻拦的侍卫便被震跌下去。素手向前虚按，在另外两人身上借力飞起，轻云一般飘向府中，落地之时身形一旋，飘然后退，攻上前来的兵器同时落空。子娆冷冷一扬唇角，玉指轻扣，数道清光自袖中疾射而出，半空中夭矫灵动，灿烁夺目，随她旋转的衣袂穿梭飞舞，近身者无不抱痛跌开。

忽然间，一道优雅的琴音传来，叮咚数声如击冰盏，府中侍卫纷纷后退，让出一片空地。子娆凤眸微挑，收了千丝之术，扬声道："皇非，你费尽心机要我来此，只派这些虾兵蟹将出来，是什么意思？"

那琴音再起，声色清和似有相邀之意。湖中轻舟之中，一道竹帘静垂，皇非白衣轻衫，意态闲适，专注于那五弦冰丝之上，直到小舟微微一漾，女子清裘的身影出现在帘外，他才抬眸笑道："要请你来，还真是不容易。"

子娆眼帘淡垂，斜睨于他："你究竟要怎样？"

皇非笑了笑："这便恼了吗？既然来了，何必站着说话？"

垂帘一飘，子娆转身而入，凤眸飞挑看定面前气定神闲的男子："少原君果然好手段，连歧师那老怪物都能左右，你要他传话请我入府，总不成是来听琴赏歌的吧？"

皇非笑看着她："如此说来，我算是猜对了，你入楚果真是为那歧师而来。这般兴师问罪的口气，倒像你我有什么深仇大恨似的，日前在惊云山你请我喝酒，就不许我回请一次？"

子娆深深盯了他半晌，忽而一笑，眸心原带的几分气恼随这浅笑折入羽睫深处，细细密密透出惑人的微光。莲步轻移，落座席前："算了，还是输了你一阵，你若有此雅兴，我奉陪便是，只不知这酒比起'冽泉'来如何？"

皇非道："若说酒，天下能出'冽泉'之右者寥寥无几，再好也不过如此，但我这府中有个好去处，却未必比那惊云圣域差上许多，不知你可愿同往？"

"君上相邀，我又岂敢不从？"烟波影下，女子白玉般的容色透着股优雅的媚丽，那与生俱来的清贵之气浑让人忘了方才咄咄逼人的模样。皇非挑了挑眉，将手往那冰弦上一探，琴音通透飘然而出。一叶扁舟，转过了轻烟渺渺，漂过了流水潺潺，便往那湖心深处荡漾而去。

一路泛波，小舟在那曲折流转的水道中漂行，愈转愈深，四周愈是幽静清秀。偌大的少原君府没了一丝杂音，竟似杳无尽头，直比那宫苑王城还要深远，单是这广阔的内湖便已叫人叹为观止。

子娆斜倚船舷，凝神听那琴音转宫过羽，流畅起伏，少原君风流多才虽是早有耳闻，今日方算见识一二。几经琢磨，也不知他究竟用了什么法子，连那鬼见愁的歧师也肯为之所用，可真真不能小觑他。

船行悠悠，千回百折似入云境，待到后来，湖水深敛，渐呈碧色，几如一块美玉映了明净波光，潋滟生辉。再一转，隐见碧岩苍翠，山色欲滴，湖面之上，万千莲叶透着清澹澹的绿意铺展开来，而那小舟，便在这无边莲叶间欲棹还停。莲叶拂过船舷，发出轻微的"沙沙"声，只一瞬，便又无声无息地静了下来。

驻足船头，天地四周只见满眼的绿意，由远及近，由浓而淡，深碧浅翠，郁郁青青。琴声一停，便是万籁俱寂的静，唯有淡淡斜阳倾洒金辉，在那翡翠般的圆叶上流落了点点柔光，一眼望去，华彩晶灿，清净明美。

皇非含笑道："船到这儿便难前行了，跟我来吧。"

子娆瞥了他一眼，只见他突然提气轻身，自那湖波之上一掠而过，半空中也不见如何换气，轻飘飘向前滑去，稳稳落上湖心一座通透的水榭。纵然早知他一身好功夫，子娆还是忍不住喝了声彩，见他侧首相望，自不肯输于他后，广袖一扬，轻盈踏波前行。

皇非在水榭之前负手静候，她纵身步入回廊带来风一般轻盈的暗香，步履袅袅，飘然而至，他眼中再难掩下惊艳之色："这是我府中一处清静之地，最是适合把酒赏月，楚都别处可寻不到这般美景。"

子娆随他深入其中，飘逸的裙裾滑过细腻光洁的玉石，抬指轻叩那玲珑雕栏，淡淡转眸："单是一处别苑便至这般，楚都之中宫府并立，你倒不怕锋芒太盛，功高盖主？"

皇非但笑不语，引她在水榭尽头晶石造就的平台落座，起手斟酒，自饮一杯，方漫不经心地道："难道少原君三个字，当不得这碧水三千、华府美苑？"

不知因他语中狂傲之态还是几分酒气，朗朗玉面神采夺人，刹那逼人眼目。子娆眉眼微细，指尖在翡翠玉盏上轻轻绕过，笑道："少原君睥睨天下，战可夺城，怒可倾国，自然何事都当得，只不知楚王作何感想？"

皇非手腕一扬，酒碧如泉，涟漪丛生，一阵幽香缭绕，轻纱影里，只见那男儿风流之态："非独爱美酒佳人、朱苑华宅，除此之外别无他意，我王又有什么可担心的？"

子娆目光在他脸上转了一转："公子倒是坦白。"

皇非徐徐将酒斟满，对她举了举杯："些许心思，无非进退，我何必在九公主这样的聪明人前遮遮掩掩呢？"

子娆一凛，熠熠凤眸忽地抬起，落入他眼底。皇非的目光却在她手腕处微停，仍是笑容不减："看来我又猜对了。"

子娆一瞬惊诧之后，早已恢复了镇定，以手支颐静了片刻，突然轻声一笑："你是何时知道的？"

皇非语带感慨："当日在息川，公主救走靳无余，阻我烈风骑夺城，惊云山三盏酒，叫人至今回味无穷。在此之前，帝都左卫将军墨烆只身入穆，紧接着卫垣便发兵攻楚，使得我不得不回师上郓，放弃息川。别人或者忘了，我却还记得清楚，那卫垣曾是与义渠侯文简齐名的上将，东帝二年，因难容于凤后，出帝都投奔穆国，从此与王族'势不两立'。我曾无意得知，卫垣的夫人和老母并未随他去穆国，而是在事发之前便已移居昭国避祸。这消息当时并未放在心上，如今回想起来，却很有些意思。九夷之战历时三年，表面上虽是王族与九夷族的恩怨，实则诸国无不涉足其中，这些年只为压制那宣王姬沧便让我费尽心思。可偏偏当兵锋初入王域之时，漫天战火在那息川城中戛然而止，落个不输不赢的结果，若说是巧合，实难令人相信。请问公主，不知是何人如此深谋远虑，将我诸国玩弄于股掌之间，非，当真佩服得紧！"

子媖听他这丝丝入扣的推断，不过是几个毫不起眼的消息，在他手中牵连纵横，几与事实分毫不差。先是惊于他心思之犀利，待到最后，却淡淡挑起眉峰，素手闲执玉盏，一晃，又一晃，不知想到什么，那美目深处流淌的笑意竟透了几分得意之色。

"便如此，你就认定我是九公主吗？"

皇非将手中美酒一饮而尽："今日朝堂之上我故意试探于你，你为保那穆国三公子，做出了令卫垣退兵的承诺。能轻易左右穆国军政的人物，这天下本就寥寥无几，更何况是持有九转玲珑石，如此绝妙的一位佳人。我若再猜不出公主是何人，那也未免太过愚钝了些。"

子媖羽睫轻扬，掠他一眼，叹道："公子府中这酒还真是不错，细细品来，别有滋味。"

皇非垂眸淡看杯中琼浆，微微笑道："此酒倒也有些来历，公主可曾听说过东海玉髓？"

昔日后风国境内有湖五色，湖近云泽，终年仙雾缭绕，深水之下多美玉，玉间有流泉，以之为酿，色如碧瑶，温润醇和，入口千杯不醉，乃是酒中极品，数百年来一直专为帝都贡酒。

子媖轻啜那酒，听得皇非徐徐道来："楚亡后风之后，得云泽之南千里沃土，后风国曾数次派人刺杀我王，却从未有人能越过我逐日剑半步。那一年为庆我生辰，大王特赐玉髓酒泉与我助兴，每日命人八百里快骑疾驰相送，此酒唯供少原君府独享。不知比起惊云冽泉，哪个更合公主的口味？"

一缕清味绕过柔唇珠舌，绵绵袅袅入了肺腑，温冷难辨。

琼浆玉液溅江山，这酒，怎么看都是碧色如血。

子媖忽而把盏一笑："云湖玉髓酒，皓山冶剑术，此二者乃是后风国获罪之璧。

楚既亡后风，想必除了玉髓酒外，亦将冶剑之术并收囊中了吧？"

皇非目中若有微不可察的光芒闪过："公主看来对那冶剑术颇有些兴趣？"

子娆虽欲借机自他那里探查《冶子秘录》的下落，却也知他心思缜密非同常人，不敢过多试探，妩媚的眼梢细刃般微挑，便将话锋一转："有件事情，我想公子一定会很感兴趣。"

皇非抬眼看她："公主请说。"

"战马。"

如珠玉跳动，清清泠泠两个字自女子檀口微吐，似还带着柔润的酒香。皇非却像被那折入湖水清冽冽的月光晃了眼目，俊眸一细，透出些危险的神色。

四周突然静得悄无声息。此时月上中天，半空中冰轮如画，清辉四射，借着水光将这天地间照得一片雪亮。湖波清澈，净无纤尘，密密层层的碧叶之上冷光流转，变幻不定，这一方晶石为壁玉为台的水榭，在那寒芒流照之下好似一片琉璃世界水晶宫，清奇得无与伦比。

玉台之上相对而坐，玉容俊面，白衣玄裳，一双谪仙般的人物，偏偏那笑里都带了几分清冷意味。晶莹剔透的玉台之下透出水光，映入皇非不露心绪的眸心，忽明，忽暗，似幻，似真，眼前那人儿也便化入水中一般，朦胧里清魅的眉眼，蕴含着勾魂夺魄的美。

也不知过了多久，皇非忽然屈指一弹，一点荧光自那修长的指尖倏忽寂灭，满盏清酒一倾入喉，掷盏入湖，拊掌笑道："妙！公主果真妙人！"

子娆不动声色，只将那翡翠冰盏盈盈一抬："公子过誉了。"

快马利兵，乃是天下军队征战之本，九域中唯有穆、昔两国盛产战马，如今楚、穆交战，昔国成了唯一能供给楚国战马的地方。这战马买卖此前一直控制在赫连家手中，但这次赫连闻人自昔国狼狈而回，一无所获，使得楚国军中战马短缺，众多骑兵难以调配，皇非纵与赫连侯府不睦，也对此十分头疼。此时此刻，这轻轻"战马"二字，自然足以令少原君为之动容。

皇非一手抚于冰案之上微微轻叩，遥望湖心清光照水，晶辉浮泛，半晌后，侧首道："公主所言之事，非愿闻其详。"

子娆浅笑道："昔国的战马不卖给赫连侯府，却并非不卖给公子。公子若愿意，昔国可于十日之内提供万匹战马，此后两国间一切购买马匹事宜，都再与赫连侯府无关，唯公子印信是从。"

"哦？"皇非眸心微微一收，先是九夷，而后楚、穆，现在又是昔国，这一次次完美而绝妙的落子，近乎算无遗策的布局，让他对那背后弈棋的人生出莫大的兴趣，

"不知何处可为公主效劳？"

"歧师。"仍是淡淡两个字，只无端带了些锋利的意味。

皇非静了片刻，抬眼道："我要歧师传话，无非是想请公主过府一叙，并无其他意思。以公主和巫族的渊源，若要求医问药，直接找他便是。"

子娆淡声道："歧师此人，我不放心。"

皇非一笑："难道公主对我放心？"

子娆亦笑着，黛眉浅晕琉璃色，星眸一转，照人心肠："公子胸怀磊落，九域之下侠名远扬，我这番可是诚心诚意请公子帮忙。"

皇非举手替她斟酒，酒落冰盏，静谧里渐深渐浓，待杯盏盈盈满起，他放下玉壶，笑道："公主既然吩咐，非定当尽力而为。"

子娆垂下目光，托了酒盏婉转敛眉，月色再亮，探不到深睫底处幽幽暗影："那我便借这一盏酒，先行谢过。"

琼瑶晶莹流光冷，她眉宇间的幽静与高贵融作奇异的魅力，月下人间，亘古虚无，空荡荡只余了女子低眉时魅丽的姿态。皇非深吸了一口气，目光越过那轻光四溢的翠盏，落在她眉心清冷的黛色之间："听说你是为兄长求医，既是你的兄长，那便是……"

"当朝东帝，我的哥哥。"

皇非眉峰一动，站起身来沿那浸透着水光的玉台缓缓踱步，好一会儿，转身道："我若开口，便是要歧师医活地狱阎君他也得试上一试，但有件事却麻烦。"

子娆淡笑一声："那老怪物生性凉薄，不近人情，我数次相求他都无动于衷，再有所刁难也不足为怪，只要他肯答应，条件任他开便是。"

皇非盯了她半晌，笑了一笑。"此事关键不在歧师，敢问公主，即便歧师答应医病，东帝他可愿入楚暂住？"

湖波一静，子娆微微蹙眉。明净无尘的银辉之下，皇非白衣当风，寒色清雅，翩翩如玉佳公子，纵横九域的少原君，似是深知那人，一语中的。纵然歧师愿解那毒、能解那毒，他怕也不会来楚国。以眼前之局势，他怎肯囿于他国，受人牵制？

更何况，东帝南下，帝都空虚倒也作罢，楚国，岂不正挟天子以令诸侯？再深的心思瞒得过他人，瞒不过那双透彻的眼睛，乱局之中再添变数，他是绝不会应允的。

子娆紧紧抿着唇，双眸映着酒中淡碧的色泽，分外幽深。皇非负手静候于侧，过了片刻，忽见那暗影深处丹红的朱唇悄然一勾，她微微仰首，柔声道："此事我自有主意，只要公子说服歧师便可。"

第二十七章 心思万缕

叮！叮叮！清脆不绝的剑击之声传来，洗马谷中，数百名九夷族战士聚在山前空地之上，场中一名身着黄色武士服的年轻男子和一身碧色轻衫的离司正比试剑法，双剑飞闪，亮若轻电，黄衣碧影于一片剑光之中飘闪交错，几乎看不清人身，四周不时爆出阵阵喝彩之声。

待到十招一过，旁边观战之人不约而同松了口气。谁知到第十三招，离司突然剑锋一偏，斜走轻灵，自那黄衣男子长剑之侧疾飞而上，灵蛇般吞吐轻颤，从一个巧妙的角度"嗖"地射出。那男子仰身急闪，却已慢了半步，眼前锋芒闪动，离司长剑已点在他肩头。

离司剑上真气凝而不发，只是这么一停，便含笑收剑罢手："少将军承让。"

那男子怔了一怔，皱眉道："方才是我大意了，咱们再走几招！"

"宣儿，你已在离司姑娘剑下走过十招，不必再试！"叔孙亦及时开口，制止他的挑战。古宣颇不服气地看了离司一眼，抱拳道："改日再向姑娘请教。"说罢回剑入鞘，大步站往一旁独立于众人之外的将士中间。

那晚夜宴之后，离司奉主上之命协助叔孙亦完善周天剑阵，一连七日，每日抽出两个时辰，总共传了众人七招剑术，但每招复有七个变化、七记杀招、七式后招，融入剑阵之后，威力却是非同小可。

"这几日让姑娘受累了。"叔孙亦转身拱手，对王族之人，他言行之间似总带着一股于情于理的客气。离司始终面带微笑，那副温柔模样叫人怎么也看不出她刚才连续击败了数名对手："将军不必这般客气，主上早便吩咐过，日后九夷族与王族休戚与共，必要相互扶持才是，何况若要组成真正的周天剑阵，剑法须得有些根基，离司只是略尽绵力，这样接下来便无须花费主上太多时间调教。"

叔孙亦点头，复又深深看了她一眼。当初这娇滴滴的小侍女奉东帝之命助他遴选战士，众人无不心存疑惑，但这几日下来，军中将士竟一一在她剑下受挫，当真叫人另眼相看。如今精心挑选的四十九名战士剑术皆有突破，假以时日，周天剑阵必将脱胎换骨，而臻圆满。"经过这几日训练，剑阵已经小有所成，不知王上是否另有指示？"

离司微笑道："若有调整，主上自会吩咐，若无吩咐，我们便督促他们练习便是。主上用药的时间要到了，这里便偏劳将军，离司暂且告退。"说着微微一福，告别众人，收剑而去。

子昊那晚在湖边受了些风寒，前几日身上一直低热不退，方才略见好转，始终不曾亲自看察剑阵的进度，甚至几乎从不离开大帐，多数时间都在帐中独坐静思，只是不时有手令传出，近到昔国远至帝都，无不牵涉其中。离司回来之时，他正披了一件素青长衫站在案前专心于那幅员辽阔的王舆江山图，苏陵亦在帐中，刚刚禀完些事宜，子昊微微抬头，问了一句："当真是姬沧本人吗？"

苏陵肯定道："确定无误。"

子昊在案前落座，略略沉思："一部《冶子秘录》便引得宣王亲自南下，事情恐怕并非那么简单。"

苏陵道："依属下看，宣王此行似还有些别的目的。"

子昊道："可有头绪？"

苏陵神色略有一丝古怪："应该和皇非有关，听说皇非与宣王之前便曾有些……瓜葛。"

子昊似想起什么事，笑了一笑，这时帐间垂帘掀动，雪战闪了进来，越过长案跳上他膝头，"呜呜"低叫两声。"若是如此，楚国便要热闹了。"子昊边说着话，习惯性地伸手揉了揉它的脑袋，却突然一停，目露诧异。雪战前爪竟然带着伤，子昊将它颈上的密信取出，尚未打开，唇边笑容已消失无痕，这信是上次他带给子娆的，原封不动又带了回来。

苏陵随他日久，因熟悉了，看出些异样，问道："主上，可是出什么事了？"

子昊将信收起来，轻轻抚摸雪战，命离司先替它处理伤口，转身问站在身后的墨烆："子娆最近可和你联系过？"

墨烆看了看雪战，这小兽不亲近他人，只有子昊抱着才肯乖乖治伤，爪上的伤倒不算严重，看起来已有些时日，自行愈合了不少，低头道："除了前些日子传信来问魍魉谷的事情，公主再没有过消息。"

子昊平湖般的眸子微泛波澜，虽只一瞬，却是显而易见的震动："她问魍魉谷做什么？"

墨烆道："听公主的意思是为烛九阴，据说那巨蛇之胆能医病解毒。"

子昊一抬眸："为何不早告诉我？"

墨烆立刻单膝跪下，低声道："我原以为主上知道此事。"

子昊深吸一口气，平下心中情绪："马上传话给聂七和十娘，问一下子娆现在何处。"

墨烆的声音闷闷的，像从地下传来："聂七今日刚传信过来，问公主是否到了楚国，他们至今还没见到公主。"

"商容呢？"

"商公公已和十娘他们会合了。"

子昊抚着雪战的手紧了一紧，离司替雪战包扎好伤口，担心地道："主上，看伤口像是被利齿伤到的。雪战天生神异，又时常跟在公主身边，等闲猛兽根本近不得身，怎么会带了伤回来呢？"

墨炘和苏陵交换了一下目光，都不说话。过了会儿，苏陵才试着问道："主上，要不要派人去一趟楚国？"

子昊面上并无异样，眸色深深一片清静："不必，让且兰现在来见我。"言罢不待众人答话，便起身往帐外而去。

离司急忙跟上，快步跟在他身旁，只见他唇角微微抿起，似在想些什么事情，脚下越走越慢，最后停了下来，负手站着，看向远处清如冷玉的天空。阳光伴着微风，轻轻洒了一身，离司抬手遮在眼前，奇怪地沿着他的目光看去，也不见有什么异样，等了好一会儿，终忍不住轻声道："主上？"

子昊微一侧首，湛若深湖的目光在阳光下淡淡一闪，仿佛笑了笑，却又轻叹了一声，复举步前行，却已不再似方才那般匆忙。到了校场，也不传叔孙亦来见，只在场外静看战士们操练阵法。待到一轮阵法演练完毕，才令叔孙亦和青冥、鸾瑛等几个主阵的女将过来："乾宫入坎位时，阵法慢了一刹，若遇上轻功与离司相当的人，这一刹便足以脱困而出。南方鬼宿之人，在第六招第二式变化时抢了小半步，使得左右两人必杀的招数落了空。北方斗宿那人，是否一直惯用左手？"

叔孙亦回头确定了一下，道："是，那人的左手的确比右手灵活。"

子昊道："换他到南方井宿，西方奎、毕二宿对调……"如此一连下令，将数人调换了位置，待调整完毕，且兰和苏陵也到了校场。

且兰这些时候一直忙着处理族中事务，此时一边走一边还在和苏陵商量着什么，惯穿的紧身战袍换作了九夷族服饰，雪衣银带，云鬟玉簪，除此之外再无半点装饰，只显得素容如玉，皎若明月。

子昊挥手命众人重新熟悉阵法，且兰见他不过略动了几人的位置，阵中诸人的配合便自然流畅了许多，整个剑阵分则灵动呼应，合则浑圆而一，纵横开阖，毫无破绽，比起先前威势陡增，不由暗自称奇。

"令南方井、鬼二宿出列，将剑法第六招重新教授，正午前不能做到分毫不差，就不必再练下去了。"子昊眼角带过剑阵，淡声吩咐了一句，示意且兰往湖边走去，"九夷族复国的诏书已然颁下，你将军备调整完毕，便可启程归国，一切辎重之物不必带走，治庐那边会准备一千张经过改良的飞弩，以及其他精良武器随后送至，同时还会有两名铸剑师、两名驭奴随你回国。这些都交由苏陵去办，需要多少战马你也直接与他商量。另外，三天后靳无余便会到此，你可以同苏陵一起见一见他。"

他将所有事情一一安排，苏陵一反常态地沉默。且兰初时认真听着，突然驻足问道："你要走了吗？"

子昊道："是。"

且兰道："什么时候？"

子昊道："马上。"

他说走就走，且兰越发诧异，而心中不经意之处似乎微微一空，仿佛一扇大门突然关闭，遮挡了满天煦暖的阳光。她沉默片刻，方道："可是帝都有什么急事？我原以为你会和我们一起走。"

子昊迎上她满含询问的眼睛，垂眸笑了一笑，湖波风光在他墨玉般的眸心一旋而泯，化成无垠无尽的幽深。"我不知道。"他淡淡说了一句，笑容似是一缕叹息飘过。

且兰隐约觉得他心中有事，第一次见到他似是没有把握的样子，他已转身对苏陵道："命人备马，要最快的马。"

苏陵一怔："主上要去何处？"

子昊转身往大帐走去："楚国。"

昔国战马以快著称，经过特地挑选的良马虽不说日行千里，却比寻常骏马要快上许多，从昔国入楚国境内近千里路程，原本至少要走三天左右，子昊他们却在两天后便到了入楚必经的沣水渡。

楚地与王域最是接近，南泽五湖，北吞九夷，西有三江贯穿境内，卷沅、洛以为池，绕泊水以为洫，襄帝时收后风国并入属地，自此一跃成为九域地域最广、声势最盛的强国。江畔驻马，放眼望去，只看沣水渡前穿梭不休的车马、船只便可想象，楚都上郢是怎样一番繁华的景象。

"主上，再往前就必须得走水路了，乘船到上郢还有小半天时间，我们要不要先在这里休息一下？"离司和墨烆引辔缓行，连着两天疾驰赶路，此时才算松了一口气。

子昊遥望楚江，不置可否，一袭白衣纤尘未染，浑不似赶了这么远的路，一如平日清冷的表情，安静从容。这一路上他始终是这副淡淡的模样，越往南走，话越是少，自入楚境便未发一言，只是眸底愈见深沉。江中客船走了数艘，渡口略显得安静了几分，天空渐渐飘下细雨来，蒙蒙扑面，沾衣欲湿，他却不像有雇船前行的打算，反而下马往渡口尽头走去。

风牵衣袍，雨意渐浓。

江心一叶轻舟，自那云水深处愈行愈近，待到渡头轻轻停靠。淡烟微雨中，一柄青竹伞，半遮了女子水墨素颜，唯一点丹唇朱砂色，勾描在凝脂般的肌肤之上，艳若桃花。

步履袅袅，玄纱衣袂似曳轻烟，幽幽行至眼前，执伞的手微微一抬，唇畔晕了妩媚，眸光润了雨色，一把伞遮了两个人，安静对视，眸心相映，再熟悉不过的气息。

雨幕淡淡，飘落满天满眼。

"你来了，我知道你一定会来。"子嫱柔声道。

子昊负手淡看了她一会儿，也不答话，独自举步上船，白衣玄裳擦肩而过，身畔雨落如烟。

青竹伞下，水光清浅，子嫱轻轻侧首，明眸微垂。在后面呆了半晌的离司一眼看到十娘站在船头，低声道："公主，你……你一直在楚国，怎么也不告诉主上呀，主上可担心死了！"子嫱将手指在唇间一压，笑了笑，转身随着子昊去了。

船行半日，子昊一直静坐舱中闭目调息，什么也不问，什么也不说。子嫱便也不作声，只在近旁以手支颐，一瞬不瞬地看着他，眉梢眼底尽是温柔。一舟顺水，转过青山古渡，穿过城衢宫坊，由静而闹，复又远离了尘嚣，进了一座引水而建的庄子。冥衣楼楚国分座的部属内外严守戒备，却无人知晓船上下来那形容清冷的年轻男子是什么来历，唯有早已恭候在外的聂七赶上前来："聂七见过主上！"

子昊目光从他面前扫过，闻若未闻，径直入内而去，子嫱随在后面挑了挑眉梢。

聂七不敢起身，再往前商容带着几个影奴一言不发地跪了下去。一溜青竹回廊，曲曲折折转入幽篁深处，十娘停了脚步跪在廊前，身边跟着便是墨炟，一时间偌大的庄子悄无声响，静得落针可闻。离司觑着子昊神色不对，犹豫着不知该不该跟进去，一回头撞见商容使了个眼色过来，急忙赶上几步，眼看着几重垂帘静静飘落，九公主曼妙的身影半隐在帘内微光之下，一丝低柔笑语叫人原本忐忑的心绪定下几分："苏陵那份罚我先替他领着，待他见了你，再自己请罪。你别生气，是我让他们瞒着你的。"

廊外雨声清静，帘底筛进点滴光影，只衬得一室幽然。白衣男子阖眸靠在软椅上，面容沉在暗处，辨不出喜怒。

子嫱款款移步，在他身边坐下，浓睫半垂，乌墨似的眼线勾着黠魅，语声却温软："魍魉谷里那巨蛇凶得很，若非夜玄殇帮忙，现在你可就真见不着我了。"不见动静，自睫毛底下觑他一眼，"前些日子我和皇非交过手，从息川到楚都，打也打了，谈也谈了，他在楚国那么大的势力，连楚王都让他三分，你再不来，我都没法子了……"

轻言软语，她绝口不提歧师之事。

子昊终于睁开眼睛："就这些事，你当他们几个真能瞒过我？"

子娆眼梢细媚掠了过去："瞒不过，你怎么还来了？"

子昊不答，隔着幽寂的光线只静静盯着她。

发如瀑，眉若裁，修眸飞挑斜入鬓，一笑乱春风。

还真是像，幼时她曾穿了他的衣袍卧榻而眠，连那精明多疑的女人也被瞒过，东帝与九公主，昔年青竹林中乍相逢，便早已自彼此的眼中看到了自己的影子。

敛了欢容雪藏千尺的冷，血色杀戮刀锋上嘲弄的笑，深宫塔下的形单影只，午夜梦回暗影里嗜血的伤。

这么个女人，被他看得水晶琉璃透明一般，却也将他算得死死的。纵知道雪战伤得蹊跷，纵看出墨炘言行有异，纵发觉苏陵不说不劝十分反常，蛛丝马迹清清楚楚，明镜般地悬在心间，瞒不过，偏偏还是来了。若不亲自来这一趟，还真不知道她能再想出什么法子诓他。

"墨炘、商容、十娘、聂七，只差一个离司，连苏陵都算上了，还有什么瞒不过？"

他语气清冽，恍如冰水秋湖，她眼波转处，偏将星光漾入其中："离司这丫头心眼实，若让她知道，定是经不住你问。我离开帝都那日你曾说过，无论何事，苏陵他们都可唯我命是从，金口玉言，算还是不算？"

子昊眉峰轻轻一挑，唯命是从，长明宫中那道密诏，他给她的岂止这些？忽而撑起身子，长眸一细，沉声道："我怎么觉着昭公的话也有些道理，再这么下去，这儿怕不成了昭陵宫？"

昭陵宫，他从来不提的三个字，别人不知，她却知他心中忌讳。那处宫殿，原本是好夫人的寝宫。

当年凤妧铲除洛王之后，控制襄帝身边近侍，以好夫人重病为由，诓襄帝前去探视，从此将之囚禁，至死再也未能踏出昭陵宫一步。

深深昭陵殿，幽幽九重天，瑶台玉阙凤楼下，是那蛇蝎翻腾的蛊池深狱。

葬送了一代帝王天子，翻覆了雍朝八百年江山，深埋了一缕清香艳骨幽魂，那座冷宫废殿，王城里金碧辉煌的樊笼，是王族之主憎恶的耻辱，少年东帝深恨的存在。

不知从何时起，他的沉默化作了长明宫中无人敢碰触的禁忌，连同一切欺瞒与背叛，就像他从不允许有人随便进入寝殿，从不令人看得出微笑背后真实的面容一样，哪怕真相狰狞可怖，东帝御前也容不得一句谎言。

只言片语传出帘外，离司低头站着，骇得脸都白了，却听九公主的声音含着笑，带着媚，曼声细语字字轻柔："别说，我还真这么想过，待你来了这儿，就再不准你出这屋子，别人也都不准进来。"

话音落了，半晌听不到东帝的声音。微雨转急，浸过碧竹翠檐垂下细流如注，如帘如幕。四下里烟色迷离，这一方精舍似真成了与世隔绝的天地，氤氤氲氲只余了她和他，幽暗里四目凝注，呼吸可闻。

良久，忽听子昊轻轻笑了一下，低声道："困了我在这儿，天长地久的，不觉无聊？"

子娆凤眸微眯，映着他隽冷的身影，深深浅浅透着媚冶："怎么会呢？让你陪我下下棋，看看书，扫雪煮酒，焚香调琴，听雨赏月，事情可多得很。若你再看那些没完没了的折子，我就一把火都烧了它们，若谁再惹些乱七八糟的事来烦你，我就一个个都将他们杀个干净，就让你在这儿安心静养，天长地久的，岂不更好？"

她一字一句，慢条斯理地说着，吐气如兰，绕指成柔。

子昊斜睨着听她说话，薄唇淡勾，终忍不住泛出笑来，侧身掩唇轻咳了几声，那一丝笑意却越来越深，低低道了一句："胡闹。"

子娆"扑哧"一声笑道："可算见着笑了，气消了吗？"见他微蹙着眉不说话，轻轻再道，"这些日子你可觉着好些，那毒有没有再发作过？晚上睡得好不好，还咳得厉害吗？"

面前幽邃的目光之后有着微不可见的疲惫，子昊笑容微微一敛："进了魍魉谷就半点儿消息再没有，还放雪战带伤回来，我是能吃得下，还是睡得香？两天赶了近千里路，你说好是不好？"

子娆绕到他身后，攀了他的肩膀轻轻晃："好了好了，都是我的错还不行吗？"子昊忽然唇角一紧，脸色略见苍白，抬手阻住她，却不说话。

他的手凉如冰雪，一丝暖意也没有。子娆觉着不对，隔着衣衫，隐隐触到他肩头有些异样，似是底下缠着绷带，心中惊诧："这是怎么了？"

子昊合了合眼，淡淡道："没事。"

子娆道："你不说，我问离司去。"

子昊知道也瞒不过她，她若追问起来，离司怕不只说得更细，遂避重就轻，三言两语略说了原委。子娆仔细端详他脸色，指尖轻轻挑过他领口，透过云丝暗纹的边缘觑见里面雪白的绷带，俯身低声问道："那且兰公主是个什么样的美人儿，竟让你这么上心，连性命都不要了？"

子昊瞥她一眼，向后靠回软椅上："又胡说什么？"

子娆见他面露倦意，幽幽叹了口气："算了，反正你打小便这么个脾气，凡事心里有了计较，无论用什么法子都必得按着你的意思办成了它。我知道，你这番来楚国，定是还有些别的事，不管是什么事，先好生歇会儿，就算睡不着，也养养神。"

子昊淡淡应了一声，这时心神松散，一阵阵疲惫像是从骨子里隐隐泛出来，沉沉合上双眼，身畔忽然落下暖意，朦胧间他极自然地将那搭来锦毯的手儿笼住，温软柔荑如同乖巧的雏鸟，顺从地卧在他的掌心，身边静静相依的女子，幽雅似水的淡香，牵起心海里最深的安宁……

第二十八章 将计就计

日暮，雄关，边城。

千里夕阳，沉沉叠染峰峦，当中盘踞的城池如沐残血，在苍山峻岭间显示出一种绝美的雄伟。前方目所能及之处，穆国大军的白虎战旗迎风张扬，作势欲搏的神兽与烈烈展翅的火鸟朱雀遥相对峙，伴着如海苍山，渐渐淹没在天地暗红的色泽深处。

十日之间弃守三城，穆国军队像是见证烈风骑战无不胜的强大实力，一改先时嚣张，接连放弃曾经攻占的城池，一直退出楚国国境，最终驻扎在两国间这座以险峻著称的穿云关。

前方战事朝夕数变，战报如雪飞至，当朝立下军令状的皇非却同含夕公主出双入对游湖行乐，衣不带甲，剑锁红楼，一派闲暇羡煞群臣。

楚王御旨赐金宴，少原君府前车如流水马如龙，公侯将相醉门庭，丝竹声声直遏云霄。

昔国战船穿麓岭，过清江，入洛水，一万良驹如约送至。

轻歌曼舞花月夜，三千里兵行将走。

上阳吉日，二十八幡金桅彩雕丹凤御舟起驾西行，三十二虎贲战船随行开道，沿途千帆侧避，少原君奉旨陪同王后、公主前往清台山进香，两天后，人却毫无征兆地出现在穿云关楚军大营。

险峰孤亭，寒涧飞霞，人是翩翩风采，酒是碧色如玉。

皇非一向不喜欢独酌，再好的酒一个人喝总觉得欠了回味，可惜能够一起喝酒的人，举世滔滔，寥寥无几。独自把盏赏玩，遥望山间古道，他目光之中似是意有所待。

未过多久，山前古道之上徐徐行来一乘八抬金顶软轿，轿子走得并不快，却只一转便到了近前。抬轿的几个侍童皆身穿淡黄色云丝锦衣，背插紫鞘蛟纹长剑，山风中步履轻盈，一色的眉清目秀、俊俏可人。

软轿停在亭畔，当前两个侍童先取出张纯白底织金云纹锦绣长毯一直铺上亭中，再有两人手捧羊脂白玉瓶，点点清露压下轻尘飞浮，后面侍童跟着挑起四盏九色琉璃灯，分立两侧。

迎风深嗅，似曾相识似曾见，赤峰山巅曼殊花的气息，夜幕中幽幽绽放。皇非唇角略扬，笑看着几个侍童细细掸了衣袖，躬身打起轿帘。

卷帘半垂，当中整张白色虎皮铺就的软榻，一人赤衣乌发斜卧其上，狻猊镏金熏香炉，缭绕一缕轻烟如雾。

皇非黢黑的瞳仁，微微一缩。

金流苏，碧玉钩，雪毯上曳过重锦朱袍色若云霞，其间精美的金丝绣线如火般烧出华美纹路，暮色里耀出金辉来，直照得人眼目欲花。

透亮洒金薄纱帷四面垂下，八角亭中明灯高悬，顿见流光溢彩。一袭墨发垂肩，如同夜色织出冰凉的锦缎，来人缓步徐行似踏煊煌天阙，周身隐隐散发出令人窒息的气势。在他步入亭中的一刻，四周幕帷忽然无风自舞，而皇非自始至终保持着静坐的姿势，逐日剑深敛鞘中，寒若秋水。

侍立在外的八名黄衣童子不由自主地后退一步，却只一步，再看亭中灯下，一人把盏淡笑，一人拂衣落座，先前那股森冷的剑气仿佛只是刹那间的错觉。

"皇非，一别三年，你的逐日剑还是这样叫人心醉神迷！"

灯火璀璨，低沉动人的声音恍如薄暮私语，若即若离，却又清晰地传入耳畔，皇非轻笑一声："三年未见，宣王排场气势有增无减，无论走到哪里，都一样这么扎眼啊！"

面前此人，正是与楚、穆鼎足而立，均分天下的北域之主，宣王姬沧。

隔着石桌，色若琉璃的一双笑眸："登堂看戏，总得慎重着些，太过简慢了，你怕不要怨我不上心？"

皇非挑了挑剑眉，终于正对上那双妖冶不似男子的眼睛："既然来了，作壁上观岂不无趣？不若陪我玩上一场，消消乏，解解闷也好。"

姬沧缓声笑说："但凡你开口，我什么时候拒绝过？只不知到了哪一出？"

皇非下颌微抬遥示对面穿云关："以你的眼力，难道看不出来？"

此时正值穆军入夜换防，城头影影绰绰，一队队战士往来不休，足足持续了半盏茶时分方恢复先前肃静。姬沧眼梢自那嵯峨雄关前漫不经心地掠过，道出二字："慢了。"

"一连两天，每到此时，穿云关前换防总比平时要慢上一刻。"

"卫垣带兵严苛，竟会有这样的疏忽？"

"穆国退入穿云关后，每日派兵出关掠阵，次次都是点到为止，从未和我烈风骑正面交锋。"

"哦？"

"昨日，驻守关西隘口的穆军少了三队。"

蛛丝马迹，牵出眼底翻涌的笑意，宣王忽而掩唇低笑。分明是桀骜狂肆一方霸主，偏在举袖间艳若娇娆，那一瞬天地翻转的魅色，看得人几乎透不过气来。纵和他已非一夕之交，皇非仍不禁心神震荡，暗暗屏息。

"皇非，三年前你约我在赤峰山赌剑，以半招之胜迫我放弃九夷之争，今日，怎竟甘心受人牵制？这可不像你的作风。"

半是激将半是疑，皇非睨他一眼："不过胜你一招半式，怎么三年了还如此念念不忘？"

"自然念念不忘。"姬沧细眸一掠，暗色中波澜涌动，"那日你使一招'日落千山'，花影暗香里看着，叫人下不去手，我又怎忘得了？"

"当真？"皇非剑眉略扬，侧了脸问道，"这么说来，倒是你让了我半招？"

姬沧随手执了酒壶，自行斟酒："那也未必，真要胜你手中之剑，我最多只有九分把握。"

一线清流溅冰盏，冷光四射。皇非忽地伸手探向玉壶，笑道："主人在场，怎好让客人亲自斟酒？"

姬沧弹指轻拂，如兰进绽，指尖正对上他掌心劳宫穴："你我之间何必客气？"

"礼不可废！"皇非俊眸微抬，手到半途去势陡变，五指箕张，反扣他手腕。

姬沧坐腕下沉，向侧一让，双指自袖中倏地射出，仍旧点向皇非掌心："礼数多了反而生分，不若我敬你一杯！"

皇非眸中笑意不减："岂敢劳动王驾？"撮掌前迎，"砰"的一声击中玉壶。凝壶悬空，一阵酒香四溢，壶中琼浆如煎似沸，在他掌力催动之下翻滚不休，化作阵阵水汽绕壶飘逸，壶身却骤结严冰，冷霜薄挂，寒气迫人。

两相僵持，雾气愈浓，寒意愈盛，终听喀喇一声脆响，冰玉激溅，飞落满桌，两人同时轻振衣袖，四目交撞，翩翩风度如旧，长眸敛笑依然。

姬沧意味深长地看住皇非："自少冲山一战你我初次交手，这些年大大小小百八十战也有了，胜负往来，到如今仍是个平手，当初我的提议你仍不考虑吗？"

千军万马间交过手，月影繁花下饮过酒，多少年似敌似友的交情，明明暗暗的心思，皇非声色不动："我乃楚人，你不会忘了吧？"

蓦的一声低笑，姬沧以手拂发，绯衣金袖半遮面，刹那间冶丽的姿态，便叫柔美多情的女子也要自惭形秽。他缓缓抬头，低暗的声音便融了几分妖媚："你可知道，每次你说这句话，总叫人生出颠灭了楚国的念头。"

皇非纵声长笑："我倒还真想看看，有我皇非在，天下谁人敢动楚国分毫？"

宣王狭魅的眸子细如冷刃，深处却似有幽幽火焰妖烈跳动，燃着焚噬万物狂灼的欲望，囚着躁动不安嗜血的兽，凛凛生威照映眼前男子傲然风华。忽地他闭目深吸一口气，转眼笑道："楚有皇非，真不枉我一番苦心，朝思暮想！"

皇非亦笑："得蒙宣王垂青，非，不胜荣幸。"

姬沧拂袖起身，长眸微垂："卫垣摆了一阵空城计，自你到了穿云关，这出戏便已结了。我在楚都候你，待你回师之后，咱们再好好算一算那《冶子秘录》的账。"

夜幕四沉，金帷灯影徐徐轻拂，空荡荡只了一缕暗香。皇非把盏静坐，淡看一地碎玉冰晶在幽暗中轻轻闪烁，一朵艳若滴血的曼殊花迎着微风妖娆盛放，丝蕊轻颤蛊惑着深藏于夜色的暗流。他挑唇而笑，忽地倾酒入喉，对面穿云关透迤的灯火，骤然穿透眸心。

冷月青灯，时过三更。

半部兵书倒卷，一盏淡茶微凉。夜阑人静，子昊独立灯下，负手望着壁上悬挂起来的王舆江山图，修长的身影略带孤寂，在长案之侧投下一道清冷的痕迹。

分明是无眠寒夜，却从未觉得漫长，淡倦的眼底透着白日人前难见的凝重，深深沉沉连那如水月光也难融化。廊前风过，吹落一地花黄，除了几声轻微的低咳，黑暗中寂寂无声。忽然，他眉心一动，开口道："出来吧。"

不知何时，帘外多了个人，灯影照不清面目，只能见一身黑袍身形威武，虽是跪拜堂下，却有一番龙虎之姿。"罪臣得知主上入楚，自作主张，还望主上恕罪！"沉稳的声音隐含威势，该是惯于发号施令，此时却带着一种异样的压抑。来人低头在暗处，岩石般的身影半隐垂帘之后，深黯而模糊。

"你不该来。"子昊身也未回，淡淡再道一句。

那人屏息不语，却也不敢起身，唇角紧紧绷起，过了许久，才低声道："是，罪臣这便回去。"

子昊微微抬头，目光扫过江山图上一角，轻叹道："先起来吧，等你从这儿赶回去，穿云关早已插上了朱雀王旗。"

那人一惊："王上何出此言？穿云关雄踞天险，又有重兵把守，除非皇非亲率烈风骑……"他忽然停住。

"纵使皇非亲率烈风骑而至，有你卫垣坐军镇守亦不足为虑，但你孤身入楚，却是将穿云关拱手让人了。"在穆国虎卫上将军卫垣震骇的目光下，子昊徐徐转身，江山图前灯火微亮，照不尽东帝幽静深眸。

卫垣道："皇非日前人在清台山，纵烈风骑有所举动，还是赶得及应对。"

穿过影影绰绰的深帘，子昊静然目视于他："卫垣，心存侥幸，所料不周，此乃兵者之大忌。"

卫垣起身站着，默不作声。

子昊语中似带三分清漠："你与皇非并非初次交手，不应有这样的错漏。皇非向来心高气傲，息川为人所阻，边境连失四城，他如何肯善罢甘休？数日前皇非在楚都宴饮游乐，却暗中调动三万楚军秘密西行，随后又增加两万轻骑沿泾川、麓岭潜入长谷。此时此刻，他根本不会去清台山，若我所料不差，人已经在穿云关了。"

东帝手中的消息皆来自冥衣楼遍布各国的线报，其精密、准确卫垣早有领教，这番推测由不得他不信，心知自己一时急躁，非但错失了与皇非对决的机会，更使得边关重地面临险境，皱眉道："是罪臣疏忽了。"

子昊唇角无声一挑："你是心中有事，自乱了方寸。"

卫垣垂在身侧的手紧握，忽然单膝跪下："罪臣这番冒险来此，是想求主上恩准，与妻儿老母见上一面，还望主上能够成全！"

子昊面色静冷，分毫不见动容，只淡声道："做好你应做的事，不该想的勿要多想，这句话我五年前便曾告诉过你。"

卫垣猛地抬头，骤然对上东帝寒澈的目光，心头仿佛再次闪过暗殿深处秋水横空的一剑。

一剑亮似惊电，碧血飞溅凤屏。

一剑贯裂黑暗，照见少年君王如雪的容颜。

剑光冰冷，离那妖后眉心唯有三寸，若当初他刺了下去，如今雍朝之主，早已是五公子严。

血染青锋蜿蜒而下，凝作此时东帝臂上一道彻骨的伤痕。

东帝二年的那场叛乱，以五公子仓皇出逃为始点，直至那曾经尊贵的头颅带着惊恐的表情高悬在雍门之外。然而刻在心头最为清晰的，却是一双清冽的眼睛。

透过明暗不定的灯火，那双眼睛在月华深处若隐若现，早已看透一切野心与挣扎。

五年前长明宫深冷幽暗的偏殿，也是这岑寂孤灯，也是这雪衣素袍，少年天子苍白的笑容里传承于王族不折的骄傲，比那剑光更利，比那鲜血更冷。

千钧一发之际，以血肉之躯挡下了他必杀之剑的东帝，抹去了所有可能暴露刺客身份的痕迹，只留一枚白虎玉玦送至他的面前。

青龙绶、白虎玦，雍朝上将御赐贴身之物，危急之刻两符合一，可行调兵之权。

是年七月，公子严伏诛，断首悬于雍门，至死双目不瞑。雍朝自立国始，从未有过如此处置王子的先例，即使谋逆之罪，也无非一杯鸩酒三尺白绫，全尸而葬，不损王族之尊严。帝都群臣哗然震惊，却在凤后铁血手段之前，无人敢谏一词，唯丞相伯成商与上将军卫垣具书上表，请葬公子严于王陵。

九华殿中，卫垣面庭力争，当场激怒凤后，挟愤拔剑，在左卫将军墨烆、右卫将军斩无余联手夹击之下杀破重围，反出帝都。待王城禁卫赶至上将军府，卫家妻儿老小早已不知所踪。

凤后震怒不已，下令诛卫氏九族，戮"叛党"三千余人，稚子幼儿概不生赦，帝都内外一片血红如染。

丹阙金殿之巅，赤色凤衣遮天蔽日，红罗飞纱，血锦柔丝，执掌生死无情的手，也曾轻轻抚过长明宫中锦帐后昏睡不醒的少年，清弱的脸庞。

第二十九章 天衣无缝

卫垣僵跪在侧，紧攥着那枚白虎玉玦，拳头抵在地上几乎淤积见血。玉质寒凉，如冰沁骨，猛兽利爪抵刺掌心，将叛逆者的烙印镂刻其上，终其一生都无法泯灭。

子昊冷眼相看，若非此人，何来昔年子严的叛乱？胆小文弱、每次见到他都会絮絮执手问安的五弟，所有王孙帝姬中最无危害的一个，凤后特地留下堵塞众臣之口的王子，竟有胆量密谋篡位、刺杀太后，更在事后瞒天过海逃出帝都，远走宣国。

谁是谁的棋子兵卒，谁将谁的命运颠覆？一线胜败，剑锋上又是谁的鲜血？长信灯下，焚尽了谁的不甘与屈从？

自古江山多少事，胜者王侯，败者寇。

卫垣额前青筋隐隐突起，却终是低下了头，一丝陡然而起的念头猝灭在光与暗影锋锐的边缘："罪臣……明白。"

"你不必回穿云关，皇非计划周详，穿云关他是势在必得。如今三日之约已了，你也无须再行顾忌，直接命横岭一线峡川、饮马、寒泉三处守军发兵攻打郗国，行动要快，务必一战定夺。"东帝的声音温雅清和，转瞬抬眸，些许旧事渗入光照底处无边的晦暗，涓滴无存，身前仍是心腹重臣，得力之将，缜密话语已全然只是当前局势。

卫垣尚有些恍惚，不由问了一句："郗国？"

子昊略微颔首，向后抬手一指，要他自去看那江山图："拿下郗国，即刻兵逼少陵，既要战，便索性给他个痛快。"

卫垣毕竟久经沙场，多年来能与皇非、姬沧等人物抗衡，自非庸才莽汉，定下了心神，立刻悟到其中关键。郗地小国，乃是夹于楚、穆之间不足百里之境，源自西昆仑的玉奴河流经此地，沿途沉淀下大量金砂，郗人世代以淘金为业，颇为富足。

值此乱世，楚、穆两国觊觎这片宝地，各自虎视眈眈，却也正是因此，两相持衡，彼此牵制，谁都无法顺利得逞，郗国君主亦每年向双方缴纳岁供，国家勉强得以保存。

楚攻穿云，穆伐郗国。皇非若不为所动，非但郗国，与之相邻的屺、钺等国都可能沦为穆军囊中之物；皇非若救少陵，卫垣便能趁机夺回穿云关，同时可自郗国掠取价值不菲的纯金作为战利品，如此足以向穆王交代之前战事的些许失利。

不过须臾，便是一副有胜无败的布局，但若按这般布置下去，楚、穆间大战一触即发，却与先前定计背道而驰，届时掀起一方乱局却又如何能压制得下？

温言缓笑，看不透君心似海，卫垣汗透重衣，只像是坠入深海之中无处换气，浮不起却也沉不下，纵横疆场的猛将，举国叱咤的权臣，在东帝面前束手如同三尺孩童，再不想多留一刻，直到退出静室，仍是丝丝刃刃心有余悸。

"卫将军请留步！"一声招呼将人神魂惊回，墨烆不知何时站在面前，拱了拱手，"有人想请将军过去说几句话。"

卫垣手中玉玦悄然落入袖内："是何人？"

墨烆抬手让道："将军见了便知。"

穿花过影，越过一片修竹茂林，墨烆在前引路直到一泊静湖之前。

皓月清辉，照水流光，轻渚之畔幽然立着一名玄衣女子，如云乌鬓松挽，几缕青丝淡垂，她墨玉色的罗衣修逸曳地，慵然半拢肩头，一袭清墨衬着凝脂雪玉般的肌肤，纯粹的黑与净洁的白，却生出世间任何艳色都难见的媚冶。卫垣只见背影，便已知来人是谁。

无论是烈焰冲天还是朗月无尘，襄帝朝九公主更胜其母的绝世风姿，任人一朝得见，永生不能或忘。

卫垣心中既惊且疑，躬身道："罪臣卫垣，参见公主。"

面前女子优雅地回头，眉目盈笑："将军何罪之有？不必这般说辞，见过王兄了吧？"

卫垣道："是，王上有令，命我立刻赶回穆国。"

子娆款款移步，行至他面前，素手纤纤，将一卷帛书托在掌心："你此次来意我已知道，王兄近日身子欠安，深夜倦怠，恐未有精神与你细谈，那些许小事你不必忧心。三月之前，昭公便已秘密遣人将府上太夫人与夫人接入帝都，这本是册封两位夫人的御旨诰命，但王兄顾及你在穆国行事方便，暂命拟而未发。"

双轴黄帛锦卷，上有丹书朱墨，下落行龙金印，卫垣对此再熟悉不过，一眼扫去，转而抬头，长公主柔美一笑晕开在明净的湖面，满天月色也化了柔媚，叫人一时定在了那儿。

"如今之世，天下纷乱，诸国皆以主弱臣强，伺机而动，然王兄并非幽、襄之帝，帝都亦非昔日之帝都，此事你当深知。"子娆徐徐轻语，卫垣面湖而立，单手探入袖内扣住那枚白虎玉玦，只觉掌中燥热难安。

"王兄自幼多病，常觉精神难济，如今朝事尽付昭公，内廷嘱托于我，但昭公年迈，思之令人深忧。"子娆略略抬眸，觑见卫垣眼角无声一跳，缓声轻轻说道，"五年前为与凤后周旋，王兄命你西入穆国，你虽是穆王后亲弟，但穆王后毕竟已身故数年，穆国也终究不过是一方诸侯，局限西地，岂能真与帝都相比？如今内乱渐平，昭公之后朝中总需有人主持大局，这也是为何王兄命我拟旨，册封你妻、母的原因。"

卫垣掌心忽地一紧，子娆锁住他眼眸，柔柔笑问："卫垣，昔日知你刺杀那妖后，我便对你极是赏识，只不知日后你会不会叫人失望？"

美目潋滟，湖光失色，卫垣瞬间心跳加快，手心的玉玦竟也似火一般有了灼人的热度。

子娆含笑注视于他，眸心深处淡淡寒芒隐若星子散落冰湖，只是晶莹璀璨得迷人。权谋手腕，她似是天生便会，看惯了多少风起云涌，曾经了多少刀光剑影，深宫里绽出妖娆的红莲，自生命的伊始便浸蕴了腥艳鲜血，父子情，君臣义，至爱、至恨、至情、至圣，都是那权欲情孽艳色中破败不堪的尘埃，弹指便付云烟。

她淡淡地笑着，美若天人的容颜缥缈于水月之间，一川清辉泠泠流淌，照尽尘世贪嗔痴念，物欲挣扎。卫垣后退了一步，弯腰的姿势有着恭顺的谦卑："从今往后，一切愿听从公主吩咐。"

子娆莞尔展颜，倾身向前，在他耳畔低低说了几句话。卫垣不解抬头："公主的意思是……要臣在穆国扶立夜三公子？"

子娆再道一句，卫垣沉思片刻，点头道："公主所言甚是，臣却未曾想到此点。"

暗雅幽香之中，子娆媚语如丝："锦上添花不若雪中送炭，对太子御来说你不过是较为锋锐的兵刃，而对夜三公子，你却可能是开天辟地的利器。"

"臣明白。"卫垣道，"有一事不知公主是否听到消息，前些时候太子御曾暗遣心腹入楚，与赫连羿人定下密约，只要赫连羿人设法铲除夜玄殇，他便保证送含回公子平安归楚。"

"楚二公子含回？"子娆羽睫一扬，眸心明光微漾，闪过淡淡清利，霍然明白了那日在楚宫殿前赫连羿人节节相逼的因由，略略抿唇垂了双眸，忽而又一笑，"我知道了，你且回去吧，穿云关情况紧急，眼下耽误不得，往后我们再从长计议。"

卫垣领命而去，子娆依旧驻足湖畔，微风半牵衣袂，冰轮玉影，令她晶莹的肌肤笼上一层清寒的面纱。过了片刻，她侧首对一直站在暗处的墨炻道："传令穆国分座，让他们寻个合适的机会，替那位含回公子另外找个清静些的住处。"

"是。"墨炻道，"卫垣那边可要继续监视？"

"不必了。"子娆道，"只需留意太子御的动静，若他和卫垣往来过密，即刻报与我知道。"说着飘然转身，罗袖淡扬，金丝玉帛悄无声息地落入深冷的湖水，转瞬便沉没波心，连一丝涟漪也未曾遗留。

精舍中灯仍亮着，子娆沿无人的回廊步入内室，迤逦的裙裾曳过寂静，似月夜深处飘浮旖旎的暗香。晶帘绰绰洒下疏影，里面子昊独坐在案前。她却不并急着入内，抬手拢了一串冰玉倚帘看他，他也暂未说话，待手底一字书尽，才问道："走了吗？"

"嗯。"子娆随意应了一声，仍借着灯火若有所思地凝视着他，过了会儿，她轻唤他的名字，"子昊。"

子昊抬头看她一眼，以目相询。她眉间若有冷月般的清郁，语声却比平日更多柔婉："区区一个卫垣，以你的手段，轻易便可要他甘心听命，却偏要弄得他惴惴不安，再让我去笼络安抚，未免多此一举。"

子昊笑一笑，淡淡地道："今日有些倦了，不想多言，你去倒比我要好些。"

子娆黛眉轻拢，撩开珠帘移步案前，隔了莹莹微光寸寸探索他眼底幽深的痕迹："莫要哄我，你心下想些什么，瞒得过别人瞒不过我。"

子昊安然与她相视，又是静静一笑："既然知道，怎么还问？"

子娆欲驳他，却张口无言。水晶盏中灯花微微一跳，映得她腕上串珠幽亮闪烁，恍然记起，其实多年之前他便如此，由商容至苏陵，由十娘至聂七，由墨炘至离司，一点点殚精竭虑的经营，赌上性命的博弈，暗地里聚积起冥衣楼这样的力量。庙堂死，江湖生，濒临覆灭的王权移花接木，盘根错节地渗入诸国，形成潜伏的暗流布控天下，才能有如今从容的局面。

背负着重逾生命的责任，行走于血刃尖锋上的他，费尽了周折，冒尽了风险，耗尽了心血地谋划，而今唯一能号令冥衣楼七宫二十八分座的信物，却是她自幼贴身佩戴的小小串珠。

冥衣楼，那是他送她的及笄之礼。

那一日擦身而过，他淡定的低语轻轻飘过耳畔，是她心中永世不灭的火焰，玄塔底下曾支撑着日日夜夜孤独与黑暗的侵蚀。

子娆，哪怕天地尽毁，我也会护你一生平安。

他对卫垣冷颜相向，做了她控制这权臣重将坚固的基石，任她踏着一步步迈向云间巍峨的天阙。九重云端极高极冷，与那玄塔深处一般无二，琼台峻宇都笼在煌煌天光之中，却是一片死寂的荒芜。

子娆做过这样的梦，于一天华美的虚空中寻找他的身影，看得到他的微笑，却触不到他的暖。此刻月色落于他的襟前，清幻如陷梦境，子娆心头惊悸，指尖蓦地扣住案头，几将那丰艳丹蔻也折断。忽然间，她额角微微一痛，被他抬手轻弹了一下："傻丫头，莫要胡思乱想，你离让我安心放手还差得太远呢。"

他的笑容清淡，略带难得一见戏谑的痕迹。子娆先是有些怔忡，突然间凤眸照他一挑，狠狠盯住他漆黑的眸心，语声因低抑而略有微颤："我最讨厌你这样，什么都算计在自己心里，什么都藏在自己心里。"

她以眉间冷丽的嗔怒，拒绝他波澜不惊的微笑。他不急亦不恼，一时低头轻轻地咳嗽，末了便顺着她道："有什么事你想问，我答就是。"

子娆以眼角余光瞥他，却再怎么赌气，也在他蕴了笑意的注视下无法坚持，终要向那双透人心肠的眼睛屈服下来。没什么想问的，纵然不说不言，他的一切从未瞒她。

因为知道得太清楚，所以再没有丝毫任性的余地，他肩上的责任又何尝不是她同样无法逃避的命运？垂首敛眉，终收起幽净的目光，轻轻开口："既已选定了楚国，为何又要在穆国那儿费这么深的心思？"

子昊垂眸静默，片刻之后，复又微笑看她："这几日有意无意，常听你提起夜玄殇。"

子娆道："魍魉谷中他帮过我，之后因皇非针对他，我曾用你的私印传书要卫垣暂且退兵，这些你都知道。"

子昊一笑，问道："他较之皇非如何？"

子娆奇怪地道："少原君天纵英姿，权倾楚国，一举一动皆可左右九域大势。夜三公子乃是他国质子，为兄长所不容，处境险恶，按今晚卫垣透露的消息，他如今在楚国怕是要有更大的麻烦，你难道不清楚？"

子昊微微合目摇头："我是说夜玄殇较之皇非。"

子娆侧首思量，心中将这两个男子回忆比较，却也分不出个高下，只当他要了解两人以做决断，便细细说与他听："皇非看去风雅倜傥，却时时傲气凌人，夜玄殇生性狂放不羁，实际心细如发；若论武功，逐日、归离两剑不相上下，想必难分胜负；若论谋略，一个谈笑用兵天纵奇才，一个手段不凡气度过人，日后恐皆非池中之物，你说孰优孰劣？"

子昊啜一口清茶，目光飘向窗外，似是看那溶溶月色，简单地道："我想听你的看法。"

子娆目光在他脸上一转，细品他的神色，而后慵然抬手执了银匙去挑那水晶灯芯，火光幽幽晃晃透出散碎清芒，落入她掌心透明一般晶莹。灯色渐渐亮起，映得她眸心亦有着清澈的光彩："要我说啊，也都无非如此而已，比上不足，比下有余。"她漫不经心地笑，唇角别蕴柔情。

子昊眸色潜静，不作声，也看不出在想些什么，却见她在清丽朦胧的灯色下抬眸，爱娇一笑，将一句细语轻轻掷进他的心湖："你不知道吗？在我眼中，天下男子都比不过一个人。"

他眉梢不经意地一动，仍是沉默。子娆笑望于他："你不问是谁？"

他微一摇头，若有若无地笑了一笑，无奈而宠溺。子娆以手支颐，忽然侧眸问他："过几日便是我的生日了，你已有七年没陪我过生日，怎么补偿我？"

灯影微漾，子昊仿佛看见多年前青竹林中蓦然撞进他清冷世界的小小女孩，一晃七年，原来他已错过了她七年的悲欢喜怒。两千多日夜永逝难追，该用什么来补偿？向来静如止水的情绪在这一刻渲开难言的遗憾，他柔声答道："你说怎样便怎样。"

"怎样都行？"她长长的睫毛轻巧一眨。

他淡淡地点头。

"若是很难的事呢？"

子昊瞬目而笑："你说。"

她寻找着他的温暖，依在他身边，声音低柔得好像自言自语："我从来没有告诉过你，我九岁生日那天，曾在王城策天殿前发过一个心愿，我想要做一件事，可是这么多年一直都没能做到。后来我被那女人关进玄塔，有一次不知怎的病得很重，塔底又黑又暗，连一丝光亮都没有，冷得好像连心跳都要封冻了，我以为我就要死了，朦朦胧胧地却总想着那件事，只觉得若做不到，我是死也不甘心的。"她伸手牵着他的衣襟，孩子一样带着丝柔弱的无助，眼中有着他从未曾见的哀求，重复道，"真的是死也不甘心的。可我知道那是件很难很难的事，子昊，你帮我好吗？"

子昊心中最柔软的地方，像揉进了千丝细锐的针芒，指尖穿过她温凉发丝，触及笼于轻愁之下寒玉般的脸庞，不想亦不问，只轻轻应她一个字："好。"

第二卷

许多年以后，子娆常常想起这一天，这一夜，这个普通的小镇，这时候只属于她一个人的子昊。

然而这一天过得那样快，灯焰残，酒色寒，长夜尽。

第一章 一战之功

东帝七年春，楚、穆两国爆发大战，十日之内穿云关三易其主，烽火弥漫苍山。

通天驿站之间，一道道王令飞驰，双方不断增兵，百余万大军旌旗蔽日，连天战火迅速吞灭峡川、饮马、寒泉、少陵、武备……蔓延至郜、岊、頳、雺、钺诸国。

四月乙庚，少原君率烈风骑渡玉奴河，奇袭郜都句章。

战车如雷，铁骑踏碎繁华。郜、岊相继亡国，頳、雺两国复遭颠灭，局势愈演愈烈，直追幽帝年间那场曾令九域分崩离析的大乱。

钺国紧邻岊国，一时岌岌可危，国君走投无路下抱侥幸之心遣人急入帝都，上叩天阙，求助王族。

丙辛日，帝都遣使西行。

王使峨冠素服，乘辒轩，执旌节，拥八纛玄龙大旗以昭王仪，三十六面云幡金橦虎旌随之。禁中王卫七十二骑缓辔随护，一路上不张剑戟，不竖戈铤，过九夷、入钺国，从容而至穿云关。

庚寅，王旨降，穆国卫垣撤军。

辛卯，烈风骑退兵少陵，少原君亲自出城迎接使者，三日后班师回朝。

楚都上郓。

千里清江如玉带，长流曲折，穿过古街画桥，绕过高城雀台，在楚都宫坊之间恰到好处地形成一泓浅湖。湖畔遍植金丝翠柳，中间娇红点缀，碧叶若裁花似雨，将一岸雕栏玉户、飞檐红楼笼在暮春秀雅婉约的韵致中，泛舟其间，只似坠入了一片温柔梦乡。

这座染香湖是楚都有名的吟风弄月处、怜香惜玉地，日日不乏拥翠袖而谈笑、调丝竹以怡神之风雅骚客，锦衣绣辔，出入风流，然而最明媚的春色不在岸上，却在那随波轻曳的几点画舫。

半月阁的画舫，是无约不得登舫，入而必掷千金之所在，其中又以花魁白姝儿的闺舫最为诱人，纵舍千金亦难登窥，除却诸国显贵，常人只能望而兴叹。

这艘长逾三丈的画舫前延半扇形香檀木平台，后置七宝双层角檐，檐下垂玉错落，整面湘帘之上浮着若隐若现的银丝刺绣，蝉翼般半掩翠栏，冶丽轻柔，自有一种典雅而神秘的美。

今日舫间有人，当中香阁帘下传出清灵动听的琴音，美姬白姝儿着一身宽松华丽的留仙醉花长裙，领口衽边刺绣百鸟衔枝缠花蔓，沿那浅褶妃色胭脂锦点缀而下，一路逶迤铺地，其上柔若无物的嫣红柔纱随着她轻拢淡抹的动作飘曳摇动，几似帘底花光轻笼周身，单那映衬着冰弦的皓腕玉指便已有说不尽的美。

对面一张贵重的冷香木锦榻，缀明珠，贴玳瑁，四面以金玉嵌丝镶做精美回纹，氤氲宝光之中斜靠着一个白衣男子，完美无瑕的面容，俊逸闲洒的姿态，赫然便是日前才将雍朝半壁江山闹了个天翻地覆的少原君皇非。然而此时，他似是并未对眼前美人有太多关注，闲执羽觞，倚榻半卧，目光却穿过微微飞拂的幕帘看向画舫之外，湖心一畔。

轻挑丝弦，白姝儿忍不住抬了眼角悄悄思量，想来想去，也不知是不是何处怠慢了这位名满诸国的贵公子，来了大半日了，丝毫不见他有往日谈笑风生的兴致。心思微乱，指下无意略略一室，只是微不可察的停顿，随着行云流水般的弦音一掠而过，皇非却忽然抬眼："姝儿，极少听你琴中出错。"

原来他在听，白姝儿扬袖在琴上轻轻一收，弦丝袅袅悠颤，娇糯的声音似也带着几分微澜荡漾："奴家已弹了几支曲子，公子却只看着窗外绿颐妹妹的画舫，头都不回一下，叫人心里七上八下的，不知公子是不是厌了奴家，这么一慌，手底便乱了嘛！"

美人娇嗔，妙目里一汪春水泫然欲滴，真不愧是艳压群芳的尤物，一颦一笑都妙到了极处。皇非欣赏着她颦眉含怨的姿态，掷下玉杯踱到案前，低头笑道："分明是自己乱了，倒赖本君不是。"

身前娇躯软软向后一靠："是奴家学艺不精，只盼着公子亲手指导一番，以纠错漏。"

皇非自她身后探手拨动琴弦，叮咚数声，指下流出悦耳的清音。温香软玉艳骨倚怀，那琴音却一丝不乱，飘扬转折，将一段仙音妙曲演绎得淋漓尽致。白姝儿眼角生媚，柔柔顾盼，一丝余光却有意无意地掠向窗外。

隔湖相望，对面泊着楚都另一位名妓绿颐的画舫，白姝儿向来对自己笼络男子的魅力颇有信心，想皇非倒未必是被绿颐新编的歌舞吸引了过去，只是那船上还有一人，不是别人，正是穆国三公子夜玄殇。

皇非的确是为夜玄殇而来。

数日里暗中观察，眼前这位身处险境的三公子深藏不露的沉着倒也真是不一般，两耳不闻战事，漠然不理纷争，只见在此寻欢作乐，掷金买醉。目光往岸上扫去，此时此刻，那几个尾随了多日的间者恐怕也早已醉倒在柔情深处、袖底裙畔，明日太子御的案头想必也不会有什么新鲜的内容出现。

如此看来，那提议确是可行的。

原本一盘死棋，黑白凌乱已近残局，如今偏偏断、连、飞、立，步步都是起死回生的落子，皇非像是颇为感叹，轻舒一口气，眸心却隐泛着异样的精芒。

十余日前少陵城中，意料之外也是意料之中，他率军亲迎的使者正是那惊云山巅约他饮酒、玉台水榭与他赏月的女子，如先前每一次偶然或必然的相遇，她依旧有着让他无法忽视的魅人的笑眸，送上让他无法拒绝的诱人的条件。

楚、穆一战，除钺国之外，郗、屺、赪、霙等数个小国就此泯灭在九域版图之上，其中郗、屺入楚，赪、霙归穆，弱肉强食，生死淘汰，强者愈强，弱者消泯，兴亡更替的脚步从不因苍生的不甘与挣扎而有片刻迟疑。

三十六乘七宝云车装载玉璧百对、美酒千坛、金帛万幅，逶迤西行而入楚、穆。帝都御赐丰厚的犒赏，惊云山一言承诺，王族未发一兵一卒，却彻底奠定了王域之侧两国对立的宏大格局，天下数十年乱象终渐渐归于清晰。

而她带来了另外一个消息——赫连羿人暗中勾结太子御，欲密谋迎公子含回归国。楚王无嗣，公子含回乃是其同父异母的兄弟，便是楚国目前唯一有资格继承王位之人。如今诸国争权夺霸，刺杀他国国君之事屡见不鲜，一旦楚王身有不测，赫连侯府便可扶立新君，获得绝佳的机会扳倒少原君府。

非我族类，其心必异。赫连家虽入楚多年为将为相，却终究不是真正的楚人。

如今赫连侯府要杀的人，少原君府却定然要保，非但要保他无恙，更可在恰当的时机助其返国，回赠太子御一份意外的大礼。

"夜玄殇心机武功皆非常人，绝不会甘受太子御压制，穆国内争一起，必然影响与楚国争霸的实力，楚之霸主地位指日可待。退一万步说，若夜玄殇最终不是太子御的对手，无非还是恢复眼前的局面，楚国并无损失，但若夜玄殇能够取代太子御，则以他的性情，对曾鼎力相助的少原君府必存报答之心，如此强强连横，便是双赢的局面。赫连羿人既打了如此一番主意，公子何不顺势而为，令他李代桃僵呢？"

委婉细致，轻言慢语，句句妙不可言，他几乎要为那精心缜密的布局而拍案叫绝。强强连横，亦是相约相制，她放手联合楚国，自是早已与夜玄殇达成某些默契，举穆联楚，今后有这两大国左右护卫，试问天下还有谁敢动王域分毫？

推之策之，如今白龙鱼服亲临楚国的那人，放眼九域恐怕当真无人与之比肩。

思之念之，那个艳骨冰心、妖娆剔透的女子，直叫眼前百媚千红都作了索然无味。

皇非多少年来再次有了一试剑锋的兴致，除去曾与宣王姬沧的对决，他很少会有这种棋逢对手的感觉。

眼前忽地晃过一点鲜红，白姝儿靠至身畔，以玉指执一枚娇艳的含桃送到他唇边，幽幽怨怨地道："公子莫不是被绿颐妹妹引走了魂儿？奴家不依了！"

红袖荡落，玉臂半露，颦笑处风情万种。皇非哈哈一笑，方要说话，舱外忽有一个阴柔的声音隔着轻纱冷冷地飘了进来："倚红偎翠，美人销魂，皇非，你倒是快活得紧呢。"

帘外影影绰绰，不知何时多了个人，皇非笑着摇了摇头，轻轻一拍白姝儿的香肩，示意一下，这美姬自是善解人意，不声不响敛襟起身，柔柔一福，告退出去。掀帘而起，心中一时好奇，不知来的是什么人物，竟对名震天下的少原君这般不客气。垂眸看见那光洁的香檀之上一幅赤色华锦静陈，沿着丝丝流丽的金丝云纹悄然向上一觑，蓦地便撞入了一双妖艳不似凡人的细眸。

只一眼，邪魅冷光穿心而入，来人居高临下，不动不言，周身散发的威势却让这见惯场面的美姬骇得立时半退两步跪了下去。

一声淡淡的冷哼，眼前赤衣拂转而去，白姝儿闭了呼吸深低着头，心头惊悸莫名，舱中传来皇非一声笑语。半晌回过神来，她屏息起身，环目四顾，发现此时画舫早已悠悠驶入内湖深处，湖面上烟波渺渺，无边无际，此人竟隔湖登舟毫无声息，单这份凌波虚渡的轻功便足以令人瞠目结舌了。

舱中座上，姬沧垂袖静坐，不露情绪地看着皇非："回来十日，倒有五日是在这半月阁的画舫上消磨，你什么时候行事变得这般拖拉？"

皇非斟了盏酒，随意挥手一扬，玉盏打着旋儿前飞，不偏不倚正落在他手边，半滴未溅，笑道："反正我不找你，你自然会来找我，以近待远，以逸待劳，此兵法之道也，你的耐性可不如从前了。"

姬沧亦轻笑一声："不错，三年一战，我还真是迫不及待地想再见你的逐日剑。"

皇非道："我亦想早日一窥那《冶子秘录》的奥妙所在。"

姬沧拂袖取过玉盏，长眸斜挑向他："《冶子秘录》虽在楚国，其中关键的一段却藏于我宣国王宫，欲要两卷合一，我的条件你知道。"

"是。"皇非干脆地道，"不随你入宣，便胜你手中之剑。上次我胜你半招，却赌了九夷之战，这次，可要来真的了。"

姬沧闻言放声大笑："你当每次都能那么侥幸吗？"话音未尽，突然扬袖后击，一道血色金光灵蛇般穿帘疾出，外面有人啊一声惊叫。随着脆玉坠地的锐响，白姝儿脸色煞白地僵立在帘畔，原本手中托着的茶盏碎了一地，溅得湘水罗裙一片凌乱。

广袖飘飘，炎云徐落，姬沧这才转首，目如妖刀割过那张美丽的脸庞，冷声道：

"你在外做什么？"

方才一袖擦面而过，几缕青丝寸断，此时方才散落肩头，眼前之人一张玉面妖魅难辨雌雄，几似天魔莅世，惊得白姝儿半个字都说不出，只惶惶转了头，寻向皇非。皇非一直无动于衷地坐着，俊眸半垂，举杯品酒。此时才抬起头来，温文一笑，不疾不徐越帘而出，低低在她耳边细语几句。

他冠上华美的朱缨在夕阳近暮的光影里落下悠荡浅影，轻轻晃过女子白瓷般的脸庞，带着风度翩翩的淡笑。白姝儿妙目微垂，泪盈盈满是委屈，幽幽瞅他一眼，便转身媚行而去。皇非负了手转回舱中，笑叹："也就是你，如此唐突佳人，当真是毫无怜香惜玉之心。"

姬沧自白姝儿身上收回目光，冷冷地道："但凡美女，无不面如桃李，心若蛇蝎，你小心了。"

皇非微笑摇头："你有所不知，女人终究是女人，只论一个狠字，便永远不及男人，更何况其他？"不待姬沧反驳，抬手向外一让，"我们换个清静点儿的地方说话。"

画舫旁边已备好了一艘轻舟，皇非对惊魂甫定的白姝儿笑了一笑，与姬沧飘然登舟而去，转眼便消失在湖波深处。白姝儿带着几个小鬟于船侧俯身相送，许久后抬头起身，缓缓引袖拭过领口，一丝血痕自她优美的脖颈隐约渗出，半凝上修长瘦削的指尖。

第二章 艳骨柔姬

一舟轻漾，行于水波之间，皇非沿途指点湖光风物，闲洒笑谈，衣衫飘举，别具一番风流。姬沧靠在船头，眯着双眸饮酒，皇非侧首道："你什么时候这般没了戒心？就这么毫无防备地随我入湖，也不怕我设下陷阱，取你性命？"

姬沧手里把弄那冰瓷透花小盏，懒洋洋地抬眸："你我相识多少年了，你若要杀我，自是大战一场来得痛快，偷袭暗害，没得辱没了少原君英名。"

皇非闻言又笑了笑："你倒知我，说起来若真杀了你，世上少了这么个对手，怕是会叫人觉着有些无聊。"

姬沧看进他一双神采飞扬的眼睛："既如此，怎就不考虑我的另一个条件？《冶子秘录》你势在必得，何必这么拖下去？"

皇非眼底精光微闪："前些时候江湖上盛传《冶子秘录》藏于楚国，惹得诸国间者纷纷入楚，好不烦人。你放了这样的消息出去，无非是想探我将秘录置于何处，势在必得的，也不光我一个吧。"

姬沧坐正身子，长眸之中隐透霸气："彼此彼此，不过我还是那句话，若你肯入宣国，莫说一部《冶子秘录》，你我联手，即便天下也唾手可得。"

"你是个聪明人，一山不容二虎。"皇非翩然淡道，将手一指，"便是这儿可好？"

船行幽幽，湖上轻雾迷离，淡淡笼着两岸成片的桃林，残红千般，纷落如雨，云霞一样染透半边湖面，一眼望去，只觉水天蒙蒙尽着艳色，薄雾之下，就连月色都带了如真似幻的红。

桃影翩飞，化入姬沧妖异的眸心，他点头："好，好去处、好心思。"

皇非负手缓笑，看定他："先前见这地方，便觉配你那把'血鸢'应该不错，今晚一战，想必你也不会让我失望。"

姬沧拂袖起身，华艳红衣飘若天火，黑发凛然轻舞，一锋血刃徐缓出鞘。

万千桃红，皆在淡淡剑锋之上无声寂灭，纷纭天地，只余了对面卓然出尘的身影。

皇非微振袖袍，似是明日光芒骤射，威震天下的逐日剑出现在手中。

夕阳一线余晖，半没在暮影烟波的边缘，夜玄殇独自醉卧舫中，红罗绡帐流落玄裳之侧，敛尽柔光丽影。

一日尽欢，筛过千杯美酒，饮尽玉液琼浆，案前残宴狼藉，金盏空翻，绿颐等女子都以为他醉得沉了，轻声退了出去，却不知烟帷深处，一双眼睛正静静地望着帐顶绮丽繁美的花纹，深亮清醒，犹若寒星。

夜玄殇将双手垫到脑后，换了个舒服的姿势。躺了一会儿，他合上双眸，体内真气自然流转，穿经府、过重楼，游走周身三百六十经穴，最终阴阳交汇，归于气海。如此反复不断循环，行大小周天温养经脉，这荒唐醉卧的一刻便成了修习内功绝好的时机。

隔着罗帐，舱中一片寂静，体内真气到处，神识随之变得格外清明敏锐，仿佛天地间一静一动、一生一灭的细微变化都清晰可察。清风逍遥，乘云气而化雾，烟波盈岸，鱼儿轻跃入水，一道毂纹静静潜入迷蒙的月色深处……种种奇异的感觉令人心醉神迷，夜玄殇沉浸其中，身心几入空明之境，便在此时，识海中忽然毫无预兆地感受到一股强大的剑气。

静陈于枕侧的归离剑无故轻鸣，他霍地睁开眼睛，画舫微微一晃，四周悬设的珑玲水晶灯发出叮咚的声响，旋即归于安静。此等震动，于常人或只以为是普通波涛导致，但对于夜玄殇这种武功已臻高手之境的人来说，却可以察觉到方才一刻，整片湖面是被一股强横无比的剑气激起了深深波涛暗流。

远处湖心，一道白影翩若惊鸿，飘落于随波摇曳的轻舟之上，逐日剑斜指碧波，一缕艳红莹透，徐徐地，沿着剑锋蜿蜒滑下。

咚！

水声微响，月光伴着涟漪折进血色深处，交织出斑驳潜影。

对面轻渚横斜，姬沧手中的血鸢剑因染了微红而泛着慑人的异芒，恰如他此时隔水相望的眼神。

湖面上暗香袅袅，一阵阵落红在男子飘飞的白衣间染就一朵鲜艳的桃花，水雾轻光中皇非便这么静静地站着，衣袂盈风，那般绝世风采只叫人心神俱醉。

蓦然间，姬沧纵身凌波，踏上船头，目光瞥了他手臂一眼，似是迟疑，却终究问道："伤得可厉害？"

皇非若无其事地一挑眉峰，剑锋斜掠，抄起近旁斟满了酒的玉盏，送到他面前："上次我胜你半招，这次你伤我一剑，又扯平了。"

一杯清酒，在明锐的剑尖上颤悠悠闪着晶亮微光，姬沧似是被那朗朗一笑的光华刺了眼目，长眸微眯，向前迈了一步。

这一步，皇非的剑离他咽喉便只余半寸。

高手对决，毫厘别以生死，若皇非此刻出剑，他再快的身法也绝无可能避过。

剑若秋水眸若星，不断反射出冰冷的寒芒，剑气砭透肌肤，姬沧却视若无睹，反自怀中取出一卷残帛，掷了过去。

皇非垂眸一看，眉心忽地皱起，长剑因手间紧室的力度微微一挑。

雾气间、剑锋下，姬沧的神情看不真切，声音却也像笼入了一团水雾，妖柔地渲开在空气中："这是《冶子秘录》所余残卷，下次你我交手，我若再赢了你，你便是我的人。"

皇非盯他半晌，突然扬声长笑，随着笑声手腕一振，剑尖上通透的酒盏骤然裂成无数碎玉，溅落湖心："好！我若再胜了你，你的性命便是我的！"

皇非深深地再盯了姬沧一眼，他身形一动，就这么弃舟而去，施展轻功踏水御波，飘然消失在岸上无边的桃色之中。

画舫中，夜玄殇被湖上一现而逝的剑气吸引，待要设法潜出去察看一番，不料刚刚起身，却听舱门处传来轻微的敲门声。

他略觉奇怪，随即返身合目而卧，只听舱门吱呀一声轻响，随着一泊倾泻而入的月光，一道窈窕清丽的人影悄然飘了进来。

室内光线幽暗，来人面上笼着一层轻柔的浅影，于眉目间投下美好轮廓。她凝眸一转，看得舱中再无他人，脚步轻盈移至榻前，小心地挑起一角烟帐向内张望，觑得夜玄殇毫无动静，她妩媚而笑，悄悄伸手探向他颈间。

就在她指尖即将触到夜玄殇肌肤的刹那，夜玄殇突然双目陡张，出手如电扣住了她的细腕。那女子被他出其不意地向侧一带，轻轻呀了一声，便跌入了帐中。夜玄殇顺势侧身而起，便与一双黑若点漆的乌眸对了个正着，却是一愣："子娆？"

锦被软帐，绮罗凌乱，身下女子玄衣笑眸，青丝如瀑滑过一截皓腕，散落在他强而有力的手指之间，妖曼噬骨。夜玄殇意外至极，放开她的手腕打量过去，却一眼看到她松掩的领口下有道细微的伤痕，剑眉略蹙："怎么回事儿？"

子娆并不急着起身，以指尖在颈间轻轻掠过，简单地道："遇人追杀，你肯不肯收留我？"

夜玄殇笑道："凭你的身份武功，是什么人敢来招惹，竟还跑到我这儿避敌？"

子娆就着香枕以手托腮，斜斜睨他："怎么，我是什么身份，竟还天不怕地不怕了不成？你不肯帮我吗，或者是不敢？"

夜玄殇目光在她眸心一停："若我既肯亦敢，又怎样？"

子娆展颜一笑，靠近他身畔："那我便安全了嘛。"

夜玄殇唇边隐隐泛出笑意，转身在她近旁躺下，一方合欢帐，狭小而私密的空间中呼吸相对，幽幽冶冶尽是她身上媚软的气息。他深吸一口气，含笑问道："你今天用的什么香？"

她俯身在他耳边柔声道："这是专在黄昏之后采摘晚香玉、夜夜娇、玉簪子等花儿的精蕊，再调以春月清露制成的熏香，集一宵之美，合一夜之情，所以叫作夜合香。"

夜玄殇闭目点头："唔，很是特别。"

耳边痒痒的，是她故意轻声呵气："你喜欢？"

"唔，喜欢。"他继续闭目作答，脸上笑意愈深。她温软的红唇触上他的耳垂，慢慢游移、探索，沿着他棱角分明的侧脸若即若离，掠过他削薄的唇锋："真的喜欢？"

然而这次他却不答，忽地一翻身，将她揽入臂弯，黑眸之中深光熠亮，闪着危险的信号："你说呢？"

柔若无骨的娇躯抵在他身下，随着呼吸起起伏伏，她尖削的下巴略略上扬，越发衬得玉颈优美修长，连那丝细冷的伤口都似有了惑人的美。夜玄殇渐渐逼身下去，她羽睫微颤半掩迷离，嘤咛一声便环上他的脖颈，封住了他的唇舌。

丁香舌，柔如刃，媚似毒，娇娇软软，细细绵绵，分毫不让地挑逗着男子丹田深处燥热的欲火。夜玄殇呼吸渐重，似已神魂颠倒。女子灵巧的手顺势下滑，沿着他脊背探入衣间，一路抚摸流连，就在那指尖将要触到他背心要穴的刹那，缠绵的娇躯猛地一僵。

一股冰冷的剑气，静静凝于她的颈侧，夜玄殇星目开张，唇锋轻挑，带着戏谑的薄笑居高临下，赏视着面前精致的容颜。在他手中，置于枕畔的归离剑早已不知何时离鞘数寸，恰恰抵在女子颈间那道妖娆的血痕之上。

柔丝缠上利刃，软锦覆了锐光，帐中原本旖旎的气氛如遭冰封，只能听见一丝丝急促的呼吸声。夜玄殇欣赏着手底艳色，毫无起身的打算，语声带着冰冷的温柔："你是何人？"

那女子慑于长剑，一动也不敢动，却仍不失媚人的姿态："干什么呢？好端端的怎么动起刀剑来了？"

剑锋冷冷，映着主人一脸散漫的淡笑，夜玄殇将利刃向内微侧，靠上她吹弹可破的脸颊，不疾不徐地道："我这把剑常有办法令人说出些实话，这么美的脸上若是多了道疤痕，可就有些煞风景了。"

那女子眼光在他冷酷的眉目间游移逡巡，似是在考虑他的话，而后娇嗔一笑，这一笑，便恢复了自己真正的声音，较之先前却更加甜糯动人："真不愧是三公子，好眼力、好手段，也好狠的心肠呢！怪不得我手下之人奈何不了你，但我这易容术非同寻常，你又是怎么看出来的呢？"

夜玄殇微笑道："你低估了我对她的了解。"

那女子道："是吗？那你教我，若换作是她，该当如何？"

夜玄殇打量着她酷似子娆的面容，虽已知她并非其人，却偏偏看不出任何破绽。她脸上并未施以厚重的粉黛，亦不似戴了人皮面具，竟像是天生便与子娆一般模样，心下不由称奇："若说样子，的确是惟妙惟肖，便连举止神态也十分相像，我险些就被你蒙骗过去，只可惜，你太过心急。"

那女子目露疑问，他继续道："你来此处存了杀我之心，入内时见我醉卧榻上，原想出手取我性命，被我发觉才顺势而为，想以美色诱我入瓮投怀送抱，不过偏偏说了不该说的话。"

那女子问道："哦？是什么话？"

夜玄殇道："你想从我这里套问她的真实身份，却不知这反而泄露了你自己的底细，告诉我你根本不是她。"说到这里他笑了一笑，虽然相识不久，但曾并肩御敌，曾经共历生死，倘若一人身处险境，怎用得着激将对方出手相助？想想她那肆无忌惮的性子，还真是有点儿天不怕地不怕，叫人偶尔也有些头疼呢，那几句话，可绝不像出自她的口中。

那女子道："就凭这个，你便认定我不是她？"

夜玄殇摇头道："最终让我确定你绝非子娆的，是你身上的夜合香。"

夜合香乃是传自南疆古国的一种异香，其味幽美，柔媚缠绵，原是新婚之夜置于卧房以使新人尽欢之物，说白了便是催情的药物。此物后来传入中原，常被宫中妃嫔用来调制熏香，魅惑君王以求恩宠，而流入江湖的便是一等一的媚药。这味道夜玄殇自幼在宫中时便经常闻到，着实说不上喜欢，而子娆……他低头一笑，气息吹得她发丝微微荡漾："她想要诱惑一个人，是根本不需要任何媚药的。"

解释到此为止，他盯着面前美艳摄魂的眼睛，笑得别有深意。最关键的一点他并没有告诉她——他会认错任何东西，却永远不会认错子娆的眼睛，这世上再没有第二个人会有那样一双清澈而妖娆的眼睛，再没有第二个能让他一见之下刻骨铭心的女子。其实在带她入帐翻身而起的瞬间，他便已经知道，她根本不是他想象的那个人。

那女子目光复杂变幻，未料到他自一开始察觉有异，便步步以话相诱，纵使之前已精心设计，却还是低估了他，心下虽惊，面上却笑得越发甜美："她就那么迷人吗？你想不想看看我的模样，或者，就改变主意了呢？"

夜玄殇饶有兴趣地道："你这么说，我还真有点儿好奇了。"

"那你可看清楚啊！"那女子便盯着他，双目嫣然而笑，随着这楚楚动人的笑容，她面容之上如被清水，轻轻涌动，水色氤氲，涟漪丛生，那张脸庞竟一点点漾出奇异的变化。夜玄殇心中猛地闪过一个念头，还未及看清她的模样，她突然檀口微张，一道利光疾吐而出，径直射向他的眉心。

夜玄殇对她早有防备，仰身向后急闪，一截细针擦着他鼻尖飞过，手下那女子身躯绵软，忽然滑若游鱼般侧身扭开，自他手中脱身而出，掠向帐外。

长芒如电，归离剑裂帐追击，那女子整个身子以不可思议的角度向后折去，香肩微卸，一股柔力竟将剑锋荡开半寸，便这一刹，她已返身跃起，瞬间穿窗而去。

夜玄殇赶至窗前，茫茫雾色之中，湖面上一丝水花隐没，那女子早已消失得无影无踪，只余一缕艳香飘荡身畔。"大自在四时法。"他还剑入鞘，由此已知端倪。

湖水深深，平静无声。明灯高悬的画舫旁忽然泛起轻波，黑衣女子自灯火无法照及的暗影处浮上水面，深透一口气，悄无声息地潜入船上。

一路畅通无阻地进入上层船舱，她将已被湖水湿透的黑袍随手丢开，浑不介意露出衣下美好的身段，赤足而入内室。两个青衣小鬟快步迎来，为她披上干净的软缎丝衣，隔帘内转出一个修肩细腰的绿衣女子，上前急急问道："堂主，可得手了？"

那女子轻掠长发，目光隔着花窗越过湖面零星灯火，望向不远处泊着的画舫，摇头道："果然不好应付，险些便栽在他手里，幸好你没贸然动手，否则非坏了大事不可。"略一转身，银灯下罥烟细眉，含情妙目，正是那与皇非调琴作乐的白姝儿。而问话的女子，却是本应在夜玄殇舫上的舞姬绿颐。

白姝儿移步坐至榻前，肩头云丝半拢，原本艳光照人的脸上略见疲态："那边情况怎样？"

绿颐道："皇非和姬沧非同常人，我不敢太过接近，只隐在林内暗中看察。便是这样，都有些受不住他们两人的剑气。"

"果真是交了手吗，胜负如何？"

"皇非受了轻伤，姬沧后来交给他一样东西，因隔得太远，看不十分清楚，但那样子好像是秘录残卷。"

"皇非既未取胜，姬沧怎会将秘录交给他？"白姝儿低声自语，而后抬头道，"你先回去，立刻将今晚之事传书太子知道，仔细应付夜玄殇，莫让他起了疑心，我要调息片刻，其他事情待与赫连侯爷商量过后再从长计议。"

绿颐知她施展自在如意法柔骨化形，大耗丹元真气，遂与两个小鬟悄声退出。白姝儿盘坐榻上，以大自在四时法的独门心法调息吐纳，约过了一炷香的工夫，面上渐渐恢复神采。睁开眼睛，凝神思量一会儿，复又更换衣衫，独自离船上岸，往楚都城中而去。

第三章 公然决裂

楚都多桃花，无论是山野草村还是王宫侯府，一到春日无处不是丰腴鲜艳的绯色，风一过纷纷扬扬，灿若云霞，将这一座雍容繁丽的都城轻描淡抹，衬托出别样的风流。

楚都内城以宫城为中心分为东、西两大区，东城除少原君府和赫连侯府这两座占地广大的华宅之外，公侯府邸比比皆是，靠近宫城的地方分布着楚国各级官署衙门，由此越过横跨护城河、宽阔可容数辆马车并行的度仙桥进入西城，迎面便是一片片热闹的坊市。

沿横贯两城的长街向前，从道路两侧到江畔码头，行馆店铺鳞次栉比，处处锦幡招扬，各国商旅熙来攘往，轻车走马，风格迥异的服饰看得人眼花缭乱。而这其中又以身穿纹锦长衣、半遮面纱的楚女最为引人注目，宽松的衣袍飘逸华美，隐隐轻纱微扬，或行或止几若飞仙，很是赏心悦目。

长街当口一处酒家，夜玄殇闲来无事坐此独饮，遥看江上船只过往，深眸幽黑，似是若有所思。因受战事的影响，江中穆国商船的数量明显比前几个月减少许多，唯一能顺利出入两国的只剩下跃马帮的船只。实际上，沿江可见所有进出楚国的商船，船身之侧十之五六都绘有跃马帮独特的标志，这富可敌国、控制着楚、穆及其周边诸国近乎一半商贸的江湖大帮乃是可与冥衣楼相抗衡的庞大势力，前些时候出现在沣水渡的杀手中曾有他们的人，但之后却再也不见任何行动，想来倒是有些奇怪。

思绪随意，夜玄殇也并未将此事放在心上，复又举酒自饮，全然一副无所事事的浪荡模样。因为时尚早，楼上只有几个清客品茶闲聊，也无人注意身处僻静一角的他，很快一坛酒将尽，忽而眼前人影晃过，对面座位上多了个人。

夜玄殇毫无惊讶之色，举手斟满一盏酒道："你来晚了。"

那人看去二十岁上下，身形匀称瘦削，手长脚长，一双眼睛灵活多变，满脸的机灵狡狯，坐下来毫不客气地捞过桌上的酒坛灌了两口："路上不巧，遇到跃马帮那位姑奶奶，好厉害的女人，不过看在她出的好价钱的分上，不和她计较了。"

夜玄殇对他人之事不感兴趣，只问道："我托你的事呢？"

那人笑道："放心吧，九域之中，还没有我彦翎探不到的消息。"从怀中取出一卷东西，"你要找的东西在楚宫，这是地图，为此可是费了我不少工夫，若不是你三公子说话，我才懒得做这吃力不讨好的事。"

夜玄殇道："果然在楚宫，不在少原君府？"

彦翎道："楚宫衡元殿，和少原君府一墙之隔，也差不多了，你自己看吧。"

夜玄殇却不接他递来的东西："你收着便好，反正到时候你要和我一起去取。"

彦翎大惊，一口酒险些喷将出来："我和你一起去？之前你可没这么说过！"

夜玄殇低头饮酒："不去也行，下次再被魔云教的小仙姑们追杀，不一定那么巧我还空闲。"

彦翎脸色变了变，嘴上却道："几个臭道姑，莫非我还怕了她们不成？"

夜玄殇和他多年交情，深知他底细，闻言不疾不徐地道："有件事想必你也得到风声了，宣王姬沧目前人在楚国，想当初你累得他十万大军兵败少冲山，万一不巧被他撞上，似乎不太妙。"

彦翎的脸色更加难看："少冲山遇上烈风骑伏兵是他姬沧自己不走运，关我什么事？"

夜玄殇笑道："那军情少原君可是出了五千楚金，听说宣王下令以双倍价钱买你彦翎项上人头，也不知是真是假？没想到你这颗脑袋还值几个钱，往后不管何事找我，先备足一万楚金再说其他。"

"这算什么？"彦翎怪叫一声，引得窗边两个茶客向这边看来，忙压低声音悻悻地道，"太子御那儿你的人头价值两万，整整比我多出一倍，咱们彼此彼此。衡元殿是楚国放置重宝的地方，除四周重兵把守之外，内中另设数重机关，并有几道监听铜管直通少原君府，那东西等于是放在皇非眼皮底下，想要弄出来难比登天，一个不好栽在这里，平白毁了小爷从不失手的英名。"

夜玄殇道："哦，原来你是怕了皇非。"

彦翎没好气地道："在楚国招惹上少原君，简直是自寻死路，有点儿顾忌也没什么丢人的。话说回来，换作是我才不自讨苦吃，那东西合该让太子御去操心才对，凭什么要你冒这风险？"

夜玄殇面无表情地道："去还是不去？"

彦翎抓耳挠腮地想了片刻，终于道："唉！算我怕了你，往后我这颗人头又要多值一万金！不过我有个条件。"

夜玄殇早已料到他这反应，唇角微挑："说来听听。"

彦翎双肘压上桌案，俯身过去："我知道你前些日子去过魍魉谷。"

夜玄殇点头，彦翎道："那烛九阴蛇胆的下落，你应该清楚吧？"

夜玄殇抬眸道："不错，为何问起这个？"

彦翎丢了粒胡豆入口，一边嚼着一边道："还不是跃马帮那位当家姑奶奶，亏她舍得，竟肯出两千楚金的大价钱托我寻这蛇胆。"

"殷夕语吗？"夜玄殇问道，"她要蛇胆做什么？"

彦翎道："救急，她的弟弟跃马帮的少帮主身受重伤，等着这灵药续命。"

夜玄殇想起当日曾在魍魉谷遇到过跃马帮的部属，把盏思量，稍后道："回头就说你查不到，那两千楚金不少你一分。"

彦翎诧异道："这是为何？我彦翎都查不到的话，她那宝贝弟弟便只有等死的份，若让她知道我故意隐瞒，还不要了我的命？"

夜玄殇道："蛇胆唯有一个，命只能续一人，实话告诉你，用着那蛇胆的人莫说是你，便是皇非也要退让三分。你若非要替跃马帮办这件事，届时惹上麻烦，可别找我来救命。"

从他嘴里听到这样的话，彦翎更是忍不住问道："是什么人连你都如此顾忌？"

夜玄殇笑而不答："两千楚金，十日后你找我来取，倘若私下里打那蛇胆的主意，可莫怪我翻脸！"

他突然一改散漫神情，语气肃然生威。彦翎怔了半晌，莫名其妙地挠头："罢了罢了，今天尽是亏本的买卖，我还欠着你大把的人情，说什么楚金。"郁闷地灌一口酒，丢下空坛，"我先走啦！若要和你一起取那东西，还得做足准备，我可不想把小命搭在皇非手里。改日找你！"也不见起身，一个翻转便自楼上跃栏而出，轻飘飘地落在街头，一溜烟闪入拐角，眨眼不见了踪影。

夜玄殇亦不久留，随手丢下一块碎银，闲步下楼，往街外而去。

刚走出不远，身后忽闻马蹄声起。出其不意地，长街尽头一丛寒光疾射而至，伴着尖锐利啸，化作数点利芒飘向他背心！

四周一片惊呼声中，夜玄殇旋风般转身，归离剑闪电出鞘！

在他贯满先天真气的剑锋之下，当先三支白翎羽箭折裂激飞，被他迎面斩断，人同时倏地向侧横移，其余利箭擦过他身子尽数钉入对面店铺门上，一整面硬木板四分五裂，骇得周围行人抱头逃窜。

蹄声陡至，长街一端出现三十余骑快马，马上武士皆以劲甲束身，当前几人手挽硬弓，到了近前向两边恶狠狠地喝道："要命的快些滚开！"

楚都中人多数认得他们是赫连武馆的武士，避之唯恐不及，哪里还敢停留，纷纷趋走躲闪，原本热闹的街道一时余出大片空地。

骑阵中心一个身着蓝白相间武士服、神情轻薄浮夸的男子策骑而出，正是赫连侯府大公子赫连齐。

来者不善，善者不来。

一片混乱之中，夜玄殇将归离剑斜搭肩头，冷眼看对方形成半月形的包围圈，除了唇角微带一丝嘲讽，面容沉若冰山。自在堂那善用媚术的女子无功而返，跃马帮无暇他顾，赫连武馆有所行动也在意料之中，只是于大庭广众下公然动手，倒也真是嚣张到了极点。

"三公子，久闻大名！"赫连齐高踞马上，面带骄狂，"在下一直很想见识下公子的归离剑法，却始终没有合适的机会，上次沣水渡因有要事未能赶回，当真十分遗憾，不知公子今日肯否赏脸？"

夜玄殇轩眉微扬，赫连齐借比剑为由来下战书，全然以江湖身份行事，即便当众将他击杀，也无人说得出半个错字，更不牵涉楚、穆邦交，而如此大张旗鼓地挑战，便是要迫他务必应战。他心头冷哂，唇边薄挂笑意："能得上郢第一武馆馆主屈尊赐教，玄殇求之不得。"

"哈哈！三公子果然痛快！"赫连齐自马背一跃而下，来到长街中心，"江湖上人人知道，我彻心剑下向来不留情面，公子可要小心！"

夜玄殇气定神闲地回应："沣水渡前在下手中之剑曾经饱饮鲜血，至今杀气仍盛，'小心'二字，馆主还是自留备用的好。"

赫连齐目中凶光骤闪，掠过明显的杀意。旁边有人听到只言片语，无不面露不忍。赫连齐为人虽纨绔无行，却于武道之上颇具修为，乃是在皇非及赫连羿人之下稳列楚国前三席的高手，若非如此，他也不会放弃暗杀，公然率众叫阵，实因心存必胜的把握。

赫连齐将手一挥，身后众人引马而退，为他两人空出足够的地方，亦表明了这是单打独斗的对决。

"刀剑无眼，生死由命！"

夜玄殇漫不经心地一耸肩头，归离剑随手微横："请！"

便在此时，街心忽然传来一个轩朗的声音："有赌无约不成规矩，这场决斗，便让本君为两位做个见证如何？"

所有人循声望去，不远处一辆六马驾乘的朱辕轩车之上，有人徐徐步下。

"是少原君！""少原君来了！"一见那象征着楚国上卿身份的玉白底绲边刺金绣朱雀纹朝服，人群中顿时响起窃窃私语，但又立刻安静下来，连方才些许喧闹也不复再现。

橐橐靴声震地，两列烈风骑侍卫将街边众人隔挡在外，就连赫连武馆之人亦被向后拦开。四面围观的人群越来越多，整条长街之上却变得空空荡荡。皇非缓步上前，在夜玄殇身旁站定，对随行副将道："传令下去，封锁此处街坊，闲杂人等一概不得擅入。"

副将领命去办，皇非身边探出个锦衣少年对夜玄殇眨眨眼睛，俏皮一笑。夜玄殇一愣，发现竟是含夕。在此当值的城防都卫原本得了赫连齐之命不得干涉此事，只在外作壁上观，却不料少原君突然插手进来，眼见事情有变，忙遣人往侯府飞报而去。

赫连齐见含夕改装随皇非出宫，形容亲密，顿时沉下脸来，忍了忍，极不情愿地对皇非拱手道："都骑统领赫连齐见过君上。"他这都骑统领虽属内城禁军要职，却低了皇非数级，亦在其辖属之内，纵向来与之不睦，也不得不以礼相见。

皇非抬手道："今日既一切依江湖规矩，赫连公子不必多礼。烈风骑只是替两位清场掠阵，以免有人从中干扰，亦与宫府无关。"说着抱拳回礼，姿态潇洒至极。

赫连齐同他哈哈一笑："如此便请君上从旁见证，免得日后人道我赫连武馆以多欺少。"

皇非负手身后，含笑点头，目光并未看向夜玄殇，却低声道："动手不必顾虑，赫连侯府和大王面前自有本君担待。"

夜玄殇眸心精芒闪过，知道这可左右楚国政局的人物终于对帝都方面做出了明确回应，亦从他举动中感受到一种极度的自负与雷霆万钧的手段。这一战，实已成为楚、穆、帝都三方今后分合的关键。他淡淡地目视前方："有劳君上。"

皇非微微一笑，移步近旁观战，含夕急忙跟上他："赫连齐不怀好意，说什么比武，分明是想借机杀人，你为何不设法阻止他？"

皇非目中满含兴味，似是期待着眼前的一场好戏："安心观战即可，生死定论为时尚早。更何况，此事我无法插手，也不能插手。"

这种切磋剑法的挑战对于习武之人再寻常不过，若不应战则表示惧怕对手，无胆与之较量，传出江湖必然遭人耻笑。所以即便皇非设法阻挠，夜玄殇也绝不会因此罢战，含夕亦明白这点，无奈地蹙眉向前看去。

此刻夜玄殇和赫连齐迈入场中，目光不约而同地罩向对手。双方甫一对峙，立见高手风范，长街之上似被一股低压所慑，变得鸦雀无声。

赫连齐锁定夜玄殇，缓缓引剑出鞘，起手便摆出抢攻的姿态，长剑遥指对手，不断震颤，一股森然剑气使得所有人都感到他随时可能振剑而起，发出威猛一击，却又因剑身变幻而丝毫把握不到他即将出剑的角度。

深敛鞘中的逐日剑似也对那迫人的气势生出感应，皇非举手抚上剑柄，单看此气贯长剑、化实入虚的起手势，便知这赫连家嫡系传人绝不似他表面之轻佻，确有真才实学。

夜玄殇凝身静立，依旧搭剑在肩，唇角带着散漫的淡笑，朗声问道："馆主迟迟引剑不发，所待何事？莫不是心生怯意，怕了我手中之剑？"语气狂傲，浑不把对方放在眼中，显得十分轻敌。

赫连齐目光一利，溢出杀机。含夕目不转睛地盯着场中，满脸担忧，皇非眸中却浮起不易察觉的笑意。

赫连齐以真气催剑迫敌，意在引对手先行出击，探其虚实，这正是他剑法过人之处。然而夜玄殇却不为所动，适时出言冷嘲，不光是因对峙时气势毫不输于对手，亦是看出赫连齐生性骄狂自大，激将于他，此举非但显示出他精湛的武道修为，更是以静制动，深藏不露，暗合兵法之道，可谓十分高明。

赫连齐不愧为名门高手，心中虽怒火陡起，剑意却能保持冷静，并未贸然进攻。但两人这般僵持下去，谁也不会觉得卓立场中傲然待敌的夜玄殇有何不妥，反而作为挑战者的赫连齐会被认为是迟疑怯战，必然大失颜面。

果然，不过一会儿，观战的人群中开始发出阵阵议论。赫连齐目中杀机转盛，再也按捺不住，冷喝一声，脚步前飙，长剑化作骇人利芒劈向对手。

劲风袭面，夜玄殇依然屹立不动，直到剑光迫至眉睫，忽以闪电般的速度向左斜移，手底归离剑"呛"一声自肩头飙出数寸。

彻心剑擦面而过，斫向他臂膀，却正撞上瞬间寒光迸射的剑锋。

一声嘶哑闷响，归离剑乍起即隐，急收回鞘，彻心剑竟被生生挡在锋锷之侧。

赫连齐心神微凛，剑势被夜玄殇这毫无道理可循的奇招阻得一窒。但他应变极快，沉腰坐马，剑锋陡下，接着欺身横移，肘弯撞向夜玄殇胸口要穴。

这一击精、准、快、狠，夜玄殇若不即刻弃剑后退，必然骨折胸裂，命丧当场，当下长笑一声，飞身疾退，同时手底发力，归离剑声若龙吟，夺鞘而出，立定之后遥指赫连齐。

刹那对峙，赫连齐低声冷哼，长剑再次掠起寒芒，挟雷霆之威趋前直击，正是千字彻心剑中极为刚猛的一招"千钧一发"！

赫连武馆的众人哄然叫好！只此一式，便可见赫连齐剑术已直追其父，晋升于上品剑境，出手非但深得"快"字精髓，更是将彻心剑之狠辣发挥得淋漓尽致。

破风之声尖锐刺耳，可见剑气何等凌厉，却不料夜玄殇面对如此攻势，扬眉振腕，剑锋斜上，竟欲单手横架此气贯长虹的一剑。

场外响起一片惊呼，含夕更是"啊"的一声，抓住皇非手臂，脱口喊道："夜大哥小心！"

锋芒一闪，归离剑在硬击上这灭顶一剑的瞬间忽然侧滑，仍是货真价实的撞剑相交，彻心剑大半攻势却被借力化解，"叮"地向上弹起。

赫连齐再次抢攻，剑下啸声隐现，招式连绵，前赴后继，不容人半分喘息机会，正是"千军万马"！

长街似成战场，杀气狂涌若潮。

当！当！当！激响之声不绝于耳，赫连齐一连数剑，惊电般破空急劈，归离剑每被劈中便有精光迸出，夜玄殇在他狂风暴雨般的攻势之下毫无还手之机，不断向后退去。

　　四下里喝彩声迭起，即便是看不惯赫连武馆的人也不得不承认，赫连齐剑法确实不凡，同时亦替明显落入下风的夜玄殇暗自惋惜。

　　含夕心下大急，突然看到半空中数只飞鸟掠过，俏眸一转，便有了主意，谁知指间刚刚捏起灵诀，忽被皇非探手扣住："勿要胡闹！"

　　"赫连齐会杀了夜大哥的！"含夕欲要挣脱，却被他握着动弹不得。

　　皇非目视场中频频爆起的剑光，"将欲弱之，必固强之；将欲夺之，必固与之"，这番欲擒故纵的用兵之道要和含夕解释，怕是三日三夜也说不明白，只让她不要惹出事端便是。"你忘了是谁杀死了烛九阴？"简单的一句问话，掌心里挣扎的手停了下来，含夕挑了眉梢重新看向场中。

　　皇非放开含夕的手，隐隐一笑。若连区区赫连齐都对付不得，那这一步便是废棋，可有可无了。

　　此时与夜玄殇硬拼了数剑的赫连齐正暗自心惊，他虽将对手迫得节节后退，但归离剑上不断反震过来的力道亦令他十分吃不消，只是夜玄殇始终未能做出一次正面还击，使得他仍未将之放在眼中。

　　利剑蓦地相交，又是一声震耳清鸣，场中两人同时凌空飞退，拉开数丈距离之后，双双凝剑对立。

　　长街扬尘，彻心剑锁定对手，微微晃动，不断蓄积着逼人的气势。

　　阳光当空射下，夜玄殇手中归离剑向侧斜指，锋刃雪亮。

　　四周忽然安静下来，场外所有人似被一股凛冽之气压慑，发不出任何声音。

　　夜玄殇唇锋略挑，虽是极轻微的气息波动，已清晰地映入神识，赫连齐数次进攻未果，无论是体力、气势还是耐心都再不复先前之利，已然由盛转衰，而他刚才看起来招招与之全力相拼，实际上皆以精妙手法卸力抵御，虽似落在下风，却并未如对方一般消耗大量真力。

　　归离剑似潜龙欲腾，风雷云聚，如它的主人一样，徐徐散发出凌厉而狂肆的杀气。

　　受这气机牵引，赫连齐猛喝一声，终于全力掣剑出击！

　　眸心对手的身影迅速接近，十步、五步、三步……夜玄殇眼中异芒陡盛，身若腾龙，人剑合一，挟清啸之声迎上这惊天一剑！

　　烈芒耀空，惊光蔽日，天地似瞬间静止。

　　一道飞血溅染长空！

　　玄衣蓝袍擦身而过，归离剑"呛"地入鞘，夜玄殇已落在赫连齐身后。

　　夜玄殇出剑的刹那，含夕感觉到站在自己旁边的皇非身上竟有同样的杀气一现而逝，尚在怔愕之间，见他举手向侧一扬，烈风骑亲卫应命而动。

场中，赫连齐身子向前一晃，径直倒下，自心口急速涌出的鲜血，缓缓染透长街。

含夕呆看着倒地气绝的赫连齐，一脸的不能置信，长街内外死寂无声。片刻之后，赫连武馆众弟子回过神来，纷纷怒喝，冲上前来。

烈风骑将士早如铜墙铁壁一样阻拦在前，剑戟交撞，惊起马匹微嘶。皇非冷睨众人，语意生寒："这场比武既由本君亲自见证，无论谁要惹是生非，当先问过本君是否同意。"

赫连武馆对上横扫九域的烈风骑，难越雷池一步，慑于其威势，终于不得已收剑后退，其中一人抱拳恨道："君上今日之情，我赫连家铭记在心，他日定当如数回报！"

皇非冷笑道："今日胜负对错有目共睹，赫连家若要因此寻衅，本君奉陪到底。"言罢转身下令，"来人！替赫连公子收尸！"

归离剑入鞘，夜玄殇又恢复了那副散漫模样，似乎眼前这场骚动根本与己无关。皇非举步向车驾走去，经过他身边时突然停住，微微淡笑："好一把令人赞绝的归离剑，好一场精彩的比武。改日得闲，定当约公子切磋一二。"

夜玄殇略一侧首："君上过誉了，玄殇也想再睹逐日剑之风采，届时还请君上不吝赐教。"

皇非哈哈一笑，负手登车而去，夜玄殇还剑背上，看也不看赫连武馆众人，径自离开。

第四章 碧林清心

见夜玄殇往这边走来，人群自然而然地让出一条路来让他通过，看向他的目光都带着几分钦佩，并不因身为穆国人的他斩杀了本国剑手而有所不敬。

值此动乱时代，天下崇武之风盛行，剑术与兵法乃是决定一个人声名地位的关键。便如少原君，之所以在楚国享有如此崇高的声望，并非只因家世显赫官居高位，而是他手中逐日剑、麾下烈风骑至今无人可敌，才使之成为楚人心目中无可替代的英雄。

夜玄殇穿出人群，含夕不知什么时候偷偷绕了过来。"夜大哥！"拉住他的手避开路人，闪入近旁巷中，"这里是都骑禁卫的辖区，赫连齐的部属很快就会赶来，咱们快走！"

夜玄殇笑了笑，知道皇非临时送了个护身符过来，赫连侯府即便要报杀子之仇，也不敢对含夕公主如何，任她牵着向前。"好好的怎么打扮成这样？刚才险些都没认出你来。"

含夕一边回头张望一边道："我本打算溜出来找子嫣姐姐玩的，子嫣姐姐之前说过，要找她便去城东千衣巷衍香坊问寇十娘，谁知半路遇上皇非，还以为他会抓我回宫呢……"

街上蹄声阵阵，隐有人马喧嚣传来，显然是都骑禁卫已然赶至，含夕来不及说别的，一拉他的手："快走！"

两人施展轻功穿过两个街区，避开都骑禁卫，含夕自一溜青檐墙上掠下，张望一番道："该是这儿了！夜大哥，原来你也没来过啊？哎呀！我告诉你个秘密，有个人很喜欢子嫣姐姐，你以后要小心一点儿，别让她被人抢走了！"

夜玄殇抬手往她脑门上弹去："她同别人的事，与我何干？"

含夕俏眸灵动，斜睨向他："咦？没关系吗？也不知是谁，在魍魉谷为了她跟我的白龙儿拼命，还在师父面前逞强揽下所有责任，英雄救……哎哟！"含夕抱头躲闪夜玄殇敲来的大手，"被我说中了吧！哎……哎呀！不好！"突然间大叫一声，抬手前指。

夜玄殇亦迅速回头，两列身着都骑军服饰的禁卫正策马转入巷口，当先一人叫道："是夜玄殇！将他拿下！"

话音未落，两排利箭疾射而出，矢雨飞蝗般迎面罩来，显然并未认出旁边另外一人是含夕公主。如此近距离的强弓劲弩，便以归离剑之强横，亦不敢直撄其锋，夜玄殇一把护住含夕，闪身横避，真气凝聚肩头，硬向旁边铺坊门间撞去。

砰！

门板应声开裂，两人撞入其中就地跃起，再次向侧横闪。嗖嗖嗖嗖！数支利箭擦身而过，都骑禁卫已追至门前，外面蹄声马嘶，夹杂连连叱喝，形势混乱至极。

来不及细看坊中情形，夜玄殇挽住含夕迅速掠向内堂，正欲寻后门方向，忽有人道："三公子随我来！"

门侧一个黑衣女子闪身而过，夜玄殇带含夕自后跟上，同时听到前面破门之声，紧跟着便是一片人仰马翻的骚乱。

追入坊中的都骑禁卫被一阵阵细如牛毛的暗器兜头射中，抱头呼痛，纷纷跌落，身手快的向后躲闪，却冷不防脚下踩空，惨叫着掉入凭空出现的陷坑之中。

黑衣女子回身轻笑："敢在冥衣楼地盘生事，让你们知道厉害！"

穿出后苑，迎面正是楚江侧岸，那女子纵身落上泊于岸边的小舟，对夜玄殇和含夕道："两位请上船吧，十娘奉公主之命前来接应，我们从水路离开，都骑禁卫不可能追上来。"

夜玄殇踏舟而上，对她拱手笑道："多谢十娘援手相助，省了我们许多麻烦。"含夕却兀自在生都骑禁卫的闷气，想他们竟如此胆大包天，回宫后定要在王兄面前狠狠地告他们一状才行。

十娘抬手敲向船舱："喂！快些出来，主上罚你在此撑船，你倒偷起懒来，当心下回被贬到漠北分舵，我可不替你求情！"

舱中有人懒洋洋地道："你这女人，怎的如此说话？嫁鸡随鸡，嫁狗随狗，我若被贬到漠北，你岂不要跟着一起去，又有什么好处了？"

十娘粉脸微红，怒道："什么嫁鸡随鸡，嫁狗随狗，我何时嫁给你了？"

舱中那人奇道："咦？明明说好的事，这么快就不算数了？真是女人心，海底针，不过十娘，你还就是这点儿最像女人。"

十娘柳眉微挑，语气里却掩不住笑意："聂七，你想打架是不是？还不快出来？"

舱中转出个头戴斗笠的黑衣汉子，哈哈一笑，对夜玄殇和含夕道："两位莫要见怪，我和十娘斗嘴惯了，一天不被她骂几句便浑身不舒服。"

十娘没好气地横他一眼："还贫嘴，若误了事，看主上不罚你再撑一个月的船！"

聂七大咧咧地笑道："若领罚还是有你一份，再领一次也无妨。"

含夕好奇地道："十娘，你们犯了什么错，为何都被罚来这儿撑船？"

十娘和聂七相对而笑，"知情不报""欺瞒主上"，这罪名按规矩早够叫人自裁谢罪了，只是这一次，罚去楚江撑船，一个月不准回山庄……这决定怎么琢磨着倒更像是嘉奖呢？不过墨烆就稍惨了点儿，被派去监视宣王的动静，那宣王的性情武功，可是叫人想想就头疼万分啊……

小舟轻快，半个多时辰之后，到了城外山庄。聂七将船靠至岸边："我和十娘只能送到这儿了，公主在竹林精舍，路很好认，两位直接过去便是。"

谢过他二人，夜玄殇和含夕弃舟登岸，进到山庄。庄中没有侍从也不见守卫，但在来路上夜玄殇便已凭直觉感受到遍布于各处的暗桩，想必若没有聂七和十娘带路在先，任何人要靠近这座庄子都不是容易的事。

两人拾级而上，沿路两侧只见修竹如海，幽篁成林，潇潇翠竹挺拔清逸，顺依山势连绵丛生，将整个庄子都隐在深深浅浅的碧色之中。四下阒寂无声，偶有细叶飘坠，落上石径，越发显得周围空虚静谧，就连含夕这样跳脱的性子都似被此处清静之气所慑，不由自主地安分下来。

穿过竹林，数间精舍出现在面前。竹廊前一泓清泉水声泠泠，澄澈见底，转入其中，便是间宽敞明亮的静室。隔着半副水晶帘，一个碧衫女子正聚精会神地跪在席前研磨一些草药，旁边有只雪色小兽蹲在那儿歪头看着，突然间发现含夕，金瞳圆瞪，尾巴上的毛猛然夯了一下，"嗖"一下便返身向外蹿出。

碧衫女子闻声奇怪地抬头。"雪战！"含夕呼声雀跃，手中叩起灵诀，数道真气自指尖射出，迅速追向逃跑的小兽。雪战在半空中灵巧地一个翻身，落地时脚下打了个趔趄，逃命一样穿窗而去。

这场面当初在魍魉谷上演过无数次，夜玄殇早已见怪不怪，刚要对站起身来的女子说明来意，外面突然传来轻柔悦耳的声音："我看看这是谁来了，竟把我们雪战给吓成这样？"

廊外珠玉叮咚作响，子娆一手抱着雪战，一手掀帘而入。她今日意外地穿了一件纯白软丝长袍，一袭春光在那宽逸轻柔的袖袂间飘盈流漾，随着她慵雅的脚步翩跹若舞。帘下碎碎点点，闪过明净的清光，于她唇畔动人的淡笑中折出了冰玉样的妩媚。

蓦然回头，夜玄殇几乎是呆了一呆。"子娆姐姐！"含夕连笑带跳迎上前去，攀着她的手，"为什么雪战总不肯听我话啊？每次都跑得飞快，我用灵术都逮不到它！"

子娆抚着雪战笑道："云生兽只亲近幼时抚养过它的人，除主人以外谁的命令都不会听。你想用灵术控制它，它当然要跑了。"目光越过含夕看向夜玄殇，他对她微微欠身，动作潇洒好看，她亦转眸浅笑，明艳照人。

含夕有些气馁地瞅了瞅蹲在子娆怀中的小兽，而后抬头问道："子娆姐姐，你干吗住到这么僻静的庄子里？离内城又远，又冷冷清清的，好没意思。"

子娆微笑道："我哥哥不喜欢喧闹的住处，这庄子我可费神找了许久呢。"

"这样啊，可是这儿到处静悄悄的，一点儿都不好玩，下次我不来了，换你去楚都找我好不好？"含夕说着忽然想起什么，"对了，那蛇胆有效吗，你哥哥他现在好些没有？"

子娆点头道："他服了蛇胆药酒，身子最近好了许多，我还没来得及谢你呢！"

含夕道："那太好了！不过呢，你不用谢我，谢夜大哥算了。"凑到她耳边悄悄道，"有人嘴硬心软，我说他为了你和白龙儿拼命，他还不肯承认。"

子娆抬眸，这样的悄声低语当然瞒不过夜玄殇，但见他眉峰微挑，一脸漫不经心的笑容，接着看看含夕，向外示意了一下。

子娆松手放开雪战，金瞳小兽和凑上前来的少女对峙片刻，一前一后追逐着离开。离司亦收起药草，替他们放下两道垂帘，退出室外。

子娆移步上前，对夜玄殇笑道："三公子刚做了那么件惊天大事，我还怕万一有个闪失，特地派人去接应一下，看来是多虑了。"

对她这么快便知道了楚都的事情，夜玄殇似乎并不惊讶，悠闲地靠在门旁："玄殇只是不喜欢人为刀俎我为鱼肉罢了。"

子娆道："出手便不留情，不鸣则已，一鸣惊人吗？"

夜玄殇再笑："你知道，我也不太习惯行事瞻前顾后、拖泥带水。"

子娆秀眉微扬："看起来，太子御以后要麻烦了。"

夜玄殇噙有笑意的唇角冷酷一勾，不置可否，向席前看了看："可以坐吗？"

子娆盈盈抬手："当然。"

夜玄殇将归离剑抛至一旁，落座席上。子娆敛衣跪坐在他对面，亲手洗盏烹茶，随口问道："皇非如何？"

夜玄殇道："精明果断、雷厉风行，不愧是少原君。"

"恰如他用兵的习惯呢，这样的人，实在没有必要成为敌人，对吗？"子娆随手摆弄茶盏，静待水开。水汽袅袅覆上春光，那张绝美的容颜半掩其中，如隔镜花水月，垂眸间有着静冷而清丽的姿态。

不能成为敌人，更不能令宣、楚结盟。那宣王姬沧亲身入楚，频频与皇非会面，日前墨炬传来消息，他竟将《冶子秘录》拱手让给了皇非。原本担心的江湖传言属实，皇非与宣王私下里确有着非同一般的关系，甚至已互为盟约，那便十分棘手，但看皇非如今这番举动，抢在之前的几步落子终于没有白费。

六年来太子御从未间断的追杀、内外相逼难对人言的险境，不仅未能铲除夜玄殇，反而令他成长为真正可怕的对手。今日长街一战，赫连武馆上品剑手的落败、少原君皇非的公然支持，深敛鞘中的归离剑锋芒毕现，必将成为诸国势力瞩目的焦点。

夜玄殇，这个继皇非之后得东帝另眼看待的男子，这个从未问过任何缘由，便与她并肩作战，倾力相助的男子……子娆唇角隐约一挑："事到如今，我的提议你算是完全接受了吗？"

夜玄殇道："你的提议我从未拒绝过，只是，你也别忘记我说的话。"

子娆透过淡淡的水雾抬起眼眸，和他目光一触，幽幽微澜荡漾："好，记得便是。"

优雅举手，引水沏茶，袖袂拂过薄薄清味，将瓷盏递于他，"赫连羿人痛失爱子，绝不会善罢甘休，你日后可要更加小心，既说了那样的话，便别叫人失望。"

"我本是想拿自在堂开刀的，谁知赫连齐自己送上门来，那就没办法了……"夜玄殇顺手接过茶来喝了一口，突然间脸色微变，若不是定力较强，差点儿就忍不住将那苦不堪言的东西呛咳出来，皱眉看向杯中，"这是……这是什么茶？"

子娆素手执盏悠闲轻晃，这人啊，真不知他是怎么躲过那么多次暗算的，竟然一点儿戒心都没有。不过认识这么久了，难得见到他这种愁眉苦脸有趣的表情呢，清滟滟的丹凤长眸轻微细挑，忍不住就飘出了黠媚的浅笑："刚说过让你小心，这杯中的东西叫其心草，哪有一点儿像茶了？你看都不看便这么喝了下去，难道就不怕这是入口夺命的剧毒？"

夜玄殇闻言一怔，这才发现自己原本时刻处于警戒状态的身体和精神，不知何时竟已完全放松了下来。

如此陌生的感觉，面对他人卸下防范，在过去六年漫长的日子中从来不曾有过。"信任"二字，对于夜三公子来说，只意味着死亡。

思忖之间，下意识也冒出一点儿警醒，但心情偏偏又十分愉悦，无所谓地笑了笑，他抬手将额前碎发向后掠去，索性舒展腰身，换了个更舒服的姿势："子娆，咱们做个约定怎样？"

子娆挑眸相询，他将手中茶盏一转，举到她面前："将来若有那么一日，你真想取我的性命，告诉我，让我知道，用你的剑，不要用毒。"

子娆侧首看他，从他的表情中一时分辨不出认真与玩笑，隔了半晌，便轻盈一笑："好吧，就这么说定了，若哪天你也有了这样的想法，同样不准隐瞒。"

第五章 心悦君子

子娆和夜玄殇在室中说话时，含夕和雪战前躲后追，早已远离精舍。含夕自修习摄虚夺心术以来，还从未遇到过不能驯服的灵兽，眼见那小小白点在翠色之中一闪而没，几个起落追入竹林，雪战早已不知踪影。

她颇不甘心，于是独自向前寻去，一路深入，整片竹林似乎无穷无尽，四周唯见翠枝幽碧，密如深海，偶有阳光自枝叶的缝隙中筛下，只一闪，便又恢复无边的幽谧。林中路径四通八达，她走着走着，突然咦了一声停下来："玉女、明堂、天武、子狱……"脚步依次挪动，居然再次回到原地，意外地发现这竹林里有着严谨的奇门阵法。

含夕曾得仲晏子亲身指点，略通奇门之术，对这小小阵法并未放在心上，当下看察四周，判定中五宫所在，身轻如燕，向前掠出，由坤二而离九，踏巽四入震三，便见雪战的影子在前方一闪，当即笑道："看你往哪儿跑？"谁知刚追出几步，眼前忽然一暗，不但雪战失去了踪影，林中亦浮起缥缈如烟的雾气，充盈四周，再一回头，身后整片青碧的色泽也在渐渐消失，光线和声音皆被带走，天地似乎要化作一片安寂的纯白。

含夕吃了一惊，这才察觉林中是个无比精妙的九转玲珑阵，现在不慎被她触动了阵法，正衍生出惑人心神的幻象。眼见雾气覆身，含夕当即催动真气注入腕上的湘妃石，挥手喝道："散！"

灵石晶光闪烁，雾气如潮轻涌，水纹一样向两侧波动。含夕趁隙依照奇门方位纵身而出，但一落地，本该在湘妃石灵力之下消散的白雾却犹如活物般绕身而来，脚下地面亦似缓缓塌陷，要将人拖下某处深渊。她急忙射出袖箭，借力而起，认准乾六宫方向落去。按九宫之位推算，这一步原应是阵法生门所在，不料雾气却越发浓重，骤然坠入了无声无息的空白世界。

突然看不见光亮，听不到声音，雾气深处似乎潜伏着无数未知的凶险，随时会向自己袭来。那种难言的恐惧好似洪水汹涌，紧紧攫住心神，含夕顿时一动也不敢动地被困在雾中，正惊恐间，身边忽有毛茸茸的东西擦面掠过。她不由失声惊叫，失足跌倒在地，便在此时，林外一个温和的声音淡淡响起："雪战回来。"

如见清流澄澈，轻轻荡开迷雾，濯亮黑暗，一切冰冷与恐惧瞬息驱散，周身浓重的湿气化作温柔而滋润的微风，安抚下狂跳不止的心。含夕愣愣地坐在那里，那声音微微带笑，再次传来："走这边。"

"啪"的一声轻响，有个细小的物件落在前方不远处。含夕犹豫了一下，循声纵出，雾气荡漾飘移，露出一条碎石小径。随着接下来的指引，她一步步向前，身侧碧影丛丛，再见青竹如玉，待到最后，眼前豁然开朗，耳边传来潺潺的流水声音。

含夕低头，发现脚边有枚光滑的黑玉棋子，正是这个棋子将她带到了阵外。她俯身拾起棋子，向前看去，面前仍是烟岚般的雾气，青竹环绕，翠色欲滴，水雾的深处看起来像是一泓温泉，泉水自层叠奇秀的岩石间错落而下，不断注入池中，浮起暖暖水汽，使得周围一切都变得朦胧起来。她直觉泉池旁边有人在，却因这四周的幽静而屏住声息，只是站着不动。

似是感觉到她的迟疑，刚才那好听的声音轻轻笑了一下，薄雾中有人起身向这边走来。含夕看到他轻云般的衣袂仿佛带着流水似的微蓝，那颜色略显得有些孤清、有些寂冷，然而出现在面前温润的面容，却有着令人安静的高贵与从容。

他最终拂开一枝青润的翠竹，在她身边停住脚步，微微一笑，唇边牵出优雅的弧度："你叫什么名字？"

在他俯身的一刻，含夕感觉到有别于四周暖雾清冷的气息，这让她想起空谷幽林雪落无声的景致，而他的声音却如薄暮时分宁静的光影，带着隐约浮动的暗香，轻轻覆没了一切。

她突然忘记了应该怎样回答，只是目不转睛地回望那双凝视着自己的眼睛，那眼中倒映出她的身影，泛起微笑的涟漪："你是含夕，对吗？"

"嗯……嗯！"含夕终于有一点回神，对他点头。

他低低地笑着，伸手在她面前，手心里雪球一样的小兽蹲在那里："你在找它吗？"

含夕再次点头："雪战总不肯和我玩。"

他对她示意一下，让她伸出手来，手掌微微一倾，将那小兽交到她手中。雪战方要跳起身来，忽被他修长的手指轻轻压在额头上，呜地低叫一声，乖乖地趴入含夕的掌心。

"啊！"含夕惊喜万分，睁大眼睛问道，"它不会跑了吗？"

他笑道："放心，只要有我在，它就会听你的话。"

含夕小心翼翼地将雪战抱入怀中，雪战慑于主人之命不敢反抗，蓬松的尾巴一扬，整个盖住身子，无奈地埋头下去。含夕开心地仰起头："你是谁？为什么雪战肯听你的话，连子嫣姐姐让它跟我玩它都不肯。"

他淡淡地笑着说道："我叫子昊。"

温泉之上的山崖旁有几块天然岩石，石头形似桌凳，古拙质朴，因经年的风雨与长期的触摸而泛出莹润的光泽，手触其上，温热舒适。石面上摆放着一副紫竹棋盘，盘上棋子散落如星，纯粹的黑与洁净的白，点点倒映着竹林翠影。

含夕坐在石畔不声不响，雪战自她怀里探出头来，金瞳明亮，两个都乖巧得出奇。原来这就是子嫣姐姐的哥哥，含夕抱着雪战悄悄地想着，似乎和王兄不太一样。一身素衣，三分病容，他看起来形容文弱，言语亲和，但身上却似有种清静入骨的尊贵之气，那气质来自一个淡淡的眼神、一个细微的动作，好像能使周围之人不由自主便融入他的平静，渐渐心生顺从，甚至敬畏。

含夕因此而感到奇异，这是她在其他男子身上从未有过的一种感觉，有一点新鲜，更有一点奇异。此时她方明白子娆为何要选这处山庄居住，这样的竹林、这样出尘的素净，无疑要比热闹喧哗的楚都更加适合这样的人。

子昊看向正自睫毛底下偷偷打量自己的小丫头，笑问道："方才在竹林中触动了我的阵法，你所学应是奇门遁甲之术吧？"

"嗯，是师伯教我的。"含夕抬眸望向那片静谧无声的幽林，此时依旧心有余悸，"可是……刚才奇门遁甲非但完全没有作用，反而越走越错。"

子昊笑了笑，道："这林中阵法的关键之处专为克制奇门遁甲，所循乃是太乙神数，若依后天方位推算，便会一错再错，最终触动阵眼幻象。刚刚是不是吓着了？"

含夕嘴巴微微鼓起，若换作平常，她定然要逞强说没有，可面对那双温和清透的眼睛，却不知不觉如实点头，又有些奇怪地道："难道阵法还可以不按奇门遁甲设定吗？我从来都没听师伯说过。"

子昊轻轻抬手拂去棋盘上的几片竹叶："术数有三式，奇门、太乙、六壬，三式同源而生，却又不尽相同，自成体系。你师伯除精通奇门遁甲外，亦对六壬深有研究，只是你没注意罢了。"

含夕明眸一挑："咦，你认识我师伯？啊，是了，子娆姐姐喊师伯叔父，你是她的哥哥，那便也是师伯的侄儿了。"

子昊微笑颔首，含夕慢慢从先前的情绪中恢复过来，开始好奇地打量四周，问道："这里这么安静，只有你一个人吗？"

子昊眸底笑意略深，似有似无地叹了口气："你子娆姐姐将这里划为庄中禁地，除了送药的离司，谁也不准擅入，我也不可以出去，每日至少要泡两次温泉药浴，要按时服四次药，然后还有一次极难喝的蛇胆酒。"

"唔，我知道，那是用烛九阴的蛇胆泡成的，苦得要命。"含夕轻锁眉头，很是同情地道，"不能出去，又没人陪你，那你平时都做什么呢？"

"下棋。"

"自己和自己下棋？"

"算是吧。"

"那岂不是很无聊？"

子昊含笑不语，含夕将手支在石上盯着黑白分明的棋子，侧头道："肯定无聊的，我在宫里的时候，王兄也总是立下一大堆规矩，不准干这，不准干那，那些侍女们没人敢违抗，我都快要被闷死了，幸好有时皇非还肯帮我溜出来玩。哎呀！如果皇非能来就好了，他可以陪你下棋，不过你可不一定赢得了他。"

子昊道："皇非？他的棋艺很高明吗？"

含夕竖起手指扬了扬，手上玉饰亦随这俏皮的动作叮咚作响："你不知道，皇非这家伙才出风头呢！琴、棋、剑、兵，号称楚国无人能及。不过呢，他也确实挺厉害的，别人下棋从来赢不了王兄，只有他几乎次次都赢，王兄也都输得心服口服。"

"哦？"子昊眉梢轻轻一动，垂眸浅思。在楚王御前亦能这样毫无顾忌，少原君之锋芒由此可见一斑。此一人可定强楚，楚一国可定天下，要在短短一年的时间内借力布局，使得王族涅槃重生，无论从身份、能力或者那份心志，楚国皇非，终究还是最为恰当的人选。

略微侧首，虽在温泉之旁，仍是觉得凉意浸骨，经脉中的隐痛亦时常清晰袭来。温泉也好，蛇胆也好，虽能稍微减轻积毒所带来的痛楚，却无法将其彻底根除。这副身体自己比任何人都要清楚，日前在终始山便已察觉，蛰伏在体内的剧毒已完全侵蚀到了心脉，九幽玄通虽可暂时压制毒性，但逆天道之平衡，违阴阳之常理，威力越大，所付出的代价亦越大，每一次使用都会有严重的遗祸，终将更快地耗尽身体所有生机。那个越来越近的期限，是他不能，也无法回避的事实。

子娆要他来楚国的目的，他又岂会不知，只可惜无论如何，事情的结果都不会改变。

巫医歧师，此人原是巫族辈分最高、医术最精的三大长老之一，亦是子娆的母亲嫿夫人的师叔，却在二十年前被施以极刑逐出宗族，原因是他生祭活人为血盅，残杀幼童饲喂毒物，违背九族禁令，私自研究上古禁术。

当年钦天司发现此事，裁定歧师罪当处死，派出影奴秘密将其擒下。但那一年恰逢九公主诞生，襄帝以为杀之不祥，钦天司遵从王命，改施刖刑，将歧师囚入深牢，却在不久后被他越狱而逃，不知所终。

此后数年间，商容手下影奴以及巫族长老都曾先后追捕歧师，却被他频频逃脱，直至凤后发动宫变，帝都大乱，两族蒙难，此事无人顾及，方才不了了之。

歧师对王族的仇恨并非源于巫族的覆灭，而是由来已久，并且此人生性冷血，残忍嗜杀，虽一手医术高明至极，却从不以医者自居。江山易改，本性难移，无论歧师是因何给了子娆承诺，都绝不会心存善意。这是子娆心存顾虑的原因，是歧师最终答应解毒的目的之一，亦是他背后的皇非促成此事的深谋远虑。

歧师欲趁机向王族复仇，皇非却要借此一探究竟，来最终决定对帝都的态度。局中之人，心思各异，一切人心皆有可用之处，他不会拒绝任何人的用意，只因大局之根基，可以由此始，由此成。

面前清淡的笑容在垂眸的瞬间轻轻收敛，春水卷走落花，残月斜照幽庭。心湖深处未见的一隅温柔隐隐被莫名的惆怅迷惑，含夕突然很想伸手留住眼前的微笑，却又不敢打扰，等了好一会儿，才轻声道："我以前和皇非下棋总输给他，你棋艺这么高明，可不可以教我几局？也好过自己一个人下棋嘛。"

子昊修削的手指向内一收，棋子温凉如玉，略起波澜的心境刹那平复，淡笑道："你又没有见过我下棋，怎知我棋艺高明？"抬手将面前棋子依次拾起。含夕急忙放开雪战，帮他将棋盘清出："你之前摆的一看就是很难解的古局，和我以前在师伯那里见过的一样，寻常棋艺怎么可能研究这个？"

子昊并不反驳，将一枚白子递给她："先看看你的棋力，让你受子先行。"

"好啊，让我几子？"含夕问道。

"你平时与皇非对弈，所受几何？"子昊道。

含夕想了想道："有时五六子，有时七八子。"

子昊道："那我让你先行十子。"

"让这么多？那我可不客气了！"含夕眨眨眼睛，抢先执子布局。子昊垂眸静观，单看执棋的手势，便知这小丫头定曾得高人指点，棋艺应该颇有根基，微微淡笑，拈起黑子随意落下，正在棋盘中心天元之位。含夕顿时愣住："这是什么道理？"

子昊撤袖轻扬："纹枰之戏，法以天地，合阴阳之理，象周天之数，居天地之中以观四域，览全局而后动。"

"唔……"含夕目光在那颗黑子附近游移，举棋不定，最终选择碰他一子。

子昊举手应对，含夕犹豫片刻，亦在附近落子，如此连续走了十余步，子昊忽然笑着停手："这样下去，你可赢不了皇非。"

含夕一手执了颗棋子，一手托了腮，俏眉微锁，只觉那缀在盘中的点点黑子幽深透亮，势如天星，一股君临霸气隐慑四方，只叫人无所适从，不由自语道："可皇非的棋路不是这样的啊，一开始他总是很好应付的。"

"皇非胸有韬略，奇谋至上，纵表面布局松懈，心中必然步步为营，你若被他假象迷惑，未到中盘便要吃亏了。"子昊笑了笑，少女俏丽的身影倒映在他阒黑的眸中，随那幽深的眼波轻轻荡漾，若隐若现。

含夕撇嘴："是啊，我每次都是在中盘输给他的……"

子昊悠然抬眼："战未合而算胜，此兵法之常理，其实皇非一开局便知道你会输在哪一步了。"

含夕闻言瞪圆了眼睛，想来想去，不由气道："哼！有时候我和拢月、朱颜几个人一起想办法都奈何不了他，真是气死人了！"

想见那上阳宫中弈棋的场面，子昊不由摇头失笑："你们这正是中了他的算计，自然无法取胜。"

含夕奇道："为什么？"

子昊道："道理很简单，你想，若军中有三五个主帅，令出不一，这仗还怎么打？你们人越多，思虑便越散，你一言我一语，各循其路，棋势难以相连，怎不予人可乘之机？"

含夕想了想，颇有些恍然大悟的感觉。子昊此时抬手指向她先前的落子，耐心指点道："与皇非这样的高手对弈，务必心静，心静则志坚，志坚而谋定，如此才不会轻易陷入他的局中，被他掌控局面。便如眼前，你这几子相互呼应，布局稳健，原本极具优势，却因我一个落子便乱了方寸，也是同样的道理。"

含夕道："可你这攻势排山倒海一般，我若不抢先阻止，马上就要全军覆灭了。"

子昊这几步棋咄咄逼人，锋芒不让，大违他一向的棋路，却是故意为之，此时也不明说，只将几颗白子撤回，略作调整："躁而求胜者多败，这里你若再拆两子，我也必要暂缓他处的布局着手应对，以免被你站稳阵脚，那你上面的险势自然就开解了。"

"原来还有这般玄机，以退为进，倒成反攻之势了。"含夕端详他做出的棋势，却突然又摇头道，"看来看去，还是起手占天元比较厉害。哈，下次我就拿这个来对付皇非，他定然措手不及！"

"以你目前的棋力，还驾驭不了这样的设局。"子昊扬唇轻笑，有意无意地看了她一眼，"若你和皇非对弈，我教你另外一种走法。"说着将棋局拂开，重新以白子先取三三，后占星位，第三步才落在中心天元，接下来一边详细讲解，一边在棋盘上增加黑子。

方寸棋盘虚实变幻，瞬间数番天地，演绎万般精妙，含夕聚精会神地听着，几乎迷在里面，不停地点头，时而又摆弄棋子，发出疑问。子昊不厌其烦，有问必答，含夕牢记了半盘棋路，突然道："哎呀！万一皇非不像你说的这样应我们的局，那可怎么办？"

子昊目视棋盘，别有意味地一笑："放心好了，若是皇非的话，三步之内他一定会这样应对。三步之后，他若不曾认输，还和你下这盘棋，你便不是他的对手了。"

听说要皇非三步内认输，含夕将信将疑，侧头想了会儿，再将那棋局重复一遍。她原本天资聪颖，悟性颇高，得子昊如此耐心指点，很快又学了几个布局，心中十分得意。

一人闲闲相教，一人嬉笑学习，两人就这样在白石旁消磨了半日光阴，夕阳一丝余晖斜斜透入竹林，山间流泉亦染上了浅淡暖色，不知不觉已近黄昏。

最后半教半让地对战了一局，含夕突然记起不能太晚回宫，无奈地起身告辞，有些依依不舍地问子昊："下次我还可以来找你玩吗？"

雪战睡眼惺忪地从含夕膝头跳回子昊身边，子昊拍了拍它，微笑道："当然可以。"

含夕顿时欣喜非常："太好了，那就这么说定了啊！"走出几步，却又停下，想起那林中的九转玲珑阵，不知出不出得去，犹豫着回头看子昊。子昊招手让她过来，取了棋子按奇门遁甲的方位摆了个九宫图，然后将棋盘向左转动："太乙神数逆转后天方位，一宫乾天、二宫离火、三宫艮鬼、四宫震日、六宫兑月、七宫坤人、八宫坎水、九宫巽风，中五宫斡旋八方，太乙行其考治而不居，可记住了？"

含夕望向他，一脸恍然："原来是这样，怪不得我走不出去。啊，对了，以后我来，你可不可以多教我一些好玩的？"

她明亮的眸中神采晶莹，闪着青涩的欢喜。子昊注视她片刻，唇畔晕开淡笑，温声答应："好，下次你来，我再教你别的。"

含夕开心地弯起眼睛："那我先走了，不然回去要挨王兄骂了！"挥手没入林中，银铃般的笑声隐隐飘远。

子昊并未起身，目送她离开后，独自静坐，徐徐合上双目。

第六章 残局新棋

轻雾缦影中，雪白修衣随着淡金色的暖光袅袅飘拂，有人折过小径来到他身后。一件柔软的外袍轻轻落上肩头，子娆绕到面前俯身靠近他，轻柔的发丝迎风轻舞，拂过他的脸颊，细细眯起眼睛："唔……整整大半日的时间教人家小姑娘下棋，以前教我时也没见你这么耐心。"

子昊侧过头，笑了笑："你的棋力又不比我差许多，哪用得着我这般详细指点？"抬手将衣襟微拢，随口问道，"他也走了吗？"

子娆却不答，修眉淡挑，掠入他清静的目光："可我一次也没赢过你，你从来都不让一让我的。"

见她说得煞有其事，子昊眼中不由多出了隐约的趣味："我怎么记得好像以前让过你，后来被你看了出来，整整几天都没跟我说话。"

"有这回事吗？"子娆凝眉回忆。

"有。"子昊轻轻笑道，"那时候长明宫也没别人能陪我下棋，我想若连你也不来了，难免会有些无聊，所以后来便没再让你，谁知道你连输了几次，竟从此再不和我下棋了。"摇头微叹，"让也不是，不让也不是，这些年来无论什么事我都有法子解决，唯独这事一直有些头疼。"

子娆忍不住笑了起来，嗔他道："谁说我不和你下棋了？"

"还敢再下？"子昊含笑看她。

子娆转身拂袖，在他对面坐下，抬手取过黑子："让你执白先行。"

"好大的口气。"子昊眉峰一挑，"输了可不准发脾气。"

两人分别在星位之上落子，步步交锋，很快便由开局进入中盘，子娆突然道："下棋要赢些彩头才有趣，若你输了的话……"想了一想，问道，"我听说前些日子你命人把重华宫云台殿那块凤血寒玉破了，亲手雕了支发簪？"

"嗯。"子昊淡淡应她。

"输了的话把那簪子送我怎样？"子娆落子入局。

"迟了一步，送人了。"子昊继续淡淡地道。

"送人了？"子娆有些诧异，手下却不缓，黑子拆二飞攻，欲引逼近她腹地的白子回师救援。

"嗯。"子昊目视棋盘，随口回答，出人意料地先手抢位，间接补角，攻她下方一块薄棋。

子娆抿唇不语，眸光一扫，对他的攻势视而不见，断然丢弃数子，仍是直插中宫，不甘心地再问："送给谁了？"

子昊吃她数子，同时一角伏兵陡起，断她两面退路："好好看棋，那簪子只是用了凤血寒玉外侧的清水冰种，这一局你若能赢我，自有更好的予你。"

"此话当真？我可要你亲手雕的。"子娆悄设一双连环劫，顺势破开侧方出路。

"我说的话，何时不算过？"子昊道，"但若是你输了呢？"随手又逼她一子。

子娆观他棋势，慵然倚着手臂，不假思索地执棋拆对："随你了，怎样都行。"

两人说话时手底不停，似对彼此的棋路了然于胸，思索的时间极短，随着接连不断的落子之声，棋盘上兵锋纵横，正奇攻伐，已全然不是先前和含夕玩闹时的模样。

黑白双子妙招纷呈，渐入佳境。子昊以白子破黑棋中腹，子娆即刻封其攻势，从容消劫。子昊似早有所料，侧手一子，攻其不备，逼关制边，子娆手中黑子在指尖一闪，抬起在棋盘上方，却忽然僵住，迟迟不见落下，眼中掠过一丝异样情绪。

似是凄伤，又似痛楚，白净的手指修若冰玉，一点墨色被这么微微收紧，最终沉入了她的掌心。

不知为何，子昊垂眸注视棋局，唇边淡笑亦渐渐隐去。

暮风徐至，一林翠色无声起伏，没入了天边无尽的苍茫，突如其来的寂静使得林外流水之声越发清晰，层层声音恍惚飘离，似是纷杂的脚步乱成一片，一片玉碎金折，一片天崩地裂。

"这些年我常想，若这一子落下，这盘棋说不定就是我赢了。"过了好久，子娆轻笑了一声开口。

"嗯，或许吧。"子昊道。

"那你还像当初一样布局，不怕输给我？"子娆低眸，目光寸寸掠过棋盘。

子昊面上静漠，声音亦淡如流水："习惯了，改不了了。"

世上千古无同局。即便是相同的两个人，不同的时间不同的地方，也下不出一局完全相同的棋，除非，是追溯着记忆，沿袭了过往。

不是改不了，而是不能忘，这一盘棋刻骨铭心地印在脑海中，纵然七年后的今天亦步步清晰。这是长明宫中竹林下，他和她下的最后一盘棋。

眼前重现的棋局，她曾在玄塔深处无声的岁月中细细揣摩，他曾在岑寂深宫长明灯下默默思量，若能再走下去，究竟会是个什么局面呢？

子娆手中的那枚黑子最终未能落下，那一日父王崩殂，噩耗惊破了完美的设局。棋盘上鲜明的黑白，淹没在天空一片惨烈的色泽深处，或者这世间，原本就不曾存在如此纯粹的颜色。

再见到她，已是在尧光台上照天如血的烈火中，而他，即将在第二日登临九华殿接受万众臣民的朝拜，成为雍朝年轻的帝王。

心口骤觉冰冷的抽痛，子昊微微蹙眉合目，唇角却习惯性地上挑，直至化作所有人熟悉无比的淡笑。笑容之下，触不到伤痛的影子，寻不见悲喜的痕迹。

子娆，以后不会了。

曾无法改变父王的懦弱与屈辱，曾眼看着母亲深陷蛊池含恨离世，曾亲手将弟弟送上不归之路，曾弃你于那无底暗牢整整七年。身为人子，实已不孝之至，作为兄长，恐怕也是这世上最差劲的哥哥了。我对自己发过誓要洗刷父母的血恨，亦将不惜一切维护帝都尊严，这八百年来王族骄傲的象征，以及你，我还有机会保护的，唯一的亲人。

所以从今以后再也不会了，一场繁华盛世，一片清宁人间，不再让你飞扬的笑容坠入黑暗中夭折，不再让你清澈的眼睛蒙上忧伤的影子，这是哥哥能给你的最好的东西。

落日西沉，暮色满山。

半局残棋渐渐模糊，子娆默不作声地看着子昊，翳水双瞳中一道清寂身影，无声凝照，他消瘦的侧颜闪过落寞，不经意间出卖了坚强与平静背后深藏的自责。

众生执念，唯在一痴。

翻覆江山的东帝，她无所不能的哥哥，原来，也是个死脑筋。

子娆眸心深处缓缓渲出了幽净的笑痕，他心中不言不说的歉疚，只因没能替她遮挡那王朝将倾时坠落肩头的一点飞灰，难道不知若没有他，她早已是这乱世烟尘中一缕残魂，世上哪还有尊贵无比的长公主，哪还有这红颜妖娆、艳骨芳华？

只是他自己呢？子娆目光落在他一直拢在袖中的左手上，眼中刚刚浮起的笑意不由敛去。她记得很清楚，小时候他从来是惯用左手的，但从玄塔出来之后她却发觉，如今不管是写字还是做事，他已全然换作右手，再与常人无异，近来若无十分必要，左手更是极少使用。

七年之前，溅碎在长明宫中的那盏汤药，浇灭了尧光台前的冲天烈火，却引来凤后极大的迁怒。近乎软禁的处境中，帝位形同虚设，事事动若傀儡，每隔三日必须服用的解药，分量比先前刻意减轻，每时每刻噬骨的剧痛，就是从那时起，少年东帝学会了忍耐。

少年东帝在即位之初的那一年，并不比玄塔深处的九公主更加好过，直到第二年公子严的叛变。

鲜血染透王袍，重新扭转了凤后的态度，然而左臂剑伤却调养了整整一年多才算痊愈。那一年中破例没有再喝所谓的"补药"，伤势好些时，可以重新像以前一样出宫走动，随意到竹苑琅轩翻阅书典，再后来，便获准随太后一同召见伯成商等重臣，商讨国事。

再坚硬的心也有温软一处，少年的恭敬与笑容，在两座宫殿华檐璀璨的深影中渐渐勾勒出母慈子孝的融洽。受伤后不久，少有才名的昔国公子苏陵被选为天子侍读入宫伴君，然而曾与东帝朝夕相处，两年后因"侍君不恭"被贬出帝都的苏陵至今也并不知道，十六岁之前的东帝一直惯用的是左手。

卫垣那一剑直接伤及筋脉，伤好后无论是执笔还是握剑，手臂都会有虚弱乏力之感，于是索性改换右手，虽是天生的习惯，但既然无法再用，那便不用也罢。事隔多年，几经调养，昔日旧伤已然好转许多，但前段时间肩头再受重创，如今纵有神医在侧，整条左臂也难以恢复如常了。

嗒！

清脆的一声敲上棋盘，子婳手中的黑子直点白子阵心，凤眸流光："这一子我落这儿，你怎么办？"

似未回过神来，子昊略略怔忡了一下，看向棋盘。只见她这一步棋非但攻白必救，更将方才埋下那双连环劫挑起，打吃角内白子，如此即便白子找劫提子，两相循环亦难胜劫，原本势均力敌的局面顿时被打破。他眉心收拢，下意识地用左手拈起枚白子，待要破她这犀利的攻势，不料手臂忽觉锐痛，指间棋子一松，径自掉入棋盘。

啪——嗒！清冷的白子骨碌碌滚至一片黑子近旁，形单影只地落定，一步毫无意义的废棋。

子昊不由愣住，子婳亦愕然，迅速抬眸瞥向他的肩头，刚要说话，却见他眉间诧异的神色早已敛去，若无其事地一笑："失策了，这盘棋终是你赢了。"

棋局变数仍在，便是眼下这种形势，以他的棋力也并非全然无法挽回。子婳似是欲言又止，末了却低头将棋子一收："君无戏言，莫忘了我的彩头。"

温泉水暖，子婳将脚浸入水中，斜倚在池边白石上，遥望天边新月如钩，几片竹叶拂过她的发梢，飘转着落入氤氲蒙幻的夜色深处，四下里云月清幽，几似一方深沉的梦境。

"夜玄殇取了赫连齐性命，你说皇非还会等多久？"过了会儿，她将手边几枝药草丢入泉池，淡声道。

"不会太久。"子昊的声音略带倦意，自水雾深处传来。

"真想知道他接下来会怎样。"子婳双目轻闭，袖袂间飘浮着若有若无的药香，"少原君，名不虚传呢！虽说他每次都肯合作，但总觉摸不透他，没想到今天他会用这种方法公然回护夜玄殇。"

子昊隐隐叹息一声："赫连侯府要有麻烦了。"

子婳听出他话中别有他意："你好像在担心什么？"

子昊半晌未语，稍后才淡淡地道了一句："皇非，锋芒太盛。"

子婳突然记起下午他教给含夕的棋，此时方品出些意味，不由笑道："怪不得，也亏得含夕聪明，竟能记得下来。你那局'沧海余生'化自通幽棋谱，当初我可是整整拆解了五天五夜，却不知皇非如何？"

"琴棋剑兵，绝无敌手的话，想来应该不会比你差吧。"子昊似乎笑了一笑。子娆起身步入泉池，沿着清浅的石岸渐行渐深，笑语如那流水："惊才绝艳少原君，名动天下楚皇非，说实话，我可是很想看看，若有这么个人能压得下你，至少势均力敌也好，那一定有趣得很，但愿皇非不至令人失望。"

一弯淡月，迷雾盈岸，子昊去簪散发，全身沉在碧玉般的温泉深处，合目养神。子娆轻盈的丝衣展如浮云，曳过温润暖波，冉冉漂荡在水中。她靠近他身边，随手替他拢着微湿的发，倚石而坐。子昊睁开眼睛，触到那双藏在水光深处幽澈的眸子，感觉到她柔软的注视，忽而微微笑了起来。

突如其来的一丝浅笑，轻轻流淌在云与水、雾与月迷离的边缘，漾过他深黑无垠的眼底，清淡得犹如一抹碎冰薄雪，却偏偏温暖得动人心肠。

仿佛多年前他在木兰花下发现她调皮窥探的踪影，仿佛曾几何时陪她在凤池月畔放下一盏明亮的心灯。七年离别，万千隐忍，子娆已有很久很久不曾见他如此真切的笑容，一时间似是坠入星光绚烂的夜空，心底里唯余无边清静、无边欢喜，静在那里忘记了言语，过了会儿，才轻声问道："怎么了？"

子昊摇一摇头。子娆却不依，俯身追问："快说，笑什么？"

子昊看着她，倦淡的眸中清辉浮泛，似是黑夜遗落在世间惑人的光："转眼又快到你的生日了，子娆长大了，不是以前藏我奏章、抢我棋谱的那个乖张淘气的小丫头了。"

子娆低眸，长睫如墨晕开丝丝浅影："那又怎样，长大就不是子娆了吗？"

子昊重新闭上眼睛，一任流水缱绻千回百折，覆没身心："长大了，便要离家嫁人，为人妻，为人母了。"

子娆指尖正掠过他的发鬓，微微停住："谁说我要嫁人，我不嫁人，就这么陪着你，好不好？"

子昊淡笑道："自然是好，但子娆这样的美人，有多少男子为之心折，总不能冷冷清清地陪我一辈子吧。"

子娆沉默不语，只将手指慢慢理入他的发间，丝丝润凉与泉水的清暖纠缠难辨，如缕如愁。也是，怎能陪他一辈子呢？以后他也会有自己的王后、夫人，就像父王一样，会有很多女子陪伴在他身边，那时他应该不会再寂寞了吧。谱一曲新词，折一枝新梅，他会不会为那美丽的女子而欢喜？会不会因她盈盈一笑牵动心中柔情似水？会不会替她绾发，伴她描眉，为她托起这如画江山，陪她看尽这万丈红尘？

"你要把子娆嫁给谁呢？"她低低地问，流水之中落花飘零。

子昊安静地躺着，不动亦不看她："嫁给子娆喜欢的人。"

"只有喜欢才嫁的吗？"她又问道，在这样纯粹的黑暗之中，她能感觉到他清冷无声的心跳，恍如纷纭尘世中一点寂灭的温暖。

"嗯。"他轻声应她，无波亦无澜。

得到他肯定的回答，她轻轻抬起头，在一天幽亮的月色底下展眉而笑，那一瞬，微风飞扬，漫漫深夜绽开了炫丽的繁华。

第七章 沧海余生

"皇非！"

"砰"的一声重击，赫连侯府中结实的紫檀长案当场震裂，笔砚撞出飞砸在地上，旁边两人皆是一惊。白姝儿眼见赫连羿人正怒不可遏，也不便多说什么，斟酌劝道："事已至此，侯爷还请节哀息怒，千万莫要气坏了身子。"

赫连羿人拂案而起，怒道："竖子小儿欺人太甚，老夫这便入宫请大王断个是非，看他皇非究竟想要做什么！"

白姝儿急忙阻拦："侯爷请留步！皇非今日敢如此嚣张，必是早有所恃，楚王对他一向维护有加，御前理论恐怕无济于事。更何况，此番他算计得当，细想之下也挑不出什么不是，还请侯爷三思！"

一旁的赫连闻人亦拦道："兄长，白堂主言之有理。如今少原君府正等着看我们赫连家的笑话，此事无论闹上朝堂还是传出江湖都会对我们更加不利。齐儿败在归离剑下，如今除掉夜玄殇才是首要，兄长切莫一时悲愤，反而误了大事。"

赫连羿人双眉倒竖，狠狠地道："若无皇非撑腰，他夜玄殇一介质子，性命悬于人手，岂敢在我楚国张狂放肆？不除皇非，实难消我心头之恨！"

白姝儿起身移步，近前道出一番主意："侯爷且听姝儿一言，皇非此人心计缜密，颇具城府，不是个容易对付的角色，眼下咱们还是应当谨慎行事。侯爷莫要忘了，皇非身后有个做王后的姐姐，当年若非凭她美貌，少原君府也没那么快重掌朝政。如今听说宫中传出消息，王后有孕在身，我手下现有几个绝色女子，侯爷不妨设法送她们入宫，先趁此机会消减王后的恩宠，更可施些小小的手段，令她无法诞下储君。否则，即便日后二公子归国，对侯爷来说也没有什么意义了。"

赫连羿人震怒之后，在白姝儿媚软的话语中逐渐冷静下来，踱回案前，阴着脸沉思不语。白姝儿柔声再进一言："那日在画舫上，我曾听到皇非和姬沧的谈话。如今江湖传言，姬沧不惜以《冶子秘录》加以笼络，他们之间必有不寻常的关系。侯爷试想一下，有什么比通敌叛国的罪名更加有力？若能抓到皇非这个把柄，恐怕第一个要杀他的便是楚王！"

赫连羿人抬眼道："皇非现在对你迷恋得很，你可有什么法子，探到他府中机密？"

白姝儿低声娇笑，眉目艳冶："侯爷莫要这么心急，少原君府的防范毕竟不同于别处，且再给姝儿些时间，好戏不怕等。"

这一番烟视媚行，真真荡人神魂，就连赫连羿人亦有些心猿意马，在她成熟饱满的丰胸之上狠狠盯了一眼，想起皇非对这艳姬的宠爱，继而目中射出阴冷的光："皇非，我本未想与你斗个你死我活，如今可莫怪我翻脸无情！"

"皇非，皇非！"楚宫上阳殿，两排镂花七彩水晶灯流照玉阶，在含夕公主绛云一般随风飘舞的裙裾上投下灵动的丽影，她连跑带跳地冲出殿外，招手道，"你快点嘛！这么久才来，等得人急死了！"

因是私事入宫，皇非未着朝服，只一身玉白蛟纹锦衫，外罩朱红披风，形容潇洒，到了殿外略一扬手，随行侍卫便留在廊前："我才刚刚得空，你就一连派了几个人去催，什么事急成这样？"

含夕背着手站在门口："慢吞吞的，人家等你下棋啊！"

"嗯？"皇非奇道，"上次在中宫连输了几盘，不是咬牙说再也不和我下棋了吗，今天这是怎么了？"

含夕不服气地扬头："难道我会永远输给你吗？喂，你这两天干吗去了？到处都不见人影，害得我好找！"

整个楚国，怕也只有含夕公主敢拿少原君这般质问，皇非却纵容地一笑："昨日昔国公子苏陵入楚，带来千匹上等的战马，我自然要亲自相陪，明天一早还要同他入宫见驾，今晚偏偏还被你抓来下棋，你怎就半刻也不让我得闲？"伺候含夕的侍女们听得偷笑，见他两人入殿来，纷纷敛衣拜下，却又都忍不住悄眼觑着皇非，一个个粉面飞红，含羞带娇。

皇非丢下披风笑着吩咐："去把你们公主藏的梅子茶拿来尝尝！"

"是，公子！"一群侍女七嘴八舌地应着，早有两人赶上前服侍，替他们打起纱帘，挑亮明灯。含夕指着玉案道："快来，看我这盘棋怎样？"

皇非闲步行至案前，一方紫玉嵌金丝雕花棋盘，满盘水晶棋子映着四周几盏琉璃华灯星星点点、错错落落，说不出的晶莹明媚，赏心悦目。这棋盘乃是含夕觉着好看，硬从少原君府赖了来的，皇非熟悉得很，此时一见之下，却颇为诧异地挑了挑眉梢。

上阳殿的掌仪侍女拢月原是楚王后身边女吏，如今奉命随侍含夕公主，待侍女们将新制的梅子茶并几样精致细点奉上，便站在近旁观棋，却不料只看了几眼，忽然觉得眼前天旋地转，不由哎哟一声以手撑额，身子摇摇欲坠。

皇非眼疾手快，及时将人接住，笑道："拢月，这棋你可看不得。"说着手掌贴上拢月背心，便将一道充沛的真气渡了过去。拢月晕眩稍减，睁开眼睛，发现自己竟躺在皇非怀中，顿时满面生霞，待要挣扎着起身，却浑身绵软，连半分力气也使不出来。

皇非眼见她又羞又喜的模样，俯身笑问："好些了吗？还有哪儿不舒服？"

拢月无力地靠着他的肩膀，只是不敢抬头看他，小声道："我刚刚……看那棋局，一下子就觉得头晕目眩……"

那棋局异常古怪，金光玉影下颗颗分明，却一瞬间变得错综起伏，似是天地深处茫茫一片沧海，深无底，杳无岸，一漩漩暗流汹涌激荡，夹杂着明明灭灭奇异的光影，一时闪烁，一时洄转，直令人眼目俱花，心神虚脱。拢月心有余悸，闭了眼睛微微喘息，却被皇非这么抱着，不由得心跳如潮，面烧似火，倒更加晕眩无力了。

含夕见她脸红得厉害，奇道："怎么看棋也会头晕，我看了这么久，也没觉得啊？"

皇非见识广博，自非含夕所能及，命人扶了拢月下去休息，方道："这是一局通幽棋。你心中知晓棋局变化，又曾修习摄虚夺心术，自然无碍，拢月不谙武功，却如何支持得住？"说着目光往棋盘上一带。

据《沧桑谱》所载，八百年前，白帝曾在惊云山凌虚峰设通幽之棋对战召皇朱襄，百日十局，召三界鬼神相助，朱襄一平九负，大败而归，自此立誓以东海十三仙城侍奉中央白帝，成就九域格局。据说这十局绝棋应天生地成之数，一步一洞天，一劫一春秋，方寸虚实尽可藏天纳海。眼前棋局虽不像传说中那么诡异，却暗藏九宫，以天元之子御八方神数，处处变幻莫测，下棋者若内力稍有不济，便会为局中幻象所侵，心驰神乱，最后便只有弃子认输的份。

皇非知道含夕日前去了子娆那里。通幽棋谱早已失传，数百年无人得见，若这世上还有一处可能留存，那便是帝都王城了。

眼前飘过一双曼媚清娆的笑眸，每次相见，那女子心思百变、计谋层出，假他之手振威天下、翻弄诸国，如今设下这玲珑妙局，又要和他打什么机锋，试探他的武功定力吗？皇非心底里不由漾出几分趣味，隐隐笑道："这局棋是子娆教你的吧？"

含夕才不在乎棋局是不是另有玄机，只一心想要赢他："问这么多，你若解不了，便快些认输。"

皇非便一笑，漫不经心："执黑执白？"

含夕将棋盒推过来："自然是我执白设局，你执黑应手了。"

皇非点头，拈一枚黑子略加斟酌，抬手点入局中。含夕见他落子，急忙去看，忍不住讶道："艮四五，你果真在此落子？"

皇非抬手取茶来饮，随口问道："怎么？"

含夕笑眸灵动："早知道你会如此。"说着执子在他下方打入，"而且啊，我还知道你下一步怎么走！"

皇非见她不假思索，似是早有对策，却不信她真能料到自己棋路，凝神沉思片刻，再落一子。含夕嘻嘻一笑，即刻应对。这一手棋连消带打，巧妙无比，皇非倒真忍不住看她一眼，含夕挑眸相望："你第一步棋取艮宫生门，其实是惑敌之计，并非本意，这一步才是真正目的，想要攻我左营，我说得是也不是？"

皇非目中略见诧异，唇角微笑却从容："是这个道理，听起来倒真似料中了我的心思。"

"那当然了。"含夕下颌微抬，"不过猜你几步棋，何难之有？"

皇非收手笑道："这么说我倒好奇了，你不妨猜猜我下一子将落何处？"

含夕刚要说出子昊教她的棋路，突然转念："空口无凭，我说对了你也可以赖，咱们写下来对照。"说罢一迭声命人去取笔墨。

皇非笑着摇了摇头，依旧不急不忙地品茶。待含夕转身写完了棋位，他才将袖一拂，一手仍端着茶盏，一手便就着侍女捧起的玉盘随意提笔书下几个字。含夕上前一看，顿时拍手笑道："坎三六位，果然被我猜中了！"展开自己的字条，抢了一枚黑子替他放入棋盘，"不过你这步棋虽妙，却是百密一疏，这棋局中盘可藏有一处厉害的天劫！"

皇非看清棋盘变化，神情蓦然震动："九星反吟！"

含夕开心地道："怎样？九星反吟，万事俱休，这下认输了吧？"

整盘棋子仿如亘古星空，苍茫闪耀，一道星阵盘踞当空，点点光芒之下，似要将眼前空间化作无穷的虚空。心中奇景一闪而逝，皇非忽然抬头："这棋局并不是子娆教你的。"

含夕连连占先，正自得意，不由脱口而出："谁说是子娆姐姐教的了？都是你自己瞎猜，这个啊，是子媱姐姐的哥哥教我的！"

皇非剑眉一扬，眸心瞬间精光闪掠，几如寒星耀日。好一局幻象丛生的通幽棋！虚藏实，实入虚，东帝子昊，竟能够步步料他棋路，分毫不差。他心中凛然，灯下俊面若水，却是毫无表情，片刻之后，突然起身向外走去。

含夕愣了一愣，追出去道："喂！输了棋也不用这样吧，怎么说走就走？"却见皇非在大殿之前停步，负手仰望夜空，朗朗俊目遥映天星，一片深思之色。约过了半盏茶时分，他唇角向上一牵，露出素来不变、一抹自信无比的笑容，转身道："九星反吟，乃是虚中藏虚之局，天盘加临地盘兑宫，八门无主，因此虚藏封闭，天地归无，但却并非不得解。含夕，我下一子落坎宫休门主位，你不妨仔细思量，三日之后，我来问你应对之策。"

"坎宫休门吗？皇非在那么短的时间内便想出这一步棋，看来盛誉之下，名副其实啊。"

一连两日细雨连绵，终见云雾天开，半山崖上落花缤纷，乱红轻舞，子昊和含夕自高处循路而下，点点花雨不时掠过他身上飘扬的披风，于那苍白容色之中，平添几分隽雅风流。

含夕跟在他身边，边走边道："整整下了两天雨，我闷在宫里想了两天，也没什么好法子。皇非说给我三天时间，今天可是最后一天了。"

子昊踏一地落红徐步前行，望见竹林转过温泉池，再向里去便是两间半遮于碧影清荫下的雅室。室中燃着一炉白檀香，在雨后的清新中渲开沉静的气息，缭绕于案旁琴侧。他招手让含夕入内，站在竹席前取过一枚白子，低头静思片刻，放入棋盘："坎水属阴，休门主位虽可化九星反吟之劫，却也受其压制，难以扬兵攻伐，否则落吉为凶，再难挽回。皇非现在只能按兵不动，你在中宫应他一子便是。"

含夕上前看去，案上正是日前那局棋，连着皇非的破解也在其中，只是他这一步既不攻也不守，着实平淡得紧，不由问道："就这样吗？"

"如此足矣。"子昊淡淡地道。含夕端详了好一会儿，问道："那皇非下一步又会怎么走？"

子昊坐下来，微笑着摇了摇头。含夕不解地道："之前皇非那三步棋你都说得准确无误，怎么现在却又猜不到了？"

子昊目视棋局："先前我能猜到皇非的棋路，是以有心算无心，现在他已有意提防，便不好说了。"

以有心算无心，却也是知其性，明其道，料其先。上次那局棋黑子被困重围，想要脱困，其实有两条活路。弈棋之道，兵法之谋，皇非少年领兵，身经百战，一向善用奇兵诱敌，声东击西，在棋盘上也必然剑走偏锋，舍弃中规中矩的那条路，那第一步棋他就只有艮四五位可取。

而接下来教给含夕的应对，其实是兵行险招，争先之举，目的是在艮、坎、乾三宫同时挑起兵锋，造成急于围攻的局面。九宫之内，坎宫受水德之正气，利主兵戈征伐，黑子唯有在坎三六位上点入，才能消此攻势，并同时对左右构成威胁，无论怎样计算，这都是获益最大的一步棋。

皇非善谋，用兵行事滴水不漏，往往能于决断间一举数得，以他的棋力，必然会取中这最为有利的一点。只是这一点，却也不偏不倚，正是九星反吟阵盘形成的关键一步。同样的传承与渊源，通幽棋与九转珑玲阵颇有异曲同工之妙，布置得当，可借对弈者一点求胜之心，衍生万千幻象。但那样的幻象并不足以困扰皇非，不能，亦不必，只要转移他的注意力，让他对局中这一玄机掉以轻心，便已足够。

他会认为棋局出自子娆之手，从一开始这小小的误会便在算计之中，做了万无一失的预见，而用那两步棋抢先进攻，更是会让对手认定这想法。皇非恃才自傲，连续三步棋落在下风，只因太过大意，只有最后一步才是严阵以待，那么这一局棋，他想必也已经猜透了其中隐喻——

一切都如这棋局，从一开始调兵、布局、进退、成势，主动权在于王族，在于东帝。入楚医病，只不过是有益而可行的一步，并非受制于人，不得已而为之。

少原君虽威凌九域，也是楚王之臣，而楚王，乃是天子分封的诸侯。高下自有分，尊卑不可乱，逐鹿问鼎，兵叩金阙，挟天子以令诸侯这样的事，并不是东帝所允许的。

锋芒无双的少原君，恐怕并非一盘棋便能压制的，但敲山震虎的目的应该也达到了吧。子昊转头望向窗外清静的竹林，日光一耀，那丝锋藏于笑容之下的傲气在深远的眸色中闪过淡淡微芒。

"真的猜不到了吗？"含夕失望地拨弄棋子，发出清脆的碰撞之声。子昊略加思忖："也不是不行，不过略费些精神罢了。这样吧，我再告诉你三步棋，不出意外，皇非的棋路该在其中，你依次记住应对的法子，那便每次都可压他一步。"

猜出对方三步棋，再想出三步应对之策，一子之差，乾坤之别，这几步中必要考虑全局不同的变动，斟酌可能发生的一切情况，一而三，三而九，九而千百，变幻无穷，面对皇非这样的对手，若要做到万无一失，步步为先，岂是一般心力所能及。

含夕先是欣然叫好，但突然又丢下棋子，说道："还是不要了，下棋其实也不好玩，太费神了。对了，我给你带了一对上好的晴山玉芝来，刚刚交给了离司，不知道合不合你用。"她从袖中取出一小包东西，"还有这个，这是用浮罗果做成的蜜饯，甜而不腻，味道很好，以后你喝药的时候含一颗，就不会觉得那么苦了。"停了一停，似乎还有话想说，却又犹豫不决，一只手绞着衣带上的玉环坠饰，暗暗觑着他，忽然粉面盈霞，最终还是将话藏在了心里。

子昊笑容浅淡如旧，黑沉沉的眸中有种波澜不惊的平和。直到她将蜜饯递到他手里，他眼底才轻微一波，似是暖风间细碎的竹荫洒落，冰潭漾起春水，冷雪染上温柔。他望着含夕，微微笑道："我既答应了教你下棋，便不会让你被皇非难住。再说了，我还要多谢你的蛇胆，那烛九阴原是你驯养的灵物，却因我而伤了性命。"

含夕急忙道："没关系的，早知道子娆姐姐是为了给你治病，我……我就让白龙儿不要反抗了。"

子昊似是对此颇感兴趣，随口问她烛九阴的事。含夕便跪坐在他身旁，一边逗雪战玩耍，一边从头到尾将魍魉谷中那番激斗说给他听。

席前盈香，娇语如莺，子昊闲靠案几，笼着那灵石串珠在手中徐徐把玩，眼中渐渐覆上了光阴漫漫的浅影。魍魉谷的事之前也不是没有问过，但子娆语焉不详，明显地回避，如今将她这一路凶险听得切实，心中滋味难言，但面上却只一径儿清淡，直到听说夜玄殇受伤后却要子娆先行离岛时，才抬头问了一句："他说什么？"

含夕道："他说白龙儿是他杀的，和子娆姐姐无关。不过师伯早看出他受了伤，原来他先前为救子娆姐姐硬受了庚鹤一击，又因我的摄虚夺心术激发了伤势，那时只是用闭穴之法强行压制着罢了。"

"哦。"子昊淡淡地应了一声，点了点头，不再作声，继续听她讲下去。

待含夕走了，他起身驻足窗畔，负手在后，黑曜石幽深的光泽沉于指间，静若暗夜，而他眼中亦是这般可以吸噬一切的深邃。窗外竹影潇潇，庭院阒然，仍有几分雨意微凉，偶然落花逐风飘过，轻红淡淡，映入那双沉静的眸子，只一转，消泯无痕。他也不知在想些什么，只看着竹林出神，过了些时候，举步向外走去。

第八章 李代桃僵

前面精舍中，苏陵已来了有些时候，正和子娆说话，一身蓝衫俊逸儒雅，风采不减昔日。见子昊带了离司进来，立刻上前拜见："主上。"

子昊摆摆手要他不必多礼，随口问道："事情都办妥了？"

苏陵回道："所有战马已分三批安然抵达楚国，这次精选过的千匹良驹也尽数送入了烈风骑军中，一切都已布置妥当，请主上放心。"

子昊微一颔首，虽然子娆并未明说，他却也料得出她拿昔国的战马和皇非交换了什么，既是她做出的承诺，他就不会加以反对。局势依旧在掌握之中向前发展，小小偏差只需顺势而为，便能成为想要的结果，何况办事的是苏陵。转身落座，他却发现苏陵仍旧跪着回话，一直不曾起来："这是做什么？"

苏陵低着头道："臣前些时候胆大妄为，今天特来向主上请罪。"

子昊目光在他身上一顿，转而了然，看了看旁边的子娆："你们两个算计我之前，不是早就商量好了怎么应付，如今还请什么罪？"

子娆不说话，只在旁抿着嘴笑。苏陵道："臣……不敢应付主上。"

子昊接过离司递来的茶，抿了一小口，半晌未语，再开口时只是随意抬了抬手，问道："跟来的那两个驭奴，可靠吗？"

清冷的广袖在案前一落，屋中几人都觉意外，原以为以他素日性情，纵然不罚苏陵，至少会略作饬责，以儆效尤，谁知竟是这般轻轻揭过。苏陵俊面之上微露怔愕，心头却有种温热的滋味涌起，君臣多年，这抬手间的一份信任、一份体谅，何其珍贵难得。他亦不再推辞谢罪，起身道："他们是我府中自幼豢养的家奴，忠诚方面绝无问题。"

"嗯。"子昊抬眸示意他落座，谈话中已全然是其他事情，"无余那边情况如何？"

提起靳无余，苏陵露出笑意："只是这么短的时间，众将士竟无一不服他，可见他带兵确有一套，应该说能力尚在臣之上。终始山有他在，我们绝无后顾之忧。"

子昊道："各取所长而已，你能做的事情，他做不了。子娆，你信不信，假以时日，靳无余会是我朝第二个文简？"

他突然转头问了一句，子娆修眉微挑，笑道："这样说的话，苏陵便是第二个昭公了？"

子昊对她点了点头："不错，内用苏陵，外用靳无余，日后军国大任，可以放心为之。"

子娆掠他一眼，眉目细细，紧接上一句："虽有此二人，你也别想偷懒。"说着将案上两张湘妃色细笺请帖递来，"给你，三日后楚王在乐瑶宫为含夕举行及笄典礼，含夕要我帮忙问问你，那天肯不肯前去观礼？"

子昊接过帖子，其上娟娟展开半面桃花，软金为枝玉做叶，衬着一层精细银纱，栩栩别致，入手沉甸甸的分量使人不难估测这帖子之贵重："含夕的及笄典礼吗？她怎么方才不说，倒要你来问？"

子娆唇畔别蕴笑意："小女儿家害羞，不知道你肯不肯赏脸，又担心你嫌大典喧闹，又怕影响了你休息，帖子揣在怀里踌来酌去，最后还是送到我这儿来了。"

子昊低头浏览帖子内容，淡淡地笑了一笑："楚王对含夕宠爱有加，如此费心为她考虑。"他将那价值不菲的请帖放下，"替我转告含夕，就说到时候我一定前去观礼。"

目光虽离开了帖子，心思却仍在其上。那一枝灼灼桃花，娇贵可比珠玉，于大楚凌驾九域的煌盛国威之上灿然盛开，如何不是天下才俊竞逐的目标？国与族，君与王，连横合纵，敌对交好，可以取决于太多的因素，而最直接、最关键的却是联姻——那是诸国势力无可避免，借此达到最大获利不变的手段。

对于夜玄殇斩杀赫连齐一事，子昊其实早有更深一层的推测，只是一直未得证实。

不久前楚王曾以少原君为借口拒绝了赫连齐与含夕的婚事，及赫连齐为夜玄殇所杀，楚王虽曾降旨抚恤，但并未对任何人加以追究。现在想来，当时皇非的举动固然是对帝都的回应，却也未必不是借刀杀人，以免赫连家在此事上又生枝节。含夕公主，楚王唯一的胞妹所将嫁的，只能是给楚国，或者说是给少原君府带来最大利益的人。

皇非在看，楚王在看，他也在看，他在楚国的布局需要皇非，而皇非也同样需要借此外力来达到自己的目的。这局棋，终究谁是谁的兵将，谁是谁的盟友，尚未分明。也或许，永远都不会分明。

隔着半室明光，子娆看到案旁素白广袖之下，那串幽净的黑曜石一颗一颗、无声无息地在子昊指间转落。她很熟悉他这样的动作，每当心中有事情需要斟酌的时候，或是将要做出一些重要的决断之前，他便会下意识地把玩这串珠。

"若那日你能到场，无论见不见其他人，楚国这次都是白费心思了。"

子昊侧首，目光在她隐约的笑容中掠过，微风一样浅淡，转而无痕："离司，叫商容来。"

离司立刻出去传话，子昊于座中闭眸静思，不一会儿听得脚步声进来，便淡淡地吩咐："穆国既然已有位公子人在上郢，三天后含夕公主的及笄典礼，太子御便没必要出席了。"

商容闻声知意，躬身道："老奴明白，这就派人去办。"

"传令帝都，降旨贺含夕公主及笄，赐她长公主封号，顺便加封楚王。"

"是。"

215

"还有，"子昊睁开眼睛，声音有条不紊，"即刻晋封且兰公主为九夷国女王，加赐九夷族封地五百里、城池三座，三日之内将这旨意颁布天下。"

"是。"商容领命之后，抬头问道，"主上，九夷国地处昭、昔、楚三国与王域之中心，四面环围，似乎已无地可封，请主上再加明示，老奴也好告知昭公清楚拟旨。"

子昊道："息川之南王域所属，尽可封之。"

此言一出，身旁诸人都略有些吃惊，五百里封地虽是不小的恩赏，却也说得过去，但将王域之地分封侯国，却是从无此例。苏陵方要开口，忽然想起些什么，脸上露出几分了然。一抬眼，见九公主红唇淡挑，似笑非笑，显然也察觉到了什么。

苏陵他们走后，子昊一直默然沉思，许久抬头道："子娆，记得你之前提起过，王叔和樵枯道长住在少原君府一处别苑。"

子娆微微侧首："你要见王叔的话，最好是在三天后大典之时，只要让含夕稍作安排便可，特地拜会，倒落在有心人眼中了。"

子昊眸中泛起笑意，轻亮的光影底下淡淡闪过："你比我想得周到些。"

含夕及笄之典，诸国俊彦云集楚都，其中却特邀了一位且兰公主。三年九夷之战，真真假假师兄妹的情分，皇非与且兰是否曾有其他特殊的约定，关系到数方平衡，不得不加以确定。最清楚此事的莫过于王叔，能够加以左右的也是王叔，他这时候亲自走一趟，自是理所当然。

人既已在此，他就不会给楚国任何与他国联盟的机会，因此看重含夕，因此册封且兰，因此要与王叔深谈细聊。子娆一双清眸晶莹剔透，似要看到他心尖上，笑问着他："五百里王域，算是封赏呢，还是问聘之礼？"

子昊手中的灵石串珠微微一顿，幽深的眼中漫过浮云般微妙的情绪。

乍听此言，近旁的离司又惊又喜，主上……难道是决定要娶且兰公主了吗？倘若主上当真立后，那可是再好不过了。多少年空阔幽深的长明宫，和主上一样，冷清到寂寞、安静到孤独的宫殿，即便是仆从如云却依然岑寂如水的宫殿，若是多了一人，会不会从此变得和以前不同？欣喜之中，却见主上面色如常，一片心绪不露的静漠，只是目光落在九公主眼中，隐隐带出些深意："我去见王叔固然是因且兰，但还有另外一事，便是亲自向王叔道声谢。"

子娆倒不解了："道谢？为何？"

子昊看住她："谢他在魍魉谷中及时出手相助，否则，你斗得过烛九阴，怕不还要再领教一下樵枯道长的厉害。"

子娆怔住，心念飘转，便知他已将魍魉谷中诸般惊险都在含夕那儿问了个明白。

她原想避重就轻拖延一时，过段时间他说不定便忘了，却还是小觑了他的耐心。他知她不会说，所以并不追问，他更知事情不是她同夜玄殇入谷遇上含夕找到烛九阴，再因王叔和樵枯道长的交情取到蛇胆这么简单，所以未弄清实情，也从未发作过。一抬眼，只见他唇角笑容收敛，目光沉沉扫来。在他一动不动的注视下，她两弯密密羽睫细细微微地颤了一颤，垂了眸，站起身，袅袅然对着面前神色冷漠的男子低头，屈膝而下，一字一句都说得柔顺："子娆知错，请王兄责罚，子娆以后再也不敢了。"

莹莹晶眸里藏着一点流光灵动，这一拜，离司明显看到主上唇角微微一搐，似是想说什么，生生又忍住。

知她向来肆无忌惮，魍魉谷这样的险地如今能去，往后就也敢做出别的危险的事，原想借机责她一番，以防将来真有不测，此时却自无言。只因话到嘴边，想不出该责她什么，她这般低眉认错，却又究竟错在何处，究竟为了何人？

心有所求，必有所患。

他看得到结果，生死从容，将一切算定谋定此身无畏，却只怕有那么一天，她所求所愿，毕竟伤痛。

欲要护，偏偏无从护起，江山天下，护得了人，却如何护得那颗凝雪透冰玲珑心？

少原君府，重门朱墙灯如火，照见雕楼华台、殿宇连绵，堂皇不似人间。

一辆华贵的马车稳稳停下，善歧在侧翻身下马，上前请道："姑娘，可以下车了。"

绣帘掀动，玉指如葱，精美的凤蝶穿花垂玉步摇颤悠悠地轻晃在乌发之侧，款款动人，车中美人移步，袅娜而下，扶了小鬟的手对一路护送的侍卫们转眸流笑，往府中媚行而去。

每每奉命行事，善歧已是不止一次去半月阁接这美姬入府。穿花拂帘，半弯新月照见媚影扶疏，白姝儿对皇非起居之处极是熟悉，人未入内，笑语已娇软传至："好香的酒气，公子今夜怎么这么有雅兴，得了什么好酒要姝儿来陪？"

室中一张宽大舒适的雕花香榻，皇非手把晶盏斜靠其上，一身锦丝单衣雪色流逸，如玉如月的料子衬着金丝玉带随意束起的黑发，不输王服缨冠的风华。听得白姝儿进来，皇非目光未离开面前的棋盘，一枚棋子嗒一声落入局中，懒懒笑道："来得这般迟，先罚酒三杯再说。"

白姝儿媚婉抬眸，忽而见到两旁站着执壶捧杯的女子，面色隐约一变，却立刻转出笑容："三杯酒下去，姝儿便要醉得不省人事了，岂不扫了公子的兴？不如先让姝儿替公子斟酒赔罪。"抬手自旁取了玉壶，目光掠去，"哎呀，公子府中什么时候多了这么两个如花似玉的女子？这容貌身段，可真真招人怜爱呢！"

皇非一抬头，伸手揽了她过来："紫衣的叫拢月，原是宫中女史，本君喜欢她害羞时的模样，昨日向王后讨了入府。绛衣的叫召玉，却是大王赐下的，原本还有一人，不过回来路上凑巧被左卫营禹将军看中了，本君欠禹将军一顿酒忘了还，只好忍痛割爱。"

白姝儿陪他饮了一杯酒，眼角斜斜扫向两个女子，含嗔带怨地道："怪不得公子一连几日都不去半月阁，原来府中另有了新欢。"

皇非低头看她，兴味十足："新欢不如旧爱，来，帮我看看这盘棋。"

白姝儿就势偎在他身旁，端详那棋局，看来看去，却只摇头："楚都谁人不知公子棋艺非凡，姝儿哪有能耐解公子的局？公子莫要难为人家了。"

皇非目光在她脸上一转，悠然以指叩案："此番你可猜错了，这棋局是别人设了要我解的，很有些意思。我正在想，是就此赶尽杀绝呢，还是再玩几手解解闷，一时间竟有些拿不定主意。"

白姝儿将眼梢媚媚地掠他，软语动人："要姝儿说，怎么都一样，反正都逃不出公子的手心嘛！"

皇非仰首而笑："哈哈，说得好！"此时忽听外面善歧禀道："公子，北边来信。"

"拿进来吧。"皇非松开怀中之人，白姝儿迅速和侍立在旁的召玉对视一眼，目含疑问，却碍于屋里还有拢月在，一时不方便说话。透过锦绣画屏只见皇非接过善歧奉上的一卷密信，拆看之后转身进来，随手放在书案上，就着砚中香墨抽纸润笔，三言两语写罢回信，重新封在密卷中："即刻送回，不得有误。"

善歧领命而去，皇非挥手令拢月和召玉一并退出，步至榻前，含笑打量灯下的白姝儿："酒色新霞上玉肌，几日不见，越发迷人了。"

白姝儿软袖一飘，一双玉臂水蛇般缠住他脖颈，盈烟锁媚的眼中春色横生："比你新得的人儿怎样？"

"你说呢？"酒盏掷开，皇非反手拥她在榻，半醉半醒的目光，却似一眼便看尽那轻娟薄纱里诱人的妖媚。柔软的蛇腰纠缠上来，女子细细娇喘，恰到好处地迎合、辗转、挑逗……

"公子。"白姝儿柔若无骨地倚在皇非肩头，皇非微闭着眼靠于枕上，抚弄着她滑腻的香肩，丝衣半敞，更衬得姿容风流。

"唔。"

"听说西山寺有两株异种雪昙，每逢朔月花开，美色绝伦。姝儿一直想去观赏，却都没有机会。"

但凡得尽欢爱，女人总会适时提出些小小的要求，皇非唇边飘出笑意，懒怠抬眸："这有何难？你若喜欢，明日我便命西山寺住持将那两盆花送去半月阁。"

"公子！"白姝儿急急嗔道，"雪昙花乃是佛前圣品，姝儿哪敢如此亵渎，但求一观足矣。只是夜黑路远，总难成行，不知今晚公子可有兴致？"

妙目盈盈诱他，殷殷相待。皇非俊眸泛笑愈见深味，忽然扬声吩咐："善歧，备车马，本君今晚陪白姑娘夜游西山寺。"

府中御者侍卫一阵忙乱，片刻之后，白姝儿随少原君登车而去，临去前对随后侍奉恭送的召玉丢下了暗暗一瞥。

金月如钩，花木影深。赫连侯府中灯火未熄，一道人影越过回廊，闪身入室。

"侯爷！"

赫连羿人抬头，看清来人面目，顿时起身："是你！"

灯影下，原在少原君府的侍女召玉一身夜行黑衣，身段窈窕纤美，曾受过特殊训练的微笑端雅中不失柔丽，举手投足别具风韵，足以让任何男人为之心动。她看得无人，上前对赫连羿人拜下："召玉恭喜侯爷！"

赫连羿人皱眉道："今日得知你和青屏两人被大王赐给了皇非，不能随侍君侧，本侯正为此心忧，何喜之有？"

召玉眼中荡过一笑，自怀中取出一折密信："塞翁失马，焉知非福？皇非生性风流，这次虽无意中破坏了我们原先的计划，使我和青屏无法接近大王，但堂主却棋高一着，侯爷看过这个，定会转忧为喜。"

赫连羿人展信而阅，金纸墨书，笔锋峥嵘，上面赫然竟是宣王与少原君的密约。

第九章 及笄典礼

曲岭峡，一道深涧奔流汹涌，自乱石嶙峋的山口直泻而出，一路南下，形成深流广阔的沣水连接楚江，自此以西，乃是峰峦叠嶂的穆国山川，东面却是沃野起伏的楚国大地。

整个曲岭峡唯有一条道路通往楚、穆国界、沣水之畔，一队人马正沿依山而开的羊肠险路缓缓前行。这一行人皆是墨色底袍，外结银白武士服，袍甲上的虎纹装饰表明他们不同寻常的身份，就连座下骏马亦都是百里挑一的良驹。

　　快要行出山峡，为首之人调转马头，回到队伍中心，对一人禀道："殿下，再往前便入楚国国境，我们今晚可以乘船改走水路，明日即可到达楚都。"

　　"派人先行安排，务必在天黑前登船。"那人看去不到三十岁年纪，深目薄唇，面貌英俊，一身纯白轻袍软甲绣以精美的白虎纹饰，腰佩金鞘长剑，神容威武，说话时难掩颐指气使，显然一向惯居高位，若非闪烁的目光总令人感觉有些阴沉不定，倒是颇具霸主之相。这正是当今穆王长子，现在国中独掌大权的穆国太子——夜玄御。

　　楚王此次为贺含夕公主及笄广邀宾客，所请嘉宾除九夷族且兰公主外，皆是诸国年轻显贵，或已登基为王，或正身为储君，无不在本国权重势威，一言九鼎，其中宣王姬沧、昔国苏陵、柔然族王子万俟勃言都在受邀之列，穆国太子御更是座上贵宾。

　　如此盛会，风云群聚，楚国王妹及笄待嫁，必将对九域局势造成不小的影响，太子御断无缺席之理，临行前挑选这六十名白虎禁卫随行，沿途复有穆国军方调兵护送，眼见快到楚国，方传令军队归营。此时放眼前方，峡谷口遥遥在望，天色渐暗，山中猿啼声声，飞鸟绝迹，一片萧厉森然，不由一夹马腹，命道："加速前行！"

　　身前侍卫刚刚领命，忽然感觉周围传来一阵强烈的震动，身下坐骑长声嘶鸣，双蹄猛地离地，几乎将他掀下马去。紧接着前方轰然巨响，几块硕大的山石自崖顶坠落，眨眼间便将道路截断。

　　漫天沙尘扑面而来，顿时将众人埋入一片昏暗之中。

　　未及有所反应，崖上响起细微的机括声，骤然之间，无数利光从天而降，急雨般飚向太子御所在的方向！

　　"保护殿下！"当先四名白虎禁卫飞身后撤，手中长剑舞作利盾，挡下漫空劲弩，护着太子御退至崖前。

　　这一下事起仓促，六十名侍卫多有死伤，强弩刚息，一批黑衣人似从地下冒出，纷纷杀向余人。

　　纵被突袭，白虎禁卫亦非等闲之辈，双方在狭窄的山路上展开恶战，一时刀光剑影血溅深崖。此时前路已被完全阻断，若要进入楚国，除非过穿云关远绕昱岭，那无论如何也不可能赶上及笄大典。太子御在几人保护下身处战圈之外，面色阴沉，眼见白虎禁卫已将刺客阻住，正要下令撤退，忽然，一道犀利的剑气自他背后袭来！

　　太子御少时得天宗真传，乃是穆国数一数二的剑术高手，遇袭之时骤然自马背上飞起，长剑弹出鞘中，于黑暗中划出凌厉的光弧，头也不回，反手疾挑对方空门！

剑光之下，一个灰衣蒙面人凌空现身，太子御座下马匹一声嘶鸣卧倒在地，不及挣扎，便惨嘶着坠入山崖。四名白虎禁卫同时被鬼魅般出现的几个黑衣人缠住，将太子御等人完全卷入战局。

四周刀剑交织，敌我难分，太子御锁定那刺客首领，显示出临危不乱的高手风范，长剑循精妙角度刺出，当空一颤，带着令人心悸的利啸抢攻对手。

灰衣人亦忽地折身，回剑凭空刺下。

双剑相交，两人间精光爆现！

但听哧哧两声，两道身影同时后退。灰衣人左肩之上血光迸射，竟未能避开太子御一剑反击，但他的剑尖亦自太子御前胸划过，挑破护身软甲，一张桃花细笺伴着鲜血飞出，一个急旋，落入了崖下奔腾的涧流中……

三千桃花绽琼宇，人间胜景乐瑶宫。

被选作含夕公主及笄典礼招待诸国宾客的乐瑶宫建于沅水与楚江交汇而成的一泊内湖之上。二水溶溶，三十里清湖如镜，其上以渐芳台为中心修造一十八座精巧水阁，一阁一天地，一步一美景。雕花玉石铺成的浮桥缦回相连，飞檐高低错落有致，当中繁花照水，次第当风盛放。若自高处望下，琼楼连碧水，玉阙落芳华，湖中倒影层光叠玉，恰如一朵艳丽的鲜花绽开在淡淡波光之上，美不胜收，渐芳台便也因此而得名。

千回百转，精雕细刻，浮桥却只为看，往来水阁之间的宫人侍女从来都是泛舟而行。大典那日，彩衣宫女引棹踏舟，以玉盘盛了新鲜采摘的奇花异卉送入阁中，并置美酒珍果待客。诸国王侯锦衣华冠，扈从如云，每有到者都由绛衣使者引领至一处水阁，招待周到。

渐芳台上更是装饰一新，当中以整块翡玉砌成祭天礼台，朱红之色烈烈，象征着楚国宗室血统的朱雀神鸟在阳光下振翼欲翔，与当空雍容的王旗相互呼应，四周五色羽旌簇拥招展，煌然不可逼视。台前琼阶，台下御道，皆尽香花丛簇，倾珠铺玉，举目望去灿灿生辉，令人疑是那湖中粼粼波光漫漶其上。仅为一国公主及笄之礼，着实是奢华铺张到了极点。

为方便观礼，四面水阁前的帘幔都早已用金钩挂起，但只有渐芳台北面一处小榭四面垂帘，轻纱深处只见依稀人影，却看不清其中情形，大异于其他观礼之处。

在此伺候的两名侍女乃是含夕公主身边小小心腹，知道里面是公主极为重要的客人，奉了命不去轻易打扰。子昊独自步入雅室，里面一人布衣灰袍，颌下飘髯，一身冷傲之气自那旷逸的身形之中显露无遗。

"子昊见过王叔。"淡淡一声施礼。仲晏子似乎对他的出现并无太多惊讶，虽退隐江湖十余年，但曾经在朝堂上周旋谋划，猜度人心自是驾轻就熟，刚才子娆那丫头突然出现，邀了老道士去寻酒喝，他便知其后必有因由，果然，来的便是当今东帝。

仲晏子却不回身，仍是稳坐案前看着窗外的情景，语气似慨似嘲："你好手段，轻而易举，便令楚国这场盛典先减了三分声势。"

轻纱之外，位于渐芳台右侧、楚王御座近旁的一处座席，人来人往似比其他地方热闹不少，一眼望去格外醒目。

今日一早，帝都突降王旨，正式晋封且兰公主为九夷国女王，封城赐地，恩赏甚厚。未贺含夕及笄，先贺且兰封王，九夷族声势不同昔日，隐然直追楚、穆，诸国纷纷具礼前来，以示友好，而且兰的座席也由原来下首一点，改为与宣王对席的尊位，而此处，原本是为穆国太子御预留的席位。

太子御一行至沣水边境忽因急事返程，最终未能至楚，代为出席大典的乃是三公子夜玄殇。长街一战，穆国三公子声名鹊起，如今太子御无故缺席，三公子莅临，少原君亲自相陪，诸国难免察觉风吹草动，前往他处结交之人也是络绎不绝，成为场中另一热闹所在。甚至连赫连羿人竟也一反常态，对这杀子仇人全然不计前嫌，与他把酒相谈，言笑甚欢，临走时还十分亲热地在他左肩上拍了一拍，而夜玄殇有意无意地向侧闪让，随即和身旁的少原君迅速交换了目光。

赫连羿人转身之时面色陡沉，两天前太子御在楚、穆边界遭遇刺客袭击，以致缺席大典，少原君府嫌疑极大。但皇非两日来一直和白姝儿同进同出，不可能亲自出手，那么武功与太子御不相上下，却又杀之而后快的，便唯有和少原君府公然联手，也是将在此事中获益最大的三公子夜玄殇。

方才的试探证实了这点，赫连侯府与少原君府由针锋相对而势不两立，太子御也一样与夜玄殇绝难共处，两相联盟，必以一方的落败收场，只看是谁先下手为强了。

隔着纱幕，无论是且兰雪衣盛装引人瞩目的风华，还是夜玄殇那边的迎来送往，都看得并不是很清楚，水到渠成的事，并不需要再有太多的关注，子昊在仲晏子对面拂袖落座。

仲晏子看他一眼："若我所料不错，太子御想必是中了你的算计，以致被夜玄殇取而代之。且兰这里又是封城又是让地，王恩盛宠，风头几乎压过了今天大典的主角，五百里王域领土，你倒是大方得很。"

子昊神情自若，不疾不徐地道："王叔言重了，我不过是还夜玄殇一个该还的人情。而且兰，五百里王域不少，但也不算太多，那本就是她应得的。"

仲晏子闻言，眉峰忽地耸动，扫视于他："你此言何意？"

子昊道："此处并无外人，王叔也不必太多顾忌，我既为一族之主，该清楚的自然清楚。王叔收且兰为徒，处处加以维护，难道不是事出有因？当初皇非的引见，即便不是王叔一手安排，也早在王叔意料之中吧。"

仲晏子注视他片刻，神色略微有些复杂，跟着重重地哼了一声，似乎十分不满："我对她再加维护，又有何用？这丫头表面一如既往，实际已对你另眼相看，你究竟存了什么心思？"

子昊眸子一垂，泛出无声淡笑："王叔疼爱且兰，乃是人之常情，但且兰对待侄儿也不过是略微亲近些罢了，王叔何必如此紧张？"

仲晏子面上越见恼怒："你既清楚实情，却与她同宿同行，恩赐封赏不断。哼！我早该想到，从一开始你引她刺你一剑，便是算计在先，且兰口中不说，心中却一直颇为愧疚，你再略施些手段，她自是言听计从，你这番苦肉计未免也太过真切，难道连自己性命都不顾了吗？"

"王叔说得没错。"子昊双眸微抬，从容平静地接他话语，"为大局计，侄儿确实不惮任何手段，此身如此，其他亦如此。"

唇边笑意若隐若现，却未有一丝漫至眼底。他今日似是一反常态，纵然看起来温润依旧，纵然听起来话语平和，举止之间却隐有不可逆视的强硬。那种不经意间流露的帝王之威，时刻提醒着他凌然高贵的身份，使得那丝丝浅笑亦凛如冰雪，有着些许孤峭的意味。

猛一对视，仲晏子心中似有熟悉的感觉闪过，那感觉挑起埋藏于十余年岁月中鲜明的画面，带得深眉隐蹙，目光便见凌厉："不惮任何手段？好！真是像，不愧是那女人的养子，心机手腕如出一辙，有过之而无不及！"

子昊容色不改，淡淡地道："若非如此，侄儿今天恐怕没有机会坐在这里和王叔说话。"

二十余年言传身教，便只看也看得会了。重华宫中那亲手教导抚养、以母后身份伴他成长的女子，只手一人，将整个雍朝玩弄于股掌，那份心计与气势，直令整个王族俯首称臣。

为达目的，不计手段之阴险；为达目的，铁血杀伐若笑谈。便是这个专横跋扈的女人，也曾对少年时的东帝万分顾忌。是以研剧毒，入汤药，只为牢牢控制这颗棋子，然而药毒无法泯灭一切，改变的唯有笑容，颠覆了光明与黑暗，如今遮挡一切喜怒哀乐，只余温润如玉的笑容。

入室以来，子昊始终面带微笑。他今天着一身素衣，就连发间的束带亦是淡淡无瑕的白，这样干净的底色下，那无尘浅笑中透出的，便是一片风色清寒。

外面雅乐忽起，钟磬丝竹，繁丽悠扬，渐渐渲染出雍容欢悦的气氛。伞盖如云冉冉，羽扇双双屏开，楚王与王后座舟靠岸，渐芳台上仪仗升起，典礼已正式开始。

子昊垂下目光，举手斟酒，突然开口问道："王叔可还记得，今天对于王族是什么日子？"

仲晏子微怔，待恍然惊觉，心头狠狠一窒。

辛酉年庚申甲子日巳时三刻，襄帝驾崩于昭陵宫双文殿。

是日，岐山星陨，一逝无痕，东海陡遭天灾，海狂如怒，地动山摇，沿岸十城化作浪底废墟，数千百姓葬身无存。

这一日，本应是王族乃至整个天下尽哀之日。哀王之丧，绝丝竹、罢歌舞、禁酒肉、息烟火、万民服素。然自襄帝驾崩以来，诸侯未有一次哀丧之举，王族亦无力加以分毫约束。

酒满，子昊徐徐抬手对仲晏子一敬，仰首饮尽。

仲晏子面色陡沉，喝道："今日是你父王忌辰，你不降旨为他守丧，反而饮酒为乐！身为人子，未免太过不肖！"

子昊仍带笑，面无哀色，声音清淡："我不降旨，是因为他不配。"

九哀之礼，亲手造就了这乱世天下的先王，不配。

烈酒倾心，眸若冷玉。

何为孝，他不需要别人来教，如果不能抹去那个男人身上昏庸与懦弱的烙印，那么一切所谓"孝"都毫无意义。

子昊起身而立，负手冷看外面歌舞喧哗，回首之时，袖中一块玉佩放至案前。

那是一块盘云蛟纹玉佩，下结青穗，灿然若新，玉佩本身却有着岁月的痕迹，显然曾经被人时常摩挲，而显得光色润洁。精雕细琢的美玉，栩栩如生的飞龙，然而，正中一道焦黑的裂纹将那原本腾云而起的蛟龙当中斩断，使得整幅画面透出几分刺目的狰狞。

"王叔应该还认得此物吧？这是先王大行前手中遗物，侄儿今日代先王物归原主。"

仲晏子身躯一震，他如何不认得？这玉佩的反面有一个金篆刻就的"洛"字，笔致劲洒，骨格遒美，乃是他的王兄襄帝酒醉后亲笔所书——这是当初他裂土封王，襄帝私下里赠予他的小小贺礼。

自从那日以后，这块玉佩他从未离身，直到璃阳宫那场大火，倾天灭地，毁心焚玉。

君恩手足，历历在目，生离，死恨。

昭陵宫中不瞑的双目，凝作东帝静而冷的深眸，牵动洛王眼底的痛楚。

然而子昊什么都没有再说，似乎一切到此为止，他来此的目的也就只是物归原主那么简单。

　　一阵悠长的鼓乐，渐芳台上群芳引退，歌舞毕，雅乐再起，织锦铺陈的玉阶遥遥而上，飞花间一抹鲜艳的娇红映入他漆黑的眸心。

　　华丽而庄重的礼服并没有影响含夕欢跃的脚步，她踏着满地香花轻快前行，笑容迎耀天光，长发在一道金环的束缚下不甘寂寞地飞扬。似是不耐典仪官慢条斯理的引导，她微微展动衣袖，一只只彩蝶若携湖波翩然而至，追随着她飘扬的华袖上下翩飞，灵动起舞。她调皮地笑着，在无数惊艳的目光中登上渐芳台，随着典仪官悠长的唱赞声跪拜如仪，祭谢天神，按部就班地完成那些繁复礼仪的过程中，亦不忘悄悄打量诸国观礼的宾客，带着好奇和有趣的神情。

　　祭天之后，由楚王后亲自帮她挽起秀发，以一支红玉镶雕花芙蓉簪将象征着公主身份的飞鸾金冠束好，鸾鸟之上精致的步摇在她额前轻俏晃动，她悄悄侧头，对楚王后道："王嫂，是不是可以了？这礼服好重啊。"

　　楚王后温婉一笑，示意她少安毋躁。在典仪官的引导下，含夕复又敛起繁重的裙袂向王座拜下，接受楚王赏赐，而后一一答谢诸国赠送的贺礼。

　　"日前你请楚王赐婚的，便是这含夕公主吗？"皇非正把盏含笑看着含夕压制着不耐端正身姿，蓦然一声阴柔的话语自旁边紧邻的席上传来。一转身，毫无意外地，便对上了那双细冷的长眸。

　　仍是一袭如火华裳，宣王身上从不掩饰的狂放与那魅冶的姿容无论到何处都十分抢眼，自落座以来，渐芳台前的目光五分是观礼，倒有五分落在丰神出众的少原君身上。

　　随手将袖一扬，皇非朝服上仿若阳光织成的刺金云纹与那片火色拂错而过，笑若春风："殿下的消息还真是灵通，敝国这点儿小事都知道得一清二楚。"

　　姬沧慢悠悠地道："有关你的消息，我自是比其他留心一点儿，但我却有一事不解，既然是你请旨赐婚，以楚王对你的言听计从，却一直未见应允。皇非，你打的什么主意？"

　　皇非笑："殿下多心了，我王只是不愿委屈公主，非亦自觉驽钝，难配公主天人之姿，是以不再坚持。"

　　如此明显的借口，他却说得理所当然，更加一脸谦谦如玉，若非面前之人是姬沧，而说话的人又是堂堂少原君，怕真会叫人以为这话便是事实。就听"扑哧"一声，姬沧掩口失笑："别人不知，你我却知道，你若是当真想娶这公主，便是有十个楚王怕也挡不住。你这么个人，难道还真是甘心屈为楚王下臣，欲求一女子而不得？"

皇非执杯饮酒，翩然自若："我王宽厚仁和，从善如流，非，乃是甘愿为臣。不过殿下放心，无论如何，非必牢记殿下之约。"

姬沧长眸微眯，不知在思量何事，突然身子向前一逼："楚王怎样，与我何干？"声音略长，眸光妖艳幽烈，"我对台上这位年轻貌美的公主，倒是十分感兴趣，皇非，你说本王若有联姻之意，楚王是否答应？"

皇非眼风一挑，姬沧正对他的反应拭目以待，忽听外面一声长传："帝都使者到！"

代表王族的使者手捧玄金色龙纹御旨，在两列仪仗的随护下沿着香花锦毯迤逦前行。居高临下，子娆斜倚廊柱看着飞扬于长风之中威严的王旗，星眸幽冶收敛了春光，揽尽了乐瑶宫中千人百态。

如今的帝都，虽未必一令既出，天下遵从，但其正统的王权却能给任何一国带来特殊的地位和巨大的利益，足以打破目前诸国相对平衡的格局。一道王旨推波助澜，晋封楚王，已然暗潮汹涌的楚宣之间似有什么破裂而出，在这三千碧水之上折射出锐利的光芒。

与楚国实力相当的宣国，于襄帝十一年灭后风，十二年收服柔然，东帝二年挟公子严仅以一步之差险些挥兵南下直取帝都，若非子昊当机立断，如今的天下恐怕早已不是王族的天下。

子昊入楚后的一切布局，都只为这雄踞北地、绝无可能收服的强大势力。灭国之战，他需要一柄剑，一柄出则其光芒逼慑天下、入则于鞘中稳守帝都的利剑，他绝不会允许拥有少原君和烈风骑的强楚与宣王结盟。

一方面暗中分化、压制楚国的声势，另一方面却巧妙地引导这股力量对抗北域；一方面潜移默化地送给皇非最好的盟友，同时，也设下了万无一失的钳制。由且兰到含夕，由苏陵到夜玄殇，精心的布置，环环相扣的策算，就连感情也在他冷静得当的控制之中，不会冷淡却也不会无谓地热烈。

所以此时的子娆，并不怀疑子昊与王叔交谈的结果，他从不做没有把握的事。

"王叔才智谋略皆不在凤妩之下，当年一着错算，成王败寇，如今他虽怨先王，却一样放不下帝都。"

那座曾经威临天下辉煌的殿堂，是洛王心底永远无法修补的破绽，或许，也是每一个王族后裔难以抹杀的烙印。如今雍朝之主峻冷的傲骨与凌厉的手腕，会让当初的洛王、今时的仲晏子看到王族应有之尊严——那并非是令诸侯在逝去的先王灵前做出敷衍的哀悼，而是在今天这面王旗之下低下他们高贵的头颅，以及，本不该有的、放肆的野心。

金色的王旗盘旋着乘风腾云的玄龙，在子娆慵懒的眼梢划出一道炽烈的痕迹。她遥遥注视皇非，透过那完美高雅的面容揣度着他的每一丝表情、每一个举动，仿佛透过阳光下那清光展流的双眸，看到了竹林中、白石旁东帝凝视棋局时异彩飞扬的眼睛——

少原君与东帝那一盘棋，虽是借了含夕之手，却依旧惊心动魄，一局"沧海余生"，可谓棋逢对手，波澜惊起，酣畅淋漓。

观棋三日，她不得不承认，天下终有一人，可与东帝平分秋色——若说子昊是云淡风轻下看似平静的深海，那皇非便是光照九域辉耀长空的烈日，碧海深远，不失纵容天地的傲然，日光凌盛，有着灼噬万物的自负。

那么，同样骄傲的两个男子，要怎样才会有一人甘心向对方俯首称臣？

第十章 天外飞箫

一室之隔，仲晏子所言，亦正如子娆心头所思："皇非乃是我一手教出的徒儿，他的心性志向我再清楚不过，想要他对人低头，难比登天。"

闻言，子昊便是一笑，白衣流云，那微笑飘于风中恍若浮冰碎雪，冷冽遥不可及。

"王叔只要替我带一句话给他——他是要效仿凤后黜杀史官，做那令人发指的逆臣枭雄，还是要名正言顺做这平靖乱世，救苍生于水火解万民于倒悬的英雄圣贤。"

仲晏子眉骨一跳，惊然凝视于他，方开口欲问，子昊却将手一抬，止住他满心思疑："王叔将话带到，他自会明了。"不再多言，他负手身后，略见遥思之意，而后漫然抬眸，"至于且兰，我曾答应过她母亲一个请求，将那件事永不昭于世间，王叔放心，无论如何我终不会委屈她。"

这一番话虽是含笑道出，却有不可违逆的专断隐于字里行间，仿若此时是九华殿中君为臣令，身为长辈的仲晏子竟有一瞬肃然，随即皱眉："你待如何？"

子昊淡道："侄儿日后自有安排。"

仲晏子深深地看他一眼："子昊，这世上什么事都可算得，唯有情之一字往往出人意料，你若自负聪明，伤人误己，可莫怪我未曾有言在先。"

"多谢王叔提点……"子昊眉间盈笑，目中并无一丝波动，却忽然间，他和仲晏子双双扭头扫向帘外。与此同时，一道铮然琴音震贯全场，其中透出锋利的挑衅之意，几乎令所有人都心头一惊。

渐芳台前，姬沧引弦而待，目光所向，正是台上芳华妙龄的含夕公主。

面对宣王凌人的气势，含夕固然有些不知所措，楚王神情间却更见慌乱，不由将目光求救一般投向端坐席前的皇非。

宣王突然借贺礼之机强邀含夕公主抚琴，大出众人意料。依楚国习礼，未婚男女琴瑟相和，乃有婚嫁之意。若按常理，宣、楚两国并踞南北，各为一方霸主，纵有联姻之举亦不足为奇，但宣王深恶女色众所皆知，而含夕公主及笄之嫁牵动诸国格局，这突如其来的变故，不由凝住万人眼目。

整个渐芳台一片异常安静，越过姬沧灼目的红衣，每个人的目光都集中在一个人身上。而那个人，突然轻轻笑了一声，这一声笑，打破了压抑的沉默，恍若春风流淌，玉水生波，先前欢悦的气氛潋潋洄转，湖光风色舒雅怡人。

便见这笑声的主人，不紧不慢地放下手中玉杯，随意将袖一振，站起身来："含夕公主不谙音律，殿下若有雅兴，非愿以一曲相陪，不知殿下意下如何？"

姬沧面前是一张艳若血玉的古琴，琴长六尺，广仅三寸，冰丝五弦，丝丝如刃。

琴名"夺色"。

宣王之夺色琴与他的血鸢剑——

江湖之上恐怕没有人会不为这两样武器而悚然。这一张琴，曾惊破柔然十万铁骑；这一柄剑，曾斩裂后风国山海城池。

昔日赤峰山前，一人一琴，独面柔然族大军来犯，曼殊花赤焰般肆放的色泽，至今仍是柔然无法磨灭的丧国之耻。

乍见这张琴，居于宣王下座的万俟勃言垂眸忍色，手在身侧紧握成拳，心头百般不甘——姬沧一日不亡，柔然便永无出头之日，但这世上又有几人，有把握胜过这张夺色琴？

皇非站在另一张琴前，修长的手指随意拭过琴弦。

铮然一抹清声挑动。他微微侧首倾听，合眸笑赞道："清若瑶玉之纯莹，泠若广寒之高洁，好琴！殿下这份礼物真可谓用心良苦，非代公主先行谢过。"

一抬眸，俊逸的眼底精芒隐射，盯住眼前放肆的对手，含笑的唇弧挑起完美的锋利。

姬沧眼梢一扬，华魅风情惊人心魂："君上何必多礼，只要莫忘了我们的约定便好。"

皇非微笑颔首，衣袂翩翩，恍若玉树临风："殿下之约，非岂敢相忘？"

渐芳台上弦音乍破，就连身处高榭之中的子昊和仲晏子心中都微有一凛。

兵锋迫面！

初时是几声凛冽交错的寒音，然而随着台上两人指法渐急，千军万马远来，震天蹄声卷起万里黄沙，瞬间便如乌云蔽日，急没漫山遍野，其势滔滔，一发不可复止。

饮血的杀气，横溢长空，几乎是没有片刻停留，两军交锋，喊杀声震耳欲聋，惊沙扑面，血肉横飞！

战马悲嘶，雷鼓铮鸣，一道道凌厉的音色穿空破日，热血溅面，甚至可以清楚地听见长剑劈胸、利镞穿骨的破裂声响。

三军往复，冲杀相搏，山川震荡，江河崩流！分明是阳春三月湖风浅，却好似鬼哭狼嚎雷电崩。

砰！砰！砰！砰！

离琴案最近的楚王身前，杯盏纷纷迸裂，酒浆四射。赫连羿人急命侍卫护送面色发白的楚王和王后退至台下。这般琴音，便是苏陵、夜玄殇等高手也要以护身真气相抗才能稳坐席前，四周侍女护卫纷纷随王驾退下，更有体弱的支撑不住，直接便晕倒过去。

内力空御琴音，杀伐于无形之中，在座诸人虽自问也可一试，但这般强横霸道的气势却当真无人敢直撄其锋。

台上姬沧乌发迎风，夺色琴血音狂肆，犹如燃起地狱烈火，催动战场上鬼神夺命；皇非双目静垂，始终面带淡笑，唯见广袖猎猎飞扬，风卷云啸，铮然不让锋芒。

两人琴音之中都带了十成十的内力真气，交撞间气流激荡，原本平静的湖面之上急浪翻涌，眼看将要汹涌喷爆。便在此时，忽有一道清越的箫音飘然而至，行云流水一般穿入了琴声之间，两面昏天黑地的厮杀竟就此一窒，仿佛一道无尽的长河突然横隔在两军之间，流水浩浩，将这惨烈的战场一分为二，洗尽血污与戾气，唯余山川河流天然的静穆。

箫音飞流，天地遥转，众人眼前的漠原狂沙渐渐化作了一片浩瀚的夜空，河流遥遥不见尽头，向着虚空无垠的方向倾流而去，星星点点，炫丽如织的痕迹，在黑暗中闪烁着神秘而璀璨的光芒。

无比的宁静，无比的空茫，却又无比的温暖，仿若天地静止，亘古虚空。且兰心头一震，蓦地望向那箫音传来的水榭——这是令她永远刻骨铭心、王城之中催动九转珑玲阵的箫声。

水榭之中轻纱影里，子昊唇边一管玉箫晶莹如雪，随着那流转的箫音，他腕上灵石串珠渐渐发出幽邃的微光，映得那张本就苍白的容颜，几如冰雕玉琢。仲晏子见状一惊，发现他竟是要以九幽玄通强行压制台上两人的真气。皇非与姬沧任何一人，都是九域江湖莫可与敌的高手，即便是借助九转玲珑石的力量，也难以同时抗衡，更何况这两个人，谁也不会容忍如此的挑衅。

果然，箫音刚刚回转，两道琴音便不约而同地破空而至，仿若九天雷霆挟威怒震，倾势而来。

那箫音却又一变，乘风生云，回荡层叠，向无边的天际飘涌而去。琴音与之一触，便如破入深沉无际的茫茫沧海，无论多么强横的力量没进海中，也只能在瞬间掀起惊涛骇浪，最终还是要归复于瀚海永无止境的平静。

细刃般的琴弦无端在指尖一利，皇非剑眉微挑，琴音忽然大开大阖，气势凌厉，几如飞龙啸吟，直破云霄。

便与此同时，姬沧夺色琴上血光盛烁，似有一只巨大的火凤展翼冲天，与那白龙并驾齐驱，不分先后地卷向箫音。

琴音穿心，带着无可匹敌强悍的真气，子昊却只微一合目，心法流转，催动九幽玄通将黑曜石中蕴藏的灵力完全释放，一时间四周清光烁美，凌空炫目，几乎将他整个人都隐入澄澈的光芒之中。

九转玲珑石生出感应，隔壁室中，子娆手腕上的碧玺灵石霍然绽出七彩异芒，紧接着，渐芳台上含夕的湘妃石、夺色琴畔宣王的血玲珑、万俟勃言收藏于怀中的幽灵石都在黑曜石的牵引之下齐现清光，更有一道明紫色的光华自不远处楚宫衡元殿耀空闪现，却又转瞬消失了痕迹。

夜玄殇忽然看向紫芒纵逝的方向，未及回头，便听到一阵碎金断玉的声音。

姬沧手下的夺色琴骤然崩裂，而皇非琴上五弦齐断，夺面激射。他急速挥袖一卷，丝弦骤收，被他生生扯回琴上，一声铮的震鸣，整整齐齐地紧在指下，勒出五道分明的血痕。

再听那箫音，悠悠沉沉邈邈，仿若日暮残阳最后一抹光影，若有若无地消失而去，天地之间，唯余碧海无声，千山苍凉。

弦断琴裂，皇非和姬沧几乎同时振衣而起，看向那座重纱掩映下的水榭。姬沧眼中戾气隐隐，转而扫向皇非。

侍从们收拾好碎裂一地的杯盏，楚王才在众人护卫之下重新登上渐芳台。

皇非心中亦在诧异水榭中究竟是哪国宾客，面上却未曾显露，上前微微一揖："臣方才一时不慎，惊了王驾，还望大王恕罪。"分明是低头请罪，言辞间却并无卑谦之意，而楚王竟也不以为意："爱卿无恙吧？方才……"毕竟是一国之君，看一眼桀骜的宣王，心有余悸的话自不能说出来，"宣王殿下琴艺精妙……这两张琴当真是可惜了。"

姬沧引以自负的夺色琴竟被人以真气当场震毁，只道楚国暗中有高人相助，心下正自恼怒，这话听起来便十分刺耳，狭眸一挑，正待反唇相讥，皇非适时的笑语将他打断："相交多年，今日才真正见识到殿下的琴艺。闻君雅音，心驰神往，着实意犹未尽，可惜今天难再请教高明，不如明日我在府中设宴，请殿下赏光前往，以尽余兴如何？"

不愠不火，绵里藏锋，竟是约他再论高下，姬沧冷笑道："君上盛情，本王岂好辜负？只不知……"别有用意的眸光飘向惊魂甫定的楚王，"楚王殿下可愿一同前往，也好增添几分兴致？"

楚王尚自犹豫，皇非接口道："大王前些日子不是说要去臣府中游园赏花吗？依臣之见，择日不如撞日，既然宣王殿下相邀，便请大王移驾一游，臣定将一切安排妥当。"一边说着，似不经意般瞥向旁边的赫连羿人，目中骄狂之色如一道尖锐的火花刺目闪过。

少原君府里御旨敕造的得天阁，集天下名花于一苑，花开时分乃是楚都绝盛之美景，王宫御苑亦难及其万一。楚王每年春日都会携王后、公主前去游玩，有时甚至留宿君府，数日方归。赫连羿人早便对此大为不满，一直百般阻挠，此时面对皇非恃宠而骄的挑衅，不由怒火中烧。

楚王侧首对王后道："爱卿的提议，王后以为如何？"

王后楚楚道："臣妾近日正觉得有些闷，出去走动走动也好，一切听凭大王做主。"

楚王道："那好，便依爱卿……"

"大王不可！"赫连羿人猛然出声打断了楚王的话。

楚王被赫连羿人吓了一跳，诧道："爱卿这是为何？"

赫连羿人横扫皇非一眼，沉声道："皇非请大王入府，是要借机刺杀大王，大王万不可中他圈套！"

楚王闻言面露惊诧。皇非薄唇冷挑，目视赫连羿人，徐徐道："侯爷此话未免有些血口喷人，这谋逆的大罪本君可担当不起！"

赫连羿人冷哼道："皇非，你与宣王密约行刺我王，篡政卖国，并将边境五城许给宣国作为回报，这般险恶用心，以为无人知道吗？"

此言一出，四周人人色变。含夕第一个按捺不住："赫连羿人，你不要胡说！皇非怎么可能谋反？"

皇非先对含夕展开个迷人的微笑，一振袖，倒负双手，偶傥地扬眉："侯爷说得煞有其事，听起来倒由不得人不信，但口说无凭，敢问侯爷何以证明本君怀此不臣之心？"

赫连羿人转向惊疑不定的楚王："大王，臣日前曾截得皇非与宣国的密信，才得知他们之间的阴谋。皇非与宣王往来甚密，大王也亲眼见到了，此事绝非臣信口胡言。"

好好的大典意外迭起，观礼的宾客除了面面相觑，亦有些许看热闹的心思，多是静观其变。就连当事人之一的姬沧，也只冷眼相看而不发一言，目光落在皇非身上，阴晴变幻，渐渐露出些有趣的意味。

楚王一时举棋不定，虽不信皇非会谋反，但赫连羿人言之凿凿，却也不可忽视："爱卿既如此说，那……可将密信拿来一观。"

楚王令下，赫连羿人命人去取信，两队带甲佩剑的御前侍卫将渐芳台围护起来，一时间气氛颇有些紧张。含夕没好气地瞪一眼赫连羿人，恼他在自己的及笄典礼上生事，悄声对楚王道："王兄，你别轻信别人诬蔑，皇非若要谋反，也不会等到今日王嫂有孕在身的时候，定是那赫连羿人不服他，故意陷害。"

楚王看向有些受惊的王后，安慰似的拍了拍她的手，却也没说什么。皇非这边却是一脸若无其事的笑意，潇潇洒洒地对姬沧一拱手："敝国琐事，让殿下见笑了，往来一趟侯府也要花不少时间，咱们不如还席就座，莫要空等在这里，浪费了大好春光。"顺便吩咐歌舞，请众人继续饮酒为乐。

回到酒席之上，一直未曾开口的姬沧握了玉杯在手，似笑非笑地盯着他："这又是唱的哪出？"

皇非半真半假地笑道："殿下何不拭目以待，你我之间的约定还少吗？"

宣王毕竟是宣王，与少原君抗衡多年、知之甚深的宣王，这其中用意别人不知，他却如何看不明白？

眼前这场惊动九域的大典，暗流翻涌风云急，乃是皇非清除内患，送他姬沧的战书。

他若胜，不但皇非，就连整个楚国都是囊中之物；若败，便输上家国性命乃至争夺天下的资格。

如此豪赌，早已不再是剑下胜负、琴中输赢，也只有自负如皇非、狂傲如皇非才会断然行之，单是这份倾手江山的霸气，便叫人有振剑一试的冲动。

倾尽杯中酒，姬沧眼梢往那台前一挑，映着几分酒色几分魅光，瞬间妖异慑人："真的也好，假的也罢，我奉陪到底就是！往后你若是下不了手，干脆我替你解决了楚王，边境五城的回报我也不稀罕，只要你念着我这份心就行。"

被这样的目光盯着，听着这般惊心的话，皇非笑眸之中一丝震动也无，犹自风俊怡人："若真想做，这世上还没有我皇非下不了手的事，有劳殿下费心了。"

没过多久，奉命前去赫连侯府的侍卫带着取信之人归来。楚王命奉酒的侍女统统退下，息了鼓乐，那侯府亲信遥跪在台下将密信交到侍卫手中，一层层转交，最终送到了楚王御前。

楚王轻咳一声，看了看面前两位重臣，将信打开。侍立在旁的含夕急忙倾身去看，咦了一声，而后粉面微寒，不待楚王发话，便指着赫连羿人道："赫连羿人，你好大的胆子……"

"含夕！"楚王阻止他，双眉蹙起，看向赫连羿人。赫连羿人生怕公主与王后回护皇非，急道："大王，臣已鉴证过，这信上笔迹印鉴皆尽属实，绝非伪造，请大王速将逆贼拿下，交谳狱司问罪！"

楚王盯着他，问道："这密信当真属实？"

赫连羿人道："确凿无误，大王不必再怀疑，尽快处置为是！"

楚王面色阴沉，似是十分不豫，深吸一口气，突然间重重冷哼，将那密信劈面掷下："好！那你告诉孤究竟该如何处置！"

赫连羿人一惊，接信在手，刹那间面色大变，即刻跪倒在地："大王恕罪，臣……臣……"

楚王打断他："证据就在你手中，你还有什么要说的？"

艳日骄阳照得眼前玉石灼灼刺目，就这瞬间，赫连羿人额头上已然渗出汗来："大王明鉴，臣这也是……为我楚国着想……"

"哼！"楚王怒不可遏，"只怕为我楚国着想之外，还有些难以告人的私心！明日起你不必再上朝，且在府中闭门思过，听候处置吧！"

座上君王震怒，赫连羿人才知中了皇非算计，猛地怒视过去，皇非一脸莫测深浅的笑容，见他看来，便将手中玉杯向上一举，风度翩翩地欠了欠身。渐芳台下一侧阴影中，那送信之人微微抬起头来，一张过于明丽的脸上，带着三分异样的笑……

第十一章 十年一算

　　眼看事情毫无预兆地来了个一百八十度的大转折，众人皆尽奇怪，但隔了这般距离，谁也不知那封密信究竟是什么内容，竟让楚王忽然迁怒于赫连羿人。苏陵垂眸沉思片刻，低声对身后一名侍从吩咐了几句，那人微一躬身，趁着人们的目光都集中在台上的时候，悄然退了出去。苏陵抬头，忽然发现对面的万俟勃言不知何时已经离席而去。

　　典礼结束，苏陵应酬过了众人，独自离开乐瑶宫，早有部属携了密报等候在外。他吩咐侍从驱车回驿馆，临近江畔却转乘了一辆四面垂帘密闭的马车，掀帘登车，躬身道："主上。"

　　车中子昊正闭目养神，幽暗的光线下雪衣寂静，漠然铺陈，显得容颜略微苍白。先前在渐芳台，他以一管玉箫强行对抗皇非、姬沧两大高手，非但重挫二人，更令姬沧对楚国的顾忌加深，当时虽有黑曜石灵力相护，但九幽玄通的反噬仍然不可小觑。

　　"查清楚了吗？"

　　短短一句话伴着数声低咳，苏陵方欲将刚收到的密报取出，手却又在袖中停住，转而道："都查清楚了，楚王手里那封信并非皇非和姬沧的密约，而是赫连羿人写给太子御的手函，上面的内容和当时卫垣的情报基本相符，以夜玄殇的性命换楚二公子含回归国，由此可见卫垣那边的消息还算可靠。

　　"据属下推测，这两封信定是被皇非暗中做了手脚。今日这事看似突然，恐怕却是皇非早有预谋，之前他一手推动赫连齐之死，提供太子御入楚路线，高调支持夜玄殇，不断将赫连羿人逼到忍无可忍的地步，同时故意露出破绽给他，让他以为可以扳倒自己，却事先做好了圈套。今天又利用了宣王威势，推波助澜，使得赫连羿人当场发难，被他算计个正着。楚王对公子含回一直心存顾忌，皇非深知此点，所以才会在此事上着手，之后也一定做足了落井下石的安排，如果不出意外，赫连羿人这次恐怕官位难保。一旦楚国内政全数落入皇非掌中，宣楚之间，必将发生一场巨变。

　　"不过此事还有些地方不是非常清楚：第一，皇非是如何让赫连羿人取到所谓密信的，借了什么人，或是什么事，这个人究竟属于哪一方势力？第二，又是什么人助皇非偷梁换柱，出卖了赫连羿人，好处是什么？第三，夜玄殇与皇非配合默契，他们之间的合作以后是不是有可能超出我们的控制？第四，也是最重要的一点，就是宣王姬沧，他是完全不知情，还是同夜玄殇一样，是在配合皇非？而赫连羿人所说的密信究竟是凭空捏造的，还是的确有之？如果姬沧从头到尾都是在陪皇非演戏，那皇非目前和我们的合作，就很值得商榷了。这些疑点，属下已吩咐各处暗线即刻着手去查，想必能再推断出些蛛丝马迹。"

苏陵平时虽给人博雅多才的印象，但在人前却极少如此侃侃而谈，即便与子昊议事，也多是谨言慎行。今天却不知为何，非但将情报详细道来，更一点点剖析来龙去脉，推断前因后果，严谨得连一丝细节、一点可能出现的意外都不放过，并在此之前就已做好了应对的安排。最后差不多说完了，他又将袖中密信原封不动地复述了一遍，从中推测太子御和赫连羿人目前可能还没有额外的交易，想了想没什么疏漏，这才停下。子昊原本静静合目听着，话到一半时，抬头看了看他。

这一番滴水不漏的分析，已就目前所有的情报做了最有效的判断和处理，着实省了他不少心力。日后帝都有苏陵在，终是叫人放心的吧。他笑了一笑，复又问道："万俟勃言呢？"

万俟勃言在大典上异样的举动，苏陵一直颇为上心："他中途离席便再未回来，我已命人留意，想必稍后便会有消息过来。"

密林浮雾，一声短促的呼哨自林外响起，浓雾中立刻传来回应，林子西方有数人策骑而至，过不多会儿，东面亦有几人快马驰来，急促的马蹄声没进厚厚的落叶，瞬间消逝无声。

这些人原本都身着各色服饰，入林后纷纷甩掉外袍，露出里面紧身夜行衣，以及形状特异的佩刀，对背手站立的一名男子单膝拜下："王子！"

面前那人衣饰看去十分华贵，相交身后宽阔的手掌显示出过人的力气，背上的枪囊强调了他魁梧的身形，浓郁的雾气下纵然看不到分毫神情，却能感受到一种莫名的肃杀之气，正自他身上散发出来。

不多不少，正好二十名黑衣人聚齐，那人目光一扫："都准备好了吗？"

前面一人答道："宣王今晚入楚宫赴宴，大概戌时整会出宫，在城东广陵桥动手最为合适。"

"好！"那人回身，正是柔然族王子万俟勃言，"万勿有失，我柔然族兴衰成败，在此一举！"

"愿为王子赴汤蹈火！"

当前之人抬头道："王子，可要等候乌黎长老？"

万俟勃言一挥手，带过马缰："不必。"此时忽闻马蹄声响，北方林外传来一声呼哨，林中暗哨出声相应，接着有人喝道："王子且慢！"

众人皆回头，方见一匹快马奔入林中，浓雾中尚未看清马匹颜色，便有一个须发皆白、身量瘦小的褐衣老者飞身而下。除万俟勃言外，周围柔然族死士皆躬身行礼，此人手持乌木长杖，发箍金纹垂饰，正是柔然族地位仅次于族长的两位长老之一谷浑乌黎，乃是勃言王子身边举足轻重的智囊人物。

谷浑乌黎看了看四周整装待命的黑衣死士，上前对勃言王子见礼，问道："王子突然召集我族死士，所为何事？"

万俟勃言沉声道："临行前我曾和长老商量过，趁目前姬沧防卫削减，将他击杀于楚国，姬沧一死，宣国必乱，这是柔然族复国的绝好机会，长老难道忘了？"

乌黎长老早料得如此，急道："王子不可莽撞，姬沧虽在他国，身边护卫不及平时，但要杀他谈何容易？王子难道忘了当年赤峰山之战？"

赤峰山！乍听这三个字，万俟勃言眼中精光骤闪。

襄帝十二年赤峰山一战，姬沧以夺色琴大破柔然铁骑，万俟勃言的绝焰枪亦败在血鸾剑下，被迫立誓只要世上血鸾剑在，绝焰枪便永锁囊中，不见天日。柔然臣服宣国近十载，至今岁岁朝贡，子民为奴，比昔日归附王族更加不如。万俟勃言心志匪浅，不甘受制于人，但姬沧雄才大略，宣国亦国力强盛，柔然始终毫无翻身机会，铤而走险，亦在常理之中。

万俟勃言倏地抬眸："原本同为九族之一，如今却举族为奴，非但我绝焰枪折辱下尘，父王战死已近十年，更是连灵位都无处供奉，连新王都不能自立，长老还想我柔然屈居人下到什么时候？"

"王子！"谷浑乌黎上前一步，"小不忍则乱大谋，此非万全之计！一个不慎，我柔然便是万劫不复啊！"

万俟勃言显然曾经深思熟虑，此时一字一句道："险中求胜，未尝不可。长老可有想过，一旦宣楚联盟，柔然才真正是万劫不复？"

谷浑乌黎道："皇非与姬沧未必就能达成一致，今日大典之上，分明有高人相助楚国对付姬沧，王子何不静观其变？"

万俟勃言皱眉道："我看倒未必，典礼上吹箫之人究竟是何方势力尚未可知……"话音未落，忽地侧耳倾听，但觉若有若无一阵清悠的箫声自林中传来，雾气浮绕，一辆双辕马车不知自何方出现在眼前，箫音便自车中隐然飘出。

典雅的马车，安静地停在众人之前，没有人发现它是什么时候出现的，也没有人看得到车中是何人，甚至连驾车的御者亦隐身在薄帷垂纱之后，只能隐约感觉，是个轮廓俊美的男子。

有风拂过，车角上精致的垂铃叮咚作响，如那清雅的箫声，无比悦耳。

万俟勃言猛地醒悟，这马车出现在近前，设于林外的暗哨居然没有丝毫反应，当下厉喝道："来者何人？"

他这一声运足真气，几如平地惊雷贯耳，震人肺腑。柔然族众人当此一喝，都似如梦初醒，周身一震。而那箫声，便如被疾风吹破，袅袅转散，终至寂然。

车中轻轻传来一声低咳，一个男子清哑的声音徐缓响起："勃言王子欲刺宣王，只挑了这几个不堪一击的人吗？连我的玉箫都听不得，只怕有去无回，有死无生。"

柔然族众人色变，万俟勃言与谷浑乌黎对视一眼，皆想到大典之上凭空震毁夺色琴的箫音，不由凛然。半晌，还是谷浑乌黎开口道："敢问尊驾何人，意欲何为？"

车中那人似是笑了一笑，道："柔然族也不称称自己的斤两，宣王姬沧的性命，是那么好取的吗？"

谷浑乌黎方才虽极力阻拦万俟勃言截杀宣王，此时却一字不提。柔然族今天此举倘若泄露出去，必定惹出大祸，此时他与万俟勃言皆已起了杀心，但务必要先弄清对方身份，免留后患："我族中事务，何劳外人多言，尊驾未免也管得太宽了吧？"

便听那人淡淡冷哼，忽然一道玄光自车中射出，擦过万俟勃言耳边，悄无声息地撞上树干。万俟勃言一惊回头，但见一块乌金令牌嵌入身边树上，牌身整整齐齐，与树面平行，几如天然生成一般，其上一个古篆体"冥"字赫然在目，竟是威震江湖的冥衣楼令。

万俟勃言脸上蓦然变色，且不说这掷出令牌的力道拿捏巧妙，令人心惊，且冥衣楼与宣王的渊源非同小可，无人比他更加清楚。

当年宣国老王宾天，遗命由小儿子姬沧继承王位。新王登位，正逢柔然举兵来犯，姬沧亲自率军出征，宣国几位大王子却暗中勾结一气，串通他身边宠妃设下陷阱，趁机在庆功宴上发动政变，意图夺取王位。

姬沧那时年少气盛，赤峰山完胜而归，一战名动天下，难免目中无人，大意之下竟误中圈套，饮下美妃所奉的毒酒，功力丧失大半，继而被重兵围困，陷入了死战的局面。在此生死之际，冥衣楼漠北、赤陵两大分舵突然出动精英，助姬沧杀兄复位，平息了宣国这一场叛乱。

当初柔然新败于姬沧之手，一直伺机复仇，曾和宣国几位王子合谋，暗中推波助澜，欲除姬沧而后快，事败之后一直对冥衣楼耿耿于怀，此时视之为敌亦属当然。却听车中人淡声道："这天底下，还没有我冥衣楼管不得的事。"

万俟勃言见得那令牌，心头分外生恨，喝道："冥衣楼既要多管闲事，便莫怪我不客气！"反手一拍，震烁漠北的绝焰枪弹上半空，落入手中枪身一振，火色长缨划破薄雾，指向马车，一股排山倒海的气势沿枪尖散出，竟迫得林中雾气不断翻滚。

车角小小的紫铜金铃频频轻响，忽然叮了一声便停住了。所有人都在这时听到一阵低低的咳嗽声，但见车帘徐徐一掀，一支晶莹的玉箫向外轻轻一点。

这一切动作都是那样的慢，仿佛是微风中次第绽放的梅枝，无比清晰优雅。然而帘侧一点白光，倏地射出，于交睫一瞬飞向万俟勃言手中的绝焰枪。

万俟勃言蓦地大喝，在撞上那白光的瞬间枪尖一闪，化作万道枪影漫空洒开，先前隐蓄待发的一势竟被后发者先至，攻个措手不及。

枪身上传来一阵奇异的寒气，震得手臂发麻，他断然借势拧腰，身形拔地而起，半空中如龙逆身，绝焰枪以万马千军之势迎空射向浮雾中若隐若现的马车。

其旁二十余名柔然族死士自然也明白不能放这车中之人生离此地，亦随谷浑乌黎从左右两方攻向马车。那坐在车前的御者也不见起身，手中马鞭嗖一下便穿出垂帘，以难以形容的速度点向众人，笑道：“莫要碍事！”

一条乌丝长鞭夭矫闪绕，但听啪啪数声轻响，飞雾盘旋，被鞭梢扫中的死士无不跌飞出去，皆被点中穴道，滚翻在地。

此时车旁一声贯耳的闷响，却是绝焰枪以下冲之势与那支玉箫对个正着。万俟勃言只觉那玉箫中心像是突然塌陷成一个无比深邃的空间，绝焰枪不由向下一沉，刚觉不妙，便被一股强横的真气反震了出去。车前垂帘受劲气影响，一霎扬起，驾车的人恰巧扭头看来，修眉英目，形容倜傥，儒雅笑容令人一见难忘。

万俟勃言几疑自己看花了眼，落地时枪身一顿停住：“苏公子！”

这车前御者，竟是名满天下的昔国储君苏陵。

苏陵手中长鞭一振，两名柔然族死士毫发无伤地向侧让开，长刀脱手飞出，呆立在那里。下一刻，马鞭回手，他已从容而至车下，对万俟勃言抱拳一笑：“方才宫中喧闹，未得机会与王子把盏同饮，十分遗憾，不料这么快又见面了！”

谷浑乌黎挥手，及时止住了其余死士，若非情不得已，柔然族绝不愿得罪这位昔国实权人物。此时他看得清楚，苏陵站立车前，看似随意，实际上却封死了所有可能针对马车的进攻，薄雾缭绕，伴着那一袭温润蓝衫轻轻飘扬，静悬腰畔的长剑若隐若现，虽未出鞘，却已令众人心慑。

苏陵的剑，不似逐日剑一般光芒耀目，亦不似血鸢剑一般狂肆邪魅，但天底下没有一人敢小觑这柄普通的长剑。

万俟勃言神色数变，终冷脸说道：“哼，不知苏公子何时也和冥衣楼一样，竟然效命于宣王了？”

苏陵从容笑道：“苏陵与冥衣楼渊源颇深，但与宣王却只是点头之交，冥衣楼亦绝非受命于他，王子莫要误会了。”

万俟勃言将枪尖一横："冥衣楼当年助姬沧平乱，尽出帮中精英，可谓不遗余力，如今此言着实叫人难以相信。"

苏陵尚未答话，便听车中一声淡淡轻笑："当年在血鸢剑下，绝焰枪一败涂地，自誓绝迹江湖，不知今日何以自毁誓言，就凭这一柄枪，王子自问可是姬沧的对手？"

听得那人发话，苏陵即刻侧身一让，退到一旁。柔然众人更是吃惊，不知车中究竟是何方人物，竟令得昔国储君如此恭敬，甚至亲自驾车随侍？

万俟勃言脸上阵红阵白，怒道："我柔然族纵为宣国所迫，屈身为奴，却也轮不到冥衣楼指手画脚！"

车中再次传来低声的咳嗽，停了片刻，那人才冷冷笑道："王子当初挑唆宣国叛乱，虽说谨慎小心，却也留下了不少蛛丝马迹，若非我冥衣楼从中相护，你以为柔然凭什么逃得过姬沧事后追查？"

万俟勃言闻言心头一震，目光混了惊骇、震动、疑问、探究等情绪，几欲刺破那静垂的车帘，直透车中。此时苏陵温言笑道："王子想必也知道，当年宣国兵变之后，冥衣楼助姬沧清洗叛逆，三个月内尽戮众王余党，若非存心相护，柔然族如何隐瞒得过？冥衣楼与柔然是敌是友，王子难道还不明白吗？"

万俟勃言与谷浑乌黎对望一眼，两人皆是疑虑重重。半晌，谷浑乌黎抬手向前一拱，语气略微客气了几分："我柔然欲反姬沧，两位今天既然已经知道，那咱们便明人面前说明话，免得麻烦了。敢问冥衣楼究竟是何用意？当年既然扶持姬沧即位，何以又暗中与宣国作对？"

苏陵微笑道："长老此言差矣。柔然针对宣王，乃是雪耻复国，何来'反'字之说？至于当年……"他向车内看了看，笑中有些感慨的意味，"冥衣楼之所以扶立姬沧为王，不过是因为他便于控制罢了。"

众人皆是一愕，几乎不敢相信自己的耳朵。宣王之桀骜不驯举世皆知，诸王之中说谁容易控制都可，却怎么也轮不到宣王姬沧。他却不知东帝当年暗中扶助姬沧，原本就是要尽快造就一个强横的宣王，用来制约那时关系趋于良好，开始觊觎帝都的楚、穆两国。这一步棋，使三国相互牵制而成鼎立之势，谁也不敢贸然动作，为他赢得了数年的时间，才能和凤后从容周旋，最终取而代之。

过了好一会儿，万俟勃言才蹙眉问道："你们……冥衣楼如此算计宣国，对我柔然有何好处？"

苏陵含笑答道："柔然复国，赤峰山之北千里沃土尽归所有。另外，柔然原本乃是趁乱自立，只要王族不曾降诏承认，任何一国都有借口兴兵讨伐，事成之后，我以整个昔国保证，柔然可得王族诏书，明正立国。"

昔国苏陵一诺千金，万俟勃言瞳孔骤然收缩，显然这条件极为诱人。他垂眸思忖，稍后似是有所决断，问道："你要我柔然做什么？"

苏陵向侧一瞥，见主上并无其他示意，便继续道："今日刺杀之事，还请王子暂时作罢，一旦宣王在楚国遇刺，无论成功与否，少原君定会追查到底，柔然难免麻烦缠身。而且，即便姬沧身死，宣国大乱，楚、穆两国必将趁机瓜分漠北，得此大好机会，他们又岂会放过柔然？所以，还请王子从长计议。这些年王子聚积兵马三万有余，暗中在尧云山操练布置，也已小有成就。王子回去之后，不妨加紧训练，欲灭宣国，必要以雷霆之兵一击而中，等到合适的时机，我们自会派人联系。"

柔然族最大的秘密，在他人春风般无害的笑容下轻描淡写地道出。万俟勃言耳中若闻惊雷，整个人像被浸入万丈冰潭一般，就连呼吸都似有一瞬停顿。片刻后他强压下震荡的情绪，哑声道："好……那冥衣楼要的又是什么？"

苏陵微微一笑，说出最后的条件："我们只要王子手中的幽灵石。"

第十二章 明月高楼

楚江东岸少原君府的一处别院，小楼之上两盏青纱风灯光影沉沉，照见纹枰静暗，玉盏空置。庭外花木扶疏，华月半掩浮云，偶有丝缕微光映上棋盘间纷纷密密的棋子，幽然闪亮，现出整盘纷杂的布局。

皇非几近完美的侧颜隐在身后似明似暗的灯影下，俊眸深敛，看着面前玄机迭现的迷局，一手闲执棋子，轻叩桌案，抬头时，笑容中多了几分平日难见的郑重："没想到以玉箫震断我琴弦的竟是东帝，师父今晚所言，着实让徒儿有些意外。"

仲晏子起身步行到朱栏之侧，自今日在宫中见过东帝，此间独思，多少往事纷上心头。即便并不完全赞同他的一些做法，甚至始终对他不假辞色，但他说过的那些话却无可避免地在心中翻滚不休。

长痛不如短痛。九域多年分崩离析，已是无法挽回的乱局，那就不如让它乱到极致。

盛极必衰，乱极而治。

以柔水之心行宽仁明政，如今已只能暂缓子民困苦，想要彻底靖乱，则必以相刑之火，祭锋芒之剑——用最强大的力量，彻底破灭争雄者的妄想与野心。

三两年征战百姓苦，却也胜过五年、十年、几十年甚至可能无尽延续下去的对峙攻伐。

以杀止杀，是锋利的双刃之剑，以此剑平正宇内，需要强者与强者的联盟。

如若不然，便是另一个百年乱世，烽火连天，涂炭苍生的争逐。

乱由王族起，便由王族止。仲晏子一声长叹："为师自收你为徒，便一直教你与王族为敌，我也知道，突然转变这个想法，并非易事。"

皇非笑，抬手将棋子掷回盒中，侧身道："今天还是第一次听师父说起昔年往事，当初的恩怨，若师父已不再介意，我又岂会执意于此？何况师父从来教我的，都不是一味囿于人情私怨。"

他站起身来，走向楼台尽头，负手望向深沉遥远的夜空，语气之中并未见如何作态，却有一种极度的自信和狂傲流溢开来："徒儿尝闻师父言教，'天下有粟，强者食之，天下有民，强者牧之'。观今日之天下，群雄并起，逐战九域，乃有万顷之粟，待强者食，万众之民，待强者牧。我楚国坐拥南域三千里江山，甲兵雄盛，凌越诸侯，当此天赐之良机，岂可偏守一隅，安图享乐？'千夫所指、逆臣枭雄'也好，'救苍生于水火，解万民于倒悬'也好，凭我手中剑、麾下军、胸中智，必当正此乱世天下，使九族俯首我脚下，诸国顺从我手中，万民拜叩我面前，如此方不负此生为人，不负天地春秋、男儿所怀！"

夜空风云流荡，一轮皓月自散开的云雾之后徐徐现出冽目的光华，尽数敛入那双精光隐隐的黑眸，毫不掩饰地，折射出无与伦比的霸气。

此时的皇非，不是染香湖上风流多情的贵公子，不是跃马仗剑称侠江湖的少原君，他比金殿之上的国君更像一个王者，挥手三军，江山为棋，再不掩男儿叱咤纵横的锋芒。

仲晏子对这个徒儿向来极为自豪，听他如此直抒胸臆，心潮震动，原本欲像儿时一样伸手拍他肩膀，忽又停在半空。那一瞬间，被他周身散发的凛然霸气所慑，竟觉这样的动作再不能够。

岁月急急，江山兴亡，乱世更替，英雄辈出。流年十载去，物是人非如流水，如今的天下，已然属于这些青出于蓝而胜于蓝的年轻男儿。

今日再见那人，见那帝子风华、万丈君心，原以为璃阳宫火海烧天，一腔雄心壮志早已燃尽成灰，谁知还是有着一点不甘、一点执念，被一个后辈安静地看透。

此时皇非转身望向恩师，忽然肃容，长身一拜。

仲晏子微微怔愕，随即释然，伸手在他肩头轻轻拍了拍，道："为师能教你的，这些年已然倾囊相授，今日所言，你当仔细思量，这一局棋你究竟要怎么走，又有几分胜算。"

皇非面现微笑，挑眉道："不瞒师父，若依如今这般走下去，胜负之数五五。我虽一向自视甚高，但这盘棋，却不敢说有完胜的把握。"

仲晏子语重心长地道："借不能用者而用之，则非我求蒙童，蒙童求我，此可免两败俱伤，为人所趁之险。"

皇非点头，但目中光芒沉敛，深有思忖之色："如师父所言，东帝今天的话已说得十分明白。但我始终有一事不解，自九夷之战到渐芳台箫琴相对，我和他其实已有过数次较量。论兵法谋略、文治武功，我不得不承认他确是我生平罕见之对手，以他之能，既已夺权亲政，想要稳固帝都绝非难事，如今天下虽乱，但若他有心动手收拾，至少也可保个四域平衡、同尊王族的局面，却何以竟要拱手江山，为他人作嫁？若说只是为了笼络于我，令楚国不得轻举妄动，这代价未免也太大了些。"

仲晏子心中亦有此疑虑，徐徐踱步，低头沉思，却也不得其解："他说只要带话给你，你自会明白，这其中缘由……"

"这其中缘由，以少原君之心智难道竟不明白吗？"忽然间，一个清冶如云水、流媚如暗夜的声音袅然响起。

高楼外，明月下，玄衣清颜的女子翩跹入画，广袖云飞若曳风月，水眸流照漫夺星光。玉步轻移，幽幽墨色绽开莲华清娆，暗香肆魅，万芳庭中百花齐晏。

"子娆见过叔父。"长者面前委婉偏拜，清眸流转，却淡淡挑了一眼皇非，浅笑。

月色似在眼前一暗，男子眸中烁起惊艳的光，亦欠身以礼："公主别来无恙？"

子娆笑吟吟道："别来无恙，却不及公子风光，今天偶然想起些许旧约，特来找公子议上一议。叔父，他欠我一笔债没还，您老人家管是不管呢？"

仲晏子抬眼，楼外皓月当空流照，面前这一双玉人凭栏而立，男儿丰仪俊然，卓尔不凡，女子玉致冰姿，婉华若仙，他心头一动："岁月不饶人，我这把老骨头哪还管得了你们年轻人的事？"说罢扫了皇非一眼，竟就这么转身，径自负手去了。

子娆一怔，不由嗔道："怪不得哥哥说，叔父只疼徒儿不疼侄儿，真真是没错！"

皇非目送师父离开，微微侧身，含笑道："公主找非何事？"

子娆清眸流闪，斜漾过去："之前托你的事，莫非忘了？"

皇非道："公主所托，非自然不敢相忘，事情已经言妥，公主随时可以要歧师兑现承诺。"

子娆道："他答应了？可有什么条件？"

242

皇非笑道："他不敢。"

"哦？"子娆奇道，"歧师肯无条件为人医病？"

皇非点头："没错，非既然开口，他自当从命，但是……歧师毕竟是歧师，公主当真信他？"话音落，心头若有电念轻闪，似是想到什么事情，目光在子娆脸上一停。

子娆伴了清风莞尔展眉，柔声别蕴幽致："我不信他，难道还不信你？无论如何，先要多谢你才是。"

"公主何必见外。"皇非目视于她，突然问道，"东帝今日所言，叫人不得甚解，不知公主可否指点一二？"

深俊的眸子，幽然暗锁其中，牢牢固住女子冰澈的瞳心。子娆眼底似有波光重影，粼粼点点，漾入那无底的深夜，暗色丛生："口口声声称公主，你不知我名字吗？"

皇非倾身一笑，靠近她耳畔，呼吸间柔丝轻呵，尽是她如水的气息："子娆，可解我心中惑否？"

一人心中之惑，一人心头之痛。子娆笑得无声，却魅人。

那个人，他心高志远，诸国同尊王族不放在眼里，他要这四海归一，九域同心。那个人，他淡然知命，生死祸福都无谓，令天下动容的承诺，就这般轻松掷于他人。那个人，他怎生得铁石心肠，靠在灯火深处帘下，脸色苍白得遥远，虚弱得连声音都似缥缈，却淡淡对她微笑，用那样柔软而冷静的语气，轻言两个与她毫不相干的男子。

一寸一寸，一颗心剖得片片分明。

一步一步，一局棋算尽天下风云。

夜玄殇，还有……皇非！待他服了药倦极入睡，她便转而寻来，一路急奔，却在踏月而入时，忽然平淡了心境。

江山宗族，他是当真看得比性命还重吗？那么为了他，她又有何不能不可？

子娆的眼中，天下无事不可为。子娆的心中，天下男儿都一样。

羽睫一颤，细眉微挑，抹抹流光轻染眸色，玉指纤纤，点上男子的心口："你，心底早知答案，却明知故问。"

皇非沉声道："我只是有些感慨，即便我想到原因，也有更彻底的法子达到目的，但却偏偏无从选择，要为一己红颜效尽犬马之劳。"

子娆轻声笑语："因为你是聪明人。一个聪明人，总不会让人失望的。"

皇非将目一合，深吸口气，漫于暗夜的幽香缠绵肺腑，柔沁心脾："子娆，子娆……我不得不承认，你真是让我有些着迷了，如此险棋，我纵然可以选择更稳妥的做法，却不愿去拒绝。"

"公子的选择定然得偿所愿。"

皇非目光熠熠锁视于眼前人，低声问道："当真？子娆可知道我想要什么？"

子娆抬眸道："公子这般人物，还能想要什么呢？"

"哈哈！"皇非扬声而笑，"和公主说话真是一件乐事！"潇洒后退半步，翩然礼道，"可惜，今晚还有些俗务缠身，不能与公主月下畅聊了。还请公主代臣向东帝问安。"

"公子请。"

明月高台，风满楼，华衣暗影矜持交叠，袖袂飘荡，错身而过，暗香影中沉浮，人去楼空。

第十三章 卿本佳人

染香湖，精致的画舫掩荡于迷烟深处，一舟独泛，冷月照不尽湖心，暗波成流。

华灯半残，在女子妖艳的媚容间投下明暗不定的光，玉指笔下飞书不停：书呈太子殿下，楚都事有变故，少原君设计构陷，赫连侯府恐难自保……

一缕纱幕曳过长案，灯影幢幢，将本就微不可察的脚步声淹没在光照不及的黑暗中。纯白的衣袖，上织精美云纹，出其不意地拂落面前，强劲的手臂环住女子削肩，低沉的声音带着惊人的暗惑响起在耳边："这么晚了，姝儿在写什么？"

猛然间娇躯一震，白姝儿僵在男子温柔的怀抱中，一滴浓墨溅坠丝帛，心头，仿佛有冰冷的感觉骤然攫遍全身，一动也不能动。

修长有力的手握住执笔的柔荑，柔软而冰冷的唇轻轻划过耳畔，男子爱怜地一声低叹，仿若每一日花前月下，呼吸轻抚她如雪凝香的玉颈，激起肌肤间阵阵战栗："怎么不说话？"

白姝儿勉强侧首，发间珠钿颤颤如丝："公……公子……"

"嗯？"灯烛明绰，皇非俊美的笑容迷人依旧，目光如温柔的刀刃，寸寸割过女子惊悸闪烁的艳眸，"姝儿今天想我了吗？"

白姝儿呼吸急促，眼角余光扫过舫室，发现趁夜赶来通报消息的召玉早已不见了踪影。画舫内外静如死域，不闻半点儿人声，唯有浪击船身，发出低微的、悸动的轻响。

一时间她无暇思量皇非怎么会突然出现在这里，心乱如麻地想了几番脱身之计，然而被他拥在怀中，清楚地感觉到那只紧握大楚命脉、今日刚将赫连侯府无情玩弄的手，此时正恰好覆在自己心口，只要掌力一吐，便可轻松震断她心脉，饶是平日计谋百出，眼下却连一根指头都不敢妄动。

眼见美人花容失色，皇非轻冷一笑，抬眼看向那案上密信，左右她手中笔锋，转腕随书，染没那字里行间的杀机：“太子殿下。唉……姝儿啊姝儿，枉本君如此宠你，难道在你心中，竟比不上远在穆国的区区一个太子御？”

迷夜若水，浮香温存，男子若有若无的叹息带着说不出的蛊惑、辨不清的暧昧。白姝儿唇角一颤，软腰柔折，娇容微侧，眼中哀色楚楚，数点清泪破颜而落：“公子，姝儿……姝儿也不想，只是为太子御所迫，幸而公子无恙，不然……不然姝儿真不知如何是好了……”

丽眸水波，涟涟坠落。皇非似满是怜惜，将怀中人儿紧了一紧，贴着绢衣下玲珑起伏的艳骨，柔声问道：“哦？谁敢迫我们姝儿，是用了断肠的毒，还是关了姝儿的至亲至爱？要不然，难道是掳了姝儿的心去？”

手底尤物颤颤低泣，凝噎不语。皇非眼中泛起暗魅的趣味：“姝儿从来最会猜我心思，何不猜一猜我现在正在想什么？”

白姝儿转抬泪眼，原本甜腻的嗓音哑然凄楚，竟是千般柔媚、万般娇怜：“姝儿还能见得公子，早已心满意足，公子便是此刻要姝儿以死赎罪，姝儿亦情愿为之。”

皇非终于笑出声来，手指一勾，捏住她小巧的下巴，令那唱作俱佳的一张美颜面对自己：“其实本君只是好奇一件事——凭我逐日剑，几招之后才能让避过宣王杀招而面不改色、在归离剑下也能从容逃得性命、随便直视通幽棋亦毫无半点儿异样的自在堂堂主，殒命当场？”

白姝儿面上诸般颜色骤然落尽，一双美目异芒飘闪，冷冷看住眼前这似魔非人的男子，半响，开口道：“公子若想试一试，何不放开姝儿，也好尽兴？”声音再不复之前的娇柔迷人，反而透出几分诡异艳丽的冰冷。

皇非仍笑，摇头叹说：“唉，女人……真是叫人捉摸不透，何苦这么快便翻脸，姝儿若是再落几滴眼泪，说不定本君心一软，就放你去了呢。”

白姝儿面无表情地道：“堂堂少原君岂是真以美色便能打动的，姝儿从一开始便错了，何必一错再错，自取其辱？”

“聪明，本君一直便喜欢聪明的女人。”皇非扬声笑赞，“只可惜，卿本佳人，奈何从贼！”抬手一送，将怀中香躯直抛起来。白姝儿娇叱一声，足尖点上长案，借势飞起，手中一柄短刃寒光骤现，身形回旋，直刺皇非面门！

剑光绕身，千影飞夺，整个船舱之中光练纵生，化作长幅白缎漫天铺绽，以不可思议的速度向皇非席卷而去，令人全然无法分辨短刃来势。

流光惊破夜色！

但听"咻"的一声轻响，忽然间，白缎从当中撕裂！

一点金光，电掣星流，在那寒光之上骤然暴涨，仿若日盛长空，流金烁火，绞散万千光雨，洒向四周。

金芒飞落，散入灯火俱灭的黑暗。

船舱中似乎还留着那耀目的光亮，帷帐暗处，白姝儿轻不可闻的呼吸起伏隐现，在那光亮消失的瞬间，看见皇非衣袖飘落，峻拔的身姿几如暗夜魔君，逐日剑上散发出可怕的气势。

"一招。"低沉如旧的淡笑。

白姝儿靠在柱上调息，肩头缓缓渗出血痕，逐渐淋漓而下，握剑的手微微颤抖。

嗒！血迹落上地板，剑气，如影迫面！

白姝儿旋身疾退，于意想不到的角度贴着柱身滑出三尺，身畔木屑飞溅，凌厉的剑光照亮空帷，将整根船柱粉碎大半，飞屑之中夹杂着绡纱扬落，白姝儿臂间披帛碎成片雪，露出凝脂般的香肩。

"两招！"

白姝儿情知如此退避下去，任由皇非剑势达到巅峰，便等于为逐日剑献上自己的性命。当即飘身疾射，自在逍遥法发挥到极致，一双长袂扬上半空，化出万千袖影，四面卷向剑光。

劲气破空，激旋荡溢，眨眼之间，白姝儿以袖中短刃连挡皇非七剑！

血光迸现！

白姝儿失声娇哼，身如落红，急速坠下，直撞向后面船舱。就在即将撞上墙壁的刹那，柔软的身躯忽然奇异地向上弯去，倏地翻折，便已穿出窗外。

一点剑光急追而至，轰然破开船壁，下一刻，皇非的身影出现在船头，淡淡地冷笑，向暗夜中迅速消失的白点追去。

染香湖两岸碧树成林，花灯错落，由画舫而至红楼，处处绣馆通幽，风月曲折。白姝儿仗着熟悉地形和大自在四时法之绝妙，几次避过皇非追杀，但肩头、肋下两处受伤匪浅，血迹不断遗下，在一路浮香媚影间泛留淡淡腥艳血气。

皇非偶尔停下略作察看，不慌不忙地迫着逃命的女子，却又不将她逼得太紧，如同猫儿玩弄手心里濒死反抗的猎物，不怕她逃出生天。

追逐于死亡的游戏，在湖岸旖旎的夜色下，泛出诡谲的杀机。

月光骤寒，一刃白芒乍现，白姝儿终于寻得空隙，借地利反击偷袭。双刃相交，逐日剑上强势的真气将已然重伤的对手震出数丈。一道纤影如鸟投林，坠向不远处点缀在万花丛中的馆阁深处。

皇非随后而至，几个起落后登上最高的一栋小楼之上，环目四顾，微挑眉梢。

这处是染香湖规模最大的建筑群，楼阁连绵，玉户香闱不知其数。此时正值良宵夜半，莺莺燕燕轻歌娇舞，纵酒饮笑，白姝儿躲入此中，便如滴水入海，完全失去了踪迹。

但皇非是常年带兵征战的人，在他统帅下的烈风骑能于大漠荒原之中据敌军一点蛛丝马迹逐战千里，寻敌追踪自不在话下，闭目轻辨风中气息，身形一动，往东首一片水阁处落去。踏入阁中，逐日剑入鞘，广袖飘然，一身风流从容，对门前两个娇俏的小鬟含笑摆手，倒像是闻香止步，夜访佳人，哪有半分辣手摧花的杀气在身。

这一处，是半月阁那绝色舞姬绿颐的住处，再往外紧邻湖畔，尚泊着画舫悠悠荡漾，显然主人刚刚游湖归来不久，灯火未熄。

足下微停，目光掠过廊前花架之侧隐约一道血痕，那是沾了血的纱衣留下的痕迹。近旁房门紧闭，内中有女子轻微的喘息之声，皇非唇角冷冷一勾，举手按上雕花双门。

门开，精致的绣房，锦帐低垂，罗帷深闭。

帐中有人。

皇非冷冷轻笑，抬手拂向那流红烟锦，不料便在此时，一道剑光忽然夺帐而出，直射他咽喉！

一剑寒光电射，锐气无匹！

皇非疾退，逐日剑在几不可能的瞬间离鞘出手。清啸声中，两柄长剑驭电破空，黑夜中光华刺目，好似千百柄兵刃流射旋激，两人身影几乎全然没入其中。

剑招化为剑势，剑势激荡剑气，剑气凝为剑光，招招相交，招招相对，招招相敌！

寒光一盛，双剑乍合而分，两人身形错位。

薄如秋水的逐日剑，在皇非手中隐隐泛出异芒，那是饱饮千人之血的杀气，一缕剑魂，仿若轼天灭地的残阳，湮灭长河万里，大漠孤原。

这招"日落千山"，当世唯有宣王姬沧曾经迫他使出，至今未有第二人。皇非冷冷抬眸，与面前那人目光相对，两人却是不约而同一愣。

那男子剑眉斜飞，薄唇锋锐，一双黑眸有着醉人心魂的狂放与不羁，玄色长衣衬出修长挺拔的完美身段，却显然是随手披在身上，带出几分玩世不恭的模样。手中，长剑绝冷，杀气未敛，似能在不经意间取人性命，而方才的交手也早已证明这柄剑绝不容人小觑，哪怕对手是皇非。

归离剑。

这帐中之人，竟是夜玄殇。

皇非面露惊疑，看向同样目含诧色的夜玄殇，问道："三公子为何在此？"

夜玄殇怔了一瞬，接着便挑眉而笑："这染香湖的绣阁中……君上以为还能为何？"

此时皇非听得清楚，帐中依稀有女子呼吸之声，脸上掠过一丝古怪，却又是心领神会的神情，不由失笑："扫了公子的兴，抱歉抱歉！"

夜玄殇无所谓地耸了耸肩，亦笑道："方才玄殇鲁莽了，还以为又是那些不长进的杀手，谁知竟是君上，多承剑下相让。"

皇非笑意不减，话中有话："归离剑法霸气强横，试问天下，谁人又胆敢托大？"

夜玄殇爽朗一笑，随手回剑入鞘："君上何以突然来此？难道……这绿颐乃是君上心上之人，玄殇冒犯了不成？"

皇非闻言长声而笑："公子说笑了，即便本君中意绿颐，公子若看得上眼，本君难道还会舍不得一个女人？"说着扫视房中，目光在那静垂的幔帐上停了一停，"本君今晚是追敌至此。"

"哦？"夜玄殇奇道，"什么人，竟劳君上亲自动手？"

皇非淡淡地道："一个极美的女人。"

夜玄殇转眼向后扫去，忽然伸手拂帐而起。

帐中仅次于花魁白姝儿的美姬绿颐轻呼一声，抓了那柔缎鸳锦瑟瑟抬头，一头乌发纷泻身前，半遮雪肩，美目凝诧，翠眉含惊，却是说不出的春光香艳、旖旎动人。

夜玄殇俯身一笑，反手将她带出帐外，烟罗飘拂，一荡垂下，便是这瞬间起落，以皇非的目力也足以看出那方寸之间帐中被下再无他人，移目转身，不由眉梢一挑。

那绿颐半倚在夜玄殇身边，周身只笼一层烟翠色落纱薄衫，几乎透明的丝绢之下凸凹有致的身段若隐若现，玲珑惹火，幽幽光线中，那副欲拒还迎、欲说还休的风情比完全不着衣衫更加诱人。

皇非一向怜香惜玉，今晚却觉可惜，将这绝色美姬上下打量了一会儿，笑对夜玄殇道："三公子好艳福，本君不打扰了，不过临去前有一事相告，公子听过后，只怕会有些扫兴。"

夜玄殇深眸微抬，散漫含笑，一副洗耳恭听的表情。皇非转身踱步，眼光向他怀中美人一挑："这位绿颐姑娘和我今晚要找的人一样，都是太子御那边身怀绝技的杀手，自在堂中排名第二，'冷钗翠袖'便是她了。"

此言一出，绿颐美目震惊，身子刚有微动，已被夜玄殇强劲的手腕制住。男子原本醉人的黑眸冷冷如夜空般罩了下来，将她掩在一片阴影当中，低沉的声音寒若霜刃："绿颐，此话当真？"

绿颐张了张口，却被那目光迫得片字难言。夜玄殇长眸微眯，黑暗之中射出危险的光："真叫人失望，这双眼睛告诉了我答案。"

绿颐再禁不住这样深冷的注视，猛地向后撤身，发间玉钗化作一点白光，出其不意地射向男子眉心。

然而一道冷光更快更利，如影追夺她飞退的身躯，剑芒一烁，血光溅满画屏！

收剑回身，夜玄殇修长的黑袍微微一扬，挑起一片柔绢，若无其事地拭干剑上血痕，随手扬弃。

皇非迈出房间之时，方才活色生香的美人已卧在画屏前一动不动，身下徐徐溢出大片血迹。

屋内的灯烛，早在剑气之下熄灭多时，外面柔冶的光线透过门窗精雕细刻的镂花透射进来，照见艳女媚骨横卧血泊残丽的姿态，脂粉香中漫开血气，使这一间香阁中浮动着冥艳而诡异的气氛。

归离剑落回鞘中，夜玄殇自行在案前斟了杯酒，徐饮一口，直到感觉皇非的气息完全消失在水阁之外，才走上前去，将血泊中的女子扶起，骈指点中她胸口穴位。

血流止住，女子亦轻吟一声，睁开眼睛，待看清是他，似惧似畏地向后瑟缩了一下，靠在墙上微微喘息。

夜玄殇方才那一剑用劲巧妙至极，虽正刺中绿颐心口，却在发力之时向侧偏移了半寸，同时真气透入，封住了她胸前要穴，造成一剑毙命的假象，就连皇非亦被瞒过。

他看过绿颐伤势之后，取过火折子，将榻前两盏垂晶银灯点亮，掀起帷帐，拉开锦被，床里一间暗格中赫然平躺着被皇非追杀到走投无路的白姝儿，暗格的门尚未来得及关上，仅仅靠着上面宽大的被衾遮挡，如果挑亮明灯仔细观察，便能见那艳红的丝锦之上其实有着新鲜的血迹。

皇非方才看得被下平坦无人，却没想到榻中别有洞天，亦没想到人是夜玄殇亲手藏的，只因任何人都可能，夜三公子却完全没有留下自在堂女子性命的理由。

白姝儿脸色惨白颓靡，已不复往日光彩照人的艳色，却另有一种脆弱易折的病态之美，灯火下看去，纵已气若游丝，倒也十分惹人垂怜。她遭皇非两剑重创，流血甚多，最后又被剑气震伤肺腑，拼力周旋来到此处，早已因支撑不住昏迷过去。夜玄殇抬手将真气注入她体内，暂缓伤势，却也顺便封了她几处穴道。得他真气相助，白姝儿慢慢转醒过来，睫毛轻颤，却依旧合目而卧。

夜玄殇分辨她身上香气，唇边逸出一声轻笑："夜合香，这便是你本来的模样吗，倒比我想的更美，当时若不扮作她人，直接投怀送抱，说不定成功的机会更大些。"

白姝儿呼吸瞬间急促，睁眼看向这心思莫测的男子："原来你早知道我的身份，为何还要救我？"

"看来我那位大哥近几年挑的人是越发没眼力了，连这简单的原因都想不到。"夜玄殇声音冰冷，"我救人，是不想你们死在皇非手中而已，人我既然能救，也一样能杀。"

深刃似的目光，令人丝毫不能怀疑这话的真实性，白姝儿心头微震，越发摸不透他的想法："难道你救了我，便是为了亲手杀我？"

夜玄殇懒懒地一挑眉梢："自在堂的堂主，太子御的得力臂膀，我还真想不出，有什么留你不杀的理由。"

似是力气不足，白姝儿的声音忽然有些轻软："救了人再杀掉，你不嫌麻烦吗？"

"举手之劳，我无所谓。"夜玄殇干脆地回答。

"倘若……我……有令你不杀的理由呢？"

夜玄殇轻笑："说来听听也无妨，但不要浪费我的时间。"

白姝儿眼神飘转变幻，漫卷一片阴晴明暗，显然在筹算些什么。过了片刻，她眼光一落，柔唇间吐出几个字："太子御在楚、穆两国的所有部署。"

她并未直接以美色相诱，而是提出颇具分量的条件，倒也算见机明了，夜玄殇侧颜以视："这么快便决定卖主求存了？"

白姝儿转眸之间带出丝缕媚态，不过语气却十分镇定，显示出身为一帮之主利落的决断："即便我死了，太子御亦不会多掉一滴眼泪，我又何必为此赔上性命？"

夜玄殇神色淡然，看不出丝毫情绪："我又怎知你不是缓兵之计？"

白姝儿一脸娇柔无助，轻声道："你以为我将太子御的秘密泄露出去，他还容得下我再回头吗？何况现在皇非已经识破我的身份，楚国也是危机重重，我不借三公子庇护，还能有什么法子和他周旋？再说……"她将眼风一飘，有意无意便是媚意丛生，"平心而论，我还真是觉得，三公子为人处事比太子更有点儿前途，武功高上几分，人亦年轻俊朗得多，便押这一注试试，也好过此时全盘皆输，连人加命都赔上。公子觉得这理由够不够呢？"

虽然气息奄奄，这美女还是有着惊人的魅力，仅一抹眼神便足以令人为之颠倒。夜玄殇冷眼看去，一言不发，目光中渐渐凝有深沉的威势，冷若锋刃，喜怒莫辨。

白姝儿呼吸一室，再不敢对他施展媚术，垂下眼睛柔声道："你若不放心我，可以自身真气在我绛宫之中设下禁制，此乃大自在四时法独有的关劫，我若有异心，立时便可叫我心脉震断，血枯而亡。"

绛宫乃女子真气汇聚之处，至关重要，白姝儿肯如此，说明她确有合作的诚意，接下来，便将一段口诀低声诵出，拿眼角觑着面前冷然如山的男子。夜玄殇静立不动，目光森森，看得人逐渐忐忑，以他和皇非联合起来的手段，太子御未必是对手，这条件不知是否真能打动他，时间越长，她心中的希望亦越来越小。

忽然，眼前玄袖一扬，劲风扑面，白姝儿心中惨叹，闭目待死，身子却一松，手足穴位被解开。夜玄殇俯身将她抱出暗格，先替她处理了两处伤口，一道真气自掌心透出，纯正无比的天宗心法催动那炙热的内息，尽数注入了她心府要穴……

第十四章 巫府鬼宅

竹林，幽风，白石。

玄衣，乌发，清颜。

有星无月的夜，一天繁星清清淡淡，在苍茫夜空下闪烁着远古宁静的光彩，白石之上盘膝而坐的女子，衣袂铺展如云。

轻微的破风声，黑衣男子出现在白石近旁："公主。"

子娆依旧双目轻瞑，唇畔却漫开淡笑："十步之内我才察觉你来，墨炘，轻功又见长进，难道是最近跟那姬沧周旋出来的？"

墨炘唇角略微一搐，但他向来话少，只是欠了欠身。子娆轻笑一声，睁开眼睛看向他。

墨炘垂目，手不由自主便摸上剑柄。子娆星眸转视，笑盈盈地问道："不过偶尔找你切磋一下招式，干吗总那么紧张？"

墨炘唇角又是一抽，相比较和九公主切磋武功，他还是情愿冒险去监视宣王，更何况今天，可能应付不了她的剑招。子娆似有所觉，目光落在他臂上，黛眉微敛，声音转柔："怎么，受了伤？"

"大意了。"墨炘用词简练，谁也不知他这短短几个字中，究竟包含了多大的危险，停顿一下又道，"那血玲珑，宣王并不一直随身佩戴。"

"万事小心。"看似随意的叮嘱，其中关切之意淡淡流露。墨炘脸上略有些不自然，似是想岔开话题，眼光飘向不远处那间安静的精舍。

子娆道："放心，还压制得住，闭关几日暂时不会有什么大碍，但时间也不多了。万俟勃言破釜沉舟，以幽灵石交换柔然族的存亡，月华石已在我们手中，湘妃石近在咫尺，紫晶石日前也现了踪迹，血玲珑虽不易取得，但毕竟有个头绪，眼下只有金凤石和那冰蓝晶尚不知所终了。"她一边轻轻说着，一边仰首遥望苍穹，星光落了满眼满身，千里风月，人间红尘，都在那清澈无底的笑容中流漾飘拂。

"墨炘，这些日子陪在他身边，我才发现原来那毒比我想象的更加可怕。虽然他掩饰得很好，但我知道，他肯听我的话待在山庄静养，只是因身子已经不起再多的操劳；他总将帝都传来的密折丢给我处理，是因笔下的字迹会透露自己的身体状况；他经常整晚整晚地看书，是因到了晚上每一寸经脉都会痛，痛得根本睡不着；他越来越习惯靠在榻上和我说话，是因每时每刻都要和剧毒对抗，精神太过虚弱。

"刚开始的时候，我以为找到歧师就一定能解决问题，现在却一点儿把握都没有。王兄当初毫不犹豫便杀了岷息，不肯对他低头半分，那药毒的配方再不可查。歧师虽然答应诊脉，但谁也不知究竟是什么结果，万一……那便只剩一个法子可能还有希望了。九石出而天下一，传说九转玲珑石有倾天覆地的力量，是不是真的能逆转乾坤呢？"

轻声低语，她的心事偶尔会在这少言寡语的男子面前稍稍流露，就像七年里身陷玄塔，他有时能设法避开森严的守卫前来，在外面匆匆和她说上几句话，虽然一年未也必能见得一次，但这点微小的秘密，却印刻在沉默的心间。

墨炘在那双迷离的眼睛遥遥凝注夜空的时候，借着星光悄然描摹女子绝美的轮廓，唇角泛有涩的柔和："公主放心，不会有事的。"顿了一顿，"主上他，总会有办法。"

子娆回眸，淡淡一笑，轻轻一叹。

是啊，他总是有办法，什么事都难不倒他，追随多年，看着不可能的事变成可能，看他一次次深谋远虑，看他将乾坤颠倒，将天下算尽，这或许是他身边所有人潜意识里的想法，东帝，永远不可能对什么事情束手无策吧。就像这次从乐瑶宫回来，毒性终于发作，她出去后他根本没有睡下，剧烈的咯血惊坏了离司，最后仍是用了那金蛇之毒才勉强镇住。他的九幽玄通已有八重境界，最后一重生死境，他曾说过不去碰，但突然，决定闭关十日。

她未劝阻，十天十夜，她便在外守了十天十夜。

子昊迈出精舍的时候，晓寒轻，天初明。

子嬥站在青竹林旁，清眸若水，映他衣衫飘摇。

薄雾云岚，缥缈飞浮。

子嬥看得清楚，他的眼神比十日之前更黑更亮，那无底之处并不像平时噬尽众生诸相般深不可测，反而有种清澈的明净凝敛其中，看得到的空间，触不得的遥远。他的肌肤本就苍白，此时更是不见分毫颜色，那种几近透明的白，使人几乎错觉伸手便能穿透他的身体，不敢碰触，甚至不敢靠近。

九幽玄通生死境，炼毒化神，脱胎换骨。原本纠缠在血液中的药毒，已完全与他的精气神骨融为一体，助他突破第九重关口，功力几臻完满，但是，也将以更快的速度毁灭他的每一分血肉，再没有什么能够抑制。

涸源取水，却无法选择，只因濒临极限的身体已容不得他做任何选择。

温润如许的笑容，透过林间轻光飘落心中，凉若浮雪，痛如抽丝，子嬥却盈盈伸手牵住了他的衣角，娇声道："你……可记得今天是什么日子？"

她抬头殷殷看他，双眸纯净，流光如玉，若有万千幻象自那无尽凝视的目光深处飞逝展流，几多光阴、几多岁月、几多柔情、几多牵念……

她的手是暖的，她的笑是暖的，她的眼睛是暖的。子昊抬手轻轻穿掠她的发梢，轻抚多年之前竹林里，用娇嫩怀抱温暖他冰冷身体的幼小女孩；轻抚冷夜深宫黑暗中，用柔软低语缓解他彻骨剧痛的垂髫少女；轻抚红尘烽烟江山下，用纵肆笑容陪伴他孤独身影的妩媚女子……

二十年前王城中诞生的小小婴儿，二十年后芸芸众生里唯一的牵绊，这一日，他岂会忘记？

子嬥嫣然一笑，眉目如画："你答应过要陪我做一件事。"

他目光柔和，低声笑说："不然你以为，我为什么今日出关？"

黑色的骏马，宽敞的马车，驶出楚都一路西行，日过中天，渐渐西斜，就这样不停不休地赶了一天的路。

车子从外面看去普通，里面却铺着宽大舒服的狐皮软垫，一旁茶案上，置了淡淡清茶，四角香炉，燃着袅袅云香，再往里一点，古琴棋枰摆放两侧，丝毫不觉拥挤，驾车的马又快又稳，茶盏中连水纹都不见一丝。

车中安静舒适，子昊身上搭了件披风，懒懒靠着软垫品茗养神，时而和子嬥闲掷双陆游戏解闷。子嬥若说起这几天各方势力的动向，或者帝都那边有什么要事，他便点头听着，若不说，他也置之不理，更不问到底去哪儿、什么时候到，仿佛就这样陪她一直走下去，哪里都无所谓，一派安然自得。子昊却分明有些心不在焉，手中简单的游戏，一路下来频频失利，竟是输多赢少。待她又失一局，子昊终于抬头，放下手中骰子看一看她，淡声道："子娆，你有心事。"

子娆下意识便反问："哪里？"

子昊微微笑了笑，丹凤长眸流出洞察人心的注视："眼睛里。"

子娆忍不住向车帘外瞥去，马车便在此时轻轻一震，停了下来。

阳光不知何时黯淡下来，车外很静，入目一片荒山野岭，半山坡上却突兀地立着一座气派的华宅。翠檐连绵，屋宇错落，这巨大的宅院几乎占满半座小山，比起楚都名门侯府亦不遑多让，然而在它周围，春意不在，万物消亡，唯有浮雾中大片大片的残石狰狞矗立，寂冷的灰色与夹杂其间惨淡的白布满山岭，一眼望去，悲风萧瑟，凄寒阴森，便像自万里春光突然踏入冥间死域，令人无端毛骨悚然。

"这里是巫府鬼宅，歧师的住处。"子娆轻挑车帘，转过头来。

"嗯。"子昊垂眸，眼角一弯修长弧度，幽深如染。

子娆抿唇，凝睫看他："那天你答应过我，整整七年没有陪我过生日，你要补偿我。"

眼前黑漆漆的眸子无声一抬，仿若清流漾开深夜，子昊仍是淡淡地嗯了一声。

子娆自幼熟悉他的每一丝眼神，此时却觉异样，一时间竟难辨他心中喜怒。未及说话，忽见子昊笑眸中闪过一道莫测浮光，他突然起身，一手撑在膝上，一手在她额角轻轻一敲，盯住她媚冶的瞳心："又诓我。"

衣袖展落，他身上清苦的气息拂面而过，指尖有着冰冷的温柔。子娆怔愕之间，他微微挑眉，径自推门下车。

子娆面现惊喜，急忙随后跟上。聂七与十娘亦跳下车来，向这宅子打量过去。此时深宅之前，没有丝毫预兆，大门缓缓洞开。

两盏灯火飘出，门内走出两个人，紧接着又是两个，一对一对，皆做仆童打扮，总共八人。八人之后复又八个垂髫女童，都是十余岁年纪，一般衣饰装束，一般的行动步调，甚至一模一样的表情。

这些少男少女清秀的眉目，如笔描画，身上的丝衣也都光洁如新，脸上隐带微笑，以迎客的姿势恭立门侧，但每个人的眼中却有一点幽厉的血色，隐隐欲现。子娆低声道："是血蛊禁术，歧师最擅这种把戏。"

血蛊禁术源自上古巫族，将血虫毒蛊噬入活人体内，令其以血肉为食，繁衍生长。受术者在完全保持存活与清醒的状态下，肌肤五脏逐渐被蛊虫侵蚀，三个月内整个身体里生满密密麻麻的蛊虫，待到最后万蛊噬心，施术者便可通过蛊术操纵躯体，为所欲为。

血蛊控制的躯壳，身体发肤一如既往，但心神尽失，人如行尸走肉，蛊虫一旦脱离，人便即刻成为血水腐尸，纵使大罗金仙亦难挽救。二十年前歧师违反禁令私自研究此术，致受酷刑严惩，其后非但不知悔改，反而变本加厉，大量制造蛊尸以供驱使。

"有请贵客——"同样的音调，自门前十六个人嘴中同时发出，空洞得像敲击朽木，诡异莫名。

子昊目光扫过鬼宅，淡声吩咐："你们在外等我。"

子娆牵着他的手一紧："我和你一起进去。"

子昊侧首，眼底暗色幽深，声音却温柔含笑："我进去，你等我，或者你进去，我回去，你选一个。"

"可是，歧师……"

子昊一笑："怎么，难道怕我应付不了他？"

"不是这个。"子娆无奈蹙眉，叮咛道，"你莫要杀了他，他纵然该死，也不是现在。"

子昊点头，微笑依旧："好，便依你。"轻轻一言，放手而去。

第十五章 反客为主

十余名仆童引路在前，身子僵直地穿过大门，手中灯火飘入阴暗的雾气中，犹如磷磷鬼火，忽明忽暗。这宅院占地极大，似乎也已经有些年岁，但里面并未完全竣工，远远看去，楼阁之上还有人在描绘彩画，水池之畔亦有工匠在砌石架桥，花圃前两人正在掘土植苗，甚至假山之旁还有一个小女孩跑跳伸手，似在追逐一只翩跹的蝴蝶。

周围一片忙碌的景象，却偏偏听不到丝毫声息，无论是描彩的画匠，还是砌桥的工人、嬉戏的小女孩，人人都停顿在当空，就像是在某个瞬间突然生生凝固下来，连那专注的神情、额前的汗滴、天真的笑容都未曾改变，一切都栩栩如生，然而所有人，早已气息全无。

暗雾飘浮，尽掩天日。

整个宅中上上下下近百人，早在过去的某一日被同时夺去了生命，所剩余的只是一具具毫无生机的躯体，保持着临死一刻曾经的动作与表情，化成一个诡异的世界。深宅之中楼阁森寂，阴沉沉不见尽头，唯有一角如雪的白衣在似乎随时都会熄灭的提灯旁轻轻飘拂，最终深入宅心。

宅心主楼修建在一处空旷开阔的院子正中，四面围墙高耸，子昊刚在楼前停步，宅中忽然响起尖锐的笑声。

一片阴风惨雾流窜翻涌，那笑声凄厉疯狂，似从地狱深处带着无尽的怨气四溢而出，一触墙壁，骤然回响扩大，恍若厉鬼齐哭，血魂哀号，竟似要生生撕裂人心神魂魄，翻起腥风血雨。任谁刚从那样诡异的尸丛中走出，乍闻如此惨厉的笑声，也要心胆俱丧。

子昊目光倏地向上扫去，笑声传出的刹那，身形忽动。就听喀喇喇数声碎响，他原先站立的地方砖石爆裂，无数细纹急剧延伸，整块地面瞬间四分五裂。

白衣一闪飘过，子昊重新出现在檐下，仍旧是负手而立，神色冷冷。

阴风激荡，厉笑未绝，不知从何处传来人声："王上既然大驾光临，如何又却步不前，莫不是这一路光景惊了圣驾？"话声时而尖刻，时而森重，字字飘忽诡异，充斥整个空间，令人无法把握其准确位置。

子昊俊眸半垂，唇畔泛出一丝轻蔑的冷笑。那声音又多几分阴森："入我巫府鬼宅，王上便要有些胆量才好……"刚说这几个字，子昊忽地一掠而起，直击悬挂在主楼正中的牌匾。

那声音骤然中断，急急化作一声仓促的尖啸。

原本站在外侧的十余名蛊尸如被无形的丝线牵扯，笔直飞起，同时攻向身在半空的子昊，以期阻挡他蓄满真气的一击！

疾风罩身，子昊头也未回，身子却在绝不可能的瞬间加速，一掌印实在那牌匾之上，又倏地借力后退，双袖一展，流云般扫向身侧。

两排蛊尸直飞出去，结结实实地撞上围墙，双侧高墙如遭千斤重击，轰然倒塌，连同楼上牌匾碎落的声音，一时不绝于耳。

眼前一片幽蓝利光急闪，两柄喂了剧毒的剑刃刺向子昊胸口！

子昊飘身而落，随手前挥，袖中指风透出，数道玄通真气破空疾射。

阴雾之中忽有精光迸现，那蓝芒似被迎面击散，"嗖"的一声就消失了踪影。

振袖负手，子昊静立于数步之外穿透飞尘冷眼看着楼下阶前，同样，那里也有一双恶毒的眼睛正盯着他。

“原来上门求医，是要先拆楼砸墙的，如今王族行事，可真是越来越不讲道理了。”过了半天，那人才阴恻恻地开口。失去了以四周高墙为基础的回声阵，他的声音虽依旧尖枯刺耳，却难再像之前一样借内力攻击人心神。

子昊冷冷地道：“我王族如何，你还不配评判。”

他方才迫敌现身、摧毁阵法、击退蛊尸、阻断杀招，看似轻描淡写，歧师却已在鬼门关上转了两圈，最后一招硬拼，被九幽玄通真气侵入经脉，现在半身经脉都在麻痹当中，几乎动弹不得，知道凭武功决计占不了便宜，心中立刻转了几番盘算：“好个九幽玄通，哼！你可以回去了，若只是剧毒缠身便罢了，已到了这般地步，还来找我做什么？”

子昊道：“你无法可解？”

歧师两眼一翻：“九幽玄通出自巫族初代离境天大长老之手，巫族心法皆源于此，但所有人都只修习巫术，真正的玄通心法代代相传，却无人敢碰，只因这功夫违逆常理，借剧毒淫浸经脉，催炼真元，毒与精气神同在，与骨血肉相融，毒在则煎心熬骨，毒去则功废身亡。就连我这样用毒的行家，也不敢尝试那万毒噬体的滋味，你自寻死路修炼这种功夫，怨不得我不救！”

他这边一通长论，子昊听完，点头：“很好。”转身举步。

歧师不由一怔，眼见他头也不回地扬袂而去，忽地以掌击地，飞起拦向他身前：“你既来求医，如何就这么走了？”

子昊道：“我何时说过求医？”

“不来求医，你难不成特地来拆墙杀人？”

“漏网逃犯，取你性命又如何？”

歧师眼中阴冷的光闪了一闪：“王上可要三思啊！”

子昊隐隐一笑，点了点头：“说得也是，二十年前王族曾因九公主诞生饶你一死，今天是子娆生日，我既已答应了她，让你多活一时倒也未尝不可。”

此言一出，歧师脸色骤变，眼中戾气大盛，盯他片刻，忽然间对天狂笑，声音凄厉似鬼，透出无比狠毒的意味：“二十年前王族饶我一死？若非我自己逃出天牢，你们岂会当真容我活下去？我这双腿便是毁在你们手中的！”他说话时面色狰狞，眦目相视，盘坐之处，两腿膝盖以下空空荡荡，利光闪动，却是两柄淬了剧毒的短剑，“就凭你们王族，以为断我一双腿便能奈何得了我吗？告诉你，无论是谁，要杀我歧师都是妄想！”

子昊目光这才往他那边一带。当年歧师脱狱而逃，乃是惊动帝都的一件大案，只因逃走的不止他一人，同时还有死牢之中关押的数百名重犯。而且最为诡异的是，原本守卫天牢的近千名侍卫眼见重犯越狱，竟无一人阻拦，反而替这些逃犯拼死挡下王城守军。

那一夜王城大乱，天牢侍卫浑若鬼邪附身，发疯一样四处乱冲，见人便砍，遇人便杀，断手残肢毫无知觉，无论何人，只要被他们缠住便非死即伤。最后这七百侍卫，竟逼得守城将领连夜请命，调动了五千禁卫军以强弩镇压，全部射杀殆尽。等到骚乱平息，所有犯人早已逃出王城，歧师更是从此踪迹全无。

断腿之人，如何能够逃走，又逃到了何处，竟能避开之后所有追杀？

"那晚你并没有离开天牢，当时若有一人回头仔细搜查牢房，你便必死无疑，哪还得在此处大言不惭？"子昊冷冷地丢出一句，歧师眼神陡利："你说什么？"

"你那时重刑待死，虽用邪术造成那样大的混乱，却根本走不出王城半步。设法放走所有重犯不过是想让人以为你趁乱逃脱，引得影奴和巫族出动追捕，而你自己则一直藏身在王城之中。即便当晚没人发现你，事后只要封锁王城严加搜捕，你便难逃一死。再退一步，即便一时搜不到你，只要严审那个帮你脱狱、庇护你养伤的人，你还能藏匿多久？"

歧师阴森森地道："我要走要留，何用他人庇护？"

子昊道："巫族那些奏报瞒得过钦天司和先王，却未必能瞒过所有人。当时负责处理你的案子，曾进言先帝杀你不祥，当晚入狱提审过你的卢狄，不是你的同谋吗？"

歧师目光闪烁如刀："那时候进言赦我的不止一人，你凭什么断定是他？"

当初子娆入楚寻找歧师，子昊虽说不管，却怕她大意吃亏，曾调来宫中所有与歧师相关的记录仔细翻看，以便掌握情况。这一番察看，前后联系，早将当年整个事情推断清楚，以他的心智，猜出歧师同伙的身份自非难事："是与不是，你知他知。"

歧师桀桀怪笑数声，森然道："二十年前你还是个吃奶的娃娃，今天居然能凭借蛛丝马迹将事情猜个八九不离十，可比当年那些睁眼瞎子强多了。至于是不是卢狄，不如你亲口问他，他现在说不定正被你踩在脚底下。"

阴雾浮涌，周围景象忽隐忽现，露出四面延伸的甬道。

一块块白骨整整齐齐拼聚成路，若仔细分辨，甚至可以清楚地看出哪一块是人的头盖骨，哪一块是大腿骨，哪一块是胸肋骨，哪一块又是肩胛骨。当年歧师脱狱之后，同为巫族三大长老的卢狄不久便失去踪迹，至今生不见人死不见尸，不想却早已成了这巫府鬼宅的路石。

子昊淡淡地瞥了一眼歧师："我若早生二十年，你便早已为鬼二十年，你该庆幸自己走运。"

歧师心中大怒，几乎忍不住再次出手，却想到九幽玄通的厉害，急促呼吸数次才克制下这冲动："我若为鬼二十年，你今日恐怕便要后悔莫及！别以为我答应了别人替你解毒……"

"我却从未答应要你解毒。"子昊打断他道，"你若想我像别人一样求你医治，借此机会折辱于我，以报当年受制于王族之仇，这番主意我劝你还是打消了的好，免得自取其辱。"

歧师被他一口道破心思，半天未语，只盯着他不放，目光阴沉变幻。忽然间，他桀桀干笑几声，低头道："罪过罪过，想必是罪民刚才言语冲撞，得罪了王上，还望王上息怒。罪民岂敢动那样的念头？这条命还要请王上开恩放过呢。"

子昊似笑非笑地看他，他越发带出几分恭敬来："不知王上肯不肯赏脸让我诊诊脉，九幽玄通的毒非同小可，拖延下去，真伤了龙体可不好了。"

这突然阴阳颠倒的大变脸，前倨后恭，判若两人，亏得他能转眼为之，竟无分毫滞涩。子昊却连一丝惊讶也无，挑唇淡道："你求我诊脉，刚才不是说过无法可解吗？"

歧师赔笑道："不试一试怎敢断言？王上请这边坐，容我诊断过后再说。"

侧身往旁边青石桌前一让，子昊竟依了他，近前落座，将手平放桌上。歧师刚刚抬手，忽听他淡淡地道："手下偷袭扣我脉门这种事就免了吧，一双腿已经断了，再折了手可就真成了废人一个。"

歧师脸色微变，唇角忍不住一抽，口中却道："王上说笑了。"手底落实，自将已到了指尖的内力收敛，不敢妄动半分，倒真是用心诊断，一边切脉，一边闭目、侧首、皱眉、摇头，脸上也不知换了几多表情，不停地念出一些毒药名目："九步仙、朱弦草、无咎子、醉颜酡……啧，居然用血顶金蛇以毒攻毒，真是不要命了。"手指起起落落，瞬间变换数种手法，忽然抬头看了看子昊，似有些惊异："难怪，你竟强行突破了九幽玄通生死境，将攻向心脉的毒性生生压制下去，重新散归气血。哼！积年累月的剧毒，单凭内力压制得了几次？何况功力越高，反噬越是厉害，到时候发作起来周身真气逆流，毒侵骨肉，可是求生不得，求死不能。"再过一会儿，又道，"思虑太重，劳心伤神，以致心脉大受亏损，气血虚弱难继。我敢断定，即便没有剧毒引起的疼痛，你每天也睡不上一两个时辰，如此下去，就算是正常人都要大损寿数，何况这样的身子。唔……不久前还曾受过重伤，事后未曾休养得当，雪上加霜……"

子昊听得不耐烦，将手一撤，道："多少期限？"

歧师眯着眼算计："照这般下去，即便借那蛇胆的神效，能熬到今年冬天便算奇迹。"

一语断生死，巫医歧师虽无恶不作，但论医蛊之术，他若认了第二，天下恐怕无人能做第一。歧师暗中观察东帝神色，原想他再定的心性，面对生死之期也要流露惊恐忧怖，谁知抬眼间竟见一缕淡笑自他唇边闪过，几疑自己看花了眼，再加一句："我若不出手救治，王上可就只有这几个月的时间了。"

子昊侧首，微微挑眸："脉已经诊完了，状况你也弄清楚了，何必还要装模作样，不如说说你现在已经想了多少阴毒的法子出来，慢慢折磨我泄愤？"

歧师额前青筋突跳，终忍无可忍："王上难道不想多活几天吗？"

子昊看戏一样，轻笑一声："看在子娆的面子上，我给你一次机会。在药中暗做手脚这种事，想必你是驾轻就熟，蛊毒也好，血咒也好，手法都放高明些，可别平白辱了巫医的名声。还有，我没那么多闲空再来你这鬼宅子，若想替我诊治，你便自己搬入楚都去，至于这鬼宅……"眼风一扫，"我看着极不顺眼，你还是趁早一把火烧了干净，否则，我便亲自派人动手。"话已言尽，无须多留，起身扬长而去。没等走出大门，身后真气狂涌，一阵坚石碎裂的声音遥遥传出，几乎连整座宅子都震了一震。

子昊施施然负手前行，将歧师砸桌震地的动静听在耳中，唇畔那丝若有若无的痕迹渐渐扩大，迈出大门便看到迎面俏立的子娆，不由扬眉一笑。

雪衣当风，雪样容华，一笑明朗飞扬，照亮天地人间，一笑恣意纵横，倾折俗世红尘。

车旁两人，生生愣在那里，竟被这灿然笑容逼得不能直视。阶前一人，凝眸相视，忘了前世今生，痴了心魄神魂。

这才是他的笑容，如此男儿，如此风华，如此放纵，如此不羁的笑容。

子娆轻轻地，缓缓地弯起唇角，无限欢喜，化作温柔，化作千丝万缕柔情似水……

第十六章 无名小镇

马车不疾不徐地向前驶去，车厢中不断传出阵阵笑语，女子柔声清媚，男子淡笑低沉，可以想见车内是怎样的轻松、怎样的温暖。微风吹得轻衣飞扬，十娘唇角含笑，转头和聂七对望一眼，聂七腾出一只手来环住她的肩膀，这一刻，一双情人，心里眼底都是柔和。

靠着聂七的肩膀，十娘忍不住轻声道："你说，主上身上的毒到底怎样了？公主也真是奇怪，怎么一句不问，倒像没事人似的。"

聂七道："主上心里定了的事，问不问有什么区别吗？"

十娘道："自是有区别，你忘了，咱们先前都以为主上不会去见歧师，现在公主不也劝他进了宅子，见了大夫？"

聂七笑道："既然进都进了，见都见了，你什么时候又见过主上想做的事做不成？"

十娘凝眉细想，便也笑了，是啊，只要是主上想做的事，哪里还有不成的，只要主上肯做，哪里有什么人能难得住他？听刚才那宅子里的动静，怕不是有人吃足了亏敢怒不敢言，窝了一肚子火，却拿石桌来泄愤？不由又是一笑，神情艳艳，看得聂七一瞬失神。

如许黄昏，如许晚风，前方有路，不知通向何处，车中两人不说不管，车前两人放马向前，这一日有人相伴，这一刻并肩同行，天大地大，光阴寸金，何必管它去哪儿，何必计较太多？

离了野岭荒村，穿过一方小镇，街道上人声往来，热热闹闹的叫卖，熙熙攘攘的行人，有人讨价还价，有人脚步匆匆，多数人脸上挂着笑意，温暖而真实。在足够强大的楚国护佑之下，战火未曾波及的地方，人们的生活是如此安宁，红尘一隅，平凡一刻，又何尝不是一种幸福？

左右没什么急事，聂七和十娘特意放缓马速，私心里都想着车中两人能多享受一下这样的闲暇。便在这时，长街前端突然传来一阵疾风般的马蹄声。

这种小城镇，街道并不像上郢城中那般宽阔，两面摆了不少买卖的摊子，容一辆马车驶过已经有些勉强。十余骑快马瞬间奔至近前，眼见撞上马车，当先一名劲装女子低声轻叱，座下骏马四蹄腾空，飞越旁边茶摊桌椅，速度竟丝毫未减，落地疾驰而去。身后众人如法炮制，无一受阻，急尘滚滚，一行人转眼消失在街道尽头。

这一群人鲜衣怒马，骑术又如此精湛，惹得整条街的人纷纷侧目。车帘微动，被一只纤纤玉手挑起："是跃马帮的人，这么急匆匆地干什么？"子娆向外瞥去，突然间羽睫微扬，魅影之下便流出几分别有意味的清光，对子昊道："我们去看看如何？"

子昊头枕手臂，正躺着闭目养神，听这说辞便知她心里打什么主意："人家赶人家的路，又没招你惹你，你倒去惹是生非。"

子娆眼梢一挑："谁说没有招惹我？上次沣水渡的事可没少了跃马帮一份。"

子昊这才睁开眼睛，看了看她，笑了一笑："沣水渡，他们是得罪了你，还是夜玄殇？"

子娆漫然转眸："那还不是一样，反正我小心眼，就记了这份仇。"

子昊眉间淡淡蕴笑，点了点头，拉了她的手顺势起身，懒懒地道："既然如此，那就算他们今天不走运。"下一刻，两人已在车外。十娘和聂七急忙勒马停下，子昊向后摆了摆手，笑道："不必跟着，我们去去就回。"

此番墨炘和商容手下的影奴都没有跟来，聂七自然不放心："主上！"十娘一拉他手臂，低声道："就这一天，随他们吧，反正两人一起也出不了什么事，咱们远远照应着就是。"

聂七道："你没听公主要去找跃马帮寻事，万一出什么岔子，回去怎么交代？"

十娘笑着抬头示意："怕什么，你看这样子，什么时候追得上？"

晚风之中，且走且行且说笑，子娆笑吟吟地拖着身边人，虽往快马离开的方向去，倒也不急着追踪。街上各色行当应有尽有，往前走了也没多远，却停下几次，不是看那脂粉绣摊，就是看那当街求卖的字画，不亦乐乎。拐角处一个普通的摊子前，围着三五个小孩，摆摊的老者正给孩子们做着什么东西，四周飘着香甜的味道。刚刚还要去管跃马帮闲事的人，现在饶有兴趣地在摊子前驻足，子昊也不催，站在她身旁闲闲相看，满眼笑意深深如许。

片刻之后，几个孩子每人拿了个小糖人嬉笑而去，子娆俯身问道："老人家，这个是……可以吃的蜜糖吗？"

"唔。"老者手中蜜色晶莹，女子笑眸剔透，神情却如刚刚雀跃离开的孩童，满是新奇满是笑，半是探寻半是疑。

"蜜糖塑人，既能吃也能玩，现做现卖，两文钱一个，两位可是感兴趣？"

"老人家手底功夫精彩独到，真是难得一见。"

"客官过奖了，讨喜取巧的小玩意，平常得紧，有什么独到不独到。"

"以指为笔，以蜜为画，方寸之间绘人作物，行云流水有如神助，如此画工已然非同寻常。钵中蜜糖无须熬制，出时稠浓厚重，落时温烫薄软，落案之后凉若脆冰，凝而不融。'火寒掌'阴阳变幻，真气拿捏出神入化，当世间有这般造诣的大概找得出三两人，但能身处市井之间，做孩童之戏而悠然自得者，恐怕唯有一人。"白衣男子含笑开口，温文尔雅。

"莒山樵枯、虚岭仲晏、江海天游，武林前辈有三隐，前两人半隐山野半在朝，唯天游子前辈游戏江湖，无踪可寻，今日有幸得见真颜。"玄衣女子微微欠身，话语清灵。

斜阳下远风飒飒,眼前一对神仙样的人物,男子迎风翩立,一身雍容清静出尘,女子风华媚肆,一笑生艳绝世脱俗。那老者伸手捋须,忽然哈哈大笑,目里精光隐现,一扫老迈之气:"不得了,这两个小娃娃难缠,莫不是那两个老家伙的徒儿来了?"

子昊随口道:"先前曾听长辈提起,当初帝都生变,幸得旧友相助……"

他话才说一半,天游子神情大变,急忙掩耳:"慢慢慢!莫要再说!两个老家伙遭了这么多年的白眼还不死心,居然叫小娃娃来游说我。老酸儒千挑万选收了你这徒儿,兴兵伐国、运筹天下的大道理想必没少教你,这番话什么时候听都浑身不自在,早知道当年就不管那档子闲事了,他一把火烧成了灰我还耳根清净。回去告诉你们师父,我这小隐之人,比不得他们那般境界,大隐于朝的事做不来,他们自己要去蹚这天下浑水,莫来害我!"

不由分说,一通话劈面掷来,叫人连半分插嘴的余地都没有,看那样子恨不得弃了摊子扭头便走。子昊和子娆诧异对视,听这话中有话,定是闹了误会,目光一触,两人眼中不约而同地闪过丝戏谑的光芒,竟有那么一点点狡黠的味道。

子昊看着那糖摊淡淡笑道:"前辈此言差矣。退而隐者,处江湖之远,居庙堂之高,行市井之乐,享山野之闲,岂能以大小论之?真隐隐于心,无事不可为,前辈何必因此同老友生分?"

天游子白眉微掀:"小娃娃绕着圈子替你师父骂我呢?你这意思是我若无意助他,便是心性不定,只能借山野江湖隐身避俗,自充高人装模作样?"

子昊唇畔含笑:"前辈心底分明,他人纵然议论是非,又算得什么?难道,还怕和我们这晚辈闲聊几句?"

"小娃娃好利的口舌!"天游子轻哼了一声,"你师父认识我几十年了,至今也未能说动我帮他半分,教出个徒儿来又能强到哪儿去,我倒要听听你有些什么说辞?"

子昊俊眉轻扬,笑意从容:"前辈要做的事,何须我来游说。昔年后风国破,前辈一人独入三十万楚军大营,劝得楚王放弃屠城之举,保全五城百姓性命;穆伐歙国,前辈与其大将城下谈兵,口舌攻伐,迫得穆军一将未发,直接退兵而去。前辈之隐,隐于天下,率性随心,俯仰无愧,岂任世人指点,我又为何要劝?"

冥衣楼散布天下滴水不漏的线报,九域诸国多少秘事都瞒不过东帝耳目。这两件事天游子当时乘兴而为,功成而去,从未对任何人提起,突然被人当面道出,胡子一动,目光灼灼地向他扫来,忽道:"你不是仲晏子的徒儿,那老酸儒教不出这样的徒儿。"说着看向子娆,仔细打量,"不对,不对!"

子娆在旁笑得妩媚:"我们可从没说是谁的徒儿,也懒得管那天下闲事。"将手向子昊一指，"我只是路过糖摊，看得有趣，想请前辈按我哥哥的模样，做个小糖人来玩。"

天游子错愕，子昊唇角微抿，子娆调皮心起，伸出两根指头向前晃了晃："两文钱一个小人，前辈既然认识我们家长辈，总不好意思原价照收吧，三文钱两个行不行？"

见她一本正经地讨价还价，子昊闷咳一声，再也忍不住笑出了声。天游子在仲晏子还是洛王的时候便与其交情匪浅，彼此知根知底，这时仔细一想，隐约便猜得了两人身份。他生性豁达洒脱，浑不在意刚刚闹了一通乌龙，弄明白他们不是来当说客的，顿时心情大好，听子娆这般玩笑，便将双目一瞪："三文钱两个？我被那两个老家伙没完没了地烦了十几年，这笔账还不知找谁算呢？看在他们的面子上，一两楚金一个卖你。"

时下诸国以楚金为贵，一两楚金几乎可供一户普通人家小半年生活，买个糖人已是天价，子娆却拍手道："哎呀！前辈若这么说的话，一两楚金可太便宜了。我们家那位长辈啊，好好的逍遥日子不知享受，偏要去操天下的心，劳自家的神，从楚国闹到九夷，从九夷闹到帝都，害得大家都不安生。有这一个便罢了，竟还有个老道士肯帮他，有个老道士还不够，居然还来搅前辈的清闲，真真是太不应该了！"张扬放肆的九公主，可没东帝面上那份清淡平和，非议长辈这种事情做得那叫一个顺理成章，恐怕私心里早将九夷之战、王族之难、楚国之图谋、九域之变乱等所有麻烦事都算在了当年栽在凤后手里、如今扶助皇非的洛王头上。

天游子蓦地仰首长笑，大声道："有趣有趣，你这女娃娃有趣，好久没听人说话这么顺耳了！今天这番话若让那老酸儒听见才叫痛快！"

子娆抿唇笑道："还是前辈眼明心亮，不去自找麻烦，如今这番逍遥岂不羡煞旁人？"

这一老一少你一言我一语，倒似成了知己。子昊在旁听着，忽然间，极轻极轻地笑了一笑。那笑中意味并不十分明朗，黄昏的街道之上行人渐稀，他一身白衫随着暮风轻轻飞扬，透出几分潇洒、几分清寂，望向远处的目光却又平静得仿若融入了茫茫天地之间。

一句话多少恩怨，十余年多少艰难，他似乎从未想过该怨恨何人。虽说洛王愤于当年之事一意复仇，利用楚国推动九夷之战，险些覆亡帝都，如今他培养出的皇非依旧是一切布局中最大的变数，但若非这些年他借助皇非稳固强楚，一直牢牢牵制着宣、穆两国，帝都怕也早已岌岌可危。

九死一生的恨、刻骨铭心的仇，洛王子程，却自始至终对这场倾国而至的复仇有所保留。

这人世间，其实谁也没有资格随便品评别人的选择，只因为无论如何，你都不会是那个人，不会知道他担负着什么、经历过什么，爱着什么，又恨着什么。

谁也不是谁，谁也别说谁，谁也莫笑谁。倾国血战，天下杀伐，都在一笑间淡淡消泯，此时的东帝远离那高高在上的九华殿，远离那纷争中心的楚都，白衣翩然的男子，安静地微笑，安静地陪伴他想陪伴的人，眉目温柔。

子娆在旁和天游子聊得兴起，非但哄了几个活灵活现的小糖人来，还哄得他收了摊子一路同往家中去，置了酒菜，燃了灯烛，大有彻夜长谈之势。

夜幕终于降临，满天星月，满院微风。窗子上透出明亮的灯光，屋里不断传出豪爽的、清艳的、低哑的笑声。

杯盏空了又满，满了又空，子昊知道子娆能喝点酒，却是第一次发现她居然这么好酒量，第一次见她纵酒欢谑笑容如此美丽。席间博古谈今，品评武林天下，子娆知道子昊能言善辩，却从来没见过他也有得理不饶人的时候，从来没想到他也会为一式剑招和人争论打赌。

天游子对子昊一直不沾酒杯觉得十分不满，和他连赌了三次，连输了三次，连被罚三杯，第四次终于赢了他一招，酒却被子娆劈面抢去。

天游子好不容易得了这机会，当然不肯让人替子昊罚酒。子娆正和他胡搅蛮缠，那酒杯却又一闪，被子昊抬手抢了回去，笑说："堂堂男儿愿赌服输，岂可令女子代饮？"

一饮而尽杯中酒，再倾琼浆论输赢，子娆轻嗔薄恼，天游子笑呼痛快，子昊侧身帮子娆斟满酒，低声和她赌方才那是今晚唯一一杯酒。于是这一晚，天游子再没逮着机会罚子昊酒，却陪子娆将两坛美酒喝了个底朝天。

两个随遇而安、一夕相交便忘年之人，把酒畅谈。人生值得一醉的事，无非如此，人生一刻的开怀，无非如此。

许多年以后，子娆常常想起这一天，这一夜，这个普通的小镇，这时候只属于她一个人的子昊。

这一天他放下一切，陪她做她想做的事情，这一天他无所顾忌，未曾吝啬分毫的笑容，这一天他挥洒言笑，纵谈天下风云，这一天他不再是担负了所有、隐藏了所有的东帝……

然而这一天过得那样快，灯焰残，酒色寒，长夜尽。

天色微明时，漫漫星隐时，马车扬起轻尘，驶出小镇，沿着既定的道路，笔直前行。

第十七章 红粉帮主

入了楚都地界，水路四通八达，远比陆路要平稳舒适得多，聂七请示过主上后，传令部属前来接应，一行人弃车登船，南入楚江，直往上郢方向而去。

舟船迎风鼓帆，异常轻快，上郢城很快遥遥在望。聂七登上船头，深吸一口江上清爽的空气，对随船而来的商容道："还是商公公想得周到，有你带了影奴来，我和十娘总算可以松口气了。"

商容白眉低垂，微笑道："楚国毕竟不是帝都，我早说多派人跟着，万一遇上什么事也好有个照应，偏生两位主子都任性，这两天着实辛苦你和十娘了。"

聂七搭剑在肩，神情爽朗："一路都还顺利，只是万幸公主没寻跃马帮的不是，否则便会有点儿头疼了……"话音未落，忽然举目前望，咦了一声，皱了眉头。

迎面江上，正有一艘双头巨舟乘风破浪，向他们这个方向急速驶来。

巨舟之上风帆全部张满，显得极具气势，一面绘有跃马帮标志的大旗当空飘扬，甲板中心建有三层宽阔的楼舱，并设有女墙防护，一眼望去，颇有几分战船的味道。

双方距离越来越近，望台之上有人发出号令，旁边随护的数艘赤马舟全速前进，凭借船身轻巧的优势抢先赶向冥衣楼的楼船。

巨舟速度稍缓，望台处再次发出号令，船上五面风帆迅速放落，与此同时，船腹两边齐刷刷探出两排船桨，整齐划一地向后打入水中。在离冥衣楼楼船不远处，巨舟徐徐停泊在江面之上，庞大的船身仿若一幢高耸的楼台，令人不容小觑。

十娘在巨舟出现的时候便已赶到最上层甲板，只见那高台之上站着十余名锦衣人，当中一名是身着劲装的年轻女子，面若桃花眉若柳，一袭鹅黄色披风迎着江风翻飞飘扬，衬得佳人娇美之中不失英气，十分惹人瞩目。她和聂七交换一个眼神，认出这一群人正是先前在小镇中匆匆赶路的跃马帮帮众。

这时商容早已消失在船头，手下影奴亦随之悄无声息地隐入各处。场面上的应对自有聂七他们处理，除非对方威胁到上层船舱，否则他们不会轻易暴露实力。

巨舟停靠之后，船上众人先后自高台掠至船头，所处位置和站在上层甲板上的聂七他们正好平视。那劲装女子抱拳扬声问道："敢问船上可是冥衣楼能说得上话的人？跃马帮殷夕语有礼！"

来人正是跃马帮帮主殷夕语。隔着如此江风，她的声音亦能清清楚楚地送到对面船舱，聚而不散，保持悦耳动听，可见内力修为不差，身旁跃马帮上郢分舵的精英，也无不是百里挑一的高手级人物。跃马帮如此阵势，显然是针对冥衣楼而来，除了面前这艘楼船之外，还有二十余艘快舟四下分散在江面之上，害得过路船只有远远绕开方能前行。

"我不去惹她，她倒自己找上门来。"

舱中帘下，泠泠微光照落几分浅影，白玉般的手，轻轻放下了玉盏，倚案而坐的女子凤眸一挑，温柔不再，冷笑清利。对面男子，面色淡淡，深眸似海沉静，似是对外面的一切无动于衷，却极轻地牵了一下眉梢。

"冥衣楼与跃马帮素来井水不犯河水，你们却三番五次挑衅生事，可是觉得我冥衣楼太好说话？"船舱中传出女子淡淡的话语，分明轻柔媚人，却如一川冰水徐徐流淌，无比清晰地溅入每个人的心间，连这初升的阳光也多几分凉意。

聂七转身恭声道："楼主，区区小事何须劳您费神，交给属下处理就是。"

那柔媚的声音清清冽冽，依稀含笑："没见人家帮主来了，咱们总不好太过怠慢，免得传了出去，叫人说咱们冥衣楼和那些不入流的小帮小派一样，不知江湖规矩。"

殷夕语闻言略蹙了下眉，但听这船上之人竟是从未有人见过真颜的冥衣楼楼主，不免又有几分诧异，放缓语气道："冒昧阻拦楼主座舟，我们在这儿先行赔罪，只是有件急事想要请问，听说贵帮前些日子得了烛九阴的蛇胆，不知楼主肯不肯将其出让？"

殷夕语为救弟弟性命以重金请彦翎代为寻找蛇胆，却因夜玄殇暗中阻挠，一时查不到究竟。少帮主命在旦夕，跃马帮上下想尽办法延医求药，最后找上了巫医歧师。昨日殷夕语快马飞骑赶去鬼宅，亲自上门，歧师自不会有那这份好心肠救人性命，却别有用心地将蛇胆的下落透露给了跃马帮。

殷夕语得到这消息，即刻调动附近分舵所有部属全力寻找。子娆他们兴之所至，在小镇中耽搁了一晚，殷夕语却是快马加鞭，一夜未曾合眼，结果竟赶在了他们之前。待回到楚都，收到其他部属传来消息，得知要找的人已经换走水路，便立刻出动舟船沿楚江一路迎来。

子娆虽不知是歧师从中挑拨，更不知跃马帮这一夜如何辛苦折腾，但那蛇胆既是为给子昊医病，自是绝无出让的可能。何况魍魉谷之行，她欠了夜玄殇极大的人情，对这曾助太子御追杀夜玄殇的跃马帮，着实只有生事的心，没有客气的道理："蛇胆是在我手里不错，但可惜，我对帮主的提议没什么兴趣。"

殷夕语听说蛇胆果真在冥衣楼，心中大喜，即刻道："只要冥衣楼肯出让蛇胆，价钱请随便开，跃马帮可以接受一切条件，绝不讨价还价！"

船舱中蓦地传出一声轻笑："好大的口气呢，跃马帮富可敌国，想必是钱多得花不完了。好啊，殷帮主既然这么大方，我也没有放着金山银山不赚的道理，你拿百万楚金来，咱们一手交钱，一手交货，如何？"

听得对方这般漫天要价，巨舟上人人面露怒色。殷夕语将手一抬，示意属下不要妄动，隐忍道："舍弟身中剧毒，急等这蛇胆救命，我们是诚心诚意前来相商，确实情愿以高价购药，楼主若肯成全，跃马帮上下定然感激不尽！"

"你弟弟等蛇胆救命，难道我千辛万苦取那蛇胆是用来玩的？我若用百万楚金买你性命，敢问殷帮主，你卖还是不卖？"船舱中那冷淡的声音如冰似雪，殷夕语脸色一变，身旁上郢分舵舵主解还天忍不住怒道："敬酒不吃吃罚酒！我们帮主以礼相商，你如何这般出口伤人？"

怒斥之声未落，众人耳畔轻轻响起低柔的笑声，那样动听的一声笑，仿佛在每个人心底深处纱纱回荡，柔柔流连，舱中女子的声音随之魅然飘出："恼了吗？商量不成，是不是想强取豪夺了？怎么还不动手？"

话声笑声如风拂卷，四面荡漾而来，解还天首当其冲，只觉心头气血直冲，一股激愤难以抑制，竟恨不得立刻摧毁对方的座船才得痛快。他心知不妙，当下低喝一声，想要强稳心神，殷夕语离得最近，猛见他半边脸上狰狞可怖，另外半边脸却苦苦挣扎，似是人陡然分裂成两半，心头不由一惊，未及有所反应，解还天已忽地腾空而起，身如鹰隼扑下，手底不受控制地挟了十成功力向对面船头击去！

殷夕语见状不妙，手中一道银鞭"嗖"的一声射出，拦向他身前，急喝道："解舵主，不得无礼！"

解还天得她一阻，手掌顺势斜引，轰然巨响声中，聚了平生功力的一掌击向江中，一道水柱冲天而起，激得那大船都是一晃，四周小船纷纷急避。

"好掌法！"聂七劲喝一声，撮掌迎往落向船头的对手！

漫天水花之中，两人"砰"的一声硬对一掌，都被对方浑厚的掌力震得向后退去。

聂七后挫半步，随即稳住身形。解还天却借反震之力凌空一个鹞子翻身，眼见即将落回己方船上，身前忽见玄影飘闪，一道掌风无声无息，袭面而至。

解还天大惊失色，匆忙之下回掌相迎，身处险境，体内真气自然流转，这一掌凌厉无匹，直追先前一击。

漫漫幽香，流风飘散，忽然之间，那玄衣女子在与他错身的刹那，轻轻笑了一笑。

一笑魅色绝尘，众生万象仿佛都在那如水似墨的眸中流漾，于极清中生出极致的妩媚、极致的妖娆。那一刻的念头，只觉这一掌若是击下，定要痛悔终生，掌力将吐，手下几乎已触到那温软的娇躯，解还天竟然在瞬间强行撤去掌力。

如此做法，无异于将这一掌凝聚的功力悉数击向自身，经脉剧痛之下，解还天口中鲜血疾喷而出，人便带着一蓬血雨重重坠向甲板。

玄衣女子轻声低笑，原本攻向他心口的一掌向侧斜飘，电光石火之间，已和殷夕语连对三掌！

一掌三重玄阴真气，三掌连绵不绝，如潮飞涌，殷夕语武功本不弱，但猝然迎上这样诡异的掌势，一时也吃了暗亏，顾不得去想对方何时从对面船舱到了眼前，厉声娇叱，银鞭抖出万点寒星。

云衣魅影半空飞转，点点水光溅作碎冰，挟了锋锐真气直袭殷夕语周身要穴。殷夕语被迫急退，就这一刹，那玄影已飘入扑至跃马帮众人之间，纤指仿如繁花变幻，长袂行云流水扫过，一只只墨蝶迎风绽现，溅落丝缕金光银芒，在每个人身旁若隐若现。

天光如金，蝶舞如幻。

足踏船首当风而立，玄衣女子在那纷纭金芒中冷冽一笑，指尖无数真气炫出，当空四射！

万缕冰丝交织出一片空灵冷澈的光华，凌空投向跃马帮诸人。

"不好！"殷夕语脸色遽变，但已不及提醒众人退开，手中银鞭凌厉无比地直袭子娆后心，情急之下倾尽全力，不惜两败俱伤迫她回身自救。

便在这千钧一发之际，冥衣楼船上忽有白光电射而出，疾奔两人之间。

殷夕语银鞭一滞，人在半空中被一股柔和的劲道送出战圈，而那白光去势不衰，径直破入那片夺命的丝网之中。

万千冷光好似江河入海，不约而同地向那细微的光点涌泻而去，炫目光华消隐退散，瞬间涓滴无存。殷夕语匆忙中只见白光轻闪，倏地没入对面船舱帘后，依稀竟是一个小小茶盏。

那船舱中隐约传出一声低咳，有个温雅的声音淡淡地道："子娆，莫要胡闹。"

云光缥缈，江风朔朔。船头之上玄衣女子发如云墨飘扬纵肆，一双凤眸斜斜睨视众人，惊心的冷，夺魄的魅，幽艳杀气迫人窒息。

满船跃马帮众似被慑住，无不僵立当地，多数人尚不知方才已是死里逃生，更不明白自己怎会莫名其妙地便和对方动起手来。

玄衣女子微微转眸，看向身后座舟，似是幽幽地轻叹了一声，却又在众人的注视之下，忽地漫然一笑。

仿若天日破云出，明媚的阳光遍洒长江，便见她随意将袖子一扬，身畔旋绕的墨蝶消失不见，她冷冷地开口："跃马帮这两日运气好，既然有人护着你们，那今天暂且作罢，若下次再这般仗着人多就上来打打杀杀，我可没那么好的耐性了。"

正被两名属下扶着、刚刚缓过气来的解还天怒视于她："分明是你以妖术乱人心神，我们何曾先动过手？"

子婼挑眸，唇畔隐隐含笑："奇怪了，我以妖术蛊惑你们来杀我吗？这话听起来好没道理。倘若当真如此，你方才一掌便可将我重伤，干吗自己又生生停住？想必是知道错了。不过，你即便觉得理亏，也不用这样自残谢罪啊。"

这一番强词夺理偏偏叫人无从反驳，直堵得解还天真气逆冲，险些又是一口鲜血喷将出来。殷夕语及时渡入一道真气助他压下伤势，目光一扫，制止复被激怒的部属，沉声道："冥衣楼与我跃马帮虽无深交，却也并无旧怨，我们今日前来本无意生事，敢问楼主何以下重手伤我部属，又如此咄咄逼人？"

子婼将眉一扬，曼声道："我也没闲情四处招惹仇家，但是你们动手在先，此时反倒怪起我来，好不讲理。"

殷夕语纵不欲和冥衣楼结怨，此时也有些恼怒，方要说话，忽听对面舱中有人淡声道："既然大家都无冒犯之意，今日之事不过一场误会，殷帮主，你我两帮又何必因这点小事伤了和气？"

那声音冲淡平和，随着江风徐徐传来耳畔，如云悠远，如水沉静，令人闻之戾气全消，这边跃跃欲试的冥衣楼部属固然心清神宁，跃马帮众人的神情亦渐渐缓和下来，先前紧张的气氛便在这清淡话语之中消弭于无形。殷夕语忽地向那船舱看去，发觉这声音之中隐含了极其柔和的真气，已不露痕迹地将众人所受的摄魂之术全然化解，同时却又以更高明的手法压制住了所有人心神。

子婼没好气地瞪向船舱，袖袂一拂，身子凌空后退，飘然落回座舟之上。

"殷帮主，舍妹行事任性，多有得罪。贵帮之事我也略有耳闻，烛九阴蛇胆现在我处，明日帮主可带令弟到千衣巷衍香坊，或许我有办法解他身上之毒。"

殷夕语耳边突然响起男子温润低沉的声音，却是那舱内之人以传音之术暗中相告。她略微一怔，不知对方究竟是何用意，自问隔着如此距离，再透过船舱，要这样用传音之术清晰对话尚有些吃力，便直接道："舍弟命悬一线，生死全在这蛇胆之上，此事我们全帮上下必将不惜一切代价，若当真不慎开罪贵帮，也是迫不得已。我们自然不想在江湖上树敌，尤其是贵帮这样的。"

那声音微微含笑，带着一股令人心安的清静意味："帮主少安毋躁，相信少帮主吉人天相，自会无恙。"

殷夕语心中衡量，今天虽说己方人数居多，但那玄衣女子武功源自巫族一脉，诡异难当，而那舱中之人仅凭一个薄瓷茶盏便轻描淡写地化解了两面杀招，若和他们硬碰硬，恐怕并无把握占得上风。现在这人说话显然颇具分量，身份竟似还在冥衣楼楼主之上，态度也十分友好，虽对方的意图还不甚明朗，但静观其变却也不失为有效的办法，不如先看他们意欲何为。殷夕语酌情度势，当即做出决定，顺着话头客气几句，便抬手向后一挥。

见得帮主传令，跃马帮巨舟张帆转舵，两面八十支长桨收入船腹，直接换首为尾，殷夕语在船头遥遥拱手，道声"后会有期"，举止顾全礼数，也算给双方都留足了余地，座舟在两列小船的护卫之下，转入江心，先行往楚都驶去。

跃马帮舟船息事宁人地远去，舒适的船舱中，子昊仍是靠在软垫上，神情淡漠，慢慢品着手中一盏香茗。

子娆步入舱中时，早已恢复了一贯的慵然，案前轻靠，似笑非笑地问过来："不过是教训一下他们，怎就惹得你出手救人了？"

子昊抬眼看了看她，目光深邃："莲华、冽冰、焰蝶、千丝，甫一出手便倾尽全力，只是教训一下怎用得着如此，我若不管，你怕不是拼着自己受伤，也要连那殷夕语一并了断在这里？"

被他一语道破心思，子娆不由挑了挑眉梢，却不以为意："跃马帮是太子御在楚国的强援，若让他们解决了帮内之事全力对付夜玄殇和皇非，那便麻烦得很。如今他们少帮主命在旦夕，若再没了帮主，帮中必定大乱，我们正好去除一方强敌，免得夜长梦多。"

子昊静静垂眸："这世上没有永远的朋友，也没有永远的对手。"

子娆凤眸微眯，似一道细刃轻轻闪过："殷夕语为救弟弟性命，必定想尽办法夺取蛇胆，就凭这个，她也不可能和我们化敌为友。"

听她这么说，子昊只是淡淡笑了一笑，静默不语。子娆眸光向侧一飘，盯了他一会儿，眉梢微拧："子昊。"

"嗯。"他随口应了一声，依旧低头品茶，眼前忽然伸来一只手不由分说便将茶盏抢走，子娆那双黑盈盈的眸子当面直透心尖，说出来的话，生生叫他怔了半晌："你趁早断了那心思，别想拿蛇胆和跃马帮做交易，换什么都不行！"

四目相对，子昊似是想说什么，却在唇畔化作一丝苦笑，竟然破天荒地被人看得移开了目光。

心深似海的东帝，瞒得了天下，瞒不过她。琉璃女子玲珑心，简直就像附了他的魂魄，换了他的心肠，一时间竟有种迷惑的错觉，世上竟会有这么个人，竟会比他自己还要了解他，竟会比他自己还要在乎他。

"那蛇胆是我拿命换的，你若送了人换别的东西，不如要了我的性命痛快！"

斩钉截铁的一句话，斜挑的眸中带着一抹决绝，当初尧光台上面对冲天烈焰、焚身之刑也不过就是如此。她将话说到这份上，子昊当真不知怎样回答才好，目光之中深敛无奈，却又蕴了万千情愫如水漫流，连自己都未曾察觉的一声叹息分外柔和："我几时说过要将蛇胆送人了？你就急成这样，你若不答应便罢，何必说这样的重话？"

子娆却仍盯着他不放："以你王族之主的身份发誓。"

她知他极重宗族，什么都可能无视，却绝不会拿王族信誓玩笑。子昊一怔，侧头低咳："这算什么事，哪里用得着这么严重？"

平日里只要他说过的事，子娆是绝不会再要他第二遍承诺的，但今天却坚决不肯让步："你发誓。"

子昊再次沉默，两个人就这样在极近的距离下一瞬不瞬地看着对方，一人眼中瀚海般莫测，一人眉间冷玉般决然。良久，子昊轻轻一叹，微合双目敛去那幽邃的注视，面上却转出一缕深静无声的笑容："好，我发誓。"

第十八章 夜探君府

走马三千殿，日落楚宫城。

天际彤云无边，燃烧如火，宫门东侧的箭楼上，一前一后两道身影遥望两队烈风骑铁卫拥护着少原君纵马出宫，马上赤红飞扬的披风猎猎划过掩在暮色下的眼睛，将所有禁卫震慑人心的敬礼声抛之于后，绝尘而去。

王城策马，金殿佩剑，面君不拜，令调三军。"皇非可是越来越放肆了……"后面那人话才说了一半，前面之人已转身举步，一直走下箭楼，才回头道："你去安排吧。"

后面那人点头，天地间黑暗如云，吞噬一片森冷的目光。

重重殿影倾覆落日，偌大的楚宫如同沉睡的猛兽，静卧于上郢城中心。入夜之后，箭楼上当值守卫由两队增至四队，并不断有巡逻禁卫自各处路过，甲胄严整，秩序森然。

自数日前赫连羿人去职，君府偏将丰云接替都城禁卫统领，楚王宫内防比以前加强了数倍不止，收藏楚国重宝的衡元殿附近更是一如既往地戒备森严。

月过重云，御苑花木在夜色下铺泻出层叠错综的深影，一队禁卫刚刚离开，火把的光亮逐渐远去，忽然有人神不知鬼不觉地出现在山石近侧。"是这里了。"彦翎压下声音，回头道，"这条密道直通衡元殿中心，再过一会儿，高处守卫便会换防，而前面的人也会恰好巡视过去，那时我们便可借机潜至密道入口处，保证不被任何人发现。"

夜玄殇从居高临下的箭楼处收回目光，低声笑道："真不愧是金媒彦翎，竟连楚宫密道的方位都被你探到了。"

彦翎算好时间和守卫的视角，向后寻了个隐蔽又舒适的位置，绝不委屈自己像一般夜贼般弯腰苦候，道："我可不想从正殿进去应付那些难缠的禁卫高手，一个不好连小命都会搭上。各国王宫必有密道通往他处，只要想找，便没有我彦翎找不到的入口。"手腕一抖，将助他们翻越宫墙的钩索收好，"开启那密道入口需要一点儿时间，看我们待会儿是不是走运不被发现了。喂，虽说是密道，却也未必绝对安全，你现在改变主意还来得及，这麻烦事留给你那大哥去头疼岂不更好？"

夜色之下，夜玄殇深邃的轮廓隐隐透出几分峻冷，唇角轻微一挑："我大哥？他怕是还不配。"

眼下左右无事，彦翎索性凑到他眼前，故意道："话虽这么说，但你父王恐怕却不这么想，否则就不会是人家舒舒服服地做太子，你却要入楚冒险。"

夜玄殇伸手一把搭住他肩头，将他压到暗影更深处，语意微微带笑："如果正面夺取那东西，楚、穆两国必起战端，伤亡在所难免，今晚若顺利得手，你可是为两国免了一场大战，回头我替你立碑为念。"

"呸呸呸！鬼才要你立碑为念！"彦翎没好气地弹开半尺，为怕惊动守卫又凑回来，过了一会儿，忍不住道，"对了，穆国那边传来两个消息，好消息和坏消息，你想先听哪个？"

夜玄殇道："坏的。"

彦翎道："坏消息是，太子御的确完全控制了内外宫廷，甚至包括白虎禁卫都已在他调遣之下，如今没有他的手令谁也进不了穆王寝宫，更别说见到穆王了，所以说你的日子绝对会越来越不好过。"

这消息着实不算太好，夜玄殇却忽然一笑，彦翎莫名其妙地瞪他："好消息是老穆王还活着，太子御似乎有所顾忌，一直按捺着没有不轨的举动。"

"唔。"夜玄殇眯了眯眼睛，似有一瞬深刻而复杂的感情自眸心闪过，此时恰逢望楼之上两队禁卫交接，他突然抬手一拍彦翎肩头，沉声笑道，"走了！这两个消息不错，过后一起谢你！"

"切，今晚有命回来再说！"彦翎回他一句，身法却丝毫不落于后。两人悄无声息地潜入殿前，彦翎俯身迅速摆弄了几下，一块石板应手而开，前方守卫再次巡来，此处早已恢复了寂静。

密道之中，每隔十余步便有火把高照。一进到里面，彦翎顿改往日嬉皮笑脸之态，整个人仿如蓄势待发的豹子，每一丝肌肉都似充满了警戒，率先闪向安全隐秘的位置，轻声道："乖乖，不得了，这密道如此干净，空气畅通，显然经常有人使用，说不定还有守卫在前面，这下有得玩了。"

夜玄殇抬头示意，在两人前方十余步距离之外，平整的青石墙面上伸出两截铜管，彦翎挑了挑眉梢："这东西能将周围的动静清清楚楚地传到另一端去，只要我们经过，立刻便会被对面负责监听的守卫发觉。唔，前面石壁上居然还另设了防护机关。"

夜玄殇微笑道："至少说明我们没走错路，这条密道确实通向楚宫存放重宝的衡元殿。给你半个时辰如何？"

彦翎双眼一翻："说笑，一刻钟都嫌多！"话音未落，人已拔地而起，一个漂亮的空翻掠过丈余空间，轻飘飘落向铜管上方，快要着地时却似御风而起，身子忽地微微上升，便如落叶轻坠，半点声息也无地落在了铜管近侧。

夜玄殇武功虽高出彦翎甚多，但这般干净漂亮的身法自问却也未必及他，先是暗赞了一声，脑海中却不由地闪过他因拈花惹草而被魔云教众仙姑追杀的情形，忍不住莞尔扬唇。金媒彦翎之轻功在武林中数一数二，逃命的功夫固然一流，应付各类机关更是驾轻就熟，只见他贴着墙壁俯身下去，先自腰囊中取出样东西轻轻抵在那铜管开口处，接着左手燃起火折子，神情专注地在铜管周围烘烤，那东西便随着温度升高慢慢软化，最终完全将铜管封闭。彦翎满意地检查了一下，回头对夜玄殇打了个手势，随即将注意力集中在另外的机关之上。

一柄怪形怪状的薄刀沿着墙壁上凸起的浮雕一侧逐渐没入，过了一会儿，便听喀的一声轻响，彦翎眼中微微一亮，唇角不由便向上弯起，谁知那得意的弧度尚未形成，突然半路僵住，也不知是不是由于近旁火把的热度，分明是在阴凉的密道中，他额头上竟丝丝渗出冷汗。

夜玄殇随后潜至近旁，彦翎目光分寸不离石壁，皱眉道："先别过来，这里有些麻烦，一个不好两个人都得送命。"

夜玄殇还从未见过他如此慎重的神情，便知事情棘手："一旦触动机关，你赌哪个方向？"

彦翎勉强牵了牵嘴角，笑得比哭还难看："我手底下现在有五道机栝，也就是说很可能左右石壁以及密道顶部前后，甚至脚底都有机关埋伏，现在第一道已经被我解决了，但后面竟是几道子午连环括，触动任意一处都会牵发其他机关，如果不能同时拆除，那我们便等着被箭矢之类的东西射成刺猬吧。"

夜玄殇推测道："既已解决了一道机关，总有一个方向是安全的。"

彦翎道："问题是眼下这种情况，根本无法判断哪个方向安全。子午连环，天衣无缝，据说是后凤国寇契大师生平得意之作，真是见鬼！这东西怎么会出现在楚王宫的密道中？"

夜玄殇似是想到些什么，眉峰略微一紧，但却笑着对彦翎道："寇契大师以治剑术著称于世，机关之类不过是人家打发时间的小玩意，亏得你整日吹嘘自己能耐，快些专心拆除机关，莫要在此浪费时间。"一只手搭上他后背，语气轻松，"万一出现意外，我会尽全力助你退往艮位方向，既然一道机关已被破坏，未必全无出路。"

彦翎本要出声抗议，听到他后面的话身子微微一震，侧目看他，突然间切了一声扭过头去，不再说话，深吸一口气闭合双目，摒弃心中杂念，全部精神集中于隐藏在石壁之下的机关上。

时间一点一滴地过去，即便是分出大部分精力留心四下动静，夜玄殇仍能凭掌心触觉感到彦翎紧绷的心神，而他自己身上也依稀渗出冷汗。过了许久，忽听喀喇喀喇连续几声响动，彦翎猛地舒了口气跌坐在他身旁。两人四周数块浮雕同时向侧移开，底下露出排排锋利的箭镞，每一支利箭都正对他两人目前的位置，数量之多足以将十余人瞬间戳成肉泥，便是以夜玄殇之胆大，一见之下也不由寒意丛生。

彦翎凑到石壁之前，赫然发现面前所有利箭都是特制的四面钩镞箭，箭身竟还加造了双道血槽，忍不住叫道："我的娘啊，衡元殿里究竟藏了什么宝贝，值得楚王下这等本钱？寇契大师的机关虽说巧妙，却没听说如此狠辣，今天险些栽在这里！"

夜玄殇面对那寒光四射的箭镞，眼中隐着异样的沉默。石壁上灯火的光亮映照着锐利的箭锋，于那片黑冷的色泽中若隐若现："这机关并非寇契的手笔，应该也不是奉楚王之命所设。"

彦翎奇道："此话怎讲？"

夜玄殇微抬下颌："眼前这些都是刚造不久的新箭，寇契大师在后凤国亡国时便已辞世，若是他设下的机关，必然年岁已久，怎会是这般情况？而且你曾说过，这里的监听铜管是通向少原君府的，并非楚王宫。"

彦翎满目兴趣地半跪在旁，仔细看查机关的内部构造，随口道："皇非职责所在，那铜管通往少原君府也不奇怪，但他再怎么厉害，也不可能凭空造出能和寇契大师匹敌的……"话锋一顿，几乎是和夜玄殇异口同声地道："《冶子秘录》！"

染香湖上，桃林似血，一剑之伤，一步隐忍。

《冶子秘录》终归楚国，烈风骑如虎添翼，如今恐怕已经没有人能够估量出楚国，或者说是少原君府的真正实力。

彦翎苦笑道："怪不得当初听说皇非得到《冶子秘录》，你那表情像是赌输了千百两银子一样难看。"

夜玄殇长叹一口气："现在我才相信《冶子秘录》确实落到了皇非手中。"

彦翎不满地道："我的情报怎么可能有误？染香湖一战虽是血鸢剑胜了逐日剑半招，姬沧却莫名其妙地将《冶子秘录》白白送了皇非。但据我所知，宣国近来兵将调动频繁，显然是暗中备战针对楚国，好戏还在后面呢。"

夜玄殇微微感慨："北域宣王，南楚少原，皆非常人啊！"说罢一耸肩，暂时放下此事，对彦翎道，"看够了没有？你若在这儿研究到天亮，我们的麻烦可就绝不止于此了。"

"啧，不愧是大匠寇契的杰作，真是叹为观止！"彦翎收起薄刀，自地上一跃而起，不料身形甫动，却和夜玄殇同时色变！

一阵机括转动发出的声响，如同数柄利刃一样穿刺敏锐的神经，原本已被阻断的机关突然毫无预兆地发动，强劲而密集的利箭，如同骤雨一般四面射来！

夜玄殇已来不及思索任何事情，大喝一声"快走"，一掌将彦翎震离原地，往层层箭雨中稍纵即逝的空隙处送去。彦翎身子腾空而起，半空中以绝不可能的角度翻转，闪电般回手扣他手腕，猛地借力一带，反使夜玄殇先他一步向外飞出。然而利箭疾快，铺天盖地地笼罩了整个空间，身处机关中心的两人已没有任何躲避的余地，冰冷的锋矢直砭肌肤！

便在这千钧一发之际，夜玄殇的身子重重地撞上石壁，墙壁上忽有暗门无声无息地翻开，两人身子骤然下坠，数支利箭随之射入，擦着他们头皮飞过，叮叮咚咚地坠落身边。暗门乍开即合，两人眼前顿时漆黑一片，听到外面利箭落地堪比急雨的声响，半天才恢复安静，不约而同地靠坐在地，半晌都没人说话。

过了会儿，才听彦翎心有余悸地道："天衣无缝，原来是这般设计，若这只是打发时间的小玩意，那寇契铸出的剑要厉害到什么程度？"

一道机关居然计算出恰当的时间两次发动，是算准了倘有人能破坏第一重机括，则非但精于此道，亦会发现面前乃是出自寇契之手的绝妙机关。依人之本性，在自己擅长的领域遇到顶尖的对手，即便是在潜入敌境的情况下，也难免会为此耽搁一点儿时间。在这段时间里，破除陷阱的得意和对新事物的专注会使人的警惕性无意中下降，而第二重致命的机关便恰在此时发动。

方才两人死里逃生，不得不说侥幸，这般罕见的巧妙机关以及对人心细致入微的测断，不得不让人心生疑虑，隐在其后的少原君，究竟要借这天衣无缝的利箭防范些什么，仅仅是藏于衡元殿中的稀世之宝吗？而这突然出现在身后、意外地救了两人性命的暗道，又通向何处？

夜玄殇长吐一口气："去看看有没有出口吧。"

"这次算我们命大……"彦翎从地上爬起来，忽然间目光一凝，对夜玄殇做了个噤声的手势。夜玄殇亦察觉暗道中正有人往这个方向走来，两人迅速闪至暗处。

"好像是这附近传来的动静，我们分头看看。"随着说话声，脚步声越来越近，待到近前突然停住，一个身着烈风骑禁卫服饰的人在此低头，看见了方才落地的几支箭矢。

箭锋生寒，冷芒忽绽！

一道剑影毫无预兆地自黑暗中闪现，血光轻溅而逝，彦翎及时伸手托住那侍卫软倒的身子，慢慢地将人放下。对面传来另外一个侍卫的招呼："定是你听错了，有什么发现？"

彦翎随即压低声音，模仿先前之人回答道："奇怪，你过来看看这是什么东西？"

在对方出现之时被薄刃一刀毙命，刀锋在彦翎指间打了个漂亮的旋转消失不见，他对夜玄殇指了指两个倒霉的侍卫："是烈风骑禁卫，怎样？"

"暗道定然通向少原君府。"夜玄殇将一件禁卫衣服丢给他，彦翎一把接住，故作夸张地叹气道："龙潭虎穴啊！看来今晚是赶不及回去睡个安稳觉了。"

深深的黑暗之中，夜玄殇抬头一笑，剑眉轻扬："不入虎穴，焉得虎子？"

第十九章 兵锋剑影

利剑、长戟、坚盾……层层叠叠，密密麻麻，一排排一列列无法估算具体数量。随着空间不断拓宽，暗道不断向两侧生出分支，剑甲的数量亦逐渐增多，眼前便如一个完整齐备的武器库，足以装备上万军队的兵器不为人知地陈列在少原君府与楚王宫之间隐秘的地下。继续前行，金铁相交的声音越来越清晰，炙热的空气不时涌入，使得暗道之中越发闷热，而出口处的情景更是令人心惊。

面前宽阔的空间中分布着数十个巨大的火炉，每个火炉前都有三两个工匠正奋力挥动铁锤，炉火、烟灰、汗水以及不绝于耳的锤炼声交织在一起，一柄柄长剑、一支支矛戈在烈焰之上逐渐现出锐利的锋芒。火炉近旁，另有工匠汲水、搬柴、运送铁石和各种完成的兵器，数百人来来往往，丝毫不见混乱，分工合作井然有序。由此而外，每隔数步便有两名烈风骑禁卫居高临下地执剑戈而立，显然是担负着警戒及护卫的职责。

夜玄殇和彦翎一进到此处，立刻压低帽檐站到出口旁边空缺的位置。不远处有个身着统领服饰的人向这边打了个手势，似是询问可有异常情况。彦翎精通各国军中令号，急忙举手回应，顺利蒙混过关。

少原君府邸之下竟设有如此大规模的兵器制造场，不知是因为谨慎还是对此意外的震惊，夜玄殇显得十分沉默，灯火底下不为人知之处，一双剑眉隐隐蹙起。

"看出来了吗？这些人并非普通的工匠。"彦翎的声音几不可闻地传入耳中。四周火光明亮，场中情形一目了然，除了几个年纪较大的冶剑师外，其余尽是烈风骑营下工兵，从彼此默契无间的配合可以判断，他们每一个人都是训练有素的精锐之士。此时此刻，唯有从彦翎所处的角度才能看到夜玄殇眼底翻涌的情绪，可见他心中绝不像表面这般风平浪静——多年来穆国以举国之力相抗的楚国，掌控着大楚军政强权的少原君，即便是作为并肩御敌的盟友，依然是如此令人生畏。

夜玄殇凝重的神情让彦翎感到莫名的压力，想到如此装备的烈风骑将是怎样的锐不可当，又将给穆国带来何等威胁，心中不由后悔为何不早些设法将《冶子秘录》从皇非手中盗出："皇非这次虽然占了先机，秘录正本却还在衡元殿，只要我们顺利弄出来，至少在装备上不会输于楚国。"

夜玄殇亦压低声音道："此地不宜久留，先想办法离开再说。"彦翎点头会意，正盘算着如何从众人眼前安全脱身，前面突然传来石门开启的响声。

"见过君上！"

随着四周侍卫们整齐的致礼，皇非步履潇洒，含笑步入，身边一人雪衣白袍，姿容明媚，正是他的同门师妹如今的九夷族女王且兰。夜玄殇和彦翎见状吓了一跳，连忙有样学样，同时不着痕迹地退往深影处，压低帽檐，以免被皇非发现。

皇非显然并未在意周围，一边和且兰轻声笑谈，一边向前面冶炉之处走去。"君上！"旁边几名冶剑师纷纷抬头，唯有正中一人仍聚精会神地注视着面前炉火，仿佛丝毫没有察觉少原君的驾临，而皇非亦抬手止住他人出声提醒，静立其旁，微笑地看着炉火中渐渐成形的长剑。

咻！一道白烟自寒泉水中直冒而起，那冶剑师猛地抬头，蹙眉凝视手中新铸之剑，熊熊炉火赫然映出他额角一个墨黑的刺字，使得那张原本英俊的脸上显出几分凶狠之色。

纵然早已得知寇契大师之徒宿英乃是楚国重犯，且兰仍忍不住心生惋惜。只因依照雍朝王典，曾受黥刑之人在任何一国都终身不得入仕，所以即便是权倾大楚的少原君也无法名正言顺地予以他官职身份，这对于曾任后凤国大司祭、寇契大师的亲传弟子来说，无疑将为终生憾事。

此刻宿英凝视手中之剑，目中难掩失望，一皱眉，挥手斫向后面的试剑石，却不知身后有人，利刃划出一道寒光，毫无预兆地向皇非身上劈去！

劈金断石的剑气，眼见即将斩中皇非，四周顿时一片惊喝！却忽见火光一盛，白袖飘扬，宿英的剑不知如何已到了皇非手中，同时一抹精光爆绽，赶上前来阻拦的侍卫们纷纷后撤，却是皇非随手震剑，后发先至将他们逼退。

"不得无礼。"眼光淡淡一扫，皇非依旧面带微笑，打量手中寒光凛凛的长剑，"如此难得的利器，想必花费了不少心血，宿先生何以竟要亲手将它毁去？"

宿英似是未从震惊中恢复过来，紧盯着面前男子，之前握剑的手垂在身侧微微轻抖，直到听见皇非问话，才猛地后退一步，屈膝跪下："失手冒犯君上，宿英死罪！"

皇非轻笑一声，这才侧首看他："不知者何罪？先生言重了。"

刚才皇非出手夺剑只在交睫瞬间，唯有且兰在旁看得清楚，知他非但连换了三种精妙手法阻断宿英剑势，那剑上足以将坚石一分为二的真气亦被他随手化于无形，难怪宿英震惊失色。只是，这震惊之中隐约有着些许复杂的意味，再看皇非，带笑的神情也似乎别具深意。

这时皇非忽一扬眉，略略振腕，手中利刃爆起一簇刺目的精光："先生好像对这柄剑并不满意？"

宿英收敛目光，垂首道："粗劣凡品，不值君上一观。"

皇非笑道："我听人报说，此处每日都有上百柄利剑出炉，却没有一柄能被先生认可，所以今日特地来一看。"

宿英姿势不变，声音显得十分沉闷："或许要让君上失望了，宿英恐怕此生都难铸出一柄上品之剑。"

"哦？"皇非眉峰一动，看向他的目光略微锋利，"不知在先生眼中，什么样的剑才算是上品之剑？"

不必抬头，宿英亦能感觉到那注视中的压力，沉默片刻："或者君上听说过，昔日在皓山剑庐，先师曾历十余年时间铸得一柄剑，在宿英眼中，那便是上品之剑。"

皇非道："你指的可是那柄曾引起后风国储位纷争、足以和浮翾剑相媲美的无名之剑？"

宿英道："不错，先师一生铸剑，唯有此剑令他老人家引以为傲。"

皇非问道："既然如此，剑却为何无名？"

宿英道："先师不曾为剑命名，只因那剑自出世之时便已因铸者之名而难掩光芒。更何况，剑之闻名不在其锋利与否，而在于用剑之人。再好的利器落入村妇手中，也不过是一截烂铁，再普通的兵器为王者所用，也将名震天下。器因造者而锐，剑因其主而名，便如白帝之浮翾剑、君上之逐日剑、宣王之血鸾剑，这几柄剑固然皆非凡品，但若今日君上弃此腰间佩剑不用，另换此处任何一柄剑，这柄新剑也一样可以取代逐日剑而令九域震慑。"

皇非仰首长笑："说得好！只可惜那柄剑失踪已久，想要再见到与浮翾剑媲美的利器，怕是要看先生的了。"

宿英抬头，直视少原君熠熠生辉的双眸，眼中似有莫名的光芒骤闪而逝，片刻之后，垂眸说了一句话："宿英，铸剑之心不纯。"

欲铸上品之剑，必有执着之心、清净之意、无畏之念。奈何宿英每一锤砸下，都像砸在伤口最痛之处，每一簇火焰，都烧炙着无法磨灭的惨痛记忆。

灭国之战、丧师之痛、毁家之恨、刑囚之辱……冶炉之中炽热的烈火，如同浸刻心头的国恨家仇，历经多年亦不甘，不甘一生所学为敌国所用，不甘替仇者作嫁、为敌人铸器，更不甘身陷他国，终身为奴为囚！

唰！一道利光破空划过，皇非忽然挺剑直指宿英咽喉，四周忙碌的场面瞬时安静，所有人都向这边看来。

灼灼炉火，跳动在明亮的剑光之上，男子俊美无匹的笑容，因着一丝冷酷而显得魅异难当："先生，可需本君助你一臂之力？"

剑锋寒气砭透肌肤，宿英的眼神渐渐生出一丝变化："君上此言何意？"

皇非执剑而笑："先生心中杂念太盛，此念不除，恐怕终身都难以达到令师铸剑的境界，那对于先生这样的冶剑师来说，生死又有何意义？"

宿英眼角霍然一跳，慢慢地，那原本沉寂的麻木中隐有锋锐破茧而出，几与先前判若两人："不想君上竟是我宿英的知己，宿英在楚多年，身为刑余重犯却一直得君上关照重用，始终不曾有一言谢字，今日我要多谢君上成全。"

"我重先生之才，亦敬先生之气节，所以剑下不会留情。"皇非扬手将剑送去，"若十招内你能在我逐日剑下保得性命，我便赦你无罪，还你自由。"回手时逐日剑锵然离鞘，刹那间剑芒四射，"若不然，此剑便是你所铸的最后一柄剑。"

一股强横无比的剑气隐隐威慑全场，在场的每一个人都不约而同地生出身临危崖、险峰逼面的感觉，首当其冲的宿英更是不得已横剑在胸，以抵抗这骇人的压力。炉火仿佛也被剑气激发，忽地蹿出半人多高的火焰，在对峙者的身上投下炽亮的光影，少原君俊傲绝世的姿容，在这一刻令所有人屏息而视。

当今之世，恐怕没有几人能够直撄逐日剑之锋芒。且兰深知宿英绝非皇非对手，但其胸中所学，却足以与拥有《冶子秘录》的楚国一较高下，不由秀眉微锁，心想无论如何也要设法保他一命。

烈风骑侍卫随即隔开旁边无关之人，清出大片场地。夜玄殇和彦翎硬着头皮上前帮忙，避免被人看出不妥。凛然剑气随着步伐的靠近不断清晰，似是感应到这无形的威胁，原本静悬于夜玄殇腰间的归离剑突然间发出异样的轻鸣，与此同时，皇非手中的逐日剑杀气陡盛！

微妙的气机牵动，如同海啸之前激涌的波浪，瞬间席卷心神。夜玄殇脸色微变，低叱一声："走！"话音未落，剑光离鞘，势如长龙，正在半空中当面迎上电射而来逐日剑！

当！

双剑激鸣，炫耀如日，一片烈焰盛散如花雨，纷纷投向四周，淹没了两人的身影。

剑芒在皇非眼中划过炽盛之光，更有零星意外夹杂其中，似是没有料到有人竟能抵挡逐日剑全力一击。

夜玄殇手臂亦被震得隐隐发麻，暗思不妙，清楚一旦被皇非缠住，便再无机会脱身，当下借力疾退，拎了彦翎衣领，流星般投向密道出口。

一声清叱，距离密道较近的且兰长剑出鞘，却只一线之差，与二人失之交臂，一剑落空，眼见对方身影没入四通八达的暗道深处："他们进了万象地宫！"

皇非冷笑道："传令全力搜索，务必要留活口，我倒要看看究竟是何人如此大胆！"

潜入暗道之后，夜玄殇与彦翎顿时察觉已全然不是原路，这片地下密道比他们想象的要复杂得多，条条道路如蛛网般四下延伸，或断或连，不知通向何处，要在短时间内找到出口几乎全无可能。彦翎俯地倾听，骇然发现四面八方皆有脚步声迅速靠近，不禁暗自诅咒，道："少原君府的动作未免也太快了些，除我们的来路之外，只剩了一条道路没有追兵，走这边了！"

两人拐入左侧道路，施展轻功全力前行。忽然间，夜玄殇猛地刹住脚步，伸手拦住彦翎："不对，皇非怎会有如此疏漏？你的侦察之术唯一在这边探不到敌人动静，此处若非死路，便是皇非刻意留下要我们通过的，除非……"深眸之下隐有锋锐之色一带而过，"追截之人的行动，你我无法察觉。"

"怎么可能？"彦翎低声叫道，"除皇非之外，怎会有人能瞒过你我的耳目？"

夜玄殇道："还有一人……"话未说完，便被一阵轻啸打断，黑暗中两道箭光如驰惊电，带着冰寒之气迎面射来！

彦翎蓦地轻叱，以令人难以置信的速度侧身急闪，生生横移开数寸，犀利的箭锋擦面而过，带得肌肤刺疼难忍。旁边光芒爆现，伴着暗哑嘶鸣，却是夜玄殇不及拔剑，硬以剑鞘挡飞来箭，匆忙之下竟险些被那咄咄箭势逼得后退半步。

暗道尽头，微光隐约透射，一名女子引弓而立，白衣如云，雪刃如冰，箭锋之下清艳的双眸微微淡挑，透出曾经千军万马中磨砺的静冷，似那慑人的箭光，遥遥锁定两人。

夜玄殇轻叹了一声："你忘了还有一人，便是皇非的师妹，曾经挥军兵踏帝都的且兰女王。"

炎凤弓犀利的轮廓，衬着白玉般优美的手，若非在这样剑拔弩张的情形下，不失为一件令人叹赏的艺术品。然而此时，这手中经过精心打造的六刃箭镞随时都可能化作致命的杀器，且兰执弓徐徐前行，冷声问道："你们是什么人，竟敢夜闯少原君府刺探机密，还不快快束手就擒！"

夜玄殇暗自皱眉，不到万不得已，他绝不愿伤害这位无论对楚国还是帝都都极为重要的九夷族女王，但四面追兵愈近，除非他们今晚不想生离此地，否则便只有硬闯一途。

转而对视，彦翎眼中亦透出同样的信息。怪形薄刃倏地闪现，彦翎身形仿佛和刀锋化为一体，当先掠向拦路之人，快得几乎难以分辨。且兰眸光一利，冷喝道："好胆色！"手中一双凰羽箭如同电光离弦飞驰，却并非针对彦翎，而是先发制人，逼向看似无害的夜玄殇。与此同时，在她和彦翎之间似有一道轻光乍现，云衣出岫，秋水澈寒，浮翾剑不知自何处现身，剑锋凛凛直侵对手心口要穴！

剑气未至，已然寒意透心，彦翎身在半空攻势不改，扬刀直劈而下！双刃相交，一股奇异的感觉自无比灵敏的指尖传来，几乎是出于一种本能，彦翎凭空倒翻，在浮翾剑斩断薄刃指向他胸膛的瞬间猛地向后掠出。但闻哧的一声轻响，他身上衣服已被那凌厉的剑气一分为二，一道血痕自心口直达小腹，只要再慢上刹那，恐怕他便已丧身剑下。

彦翎心下大惊，一口真气岔逆，翻落在地，未及抬头剑光又至，正暗叫"我命休矣",却有一道剑气比浮翾剑更快,于这千钧一发之际拦向且兰的剑锋。

叮当连串激响,好似金玉交击,寒潭冰溅,夜玄殇在击落凰羽箭后及时赶到,一连挡下且兰数剑。剑光如水划破黑暗,猛地照见男子俊朗的轮廓、英气的眉峰和那深邃如渊的眼眸,且兰脱口惊道:"夜玄殇!"

两人错身而过,夜玄殇剑锋前指,目中精光隐隐罩向且兰。日前及笄典礼上穆国与九夷联席而坐,且兰自是认得他这穆国三公子,今晚在少原君府,一旦暴露身份便将带来无尽的麻烦,甚至可能牵扯楚、穆、帝都之间微妙的形势,杀不能杀,避不能避,眼前如何应对无疑成了一大难题。

彦翎得此空隙缓过气来,一个鲤鱼打挺翻至夜玄殇身边,扫过惊讶的且兰,转眼看向夜玄殇,待他定夺。四面追兵急促的脚步声已经隐约可闻,夜玄殇眼底的犹豫也只是一瞬,便断然道:"带她走!"

出乎意料的是,且兰察觉追兵追近,忽然道:"三公子随我来!"收剑入鞘,率先往旁边一条岔道掠去。身后两人不由一愣,却已没时间细想,夜玄殇对彦翎略一示意,两人随之闪入岔道。且兰在前相候,见他跟来微微一笑:"万象地宫乃是先楚诸王为防备宫变所建,奇路万千,各成迷阵,千万不要随意乱闯,否则三天三夜也走不出去,说不定还会遭遇追兵,走这边。"

黑暗如墨,几乎不见一丝光亮,唯有前方一角白衣轻轻飘拂,恍如暗域中绽放的优昙花,若隐若现,若即若离。万象地宫中道路错综复杂,乃是依照先天数理而建,且兰带着两人或左或右,循路而行,不断避开各方追兵,有时便是和搜查而来的烈风骑侍卫险险错过,却绝不会被人发觉。待追兵的声息越来越远,她回头道:"沿这边出去是离君府湖畔最近的一个出口,九夷族的舟船便泊在近岸,相信凭两位的身手潜入船上并非难事。少原君府的警戒不可小觑,三公子还是不要冒险离开,稍后随我的座舟出府不会被任何人搜查。"

夜玄殇方要说话,却见她将手指在唇间一压,透过无声的暗色,女子沉静的眸光纯净晶莹,令人感觉到她的诚意:"左三右七,一直前行,别弄错了。以防万一,莫要惊动我船上侍卫。"且兰言罢返身而去,走出数步,忽又回身,"三公子,可否借你佩剑一用?"

夜玄殇闻言抬眸,对视间有若实质的目光,仿若朗日锋芒折射,片刻之后,他忽而微微一笑,便将从不离身的长剑向前递出。且兰拔剑出鞘,轻声赞道:"好剑!"未等两人反应过来,反手将剑从自己左臂带过,剑身锋锐,一道血痕随之绽现,在白衣之上迅速染作一片深色。

夜玄殇微微吃了一惊,且兰还剑于他,道声:"走吧!"身形一闪,便已消失在幽暗的密道深处。

第二十章 九夷女王

　　冰冷的剑锋闪映清光，余有女子温热的血液，在指尖碰触之时渐渐冷却下来。血腥之气，混杂着一缕优雅淡香，纠缠于黑暗，漫过夜玄殇深夜般的眼底，隐约泛着惊异、震动、深思种种异样的情绪，最终归于一片宁静深沉。他打了个手势阻住彦翎已到嘴边的发问。

　　两人离开密道之后，果然不远处便是少原君府连通楚江的内湖，一艘纹刻着九夷族徽识的两层座舟停靠在近岸，船上隐隐透出灯光。

　　相比其他地方火光炽亮的情况，这里显然并未被列作搜查的目标，而显得十分安静。"真要上船去吗？我有九分把握能顺利离开君府，似乎没必要赌这一局。"彦翎终忍不住提醒。无论如何，对方毕竟是少原君的师妹，或许这座舟根本就是诱敌之计。

　　一弯弦月穿云而过，投下明明暗暗不定的微光，夜玄殇唇畔复又露出那种潇洒不羁的微笑："有时候冒些风险，可能会有意想不到的收获。"抬手握住彦翎肩膀，"我上船去会一会这位九夷女王，倘若事有万一，你切记莫要轻举妄动，寻机离开君府就好。"

　　彦翎毫不客气地丢给他一个大白眼："这算什么？难道你是在教我弃朋友于险境，自己先行开溜？"

　　夜玄殇笑道："险境倒也不至于，对方既已识破我的身份，只需通知皇非便可，似乎没必要再费周折设局。九夷族在诸方势力中地位十分特殊，所以我必定要走这一趟，弄清她是何用意才好。"

　　彦翎道："要去一起去，再说便不算兄弟！"说着人已闪出藏身之处，抢先掠往座舟方向。夜玄殇不及阻止，无奈地摇了摇头，随即展动身形紧跟而去。

　　因是泊在君府内湖，座舟上原本高悬的明灯都已放下，只余檐下一溜风灯透出静谧的光亮。两人潜至船身暗影深处，彦翎甩手射出钩索，略一借力，几个起落便轻飘飘地翻上船头。夜玄殇随后而至，船上只有数名留守侍卫，两人顺利到了上层甲板，避开几个侍女进到主舱，刚刚运功将衣服弄干，便听外面传来嘈杂的人声。

船侧悬桥缓缓放下，主舱、望台以及桅杆之上数十盏明灯随之升起，照得内外灯火通明，显示出座舟雍容华丽的轮廓——这是半个月前皇非赠送且兰的封王贺礼，除此还包括坐落在上郓城外一座精美的府邸以及无数仆从，当时曾在楚都很是引起一阵轰动，非但表示出楚国对九夷国的态度，更毫不掩饰地说明少原君与九夷女王有着非同寻常的关系。

数列侍卫簇拥着两人登船，径直往上层船舱而来。"殿下！君上……"外面低呼声响起，似乎有人挥了挥手，接着便是侍女们纷纷退出房间的声音。透过锦色画屏，皇非似乎低头对且兰说了些什么，案旁灯灿如玉，窗外月影流波，温语轻言的少原君，那无人可以忽视的温存、无人可以抵抗的微笑，令这一方天地流露出与外面肃杀气氛迥然不同的柔和。

或许是因剑伤之故，且兰倚案而坐，灯色下一痕黛眉轻蹙，较之平日英姿飒爽的模样颇见柔弱，抬头道："伤得并不重，已经不碍事了，都怪我一时大意，才令那两人走脱了去。"

她臂上伤口早已包扎上药，经过了细心的处理。皇非替她拢了拢外袍，侧身落座，淡声道："那人能够挡我一剑毫发无伤，无论内功剑法，都堪称不凡，幸而他无意伤你性命，否则我就难和师父交代了。"

且兰道："可惜我未能看清他的样子，君府防范如此严密，也不知他们怎么会混入烈风骑侍卫之中，目的又是什么。"

皇非冷冷一笑："我已派人查过，君府通往内宫的密道机关遭人破坏，五重机关控制的暗箭尽数发射，却未见一具尸身。此二人想必是因衡元殿的《冶子秘录》而来，却为躲避机关无意中撞入隔壁密道，杀了两名巡查侍卫冒充他们潜入府中。哼，胆量倒是不小！"

暗处两人听得头皮发麻，事出之后皇非连衡元殿密道都未曾去过，却将事实推测得如此准确，无怪乎烈风骑战无不胜，就凭这入微的推断、惊人的直觉，战场上又有几人能够运筹帷幄与之匹敌？便听皇非又道："据回报，侍卫中有一人是被极薄的利刃所杀，想必便是你浮翲剑斩断的那把刀。这用刀之人在兵刃被断的情况下竟能避开你一剑，轻功十分了得，凭此便可追查出他的身份。且兰，那伤你之人，用的是左手还是右手？"

他突然扭头问来，且兰不禁一愣。灯下皇非俊美的双眸恍似骄阳夺目扫过，眉间英风，刹那直抵人心。

且兰心跳猛然漏了一拍，周围一切仿佛静止，那穿彻万物的注视漫长如岁月千年，然而实际上也只是短短的一瞬，她便静静地回答道："我没有告诉师兄吗？我之所以为他所伤，便是因没料到他用的是左手剑。"

皇非眼睛微微一眯，一抹笑意仿若春水流淌："难怪你臂上伤口外深内浅，我还奇怪这人的剑势为何如此特别呢。"

且兰目光未曾避开他眼睛半刻，直到此时才懒懒一合眸，眼底若有若无的倦意更显出几分楚楚可怜，不动声色地带过话题，仿佛刚才的问题只是他随口发问，而她也只是随口作答："师兄，我有一事不解，你明知诸国觊觎《冶子秘录》，何以要故意放出秘录全本在楚国的消息，甚至连衡元殿也透露出去，惹来这许多麻烦？"

皇非淡淡挑眉："即便我不放这消息，也自会有人帮我传扬，我又何必白费心机？"

"是宣王吗？看如今的情势，师兄可是决意不买姬沧的情分，当真要动宣国了？"且兰瞳心映着温柔的灯色，丝缕倾慕闪漾其中，仿佛对那可能发生的倾国之战极为好奇，亦对眼前男子满是崇拜敬仰。

皇非侧头一笑，意味深长："时机未到，我可不想白白和姬沧拼个你死我活。"未等且兰答话，他起身道，"时候不早了，你有伤在身，我先送你回去休息。"

且兰被他眼底刹那荡开的傲气慑得呼吸一室，却又在那转瞬的温柔中不由凝住目光，稍后摇头道："不过一点小伤，何用师兄亲自护送？何况今晚之事牵扯烈风骑军中机密，还是不要张扬为上，师兄若是特地送我，倒叫他人看在眼里了。"

待到目送皇非离船而去，且兰唇畔笑容缓缓消失，取而代之是一丝如释重负的神情。

座舟徐徐驶出君府，一路通行无阻，很快转入宽阔的楚江。打发了进来问安的侍女，且兰向外命道："你们熄了灯火暂且退下吧，没有命令莫上来打扰。"

随着外面一声应命，甲板上风灯依次熄灭，上层船舱顿时陷入了一片寂静。房中只余一盏精巧的银灯，幽幽闪着柔亮的微光，且兰斜倚案前，静望着舷外月照川流，烟波浩渺，似是若有所待。片刻之后，窗棂近侧一声轻响，忽有两人出现在眼前。

且兰唇畔泛出淡淡的笑意："三公子果然艺高胆大，我还以为你不会登船呢。"

夜玄殇亦笑道："今晚得殿下相助，尚未来得及道一声谢，玄殇怎可不辞而别？"大方地落座席前，"方才皇非似乎并未完全相信殿下。"

且兰问道："三公子难道就完全相信我？"

夜玄殇眉梢略略上扬，这细微的动作使他自然而然带出一股磊落与不羁，似乎毫不因目前境况担忧，坦率答道："并非如此，至少我想不出一个合适的理由。要瞒过皇非并不容易，方才殿下倘若稍不留意，怕是已被他探出不妥。"

且兰凝视他片刻，轻声叹道："师兄一向行事张扬，不将任何人放在眼中，但曾和他交过手的人都知道，少原君，有着无人可比的缜密心思和极为敏锐的洞察力。"微微抬头，目光穿窗而过。一抹新月如刃，掩映在时隐时现的浮云深处，江面之上迷雾重重，空空旷旷，虽已时隔三年，当初孤身入楚，与那人泛舟交谈的情景仍是历历在目。江畔初见，她终于明白了为什么天下间会有那样的传言——

楚有皇非，当世无人称美；楚有少原，九域弗敢言兵。

那男子，白衣华服风神绝世，那男子，睥睨天下挥斥方遒。面对王族覆国大军无情的剿杀，穆、宣两国伺机而动的威逼，世上唯有一人能将九夷族救出危境，也唯有这一人敢做九夷族的靠山。

她借兵，她拜师，她精心配合他的计划一步步兵叩王阙。

他自负，他强势，他无坚不摧的力量和丝丝缕缕的柔情，尽化天罗地网。

横舟大江，他谈笑用兵、弹指破敌，助她杀出铁血之路；跃马逐敌，他振剑傲啸、纵横杀场，扬眉一笑折千城。

踏明月、登险川，他迎风纵酒、指点江山，飞扬身姿夺日月；花雨落，星满天，他挽剑成水，浅笑温柔，翩翩风流倾心魂。

三年复仇、三年征战、三年兄妹、三年情分，光阴似水血如花……他站在地狱之路的尽头，周身光亮耀目看不清容颜，她每前进一步，都能感觉出脚下大地的塌陷，仿佛无数流沙消逝，巨大的黑洞等待在人所未见的地方，明与暗、光与影，都已注定深陷，终将不复存在。

纵知是饮鸩止渴，她仍必须选择，以一人身，换千人生，以旧国亡，换血脉存。剑指帝都大门的一刻，她清楚明白将打开一条什么样的道路，九夷族以及自己的命运又将如何，然而义无反顾，直到遇见了那个人。

淡淡青衫淡淡笑，冷冷风华冷冷眸。

三年前不共戴天之宿仇，三年后却可能是九夷族挣脱命运的契机。

终始山下精兵强将，洗马谷中剑慑万众，她从那人眼中看清一条道路，将月华石双手奉上时她已下定决心，从此以后，她要用自己的力量护佑族人万世平安。

"师兄他自然会对今晚之事有所怀疑，但他绝不会因此对九夷族有任何举动。"略略静默之后，且兰收回目光道。

"哦？殿下何以如此肯定？"夜玄殇问。

且兰抬头笑了一笑："我敢这样认为，是因有人已替我布下局势，无形之中牵制了皇非。"

那个人，从来行事都是不动声色，却唯待九夷族之事不同。九哀之礼、浮翾之剑、裂土封王、盛宠君恩，面对王族昭然于世的安抚，少原君只要不想令九夷族倾向王族一方，就必须和且兰保持紧密而良好的关系。夜玄殇何等人物，稍加思索便悟到其中缘由："那布局之人，亦是殿下今晚出手相助的原因吧？却不知他与少原君对殿下来说孰轻孰重？"

且兰静静看他："三公子何出此言？"

夜玄殇道："君府中的造兵场乃是重要机密，皇非与殿下同进同出，可见信任非同一般。只看烈风骑对殿下恭敬的态度，亦可知他们非常清楚殿下在君府中的地位。但是，密道出口殿下阻我二人那一剑，分明留有余地，不但令我二人有机会脱身，更造成之后的混乱，令皇非无暇处决宿英。宿英始终不肯真正为楚国效力，甚至有刺杀皇非之心，留下他便等于留下了一把针对少原君府的利器……玄殇不知殿下究竟心在何人、意欲何为，思之十分费解。"

且兰眼中闪过一丝惊讶，不想在当时那种情况下，他连宿英那随手一剑的真正意图也有所察觉，微笑道："三公子好利的眼神，但这一问题想必公子也是感同身受，不知又将如何选择？"

随着江中波浪起伏，舟船微微轻晃，在一道道暗流与旋涡间保持着巧妙的平衡，迎风破浪，逐流而下。夜玄殇似是一愣，随即轻声笑道："感同身受，殿下所言甚是。"

且兰道："三公子知道我的答案了？"

夜玄殇道："玄殇如何不知？"

半空中四目相交，灯火的影子轻轻一跳，且兰抿唇浅笑，转向彦翎："金媒彦翎吗？"

彦翎一直抱臂靠在船舱上听他两人说话，此时抱拳笑道："正是在下，方才多谢殿下留情，我才保得小命。"

且兰微笑道："你若真想保住性命，便该速速离开楚都，近期内都不要回来。师兄若是决意追查下去，可不会因为少冲山之战你卖了姬沧的军情而手软。"

彦翎摸了摸鼻子："不想殿下连这个都知道，那这忠告便不得不听了。"

且兰道："此处已入楚江中段，远离君府范围，二位多加小心。"

夜玄殇起身道："多谢殿下相送。"目光落向且兰左臂，"我欠九夷族一个人情，他日若有需要，殿下不妨说一声，玄殇定当尽力而为。"

第二十一章 诡怨遗香

"公子！"一个纤细的身影悄然出现在风帘之外，玲珑纱衣如桃红轻染，在寂静的夜光下飘曳出妖艳的痕迹，"我已带人仔细搜查，未见潜入之人的踪影，但可以确定他们并非来自自在堂。"

金案一侧，皇非正执笔作画，一身白衣潇闲，显然未因今夜之事而受任何影响，对于这样的回报他也毫不意外。聚精会神地完成最后一笔，一名女子的肖像跃然纸上，眉目翩然，栩栩如生，他这才放下笔："传我命令，不必再行追查。"

那女子似是有些意外："公子，难道就这样放过他们？我可以调动人手全力搜捕，三日之内定会有结果。"

"此事无须你再插手。"皇非转身，"你该全力追查的是白姝儿的下落，一日有她在，你便无法成为自在堂真正的主人。"

那女子抬起头来，正是当日白姝儿精心挑选入宫的美姬之一，曾经夜入赫连侯府送上密信的召玉。如今在皇非面前，她便像一只驯服的猫儿，被他目光一扫，乖乖低头道："公子教训得是。"

皇非挥手命她起身，虽说是轻言微责，但那语气中流露出轻魅的淡笑，却是令人眩惑着迷："白姝儿手中尚控制着自在堂的精锐实力，你若不上点儿心，可未必斗得过她。"

召玉咬牙道："那贱人向来诡计多端，召玉一直不明白，上次公子为何要放过她？"

皇非笑道："若非如此，怎能确定自在堂中哪些人是真心归服于你，而哪些又是她的死党？我要的难道只是一个女人的性命？"

召玉道："我明白公子的意思了，公子放心，顺我而生还是陪那贱人送死，我会让那些人好好考虑。"

皇非越帘而出，在她面前停下脚步，抬手勾起她小巧的下巴，修长俊眸中笑意流转如星："不愧有着后风国王室的血统，当初在逍遥坊中一眼见你，我便知是块美玉，果然未让人失望。不过你要记得，有些时候，最好莫让人察觉你心中的意图，昨日你在宫宴上看那赫连羿人的眼神，着实让本君有些头疼。"

召玉艳眸一挑："赫连羿人那老贼当年破我后风国都城，手刃我亲族……"

"嗯？"皇非指下微微收紧，眼中淡笑好似星芒。召玉娇躯猛地一颤，顺着他的手便跪了下去："召玉知错……"

后风国三个字，早已化作东海千里碧波血浪，旧国不复，天地无存。

从今而后，召玉再不记得自己后风国公主的身份，再不记得家国血仇、丧亲惨痛。

今生今世，召玉愿以己身为奴，以报公子活命之恩，亦绝不会做出任何对楚国不利的事情，若有违此誓，天诛地灭！

三年前，她跟随这神一样的男子走出逍遥坊，暗中接受严格的训练，而后凭借特殊的身份进入自在堂，奉命收买人心、探查机密。就在不久前，她被选送入宫服侍楚王，发现白姝儿才是真正的自在堂堂主，暗中通风报信助他重挫对手，而自己也得到了控制自在堂的绝好机会。

后风五国，同族同宗却又互相为仇，聚集旧国残存势力建立自在堂者，属于曾经最先发难夺位的二王子召启一派，与后风国的王位继承人、召玉之父召元本是水火不容的宿敌。但是，身为堂主的白姝儿却并非后风国人，而是当年穆国送去与召启长子联姻的亲贵之女。宣、楚两国无情的铁骑断送了这段姻缘，但这女子凭借美貌、武功与过人的手腕控制了一批死士，复又笼络后风族人，逐渐形成了江湖上令人闻风丧胆的杀手组织，依附穆国太子御，频频刺杀楚国政要，终于惹来少原君无情的剿杀。

召玉被迫抬头看着皇非，眼前这一双手，助她挣脱逍遥坊的噩梦，教她如何利用女人最美的武器，告诉她怎样掌握对手的弱点，给她机会夺取切实的权力，这手中的力量令她痴迷，亦令她感到绝望的恐惧。

在皇非手掌之下，召玉忍不住微微发抖，眼中亦渐渐流露出浓烈的哀凄之意。皇非便这样盯了她一会儿，忽然轻漫一笑："罢了，此番你功劳不小，我还未想到该如何奖赏你。"手指轻移，拂过她雪白的脸颊，轻轻穿入那如墨的乌发，"说说想要什么？"

召玉的呼吸略见急促，抬头微合双目："召玉……不敢在公子面前邀功。"

皇非仍是含笑，方要开口说话，目光却倏地一沉，向侧冷喝道："滚出来！"在他指尖，召玉发间一朵珠花忽然跳起，散作数道凌厉的白光射向花窗。

窗侧两道蓝光闪过，便听有人桀桀怪笑道："老夫一片好意不想扰人雅兴，君上又何必动怒？"笑声未落，一个人影自墙壁前渐渐显露出来，像是被水泼湿的画纸，慢慢现出个人形。

召玉乍见这诡异的情景吃了一惊，猛然起身按住剑柄。皇非冷冷负手，沉声道："歧师，你是否活得不耐烦了，胆敢在本君面前耍这种花样？"

歧师干笑道："雕虫小技，怎瞒得过君上的眼睛？只不过对这新研究出的巫术有些手痒而已，嘿嘿嘿嘿……"一边说着，一边盯着召玉诱人的娇躯上下打量，显然对她的美色十分垂涎。

召玉只觉那目光似能穿透自己的衣衫，浑身上下都像被一只猥亵的手摸过，不由怒道："大胆！"

"召玉。"皇非忽然淡淡地道，"你先退下。"

召玉不敢违命，狠狠瞪了歧师一眼，方才转身退了出去。皇非冷睨歧师："我的禁令看来你是忘了，不在你那鬼宅老老实实待着，竟敢私入楚都。"

一眼扫去，目光几如泰山之重，沉沉压顶而来，歧师脸色微变，嗖一下起身便向后飞退。皇非始终卓然静立，无形中却有股强大的气势紧紧摄住他的身形，仿若怒海惊涛四面逼至。歧师在半空中几度变换方位，但仍无法摆脱这可怕的威胁，屋内一排明灯随他后退之势发出噗噗的劲响，相继闪灭。歧师终被迫到墙壁之前，大叫："且慢！"

皇非眼梢微扬，目光罩定歧师。这丧心病狂的巫族恶人似乎对他颇为忌惮，眼中虽露凶光，却解释道："我来楚都也是因君上之命，有件事情必得问一问才好。"

皇非道："我只记得曾说过，你若敢踏入楚都一步我必取你性命，却不记得何时命你来此了。"

歧师盘膝坐在黑暗之中，面目阴暗难辨："三天前我已替那人诊过脉，敢问君上心意如何，是要医死，还是医活？"

皇非眉峰一动，歧师森然再道："倘若医活，便要君上助我寻些活人来试药；纵然医死，怎么也要和君上打个招呼。"他自然不会说出东帝险些拆了巫府鬼宅，逼得他不得不入楚都求人就医这种丢脸的事，只是想起来心中暗恨不已，语气中更带出几分狰狞。

皇非道："据我所知他的情况并不乐观，是生是死，你就这么有把握？"

歧师自暗处抬眼："哼，区区巫族药毒，有什么稀奇？只不过看君上让他活三天、三个月，还是三年罢了。"

皇非踱步斟酌，听了这话目光微侧，落在旁边金案之上。此时屋内灯火尽暗，唯有他身侧月光斜洒长案，如一泊清水幽柔展流，照见案上优美的画卷。那画中女子似是轻拂衣袂飘然而下，妖娆冷魅的风姿，仿若流波深处清莲绝尘，带着令人屏息之美。如此传神的笔致，可见这女子的风情神韵在作画之人心中是如何清晰，歧师顺着皇非的眼神一眼窥见，不禁阴阴笑道："呵呵，想不到君上对这丫头有些意思，可需我用点儿手段，好令君上方便行事？"

皇非眼风扫去："你试一试看？"

歧师心头莫名一个寒战，勉强撑着笑干咳道："喀……君上若没兴趣便算了。"

皇非道："我会命人送二十个死囚给你，该怎么做，你应该清楚了吧？记住最好莫要玩什么花样，本君可没有太多耐性。"

歧师转了转眼珠，垂下的目中闪着阴毒："君上既然发话，我也没什么好说的。倘若哪天改变主意，不妨说一声，我随时都能让他生不如死。"说完向背后黑暗中退去，如同来时一样，在墙壁前诡异地消失了踪影。

一川江水，浩浩东流，万里夕阳一望无际，在楚江壮阔背景的衬托之下显出一种苍凉之美，徐徐沉落在雄伟的都城深处。

每日此时，都会有跃马帮的商船自各处抵达楚都，几十艘吃水颇深的大船一字排开，几乎占满小半边江面，显示出这称霸一方的江湖大帮有别于其他商号的雄厚实力。楚、穆一战，跃马帮更加深入地控制了两国之间的水陆商道，如今若有一日跃马帮的商船不入码头，上郢城过半商铺都要缺货吃紧，若有十日跃马帮的商船封锁运输，那整个楚都的粮价恐怕就要翻上几番。

一个冥衣楼，一个跃马帮。江湖诸国遇上冥衣楼，是不敢惹，因为谁也不知道他们究竟有多大的势力，越是神秘就越令人生畏；而遇上跃马帮，却是不愿惹，因为只要不是瞎子就能看出他们有着怎样的势力，谁也不愿自讨苦吃。

但不久之前，横行南楚的劫余门和跃马帮少帮主殷夕青发生冲突，殷夕青重伤在劫余门门主袁房的天残灭度掌之下，帮中连续两处分舵被挑，双方都折损了不少人马，可谓近来惊动江湖的一件大事。

此时象征着跃马帮最高权威的楼船座舟正停泊在楚江之畔，顶层正中的房间里，跃马帮身在楚都的高层主事全部到齐，旁边软榻之上，一个面无血色的少年昏迷不醒，虚弱得几乎已感觉不到任何生机。

屋中气氛沉重，身为诸分舵舵主之首的解还天内伤未愈，看起来精神有些委顿，但却并未因此放弃对帮主此行的反对，实际上在座半数以上的人也都不支持殷夕语去赴冥衣楼前日之约。

"帮主，我已派人仔细查过，此前在沣水渡便是那冥衣楼楼主出手杀了我们十余名弟子。冥衣楼表面上虽然客气，却早便暗中与我们作对，又怎会好心救少帮主性命？如今既然确定蛇胆在他们手里，我们并非就没有别的法子，帮主万不可以身犯险！"

殷夕语坐在上首主位，摇了摇头，显然并未改变主意："解舵主，咱们这次在楚国连续出事，折损了不少人手，我知道你心中着急，但有些事必得从长计议，千万鲁莽不得。"

解还天道："从长计议虽稳妥，但现在少帮主却是等不得了！帮主也听到那冥衣楼主的口气，烛九阴蛇胆珍贵无比，乃是药中至宝，他们绝不可能拱手相让。"

一旁的副舵主齐远亦道："帮主何以对冥衣楼如此顾忌，就凭咱们跃马帮的实力，难道还拿他们无可奈何不成？"

殷夕语柳眉微蹙，将手一抬止住他们："正是因实力相当，我才不愿和他们撕破脸面。我们跃马帮以商贸为立派之本，在江湖上一向秉着和气生财的原则，极少与人结怨。"她看向奄奄一息的弟弟，神情痛极，却也恨极，"这一次夕青年少气盛，和劫余门结下梁子，自己惹祸上身不说，还使得我们两处分舵遭受重创，当地的商脉几乎被破坏殆尽，损失极为惨重。事情到了这个地步，劫余门这个仇家我们是结定了，但冥衣楼毕竟不同。我们两帮虽有冲突，却并无解不开的恩怨，倘若贸然与他们为敌，对整件事情是否有益暂且不说，鹬蚌相争，渔翁得利，倘若劫余门乘虚而入，和冥衣楼联手一起对付我们，诸位可有想过后果？"

一席话让舱中静了下来，几个原本要劝的部属也缄口沉思。殷夕语再道："还有，这段时间我们忙于应付劫余门，对其他事情实在太过大意了。沣水渡冥衣楼相助夜玄殇，紧接着赫连齐死于归离剑下，少原君突然回护敌国质子，太子御遇刺，赫连侯府连遭重挫，你们不觉得这些太过巧合了吗？若我所料不差，楚、穆两国恐怕不久便会有大事发生。"她转头望向舱外长江劲流，风波碧浪，"天势滔滔，顺昌逆亡不过一息之间，我跃马帮一举一动对楚、穆诸国之影响非同小可，世人皆知，有些事情必要防患于未然才行。"

在场的几位舵主心中皆是一凛："帮主的意思难道是，冥衣楼和少原君府联手了？"

殷夕语道："冥衣楼向来行事诡秘，当年他们能插手宣国五王之乱，如今为何就不能介入楚、穆内政？"

另外一位舵主宋双道："若果真如此，帮主就更不能赴约。我帮根基在于楚、穆，与太子御、赫连侯府都有瓜葛，怎知冥衣楼不是设下圈套，欲对我帮不利？"

解还天亦道："宋舵主言之有理，少原君若想真正独揽大权，便必须彻底打破受赫连侯府控制的水军与烈风骑的平衡，我们手中的战船乃是他最大的顾忌。皇非此人手段凌厉，一旦动手就绝不可能就此罢休，现在冥衣楼分明是蓄意挑衅，难保不是别有用心！"

殷夕语站起身来："正如你们所言，眼前之事已不仅仅是夕青一个人的性命，很可能直接关系到我帮存亡，所以今日之约我不能不赴。"

"帮主！"

"帮主还请三思！"

一众部属纷纷劝阻，这时候外面忽然有个清脆的声音道："殷帮主，既然这么多人都不赞同，你也不一定非要去赴约呀！"紧接着便听负责守卫的跃马帮弟子出声怒喝："什么人？"

殷夕语眉头一皱，命两人留下护卫伤者，带人出了船舱，抬头便见正中高大的船桅之上俏生生立着个碧衫女子。江风中衣袂飞扬，她人就站在那桅杆尖上，随着江风飘飘晃晃，似乎随时都会掉下来，却笑盈盈的，似是毫不在意。

甲板上守卫的跃马帮弟子少说也有近百人，竟没有一个看到有人潜入船上，更不知道她是什么时候上了桅杆，不禁大为恼火："大胆！你是什么人，还不快些下来？"

碧衫女子不理他们，只是认真地劝道："殷帮主，你真的不一定要去，刚才那几位先生的话其实都很有道理，你应该再考虑一下才是。"

殷夕语见她年纪轻轻，竟有这般轻功造诣，不由多了几分警惕，问道："敢问姑娘如何称呼，可是来自冥衣楼楼主座下？"

碧衫女子笑道："帮主不必这么客气，我叫离司，我家主上让我来替你带路，顺便先看看你们少帮主的伤势，可不可以？"

宋双低声道："帮主，小心有诈。"

旁边齐远建议道："周围都是我们的人，怕些什么？不妨先诓她下来，看她玩什么花样。"

殷夕语沉吟不语，离司等了一会儿不见他们答应，秀眉微拧："我家主上不喜欢浪费时间，总不能一直等着你们，我先进去诊脉了，你们慢慢商量。"话音一落，人已轻飘飘自桅杆上落下，似是借着风力一个折身，还没等人看清，便从一众高手面前掠到了舱门之旁。

宋双隔着舱门最近，见状大喝一声："站住！"不由分说，一掌向她腰眼拍去。

"哎呀！可没听说过看病不让大夫进门的！"离司笑着向侧一让，滴溜溜沿着他的掌风旋身而过，淡碧色的衫子轻盈若舞，一闪便进了船舱。里面两个跃马帮弟子双剑齐出，挡她去路，谁知对方身法奇快无比，轻烟般微微一晃，眨眼间已扣住榻上病人的脉门。

"住手！"

不等赶进舱中的殷夕语喝止，离司手指已在病人腕脉上滑过，蹙眉道："果然是天残灭度掌，耽搁得太久，毒气已经侵伤经脉，麻烦得紧。"又仔细想了想，抬头道，"殷帮主，就算服了烛九阴蛇胆解去掌毒，令弟以后恐怕也难以恢复如常，差不多成了废人一个，去不去见我家主上都一样了，我劝你还是算了吧。"一边说着，手下数枚银针射出，银光起落，准确无比地封入殷夕青身上几处重穴。

跃马帮众人纷纷惊喝，却不料软榻上突然传出一声低微的呻吟，昏迷多日的病人竟然有了一丝反应。殷夕语抬手制止部属，强压心中惊诧："不想姑娘轻功造诣不凡，竟还精通医术，冥衣楼果然藏龙卧虎。"

离司微微侧首，对她笑道："帮主过奖，精通医术虽不敢当，但我对各种奇毒却的确颇有研究。不如这样好吗，我可以让你弟弟醒过来，也可以每天来替他诊治调理，或许也能有所转机，你们就不必特地去见主上了。"

离司这话倒并非夸口，她虽然解不了东帝身上的剧毒，但多少年来倾心研究各类毒物，说起来已是数一数二的用毒高手。殷夕语深深地将她打量，忽然问道："敢问姑娘，贵主既然出言相约，你却一直阻我前去，究竟是什么意思？"

离司顿时吓了一跳，她心里纵然一百个不情愿带殷夕语姐弟回去，却也绝不敢违背东帝的命令，急忙分辩道："我可没说不让你去，不过是告诉你实话而已，你如果要赴约的话我自然会带路，我家主上已等候多时了。"

第二十二章 窃国者侯

夕阳满园，衍香坊今日闭门谢客，偌大的庭院一改往日喧嚣，安静得如同与世隔绝。身处其中，隐约可以听到楚江浪涌、拍岸如雪的潮声，在一片黄昏暮色之中逐渐沉寂、远去。

殷夕语随离司穿过花木疏雅的庭院，登上后苑一栋独立的小楼，两个冥衣楼部属将抬着病人的软椅放下，无声无息地退了出去。

此时暮色近晚，天边残阳自面江而开的长窗斜洒入室，透过几帘深垂的幕纱遍染座席几案，浓重如同殷红的鲜血。低案上早已燃起两支烛火，些许微亮陷入这样沉肃的色泽深处，越发衬得一室静穆。

离司上前轻声禀道："主上，殷帮主来了。"

隔了清静的幕帘，独立窗边的人正负手遥对着远处长江夕照，修长身影沐浴在一片残阳光影下，安宁如画，穆如远山。听得殷夕语等人进来，他并没有回头，只是淡淡开口道："殷帮主，以跃马帮现在的实力，要助穆国完善一支能与楚国抗衡的水军，应该不会太难吧？"

依然是跟当时船中同样温润的声音，问话却似无形之刃直抵心头。殷夕语周身一凛，跃马帮拥有目前装备最精良、速度最快的战船，一向为楚国水军提供所需，这些年楚国在兵力上始终压制穆国一等，稳坐霸主之位，与跃马帮此举有着莫大的关系。而赫连羿人之所以能与少原君府平起平坐，亦是因他手中掌握着战船、战马以及楚军造兵场这三样至关重要的利器，才能够一直牵制皇非，从而形成楚国政局多年的平衡。

倘若跃马帮转投穆国，那不仅仅是建立一支强大的水军，更是要摧毁目前楚国已有的军队，严重削减这九域第一强国的战斗力，如此一消一长将造成怎样的局面，实在令人难以，也不敢想象。

子昊显然并不期待别人会对他的问题做出反应，转身微微一笑，自那被江风吹动的幕帘之后缓步而出，走到软椅上昏迷不醒的少年身旁，伸手试他脉搏。离司在旁将她诊断过的情况细细禀报，末了鼓了鼓勇气，低声轻道："主上，他全身经络都被天残灭度掌毒气侵蚀，已伤入血脉，这种情况，即便用蛇胆救醒了人也没有太大意义了。"她在子昊面前却不像面对跃马帮之人，终不敢多说，只忍不住往身边几案上瞥去一眼。

案上放个水晶琉璃壶，琥珀色的药酒里浸着赤红的蛇胆，鲜艳夺目。子昊似乎没听见离司的话，转身对殷夕语道："令弟被天残灭度掌所伤，可是那劫余门门主袁虏亲自动的手？"

一双平静深邃的眸子，自夕照与暮灯交错的光影中看来，比他的声音更能安宁人心，殷夕语纵然满心戒备，却也在这一刻稍微放松，道："夕青自幼得家父亲传，若非袁虏亲自出手，劫余门中恐怕还无人伤得了他。"

子昊点头道："前任跃马帮帮主一十二路纵云鞭独步江湖，令弟年纪虽轻，却是资质不凡，在江湖年轻一辈中亦算出众。"说着抬手指向案前一个以金玉镶嵌的雕花木匣，微微一笑，"此处一份薄礼，是冥衣楼的小小心意，想必帮主不会拒绝。"

离司上前打开木匣，殷夕语扭头看去，眼底震骇疾闪而过，神色隐生变化，许久，方肃然对子昊抱拳道："夕语代跃马帮上下，多谢公子大恩！"

那木匣之中，竟是劫余门门主袁虏的首级。

冥衣楼代跃马帮处置了这样棘手的敌人，这份"薄礼"的分量，殷夕语饮水自知。子昊命离司带了木匣退下，踱步到案旁，侧眸看向琉璃壶中珍贵的蛇胆："举手之劳，帮主不必客气。袁虏虽然偿命，但令弟重伤至此，恐怕已熬不过三日，如今世上还能救他性命的唯有这颗蛇胆。我记得帮主曾说过，跃马帮为此可以接受一切条件，绝不讨价还价，不知是真是假？"

殷夕语道："不错，我的确说过。"

"好。"子昊微微颔首，转身淡笑道，"现在蛇胆便在此处，帮主准备用什么来换？"

若是此前，殷夕语定会让对方随意开价，凭跃马帮之财力人力，她自信还没有什么代价付不起、没有什么事情办不到。但是如今诸方情势盘错未明，再加上甫一进门他似真非真的惬问，她如何又敢轻易开口承诺？垂眸略思，随即反问试探："请问公子想要什么？"

子昊仍是微笑："不知令弟的性命值些什么？"

温雅如玉的笑容，在一片如血夕阳之下显得深静莫测，殷夕语与他对视片刻，道："若以私情论，夕青是我的弟弟，也是殷家一脉单传的继承人，若能保他无恙，我这个做姐姐的可以付出任何代价，生死不辞。但，若要以整个跃马帮的利益来交换，我却不敢假公济私至此。跃马帮上下既奉我为主，我殷夕语便不能因挽救弟弟的性命而使所有追随左右的部属陷入困境。"

子昊点头道："殷帮主不愧为江湖上人人称道的女中豪杰，跃马帮近年来如日中天，可见并非只凭了几分运气，这也就是我今天愿意和你谈条件的原因之一。"

殷夕语道："公子不妨开出条件，看看我们能不能谈。"

"我想应该能。"子昊轻咳一声，做了个请的手势，两人在案前落座，"我的条件其实很简单，不过是希望跃马帮能放弃和赫连侯府的合作，从今往后，全力支持穆国三公子夜玄殇。"

一句话云淡风轻，仿佛言下不过是些琐碎寻常的小事，殷夕语却暗暗变了脸色。

开宗明义，原以为他必设些机锋玄境在前，彼此探试周旋，她未必就落了他的设局。却不料他将这一番兵阵直陈，千里连营、明刀利箭的光，明晃晃直照眉目而来。

退则兵败如山倒，避则身陷重围。殷夕语凝眸审视夕照下神容清隽的男子，却意外地不见分毫兵锋戾气，只一派温润深远，沉默片刻，道："我说过，我可以答应任何条件，但不能用跃马帮来交换。"

子昊不疾不徐地道："既如此，那换一个条件也无妨，若我请帮主委身下嫁夜玄殇。"略一抬眸，从容淡笑自眼中流溢，"帮主以为如何？"

殷夕语眸光一闪如星，面上声色未动，心念电转，抬头道："公子这条件未免强人所难，便是我肯嫁，夜三公子也得肯娶才行。公子莫要忘了，跃马帮可是多次追杀他，至少到目前为止，我们之间没有任何信任的成分。"

子昊轻轻一笑，似是带着几分欣赏的意味。她的反驳可谓一语中的——以夜玄殇之行事作风，岂会在此等事上受人摆布？所以他本就没想以此为筹码，但却悠然道："以帮主的容貌、武功、才智，再加上跃马帮的势力，相信天下不动心的男子少之又少，夜玄殇似乎没有拒绝的理由。"

从他开口说话，殷夕语便始终目不转睛地看着他，似是想捕捉他的每一丝神情变化，透过那清淡的笑容看穿他隐藏至深的心思。各方势力联姻为盟，原也没什么稀奇之处，但这般涉及两国政局的谋划却有几人真的能够做到？杀伐掩了华锦，铁血覆了柔丝，这一个"嫁"字，轻则断送楚、穆第一大帮，重则翻转这九域半壁江山，他却如在花前月下，笑谈金玉良缘——便是张狂如那少原君，怕是也未必想得到、做得出。

殷夕语侧了脸，秀眸微垂，烛光如晕映上双颊，似一抹暮晚的微霞。灯下如画侧颜，几乎叫人错觉是女儿家几分娇羞，因突然谈论到姻缘婚嫁之事而不知如何作答。

幽幽焰光在漆黑如夜的眼底漾动，子昊状极悠闲，不催亦不再问，唯眸心里一缕笑意渐深，似是等待或期望着什么。果然，便听见她冷静清晰的声音："公子难道未曾想过，如此勉强以交易促成婚约，即便我暂时嫁给夜玄殇，却也可以反助太子御铲除他，得回自由？"

子昊意外地挑了挑眉梢，直到此时才算认真地打量了她一会儿："这我还真不曾想到，如此说来还是第一个条件稳妥些。"他将那盛着蛇胆的琉璃壶把玩在手中，似笑非笑，"帮主难道也没有想过，那个条件对跃马帮其实有益无害？"

殷夕语道："跃马帮支持夜玄殇将会付出怎样的代价，想必公子心中清楚得很，有益无害，从何谈起？"

子昊淡淡地道："赫连羿人最近在皇非手中吃了大亏，被楚王免去了右卿上将之职，皇非安插烈风骑将领接收都骑禁卫，更是借此机会控制了都城禁卫和城防水军。"

殷夕语娇躯一震，城防水军虽名义上只是隶属楚都禁卫的一支护卫军，级别尚在都骑军之下，但实际却是楚国水军的核心部分，无论战船装备还是战斗力都无可比拟。控制了都骑禁卫和城防水军，就等于控制了大半个楚都，少原君步步为营，计划周密，从他设局铲除赫连齐之时起，赫连侯府原先足以与之抗衡的筹码便一一丢失，逐渐不复此前烈风骑在外，而赫连侯府在内牢牢掌控楚都的局面。

不动则已，动辄如雷霆千钧烈火燎原，在少原君的打压之下，赫连侯府还能支撑多久？

"赫连侯府一旦失势，以少原君之手段，跃马帮在楚国将面临何等局面？而穆国，太子御又能给跃马帮什么承诺？跃马帮与他们两家当真是一荣俱荣，一损俱损？同时开罪少原君府和冥衣楼的后果，帮主不考虑一下吗？"

一连数问，殷夕语红唇紧抿如刀，霍然抬眸，直面这金戈铁马、铮然逼目的锋芒。

"赫连侯府能给的，少原君一样能给；太子御不能给的，三公子却可以加倍奉送。风险越大收益越大，帮主经营跃马帮偌大基业，这个道理想必十分清楚。"鲜红的蛇胆衬着苍白的手指，熠熠琉璃映着幽邃的眸，"当然，帮主也完全可以拒绝我的条件，冥衣楼悉听尊便。"

漫不经心的话语，随着夕阳最后一丝余晖沉没在静暗的底处。微微跳动的灯火似是被这突如其来的肃静惊吓，不安地闪烁出急促的影子，于那清明如镜的眸中，折照出一番震荡难平、天人交战的激烈。

案侧下，殷夕语单手紧握成拳，一方面对方所有发问句句切中要害，一方面这其中牵扯的利害关系太过惊人，对方手中握着她弟弟的性命，而她手中却握着整个跃马帮的存亡。

如今她面对的已不仅是一个亲人的生死，也不仅是一个帮派的去从，而是一盘江山之棋、一场立国之战。

暗处的指掌，早已推动了两国风云翻涌。赌上赫连侯府和太子御，跃马帮或许依旧是楚、穆第一大帮派；赌上少原君或夜玄殇，跃马帮却可能一跃成为开国之臣，高享庙堂之尊。

输尽所有或是赢回一切，她是否有这样的胆量倾此赌注？

胜则成王败为寇，她是否有这样的魄力放手一搏？

"少原君能给跃马帮什么保证？"

"帮主应该心中有数，少原君的条件绝不会比赫连侯府差。"

"事关重大，我又怎知冥衣楼能否代表少原君做出承诺？"

"倘若少原君在此，帮主难道以为他会执意与跃马帮为敌，而不是结盟为友？"

"夜玄殇处境艰险，即便他顺利归国，又凭什么去扳倒太子御？"

"那便要看少原君有多大野心，跃马帮又有多少诚意。"

一问一答，一答一问，极快的交锋，犀利的对话。殷夕语最后秀眸一细，语声亦干脆锋利："与少原君府合作，又助穆国抗衡楚国，脚踏两只船，弄不好便是船毁人亡、人财两空的结果，公子究竟要跃马帮如何自处？"

子昊笑意淡淡，从容说道："世人常言奇货可居，试问我们手中一件货物，是置之高台，让两家争相竞价更显其价值，还是要让一家捧于手心，而另一家却时刻想着毁之而后快？世事道理，大同小异，无非变通二字。处各方之间而游刃有余，进退不失其道，纵乾坤变换，无损其分毫。以跃马帮如今之形势，可以变通求存，日后为何不能审时度势，成为平衡楚、穆两家的关键，从而取得最大的利益？我请帮主登上的这艘船，船上是何人掌舵、何人摇橹，每个人都有可能左右最后的结果，帮主又怎知最终掌舵之人，不是冥衣楼，不是跃马帮？"

殷夕语暗地里倒吸一口气，被这大胆的想法惊住了。

经商之利千万，经国之利无穷，在巨大的利益面前，任何人都会有心动的一刻，人性使然。但殷夕语能成为跃马帮帮主，能使跃马帮立足江湖，成为诸国必争的一大势力，终究不是急功近利之辈，她沉声道："这便是冥衣楼的目的吗？我是否应该认为，跃马帮可能会成为冥衣楼的垫脚石，或者是送死的兵卒、挡剑的盾牌？"

子昊修狭双眸微微一抬，与她眼中亮光交撞，扬声笑道："难道帮主自认，楚、穆第一大帮就这么容易沦为他人脚下石、手中剑，甚至身不由己地送死的兵卒？"

扬眉若剑，而那目光亦如出鞘之剑，刹那锋芒。

屋中突然陷入漫长的沉默，子昊含笑等待殷夕语的答案。

一天夜幕，暗似凝血，深如丈渊，大楚江流亦在这黑暗之中滔滔远去，汹涌不绝……

终于，殷夕语自灼目的火光下抬头，一字一句开口道："好，我答应你的条件，和你交换这颗价值倾国的蛇胆。"

如此至关重要的承诺，子昊听了也只一笑，波澜不惊的眸心，却有一缕幽深的意味轻轻漫染开来。隐约有雨意，覆过了深夜的气息，他取了药瓶在手，微微凝视，似乎轻声叹了口气："帮主的决定必将为跃马帮带来莫大的获益，只是……"他抬眸而笑，"这颗蛇胆，我却不能给你。"

这变化太过出乎意料，殷夕语不由一愣，脱口问道："你说什么？"

子昊道："我曾答应了别人，绝不将这蛇胆送给跃马帮。"

第二十三章 倾心何为

弄清对方并非说笑，殷夕语再好的心性也难容如此戏弄，她霍然起身，寒眸凛威：

"公子今天原来是拿我殷夕语消遣来的！跃马帮虽不愿与冥衣楼结怨，却也并非怕了你们！"

子昊淡然静坐，眸中笑意不改："除去蛇胆，我还有另外一个条件，帮主听过之后再做决定也不迟。"

殷夕语冷然不语。子昊道："请问帮主现在是想要这一颗蛇胆、一个废人，还是想要一个生龙活虎的跃马帮少帮主？"

殷夕语柳眉微蹙："你这是什么意思？"

子昊道："令弟被天残灭度掌所伤，一旦服用蛇胆解去掌毒，自身被毒性压制的真气便会突然四下流窜，重伤过的经脉无法承受负担，必然再遭毁灭性的重创，永远没有复原的希望。"他的语气平淡一如先前，无形下却有种冰冷的意味如水溅流，在殷夕语心中不断激起阵阵寒意，只因他正陈述着一个无可更改的残酷事实，"但是，如果有人能以先天真气替他逼出掌毒，同时设法引导内力慢慢回归，那便有了缓冲的余地，伤害会减轻到经脉可以承受的程度，日后只需善加调养，恢复武功并非难事。"

殷夕语眉睫一抬，这个道理她不是不懂，也并非没有想过，但这世上内力臻于先天化境之人本就寥寥无几，更何况即便有这样的人在，谁又会用这种非但大耗自身真元、弄不好还会遭毒性反噬危及自己性命的法子助人疗伤？面对着那双高深莫测的眼睛，她始终不确定对方心里究竟在想什么，顺着话意推测道："你的意思是……愿替夕青逼毒疗伤？"

子昊微笑道："若帮主不反对，我可以试一试。"

殷夕语着实吃惊不小，忍不住道："天残灭度掌的剧毒非同小可，这样做等于是冒性命之险。"

子昊淡淡点头："我知道。"

殷夕语沉默了一会儿："跃马帮尚且算不上是冥衣楼的盟友，你为何肯如此不遗余力地相助？若还有什么条件，不妨先行说明。"

子昊含笑摇头："最终能不能成为盟友，要看双方合作的诚意，帮主既已答应了我之前的条件，我岂会再行威逼利诱？此后同舟共济，跃马帮的事便是我冥衣楼的事，能做到的，我自会尽力而为。"

这番话便是承认方才与殷夕语谈判不乏手段谋算，但却说得坦荡磊落，叫人明知落在了他的算计中，偏偏生不出什么反感来。如今的局面，答应他固然是拿殷夕青的生命冒险；若不答应，殷夕青也一样必死无疑，跃马帮和冥衣楼则必结深仇。

少原君府倾天之手，隐在暗处冷剑的锋芒……

江山江湖，风雨风云，谁对谁的心机，谁引谁的前路，谁进谁退，谁的余地，谁的孤注一掷？

无非一场完美的棋局，只看你愿做了棋子，还是那个弈棋之人。

室门闭合，夜色降临前最后一丝光亮沉入重重帘影深处，廊前风至，天幕飘落零星雨丝，室中越发显得幽谧寂冷。

身受重伤的少年始终陷在昏迷当中，眉目间不时流露出痛苦的神色。子昊在旁盘膝静坐，指间串珠轻轻转落清幽的光芒，待从深思中睁开眼睛，抬手自殷夕青膻中要穴渡入了一道真气。

一股阴柔之力沛然如水，逐渐向他掌下之人的奇经八脉散去。

殷夕青泛白的肌肤隐隐透出一片异样的浮红。玄通真气仿若游龙，四下游走周身，盘踞着的毒气却似无数条毒蛇看到了甘美的血食，昂然吐信，暴然流窜。接连的真气交撞，渐渐在那片浮红中激发出暗赤如血的颜色，而使殷夕青的身体于黑暗中呈现一种难言的诡幻。

四周垂幔无风轻扬，子昊却只静静闭目，唯指间异芒潮涌，散发着紫魅的微光。透过淡薄绡纱，几乎可见他周身被幽暗的光芒笼罩，说明九幽玄通正被逐渐发挥到极致。

赤色愈深，紫芒愈盛，真气毒气纠缠不休，由殷夕青手指少商穴始，沿劳宫、内关、曲泽、天泉一路而上，过肩井，下神堂，再经气海、三焦等处循环往回，此消则彼长，此退则彼进。子昊平静的眉间渐渐收拢，而昏迷中的殷夕青身子亦不断轻颤，忽然间，嘴角溢出一丝浓稠的血迹。

子昊眉心略紧，虽然真气交撞的反震力已大半被他引向自身，但殷夕青重伤之余，仅些许余震也足以造成严重的后果。不及细想，掌下真气流转，代表着习武之人生命精气的宝贵内力，在他控制之下强行压向那股阴邪的掌力。

赤色中游龙旋啸，万蛇噬化。一层清晰的暗紫色幽芒，透过长垂无声的纱幕恍然异亮，照得暗室一片清炫，继而收敛宁静，却始终充盈着幕后静谧狭小的空间。子昊额前渐有冷汗渗出，隐约间唇色轻染了涂朱般的鲜红，衬得那清俊轮廓在这幽光之下显出一种近乎妖异的苍白。

先天真气如水浸纱，一点点蚕食深入。所过之处，仿佛有赤丝不安地绽出经脉，流窜挣扎，却瞬间被紫芒抽离，消弭于九幽玄通奇异的真气之下。

子昊指间异芒愈亮，脸色便更苍白一分。入侵的毒气一点点减弱，殷夕青周身经络逐渐空荡，丹田内力自然向各处流注，天残灭度掌的毒性越弱，他自身真力便恢复越多，不断冲击九幽玄通的保护。如此一来，子昊不啻在无法还手的情况下强行应付两面强大的夹击，僵持片刻，终于身子一颤，一口鲜血溅染衣襟。

窗外浓云沉重，天地已完全沦入黑暗，唯有密密细雨不断闪出冰冷的微光。

仅有的一盏青灯仿佛禁不住冷雨的侵袭，忽明忽暗，将熄未熄，那幕后的紫芒似也不稳，微如萤火，幽幽若灭。

忽然之间，殷夕青全身肌肤如披光潮，呈现出一种莹透的色泽，在这冥冥幽静深处，仿佛能见细密如丝的玄阴真气正将毒气聚敛殆尽。不料在这关键时刻，子昊心脉间忽觉数刃急痛，手底真气不由一室，本被阻挡在殷夕青丹田之中的内力觑得这个机会，如同汹涌洪水破堤而出，猛地便向他四周经脉冲去。

以殷夕青此时的身体状况，若受到这般冲撞必定经络寸断，再无挽救的余地。子昊胸口气血翻涌，却已无暇自顾，断然撤去逼住毒气的玄通真气，倾尽全力拦向这股失控的力量。

殷夕武功毕竟不敌九幽玄通，被及时阻挡下来，同时紫宫穴中仅余的一缕真气却在子昊的刻意引导下掉头外冲。

如此一来，便等于将所有毒气在失去禁制的瞬间强行引入自己体内，子昊脸色蓦地一白，鲜血如利箭般自口中疾喷出来，全身经脉顿如万刃齐搅。他一边强抗着殷夕青内力的冲撞，一边将毒气急速引出，紧抿的薄唇间不断渗出鲜血，在惨白如雪的肤色上留下触目惊心的痕迹。

血色溅落，他腕上的黑曜石烁然一亮，点点冰冷的玄光转舞飞逸，与那将散未散的紫芒融为一体，陡然向外散开，将道道鲜血的赤红照出无比妖冶的异魅，亦将子昊和殷夕青的身子笼入其中。

此刻上郓城外，正赶往灵台西山寺的玄衣女子突然停步望向浓云密布的夜空，仿佛有明异的天星，自那风雨影里、乌云深处疾闪而逝。

身边蓝衫男子顿住脚步，回头问道："公主，什么事？"

女子的发丝被风吹得飞扬凌乱，掠过雪砌般的容颜，袅袅身姿亦似在风雨中飘摇，似幻似真。

她抬手抚上心口，腕上一道灵石幽光潋潋，至深之处，晶莹如雨纷流。"没什么，走吧。"低声答了一句，玄袂如云拂过长发，夜色雨光流逸飘落，一瞬轻颦的眉间随之恢复了慵然的平静。

转身而去，两人的身影双双没入山畔急雨，很快便消失在无边无际的暗色深处。

玄光澄明如镜，始终幽幽笼着幕帘内整片空间，清静莫名，却又诡异到极点。随着子昊唇角鲜血滴落，那光华愈发剔透，而显得愈发空灵冥美。

暗紫色的微光渐趋平稳，在子昊掌下带出些温润的色泽，最终徐徐涌向殷夕青周身。殷夕青头顶一层淡淡的雾气笼罩不散，衣下汗出如浆，脸上却逐渐透出正常的血色。与此相比，子昊的脸色却越来越见苍白、越来越见疲惫。待终于功行圆满，他已顾不得查看殷夕青的情况，任自己向后靠在墙上，就那么晃了一晃，人便直接向前栽去。

玄光紫芒，刹那消逝无痕，唯有点点朦胧的光影依稀飘存在寂如深墨的黑暗中。

漫漫雨随风势，如倾如注穿透深夜，似乎永远都没有尽头。烛火挣扎一跳，终于完全熄灭，一切光线都陷没于冰冷的雨夜，模糊了幕帘深处清瘦的身影。

楚都整整一夜急雨未停，直到天色擦亮，仍旧一天暗云密布，丝毫没有放晴的意思。目视始终阴霾的天气，商容那双向来森冷而不露情绪的眼中也隐透出些许忧色，他显然已等候了很久，一见子昊回到山庄便快步迎了上去，奉上两道密折，低声道："主上，帝都接连两封加急奏报，扶川七城大灾愈发严重，沫水几度决堤，两岸数百里尽化泽国，灾民已逾三万人，昭公设法调动了所有国库存银，怕还是不足所需。"

伞下风雨，牵衣飘摇，子昊眉心隐不可察地掠过一丝蹙痕，却未接那密折，仍旧向前走去，步子甚至比往常略快一些。商容继续道："邯璋分舵已将楚二公子的事情办妥，问是不是将人带回楚国。赤陵分舵飞鸽传信，宣王借边城换防之机暗地调离了两支精锐骑兵，动向不明，请主上示下是否要着手应对。还有，万俟勃言昨日便来求见，已经在前厅等了一夜，主上见还是不见？"

子昊先前闭关十日，这几天人又不在山庄，着实积了不少事情亟待处理，只是现在根本是强自支撑着回来，连开口说话都觉勉强，只盼能坚持到回房之后，不至于让庄中部属看出什么不妥，徒乱人心。

一路淡着神色径自前行，隔着那急急雨势看在人眼中，也不过是添了几分清冷高傲。他平日里话便不多，众人只当他听了这般消息心绪不佳，倒也没往别处想，唯有商容伴君日久，隐隐觉出有些不对，方一蹙眉，停住话语，抬头便见前方两道人影冒雨而归。

冷风中，子娆玄裳凌飞，苏陵蓝衫如染，两个人显然刚赶了不近的路程，亦是一夜未曾合眼，还没到近前便听子娆道："子昊，你昨晚是不是出去了？"踏足竹廊时她忽地停住，紧盯着他，满目诧异。

雨下深寒透心，视线竟有一瞬模糊，子昊苦笑，为防万一，先前他特意找了个借口命子娆出城，却不想他们回来得这么早，唇畔勉强牵出微笑："回来了吗……"方一开口，胸中翻腾的气息再难压抑，一口鲜血直冲上来，唇间染出刺目丹红，直映得脸色煞白如雪，惊破了女子漫然清眸。

雨落成幕，水溅如烟。

一阵阵寒气扑面而来，商容暗灰色的衣袍被那雨势激得翻飞不已，他却浑然未觉，如一尊沉硬的岩像，有着更甚风雨的坚冷。

数道黑影散开，屈身听命的影奴分别没入雨中，迅速消失不见，整个山庄湮没在滂沱暴雨之下，显得分外森重室人。

如瀑急雨将天地模糊成昏暗一片，唯见丝丝重闪穿裂乌云，不时照出煞白的雨帘。商容身后，道道垂帘光影凌乱，仿佛冷雨的寒气带入屋室，溅落一地幽森。断断续续的低咳自那碎影间隐约传出，商容一声声听着，目中不动不摇，唇角却有一刃锋利渐渐成形，愈刻愈深。

一角蓝衣匆匆转过回廊，来得甚急，商容侧身，目光正与已至近前的苏陵对个正着。"如何了？"不等他开口，苏陵已开口询问。

商容摇了摇头，瞥过竹廊上犹自猩红的血迹。主上方才旧疾骤发，来势异常凶险，离司已进去了小半个时辰，却至今未见动静……苏陵眉峰隐锁，素日温雅的俊面亦如冷玉，透出几分不同寻常的凝重。

此时身在楚国，且不说距帝都千远万远，诸事鞭长莫及，单是楚宣两国眼下暗流汹涌的情势，一旦东帝身有不测，立刻便会掀起滔天大祸。如若……苏陵轻轻闭了闭目，仿佛那刺目的血迹仍在眼前，九幽玄通纠了剧毒逆冲心脉，怎会突然恶化至此？不知离司可有把握，是否能镇得住那愈发肆虐的积毒？

"万俟勃言人还在前厅。"身边商容提醒道。

"知道，我去见过他了。"苏陵抬头，顿了顿，语声压低下来，"外面各处已安排了下去，其他便劳公公多费神了。"

这是已做了最坏的打算，见惯深宫多少兴沦罔替，商容神容不动，只是不着痕迹地微一点头："万千都在九公主身上……"

正在此时，屋内帘光一晃，离司捧了药匣快步出来。苏陵和商容都是一凛，急步迎上前去。商容一眼瞧见药匣上压着的朱红皮囊，内中一片翻滚躁动，似是那毒物禁不住雷雨催发，激起了噬血的狂性，兀自冲撞不休。抢先问道："怎么，不能用，还是失了效用？如今情况怎样了？"

离司脸上颇见疲惫，手中堪堪压制那狂躁的金蛇，摇了摇头："不是，主上体内天残灭度掌的毒性和九幽玄通相互牵制，来势虽然凶猛，针石尚能见效，这法子自是能不用便不用……"

话正说着，苏陵已追问下来："怎么会是天残灭度掌的毒？究竟发生了什么事？"

离司身子微微一震，欲言又止，心中不敢违逆主上意思，却又被两人接连问着，

305

一时不知如何是好。重云中闷雷滚滚不绝，这暴雨像是要将天地撕裂一般，浇出如墨昏暗，紧紧压向万物。一阵疾风扫过竹廊，迫得几人目不能视，不得不向内退了两步。便这时，听到里面传来九公主暗哑的声音："你答应我不将蛇胆送人，却拿自己的性命这般玩笑？那般夕青，他算什么人，他生他死值得你冒这样的险？"

数声闷雷窒迫，重重压上心头。幽暗屋中，道道支离破碎的帘光，割裂子婳寒玉般的容颜，清眸怔视眼前人，一片如墨潜流，纵横成波……

魔域里魑魅魍魉，惊不破明净尘心；人世间无常诸相，压不下纵肆莲色。九天十地唯有他，令她甘入那魍魉之境，为他淡淡一笑，敛尽万千魅华。

众生痴业，孽幻纷流。

二十年天家帝女，数千夜塔底孤魂，冷踏血色金辉煌煌尘埃，她将天人鬼神都嘲弄，却在空旷的祭殿深处，低下艳丽眉目，许那一声轻柔的眷恋。

他的喜乐安康，她的三世三生……

九域四海倾风云，冥冥之中他的微笑，是谁的江山天下、谁的地狱红尘？金口玉言淡然的重誓，一身风雨沥血的筹谋，她猜尽了人心终猜不透他，他算尽了天下亦算尽了她。

子婳衣袖微微地抖，掌心里尽是他的血，一路染上冰凉丝袂。温热的感觉转瞬即逝，却胜那妖娆蔻丹刺目，似有一种残艳而极致的美，一层层绽穿心房。分不清是急是恼，只觉深不可当的痛，仿佛那毒蔓正随着他的血液刺裂肌肤，在冰莹的骨肉间隙恣肆漫流，绞开道道炙热赤红的伤痕。

风声、雷声、雨声，掩盖着沉重的室闷，外面依稀只听得主上极低极低地说了一句："此事我自有分寸。"声声闷促低咳，只比这雷雨更加惊心。

一句自有分寸，多少次乾纲独断，此时此刻当真不啻火上浇油，子婳再难耐这样的痛，脱口便道："重华宫二十几年用下的毒是何等程度你不是不知，身为一族之主、一国之君，竟毫不顾惜自己的身体，这难道也叫分寸？"

外面几人虽都知东帝和太后这段隐情，但作为宫中禁忌，任谁也不敢在主上面前这样直言不讳。苏陵心下一惊，疾步便抢了进去，几乎和商容不约而同地向前拦道："公主！"

昏暗里雨声惊得烟香缭乱，子婳霍地回头，素日慵媚散漫早被那一身艳戾取代，眸中幽烈冷焰，几如焚心之火，一眼扫向离司和商容："要你们俩是干什么的？难道跟在身边都不知劝吗？"

长明宫司医女吏的职责便是确保主上健康，而影奴的存在原本就是为了主上的安危。离司和商容双双跪下，此时即便九公主当场处置了他们，他们也没有任何理由辩驳，亦将无条件地服从。屋内霎时静得只闻急促雨声，面对那双冷魅噬魂的眼睛，就连本无责任的苏陵亦后退半步，一掠衣襟，跪了下来。

"子娆！"子昊试着撑起身子，但不过是轻微的动作，急促的晕眩却迫得他匆匆闭目。那天残灭度掌的毒性虽不曾助纣为虐，但仍造成了极为严重的后果。此时周身难言的疲惫虚弱，如同落入无底深渊，一直不停地坠下去，空荡荡难受到极点，却又有尖锐的剧痛遍布五脏六腑，强撑之下，神志却一阵更甚一阵昏沉。停了半晌，他方哑声道，"莫要胡闹。"

子娆凤眸微剔如刃，冷道："我若不胡闹，你怕不真要遂了那凤妧的心意！"

子昊猛地抬眸，压着她的手难抑轻微颤抖，却只看她一眼，猝然侧身，生生一口鲜血呛出喉间，掩唇一阵急咳："放肆！你……你们退下吧。"

血色在白袖之上深浸如染，他一身倔强冷漠苍白如冰峰冽霜，紧抿的薄唇，似乎可以隐忍一切痛苦与煎熬，却堪堪拒人于千里之外。子娆唇间几乎咬出血痕，直直地盯着他，猛地站起来："好，你自有分寸，我多管闲事，往后你再怎样，是生是死，我都不管了便是！"说着狠狠一跺脚，转身便走。

珠帘冷光如冰碎，随她玄袖扫落一地。屋内几人都被这忤逆之语惊住，就连向来应变机智的苏陵都有瞬间不知该如何反应，全部愣在了那里。

温软的感觉自指尖挣开，一阵空落的冰凉自周身席卷而来，子昊向后靠在软榻上，不知是因为疲累还是恼怒，一句话也没有再说。

一天一地的雨，冷落无声……

第二十四章 千尺波澜

入夏连绵不绝的大雨暂时未给楚国带来太大威胁，除了楚江水位略有上涨外，便是多了些许入境的流民，就连都城上郢亦陆续有见，其中不少是扶川七城受灾的百姓。连日来，楚都内城防守无形中严格了许多，做了最为严密的防范。对于颁下此命令的少原君府来说，一是要进一步加强对都骑、都城两军禁卫的控制，同时也是为了防止他国间者借机入楚。

沫水穿流而过的扶川七城是位于楚国和宣国之间的一片荒弃领土，虽然纵横数百里，城池并立，却处处形同荒城废墟，充满着诡谲的不安。

确切地说，这片领土原本曾是后风国边境。幽帝年间，王族失德，失去约束的诸国强弱倾轧，战事频起，延绵广被。扶川七城因位于汋、沫两水之间，是连通宣、楚、后风三大侯国以及王域交通至关重要的枢纽，而成为兵家必争之地。这里曾爆发过无数次大大小小的战争，城池不断易主，战火经年不绝，使得良田沃土一度人烟湮绝、千里赤地。

待到襄帝初年，后风国夺得七城并入领土，曾经给这里带来一段相对安定的日子。但数年后楚、宣两国灭后风国而分之，为争夺这几座城池再次掀起大战，导致七城摧毁崩陷，白骨蔽野，百姓流离失所，苦不堪言。

然而战祸虽烈，两国却都无法压倒对方取得这片领土的控制权，最终和谈退兵。扶川七城便在这种情况下成为两国各自觊觎却又时刻防范的缓冲地带，没有哪方政权可以介入其中，亦意味着此地百姓无所归依、毫无保障。因为任何一国的军队都随时可能踏入这片无主之地，而一旦有天灾发生，扶川七城亦是无人问津，便致舍空田荒、流民四散，一片人间惨象。如今洪水过境，在天地神秘无穷的力量之前，人类显得如此渺小，亦是如此得脆弱不堪。

天刚蒙蒙亮，成群的百姓被阻拦在城门之外，等待都骑禁卫逐一检查方可入城。显而易见除了来楚都经营贸易的商人和普通楚人之外，有许多流民也混杂在其中。楚江下游暴涨的水位和近来宣、楚间风云暗涌、紧张而微妙的形势，使得世代居住在边城，曾多少次经历战乱的百姓嗅到了危险的气息，纷纷寻求安全的出路。那么，还有什么比进入上郓城，身处少原君的亲手庇护之下更令人放心？

人群中有个身穿灰色长衫的男子，年纪四十出头，颔下微须，面色白皙，一身非商非儒的打扮，显然并不是历经风尘的远路客商，面色气度亦绝非流离的百姓。守城禁卫正一一盘查过往之人，这人经过关卡的时候伸手在面前禁卫手上一搭，道声："老弟，多多关照。"那禁卫一翻手掌，悄眼扫了下四周，一块沉甸甸的楚金落入袖中，随便挥了挥手，那人一抱拳，顺利入了上郓城。

入城之后他在江边雇船，穿护城桥直入东城，在一家富丽豪华的歌坊前下船，随手又丢给门奴一块楚金，那门奴眉开眼笑，立刻引他往指定的天字阁而去。

那人一路畅通无阻，进了天字阁雅室，里面早有人在。珠帘艳帷之后，锦席香案之旁，一个身材矮胖的锦衣男子正搂着两个妖美歌姬寻欢作乐，见那人进来哈了一声，似乎极为惊讶，连连挥手令那两个歌姬退下。

待一双美人风情万种地出了门，他才起身笑道："居然是虞统领你亲自来了，太子殿下此番难道有什么重要的安排？"

这灰衣人，正是如今控制着穆国宫城安防，穆王手下白虎禁卫统领虞峥，而那锦衣人，却是穆国三公子质子府的管家计先。与在质子府不同，他此时的打扮俨然是不知从何处冒出来的一介富商，非但衣饰讲究华贵，态度也丝毫不见在夜玄殇面前卑躬谨慎的模样，显得判若两人。虞峥对他点了点头："计大人辛苦了。"

计先抬手斟酒："好说好说，太子既然派了虞统领来穆国，想必是我这苦差事要熬到头了吧。"

虞峥举杯，象征性地沾了沾唇，道："大人乃是太子殿下身边一等一的红人，唯有安排你在三公子身边，才能令殿下千里之外亦无后顾之忧。我这次来穆国是奉命有两件事要办，还得大人多多协助才是。"

计先显然对这恰到好处的奉承很是受用，笑道："虞统领有何差遣，但说无妨。"

虞峥从怀中取出样东西递给他，道："第一件是关于楚国质子含回。数日之前殿下召他入宫宴饮，原是为探查最近他与赫连家是否有所来往，却不料他在回府的路上不明不白地失了踪影。"

计先手中接过来的是一个指甲大的蜡丸，密封处用朱砂绘以穆国白虎徽识，十分小巧精致。他并不急着打开蜡丸，闻言吃惊地道："什么？竟有这种事？"

与因亲兄长的追杀而令楚国放松警惕的夜玄殇不同，穆国对公子含回的防范一直以来都十分严密，几乎是将他作为身份稍高一点的囚犯来对待，处处监控限制。在这种情况下，一般人要和他这质子有所接触都非易事，更何况是神不知鬼不觉地将人劫走。虞峥道："殿下怀疑赫连侯府将人劫回了楚国，特命我入楚探明究竟。赫连羿人与少原君相争频频落在下风，对我们再无用处，殿下已决定与他们断绝合作，不必再行迁就。"

"哦，好好。"计先点头道，"这事可以交给我来办。我会设法打探情况，看含回是不是真的逃回了楚国，届时再由统领向殿下禀报便是。那第二件事呢？"

虞峥微微一笑，道："有劳大人。第二件事自然是关于三公子，大人刚刚所料不差，殿下此次是要……"抬手向下一挥。计先放下手中酒杯，身子向前倾去，急切地问道："殿下如今有何安排？"

虞峥并未立刻回答，却道："敢问大人，如今三公子这里可有什么新情况？"

计先苦笑道："统领亦是知道，这夜玄殇并非易与之人，论武功论计谋论心性，都叫人头疼至极，否则太子殿下也不会如此顾忌他。实不相瞒，如今他得少原君相助，风头大盛，倘若殿下再不快刀斩乱麻的话，有朝一日虎归山林，后果可不堪设想，我这条小命怕是也要早早结果在他手里。所以统领来楚国，我可着实是大松了一口气啊！”

这番话倒是真意流露，可见最近这位质子府管家的日子绝对不怎么好过，纵然偷空拥美买醉，也难掩提心吊胆的恐惧。虞峥点了点头，伏身上前，在计先耳畔密语几句，计先眼中一亮："当真？"

虞峥道："大人可以核对蜡丸中命令，便知真假。"

"呵呵！"计先眯眼笑道，"统领何出此言，难道我还会怀疑统领不成？"说着指间微微用力，手中蜡丸应声而破，取出里面金纸密令，他一眼扫过，便随手递向虞峥，"殿下果然说动了那边，看来不久我便可以离开这鬼地方了。"

这蜡丸乃是太子御用来传递密令的特殊方法，无论何人奉命行事，必要与蜡丸中指示相符。对于此次入楚的虞峥来说，计先身为内应的同时亦起节制作用，将密令如此公开相示，显然表示出对他这禁卫统领的笼络。

虞峥双目微微一抬，顺手执壶斟酒："如此我先敬大人一杯，往后同朝为臣，还要大人多多照应才是！"

面对这心领神会的答复，计先不由露出满意的笑容，就手便将密令毁掉，举杯与他同饮。一杯酒尽，虞峥起身道："你我不宜在此久留，我先走一步，晚些时候再和大人联系。"说罢一拱手，先行离开。

雨收云未散，竹廊清冷，风中雨意浓浓。且兰端着药盏穿过竹林，站在精舍门口迟疑了片刻，轻轻伸手推门，步入其中。

屋中极静，透过丝缕清暗的微光可以看见冰帘之后一张长案静陈，除了一尘不染的书卷外唯有玲珑棋子在旁，半局残棋，凉意冰澈。如此清简的摆设，令这一间精舍显得格外幽深，仿佛连雨意也陷落无声。且兰踏着这冷冷的静谧悄然前行，素白的衣袂飘曳若云，转落一路冷雨的气息。

这让她记起了曾经的漓汶殿，曾经如雨的夜晚，曾经那一剑的痛楚。

剑光下惊鸿一瞥的眸，那男子冷若秋水的笑，血光飞溅，盛放在无数惨烈的背景之下。

且兰突然停下了脚步，望向那深邃尽处，蓦然有痛楚自心口慢慢洇散，是他的血，染红了她的剑锋，一直一直流淌下去，似不停留。纵然已过去了这么久，那温热的感觉至今仍清晰地存在于掌心，仿佛有种诡秘的力量自灵魂深处蔓延破生，化作纹路纵横纠结。

这不是她第一次独自进入他的寝室，越帘而入，便近他平日起居之处，眼前大片纯粹如墨的黑暗令人感觉踏入了幽杳的湖底，唯一副单薄白衣流落榻前，寂寂飘浮若雪，带着无比孤清的意味。

寂静深处，子昊沉睡的眉目似乎并不安宁。且兰知他正在病中，乍见他就这样独自和衣而卧，微微吃了一惊，未及细想便放下药盏上前。却不料，刚刚抬手触到他身旁被角，分明昏睡中的人忽地睁开眼睛，一只手快如闪电，刹那扼向她的咽喉！

"啊！"且兰惊呼之下侧身急退，却被一股大力猛然向前带去。

一声清响，榻前玉枕坠地，碎片横飞！

瘦削而冰冷的手指，紧紧扼在她柔弱的喉间，手底翻涌的力量噬向温暖的生命，更有一双眼睛，冷若冰霜的眼睛，穿透黑暗逼视过来。

如此森寒，如此无情的注视。手心紧攥他的衣袖，且兰竭力地挣扎了一下，却发不出声音，然而就在这瞬间，子昊似乎察觉到什么，手底一颤，猛地将她松开。

随着环佩凌乱的响声，且兰顿时跌至榻前。子昊在放手的同时猝然扭头，便是一阵急促的咳嗽。

"且兰？"片刻之后，他低低开口，声音有些暗哑，先前周身凌厉的气息仿佛只是错觉，唯余几分清冷，"我不是交代过外面，不准任何人入内吗？"

"喀，喀喀……"几乎被抽走了所有力气，且兰一时只能伏在他身侧急急喘息，冰冷的空气争先恐后地呛入肺腑，被他扼过的喉间残留着属于死亡的气息，痛若刀割。直到此时，她心中才来得及升起一丝惧怕。

"以后若见我睡着，莫要轻易靠近我。"

不知何时他说过的话，陡然浮现心头。她不由记起曾经刻骨铭心、辗转逃亡的夜晚，曾面对数万援军却仍孤身奋战、夜不能寐的日子，不安的记忆，刀光与血腥之气，在窒息的眩晕中零零碎碎，混乱成一片。

为什么他会如此警惕靠近的温暖，为什么他在睡梦中亦如此提防他人？

巍巍王城接天阙，长明宫中，他曾经历过什么？九华殿上，他又曾面对过什么？

前方遥远之处，在神与魔的边缘、光与暗的交替、生与死的分界之处，只身独立的男子，一面是深渊地狱，一面却是万丈光明。冰火之流肆漫，他曾给予她的世界，原来亦是他自己的地狱人间。

她从来，没有离他这么近，从来，没有看他这么清。

不知因这诡异的感觉还是喉间割裂般的疼痛，且兰一句话也说不出，好一会儿方抬起头来，却正触上他深黑如旧的眸："你整整昏睡了两天一夜，汤药未进……他们不敢违命，恰好我，喀喀，我找你有事……"

似是神志尚有些昏沉，子昊微微抬手撑上额头，却看见且兰颈间分明的指痕，眉心不由一紧。

昏睡前的情景支离破碎地浮现，模糊断续，唯有那一点温暖逝去的感觉如此清晰。榻旁一炉安息香早已燃尽，只余了微弱的残烬。汤药清苦，随着渐渐沥沥的雨声依稀蔓延开来，太过熟悉。

幽幽冰玉素盏，黑暗仿佛女子飘盈的长袖，一转消失在媚香流散的眉目深处。子昊向后一靠，漫过一丝迷离的目光再次落在且兰身上，渐渐，凝作一片深湖无波。

水清渊静，千尺波沉。

一副完美的面具轻轻愈合，那一缕笑容浮现唇畔时，他又变成了雍朝的东帝、人世的主宰，低低的声音在这样幽冥的光线下，恍若夜半私语："是什么事急着找我？"

且兰目光微移，落往一旁的药盏上。子昊倦然闭目："放在这里吧，过会儿我自会服用。"

他口气中好似有那么一点厌倦的感觉，不似平日里的淡然通透。且兰有些诧异，迟疑了一下，最终轻轻抿唇，只是起身跪至榻前，为他牵过被衾。子昊睁开眼睛看她，眉间掠过一缕莫测的情绪，突然徐徐抬手，触上她指痕清晰的玉颈。

且兰身子微微一颤，任由他单薄的丝衣掠过发肤，垂落眼前。子昊极轻极轻地叹了口气，低声道："且兰，不要离我太近。"

他指尖冰冷不带一丝暖意，轻轻滑过她颈上的伤痕，却似火一般炙热的温度。且兰抬眸看他，轻声道："你与师父，说了同样的话。"

子昊蹙眉，凝目相询。她却似惊觉什么，回避地看向他的药，提醒道："离司说这药里用了烛九阴之胆，趁热服用效果好些，莫要等得凉了。"

烛九阴蛇胆并非补虚养气之选，却是解毒的奇药，叔孙亦曾经猜测东帝病症并不寻常，未料竟然是毒，而且看来是极为厉害的药性，以至于凭他的武功都无法抵御。但又是何人何事，竟至令东帝身缠剧毒，痼疾难愈？且兰一直觉得蹊跷，此时不禁隐隐流露出来。子昊与她双目一触，竟似洞彻她心思细微的变化，黑寂眼底忽而转冷，那种无法言喻的冷漠一刹那遮挡了所有神情，他撑身而起，淡淡地道："是皇非那边有什么动静吗？"

面前冷清的眉目，无形中显露君王峻肃威仪，凛然不可逆视。且兰隐约感觉他今日和平常不同，好似情绪的波动分外明显，却又说不出究竟是哪里不对，暗暗吸了口气，抬头道："皇非已开始大规模铸造兵器，江湖上的传言不错，《冶子秘录》的确落在他的手中，如今存放在楚宫衡元殿。"

子昊目光一动，且兰将少原君府密道中造兵场的大概情形以及近几日发生的事情一一道来，包括皇非欲杀宿英、夜玄殇夜探衡元殿误入少原君府，所有都不曾隐瞒。子昊倚榻静听，眸色一片深沉，也不知在想些什么。待且兰说完后就是很长一段时间的沉默，忽然抬眸看向她。

极静极深的注视，似是看透人的心魂骨血，未留分毫余地。且兰冷不防坠入那目光，竟觉心跳渐急，渐急渐空，仿佛忽然身临悬崖，只要微微一步便是粉身碎骨，一动一言皆觉心惊。直到她几乎经受不住，子昊才轻轻合眸敛去目光。

且兰浑身一松，子昊面色沉在一片冥暗之中，随口问了几句话，声音有些疲倦。他对夜玄殇的关注竟似更胜少原君府的造兵场，且兰收拾心绪，一一详说给他，他却始终未再答话。

且兰以为他大病未愈，精神不济，轻轻说道："你先好好休息，改日有机会，我再来看你。"说完悄然起身，但刚刚走出几步，身后忽然传来一句低沉的问话："且兰，王叔对你说了什么？"

且兰身子一震停下脚步。屋内静暗之处，子昊早已睁开眼睛，目中异样的清醒，恍若冷雨无声。

门口模糊的光亮，勾勒出女子修挑的身姿，琼颜如玉明丽，却亦朦胧不清。

"王叔说了什么？"

且兰微微侧首，垂眸迟疑片刻，终于答他："师父他要我离你远一些，他要我……嫁给皇非。"

子昊眸心骤生变化，暗光拂过幽邃的瞬间，刹起波云浪卷。不必问皇非的态度，自是乐见其成，须臾静默，他唇角忽然轻冷一掠："你呢？"

或是染了帘外斜斜风雨，且兰眸底微澜渐起，两弯羽睫之下影影点点，仿佛是雨夜透入的微光。

天子东帝，他在问她的心意、她的决定，那么九夷族的女王，又该怎样回答？

世事何尝皆从人愿，若如人愿，帝如何是今日之帝都，且兰如何是今日之且兰，九夷又如何成今日之九夷？

寂静中，她听到东帝的声音清冷响起："且兰，今时今日，没有人能强迫你做自己不愿的事。"

且兰轻轻一笑，低声问："真的吗？"

子昊淡淡地道："是。"

他一字落地，且兰似是如释重负，又似思绪起伏，悲喜难言。仰视面前那依稀遥远的微光，她轻轻闭上眼睛，轻轻地，对自己露出无声的微笑。

第二十五章 赤天玄女

虞峥离开歌坊，独自穿过几条街道，低头进入一家店铺，过不多会儿自后门出来，已换了身普通的楚服，留心查看并无人跟踪，便一刻不停，径直往城外而去。

天空似有雨意，渐渐遍积层云，过不多久，风中星星点点雨滴砸落，激得山阴古道枝叶飞扬，很快便在天地间连成一片急密的雨帘。

虞峥在雨势大作之前已避入一座神祠，负手立在檐下看这突如其来的急雨，眉宇微凝，似在想些什么，又似一番若有所待。他身后的神祠乃是世人感念幽冥玄女舍身人间而建，深宇宝穹，重殿幽刹，加以楚人独有的灵动华美之风，若仙若幻，隐现于层层雨雾之下，恍若天界异境。

祠内人声空静，处处轻烟缭绕，勾勒出正中圣女神像缥缈难言的轮廓，冥色中一个冷魅背影，便已展尽天地人间的妖娆。

至高至深处，穹窿金顶绘以三界万象：一方是修罗战场，血日无光，玄幡纷舞浩荡，赤云飞绕雷车，其下应龙、白螭、螣蛇、金鸟诸神兽腾云驾雾，冥兵神将纷涌如潮，直现那场倾覆三界的大战；一方是妙舞幽华，玉琴仙音一曲化劫，三十三重云天耀现金华万道，皎月赫日、玉瀑青岚、琼阙仙宫、碧海灵山……一抹清盈飞魂中幻出三界无边美景，终作九域人间瑞云祥和。

赤天清源玄女神祠，八百年来雍朝九族皆以战奉之，国逢戎事则必出灵石、奉血牺、召九神，告祭玄女天魂方动兵戈；而每逢玄元之夜，世间女子无不入祠祷祝，以求生灭轮回，尘缘流转，更有放焰江海，愿许千生之习俗。

似是站得久了，虞峥扭头去看那纷呈的壁画，飞烟之下几临实境，只觉那幽冥深处的女子战也妖烈，舞也婉转，想那白帝究竟是何样男子、何等风华，令此三界无双的艳色倾云折腰，对峙千年的血怨，尽化他指下尘弦，谈笑情终。

虞峥一声低叹未曾出口，忽地眼角电光一闪，转过身去。

阶前雨落如烟，女子黑色的长衣飘拂雨中亦如烟云。不知自何处而来，不知何时出现在眼前，她踏着那水光星辰款款而上，一步步袅娜，媚色生尘。

轻纱隐隐将玉容敛入朦胧，却更添几分幽秘之美，让人心中生出无限遐思，只觉那烟雨深处藏了一个绝美的梦境，充盈着无尽无际的诱惑。虞峥眉头微微一拧，多年来身任禁宫要职的警惕以及一种习武之人敏锐的直觉，让他在面对这神秘美色之时，忽觉如芒刺背。也便在这时，那黑衣女子踏上了最后一层云阶，途经他身旁时，突然妖娆停步，轻轻侧首向他看来。

薄纱之下妙目流波，一点丹唇如朱，微启，那声音似胜烟霞的柔媚："虞统领，千里入楚，一路可是辛苦？"

如许妙音、如许风情、如许殷殷关怀，仿若情人的双手，温柔而迷人。虞峥神情却陡然生利，眼风如刀，直扫向那薄雾背后深藏的容颜——

竟在楚国境内一口叫破他身份，并寻来他与人相约的地点，这面纱之下，究竟是何样的面目？

那女子袅袅迈前一步，与他仅隔半臂之遥，微纱荡漾，吐气如兰："你在想什么？"不待他回答，她便娇声嗔道，"真是糊涂的人呢，太子殿下难道没告诉你，楚国有人在等你吗？又或者……统领你，等的另有其人？"

一角轻纱随着艳艳指尖挑起，内中绝色果未让人失望，单是那双美目便有着勾魂的滋味，叫人一见之下，不免意动心驰。虞峥似是松了戒心，唇边露出笑容："虞某只是未想到等来的是这般人物。"

那女子转眸一笑："统领真会说话。"玉手轻搭上他手臂，似是不禁这斜风密雨，眼波往寂寂的神祠飘去。

虞峥自了然，携了佳人移步。从阶前到殿内也不过数步距离，两人却似乎走得极慢，亦似越靠越紧，背后看去竟是如胶似漆的亲密。

待迈入殿门，两人忽然双双一顿。一阵劲风扫得虞峥衣摆急飞，便听他骤然低喝，入耳中却似惊雷乍起，单手探出，亦以迅雷之势猛地扣向那女子手腕。

一声媚笑，那女子拧腰扬袖击出，却被他掌风震得翻飞。绯光于墨袖下一闪，虞峥身子猛旋，同时手底如电扣锁，绯光骤现而灭，那女子已被他紧紧抵在盘云绕雾的殿柱之上。

手下罗衫半落，露出腻光胜雪的玉颈，丰挺起伏的妙乳在褒衣下若隐若现，那女子毫不见惊慌，只隔着缈缈烟纱目视于他，曼笑如波。

殿外云电流闪，殿内浮光昏暗。高大的云柱上盘旋着五色修罗图，金、玉、碧、紫、赤，欲孽乱舞里似妖非仙的胴体妙曼缠绕、迷荡……女子的腰肢亦在掌中微挣，如蛇，如蔓，一丝一寸，紧贴着男子结实精壮的身体。

"统领何必这么着急呢？难道你慢一些，人家就不答应了吗？"轻细的低喘，软语夹着香腻的气息呼入耳畔。虞峥脸上却是冷的，只是呼吸微促，指间一点艳红的色泽，闪着媚毒的光："若慢一点，虞某只怕消受不起。"

那女子笑得愈发媚人，勾着人的魂魄不放："那你现在……便消受得起了吗？"

虞峥脸色遽然一变，暗叫不妙，松手欲退，已觉浑身绵软。那女子扬声娇笑，挥手一掌印向他胸膛！

轻纱飞落，黑云飘旋若舞。虞峥惨哼一声飞退出去，一口鲜血喷出，手中剑已离鞘，身子却猛地前晃，单膝跪倒在地。

美人莲步，款款生姿，那女子悠然走到他近前，俯身，乌发倾泻身前，柔声道："这魅吟散的滋味，统领可觉销魂？"

虞峥猛地抬头，怒视她双目："果然是你！"

那女子媚视于他，似嗔似恼："还以为统领当真忘了奴家，那样可是会令奴家伤心呢！"

虞峥此时周身无力，经络空荡荡的，半丝内息也提不起来，却偏有阵阵燥热自丹田冲撞而上，在那空虚处不断流窜翻涌，狂躁难当，撑在剑上的手忍不住隐隐发抖。那女子轻叹一声，伸手探到肋下扶他靠在近旁殿柱上，细心地替他擦去额头冷汗："莫要担心，这魅吟散不过让人一时失了内力，歇息一会儿也就习惯了。不过统领若觉难以忍耐，奴家也有办法让你舒服一点儿。"

虞峥咬牙强撑，冷道："你对我用这等手段偷袭，意欲何为？"

"没什么嘛！"那女子轻轻俯向他耳边，媚语如丝，"你可不要胡思乱想。我不过是想问上一问，连虞统领你都亲自派来了，那边对三公子是否另有什么打算？"

虞峥索性扭头，闭目不语，暗中返神自视，发现这魅吟散果然非同寻常，照这般情形，即便稍后能够活动，没有三两日也无法恢复内力，耳边复又传来糯软娇语："统领若不愿说，那我只好用些小小手段了，却不知统领你，喜欢什么样的呢？"

水蛇玉臂绕颈而上，艳香勾得那燥热翻窜不安，虞峥脸上汗滴渐密，霍地睁眼，目光锋利："以你目前处境，不速速避身自保，竟还敢寻我探听秘事，届时惹来白虎秘卫，当心后悔莫及！"

那女子烟眉微颦，眼中却有一点冷芒飘过，徐声道："奴家只是想助统领一臂之力，也好将功赎罪，重回太子身边。那夜玄殇岂是那么好应付的，统领难道都不给奴家一个机会吗？"

含笑倾身，丝袂流香，冉冉轻烟漫开于诡雕金画，暗域里开出赤娆之花，<u>丝丝泛</u>着艳毒的气息。虞峥细目打量眼前这副绝色皮相，方要开口，耳旁忽闻器物破风之声。

未及转头，漫空酒香扑鼻，不知何处飞来只青瓷酒坛，穿裂暗殿烟云，照面砸向那张艳若桃李的脸庞。虞峥此时无法动弹，黑衣女子却蓦地折腰飞退，岂料半空中酒坛骤然炸裂，一片冽酒化作莹白流光凌空卷向她身躯，迫得她一直退到殿外雨中，急急挥袖阻挡方顿住脚步。

殿外雨势似缓，却有更暗的云层厚积长空，道道金芒银闪不时流烁于重云深处，聚绕不散，照得天地幽异诡幻。

虞峥诧异地向侧看去，恍然只见神台上一道修魅的身影徐徐步来。

流墨长发，玄纱罗服，衣带凌虚飞绕，广袂无风若舞，袖底缕缕炫若莹玉的丝华，映着飞幔间烁金暗紫的微光如水般夭矫流溢，隐衬出来人如仙眉目、如妖魅颜。

如此神容，如此冷煞风华，几若玄女天魂入世，踏这幽冥之路，摄去天地声息、万物神魄。

仿佛未见虞峥在旁，她引袖慢步直走出殿外，立在那云阶高处睨一眼其下之人，冷冷语声如天池冰水，倾流寒彻："你是何人，胆敢假我容貌施毒伤人，可知该死？"

先前那黑衣女子与她双面相对，眼神由惊而异，似是颇出意料。隔了云间雨飘雾绕，这两人竟如一对神女双生，眉眼形容无不似到极处，只是细看下一者冷魅一者妖艳，仿若同样的肉身化出两个不同的灵魂，仙姿狐媚各风神，也不知是谁似了谁、谁犯了谁。

如许绝色得见其一已属不易，此处竟现一双，虞峥怔住神色，连体内媚毒的滋味都似不觉。但他毕竟知晓那黑衣女子的来历，不过片刻失神便已如常，且看她如何收场。

此时那黑衣女子水袖一拂，眼梢流媚，謷上阶前："这世上容貌万千，人人生得，便是神佛也未必能管，还没听说有该死不该死了。"

阶上女子容色不动，天空异闪之下，清肆凤眸却见寒戾："神佛管不得，我却管得，我倒要看看是什么妖孽，竟敢来此作祟！"最后一字飘出，微风中漫天雨丝仿佛倏然一静，随即，万千针晶银芒暴涨，化作雪漩冰潮，凛冽飘绽，霎时天地只余一片寒白，再无半分杂色！

"冽冰"之术性水，在这般急雨中便如万物皆化利器，幻出层层天罗地网。

黑衣女子眼看便要没入这雨潲中心，娇躯若风急旋，一缕袂影飘转，四周雨光纷溅，盛开不绝之花。

子娆出手的一刻，玄阴真气光华漫散，广袖御风破云，人已至她近处！

黑衣女子袖刃入手，飞身一旋，迎她攻势。

风雨中两道人影飘展若舞，一转一折一退一进，云衣莲步激起片片轻烟，风中迷冉四散，美不胜收。

烟雨下隐有薄光利亮，疾闪疾逝，招招诡毒凌厉，连绵不尽。如此缠斗，子娆似渐不耐，指尖千丝飞绽，逼退对方数步，眸心一星幽芒骤亮，忽而凌空冲起，一声清啸。

清声入云，仿若牵动雷霆之势，九天为之失色。

啸声将殿内潜心逼毒的虞峥亦震得霍然睁眼，目露惊异，同时察觉附近有个黑衣男子现身雨中，心中微微一凛。

子娆周身隐然出现一片冰清玉洁的光华，通明扩散，充盈天地，其中，似有妖曼莲色若血纵生。

妙瓣清华，赤色如玉，一生即灭，入灭再生。眼前以那玄魅身影为中心渐渐陷入一个虚冥的空间，仿佛被某种邪异的力量牵扯，云雷风雨沦寂而灭，静止如水。幽幽墨睫徐开，清眸深处异彩涟涟，映出无瑕幻境，无尽异美，却偏又透出肆没万物的冰冷，纵灭千年的漠然。

黑衣女子被她目光慑住，顿知不妙，神色蓦转凝重，低叱一声，双袖抢先射出！

轻红迷雾荡开催魂暗香，随风卷向光华中心，雨光破雾，幻出噬血莲色。

两道纤影眼见错身而过，不远处那黑衣男子身形忽动，一道强势无匹的剑气，似贯惊电从天而降，于电光石火一瞬强行破入二人之间，阻向极寒极柔两道真气！

轰然巨响声中，剑光袂影飘散，暴雨飞溅如花。半空中剑气一盛，玄衣男子潇洒飞退。

自方才三人交手之处，地面上无数裂纹急遽延伸，泥浆随即渗入其中，天空云翻电驰，急雨如注，大地仿佛徐缓沦陷，透出诡谲沉厉的肃杀。

风雨里子娆轻飘飘展袖落下，冷然玉容上隐有霜雪之气，眼中异芒一瞬转幽。黑衣女子旋舞而退，妩媚面容如被浅水，丛生变化。似不敢再撄"莲华"之锋，她借势足尖一点，以无比柔美的姿势斜飞出去，瞬间没入漫天雨影之中。

玄衣男子凌空落至子娆身边，长剑呛啷归鞘。子娆星眸一转，意外见是夜玄殇，却只看他一眼，抽身欲追。夜玄殇拦住她道："不过是自在堂余党，怎惹得你如此大动干戈？"

长发迎风肆舞，子娆眸光漫然一盛，冷冷地道："哼！你没见到她的模样吗？"

夜玄殇闻言略怔，即刻醒悟到什么，往那女子消失的方向看了看，摇头笑道："我只一眼见到了你。"

子娆冷睨于他："若非你阻我，我早已揭下她的皮面，看是什么妖魔鬼怪！"

夜玄殇眉峰稍蹙，隔着急急雨丝，深眸淡睬看她。他虽对巫族武功了解不深，但自身修为精湛，对战经验更是丰富无比，眼力何其锋利。方才骤见那"赤影莲华"，便知这异术乃是以真元血气催发，纵然一击毙敌，亦必反伤自身。说来她武功本在白妹儿之上，即便真要取其性命，也无须动用这般手段。目光研判，心思却不稍露，信手拖了子娆移步避雨，随意笑说："我向来懒得麻烦，挡你一剑和助你补回折损的真元，好像还是前者容易些。"

子娆凤眸轻侧，扫过他笑谑俊颜，忽而问道："你怎会在此？"

夜玄殇挑了挑眉："寻人而来。"

子娆想起在玄女神祠中听到的对话与他有关，转身道："那殿中还有一人……"夜玄殇唇锋略勾："没料错的话，应是我穆国白虎禁卫统领虞峥。"

子娆眸光漾过，淡露问询之意。夜玄殇却凝视她寒色清滟的眸心，突然低头，柔声问道："子娆，你怎么了？"

如此温柔的话语，如此深邃的目光，漫天微雨轻光，纷纷坠没其中，暗墨深处一丝一缕折出朗日如金的光芒，明明晃晃洒照心头，有些出其不意，却又那样自然而然。子娆羽睫微微一挑，复又一落："没什么。"

夜玄殇笑，低声再问："是谁招惹了你，要不要我陪你去出气？"

子娆静默片刻，微启丹唇："你陪我？"

夜玄殇漫不经心地搭剑在肩："我说过的话什么时候不算过？"

子娆往殿中一瞥："你不管里面那位了？"

夜玄殇随意耸了耸肩，做了个无所谓的表情。雨斜风骤，衣飞如染，眸心骤映一笑，如同沣水渡畔抬头初见，他的笑容永远是那么洒脱明亮，仿佛什么事都不放在心上，又仿佛一切都在眼底心中。

子娆乌墨般的眼线向上微掠，一丝冷肆染上眉梢，唇边却隐见了浅淡笑痕。

第二十六章 清风朗日

雷霆云雨易散，方才还是沉暗遍宇，不过半日，便已微云碧现，千里清阔。

楚江雨收，云带远峰无尽，两岸潮波茫茫，江边码头船只排泊，乌樯风缆成簇，其中跃马帮高张的徽旗迎风飘荡，连作一片飞扬之色，众船之中显得格外醒目。

不远处一片岸石耸峙，江雾微锁，若隐若散，高处现出两个玄衣身影。夜玄殇懒洋洋地靠着块岩石，沿子娆目光遥看向江边风帆成林的景象，挑眉笑道："我道是谁，原来是跃马帮招惹了咱们九公主，怎么，如今是要杀人还是越货，公主不妨颁下令来？"

子娆收回目光，正对上身边男子半是戏谑的神情，忍了一忍，终究露出笑意，但开口时语气仍是淡若冰霜："杀人越货都便宜了他们，今天我定要跃马帮在江湖上丢尽颜面。"话音落时身形已动，夜玄殇含笑摇头，也不见如何动作，凌空腾身而起，伴她落往前方江滩。

刚刚落足岸边，夜玄殇忽然伸手将子娆一把揽到礁石之后，在她耳畔低声问道："喂，你不是要直接这样上去挑了人家场子吧？"

江风猎猎牵衣，子娆目光漫然一扫："那又怎样？"

纵以夜玄殇行事之率性，亦不由高挑了剑眉，但脸上笑意却添兴味，手臂固住她纤腰："那边至少泊有三十多艘重型商船，另有八艘战舰相护，加起来千人有余，你总得告诉我先拿哪个开刀才好动手吧？"

子娆凤眸微细，一刃媚肆隐现："谁有心情去和他们纠缠？擒贼擒王，速战速决，我只要弄沉那一艘船，取那一面旗。"

望向停泊于众船之前，楚、穆第一大帮高楼金甲的帮主座舟，再看看那现在还飘飞风中，再一刻却不知是什么下场的赤色大旗，夜玄殇故作夸张地叹了口气："据我所知，跃马帮战船素以坚利著称，这艘金牙座舟的船身是用阴干数年的巨木整体固造而成，外面以桐油和剑麻涂壁捻缝，并铸双层铜甲封护，从防护性上来说可谓固若金汤，若想自水底将它凿沉，那几乎不可能。"

子娆道："天地之数，无有独行，生则必有相克。凡船皆以木制，不畏水势，难道也不畏火吗？自外无法攻破，难道我不会从里面下手？"

夜玄殇好整以暇地看看天空："用火攻的话，今日风起东南，最理想的莫过于从外围商船动手，一是那船上货物众多容易引燃，二呢，火借风势一起，船阵必生混乱，主舰上坐镇的高手亦会分散四处指挥扑救，到时候跃马帮主营空虚，要杀人、折旗，还是沉船的，岂不方便许多？"

子娆眼波轻曳："声东击西，调虎离山？"

"唔……"夜玄殇一脸散漫，甚至连那笑容都有点儿坏坏的意味，"不备而战，只能用点儿计策了，早知你要来烧船，便该先弄几枚火雷之类的东西备用，那就可以隔岸观火，更加轻松些。"

子婼袖底真气飘转，墨蝶飞炫，绕袂翩舞而起，问向他："这个如何？"

焰蝶流金，乘风四散，穿过阵阵轻云淡雾，如影如幻的清光三三两两、丛丛簇簇停落船舷，飘至货舱，沾上风旗，阳光下轻轻闪动，化作雨后江畔绝美的点缀。蝶翼微颤，灿灿亮光随着那美妙的节奏不断飘溅、抖动，仿佛什么东西即将破茧而出。玄袖下妩媚优雅的手，纤叩如兰，细小的气旋在指尖疾速飞转，只待轻轻一弹便是一番华然壮丽的风景。

子婼正准备牵发"焰蝶"之术，忽然遥见金牙座舟上有人步出船舱，紧接着后面便是跃马帮帮主殷夕语。

阵阵江风吹得殷夕语发丝飘扬，亦吹动那人如水蓝衫。两人寒暄几句过后，殷夕语转身召来部属，不知吩咐了些什么，但见座舟望台上旗帜变化，号令传出，四面三十余艘随行船只先后做出回应，继而有条不紊地拔锚离岸，迎风调动船头。

附近不相干的船只纷纷驶开，以便能让这庞大的船队调整方向。

不过片刻，所有跃马帮商船以及八艘双层铁甲战舰旗帜更张，于江心待命，片片风帆将起，前后首尾相接，浩大阵势令人咋舌不已。

从眼下船身吃水的深度可以判断，江中船上应该都载满了谷物粮米，甚至可能还有一部分是在楚国政权默许下的"私盐"。这些乃是跃马帮从楚都发往各地的重要商货，论其价值可谓不菲，否则跃马帮亦不会出动战舰沿途保护。但是此刻，所有商船显然将同时出发，而且似乎要驶往同样的目的地，实在颇违常理。

船只动时，星星点点的焰光并未如预料的那样引火焚船，微微迎风翩散，似乎很快便要隐入淡缈的江雾之中，又似流连忘返，飘舞不绝。

此时殷夕语已亲自送那蓝衣人离船登岸，率了亲信部属与其拱手作别。

码头上停着辆装饰简单，却隐透清贵之气的马车，车上不见任何标志，唯有门前并不起眼的白蛟纹饰，显示出主人不同寻常的身份。蓝衣人辞别跃马帮众上车，不知为何突然停住脚步，转头往江上看去。车前侍从拂帘以待，却见他凝神伫立片刻，脸色似乎微微一变。

流墨般的蝶影自几艘商船上飘然隐没，唯余数只墨蝶一路翩飞而回。夜玄殇抱臂在侧，笑看身边女子，不问不催不说话，只是目中略泛兴味，亦如她一般若有所待。

果然不过片刻，耳畔破风声起，一道蓝影轻鸿般落至近旁，温文尔雅，玉质翩然，正是方才备受跃马帮礼遇的昔国储君苏陵。目光往夜玄殇身上一落，苏陵显然略有意外，随即对子婼欠身道："公主！"

面前男子躬身的姿势，永远带着清雅的沉稳，仿佛长江潮起潮落，纵历风雨亦不改变的坚持。

曾经在大雪中跪受鞭笞，后被逐出宫的天子侍读，如今周旋于各国，身份超然的昔国储君，蓄马练兵，逢迎诸侯，振剑江湖，陈策朝堂……无论何时何地，他始终保持着这样无懈可击的风度，以及对于那个人无懈可击的忠诚。

轻淡墨痕，飘逝于湛湛蓝衫的底色之上。子嫦在苏陵抬头时触到一丝隐忧，便这样不言不语，她静静地看着苏陵，眸中依稀漫上了江雾的色泽，一片清幽莫测。

苏陵眉峰微锁，瞥一眼她袖畔，复又缓声道："公主。"

清朗稳定的话语，若不细细分辨，根本无法听出那分明存在些许的紧张。子嫦垂眸，数点蝶影在袖袂丝丝飞凤云纹间若即若离，淡声问道："船上是什么？"

苏陵正容道："二十四船粳米、两船原盐，另有十船草药。"

子嫦未抬眸，再问："运往何处？"

苏陵答道："扶川。"

子嫦闻言默然，回首遥望江心，但见白帆劲桅，张风破浪，已徐徐没入渐浓的江雾之中。

由此起航，沿江北上，转沩江，入沫水，最多不过数日便可抵达扶川。回程之时，船上怕亦将载满无家难民，将他们疏散至王域边城相对安全的地方。

扶川之地，七城重灾，战祸将迫，天将无日。

三界神魔不问之城，人间诸侯弃戮之地，无人救得，唯他能救，无人管得，而他要管。

巍峨帝都，万里王域，终是这天下苍生依托之所；而被称作东帝的那个人，不只是她的亲人、她的王兄，生来便将为这九域天下庇佑之神。子嫦微微地笑，那笑也无声，笑也无痕，轻逝在丹艳如朱的唇畔。一时间四周唯余江水潮声，起起落落，不断冲刷着曾经棱角分明的岸石，冲刷着苍茫大地，千年不变的传承。

风轻雾漫，迷蒙了明魅清颜，亦将那眼中如潮风波化作沉寂无垠的幽凉。子嫦转身回来，只对着苏陵一笑，淡淡地道："很好。"言罢拂袖，最后一缕墨蝶的光影绽灭于指尖，随风而逝，人亦举步离开。

"公主……"苏陵刚刚开口，却见一直未曾作声的夜玄殇摆了摆手，对他做个放心的手势，随后跟了上去。

快行几步，夜玄殇与子嫦并肩走了会儿，也不问她为何突然改变了主意，微笑道："请你喝酒，怎样？"

子嫦淡淡地道："楚都坊间酿的酒，皆是淡而无味，有什么好喝的？"

夜玄殇道："要寻好酒总是有的，只要你说得出。"

似是对他的提议亦生出几分兴趣，子嫦停了脚步，挑眸看向华宇连绵的楚都东城。

一个时辰后。

山间微风拂面若薰，阳光轻暖，将干净的枝叶清香点点洒上脸庞。夜玄殇抬手，一个玉瓷酒瓶在半空中划出优美的弧线坠入空山，遥遥传来几不可闻的脆响，回荡不休。随着抬手的动作，修长树枝轻微起伏，半躺其上的人看起来几乎摇摇欲坠，却又偏偏纹丝不动，神情亦无比惬意。

方才若有人半路接了酒瓶仔细去看，便会发现，那晶莹剔透的云耳嵌金丝玉瓷瓶底其实刻着几个古式楚文——敕造少原君府存。

八百里山海十三城，不及云湖方寸地。当年楚、宣两国瓜分后风之战，因谁也没有得到九转灵石冰蓝晶，一直被认为是不胜不负的平局。如今看来，就冲得了这玉髓酒泉，也该算是楚国胜了一筹才对。夜玄殇呼一口气，将覆在脸上的树叶吹开，眼见近旁一只酒瓶同时丢落山涧，不禁笑说："这么能喝酒的女人，以后不知谁人敢娶……"

话犹未落，沉甸甸一个酒瓶劈面掷来。夜玄殇身子倏地下沉，堪堪避开这毫不客气的突袭，当然同时猿臂微伸，将那费了不少周折才弄来的美酒接在手中，免得浪费。

"架没打够是吗？"玄衣飘飘，发袂迎风，子娆倚在另一根树枝上寐然开眸，斜掠了他一眼。

艳阳光照，修眸横波，冰肌玉容飞酒色，一身幽香流风，更添几分妩媚。夜玄殇眉梢一扬，毫不掩饰地欣赏这绝美的画面，子娆仰头喝酒，再看他时，眼中又流出几分挑衅的意味。

夜玄殇活动了下还有些发麻的手臂，抹了抹被飞石擦出的血痕，暗暗叹口气。

两人所在的树下一片碎石散沙，落叶断枝，间或有玉瓷残片，琼浆横流，好端端云野山头清静地，如今算是遭了殃。知道她今天心情不似往日，先前借着拼酒，引她动手痛快地打了场架，终于见得几分笑意如常。但方才一刻闹得累了，她独自坐在这山崖古树之巅，就那么静静遥望着天边极远的地方，酒不停，话却不再说。

天际浮云微纱，山野空荡，偶有清风掠过衣襟，掠过发梢，掠过平静如历千年的眉眼。阳光似乎太亮，她的神情无悲无喜，淡淡一片寂然，只是淡到极致，却生出红尘劫世最深的缱绻、最浓的温柔——如同虚空里大千世界，幻境如水。

一声叹息……

身下树枝偶尔摇晃，一起一伏间两人错身而过，光阴落下的刹那，他听见她唇边逸出极淡极淡的叹息，未及清晰，便轻轻流散在空旷的风中。

夜玄殇觉得如果他也一直不说话，子娆便会在这样明亮的阳光下静静坐着喝酒，看浮云如幻，听风过长天，任那花落满襟风满袖，空山日月换流年。于是他扔了手中酒，故意开口逗她，此时亦是转身掠起，轻飘飘落在她身侧，坐下来："若真有什么不痛快的事，说出来或许会好些。"

子娆细了眉目，侧头看向他，看了一会儿，忽然微微笑了："心里不痛快，你常常会说出来吗？"

夜玄殇一怔，随即笑着摇头："不会。"

不会说，亦无人可说，纵有人可说，亦不必说，甚至，不能说。人生本就孤独，并没有太多的人值得倾诉，也并没有太多的人会真正理解你的心思，或者不能，或者不愿。

浪迹江湖去国离家，玄塔之下一人一身，习惯了独自面对，也无非如此，若有能够相伴的人，便也不在乎多说些什么吧。

隔着淡淡光影淡淡风，与眼前女子相对相视，两人双双笑了一下，就这么各自转过头去。

风过树梢，花落肩头，玄衣飘然，背对而坐，一人仍遥望远山苍穹，一人半闭双眸任阳光轻洒。手中酒，心中事，他不再劝，她也不会说。

过了一会儿，子娆迎着天日眯起眼睛，突然淡声问道："夜玄殇，终有一日归国，你会做什么呢？"

夜玄殇眼睫微微一动，似有阳光倏然拂过，声音却懒洋洋的，似乎快要在这样的阳光中睡去："做该做的事。"

子娆话语淡淡的，仿佛只是随口发问："若有一天你成为穆王呢？"

夜玄殇亦是随口便答："那就做穆王该做的事。"

在此之前，他们似乎从未坐下来认真讨论过与此相关的话题，纵然当时促成楚、穆、帝都三方合作，也不过是她自半月阁的脂粉绣堆里拎他出来，惊走了一群莺莺燕燕，笑问了一句："找人麻烦的事，你有没有兴趣？"

他那时半醉半醒，也只笑着答了一句："若是有美相伴，玄殇自然乐往。"

她似是早知他会如此回答，亦料到他这里必然备有美酒。那酒极烈，不似玉髓悠醇，亦无冽泉清寒，只一番荡气回肠，入口难忘，她陪他整整干了七坛，仍是意犹未尽。

后来两人趁酒兴挑了跃马帮一处暗舵，因为心情不错，所以行事还算低调，只不过临走前夜玄殇随手振剑，龙飞凤舞地在墙上留了"南楚劫余门敬赠"几个大字，以至于那本便不和的两派闹得越发不可收拾，好一番江湖大乱。

踏波临风，纵酒啸月，他那晚曾对她说过一句话："子娆，若有一日我离开楚国，必要带你同行。"

他说那话时兴致极浓，语气极霸道，眼神极明亮。子娆至今还记得脚下惊涛拍岸、浪涌如雪的激荡，兴之所至，竟与他击掌打赌，这一掌的赌注，倾国倾城倾风云。

而后数日，他便于楚都公然斩杀赫连齐，一跃而成九域瞩目之中心，再不掩烈烈锋芒。

子娆听到那消息时正陪子昊品茶，意外见得子昊抬眸远视，微似神往，然后，含笑轻轻赞了一声："好气魄。"

当得东帝亲口一赞，今世除少原君皇非外，唯此三公子一人。

或许便是这长街之战，令子昊完全下定决心，传令商容截杀太子御，操纵楚国大典，真正插手穆国政局。而子娆亦十分清楚，那一战即便皇非并不在场，夜玄殇也不会给赫连侯府留下任何情面。想他那肆无忌惮的行事作风，如今再听这答话只觉奇怪，子娆提起手中酒瓶，端详了一会儿，问道："该做的事就那么重要，你一定要去做？"

阳光之下，夜玄殇唇边绽开一缕微笑，滋味莫测："倒也未必，只是该做的事情不做，那可能便永远没有机会做想做的事。"

子娆喝一口酒："那你又想做什么？"

夜玄殇懒懒地道："唔……想做的事情是做不完的，这世上一切存在的、值得做的事我都愿尝试一下，说起来那就太多了。"他突然睁开眼睛，返身对她笑道，"就像你，子娆，我遇到你，喜欢你，便陪你做我们想做的事，喝酒打架都无所谓，这样不是很好？我想做的事情未必就不该做，我该做的事未必就不想做。"

子娆不料他这样回答，诧异扭头。夜玄殇却是一笑，重新闭上眼睛，继续享受那极暖极明亮的阳光，和身边美人如水如幻的幽香，悠然而道："想做之事、该做之事，只要做就放手去做，这样再简单不过。"

子娆静默片刻，低声道："放手去做……如果对于一个人来说，在做的事情要用生命去完成，那这一定是他很想做的事吧？"

夜玄殇脸上朗朗展开个笑容："那很好啊，倘若此生能遇上一件值得用生命去完成的事情，换成是我，我会觉得很幸运，也必定会放手去做。"

子娆眸光一凝，微澜轻波。放手去做吗？不希望束缚，不存在羁绊，不必去担忧，亦不需要太多的牵挂。如此男儿，如此一世，不负天下，亦不负此心。

弹指一生十年百年，若有那么一件事，若有那么一个人，值得你用生命去完成，值得你用心血去守护，那的确，便是一种莫大的幸运吧！

悲欢苦痛、忧喜哀愁，无论是什么，只问自己的心，要不要去，值不值得？

一心在此，而此身无畏。

人生执念，无非如此。

人生之幸，无非如此。

子娆突然轻轻地笑了，淡淡明净浅影，悄然漫开在了幽澈的眸心，如天宇无际的阳光，平静、纯粹、悠远、无垠……

两人谁也没有再说话，夜玄殇顺势又躺在了树枝上，一晃一晃，花落下，仿佛有阳光的味道，风吹过，自在而逍遥。就这样一个坐着，一个躺着，旷宇远山，流云清风，手中有楚都最好的美酒，身边有愿意陪伴的朋友，怎不值得痛饮一场，一醉方休？

远处风吹林涛，澎湃如潮，幽谷鸟鸣，深涧猿啸，天地间却如此清静安宁。直到金乌西坠、月上东山时，最后一瓶酒喝得尽了，子娆睁开眼睛，一天明月如玉，清辉满山。

终于一掠而起，她站在飘飘摇摇的树梢之上，对着似已经醉倒月下的人，轻声笑道："喂，我走了。"

夜玄殇眼也未睁，就那么躺着摆了摆手，月华下的微笑，俊美如斯。

第二十七章 月上东山

子娆回到山庄，朗月在宇，风落竹林，一天一地，都是淡淡月华淡淡光，有他的地方，总是这样安静而清宁。

信步走上回廊，一转一折，不过数步，前面便是那竹影掩映的四进精舍。不远处迷雾氤氲，轻云出岫，幽幽带来竹枝的清香。当初一得知歧师隐匿楚国，她便派人寻了这处山庄，悉心整理，一山一石一草一木，都依着他的心思布置，想他必然喜欢，或者便能安心多住些时日。

他终是来了，识破她的小小伎俩，却不眠不休地赶了千里之路。微微细雨里，青竹碧檐下，见着了他的笑容，听着了他的声音，那一刻，她心里无限欢喜，只觉他说什么都是好的，若真天长地久地困在这里，也是好的。

他要做的事，总是好的吧……

子婳唇边轻轻绽开一缕微笑，幽幽飘落一叹，随意驻足廊前，她没有再往前走去，只是站在这里，悄然仰首，静看月夜空灵如烟。

屋里依稀有清脆的笑声传出，偶尔能听到他低低的话语。就这样咫尺相隔，她能感觉到他的气息，清静若雪中落梅，温冷若风中碧竹，那样熟悉而安心的气息，那样……温暖的气息，却不知为何，竟不敢掀那一道隔帘，见那一个人。

那日气头上的话，终是说得过了，当时他一眼看来，威怒并重，亦是恼了她吧？

宫变夺权后的东帝，立威于内外，肃政于天下，一夜间整饬三十六司官署，清净帝都。七年不问朝政，却只用了十日时间，长明宫一令既出，朝野肃声，至今无人敢犯天威。

重华宫旧事，王太后凤妧，颁下禁令绝口不言，只因他心头禁忌，二十年的剧毒隐祸，亦是不该言说的秘密。

妄言者戮，泄密者不赦。

普天之下若还有敢逆他龙鳞的，怕也只剩了一人。

九天黄泉，唯此一人。

离司端着药盏转过拐角，一眼便见九公主站在廊前月下，淡淡幽华满身，衬那青丝如水、眉目如梦，深深浅浅、浓浓淡淡，似漫月色飘零，若凝晚霜幽浓，只叫人心头覆了柔情百转、万般牵绕。

停了脚步，屏了声息，离司一时不知该不该惊动她，她却在这一刻轻轻侧眸，转身看来。

"公主……"

碧竹微光下，子婳安静地看了她一会儿，淡声问道："是谁在里面？"

离司回道："是含夕公主，傍晚过来找主上请教阵法，耽搁到现在。"

子婳目光微微一挑，方要说话，身侧垂帘叮咚数响，一个小小白影蹿上肩头，接着跳落她怀里，侧头蹭了又蹭，却是雪战几日没见子婳，扑上来寻她撒娇。

子婳抚摸雪战，往屋内看去一眼，引袖伸手。离司只道她会像往常一样亲自端了药进去，却见那晶莹指尖轻轻触过玉盏，月影清光，伴着广袖静然飘落，她淡淡地道一句："去吧。"径自举步前行，修衣流风，徐徐飘曳夜色，很快便消失在竹影婆娑的深处。

雪战自身边突然跳了出去，含夕吃了一惊，奇怪地回头。对面子昊斜倚软榻，身上云衣若雪，灯下清容若雪，在那小兽挣开含夕手臂的瞬间他轻轻抬眸，目光落向重叠光帘影外。

轻盈的脚步一路入内，他眼底温润淡笑隐约消沉于灯火深处，待一抹碧色入目，抬手按上胸口，便低低呛出几声轻咳。稍一瞬目，子昊接了离司跪奉上来的药，却不似往日一气饮尽，只是拿在手中慢慢地啜饮。玉盏玲珑，药汁浓郁的苦涩依稀混有一丝清媚的幽柔，如午夜轻潮回涌，悄然漫卷了渊海底处最深的波澜。

　　往后几日子娆始终未踏入过这方静舍，甚至常常不在山庄，出去从不交代去哪儿，回来总是带几分酒意，笑语慵媚，风流艳色绝尘，直令庄中部属不敢逼视。商容等人一向见惯九公主肆意风姿，更见多了众人或敬或畏，或羡或惧的反应，倒是不以为意，唯有离司除外。

　　离司自琅轩宫始便随侍子娆，自然多些亲厚，如今医术又精，最近不时发现她身上带些微伤，似是与人动手所致。以公主的武功修为，这是遇上什么人、动的什么手、打的什么架，竟然频频受伤？纵然都是些无关紧要的小伤，却叫人不免蹊跷担心。

　　面对离司的疑问，子娆只若无其事地笑，笑里隐隐透出畅快滋味，而后照旧我行我素。终有一日离司急了，赶在后面说了句："公主不告诉我，我……我可请主上来问了。"

　　子娆曳袖停步，睨她一眼，这丫头自从跟了子昊，这份心性倒是越发地像他，什么事认定了便执意做下去，不达目的誓不休。子娆挑眸一笑，转身继续前行："你去试试看？"

　　离司迎着那目光顿了顿脚步，跟进了药舍，软声又道："公主……"

　　明月斜洒，一室药香浮萦，子娆随口问道："今天有人来过？"

　　离司顺着那明晃晃的月光抬眼，不答。

　　碧玺串珠在凝玉般的纤腕上流过幽净水痕，清艳的指尖划破月色，子娆蘸一缕药汁入唇浅尝，继续问道："是且兰吗？皇非那边可有异动？"

　　离司抿唇，仍不说话。

　　子娆觉出异样，转头，见离司想看她又不敢看，只盯紧她手腕一丝细小的擦伤，平日里温婉的眼底，有着一点忐忑的坚持，丹凤修眸忍不住悠悠一细，透出几分清光潋丽："离司？"

　　被她这般看着，离司唇抿得更紧，稍后，低了眼睛不敢抬头，再一会儿，终撑不住了："公主你不说，我怎么和主上交代啊……"

　　子娆眸光一漾，霎时清辉浮漫。离司眉尖凝愁，主上是不问，可这么多年跟在身旁，她岂会连主上心思都不知？她每日总有意无意地说一说与公主有关的事，主上也总是静静听着，偶尔会有一丝淡淡的微笑自眼底流露，有些欣悦，亦有些纵容的滋味。主上是愿意听到这些的吧，就像公主自己，每晚赶回山庄处理各种事情，每日来问着主上用了什么药，入夜后定要到静舍外看一看，甚至在竹廊中坐一会儿，直到那安息香的味道轻轻弥漫了月色，才悄然起身，慢步而去。

那样的夜总是十分安宁，就连月光亦温柔，幽静流照榻前，沉睡中冷清的眉目便似有了轻柔的痕迹，若微雪飘萦了暗香，梅落如梦。

月淡星隐，光阴静逝，一朝一夕数日过去，他未曾踏出房门，她也未迈进一步，两厢似僵着，偏又令人感觉无比完美，仿佛天地里自成一个安静世界，没有什么该介入其中，亦没有什么能够打扰。

就这么着，庄中很快习惯了每日入夜后回事禀事。苏陵和商容对日前之事缄口不提，内外事宜除呈报御前外，皆与九公主商议，听从决断；十娘和聂七不敢在主上面前造次，试着撺掇了公主几次，却只见那若有似无的笑容，每每落得个无奈；墨烆刚回来两日尚有些摸不着头脑，离司左右看着，满心的惆怅，偏偏，昨日一不小心，竟说漏了公主受伤的事。

就那么一句话，主上自书卷后略一抬眸，看了看她，便又随意垂下目光。离司被那目光看得忐忑，这一日便等着公主回来，心想定要问出个究竟。

可是见了公主，才刚刚和那双凤眸一触，那股必定的决心便烟消云散，半丝都提不起来，思来想去，正有些一筹莫展，忽听眼前公主轻轻一笑。

眸若流波眉若水，那几分媚肆醉意随这澈澈秋水漾开滟然柔光，子娆笑得甚是清明，迎着月色徐声道："放心了，我和人喝酒聊天，切磋一下武功，没什么大不了的事。"

离司抬头，满眼的将信将疑，切磋武功吗？那两天前回来在房中调息了一个多时辰又是怎么回事？子娆似看透她心中疑惑，却但笑不答，径自转身而去。

轻袂翩翩临水前行，一檐纱灯碧影流照，眼见这九曲回廊转到尽头，面前湖光盈洒，浮桥泛波，便是往日议事之所。离司跟在身后锲而不舍地追问了数句，她才回身笑说："好了好了，只和一个人过招多无趣，不过找个还算凑合的门派练练手罢了，哪里值得大惊小怪了？"

离司怔了怔，不过片刻，秀眸圆瞪："前几天劫余门被人连挑了几处分堂，不是……不是公主你……"

子娆抬手抚额，真真是不得了，离司的心性跟他越来越像，这心思转得也越发快了，再过几年怕连苏陵都给她比下去了。瞅着离司惊异莫名的神情，柔唇不由挑出抹笑意，劫余门虽丧了门主，群龙无首，闹得你死我活，但那袁房手下的八座护法也还算是人物，稍微费了些功夫呢。

帮中精英死伤殆尽，劫余门连遭重挫，名存实亡。跃马帮后顾之忧尽除，专心应对扶川灾事，放粮施药、济灾迁民，自然事半功倍。子娆细细眯了星眸，纵酒长啸，快马飞驰，激战连场，全身而退，真可谓痛快淋漓的两日，说起来那人的剑法，倒真是越来越精进了，今天险些就不是他对手，明日定要再约他一试高下才好。

一边淡笑一边行走，穿桥而过，珑玲水榭被灯光照亮，便见苏陵、商容等人早已候在那里。

夜色深沉，风满清湖。

一道道命令自灯火通明的山庄中有条不紊地传发下去，待到翌日，也会有更多的消息不断传入，不断更迭，周回罔替，翻覆天下风云变，江山惊艳。

如此数日静养下来，药石调理得当，子昊身子略见好转，连续传出数道手令。跃马帮第二批商船抵达扶川时，靳无余率洗马谷中精兵暗中北上，五万精骑神不知鬼不觉地到达宣楚边境，同时苏陵登门拜访万俟勃言，知会他速归漠北，着手备战，刚刚回来没多久的墨烁亦奉密令再次离开楚都。

这日苏陵自楚宫中赴宴归来，与往常一样入山庄请安，君臣二人执子对弈，秉烛深谈，不觉月上中天，夜已过半。

"主上。"苏陵落下一子，笑语温文，"跃马帮前批商船已离开扶川，将愿意离开的百姓送入王域安置，但据探报，有不少人愿随跃马帮南下，殷夕语出重金在七城建立分舵，如今帮众已近千人。"

子昊眼梢轻轻一挑，微笑道："借机扩张势力，收揽人心，这数十船商货也是一本万利。"

苏陵道："不瞒主上，那日我去见殷夕语，她的态度还真叫人有些惊讶。如今若非姬沧和皇非陈兵边城，一触即发，她或许能设法控制七城，甚至将势力扩大到宣国，但现在也只能谨慎行事，以免被卷入这场大战。"

子昊目光扫向棋局一隅："大势之下，变数无常，如何好好利用这场战事，正是殷夕语此次的赌注。"

"高瞻远瞩，敢取敢舍，此女非同寻常啊！"苏陵称赞一句，抬头道，"七城空郭清野，无余精兵在望，跃马帮粮草充备，依计而行，如今我们只待皇非动手了。"

子昊含笑思忖，随手打入一子："大势已成，静观其变吧。"

跃马帮少帮主的一条性命，换来这强大势力的联手合作，成为帝都有力的筹码。一颗颗棋子按照既定的宿命落上棋盘，一片风起云涌，苏陵凝神斟酌片刻，不由摇头叹道："主上这一手立，以静制动，当真妙矣。我若应子提劫，即便劫胜，也至少得以四手棋交换，得不偿失；若不应，这一角白子两步之内劫尽棋亡，后局堪忧。"

苏陵棋风沉定，进退有据，便以子昊之能，若非全神应对，亦难立时负之。子昊将玉子闲拈指间，淡淡笑道："当机立断，不失后招。"

"两害相较取其轻。"苏陵修指轻叩纹枰，稍后敲子入局，却是选择粘做双活。

子昊执子笑问："势入困境，仍不打劫吗？"

纵处下风，苏陵依旧镇定自如，布局不见分毫凌乱："事缓则圆，眼下挑起劫争，便是速战速亡，但若暂忍一时，设法延成万年劫的话，谨慎筹谋，终局再图胜负，或者尚有转机也说不定。"

子昊颔首而笑，方要说话，忽地眼风微微一挑，掠向窗外。苏陵亦抬头，却见主上垂眸闲闲提子，同时漫不经心地向侧略一拂袖。

一声极轻微的脆响，自远处竹林之外遥遥传来，在寂静的黑夜中分外清晰。紧接着便是数声低喝，以及一片刀剑交击的杂乱之声。

此时子昊手指刚刚离开棋盘，神色清淡，仿佛什么事都没发生一样。苏陵亦信手应他一子，略微侧头，眉间带出几分异样，旋即笑道："主上，这般吵闹未免扫人雅兴，不如我去看一看。"

子昊笑一笑，便随意靠回软榻上，合了双眸。

蓝衫飘闪，苏陵离座而去，下一刻，人已在修竹林上。

打斗声早已惊动庄中守卫，无数火把照得庭舍通明，但见冷月之下，青檐之巅，一道阴暗人影在众影奴剑光中飘忽闪挪，每每倏进，便有影奴闷声退下，空缺当即被后来者补上。

苏陵刚驻足檐畔，剑网中被围之人，倏的一声邪笑，身下利芒骤闪，一片淬亮蓝光，带着阴森毒辣之气，如同嶙峋鬼影流窜呼啸，夺向四面八方难缠的杀手。

"都且退下吧！"苏陵朗然一声长笑，振剑入手。众影奴闻令撤身飞退，四下没入黑暗，声息不留。

一道清明剑光，展如水，快似风，一闪消失于蓝光深处。但听哧哧两声微响，那灰衣人抽身疾去，檐前一点，倏又射回。

此时其他人都已赶至林外，方才商容、聂七等都随子娆在水榭，因隔着内湖，便比苏陵晚到一步，见他已亲自出手，皆尽从旁观战，并无相助之意。商容召回影奴，细问了情况，冷眉一扫，众影奴纷纷低头不敢出声。深更半夜被人潜入山庄，竟还要主上提点才发觉，该当何罪且不说，单是这份面子便是丢到家了。

商容暂无暇计较此事，抬头观看战况。天际冰轮如画，竹影错落风檐，只见苏陵蓝衫飘洒，意态娴雅，手中一抹流光几与月色浑然一体，一时难辨清风明月、星辉剑影，分明剑势夺人，却着实潇洒好看。

如许剑光英姿，几叫人忘了眼前激斗，只觉夜华如水，心高意爽，那灰衣人却被迫频频后退，逐渐左支右绌，忽地怪啸一声，半空旋身疾射，足下两刃毒光化作万千厉芒，好似鬼域寒潮，狰狞暴涨，噬向那片湛湛蓝衫。

可惜有道亮光比他更快，苏陵淡笑振袖，真力到处，一星光华惊驰逐月，暗夜中翩然一亮，收敛无声。

闷哼声中灰衣人暴退数丈，急急落向对面屋檐。

底下众人不由纷纷赞声漂亮，若单以武功而论，墨炜剑法胜在锋锐，聂七气势刚猛，商容长于冷厉，似此一剑伤敌亦非不能，但却绝无二人能如苏陵出剑时这般轻描淡写、这般倜傥从容。

明月之下，苏陵收剑而立，并未乘胜追击，只是扬声笑道："贵客远来，不知有何指教，苏陵代主相迎，可否告知一二？"

温文笑语、儒雅笑颜，方才那凌厉一剑怎也不像是自他手中使出。对面灰衣人盯住这刚刚险些废他左臂、现下彬彬以礼相迎之人，目光阴狠闪烁，似是对他腰间那柄堪与逐日剑齐名、驰震天下的长剑生出戒心，并不答话，却转头对屋中冷冷地道："王上手下调教的好人物！今日我若有个差池，不知王上还要不要千秋万岁、无病无灾？"

除子娆之外，诸人皆是凛然，岂料这深夜出现的不速之客竟是巫医歧师。

第二十八章 暗语谲云

万竹深幽，岑寂的山庄中灯火闪过，照见亭阁，一点宁静的灯光始终燃亮，直至长夜过半，方才悄然熄灭，碧竹雅舍，复又陷入无边无际的沉暗。

歧师面无表情地自山庄离开，衣影一闪，鬼魅般没入黑暗夜色，月照云移，转过峰崖，忽然间，他在离江畔不远处停了下来。

前方山夜，遥有花林，江水分流，由此深入泽谷，独坐平石上的玄衣女子赤足浴波，身后明月倾照，川流泛金，听到响动，她便在这粼粼波光之中，侧头一望，清声浅笑："师叔祖，一夜辛苦了。"

歧师嗖的一声掠上平石，重重冷哼道："哼！没事去招惹天残灭度掌，你若不好好看着那小子，再出这般变故，可别怪我撒手不管，到时候便是少原君那边交代不了，也由不得我了。"

子娆足尖轻轻挑动水波，娇声嗔道："师叔祖这话说的，倒像是和少原君府比咱们一族相承的血脉都亲近，那皇非……待师叔祖很是礼遇吗？"

笑语曼言，有心无心的一句，歧师忍不住又是一声冷哼。子娆凤眸微侧，泛了清光水波，暗地里觑他神色，悠悠再道："如今的烈风骑，似乎不是当年皇域手下的'鬼师'，皇非此人，心性上可和他父亲大不相同。"

歧师阴恻恻地道："没他老子借鬼师破国灭敌、建功立业，他有今日的荣华富贵？"

"十余年前，皇域鬼师纵横天下，所过之处，必定城池尽毁、人无存尸，师叔祖该是为此出了不少力吧？"子娆笑吟吟地挑了眉梢，一字一句细细问道，"后来皇非执掌军权，第一件事便是废鬼师而建烈风骑，看来他对巫族蛊术之厉害并不十分了解，想必也一定不知'万蛊反噬'是怎么回事儿。师叔祖，听说当年皇域战死扶川，情形极是惨烈，不知……是不是真的？"

歧师眼中精光一闪，直刺那美若天仙、妖若精魅的女子："你想说什么？"

点点晶光盈缀墨睫，随着子娆轻轻抬眸，那光影一瞬幽滟夺目，便听她柔声道："还能有什么？我不过想问师叔祖一句准话，王兄身上的毒，如今到底怎样？"

歧师黑暗里眯了眼，不声不言地将她打量半晌，方冷冷地道："好个丫头，要挟我吗？"

子娆含笑看他："师叔祖说笑了，子娆哪里敢？只不过那药毒太过棘手，叫人心里没底。"

"哼！"歧师阴沉着脸道，"你自己不会看？那峋息用毒的手法源自巫族，但凡是巫族之术，难道还有我解不了的？"

子娆眸波微漾："我就是不解，峋息用毒的手法，如何会和巫族扯上关系，才要请教师叔祖。"

歧师道："他本就有巫族血统，所学亦是巫族秘术，这有什么奇怪。"

子娆显然惊讶，眉目一扬看他。歧师继续道："不过此事从来无人知晓，这本就是巫族之内极大的隐秘，上不报王城，下不昭族人，你听了自然吃惊。"顿了一顿，月色下森然一笑，"不过还有更加叫人吃惊的，反正如今巫族都成灰了，凰族也被人整治得七零八落，说出来也没什么。当初身为三大长老之首的灼忧私通凰族宗主，生下一女一子，被族内秘密处死。一女凤媔，便是曾得襄帝盛宠的媔夫人；一子却是改名换姓，日后一手灭了巫族，又死在当今东帝手中的长襄侯岷息。"

子嫋心神微震。妁忧与凰族宗主凤离两情相悦、私下结合倒并非什么秘密，当年凤离曾因此杀妻逐子，惊动王族过问此事。但不久后，妁忧练功走火入魔，亡于巫族禁地妣云殿。当日，凤离遣三十六暗羽夜袭巫族，重挫其长老精锐，携女而归，之后不到三年，便也郁郁辞世，临死前将女儿凤媔献于王族，以保完全，却从来无人知晓，两人竟然遗有一子。

凤离亡故，凰族宗主之位由长女凤妧接替，数年后凤妧晋封王后，此时妁忧之女凤媔亦为襄帝所宠，更因凤离当年杀妻之旧事，深遭王后忌恨，最终被活殉于岐山帝陵。

子嫋借了夜光凝看歧师，似是分辨他话中真伪，忽然道："女儿既被带回凰族抚养，倘若岷息真是妁忧之子，凤离岂会不知不问，任他流落在外？"

歧师双眼上翻，神情倨傲："哼，他当然查过此事，不过妁忧那时临死产子，负责处置那婴儿的便是老夫，我怎能让他查到真相？"

子嫋眉梢淡锁："难道是师叔祖你手下留情放过那婴儿一命？"她轻轻一笑，"这倒稀奇了。"

歧师乜她一眼："你知道什么，巫族离境天大长老的优秀血统，浪费岂不可惜？教养一番，自可留待他用。他那巫灵之境可是与生俱来的，难得得很呢。"

月倾空山，江林深寂，四周一时无声。子嫋静默片刻，继而唇锋略勾，淡淡地道："确实有用，难怪当年师叔祖轻而易举地便逃离了王城。单靠卢狄，制造混乱放你出狱容易，真正将一个刑余重犯庇护那么久却难，倒不知岷息究竟将师叔祖藏匿在何处，竟连禁宫影奴都未曾察觉？"

歧师目中隐有寒芒闪过，阴沉沉地看向她："藏匿在何处，又与你何干？唔……我倒险些忘了，襄帝是因九公主诞生才赦我不杀，哼，那时候若非我在王城，不知还有没有你这九公主，说来也算是一报还一报。"

江畔幽波隐隐，映照子嫋眸光轻闪："师叔祖这话叫人听着蹊跷，总不成我出生时，师叔祖人在王城？"

歧师又笑了一笑："九公主诞生时，琅轩宫天生异象，夜倾白昼，九星耀射，幽香满室，七彩琼光夺目而照殿宇，云阁生灿，医女宫奴皆昏昏不知何境，及醒，公主已降，天朗日清，万方明光普照……"

他用一种极其古怪的语气，叙述王典所载九公主诞生时的情况，竟然分毫不差。咫尺间子嫋便这么听着，圆月明亮，照映夜空，歧师背对大江，面容却黑沉沉不见一丝光影，而显得格外森暗。那双恶毒阴邪的眼里，似有什么东西正狰狞翻涌，呼之欲出，却又在转眼间，便消失在黑暗深处，再寻不到半分痕迹。

与那诡异的目光一瞬不瞬地对视，子娆只觉足下温软的江水亦化作凉意直蹿上来，如一条冰冷的毒蛇，盘踞于未知的一隅，丝吐红信，不知何时便将做出致命的攻击。这感觉令得人浑身生寒，秀眉一扬，眸一挑，子娆忽地问道："师叔祖，当年你们借故处死妁忧，无非是想褫夺她长老之权吧？什么私通凰族，倒没听说巫族还有这般禁令。"

歧师白眉牵动，眼中庚气陡盛："你说什么？"

子娆似未见他狠厉的目光，淡淡浅笑："想来，若非趁她临产之际猝然动手，巫族离境天大长老恐怕也不是那么好对付的。"

歧师森然冷道："那又如何？"

子娆仍笑，笑眸顾盼似曳流波，自是清冶魅人："那关我什么事？我只知师叔祖医术高明，往后我们这些小辈还得靠您老人家多加照拂才是。"

歧师眼神几度变幻，森森阴暗不定，最后，别有深意地扫了她两眼，道："不就是为那东帝吗？你倒是对他紧张得很，就这点儿小事，也值得三番两次来找我。"

子娆唇畔始终带笑，只是眼底星波深处却见冷流漫绕："我刚刚看过师叔祖留下的方子，对症下药，但那药性，也难免太烈了些。"

歧师冷笑道："我只管医病解毒，他用了药自己撑不撑得住，与我何干？"

子娆乌睫一垂，复又一挑，便柔柔地道："师叔祖，我知道你的手段，定有办法让这药平平安安地用下去，不过举手之劳。"

不知想起什么事，歧师目中阴气复盛："你当以他现在的情况，数十种毒再加上九幽玄通的阻缠，是医个头疼脑热这么简单？峒息当初借了以毒攻毒的药理，以特殊的手法控制分量，在他体内不断用下剧毒，只要有更甚一分的毒入体，就能克制其他稍弱的毒性，直到身体极限为止，便是因此，才让他凭血顶金蛇撑到今天。二十年来他体内各种毒性相互制约，牵此动彼，如今没有最初的配方，我便不能动此根本，药性如何缓得下来？缓下药性，倘有哪种药毒压制不住，一旦发作便够他消受！"

子娆知他心恨王族，此番答应为子昊医治，必然会伺机报复，绝不叫人好过，哪里当真是无法可施，于是放软态度再道："话是这么说，但这点小事怎难得过师叔祖？"

歧师方要抢白她两句，忽然眼中毒光一闪，目光在她脸上转了一转，便道："办法当然不是没有，你亦曾修习巫术，难道不知巫族用药的法子？"

子娆心头一跳，抬眸看他。歧师道："除此之外，别无他法。不过别怪我没提醒，那法子可不是什么人都受得住的。"

子娆垂眸未语，过了一会儿，淡淡挑唇一笑："既如此，子娆便多谢师叔祖了。"

月夜下歧师与她冷眸对视，"哼"的一声出口恶气，再不多言，甩手而去。子娆目视他消失在深夜中的背影，转身以手撑石，淡看明月。

月华千里照江流，幽澜，无波。

第二十九章 流光三生

"这一局，你赌扶川吗？"

翠林影下，泉暖如玉，袅袅薄雾浮过回廊，于满园暮光中若即若离地流转在一倾碧波之上。

有些慵懒的问话自廊下素锦竹椅上淡淡传来，柔若浮云的丝袍仿佛在人身上笼了一层淡淡烟纱，合目而卧的人唇边的一丝微笑亦在这黄昏的光影下似隐若现。

"宣王确有在扶川用兵的迹象。"苏陵似是回答，却又未下结论，"究竟如何，还要看烈风骑的动向。"

"若你是姬沧，难道便坐等皇非占此先机？"东帝的声音在一片浮缦的暗香中，依稀有种幽深的意味，苏陵一怔，道："无论如何，姬沧总不会无视皇非的布置，贸然行事。"

"先发制人，后发制于人。"白袖上金色的丝纹轻轻一拂，竹椅上子昊抬手，空中飞鸟振翼的轻响，一只细小的青鸟穿掠雾岚落上他袖端，如一片翠羽飘入了洁白流云，脚环上镀银小筒，依稀带着漠北的春寒。

"诡兵奇变，虚实之道。"看过密报，他侧颜一笑，长长凤目中流开温冷的波澜，"宣王姬沧，当得起少原君的对手。"

苏陵接过密报，一眼扫下："扶川发现宣国密探，姬沧调左右二军十万余众逼近七城。"

眼前丝云飘拂，隔了雾气只见淡淡白衣如烟，逆了光阴仿若即将消逝了去。子昊已起身往室中走去，薄雾晚香里丢下一句话："姬沧的赤焰军主力，现在何处？"

苏陵心头一凛，转身跟上他的步伐。子昊侧头一瞥，那一瞬间眼底深邃的光芒，惊起天地烽烟急。

"无余到了哪里？"

"日前过昱岭，今天已至射阳。"

"好，比想象得要快。"冰帘清光在身后溅落满地，子昊拂帘而入，停步案前，"传令墨炉，让他与无余会合，兵分两路，一路主力驻军介日峰，一路挑选暗部精英，截杀烈风骑所有靠近大非川的探马。"

苏陵手中密报一紧，眸心熠光锋亮："依墨炉的消息，跃马帮已暗中控制七城粮道，所有战船五日内可全部到位，一旦宣军有所异动，亦可出兵接应，保证万无一失。"

子昊指尖沿王舆图一路北上："以烈风骑的速度，真正过鸣原急行军的话，不过一日便可至丹昼境内，运策得当，两日可下仇池、刑卫，兵逼厌次。只要皇非先拿下这四座城池，便不会一败涂地，届时自有反击的余地。"

苏陵抬头道："烈风骑应该不会让我们失望。"

子昊道："最晚一批战马到达楚都之后，你便立即启程回国，调动兵马，等待最后的时机。"

苏陵微一振袖，肃然领命，瞳心深处波潮浪涌。

宣王姬沧此次以《冶子秘录》约战皇非，已是不耐眼前与楚、穆抗衡之局面，欲将这棋盘彻底推翻。皇非同帝都达成共识，高调应战，锋芒逼人，双方无不要借此一战，奠定九域霸业。如今姬沧表面上调兵遣将，逼近七城，赤焰军精锐铁骑却在此时不知去向，另有图谋。主上暗中调遣洗马谷中精兵，以策应变，却同时将宣军动向全然隐下，即便是烈风骑探马，在洗马谷暗部的刻意阻挠之下，也必然错过这一重要军情。

五百里大非险川，三谷交纵，险壑深崖，人兽绝踪，飞鸟难渡，就像楚、宣西部一道天然屏障，却难不倒姬沧手底的百战精兵。

试想如果楚军发兵七城之时，赤焰军突然横跨大非川逼向上郢，将是何等局面？国都被围，皇非必要回师救援，北方蓄势待发的宣军则可发起突袭，攻城之军调转兵锋，成两面夹击之势，纵以皇非之能，也可能措手不及，而惨遭挫败。

苏陵抬头，光帘垂影，仿佛金殿高处君王庄严的旒冕，隐藏之后的面容讳莫如深，一种平静至无情的漠然。显然，主上就是要楚军错过情报，要少原君临阵一败！

螳螂捕蝉，黄雀在后。

姬沧可以包抄楚军，靳无余和墨炉这两支隐藏在暗处的劲旅，也可以在关键时候发兵驰援，配合皇非灭掉宜军主力，助楚军脱困，合军进攻宜国。

届时宜国东、北两方，将有柔然族精兵和昔国军队同时出现，跃马帮釜底抽薪断其粮道，四面受敌之下，姬沧纵有通天之能，亦难反败为胜。如此毕其功于一役，宜国灭亡，烈风骑气焰遭挫，王威震于九域，一举数得，则大局可定！

纵横兵锋，一算谋尽天下。如此险棋，如此胆略，纵见惯东帝深谋远虑，苏陵仍觉心神震动。无论帝都王城九华殿上，还是竹林雅舍谈笑之间，眼前素衣清容的男子永远有着掌控一切的力量，万千风华莫可学。

一盏夔龙金灯照亮连绵不绝的王舆江山图，点点细微的布置在这灯火之下渐渐渗入四海山川，每一寸疆土大地。夜幕已至，窗外新月初上，黛青色的天际忽有烟花冲起，映亮了夜色薄风，子昊微微抬头，向外看去，大战将至必祭鬼神，何况今天，是一年一度的玄元夜呢。

廊外林下，离司手托灯烛，刚刚将阶前几盏碧玉琉璃灯点燃，却一回身，意外见得九公主人在廊下，衣袂沾露，似乎已来了有些时候。

"公主。"离司低身一福，见她目光落向屋内，眼角一分温柔，依稀略带迟疑，少顷，她回身问道："他……在吗？"

离司愣了一刹，这些日子公主对主上始终避而不见，倒还是第一次这样问起，不由有些期冀："苏公子方才过来，主上想必尚未歇息，公主要见主上吗？"

碧光影里，子娆眸光幽幽一漾，似乎低声叹了口气，未待离司听得真切，便又一笑："也没什么事，莫要扰他了。"说罢轻轻拂袖，就这么转身去了。

今年玄元之夜，恰逢烈风骑出战在即，少原君将代楚王在玄女神祠祭天封神，举行盛大的军典，楚都内外自是比往年更加热闹。

入夜之后，千里清江倒映万般星火，玄女神祠烟云缭绕，恍若仙界异境，由此绵延而至楚江两岸，宝马香车，川流不息，灯火光焰，照夜如昼。

子娆随步人群之中，原本出来是想寻夜玄殇喝酒，但一到这繁华炫目的楚都，忽然没了那份兴致，一时间却也不想折回山庄，就这样独自一人，于这熙熙攘攘的人流、烟云纷扰的红尘之中，不知该去何处，又该往何方。

一道焰火在身边绽放，火树银花星如雨，流落玄衣云袖，寂寂消散了去。临岸江畔，不少妙龄女子正结伴放灯，典丽华美的楚服衬着轻纱娴静，隐隐笑语不断飘出，融入这晶光明焰的喧哗之中。子娆驻足观看，细细凝思。依稀很久以前，王城之中也曾有过这样热闹的景象，但太久了，久得记忆有些模糊，只记得天上人间灿灿的轻光，千万盏明灯逐水随波，一直照亮三千御苑、九重龙阁，瑶池琼宇宛如仙境，看得人目不转睛。

亦曾有白衣的少年，清淡的笑眸，倒映在碧水幽波的光影下，伴她放那一盏小小银灯，温润神情，如同世间最美的光焰。

此情此景经常入梦，漫漫七年无光无声的梦境，回首时有一个人在那里，有一双稳定的手，指尖点燃轻盈的灯火，抬眸一笑，星辉如许，月如波。

度仙桥畔，心焰盈盈，携了世间女子最为虔诚的祈愿，流转千生，流入每一次宿命的轮回。子娆微微噙笑，目送江流远去，一轮清月独照天边，在这半世繁华的边缘投下淡寂幽丽的身影。

风吹落，星如雪。

笑语欢声邀天舞，却一刻，思念如潮，涌上心头。

她不由在桥上停步，便这时，心中忽有所觉，蓦然回首，隔了那纷纭人潮，隔了万树千星，骤然坠入一双熟悉的眼睛。

灯火深处，有人静静独立，亦正含笑望来。

雪衣如玉，清眸淡淡，却夺星月之华，漫天光雨、尘世喧嚣都似与他无关，他只看向白玉桥上独立众生之间的女子，用一种安静而清宁的目光，带一丝若有若无的温柔。

芸芸众生，红尘千丈，她转身，便寻到了他。

子娆不能转开目光，亦不能思考，只是怔怔地回望，明眸凝诧，于那寂静中光亮的一隅。直到他轻轻合眸，轻轻一笑，她才从那奇异的情绪中回过神来，逆了人流向他而去。

流光阑珊，飘落她的衣袂，沉没他清雅的眸底，点染微亮的柔光。

子娆被那清柔的注视笼住，眼中惊讶未褪，却又泛着丝丝欢喜："你……不是在山庄吗，怎么突然出来了？"

子昊低头，淡淡地道："想见你，便来了。"

子娆轻抬眉睫，细细看他，他眉宇间清逸含笑的神情，似是透出些许罕见的轻松与闲暇。

她贪恋他这样的笑容。记忆中很小的时候，她便喜欢在那金碧辉煌的宫宴之上寻找他的眼睛，越过父王风流倜傥的笑语，越过母妃冷丽的姿容，千人万众间他总会在她目光停留的刹那抬眸，无心一笑。那短暂的瞬间仿佛一副完美的表情破开了轻微裂痕，露出冷淡与文雅之下掩藏的一丝真实。那感觉总令她奇异而欣喜，便像怀揣了一个珍贵的小小的秘密，深宫重殿间，只属于他和她，不为人知的秘密。

千回百转，深浅心事，折进瞳心只是温柔："夜里风寒，若有事召我回去便是，你又何必特地入一趟楚都？"

子昊看着她，淡笑道："若你回去，有些东西就看不到了。"

"什么？"子娆抬眸询问。子昊笑而不语，眼中一点神秘，更加勾起她的好奇。

突然，她听到后面人群发出惊讶的声音，诧异回头，但见遥遥楚江上游，隐约有一片灿烂夺目的亮光，正顺流而下，盈盈闪闪，渐渐展开在这无边的夜色中。

比起寻常之人，子娆的眼力自然要好上许多，此时已看清那竟是无数盏明亮的灯焰，轻轻啊了一声，不由自主地向前迈去几步。

子昊微笑随她前行，见她又愣愣地停步，便牵了她的手，带她往桥上高处走去。

江中万灯逐流，星星点点连成一片，映着那水色如织，波光若玉，将这天上人间静静照亮，一直流向云霄，流入月华星辉。

无尽星光，照此无垠灯海，无暇清焰，照此无际红尘。

此时此刻灿烁的美景似入云梦幻境，子娆移不开眼，作不得声，任那流光美焰铺展天地，映亮了脸眸。而身旁一人，正静静凝视着她，万千灯火，在他漆黑的眸心轻轻浮泛，幽幽荡漾。

一天一夜明亮的温暖，似乎要将此生此世的美好、灿烂与缠绵都燃尽在这相伴的一刻，那炫目光亮，竟刺得人不能再这样看下去。

子娆闭目，只紧紧握住他的手，幽浓墨睫深处，莹澈的微光悄然闪烁。

普天之下，没有人比九公主更加了解东帝子昊。他一向不喜喧闹，少年时便对父王那无休无止的射猎和游宴不以为是，常常借病避席；称帝后更是清静素简，就连长明宫侍奉之人都比先朝减半，若非逢遇大典，鲜有亲自参加。

襄帝、凤后二十载，早已耗尽了八百年辉煌王朝最后的元气，传至如今东帝，他一肩担起的天下，只余灾荒战乱、满目疮痍。他的性情别人不懂，她懂；他的艰难天地不知，她知。而他却替她在这玄元之夜，在这千里清江之上燃放万盏明灯，纵此一夕风流，点亮她所厌倦的黑暗，照暖这清冷人间。

或许只因，多年之前凤池畔她曾无心笑言，当无数光亮驱散黑暗的一刻，是人世间最美最美的景致。

子娆怔怔扭头，想要说什么，却又一句话也说不出，只听他柔声问道："回去是否可惜？"

她留恋他眼中含笑的暖，轻声道："是。不回去，一直这样多好呢。"

子昊突然伸出手指，在她唇间轻轻一压："若有心愿，今晚不是应该到玄女神祠去许吗？"

子娆越发愣愕，睁大了眼睛，半晌才懂得问他："你，相信许愿？"

子昊见她惊讶的模样，只觉得有趣，天地鬼神，信与不信，似乎并不影响在这样一个夜晚，他陪她去做一件令她欢喜的事。

轻轻扬眉，问她要不要去，子娆慵媚弯眸，牵了他的手便雀跃举步。

"快走，玄女神祠那边的祭祀就要开始了，我们去看看！"

就在此时，所有人耳边忽然响起一声巨响，万众仰首，正见天际一道金光冲起，华焰如雨，在夜空正中绽开炫烈的光芒，猝不及防，耀得眼目欲花。

紧接着四面八方无数焰光直冲天宇，一朵朵华美辉煌的烟花漫天盛开，惊人心而夺人魂，霎时间整个上郢城亮如白昼，流光溢彩，倾照天地。

如此霞彩盛焰，直逼星辉月色。灿金烂银炫如火，不断地冲起、绽放，若烈日之光，布满整个天空，一次比一次炫耀，一次比一次夺目。

楚宫龙檐金顶、君府琉璃碧瓦，倾宇连城的尊贵，皆在这无尽华焰之中相映争辉，恍若一片金宫天阙，万千气象煌耀。玄女神祠那边祀典已然开始，楚都万人空城，皆来参加这一年一度、集家国戎祀于一体的重大活动。这气势逼天的焰火使得人潮如沸，便有一人之名，自庆典之始从千万人口中欢呼而出。

少原君皇非，大楚之战神，九域无可匹敌之英雄，以强有力的姿态，执掌楚国军政大权的年轻元帅。

当他亲自登上祭台主持大典，当烈风骑震烁军威展现于眼前，就像每一次出征、每一次凯旋，几乎所有的楚人都以无比崇敬之态，高呼其名。只因每个楚人都知道，并坚定地相信，只要有少原君在，楚国便永为九域之强国；只要有少原君在，楚国便将如这争天华焰一般，长盛而不衰。

此时此刻，不知有多少目光追随着祭台高处风神夺人的身影，这一夜玄女祠前，亦不知许下了多少女子如梦的心愿。

"是皇非。"人群聚向玄女神祠，桥上相对安静下来。

子娆遥望那片近乎狂热的场面，略有感慨地道："威震天下的烈风骑，大楚战神之名震耳欲聋呢。你说……如果有朝一日当面对上他，你有几分胜算？"

子昊正注目于祭台前面那一片赤甲亮剑，不知是因焰光灯火，还是因这漫天星月，眼底不为人知的深静之处有着锋亮熠动的微光。

展如鹰翼，聚如剑锋，万众如一，声威震天，百战之中磨砺而出的杀气，出生入死浴血激扬的豪情，足以沸腾任何男儿之血——这样一支军队，将大楚国威推向鼎盛，令所有国人都以冠上它的名号为荣，令人一见之下，便会心生纵剑傲啸、放手一战的快意！见她如此问来，子昊略略扬眉："双方有备而战，列阵一决雌雄，胜负之数五五。"

"哦？"子娆奇道，"你的意思是，并无胜算的把握？"

子昊一笑，淡淡再道："但若奇兵突袭，立分生死，他没有任何胜出的机会。"

子娆越发讶然："皇非用兵可是以奇谋险算著称，难道比这个反而胜算多些？"

子昊但笑不语，修眸如海，览尽从容。子娆侧头，借了天际焰光，欣赏他不经意流露而出的傲岸锋芒："我知道你花了很多时间，几乎研究过皇非所有的战役。你最终选定他，是不是认为楚、宣之战，他必胜无疑？"

子昊低头微笑，轻轻咳道："我选他，是因他并非楚王。"

子娆一愣，随即眸光一转。他凝视她片刻，神情恢复那种寂然无波的平静："而他，也会更加需要帝都。"

四目相对，映此明光飞焰，子娆看到无数烟花在他幽深的眼底无声绽放，轻轻凋谢，一片明明暗暗、起起落落。那眉目深处莫名的情绪，如这一瞬灿烂的消逝，而他的目光却染上了烟花的光与暖，仿佛永不凋零，在她展颜相望的一笑。

那一笑，妩媚而多情……

子娆仍是牵着他的手，在他的注视中抬头看那焰火璀璨，那些明与暗、冷与暖，再不曾染透那双琉璃清眸，过了许久许久，她才轻声道："子昊，我们不去玄女神祠了吧？"

子昊微觉诧异："怎么？"

子娆转身，风吹衣发飘扬："那里是楚国的玄女，管不了我的七情六欲，我的祈愿，在这里。"

晶莹的指尖轻轻指向自己的心口，她便这样，对他展开明媚更胜烟花的笑容，美得不似人间应有，而另一只手，却覆上他雪色清冷的衣衫。子昊目光似被凝住，就在她指尖触到胸口的刹那，仿佛漫天焰光绽落心中，绽开心花无涯，是那样灿暖而炽热的深痛。

第三十章 飞凤求凰

万灯照江，焰火飞扬不绝，当此夜色之下，楚江上游忽然一亮，一艘巨大的楼船拐过弯道，出现在人们的视线之中。

雕牙层阁，琼檐玉砌，船身两侧各有数十盏金灯层层高悬，明光四射，将这巨舟内外照映通明，如同一座豪华的水上宫殿，自灯火辉煌的江面徐徐驶向度仙桥。

一见那船头徽识，江中其他画舫船只主动让开航道，显示出这巨舟非同寻常的地位。

子娆驻足看去，遥见船头巨大的扇形望台上人影绰立，分布有序，无论男女皆是锦衣华服，气宇不凡，然她抬眼只见一人，眉目轻轻一漾。

那人含笑卓立众人之前，有若岳出群山，峻然拔萃，一身大红缥金飞云袍，外罩明玉软丝甲，身佩三尺剑，发束瑞金冠，正是如今九域炙手可热的实权人物，楚人崇敬如神的少原君。

明焰耀空，衬此剑眉星目，映此高傲容华，红色本就夺目，穿在他身上更是烈烈逼人，然那份自然而然的风流潇洒，却亦无人能及。

随着这巨舟靠近度仙桥畔，船头桥上原本不多的楚人皆恭然避行，一时间十里长桥，人声阒然，只余子昊两人衣袂迎风，从容安立。

自巨舟出现江中，子昊的目光便锁定皇非，再无他人，正如皇非注视于他，偶觇笑眸，异彩涟涟。

一个是四海之主，白龙鱼服；一个是凤翔长空，翱啸九天。未谋面而神交久矣，君臣敌友，于此注目之间，作这九域万丈风云，激流跌宕。

巨舟尚未泊稳，皇非身旁早有一人抢先叫道："子昊哥哥，子娆姐姐！"

子昊这才移目看向红装绯衣的含夕。子娆亦转头，恰一双飞焰如花，当空闪闪绽落，光华盛放的刹那她冷不防与皇非灼亮的目光相交，心头不由一跳，便听皇非扬声笑道："相请不如偶遇，不知臣可有荣幸，得请王上与公主一同泛舟游江，共赏此良夜美景？"说着振袖拱手，翩翩一揖成礼，笑目耀人。

他若无其事地参拜东帝，话语传出，前后众人无不大吃一惊，无人料想眼前这文弱清瘦的白衣男子竟是当今天子。明日东帝在楚的消息，必将迅速传遍九域，当此宣、楚兵锋隐动、形势错综之际，帝都的态度将给诸国带来何等震动可想而知。

两排翡翠宫灯迤逦排开，直至金碧辉煌的三层主舱，珠幔晶帘，错落生辉，玉髓美酒，香飘四溢。

皇非侧身礼让："王上请！"

子昊亦不客气，径至主席拂衣入座。玉盏玲珑水晶杯，殿前灯辉流射，三十六朱衣美姬引丝竹，转弦歌，长袖善舞以助兴。

江上美焰炫彩，楼中轻歌妙舞，舟行繁华地，月照十三桥。少原君殷勤举樽劝酒，东帝来者不拒，谈笑饮之，含夕虽与子娆共坐一席，却不时用眼角偷偷看向席前衣容清雅的男子，胭脂俏面，娇丽如画。子娆把盏在手，低酌浅饮，目光徘徊于面前两人之间，金灯玉影下，点漆般的黑眸深滟如泉，浮动幽澈莫名的光泽。

耐心相待，果然不出所料，酒过三巡，皇非双掌一击遣退舞姬，殿中顿时安静下来。

子昊把玩杯盏，修眸略抬，扫视殿前按剑侍立、歌舞喧天而面无声色的两排赤衣武将，悠然笑说：“观其营而知其军，查其兵而知其将，方才隔桥遥望，烈风骑雄兵虎将，士气震天，不日伐宜之战，已是胜券在握了吧？”

此言此语，可见对今晚的“偶遇”早已了然于胸。皇非欲名正言顺地灭掉宜国，如今万事俱备只欠东风，对这番清明洞察的透彻，只觉痛快：“王上亲赴敝国，运筹帷幄，非又怎敢负此苦心？日前一局沧海余生，王上算无遗策，想必如今也能推知我烈风骑用兵动向，可有指教？”举杯扬眉，眸光熠熠夺人。

子昊微笑道：“扶川初遭重灾，百姓流离，内外空防，烈风骑乘虚而入，指日可下其城，何言指教？”

“哦？”皇非笑问，“王上何以断定我会在扶川用兵，而非丹昼？”

子昊迎上他的目光，那一刹那，仿若烈日照上海面，折射出万里如金的波澜。

宣楚之战，必争七城，东部扶川卧踞沫水之滨，横交汾江，背依深峡，西接险川，实为七城中第一易守难攻之地，且夺城后唯有旁边云间小城可为呼应，要回师再攻丹昼，需跨汾江深流，并不利于骑兵进攻。

而丹昼面向广阔的鸣原之地，乃是其后仇池、刑卫、厌次等地的关口屏障，倘若攻陷此城，烈风骑便可长驱直入，径逼宣境。有此数城为据，后方军需补给畅通无阻，则进可攻退可守，可谓万无一失。

无论姬沧还是皇非，想要站稳阵脚，进图胜局，丹昼都是必取之地，此乃兵家常道。但，姬沧世之枭雄，横扫北域东海，向无敌手；皇非称神九域，抗衡宣穆二强，战无败绩。此二人皆非寻常将帅，如以常理推之，必有失算。

皇非如今掌握了楚国水军六部大权，如虎添翼，以骑兵取扶川虽非上策，但若暗调水军发起进攻，夺城而下，便等于打通沫、汾两江航道，战船由此北上，可直夺厌次，与后方骑兵配合呼应，七城尽入其手，则宣国边境危矣。

王师暗部精英不但隐匿了跃马帮战船行踪，保证洗马谷精兵粮草无忧，更助皇非封锁了楚国水军的消息。帝都欲借楚国靖北域、肃宣国，收掌扶川势在必行，但却并非此时，只见东帝笑容微微落下，淡淡道：“你在扶川用兵，不过因昔日皇域鬼师曾惨败其地，不得善终，你欲替父雪耻，成其未竟之业。丹昼此次受灾极轻，城坚粮足，非一日可下，一旦耽搁在此，纵失先机，烈风骑不败之名怕要毁在姬沧手上。"

皇非眼梢微挑，睨视席前："王上莫非认为，我并无把握攻下丹昼，因此舍之而取扶川？"

子昊挑唇道："姬沧兵强马壮，着实不易对付，此不失为稳妥之计。"

两人笑语言欢，话中却机锋毕现。子娆不由暗蹙了眉，夜色灯火，太过明亮反而漫开丝丝迷离，将座上清冷的面容不露声色地隐匿。

他的心思，千丘万壑不知处，他究竟，要一场什么样的战局？

正诧异间，耳边听得皇非一声长笑，傲然道："区区姬沧，何足为患？王上不妨拭目以待，十日内，烈风骑必下丹昼四城，届时，臣愿请王上一道圣旨。"

"哦？"子昊淡淡笑问，"所为何事？"

皇非振袖举杯，容颜一正："臣，请以七城之地、两千里宣国沃土，求娶王族九公主！"

话音方落，子昊眼底倏地闪过一道异芒，骤然抬眸；皇非一动不动地与之对视，唇畔笑意自若。

非但子娆，含夕也是出乎意料，"啊"的一声秀眸圆瞪："皇非！你不是……"她突然在子昊的冷默中顿住了话语，只见他深深打量皇非，眼底威仪渐重，竟隐约泛出迫人心悸的肃冷。

这是含夕第一次见到面无笑容的子昊，纵然终此一生她也未曾看透，这个男人微笑的背后，究竟隐藏着怎样的天地，但这一刻，她因他冷峻的颜色而觉惊诧。

周围气氛陡然凝重，就连那明灿灿的灯光亦似窒住，显得有些沉闷刺目。却忽然间，一声柔柔轻笑吹破清风，子娆自琉璃灯下妩媚抬头，挑眸睨视皇非，曼声笑道："君上真是奇怪，你要娶的人在这儿，难道都不先问一问我是否愿嫁，便去向王兄请旨吗？"

这般肆意大胆的言语，皇非先是一怔，随即目光转亮："实不相瞒，非早便对公主倾心不已。公主可知我一片苦心？"

子娆清魅眼梢勾着他似真似假的笑，流光如萤。

含夕此时回过神来，攀了她的手臂叫道："子娆姐姐，你可莫要轻易答应他！他府里娇婢美妾不计其数，刚刚还一本正经地教人家善将军的妹子射箭，每年玄元夜的篝火晚宴，都不知有多少女子对他投怀送抱呢！"

皇非毫不因她的玩笑而尴尬，反而潇洒地道："此言差矣！我皇非生性风流不假，世间娇颜美色我从不愿辜负。但惊云山巅初见公主，天姿神容惊绝人间，玉台赏月，湖心对饮，少陵城中，笑谈风云，公主是唯一一个令我见之难忘的女子。我身边姬妾虽众，美女如云，但却无人及此一言一笑，更无人有此心魂胆魄，这般相提并论，于我心中，从未想过！"

说这话时，他飞扬的眉目有着咄咄逼人的光彩，那份无与伦比的傲气竟令人心跳一窒，却又在含笑凝望的刹那，转出动人心肠的真诚。

子娆不由自主地细了凤眸，眼角一抹媚丽弧度，闪映灯火，如刃缠绵。

含夕悄悄笑着，俯耳对子娆说了句什么，子娆长睫忽颤，抬眸扫向子昊。含夕却调皮地冲皇非做了个鬼脸："侍女姬妾便罢了，那且兰师姐呢？你又怎么向师伯交代？"

皇非似笑非笑地扫她一眼："你这丫头尽是捣乱，是不是要我向王上说明你的心思？"

"皇非，你敢！"含夕顿时面若飞霞，咬牙瞪他。

子娆凤眸轻扬，终知子昊为何对皇非的要求如此反应。他显然早知王叔的打算，若无王族公主下嫁，楚国便可能联姻九夷，而含夕，是大楚尊贵的公主，入嫁君府亦是顺理成章。这一步棋，谁的先招、谁的妙算，黑白沙场，乾坤输赢。

子昊此刻却已恢复如常，只和子娆微一对视，他便转开目光，审视皇非片刻，最终道："朕之手足如今只余这一个王妹，自幼聚少离多，倒想留她在身边陪伴些时日。嫁娶一事可从长计议，操之过急难免委屈了她，朕，心里舍不得。"

他淡淡的话语似深夜中柔和的泉水，潺潺流淌，纵横心间，竟是前所未有的温柔。一道焰火当空，洒下楼台，照见他纤毫毕现的微笑，映她澈如秋水的双眸。

瞬息相对，刹那芳华。

忽然，子娆轻轻咬唇一笑，撇袖起身，对着座上君王娉婷拜下，十指交叠，端庄如仪，深墨华衣，盛放在他眸中无底的深渊。

她低头，青丝婉转如云，一抹娇色点染丹唇："王兄，年华易逝，子娆终是要嫁人的，总不成王兄要留子娆在身边一生一世？"

子昊凝视于她，蹙眉道："子娆。"

子娆曳眉抬眸，殷殷看他："王兄不是说过，要将子娆嫁给喜欢的人吗？为何此时却不由子娆自己选择呢？"说着长眸流笑，熠熠看向皇非，"惊云山上三杯酒，又岂止是君上念念不忘？"

雪袖之下，子昊按在座旁的手骤然一紧，仿佛有惊浪如雪，溅碎在他眼底阒黑无垠的深处，霎时风息云退，再无声息。

"这天下男儿也唯有少原君，当得起臣妹的夫君。"子娆扬袖起身，宽大的衣袂迎风肆舞，染尽金辉丽影，一夜漫空异彩，光照九天艳华。

"皇非，你要娶我为妻，从此以后，便只能有我一个女人。你若做得到，宣国破国之日，便是你我成婚之时！"

归离

十四夜

GUI
LI

Ⅱ

十四夜

著

SHISIYE **WORKS**

目

录

❀ 第三卷 ❀

目

录

❀ 第四卷 ❀

第三卷

子昊手中握着的白玉瓷瓶骤然迸裂，鲜血沿着袖口浸透晨光，不知是他的还是她的，一缕缕赤热的痛楚，一点点飞溅的碎刃，惊裂乾坤，血染江山。

第一章 枪出千云

云天微晴，碧江如玉带金城，楚都上郢御街广衢，越凌霄长桥直通四方城门，楼关高堞与卧龙般的宫殿遥相呼应，显现出无比宏伟的气势。

自雍朝立国，分封九域，先代楚王定都上郢，这座雄丽的古城已在风雨中矗立了数百年，没有人可以预见它将以怎样的姿态，迎接九域大地即将到来的一场天翻地覆的巨变。

六月庚申，东帝宣姬沧不臣之罪于天下，降诏夺其王爵。少原君代楚王率文武百官，于乐瑶宫迎天子南巡至楚。

当晚，楚军夜袭丹昼，未伤一兵一卒，攻城而下。

翌日，烈风骑再夺仇池，百里奔袭直取刑卫，于汹江迎击宣军，大获全胜，既而进兵厌次。

连日来楚都捷报频传，临近少原君府的酒楼上无不异常热闹，人们都在猜测烈风骑是否今日便能再夺一城。

此时离皇非与东帝约定的十天，方才过了一半。

时值正午，疾快的马蹄声飞驰入城，四名绛袍战士在满城喧哗中纵马直奔君府，不过须臾，府中三声炮鸣，中门大开，两列骑兵展翼而出，虎贲令将持一对金边朱旗在前，驰马入宫而去。

"烈风骑夺下厌次了！"一见那朱旗出现，高阁上顿时哗然，一时间众人七嘴八舌，议论纷纷。

"已是连下四城，接下来要直攻宣国了吧！少原君此次勤王伐逆，当真势如破竹啊！"

"宣王目无天子，少原君自不能容他！"

"此次王族九公主随东帝入楚，听说极有可能下嫁少原君，这丹昼四城，怕是少原君的聘礼呢！"

"岂止如此，你没看见吗？大王将整片南苑赐给少原君扩修府邸，昨日君府令下，遣散姬妾三百余人，不是迎娶帝姬又是为何？"

"啧啧，也不知这九公主是什么样的美人，竟叫少原君如此相待。"

靠窗一张方桌前，彦翎抬手丢了粒花生入口，看了看旁边面无表情饮酒的夜玄殇，低声笑道："消息是真的了，昨天这大街上热闹得开了锅，叫人大开眼界，也不知皇非从哪里搜罗了这许多美人，莺莺燕燕千娇百媚，统统发送出府，倒真狠得下心呢。喂，你怎么打算？"

夜玄殇从窗外收回目光，问道："可有含回的消息？"

彦翎懒洋洋地靠上椅背："不确切，如今楚穆两国都在找他，好好一个大活人就像人间蒸发了一样，切！这事八成和冥衣楼有关，否则怎么会连我金媒彦翎都摸不着路子，你干吗不直接去问她？"

"走吧。"夜玄殇不置可否，抬手饮尽杯中酒，起身离座。彦翎挑了挑眉毛，丢了银子跟出门去。夜玄殇迎风深吸了口气，转头笑道："我约了人，晚上咱们老地方见。"

彦翎随手一摆，道声"知道了"，一闪身便没了踪影，夜玄殇则独自往染香湖方向而去。

天空不知何时漫开层云，不一会儿细雨纷飞，将整座楚都笼入了无边无际的烟色中。

轻寒隐隐，湖畔游人绝迹，夜玄殇不疾不徐漫步雨中，一身玄衣越发显得俊冷不羁。

染香湖十里风月烟岚迷蒙，一座长桥横跨湖波，对面山色掩黛，仿若杳无尽头，沿湖两岸密林如织，寂寂无声。

夜玄殇踏足桥头。

桥上忽然出现一人，微雨下翡翠色宽袖锦袍，腰间丝绦迎风飘飞，沐云生烟，那人目视夜玄殇，负手以待。

夜玄殇仍是步履徐缓，似踏着某种特定的节奏，一步步登上飞桥。

雨势绵密，将山水烟湖皆尽掩入茫茫之色。夜玄殇抵达桥心最高之处，漫然停步，扬唇一笑："二王兄。"

"三弟别来无恙？"那人微微点头，审视于他。

夜玄殇迎着他目光，叹道："记得上次见到王兄是在落峰山，转眼竟这么多年了。"

那人微笑道："六年前三弟入楚时我正在闭关，是以未能相送，三弟不会怪我吧？"

"没想到二王兄今天会因我来楚国。"夜玄殇抬手，"当时你派人送来的礼物，我倒一直随身带着。"

归离剑的剑柄上，几道细纹金丝盘龙一般缠绕上去，穿过顶端垂下一枚造型朴拙的苍龙墨玉，被密密雨水洗得清亮，透露出时常抚弄的痕迹。那人目光停顿片刻，宽大的衣袖在风雨中飘摇不休："三弟似乎并不想见我。"

夜玄殇道："王兄既然来了，也便罢了。"

两人似是闲叙旧事，话中却有锋芒如雨，无声飞落。

"看来，你早知我的来意。"那人笑容逐渐隐去，负手望向淡淡雨幕，"六年磨砺，三弟已非当日年少气盛，沉稳得多了。他说得对，如今天下形势变幻莫测，你若回国，穆国必然大乱，难免予他国可乘之机，灭国之祸便不远矣。"

夜玄殇笑道："他真要说动王兄出手，本也并非难事，何况搬出了这么个冠冕堂皇的理由，王兄自然不会坐视不理。"

那人道："我只答应帮他一次，不过，一次足够。"

话音落时，他手中白芒一闪，出现一柄雪缨银枪，单手前擎，枪锋遥指数步之外的夜玄殇，左袖广袂翻飞，烟雨缭绕如云。枪锋上刚烈之气与他飘逸的身姿气质截然不同，却又无比完美地融成一体，青山水幕的背景下，其人如峰，其枪如松，仿若一幅浑然天成的绝美画卷，寻不出丝毫破绽。

穆国天宗嫡传大弟子夜玄涧的"千云枪"，与楚国逐日剑、宣国夺色琴并驾齐驱，威震江湖。

"三弟若能逃过天宗此次追杀，我可保证此后穆国再无人敢对你动手。"

夜玄殇在夜玄涧的枪锋亮出之时，已感觉到隐匿林中的天宗弟子，四面八方织作天罗地网，断绝了所有退路。

夜玄涧身为穆王次子，复以天宗继承人的身份，自幼便入落峰山跟随宗主潜心习武，二十余年心无旁骛，于武道之上造诣精深，一柄千云枪足以截杀天下任何高手。天宗自来肩负维护穆国正统之责，太子御此次亲登落峰山请夜玄涧出手，可谓势在必得，绝不容夜玄殇生还穆国。

夜玄涧虽亮出兵器，却不急着抢攻，一手倒负，意态从容，给夜玄殇充分的时间拔剑迎敌。

纷纷飞雨禁不住枪锋凛冽的劲气，化作一片迷蒙霭雾，激散四方，现出原本清晰的湖林美景。

对峙中相似的眉目，碧袖随风，如临深渊，玄衣卓立，不动如山。

夜玄殇拔剑，以一种极缓的姿态，一改往日狂霸之气，背上归离剑寸寸出鞘，任何人都可以看清他的每一分动作，同时又无从把握他即将出剑的角度。

千云枪生出变化，尖锋微微震颤，发出咻咻劲响。被夜玄殇剑气迫散的雨雾升腾翻涌，如云龙出岫，聚在千云枪畔飞绕不休，蔚为奇观。

强大无匹的进攻之势,和毫无杀机的出尘气度同时出现,使人产生奇异难言的感觉,可知夜玄涧武功修为实在太子御之上,已臻天人之境。

夜玄殇突然朗声笑道:"二哥回国莫忘了替我转告太子御,日后我定会寻他算这手足相残的旧账!"

夜玄涧闻言心神一震,夜玄殇便在此时动身飞退,冲破雨雾直投两岸密林中去。夜玄涧轻声怒叱,千云枪化身雷霆,腾空追击。

隐身林中的天宗弟子向夜玄殇落足之处扑来,夜玄殇唇畔挑出一抹锐笑,归离剑早已来到手中,头也不回,听声辨位,挑中敌刃。两名天宗弟子被震得骇然疾退时,归离剑寒芒暴涨,对手如遭雷殛,吐血跌飞。

千云枪破入林中,夜玄殇身形以肉眼几不可察的速度忽地闪开,一名天宗弟子顿时迎着枪锋撞去。夜玄涧不愧是天宗之中百年罕见的武学奇才,于如此急速的攻势之中竟能蓦然横枪,以毫厘之差避开那弟子要害,将其震飞出去,继而枪锋一闪,仍是御风疾射,夺向目标。

但此瞬间耽搁,枪势已然转弱。夜玄殇一声长笑,反手破空直劈,枪剑交击,发出呛的一声,震耳激响,他人便借势倏地后撤,杀入敌众。

林中密密尽是天宗弟子,千云枪受此制约,再难展开枪势,夜玄涧亦不愿占此以众欺寡的便宜,飘身退回高处,枪影一闪没入身后,静观战况。

此时雨势渐大,林中视线模糊,对突围极为有利。但眼前对手众多,夜玄殇虽纵横敌阵,却也始终寻不到机会,更何况有夜玄涧这样的高手从旁掠阵,想要全身而退谈何容易。

天宗此次行动尽出派中精英,可见夜玄涧之前已由太子御处得到充分的情报,眼前除去林内与夜玄殇混战的弟子,林外四面出路亦被重重封锁。

面对围攻而至的天宗弟子,夜玄殇目现冷酷之色,归离剑倏进忽退,快得几乎看不清踪影,身旁人人溅血,无一幸免。

"退!"战阵中突然传出命令,众弟子应声后撤,双刀双剑从前后左右攻至,正是天宗座下易风、幻电、潜雨、应雷四大弟子。

刀疾剑快,将战阵变幻时一闪即逝的空隙全然弥补,不给夜玄殇任何突围的机会。

潜雨、幻电两柄长剑乍现即收,人亦飘退数步,分守侧后两方,易风、应雷却长驱直入,迎面击向对手。

战圈骤然扩大,却不复先前混乱。

夜玄殇不由暗叹,天宗弟子训练有素,深谙攻伐之道,混战的形势一旦肃清,不必外面夜玄涧出手，单是这般前仆后继的车轮战便足以要他性命，同时亦将伤亡减到最低程度。

夜玄殇当下冷喝一声，剑光一盛，身形前冲。

易风、应雷双刀斜劈近前，务必要在夜玄殇剑势达到巅峰前煞其锐气。突然归离剑弹上半空，两人皆是一愣，一道玄影闪电般迫至近前，耳边忽闻冷笑，被夜玄殇不分先后拍中刀锋。

易风、应雷同时闷哼，触电般向外退开，以化解两道直攻心脉的凛冽真气，潜雨、幻电齐声叱喝，挺剑攻来！

夜玄殇纵声长啸，剑归右手，返身杀向二人。

叮当声不绝于耳。

潜雨、幻电使尽浑身解数，瞬息之内分别硬挡夜玄殇十余剑，频频急退，终将众弟子再次卷入战圈。

若非四周其他兵器拼死阻挡，潜雨、幻电恐怕早已横地为尸。夜玄殇心中豪情涌起，归离剑异芒暴涨，兵刃交撞之声蓦然加剧。

刀光剑影骤密忽散。

夜玄殇剑锋前指，痛快长笑，身后二十余人横卧在地，一时间竟无人敢再攻上前来，战局首次出现如此诡异的停顿。

急雨纷飞，天地如幕。

高处观战的夜玄涧眼中隐约闪过惋惜之色，微微叹息，撮唇轻啸。

林中攻势再次发动。

嗖！一阵轻微的破空声忽然传来。

负责防守的天宗弟子自林中跃起，截向半空中一道白色人影。

两痕白光自雨雾中乍现疾逝，上前拦截的天宗弟子齐齐闷哼，飞退出去。

夜玄涧目光一动。

白光再现，迎上随后封锁眼前的刀枪棍剑，一进一退，飘盈若舞，仿佛整天烟雨飞旋开来，流光盛放。

那云霞般的舞姿中飞红开溅，每一次转折，都有对手跌出战圈，林外防守之势迅速瓦解。

来人身若轻云，飘向林畔，也不见如何借力，便向前掠出数丈距离，落往夜玄殇所在之处，足见其轻功之妙。

紧密的战圈中出现一丝空隙。

"三公子！"

夜玄殇回手劈飞两人，往声音传来处望去，心中微震，不想杀入重围的竟是与他相约在此的白姝儿。

白姝儿娇媚的身影飘忽闪跃，眨眼间已突破最外双层封锁。

不知何时，一阵迷雾如烟缥缈，轻轻袅袅地绕向众人，林中微风细雨亦似有了迷人的声色，逐渐散发出缠绵销魂的暗香。

夜玄涧眉梢一蹙，千云枪倏地出现手中。

白姝儿将自在逍遥法发挥到极致，手中短剑随袖翻舞，纤光飞闪，见敌伤敌，显示出自在堂堂主非同一般的武功修为。

眼见她与夜玄殇会合一处，便可杀出重围，却突然间，一股巨大的真气，云潮般迫身而来。

白姝儿大惊之下柳腰一旋，撤袖飞避，快得仿佛浪尖稍纵即逝的水花。

雨雾中现出一点银光，千云枪如影随形锁定对手，四面八方皆是枪影，自在逍遥法绝顶的轻功竟无法从这可怕的劲气中脱出。

在叮当的激响声中，白姝儿短剑相交，倾尽全力赶在枪锋之前将其截下。

枪身上骤然传来骇人的真气，泰山压顶一般倾罩而下，枪影中男子的容颜酷似夜玄殇，碧衣乌发，身姿逍遥，令人无论如何也不能想象，这刚猛的枪势竟出自他手。

枪影又至，电射眉心。

千钧一发之际，白姝儿纤柔的娇躯奇迹般侧下一折，在全无借力的情况下单凭一口真气沿着枪身飘飞出去，轻云水袖逆风飞绕，姿态之妙，叹为观止。

亦在这几乎不可能的瞬间，千云枪生出变化。

枪锋一收一放，快逾电掣。白姝儿身侧血光飞溅，人亦被逼得改变方向，一缕白纱飞落天宗弟子阵中。

千云枪如龙出海，追风破浪，噬向坠落的身影。

下方刀剑棍矛，分别攻向背后左右。

眼前劲风迫至！

统领自在堂近十年来，白姝儿从未想过竟有人能一招伤她于枪下，伤处剧痛之下，胸中真气纷乱，再难抵挡。

被枪风压迫闭目的刹那，剑光忽盛，一道玄色身影凌空扑下！

曾令人无比心悸的归离剑化作万千剑影，护住了她周身每一处破绽、每一丝空隙。

半空中飞坠的身躯蓦地落入一只强有力的手臂，夜玄殇搂住白姝儿不盈一握的纤腰，人剑合一，冲天而起。

白姝儿睁眼望去，正对上夜玄殇一瞬奇异的注视，身子微颤，低叫道："三公子！"

夜玄殇忽然扬唇，冷酷的唇锋现出好看的弧度，臂弯一紧，将她护在怀中。

千云枪追击而至。

归离剑上暴起炫目的异芒，对战至今，夜玄殇终于无可避免地和千云枪正面交锋。

白姝儿柔若无骨的身子在夜玄殇怀里几乎毫无重量，身处归离剑保护之下，飘飞的长袖亦护住夜玄殇周身要害，使他能毫无顾忌，全力迎敌。

夜玄殇忽然加速，迎上威震天下的千云枪，归离剑生出一股狂猛的真气，硬往枪锋撞去。

夜玄涧枪势加快，眸光骤盛。

砰！枪剑相交，出人意料地发出一声沉闷的撞击。

夜玄涧忽觉不对，雨中爆开一阵浓郁的迷烟，夜玄殇已携白姝儿当空退出，穿破云雾，眨眼消失在茫茫雨中。

千云枪枪尖微颤，凭空生出无数气旋，将迎风漫至的香气激散开来。

夜玄涧收枪而立，未料对手竟能在一招间剑气化刚为柔，如此一来，便好似飞羽迎上飓风，千云枪上凌厉的劲气等于将他二人反送出去，脱离险境。但若非自身内力强劲充沛，足以将枪上传来的纯阳真气化为己用，这险招亦会变成致命一击，将使夜玄殇重伤当场，再无恢复的可能。

夜玄涧不得不赞其胆量，更兼手法高明，而那半路杀出的白衣女子亦恰到好处地配合了夜玄殇的战略，如今仍飘荡雨中独特的迷香，使得他无法立刻追击。

看往两人消失的方向，他脸上闪过淡淡的笑容，待迷烟略散，抬手命道："散布人手，追！"

第二章 偷天换日

夜玄殇搂着白姝儿跃下墙头，四下雨势稍缓，上郐城笼罩在傍晚的昏暗之中，并不利于寻敌追踪，更何况天宗众人不能大张旗鼓地行事，一时半会自是寻不到此处。

白姝儿为千云枪所伤，虽不足以致命，但被夜玄涧凌厉的先天真气侵入经脉，滋味绝不好受，再加先前一番恶战，故而刚刚离开夜玄殇手臂，她便身子一软，险些跪倒在地上。

夜玄殇反手一抄，将她重新搂回怀中，低头查看情形，接着将归离剑还至背上，微一用力，将她打横抱起，往对面巷中掠去。

白姝儿闭上眼睛，感到他忽快忽慢，高蹿低掠，不多会儿便绕出染香湖花林遍布之地，完全甩开了天宗之人。背心一直有炙暖的感觉传来，似无穷尽的真气源源不断送入，以助她尽快恢复精神。

从夜玄殇在这般疾驰中亦能轻松分出真气替她疗伤，白姝儿便知先前应对千云枪他并非全力一搏，之所以用那样的手法破出战圈，乃是保留实力，以便继续周旋。但面对夜玄涧这般高手，无论精神气势只要有一丝破绽，便可能造成无法挽回的败局，此举着实险而又险。

身前俊冷的轮廓逆了雨光仿佛岩石雕成，平静中隐藏着狂傲不羁的力量，叫人一时无从捉摸，更莫说把握他的心思，白姝儿睁开眼睛，这般靠在自己曾欲杀之而后快的男子怀中，心头突然生出异样的感觉。

前方一座华宅拦路，灯火明亮，夜玄殇停了下来，似在斟酌方向，怀中娇软的声音传来："前面是赫连侯府，他们不敢轻易追入。"

夜玄殇低头一笑，闪入旁边黑暗中，几个起落之后没入高墙。落地之后，白姝儿轻声指点，令他顺利避开守卫，可见对这侯府相当熟悉。

两人最终潜入一座偏僻的小楼。

楼中未燃灯火，显然内中无人。夜玄殇放下白姝儿，内外查看一周，确定并无异样，回到二层室内，却见这自在堂堂主娇柔无力地靠在沉香木榻上，正目不转睛地打量他。

夜玄殇大咧咧地坐至她身边，接着半躺下来伸长手脚，毫不在意两人共处一榻。

罗绮半掩，发瀑香盈。

白姝儿轻声一笑，俯身过来："要杀你的人还真多。"

"唔。"夜玄殇随意应了一声，没说什么。

"那人是谁？枪法好生了得！"

夜玄殇突然睁眼，寒星般深湛的目光直射过来。白姝儿被他看得一惊，目光垂下，软声道："不问就是了。"她虽从未见过夜玄涧，但身为曾和太子御关系切的自在堂首领，对这穆国二王子自不会一无所知，从那出神入化的千云枪法亦可推知，一时垂眸不语，不知在想些什么。

夜玄殇却将唇锋一扬，起身靠近她，随口谴言："若知那人是谁，自己差点搭上性命，你可还敢现身？"

白姝儿幽幽地瞥了这忽而冷酷、忽而笑意迫人的男子一眼："早知是这么难缠的人物，我还不是有多远走多远吧，岂不知你三公子的本事，谁人奈何得了你？"

真情假意，倒也言辞不虚。

夜玄殇但笑不语，白姝儿娇媚转眸，突然道："你好像早知来的是他。"

对她再次提及此事，夜玄殇并未如先前一样冷然相对，反而悠悠道："当日连我去魍魉谷你们都能追踪而至，我知道太子御些许布置又有何奇怪？"

白姝儿一瞬不瞬地看他半晌，眼波媚然生姿，忽而低声娇笑道："看来姝儿这次没有选错人。"

夜玄殇微微挑眉，白姝儿继续道："不若三公子告诉姝儿穆国何人暗中助你，让姝儿在穆国的部属配合一二，现在便可要太子御好看。"

夜玄殇星眸扫过她眼底，似笑非笑："那不如我们玩个小游戏，你自己猜猜看，猜中有赏。"

灯下笑谴俊容看得人眩惑，白姝儿娇应道："公子有什么好奖赏？"

夜玄殇笑道："那看你几次猜中，若猜不中，说不定还要罚。"

白姝儿柔媚侧首，美目中光彩涟涟，显然心思百转，在想这对前途至关重要的问题，过了会儿睫毛一挑，灼灼看向夜玄殇。她方要说什么，夜玄殇忽地侧首，伸手掩在她唇上，下一刻已带她由侧窗隐入三层阁楼。

白姝儿亦听到有人步入院中，但听脚步声应是不懂武功的普通婢女。

两盏灯火入室，几个绿衣侍女进来将房间略作整理，下面四对缀玉青铜灯燃起，将屋内照得通明。当先两个看上去地位较高的女子吩咐道："手脚麻利些，侯爷马上就到，莫要耽搁了时间。"

几名侍女齐声答应，很快将这并不常有人入内的小楼收拾干净，连席前锦垫绮帘都一并更换，除去存放杂物的阁楼之外，屋中顿时焕然一新。

最后两女检查一番，方带人退了出去。

阁楼上地方狭小，白姝儿紧靠在夜玄殇身边，奇怪地道："赫连羿人极少到这边院中，今夜却为何突然来此，莫非来了什么要紧人物？"

夜玄殇自是一样不知就里，白姝儿道："若不趁现在离开，一会儿人到了便麻烦了。"

夜玄殇不置可否，反而搂过她隐入灯光绝对无法照见的暗处。

偌大的侯府，赫连羿人一反常态来此隐秘处所，显然所议之事极为重要，白姝儿体会到他的用意，靠近轻声笑道："你可真大胆。"

窄小的空间内，她身上迷人的香气若隐若现，撩人心魂，夜玄殇低头一嗅，道："夜合香。"

他并未多说一个字，白姝儿纵横江湖阅尽人情世故，对男人的心思了如指掌，知他不喜这香气，柔袂一转，自他鼻尖拂过："这次错了。"

手底凸凹玲珑的娇躯充满诱人的活力，眼前媚艳的容颜却因失血未复而见楚楚柔弱，黑暗中媚丝缠绕，我见犹怜。夜玄殇讶于她转眼间便能令周身香气彻底改变，大自在四时法潜踪匿迹，改颜易容，果然妙不可言，侧头笑道："这又是什么？"

"这叫彼岸。触而不见，求而不得。"白姝儿眸波盈岸，那香气仿若遥远天河之畔活色生香的烟云，若即若离，欲拒还迎。

夜玄殇漆黑的眸子在这彼岸香中浮浮沉沉，陶醉一般，眼前的女子难辨仙妖狐媚，只见勾魂颜色、迷离幽情。白姝儿媚目流转："这彼岸的香气，你可喜欢……"

不等她说完，夜玄殇忽然将手臂一收，低头封上她香软的樱唇。

白姝儿冷不防被他紧在怀中，男子身上温冷的气息和霸道的滋味自唇间侵略漫夺，搅得心湖波流荡漾，一句话也说不出来，脑中忽地一热，随即恢复清明，下方传来几不可闻的脚步声，有人已经进入屋室。

能令她到如此近的距离方才有所察觉的，自然是与少原君皇非齐名的楚国高手，赫连羿人。

夜玄殇寸寸尝遍她香唇，占尽便宜，才悠然放人，却仍单手将她固在怀中。

赫连羿人正坐在他二人视线下方，白姝儿不敢作声，含怒带嗔地横他一眼。夜玄殇脸上隐约闪过狡黠的笑意，颇有些得意滋味，只看得人爱恨不能。

此时另有两人进入屋内，一人身轻步快，正是"急雷惊电"赫连闻人，一人却脚步沉重，显然武功并不高明，但夜玄殇和白姝儿自空隙间看清他的面容，无不心生惊诧。

赫连羿人见他二人进来，也不寒暄，沉声发问："事情如何了？"

赫连闻人看了看身后缩手缩脑连头也不敢抬的人，沉吟道："容貌上略加修饰，并无任何破绽，只是这神情气度与二公子……"

赫连羿人早已沉下脸来，不必他说，眼前这人一副猥琐的模样，叫人一见之下便眉头大皱，与出身高贵的楚国公子如何相比？不由愠怒："没用的东西！"

"小……小人……"那人顿时被吓得跪地不起，结结巴巴，话都说不完整。赫连闻人亦觉无言，在此之前他已设法调教此人，但外貌再觉相像，天生的气质风范却难以模仿，至少需要极长的一段时间的熏陶培养才可见成效，眼下时间却已十分紧迫。

赫连羿人狠狠地瞪了那人一眼，转头道："可有其他替身？"

赫连闻人道："只有此人样貌最为相近，其他人经过易容，或多或少总有些不妥，时间长了难免生出破绽，若要当真天衣无缝，唯有……"

他顿了顿，话未说完，赫连羿人已明白其中意思，捻须沉吟。阁楼上夜玄殇亦看了白姝儿一眼，白姝儿俯在他耳边悄声传音道："果真是没用，区区小事也值得如此为难，你信不信若是姝儿学那含回的样子，保证连老楚王复生也认不出自己儿子，却不知他们要弄个假二公子做什么。"

夜玄殇同样心存此问，搂了这易容之术几可以假乱真的自在堂堂主继续偷听。

赫连羿人问道："宫中可都安排妥当了？"

赫连闻人道："虽被君府插手拔除了不少内应，但几处关键所在并未暴露，只要能调开皇非，宫变一起，便叫大王有死无生。"

阁楼上二人皆是一惊，不想赫连侯府竟在筹谋宫变，刺杀楚王，可见赫连羿人已被皇非逼到了山穷水尽的地步，想要全力一搏，扳回败局。

"很快会有一个极好的机会。"赫连羿人眼中闪过狠厉之色，"倘若皇非派人随护大王更好，大王遇刺，责任正好由少原君府承担，到时我们拥立二公子即位，便治他谋反之罪，一箭双雕！"

"唉……真的二公子失踪已久，生死不明，关键还是在此人身上。"赫连闻人看了眼伏在地上发抖的人，忍不住皱眉叹气，"这事还是有些棘手！"

此时夜玄殇悄然紧紧搂过白姝儿，低低密语几句。白姝儿眸光一闪，带出几分诡异，复往下方看去。

夜玄殇微笑，挽着她蛮腰的手掌上移数寸，一道先天真气悄无声息地自她心口绛宫注入，如泉缓涌。白姝儿心神微震，不能置信地看向他，怎也未想他竟解开了封在自己绛宫中的禁制。

那股充沛煦暖的真气非但解除了对她心法的克制，更沿经脉游走，助她全然恢复功力，再无半分阻隔。大自在四时法纯阴之气与天宗至刚至阳的心法交替流转，如同风盈天地，海纳百川，一种前所未有的感觉流遍周身，令她近窥习武之人孜孜追求的一种境界，非但内力尽复，并且更上层楼。

白姝儿侧眸仰视形容俊朗的男子，眼中射出无比复杂的情绪。

"小心应付。"夜玄殇传音入密，低声嘱咐。白姝儿睫毛微颤，横波生艳，一笑合目静坐。

瞬息之后，她美艳的面容生出变化。

赫连羿人二人正在讨论日后行事细节，忽然目光双双转向窗外。

一道人影穿窗而入，只见那人衣衫带血，脚下一个踉跄，扶住桌案，悲叫道："侯爷救我！"

乍见那人，赫连羿人竟猛地自座上站起："二公子！"

来人不过二十岁上下，生得眉清目秀，一表人才，倘若蓄起胡须便俨然是当今楚王模样，此时虽面带惊惶，举止却仍斯文得体，显示出良好的家教修养，匆匆拱手道："穆国天宗的人追来了！还请侯爷设法救我！"说着便长身拜了下去。

赫连羿人惊喜不迭，连忙上前几步扶住："公子万莫如此，老臣岂敢当如此大礼？"说话间两人手臂一触，赫连羿人脸色忽地一变，盯住那人。

那人自灯下抬头，与他咫尺对视，眼角流出笑意。

赫连羿人突然探手抓向他前胸，手法凌厉无比，不愧是名列楚国三甲的上品高手。

那人嗤的一声笑出声来，身躯一飘，不知怎的便从赫连羿人手底脱出。赫连羿人冷哼一声，右手幻出万千爪影，虚虚实实抓向对方。

"哟！侯爷真的动怒了啊，早知奴家就不故意露出破绽了！"那人声音忽变，飞旋的白衣下银铃般的笑声传出，一双玉手飞快扫向前方，阴柔纤巧的真气封住赫连羿人的攻势，步旋若舞，发袂如水，绝妙的舞姿中现出个千娇百媚的美人。

那情景诡异至极，俯在地上的人看得呆了去，嘴都忘了合上，近旁赫连闻人却面露喜色。

"侯爷！"那美人袅袅娜娜地侧身下拜，赫连羿人犀利的爪风倏然停在她肩头。

劲风袭体，发丝贴面飞扬。

美人笑眸流波，不动从容。

好一个艺高胆大的自在堂堂主！

赫连羿人五指虚悬她颈侧，劲气含而未吐，审视眼前美艳惑人的女子，娬媚皮相，妖娆叵测。

灯影闪烁，四目间电光石火的交撞。

"哈哈哈哈！"赫连羿人忽然仰头大笑，手掌探上白姝儿肩头，将人挽起，"我道是谁，原来是白堂主。"

白姝儿烟行媚视："除了奴家，侯爷以为谁还能描人声色，出神入化？"款步上前，睨了那形神皆败的冒牌货一眼，"侯爷可需奴家帮忙？这种货色，岂不误了大事？"

那人匍匐在她脚下，与这艳光四射的美人相比，卑微如不堪一视的尘埃。

赫连羿人目光一闪，白姝儿妖冶近身，甜糯的声音中迸出杀机："侯爷若要对付皇非，怎可少了奴家一份？"

艳香拂来，仿若淬了怨毒的蛇妖，要将那撩惹她的男子心肝肺腑一并噬掉方才解恨。赫连羿人渐渐露出心领神会的笑，色迷迷地搂住她勾魂的腰肢，忽然间反手挥掌，那先前冒充二公子的人一声未吭，口鼻鲜血冒出，当场气绝。

白姝儿仿佛未见这一幕，含媚掩唇，娇态毕露，动人的笑声隐隐传出。

阁楼上微光闪过，一道玄衣身影悄然潜逝，跃过侯府重阁，隐入深沉无边的夜色中。

第三章 血鸢鸣楚

夜玄殇掠出侯府后巷，提气轻身，箭矢般冲刺了近十丈的距离，突然凌空换气，轻飘飘改变方向，翻过右方高墙，穿入一家酒庄后院，复从另一侧院墙翻出，越屋过舍，最后又从另一条小巷转回东城，确定身后无人跟踪，才返身跃入和彦翎约好的古庙。

掠上屋顶，此刻时候尚早，彦翎定还没有到，夜玄殇索性在屋脊高处伸展筋骨躺了下来。

夜空天星如雨，迎面密密洒下，仿佛触手可及。

神秘而广阔的宇宙将一切遥不可及的美妙毫无吝啬地展现在眼前，令人感到无限生机，生命中漫长的探索与追求亦在这时变得分外清晰。

夜玄殇半眯了眼睛，唇角掠开笑意，对这独处一刻心神悠远的宁静十分享受。

耳旁风声响起，夜玄殇眼也不开，抬手将半空中掷来的纸包捞住。彦翎不知从何处冒了上来，随手又丢过瓶酒，在他身旁一坐，先拔开瓶塞痛饮了两口方道："真是见鬼了，本以为烈风骑一口气连拔四城，必定会乘胜进击，长驱宣国，谁知皇非突然驻兵休战，楚宣两军以厌次为界成对峙之势，不进不退地僵在了那里。刚收到消息，皇非下午率三百烈风骑回国面圣，姬沧似乎也不在军中，戏刚开场便哑了锣，这两人搞什么名堂？"

夜玄殇倾酒入喉，大觉过瘾，随手又从那纸包里捞了块牛肉丢入口中。凭宣楚两国国力，此战若是真刀真枪硬碰硬地打下去，恐怕三五年都难见分晓，姬沧皇非何等人物，自不会如寻常莽夫一般拼个你死我活，让帝都甚至穆国坐收渔人之利，这场戏中之戏怕还有得好看，笑道："姬沧不在军中，十有八九跟皇非有关。先是千云枪，再是血鸾剑，有意思，这下楚都要热闹了。"

"什么，你遇上夜玄涧了？"彦翎立刻凑了上来，上下将他打量，"居然完好无缺，算你小子命大！"

夜玄殇毫不客气地一把将他几乎凑到鼻尖上的脸按开："姬沧若真在楚国有什么安排，你还不收敛些，撞在他手里有你好看。"

彦翎顺势闪到一边去，哀叹着做了个夸张的表情，以示对又有可能撞上姬沧这一悲惨事实的苦恼。

夜玄殇失笑，仰面躺着思忖片刻，顺便将今晚赫连侯府之事说与他听，随后道："皇非眼前虽与我看似盟友，实际不过虚与委蛇，一旦他解决了宣国，穆国便是下一个目标。赫连羿人要借假二公子翻身，有白姝儿相助便事半功倍，再不济也会在楚国挑起一场内乱。"

彦翎亦向后一躺，不知从哪儿捞了把花生往嘴里丢着，道："我们帮赫连羿人拆皇非的台，岂不便宜了姬沧？宣国对穆国又会安什么好心？"

夜玄殇道："放心，即便楚军失利，宣国也占不到太多便宜。皇非和赫连羿人无论谁胜谁负，楚国都有足够的实力自保，哪至于一战便让人给收拾了？"

彦翎显然对宣王颇为顾忌："话虽如此，那姬沧可不是什么好惹的人物，万一被他乘虚而入，麻烦不小。"

夜玄殇一笑，意味深长："东帝如今人在上郓，岂会坐看姬沧灭楚？"

彦翎想这话也有道理，不失时机地揶揄他道："差点忘了少原君马上便要做东帝的妹夫了，帝都当然得护着楚国。喂，我说，你当真不寻她问个究竟？"

夜玄殇却未答话，一时看着浩瀚无际的夜空出神，天边一道星芒闪过，在他眼底划过深邃明亮的痕迹。方要闭目，心中警兆忽现！

一声朗笑自高高的屋脊处传来："当风对月，高卧畅饮，三弟好兴致！"

夜玄殇倏地睁开眼睛，对面瓦背之上，一道颀长身影背对星空卓立高楼，碧袖如水，银枪若雪，说不出的超然飘逸。

四面八方皆有破风声传来，远近屋顶上同时出现三四十人，对古庙形成包围之势。

"千云枪！"彦翎跃起叫道，认出这纵横穆国、威震江湖的可怕兵器。

夜玄殇长长地叹了口气，慢吞吞地坐起身来，举了手中酒笑道："王兄若不嫌酒劣，不妨共饮一壶，以后说不定再没这样的机会了。"说着将酒瓶丢出。

他只是随手一扔，酒瓶划出道弧线，径往对面落去，到了楼前却凭空一顿，像被无形的器物托起，平平稳稳地向前飞移，落入碧袖影中。

"多承三弟美意。"夜玄涧此时方抬手，便如有人将酒送到自己手中一般，执壶笑道。

这一手隔空取物不显山不露水，却非内力炉火纯青而不能为，看得彦翎暗暗心惊。夜玄殇赞了声"漂亮"，又取了另一壶酒一饮而尽，丢掉空壶站起身来，哈哈一笑道："二哥请吧！"

背后星空璀璨，上郢城灯火辉煌，壮丽无垠。

人剑如一，他整个人仿佛突然融入了生机勃勃的天地之间，令人生出玄而又玄的感觉。

夜玄涧眸光忽亮，首次对这追杀行动产生真正的兴趣。

子娆掠上矗立于楚都中心的八角鼓楼，放眼这天下第一大国的都城重地。

偌大的上郢城东西分布，层层殿宇，重重楼阁，千门万户，不计其数。不远处灯火最盛最为壮观的建筑群落，便是比之王宫更加华丽，楚国真正的军政要地——少原君府。

夜风轻拂衣袂，满城灯火在子娆眼中映出炫魅的光影。

不愧是大楚鼎盛的关键人物，攻城略地随心所欲，挥军停战慑敌于无形，心存四海的少原君，不会任人左右时局，控制宣楚天下。陈兵厌次，对峙不前，他是在等待帝都的表态。

那一场风云华丽的婚约。

子娆轻轻一笑，正要往少原君府方向掠去，忽然侧头，冷声叱道："什么人？"话音未落，四柄长剑自前后左右同时闪现。

子娆冷眸相看，竟不闪躲，直到剑风及体的一刻突然迎风旋起。

随剑光现身的四名紫衣童子眼前一花，招式全然落空。

夜色中冰影飞绽，玄袖光华交织，恍若星云凌空飘纵。四名剑童未及反应，眼前晶光缤纷，刺目剧痛，不约而同跌退下去。

但与此同时，对面一刃剑风点来，初时一星绯艳，骤然幻作刺目剑华。

千丝影中赤芒爆射，如火纷流，霎时将夜空照亮。

子娆心头一凛，避开这惊人的剑气落向鼓楼。对面屋脊之巅，只见华锦如风翻飞，一道邪异的剑光倏然而近，直迫眉睫！

血鸾剑，宣王姬沧。

当！夜玄殇迎上千云枪惊天动地的一击，心中大叫过瘾，只可惜此时并非切磋武功，玩笑不得。大喝一声，突然加速，投往原先庙顶之处。

彦翎早得他暗示，闪身跟了上去。

轰！两人炮弹般撞上瓦面，碎瓦激飞中硬生生震破庙顶，破进古庙之中。

夜玄殇还剑背上，双掌上推，无数碎瓦穿过上方破洞阻向追击而来的枪影，同时加速落往地面。

不等夜玄涧的千云枪追至，夜玄殇再次撞塌庙墙，连同彦翎一并闪向侧方街巷。

夜玄涧又是好气又是好笑，猛然提气纵身，下坠的身形奇迹般破空射出，拦往横巷尽头。

夜玄殇心中破天荒第一次暗骂太子御无耻，不顾彦翎强忍一肚子暗笑的模样，打定主意不再和千云枪正面交锋，闪入横街岔口，落荒而逃。

场面顿时变成追逃战。

夜玄殇入楚六年，对此处一街一巷都极为熟悉，再加上个神出鬼没的彦翎，天宗弟子纵然人多势众却也一时无可奈何。

眼见方向去往东城少原君府，彦翎纵身凑到夜玄殇身旁："哈哈，皇非这人自负至极，怎也不会任天宗在楚都放肆杀人吧？免费挡箭牌不用白不用！"

夜玄殇笑而不答，忽然提速跃起，腾空冲往城中灯火闪烁的鼓楼群落。

夜玄涧心知若让他们进入府邸林立的东城区，再要追击便是难上加难，身形骤然加快，现身一座高楼顶处，碧袖当风，凌空飞起。

千云枪出！夜色仿佛静止，唯见近乎完美飘逸的身姿，有若神迹的一枪。

数丈之外，归离剑铮然自鸣。

夜玄殇脸色微变，身形猛地下沉。彦翎几乎和他同时落至下方屋舍，不料方踏足瓦檐边缘，便觉惊人的气流自对面狂卷袭来。

嘭！前方一抹玄影坠落鼓楼，丝华散落漫天萤光。夜玄殇眉峰一蹙，认出其人竟是子娆。

血鸢剑追击而至，整条街巷如被急浪巨流冲覆，四面八方异响大作，几若身处万顷汹涌澎湃的波涛中。彦翎被劲风激得一连翻出丈余，一眼望去，大惊失色。夜玄殇携了子娆全力飞退，但回手拔剑已是不及。

千钧一发之际，枪影从天而降！

砰！长街中心传来巨大的劲气交击之声，半空瓦砾横飞。

千云枪于万点银芒中现出真身，夜玄涧微震枪锋，数重劲浪应手而出，迫得对方无法追击，于漫天飞尘中优雅退落屋脊。

长街尽头，一人赤衣如火，乌发如风，黑夜华丽的背景下，手中血色长剑光芒映射，交织于赤衣金纹间，散发出夺人心魄的杀气。

四周风声响起，数道人影出现，除两名紫衣剑童外另有宣王座下如光、花月二使，如光使臂中尚抱着个重伤昏迷的剑童，四剑童仍缺一人，却是早已丧命子娆手中。

子娆后退数步稳住身形，一口鲜血呛出。夜玄殇察觉她体内真气若断若续，大异平常，却绝非与人交手所致，而是元气早伤未曾恢复，否则即便是姬沧的血鸾剑，也不至令她重伤至此。

眼见街心人魔般的宣王，彦翎暗咒怕鬼遇上鬼，却微一耸肩，翻身落至夜玄殇身旁。

姬沧黑魅的眸心倏地一缩，显是认出了这曾为烈风骑提供重要军情、害得宣国兵败少冲山的头号金媒："很好，该来的都来了。"

彦翎嬉皮笑脸地道："听说宣王对我这颗脑袋很感兴趣，我来看看到底是什么好价钱。不过宣王这时候偷偷摸进楚都，不知这消息在少原君那里又值金几何？"他边说边迅速打量周围形势，发现天宗之人早已将长街四面封锁，再加上看似置身局外的夜玄洞和一众宣国高手，这下当真是插翅难飞。

姬沧眼底蓦地闪过怒意，瞬间却恢复骇人的平静，移目锁定夜玄洞："天宗千云枪。"

夜玄洞于月下负手静立，气定神闲，微笑点头道："宣王姬沧。"

姬沧手中血鸾剑红光隐泛，长眸徐徐眯起："当得我血鸾全力一击，尚有余力反攻，不愧为穆国上品高手。"

夜玄洞尚未答话，便听子娆挑眸冷笑："你那夺色琴已毁在我王兄玉箫之下，血鸾剑又有什么了不起，真是大言不惭！"

姬沧对夺色琴被毁一事始终耿耿于怀，方才压下的怒意复被挑起，眸色陡然转冷："找死！"手中寒光一盛，"夜玄殇，你可要陪她送死？倘若立刻弃剑退后，本王尚可饶你性命。"

夜玄殇剑锋微挑，潇洒笑道："多承美意，不过玄殇从来怜香惜玉，怕难束手旁观，还请宣王不吝赐教！"

他说话时扬眉带笑，似乎浑不把对手放在眼中，姬沧长眸掠出寒光："夜三公子果真好胆量，名不虚传！"

夜玄殇含笑的眼底渐生锋利。

姬沧赤焰般华丽的锦袍忽然无风自起，飞舞张扬，其剑其人，令所有在场者皆感强大的压迫，无不生出华焰冲天，扑面而来的错觉。

纵横北域的宣王，足以令天下任何高手倾力相对，眼前劲敌环伺，虎视眈眈，今晚若想脱身，怕将面临一场血战。夜玄殇看去仍是那副漫不经心的神态，在对方如此逼人的气势中，归离剑斜指一隅，似静似动，深藏莫测，但目光却生出变化，鲜见地透出威凛肃穆。

忽见他与白日杀出重围、方才避不应战判若两人的表情，夜玄涧心头微微一动，突然间，放声笑道："三弟年轻气盛，无意开罪宣王，不知可否由我这兄长代为领教高明？"手腕一翻，碧袖飘旋之下，千云枪倏地倒转。

银枪闪电般坠落，恰好击在姬沧与夜玄殇剑气对峙的巅峰之处，就像撞上一堵无形的气墙，枪身微弯，骤然向上弹起。

夜玄涧身影闪现半空，千云枪落回手中，银光御风，行云流水般罩向姬沧。

漫天星河飞流直下！

姬沧眸光陡盛，长啸一声纵身凌空，血鸾剑激射而至。

锵！夜空爆开赤白两色耀目的光雨，将两人完全笼罩。在场唯有眼力高明如夜玄殇或子娆者，方才看清千云枪与血鸾剑交击于半空刹那凝定的光影。

仿若星空静止，万物灿烂的一幕。

夜玄殇眸光一亮，复又恢复冷静，反手将子娆送离身边，对彦翎喝道："带她走！"

尖啸声起，如光、花月二使联手攻来，一对弯刀、一双圆环，双双封向去路。

夜玄殇旋风般转身，归离剑锋芒闪动，如潮暴涨，罩向拦路之人。

剑芒当空，二使同时生出错觉，皆感到夜玄殇一人一剑全力向自己攻来。

花月使的圆环眼见击中夜玄殇的一刻，忽然身子一颤，一声闷哼，仓皇飞退，未曾交手便被凌空劈来的惊人剑气所伤。

归离剑倏地加速，同时劈中两柄弯刀。

如光大骇之下运足真气，抵挡归离剑上传过来一波更胜一波、一浪更急一浪的层层剑气，连如花月一般抽身退走的可能都没用，一口鲜血喷出。

与宣国部属不同，四周天宗弟子并未联手攻来，只是分布各处封死了夜玄殇所有退路。

此时玄影一闪，子娆落在彦翎身边道："还不去将这消息卖给少原君！"说罢素手如玉穿击，破入挺剑攻来的两名紫衣剑童之间，同时飞袂一旋，击上彦翎肩头，借力将他送出，"快走！"

彦翎经这一提醒，猛地想到若令皇非知道宣王行踪，必定出烈风骑全力追杀，就连暗中入楚的天宗众人亦不能幸免。凭夜玄殇与子娆联手之力，纵不能同时胜过血鸾剑和千云枪，支持到救兵赶至却并非难事，他大赞一声："妙计！"话音未落身形拔起，借子娆一袖之助蹿出数丈，直落屋脊，轻功展到极致，不等把守在前的天宗弟子有所反应，人已闪过重檐，踪迹顿无。

第四章 万波逐浪

两道人影冲天而起，破出光雨落向夜空。

千云枪矫若惊龙，乍现即隐，于目眩神迷的光影中倏忽消失在夜玄涧背后，踪迹全无。

血鸾之光，如同赤峰山巅曼殊花盛放飘绽，姬沧迎风落至半丈之外的屋脊，漫天剑气迫得夜玄涧衣袂狂飞。

无枪之势，谁也不知道卓立月下的夜玄涧下一招会从何处而来，就像谁也不知姬沧下一剑，将会是如何惊世骇俗的一击。

目光迎空交撞，夜玄涧唇畔渐渐挑出笑意。

姬沧眸中异芒隐盛，映衬华衣赤锦，泛出令人难以抗拒的妖艳诡异，狂魅之色愈浓愈烈。

一种迫人的寂静自这两大高手间向四周蔓延。

子娆与夜玄殇分别从战局中抽身退回，便在此时，双双感觉到大地轻微的震动。

对峙中的两人亦同时转头。

似是千军万马奔驰而来，从初时震动到听见马蹄声不过瞬息，竟觉肃杀之气浩然漫至。

天下唯有一支军队有如此骇人的气势，唯有一支军队有如此之神速。

火光点点，刹那遍布街巷，四面八方向鼓楼方向逼近。

姬沧眼中魅光骤闪，心知烈风骑将至，今晚辣手摧花、断绝楚国与帝都联盟的打算已然无望，纵不甘心也不得放弃计划，当即纵声而啸，召唤部属撤退，亦是遥遥致信皇非，态度狂傲至极。

啸声震动半个楚都，惊得附近天宗弟子个个面无人色。子娆亦被这啸声震得气血翻腾，却将眸一挑，纵身阻向姬沧退路。

烈风骑出现在巷口。

子娆若要截杀姬沧，这是千载难逢的良机！千丝魅影光绽，血鸾剑杀气大盛！

光华迎上血剑，毫无花巧的一记硬拼，整个鼓楼瓦石四溅，被剑上传来的真气震个粉碎。

千云枪于此时破空而至，却被归离剑横空截下。两道锐光飞绞进射，夜玄殇趁隙靠近夜玄涧，低声急道："二哥快走！莫让皇非宰了姬沧，否则穆国麻烦！"说着剑劲送出。

夜玄涧飘然借力退出战圈，一笑发出号令，天宗弟子不再恋战，向城西方向退去。

子娆身形在夜空飞旋，指尖绽开幽光，周身衣袂飘动，丝华疾舞，异芒如莲隐现。夜玄殇心间一凛，纵剑飞身，抢在莲华发动之前往血鸢剑撞去。

忽然，夜色下剑华大盛，仿若十日当空，纵夺万物之色，皇非威震九域的逐日剑横空出世，与夜玄殇同时截向姬沧！

黑夜耀作白昼，整座鼓楼轰然震摇。

剑刃相交的激鸣中，姬沧凌空倒飞而起，竟在两大高手夹击之间从容脱身，长笑声遥遥传来："改日再与君上切磋高下，今晚恕不奉陪了！"

日芒散落，一身云锦白衣的皇非现身屋脊，冷冷挥手："追！"楚军铁骑旋风般卷过街巷，往宣王消失的方向追击而去。

四周火把将鼓楼上下照得光如明日，子娆亦落身楼顶，眸中幽芒消敛。

皇非顺着火光看了夜玄殇一眼，来到子娆身旁，柔声问道："没事吧？"

子娆此时心神乍松，方觉一阵虚弱袭来，身子已落入他强劲的护持中。

"怪我来迟一步。"无懈可击的潇洒与体贴，唯有眼底锋冷透露出对姬沧此举极度的不满。皇非说罢转向夜玄殇，"承蒙三公子援手，今晚才未铸成大恨，皇非感激不尽，先代子娆谢过。"

"君上言重。"夜玄殇看向子娆，突然被落在身后的彦翎暗中捅了一拳，不由苦笑。

皇非低头对子娆道："我送你回乐瑶宫。"

子娆自远处收回目光，暗恨若非真元受损，今夜便可为帝都除掉一心腹大患，眉眼轻轻掠去，撞上男子温柔的星眸。侍卫立刻让出马匹，子娆扬袂上马，忽然回头深深地看向夜玄殇，一笑并未多言，提缰纵马，在烈风骑的拥护下绝尘而去。

夜玄殇亦未停留，归离剑搭上肩头，转身往长街尽头走去。

彦翎翻身跟上："我知道家通宵营业的酒铺，陪你喝到天亮如何？"

两人同时大笑，攀肩搂臂地去了。

夜色将明未明，乐瑶宫连绵不绝的灯火倒映在十里清湖宁静的波光中，仙殿琼台，芳华琳琅，透出离尘绝世的华美。

高高在上的宫殿前，东帝凭栏而立，负手静看烟波云生，平湖风起，身后不远处商容垂眉默立，这一站，便是一夜。

宫门之外，子娆向矗立在烟云深处的大殿望去，方要下马，眼前伸来一只修长如玉的手，皇非俊眸含笑，翩翩相待。

男子夺目的笑容逆了星光，衣袍随风微扬，重楼深殿无尽的背景下，丝云缭绕，仿若朦胧。

子娆不觉眯起星眸，眼尾轻微上挑，带出迷媚的荧光，轻轻伸手，触上他的指尖。

皇非扶她下马，顺势将人握住，再未松开。

天阶寂寂，浮云漫生，玄袂云衣错层交叠，缠绵飘摇，宛如神仙中人。

子昊遥望两人穿廊过殿，茜纱盈波，照不尽灯下清容似水。

转身举步。

商容几疑是错觉，似见那寂静的眸中掠过一丝低柔叹息，便听他淡淡吩咐："传少原君凭澜殿见驾。"

子娆恰在此时停步阶前，转身对皇非道："我还有事，便不陪你去见王兄了。"

皇非五指收拢，手底流过碧玺灵石温冷的触觉，柔声问道："我与王上要谈之事，可是和你有关，不想听听看吗？"

子娆在一片灿灿灯火之间微笑："子娆之事，唯王兄之命是从，生死祸福皆如是，听与不听，也没甚要紧。"一笑撤袖，翩然去了。

皇非目送她离开，直到那缈缈玄衣消失在云波深处，方轻声笑叹，转身往迎上前来的商容走去。

凭澜殿下临深湖，瑶台飞檐，清绝入云，乃是乐瑶宫最高之处，比起万花竞艳的渐芳台，别有一番景致。

皇非要比商容更加熟悉这座宫殿，悠然迈步玉阶之上，整个乐瑶宫逐渐呈现眼底，无论何时何地，这种登高俯瞰的感觉，永远令人心醉神驰。

飞云浮绕，东帝顾长的背影出现在前方。

皇非并未发出任何声音，子昊却在他驻足一刻回过头来，目光落至身上。

皇非微笑："王上一点都不惊讶，似乎早便料到我会来。"

子昊淡淡扬唇："若非仇池守军开城献降，厌次城破该在明日才对，你总能令人出乎意料。"

皇非上前站至雕栏近旁，和他一并欣赏遥现于眼前的万丈云湖美景，稍后叹道："王上每每洞彻先机，叫人虽有不甘，却又偏觉痛快，这种感觉真是奇怪。"侧头一笑，"我此次归国之意，想也不必多言了。"

漫漫风起，子昊负手转身："我在想你究竟会如何说服我。"

皇非哑然失笑："王上所想，正是我一直十分头疼之事。"

子昊静待他继续说下去，天际破晓的光亮隐在重云之后，风满殿台，黎明前的雨意渐渐漫布开来。

皇非抬首仰望苍穹，一身白衣风吹若雪，飞拂不止，明亮的双眸在这风云之下透出难以言说的英气，终于含笑开口："这个问题我想了很久，直到先前一刻还横绕心中没有答案。今晚子娆遇刺，我突然发现其实根本什么都不必说。"

子昊眼中掠过一道异彩，仿若天际电光乍现。

任何人都不会相信，睥睨天下的少原君会倾大楚全国之力冲锋陷阵攻下宣国，跪奉帝都之前等候九公主垂青下嫁。且不说姬沧这样的对手，席卷两国的大战，生死成败瞬息万变，不到最后一刻谁也不敢断言结果，哪怕深沉如东帝，哪怕骄傲如皇非。

何况即便楚国最终获胜，也必定在这场大战中消耗不少元气，而帝都却可借此机会重立威望，休养生息，穆国也将获得足够的时间，解决储位之争，与战事方息的楚国相比，双双便都有了一争长短之力。

届时，原为九域霸主的楚国亦无法与这两方势力同时抗衡，再加上与九公主关系微妙的夜三公子这一变数，倘若他获得帝都支持，在穆国王位之争中最终胜出，势必形成两大侯国拱卫帝都之势，则楚、穆两国存亡将全然落入身份超然的九公主抉择之中。

一怒一笑，可倾其国。

陈兵北域，皇非是要在灭宣之战正式开始前迫九公主下嫁，断绝穆国所有可乘之机，令帝都与楚国之盟固若金汤。但姬沧却绝不会坐看此事发生，试问当今世上还有何人，能在宣王剑下保得子娆平安？

"臣今日夜访乐瑶宫，只是想与王上再下一盘棋，上次那局沧海余生借了含夕之手，总觉意犹未尽，不知王上可有雅兴？"

长风飘摇，子昊放眼殿下风波无际，一重重惊涛不断地拍打着湖岸，溅起汹涌澎湃的浪花，只见他唇锋微微一挑："化有迹于无形，少原君这一步棋，着实妙哉。"

皇非道："有的而发，故有迹可循，倘若心无他念，何有痕迹可言？"

子昊徐徐道："来无影，去无踪，但来的毕竟来了，去的毕竟要去。"

皇非一愣，哈哈笑道："王上此言甚妙，痛快痛快！"

子昊从容侧眸，难得一见地对某人某事流露出极大的兴趣："彼此。"

皇非扬眉："日前王上曾令师父问我，是要做这乱世枭雄，抑或是英雄圣贤。殊不知千古功名、枭雄圣贤皇非从未放在眼中，不过放手而为，但求尽兴罢了！"

子昊仰首而笑："好个但求尽兴！朕此刻才确定，果真没有看错人，皇非毕竟是皇非！"

一句句机锋暗藏的话语，半空中目光相对，两人竟不约而同地生出惺惺相惜之感。

皇非看了看天气，欠身道："风雨将至，恰是闲谈对弈的好时候，王上请！"

子昊颔首举步，先行往殿中走去，身后雨帘层层落下，将大殿雄伟的轮廓冲刷模糊，渐渐融入无尽天地之中……

子娆回到住处沐浴更衣，随意换了件云丝白袍，便往乐瑶宫偏殿而去。

一溜茜纱银灯照上回廊，勾勒出雕梁画栋精美的轮廓，明明灭灭，直入雨幕深处。

她独自穿行在曲折幽深的回廊，衣袂轻盈而舞，如一缕缥缈的云烟。细雨自两侧密密垂泻，如帘如注，清冷碧色层层遮挡了雨意，药香的气息渐渐浓郁，纠荡在碧纱浮缦的光影里，幽冶缠绵。

察觉有人前来，离司自药炉前抬头。

一盏灯火映着女子苍白的秀颜，略略带出几分柔媚的倦意，离司吃了一惊："公主怎么受伤了？"

子娆温软一笑，想这丫头的医道是越发高明了，察言观色便知一二，这些年也不知暗暗下了多少功夫。侧膝半跪席前，任离司拉了手腕去诊断，微微闭目，汤药的气息扑面而来。

药炉中药草浮浮滚滚，不休不止，雨声淅沥。

离司眉梢越蹙越紧："好厉害的剑气，如此犀利霸道，直撞心脉，是谁人这么大胆，敢和公主动手？"

子娆漫然抬睫："可有影响？"

离司一怔，方知她指什么，急道："绝对不可以！以公主现在的状况，真元再次受损的话，会十分危险……"话未说完，手底一紧，被子娆轻轻按住，她若有若无的笑中有着魅人的慵懒，同是女子，亦被那清柔笑容迷惑："离司，我相信你。"

第五章 且换君心

层层风雨，倾上雄伟的殿顶，溅起一层细密水雾，复又随风急散。天空重云密布，似乎永远不会停下来的雨，不断敲打着琉璃金瓦、龙柱云阶，发出促密的响声。

一重闷雷滚滚而过。

殿内两人浑然不闻这雷霆之威，碧竹微香玄缈的轻烟中，青衫覆了白裘，飘逸雍容，雪衣散开云光，高华俊雅。

一声声落子轻响，时快时慢，偶有笑语轻闻，间或低低两声轻咳，更衬得满殿静极。

嗒。皇非看似漫不经心地在棋盘一隅落下白子，子昊手把茶盏，眼见那棋局变化丛生，心中一赞。

目光沿那如龙腾云的白子掠去，似见烈风骑横扫九域凌云之势，一股荡人心胸的霸气扑面而来。子昊眼梢微微一眯，挑出抹笑痕，似极为享受这难得的对弈。

广袖微飘，修削的手指拈起黑子。

雷声隐隐震动天宇。

皇非那双令多少女子心醉神迷的俊美星目中满是悠闲，却又兴致盎然地看着即将落下的棋子，仿佛这颗普通的棋子比之千娇百媚更加吸引人，如同在赤峰山巅，面对艳光盛放的血鸢剑。

一种棋逢对手的痛快。

黑子眼见落上棋盘。忽然间，子昊心中一阵猝不及防的利痛急闪而过，仿若惊电击破平湖，凭空震起波澜，却又刹那间消失得无影无踪。

这绝非药毒发作时的状况，心境如此异常的波动，即便平素极擅掩饰情绪，子昊亦难以避免地现出一丝惊容。

指尖棋子仍旧轻轻落上纹枰，不偏不倚，静若止水。

皇非眼力何其锐利，自然察觉到他突然一瞬的异样，尚未出言询问，子昊腕上的黑曜石蓦地清芒大作，颗颗灵石流光闪绕，于棋盘上方烟香缭绕的空间变幻不休。

一道电光当空而至，隔着幽深的大殿，在子昊抬头时划破他平静的眼底，雷声轰鸣而起。

如同映照奇异的天星般，无数清光隐而不散，如晶似水，穿掠在灵石深处，清净中透出幽冥之色。子昊终于无视皇非在前，闭目潜运内息，灵石光芒一盛，随即恢复平常。几声低咳掩入殿外急促的风雨声中。

皇非目露思忖："王上还好吧？"

子昊压下心中异样，先前一丝动容早已无波无痕，淡淡地道："无妨。"

皇非自棋盒处收回手，中断了棋局的进行："今日见王上的气色似乎比上次好了很多，不知是否歧师用药确有效果？"

子昊抬眸看入皇非眼中。

借歧师走的这一步棋，让皇非对他的身体状况了如指掌，从而决定了他对帝都的态度，现在的治疗亦令人以为可以通过歧师控制东帝，殊不知东帝的生死，却是这局棋中最无关紧要的一环。

一步好棋，但若置之局外，便可能是一步彻底的废棋。

子昊微微淡笑，道："说起此事，还要多谢少原君所赠的一双白凤，否则也难凑得三灵之血为药引。"

皇非眼中却闪过诧异："我所赠的白凤？"虽未多言，疑问之情显而易见。目光骤然相对，不必再说再问，两人也知道此事什么地方出了岔漏。

子昊忽有所觉，眉心几不可察地一蹙，袖底手掌握住了冰凉的灵石。

一点晶艳的鲜血，自白玉般的指尖渗出，饱满，滴落。

寒冰玉盏，令这聚集了生命精华的浓烈的鲜血仿佛有着晶莹剔透的色泽，每一滴都无声无息地落下，都在艳红深处触放美丽的涟漪。

碧玺灵石幽光清烁，笼罩在碧纱风雨飘荡的空间。

子娆盘膝静坐榻上，一手轻叩灵诀，一手空悬玉盏上方，平日魅冶的脸色苍白得近乎透明，眉心一点赤影却愈浓愈艳，层叠铺展的白衣间若有妙莲万朵，半隐半现，清幻如虚，随着每一滴鲜血的滴落，绽开清美宁静的光彩。

一生一灭，莲华之本。

灭之莲华，可寂万物；生之莲华，可成天地。

唯有源自巫族正统血脉之传承，方能将这莲华之术发挥到极致，通过独特的内功心法激发代表着女子先天精气的处子元阴，复以自身气血为引，将蕴藏在纯阴之体中的一点真阳引导而出，配合巫医之方，促成最终的灵药。

如此化血入药的做法，药性危害由施术者全然承担，取而代之的则是生于女子丹元真气中，始终以元阴蓄养守护，无比宝贵的真阳精气，对于服药者的裨益不言而喻。

但世间万物，无不是阴中藏阳，阳中含阴，阴阳交融，方有天地乾坤，生死两极。所谓孤阳不长，独阴难盛，无论阴中真阳受损，或是阳中真阴枯竭，都意味着自身精气的损耗甚至消亡。

纵然此前离司已用金针之法固本培元，助子娆尽量减轻损伤，但这药性强横亦非一般人所能承受。子娆如此催发莲华心法，自身真元日渐受损暂且不说，单是药血相融时穿经过脉的剧痛便无法形容万一。

然她甘之如饴。

子娆脸上隐有笑意浮现，一种深艳之美，淡淡流露在徐开的凤眸。

不是亲身试药，永远不会知道他是如何日日夜夜自这样的痛楚中熬过。

二十年不长，数千光阴。

那样若无其事的微笑、轻描淡写的话语，是以怎样的刚强与坚韧去承担？那般清寂平静的眼神、日益难掩的倦意，是怎样生命与意志的消耗？那些翻手运筹的深谋远虑、那些淡然杀伐的风云暗流，又是怎样的隐忍、怎样的代价、怎样的倾心之血？

没有亲身经历过，她便没有资格说知道。

重伤之后再耗真元，一阵无法抗拒的虚弱自心底深处涌起，子娆暗中咬唇，浅魅的笑容却愈盛，恍惚间似有奇异而迫人的光彩，明丽不可方物。

一生一世冷眼凡尘，她从未像此刻这般，感谢苍天赋予的生命。

以此生命之暖，触摸他最深最痛之伤。从今以后他的骨肉合了她的血，心魄神魂永难再分，从此以后这世间唯有她，可以与他一起，生，死，与共。

细雨潇潇，染透古木回廊，四下微风如幕，碧影如烟。

离司小心地捧着药盏，低头而行，心事重重。

这已是第三盏药。

之前对主上谎称借《大周经》古法，以白凤、白猿、白鹿三灵之血为引缓冲药力，真正却是九公主用莲华奇术化血入药，如此行事，实是不得已而为之。

歧师开出的方子乃是以数种罕见的药物封锁人体奇经八脉，浸透气血，借此药力逐步摧散九幽玄通由毒素而生的真气，从而化解主上体内多年来积累的剧毒。但此种方法无异于废人武功、毁伤经脉，使其永无机会真正痊愈，亦将因新的药物种下更为可怕的祸根。

所以歧师列出的药中，有一些离司之前也并非未曾想到，但关心求全，绝不敢用这样摧毁性的法子去解那剧毒。歧师此举究竟是何用意再清楚不过，但恐怕就连这老怪物都未曾想到，九公主竟当真敢用血影莲华化解他的阴谋。

无声的步伐不惊动一丝微雨，离司眉心微锁，不由轻声叹气，刚刚步出药舍，抬起头来，她忽然猛地刹住脚步。

重重碧纱之外，一道修长的身影独立雨前，青衫飘摇，仿佛融入杳无尽头的冷雨中，朦胧间看不清容颜，但离司却清楚地知道那是谁，一泓丹艳在指间微微颤抖。

直到子昊来到她面前，离司不由自主双膝一跪，煞白着脸轻轻叫道："主上……"

清冷的衣摆静垂在她眼前。

离司不知他来了多久，他若不想让人发现，可以瞒过这宫中任何一人，他若想知道一件事情，这世上任何一人都莫想隐瞒。

离司能感觉他的目光落在自己身上，却又仿佛根本未曾看她一眼，那种无形的压力令人心魂俱摄。然而只是一瞬，离司就听见一声极低的叹息，子昊从她身上移开目光，看向苍茫的雨幕，然后伸手，接过了药盏。

如玉似翡的鲜血，带着属于生命的温热，将无比鲜红的色泽映入那双深邃的眸中。

离司从未想过主上的眼中会有如此深刻的感情，仿若落日沉入了沧海，烧得人心口阵阵发痛，仿若晚霞燃尽了西山，那一刻无止的沉没。

她看到有寂静的笑容，自主上削薄的唇角飘逝，那笑容，令人想起九公主昏睡前柔美的容颜。

子昊微微扬袖，将手中之药一饮而尽，转身往药舍中走去。

坚逾硬石的寒玉药盏化作一片细密的粉屑散入雨中……

穿过重重纱幕步入药舍深处，低榻上沉睡的女子丝毫不知他的到来，白衣流雪，柔弱的眉目如同湖心宁静的白莲。

他轻轻抬手拂过她的发丝，她却没有像以前般睁开眼睛，对他露出动人的微笑。

她从来不会感觉不到他，子昊借了雨光细细凝眸，忽然知道原来曾有无数个夜晚，她便是这样陪伴自己入睡，用她温柔的指尖，抚平睡梦中微蹙的眉心。

不曾守候，便永远不会知道期盼的滋味；不曾珍惜，便永远不会害怕失去。

他缓缓闭目，淡淡一笑，轻轻一叹。

两个人，一个世界，一笑一叹，便是一生。

子娆醒来的时候，一眼便见子昊熟悉的背影站在碧纱影中，细雨微寒，仿佛已经站了很久。

她不料他竟在此，吃惊之下撑起身来，却觉一阵晕眩，子昊已返身将她扶至怀中。

子娆竭力调匀呼吸，睁开眼睛时，突然落进他仿若深海般的注视。

和那双清邃的眸子轻轻一触，她便知道若他开口发问，自己根本无法在这样的目光下说出任何搪塞之辞。她已隐约感觉到他的不豫，雨湿寒阶的凉意，不动声色地沁透开来。

雨一直下，不停不止。

他目光掠过她的眉眼，停留在她艳彩寥落的唇畔，注目移时，徐徐问道："是姬沧伤了你？"

子娆一愕，随即垂眸，过了会儿，低声应道："宣国不愿坐看帝都与楚国联姻，姬沧的血鸢剑当真是世上最可怕的武器。"

一阵沉默之后，她感到子昊手臂缓缓收紧，一点一点，那样紧窒的力道，决绝而强劲的力道，终将她完全护在怀中。子娆突然觉得怕，不由自主地攥紧了他的衣角，他低沉的声音便自头顶一字字传来："子娆，朕必让他付出最惨痛的代价，每一个伤害你的人朕都不会放过。"

话语如冰，胸怀若火，子娆看不到他的神情，只是紧紧靠在他心口，仿佛冷暖两重激流没顶倾来。

他的笑、他的叹、他的柔、他的狠、他的温存、他的绝情，水火欲孽纵流万象，她什么都看不见、什么都听不到，五色俱迷，五音俱夺，唯有身畔那深沉的悸动，充斥了整个世界。

子娆，哪怕天地尽毁，我也会护你一生平安。

风轻雨密，碧纱无垠，仿佛浸染了女子温柔的叹息，静静飘拂，如水如烟。子娆心中一片安宁，轻轻靠在他的胸前，微笑仿若沉睡，没有说一句话。

没有什么比他的拥抱更加踏实，比他的声息更加温暖，但子昊终于放开了她，第一次亲手替她盖上柔而暖的丝衾。

他放手，转身慢慢向外走去。

幕帘飘起，平静的声音淡漠响起："朕已准皇非所奏，大婚之典，定在五日之后。届时，朕会亲自为你们主婚。"

子娆倏然抬眸，散落的烟幕间，漫天漫地的雨随他清冷的身影渐渐模糊，那一抹青衫决绝无回。

第六章 其心其茶

弯月穿云，一艘画舫驶入夜色沉沉的染香湖，桅杆上灯光若隐若现地穿行于薄雾，颇有几分神秘的味道。

夜玄殇出现在临湖而建的一座小楼上，眼见画舫将要驶入湖心，他突然拔身而起，半空中衣衫迎风，大鸟般横过湖面近十丈的空间，气定神闲地落上船首。

转入船舱，彦翎早他一步上船，此时正舒舒服服地躺在艳光四射的白姝儿对面，痛饮美酒，一见他进来便笑道："好消息！姬沧后院起火，当年五王叛乱的余党卷土重来，一夜间策反了扼守宣国西北要塞的郧、邳二城，来势汹汹，姬沧不得不回国处理此事，恐怕连逼至边境的烈风骑都顾不得了。"

白姝儿极擅察言观色，单凭夜玄殇肯让彦翎知道自己的存在，便知他与这天下第一的灵通人物关系非比寻常，一手支颐半靠香榻，盯了彦翎笑说："姬沧这一走，可免了你东躲西藏，先前还在想要把你扮成个俊俏丫头藏在半月阁，保管那不近女色的宣王寻不到。"

彦翎险些被酒呛到，对她那荡心动魄的娇艳媚态大感吃不消，举手投降："此举可免了，不然堂主天天对人这么笑，到时候我连朋友妻不可欺都忘了，那可大大糟糕。"忽又想起什么，凑上前去道，"皇非把染香湖抄了个遍，你竟还敢在此布置人手，作为联络之处，当真不得了。"

白姝儿扑哧一笑，先风情万种地往夜玄殇那儿横了一眼，方对彦翎道："他们越是料不到我敢回此处，此处便越安全，只要不是少原君亲临，单凭召玉能奈我何？"

彦翎伸了个懒腰："可惜皇非忙着迎娶九公主，没空追击姬沧，否则这次宣国内忧外患，可要大难临头。"

白姝儿轻轻一拢秀发，转身对默不作声的夜玄殇道："三公子在想什么？"

夜玄殇一直把玩着剑上的苍龙玉佩，满目思忖，此时抬手撑在眉心，懒洋洋地靠向舒适的坐榻中，闭目道："真是巧啊！"

白姝儿不得其解，和彦翎对视一眼，跟着美目一转问道："公子可是觉得宣国的叛乱来得太过巧合？"

夜玄殇不由得挑眸看了看她，显然没想到她这么快便猜中自己的言下之意，跟着毫不客气地踢了彦翎一脚："喂，当初宣国的情况是你说的，可还记得？"

彦翎被迫从座中直起身来，没好气地白他一眼，继而露出回想的神色："宣国那场叛乱的实情一直被封锁消息，江湖上知道的人不多，不过当然瞒不过我金媒彦翎，我既知道，你自然也就知道，当时助宣王平叛的是，唔……冥衣楼！"

"若不知冥衣楼和帝都的关系，恐怕任谁也猜不到此处。十年前冥衣楼插手宣国内政，十年后竟使得姬沧数万大军无法妄动半分，难怪他以七日为期，这一步棋，确可牵制姬沧七日，但也最多只有七日。"玉榭晶栏，花月满台，皇非随手轻拭逐日宝剑，一天清辉寒光下，眼中透出意醉神迷的满足。

对面湖光泛月，且兰一身鹅黄丝衣，柔帛缠金，轻挽斜鬟的发丝随意流泻香肩，衬得人眉目如画、冰肌若雪，别有一番自在写意的娇态。伸手轻拨冰弦，她不禁抬头看向皇非："十年……师兄的意思难道是，十年前东帝便算定了这步棋，刻意而为？"

皇非笑道："若非多年布置，单凭五王余孽，区区两城，怎能令姬沧匆忙归国？明日不妨再看军报，宣国定还出了别的事情。"

且兰道："可是十年前，东帝也只是个十余岁的孩子，甚至尚未登基。"

皇非哈哈大笑，俊眸精光骤闪："十三岁时我便已从军杀敌，十四岁拜将领兵，十五岁父亲兵败扶川，赫连羿人当众逼我母亲自尽，将姐姐强行扣留宫中，我于军前抗旨，率三千将士设计诱敌，突袭宣军，灭敌两万有余、斩俘八千，那是我烈风骑第一场大战！"

且兰从未听他亲口说过这段往事，但此后之事却人尽皆知。

烈风骑首战名震天下，十五岁的皇非班师回朝，在赫连侯府威逼重压之下，立下军令状，孤军发兵楚国南境，镇压藩属之乱，一人一剑单挑敌营，斩杀南楚十三高手，携叛王首级全胜而归。而后烈风骑连续攻克临近诸国，数度击退穆、宣大军进犯，三年内楚国版图扩张千里，皇非战功赫赫，远交近攻震慑四海，于朝于军声威渐重，不断收掌大权，官拜上卿时年仅十八岁，成为楚国最年轻的君侯。

这彗星般崛起九域的超卓男子，十年一番铁血传奇，十年成就一个神话。

且兰微微抬头，空中一轮皓月冰莹四射，将这亭台玉湖照得通明雪亮。

玉璧仙台水晶帘，瑶阶琼栏照夜光。天下最美的玉石、四海最亮的明珠、九域最名贵的香料、人间最动人的女子，这君府水榭的主人，拥有世上一切令人艳羡的珍宝美物。

醉卧美人膝，醒掌天下权。

最快的马，最利的剑，最动心的话语，最英俊的容颜……微风满湖，星雨满天，白衣男子含笑看来，温柔的声音如暗香般醉人心神："且兰，我想起第一次见到你，亦如今夜这般美丽，那时，你也只是个柔弱的小女孩。"

且兰半跪在席前转身，素手捧玉盘，盛了小盏清茶，对皇非回首低眸："师兄。"

一阵微苦的淡香随着她安静的动作飘盈于月色，仿若轻云出岫、空谷幽兰的美意。皇非接过小盏，送到鼻下深深一嗅，陶醉闭目："且兰可知，当日便是那轻舟之上的一盏香茶，令我接受了你的请求。"

且兰与他正襟对坐，复又举手斟茶，微笑道："且兰要多谢师兄，因为只有师兄爱这山中野茶的滋味。"

皇非道："其茶其心，三年了，且兰为我烹了三年的茶，似乎心境依旧。"

"其茶其心。"且兰轻声念道，复又一笑，"师兄说得好，今后这茶便叫作其心茶吧。整整三年，师兄品茶的心境不也一样未曾改变？"

皇非轻叹一声："且兰，你太聪明了。"

且兰沉静地微笑，清苦的茶香点缀满天晶芒波光，浮泛在丽眸瞳心："师兄，且兰想回家。待师兄与九公主的大婚典礼之后，我想率族人归国，这世上没有什么比九夷族的土地，更能令人感到平静。"

皇非放下茶盏，目光掠过且兰姣好的面容，唇畔挑开悠然浅弧："且兰要想回国倒是无妨，但你不妨多住几日，否则便会错过另外一场喜事。"

且兰抬眸相询。

皇非含笑道："东帝已决定立含夕为左夫人，不日便会有圣旨颁下。"

且兰眸光微微一颤，波澜轻涌，几点滚烫的热茶溅落心头。

夜玄殇捏了酒盏在手，慢慢啜了小口，神情间却仍是一副悠闲的模样："冥衣楼助宣王平叛虽有风声传出江湖，但仔细想想，关键细节却无人知晓半分。看样子东帝早便留了后招，连姬沧都瞒了过去，这一局棋，算得恐怕不仅是一个宣国。"

彦翎与他目光交换，自然都想到皇非身边的九夷女王，宣、楚两国皆在局中，穆国又当如何？

白姝儿道："我可以替公子探查穆国情况，自在堂布在各国的眼线也不比金媒彦翎差多少。"

一句话表示自在堂虽遭重创，却仍有不小的势力潜伏在穆国。彦翎看向对面，夜玄殇慢吞吞起身，拿起酒壶，侧眸对她一笑："不必，姝儿不妨保存实力，和太子御玩些小游戏无妨，却不要轻举妄动，此事我自会处理，知道了吗？"

白姝儿美目轻闪，因他略带霸道的口气怦然心动，又暗忖至今仍摸不清他的深浅，若非有更好的途径掌握穆国情况，他怎会如此胸有成竹？

起先是迫不得已，如今越是相处的时间长，她越是觉得这三公子背后似不简单，太子御这么多年对他追杀不放，看来并非全无道理。她不由又想起夜玄涧入楚一事的泄密，究竟是何人暗中所为，这其中又不知是否牵扯了穆国王室的隐秘，就连她这曾为太子御左膀右臂的关键人物也不十分清楚。

正思忖间，忽然夜玄殇目光射向窗外："姝儿，你做什么？"

白姝儿轻声娇笑，离开他身畔移到窗前。外面数艘船只出现在夜色朦胧的湖面，呈扇形向画舫快速靠近。船上风灯亮起，打出自在堂独有的联络信号。画舫上灯光一闪，忽然加速前行，进入众船包围之中。数道人影现身船头，飞身而起，跃往画舫前台。此时湖面上复有十余艘船只出现，与先前来船相互呼应，结做某种特定的阵型拥护在画舫四周。

月入云间，迷雾愈浓。

画舫上亮起一排明灯，三男两女五人落上船头，同时俯身，齐声道："自在堂授魂、夺艳、销金、暗色、迷香五门暗使参见堂主！"

白姝儿步至甲板之上，仍是那副风流娇媚模样，美目微挑："还不上前拜见三公子。"

面前五人齐齐抬头看向舱内，授魂、销金、迷香三使只一停顿，随即低头道："见过三公子！"夺艳、暗色两人却多看夜玄殇一眼，方才垂下头去，随几人行礼。

夜玄殇仍旧懒散地靠在座中，一身悠闲从容，黑漆漆的眸中声色不动。

白姝儿向他送去一道眼波，婀娜转身，与侍立在旁的绿颐一并敛袖拜下："这些是自在堂内忠于姝儿的部属，从现在起，任凭公子差遣，火海刀山，万死不辞。"

夜玄殇毫不避让地受众人大礼，稍后站起身来，慢慢踱到她身前。

他并未向眼前这批皆有资格跻身江湖高手之列、足以令任何一方势力如虎添翼的精英部属多看一眼，而是放眼湖上，淡笑道："姝儿今晚劳师动众，不惜暴露行藏调集部属，不只是为了向我介绍吧？"

白姝儿娇笑抬头："都瞒不过公子呢，公子还未见过召玉那丫头嘛，还有随她叛出的另外三门暗使。公子如今已是自在堂真正的主人，姝儿今晚处置叛徒，公子又怎好不在？不过公子只要在船上品酒赏乐，不用亲自出面，姝儿自会让公子看一场好戏。"

第七章 螳螂捕蝉

一缕清茶注入杯中，眼见便要溢出，且兰执盏的手忽被从后轻轻握住，月辉流散在男子魅惑的俊眸中。

如玉似月的金丝玉锦，且兰熟悉上面龙涎香华贵的气息，他手底是强势的温柔，一丝柔和好听的笑声响起耳畔："且兰可知昨天害我挨了师父骂？"

她轻柔侧颜，秀发微香，玉光清莹："师父……定是为了师兄好。"

皇非低笑道："没错，师父骂我糊涂，整日拈花惹草，不知怜取眼前人。"

且兰心头微微一跳，一双白鹤自湖心飞起，掠过碧荷万丛，惊起月华随波荡漾。

皇非放开她，悠然自若地倚上玉案，神情无比潇洒："可是且兰，我知道你不愿，我皇非绝不会强迫任何女人跟我，且兰应该明白。"

且兰轻声叹道："师兄依旧像以前一样，总是那么疼爱且兰。"

皇非目视于她："但我亦答应了师父，绝不会让你嫁入帝都，且兰莫要怪我。"

且兰一凛抬头，迎面撞入他意味深长的眸子，月光底下似是藏着一个奇幻莫测的世界，探不见底，望不到岸。她早知师父并不赞同九夷族与帝都联姻，却没想到他会当真出手阻止，一时看住皇非不语，思绪万千。良久，她嫣然盈眉，静若止水地道："师兄何出此言，且兰怎会因这种事情怪师兄呢！"

皇非挑眉端茶，突然侧目道："召玉，何事擅入水榭？"

冰帘银纱丝光缦，一抹窈窕丽影半跪其外，且兰感觉有犀利的目光穿过月华光影迎面刺来，那稍纵即逝的敌意唯有女子敏锐的直觉方可察觉。

"玉儿有要事禀告公子。"

皇非对且兰笑了一笑，起身踱出帘外。召玉早已从且兰身上收回目光："自在堂船只进入染香湖范围，据暗线回报，和白姝儿同在船上的乃是穆国三公子夜玄殇，若要动手正是时机，玉儿不敢自作主张，请公子示下。"

声音虽轻，且兰在帘内仍是听到只言片语，但见一道秋水寒光，在皇非墨染般的眸心闪过："玉儿想怎样，去做便是，以后不必再让我听到此人的名字。"

船只驶出迷雾，明月当空。

迎面湖上遥遥出现一艘小舟，月色清辉之下，船上女子倚舷而卧，悠然放棹，小舟随波飘漾，修盈若许。

夜玄殇本已走到舱中，忽然转身望向湖心。

夜空银光如画，湖面波影泛金，眼前无边美景令人几疑这扁舟一叶来自天上明月，不似凡间应有。许久之后，夜玄殇出声吩咐："传令所有人退出此地。"

彦翎耸了耸肩，对白姝儿打个眼色。白姝儿意味深长地看着湖心，目视他震断缆绳落上船侧舢板，独自离船而去，自在堂船只改变方向，驶向更加广阔的湖波深处。

夜玄殇足底内劲透出，夜色下衣襟迎风，飞扬不止，舢板滑水破浪，最终来到小舟之旁。

船上女子星眸半睐看他，飘出清魅笑意，在他刚刚踏足船身的一刻迎面丢去壶酒。夜玄殇抬手接住，看也不看，震碎封口仰头痛饮。

一倾流光，酒香四溢。

空壶抛落湖心，子娆击舷拍掌，扬声笑道："喝酒果然还是要找夜三公子才好！"

湖波星光下，她雪玉般的容颜因着些许醉意生出轻薄的飞晕，娇娆魅肆，绝色风流。

"放舟邀明月，佳人赠美酒，玄殇何其幸也！"夜玄殇接着又开一壶酒，几口喝光，问道，"子娆从何处来？"

子娆慵然笑答："你从何处来，我便从何处来。"

夜玄殇抬手抹去嘴角酒渍，转头看她，淡笑再问："那子娆又要到何处去？"

子娆晶眸流闪丝缕星芒："你到何处去，我便到何处去。"

夜玄殇不由失笑，压低声音道："我可是来打架的。"

"还以为你来偷香窃玉。"子娆指尖荡着一壶美酒，细细长长的凤目挑起微光，"我喝酒记得你，你打架却不记得我，是不是有点不够朋友？"

夜玄殇终是忍不住哈哈大笑："好！那我便再陪子娆痛快地打一架！"

子娆蓦然展颜，激起夜色的妩媚、明月的皎洁，仿若万花齐放在这千顷明波、晶光激滟的幽湖。夜玄殇侧头一瞬不瞬地看着她，小舟轻轻荡漾波心，这般静静对视，微笑无声无息。

染香湖迷蒙的月夜，波光亦有了销香醉玉的旖旎。

微风如许，佳人如瀑般倾泻身前的发间洒照柔滟清光，夜玄殇见惯她肆意之美，却在这一刻为她纤衣薄袖、侧手支颐的娇弱姿态怦然心动。

"子娆，心甘情愿吗？"他突然轻声相问，深黑的眸中映出女子媚意浅倦的眉目。

子娆斜倚船头，纤指轻拂被湖风吹乱的发丝："没有人能强迫我做不喜欢的事，即便王兄也是一样。"

夜玄殇点头，露出笑容："好，那我无话可说。"

子娆看住他，柔声道："大婚之夜皇非与赫连羿人皆无暇他顾，是你回国的最好时机，千万莫要错过，否则便是王族亦未必能护你周全。"

夜玄殇心神微微一震，知道皇非已然胜券在握，与子娆大婚之后，绝不会让自己生离楚都。

要在楚国境内从少原君手中逃生，这世上恐怕没有任何一人敢做绝对的保证。

面对子娆湛湛如水的注视，他满不在乎地一笑，抬眸道："子娆可别忘了，酒品要好，赌品也要好。"

子娆一怔，目光在他眼中停驻片刻，随即笑应他这没头没脑的一句："愿赌服输。"

夜玄殇举酒挑眉。此时不远处湖面上突然射起一道烟花，半空中爆开银光，复又上冲数丈，绽开血色光芒，照亮染香湖上方夜空。

子娆坐直身子，悠悠道："我等的人来了。"

正前方的湖面上出现数十点灯火，扇形散开向自在堂船队包围过来。

"新主子来了，还不上前迎接，不怕失了邀功请赏的机会吗？"白姝儿不知何时来到五使身后，声音媚冶仿若冷雪香刃，令人在陶醉之余自心头涌起一股凉意。

五使皆是一惊，面面相觑，不约而同地跪下道："我等对堂主忠心耿耿，绝无半点异心，请堂主明鉴！"

敌船分作三组，快速前进，品字形逼向船队。

白姝儿纵声娇笑，移眸扫视过去："此次行动唯有你五人知道，今夜刚入染香湖便有敌船尾随而至，若我说这船上没有内奸，你们信否？"

五使被她勾魂摄魄的目光看得低下头去，竟无一人敢正眼直视。白姝儿袅袅前行，睨视众人："是谁走漏了风声现在站出来，我还可饶他不死，不然莫怪我手下无情。"

此时敌船渐近，已可看清除三艘主船外，来者皆是船身灵活、擅长冲锋破敌的艨艟战船，另外尚有三艘斗舰级的战船压阵，无论从数量还是装备上都远胜自在堂船只。

单看黑夜中船阵推进的队形便可知道，这批战船无疑调自楚国水军精锐之师，只不过为免引人注目，都已去除徽识，未张战旗。

当先战船上乃是敌方主力所在，中间一名婀娜高挑、容貌气质皆不逊白姝儿的紫衣美女迎风而立，正是昔日后凤国公主召玉。在她身后，另有数人众星捧月般拱卫两侧，彦翎对各国军中人物了如指掌，认出其中至少五人乃是有资格名列上品高手榜的楚国大将。

此五人虽非烈风骑统属，却皆来随少原君出生入死、征战南北多年，尤其"双凌钩"方飞白和"游子枪"骁陆沉深得倚重，乃是少原君府核心人物；"魂索"邝天更是自"鬼师"之时便追随皇非之父皇域的老将，身份地位备受尊崇。其他两人"玉瑶剑"易青青来自南楚无花族，与"银戟"展刑乃是夫妻，曾助烈风骑扫平南楚诸国，战功卓著，世袭郡主之位，麾下更是高手如云，实力不可小觑。这五人平时奉命镇守要塞，并不常在楚都，眼下突然同时出现在染香湖上，可见少原君府此次行动并非只是针对自在堂那么简单。

自在堂船队分作两阵，后翼数艘舰船自左右双侧包抄而出，迎向敌船。

湖面上火光点点，照亮夜空。

画舫上方升起三帆高桅，落下护樯，两旁探出船桨，即刻化身楼船战舰，比起对面水军毫不逊色。

绿颐现身望台，手中一柄玉笛发出高低不同的清音响彻夜空，以独门手法传达进攻命令。

白姝儿转眼湖上，轻叹一声："既然你要自寻死路，我便成全你。"冷冷侧颜，看住最左侧夺艳使，"夺艳你多次与人私会，出卖我们行动方略，以为我当真一无所知吗？"

夺艳大惊抬头："堂主明察，夺艳岂敢背叛堂主，这其中定有什么误会！"

白姝儿媚眸微细，冷笑道："事到如今还想狡辩，昨夜你偷偷离船，却没想到我以蹑踪之术追查，尽悉你们的阴谋吧？"

夺艳身子一震，左手闪电般抓上剑柄，白姝儿岂容她发难，娇躯一转叱道："想走吗？"

夺艳腾空而起。

授魂、销金等人散开追截，兵刃皆未出鞘，唯有暗色手中飞链射出，疾若流星，直取夺艳咽喉。

夺艳袖底精光绽开，几人身形乍合即分！

在众人联手攻击下，夺艳跌出战圈踉跄倒退，暗色落地一挫返身扑至，发出一声急促呼啸，飞链如毒蛇出洞，射向她的胸前！

"手下留人！"授魂、销金待要阻止，却已慢了一步。

嘭！半空中劲气交撞，一道人影跌落船侧，口中鲜血狂喷。

白姝儿妙曼的身姿出现在轻纱影中，飘旋落地，袖袂一扬，挑眸看向手捂胸口面目惨白的暗色，掩唇娇笑："哟，何必这么着急杀人灭口，我的话还没说完呢！"

授魂等此时方才落地，可见她出手之快。

夺艳来到白姝儿身侧："堂主，果然是他！"

白姝儿妙步轻移，对暗色笑道："看来召玉那小贱人媚术大进，竟将你迷得神魂颠倒，连我也敢出卖。昨晚你和她是在哪里幽会，将我们的布置泄露给她？沐云阁，还是水月斋？"

暗色唇角鲜血蜿蜒，面目狰狞，哑声问道："你是什么时候知道的？"

白姝儿甜丝丝地道："就是方才嘛，若非你急着杀掉夺艳栽赃，我还真不相信你有这胆量背叛自在堂，不过现在信了。"

暗色眼中射出惧恨交加的目光。白姝儿近前微微倾身，一抹媚香自袖底散开，柔声道："召玉可以令你在此卧底，你以为她身边三使就没有我的人吗？不过你行事也算机密，连他都不知你，累得我这么麻烦。唉……真不想杀你，不过没办法了，就让我亲自送你上路吧！"

纤手扬起。

暗色早在暗中凝聚功力，此时猛地咬牙，双掌同时击出。

掌风破入袖影，白姝儿挥袖与他硬拼一招，身子一晃飘退。暗色一个侧翻纵入湖中，顿时踪迹全无，借水遁去。夺艳等抽身欲追，却被白姝儿娇美的声音阻住："算了，同门一场，莫要赶尽杀绝了。"说着也不理会满面莫名的众人，袅娜转身往舱中走去。

彦翎自望台翻身落下，追到她身边，笑嘻嘻地凑上前来："喂！美人，在玩什么花样？我才不信你心软放过那叛徒。"

白姝儿顺手揪了他的耳朵，低声娇笑："就你鬼精灵，这都看得出来，活人永远比死人有用嘛，此时杀他不如留他一命，你说是不是？"

以彦翎的轻功身法居然没避过她这似缓实快的一手，龇牙咧嘴地被拖到舱中，再次对这心机多变的美女生出莫测之感。

望台之上，绿颐唇畔一缕笛声悠亮飘转，形成无比动听的韵律。

自在堂迎向楚军的战船已贴近敌船两翼，此时纷纷减速，每艘船上都有小艇放下，艇上排满一个个圆形木桶，各有四名战士操舟，数十艘小艇散开在双方阵营之间，渐渐逼向敌船。

楚军主船之上，召玉亦扬声传令："落半帆，全速前进！"

所有楚军战船降下半帆，船身两侧同时探出无数长桨，齐刷刷地反击入水，船速陡然加快。

对方笛声转高，小艇上自在堂部属忽然弃船入水，近百人瞬间沉没不见。

楚军战船在召玉的指挥下全力加速，迎风破浪，冲入敌阵，无视数十艘小艇上燃油翻洒湖面，眼见和自在堂船阵就要正面交锋！

召玉平静地注视着越来越近的敌船，断然喝道："船尾火箭伺候！"

随着她动听的话音，数百支燃烧的劲箭自船尾同时射出，划出道道炽烈的弧线，火雨般投向夜空，将方圆数里的染香湖照得惨红如血。

满天箭雨纷落湖面，爆起冲天烈焰。

此时自在堂包抄楚军的战船恰好形成合围之势，却因楚军战船疾速前冲变成落在后方，完全处于逆风的劣势，顷刻间卷入火海，无一幸免。

楚军战船擂鼓冲锋，士气大振。

召玉玉容始终保持冷静，下令更换战士，继续催动船速，转身对众将道："稍后我们与自在堂主舰短兵相接，有劳诸位将军全力截杀对方高手。对方武功最高的当属那穆国夜三公子，请邝老将军和方、骁两位将军合力应付此人，万勿令君上失望。"

"玉瑶剑"易青青笑道："那我们夫妻自是与姑娘一并对付那白姝儿了？我倒想看看她是何等人物，竟叫君上这般兴师动众。"

召玉唇畔掠过一抹自信笑意："区区一个白姝儿，交由召玉即可，这船上另有一人，若能将他生擒活捉，将对君上极为有用。郡主的玉瑶剑法攻守兼备，凌厉缠绵，远在召玉之上，最宜对付这轻功卓绝的人物，若再有展将军银戟压阵，便可万无一失。"

方飞白较其他人更为熟悉情势，出言问道："可是金媒彦翎？"

召玉轻抬下颌："不错，生擒此人，便等于掌握诸国无数机密情报，不到万不得已，当要留他性命。"

此时双方战船已相距不过百丈。

第八章 黄雀在后

自在堂主舰二层甲板上，以夺艳等四使为首的自在堂核心部属严阵以待，白姝儿率众遥观湖面战况，唇角始终带几分如丝浅笑，似在欣赏己方战船被毁的壮观景象，令人摸不透深浅。

彦翎从旁打量她半晌，终忍不住问道："对方这一手冲流侧风极为高明，毁了我们不少战船，美人不觉心疼？"

白姝儿若无其事地道："那船上所有人马皆曾属暗色统管，更兼叛逆三使的旧部，一了百了，岂不痛快，何必我去心疼？"

一阵湖风卷来，吹得软袖飞带御风飘拂，凌空虚绕，美胜妖仙，谁也想不到她竟如此心狠手辣。

彦翎暗呼厉害，想到先前操纵油火小艇、此刻潜伏水中踪迹全无的帮众定才是忠心于她的精英战斗力，这手清理门户、布局杀敌，确是干净利落，回头一看，骇然提醒道："还不小心，他们冲过来了！"

白姝儿风姿万千地横他一眼："尽是猴急，不让你开开眼界，你莫不当我怕了那小贱人？"说着纤手做出指示，绿颐笛声随之变换，咻咻咻连啸三声，破入对方鼓号之中。

方飞白等人虽不知自在堂讯号含义，但都是多年戎马生涯，战斗经验无比丰富，单凭笛声转折便可推断对方即将发起进攻，放眼湖上偏不见任何征兆，不由心中微凛。

一股暗流自水底涌至。

楚军舵手刚刚发觉异样，喀喇喇连续巨响爆起，船底火光碎木横飞。

染香湖上劲浪狂翻，爆破之声接连不绝。数十艘战艇几乎全被自在堂特制的水下秘雷破坏，纷纷倾侧翻沉。

船上战士原本皆精通水性，即便落入水中亦可逃得性命，无奈水面浮油随暗流卷至，沉船登时被烈焰吞没，在湖上不断冲起熊熊火光，迅速连成一片。

哀叫声此起彼伏，惨不忍睹。

执行此项任务的自在堂战士却皆备有水肺换气，早已巧妙地借湖底逆流撤离战场，平安返回，未伤一兵一卒。

楚军三艘主舰因有铁甲防护，未遭致命损伤，船尾飞轮转起，以更加迅疾的速度向敌方逼近。

自在堂战船借着风势满帆转舵，在冲入硝烟弥漫的湖心之前突然改变方向，逸往西南外围。

召玉俏立船首，秀发迎风飘扬，对身后惨烈的战况视若无睹，沉声道："哼！这便想逃吗？诸位将军请做好准备，我们凭快艇强登敌船，务必擒杀白姝儿、夜玄殇和彦翎三人！"

扬手发令，左右两艘护舰先切往外挡，双双溅开激浪，复由中路两侧回头内冲，凭借尖利的船头撞向拦截而来的自在堂战船。

其他冲出火海的楚军战船亦整顿队形，以迅雷之势插向敌方舰队中心。

众人久经沙场，此刻哪还不明白她将以这支水军拖住自在堂全部战斗力，使之无暇接应主舰上的战斗。只要他们这最具威胁的生力军追上自在堂，对方船上即便是夜玄殇这样的高手，也绝无可能在少原君府精英战力的突袭下全身而退。方飞白心思最是细密，顿知召玉此前定已得到密令，对夜玄殇绝不留情。

双方逐渐攀上速度的极限，船距拉至三十丈以内。

扫过前方暗沉沉一望无际的湖岛，白姝儿忽然贴至彦翎近旁问道："前方便是林湖暗礁，要不要陪我和他们玩玩？"

彦翎大模大样地靠在船侧，嬉笑道："美人要怎么做，悉听尊便，小子唯命是从！"

白姝儿娇嗔含媚，竟转身进入舵室，亲自操舟。彦翎一呆，跟着纵身蹿入，要看这智计百出的美女如何行事。

楚军战船上放下十余艘窄身快艇，召玉等人以内劲催舟，不住迫近。

众人如此控舟前行，顿时分出高下。

方飞白一马当先，足下窄艇冲波开浪，白色武士服贴身劲扬、潇洒从容，疾月流星般追向敌船。骁陆沉与他并驾齐驱，分毫不落。"魂索"邝天处于二人左侧稍后方，意态轻松，气脉悠长，显然未尽全力，不欲与年轻人争锋。展刑、易青青夫妇更后一步，善歧、丰云紧随其旁，反是内力与他们相当的召玉，巧借湖水浪潮的流势不断增速，越过一个浪尖，竟猛地前超方飞白，当先而去。

方飞白大喝一声："好！"内劲提升，陡然冲出，和她并肩保持领先。

便在此时，一声长啸自湖心响起。

啸声由远及近，刚刚还是遥隔湖岛，转瞬便趋近前，湖面上一艘小舟破浪而至，单看来势便知操舟之人不易应付。

随召玉叛出自在堂三使中的闲情、别鹤两人齐声呼啸，后方十多艘快艇乘风急转，迎面截向来人。

艇上战士皆配飞刃箭弩，运舟破浪，蓄势待发。

双方速度都是极快，小舟霎时进入射程，机括声同时爆起！

无数利箭如雨激洒，几乎将小舟前方夜空全然封锁，咻咻劲响贯耳不绝。

星波开漾，小舟疾速冲上一道浪峰，忽然腾空而起，顺着水势射向斜外侧，以比来箭更快的速度突往敌阵空隙。

时间、劲道拿捏得精妙绝伦，漫天箭矢全部落空。

小舟落回湖中，擦着水面疾飘而出，竟后发先至，拦腰射往由君府高手催动的快艇。

易青青拔剑娇叱，玉瑶剑当先抖出万朵剑花，伴着船头飞浪不断闪烁，罩向小舟！

啸声中有人哈哈一笑，水底一道激流陡然射出，千点寒芒迎上剑光。

清啸悠悠不绝，一片飞光灿烂的玄云卷向展刑手中电闪般的银戟，小舟冲荡的力道，顿时将戟锋飚向迎面而来的丰云，复有一只玉手娇腕微翻，数道光华袭向善歧。

几艘艇间水光迸散！

女子魅颜惊鸿一瞥，轻笑盈耳。小舟以不可思议的角度穿过四人拦截，船尾木桨倏地拍入水中，漫天湖水爆上半空，携着强势霸道的先天真气铺天盖地地迫向四艘窄艇。

小舟在反震力下速度骤增，向前方召玉疾射而去！

舟上两人武功策略皆高明至极，兼之配合天衣无缝，登时打乱了敌方阵脚。

自在堂主舰眼看进入林湖暗礁，白姝儿微一跺脚，轻声嗔道："呀！这冤家！"俏手忽然左移，船身划出一片飞溅的白浪，擦着前方暗礁耸峙的湖岛边缘调转方向，回头向敌船冲去，角度之妙，看得彦翎目瞪口呆。

方飞白眼见小舟冲来，喝声"来得好"，双掌前推，一股大力将召玉送出数丈，迎上自在堂战船。同时双足力道透出，快艇在疾速前行中蓦地向右一沉，伴着高逾半丈的浪花和左后方骁陆沉双双攻向小舟，极具默契。

舟上有人纵声长笑，小舟"嗖"的一声便向上飞起，穿向两人中间。

剑气横空！

方飞白背后双钩来到手上，骁陆沉链枪洞出。

锵！一柄长剑自月华水光中现身，电光石火间硬挡两人联手攻势，斗个难分轩轾。

剑光爆闪，两艇上先后传来闷哼，三船擦身而过！

小舟狂风般穿过敌艇，速度丝毫未减，仍旧追向召玉。自小舟出现的一刻，君府原本的进攻策略已被全然打破，不断受对方牵制，陷入被动局面。

迎面自在堂主舰顺风满舵，凭借巨大而坚利的船身，有恃无恐地撞向君府艇队最先两艇。

邝天、召玉首当其冲！

召玉自幼临海而居，极为熟悉水性，当下借助风向逆流侧舟，以毫厘之差与舰船错身，攀上半空时一个急转落回浪尖，轻盈平稳，借力之妙，叹为观止。

舰船忽然转弯，高耸的船身在绝不可能的情况下横移半丈，带着一片雪溅般的巨浪，撞向邝天那艘小艇，却未将半点浪花溅上已至近前的、夜玄殇操纵的小舟。

彦翎在舵室连连击掌，对白姝儿高明的操舟之术咋舌不已。

邝天大喝一声，在狂浪罩身前冲天而起，纵向舰船上空。

浪花落开，窄艇四分五裂，崩作无数碎片。

小舟上亦有一道修长魅影凌空射至，幽袂如云，以无双曼妙的姿态横飞夜空，与邝天同时出现在舰船上方。

半空中鞭影一闪，威名天下的魂索出现在邝天手中，抖开圈圈劲气，迎上对手！

双袖飘缦，对面女子朗声笑道："老将军好大的火气！"

一道袖风射入层层气圈，嘭的一声击散鞭影，准确无误地点中魂索尖稍，泛起片片好看的涟漪，当空急送，似是要将邝天震下船去。

邝天暗忖你一介女流，竟敢如此硬拼，冷哼一声劲透长鞭，全力反震对方。

不料玄袖乍放即收，倏地拂中鞭侧，向旁一带，真气吞吐，竟将他连人带鞭向甲板上甩去。

邝天功力比子娆只高不低，被她这般合己方之力顺势下扯，半空中无法收势，踉跄坠落甲板，胸口难受得几欲吐血，谁知眼前闪起一片寒光，却是夺艳等四使合力攻来，振鞭使出魂索绝招，方才挡下四使浑若天成的联击之术，哪还有隙顾及其他。

子娆早已在桅杆上飞身借力，旋袖飘射，迎向刚刚跃上船来的召玉。

此时湖上啸声又起，但见船艇间数道人影兔起鹘落，劲气交击之声爆浪般传来，却是夜玄殇纵船破入敌阵，归离剑以一敌四，与方飞白等短兵相接！

白姝儿再次操纵舰船，将善歧、丰云二人所率快艇搅得人仰马翻，船尾一摆，觑准骁陆沉和易青青之间的空隙冲去，保证令他二人闪避不及。

巨浪扑向敌艇，白姝儿突然放手离开船舵，一把拖了彦翎："不玩了，快走！"

身旁立刻有部属接手掌舵，避免舰船失控。

彦翎原当她要前去助阵，谁知被她拖着离开舵室，穿过一条暗道直往甲板下层而去，眼前一黑进入底舱，来到一间隐秘暗室，除非船毁人亡，否则绝不必担心被人发现。奇道："这是干吗？"

白姝儿手中火折子亮起："嘘！"对他做了个噤声的手势，一边动手摆弄室中机关，一边向上瞄去一眼，"上面那主儿不好惹，反正那些人又奈何不了三公子，我们躲个清闲岂不更好？"说着将一道铜管推至彦翎眼前。

彦翎俯身张望，竟能直接看到甲板上的情形，知道是以水晶涂了银砂反光而成的"千里镜"，不由笑道："好手段，船上居然设了这等机关。"

召玉甫一上船，一道阴柔真气迎空扑下，纷飞袖影中一只凝脂白玉般的素手指叩法印，仿若妙莲盛开，骤然清晰扩大，印向她眉心。

前后左右尽是指影，封死所有退路。

召玉大惊下施出自在逍遥法绝世轻功，轻烟般向后疾退，但无论如何变换身法，一点莲华如影随形。

召玉被迫一退再退，足尖点上侧舷，猛一咬牙，运掌击出。

这时船身轰地一晃，同时撞上三艘敌艇，骁陆沉、展刑、易青青飞身跃开，落往甲板方向，方飞白与夜玄殇硬拼一招，亦是冲天而起，双双弃艇登船。

召玉衣袖剧震，向外荡起急遽的波浪，被子娆掌心一股清柔若水，却寒彻如冰的真气侵入经脉，闷哼一声往下坠去，千钧一发之际脚尖勾上船头缆绳，急提真气凌空飞出，将自在逍遥身法发挥到了极致。

子娆始终面含轻笑，倏地飘至她上方，腕底一道光华绽放，纤手变幻出美妙难言的莲华法印，万千指影充斥两人间整个夜空，往召玉胸前一抹乍现而逝的清光迫去。

此时骁陆沉刚好飞临船头，大喝一声，链枪急抖，直指子娆后心！

银戟横扫腰畔，利剑寒光扑面，展刑、易青青二人同时出手，皆是攻其必救。子娆于此三人联击之下飞袖一扬，湖中爆起冲天水浪，随着一声悦耳清啸，无数寒芒冰龙般卷向侧方，右掌去势不变，仍旧印向召玉。

"去！"

骁陆沉链枪精光现时，夜玄殇长声笑喝，欺方飞白当空无处借力，以强横的内力硬生生将他撞向骁陆沉。

方飞白身为君府大将，应变之快亦非同寻常，双钩疾探，和骁陆沉链枪交击，双双借得对方真气。

两人凌空错位，变成他全力扑向子娆，而骁陆沉则枪势剧增，呼啸着攻向夜玄殇。

纵以夜玄殇之能，也不敢小觑这携君府两大高手合击之威而来的一枪，手底剑气暴涨，同时回掌劈出，一道掌风破空袭向方飞白，并不因链枪攻势而有丝毫停滞。

方飞白暗中喝彩，不得不回身应敌，否则必在阻拦子娆之前被夜玄殇精纯的掌力震伤，但身形虽缓，右手长钩却厉啸飞出，闪电般射向子娆。

前方一对人影阻来，竟是善歧、丰云两大家将，一人运剑挡下方飞白长钩，另一人却在间不容缓的瞬间拼力阻了子娆一掌。

"将军且住手！"

此时旁边剑光枪影漫空大盛，噼啪劲气激响，两道人影乍合即分。

骁陆沉飞坠甲板，噔噔噔连续后退，直到撞上船舷方才止步，脸色发白，显然交手中吃了大亏。

夜玄殇潇洒地落在对面，剑气遥遥笼罩前方，生出莫可逆挡的强大气势。

召玉在方飞白等人的护持下终于脱出子娆追击，踏足船上，俏面失色，胸口起伏不定，竟一时说不出话来，盯着飘入帆桅暗影中的幽艳女子，巫族诡魅莫测的武功果真是百闻不如一见，此时才来得及心惊后怕。

君府众将纷纷落上甲板，邝天鞭影一振，亦逼退自在堂四使，脱离战圈。

善歧低声说了句什么，方飞白眼中闪过惊诧，看向前方，随即收起兵器抱拳道："飞白等见过九公主！适才不知是公主凤驾，鲁莽之处，还望公主恕罪！"

众将先后随礼，皆是面色异样。

"善歧，你既然知道是我，还敢出手阻挡，你主子便是这般教的规矩吗？"一阵慵柔清冷的声音，冷冷潋潋地响起在众人耳边。

火光一亮，暗影中炫开点点金芒，映出一只纤美修长的手。指尖墨蝶流光飞颤，幽幽烁烁地照亮女子绝色的容颜，那诡异明美的景象令人过目难忘。

飞蝶绕身，清辉纷流，子娆徐徐举步前行，湖风吹起她衣袂间飘扬的飞凤浮纹，长发盈墨轻舞，盛开华魅的风姿。

夜色敛去风华，月光低下妖媚。

玄裳在明与暗交错的边缘飞拂展扬，方飞白等终于见到这艳冠众生的王族公主、传说中如妖似仙的女子。

所有人都在那飞挑的凤眸之下为此一瞬惊艳的冷魅屏气静声。

善歧听得她语气不善，曾有前车之鉴，面对这未来少原君府的女主人如何敢放肆，上前跪下道："末将知罪，君上绝无此意，皆是我等擅自冒犯，公主切莫误会。"

子娆仅以眼尾朝他一瞥，也不说恼，也不说笑，任这统领都骑禁卫的楚国大将径自跪着，目光移向召玉，水眸柔柔一漾，朱唇微启："九转灵石中的冰蓝晶可是在你手中？"

她袖畔清华隐隐，盈水流光，轻柔若笑的声音在人耳边萦绕缥缈，字字清灵娇悦，无比动听。

召玉只觉心口似有温润的水波荡漾，虚空里泛开涟漪，如这声音般澄澈明媚，令人听不厌，舍不下，便是微笑点头，一腔敌意尽消无存。

身旁众人无不感到如沐春风，夜色下款款前行的女子亦温柔多情，如那三春烟云里旖旎的梦境。

倘若仲晏子或歧师在此，定能一眼看出子娆正暗施莲华心法，以高明的摄魂术压慑众人心神，与当初子昊在洗马谷震服整个九夷族的九幽剑境如出一辙。

碧玺灵石光泽频现，夜玄殇微微蹙眉。

子娆幽美的眸光锁定召玉，柔声道："既然冰蓝晶在你处，给我看看可好？"

召玉不由自主地抬手，向前迈出一步。方飞白等人隐约觉得不妥，但却偏偏生不出丝毫阻拦之心，在这异常柔美的声音环绕中，只觉这样很好，便该按她的话去做。

骁陆沉方才被夜玄殇剑气震伤肺腑，此时心头气血逆涌，全身经脉偾张欲裂，难受到极点，身子猛地一颤，口中鲜血哇的一声喷溅满襟，人便向前跪去。

方飞白霍然惊觉，大喝道："小心！"

召玉似被当头棒喝，心头一震停住脚步。子娆闷声冷哼，似是微带恼意，随即飘袖后退，玄衣没入槐影深处，一片焰蝶却携飞光急旋而出，撞向骁陆沉胸口。

蝶影快得令人不及反应，在接近骁陆沉的瞬间绽开金银碎芒，数缕真气沿他胸前要穴袭入经脉。方飞白一掌拍上他背心，立刻就地盘膝，助他行功疗伤。

召玉呆了一呆，方知刚才险些心神被制，将冰蓝晶交与对方，不由怒道："你……何以用妖术惑人？"

暗影里响起漫不经心的一声轻笑，有些轻弱的滋味，少顷，子娆幽幽柔柔地道："是吗？好，那我现在不出手了，你可肯把冰蓝晶交出来？"

召玉柳眉飞剔："笑话！冰蓝晶乃我后凤国传承之宝，岂能任意交与他人？"

"后凤国？"子娆又是一笑，曼声道，"就算还有后凤国，也不过是我王族下臣，传承之宝，算得什么东西？"

她说得如此理所当然，召玉顿觉语塞。邝天等人亦暗暗皱眉，心想今晚之事恐怕难以善了。以子娆的身份地位，王族公主，五日后君府大婚，她便是这九域天下权势最重的女人，一人之下，万人之上，在场所有人加起来怕也难抵分毫，倘若她寻上召玉强索灵石，却要如何收场？更何况，眼前还有个深浅莫测的夜三公子，谁也没想到这两人会一起出现在染香湖上，场面已完全失控。

暗室中白姝儿看向彦翎，突然问道："哎，三公子和上面那位究竟怎样？"

彦翎愣了一愣："什么怎样？"

白姝儿瞪他一眼："你别告诉我不知道三公子和她的关系非比寻常。"

彦翎笑看回去："你别告诉我不知道九公主再过几日便是少原君夫人，不寻常又怎样？"

白姝儿美目飘转，似在筹算什么事情，片刻后妖媚挑唇，返身继续观察上面情形。

方飞白轻声低啸，收手起身。骁陆沉再喷出一口瘀血，睁开眼睛，面上已恢复血色，单膝跪下："陆沉多谢公主！"

子娆方才以焰蝶注入他体内的玄阴真气，及时阻住了他被莲华心法逆催的脉息，使他免去爆体而亡的厄运，再得方飞白相助，先前伤势已痊愈了大半。

便听子娆淡淡地道："你们都是皇非把臂论交的得力爱将，不要再逞强，下次可未必这么走运。"

骁陆沉低头道："公主教训得是，陆沉定当谨记于心。"他与方飞白随少原君出将入相，历经风浪万千，自有一种难言的默契，目光让处，方飞白趁机上前一步，折腰施礼，恭敬地道："今晚怕是有些误会，以致我们冒犯了公主，九转灵石之事关系重大，还请公主允我们禀过君上，再做定夺，不知可否？"

天际明月，湖上风波，月色的皎洁与幽沉的暗影若即若离，子娆微微侧首，船首清亮的微光勾勒出一道冷丽的眉梢，仿若飞刃轻烟挑破夜色。她站在光与影的交界，便那么轻媚一笑："算了，量你们也做不了主，这丫头既然是君府的人，那我便找皇非去。"

位于湖岸西南方的一处密林畔，十余名黑巾掩面的灰衣战士目送楚军有条不紊地撤退，一身儒服的叔孙亦目露深思之色。前方湖中楚军撤尽，自在堂船只亦打出讯号，调转方向，徐徐驶入烟波之中。他斟酌片刻，回头命道："速去禀报殿下，就说三公子已安全离开染香湖。"

那战士领命离去。

"少原君动手了，只怕此次夜玄殇再无先前那般好运。"叔孙亦身旁，竟是司空域、褚让等一众九夷族高手，说话的正是神箭褚让。

叔孙亦叹道："只怪那太子御跋扈无行，搞得穆国人心动荡，政局不稳，连此次楚宣大战趁火打劫之力都欠奉，根本不被皇非看在眼里，夜三公子也自然失去了价值。"

司空域接着道："对皇非来说，不杀此人，反有可能生出变数。不过这位夜三公子也算了得，在少原君眼底亦能将自在堂收为己用，若要保命离开，应该也不是难事。"

"怕只怕少原君亲自出手，此处毕竟是楚国。"叔孙亦翻身上马，"走吧，我们暗中护送他们一程，再回去向殿下复命。"

众人沿湖岸纵马而去，很快消失在灯火寥落的夜色深处。

第九章 计中连环

少原君府琅华殿。

皇非刚刚送走且兰，轻衣白袍散玉带，正斜倚金榻听楚宫来的四名掌仪官报告迎娶九公主的仪程，其中光是礼单便满满堆了两案，由一个绯袍仪官恭立近旁依次禀读。一板一眼的声音中有清雅的琴韵悠扬送来，吹落花月满地灯火流辉，却是殿下八个眉清目秀的小童抚琴弄箫，极尽风雅美妙。

礼单刚念了两卷，一名侍卫疾步入殿，匆忙一跪还未及说话，外面一人清冶柔肆的声音和着琼琤丝弦遥遥传至："皇非，染香湖上今晚热闹得紧，你躲在君府干什么，不敢见人吗？"

君府朱门重重洞开，直入中庭。

几个掌仪官在朝多年，从未听过有人敢对少原君如此无礼，惊得面面相觑。皇非倏地张开眼睛，眸心闪过异亮。那侍卫奉方飞白之命抢先赶回报信，近前匆匆低语几句，随即退下。

皇非笑着起身，随手将酒瓶丢给呆立一旁的仪官，扬衣出殿。

玄裳广袖的女子足踏月光登阶而上，墨发幽舞，飘曳凌风，衬那殿前白衣夭矫飞扬，英雄王侯娇娆红颜，怎么看，都是一段千古风流。

九公主身后，一众君府高手急步相随，方飞白跟着打了个手势，瞄向召玉。

皇非恍若未见，只含笑看着子娆，神情极是愉悦："我刚刚想着子娆，子娆便来了。"

子娆挑眸问道："哦？你想我何事？"

皇非伸手揽上她腰肢，毫不介意众人在前，近她发间轻轻一嗅，笑道："想子娆来亲自点验彩礼，看合不合心意，是否还缺些什么。"

子娆神色柔魅，眼波却流星萤火般扫去："只怕是心口不一呢，我想要什么，难不成你都舍得？"

皇非漫不经心地笑："只要子娆说得出，我便给得起。"

"当真？若我要那九转灵石冰蓝晶，你给还是不给？"

"子娆若是喜欢，这府中一人一物尽管拿取，以后，皆不必问我。"

金灯银辉之下，如此轻言笑语，满天月光满庭花香仿佛在那双带笑的眼中荡漾，宠溺与温柔交替的光晕令人意醉心迷。子娆一时竟看走了神，刹那恍惚过后，竟有恣意的光彩自眸心闪烁。

铁血江山溅美酒，且自张狂且风流，若与这样一个男子朝夕相处，无论如何都不会索然无味。而今后岁月如流水，朝朝暮暮，执子之手，生死成契，想来，倒也是一世趣意光景。

皇非笑看子娆眸光变幻，头也不回地道了句："玉儿。"

召玉袖畔微微一紧，沉默片刻，跪下阶畔。

一串水光剔透的玲珑晶石托起在指间，低头处晶华散射，仿若冰莹的清泪，坠落在这被她视作神明的男子掌心。

皇非抬手，转向子娆，略带调侃地道："就是这个劳动公主凤驾，赏光亲临寒舍？"

子娆媚睫一扬，方要说话，皇非指下突然一紧，锁住她手腕："子娆刚刚喝了酒。"

子娆奇道："君上日理万机，难道还管我喝不喝酒这种小事？"

皇非手指压在她腕脉处，目光不离她面容，半晌后剑眉微蹙："没错，从现在到大婚那日，不准你再沾半点酒。"

子娆极是讶异，不由瞪向他，他是第一个用这般口气同她说话的男子，竟然如此自若、如此理所当然。月光一时闪闪烁烁，映入幽艳的晶瞳似有噬人的深色绽放，子娆便任他这样牵着自己，悠悠笑问："凭什么？"

"凭你是我皇非的女人。"皇非笑意翩然，手臂向内微收，两人肌肤相亲，再无半丝阻隔，低声轻道，"子娆内伤未愈，若因此伤了身子，我会心疼。"

一阵好闻的男子气息透过肌肤的温度，在花香月影中泛开奇异的涟漪，子娆一瞬不瞬地盯着他，凤眸倏地一睐："皇非，你身上有女人的香味。"

皇非目蕴轻笑："子娆吃醋了？"

子娆不由冷哼一声，皇非哈哈大笑，笑得她欲恼无从。他突然拖了她的手走到召玉面前，另一手挽了召玉起身："子娆吃别人的醋不打紧，但莫要寻召玉的不是，可好？"看了召玉一眼，抬手拂开她衣袖，柔声叹道，"我几年前在逍遥坊见到召玉……"

召玉下意识地向后瑟缩，软软柔荑在他掌心挣扎了一下，却如微弱无力的鸟儿想要挣脱天罗地网，徒劳无功。

绮艳罗纱徐徐卷起。

白玉般的手臂上现出一道道狰狞的疤痕，纵然伤口早已痊愈，那些密集的痕迹依旧勾画出曾经血肉模糊的场面。极致的美丽与极致的残忍，形成异常鲜明的对比，周围众人无不震惊，谁也不想这美丽自信的后风国公主竟有这样一段悲惨的经历。

"我将她带到府中时，她除了手脸之外，几乎体无完肤，治好了外伤之后很长一段时间，只要有人一碰到她的身子，她便怕得发抖。后来我慢慢安抚她，帮她恢复内力、改变容貌，又教她兵法武功。"皇非随手轻抚召玉的秀发，"说起来，召玉其实算得我半个弟子，所以我尽遣府中所有女子，却独留了她在身边，子娆会怪我吗？"

召玉眼中早有清光隐泛，屈膝一跪，泪水落下："召玉的命是公子救回来的，愿为公子做奴做婢，绝不敢有丝毫非分之想！若公主……"

话未说完，子娆淡淡蹙眉，似是怜悯，又似无情："是什么人做的？"

召玉红唇轻颤，许久，一字字道："赫连齐，不过他已经死了，公子答应过会替我报仇，他终究死了。"

子娆眸光意外一闪，前行几步，替她挡住别人的视线，整理弄乱的衣袖幽声叹道："人死了便罢了，多想无益。"俯身一刻忽在她耳边柔柔轻道，"只是你莫要忘了，亲手替你杀死赫连齐的，可是穆国三公子，夜玄殇。"

召玉眸光一震，她已撤袖而去，只留下惊电般的一瞥，余香如刃。

九公主走后，召玉一人站在偏殿，遥望东方天际。一颗明星高悬月宇，清灵湛亮，那是曾经后风故国的方向。

三界繁华地，东海十三城。

八百年前召皇朱襄以十局通幽棋负于白帝的这方人间仙境，玉髓之泉甘美流香，碧海美玉相映生辉，皓山冶剑术、晶宫夜明珠，奇珍异宝遍地皆是，海秀山灵美不胜收。

每一样珍宝、每一寸土地，都时时刻刻吸引着世人贪婪的目光。

召玉闭上眼睛，仿佛听到楚宣铁骑踏破山海的声音，厮杀与鲜血，哀号与狂笑，权力与罪孽，在烈火人间造就了灭亡的乐章。

衣衫下手足冰冷，每一条鞭痕都似毒蛇般钻心噬骨，不敢再想，忽然有人来到身后。

召玉猛地睁开眼睛，听到一个熟悉悦耳的声音："玉儿可是在怪我不近人情？"

蓦然回身，皇非负手笑立身后，微风拂来他身上华贵的气息，月华琼光照玉庭。

她略有些心慌："公子何出此言，玉儿怎敢怪公子？九转灵石虽是旧国遗物，但若对公子有益，莫说一串小小的晶石，便要玉儿粉身碎骨也无怨言。"她声音低下来，仿若月光下飘落的尘埃，"只要公子不舍下玉儿，玉儿做什么都心甘情愿。"

皇非低头，目中有着张扬而明亮的温柔，一如三年前她第一日入府、第一次抬眸。

彼时艳阳飞落他的剑锋，花零若舞。那样骄傲耀目的男子多情的注视，是她在炼狱中仰望的光明。

君府前殿，方飞白等仍未离开，侥幸逃回的暗色站在别鹤身旁，脸色苍白，显然受的内伤不轻，神情亦十分阴沉。

"公主！"一见到召玉和皇非，暗色立刻抢先几步，低声说些什么。召玉神色一变，目光扫向别鹤等人，微有冷意。

别鹤见状喝道："暗色你莫要在公主面前搬弄是非，说我等与白姝儿暗通消息，先拿出证据来！"

暗色冷笑："那白姝儿亲口所言，岂会有假？休云是知道我身份的，剩下到底是你别鹤还是闲情，你们心里清楚得很！"

闲情怒道："一派胡言！我二人乃是后风国遗臣，对公主忠心可鉴，何来背叛一说？"

暗色反唇相讥："后风国遗臣又如何？那赫连羿人昔年还是曾国王亲，不也一样卖主求荣，何况是你们？"

"你血口喷人！"别鹤、闲情同时大怒，忽听召玉一声清斥："说够了吗？"

三人蓦地收声，心头皆是一凛，齐齐跪下，不敢再言。

皇非冷眼看他们争吵，一直未曾说话，这时突然笑了一笑："暗色，你将当时的情形说与我听，记着，莫要有半句谎言。"微笑中目光如电，一闪扫向暗色，就连旁边闲情与别鹤都被那一眼迫人的锐气所慑，那是千军万马中淬砺的杀气。

皇非从不直接插手自在堂事务，突然发话，众人皆知是因召玉的关系，遂屏息静听暗色将船上发生的事一一道来。

皇非睐了眼睛饮酒，也不知是不是在听，待暗色说完有一会儿，他才开口道："你自问武功比白姝儿如何？"

暗色一愣，道："或者不如。"

皇非眼角轻挑，点头道："或者不如，很好。"忽然扬手击出，一道犀利的掌风，直取暗色胸前。

暗色猛然色变，侧后疾退，身形已然够快，却仍无济于事，被皇非快逾电掣的掌风击中中膻中大穴，身子急遽一颤。

皇非手指在袖中微微变化，数道指风紧接着点向他胸腹头颅各处要穴，但听嗤嗤轻响不断，暗色周身频频震颤，全无抵抗之力，脸色燥红如染，情形极是骇人。

如此二十余指后，皇非一掌凌空虚按，暗色背后噗地爆出两点血花，似有一对细小的精光破体而出，不分先后嵌入殿柱之中。暗色身子抛飞，同时跌至地上，却一跃而起，屈膝跪下："多谢君上救命之恩！"

皇非早已收手回头，正好接过召玉递来的酒杯，冷冷地道："就这点微末功夫，连体内被人动了手脚都浑然不觉，还敢说'或者不如'，你若能在白姝儿手中走下十招仍保得性命，本君便拜你为师！"

暗色背心冷汗涔下，知他所言不假，白姝儿若确有杀人之心，岂会容他从容逃离，并且带回内奸的消息？这两颗"破玉子"乃是自在堂的独门刑器，一旦入体，无影无形，却可随血液缓缓流至心脏，一击毙命，不过那已是数日之后的事情。

闲情、别鹤扭头对视，皆自对方眼中看出一丝惊险。白姝儿仅是略施手段，便险些挑起自在堂内讧，召玉微微咬牙，遣退几人，返身跪下："今晚玉儿未能达到目的，走脱了夜玄殇和白姝儿，请公子降罪。"

皇非笑道："玉儿不必沮丧，夜玄殇仍在楚国，还怕他飞到天上去不成？"言罢起身，"飞白听令，本君给你一千战士，你与陆沉两人会同青青、展刑所率南楚部众把守衡元殿，五日后夜玄殇必然至此，届时若还不能将其击杀，不必再回来见我！"

方飞白上前一步，朗声应道："飞白遵命！"

易青青好奇地问道："夜玄殇明知君上要杀他，哪来这么大胆子冒险入宫？我们不是应该在质子府或者通往穆国必经之路上布防才对吗？"

"青青不知此人胆大包天。"皇非唇锋锐挑，"不久前曾有人潜入衡元殿盗宝，若我所料不差，十有八九便是这夜三公子，他的目标应是那原属穆国的紫晶石。若要盗宝归国，最佳时机莫过于大婚之夜，我赌他定然会来。但飞白行事当要隐秘，我还要借此确定一个人的立场。"

他轻举酒杯，琼浆玉色倒映眼底，闪过异样的光影，仿似淡淡丝锦飘落剑锋，那温柔与锐利的轻芒，于此一瞬扣人心弦。

众人皆是不解，不知是何人令得少原君动容，唯有召玉低下头去，心中隐隐猜出端倪。易青青忍不住问道："难道有人这么大胆，竟敢背叛君上？"

皇非面若止水，眸心射出冰冷的柔情："但愿我所料有误。"

他既不愿明说，却有谁敢追问，易青青娇笑着转移话题："君上算无遗策，今次无论何人要动衡元殿的主意，定叫他有去无回。"

此话并非虚言，方飞白、骁陆沉所率一千烈风骑再加上一众南楚高手，五日后衡元殿将化作天罗地网，任人插翅难飞。邝天抚须笑道："君上启尽麾下精英，却单单漏了老朽，莫非是嫌老头子不中用了？"

"老将军此言差矣！"皇非转身哈哈一笑，"姜老弥辣，本君另有重任相托。大婚之夜赫连羿人将会发动宫变，刺杀楚王，老将军可率三千精兵于日行、恭华两门布置，出兵勤王，围剿逆党。"

寥寥笑语，纵以邝天老练沉稳，亦是面现惊容，随后双眉一竖，退步领命："老将定不负重托！"

皇非微笑点头："老将军记得以英煌宫起火为号，千万莫要妨碍了赫连羿人的计划才好。"

邝天沉声道："君上放心，老将知晓利害！"

皇非眸中异芒闪现："二公子含回已失踪月余，据情报推断，此事定与冥衣楼有关，不可不防。丰云，你领两千侍卫由东城至乐瑶宫沿途布防，但只准暗中行事，没我号令，不得妄动分毫。善歧，你领五千都骑禁卫，打出赫连侯府旗号，布守八面城门，当夜朝中百官凡有异动者，本君予你专断之权，放手处置，事后概不追究！"

一系列军令布下，众将无不血脉偾张，知道楚国大变在即，这短短五日已是上郢城最后的平静。

召玉垂首不语，不知接下来如何安排自己。皇非掷下酒杯，站出殿外，抬头望向旭光将至的天际，扬眉淡淡地说道："召玉，王后与含夕是我们一切计划的关键，我便将上阳宫交给你了。"

第十章 楚都烈焰

东帝七年六月己巳，清晨。

乐瑶宫，凤寰殿。

万盏金灯在黎明降临之前将风平浪静的极云湖耀得泛若金海，云台华殿接天阙，仿若远离尘间的神域，俯视着楚都上郓彻夜的辉煌。

金灯烨烨，光玉烁目，一张夔凤错金祥云榻映了灯火熠熠生辉，柔软的银狐白毯云彩般延开四周，越发衬得榻上琼光华美，那素衣清容的女子恍惚不似真人。

九公主子娆只着一件流云丝衣，斜靠紫貂柔锦，淡睨着眼前铺展开来的大婚典服。

深黑近墨的广袖玄裳，以产自崑国天岭的艳锦玄丝织就，端丽铺陈，恍若九重天上飞流的夜色，每一缕光泽都有着星的灿烂、月的沉魅。衣襟以鸾纹，翡玉双佩相和，真红大带如云，章绣丹金凌霄千丝凤鸟，自双襟两侧展翼而起，交入华佩霞绫，若有云焰之光飞缀逶迤，入目生色，华势无匹。

一袭尊荣夺众目，衬此王女帝姬，映此神容天色，真真相得益彰。

子娆单手撑了额头，凤眸淡映华光，神色莫名。直到殿下司仪命妇再次叩首请公主服裳，她才抬手环目，一副云袖慵然飘下，玉手指向近旁。

侍女们不知其意，茫然相顾。她将指尖再点了点，一个命妇沿她手指看向旁边以金盘玉匣装饰的几样彩聘，迟疑地问道："公主可是……要这玉髓酒？"

"是了。"子娆欣然展颜。

彩衣侍女上前捧了金盘，将酒取出。子娆步下凤榻，赤足迈过那厚软的银毯，柔丝长衣曳地生烟。

众目睽睽下，她伸手取了酒壶，一线美酒倾入红唇，幽冽芬芳，颊染胭脂落梅香，胜似红装。

一壶酒尽。

眼见九公主慵媚地抬手，丝衣如水滑落腰畔，一肩柔光潋潋的青丝随之倾下，勾勒出曼妙玲珑的身段。满殿灿华金光都似暗了下去，暗到无声，唯余一抹幽艳背影，摄去人声息神魂。

"少原君府有此美酒，皇非若不风流，才是暴殄天物。"子娀流眸轻笑，魅然喟叹。

轻轻伸手，一众命妇侍女方才惊醒，急忙趋前，或站或跪，替九公主奉衣服裳。

子娀任她们忙碌，丹唇含笑。待到妆成，侧眸回顾，落地铜镜粲然生辉，映出女子绰约的姿容。

广殿无风，深若永夜，唯一片灯焰焚金燃玉，隔着帷幔千副，影影绰绰地照亮空旷寂静的极云殿。

"主上，可以了。"离司低头后退，换作玄龙常服的子昊慢慢地转身，玉案上放着的龙纹王旨平铺开来，浅玉色织成的底子上空白一片。

子昊独立案前，面容在那光亮深处显得十分静暗，看不透往昔深澈的眸中究竟有着怎样的神情，片刻之后，徐徐提笔濡墨。

纯艳的流金朱砂，在雪白的云毫笔尖上浸开一缕丹红，执笔之手消瘦而苍白。

离司见惯这只手翻覆风云的力量，看似瘦弱的指下，只要轻轻一拂，便是一城贵庶、一族生灵、一国诸侯乃至四海天下的悲喜。

一怒万骨枯，一笑天地清。

然而此时，离司却从那熟悉的侧影中感到一丝迟疑。这是近十年来她第一次有这样的感觉，哪怕是昔日下令墨炻赶赴宣国，病榻上的少年君主留给人的亦只是淡漠的平静。迟疑这种情绪，离司曾以为永远不会在主上身上出现。

但这一切也不过刹那，笔锋触落金绢，依然是峻峭飘逸，傲骨天成，那清劲拔锐之气仿若多年前他在雪地临帖的笔致，浑然有别于登基以来锋芒尽敛的深沉。子昊放了笔，轻轻将袖一扬，将这王旨交于离司，淡淡地道："用印吧。"转身向外走去。

离司跪地接在手中，看向那旨意时，目光不由一震。

重叠灯火，投落幕帷深影，幽幽跳动不休，仿若因那转折提笔透出的决然，在下一刻便要炙烈燃烧起来。

短短两行御笔亲书，册立长公主子娀为王族之主，于东帝大行之后继承帝位。

天边响起遥遥钟鼓，传彻楚都四方。

八百年雍朝江山传承，封印在如血的朱砂之后，染作九天凤鸣展翼的煌烈。

没有金徽玉饰，没有华缎艳锦，没有仪从万乘筑鸾宫，没有千里王川册天骄。四十三字朱红丹书，一道肃穆王旨，便是襄帝之女九公主下嫁少原君全部的妆奁。

子娆轻轻一笑，展袖移步。

命妇跪请九公主落座，呈凤冠、博鬓、步摇、十二鸾钿，并各色钗翠金坠，为梳望凤云髻。九公主只是淡淡一瞥，不置可否，两侧侍女不敢擅作主张，敛襟静候示下。

通明华灯层层璀璨，一路照亮宫门九重，深殿恢宏。

阶下宫人忽然不约而同地俯身行礼，绛衣朱裙深深浅浅地盛放满殿，恍如渐芳台上桃红春色，美胜瑶华。

镜中灯辉云生，一人自那芳菲万丈的红尘徐徐而来，玄衣上的龙纹仿似天阙浮岚，映着她笑眸如烟，柔颜若水。

他的身影在她妩媚的凝视中渐渐清晰，袖畔药香微苦的气息浮盈飘杳，如在云端。子娆微微地笑，听他轻轻挥袖，淡声吩咐："你们退下。"

四周裙裾曳地之声窸窣不停，低眉敛首的女子退至殿外，躬身等候，不敢抬头，皆因那清雅绝尘的声音怦然心跳。

子昊迎上镜里幽柔的目光，轻声叹息："原来子娆这么美，二十余年，朕竟从来不知。"

子娆叠指端坐如仪，乌发凤衣重重铺展，霞染星眸："后悔了吗？"

子昊无声一笑，修削的身形在银龙玄服映衬之下显得雍容而冷然，这一刻温柔平静的东帝，仿若渊夜深海千里无波，再艳丽的光与色折入深邃的海面，也都沉淀得一丝无余。

镜中淡影成双，秋水神骨，风雪清华，朦胧里相交相映，恍似重叠。

眼底里明净的凝注，眉梢上清醒的缠绵。

"朕记得还欠你一样东西。"

他伸手抚上她散覆肩头的发，妖娆青丝，越发衬得那双幽澈凤眸深若寒潭。子娆柔柔地道："欠得太久，连本加利一并算下，可就还不起了。"

子昊轻笑道："只要不再欠，朕总是还得起的。"

子娆微微抬睫，一缕笑意悠悠洇开唇畔："今晚离司和十娘将以陪嫁侍女的身份随我进入君府，烈风骑要同时控制楚宫、赫连侯府和质子府，造兵场中密牢必有松懈，若能趁机将宿英救出，我们便等于得到了一本活的《冶子秘录》，离司应该已将计划详细禀你知道。"

灯下子昊面若止水："子娆已是王族之主，今后任何事情皆可直接下令，不必再让他们特地请示朕。"

子娆手指向内一收，丹艳的指尖陷入重衣深处。隔着那一方明镜虚幻乾坤，她静静地看着伫立背后一身清冷的人影，良久挑开笑颜，一字字说道："王兄，你欠我一场完完整整、真真正正的洞房花烛夜，以后，可别忘了还我。"

子昊有瞬间的沉默，而后依稀一叹，轻轻挽起她的发丝："好，朕记得。"

发间清滟的幽香激激悱恻，千丝万缕，是她美好如玉的流年，花落芬芳娇艳的情怀。

柔长云丝滑过玉梳，落在朱凰华服玄魅的底色之上，温凉与缱绻留恋于他的指尖，一支血玉发簪雕琢精美，凤翔云鬓，绾作万千风华。

翡玉冰澈，晶莹似血，一雕一琢，莫非前缘。

朝阳升起，将整座大殿笼罩在煌煌金辉之中，九公主銮舆升驾。逆光下子娆缓步而去，踏过琼阶玉道，凤衣云裳飘展的裙摆随着霞带轻烟缭绕飞散，似被光华晕染，步入天光之际、祥云之端。那一幅极美的画面，无尽而多情。

是夜，上郢城金灿满天，灯火成林。

少原君与九公主登上呈曜门时，焰火正盛。

子娆站在这楚都最高之处看着身旁已经成为她夫君的男子，他绛红色刺绣赤云金羽神鸟的华服在星月与火焰的照耀下异常夺目，宽大的袖袍张扬放肆，令人想起战场上叱咤风云的英姿，他的光芒与骄傲。

城外是追随他的精兵猛将，城内是拥护他的大楚子民。

八方城门、深街永巷、禁宫重殿、望台高阙……一股股暗流汹涌，在这漫天华焰之下，无声无息地澎湃。

今夜之后，楚国将不再是如今的楚国，天下将不再是如今的天下，曾经的九公主亦将不复存在，冠以少原君夫人的名号，拥有人世至高无上的尊荣与权力，她与他，必定在这乱世风云中携手与共，面对属于他们的战火烽烟、盛世繁华。

子娆唇边掠开一丝笑痕，平静若深夜涟漪，刹那生姿。皇非便在此时转头，看向她："子娆在想什么？"

子娆临风侧颜，云袖之上烈烈火凰凌空飘举，有着华色冲天的美艳："我在等着看比这焰火更加壮观的场面，未知何时上演，何处开场？"

皇非剑眉飞挑，优雅地伸手相邀："吉时已至，夫人可愿与本君共登云台，赏此烟华盛景？"

子娆目中异彩闪过，此时戌时刚至，楚王车驾已然回宫，高台烽火，将燃之夜，宫掖之变，迫在眉睫。

子娆轻轻扬唇，抬手相握，随他行往呈曜门高达丈余的望台。

皇非华烈的衣摆迎风拂过直耸而上的台阶，随着他从容的步伐，渐行渐高。"子娆可喜欢登高望远？"他突然问道。

子娆道："我初次约你相见，便是在惊云山巅。"

登临绝顶，凌云踏雾，看天地之无垠，睨万物于足下。

皇非掌心收拢，微笑时薄锐的唇锋自成一弯高傲的弧度，与他挺直的鼻梁、锋亮的眼神相配，恰到好处地表现了他凌人的盛气："子娆，无须太久，我会带你重登惊云天峰，尽览九域万里山河，那时你必以少原君夫人为荣。"

他踏上最后一级石阶，拥了子娆转向东北方殿宇起伏的宫阙："今夜我水军精锐已绕道汭江，潜入云间，控制符离，三十里外便是宣国国境。从今日起我要你与我一同，看你的夫君如何收掌七城，攻入宣国，我要你亲手替我更换宣都徽识，将烈风骑的战旗插上宣国大地。"

子娆目光随他的指尖越过大楚国都的上空，划出一道威凌的锋芒。他怀内强势的男儿气息有着骄阳般炫人的华丽，夜光下她轻轻细起眉目，妖娆笑意流激风华："楚有少原，九域弗敢言兵，夫君果不令人失望。"

皇非的声音在光焰闪映下显得温柔而冰冷："姬沧敢在我眼皮下伤你，此次我必让他好看。"

子娆心头一跳，侧眸迎上他的目光，忽而曼声轻问："攘外必先安内，今夜楚都想必有不少精彩的节目，未知夫君安排在何处？"

她眼梢夺人的媚肆挑破万千机锋，皇非眼中笑意渐盛，眼前这女子，知他一切心机权谋，懂他所有宏图远志，敢与他并肩站在这杀伐之巅，笑睨天下风云如无物。

恍如惊云山巅，九域四海展现眼前的那一刻，那是他一生炙烈的追求。

三千美色如流水，姹紫嫣红看遍，这个叫作子娆的女人，将是他生命中绝艳的色彩，同他的剑、他的名、他的传奇一起，铭刻永存。

他轻描淡写地在她耳边笑道："英煌宫、衡元殿、赫连侯府，此中无处不精彩，本君必不让夫人失望就是。"

"衡元殿"三字一出，子娆心间一凛，笑意凝在唇畔。一个隐约的念头倏闪而过，仿若惊电驰裂夜空，狂风骤雨随之隐动。

这一刻他拥她在怀，赏此漫天烽火、烟华万丈，处心积虑的赫连侯府被他轻松玩弄于股掌，衡元殿张开天罗地网，等待着对手的到来，楚国命运悬于一念，北域大地扼于掌中……

这一切再次证明了烈风骑奇兵诡道的超凡实力，子娆亦真真切切地体会到了大楚少原君的可怕。

城头疾风飞卷，扬起两人玄衣赤袂，双双激荡不休。

皇非温柔地执了子娆的手，将火把送入矗立于高台之端巨大的九雀神鸟云雷纹盘螭铜鼎。

一道烈焰冲天而起，半空血色如花，终于照亮了宫阙千重、云楼凤阁……

御苑上阳宫。

中宫仪仗肃静，一架朱轮紫络饰重羽八銮翟车停至殿前。

两名侍女趋前掀起丹凤金帷，车中伸出一只柔软的手，腕上玉环叮咚，仿若仙乐盈耳，一双金鸾缠枝步摇垂落淡淡丽影，楚王后扶了侍女步下车来。

一天流辉，月满金阙。

楚王后抬头看向这月色下秀美堂皇的宫殿，似乎低声叹了口气，轻轻举步往殿内走去。

"王嫂！"含夕公主刚刚回宫，衣服还未换下，听得侍女禀报转身向外迎来，彩衣明艳在花香丽影中翩飘若舞，带来清脆的笑声，"王嫂你怎么来了？也不叫人提前说一声，我好早些回来陪你。"

楚王后已有八个多月身孕，因临产在即，今晚并未出席少原君与九公主的大婚典礼，此时微笑着看含夕一阵风似的来到身前，姿容端雅，温柔底处有着与少原君如出一辙的高贵。

"一个人闷得慌，便来看看你回来了没有。"楚王后抬手示意，以召玉为首的八名朱衣女子躬身后退，隐入了花团锦簇的琉璃影中。

含夕牵了楚王后的手，撒娇道："皇非娶了子娆姐姐这大美人，都没时间理我了，我只好随王兄回宫，正觉得无聊呢，王嫂就来了。"入殿后，她摆手遣退侍女，倚在楚王后身边悄声问道："王嫂，你记不记得皇非上次说过的事，王兄他答应了吗？"

楚王后微笑道："放心好了，你嫁入帝都乃是一桩良缘美事，皇非既然有此提议，大王又怎会反对？"

"真的？"含夕眼中闪过惊喜，眸光跳动带三分娇羞，"王嫂，你先前也见过东帝，你说他……嗯……他好不好？"

楚王后道："好与不好，我如何说了算？你日日将他挂在嘴边，怎么自己竟不知道？"

含夕俏脸一红，顿足道："王嫂你取笑我！"转而又抿唇浅笑，轻轻低头，"他对我很好，每次我去找他，他总会教给我一些好玩的东西，他知道好多有趣的事情，他还告诉过我，帝都有天下各国进贡的珍禽灵兽，还有人间罕见的奇花异草，他说如果我喜欢的话，便带我一起去玩。王嫂，到时候你和王兄也去好不好？他一定会答应的，你没见过他笑起来的样子，特别好看、特别温柔……"

楚王后目视含夕，这一番儿女思怀，情愫满心，轻轻叹了口气，伸手握住她的手，柔声道："含夕……"话音未落，忽闻一阵巨大的响声传来，震得上阳宫殿宇颤动，晶灯摇晃。

含夕吃惊地回头，但见殿外天空被一片血红淹没，英煌宫方向隐有火光冲天而起。

"发生了什么事？"含夕方要出殿去看，却被楚王后攥住手腕："含夕！不要去。"

第十一章 琼华惊变

侯府叛军兵分两路，戌时初，赫连闻人率先攻至昀宵门。

戌时三刻昀宵门破，迎仙、逢露两宫落入叛军手中，西苑顿成一片火海。

亥时整，光明门失陷，赫连羿人率兵直逼楚王所在英煌宫，一路杀至焕章殿前。宫中禁军仓皇应战，却遭暗为内应的御林左卫营临阵倒戈，死伤大半。

右部残军拼死抵抗，护卫楚王退至焕章殿朱雀台，点燃烽火，放出告急红焰向少原君府求援。

如血烟花冲上夜空，立刻被整个楚都炫耀天地的金焰吞噬，烟逝无痕。

遍地伏尸狼藉，一路血流如染，雍容华殿焚梁断木，逐渐没入升腾的烈焰之中。

呈曜门上空，一缕炽烈血光在皇非眸底乍现而逝，耀开他飞扬的眉眼、峻冷的笑容。他侧头看向子娆，微笑着问道："子娆可曾带过兵？"

子娆轻轻一挑眉梢："带过又如何，没有又如何？"

皇非手掌一翻，将一样东西送到她眼前："本君要亲自陪他们周旋一番，府中诸事便有劳夫人。凭此物可调动少原君府三千精兵，护卫府邸绰绰有余，夫人意下如何？"

清莹紫芒，照映夜华。

子娆凤眸微抬："紫晶灵石？楚军兵符何时变成了这穆国珍宝？"

"楚军兵符仍是朱雀神符，只不过我烈风骑未必从命。"皇非随口解释一句，看向她的目光带出几分深意，"子娆与那夜三公子相交一场，应当知道他对此物一直格外留心吧。"

烟火纷飞绽落，有若琼光，照得两人之间纤毫毕现，照出子娆面若静水，幽冶无波："这紫晶石本就是穆国传承之宝，他若不闻不问，才叫奇怪。"

皇非剑眉轻扬："兵败求存，献此宝物，穆国早已失去传承灵石的资格。你可知为何当年君府鬼师大破穆军，却不灭其国，反而接受这以紫晶石为代价的交换？"

子娆在光亮下侧头，长睫暗影，流转微芒："你既这么问，其中自有缘由。"

皇非悠然把玩手中灵石："只因这紫晶石牵扯一座宝库，这宝库建于穆国立国之初，唯有历代穆王知晓其存在，遵从祖训代代经营，以备非常之用，其中所有足以装备天下最强的军队，甚至建立一个国家。"

子娆眸光一挑，看住皇非半晌，唇角缓缓勾出浅笑："皇域鬼师再加灵石宝库，楚王也好，穆国也好，天下谁人还能抵挡君府之威？可惜人算不如天算，鬼师在扶川横生意外，再加赫连侯府从中作梗，君府险些为楚王所毁，幸而，皇域一子一女，皆非凡人。"她微微一顿，幽媚一叹，"楚王不知紫晶灵石真正的秘密，再加上王后软语温存，少原君赫赫战功，紫晶灵石终还是落入君府。今日一夜，十年恩怨了于一旦，紫晶石从此号令的便不只是三千护卫了。"

皇非一直饶有兴趣地听她款款笑言，此时忍不住放声畅笑："子娆啊子娆，得妻如你，实乃人生快事！"抬手挽她过来，"今晚我便将此灵石送与子娆，无论日后如何，子娆都将是我皇非唯一的妻子、最爱的女人。"

子娆微微地笑，袖中玉指轻舒，将紫晶石取在手中，柔声道："夫君放心，君府一切自有子娆照应，子娆亦会备下美酒，静候夫君佳音。"

皇非倾身在她颊侧一吻："春宵一刻值千金，本君不会令夫人久等。"

英煌宫与上阳宫相隔整片御苑，火起之时早有都城军五部禁卫将此宫殿内外守护，烈火喧嚣远远传来，殿外天空被映得一片火红。

楚王后苍白着脸端坐于金榻之上，越过珠帘玉光，看着殿外不断冲起的火光，眼中神色逝如烟火，淡如秋霜。

这般惨烈景象并不陌生，十年前君府之中，亦是如此焚天烈焰，亦是如此血染琼华。如今巍巍辉煌的君府大殿下，那一片深埋的断瓦残垣，是父亲毁身丧师之辱，是母亲自裁谢国之恨。

昔日赤足散发，一步步拜上宫阙，今朝冷眼相看，这一场铁马金戈。

不知那曾下令抄没君府、亦曾惊赞她美貌的头颅，此刻是否已被剑戟高高挑起，那曾缠绵恩爱的身躯，是否已化作朱雀台上一缕飞灰。

十年夫妻，十年君臣，十年恩怨，十年终了……

"启禀公主，赫连羿人勾结二公子意图谋反，少原君已率兵入宫平叛，我等奉命前来保护公主，叩请公主金安！"

侍卫急促的禀报声响起在殿外，含夕"唰"一下掀开帘栊："什么？赫连羿人竟敢逼宫谋反，好大的胆子！哼！皇非既然到了，便有他好看！你刚刚说什么二公子，我二哥怎会和他狼狈为奸……"

"大王现在何处？"话未说完，身后传来楚王后的询问。

"回禀王后，叛军主力攻破焕章殿，大王与三百禁军被困朱雀台，外面火势猛烈，实情尚不清楚。"

楚王后身子微微一晃，含夕闻言大惊："那王兄岂不是很危险？不行，我要去看看！"一转身，忽然发现楚王后脸色惨白，摇摇欲坠，急步抢上去扶住她："王嫂你怎么了？"

楚王后一手紧紧握住含夕，一手掩在腹上，眉目之间尽是痛楚，一时连话也说不出。含夕见这情形顿时慌了手脚："王嫂……快快！快来人啊，快去找御医！"

远处轰然一声巨响，朱雀台方向再次冲起火光，大火飞烟遮尽半边天幕，侍女们惊叫奔跑声中，上阳宫里乱成一团。

东城质子府。

楼阁阒然。

焰火之光时而映透长窗，将漆黑的暗室瞬间照亮，夜玄殇瞑目独坐，仿若入定。

极轻极微的脚步声，迅速移动，刻意屏抑的呼吸，衣衫掠起夜风几不可闻的轻响，回廊两旁敌人迅速潜伏，屋顶之上亦有数人出现，以此静室为中心，整个质子府悄然陷入重重包围。

锦衣夜行，人人以黑巾遮面，腰佩虎纹金刃刀，来者显然并非少原君麾下精兵，身手却绝不逊色分毫，为首之人挥手施令，破窗之声随之响起！

夜玄殇倏地睁开眼睛！

窗前数道寒光激射而至，同时上方屋瓦崩裂，碎石飞尘充斥暗室，将他所在的席榻全然笼罩在刀光之下！

案裂，榻毁，刀锋急啸，人影骤闪。

一道强大的剑气乍现即收，如龙潜啸，突袭者身不由己地跌出门窗，无不骇然回头。

中庭月满，玄衣迎风。

夜玄殇不知何时早已到了室外，长剑归于背上，仰首看向楚都上空的漫天华焰，忽然叹道："计先，你不留着性命好好欣赏这难得一见的美景，却来凑这份热闹，不觉后悔吗？"

质子府总管计先自两排黑衣人背后现身出来："属下奉命来送三公子上路，还请公子见谅。"

夜玄殇转身，满含兴味地将他打量，最后目光扫向两旁，一声轻笑："白虎秘卫，怪不得你如此有把握。也罢，你这六年跟着我，伺候得也算周到，今晚便留你一个全尸。"

计先有恃无恐地上前数步："三公子纵然武功高强，此次也难逃白虎秘卫与天宗联手重围，属下的性命就不劳公子操心了。"

夜玄殇微笑抬手："我数到三，留全尸。"

计先下意识地后退，大喝一声："动手！"

刀光急，飞血溅！

夜空光华凋散如染，计先无法置信地看着自己心口穿出的刀锋，四下尸体倒地的声音传入耳中。

风声响起，数名白虎秘卫撤刀后退。

"西宸宫八部秘卫参见三公子！"

庭中禁卫俯身叩拜，刀光利影，杀气分明。

夜玄殇大步前行，随手将外袍甩给为首的黑衣人："设法引开楚都兵马，天亮前我们在沣水渡会合。"

"是！"那黑衣人跪地领命，随即抬头道，"属下会在东城留下暗哨以备不测，楚宫凶险，请公子务必小心！"

夜色浓，极云湖百里风波，滔滔拍岸，东帝御驾回宫已近两个时辰，楚都中消息不断传来……

皇非亲率烈风骑入宫平叛，调集三军封锁楚宫九门。

侯府叛军火烧英煌宫，焚毁朱雀台，楚王于大火中为乱军所杀，葬身火海尸骨无存。

烈风骑攻入英煌宫，叛军不敌，一路败退，至日行门时遭邝天所率三千精兵伏击，损失惨重，赫连闻人当场战死，赫连羿人率残兵突围，逃往西郊大营……

一阵阵波涛、一层层激浪，东帝眼中始终静如深海。这一整夜无人见他回头，远处天幕此起彼伏的火光依稀映着凭澜殿前清隽的身影，深深浅浅、冷冷淡淡。

　　直到有部属前来禀报，九公主凤驾前往上阳宫，东帝忽然回身，眉心倏忽掠过淡痕。

　　烈焰冲照宫苑，凌乱的火光之下，上阳宫侍女不断进出，人人步履匆忙。

　　殿外愈演愈烈的杀伐声传入耳中，处处天陷地裂一般，谁也不知情势究竟如何。屏风之后，楚王后痛苦的呻吟声断断续续，灯火明暗颤动，更添几分慌乱。

　　禁宫九门因大乱封锁，任何人不得出入，含夕无法可施，急得对随身守护的召玉喝道："不行，让他们打开宫门，我要去找皇非！"

　　召玉低头道："外面现在十分危险，公主千金之躯，万万使不得。"

　　含夕跺脚急道："什么使得使不得？王嫂若有个三长两短你担待得起吗？"说着转身便走，召玉脚步一错，抬手拦她："公主不可……"

　　含夕方要发怒，上阳宫忽然中门大开。

　　点点火把、重重剑戟，两列铁甲骑兵拥一人策马而入，火光迎面照来，宫中守卫纷纷后退。

　　召玉一惊，闪身将含夕护在背后，袖剑入手。隔着高高玉阶，但见那马上女子玄衣凤服，妆容艳烈，丹霞胭脂挑星眸，烈烈朝华夺焰光。

　　马前赤色护额环做月纹神鸟，正是君府徽识，除少原君夫妇之外，再无他人可用。

　　一扬袖，翻身下马，身后铁卫自玉阶两侧急趋而上，那魅艳身影亦从容踏上殿台。

　　"子娆姐姐！"含夕既惊且喜，迎上前去，"你怎么来了？"

　　子娆掠了召玉一眼，含笑道："还不是皇非不放心，要我亲自前来照应，王后何在？"

　　含夕急道："王嫂在我宫里，孩子……孩子就要出生了，你快想想办法！"

　　"什么？"子娆凤眸一扫，蹙眉道，"王后临产，岂容这许多士兵在旁，成何体统？"当即侧身下令，"你们统统退出宫门，不听传召不得擅自入内！"

　　"夫人且慢！"召玉突然上前一步，"此举怕是不妥。眼下大局未定，宫中甚是凶险，王后身边岂可无人护卫？"

　　子娆移步转身，凤眸咄咄，含威视她："君上已亲临英煌宫，何人能再兴风作浪，难道你认为烈风骑会败给赫连侯府不成？禁卫不过退至宫外，王后身边自有人服侍，君上派你们来又是干什么的？"说罢华袖一拂，手中一道令符示出，"朱雀神符，如少原君亲临，都城禁卫还不速速退下！"

　　兵符一出，三军从令。

月华下凌然盛气，煌煌凤华，众人望之俯首，莫敢拂逆，便连召玉亦退后几步，当面屈膝跪下。子娆淡哼一声，携了含夕扬袖而去。

一道幽香拂面掠过，召玉抬头，心中只觉有些不妥，却又说不出缘由，急步起身跟上二人。一路灯影绰绰，前方凤服下艳丽的背影忽明忽暗，直入鸾宫深殿。

朱红重门悄然关闭。

灯火倏暗，重纱屏帷后传来的痛呼声听得召玉心头骤跳，眼见含夕抢进去询问侍女情况，停步屏风外的九公主忽地回头对她一笑。

幽艳近妖的眼睛，笑痕如刃闪过。

一道寒芒疾现！

召玉心念电闪，撮掌前挡却已不及，剑光贯胸，鲜血激散溅屏风！

榻前四人乃是自在堂安排护卫王后的侍女，变故起时齐声怒叱，四柄长剑出鞘，刺向子娆后心。子娆身形飘忽一闪，人已至其身后，回手一道袖风凌厉，几人同时吐血跌飞，竟是一掌毙命。

含夕闻声回头，顿时惊去三魂六魄。

血泊之中玄衣女子华袂飘飘，仿佛九天罗刹踏凡尘，满身杀戮，步步前行。

含夕瞪大了眼睛，近旁宫女无不惊呼躲逃，宫灯倾上罗帷，火苗猛地蹿起，一声微弱的婴儿啼哭刚刚传出便戛然而止，火光下溅满帷帐的血花，是她昏迷前的最后一幕记忆。

第十二章 衡元宝殿

月照玄宇，塔林森然。夜玄殇翻身跃入城东古庙，前行数步转入中庭。

前方一人自虬枝花树下转身，白衣皎皎，如映琼光，含笑道："三公子果然准时，我还担心质子府若有围兵，你未必能够安然走脱。"

夜玄殇潇洒欠身："虽有点小麻烦，但玄殇若连质子府都出不了，岂不让殿下失望？"

月下一身轻甲战袍，飒飒英姿，绰绰风华，正是当今九夷族女王且兰。

“君府已然行动，楚宫大乱，都骑、都城两军禁卫和烈风骑皆被叛军牵制，我们从密道入宫，直通衡元殿，之后叔孙先生会亲自带人接应，一切顺利的话，天亮时三公子应该已入穆国境内。”

“有劳殿下。”夜玄殇点头，抱剑在胸，神情朗朗，“玄殇有件事一直不明，今夜如此助我，九夷族所冒风险非同小可，不知究竟是殿下自己的决定，还是东帝授意？”

且兰举步前行，在经过他身边时停下脚步，战袍风中扬起，微笑侧首：“是九夷族还是帝都，对三公子来说很重要吗？”

夜玄殇目光在她眼中一停，片刻对视，突然笑道：“哈哈，确实无关紧要，玄殇多此一问了！”

赫连侯府弑君叛乱，奉少原君令，都骑禁卫布防上郢东西两城，九门十八坊火把点点，蹄声阵阵，不断有禁军纵马而过，整个楚都笼罩在一片火光肃杀之中。

夜玄殇与且兰巧妙避开守兵，半刻之后到达密道入口。

楚宫密道仍有机关防护，但有且兰从旁提点，和上次彦翎步步探路自是不可同日而语，两人未费多少周折便顺利潜入，且兰对夜玄殇道：“上次你夜闯衡元殿后，皇非亲自设下一重剑阵，他的阵法机关深得师父真传，我并无把握能够破除，所以我们唯有设法瞒过其中守卫，经造兵场中密道绕往衡元殿。”

夜玄殇道：“路上我曾留心看查，以少原君府此次平叛出动的兵力，造兵场中留守之军不会超过五百，我们有九成把握能够成功。”

黑暗中雪纱遮面，只见且兰眸波一扬，眼中隐约透出笑意：“看来你对楚国兵力分布知之甚详，今晚造兵场中不多不少恰是五百守兵，三公子是想硬闯，还是智取？”

夜玄殇闪身越前，回头笑道：“硬闯也好，智取也罢，请让玄殇当前先行。”

接近君府方向，寒气越来越重。此次进入密道不像上次那般匆忙，夜玄殇沿途细察，发觉石壁之上湿气层层，不时有水声入耳，方知这造兵场竟是建在君府与楚宫相连的内湖之下，巧借地势之利，将密道掩盖得天衣无缝，囤军驻兵无人能知，可谓布置精心，机密隐蔽。

在且兰的指引下，两人很快深入密道，不多会儿便有火光映出，造兵场入口出现在眼前。

与那日炉火熊熊、兵来将往不同，今晚偌大的造兵场四下安静，唯有当中一个巨大的炉鼎火焰燃烧，照亮周围剑石兵甲，八名赤衣侍卫分立两侧，把守着通往君府以及造兵场后密牢的通道。

且兰与夜玄殇悄然潜入，归离、浮翾双剑同出，一双锋芒，数道血光，八名侍卫连人影都未看清，便颓然倒地，声息全无。

"好剑法！"夜玄殇低声一赞，"以前只听说九夷族女子善用弓箭，炎凤弓天下无双，却不知殿下剑法亦如此精妙。"

且兰回剑入鞘。洗马谷中朝夕相处，九式剑招口传亲授，身畔低低的轻咳，指尖冰冷的温度，青衣雪袖，兰息药香……一瞬回忆化作眸中千百波澜，方要说话，耳边忽闻一声暴喝："什么人？"

两人同时一惊，前方破风声起，紧接着是一阵机括微响，且兰识得是密牢中箭弩机关发动之兆，脸色骤变，便见密牢入口处三道人影飞掠，箭啸声随之响起！

密道中寒芒忽现，无数劲弩锋芒疾密，爆射而至。

夜玄殇亦曾见识过这机关厉害，心叫不妙，却见那三人中最后一名蒙面女子急掠时突然返身，抬手一扬，一片迷雾自她手中散出，封向密牢出口，半空一旋，漫天箭矢纷纷坠地，竟被一张细密如缕的丝网全然阻下。

"雕虫小技！送你们点回礼尝尝！"那女子轻笑声中再一扬手，丝网凌空飞起，不知如何化出无数金针，密雨般罩向出口。后面追来的守卫猝不及防，顿时一片惨叫。那女子一招得手，亦不恋战，道声："便宜你们了！"抽身便撤。

不料此时，四面入口忽然毫无预兆地落下数道闸门，轰隆声中，同时将所有出路完全封死，偌大的造兵场顿成地下牢笼。

那女子哎呀一声，稍一顿足，暗器再次射出，阻挡密牢追兵。另一名蒙面女子亦返身杀回，一柄长剑灵动犀利，变幻莫测，每每出招，必有守卫吃痛跌退。

这座君府密牢与造兵场相连，为防重犯逃脱，机密泄露，四面机关重重，牵一动百，这些来自《冶子秘录》的连环机关，发动之快世所罕见，叫人即便事先预知，亦根本无法避开。

便这片刻，密牢中守卫拥入，顿将且兰与夜玄殇一并卷入混战。凭他两人武功，区区守卫自然奈何不得，但且兰却知这下十分麻烦。要知造兵场中机关一旦发动，便会同时向君府示警，立刻引来重兵追捕，纵然今晚君府大部分兵力都在楚宫，但所余的三千烈风骑，已有足够的实力应对任何变故。

此时进入造兵场的守卫越来越多，逼得原本分作两处的几人渐渐靠拢。先前那两名蒙面女子护着当中一人，虽不断出剑伤敌，却也一时无法杀出重围。且兰剑下连断对手两柄兵刃，又伤一人，正自焦急，身侧忽有人低声喝道："借殿下浮翾剑一用！"

且兰倏地回头，恰好火光闪过，看清背后之人竟是被囚于君府密牢多年、后风国寇契大师的嫡传弟子宿英，心中由惊转喜，回手一道利芒疾闪，宿英双手间紧扣的一对精钢腕箍应声而断！

宿英骤获自由，一声长啸，抬掌击飞两名守卫，杀入阵中。左侧蒙面女子金针出手，追得对手连连后退，叫道："这些人交给我们，师兄快去破除机关！"

此时夜玄殇已认出她是寇十娘，手中剑光陡然转盛，替她挡下对手，喝道："去护宿英开锁！"

近旁两女微一对视，双双纵身而起，恰将攻向宿英的守卫拦个正着。且兰亦化剑如虹，与夜玄殇左右联手，威势倍增，一时杀得众侍卫寸步难进。

宿英乃是寇契大师的得意弟子，秘录中的机关对他来说易如反掌，俯身不过片刻，四面铁闸一震，同时向上升起。

"走！"夜玄殇剑下异芒爆现，身前对手溅血跌开，携了且兰闪电后退，同时一掌击出。造兵场中燃烧的炉鼎被他浑厚的掌劲隔空击中，轰然一声飞起，火星木炭漫天四散，化作一片火雨砸向追兵。两人趁此机会闪入密道，宿英随即发动机关，铁闸重新落下，几人瞬间消失在黑暗中。

密道中一阵急奔，面前空间忽然拓宽，出现八方岔口。且兰拦住众人道："这里所有密道都通往万象地宫，千万不要乱闯，以免陷身其中。"

闸门机关方才已被宿英破坏，将所有追兵暂时阻在造兵场中。宿英一振手上链铐，抱拳道："今日得殿下及时相助，宿英能够重获自由，感激不尽！"

且兰道："宿先生不必言谢，君府守兵很快就会绕道追来，现在我们唯有衡元殿一个出口可行，恐怕要硬闯密道中的剑阵了。"

"少原君府的造兵场果然名不虚传，险些便着了道。不过这整座君府的机关，十有八九出自师兄之手，区区剑阵如何拦得住我们？"十娘移步上前，仍是那副笑靥如花的妩媚模样。另一女子亦拉下面巾，正是东帝贴身侍女离司，妙目盈盈打量夜玄殇，迟疑地道："夜三公子？"

离司与十娘方才劫牢救人时处处留下痕迹，误导对方，事后自难有人想到帝都。宿英对君府各处设计了如指掌，皇非曾欲杀他灭口，东帝今夜救他脱狱，看似声色不动，却每一步都抢在对手之前，暗中牵制棋局走向。

夜玄殇眼中闪过思忖，刹那恢复深邃，对离司微一点头："此地不宜久留，先离开再说。"

衡元殿，华宫阒暗。

月光自林立的长窗透入，整个大殿沉浸在无边的幽静之中，声息全无。

突然，随着一丝极轻微的响动，大殿两侧高大的金柱之后一道暗门悄然滑开，十娘当先自密道闪出，确定四周并无守卫，众人先后出现在这存放楚国重宝的大殿中。

夜玄殇最后掠出密道，正判断紫晶石存放之处，心中忽觉一阵异样。与此同时，走在他前面的且兰突然停步，但听铮的一声异响，夜玄殇背上的归离剑发出直击人心的惊鸣。

几乎是不假思索，夜玄殇反手拔剑！

惊风骤响，携着尖锐凌厉的劲气，一柄链枪从天而降，漫天枪影罩向众人头顶。

夜玄殇大喝一声，剑锋向上挑去。

且兰飞身转步，玉掌击出，与归离剑不分先后阻向来人。

嘭！枪影爆散，原本黑暗的大殿忽然亮起火光，映得殿柱煌然刺目。

左右两侧一双银钩、一柄利剑，从精妙的角度破空而至，身后银戟封路，骇人的真气卷向宿英的背心！

电光石火之间，场中寒光频现，叮当连串激响不绝于耳。

夜玄殇与且兰同时后退，以化解游子枪上凌空袭体的劲气。离司与玉瑶剑乍合即分，瞬间二十余剑，剑剑惊心。宿英手无兵器，不得已硬拼银戟攻势，闷哼一声飞退回来，唇角溢出血丝。十娘对上几人中武功最强的方飞白，一招之下，肩头溅血。

刹那间五人中两人负伤，对方却唯有骁陆沉独抗夜玄殇与且兰联手之击吃了暗亏，落地时大退三步，游子枪噔的一声顿往地面，足下玄石四分五裂。

大殿暗处伏兵突现，扑向众人所在，两侧长窗大开，同时有人跃入，窗外火把林立，人影绰绰，一时不知究竟有多少兵马。

方飞白朗声笑道："果真不出君上所料，三公子胆敢再入衡元殿，我等奉命在此，恭送公子上路！"

君府众将皆曾领教归离剑的厉害，不给众人任何喘息机会，一声令下，数支长矛破空疾刺，当先攻至。

后方破风声起，钢索软鞭同时击来。

夜玄殇此时只要略作躲闪，便可避开长矛应付身后鞭索，但也只要一瞬，长矛手便会将殿门完全封死，使他们失去闯出殿外的唯一机会。

倘若被困殿中，必是有死无生之局！

夜玄殇纵声长啸，身形疾闪，手中长剑爆起凛冽寒芒，仿似人剑合一，速度激增，闪电般射往殿门口长矛手之间，对背后钢鞭视若无睹。

他的目标是骁陆沉！

动手一刻，且兰便已明白他的用意——拼上一人受伤，趁敌人尚未完成合围之势，在其最弱之处杀出一条血路，今夜众人方有保命离开的可能。骁陆沉方才受他两人联手一击，气息未复，正是稍纵即逝的时机。

当下侧身横移，清吟声中浮翩剑现，如雪虹芒卷向夜玄殇背后鞭索。离司在洗马谷时曾奉东帝之命与且兰切磋剑法，行动格外默契，同时出剑相助。

双剑横空，结为剑阵，半空鞭索震飞，对手喷血后跌。

两人齐声娇喝，疾往后退，剑光电闪，左右挡下攻向夜玄殇的两名敌人。

剑劲吞吐，对手胸前溅血，惨叫毙命。方飞白等人亦纵身出手，却是攻向已然受伤的宿英与十娘。

这一刻敌我双方皆已做出最佳的战略判断，刹那胜负分判！

数支长矛咔嚓一声齐断，归离剑异芒电掣。骁陆沉低喝，挺枪迎击。但闻一声嘶哑闷响，剑芒中迸开血光，骁陆沉虎口震裂，链枪脱手，眼见剑气直指眉心，顾不得胸口气血狂翻，全力向后飞退。

归离剑势如奔雷，直射敌阵！

蓦地一刀一剑自前方两侧呼啸拦截。娇叱声中，易青青彩衣飘飘地出现在半空，身侧南楚高手蜂拥而至。

夜玄殇心念电闪，已知绝不可能在刀枪触体之前，同时挡下两方凌厉的攻势，而若移身化解杀招，背后离司与且兰必有一人遭殃。

怒哼一声，长剑闪电上挑，左肩却使出卸劲，一缩一挺。

锵！

剑气贯空，易青青长剑骤颤，闷哼声中，被剑上传来的狂猛真气震得凌空飞出。

夜玄殇肩头同时溅血！

那持刀之人亦猛地向侧震去，喷血毙命。

夜玄殇纵啸前冲，竟在骁陆沉退入长矛守护的瞬间破入敌阵！矛光潮涌，剑掌相交，骁陆沉一声惨哼，跌出殿外，口中鲜血狂喷而出！

夜玄殇趁此机会冲向殿门，且兰、离司随后跟上，宿英借与展刑硬拼的反震之力疾退，左手翻旋，右手拍击，生生震开如林刀剑，喝道："十娘快走！"

十娘的处境最是危险，就地翻滚，架下方飞白当头一击，握住近旁刺来的长矛，挥手送入一名敌人腹中，正欲发出金针，一摸之下，却发现袋囊已空。

就这交睫一瞬，方飞白双钩再至！十娘猛一咬牙，施展轻功腾空而起，足尖点上钩梢。身下无数长矛骤然落空，而她借势上翻，手中丝网飞旋散开，当空罩向方飞白。

方飞白倏地后撤，足尖挑起一支长矛，大喝一声："去！"长矛破空激啸，直冲丝网中心！

强劲无匹的真气贯透千丝万缕，其势之快，迅逾闪电，十娘甚至来不及收网阻挡，矛光直射胸前。

半空中一双羽箭急啸而至，却已不及，长矛穿破网影，一蓬血光于刀枪剑阵中急速坠向殿外。

宿英狂吼一声，掌风扫出，敌人如潮纷退，且兰凰羽箭再至，连珠疾射，阻挡方飞白追击。

十娘满身染血，坠落宿英怀中，众人终于杀出殿外，来到空阔的广场之上。

层层火把将衡元殿照得内外通明，密密麻麻的弓箭手，锋利的箭镞在火光照映之下，散发着令人心寒的杀气。

重重围困，天罗地网，封死所有退路。

第十三章 阴错阳差

夜玄殇等人在包围圈中背对而立，几乎人人衣衫染血，火光不断闪烁在眼前，激战之后的疲惫令形势更加严峻。

离司迅速为十娘封穴止血，却发现长矛虽受丝网阻碍，并未伤中要害，但方飞白犀利的真气已侵入十娘经脉，几乎断绝了她体内所有生机。

不远处，被夜玄殇一剑重伤的骁陆沉盘膝静坐，周围地上鲜血刺目，而他面无人色，甚至看不出是生是死。

且兰手中凰羽箭遥遥指向殿门，夜玄殇面对数以千计的敌人，剑锋寒利。今晚的衡元殿显然是个精心设计的陷阱，不但针对夜玄殇，更将九夷族算计在内。

没有人能在少原君手中撼动大楚分毫。

方飞白率众将来到殿外，冷冷地道："三公子若是肯弃剑就缚，我们便不必再浪费时间，你的同伙也少受些折磨。"

夜玄殇唇锋一挑，浑然不顾伤口鲜血淋淋，归离剑斜搭肩上，转过身来："这倒是个好主意，不如方将军先示范一下，让在下开开眼界？"

方飞白怒哼一声，眼中闪过寒芒。

且兰在与夜玄殇错身时突然低声道："东南方山石后有一个密道出口，直通那日你和彦翎走过的地宫，带他们先走。"

夜玄殇目光一闪。且兰再道："你留下，我们便无一人能生离此地，我有办法应付方飞白，至少他还不敢杀我。"

火光绰绰，将箭矢锋芒映入且兰冷静的眸心，一如她话中无法辩驳的事实。

由此处到密道入口看去不过数丈距离，却如隔万水千山般遥远，若无夜玄殇相护，单凭离司和宿英要带重伤的十娘离开，无异于痴人说梦。情势决定必有一人断后，没有什么比凰羽箭更具威慑，亦没有人比身为九夷族女王的且兰更加合适。

面前优美而冷利的身姿，雪衣银箭，透露出千军万马凛冽无匹的气势。

夜玄殇在火把环伺中深深看了且兰一眼，忽将归离剑向前一指，喝道："方飞白，你可敢与我单打独斗？"

方飞白抬手一挥，四周弓箭手后撤数步，冷笑道："以众欺寡非英雄，我也正想见识一下归离剑法，否则今晚过后，便再无机会了。"

夜玄殇亦笑道："我夜玄殇若要走，你这区区千人，怕还拦不住。"

方飞白道："但你身边几人，必然没命回去。"

夜玄殇目露精芒："那我保证这里所有人都得陪葬！"

刀剑未动，言语交锋，两人皆欲在彼此心理上造成必败的阴影，压制对方气势，语毕，不约而同地向前跨出。

一步落地，四周气氛顿时变得肃杀沉重，随着两人第二步踏出，烈风骑战士缓缓退开，让出更加空阔的场地。离司等人也似受不住这凛冽的气势，随之向外退去，逐渐接近密道入口。

且兰只是轻轻侧身，外移稍许，仿佛为了护持众人，手中炎凤弓仍旧直指决战场中。

迈出第二步时，夜玄殇身形忽然轻微一顿。气机牵引之下，方飞白攻势骤发，暴喝一声，双钩疾驰电掣，映着四周刺目火光，流星般划向夜玄殇受伤的肩头。

方飞白身为君府众将之首，武功之高堪与皇非一较长短，战术上更是无懈可击，觑准夜玄殇力战之后负伤在身，雷霆之击，攻其必救。

夜玄殇长剑电出，一道剑光破入双钩之间，快得无人能够看清。

当！钩剑双交！夜玄殇倏地闪近方飞白，归离剑以排山倒海之势迎空劈下，每一剑都迫得场中砂石狂飞、火光急闪，周围众人不得已再次后退，以免被剑气误伤。

这种打法最耗真力，除非在数招之内毙敌，否则此消彼长，优劣之势必然逆转。

方飞白霍地疾退一步，双钩横架，仿若两道闪电封上剑势，变招之快，亦是令人惊叹。

月下频频爆起精光，人影剑影翻腾闪跃，两人近身相搏，瞬间生死可判，惊险万分。

场外近千人看得几乎透不过气来，一片悄无声息，唯闻火把迎风噼啪作响。

此时夜玄殇忽然攻势一滞，低哼一声向侧横闪。方飞白岂会放过此等良机，手中寒芒暴涨，漫天钩影如潮狂涌，卷向对手。

锵锵激响，夜玄殇伤口溅血，凌空疾退，落往东南方山石林立的御苑。

眼下宿英等人一退再退，离密道入口已不过数步之遥。

方飞白长声而啸，纵身追击！

就在此时，炎凤弓金芒闪现，纤纤素手，玉指乍放，三支凰羽箭骤然离弦，带着尖锐犀利的呼啸，惊电般射向场中！

易青青、展刑齐声怒叱，飞身而起。

正在后退的夜玄殇突然奇迹般旋身射回，归离剑气贯长虹，迎面罩至，其势之快，竟比先前更盛三分，哪有半点伤势复发的模样。

三人此时方知上当！

方飞白也算了得，箭芒及体的刹那，双钩左右急掠，准确无误地击飞两箭，同时猛提一口真气腾空后翻，第三支凰羽箭避开要害，带出一道血光擦着他身侧飞过。

箭势未歇，直接洞穿一名烈风骑战士胸口。

血溅长阶！

归离剑与银戟发出一声惊天动地的交击，展刑踉跄跌开。易青青大惊之时，归离剑倏地闪至眼前，剑气袭体，竟让她连撤剑后退亦难做到。

方飞白落地后急运真气化解侵入体内的箭劲，猛然怒喝："给我杀！"

火光刀锋，蜂拥而起。且兰凰羽箭再出，连珠箭闪，烈风骑战士鲜血频溅。而周围弓箭手却顾忌易青青被困在阵内，一时不敢放箭射杀。

这为五人提供了极好的机会，夜玄殇与且兰动手一刻，离司三人同时杀往密道入口。此时由离司单独负起保护十娘的责任，宿英着手破解密道机关，不过瞬息，但听咔嚓一声，密道洞开。

且兰频频发箭，对夜玄殇喝道："带他们走！"

夜玄殇纵声长啸，归离剑锋芒暴涨，易青青银牙猛咬，挥剑上迎，嘭的一声闷响声中，半空中剑光彩衣，乍现飘散，易青青勉提一口真气凌空飞退，未及落地，一口鲜血喷满襟袖。

夜玄殇同时后撤。

身后离司始终一言不发，道道剑影吞吐闪现，不断有敌人在她剑下溅血后退，但这连场恶战，真力消耗甚巨，剑势逐渐不复先前之利。此刻夜玄殇退到入口，剑光所至，挡者毙命，顿时接过四周攻势，一掌将离司送出战圈："走！"

烈风骑战士如潮拥上，离司连斩两名对手，顾不得血溅满身，回肘将从侧面冲上的一人击得吐血跌出，在夜玄殇的护持之下，同宿英扶起十娘率先闪入密道。

便在这时，烈风骑军中传出异样的号令，众战士攻势转弱，紧接着，竟似有条不紊地向外退去。

阵阵机栝声传来，且兰神色微变，见夜玄殇也已退至密道，最后一轮凰羽箭射出，功聚左手，隔空击向石门。密道石门轰然闭合，且兰则清啸一声，雪衣飞旋，借掌力反劲冲天而起！

漫天利箭呼啸而至，但见半空中白色身影炫出一道夺目的亮光，仿若凤舞流雪，星耀长空，箭矢纷折，飞落如雨。

浮翩剑乍现即逝，且兰衣袂急扬，扫尽箭锋，落地的同时足下横闪，地上落箭双双飞起，炎凤弓金弦光烁。

"方飞白住手！"

面纱飘落，玉容尽现。

方飞白一惊喝令停手，所有弓箭手张箭在弦，对准来人引而不发。

月华之下，白衣胜雪，九夷族天下无双的神弓，绝色无匹的风姿。

炎凤凰羽，方才那一招"鸟尽弓藏"早令方飞白心中生疑，此时证实猜测，眼中疑惑慢慢转为冷静，叹道："飞白现在方知君上言中之意，殿下今夜出手相助夜玄殇，必定令君上失望了。殿下难道不明白，以我少原君府之力，纵有整个九夷族相助，夜玄殇也绝无可能自楚都逃生。"

面对重兵围困，箭锋重重，且兰却将炎凤弓一收，优雅挑唇，看了那密道一眼，道："方将军莫要胡猜，师兄欲杀夜玄殇不错，但并非急在此时。如今东帝虽与君府缔结婚盟，暗中却多有布置，师兄要确定九公主心意，试探帝都真正的意图，夜玄殇乃是最好的人选。我今晚出手助他，不过是为了最后斩草除根，此事皆在计划之中。"

方飞白一愣，想起皇非先前之言，若说是试探九公主，倒似更加合理，皱眉道："君上从未提过此事，我等只是奉命，绝不令夜玄殇生离衡元殿。"

且兰道："假戏真做，才更容易相信。我九夷族与少原君府是何等关系，难道会反助外人，与师兄作对不成？你也不想想，若非师兄首肯，密道中守卫岂会这么轻易便放我们到这衡元殿？"

方飞白想她言之有理，顿了一顿，低头沉吟不语。这时远处突然传来一声巨大的轰响，上阳宫方向隐有火光蹿起，接连不断，浓烟滚滚，直冲夜空。

君府众将无不色变，含夕公主与楚王后皆在上阳宫，必定是发生了什么意外变故。且兰急行几步，蹙眉道："不好，莫非叛军突袭上阳宫？"转向方飞白，"王后与公主危险！你速带兵前去增援，夜玄殇交由我对付。”

“启禀主上，上阳宫突然起火，宫中所有人都被困火海，君府那边未见九公主回应！”

凭澜殿中，斜倚云榻的东帝听完今夜第十三道回报，忽然睁开眼睛，雪裘清光，在那修长的眸中闪过澈冷如玉的微芒。伴着一声低低的咳嗽，侧立近旁的商容听到他淡声吩咐：“再探。传令下去，冥衣楼所有部属齐集候命。”

似是感觉到什么，卧在他手底的雪战一跃跳开。商容心头一震，但也只是顿了顿，便要遵命行事，只见他拂袖起身，继续道：“即刻通知苏陵、靳无余，命他二人调兵入楚，着手应变。”

一袭雪裘迎面扫过，子昊已往殿外而去，商容这才真正吃惊，跟上他脚步，不由多问了一句：“主上，当真调兵入楚？”

夜宫长焰，陷入子昊眼中无底的深渊，莫名透出凝重的意味，他在殿外微微抬头：“上阳宫不出事便罢，若有意外，便是难以控制的大事。”倒负袖中的双手，握住冰凉的灵石串珠，心中那股无法压抑的异样，阵阵掀起不安的波澜。

望着商容迅速离去的身影，子昊眉心蹙起，低声道：“子娆，你究竟在做什么？”

滴滴鲜血，绽落黑暗。四周通天华丽的幔帐飘散缭绕，一身雍媚玄服的女子端指如兰，眉心那抹朱莲印记越来越艳，幽光影里渐渐变得妖冶清晰。

药性逐渐散去，子娆敛袖调息许久，才将那鲜血装入一个密封的玉瓶，收入掌心。

除了两名陪嫁侍女，君府所有侍从守卫皆被遣退在外，无人知道九公主为何一直留在寝殿。这是最后一次，过了今夜，成为少原君夫人的九公主，将再也无法以这种方法化血入药。

那一日漫天碧雨，他拥她在怀，他转身平静离去，他亲口将她许配皇非……五日嫁期，那样决然而迅速，她总不是他的对手，就像那盘下了七年的棋，她知道，其实她根本赢不了他。

大殿中幔帘随风，飞舞恍若烟云，凤鬟间、云鬓中，血色玉簪珑玲剔透，每一丝雕琢，都带着他指间清冷的温度。

今日他亲手替她绾起长发，淡淡的微笑如光流离，辉煌华殿之上，他是雍朝第二十七代君主、世人的东帝、她的王兄。

子娆轻叹一声，眼波微敛，站起身来。子时将至，宫中大局当定，楚军先锋也应在此时攻入云间，进逼符离。明日宣楚边境战火再起，若他的计划一切顺利，百日之内，胜负将定，这段时间亦是帝都装备王军、增强战力的最好时机。

天下乱世，没有什么比手握强大的军队更加有力，而将士手中的兵器正是决定一支军队战斗力的关键，所以今夜营救宿英至关重要，得此人才，如得千军。

子娆将药血收好，移步前行，忽然间停下脚步，向金榻后的屏风瞥去。

雕云嵌玉的连绵屏风，金灯照不见的暗影，无声浮漫弥散。

血腥的滋味，轻微几不可闻的声息，以及，属于刀剑锋利的寒意。

这绝非自密道归来的离司或者十娘，子娆眉梢一挑，身形倏地后退，玉掌凝光，一道寒芒穿破帷帐，径直击向屏风！

惊芒爆开，屏风后剑影一闪击中千丝，子娆不及转身，手腕便被一人扣住，将她向前一带，拉向怀中："是我！"

子娆掌风以毫厘之差停在其人颈畔，陡然侧眸，指尖焰蝶之光隐隐跳动，照见夜玄殇俊冷的脸庞。几乎同时，她发现他揽住她的手臂上不断有鲜血流下，左肩上一道伤口赫然见骨。

夜玄殇深邃的目光探入她眼中，也只一停，手掌离开她唇畔："皇非在衡元殿设下伏兵，十娘受了重伤，要马上送她和宿英离开君府，否则皇非很快会怀疑帝都。"

他在子娆耳边三言两语说明情况，随即返身接应宿英等人，触到十娘的身子时突然一顿，随即低声道："放下她吧。"

宿英连运真气送入十娘体内，最后离开密道的离司匆忙抢上一步，却在十娘身边颓然落手，眼中顿有泪光闪现。十娘先前硬受方飞白一击，早已心脉俱断，仅靠夜玄殇与宿英轮流输入她体内的真气勉强维持，一路撑到现在，终究回天乏力。宿英发出一声近乎悲号的低咽，十指渐渐扣入屏风碎裂的木石，猛地起身："皇非！"

"带他走！"近旁一道袖风扫过，子娆伸手扣住他肩头，将人向后甩去。

迎袂转身，黑暗中惊鸿一瞥，凤眸冷艳如霜似雪，漠然近乎无情。

宿英不顾夜玄殇阻止，瞋目恨道："十娘是因我而死，皇非本该杀的是我！"

"十娘是我帝都的人，生为帝都，死为帝都。"子娆看他片刻，回身轻轻拂过十娘眼帘，手指在那犹自温软的肩头缓慢收紧，"这笔账，自有我与皇非清算。莫要让十娘白白送命，你马上与夜玄殇离开君府，一切等见到王兄再说。"她侧头看向身边之人，他袖口滴落的血迹仿佛渐渐漫入她魅冶的眸心，噬人心魂的色相于那暗处翻涌欲出，然玉容端媚静若止水，"你这人不但胆大，而且命大，若皇非在楚国都杀不了你，我还真有些替王族担心。"

夜玄殇剑还在背上，眉目间仍是往日散漫模样，仿佛这一夜激战，生死流血皆不经心："皇非杀不了的人，未必九公主也不能。"他随手处理了肩头伤口，暗自返神内视，以便尽快恢复体力，"至少现在最多和你打个平手。"

子娆眉梢微挑，唇畔突然绽开笑意："那我是不是该趁这机会杀了你，否则以后难保不平添麻烦？"

夜玄殇微一凝目，道："子娆，现在我才觉得，原来你真的已是少原君夫人了。"

子娆淡淡地道："无论何时，少原君夫人首先是王族之主。"

夜玄殇唇锋带笑，深深看她，忽然叹道："东帝何幸！"

子娆眸光一掠，方要说话，殿外忽然传来人声："君府少将岳言求见夫人！"

子娆倏地看向殿门，夜玄殇抬手示意一下，迅速俯身抱起十娘，与宿英离司闪向屏风深处。子娆转身扬袖，身后重重华幔如云遮下，缠枝金灯连绵闪烁，一片明明暗暗，渐无声息。

一时不见回应，殿外岳言声音转急："方才密道中传讯示警，有刺客闯入府中，请问公主是否平安？"刚要抬手再叩殿门，殿门忽然大开，九公主玄服凤妆，独自从那幽深的寝殿中徐徐走出，抬眼一扫，冷冷地道："未曾传唤你们，何事擅自喧哗？"

那目光冰刃一般直刺人心，竟看得这君府大将陡然一惊，倒退两步："夫人恕罪……"身后马蹄声响，突然传来一个冷静动听的声音："是我让他们求见夫人的。上阳宫突生变故，烈风骑主力追击叛军无暇顾及，师兄命我传信夫人，请调府中守军速速入宫增援。"

子娆早已将目光移开，殿外广场上一队人马上前，当先一人白衣战袍，明眸若雪，正是且兰女王。

隔着漫空烽烟，夜色火光，两人目光于半空中交撞，明暗间一丝微妙的闪烁。

火光陡盛，冲映夜空，子娆没有多说一句话，微微细起凤眸，抬头看向已被大火淹没的上阳宫。

不到半刻时分，两列明亮的火把自君府大门驰出，直奔西苑上阳宫，稍后又是两列，整齐迅疾的马蹄声惊破长街，令这波涛汹涌的楚都更添紧张。

子娆接连将君府中留守的两名大将调出，夜玄殇与宿英趁机改变装束混入九夷族战士当中，其他侍卫自是无人注意他们。且兰此次带来楚国的虽只有百名近卫，但皆是曾受东帝亲手调教的精锐战士，更有叔孙亦、司空域、褚让等数名高手随行，若无意外，不需半个时辰便能顺利护送两人出城。

君府外，叔孙亦率兵迎上前来，微锁的眉宇下，这九夷族头号智囊人物神色间带着一丝难言的慎重。子娆在火光重影下驻足，正好站在他身边，目视九夷族战士上马，忽以轻不可闻的声音淡淡地道："叔孙先生，有些话你知我知，九夷族千万莫要走错任何一步，否则你当明白后果的严重。"

玉容半隐暗光，媚若流水的声音带着一股清彻寒意冷冷地淌过耳边，仿若冰玉交击入心。叔孙亦身子一震，稍后微微低头："公主放心，叔孙亦可以性命担保，九夷族绝不会背叛东帝。"

子娆眸光一睐，笑道："先生果然是聪明人，请。"

叔孙亦侧身抱拳，方要上马，突然停下动作。便是此时，所有人都感觉到脚下震动，长街尽头火光一闪，叔孙亦霍然色变："快走！"

四面八方，风卷暗尘杀气荡，激得发袂衣袍一片飞扬，但无论且兰还是子娆，都只望向那片汹涌而来的赤潮。火光骤暗复明，且兰单手缓缓握上炎凤弓，眼神冷静如雪："已经迟了。"

话音方落，烈风骑名震天下的战旗席卷长街，两列骑兵迅速中分，战马微鸣，铁蹄声落，骤然间降临四周的安静凝住所有目光。

三军之前，白袍赤甲的少原君徐徐纵马前行，目若寒玉，冷冷锁定众人。

第十四章 恩断义绝

宽阔街衢，煌煌宫府，万重火把映得黑夜如同白昼，唯闻一人马蹄声落，刀剑如林，亮光反射在他绛红若血的披风之上，几乎叫人不能正视。

少原君完美无缺的微笑，可令天下女子怦然心动，可令冰峰融为春水，然此时皇非唇角冷冽的锋芒，却让在场所有人都有种彻骨的寒意。

斩杀万军，屠城灭国，且兰亦从未见过他这般神情。

但皇非并没有看向九夷族任何一人，甚至包括夜玄殇与宿英，千人万众，他只在一片刀枪剑影中冷眼注目君府前华服飘舞的女子。

"子娆姐姐！"烈风骑中突然传来一声悲叫，秀发凌乱的含夕越马上前，喊道，"你……你们为什么要那么做？"

皇非身后众将，方飞白面色阴沉，马前靠着气息奄奄的召玉；老将邝天横鞭在侧，一步之外随有三名灰衣老者，低眉垂目貌不惊人，不知是何身份；展刑、易青青夫妇皆是怒视众人，骁陆沉略微坠后，半闭双目自行调息，看情形虽保住了性命，但没有数月时间也绝不可能恢复功力。

方飞白等人赶到上阳宫时，皇非已先一步将含夕与召玉救出。整个上阳宫毁于火海，含夕幸而无恙，召玉却受伤甚重，几乎送命，此时全赖方飞白从旁护持，挣扎抬手指向子娆："你这妖女……枉君上如此信任你……竟然下此毒手……"子娆对她视若无睹，但看向方飞白时，眸心倏地一收，一点墨色如光暗放。

方飞白面无表情地回望子娆，以及其身后恨不得将他碎尸万段的宿英，但他知道，今晚衡元殿的变故已根本算不了什么。

上阳宫中王后与小王子横遭意外，令得君府陷入了前所未有的被动。楚王死于乱军之手，赫连残部败退西山，含回在混战中失踪，含夕公主纵与少原君青梅竹马，却对东帝芳心暗系。东帝若要将楚王之死归咎于君府，可谓易如反掌，甚至略施手段控制含夕，便能间接左右楚国政局。今晚宿英越狱潜逃，夜三公子暗入宫中，九夷族倾力相助，皆与帝都脱不开关系，而更可怕的是，还有一个宣王姬沧。

宣楚之战，双方倾尽国力在此一举，姬沧与冥衣楼背后的帝都，是否早已暗中达成了某种合作？东帝真正想要扶植的，究竟是楚国还是穆国？九公主更改婚约五日而嫁，究竟是怎样一步棋？这一切，是否是各方势力针对楚国的一场阴谋？

方飞白能想到的，皇非自然也能。

重兵环伺下，四周一片肃静，一人驻足阶畔，一人横马长街，幽艳的面容，锋利的注视，只听得见风火衣衫猎猎作响，不断抽击每个人的心间。

终于，皇非冷冷开口："上阳宫火起之时，你人在何处？"

子娆眉梢微动，没有回答。

皇非目光逐渐转厉，蓦地喝道："岳言！告诉大家！"

岳言的声音不带一丝感情，字字句句道出不容辩驳的事实："自君上离开后，九公主与两名贴身侍女进入寝殿，直到上阳宫火起，末将才再见到公主。"

子娆仍旧沉默。

皇非盯着她，眼中暗潮激涌，几如来自地狱的冥焰，仿佛要将眼前这妖娆颜色生生焚为灰烬。含夕颤声道："子娆姐姐，你嫁给皇非真的是另有目的，是不是？你为什么不说话，你不敢亲口回答吗？"

夜风下，子娆突然轻轻一笑，朱唇微启，道出一字："是。"挑眸转向含夕，"你说得没错，我嫁给皇非的确另有目的。"

含夕睁大眼睛，裹在披风中的身子禁不住微微颤抖："是不是为了帝都的谋划，为了王族，即便要杀一个无辜的婴儿和手无寸铁的女子，你也在所不惜？"

子娆面若止水，淡淡地道："是。"

一言激起千层浪，纵然君府方面仍旧阵列森严，无人说话，但那种骤然盛烈的杀气，却令四周空气如深湖冰裂，怒涛汹涌。夜玄殇眼中忽而闪过一道诧色，风云骤起而过。且兰等人不约而同地望向独立月下的子娆，无不面露震惊。上阳宫的变故若是帝都明修栈道，暗度陈仓，那这颠倒乾坤的手段将给九域带来如何可怕的震荡，此刻谁也不敢断言，甚至不敢想象。

听到子娆这样的回答，含夕死死咬住嘴唇，两行泪水潸然而下："那子昊哥哥……"

子娆静看她坠落的泪水，唇角仿佛有着一丝迷魅奇异的笑痕："子昊，他是我唯一的亲人，为了他，我可以做任何事情。"

含夕摇头道："可是……王兄是我的哥哥，王嫂……王嫂她也是皇非唯一的亲人啊！"

眼前赤影一闪，皇非猛地抬手："含夕退下！"

含夕被他骇得一震，只见他眼底赤色隐隐，面容冷酷甚是可怕，含夕想起楚王后连同那刚刚出生的婴儿惨死火中，竟是尸骨无存，一时哽咽，再说不出话。

皇非目中精芒逼人，环视军前，点头冷笑："你们计划得不错，以联姻为借口推动楚宣之战，一步步令楚国陷入乱局，待我与姬沧两败俱伤，帝都便可坐收渔人之利，再联合穆国、九夷铲除宣王，一统九域。很好！子娆，你不愧是我皇非看上的女人，有这资格胆量与我作对，只可惜你忘了，究竟谁才能真正左右楚国！"逐日剑呛啷出鞘，"今晚，你我再无任何情义可言！"

剑锋耀目，子娆不由微微眯起眼睛，眸光星色纵横，是喜是怒，是悲是欢，竟无人能够说出。僵持片刻，只见她轻幽一笑，抬袖扬手，灿灿凤冠应声坠地，长发迎风散泻，伴着她冷魅动听的声音："也好，这场戏，反正我也演得腻了，这样倒痛快。"

乌发玄衣飘若舞，夜风催云暗，火光急急映出两人玉容英姿，绝代风华。一夕夫妻情，凛凛君臣义，皆在这举手投足间灰飞烟灭。子娆睨眸侧首，转向九夷族："且兰女王意下如何？"

且兰手中弓箭微紧，徐徐扬眸，竟是一笑："我早知有一日会与师兄对阵沙场，只是没想到，这一天会来得这么快。"

"你以为东帝真能保全九夷？"皇非冷冷抬手，随着逐日剑渐盛的烈芒，三军潮动，"乐瑶宫如今已被重兵封锁，既然要战，你们就谁也别想生离楚国！"

子娆与且兰同时呼吸一室，眼前逐日剑落，烈风骑动，如血杀气扑面而来！

楚都西城门外，烈火沿途不熄，断剑残兵凌乱地散落在荒草乱石间，处处横尸遍地，夜风不断刮来刺鼻的血腥味，夹杂着阵阵浓烟，以及士兵重伤垂死的哀号。

赫连侯府与烈风骑追兵一路激战，节节败退，待杀出城外，上万叛军唯余不到两千，人人战意全无，马困力疲，眼见败势难回。幸而上阳宫一场大火，令得皇非意外回师，一直控制着外城护军的赫连闻人之子赫连啸率援军及时赶至，会同赫连羿人撤往西山军营。

急云蔽月，马蹄阵阵，一队赤甲铁骑旋风般驰过战火方休的山野，为首正是君府四将中的善歧。这一路兵马出城向西，至沅水之畔与丰云所率的三千铁卫会合，万千火把如龙，直奔乐瑶宫。与此同时，城防水军沿江出动，战船往来穿梭，一片战云密布。

不过半炷香工夫，通往乐瑶宫水陆道路皆被封锁，就连鸟雀都难飞出。

便在这时，一队人马出现在乐瑶宫必经之路。

当先带头之人正是聂七，火光照出车辕上饰有夔龙纹墨玉双玦，再加上护卫在旁面若古井的商容，车内之人的身份不言而喻。

狭路相逢，疾驰中的烈风骑骤然分开，鹰翼般抄向两侧。

商容长眉一掀，倏地自前方退回车旁。重重火光，映出子昊清冷的脸庞，袖间微微一动，玉箫落入掌中，断然传令："擒其主将，全力突围！"

平日繁华热闹的楚都，眼下一片血雨腥风。

子娆等人与烈风骑甫一接触，便陷入浴血苦战。威震九域的君府精兵，不但在兵力上占了绝对的优势，战术方略更是无懈可击，单是当先攻来的长矛手配合两翼快刀营，便将所有人逼在君府长街范围之内，外围不利巷战的铁骑按兵不动，隐隐封锁各处街口，却有近千府卫分作两路，左右同时杀至，将隶属帝都的冥衣楼部属和九夷族人生生切成两截，使得他们无法相顾，战斗力大减。

此次随子娆进入君府的虽都是冥衣楼数一数二的好手，但在烈风骑战略性的打压下，迅速陷入被动，纵然杀得敌人死伤不绝，惨叫连连，却无法避免被逐渐蚕食的命运。

子娆这边多是九夷族战士，由且兰统一指挥，但武功以夜玄殇最高，当此连番恶战的紧要关头，他十分清楚若被敌人各个击破，这不过百人的队伍将迅速被铁潮般的烈风骑吞噬，到时哪怕是绝顶高手，亦只有力战而亡的结果。

少原君府位于上郓城东，左临殿阁连绵的禁宫御苑，右接景秀山奇的楚江天险，眼下王宫已被大火覆没，更有都骑禁卫封锁控制，只有借助贯通楚穆两国的大江水路，众人逃生的机会才能大大增加。

能否集中力量杀出这不足百米的君府长街，便是生死存亡的关键。

归离剑冷芒激闪，两柄袭面而来的长刀双双断折，血飞骨裂中，扑上前来的十余名战士非死即伤，后跌时复又撞飞外层战士，烈风骑严密的阵脚生出混乱。

夜玄殇神情冷静，趁此机会率先冲向敌阵。

且兰眼力高明不在夜玄殇之下，知道突围之机稍纵即逝，凭借浮翾剑之利硬拼敌刃，剑光雪衣之下，几乎无人能挡其一招之击，强行推进到夜玄殇右翼。

子娆亦在同时跟在夜玄殇身左，千丝之术在血肉横飞的战场中形成绝美奇光，道道丝影变幻飞舞，诡异莫测，只要进入其笼罩范围内便绝无生还可能，令夜玄殇全无后顾之忧，归离剑法发挥到极致。

由这三人组成锋矢一马当先，自虎狼般的敌人中杀开一条血路，离司、宿英紧随其后，九夷族指挥权转到叔孙亦手中，训练有素的银甲战士分别由褚让与司空域两名高手压阵，配合青冥、鸾瑛等武功稍弱的女将，不断向前突进。

此时被敌兵主力重压围困的冥衣楼一方，正处于全军覆没的绝境边缘。

夜玄殇放声长啸，归离剑左右疾闪，卷向联手阻来的君府二将。

当当两声激响震慑全场，以二将合击之力，竟不能挡他一剑，若是退慢一步，难保不血溅当场。

二将尚且如此，其他人更是难敌归离剑之威，阵前封锁土崩瓦解。眼见只距数步之遥，双方便能会合一处，君府前忽地传来啸声。

烈风骑快刀营闻讯后退，无数长矛手结成铁桶般的车悬战阵，四面八方矛影密集，更迭轮转，九夷族攻势顿时一滞。

君府高处，皇非等人正冷冷看着下方惨烈的战场。

在他后方不远处，含夕身处侍卫严密的保护之中，一动不动地呆站在那里。这一夜惊天巨变，前所未见的杀伐流血，似乎将她打入了一场噩梦，直到现在都无法相信眼前残酷的事实。每一次血光映入眼帘，都令她紧咬的红唇轻微战栗，可是就连她都能看出，面对皇非的无情剿杀，子娆等人丧命或是被擒不过只是时间问题。

烈风骑阵法源源不断地运转，却并不急于抢攻，显然是要以车轮战消耗对方体力。待到前方围歼战结束，此处战圈骤然缩紧，那种突如其来的强大压力几乎要摧毁所有人斗志，武功稍弱的九夷族战士立时伤亡惨重。

如此有条不紊的配合进攻，会以比全军混战快上数倍的时间歼灭敌人，保存己方战斗力，烈风骑的一举一动，无不显示出其名副其实、莫可逆挡的强大实力。更何况，此时武功最高的皇非与方飞白皆未出手，就连展刑、易青青统领的南楚部众、"魂索"邝天及其近旁三名深藏不露的灰衣人，甚至原属自在堂的核心成员亦只是居高临下从旁观战，少原君府真正的实力远不止此。

"不想夜玄殇到这时还如此厉害，可惜了。"方飞白起先在衡元殿失手，并非心服口服，此时这话倒是真正有感而发，他扫了眼被面前血战激得跃跃欲试的别鹤等人，转向皇非，"也差不多了，还和他们磨蹭什么？"

此刻身边没有外人，他与皇非并不那般恪守礼数，亦只有方飞白，才最清楚皇非为何令一众高手引而不发。

即便在盛怒之下，身为统帅的少原君仍旧保持着精准可怕的决断力。

当对方精疲力竭，而己方士气血性皆被战场杀戮激发至顶点的时候，这群早已将敌人虚实看透的生力军一旦加入，将如九天雷霆致命一击，彻底结束这场围歼战。

眼下便已到了最佳时机。

皇非俊美的面容仿若坚冰雕成，甚至连愤怒这种情绪都全然不见，开口下令："展刑与青青各率人马自两翼动手，对宿英和那侍女不必留情，重、明、查三位先生负责截下九夷诸将，邝老将军对付且兰，飞白截住夜玄殇，别鹤、闲情你等设法困住子娆，除她之外，所有人格杀勿论！"

他这番调兵遣将看似随口道来，实际每一步都经过精心策算。

以展刑夫妇所率的南楚精英直击对方软肋，一举击杀实力最弱的离司与宿英，突破敌阵；对付九夷族大将的三名灰衣老者乃是当年"鬼师"中与邝天齐名的高手，用他们牵制叔孙亦等人正是配合前方攻势，将对方一截为二，首尾难顾；而用邝天的软鞭对付且兰的浮翾剑，以方飞白截杀夜玄殇，亦是恰到好处，绝无问题。

连番令下，大局可定，方飞白暗中点头，但听到最后一句忽地一愣："已到了与帝都决裂的地步，你留她不杀？"

皇非瞳心微微收缩，闪过锐利异芒："与少原君府作对，岂是送命那么容易？东帝既想与我一较高下，我便奉陪到底！"

方飞白双钩落入手中，挑眉笑道："还以为你当真对她动了心思，那无论如何，我也要辣手摧花了。"

皇非冷哼道："多此一举，动手吧！"

第十五章 九死一生

杀气炽盛。

四周压力陡增，少原君府众将出手，形势顿时不同。

最先攻至的自是邝天与方飞白。

伴着疾厉呼啸的劲气，一道鞭影当空罩下，直射且兰眉心，双钩电闪，封向夜玄殇所有攻势。

且兰娇声轻叱，浮翾剑光掣如星，于重重鞭影中绽开犀利寒芒。

嗤嗤数声劲气交接，鞭影爆散，邝天仅仅向侧横移。且兰却连续倒退两步，被邝天强横的内力震得气血翻涌，唯有借后撤之势，才勉强化解这摧心裂肺的内劲。

身边惊人的激响声中，夜玄殇与方飞白短兵相接，冲势受阻，身上再添新伤，显然未占到任何便宜。

比起二人，离司与宿英则到了生死立判的境地。

离司纵然剑法精妙，但内力与展刑相差甚远，何况力战之后，体力内息已至极限。银戟以压顶之势迎头直击，一招之下，离司唇角呛出血丝，长剑几欲脱手，跟跄跌向后方，若非子娆及时援手，逼退自在堂二使，离司难免毙命当场。

宿英同时遭数名南楚高手强攻，情况更是不妙，单是易青青凌厉的长剑便已令他身处劣势，拼尽余力连挡夺命刀剑，却无法避开携着骇人劲道、毒蛇般攻向胸前的铜棍，一声惨哼，口喷鲜血撞入九夷族阵中。

漫天焰蝶带出夺目金光破入战阵，硬是接下南楚与自在堂双方攻势，爆裂惨叫声迭起，千丝随之激射而至，将扑向夜玄殇的数名敌手亦卷入其中。

目前场中唯有子娆是因众将奉命手下留情，尚有余力兼顾他人。

一切正按照皇非的计划，步步致命。

负责后方的虽是九夷族首屈一指的战将，但那三名灰衣老者无论武功、经验都比他们只高不低，尚未交手，叔孙亦便从敌人来势中判断出形势凶险，却连震惊的时间都没有，便被卷入狂潮般的刀棍。

"皇非！"含夕蓦地上前一步，高楼之上，皇非面对这片修罗战场无动于衷。含夕欲言又止，终是猝然闭目，扭头不忍再看。

第二轮猛攻接踵而来。

且兰再次挡下魂索杀招，揣酌形势，知道左右两翼几乎已丧失战力，下一刻便会被对方衔尾截杀，重兵围歼，变成冥衣楼那般情况，于是她断然放弃前冲的打算，浮翾剑光纷飞扬，毫不留情连斩敌方八名好手，忽地退向东方角宿之位，疾声喝道："布周天剑阵！"

血战中青冥、鸾瑛数名女将齐声喝应，剑光急盛。

叔孙亦明白且兰意图，同时抢向北方星位，正担心离司负伤无法镇守星枢，便见刀剑丛中玄衣魅闪，子娆现身西方奎宿，扬袖间四名对手喷血而亡，而她手中已多了一柄长剑，剑锋微颤，倏地向上挑去。

一道清芒如电，忽然化作光网爆闪，若自四面八方同时攻出。因阵法变动而首当其冲的展刑大吃一惊，饶是他抽身飞退，仍被那凛冽剑气割裂衣衫，险些无法脱身。

九夷族战士各归其位，南方井宿由鸾瑛、青冥合力镇守，离司从旁相护；夜玄殇退回阵心，反手接住宿英，输入真力助他疗伤；褚让、司空域等皆抽身入阵，争取宝贵的机会恢复体力。

战场突然出现一瞬奇异的变化。

便见阵中剑光点点，散布在烈风骑铁血重围中，看似凌乱无章，纷杂一片，却在对手追击时骤生变幻。

一剑击出，万剑相映。原本几人联手亦要吃力应付的后方，此时仅余叔孙亦一人，竟守得滴水不漏，反逼得三名灰衣老者险象环生，寸步难进。

方飞白的对手换成且兰，一声劲啸，撮掌击出，原想凭掌力震飞她兵器，岂料阵中白衣飞闪，一股排山倒海的剑气骇然卷来，其势之强，莫可逆挡，方飞白被迫横避开去。

子娆与且兰剑势双双展开，带动阵法反守为攻，形势顿时一变。

当日在洗马谷中，子昊据九夷族原有的阵法演变而成这套剑阵，挑选将士传授练习，上应周天星象，下按玄通易数，乃是一套极为厉害的战法。且兰等经过无数次演练，再加上精通奇门数术的子娆，威力只增不减。

敌阵刀飞血溅，溃不成军，君府高手也一时无可奈何，众人杀开重围，向长街尽头不断推进。

含夕"啊"的一声睁大眼睛。从她所在看去，周天剑阵散布于潮涌般的烈风骑中，便如沧海澎湃洒映繁星，巨涛惊浪连天，万千星芒激闪，不断流转交替，玄妙无穷。

"九宫洞天，八方神数，难道是……"含夕喃喃低语，不由想起子昊教她的通幽棋，心下一阵惨然。

"哼！"当风卓立的皇非忽然冷冷一笑，"含夕，上次那棋局，今日给你看个胜负！"说罢身形一动，凌空往战场掠去。

此时当空明月早已被重云遮蔽，夜色染血浓得连狂风亦无法吹散，剑阵发动的一刻，躁动翻滚的雷声隐隐传来，电光自乌云背后不断闪逝，令这激烈的战场更加骇人。

鸾瑛、青冥双剑飞烁，杀得敌兵身首异处，抛飞翻撞，眼前忽然赤影一闪，皇非现身阵中，挥掌拍向二人剑锋。

两侧九夷族战士挺剑而出，同时刺向皇非肩头。

周天阵法转动，剑光连绵封死前路，谁知皇非左右一晃，逼近的长剑尽数落空，竟不能阻他分毫。但听砰砰两声，鸾瑛、青冥同时惊呼，长剑脱飞。

南方阵法骤然一滞，离司急声娇叱，提剑抢向星位，皇非看都不看来剑，倏忽横移，踏入东方心宿，不但离司一剑落空，身处中枢星位的且兰更如自杀般主动撞向他掌风。

皇非唇锋冷挑，倏地化掌为抓，扣向且兰肩头。且兰大吃一惊，不得已旋身急避。如此一来，中央钧天无主，星门大开，再加南方轩辕势破，险象顿生。

且兰心知不妙，猛一咬牙，浮翾剑幻作无数剑花，漫空射向皇非，欲逼他退出中枢，抢回主阵权力。

只听皇非淡淡冷哼，阵中红衣电闪，剑光飞流，两道人影倏进忽退，伴着夜空云雷滚滚，迅捷无伦地在阵中移动，情景诡谲莫辨。

且兰剑势不可谓不快，步法不可谓不精，但皇非每一步都似料敌在先，始终快她一瞬，牢牢控制星枢，与当日子昊在洗马谷中所用手法如出一辙，杀人破阵只在举手之间。

普天之下唯此一人，能在瞬间击溃这可敌千军的阵法，也唯此一人，够资格与东帝对弈乾坤。

子娆红唇紧抿，星眸尽现焦虑，却要应付方飞白与邝天的联手攻势，根本无法分身。眼见剑阵将破，南楚全力逼攻叔孙亦，三名灰衣老者自有默契，不约而同地杀向离司！

形势险恶至极。

便在这时，夜玄殇忽然一声长啸，归离剑带着破空利芒，越过且兰，撞向皇非！

惊电蛇行，蹿布层云！

血雨中爆起惊魂夺目的寒光，交击声裂雷般连响，皇非攻势被阻，向后飞退。

倾盆大雨席卷天地。

夜玄殇凌空翻回，正好截向方飞白与邝天，钩剑鞭索瞬间交撞，三人踉跄跌开，皆是血溅衣衫！

子娆、且兰无不凛然，知道夜玄殇这种打法，已是存心豁出了性命。若能牵制皇非，其余人或有逃生之机，褚让与司空域亦在这时冲出剑阵，悍不畏死地杀向扑来的展刑夫妇，以及潮水般涌上的自在堂高手。

夜玄殇大喝道："结阵杀出去，莫要停留！"

君府众将自不会放过他们，三名灰衣老者分出二人，一刀一棍，呼啸着扑向且兰，君府二将同时加入围歼。

怒哼声中玄衣一闪，夜玄殇横剑拦路，归离剑寒芒遽盛，数名对手全部卷入狂潮血浪般的剑势中。

凭夜玄殇之武功，倘若以命搏命，谁人不觉胆寒？就连方飞白也不敢逞强直撄其锋，被迫变攻为守，一时无法抽身。

且兰猛一咬牙，高声命道："全力突围！"

"留下性命再说！"皇非逐日剑横越千军，直取阵心。

一旦被皇非击破剑阵，结果必是全军覆灭，夜玄殇狂喝一声，硬受邝天横鞭一掌，冲天而起，迎头阻击皇非！

子娆眸中戾色大盛，手底剑光飞卷雨势，杀得敌兵人仰马翻、心惊胆裂。且兰踏回星枢，周天剑阵重新运转，当者披靡，冲往前方街口。

半空剑气相交，一片激光仿若漫天电闪，两道人影疾飞翻退。

夜玄殇落地时一口鲜血喷出，归离剑却威势剧增，将衔尾追杀的君府高手截在当场。

纵然人多势众，单凭烈风骑战士也难抵挡周天剑阵，皇非掠回血战中心，凌空怒喝："众将退开！"

夜玄殇纵声长笑，剑光暴涨，展刑与岳言未及后撤，同时溅血负伤，一名灰衣老者杖刀断折，抛飞撞翻军阵，横尸气绝。

夜玄殇亦付出惨重代价，身上数道伤口爆裂，踉跄退步，他倏地转过身来，双目神光电射，锁定含怒出手的皇非。

子娆面现肆异清光，忽然命令离司："接掌阵法！"话音未落，纵身飞向战场。

离司惊叫一声："公主！"但面对烈风骑狂潮般的攻势，岂敢有所迟疑，只得抢入西方星枢，南方阵脚则重新由鸾瑛、青冥接过。

惊雷裂空而起，一道清啸穿越战阵！

玄袂凌虚，流华飞绕，妖冶夺目的血莲绽现于子娆眉心，纤指间幽烈的异芒与夜玄殇手中剑光合而为一，当面迎向逐日剑威凌天地的一击！

莲华之色，归离之剑，逐日之锋！

漫天暴雨中，天地一瞬尽失颜色。

烈芒迫目，雨光四耀，但见两道玄衣身影双双跌退，子娆猛地喷出一口鲜血，与夜玄殇撞入烈风骑兵阵。

皇非疾退的身形却在当空奇迹般一停，披风翻飞，赤艳如火，俊眸中蓦见寒意翻腾，仿佛这咆哮夜空的暴雨撕裂人间。

"好，你既然非要送死，本君便成全你！"

瞬间冰冷的眼神仿如剑锋犀利，冽冽狂雨，在逐日剑畔激旋啸涌，一触即发。

以子娆或夜玄殇的武功，本都有资格与皇非一战，但子娆为解子昊身上剧毒，连续数次化血入药，真元受损极剧，强施血影莲华挡下皇非一剑，不啻伤上加伤，五脏六腑剧痛如割，竟难再提真气。而夜玄殇一夜苦战至此，连挫强敌，周身浴血，也早已是强弩之末。两人身陷重围，四面八方皆是敌军，逐日剑无情劲气贯空，激啸充斥耳目。

忽然间，当空传来长声清啸，一道白芒如电穿云，在此千钧一发之际从天而降，截下皇非必杀一击！

碧袍银枪现身雨中。

君府东侧出现近百名天宗弟子，纷纷杀入战场，冲得烈风骑阵脚大乱，西侧亦有一批黑衣蒙面的白虎秘卫，由虞峥亲自率领，奋不顾身，悍勇杀来！

四方血流成河，激战迭起，两支生力军在烈风骑中杀开血路，令中心压力大减。

千云枪攻势展开，刹那间与皇非交击十余招，斗个旗鼓相当。夜玄涧朗声长笑，倏然向后撤回，碧袖迎风，枪锋纵横，所过之处敌兵飞跌滚避，溃散无余。

夜玄殇绝处逢生，接连劈飞数名敌兵，精神一振："二王兄！"

千云枪倏地迫到近前，竟向他当胸扫来："不快逃命，还等什么？"

一股云潮般强势的劲气将他与子娆送往外围战圈，二人纵越重围，当空落下，正迎上这一方把守出路的自在堂部众。

敌人不计其数，前仆后继地涌来，血战仍是在所难免。谁知就在此时，忽有一批自在堂高手倒戈杀向己方帮众，敌军猝不及防，损失惨重，封锁顿时失效。

夜玄殇长啸一声，携子娆沿这混乱杀出，逃往楚江方向。

对少原君府来说，今晚的首要目的便是擒杀子娆与夜玄殇，方飞白等皆知绝不能让他二人逃脱，从围歼剑阵的战圈中分出大半人手，纷纷扑向此处。

如此全力追击，武功高下立现，方飞白瞬间超越数人，凌空一掌往夜玄殇背后击出。

劲风及体，夜玄殇头也不回，猛提一口真气，护住子娆向侧横移，随着面上一抹赤色急闪，身形遽然加速，越过街巷投往其外狂风暴雨的黑暗。

方飞白一掌落空，倏地停在长街檐顶，断然下令："放箭！"

高处弓箭手利箭齐发，如漫天暴雨罩向目标，但终迟了一步，夜玄殇已怀抱子娆向前冲出，落向下方激流汹涌的楚江。

第十六章 突出重围

随着方飞白无奈的怒喝，夜玄殇与子娆落入因大雨而水势暴涨的楚江，瞬间消失踪影，不过片刻，复被急流抛上江面，向下游冲奔而去。

黑夜风急雨啸，咆哮奔涌的江水仿佛要摧毁一切。两人死死抓住对方，只能尽力避免重新被卷入江底的厄运，根本无法分辨方向。

这倾天暴雨让他们在江中吃尽苦头，却也令方飞白等难以追击，就连水军战舰亦失去了平日的作用。江上封锁因此暂时瓦解，成了他们逃离追捕的绝好机会。

但即便全无受伤，两人也无法在这样恶劣的情况下泅水上岸，何况现在身负重伤，江面逐渐收窄，水势更急，一股激流猛将二人抛向前方。

子娆手足乏力，险些便松开夜玄殇，只觉身子一空，下面正是因水位落差而形成的一片瀑布，未及反应便直落下去。

夜玄殇竭力环住她腰身，两人再次跌入江中急流，毫无反抗的余地，没过多久又是凭空坠下。可这次却没像前次那般幸运，一丛黑影迎面撞来！

夜玄殇心知不妙，搂着子娆猛一转身。

砰的一声剧震，夜玄殇脊背硬撞上江中礁石，鲜血夺口而出，两人在漩涡中侧甩而去。

虽是一片天昏地暗，子娆如何不知夜玄殇是在舍命护她，张口欲喊，风雨急浪当头扑来。

这从瀑流中冲下的力道，不亚于直面逐日剑全力一击，夜玄殇经脉肺腑剧痛欲裂，几乎当场晕死过去，若非子娆死命托住他的身体，恐怕便被浪流卷入江底。

好不容易挣出致命的漩涡，子娆一只手缠入夜玄殇背后剑带，紧紧将他抱着，另一只手则侥幸攀到一株倒入江中的枯树，借此依托，方能勉强坚持。

复又冲出数里，江水分流，去势略缓，待再一次靠向岸边时，那枯树不知被什么绊住，一时卡在原地不断晃动。子娆得此机会，勉力提起真气，终于拖着夜玄殇移上岸去。

大雨虽不像先前那般骇人，却丝毫没有停止的意思。

一离开大江，子娆便软倒在地，浑身无一丝力气。江岸山石耸峙，丛林密布，此时她仍紧紧抓着夜玄殇，感觉到他伤势甚重，若是继续这样下去，不待烈风骑追到便已送命，一咬牙挣扎起身，拼尽余力扶了他离开江畔，往山林中行去。

这场铺天盖地的暴雨非但救了子娆与夜玄殇，亦使且兰等人死里逃生。

整个楚都在大雨中一片昏乱，令人目不能视，烈风骑纵然所向无敌，这时也难发挥平常一半威力。

但即便如此，且兰等杀出重围时，百多名九夷族战士亦只余十之二三，几乎人人带伤，褚让与司空域二将殉命战场，鸾瑛、青冥等皆受了不轻的内伤，宿英更是险些送命，幸好有离司救护，才算化险为夷。

待到城外，雨势稍缓，且兰率众暂时避入一处破败的古刹。

照目前情势，他们虽杀出了上郢城，但能否顺利逃离楚国仍是未知数。在与九公主大婚之夜，皇非如此决绝地对帝都发难，如今九公主生死未卜，东帝又岂会善罢甘休。

心机似海，城府天深，这两个翻覆乾坤的男人，这一场风云迭起的战局，谁也没有料到竟是以这样的方法，这样迅速地裂开血幕。今晚上阳宫中的变故，真相究竟如何？楚王后如今是生是死？九公主是否奉命杀人？含夕又何以侥幸逃生？到底是东帝心中假借联姻，一手设局灭楚，还是少原君暗中谋划，针对帝都王族？

且兰抬头望向血雨腥风的黑夜，心中不由自主地闪过那人轻衣薄衫的身影。

众人一路绕道沅水，避开可能被封锁的关防，很快在不为人知的情况下潜入乐瑶宫范围。

越过一座山头，刚刚登上坡顶，且兰的目光忽然一凝。

对面靠近湖泊的小丘上，有两方人马正鏖战不休。一方是数十名背水结阵的玄衣战士，紧护着当中一辆帷帘深垂的马车，另一方则是赤甲赫赫，兵马势众，漫山遍野的烈风骑精锐。

玄衣战士显然刚刚阻退了敌人的一轮进攻，烈风骑战阵变化，当中杀出三列骑兵，不余空隙地再次发动强攻。

一缕若有若无的箫声忽然传来。

离司闻声一震，脱口叫道："是主上，主上在阵中！"

且兰亦听出那曾令九夷族军队大败而归的奇异箫声。果不出所料，随着玄衣战士阵型些微变动，烈风骑三列骑兵瞬间支离破碎，战场上弥漫开一片淡红，复又隐隐消散，而玄衣战士身后被雨雾模糊的湖泊却仿佛吸噬了过多的鲜血，渐渐泛出一种诡异的赤红。

战云血雾，卷向四方。

双方实力悬殊，纵然再次损兵折将，烈风骑严密的重围亦未因此溃散，反而调整布局，做出全军进攻的准备。

箫音亦不若之前缥缈消逝，<u>丝丝缕缕穿破雨瀑</u>。

且兰当即下令："叔孙先生，你领一半兵力自东南方巽位进攻，务必搅乱敌军布局。我率余人由坤位突入，断其右路封锁，寻得机会，全力冲其主将所在。"

叔孙亦双眉紧锁："殿下，对方兵力胜出太多，如此硬拼我们毫无胜算。"

且兰凝视战场，目中有着锋锐的冷丽，那光亮如同雨空的闪电，指向面前惨烈的厮杀，带着一丝一往无回的坚决："我们自上万楚军中都能突围，何惧如此阵仗？结周天剑阵破敌，东帝必会寻机配合，既然已经有进无退，生死在此一战！"

叔孙亦眼中倏地掠过精光，此时近旁宿英抬头望向天空，突然开口道："公主且慢，对付烈风骑，我有办法，可尝试火攻。"

烈风骑军令变动，两侧同时冲出近千骑兵，向湖畔方向包抄过去，逐步形成合围之势，一反先前强攻姿态，开始缓缓向内推进。

包围圈愈渐缩小，以压倒性的阵势逼向冥衣楼所在。

商容白眉一皱，知道面临这种战术，无须片刻，此处将成死地，当即退回车旁，请示道："主上，双方兵力相差太大，久战无益，请让影奴护送主上离开，此处交给老奴与聂七！"

帘内一声低低轻咳，却无任何示意，商容心急之下顾不得太多，向前跪道："主上身系王族天下，万不能有所闪失，老奴职责所在，请主人恕罪！"说罢重重叩首，斗胆伸手掀向车帘。

风雨垂帘，忽飘如雾，却是自行扬起，蓦地一道冷澈平静的目光射来，淡淡青衫，淡淡话语："你退下。"

"主上！"商容心头顿时一惊，便见东帝轻轻垂眸，唇畔箫声流转而出。

长空之畔，忽有八道闪电穿破层云，骇人的亮光直照四方，聚往战阵中心。

乌云压顶欲摧，惊雷裂空而至。

暴雨云雷，交织如怒，天地仿佛即将沦陷，千军万马色变。

子昊手畔玉箫珑玲，九转灵石突然散发出摄人心魂的清光，人玉交映，如雪如幻。

箫声下，雨湖中，血色弥天翻涌，漫向杀伐战场。

便在此时，像是呼应这天象异变，烈风骑后方意外爆起一团烈光，一现之下瞬间扩大，竟是火光迭起。但见后方烈风骑战士铠甲燃烧，一团团不可思议的流火飞爆四溅，竟在大雨下化作一片骇人的火海，令烈风骑阵势突乱。

商容神色一怔，无法相信在这样的雨中竟会燃起火阵，但随即反应过来，一声厉啸，越过双方杀场凌空扑下，杀向对方因混乱而门户大开的指挥主位。

善歧大吃一惊，尚未来得及摸清阵中发生何事，眼前爪影扑面，凌厉诡异，情急之下向后急仰，抬腿踢出！

旁边丰云见势不妙，急喝出剑，前后夹攻商容。不料战阵中突然射来一道清利白光，仿若雪凤直冲云霄，浮翩剑现身阵心，截向丰云！

两道人影凌空飞起，雨雾中星驰电掣，剑芒激迸。

东西两方，喊杀声同时响起，猛冲敌阵。

商容身似鬼魅，当空五指一沉，锁向善歧咽喉。善歧连拔剑的空隙都没有，足尖点中马背，瞬间连接商容八招，待要纵身后撤，商容闪身而上，爪锋已封住他周身数尺之地。他虽是君府四将之首，应变出招皆是一流，但终究不敌商容老练狠辣，肩骨剧痛，已被商容指尖扫中，一股严寒至极的真气自肩井穴直锁经脉。

两人数招交锋，可谓兔起鹘落，迅疾无伦，且兰与丰云刹那间亦分胜负。

雷雨中传来一声金铁交鸣，丰云手中长剑寸断，身形飞退。且兰左臂溅血，更被他掌力震得气血翻腾，一口真气难以后继，凭空向后落去。

四面八方，尽是烈风骑枪林刀阵，以她此时情形，已断无可能脱身重围。

忽然间，一袭青衫闪过眼前，恍如雪影清流，星光溅染微风。且兰纤腰一紧，已被人自后环住。子昊携了她旋身振袖，掌风所至，四周敌兵横飞抛跌，溃败四散，他带且兰顺势而起，飘然退出险境。

白裳青衫飞凌雨雾，玉箫之音，再次响彻合宇，清冷冰冽的音韵，直夺每一人心神至处。

暴雨微收，亦敛去倾天狂势，已然不是方才九转玲珑阵即将发动时，天地惊魂的状况。

且兰落身冥衣楼阵中，忽觉一暖，子昊身上的披风已披在她肩头，挡住阵阵冷雨。"入车中去，莫再妄动真气。"子昊淡声吩咐，且兰与他目光一触，一言不发，退后照做。

商容亦在此刻折回，手中多了穴道被制的善歧。离司与叔孙亦等把握时机，与冥衣楼会合一处，双方形成对峙之势。

烈风骑顿时不敢妄动，丰云投鼠忌器，无法再下令逼杀。那善歧虽然受制于人，却是刚骨强硬，瞋目喝道："丰云！烈风骑唯有战死之将，绝无受挟退兵的……"话未说完，便被一道指风扫中哑穴，再无法吐出一字。

千军之前，东帝掩唇轻咳数声，抬眸冷冷面向烈风骑，清淡的语音恍如冰雨飘落："此人朕暂且留下了，回去转告少原君，想与朕一决高下，让他自己来。"

第十七章 心系一线

暴雨过后，山中黎明依稀带着一丝朦胧的湿意，偶尔有光线透过幽暗的密林。刚被大雨冲刷过的峰崖层石叠立，露出嶙峋峥嵘的痕迹。

几道人影掠过林间，在一方巨石上略作停留，复又继续向前，先后没入石林之中。

没过多久，又是十余人自楚江方向出现，和先前那批人一样溯流而下，当先两名紫衣少女自怀中放出一双白貂，一路探查，其中一人回头道："公子，昨晚雨势太大，所有的气味都被冲刷无遗，再往下去，便离沣水渡不远了。"

"这场雨倒也及时。"身后一个清朗潇洒的声音道，"你们在此分头行动，继续沿路寻找，无论结果如何，日落前在沣水渡会合。"

"是！"两名紫衣少女齐声答应，身后人马一分为二，跟随白貂迅速离去。

那说话之人却未随行，独自走出不远，忽然停步，目光穿过时有时无的雨丝落在离江岸不远处的岩石之畔。注视片刻，他一挥碧袖，一块苍龙玉玦飞入手中，俊眸轻轻一闪。

山间一处比较隐蔽的岩洞里，不知昏睡了多久的子娆逐渐清醒过来，神志未曾全然恢复，只听四周破风声连续响起。

单从风声便可判断，来者皆是修为不凡的高手，并且训练有素，极擅追踪之术。夜玄殇似乎仍在昏迷当中，子娆不敢有丝毫妄动，凝息屏气，暗中功聚掌心，但此刻功力尚恢复不到小半，当真动手，也只堪勉强一击而已。

外面传来人声："禀统领，东、北两方已处处寻遍，皆未见到三公子踪迹。"

接着又有数人陆续到达："统领，前方数里范围我们都仔细搜寻过，没有遇到三公子，现在唯一的可能只剩下沣水渡。"

那统领背对子娆的方向，子娆看不到模样，只听他沉声道："沣水渡乃是楚、穆必经之路，少原君必然派出重兵封锁，越是靠近那里，三公子便越是危险。"

子娆心头微微一动，听出这人正是有过一面之缘的白虎秘卫统领虞峥。

这批白虎秘卫暗中潜伏楚国，昨夜在危急关头助他们逃出烈风骑围剿，如今又四处寻人，自然与夜玄殇不无关系，但子娆亦知穆国秘卫曾经受太子御指使多次追杀夜玄殇，一时难以断定这些人到底是何立场，不敢贸然暴露行藏，正自斟酌，虞峥突然回头，目光扫向他们藏身的方向，喝道："什么人？"

子娆手心一紧，却听有人含笑问道："虞峥，探查此处可有所获？"话音未落，一人现身石上，林间轻雾绕云，碧袍飘然若风，负手看向下方，卓逸气度，令人油然折服。

白虎秘卫已纷纷拜下，虞峥抱拳道："原来是二公子，属下方才无礼了。我们沿江一路寻来，始终未能找到三公子，那王族公主也踪迹全无。"

夜玄涧似乎眉心略蹙，而后若有所思地看着一众秘卫："西宸宫八部秘卫向来不离都城，更不该归你虞峥直接调配，你们此次入楚究竟目的何在，倒是令人颇费思量。"

天宗传人在穆国地位超然，甚至凌驾于储君之上，虞峥和他目光一触，随即低下眼睛，稍后道："西宸宫秘卫，为三公子而来。"

这话答得模棱两可，似实非真，夜玄涧眉梢一挑，随即悠然扬唇："我不管你所为何事，但你且记住，倘若三公子有何闪失，我第一个便拿你是问。"

夜玄涧曾经两度出手相助，又是夜玄殇兄长，子娆略微向前倾身，正考虑要不要出声招呼，忽被人自后掩住嘴唇，却是夜玄殇醒了过来。子娆眸光扫去，夜玄殇轻轻摇头，手指在她唇畔做了个噤声的动作，转头向外看去。

此时虞峥正道："此处仍是楚国范围，少原君府势力不容小觑，我们无论如何也要赶在烈风骑前找到三公子，同时亦会派人引开沣水渡守兵的注意，希望三公子吉人天相。"

夜玄涧看了看他，点头道："如此甚好，你们且去吧。"

待白虎秘卫与夜玄涧皆离开此地，夜玄殇方松开子娆。子娆侧眸问道："这批白虎秘卫似乎很在意你的安危，你为何不肯现身相见？"

夜玄殇迎上她注视，略一闭目，摇头道："在你我伤愈之前，不宜与任何人接触。"

子娆问道："也包括你的兄长？"

夜玄殇一笑不语，试着要撑身起来，却不料牵动伤处，额角顿时冒出冷汗。子娆急忙伸手扶他，却见他背后一道伤口贯背而过，深可见骨。子娆指尖倏忽一颤，抬眸看向夜玄殇冷毅的面容，随即动手撕下衣摆，低头为他包扎。

夜玄殇没有任何动作，只是扭过头来看她。她的指尖轻柔温软，大婚之时盛滟的妆容淡淡褪尽，流露出眼角眉梢清魅的光彩，长发间丝缕暗香幽澈，侧首时有着异样诱人之美。

夜玄殇便这样看了子娆半晌，突然在她耳边轻声道："子娆，跟我回穆国如何？"

子娆不由一愣，抬起头来，夜玄殇轻挑眉梢，含笑相望。

四目相对间，子娆眸光似笑非笑地一漾："你若能逃得出追杀，再说这话也不迟。"

夜玄殇道："不必着急，待过了这几日，那批白虎秘卫自会想尽一切办法送我们离开楚国。"

子娥略觉疑惑："你对他们这般戒备，到时又怎敢肯定？"

夜玄殇随意笑了一笑："只要让他们以为紫晶石已在我手中，他们自会执行王令，这点倒不必担心。"

子娥墨睫轻抬："但紫晶石并不在你手中。"

夜玄殇不以为意："那又如何？"

子娥盯住他看了半晌，其中思量显而易见，突然道："老穆王送你入楚为质，原来根本一开始便是为取回紫晶石。"

夜玄殇微一垂眸，隐有复杂的光色自深邃眼底一掠而过："不错，那确实是我和他交换的条件。"

子娥修眉稍蹙，不由问道："你甘冒入敌国为质，随时都有杀身之祸的危险，是和你的父王交换什么？"

夜玄殇道："自然是换我想要的东西。"

子娥略微细起的凤眸中有着丝丝闪动的光影："但你并没有拿到紫晶石，又要如何回国和老穆王交代？"

"此一时，彼一时，如今父王面对太子御的逼迫，当初的想法恐怕早已改变。"夜玄殇轻描淡写地道，"紫晶石已非唯一的筹码。"

言下之意牵扯穆国内政，子娥没有追问下去，夜玄殇亦不再多说，合目调息，很快便进入了物我两忘的境界。

山中又见雨意，两人所在的这处山谷人迹罕至，一时间无人再次寻来。天色渐暗，终至微雨重重，整座山脉都成为一片模糊的轮廓。

与夜玄殇相比，子娥的内伤并不算严重，调息一段时间便觉好转，再看夜玄殇，仍是静坐一隅，面上隐见光泽淡淡，清穆宁和，分外平静，显然运功正值紧要关头。子娥不欲扰他，悄悄出了洞外，借了一点微光斟酌四下地形。

未曾走出多远，突然心中一动，感觉到一丝极轻的脚步声息。来人轻功极佳，不过瞬间便往这方向靠近，子娥来不及回头，闪到一棵古树之后，只见有道人影轻灵翻身而至，落地后悉心察看，然后自言自语："他奶奶的夜玄殇，不过一次没和我彦翎在一起，就闹得这么惊险，人家公主就算美若天仙，你也不用这么拼命吧，真成了恶鬼我去哪里超度你？"

彦翎狠狠地嘟哝了几句，突然咦了一声，抬头往山洞那边看去。子娥在树后听得啼笑皆非，不料他竟能找到此处，眸光微微一闪，袖袂轻转，两道焰光顿时破空飞出，射往彦翎面门。

此时他两人相距不远，彦翎不防有人偷袭，着实吓了一跳，提气向后急翻。子娥在树后绕袖轻扬，那焰蝶如影随形，逼得彦翎一连翻了十余个跟头，直到一块石岩之前，急中生智，猛地拔地跃起，蹿上石顶。

焰蝶撞上岩石，轻轻盈盈接连绽灭，仿佛消失在一片幽冥灵光之中，无比诡艳奇异。彦翎大喝一声："什么人装神弄鬼？"

便听有人清魅一笑，几缕幽灿的蝶光随着夜色闪闪烁烁地飘散，雨丝之中长袂流香，那柔声问话便有了勾魂摄魄的妖媚："你难道不是来找恶鬼的？"

彦翎看着树后漫步而出的女子，一时目瞪口呆，半晌突然挠头道了句："还是物有所值。"

子娆修眉一挑："你说什么？"

彦翎干咳一声，摸了摸鼻子道："我说姓夜的小子做鬼也风流。"

子娆不禁扑哧一笑："你倒挺了解他嘛。"

彦翎东张西望一番，问道："只有你一人？那小子没在楚江里面喂了鱼虾吧，为何不见踪影？"

子娆所站的位置正好挡了彦翎视线，令他完全看不到后面山洞，笑吟吟地道："你先告诉我怎么会找到这里，我便告诉你他在哪里。"

"这么说他还活着了？"彦翎面色一喜，复又满不在乎地挑了挑眉毛，"小爷又不是虞峥和天宗那帮人，一场大雨便成了没头苍蝇，就凭我金媒彦翎，难道还会有找不到的人？笑话！"

"你现在人又没找到，得意什么？"子娆慵然扬眸。彦翎似被噎了一下，不由哼了一声转过头，两眼望天，暗中却不停地打量四周。

子娆漫然移步，眸光浅浅一转，指尖绽开数点蝶光，照亮两人之间："眼下楚都形势如何，金媒彦翎想必很清楚了？"

彦翎忍不住又哼了一声："算是服了你们两个，如今除了白虎秘卫和天宗，少原君府当然也在四处搜捕你们，不过被我略施了点小小手段引开了，现在恐怕还在江对岸大费周折。另外，跃马帮和自在堂也派出了不少人手，找到这里是迟早的事。"

一层光影之下，子娆眉目淡淡，似对这些没什么反应，只是看住他问道："乐瑶宫呢，烈风骑是否当真封锁了乐瑶宫？"

彦翎道："你是指东帝那边？昨晚烈风骑出兵将近五千，将东帝困在离妙音湖不远的地方，原本占尽上风，谁知后来大雨中军阵起火，被东帝擒了主将，与九夷族会合突围而去，这消息够不够？"

子娆心中顿时一松，知道且兰等人定然也已脱险，问道："大雨中军阵起火，这是怎么回事？"

彦翎蹲在石上，一脸吊儿郎当："这问题你算是问对了人，我已经查过，这要多亏被楚国囚了多年的妙手神机宿英，以'风雷子'火烧烈风骑，也只有他能做到。"

子娆因着十娘的关系，对其师门之术略有了解："昔年寇契大师冶剑，以风雷子取火祭天，剑炉之火八十一日风雨不灭，有如神助，但风雷子唯有点燃连云藤才有这般效果，宿英是如何办到的？"

彦翎笑道："哈哈，这你就有所不知了，连云藤本身柔韧结实，是制作战甲的极好材料，楚军所用的战甲便是由此物制成，刀枪不入，十分轻便。只可惜，没有人知道寇契大师所制的风雷子能使连云藤发挥出这样的功效，寇契大师之后，亦无人做得出风雷子，唔……我若将这消息提早卖给皇非，岂非大大赚上一笔，可惜可惜！"

子娆横他一眼，垂眸思量片刻，忽然道："现在有一个消息，你去卖给少原君，一样可以大赚一笔。"

彦翎问道："哦？什么消息？"

子娆挑弄指尖墨蝶，便有一丛细小的美焰在她眸心若隐若现："你去少原君府，告诉皇非曾在这里见到过我，就说明日我会往沣水渡去。"

彦翎顿时怔住，看她半天方道："你要我向皇非出卖你们的行踪？"

子娆轻轻笑道："没错。"

烈风骑被迫退兵，冥衣楼与九夷族战士保护东帝撤出乐瑶宫范围，敌人投鼠忌器，自然不敢追击。

为使人马得以休整，子昊下令暂时退往西山寺，这座寺庙在赫连叛军撤往大营时已遭劫毁，此时空无一人，只余一地破败的佛像和几具僧侣伏尸，幸好寺后几间厢房还算完整，遮风避雨不成问题。

马车一停，离司便急步上前，叫声："主上！"看到那熟悉的人影，心头骤然一松，脚下一个踉跄便跪了下去，"公主现在不知怎样了，主上快想想办法……还有十娘她……她……"

这一夜身伤心疲，紧绷的弦一旦断开，再也支持不住，然而摇摇欲坠的身子突然落入一个清冷有力的怀抱。子昊抬手将她抱起，在众人讶异的目光中，当先往寺中走去。身畔微雨的气息，恍若隔世梦回，离司紧紧抓着他的衣袖，挣扎不得，泪水忍不住夺眶而出。

子昊替离司疗伤时，其余人休整布防，由叔孙亦负起统筹之责，不免一阵忙乱，直到将双方战士都安排妥当，叔孙亦方得空隙来到偏殿。

且兰正和商容在商议什么，说道："先生来得正好，方才我们商量，此处恐非久留之地，烈风骑很快便会卷土重来，在此之前，我们必要想好应对的法子。"

　　叔孙亦在她对面坐下，伸手轻捻五柳须，缓缓道："事情到了这般地步，皇非自然不会轻易作罢，但依我之见，烈风骑也不会那么快行动。昨晚楚王与王后同时身亡，宫中叛乱未平，楚国眼下正处在前所未有的大乱之中，皇非纵有通天之能，也需三两日收拾残局，所以我们还有时间。"

　　商容沉声道："此话言之有理，总之我们只要拖过这三日，待苏陵与靳无余援兵赶到，便不会这么被动了。"

　　"三日调兵入楚……"叔孙亦自言自语了一句，方一抬眼，突然站起来。且兰与商容回头，正见东帝进来，亦双双起身。

　　"主上。"

　　子昊对他们点了点头，看了且兰一眼。他的神情似乎有些异样，纵是一如既往的平淡清静，却有种幽深的冷冽取代了唇角无时不在的微笑。叔孙亦和商容皆是伶俐人物，当下一起退出室外。

　　且兰等了半晌，不见子昊说话，星眸微抬："我知道你有话问我，我助夜玄殇入宫盗宝，并未打算瞒你，只是没想到会在密道遇上十娘等人，更没想到后来会发生如此剧变。"

　　子昊负手站着，淡淡地道："上阳宫之事，你认为是朕授意？"

　　且兰沉默片刻，摇头道："此时与皇非决裂，便等于帮助姬沧，亦使九公主身陷险境，你步步经营这平衡之局，会在紧要关头急于求成，令王族陷入以硬碰硬的被动局面？坦白说，我很难相信。"

　　子昊墨染般的瞳心微微一收，似有一丝情绪波动划破深沉："那你怀疑皇非？"

　　且兰蹙眉道："皇非纵有取代帝都的野心，却没理由自找麻烦，这时设局对帝都发难，白白令赫连羿人和姬沧坐享其成，倘若少原君连这点耐心都没有，又怎够资格做东帝的对手？"

　　子昊冷淡一笑："皇非确实不应如此失策，也犯不着大费周章，弄出上阳宫的事端。"

　　"但有一件事却是事实。"且兰说着顿了一顿，"当时在君府之前，子娆并没有否认皇非的质问和含夕的指证，会不会是她擅作主张……"

　　"不可能。"

　　子昊突然开口，微抬的眸光仿佛划过夜雨的闪电，直击沧海八荒。此时在他袖中，无人见得的掌心缓缓收紧，一只冰冷的玉瓶透彻心骨，那是子娆离开君府时匆匆交给离司的东西，没有人比他更加清楚里面是什么。

上阳宫火起之时，子娆独自在君府寝殿，绝不可能外出，更不可能入宫杀人。

被他眼神扫过，且兰不由暗暗惊凛，只觉有种难以言喻的压迫感自那深邃的眸心散发出来，那一瞬间噬骨的黑暗，突然令人不寒而栗。子昊冷冷地道："那些事情绝对不是子娆做的。"

且兰微微蹙眉，声音转柔，问道："现在子娆和夜玄殇定然凶多吉少，皇非绝不会放过他们，你打算怎么办？"

就这片刻，子昊已然恢复了清冷的神态，淡声道："想令帝都与皇非反目之人不在少数，这番布局，也算得上精妙得当。"说着向外道，"商容，叫他们进来。"

商容几人一直在外等候，聂七一进门便跪下道："属下有一个请求，恳请主上务必恩准。"

他语调中显出不同寻常的坚决，更见悲痛愤恨，商容沉下脸喝道："聂七，眼前什么时候，莫要乱来。"

子昊轻轻一抬手，看了聂七一会儿，道："朕只给你两天时间，倘若杀不了方飞白，立刻离开楚都。"

聂七猛地抬头，激动地道："聂七多谢主上！"叩首下去，跟着身形一动，退出室外，转瞬消失在雨中。

宿英原本在旁默不作声，情绪颇为低落，这时皱眉道："少原君府机关凶险，我和他一起去，免出什么意外。"

子昊目光向他扫去："妙手神机宿英。"

这昔日名震一时的称号已不知有多久未曾听过，宿英不由一怔。子昊微微笑道："我雍朝造工大祭司，莫非只为杀一人而逞匹夫之勇？"

宿英身子剧震，露出不能置信的神情，忽地跪下道："宿英……黥面负罪之身，岂敢逾越法典，枉担重任，主上……"

子昊随手一摆："你有罪与否，唯有朕可定夺，造工祭司之职，亦唯宿英可任。诸国悠悠众口、十娘在天之灵，皆会看你是否名副其实，你要与聂七同去，便给朕带回楚王胞妹含夕，可有把握？"

宿英双手微微颤抖，许久方道："臣，誓死回报王恩！"说罢重重叩首，双目之中射出异样精光，纵声一啸，追向聂七而去。

且兰转回头来："楚都如今阖城临战，他们这般前去，恐怕多有凶险。"

子昊徐徐闭目："大战在即，更不能失了血性，若我不准他们所请，聂七会对十娘愧疚一生，而宿英更将意志消沉，妙手神机形同死人。"说着双眸一抬，"叔孙亦，你替朕走一趟西山大营。告诉赫连羿人，真正的含回现在朕手中，他若还想重掌楚国，便来见朕。"

叔孙亦低头答应，心中不由万分吃惊。令聂七挑战方飞白，宿英劫持含夕，再着手推动赫连侯府重新夺权，这一切安排都将引得皇非立刻出兵，全力针对己方，和先前所料拖延三日的战术相去甚远，在援兵未至的情况下，其中风险不言而喻。

子昊已起身向外走去，且兰经过叔孙亦身边，以眼神制止了他的问话，微微笑道："军师速去速回，但愿九公主能够平安。"

第十八章 推波助澜

彦翎成功混过上郢城关卡，在街上兜了两圈确定安全后，闪入一家酒肆。谁知刚刚在桌旁坐下，便有人伸手拍上他肩膀："老弟，好久不见了，没想到你也来楚国做买卖。"

冷不防一道真气自穴道透入，顿时叫人动弹不得。彦翎心中暗暗叫苦，不知是哪方仇家，竟在这时找上了他，谁料一扭头，看到一张似乎熟悉的脸，再看了两眼，险些没叫出声来，原来竟是白姝儿女扮男装，正似笑非笑地盯着他。

旁边又有一人拂衣落座，却是同样换了男装的绿颐，彦翎低头小声道："美人堂主，你这模样可比要我扮小丫头有趣得多了……哎哟！"话未说完，便被白姝儿狠狠捏了一把，靠向他耳边："三公子人呢？"

彦翎怕人发现不敢抬头，闷声道："现在所有人都在找他，我怎么知道他在哪里？"

"别人不知道便罢，你却莫想哄我。"白姝儿在他身边坐下，看似亲热地攀着他肩膀，轻声细语，"以你金媒彦翎神通广大的手段，这小事一桩，怎么会叫人失望呢？"

彦翎对她这软硬兼施的手段大感吃消，苦笑道："美人莫要这般夸我，若说追踪之术，你的手段又不比我差多少，你找不到的人，我哪敢找得到？"

白姝儿没好气地瞪他一眼，咬牙道："别以为我看不出来，你故意布疑阵将烈风骑耍得团团转，累得我们也失了线索，最后竟寻到楚都中来，若不是知道三公子的下落，你会这么做才怪。"

彦翎干笑了两声，龇牙咧嘴地指着肩头："好说好说，你先放手，骨头要断了。"

凭白姝儿的武功，倒也不怕他耍出什么花招，哼一声将手一拂，松开他穴道。彦翎故作夸张地揉着肩膀，道："美人何必生气嘛，你好好问，我又不会不告诉你。话说回来，你打扮得这么风流俊俏，大庭广众之下跟我搂搂抱抱，万一被人误会可怎么办？"

绿颐忍不住扭头笑出声来，白姝儿觉得又好气又好笑，盯了他半晌，媚眸柔柔一转，问道："他到底怎样了？"

彦翎伸了伸手脚，懒洋洋地道："放心，那小子命大得很，一时半会儿还死不了。他让我转告你们，十日内在穆国落峰山见。"

白姝儿与绿颐对视一眼，皆是面露喜色。白姝儿再问："他是否和那九公主在一起？既然说了在穆国见，你又混进楚都来干什么？"

彦翎想起不久前被子娆要挟之下答应的条件，就忍不住跳脚，黑着脸道："你以为我愿意来啊，谁晓得这两人是不是脑筋出什么问题了，居然要我将行踪泄露给皇非，否则……否则……哼！"

"什么？"白姝儿眸梢一挑，眼中闪过诧异，琢磨了片刻，突然道，"消息你送出去了吗？"

彦翎道："我刚进楚都就被你逮个正着，哪里有机会？"

白姝儿眼波微横："那就好，此事你要守口如瓶，皇非那边，我要你放另一条消息给他。"言罢俯耳低语，做出指示。

彦翎刚刚捞了杯茶喝，险些便一口全喷出来，苦着脸道："我的姑奶奶，你是想让我在宣国之后，再加上帝都和冥衣楼的双重通缉令不成？"

白姝儿笑道："反正你这颗脑袋已经够值钱了，再多一点怕什么？"

彦翎大大摇头，白姝儿没等他说话便一把扣住他手腕，将他拖过来柔声道："你可听好了，你若将他们的行踪透露给皇非，无非是帮东帝分散烈风骑的力量，争取时间调兵，他两人却很可能没命逃回穆国。但若依我之计，皇非必先全力以赴对付帝都或者宣国，你说这样对三公子如何？"

彦翎被她温温柔柔地捏着脉门，一脸哭笑不得："自然是有益无害，但我这颗脑袋的价钱恐怕要不止翻上一倍，用不了多久，还得再加上少原君府的通缉。"

白姝儿嗔道："废话少说，你答应不答应？"

彦翎另一只手挠了挠头，斜睨她片刻："这倒也不是不行，反正对那小子没什么坏处。不过你得先告诉我，楚王后和那小王子，如今到底是生是死？"

白姝儿眸光一挑，彦翎嬉皮笑脸地看着她："可别告诉我不是你暗施手脚，挑翻了楚国和帝都，除了美人你，谁人还有这心机手段？"

"你还真不辱这金媒的名号。"白姝儿蓦然娇笑，随即漫不经心地道，"已是无关紧要之人，你管他做什么？"

与彦翎分手后不久，白姝儿来到一处距江边不远的小楼。从这里看去，正可见楚军城防情况，内外八门兵马调动，隐约透露出不同寻常的紧张气氛。

昨夜至今，楚国可谓天翻地覆。整个王宫几乎在大火中损毁过半，楚王遭叛军弑杀，王储亦死于非命，王位虚悬未决，乃是极大的不安因素，比起大军压境的宣国，甚至更加危险。

但令人生畏的是，虽发生如此剧变，整个楚都却未见应有的动荡。凭借都骑、都城两支禁卫，皇非迅速镇压叛军余党，召集群臣宣布国丧，同时乾纲独断，确定含夕公主继位资格。面对少原君的强势铁腕，内外众臣尽皆俯首听命，无人敢有异议。同时，君府大将方飞白连夜调兵，亲率八千精骑赶往七城，取代少原君指挥权，配合先锋兵力稳定战局。

今日凌晨，楚军顺利取下云间，只是未如先前计划一并将符离收入掌握，暂时采取守势应对姬沧大军，而楚都一半水军战船蓄势待命，严密封锁大江，与烈风骑核心战力对西山形成了重重包围。

皇非一日间从容控制局势，令白姝儿心下难安。正思量下步如何应对，身侧垂帘叮咚微响，室中出现一个身着鹅黄丝衣的男子："白堂主果然好手段，不过略施小计，便令楚国与帝都的合作化为空谈，此次楚国可是元气大伤。"

白姝儿娇躯一转，面向来人笑道："你来了，是宣王终于肯答应我的条件了吗？"

那人站在帘影之外，身姿冷冷、语气淡淡，看不清容色神情："昔日后风国旧土，你这条件虽是开得不小，但也并非不可商量，但看诚意几何。接下来你有什么打算？"

白姝儿俏眸微抬，目中笑意盈盈，转瞬便作幽叹："唉，莫非你不知道？我这次可是将楚国和王族都得罪狠了，不依靠宣王，又能怎样？至于接下来，便要看宣王的动作了，十万大军一直按兵不动，是不是到时候了？"

那黄衣人道："你又何必如此着急？看眼下楚都情况，虽政局更迭却乱中有序，一切尚在君府控制之中，如此用不了多久，皇非夺权摄政，楚国将比现在更加可怕。再说，帝都究竟做何打算，仍在未知，如今的东帝并非曾经之凤后，宣王可不想再见到他们双方有任何合作的可能。"

无须他人点醒，白姝儿自是心知肚明，此次若扳不倒皇非，日后便更无机会，媚然一笑："我的手段，你还不了解吗？你回去转告宣王，请他放心就是，我既然提出条件交换，便自有办法处理，只要宣王恪守约定。"

那人点了点头，道："我自是知你。我已说服宣王，事成之后，你可取回楚国原属后凤国的领土，宣国再附送扶川三城，以为回报。"

白姝儿袅然起身，娉婷近前："便知道你肯帮我，我二人联手，必当各偿所愿。"

那人似是一笑，扬袖转身，人已消失在珠帘之外。白姝儿微微侧首，眸中艳光妖媚莫测，渐渐化作一缕勾人的笑容。

聂七独自潜入上郓城，联络尚留在城中的冥衣楼暗部，才知方飞白已在昨日前往云间，不由懊恼晚来一步。

内城之中，不断有都骑禁卫往来街衢，为缉捕叛军余党，增加了不少盘查关卡。聂七避开巡查往城门而去，迎面遇上一队朱衣赤袍的君府骑兵，当先两人，女子一身鹅黄轻衫，柳眉桃腮，背插长剑，男子青衣束甲，银戟在侧，正是易青青与展刑夫妇。

聂七低头闪往近旁小巷，转身时瞥见侍卫中间押着一人，心中闪过诧异，忽然身旁有人靠近道："是金媒彦翎。"

来人将头上斗笠一抬，正是乔装而来的宿英，抬手拍了拍他的肩膀道："这次算方飞白命大，到时战场相见，再取他性命不迟。"

聂七笑了笑道："你放心，聂七并非鲁莽之辈，轻重缓急还是知道的。可是这彦翎怎会落到君府手中？"

宿英摇头："我一路跟来，只见他被对方制住，那易青青的玉瑶剑法好生难缠，他算是遇到了克星。"

聂七皱眉道："此人浑身皆是消息机关，落到皇非手里怕是对帝都不利。"

宿英亦知彦翎与夜玄殇交情不浅，恐他得了九公主的消息，有心一探究竟，对聂七道："杀不了方飞白，可有兴趣与我走一趟君府？我来前可是立了军令状，不带回含夕公主，没脸回去见主上。"

聂七哈哈笑道："求之不得！"

"好！"宿英道，"随我来。"两人展动身形，暗中跟随卫队，但见易青青一行押着彦翎通过重重守卫进入君府，他们却在接近长街时便已无法向前。只因楚王宫被毁，含夕公主现暂住少原君府，府中侍卫比平时多了不止三倍，外围更有禁军守护。

聂七与宿英分头看查，发现所有密道入口亦被重兵封锁，眼下整个君府固若金汤，想用普通的法子混进去，可谓难比登天。

聂七道："皇非有所防备，含夕公主定是处在最严密的保护中，现在莫说想要带走她，便是看上一眼怕都困难。"

宿英思量片刻，转头道："办法也不是没有，我去弄些东西，日落前你在夕林湖等我。"

彦翎被带入君府时，皇非刚与含夕从楚宫回来。含夕伤心王兄、王嫂惨死，哭得俏眸红肿，皇非暂时放下诸事，正在内殿陪她，接到易青青回报，低头对她轻语几句，便起身出去。

彦翎穴道受制动弹不得，一双眼睛正骨碌碌四下打量。皇非自内殿出来，拂襟落座，看向他道："莫让本君多费口舌，夜玄殡和子娆现在何处？"

彦翎被他眼神一扫，原本嬉皮笑脸的神情不由先收敛了三分，咳了两声道："君上的人不由分说就动手，难道就是为了这事，这里可是楚都，我彦翎寻人怎比得上烈风骑有用？"

皇非玉面淡淡，也看不出是喜是怒，只冷哼一声："带他去烈风骑刑营！"言罢起身便走。

"敬酒不吃吃罚酒。"易青青抬手将人拎起，彦翎慌忙大叫："且慢且慢！有话说好！我虽不知夜玄殡究竟在何处，但有一条消息却比这还重要，君上要不要听？"

皇非停下脚步，头也不回地道："彦翎，你最好不要浪费本君的时间。"

彦翎道："话虽如此，但我这一条消息至少值五百楚金，得先谈好价钱才能说。江湖上谁人不知我彦翎一向价钱公道，童叟无欺，不过看在老主顾的分上，打个折扣倒也可以商量。"

易青青将手一松，足尖一挑，一道真气撞向他膝下穴道："你这小滑头，难道君上还和你讨价还价？"彦翎哎哟一声滚到地上，双腿顿时又胀又痛，酸楚难耐，躺在那里放声惨叫，也不知几分真几分假，却连内殿正自伤心的含夕也惊动了，忍不住来看发生何事。见皇非面色不善，她忙指着彦翎道："喂！我要找子娆姐姐，你快告诉我她在哪儿！"

"还不回公主话？"易青青又踢了彦翎一脚，却是解开他穴道，彦翎哼哼唧唧地从地上爬起来，眼神一转，低头道："这个……我确实找到了九公主，不过我找到她的时候，已是重伤不治了。"

含夕闻言顿时呆住了，颤声道："你……你什么意思，难道子娆姐姐她……"

彦翎刚要抬头，眼前一道红衣闪过，少原君已站在他身前，沉声道："你想清楚再说一遍！"

彦翎心底寒意直冒，只觉面前劲气罩身，那种无形的压力，令人想退开一步都是不能，硬着头皮道："君上若是不信，可派人随我去寻尸体，便知真假。"

皇非背光而立，眼中射出难以形容的复杂之色，冰冷的激荡与深刻的遗憾交汇成流，刹那间吞没了光阴，仿若曾经风啸云闪的夜空，惊涛之后，一片寂暗无垠。

第十九章 无中生有

日落之时，宿英回到夕林湖和聂七约定之处，聂七早已等了半天，两人借着暮色沿湖深入，远远可见君府东南方连绵高耸的朱墙。临近君府，宿英从背上取下样东西丢来："快些换上，方才我回来时见少原君出府去了，此刻正是好时机。"

聂七抖开一看，原来是件特制的蛟皮水靠，顿时明白了他的意思。两人迅速更换行头，宿英又将换气用的铜管丢给聂七，外加两支方便取用的水刺，道："但凡有内湖或池塘的府邸，总有与外界相通的出水口和入水口，我曾见过整个少原君府的筑造图，府中有条水道正好通向这夕林湖，所料不差的话，我们可能会直接进到内苑水榭。"

聂七学他的样子将水靠穿好，发现竟还连有可供水底使用的水肺，笑道："亏你想得到。"

两人装束停当，双双跃入湖中。

自此向前没过多远，水道便逐渐收窄，两人深吸一口气同时潜入水中，眼前顿时一片黑暗。

水底万籁无声，只能凭触觉活动，循此水道迅速深进，没过多久，便有两道水闸出现在渠道中，前方隐约能见微光，说明距离出口并不太远。宿英加速上前，发现闸门上设有两对封锁机关，竟是楚国水军专用的双龙绞。水底光线极暗，唯有凭触觉摸索判断，想要破解封锁几不可能，换作常人早已无功而返。但宿英对各种机关的了解已到了信手拈来的地步，不过片刻，只听咔的一声微响，一道机关转开。

饶是如此，水肺中空气已消耗大半，聂七随即运掌推开闸门，宿英紧接着处理第二道机关。

这次所用的时间要比上次短了许多，随着手底机关破开，宿英不由深吸一口气，骇然发现水肺中空气已荡然无存。

聂七在闸门上一个借力，拖着他迅速向出口游去。

水道霍然拓宽，两人先后浮上水面，都是晕头转向不辨东西，大口呼吸着难得的新鲜空气，好一会儿方才恢复过来，发现所处位置离晶台水榭已近在咫尺，而四面莲开万朵，正成了他们最好的掩护。

前方岸上幽廊曲折，云阁晶莹，盏盏银丝风灯迤逦点缀，衬托出君府恍若天阙的美景。

一轮淡月，当空斜照，当初皇非曾与子娆饮酒对谈的水榭幽幽沐浴在月下，一片空灵皎洁，静谧得令人完全感觉不到外面的腥风血雨，更像是一方清绝绮丽的仙境。

这里是少原君府唯一没有守卫巡逻的地方，只因哪怕是绝顶高手，也没可能在不被发觉的情况下进到这深入内湖的核心重地，若非这条水道，宿英二人无论如何也到不了这里。

此时波影浮沉，通透的晶台在水中闪着清莹的微光，含夕正坐在临水一侧，独自看着天上弦月，轻轻一声叹息。

"子昊哥哥，真的是你害死了王兄和王嫂吗？"含夕喃喃自语，"我从来没见皇非这么生气，以后恐怕再也见不到你了，还有子娆姐姐，不知彦翎说的到底是真是假，我不相信……"

她突然站起来，吓了宿英和聂七一跳，连忙悄悄沉入水中。

含夕却未发现湖中有人，一直沿晶台向前走去。聂七浮了一浮道："怎样？想办法把她带出去。"

若是直接动手，恐怕很难不惊动他人，这水榭看似四下平静，却必有暗哨存在，否则皇非怎会放心令含夕独留此处。宿英回忆曾经见过的筑造图，低声道："若我推测没错，从这里往下，很可能便是君府造兵场。毁掉这地下密处，对君府必然造成不小的打击，我们亦可趁乱劫人。"说着一拉聂七，重新潜入水底，只见一道石壁笔直而下，宿英摸索一番，示意聂七附耳去听，便有阵阵金铁交击的声音透过水声隐约传来，证明他的推测没错。

此时在水底，亦可看到晶台四方连接湖岸的浮桥机关，宿英进一步摸清情况后，两人在背开含夕的暗处冒出头来。宿英道："帮我把风，很快就好。"说着从水靠下摸出一包密封的油纸，托离水面，开始摆弄。

聂七扫了眼四周，探头过去："这是干什么？"

宿英一边忙着一边解释道："只要在下面石壁几处固定地方穿开小孔，石壁便会受力块块崩塌，湖水倒灌进造兵场中，还不毁它个干干净净？造兵场和楚宫密道相通，若能造成更大的破坏，那便再理想不过。"

聂七见他每设机关，皆是匪夷所思，用这几块银色亮铁，竟可将厚逾数寸的石壁洞穿，方知为何九公主定要趁大婚之夜将此人救出君府，亦难怪皇非数度欲杀宿英，却又至今未动手。此时宿英小心收好手中东西，转身又没入湖中。

聂七随后而来，在宿英的指挥下助他以特殊的方式将银块分散固定在造兵场外壁，石壁上很快冒出一串串细小的水泡，宿英挥了挥手，示意聂七一起离开，顺便动手破坏沉在水下的浮桥机关，变故发生时便可断援兵之路。

不料刚刚动手，湖心机关突然开始转动，两处浮桥自水底徐徐升起。

二人心呼不妙，只见浮桥升上水面数寸，对岸灯火比方才亮了一倍不止，看那阵势，竟是少原君回府。

含夕快步向浮桥跑去。对面波潮涌荡，并无侍从跟随，皇非独自一人踏桥而来。宿英与聂七来不及离开，唯有沉在桥底，将铜管伸上水面维持呼吸，幸好少原君府尚未奢侈到以晶石筑桥，否则两人立时便要无所遁形。

含夕在桥上停住脚步，一瞬不瞬地看着皇非走到近前，问道："怎样，子娆姐姐她……"

皇非的声音似乎异样冰冷，却又像有某种肆暗的情绪掩埋在幽黑与冷冽之下，如湖底潜流，暗潮纵横："我已将她尸身带回，三日后为少原君夫人发丧。"

含夕啊的一声退了一步，道："你……你亲自确定过了？"

皇非回答："是。"

一字掷下，不但含夕，水底两人亦是一震，呼吸微微加重。皇非立有所觉，忽地眼神一变，喝道："什么人，滚出来！"身形似无所动，却闪电般向后移去，一道掌风击向两人藏身位置。

湖水压力陡增，劲气破浪而至，宿英二人方才已知不妙，却没想到皇非出掌之快，竟是如此骇人。

轰的一声巨响，湖水溅上半空，桥下两人几乎同时呕血。便在这时，湖底突然跟着传来剧烈的震荡，数声闷响过后，一片惊天水光暴起，足有数丈之高。

在此冲击之下，湖水猛地向上涌，力道之大，竟将整条浮桥托上半空。这固定浮桥的机关方才被宿英松动了两处，一端顿时断开，直向空中甩去，桥上莫说是含夕，就连皇非也都无法保持平衡。

湖水漫天落下，整个内湖忽然像被某种可怕的力量吸引，卷起惊涛骇浪，湖心慢慢出现一个巨大的漩涡。宿英知道造兵场的石壁已被毁，湖水正向地下狂涌而去，一旦冲毁关键的支撑，整个少原君府都可能随时崩塌，造兵场中所有的机关兵器，亦将毁于一旦。

聂七早有防备，便在浮桥震断的瞬间，将失控落水的含夕一把拖向湖底。宿英及时送来水肺，两人在漩涡卷来之前挟着含夕，拼尽全力，急速向出水口游去。

自夕林湖一端冒出水面，宿英与聂七皆是精疲力竭，两人托着昏迷过去的含夕，千辛万苦地爬上湖岸。

一个时辰后，一辆看似普通的马车驶出城外。丝毫无人察觉，对楚国至关重要的含夕公主已被悄悄带离楚都。

冥衣楼暗部护送他们避开沿途守军，绕路沕水回到西山寺时，已是月沉星黯，天色将明。两人意外发现寺中多了支人马，十余名束甲战士佩剑肃立，单看其站姿气势，便知都曾经过特殊而严格的训练，每个人臂上皆有相同的标记，表明他们乃是来自赫连武馆、现下效命于西山大营的高手。

相隔数步，九夷族与冥衣楼部属亦分立两侧，显而易见正是谈判的局面。商容见宿英与聂七带了含夕平安回来，才算真正放下了心。

一阵笑声传来。

室门大开。

叔孙亦陪了一人起身："侯爷辛苦了，请让末将代主上送客。"

赫连羿人对座上恭行一礼："如此，臣不多扰主上休息，先行告退。"一名身形高瘦、披挂银甲的年轻男子跟随其后退出，乃是赫连闻人之子，目前西山大营的统帅赫连啸。

三人步出室外，正遇上宿英聂七。赫连羿人一眼看到昏迷不醒的含夕，目光微微一闪，掠过难掩的惊诧。

"如今皇非手上已没了与侯爷相较的筹码，侯爷该完全放心了吧。"叔孙亦微笑说道。赫连羿人哈哈笑道："未能留住宿先生，当真是皇非一大损失！日后还有很多地方要偏劳先生，还望先生莫要推辞！"言下之意甚是亲近，虽正身陷困境，却仍不失老谋深算的权臣之态。

昔日后凤国灭，赫连羿人身为主战统帅，正是率这支西山精锐，兵围皓山，火烧剑庐，宿英与其有亡国杀师之恨，此时乍见对方，冷冷相看，双拳不由收紧。

赫连啸目露精光，抽身侧前一步，手压剑柄，气氛顿时生异。恰在此刻，室中东帝微冷的话语突然传来："可是聂七和宿英回来了？"

"我送侯爷一程，侯爷请！"叔孙亦适时插入，对聂七使了个眼色。赫连羿人现在要靠帝都与皇非对抗，自不会去开罪宿英，笑意不改地道声"辛苦"，便随叔孙亦离去。聂七急着有事禀报主上，拖了宿英先行入内。

室中仍燃着灯火，微光倾照，与窗外冷冽的晨曦交错，落上淡倦的眉目，清逸的白衣。聂七将含夕小心放下，与宿英双双跪禀："主上，属下已将含夕公主带回。"

不知是否因连日劳神过度，昨天又在妙音湖以玉箫操动灵阵，以致真元受损，子昊此时只觉异常疲惫，纵然静心调息亦无法缓解那种昏沉之感。而自从入夜以来，心中一直便有异样的感觉频频闪现，与毒性伺机发作不同，心绪不时的波动，无端令人生出阵阵烦躁不安。

方才约谈赫连羿人尚勉强支撑，此时心神微松，这感觉便愈发强烈，子昊微微蹙了眉心，面前被聂七点了穴道的含夕正兀自昏睡，长长的睫毛掩去了往日精灵的俏目，眉心却多一丝轻愁，令那桃花般的面容上平添几分叫人怜惜的柔弱。

子昊派人潜入楚都将她带回，除了打乱皇非部署，更因上阳宫中有太多疑虑必要从她这里求证，当下扶着卧榻起身，谁料刚站起来，忽觉心头生出一阵悸痛，仿佛突然被人用手抓住，几乎连呼吸都要扼断。

他手底一紧稳住身子，意识瞬间模糊，便在此时，听到聂七跪在灯下，低头闷声回禀："属下从君府得到消息，皇非已将九公主尸身带回府中，三日后，将以少原君夫人的名义为公主发丧。"

闻者无不一惊，子昊猛地抬起头来，哑声问道："你，说什么？"

聂七目露悲痛："回主上，我们无意中听到皇非与含夕公主的对话，他今日亲自去确定了公主的死讯。"

离司抢上一步，不能置信地摇头："不可能，聂七，你一定是听错了！公主怎么会……"话未说完，便见主上身子晃了一晃，不及伸手去扶，子昊已是一口鲜血喷将出来。

心头之痛，若遭雷殛，子昊薄唇紧抿，握着灵石串珠的右手压在榻上不断颤抖，冰凉得没有一丝温度。

且兰离他甚近，赶在离司之前将他扶住，察觉他周身真气紊乱至极，几有走火入魔之兆，亦感到他似乎正以玄通心法尽力压制着什么，这一惊非同小可。

灵石之光纷乱不休，子昊蓦地抬袖一震，将她和离司拂退开去，吃力地道："你们……都出去。"

"主上！"

"主上！"

"这消息未必真切，我们立刻派人去查！"且兰见他神情不对，急急上前劝道。

子昊闭一闭目，复又睁开，面色更见苍白："出去！"

众人无奈，只得先行退出。商容与叔孙亦已在外听到消息，皆知此事对于帝都乃是莫大的变数，更加无比担心，失去作为王位继承者的九公主，倘若东帝再出意外，那九域立刻便会化作血腥战场，何人称王、何人图霸，生死灭国，只会上演更加惨烈的争逐与杀伐。

将明未明的黑暗，沉沉地压在天际，一望无边，帝都与九夷族一众核心人物皆是焦虑难安，却无人敢造次入内。

一阵急促的脚步声传来。离司守在门前，抬头看清来人，不由意外地叫道："苏公子！"

苏陵接到调兵入楚的命令后立刻启程，因不放心主上安全，交由靳无余率军，自己则与墨炘先一步赶来。

离司仿若见到救星，急忙道："苏公子，主上他……"苏陵方才已听且兰说了事情变故，对她点了点头，行至近前抬手一掠衣襟，跪下道："苏陵，求见主上。"

室内一时没有声息，苏陵等了片刻，深深地吸了口气，再道："主上，苏陵有要事求见，这便斗胆入内了。"

言罢举手，但尚未触到室门，那门便向内打开，听到东帝低哑的声音："进来。"

苏陵起身而入，随后合上室门，只见主上独坐榻前，室中灯火早已燃尽，些许晨光自窗间悄然泻入，停留在那一副无尘白衣之畔，仿佛是畏于幽暗中身影寂冷的气息，不敢再靠近一分。

苏陵习惯于主上身边的清静，此刻却因那双淡淡看来的眼睛而觉心惊。

那是他从未见过的眼神，仿若一片冥域之海，没有惊浪，没有咆哮，甚至没有分毫情绪的波动，唯有一片冷漠消沉万物，透露出隐隐森郁的寒意。

苏陵在光影边缘停下脚步，低声道："主上，苏陵来得迟了，还请主上……多加保重。"

子昊轻轻闭目，淡淡开口："朕没事，大军如今何在？"

苏陵道："臣与墨炘先行到此，靳无余率洗马谷五万兵马，明日便可全部入楚。"

"好。"子昊点头，话语仍是极淡，甚至无法掩饰气息的虚弱，"你暂时接手一切事务，朕要闭关两日。转告赫连羿人，要他立刻集军备战。"

苏陵有些担心地看了他一眼，道："主上是否当真要扶植赫连羿人？如此楚国怕将陷入难以收拾的四分五裂，此人不足为用，反成大碍。"

子昊似乎笑了一笑，笑容无声亦无形，他缓缓站起身来，修长消瘦的身影遮暗了光亮，脸色冷冽如霜："苏陵，三日之后，朕要整个楚国从九域版图之上彻底消失。”

苏陵一惊抬头。

只听喀喇一声轻响，子昊手中握着的白玉瓷瓶骤然迸裂，鲜血沿着袖口浸透晨光，不知是他的还是她的，一缕缕赤热的痛楚，一点点飞溅的碎刃，惊裂乾坤，染遍江山。

第二十章 碧影追踪

夕照大江，子娆与夜玄殇出现在楚江之畔时，正是落日西沉，一片暮色苍茫。

前方便是连接楚穆两国的边境要塞沣水渡，因受楚国水军严密封锁，不少船只滞留于此，只有少数能够通过关口驶往穆国，其中大半都带有跃马帮的徽识。

子娆探过情况后，转头道：“自昨夜起，跃马帮主舰便一直在这附近停留，并暗中传出了寻人的消息，现在唯有跃马帮尚可往来穆国，亦只有他们能够深入楚都。”

夜玄殇自江上收回目光：“你相信跃马帮？”

江风扬起衣发，子娆声音淡淡的：“我相信的是王兄，他既亲手安排下这步棋子，殷夕语便绝不敢言而无信。”

夜玄殇道：“所以你敢暴露行踪，只因皇非很难想到，跃马帮居然会同帝都合作。”

“皇非想不到的应该是跃马帮会答应帝都，帮助夜三公子。”子娆唇角微挑，“你伤势如何了？”

夜玄殇随意一笑：“应付这点情况绰绰有余，你若有闯关之意，玄殇乐意奉陪。”

子娆略一侧眸，方要说话，突然脸色微变，抬手按上胸口。

心头意外生出的悸痛，令呼吸异常窒闷，两日来已不是第一次出现这种情况，昨夜此时，心中也是如此痛楚难挨，但却未像现在这般明显。

仿佛受了某种力量的牵引，又似在抗拒着什么，源于巫族的碧玺灵石在她腕上射出清微的幽芒。

光芒流闪，子娆心头一片纷扰，刹那间若见王陵神道上渐远的风姿，转眼却又化作长明宫中孤寂的背影，铁血纷纷，扑面而至。但也只一瞬，心痛便觉平复，幻象随之消失，她轻闭凤目，突然低声道："我要回楚都去。"

"你先前真元受损，并非轻易便能恢复，不要妄动真气。"夜玄殇察觉她神色有异，提醒道，跟着叹了口气，含笑摇头，"算了，这次便当我输给你，先陪你上跃马帮战船，倘若殷夕语方面没有问题，我们后会有期。"

四目相对，子娆唇畔微微带出笑痕："跃马帮可以顺利送你过沣水渡，以他们在穆国的根基，会对你有很大帮助。"

夜玄殇却道："不必对跃马帮透露我的行踪，穆国之事我自会处理。"

子娆道："但天宗和白虎秘卫……"

夜玄殇将手一抬，对她笑着摇了摇头，眼前深沉的黑眸倒映夜光，是一片诱人迷失的深亮。

他唇角的笑容依旧明朗，那不容置疑的果决与潜藏之下的桀骜，令人依稀感觉与先前有些不同，他似乎在期待着穆国的未来之路，但他所期待的究竟是什么，却又不为人知。子娆盈眸相看，稍后略一思量，自怀中取出个朱红锦囊，递给他道："给你样东西，或许日后有用。"

"锦囊妙计吗？"夜玄殇笑着接过来，只见那锦囊缀珠饰玉，并以金色千丝挑绣一双并翔云端的朱雀神鸟，应是为九公主大婚所制之物，目光不由微凝。子娆抬手在他掌心一按："待到用时，自然知晓。"说着一笑转身，衣袂飘扬，便往跃马帮座舟而去。

月明星稀，隐隐薄雾笼罩大江，四处一片迷蒙。

彦翎悄无声息地靠近江畔，落足一块岩石之上，悉心查看后道："似乎该是在这附近，不过突然没了踪迹，不知这小子又搞什么。"

身旁轻雾香香，白姝儿随之出现在近侧，依稀分辨风中气息，媚眸轻闪："他们有一人往江上去了，该是九公主上了跃马帮的座舟。"

彦翎转身道："奇怪，你怎知不是夜玄殇那家伙？"

白姝儿浅笑道："女人对于香气总是格外敏感嘛，更何况是这么特殊的幽香，当然绝非三公子。"

彦翎不以为然地道："我看未必，那小子每次从半月阁出来，一样也是满身浓脂艳粉，难保他不是和人家公主卿卿我我，搞得自己香不可闻。"

"彦翎，你什么时候能让我消停会儿？"突然间说话声传来，一人从他们近旁草丛中坐起，手里拎着个酒壶，忍无可忍地摇头。

"三公子！"白姝儿惊喜叫道。

彦翎一个闪身凑近夜玄殇身旁，劈手就抢酒壶："什么世道，我们俩大难不死从君府逃命出来，你小子却舒舒服服地在这喝酒？"

白姝儿亦嗔道："公子如何对我们隐藏行迹，害得人好找！"

夜玄殇陪子娆上船，因不欲跃马帮知道自己行踪，待子娆安全见到殷夕语后，便顺手捞了两壶窖藏的美酒，先行离船等她消息。方才白姝儿与彦翎一路寻来，被他屏息匿气瞒过，确定是他二人后，方才出声相见，此时任彦翎夺了酒壶过去，问道："你二人从君府逃命出来，这是何意？"目光一动，"你并未将我们的消息送到少原君府，怪不得楚军毫无反应。"

彦翎摸着鼻子干咳了两声："消息是送到了，但确实不是你说的，美人堂主扮作尸身被皇非带回府去，若不是君府莫名其妙大水倒灌，要脱身还真得费点儿周折。"

夜玄殇眉心微收，抬眼看向俏立月下的白姝儿，突然对彦翎道："你去看看四周情况，我有话和白堂主一谈。"

彦翎眼光在两人间一溜，他平日虽和夜玄殇嬉笑打骂毫无顾忌，此刻却十分识相，悄悄对白姝儿做个小心应付的眼色，随即闪身消失。

直到远离两人，保证听不到对话，彦翎才蹿上一块山石，坐下拎着酒壶灌了一口，自言自语道："切，这小子若有朝一日真成了穆王，可怎么得了？美人堂主看上了他，怕是吃亏的买卖，不太划算。"一边说着，一边将酒喝了个精光，赞道，"好酒好酒！"琢磨着眼前时间足够到跃马帮座舟上再捞两壶，一个翻身从石上飞下，便准备摸上船去。但刚刚落地，他忽然停步，咦了一声向侧方看去。

明月自云雾之中露出皎洁的玉姿，借着这亮光，依稀有丝丝点点碧色萤光飞浮于山野，若隐若现，一直飘散过去，刹那却又踪迹全无。

彦翎驻足片刻，脸上不知何故收敛了笑容，再次注目探查，便展动身形，小心往碧光出现的方向掠去。行不多远，又见碧影悬浮飘逝，彦翎此时已完全确定这是一种十分隐秘的追踪术，心中暗觉不妙。

就在此时，薄雾中突然现出一片状如八卦的光影，自他所在之处急速向外扩展。彦翎叫声"糟糕"，心念甫动，周围破风声起，一阵迷人的娇笑自夜空传来，四面八方出现无数条人影，断绝他所有退路，当先一人笑道："小滑头，想去通风报信吗？这次可没那么容易放你走了！"

黄衫飘飘，银戟锋冷，一众君府高手同时现身江畔，另有自在堂精英封锁后路，顿将彦翎围作网中之鱼。

彦翎迅速打量形势，知道这下大大麻烦，却仍是不改嬉皮笑脸："哎呀，美人郡主你要找我，说句话便罢，何必这么大费周折地捣鬼？"

易青青似笑非笑地盯着他，那碧网随着她纤纤玉指旋转波动，光影纷纷，始终不离彦翎周身："你这小子自作聪明，以为和那妖女一起做戏，便能瞒过君上吗？若非为了夫人行踪，君上岂容你们活着走出君府，不过你倒确实有些真本事，连我无花族的追踪秘术都险些将人追丢了。"

展刑在旁冷声道："和这小子啰唆什么，他若不乖乖带路，莫跟他客气便是！"

彦翎方知这次被皇非反算了一道，白姝儿身上定然也被动了手脚，想要摆脱已来不及，叹了口气道："唉！郡主夫妇着实厉害，小子甘拜下风，要我带路好说，只是不知……你们跟不跟得上！"

话音未落，人已腾空跃出。易青青娇喝一声飞身阻截，彦翎急速旋身，双足连点，逼得她无法展开攻势，随即手底精光爆闪，一片暗器如雨射出，身影骤然消失在光雨之下："郡主若舍不得我，便继续来追吧！"

这边彦翎走后，白姝儿面对夜玄殇深邃的注视，微微垂首，过了片刻，柔袂迎风一摆，便是屈膝而下："姝儿自作主张，请公子责罚，只是莫要不理姝儿。"

夜玄殇看着她："上阳宫的事，果然是你做的，你可知这会带来什么后果？"

白姝儿略一抬头，妖冶美目情愫盈盈，却又闪过一丝冷静的光芒："姝儿身为穆人，当然一切皆为穆国。帝都与楚国翻脸，不但皇非无暇针对我们，就连东帝也必得笼络公子。只要楚国分崩，公子顺利归国，取得王位，九域格局必将重新划分。姝儿已与宣王暗中有约，用少原君的败局，换取昔日后风国领土，届时我穆国坐拥三千里山海重城，便是举足轻重，无人敢小觑半分，兵取宣楚或是问鼎帝都，只待公子选择。"

此番话出，纵以夜玄殇之胆魄，亦不禁为之动容，不想她步步谋划环环相扣，竟是推动穆国逐鹿天下，不由对这娇柔美女再次审视。其实他早便知道，白姝儿的真实身份乃是穆国左君侯嫡女，当年经过严格挑选，秘密训练，肩负起联姻后风国之重任，本就是穆国东扩领土的预先安排，如今改换手段，算计诸方，而令穆国从中得利，于情于理，皆是无可厚非。

心中惊讶旋即泯去，夜玄殇抬手饮酒，脸上突然浮现出一丝散漫神情："你这样做，便是将筹码尽数押在我身上，难道就没有想过若我做不成穆王，又当如何？"

白姝儿略略一怔，随即目露微嗔："公子莫要开姝儿玩笑了！你入楚六年，曾多次借西宸宫秘卫传递军情，制衡局势，令得穆国在宣楚两大势力之间游刃有余，复又寻到秘宝紫晶石，将其盗出楚宫。太子御难成大器，公子归国，乃是占尽天时地利人和，成为穆王不过是时间问题。何况，公子当日命姝儿扮作含回，假意相助赫连侯府，难道不是要推动他们发兵谋逆，令得楚国生乱，为穆国争取时机吗？"

夜玄殇眼底精光一闪，哈哈笑道："自在堂的情报，果然令人刮目相看。"

白姝儿柔声道："如今自在堂甘为公子鞍前马后，姝儿这个堂主，也不过只是公子眼前一个小小婢女，日后公子可不要再叫姝儿什么堂主了，刚刚公子的口气，真的叫人害怕呢。"

夜玄殇眸色深深，不言不语。白姝儿只觉心下忐忑，等了一会儿，忍不住娇声道："公子还是在恼人家先斩后奏吗？自始至终姝儿都是为公子着想，便如那九公主，如今她与皇非婚约作废，公子不是就有机会了吗，只要得到她，还愁王族不……"她话还没有说完，忽然间半空中爆现数道光华，疾若惊鸿，势逾闪电，迎面向她激射而至。

烁烁光华携了夺命真气，白姝儿大惊之下轻功展到极致，于千钧一发之际低身急闪。

身前灿光触地，轰的一声，竟将整片草石瞬间扫平，白姝儿狼狈地躲开，惊魂甫定，向前看去。

但见江边薄雾缭绕，一片玄衣飘于月光，缕缕丝华凌虚，晶莹流照，映出女子冷肆的容颜："原以为是皇非设计，不想竟是你这妖精扮我的模样兴风作浪，此次再不取你性命，岂非笑话？"

说话间身形骤闪，子娆已欺向近前，挥袖迎风，素手如电，一掌击向白姝儿面门。

白姝儿目中闪过怒意，长袂一扬，撮掌相迎。

双掌袖底相交，劲气爆开，激得夜雾狂卷，两人双双旋身，第二招同时发出。

夜玄殇眉头微锁，长叹一声，突然出手阻向其间，一股沛然劲气将两人掌力化于无形。

"住手！"

白姝儿身形略滞，便向后飘退而去。子娆玄袖翻飞，连变数招抢攻皆被夜玄殇拦下，倏地退开一步怒道："夜玄殇，此事与你无关，让开！"

夜玄殇道："无论如何，事情总是因我而起。子娆，你若当真生气，便冲我来。"

子娆眼底清芒一烁，修眸细起："你这么说，便是要护着她了？"

夜玄殇清楚子娆性情，知道两人一旦动起手来，恐怕非死即伤，叹了口气道："姝儿既是我的人，所做之事无论对错我都理应负责。"

"你的人？"子娆点头道，"好，那便不必多说废话，你再阻我一步，我就当没交这个朋友！"掌心焰光生灿，袖中墨蝶交织丝华，毫不留情地向他击去。

她攻势虽快，但以夜玄殇之武功，要想避开也并非难事，谁料夜玄殇眼见掌力及胸，却居然不躲不闪。子娆心下陡惊，欲要收手已是不及，玄衣之间蝶光迸散，一掌击中他的胸口。

夜玄殇旧伤本就未愈，被她掌劲震退数步牵动伤势，顿时一口鲜血喷染衣襟。白姝儿失声惊呼，飞扑上前，发现他竟连护体真气都未运，不由震惊万分："公子，你为何不还手？"

夜玄殇强行压下喉中急冲的血腥，摆手示意白姝儿退开，漆黑的双眸仿若夜色沉落无底，那其中却有星辰新月清澈的微光。他未发一言，只是摇了摇头，笑了一笑。

淡淡一笑，掠过女子因怒气而锋亮夺人的眸子。

子娆面寒如霜，掌下流光飞盈，云袖若舞："你不还手，便以为我当真不会杀你吗？"

一道道光华越来越盛，就在此时，前方忽然有道身影流星般驰来，刚才不知晃去了哪里的彦翎掠至眼前，也不顾上这里发生何事，急道："快走！君府的人追来了！"

几人皆是一惊，不及询问，四周一片碧光绽现，追兵已从天而降！

第二十一章 棋局万变

君府数十名高手将众人重重围住，但见到子娆，却显得格外恭敬。易青青收了碧影追踪术，移步上前，施礼道："属下等奉君上之命，特来请夫人回府。"

子娆眉梢略挑，指尖光华当风流散，化作轻盈墨蝶点缀夜空，光下微微侧颜："少原君府好大的排场，这是请人呢，还是来送死？"

易青青与展刑分别截住退路，含笑道："夫人请息怒，君上极是担心夫人安危，才令我们多带人手四处寻找，只要夫人平安回府，一切事情，君上自会向夫人赔罪解释。"

四周群敌环伺，前方尚有重兵封锁，布作天罗地网。几乎是不约而同，子娆与夜玄殇同时抬眸，当空四目交撞，仿若焰光烁然闪逝。

子娆唇角清冷一扬，曼声道："原来如此，也好，他既有赔罪之心，我自当回去见他。"说话间眼风向侧一扫，"那你们愣着干什么，还不快擒下杀害王后的真凶？"

风中一片焰蝶飞绽，在夜玄殇与白姝儿之间骤然散开。

子娆身随意动，突然闪电般攻向夜玄殇。白姝儿未及出手，眼前剑光迭闪，易青青与展刑左右攻来，彦翎则被自在堂三使围攻，顿时自顾不暇。

双掌相交，劲气四下冲爆，金光迸射。夜玄殇重伤难敌，竟被子娆一招制住，口中鲜血呛出。

"三公子！"白姝儿运招连连抢攻。她武功虽高，但受展刑与易青青两大高手全力夹击，一时半刻也难寻得空隙，惊急之下长袖飞转，手底现出双剑，两道利光夺目，杀气当风开旋。

夜玄殇被子娆制住穴脉，踉跄一步跌坐在地，一道阴柔如水的真气，突然自肩井直冲经脉。

君府高手先后加入，战况愈见激烈，白姝儿与彦翎皆以轻功见长，虽然频频遇险，自保却是有余，敌阵中但见两道人影迅似电闪，不断有对手溅血跌开。

子娆玉面静寒，于战圈之外冷冷旁观，控制夜玄殇的行动，令他无法插手战局。

当当激响，白姝儿连接易青青九式剑招，倏地后撤，双剑绕袖光绽，一剑指天，一剑对地，已是大自在须弥法御敌绝式。

这时子娆猛然抬眸，身形迅移，一掌清光携了夺命真气，直取白姝儿后心！

夜玄殇盘膝坐地，身子随势急旋，却始终闭目观心，仿若老僧入定，无动于衷。

子娆掌风所至，一股柔劲破空，白姝儿身若纤柳迎风飘摆，但见夜色之下，玄白两道身影飞旋而舞，剑气掌力，竟然化为一体，真气利芒照耀夜空，直击眼前强敌而去！

轰！劲气交击，易青青与展刑剧震飞退，一招之下同时负伤。此刻彦翎频遇险招，落地翻身薄刀横扫，三件兵器当头压下！危急间只听一声长啸，原本穴道受封的夜玄殇忽然双掌齐出，浑雄真力，势如狂浪，自在堂三使惨哼之下，吐血抛飞！

子娆身若鬼魅，随手毙敌，迫得战圈陡然扩大。白姝儿举步若舞，袖底一片红云散开，周围顿时迷烟四起。

墨蝶焰光飞入烟雾，"退！"子娆与白姝儿瞬间飘回，四人身形一闪，于精芒四射之际，消失在漫天迷雾之中。

入夜之后，西山寺重重院落没入深沉的夜色，除了苏陵所在的屋里燃着灯火外，四处一片寂暗。

东帝暂住的精舍阒无人声，月色流泻于黑暗，散发出幽谧暗光。榻上静坐不动的身影，衣白若雪，清容若雪，黑曜石清光隐隐，笼罩在子昊周身，其中灵力被他以九幽玄通引导，不断流转循回穿经过府，最后缓缓敛入绛宫，温养心脉。

一日已过，子昊真力已恢复泰半，肆行于经脉之中的剧毒也被玄通心法吸纳，再次引为己用，方要令灵石之力回归本源，忽然听到一阵兵戈喧天，战场铁蹄踏过心头。

子昊微微一惊，耳边惨叫声起。一片烈火自殿阁间焚向天宇，玄塔前女子幽迷的身影，瞬间化作雍门之上高悬的头颅、不瞑的双目，鲜血淋漓流下，染作蛊池深坑蛇蝎翻腾的惨象。

血漫如花，仿若万毒噬心，黑曜石中灵力突然失去控制，巨浪一般倒泻回来，子昊闷哼一声，口中鲜血喷出，倏地睁开眼睛。

一缕细微的箫音，淡若游丝，轻若烟柳，不知自何处而来，只向心头缥缈而至，仿佛有着惑人的幽柔，可令一切苦痛消弭，引人就此沉沦下去，沉入茫茫空白。

子昊冷冷地听着这熟悉的韵律，眸中倏地闪过异芒，突然间腾身而起，衣袖一振穿破室门，随那箫音往山寺正殿而去。

子娆四人趁着江雾弥漫登上跃马帮座舟，岸上打斗早已惊动殷夕语，当即下令启动船上机关，对子娆道："公主与三公子暂且一避，追兵交我应付。"

子娆点头道声"小心"，四人由暗门下入船舱中去。

一路而下，眼前出现狭长通道，四周隐约有机括之声传来，船身不断轻晃，通道尽头便是一间密室。几人先后停步，此处看来相当隐秘，追兵极难寻至。白姝儿环目打量四周，推测道："我们一路所行距离已远超船身长度，听说跃马帮有一套水战机关，可暗中调遣战力，互为支援，叫作穿龙机关……"话说一半，心中警兆忽起，一道掌风竟自身后袭来。

黑暗中，子娆袖底清光骤现，毫无预兆地抬掌击向她背心。白姝儿猝不及防，被震飞数步，口边逸出鲜血，无数碧色微芒自她衣间轻溅飞散，随后消逝得无影无踪。

蝶焰幽光照亮空间，流莹之下子娆冷眼看来。白姝儿不由怒道："背后偷袭小人行径，九公主这算什么？"

子娆漫然抬眸，唇畔隐含冷笑："对付小人何用君子手段，我未在夜玄殇面前取你性命，已是网开一面。"

"你……"白姝儿气结，骇然发觉体内竟有六道玄阴真气锁入经脉，不由微微色变。

子娆侧眸往近旁睨去，彦翎立刻倒退两步连连摇手："不劳公主动手，那碧影追踪术我一发现便自己解决了。"退到夜玄殇身边低声道，"喂！你这重色轻友的家伙，好歹说句话。"

咫尺相隔，清光盈面，夜玄殇抬头轻轻一笑："多谢子娆。"

彦翎差点一个白眼翻过去，子娆淡哼一声，随手一扬，蝶光纷落："哼，区区一个自在堂，还不值得本公主搭上一场生死交情，麻烦你下次闪快些，免得真死在我手底，概不负责！"

生死之交，可以性命相托，可以身家相陪，急怒之时夺命的一掌，追兵至时默契的对视，身份之下各自的责任，无须言说彼此的理解，曾将背后交给对方的人，当得起这四个字的人。

夜玄殇眼中笑意似深，一丝愉悦更见十分的笃然与自信。看了子娆片刻，他摇头轻叹："你在姝儿体内施了六脉锁穴之法，她的生死便有一半掌握在你手中，这是否已算小惩大诫？"

子娆目光向侧一掠："现在看你情面，并不代表以后饶她不死，我素来有仇必报、有恩必偿，你若能护她一辈子，便试试看。"

白姝儿媚眸之中微芒轻闪，一瞬而逝。这时密室之上突然咚咚两声轻响，一道暗格无声无息地滑开，传来殷夕语动听的声音："君府之人已经离开，可以上来了。"

灯火随之亮起，子娆等人先后跃出密室，发现所处之地早已不是先前停在江边的座舟，方知跃马帮战船间皆有这种机关密道相通，令人能在不为人知的情况下迅速往来。

彦翎赞一声"妙"，当先跃上甲板。子娆刚刚落足，便见眼前白影闪至，一只小兽蹿入怀中，转身蹭了两圈，扯着她的衣袖呜呜低叫。

子娆叫声"雪战"，伸手将它抱住，雪战极是亲密地舔她手掌，复又回身拉她袖口。子娆自是知道它的意思，轻轻拍它示意少安毋躁。殷夕语笑道："原来这小兽是九公主的灵物，刚刚便见它在船上，难为它竟能找到这里。"

子娆抚着雪战道："王兄现在定是急着找我，我要尽快与他们会合，否则只怕君府趁机设下布局。"

殷夕语点头道："皇非既知公主无恙，那所谓少原君夫人的葬礼必然另有预谋，王上也不会对此无动于衷。我刚刚接到夕青传书，王上已秘调大军入楚，只怕立刻便要对君府动手，如此硬碰硬的交锋，胜负恐难预料。"

子娆微微一笑："只要王兄决意动兵，便无须担心胜负。皇非虽在楚国占尽地利，但若宣军适时攻至，帮主仍认为帝都未有胜算吗？"

殷夕语暗暗吃惊，顿时全然明白了东帝曾在七城的布局，夜玄殇与彦翎曾对形势的推测，亦同时得到证明。诸人中白姝儿对宣王动向最为了解，俏步轻移，行至夜玄殇身边："但据我所知，宣国进兵恐怕会比预期略迟，只因近日连降暴雨，造成大非川三谷冲流，水势急涨，阻碍了宣王行军速度。倘若如此，相差一日，可能失之千里。"

她道出重要情报相助帝都，颇是出人意料，子婍眼梢略略一挑。白姝儿妩媚一笑，柔声说道："九公主不必多疑，姝儿一切谋算只为除掉皇非，并非想与帝都为敌，先前冒犯得罪，还请公主见谅。现在只要是皇非的敌人，便是姝儿的盟友，想要打破烈风骑九域无敌的神话，唯有王师与赤焰军联手，想必公主亦乐见其成。日后公主若有需要，还请尽管吩咐，自在堂的势力会像服从三公子一样，尽为公主所用。"

彦翎在旁听得咋舌，心中暗叫厉害，这几句话转换立场结盟王族，虽是辞锋暗藏，却又无可挑剔，纵然受制于人，这美女的重重心计仍是令人侧目。

殷夕语此时传下讯号，帮中战船已陆续开始调集部署。夜玄殇与子婍踏上最高一层甲板，船头江风拂面，吹起两人衣袂如飞。

"皇非不会轻易放弃追捕，楚都目前仍是凶险万分，你确定要回去？"

子婍远望沣水渡方向，轻轻一笑："我记得你曾经说过，只要想做之事，便该放手去做。"

一江明月，半沉波涛，层层叠叠的浪光仿佛扑面而来，冲入那深黑的眸中是看不清光色的微笑。夜玄殇依稀叹了口气，那笑容却有明朗的潇洒："不错，能够放手而为，便是最大的自由。"他英挺的剑眉微微一掠，"我亦有自己该做之事，那么子婍，我们后会有期。"

子婍眸波一漾，似是被那笑容刹那照亮，但方要说话，突然感觉胸间如遭重锤猛击，一阵剧痛毫无预兆地袭来。心脏仿佛在体内生生破碎，瞬间化为尖锐的粉末冲向血脉，她身子猛地一颤，手按心口向前栽去。

雪战惊跳出子婍怀中，夜玄殇眼疾手快一把将人扶住，只听她依稀叫了声"子昊"，唇畔便涌出鲜血。

事情来得意外，数步之外白姝儿同时脸色一白，感到经脉中六道寒气流窜，竟是难以控制。殷夕语见她神色有异，抬手连封她几处要穴，及时助她运功压制。

她两人这突发状况，彦翎想起子婍方才控制白姝儿的六脉锁穴之法，不由惊道："这下糟糕，九公主若出事，搞不好美人堂主也要陪葬！"

夜玄殇无暇他顾，单掌按上子婍背心，急急输入真气。

子婍意识一片模糊，唯有直坠深渊的剧痛铺天盖地，那种心无所依的疼痛幻作整片无底无光的黑暗，一重重塌陷下去，似有焦急的呼唤来自空茫的地方，越来越远，越来越轻，直至一切光影声息皆尽消无。

"子婍，子婍！"夜玄殇脸上色变，发现子婍真元迅速流失，生机渐灭，渡入她体内的真气竟如石沉大海，全无反应。彦翎见状不对，俯身探查子婍脉息，一试之下险些跳起来："不好，人好像没气了！"

这时白姝儿得殷夕语之助，勉强压下真气乱冲，低声道："她……她……真元俱散，怎会如此……"

夜玄殇不可置信地抬手，发现子娆的脉息、心跳、呼吸竟已全部消失，在他怀中的身体亦渐渐冰冷下去，再无任何存活的迹象。

第二十二章 噬心灵蛊

佛殿，清辉。

月色盈空，朵朵雪昙奇花幽放，一片清寒冥美。

子昊缓步徐行，待到殿前，轻微侧眸，仿佛是驻足欣赏这灵花妙姿，忽然之间扬袖一转，玉箫落入手中。月光如水流开，泠泠箫音霎时飘盈，充斥四方。

音律流转，白玉渐被鲜血染红，他却恍若未觉。便听殿中一声惨哼，紧接着似有器物裂碎。月下白衣轻闪，子昊现身殿内，箫音迷幻般回绕不休，对面灵台之上，一尊罗汉金像咯咯随之作响，周身裂痕不断扩大，忽然轰的一声向四面爆开！

泥尘满天，子昊袖中掌风一侧，嗡嗡一片激响声中，无数微若发雨的细丝被他掌力逼回，丝丝幽蓝细密的异芒在半空飘忽穿梭，诡如妖灵，将原本清静的夜色笼入一片诡异阴森中。

"你……你……"丝华之后现出人影，盘坐在地，身形不断颤抖。

子昊手中玉箫倒负，眼底却浮着一丝森凉的悒色："千丝之术本是这世上极美的武功，却被你这般糟蹋，若是子娆见了，定然不喜。"万千幽光凌空穿梭，仿若张开了一张无际无垠的丝网，无数淬毒的蓝芒流水般敛向他的掌心，一点一滴，千丝万缕尽化澄莹，于刹那之后纷然四散，恍如霰雪般自他袖底漫向虚空，最终消逝在月华深处。

周遭玄光急闪，席地运功的歧师猛地向前栽去，连喷两口鲜血，面无人色地道："不可能，这绝不可能！你怎会不受心蛊影响，还能破我巫术？"

剧毒入体，子昊的脸色更添苍白，眸中光泽却愈发森然："二十年了，你仍旧不自量力，丝毫长进都没有。九幽玄通总领巫典，区区蛊毒，也妄想与之抗衡？"

歧师在先前医毒时暗中施下毒蛊，原本想要借此控制东帝，使之从此听任摆布。今夜趁他真元损耗驱动邪术，却谁知临近功成，竟遭玄通之力反噬自身，想起当初皇域死前惨状，不由心胆俱寒，颤声道："纵然是九幽玄通，也不可能抵抗我下在你药中的心蛊，我以四域奇花为引，早应将你功体封锁，若你没服药，又怎能像现在这般轻易压制剧毒……呃……啊……"他一边说着，脸上忽而狰狞可怖，忽而笑意满足，两相交替，手舞足蹈，情景怪异至极。

巫蛊反噬，心若刀戮，身似火焚，要比正常发作惨厉百倍，只要再过片刻，这天下第一巫医便会六感俱废，心智齐丧，变成一具任人操控的活尸。子昊冷眼相看，脸上毫不掩厌恶之情，低咳声中玉箫入手，一缕凄迷清音悠悠流淌，悲摧动肠。

歧师眼神顿时一滞，接着手掌上移，慢慢压向自己天灵，半边脸上却现出挣扎之色，眼中频频闪过异样，显然正在和九幽玄通极力抗衡。

子昊素来厌恶此人，当日若非子娆相求，早已下令影奴动手处置，此时更无留他的理由，轻微合目，方要催动心法取他性命，忽听他怪声惨笑："我知道了，我知道了！那丫头竟真以血影莲华替你渡药，心血，哈哈……心血……她莫非疯了，毒蛊对你无效，却必应在她身上……哈哈……"

子昊眸光骤变，扬袖便是一掌，箫音倏停，歧师口喷鲜血跌向殿外。

少了他的玉箫牵动，歧师毒蛊发作稍缓，竭力挣扎道："心血入药……你杀了我，她也必死无疑……"

子昊的面色在月色下显得格外冰寒慑人："你想要挟朕吗？但可惜今日，子娆已经不可能再替你求情了。"

歧师纵然撑得一会儿，却无法阻止毒蛊噬心，神志渐呈疯狂之态，滚倒在地，嘶声叫道："她神识受制，形如死人，毒蛊……呃……呃……我和你们同归于尽！就算人死了我亦能救活……啊……"

这凌乱的话语令子昊神情倏然震动，他心中一个念头闪过，抬手射出指风，点向歧师周身要穴。玄通真气透体而入，暂时阻住蛊毒之势，歧师双目慢慢恢复清明，只是瘫伏在地，七窍渗血，样子甚是恐怖。

月光如晦，漫延成夜。

面前男子眸底一片无垠深黑，却似乎有什么在那无声无光的暗处冲激翻涌，无人见得的背后，他单手紧握了玉箫，一字一句冰火交织："你方才说什么？"

歧师挣扎着喘息道："心蛊巫术，夺魂灭魄，她以心血替你渡药，四域奇花不断摧损她真元，亦将蛊术的大半后果转移到她身上，当你蛊毒发作的时候，她便将心神遭噬，七魄俱散。嗬……你现在若见到她，必与死人无异，如今我虽无法驱蛊操控于她，但除我之外，也无人可以化解她身上的蛊毒。"

子昊不知为何一言不发，夜光幽暗莫名，谁也看不清他究竟是什么样的神色，只是身后飘垂的衣袖却在微微颤抖。歧师知道现在唯有九幽玄通能克制反噬的蛊毒，生怕他翻脸无情，送断自己性命，继续道："你若肯为我驱除蛊毒，便等于救那丫头一命，心血渡药，她肯这般为你，难道你忍心看她送死不成？"

子昊双眸忽抬，凌厉的目光看得歧师心下一颤，倏然噤声。子昊冷冷地盯了他片刻，飞袖一扬，九幽玄通幽亮的真气破空而去，将那毒蛊困于歧师气海穴中。歧师身子一阵抽搐，虽是经脉受封，武功尽废，脸色却见回转，坐起来嘿嘿笑了两声："王上对那丫头果然与众不同。"

子昊早已拂袖离去，脚步微微一停，冷道："莫要挑战朕的耐性。"一声清啸召来影奴，头也不回地去了。

目送那清绝背影消失在月光深处，歧师的脸色刹那阴沉下来，森然道："哼！你可知那丫头究竟是何人，现在不杀我，总有你后悔莫及的一天！"

月色入室，被囚于佛寺后院的善歧闭目凝神，再次运功冲击被封闭的穴道，两股真气在体内冲撞造成痉挛般的剧痛，额上逐渐滴下冷汗。

门响之声突然传来，善歧心中暗恨，只得放弃努力，便听有人对隐于暗处的影奴道："你们暂且出去，我奉王上之命，有话要和善将军谈。"

两道鬼魅似的身影自黑暗中现身，向来人点头致意，瞬间消失无踪。

一阵优雅的清香，伴着雪色战袍出现在面前。善歧抬头一看，冷哼一声垂下双目，却不料肩头微麻，来人已将他穴道解开。

善歧自地上一跃而起："你这是什么意思？"

且兰微笑道："我方才已经说了有话要和你谈，仍旧封着你穴道，岂不别扭？"

善歧目视她道："哼，若是来为东帝做说客的，殿下还是免了吧，善歧纵使技不如人，可杀却不可辱！"

"唉。"且兰轻声叹气，"君府四将中，善歧排名其首，亦对师兄最是忠心，此点别人不知，我岂不知？若要劝你背叛君府，今日来的便不会是我。再说，你投降与否，对帝都来说很有意义吗？"

善歧被这软硬兼施的话语噎得一怔："你既然与君上作对，便是整个楚国的敌人，和我又有什么好谈的？"

且兰将手中的提盒放下，落座席上："你以为我这么希望与师兄为敌吗？"一边说着，一边取出酒壶递给他，见他目露犹疑，笑道，"放心好了，酒中无毒。"

善歧着实摸不清她来此的目的，接过酒来，皱眉道："你究竟要做什么？"

且兰手指轻轻一挑，破开另一壶酒封口："我来放你走。"

善歧意外："你放我走？"

且兰缓缓啜了口酒："没错，我要你回楚都，替我转告师兄几件事。第一，帝都已着手调军，欲解西山之围，估计兵力在三万左右；第二，含夕现在西山寺，我会保她安全；第三，东帝旧疾再发，仅靠非常手段维持支撑，已经时日无多。"

这几件事对善歧来说，一件比一件震惊，但看且兰冷静饮酒的模样，微微清利的眼神，不由冒出个念头："难道……你要反助君上对付帝都？"

且兰侧头一笑："烈风骑十年不败的神话，并不那么容易打破，拿九夷族的存亡冒险，我也并不乐见。更何况师父若得到消息，岂会坐看我与师兄反目？我为什么要给自己找麻烦？"

善歧在她对面坐下，仰首大口饮酒，直到半壶酒尽，方扭头看她："我不明白你现在的打算。"

月光斜照席间，且兰一尘不染的白袍仿佛浸入半边暗影，浅斟慢饮下不见一丝波澜："很简单，此番九夷族已完全获得东帝的信任，进入帝都中枢，现在九公主已死，帝都失了唯一的王位继承人，东帝为保王族传承，与九夷族之联姻势在必行。如此最多半年，我便可全然控制帝都，师兄又何必损兵折将，大费周折？"

这番话听得善歧惊心动魄："苦肉计！殿下真真是好手段、好心机，竟连君上都瞒过。却不知眼前又待如何？"

且兰抬眸道出二字："和谈。"

"和谈？"

且兰道："不错，含夕现在落在东帝手里，这对师兄极其不利，但东帝也很清楚王族现在的困境，与楚国为敌对他来说绝无益处，我已说服他用含夕换回九公主遗体，并承认师兄摄政之位。师兄最大的对手乃是宣王，决战在即，再树强敌是为不智，而帝都权力的转移，也不宜用过激的手法，否则引起诸国战乱，得不偿失。和谈之事，东帝会遣使正式传达，但我要你先回去提醒师兄，西山之阴、沉水之畔，要尽快把握时机扫除赫连余孽，莫要给帝都任何选择的可能。"

善歧沉吟道："你虽解开我穴道，但外面四处都有影奴把守，我要离开此地，并非易事。"

且兰笑了笑，举起手中酒壶："我岂会无备而来，你还没有感觉到吗？你喝的酒虽然无毒，却混了离心奈何草的汁液。"

"你……"善歧方要站起来，只觉眼前天旋地转，身子晃了一晃，人便软软地向前倒下。

酒壶哐啷落地，冷光四溅。

且兰低头，借着月光看了他良久，沉沉地叹了口气，起身向外走去。

月华流淌在脚下，一步步清晰如许。

前方殿堂，一人独立月下，蓝衫飘飘，正负手看着毁于战火的佛像，听到脚步声回头，微笑道："我等候殿下多时了。"

江浪迭起，拍击船身。

跃马帮座舟有别于往日，四处布置暗桩，一片戒备森严。灯火微微跳动，夜玄殇自子婴身上收回手掌，闭目凝思，始终眉头不展。

雪战跳到子婴身旁，凑近去蹭她脸颊，轻轻舔了一舔，呜呜低叫，见子婴双目紧闭，气息全无，复又抬头去看夜玄殇。

白姝儿与殷夕语皆是沉默不语，前者有些慵懒地微闭双眸，双颊带有一种病态的苍白，显然气血未复，情况不太乐观。彦翎在旁走来走去，终于忍不住问道："喂，到底怎样，人就这么死了？都不说话，好歹拿个主意出来。"

殷夕语望向灯影深处，只见夜玄殇睁开眼睛："我立刻带她回落峰山。"

彦翎瞪大双眼："什么？你回去送死不成？天宗和太子御现在一个鼻孔出气，若非宗主点头，夜玄涧也不会出现在楚国，你这么回去，恐怕还没踏入落峰山总坛，小命便要危险，莫不是脑袋出了什么问题？"

夜玄殇伸手再试子婴脉搏，仍是毫无反应，口气隐含忧虑："子婴的情况十分棘手，眼下她体内生机断绝、真元尽消，但却并非因为伤重，而似周身经脉都被某种怪异的真气封锁，这些真气毫无来由，不似任何一派武学，倒如活物一般，我几次尝试运功冲破，但每次冲击都被其吸收，根本不起作用，若不设法尽快解开这禁锢，那最多七日，她便当真无药可医了。"

殷夕语秀眉一拢，吃惊地道："看这情形，难道是巫蛊？"

夜玄殇道："极有可能，师尊对巫蛊知之甚深，定有办法可想。至于天宗与太子御的协定，我既然回国，便早晚要面对此事，你以为躲得开吗？"

最后一句却是对彦翎说的，彦翎颇没好气地翻了个白眼，闭口不言。白姝儿却抬头道："公子言之有理，公子归国本也是势在必行，让我先设法替公子探路，确定天宗的动向再说。"

夜玄殇道："你眼下的情况并不比子婴乐观多少，莫要逞强妄动。"

白姝儿丹唇轻挑："倒也无妨，凭我的修为还不至于送了性命。何况救她便是自救，这一趟落峰山，我是必要陪公子同去的，她不能出事，公子更不能。"

夜玄殇略一沉吟，便也不再反对，转身道："殷帮主。"

殷夕语闻声知意，微一点头："容我稍作安排，最多明日，我保证公子踏上穆国领土。东帝方面，我也会立刻派人传信，九公主的安危事关重大，落峰山之行，请让跃马帮略尽绵薄之力。"

第二十三章 绝谷冰封

翩翩英姿倜傥，湛湛春水蓝衫，无论是局势险变，抑或是诸事压身，苏陵总是一副温雅笑容，仿佛有他在的地方永远是清风朗月，烦恼尽消。

且兰踏上石阶，驻足问道："公子在看什么？"

"看佛像。"

"佛像有什么好看的？"

"在神佛眼中，世上愚者多，智者少，我想看看神佛究竟有什么智慧，能在这世间战火中拯救万物苍生。"

且兰抬头，面对那一尊尊残破的佛像、败落的金身："记得母亲曾对我说过，世上最终的神是我们自己，只不过这样的道理并非每个人都能明白，所以我们每一国王室的宿命都是做别人心中的神灵，替他们守护，亦替他们选择。"

苏陵道："宿命似乎总有些无奈的滋味，殿下可曾想过，全心全意地守护他人未尝不是一种幸福。"

且兰沉默了一瞬，忽而露出笑容："公子之言，总能一语道破人心。的确，九夷族的安乐对我来说，也是最为宝贵的幸福。"

"最为宝贵之物，殿下可以为此付出多少？"

"公子能够为昔国与王族付出多少？"

苏陵微微抬眸，蓝衣映月澄静清澈："苏陵此身，生死无畏。更加希望以后的帝都，一样能够成为殿下心中认可的幸福。"

且兰心思剔透，自然清楚苏陵言下之意。帝都多年来后位虚悬，储君无主，若说之前是私议猜测，那么这次九公主事件之后，众臣必将此事提上议程。

天下九族，红颜万千，没有哪个女子比眼前的九夷女王更加适合王后之位。

且兰转头迎上苏陵温润的注视，月临空，眸色清，明晃晃照上心头，仿佛漓汶殿中一剑之光，挑破心间思意万缕。

一人掌间江山如画，一人眼底悲喜云生。

烽烟铁血，何处当是归路？那人永远捉摸不透的双眸，永远若即若离的温存，是否是她宿命的等待？

明眸之下迷离的光影，浮浮沉沉照上眉目："这是他心中所愿，或是东帝给予九夷族的王旨？"

那一刹那，似有月色清辉自苏陵眼中掠过，在那泓清波之中微微一停，瞬间沉入波心。片刻之后，他优雅欠身，淡淡地微笑："帝都君臣皆如此心，愿与九夷永结同好。"

且兰摇头一笑，举步前行。在即将与他擦肩而过时她忽然停下，侧首相问："公子剑术闻名天下，却始终无缘一见，公子愿否用一套剑法，换我一个答案？"

夜色下女子秀发飞扬，雪衣轻袍在微微的风中划出鲜明的痕迹。苏陵突然想起数年前初见时，那白衣少女眼中晶莹冷丽的目光。

他依稀一叹，笑道："殿下有兴，苏陵敢不从命？"说话间随风振袖，一抹星光绽现掌心。

凛冽秋水，照映月色天光。且兰扬眉赞道："好剑！"

苏陵道："剑名风寻，还请殿下赐教。"

且兰道声"得罪"，娇躯一侧，剑逐月华，雪光如凤翩舞。苏陵随身移步，袖中精芒电掣，化作风色光痕。

剑无杀意，却是招招精妙。

一转一折，若翔九天破霄月，一退一进，剑挽星华夺琼光。

两道身影开映明月，白衣飘逸翩飞，蓝衫快意洒脱，剑啸，光驰，仿若电转星飞，浮翾剑连绵不绝，攻至第九十九招，苏陵手中风寻亦守了九十九招。

没有一招抢攻，亦无一招失手。

且兰御剑旋身，忽然催动真元，长剑一声清鸣，划破月色，划破夜华，迎那一缕风色激射而去。

苏陵眉梢微微一动，脚下步法倏然轻退。

两个人，两柄剑，当空交击，光芒四射！

飞旋的战袍，如雪飘落，呛啷一声轻响，且兰飘然落地。

风寻剑早已消失无痕，苏陵含笑立于月下。

月如水，衣如水，剑如水，人如水，仿佛从来不曾出手，九十九剑，剑剑御敌在先。

且兰道："只守不攻，你不肯全力施为吗？"

苏陵道："最好的进攻便是防守。"

且兰微微一叹："风寻之剑，名不虚传，我在想倘若尽力一搏，能不能逼你抢攻？"

苏陵微笑道："若真如此，为了得到殿下的答案，苏陵或可勉强一试。"

且兰看住他片刻，抬手微振，浮翾剑敛入鞘中，近前一步："答案很简单，且兰愿如公子之言，但却不是现在。请公子转告东帝，当他心中真正需要一个王后、一个妻子时，且兰可以为王族付出一切。"

言罢转身，白袍英姿，飒爽飘飞，随着苏陵感慨的目光消失于月夜深处。

注视且兰离去的身影，这样的答案出乎意料，却又在情理之中，苏陵不由轻声叹息，方要离开，忽闻前殿传来啸声。听出是主上召唤影奴，他心下一惊，当即展动身形，赶往前殿。

子昊与歧师以箫音斗法动用玄通巫术，他人哪怕近在咫尺亦无法察觉，直到清啸声起方知这边出事。此时殿内殿外一片断瓦狼藉，除了先一步赶到的影奴外，东帝早已离开，紧接着两道人影匆匆掠至，却是墨炘和商容。

两人来到近前，同时望向被人封了穴道、重伤在地的歧师。商容低声道："主上下令出动冥衣楼所有人手，不惜一切代价寻找九公主，究竟出了何事？"

苏陵目露诧色："主上人呢？"

商容蹙眉道："独自出寺去了。"

大非川。

五百里惊峰险壑，自东而西横贯山脉，三道深谷纵横交错，飞鸟走兽望而却步。

千丈飞流、百里绝谷，大非川之险，从未有哪支军队能够越过此天堑威胁楚都，但此时深谷之上却有两道特殊设计的浮桥，烈风骑之宿敌，宣王赤焰军精锐仿如天降之兵，横扫北域的玄武战旗出现在楚国边境。

"回禀王使，第三道浮桥至少还需三天方能完工……"迎面瀑布飞珠溅玉，一阵阵水气激得衣衫尽湿，跪在地上的将领话未说完，便被冷笑打断："三天？三天后你便是在这大非川建上十座浮桥又有何用？"说话间一道金鞭劈面抽来，当先那名将领顿时皮开肉绽，脸上再多一条血痕。

站在三步之外一个身形修挑的黄衫男子闻声回头，蹙眉道："王使何必与他们为难？现在便是杀了他们，赤焰军也过不了这道峡谷。"

如光使金鞭在手："浮桥不能按时完工，以致大军滞留于此，杀之亦不为过，瑄离公子还是先想想自己怎么交代吧。"

那名为瑄离之人重新转回头去，淡淡地道："我的事不劳王使操心。"

如光使冷哼一声，突然间，一阵花香、一片锦光打断两人对话，花月使手摇折扇现身平崖之上："哟！如光你今天火气不小，何事如此着恼，可要我帮忙？"

如光使抬眼扫去："事情摆在眼前，你不会自己看？"

花月使顺着他的目光瞟了对面一眼："啧，瑄离先生号称北域第一机关师，出征前曾对殿下立了军令状，确保赤焰军十日内渡过大非川，如今看来怕是悬了。"

瑄离目视面前飞流急下的瀑布，道："这并非我的机关设计出了问题，两日前那场暴雨，使大非川三谷山洪暴涨，修筑工事事倍功半，此乃天算，非是人力所能扭转。"

花月使笑道："此事也非我所能管，我只是来传令，先生自己去向殿下解释吧。"说着折扇一收，向后一让，"王驾在前，先生和两位将军，请吧！"

装饰华丽的金轿，身着华服的侍童，帘影重重是灿光灼目之色，赤衣煊烈是妖冶夺人之美。

宣王姬沧，北域之主，大非川万余精兵俯首见驾，军容整肃，如光、花月二使与中军将领分跪左右，唯有瑄离一人礼而不拜，独立近侧。

如光详细禀报军情，自始至终，负责工事的两名将领匍匐在地，头也不敢稍抬。微风阵阵，轿内传出低魅惑人的声音："误我大军前进，你等该当何罪？"

二将颤声道："军令之下，罪该万死！"

"哼！"帘后似有目光透过珠玉金影扫来，"既知该死，竟还在这儿碍眼！"

忽然间一道掌劲扑面，赤芒一闪，不待众人有所反应，两名将领已横飞出去，七窍流血，落地气绝。

瞬时浓烈的杀气，仿若咆哮嗜血的狂兽，令得近在咫尺的如光、花月都是一阵悚然。瑄离抬头掠了两具尸体一眼，道："殿下若要尽快通过大非川，还请留下几人以供驱使。"

金帘重光，姬沧妖狭的双目一挑，森然道："我赤焰军中从来不留无用之人，你现在有何话说？"

瑄离道："我对殿下来说永远有用，所以纵然该死，亦非现在。"

眼前突然华光飘拂，姬沧已站在他面前，四目相对，轻声笑道："北域第一机关师，宣国第一美男子，真要动手杀你，本王可是会心疼，你有恃无恐呢。"

水雾阳光之下，瑄离一双眼睛仿若清溪琉璃，泠泠散发出流墨样的微光："楚有皇非，天下无人称美，殿下此次得偿所愿，瑄离不过贱奴一名，若要赐死，何劳亲自动手。"

"哦？"众人之前，姬沧抬手便捏了他下巴，盯视那一泓流光变幻的墨泉，风中游荡金衣的纹路，便使那狭长细眸有了妖烈逼人的光芒，"你这话可叫人觉得，浮桥在你手中停工，是在故意阻碍我取下楚都。"

瑄离微笑道："殿下误会了，我已调派人手，设法阻断上流瀑布水势，恢复浮桥修筑，但无论如何也需一点时间。所以我想请殿下传令七城守军，在今天落日之前发动进攻，逼使皇非调兵增援方飞白，拖延他对帝都动手的时间。"

姬沧语声忽然转冷："哼！你信不信皇非会将七城拱手送你，也不会错失覆灭帝都的大好机会，令自己腹背受敌？"

近旁花月使建议道："殿下，便让楚国与帝都先斗个你死我活，我们坐收渔人之利岂不更好？"

姬沧眸光骤闪："我以八百里后凤旧土，按兵不动忍耐至今换来的布局，你以为可有可无吗？皇非与我交战多年，次次胜负难分，只有明日那场葬礼，才是一举击败烈风骑、令他不可能翻身的千载良机，你们竟给我滞留于此，无法前行！"

当此盛怒，众人噤声不敢再言，瑄离微微蹙眉，再次看向那令大军寸步难行、奔流横跨的峡谷，忽而目光一凝，现出难以置信的诧色。

在他视线尽头，隐约出现一叶扁舟，迎风逆水，径自湍急汹涌的激流中徐徐而来。

一阵阵潺潺琴音，一丝丝飞白若雪。

舟上有人轻拨五弦，仿似高山流雪、冷峰冰溅，分明时已入夏，整片山谷却生出凛彻天地的寒意。

苍天之际流现异光，随着那清冷琴音，大非川空山雪落，前方宽逾十丈，不断冲击峡谷的巨大瀑布水流渐缓，便有重重冰凌，奇迹般出现在宽阔的山崖之上。

小舟逆流前行，冰雪之意愈盛。

"好一个九玄绝音！"姬沧身畔忽有赤光疾闪，眸心一收，抬手击节合上琴音，"朝行露川兮，风雪长空。高山独立兮，千里云崩。故人且归，归去何来。东之绝峰西流水，天地茫茫兮啸歌声……"

声声长啸，泠泠飞弦，孤舟奇音，高崖狂歌。

千军万马人人屏息，那轻舟之上，来人袖底，灵石之光忽闪忽隐，似与天际流光相映交替。眼见云天飞雪，悬崖之上整条瀑布逐渐封冻成晶莹剔透的冰幕，山谷之水静止，叠石嶙峋，化作一片冰川奇景。

绝天垂幕，冰刃之姿，在姬沧狭眸之中映开万千锋芒。长啸声止，华衣迎风振起，只见他身形一闪，双掌如焰，炽烈真气竟是直击那轻舟而去！

谷中琴音铮然飞扬，轻舟上一道人影凌空拔起。

衣飞，琴转，雪溅，掌交！

争天绝式，无伦之招，一股惊人的劲气自二人中心冲出，爆射八方！

整条山谷轰然遽震，姬沧一击而退，放声狂笑，半空中赤袖飞转，数道掌力击出。伴着连串激雷般的巨响，四周石动山移，冰川崩裂，方才因琴音凝结而成的冰瀑竟被他以掌力生生击溃，自谷口到峰顶出现一条丈余宽的裂缝，坠落的断冰填满峡谷。

风云晴，天日开，一道天然冰桥赫然凌驾深渊之上，冷光凛凛，刺目如盲。怒流绝谷皆成冰雪世界，面前赤焰军将士无不心驰神震，目瞪口呆。

赤云金纹飘若云落，姬沧踏足峰顶，细眸侧首："冥衣楼主。"

对面山崖之上亦出现一人，素衣薄袖，凭风岸立，身姿清冷，潇然出尘。

一副青玉面具，遮挡了来人大半面容，只听得他声音流冰溅玉，冷然更胜琴音："冥衣楼在此，先行恭贺宣王兵取楚都。"

姬沧霍然回身，直视对面："昔年平叛之恩，本王尚未言谢，今日再助我进兵楚国，楼主既已到此，何不驻足一叙？"

微风中，但见那人引袖低咳，淡声回答："玄功冰封，所持不过一个时辰，宣王莫若以军机为要，至于你我，待宣王攻下楚都，自有相见之时。"言罢挑唇一笑，青衫飘逝，就此消失在冰雪之下。

第二十四章 风起云涌

日暮下的西山水军十里连营，军旗招展，气势非凡，战士精良的装备与彪悍的士气，四万兵马三百余艘战船，无不显示出这仅次于楚都水军的第二大驻军不容小觑的实力。

主营上座，一个神情秀雅的年轻男子看向两侧，略显局促地轻咳一声道："赫连侯爷、叔孙先生，明日……明日当真要入楚都吗？皇非如今入宫主政，大权独揽，岂肯同意由我继位，更有烈风骑虎狼之师，多数朝臣也都听命于君府，此行恐生不测啊！"

叔孙亦再入西山大营，同时送回楚国二公子，赫连羿人对东帝的态度再无疑虑，自是万分配合，当即道："先王薨逝，理应由公子继位，皇非有何理由推脱？我赫连侯府会力保公子登基，皇非若是违抗王旨，西山大营精锐，也非那么容易应付的。"

近旁饮茶的叔孙亦略一抬眼，看向面带踌躇的含回，放下茶盏微笑着道："侯爷所言甚是，何况帝都正式颁诏册封公子，此次更由王上亲自出面，一切早已安排妥当，公子无须多虑。"

"唉，叔孙先生有所不知。"含回摇头叹道，"那可是烈风骑，西山水军与王师加起来，兵力尚不足其一二……这……唉！事已至此，莫之奈何，便由侯爷全权决断吧。"

赫连羿人使了个眼色，赫连啸带了人护送含回前去休息。目送这未来的楚王离开，赫连羿人隐含不屑地轻哼一声，道："还是先生说得对，若让二公子知道此行真正的布置，怕不要吓掉了魂，届时两军交战，但愿莫因他影响了士气。"

叔孙亦唇角微扬："这也未必是坏事，二公子文弱怯懦，侯爷应当满意才对。"

赫连羿人一怔，随即哈哈大笑："的确的确！这还要多谢王上隆恩，局中设局，计中有计，王上的安排当真妙不可言，不过……有件事我还想请问先生。"

叔孙亦道："局中局，计中计，皆需侯爷配合才行，王上对侯爷可是寄予厚望，侯爷若有什么顾虑，但说无妨。"

赫连羿人起身一让，亲自送叔孙亦出了大营，低声问道："一山不容二虎，一国不容二主，王上究竟打算怎样处置含夕公主，若真用她与皇非交换，万一给对方可乘之机……"

话外之音，叔孙亦自然明了，微笑不动声色："侯爷放心就是，楚国从此以后将不再有含夕公主，唯有帝都御阳宫左夫人、楚国新君之胞妹，深受王恩。"

赫连羿人心领神会，笑声之中，两人拱手作别。

"拿走！不吃就是不吃，你们出去！"含夕怒气冲冲地将一盏热汤摔在地上，青冥与鸾瑛两人又哄又劝已是一日，终于耐心全失："你……不吃便算了！"端着饭菜忍无可忍地站起来，刚刚转身，忽然一副青衫映入眼帘。

暮色下不知何时到来的人，衣上丝纹缈然仿若天际最后一抹云光，静立的身影，无声无息。

　　和那双幽邃的眸子一触，青冥、鸾瑛双双低下头去："主上，她……"东帝却只轻轻抬了抬手，示意她们退下。

　　含夕面向床榻，抱膝而坐，听到脚步声近前，不由怒道："说了让你们出去，难道没听见吗？"不料一回头，生生怔住，半晌颤声道，"子昊……哥哥……"

　　夕影斜入，半照帘幕，子昊驻足床前，淡淡一笑："听他们说你一直没吃东西，这是怎么了？"

　　含夕紧咬红唇，眼中隐约泛起泪光，直起身道："子昊哥哥……你终于肯见我了！"

　　子昊便这样看着她，神色平和似是倦意浅浅，声音中却有着清冷的温柔："你若想见我随时都可以，直接找我便是，何苦和他们发脾气？"

　　含夕下意识地伸出手，牵住他的衣袖，委屈地道："可是他们说你在闭关疗伤，什么人都不见。"

　　子昊笑了笑："他们没有骗你，我身子有些不适，的确闭关了两日，却不想叫你受委屈了。"

　　含夕微微一怔，欲言又止："你……你是不是受伤了？"

　　子昊却不答话，只在她身旁坐下，问道："这么想见我，有什么事吗？"

　　含夕一瞬不瞬地盯着面前男子清隽的轮廓，手中的衣袖越攥越紧，突然低声道："子昊哥哥，你告诉我，告诉我实话，究竟是不是你，杀了我的王兄？"

　　少女低咽的声音，竟似有着哀求的意味，暮色夕光，淡洒衣襟，在子昊眼底映下深深浅浅的痕迹，一脉静流幽幽，无波无澜。面对含夕满是期冀却又隐含着一丝恐惧的注视，他略一瞬目，摇头道："不是。"

　　"啊！"含夕瞪大眼睛，急切地看着他，紧接着再问，"那、那是不是你让子娆姐姐去上阳宫，杀了王嫂和小王子？"

　　子昊淡淡地道："子娆没有杀任何人，上阳宫中你所看到的另有其人。"

　　"另有其人！难道是有人假扮子娆姐姐？那子娆姐姐为什么要承认？"含夕跳起来继续追问。

　　平静的面容下，子昊唇角不为人知地一紧，从含夕的角度看去却像在暮光下形成了一弯好看的轻弧，过了片刻，方听他道："她，那是和皇非赌气呢，一场误会。"

　　"原来是这样！"含夕顿时如释重负，又惊又喜，竟是丝毫不去怀疑他的回答，或者在她心中根本便不愿相信还有其他答案存在，"既然是误会，那你和皇非不会再兵戎相见了对吗？可是……”她噘起嘴道，“你为什么要派人将我带到西山寺来？这里到处都是佛像，烦都烦死了。”

子昊目光掠过她娇艳的脸庞，淡笑道：“我记得答应过你，回帝都的时候带你一起去玩。”

含夕长长的睫毛上还沾着泪痕，眼中却因他的话突然透出晶莹的光彩：“你要带我去帝都吗？”

“不记得了吗？我在子娆大婚时同时颁下的王旨，王族左夫人可不能再留在楚国了。”

子昊微微侧首，若有若无的笑容倒映在含夕翦水双瞳之中，轻轻一漾。“呀！”含夕抓着他的手触电般地收回，双颊飞红，绯若流霞，低头小声道，“子昊哥哥……你，你说什么呢……”

耳边男子温润的声音低低恍如夜半私语：“两天不吃东西，可会没有力气随我去帝都的。”

含夕娇颜羞怯，一句话也说不出来，却又忍不住悄悄抬眼瞥他。只听他在身旁轻轻一笑，微微低咳，抬手拂拢她散在肩头的秀发，转而向外道：“离司。”

垂帘掀起，离司端了托盘进来，双手奉上：“公主，这是主上特地吩咐为你准备的药粥，你看合不合口味。”

子昊亲手取过粥碗，试了试温度。他的袖畔有着月融冰川清流泠泠的气息，含夕眉梢眼角掩不住笑意，乖乖接过来，抿了一小口，抬头看向子昊一笑，便将粥慢慢喝光。

离司接过空碗，微微欠身，悄声退出，放下垂帘驻足室外，听到含夕满含期待地问：“子昊哥哥，帝都真的有好玩的异兽吗？你可答应过我，要帮我找只像雪战一样可爱的灵兽。”

子昊依稀答了句什么，含夕的声音越来越低，娇俏的身影倚在青衣男子身旁，说着说着，竟就这样沉沉睡去。

离司无声地叹了口气，离心奈何草的药效将会使含夕毫无知觉地沉睡七日，等她再次醒来，应该已在御阳宫柔软华丽的金帐中，只是那时，楚国的命运不知又将如何？

有时候，或许不知道才是最大的幸福。

离司独自站在那里出了会儿神，隐约见主上替含夕盖上被子站起身来，移步上前打起垂帘。

子昊的身影沐了柔光，似是有些疲倦，暮色迷离，而他神色沉默。离司轻轻叫了声“主上”，青衫飘落身畔的一刻，突然听他低声道：“离司，替我用药。”

离司一怔，同时一惊，几乎是不假思索地伸手扶去，指尖所触，惊觉他衣衫竟已被冷汗浸透。

云袖落下，一缕血迹沾染了丝衣纹路，仿佛利痕勒入心头。

巫族心蛊的遗祸，大非川之行的代价。

离司能感到身畔皮囊里不安的躁动，内中金蛇仿佛是嗅到了鲜血的气息，迫不及待地想要破出樊笼寻找甘美的血食。她心中一阵战栗，急道："主上，这法子不能这样用，闭关之前曾用蛇毒克制毒性，现在刚过了三日，怎么能……"

"我知道。"子昊打断她的话，"用药吧。"

出乎意料的是，这一次离司竟没有像以前一样唯命是从，默然片刻，她忽地双膝跪地，叩首道："主上……主上请恕离司不能从命！"

子昊甚是意外，眉心微收，转身看她。离司抬头，声音略略有些发颤，但那股坚决的意味却丝毫不减："主上，金蛇之毒本就无药可解，这样频繁地使用，无异自绝生机。公主她一片苦心，大婚之时反复叮咛，一次次心血渡药，她……她宁愿以命换命来解您身上的剧毒，但您却这样不顾自己身子，您让离司……怎么，怎么向公主交代……"

子昊的手猛地一颤，目中惊涛骤起。

离司脸色白得骇人，甚至连身子都在微微发抖。十年主仆，侍奉朝夕，从来不曾质疑主人的决定，此时此刻，她也不知自己哪来那么大的勇气，只知道若不如此，后果必将十分严重。

面前苍白如霜的脸色，绝无声息的静。极久的沉默，压抑如死，离司一动不动地跪着，心跳越来越急越急越慌，不知接下来该如何是好。但突然，子昊移开了视线，转身刹那，一缕低抑的话语如烟飘散："以命换命……朕除了这片江山，还能用什么换她平安？"

一局棋，黑白纵横，一柄剑，寒若秋霜。

国丧中的楚宫罢丝竹、禁歌舞，却不掩灯火重重的雄伟，楼台金殿伫立如初，无星无月之夜，不同寻常的气氛，暗地潜流自这大楚中枢之地汹涌运息，弥卷夜色，吞向四方。

棋局之前，少原君俊眸之中突然闪过笑意，不过是微微抬头，站在近旁的骁陆沉却若觉利剑出鞘的锋芒，不由自主地一凛，便听他笑道："好棋，非凡的对手，总不会有令人失望的举动。"

"君上相信善岐带回来的消息？"此时众将齐聚殿中，最先发问的却是侍奉在侧的召玉。

皇非指尖把玩一颗棋子，眸光点墨，冷静含笑的语气，恍若一刃冰流："想要控制棋局的走向，便莫要只看一颗棋子，且兰是个聪明的女人，一个聪明人绝不会做出脚踏两只船的傻事。"

召玉向跪在殿下的善岐瞟去，道："君上的意思是，这一切都是东帝的安排？"

"一番深谋远虑，一步万无一失。"皇非眸梢倏挑，"无论楚国与帝都孰胜孰负，九夷族皆有后路可退，举族无忧。"

骁陆沉接口道："既然如此，君上何以还要接受九夷族的提议，曾经背叛君府之人，留她何用？"

皇非哈哈一笑，扬袖间棋子入局，转身道："陆沉，男人应该心胸大度，容人所不容，女人是用来宠的，偶尔犯些小错无伤大雅，何必斤斤计较。"

不羁之语、狂放之姿，骁陆沉一愣，尚未回味过来，皇非已抬头示意："青青他们回来了。"

果然话音未落，易青青、展刑等人回宫复命。召玉当即上前问道："如何？可找到白姝儿那个贱人？"

易青青夫妇对皇非见过礼后，便道："不出君上所料，白姝儿、彦翎果然与夜玄殇会合，夫人目前平安无事，也和他们在一起。"

皇非淡淡地道："人呢？"

易青青将过程大概回禀，最后道："只要一有消息，跃马帮立刻便会传来，我们也已加派人手继续追踪，相信他们过不了沣水渡……"

"不必再追。"皇非突然打断她回话，"立刻派人通知太子御，要他调兵全力截杀跃马帮商船，否则放走夜玄殇，后果自己承担。"

易青青与展刑皆是诧异："君上何出此言，跃马帮哪来的胆量，敢助夜玄殇与君上作对？"

皇非面若冷玉："这世上从无绝对之事，至于我何以作此判断，便要飞白解释吧。"

殿下众将之首赫然便是此时应该正在七城的方飞白，而原本调往边境的四将之二，息朝、严天亦早在全然不为人知的情况下回到楚都。方飞白沉声道："郡主有所不知，乐瑶宫之变后，东帝调动王族大军入楚，兵力估计在四万到五万之间。据我们潜入扶川的探马回报，这支王师所有军需粮草全部来自七城，而负责筹备的正是跃马帮少帮主殷夕青。"

易青青吃惊不小："怎么可能，跃马帮难道不知道这样做的后果？七城重灾之地，又何来供给数万大军的军粮？”

方飞白道："跃马帮定是提前便做好安排，从七城运出的军粮实际皆是来自楚都，否则任他富可敌国，也不可能在这么短的时间内筹集数万粮草，由此可见，他们与帝都早已达成共识。这等方略手段、这等胆量气魄，殷夕语也称得上是女中豪杰，敢做敢当。"他略略沉思，侧身道，"君上，跃马帮送走夫人与夜玄殇，虽说对我们的计划稍有影响，但就目前形势来看，我们没有必要在此浪费太多时间。"

皇非声色不露，指尖沿着那金雕玉质的棋盘划下，嗒的一声轻响，一枚棋子落手，牵动棋局乾坤，风起云涌："说下去。"

方飞白眼中透出冷静果断的神色，简单地道："扬汤止沸，沸乃不止。"

皇非随手提了两枚棋子出局，掷入盒中："那么，你要如何釜底抽薪？"

方飞白继续道："失去帝都的九域，无人挡得下烈风骑的兵锋，放眼天下，穆国九夷皆不足虑，但君上的老对手宣王，他的动向至关重要。"

皇非眉梢一挑，望向窗外。

重楼金阙，巍巍楚都，满城灯火壮丽的景色瞬间展现在眼前，一片辉煌，震撼人心。他将目光投向北方天幕，笑意锋芒，比那星色更加夺目："姬沧，他一定会来，否则从今以后他将再无资格做本君的对手。三日时间，也足够东帝做好一切准备，放手一搏，公平较量。"自信张狂的话语，突然间扬手回身。

一声龙吟，一道惊电，逐日剑光出鞘，寒锋照射眉睫。

"最具资格的敌手，最有价值的赌注，此日此战，本君期待已久。"

方飞白一掠战袍，当先抚剑跪拜，身后二将随即跟上："叩请君上下令，烈风骑神羽四营已全部回师，东路两营由息朝率领，西路两营由严天率领，神翼营三万伏兵由末将领军，明日踏入我大楚国界，便是赤焰军最后一次与烈风骑为敌！"

召玉侧步移身，屈膝禀道："楚都城防水军十六营五万精兵，冲锋舟三百艘、艨艟三百艘、战船四百一十二艘，将于明日午时整进攻西山大营，未时前保证拔营取寨，控制西山，侯府叛军不留一人！"

丰云上前一步，与善岐并列跪奏："烈风骑中军营、神锋营、神炎营整军待命！王城内除都城军右三部留守之外，左三部禁卫两万、都骑全军六部已于接天台完成部署，总兵力七万五千，随时恭候王师入境。"

"善岐戴罪之身，请率神锋营当先迎战，若不能带回含夕公主，愿受军法处置！"

倾天之网，不败之局，随着一个个利落果决的声音，骁陆沉、易青青、展刑、邝天等烈风骑骁将先后跪下，二十万铁血之师，剑指九域，兵临天下！

一场和谈，谋尽江山，万里烽烟逼天阙；两种结果，倾国相算，九重战火照神州。

三个不同凡响的王者，三方争天之战，何人的家国，何人的天下，何人的鲜血，何人的胜败？

夜色，狂澜，风急，云动。

大非川绝谷之前，赤焰军百战精兵已跨越险川天堑，接天台百里之外，洗马谷王师的铁蹄已踏上楚国的大地。

是四海一统的开始，还是乱世逐鹿的祸端？战云密布的天际，黎明即将到来……

第二十五章 接天之盟

以沣水渡为界，进入穆国的楚江更名堰江，航道狭窄曲折，水流越发湍急。跃马帮装备精良的战船由最具经验的舵手操舟，夜行险滩，一路西去，天明之前便已进入穆国境界。

一直昏迷不醒的子娆被安置在主舱殷夕语的卧房内，夜玄殇每隔两个时辰便替她输入真气，催行气血，以免因脏腑衰竭造成更坏的影响，之后亦专心自行调息，仗着自身精深的修为，先前伤势已好转大半。

功行圆满后，他起身走向窗边。窗外江宽水阔，将明未明的天色下，两岸崇山峻岭，连绵不绝，再一次踏上穆国的领土，阔别多年的家国，除了双眸深邃莫名的光芒，他峻冷的脸上竟是没有任何情绪的波动。

终有一日他会回来。归来之日，他所想要的东西、忍辱负重六年之久用以交换的条件、如今的穆国、他的父王与兄长……所有一切，都将做出最后的了结。

浪击船身，再次驶出峡谷，一片冷冽晨光迎面而来。舱门一声轻响，脚步之声传至，夜玄殇回头望去，见是殷夕语拂帘而入。

"怎样，可有好转？"

"仍是昏迷，我只能保她气血不枯，但也坚持不了多久。"夜玄殇摇了摇头，绡帐如烟，子娆和衣而卧，容颜静静，两弯墨睫浅影好似轻柔的蝶翼，遮挡了双眸素来恣意的光彩，若有若无的灯火影下，是一种别于往日的幽柔之美。

不知为何在这一刻，他却想起魍魉谷中初见时，她眼中的温柔与决绝。

殷夕语在对面坐下，柳眉淡蹙，显然遇到了颇为麻烦的事："情况有些不对，我刚收到线报，派去楚都送信的人一个都没回来，甚至到现在为止连半点消息都不见，看起来楚都已被全然封锁，恐怕大战将至。"

夜玄殇眼中闪过异芒："少原君好胆魄，东帝好气势。"

殷夕语道："听公子的话似乎有些遗憾，是因错过了这场天下之争吗？"

夜玄殇拂衣落座，唇角漫不经心一勾："帮主此言差矣，我对此事并无兴趣。"

"哦？"殷夕语略觉意外，"那么，公子如今兴趣何在？"

夜玄殇道："帮主莫若直接问我对穆国有何打算。"

殷夕语扬眉道："哈！公子快人快语，果真豪爽男儿。"

夜玄殇微笑道："帮主巨注豪赌，巾帼不让须眉。"

殷夕语秀眸奕奕，眉目间自是一股飒爽英气，令人不由注目，显示出这一帮之主不同常人的风范："确实是巨注豪赌，当今乱世之下，不敢赌或是赌不起的人，只会落得个弱肉强食的下场。跃马帮偌大基业，夕语不得不保，公子六年入楚，百般艰难，对于穆国不也一样吗？"

夜玄殇隐约笑了一笑，仿如这黎明前的天际，深眸之中有种叫人捉摸不透的色泽："穆国的未来不在太子御，一样不在我，帮主这注若想稳握赢面，待入邯璋，不妨去见另外一人。"

如今天下无人不知夜玄殇乃是太子御王位最大的威胁，多少人欲杀之而后快，亦有无数人对他寄予厚望，拭目以待。听他这样说，殷夕语难免心生诧异，方要询问究竟，忽觉船速放缓，紧接着岸上传来急促的马蹄声。

两人同时抬头，只听一个浑厚的声音自对岸传来："敢问船上是跃马帮哪位高手主事，白虎军卫垣求见！"

穆国上将军卫垣亲自领兵，不必问便知随后众骑乃是穆国最为精锐的虎贲部队，如此阵势，非同小可。解还天等跃马帮高层主事在白虎军出现时便已抢上甲板，不待请示，耳边已响起殷夕语清扬动听的话语："卫将军，殷夕语在此有礼！"

"哈哈！原来竟是殷帮主亲至！"卫垣策马追船，笑声回应，"可否请帮主下令停船，令卫垣登船一叙？"

殷夕语来到船首，挥手之间，船队反而往对岸靠去，显然并不打算依言行事，同时笑道："卫将军见谅，我帮中商船贸易诸国，所载所乘皆是贵重货物。眼下连夜行船，将军突然率兵而至，若不弄清来意，夕语岂敢从命？"

江风吹得衣衫拂面，两人隔江对答，如同面前交谈，卫垣纵马疾驰间仍是中气十足，丝毫不见凝滞，内功修为可见一斑。

"不瞒帮主，在下奉命为三公子与王族公主而来，听说帮主在楚国替他们挡下少原君府追兵，并送他们越境离开，不知是否确有此事？"

跃马帮相助夜玄殇之事虽瞒得过易青青，却绝瞒不过少原君，殷夕语早知会被识破，却不想皇非动作如此之快，未出手下一兵一卒，就令他们甫入穆国便遭追截，一边暗中下令巨舟加速，一边答道："将军说笑了，跃马帮若有心助三公子逃过追兵，虎贲高手这般蜂拥而至，自是不能停船；若不曾与三公子有所瓜葛，便也无须停船，令将军白费周折。彼此前路不同，恕夕语不能远送，将军请了！"

卫垣沉声喝道："殷帮主如此决定，只怕后患无穷，倘若太子殿下怪罪下来，我亦无法为帮主开脱。同时开罪殿下和少原君的后果，帮主还是先思量清楚再说。"

殷夕语道："多谢将军提醒，太子殿下若是对跃马帮有所不满，不妨亲临问罪，夕语定当洒扫以待。"

卫垣仰天长笑，白虎军众骑马速陡增："好！够胆色！卫垣受命在身，只好先行一步，便在前方鬼愁峡恭候帮主大驾！"

鬼愁峡十里险滩，河道狭窄，很难阻止卫垣这等高手强行登船，白虎军人多势众，若要围剿跃马帮，恐怕将有一场血战。解还天等人皆是色变，这时忽听舱中有人朗声笑道："卫将军既是为我而来，何必等到前方鬼愁峡，你我便在此切磋几招，岂不更妙？"随着这桀骜话语，夜玄殇现身船头，玄衣长剑，迎风卓然。殷夕语耳边同时传来他的指示："带子娆去落峰山，穆国的人交给我。"

"我陪公子会会他们。"媚语妖娆，随后出现的白姝儿淡纱遮面，她此时仍穿着先前的衣物，体态形貌模仿子娆，惟妙惟肖。夜玄殇侧眸一笑，伸手挽上她纤腰，不待殷夕语说话，两人纵身离船，瞬间横跨宽余数丈的江面，双双落向对岸林中。

巨舟迅速远离，白虎军马嘶惊鸣，一片怒喝声中，掉头往对岸追去。

楚都之东，云台接天。

八百年前九族诸侯在此歃血为盟，共奉子姓王族为主，曾击掌立誓的巨石遥参天际，历经千百春秋、烽烟岁月、风雨沧桑，仍矗立如初。

伴着旭日第一道阳光破云而出，烈风骑军旗遥现前方，一片赤云烈焰，遮天之色。与此同时，王师玄底金纹战旗赫然昭现，向接天台方向徐徐前行。

三军之前，一方是金甲白袍傲然睥睨的容色，一方是云龙玄服清冷深敛的眉眼。一口墨色长棺，竟是依照楚国军礼之仪护送而至。一顶金帷软轿，华帘深垂，端倪不露。下马，登台，长风吹起招扬的王服，曦阳照耀夺目的华衣。

放眼金戈铁马，三十里连营蔽日。一步步登上接天台的两个男人，初次相会时，楚江之上风云涌，似海君心，万般荣华。再次相对时，指端纵横锋芒现，棋逢对手，九州战云。这一次止战之盟，是千军屏息，是万人注目，一举一动，决定着天下苍生的生死与命运。

驻足台前，皇非首先含笑行礼："参见王上，臣护驾不周，亦没有保护好公主，在此先行请罪。"

"不过一场误会，少原君近日辛苦。"子昊近前抬袖，温文尔雅君王之仪，无懈可击。

淡淡的微笑、淡淡的话语，高耸的石壁上铭刻着罢战之约，抬眼间目光交接，仿若寒兵出鞘的光芒。

风过长空，晨光在连绵的兵甲之上化作一片锐亮的波潮，仿佛隔着崇山峻岭，隔着长河激流奔向沧海八荒。拔地而起的险峰，便如一柄开天辟地的长剑，刺破天穹。

"接天盟约，九域为证，我大楚愿与王族冰释前嫌，永结同好。"

皇非明亮的目光，沿那苍峰之剑直上云霄，如与天光同色。那一瞬静下的风中只闻战旗飞扬猎猎之声，高大的石壁轰然震动，一方掌印深入巨石数寸，清晰可见。

盟约石在，誓言不改。看江山烽烟万里，八百年兴亡迭起。

"好掌力。"东帝负手静立，轻轻一赞，云袖飘摇如不散的夜色，万般风云尽在其中，"皇非，你说若我二人放手一战，胜负几何？"

"王上此言，引起人十分兴趣，只可惜，盟约在前。"万众之巅，卓傲不群的男子亦微笑，似是一叹。

东帝侧首："自九域初始盟誓至今，只要这方巨石不倒，违誓者天下诛之，此时朕心中，倒是略觉遗憾。"

皇非举樽致意："确为遗憾！"

子昊仰首长笑，袖中掌动，一道真气破空而去，参天巨石再添掌印。盟约即成，两盏烈酒遥祭天地，一饮而尽，两人眼风交错，拂袖转身。

唇角淡淡的锋芒，眼底无声的精光。两道逐渐背离的身影，两方风扬战旗的气息，不同的方向，不同的脚步，却是相同不变的决然。

日光照耀险峰，山巅一只苍鹰振翼冲起，一声厉鸣直穿云霄！

与此同时，所有人都感到脚下传来轻微的晃动，半空中一块碎石突然坠落。便在二人身后，众目齐聚之处，伴着一阵轻雷般的声响，似有两道笔直的痕迹割破一字字誓约，沿着方才的掌印破裂开来。

巍巍高耸的盟约石微微震颤，如同被神兵利器劈开了锋利的沟壑，那无法阻止的裂痕逐渐扩大，越来越深，越破越急，紧接着整个接天台开始动摇，无数落石崩坠如雨，高达丈余的盟约石竟在两人掌力余劲之下寸寸破碎，终于一声巨响四分五裂。

接天台猛然剧震，地动山摇！便在此刻，玄衣动，白袍扬，子昊与皇非几乎是同时转身，双掌齐出！两道无可匹敌的劲气，毫不留情地交锋，摧山裂石。接天台下，喊杀之声陡然响起，仿若赤浪玄潮席卷大地，山河骤然色变！

西山大营，公子含回尚身处睡梦之中，忽被一阵急促的兵戈之声惊醒。他匆忙起身，帐门已被人猛地掀起，一身戎装的赫连啸大步而入，到了近前按剑道："请公子速速更衣，楚都水军袭营，伯父命我来请公子，众将士正等公子登船开战！"

含回若闻晴天霹雳，颤声道："皇非，皇非不是在接天台吗……为何进攻大营？"

赫连啸道："皇非在接天台碎石毁约，烈风骑已与王师交战，公子莫再迟疑，快些随我出去！"

"皇非反了，终是反了……"含回登时变得面无人色，"这可如何是好……"

"公子只要下令平叛便是。"赫连啸哪来耐心与他啰唆，一把将人拉起，命左右替他换上早已备好的王袍玉冠，一声令下，簇拥着这新任楚王登上战船。

太阳刚才升起，江面朝雾初散，前方无数重甲的战船一字排开，正遥遥向西山大营逼近。

大军压境，战云漫布。

含回勉强看去，只见楚军战旗赤色一片，仿若烈焰燃透大江，不禁神魂俱丧，若不是被赫连啸扶着，几乎便要瘫软下去。待见到指挥台上的赫连羿人，急忙上前紧抓着他的手道："侯爷这难道是要与烈风骑决一死战吗？使不得，万万使不得，我们怎是皇非的对手？"

"公子莫要长他人志气，灭自己威风，老夫征战南北时，皇非不过是个乳臭未干的毛头小子，有何惧哉？"赫连羿人放声大笑，将含回拥至主座，按剑喝道："西山三军听令，少原君篡位谋逆，我等扶立新主，发兵平叛！我王有旨，凡斩获敌首者，晋军功一级，斩敌十人以上者，封爵赐田，斩杀叛首皇非者，即封上将军，君府财物任其取拿，子孙同享！"

受此奖赏刺激，大营战士斗志高涨，万人同时拔剑高喝："擒杀叛贼，吾王万岁！擒杀叛贼，吾王万岁！"

含回惊得一步跌坐下去，面色发白，竟是说不出话来。便见中军击鼓下令，四周同时响起进攻的号角，百余艘战船风帆迭张，往前方楚军迎击而去。

离楚江不远的一处山头，聂七、宿英两人遥望江面上大战甫起，接天台方向群鸟惊飞，亦传来惊天动地的喊杀声。

"是时候了。"宿英霍然起身，双目炯炯地盯视前方。

聂七自上方山岩一掠而下，搭了他肩头道："机不可失，我们这便行动，送他娘的楚国一份大礼！"

宿英目透精光，沉声道："灭国之仇、十娘之恨，今日必要亲手得报！"

两人展动身形，双双往楚江上游赶去。

第二十六章 生死相间

落峰山，三十里险峰叠嶂，一带江水穿峡。进入天宗势力范围后，殷夕语为掩饰行藏，命帮中八艘战船原地待命，只挑数名好手随行，更换一艘普通船只，护送子娆往天宗总舵苍云峰而去。

穆国地处西北，此时已是凉风瑟瑟，满目秋意。船行两岸青山遥见，红叶秋霜，潇潇如画，站在船头的殷夕语却无心欣赏。

自堰江之上分开后，夜玄殇与白姝儿消息全无，虽说自在堂在穆国仍有不少隐藏势力，但对手乃是白虎禁卫，他们能否顺利逃脱追杀仍是未知之数。而且，即便能和夜玄殇顺利会合，此番落峰山之行亦是步步险境，倘若天宗渠弥国师不肯援手施救，又或者这种诡异的毒蛊根本无从可救，九公主性命悬于一线，始终还是有死无生，消息一旦传回东帝那里，又不知会激起何等轩然大波。

想到此处，殷夕语不由得轻声叹了口气，这时彦翎从舱中冒出头来："美人帮主莫要叹气，夜玄殇那小子命大得很，我保他死不了，倒是船上这位，着实有些玄乎，我看得设法替她护一护心脉，不然等真气一散，难免有些麻烦。"

殷夕语微微一惊道："怎么，情况有变？"

彦翎一边把玩手中薄刀，一边道："据我所知，夜玄殇注入她体内的真气最多支撑几个时辰，时间一过，若不再加护持，即便毒蛊不会立刻要人性命，医治时恐怕也要多费不少周折。但问题是，现在以你我的功力都无法奏效，那小子若不快些死回来，

142

便是麻烦得紧。"

"先去看看再说。"殷夕语转身欲走，忽见彦翎哎呀一声，面色大异。殷夕语回头沿他目光看去，只见大江之上，一叶轻舟独横，舟上有人，闲倚船舱，一竿临江独钓，青衣碧袍，说不出的逍遥自在。

此段江流去势甚急，船只若是顺水而行，可谓一日千里，倘若逆水操舟，则非需十足桨力，此刻这人横舟江心，轻舟若羽，下无沉锚，竟是不动不移，稳若泰山，不由人不咋舌称奇。江风飒飒，红叶逐流，便见那人振腕轻提，一尾尺许长的江鱼应手而起，准确无误地落入身后竹篓之中，他却长声吟道："青山碧水处，回头自在天，莫行不平路，莫入苍云间。"

彦翎手中刀险些落地，不由失声叫道："夜玄涧！"

殷夕语同时猜知来人身份，心中微凛。那碧衣男子哈哈一笑，手起竿扬，身下小舟逆流破浪，待到两船船头相对，跃马帮原本急驰的船只竟然凝停江中，再也无法前进半分。

此时双方相隔尚有丈余距离，夜玄涧衣襟迎风，闲立船头，目光在彦翎身上一扫，转而打量殷夕语，摇头叹道："两位，前方水急滩险，峰高云深，着实不宜行船，此处回头尚来得及。"

殷夕语心知此乃天宗总舵所在，兼之双方实力悬殊，倘若硬闯，必然得不偿失，抱拳微笑道："跃马帮殷夕语见过二公子，二公子横舟拦路，不知所为何事？"

夜玄涧笑道："你们敢来苍云峰总舵，不必说定是我那三弟的主意，请教帮主他人在何处？"

殷夕语道："听公子此言，原来是为寻人而来，但若要找夜玄殇，公子该去向楚国要人才是，如何问到我跃马帮来？"

夜玄涧眼梢微挑："跃马帮助夜三公子离楚归国，这消息日前便已传遍江湖，无人不知，殷帮主既敢公然开罪少原君，现在矢口否认怕是迟了些吧。"

殷夕语扬眉笑道："江湖救急，多个朋友便少个敌人，助人不过巧合，实不相瞒，我现在可正为得罪了少原君而发愁呢。公子的问题我都已经回答了，不知公子可否令我们过关？"

说话之间，夜玄涧早已察知夜玄殇确实不在船上，他此行只为寻人，不欲多生枝节，碧袖轻轻一扬："天宗总舵向来不容外人擅入，玄涧仅代师尊送客，诸位请回吧！"袖风扫处，一道江流暗涌而至，殷夕语等人所乘船只迎水逆旋，竟是瞬间船头掉转，反向来路而去。

彦翎心下暗呼厉害，低声对殷夕语道："这位二公子不好惹，我们不如从长计议。"

却不料殷夕语足尖一点，已是飞身而起，凌空衣袂飘然，落往夜玄涧船上："公子且慢！"踏足船尾，她将手一拱笑道，"我等今日造访天宗，实有要事相求，还望公子给跃马帮几分薄面，莫要一口拒绝。公子既已拦路在先，那夕语便依照江湖规矩，请教公子几招，若我侥幸不败，便请公子屈尊引路，带我们一见令师，但若公子占得上风，我们便立刻回头，再不入天宗境界半步，不知公子意下如何？"

彦翎双目圆瞪，一脸的诧异，不知殷夕语玩什么把戏，但他反应极快，随即也醒悟过来。如今天宗对夜玄殇态度莫名，不论同门之情，甚至下令追杀，倘若是他带子娆入山求医，难免生出不必要的事端，倒不如先以跃马帮名义行事，依照江湖规矩相求援手，或许渠弥国师肯网开一面，毕竟卖跃马帮一个天大的人情，对任何人来说都是有益无害。

船上女子英姿夺人，举手投足落落大方，无不显示出胸有成竹的自信。夜玄涧眸光一挑，眼中闪过几分兴味，对殷夕语的提议倒是生出兴趣，悠然开口："帮主既然在此下了战书，天宗岂有避战不接的道理，如何比试便请帮主赐教，在下奉陪就是。"

殷夕语将手一指脚下小舟："方法很简单，如今你我二人共处一舟，公子若能将我迫回自己船上，便算公子赢，同样，我若能将公子迫离此船，便算我赢。"

"好。"夜玄涧微微点头，笑着补充道，"这期间我若兵器出手，亦算我输，帮主请吧。"

其人话语含笑，身姿风雅，无形傲气却是逼人而来。殷夕语心知对手强势，微一凝神，道声"得罪"，一道银鞭疾若流星，出手攻向夜玄涧。

眼见鞭风凌厉，夜玄涧却似无动于衷，就在银光夺面的一瞬，足下真力透出，小舟忽然向左一沉，便是这微不足道的变动，银鞭失之毫厘，自他身侧错失而过。

殷夕语一击落空，不待招式用老，轻振玉腕，银鞭去势回转，凭空灵物一般扫向夜玄涧背心。

夜玄涧赞声"漂亮"，身形忽地一动，一道碧影如真似幻，仿佛自那银光中心闪过，殷夕语娇喝一声，人随鞭走，鞭化无形，抖出重重波浪罩向对手。夜玄涧意态从容，潇洒闪避，只守不攻，直到接近船舱，突然笑说："我要出手了，帮主小心！"

话音未落，碧袖迎风飘闪，袖中弹指，正中鞭心。嘭的一声气息交撞，殷夕语手中鞭影暴涨，仿若无数涟漪向四周散开，攻势尽被瓦解。与此同时，两人脚下小舟又是一晃，闪电般向后撤去。殷夕语心头微惊，手中鞭势不止，人却凭空掠起，飞临夜玄涧上方。

夜玄涧朗声笑道："第二招！"翻掌上扬，一股沛然无匹的真气顿时笼罩小舟上空。殷夕语收鞭撮掌，借下扑之势与他掌力相拼，双掌甫交，仿若云海生波，劲涛拍岸，一浪未息，后浪狂涌，殷夕语竟是不及抵挡，被他莫可抗御的掌力遥遥向外送出，不偏不倚，正往己方船上落去。

"不妙！"彦翎大叫一声，只觉眼前银光疾闪，却是殷夕语射出银鞭，自船侧微一借力，小船荡开半尺，而她轻灵的身影当空一转，倏地没入江心。

彦翎蹿到船舷上叫道："哎呀呀！美人帮主你怎样了？"连喊数声无人回应，江水滔滔，浪花重重，哪里有殷夕语半分影子。过不多会儿，只见江上浮起一件鹅黄衣衫，顺流急没，正是殷夕语之物，彦翎一见之下脸上色变，冲夜玄涧喊道："喂！你这人未免也太心狠手辣了些，说是切磋比试，怎的便下如此狠手？跃马帮与天宗无冤无仇，人家登门拜访，你却害死他们帮主，即便你是夜玄殇那小子的二哥，这梁子也结大了！"

夜玄涧眉心略紧，心想自己方才一掌根本未尽全力，不过是借势将殷夕语送回船上，如何伤得了她？正自思索，忽然感觉船身一晃，夜玄涧乃是天下一等一的高手，反应自是迅捷无比，顿时知晓船底有异，剑眉一挑，足动身移，便听咔嚓一声响动，脚下小舟已然四分五裂。

碧衣飞扬间，夜玄涧身形飘退，落足一块浮木之上，凭波凌风，仍是一身从容不改，甚至衣衫之上连半滴江水也不见。随着小舟碎裂，一个纤细的身影亦破出江面，落向江中浮浮沉沉的残舟，清声笑道："二公子承让了！夕语侥幸取胜，不知公子是否立刻履行你我的约定？"

夜玄涧方才知道，彦翎起先大呼小叫只是为了吸引他的注意力，好令殷夕语在江中动下手脚，轻哼一声道："殷姑娘尚未迫我离船，这便算赢了我吗？"

殷夕语抬手一捋秀发，一袭紧身紫衣衬托出玲珑动人的身段，却又更显三分英气，笑说："按我们刚刚的约定，公子若能将我迫回自己船上，便是公子赢，我若能将公子迫离小舟，便是我赢。现在公子足下乃是一片浮木，何以为船？我虽落入江中，却始终未踏足对面船只一步，无论怎样算去，似乎都是我赢。"

她这番话虽不乏取巧之处，却也句句在理，夜玄涧微微一怔，随即扬声笑道："哈哈！人中龙凤、女中豪杰，果真名不虚传，殷姑娘非但心思聪慧，水中功夫亦令人刮目相看，这一阵便算我输给姑娘。"他本是性情豁达之人，这点输赢自不放在心上，身形飘然而动，横跨江心，落至跃马帮船上，"你们求见家师，不知所为何事？"

殷夕语见他答应放行，心中大喜，飞身上船："这场比试夕语胜之不武，先行谢过公子大量。我等求见渠弥国师，乃为救人性命，所以不得已才出此下策，还望公子能助一臂之力。"

言谈磊落，行事坦荡，有手段亦有担当，跃马帮号令江湖，大帮风范，果是不同寻常。夜玄涧心中暗暗称赞，面上却眉峰一挑，低声笑问："姑娘现在踏足此船，不知这算是输，还是赢？"

殷夕语微一抿唇："只要尊师肯出手救人，是输是赢，夕语任凭公子发落。"

"哦？"夜玄涧奇道，"不知是何人，能令跃马帮如此不惜代价？"

殷夕语将手一抬，亲自引他入舱，见到榻上昏睡的子娆，夜玄涧目中闪过惊讶："九公主？"他突然眉头轻皱，挥手射出数道真气，广袖一引，牵动子娆起身，指风急点她背心要穴。

子娆身子猛地一颤，周身寒气隐隐，绕而不散，云水般若即若离，将她整个人都笼罩其中。片刻之后，夜玄涧扬袖收手，子娆全无血色的玉容上依稀透出一抹轻薄的红晕。他肯以天宗玄功替子娆护持心脉，便不会对此事置之不理，殷夕语心中松了口气，便听夜玄涧道："巫族的四域噬心蛊？若非她自身受巫族传承，功体异于寻常，换作任何人，此时早已是活尸一具。是什么人如此大胆，敢对王族公主下手？"

殷夕语摇头道："具体情况我们谁也不清楚。九公主性命攸关，听说渠弥国师精通各种蛊术，所以想请他老人家出手相救。"

夜玄涧垂眸思量片刻，道："师尊确实精通蛊术，但能不能解这四域噬心蛊，还在两可之间。"

关于渠弥国师之事，殷夕语也是自夜玄殇处听来，正有些奇怪为何在穆国地位超然的天宗宗主会对巫族蛊术如此熟悉，夜玄涧突然转头问道："可是三弟曾替她运功驱蛊？内息不足，勉强为之，他自身伤势未愈，如今到底怎样？"

殷夕语刹那斟酌，情知任何谎言都无法瞒过这位身份特殊的二公子，否则必生事端，终于如实相告："我们甫入穆国国境，便遭卫垣率白虎军迎头阻杀，他现在人在何处，是生是死，我确实不知。只是他临行前将九公主托付给我，指点落峰山去路，所以我们才找上天宗。"

听完此话，夜玄涧眼风轻微一挑，却只一点头，对此不置可否，而后便道："师尊向来不喜外人入山，你们便在苍云峰外等候，我带人去见他老人家，碰碰运气吧。"说罢弯腰抱起子娆。

真气横空，去无余势，东帝与少原君一掌既发，飞沙裂石的交击之下，两人不约而同地借对方掌力飞退，凌空落往己方阵中。接天台杀声如潮，血战席卷大地。

两军攻势甫动，商容与冥衣楼三百部属已直取楚军护送而来的玄棺，而善歧所率神锋营精兵则同时抢向帝都侍卫保护下的金轿。

神锋营势如破竹，善歧当先杀至轿前，待要落轿夺人，突然间一道剑光灵蛇般破帘而出，刺向他胸口要害！轿中一抹碧衫疾现，正是东帝贴身侍女离司，哪里又有含夕公主身影？

离司剑法诡谲精妙，又是趁势突袭，剑光快若疾风，善歧格挡不及，当胸血雨飞溅，坠下轿去，烈风骑顿时折损一将。

对面兵刃交，玄棺裂，随之一声轰然巨响，烈焰碎石腾空而起，棺中竟是暗藏的火雷，冥衣楼战士纵然及时躲避，却也立刻便有十余人重伤。

接天之盟，计中之计，彻底破裂的局面，一场注定的生死。

子昊霍然回身，目透精光。皇非纵声长笑，手底光芒如虹，逐日剑锋出鞘！

王师左右，两道长剑电出，正是墨炽、靳无余二将，当空截敌。却听子昊冷喝一声："退下！"袖中清光绽现，玉箫入手，迎上皇非灭天之剑。

方才一招试探虚实，此刻二人全力施为，皆是不留余地。楚国一方，骁陆沉、展刑亦纷纷出手，对上商容、墨炽等人，以此为中心的战局如同烈潮一般向四面八方狂涌而去，推动着毁灭的力量挟带着无数血肉迅速淹没大地苍穹，火焰从中蹿跃而起，如同舔血的刀刃一片片直插天际。

火海之巅，狂焰腾生，是前所未有的对决。

皇非逐日剑金芒夺目，光开之间，更借烈焰之势，只令天日黯然失色。子昊手底玉箫光寒，九幽玄通运至极致，冷流飞雪，纵目横绝，催动冽风破烈芒。

战阵之上但见玄衣白影飞旋交击，炽烈的剑气，凛冽的寒意，天冰，地焰，水火不容。接天台山谷半边焦石裂土，半边寒雪冰封，血流成河的战场，隐隐有血光席卷云气，自兵刃之锋噬向铁血之潮，复又掀起更加惨厉的狂涛。

一连数声震响，两条身影乍合即分。九幽玄通与逐日剑法难分轩轾，子昊低促轻咳，抽身急退，一丝鲜血溢出唇畔。激芒之中，皇非肩头红光迸现，白袍溅血，俊目异芒闪现，剑下杀机更浓。一招"如日中天"，狂烈之气再出。子昊袖底清光大盛，玄通心法催发极境，不退不让直攫其锋！

以硬碰硬，激烈真气崩天裂地。四周战况愈发惨烈，山岭染赤，尸横遍野，化作一片人间炼狱。烈风骑以七万大军逼杀王师，兵力占尽优势。子昊与皇非半空中回身交掌，两道劲气迸射八方，错身而过时，忽然身形一沉攻向烈风骑兵将，掌风之下挡者无生。

"撤！"随他一声令下，离司身子一轻，已被他挥掌送出战圈。墨炽、靳无余诸将随后飞退，不再恋战。战中所余两万多王师以左右两翼为掩护，且战且退，往接天台不解峰方向撤去。

烈风骑中军令旗倏变，不容对方半丝喘息，大军趁势追杀！

战鼓杀伐，震耳欲聋。突然间，一道玉箫清音响彻战场。

半空中子昊周身玄光骤射，四周山谷地面震动，便有无数巨石腾空而出。箫声流转山巅，冰峰岩石交替错落，一个巨大的石阵随之形成，烈风骑数万精兵，顿被困阻阵中。

子昊早知烈风骑实力不容小觑，若要取胜，必行非常之策，接天台下，竟是暗布奇阵。一旦受箫音牵引，九幽玄通催动灵石，借此通天之力对抗楚军强攻，霎时扭转战局。

此时除去黑曜石外，九夷族月华石、后风国冰蓝晶以及原在含夕手中的湘妃石已然重归王族。战场中三道灵石共聚，受中央玄光灵力牵引，散发出震动天地的力量。

巨石动，清光幻，箫音冷，冰雪飞。每一丝箫声，都似魔音夺魄，令阵中之人心夺意丧，举步维艰，每一道光芒，皆是目眩神驰，视之不知身在何处、魂在何方。

整个山谷仿佛突然化作一片封闭的空间，上方云气急卷流荡，一重重如染了浓重的血色压抑下来，最终和满地厮杀血流千里的战场融为一体。

那样惨厉的色泽，是每个历经沙场之人心底最深的噩梦，比生死更深的恐怖，仿佛地狱之火焚烧一切，那些悍勇与无畏，那些不屈的斗志，都足以被摧毁殆尽，只剩下令人战栗的恐怖。

然而血海之中，有一人执剑而立，身上战甲的光芒犹如神迹，眸中战意焚毁地狱之路，像是九天之上不灭的光明。

"区区九转玲珑阵，也想阻我烈风骑！"嚣狂的姿态，是逐日锋芒，无匹的骄傲；绝冷的眼神，是必胜信心，难敌的杀戮。一声沉喝，皇非剑光微挑，旋流真气横贯当空，招出"狂阳不负"，逐日剑法极致绝式，有攻无守，有去无回！

冰雪飞石之中，剑气挟威直出，仿若天火流焰冲破洪荒，一片赤烈之色，一道惊天之击，直取阵心玄光。子昊面露凝重，手中玉箫急速飞旋，箫音陡变，扬袖发招！

剑箫交击之处，骇人的真气自阵心爆射开来，冰火激融，石破天惊。四面八方裂石横飞，九转玲珑阵竟被逐日剑一招强破。

然而破阵的一瞬，子昊唇角突然挑起一丝锋冷的微笑。

周围山石猛然震动，无数刀光剑影，横贯四域空间，半空中冲散的云气飞卷弥漫，遮蔽了一切可见之物。明明被破的阵法竟然再次运转，更加吸收了皇非全力一击的剑气，如同在阵外之阵型成了一道坚实的屏障，彻底阻拦了烈风骑大军，掩护王师进入不解峰范围。

九转玲珑阵反冲非同小可，皇非旋退出阵，逐日剑入地三分，所过之处岩石尽化焦土，真气透出，去势收止，俊面之上一抹异样的赤红闪现，一连三次，方才恢复如常。

　　子昊回身中军，踉跄数步止住身形，一口鲜血亦忍不住向前喷出。"主上！"墨炘、离司抢上前来，却被他挥手一掌震开，喝道："布兵护阵，莫要疏忽！" 便在此时，东北两方皆见烟尘漫天而起，战局再生变化！

第二十七章 覆手倾国

　　烈风骑与王师激战之际，宿英、聂七沿江而上，与冥衣楼三十名暗部精锐会合，赶往西山之阴。越过数道丘陵后，一座规模雄伟的水坝展现在面前。

　　襄帝二年，楚与后风两国交好，两代先王为杜绝沿江洪灾，共发征夫数万，耗巨资筑此拦江石坝，由后风国寇契大师亲手设计，以鬼斧神工巧借天地山川之势，平衡大江水流，可谓叹为观止，亦令两国百姓获益匪浅。襄帝十一年，宣、楚大军吞灭后风国，这道石坝便由楚国完全接管，成为控制沿江水道的重要关隘，而负责防守的，正是赫连啸统领下的西山水军。

　　这时离此不足十里的大江上，楚都与西山两营水师皆是倾巢出动，战火灼天，厮杀正烈，因而此处仅余数十名守兵，并无多余。

　　在聂七的指挥下，冥衣楼部属借助特殊设计的飞索自东南方山崖悄然而下，面对这曾经严格受训的杀手级战士，当值守军几乎全无防备，连抵抗都来不及便被尽数格杀。不到半炷香工夫，宿英率人登上石坝，放眼望去，巍巍楚都遥遥在目，大江激流硝烟蔽日，不由长叹一声："不想师父这番心血，竟要毁在我的手中！"

　　"此物既成于寇契大师之手，正该今日为后风国报仇雪恨。"聂七一拍他肩头道，"动手吧，莫要误了战机。"

　　宿英微一点头，取出早已备好的机关装置，分配众人开始行动。

　　九转玲珑阵再次发动时，以子昊手底灵石之光为中心，数道光柱出现在四面八方，在此丈许内形成一个硕大的阵法空间，将他与皇非同时笼罩在内。

　　正北方向，宣国大军攻入楚界，与方飞白所率神羽、神翼六万精锐短兵相接。东南方帝都援军杀至，距此已不过数里。

汹汹大战血染疆场，杀气摧折草木，晴空风悲日曛，鬼哭神惊。

反观阵中，对峙的二人分处乾、离二位，正是阵法生死之门所在，不变的眼神，无声的交锋。

逐日剑徐徐前指，日落千山，血焰之色，强大的剑气压迫四方。

持剑之人，眉峰飞扬，带出狂傲的话语："此时分神维持阵法，你认为自己能挡我几招？"

子昊不断提升玄通真元，完全催动四道灵石中蕴含的天地之气，阵中光华愈胜，他的脸色便愈发苍白，淡淡地道："若要生死相分，无须费朕全力。"

皇非眼中异芒骤射，纵声笑道："很好！"

话音落，剑华盛，一片赤炎烈光，仿若染血的落日焚尽千峰，吞没一切光色声息，唯余无边夺目燃烧的红焰。子昊手底清光绽射，玄袖激扬，静冷双目中是冰雪不融的凛冽。

招出，人动。剑驰，掌发。

或是终极的交锋，最强的对手，最后的胜败！

阵光飞迸怒射，激烈的气旋中，玄白两道身影冲天而起。

便在此胜负将分之际，东北方忽然传来一声长啸，啸声入云，震彻山野，由远及近，刹那便至军前。但见一道赤色人影穿越千军万马，以迅雷之势凌空扑下，骇人的掌力直击灵阵中心！

轰然巨响，维持阵法的八方光柱纷纷爆射，乱光横空，飞尘漫天，阵中三人飞退，不约而同落至接天台最高之处。

落地后，皇非身子猛地一顿，强提功力，却终压不下直喷一口鲜血。"姬沧！"他抬头怒视，双目几乎便要射出火来。

红日漫血，残叶如秋纷纷飞散，风起无声。

对面之人华衣张扬，狭眸妖戾，手中一柄流光溢彩的长剑之噬魂艳色，是饱饮鲜血的杀戮之气，目光自皇非之处轻扫，看向数步外同样咯血受伤的子昊，突然冷魅一声轻笑："原来是你。"

一招之内同时震伤二人，手中血鸾剑锋芒所向，斩杀群雄闻风丧胆，麾下百战精兵，震慑诸国横扫八荒。宣王姬沧，终于出现在这决定九域未来命运的战场之上，战局的平衡，顿时打破。

台下戮血杀伐，声声入耳，台上冷风拂衣，吹起阵阵烟尘。子昊无视身上溅染的血迹，修眸微微一抬："姬沧，既你一心灭楚，朕今日便如你所愿。"话未落，身先移，但见玄影飘忽，玉箫电闪，迎面击向皇非！

血光，忽然爆开在锋芒之巅，两柄长剑，同时迎上他迅逾惊电的一击，却又在闪身而过时，毫不留情地攻向对方！

劈疆裂土，争雄天下，难分的敌友，难解的恩怨。

一时血剑烈焰对冷箫，一时赤色玉光破狂阳，招招皆是毙命之势。三名顶尖的高手，三个骄傲的王者，三颗必胜之心，没有退让，没有犹豫，没有后路，胜者为王败者寇。

各方势均力敌，局面逐渐陷入僵持，三人中子昊与皇非皆是几经力战，负伤在前，唯有姬沧功力未损，占尽优势。但即便如此，他们中任何一方，也无法凭一己之力击败另外两人取胜，打破僵局的唯一可能，便是两方联手，先行铲除一方。

玄衣之下赤华迸溅，子昊振袖一招击散姬沧剑芒，影动形移，玉箫脱手飞出，回身硬接皇非掌力，借势身撤，箫影落回手中。这期间皇非与姬沧已是硬拼数剑，出手之快，令人目眩神驰。子昊身形甫退，目中透露精光，但见清冷玄影如幻，闪过姬沧身旁，掌风气息的压力，席卷而出。

皇非暴喝一声："来得好！"长剑迫日无光，再战九幽玄通！

在此千钧一发之际，姬沧的血鸢剑亦呼啸射至，直取子昊背后！

交锋！

血溅，光落！

一道身影，伴着刺目的血花坠往台下战场！

败者何人？

此刻两军混战的沙场，突然响起一阵阵急促而奇异的声响。山崖上出现数名如猿人般矮小的驭奴，口中先后发出尖锐的信号。

利声刺耳响彻战场，烈风骑战马闻声大乱，纷纷抬蹄惊嘶。在这不断催促的异响中，所有战马竟然自行掉头，脱缰狂奔，往楚军阵中横冲而去。

战阵中一个蓝袍身影快若流星，一道剑光，一声清啸，疾往坠落台下之人赶去，正是率军增援的苏陵！

姬沧狭眸电射，血鸢剑上异芒大盛，自接天台上凌风扑下！

苏陵之剑，以快著称，这一刻竟仍比血鸢慢了半招，剑光爆处，仿若星驰电掣，那坠下的身影，已落入姬沧手中。

苏陵一招之后，凭空飘退，口中啸声再发，帝都大军会合，发动反攻！

无数疾奔的战马，在驭奴驱赶下掀翻背上战士，而后洪水一般冲向烈风骑阵营。

大地震动如雷，峡谷中一片狂嘶惨叫，满地惊呼鬼嚎，两侧山崖上不断有重石坠落，更给了烈风骑毁灭性的打击。

无论是接天台中军，还是方飞白所率的伏兵，十余万大军无一幸免，宣军与王师两方趁势猛攻，整片山野仿若化作修罗之境。曾经不败的传说、曾经无敌的奇迹、曾经纵横天下的神话，都在这惨烈的战场之上化作无数血恨，死亡与破灭。

"少原君战败！楚国将亡！"

"少原君战败！楚国将亡！"

冲杀声中，利箭一般攻心的消息，击溃了烈风骑最后的防线，使其终于全面退败，只余无休无止的屠杀。

山崖上一道血色烟花冲破云霄，发出了最后的命令。

前方大江中流，血染怒涛，战火弥漫，不断沉没的战船，无数漂浮的残尸，都表示这里刚刚进行了一场激烈的战斗。楚都水军十六营精兵、西山大营五万将士，双方无不损伤惨重。

浓重的硝烟下，战鼓不息，刀剑浸血，两军令旗挥动，各自阵型调动，即将发动下一轮攻击。突然间，远处山间传来一阵剧烈的爆炸声，沙尘冲天而起，随之而来的，是骇人听闻的轰鸣。

不过刹那，每一艘战船都感到强烈的震动自江底传来，赫连羿人猛地自帅座上站起，立在船头的召玉霍然回身。双双色变之际，重重滔天巨浪，咆哮的江水灭顶而来，惊恐的惨叫声甚至来不及传出，这两支代表着楚国精锐的水师便已被江流无情吞没。

汹汹洪水，挟震天之威席卷大江，夹杂着无数挣扎的生命，冲向前方雄伟矗立的楚都。

接天台上，玄色的身影凭风独立，冷冷注视着这场灭国之战，倾天风云。

夜玄涧回到苍云峰天宗总舵，已是黄昏时分，直接便往渠弥国师所在的无风殿而去。

"大师兄！"待到殿外，四名当值弟子趋前行礼，见他怀中抱着名女子，皆是面露诧色。

夜玄涧微一点头，命道："我有事与师尊相商，你们都退下吧，不必留人在此。"

"是！"几名弟子纵然满腹好奇，但夜玄涧在天宗地位超然，他的事自是无人敢多嘴发问，几人应声退去，态度恭敬至极。

天宗与穆国王室渊源深厚，总舵所在虽不像王宫一般富丽堂皇，却是静穆沉肃，气派非常。夜玄涧抱了子娆一路入内，经过三重引殿，方到达渠弥国师平日居所。

夜玄涧先将子娆轻轻放在侧旁席上，近身行礼道："玄涧见过师尊。"

面前一人，负手背立，散发披肩，仅是雄伟的背影，便散发出一种迫人的气势，令人感到此人必是性情刚厉，兼之专断独行。他似乎正在思索什么，听到夜玄涧进来，也并未立刻回头，只是开口道："回来了吗？"

夜玄涧道："弟子前日便到了邯璋，不过师尊上次要查的事有了些眉目，所以耽搁了两日才回总舵。"

"哦？"渠弥国师道，"有何进展？"

夜玄涧道："师尊要找的那个人，现在可能正在邯璋城中，而且确实来自帝都。"

话音方落，渠弥国师霍然转身，问道："消息当真？"

夜玄涧道："我已命人再做查实，一有确凿的消息便会立刻传回总舵。"

"哼！"渠弥国师冷哼一声，深眸之中霎时透出慑人的戾气，与他石雕般的面容相衬，显示出一种冷酷无情的气息，"我便知他没那么容易死！"片刻之后，他目中寒意纵逝，口气恢复平静，"老三人呢，你得手了吗？"

夜玄涧顿了一顿，道："我和三弟交过两次手，只是，都未能取他性命。"

渠弥国师似是意外，目光一抬："凭你的身手，居然被他走脱两次？"

夜玄涧微笑道："三弟现在的武功修为并不在我之下，着实精进不少，先前倒是没有料到。"

渠弥国师突然哈哈大笑："很好很好，老三自来悟性甚高，如今竟连你都奈何不了他，究竟是我教出来的徒儿，不曾折我颜面。"说着瞥了一眼席榻，问道，"这是何人？"

夜玄涧早已想好说辞："我在回来的路上救了这名女子，发现她身上竟是中了巫族心蛊，所以便将她带了回来，想请师尊看看还能不能救。"

渠弥国师眉目微冷："笑话，心蛊乃是蛊术极致，若非功力在长老以上，绝无可能操纵。巫族那些长老早已经死绝了，怎可能有人施出这样的蛊术，若真是心蛊，人又怎可能活到现在？"

夜玄涧道："但依弟子所见，这确实像心蛊中最为毒辣的四域噬心蛊，师尊不妨亲自诊视，一观究竟。"

渠弥国师扫了眼昏迷中的子娆，冷冷地道："看看无妨，带她入室来吧。"转身往后殿走去。

听他这般说，夜玄涧已知子娆有救，抱起她随后入内。后殿静室乃是渠弥国师平日静修之地，较之外殿略显朴素，两排八盏螭纹青铜灯下，最为显眼的，便是当中一张十尺见方的玄玉石床。夜玄涧将子娆放至床上，后退一步，请道："师尊。"

渠弥国师移步近前，一眼看去，已察觉果然有异，微微皱了眉头，抬手拂开子娆散在面前的长发，灯火之下，露出一张绝美的容颜。

乍见子娆面容，他眸心猛地一收，忽然转头厉声喝问："她是何人？"

夜玄涧不由一愣，只见他面色大异平常，竟似方才提到必杀的仇人一般，莫名道："师尊，有何不妥？"

渠弥国师提掌悬空，再次逼问："这女子究竟是何身份？你若要替她隐瞒，我便立时取她性命！"

夜玄涧未承想他见到子娆的面容竟会如此反应，暗中提聚功力，随时准备救人，同时道："师尊息怒，这女子身份非常，亦对穆国至关重要，师尊万不可杀她。"

"身份非常？"渠弥国师口气似乎冷到极致，"她是巫族余孽还是王族之人？"

夜玄涧知道眼前已是隐瞒不得："弟子并非有意欺瞒师尊，只是此事关系重大，担心走漏消息，这名女子，乃是王族九公主……"

话未说完，渠弥国师仰头狂笑："九公主！原来是那个贱人的女儿，岂有不杀之理？"说罢眼风一利，径直挥掌击下。

夜玄涧早有防备，在他衣袖动时已经抢先出手。静室之中双掌相交，发出迫人耳目的一声闷响。夜玄涧武功虽高，但渠弥国师何等功力，掌风横扫，室中灯火霍然而灭。夜玄涧面对师尊难以施为，竟被一掌震退，渠弥国师再提功力，竟是誓杀子娆。

夜玄涧方才全力接他一掌，气息一时难回，赶回阻挡已是不及，眼见子娆即将毙命掌下，不料当空剑气忽现。在此电光石火间，一名黑衣蒙面人凭空扑下。剑光轻啸，嘭的一声剧烈震响，渠弥国师身子一晃后退三步，掌力落空。

那黑衣人虽阻得他杀人，却显然吃亏不小，倒退撞上石床，长剑险些落地，在渠弥国师尚未来得及再下杀手时，反手抱起子娆，掠向窗口。

"将人留下！"夜玄涧身形一闪截住去路。

黑衣人脚下不停，手中长剑电出，虚刺对手面颊。夜玄涧曲指微弹，直取剑锋，两人瞬间过手数招，骤然错身而过。

来人身法诡异莫名，凭夜玄涧的武功竟未能将他阻住，回袖一掌击出。那人身形又是一闪，却令子娆直接迎上他的掌风。夜玄涧只恐误伤子娆，被迫一掌向侧引去，便这一瞬，那人已抱了子娆穿窗而去。

眼见来人逃脱，渠弥国师脸色铁青，勃然怒道："传令将人擒回，若是抵抗，格杀勿论！"

不过片刻，天宗总舵上下即响起警讯，夜玄涧望向黑衣人逃走的方向，转身道："师尊莫要动怒，弟子亲自带人前去，谅这人也走不出苍云峰。"说罢传下号令，数百名天宗弟子明火执剑，向各处搜索而去。

第二十八章 苍云迷峰

日落，残城。

萧萧风起，吹动未退的江水，折戟沉尸，黄沙混浊，曾经巍峨繁华的楚都恍若死城，洪水过后，千里赤地，一片人烟灭绝的景象。黄昏之下，唯有战火曾经肆漫的痕迹，深刻在一片片残垣断壁、废井荒楼中，残阳似血，凄凄悲风，昭示着大楚国都的败亡。

天灾，或是人祸。也许从来都没有人想过，称雄天下的楚国会在一日间分崩离析，就像从来没人相信烈风骑会战败。东帝七年这场突如其来的大战，在雍朝历史上画下了无比惨烈的一笔，如此沉重的杀戮、如此决绝的存亡，令得无数史官提笔滞言，暗叹无声。

王师大营。

天色渐渐暗下时，中军营前数点篝火早已燃起，火焰忽明忽暗，山风吹来，依旧带着十分浓重的血腥之气。

苏陵处理完几件刻不容缓的军务，快步向主营走去，待到帐前，迎面遇上离司出来，一眼看到她手中之物，低声问道："怎样了？"

离司道："伤势虽是不轻，但暂时没什么大碍，宣王那一剑着实狠辣，若非有九幽玄通护体，怕是便凶多吉少了，眼下务必要好好休养才是。"

接天台上最后一战，子昊虽与姬沧联手重创皇非，但亦被姬沧剑气所伤，引动旧疾。当时他强行压制伤势，众人皆是不知，回到大营亦只传了离司入帐，苏陵也是刚刚才知晓情况，皱眉道："仍是得用那东西，难道就没有别的法子？"

离司握了手中皮囊，黯然摇头："主上等着公子呢，公子若有机会，便也帮着劝劝主上吧。"

苏陵叹了口气："我知道了。"转身入帐。

帐中幽静的灯火下，子昊披衣而坐，容色淡然，听他进来，抬头道："你来了。"

苏陵欠身道："主上，宣军现已退出楚国边境，并没有特殊动向。大营驻扎由墨炘、靳无余统领负责，各处已安排妥当。不过，聂七他们带了个人回来，是楚国的含回公子，我们不敢擅作决断。"

"含回？"子昊目光微抬，低咳一声。

苏陵道："是，他侥幸被大水冲至江滩，正让聂七和宿英遇上，便将他救了起来，请主上示下。"

子昊眉心轻锁，微微闭目，片刻后睁开眼睛，幽黑的瞳仁深处，一片淡冷："处置了便是。"

"臣明白了。"苏陵点头，毫无意外。没有多余的仁慈，亦没有无谓的怜悯，便如当初决定以整个西山水军为弃子，彻底翻盘一样，只有绝对的服从、干脆的执行。请示了军务之后，苏陵正斟酌要如何将离司刚刚提到的事劝上一劝，忽听子昊道："苏陵，随我出去走走。"

说话时一抹玄衣划过灯火，他已起身，缓步向外走去。苏陵微微一愣，随后跟着出了大帐。

子昊在帐外挥手屏退了想要随行的影奴，沿着山路徐徐前行，直到此地山岭高处，方才止步，苏陵在他身后停下，举目前方，正是在洪水战火中毁于一旦的楚都。

残阳最后的余光正缓缓沉没于苍山尽处，仿佛光明被黑暗吞融，暮云浓得如同鲜血，渐渐覆灭在呼啸而来的山风之下，最终所余，便是一片沉重的黑暗。

山崖上负手而立的人，不说一句话，静静看着这落日的消亡。目所能及，曾经是楼殿辉煌、灯火万丈，曾经是王侯霸业、富贵荣华，仅仅是一日风云，仅仅是一局杀伐，所有一切都在眼前这双修削的手间灰飞烟灭，唯余一天残阳似血，十里荒凉。

弹指烽烟，乾坤震覆，倾国一怒，万骨同枯。而他付出的代价又是什么，此时此刻，他的心中又在想些什么？

苏陵没有说话，亦没有发问，只是安静地站在一旁，同他看着这一场浓重的落日，如同过去千百个日子，无声无息的陪伴。

过了许久，直到夜色全然降临，星野四寂，子昊方才回头，徐声道："传令下去，三日后拔营回师，楚国后事不必以帝都名义干涉，命跃马帮和冥衣楼见机处理，倘若宣王插手，亦随他去。"

"是，臣会妥善安排。"苏陵欠身答应。

子昊抬了抬手，示意他往大营方向走去，随口问道："且兰那边准备得怎样了？"

苏陵道："明日一早启程，给昭公的密旨也已发出去了。主上此次对楚用兵，未调九夷一兵一卒，反命他们先行返程。这样的安排虽是好意，但不知九夷国众臣会不会有些多余的猜测，尤其叔孙亦等人，恐怕会多想一些。"

子昊淡淡地道："放心便是，且兰已非昔日之且兰，自会知我用意，若到现在还镇不住群臣，那她入帝都何用？"

苏陵心中一动，即刻问道："这么说，那件事主上已是应允了？"

子昊注目不远处的点点火光："我命且兰先行回师，是要送她与含夕早些离开楚国，免生意外。也是想让她先到帝都，提前见见昭公，只要得到昭公的支持，她以后便会轻松很多。"

苏陵点了点头，沉吟道："主上，还有件事与含夕公主有关，不知当讲不当讲。主上这般善待含夕，甚至决定立她为妃，此举固然是惜她情意，但眼前楚国新败，各方势力尚未清扫，虽说含姓王室倾覆，少原君府也土崩瓦解，但百足之虫死而不僵，便如那含回一样，她难免会成为潜藏不安的因素，一个不慎，恐怕生出事端。所以此事，主上是否要再行斟酌？"

子昊一反常态地沉默，过了片刻，突然竟是笑了："苏陵，这样的话唯有你能，也只有你敢直言。这是至绝至狠的手段，干净彻底。"

"正因无人能言，所以我才会说。"苏陵平静地道，"当此乱世，谋动万方，为一人仁，便可能对天下错。主上是天下人的主上，早在大婚之夜皇非翻脸时，我们便已经选择了后备的棋路，这一局，本就是至快、至狠，亦至绝，主上既然无惧此局，苏陵自亦然。"

子昊驻步营前，削薄的唇角隐约仍是笑意，清淡的语声，一片波澜不惊："你说得没错，所以水漫上郓，楚国非亡不可，下一步面对宣国亦将是一场硬仗。我如此安置含夕，另有我的考量，自始至终，真正能影响楚国的人，并不是她。"

苏陵略一沉思："主上这一步仍是针对他。"

子昊不置可否，片刻后简简单单地说了四个字："宣国，姬沧。"

阵阵冷风扑面，似是一股压人的锐气，竟令苏陵心中凛然，此时忽见离司带了一人自大帐匆匆赶向这边。

子昊亦是转头看去，离司到了近前，急急叫了声"主上"，竟是连行礼都忘了，一脸悲喜难辨的神情，顿了一顿，方道："主上，跃马帮少帮主殷夕青，他……求见主上！"

"夕青见过王上！"自她身后，一个爽朗的声音传来，白袍少年屈膝行礼，抬头间满目英气，甚是引人注目。

子昊凝神打量这眉眼飞扬的少年，并未忽略他一身风尘仆仆，显然是远路赶来，一到军中便入帐求见，想必是有什么重要消息，他方要发问，殷夕青却先道："王上救命之恩，夕青始终未能面谢，一直念记在心，请王上先受我一拜！"

子昊将手一抬，微微含笑："人道跃马帮少帮主急公好义，英雄少年，果是名不虚传。这次调动粮草，你替朕立了大功，只是此时不在扶川主持帮务,为何来了上郓？"

殷夕青抬头笑道："些许粮草不过略尽绵薄之力，王上以后若有差遣，夕青万死不辞。对了，我是替王上送信来的。"说着神情微敛，自袖中取出一个细小的圆筒，"这是阿姐派人传来的消息，九公主现在正和她一起在穆国，前日因大战封城，害得传信人……"

话未说完，子昊目光微微一震，素来从容的声音竟是异样急促："你说什么，子娆怎会在穆国，她……如今怎样了？"

殷夕青呆了一下，方继续道："信里只说重伤昏迷，当时烈风骑封锁了楚都，内外出入不得，所以阿姐只好送她和夜三公子转道穆国。"

子昊眸心骤缩，刹那透出的异光是惊是痛，更是莫可名说的愠怒。九公主性命安危事关重大，苏陵跟着便追问了一句："可知现在情况如何？重伤昏迷，究竟是怎么回事？"

殷夕青道："信中并没有细说详情，不过按那时的情况，十有八九是伤在少原君手中。"

话音刚落，子昊一拂袖，转身对离司道："命墨炽速来见朕。"接着一停，再道，"不用了，你直接和他会同宿英、聂七一起赶去穆国，传我密令，让卫垣全力协助，无论如何不得再有闪失。"

离司最是清楚子娆的身体状况，早已心急如焚："是，我们这便动身！"

落峰山七十二殿错落分布，以总舵苍云峰为中心形成一个庞大的建筑群落。夜玄殇自幼便对此处极为熟悉，趁着夜色深暗，自东侧山崖悄悄摸上主峰，神不知鬼不觉地便进入了总舵范围。

白天他和白姝儿离船之后，途中使了个金蝉脱壳成功甩掉白虎军，为保安全，两人又多兜了两个圈子，才设法与殷夕语会合。待到船上，知道子娆已被带入苍云峰，夜玄殇自是放心不下，随即命白姝儿等人在外接应，独自潜入总舵看察情况。

越过一道荒废的围墙，便是一座平日用来堆放杂物的侧殿，夜玄殇原想此处必是灯深人静，谁料今晚四下烛火通明，就连这平日鲜有人迹的院落，也有弟子带剑路过，显然是发生了什么变故。他只怕事情与子娆有关，心下挂念，趁两帮弟子交替的空隙，身形一闪越过回廊，刚刚进入一间空室，便有几名巡逻弟子自前方过来，其中一人边走边道："真奇怪，大师兄先前带回的女子也不知是什么人，竟惹出这么大的事端。你们听到没有，师尊可是传令格杀勿论呢。"

另一名弟子接口道："听说方才师尊大发雷霆，连大师兄都挨了一掌，不过有人不知死活，竟敢闯进咱们总舵劫人，大师兄的脸色可也不怎么好看。喂，你们说那人会不会是……"他声音突然压下，一名年轻的弟子跟着叫道："啊！若真是二师兄，那可如何是好？哎哟！"

　　话未说完，已被那先前说话的弟子弹了一个响指："小点声，仔细传到师尊耳朵里，罚你站三天木桩。二师兄的武功比你高了不止数倍，我们几个加起来都不是对手，遇上他你拦得住吗？"

　　那小弟子摸着头道："我不过是担心二师兄嘛，想当年他还在山上的时候最好玩了……"几人越走越远，说笑之声随之淡去。

　　夜玄殇自藏身之处闪出来，微微蹙眉，心知子娆暂时没有危险，但又不知究竟是什么人，竟能在渠弥国师和夜玄涧手中将她劫了去，而这人目的何在。他垂眸略一思索，随即展动身形，悄悄往无风殿方向而去。

　　一路避开几批弟子，越接近无风殿，搜寻越是紧密，为首的也都换作了易风、幻电这样的亲传大弟子，五步一哨，十步一岗，可谓警戒重重。但夜玄殇身法何其快，殿前弟子只觉眼角有人一闪，回头时夜玄殇早已越界而过，但他却不直接往殿中去，反是向西一拐，又避过两重岗哨，跃入了位于左边的一个院落中。

　　此处院落别有洞天，亭台楼阁层层错进，曲水成溪移木为林，自有一番清幽别致，显然是天宗内颇有地位之人的住处。夜玄殇熟门熟路地进了主楼，过不多会儿，忽然外面传来嘈杂的人声，于是一个翻身隐上房梁。

　　火光透窗而入，说话声、脚步声井然有序地传向四面屋室，如此持续了一段时间复又迅速安静，便听有人道："回禀师兄，除了您日常居住的主楼，其他地方都已仔细看察，并无异样，这里一直有弟子把守，那人应该没那么大胆藏来此处。"

　　"知道了。"夜玄涧的声音随之响起，"你们先去吧，继续搜查他处，不得掉以轻心。"

　　"是！"一声答应过后，大弟子易风率了众人陆续退出，片刻后院内恢复安静，夜玄涧独自一人往主楼走去。刚刚踏入室内，他脚步似乎一顿，随后走到桌旁自行倒了杯茶，举到唇畔时，忽然手腕一扬，那小巧的茶盏化作一道白光，毫无预兆地往梁上射去。

　　"哈！"房梁上传来一声轻笑，"喝茶不够过瘾，二哥有酒吗？"说着一个玄色身影翻身而落，夜玄殇已大大咧咧地坐在了他对面的椅子上，手里正捏着那茶盏，仰头一饮而尽。

　　夜玄涧面无表情地扫了他一眼："你还真是好大的胆子，来这里送死吗？"

　　夜玄殇一脸笑容洒脱，悠闲抱了剑道："偶尔冒一下险才有趣味，二哥若要动手，我奉陪便是。"

　　夜玄涧并未说话，只是唇边隐约有一缕笑意淡淡漫开，越扩越大，终于，忍不住笑出声来。夜玄殇亦是眼底含笑："二哥在江边留下这枚苍龙玉玦，我便知未曾瞒过你的眼睛，当时多谢二哥未点破我和子嫣藏身之处。"

夜玄洞看了看他手中握着的玉玦，拂衣落座，道："半个月前，大哥请天宗出面清理门户的信函刚刚送到，西宸宫秘卫便带着密旨随后找上了我，一个要杀，一个要保，害得我只有亲自走一趟楚国。究竟怎么回事，现在可以让我知道了吧？"

夜玄殇一笑道："其实也没什么，不过是六年前我去楚国时，曾和父王达成一个协定，我替他完成一件事，取回关系我国宝藏的紫晶灵石，他便给我一个承诺，至于承诺的内容，请二哥恕我暂时不便透露。"

夜玄洞抬眸盯了他半晌，道："是否就是这个交易，让大哥整整追杀了你六年？"

夜玄殇满不在乎地一耸肩："他要杀我，用不着太多理由，我这次回来，也不是为他。二哥，究竟发生了什么事，是什么人竟能闯入天宗总舵劫人？"

夜玄洞道："你对这九公主倒是关心得紧。"

夜玄殇微笑道："二哥觉得我不该关心她吗？"

夜玄洞叹了口气："不是不该，而是此事十分蹊跷。"说着便将今晚发生的事简单道来。夜玄殇听到渠弥国师欲杀子嫣，不由皱起眉头，亦是百思不得其解，不知究竟是什么原因，令得渠弥国师如此痛恨子嫣，甚至不惜亲下杀手。夜玄洞再道："至于将子嫣带走的人，我曾与他短暂交手，从他的身法武功来看，可能与巫族有些瓜葛。他既然从师尊手中救人，至少应该不会伤害九公主，目前所有的线索便是这些了。"

"巫族？"夜玄殇深眸微垂，思索不语，想到渠弥国师对巫族的态度以及子嫣心脉受制的情况，只觉事情错综复杂，不得其门而入，正想再向夜玄洞问个详细，忽听有弟子入院，在外禀道："大师兄，上将军卫垣求见，不知大师兄有没有时间去一趟前殿。"

夜玄殇闻言唇角一挑："呵，这么快便追来了，白虎军很有长进嘛。"

夜玄洞扬声道："可有问他什么事？"

那弟子答道："回禀大师兄，卫将军好像是为了什么王族公主而来。"

夜玄殇微微一愣，兄弟两人抬头对视，皆是目现诧异，夜玄洞随即道："让他稍候，我马上便去。"

那弟子应声退下，夜玄洞起身道："怪事一桩接一桩，卫垣来天宗不为找我要人，却是为了九公主，我去会一会他，看究竟怎么回事。"

就在这时，北方突然传来一阵警讯，似是发现了闯入之人，夜玄殇目光一亮，道："二哥应付卫垣，我去那边看看。"说罢穿窗而出，转眼消失不见。

警讯响起的方向已靠近苍云峰后山，夜玄殇施展轻功，提气急奔，比别处赶来的弟子尚早一步到达。他闪入一片密林，发现几名天宗弟子先后昏倒在地，脚步略停，俯身伸手探查，却见他们只是失去知觉，随即展开身形，向前追去。

前方似有人影一闪，快得仿佛一道幻影，随即消失不见。夜玄殇知道机会稍纵即逝，丝毫不敢松懈，一路直追下去，果然不多久，又见那人出现，此次可以确定他怀抱一人，应是子嫣没错。

那人身法极快，亦对路途十分熟悉，几个起落便已绕开暗哨，径直往山下奔去。夜玄殇提气直追，但直到出了落日峰范围，竟还无法拉近双方距离，心中十分惊异。不过好在他虽无法追上那人，那人亦不能摆脱他，始终远远地吊着一段距离，倒不至于将人追丢。两人一走一追，看路途竟是往邯璋城方向而去，直到临近城门，那人忽然改变去向，又如此向北行了数里，突然便失去了踪影。

夜玄殇暗叫糟糕，也顾不得隐藏形迹，纵身跃上树梢，举目四眺，四面松涛阵阵，望之不见边际。他心中忽然一动，凌空一个翻转，便往林中投去，落地之后暗察树木方位，每行三步便退一步，五步一斜，八步减半，如此没过多久，眼前豁然开朗，一座完全以纯白玉石建造的道观顿时出现在群山掩映的松林中。

夜雾之下，杳杳清香云绕，月色如烟，整座道观沐浴在幽风月色之下，仿若一方奇域仙境，世外洞天。夜玄殇站在门前，静静地看了一会儿，突然叹了口气，伸手推上观门。

紫铜大门幽然洞开。

第二十九章 不速之客

殷夕青带来子嫣消息的时候，王师营地之中，发生了一桩令人意想不到的变故。

囚禁含回的军帐位于整个大营后方，因他乃是楚国王室，身份特殊，聂七他们带了人回来，暂且交由影奴看管，在东帝未有决断之前，倒也无人为难他，只是帐外守卫相对别处显略森严。

王师驻扎之处距离接天台不过数里，虽然宣军暂时退兵，烈风骑亦是全线惨败，但大军各部仍旧保持战备状态，以防局势生变。入夜之后，军帐连绵的营地中看似一片安静，实则警戒重重，除了各方守卫之外，亦不断有巡逻的士兵路过各处。

冥衣楼与军中将士职属不同，负责的是中军大营以及九夷族主营的安全，囚禁含回的营帐亦在其中。此时正逢外营士兵交接，商容与聂七例行要出帐巡视，看察各处无恙，聂七快步赶上商容："商公公，有件事借问一下，白日大战之时，可有人见到那方飞白吗？"

商容停下脚步："方飞白此次并不在中军，听说是指挥神羽、神翼两营与宣军作战，否则若遇上，老夫也不会让他生离战场。"

聂七不由皱了下眉头，道："此人若是未死，便可能已不在楚国，哼，总有一日我必亲取他人头！接下来对宣国用兵，我便向主上申请调去漠北分舵。"

商容垂目叹道："唉，十娘倒是没白跟你一场，不枉你们一番情意。不过主上已下令漠北、赤陵二分舵撤回王域，调去宣国你且莫要想了。"

将冥衣楼在北疆的分舵全数调回，一旦与宣国动兵，暗中全无接应，极是不合常理，聂七甚是奇怪，方要询问详情，忽听前方传来一阵刺耳的兵器交撞，以及几名士兵痛呼之声。

"什么人！胆敢乱闯王师大营！"杂乱的呵斥声随之响起，商容白眉一立，和聂七对视一眼，双双动身，便往声音来处赶去。

待到囚禁含回的大帐之前，便见刀光剑影，火把闪烁，两队士兵正与来人对峙，帐外月下，一名布衣老者面对众人，冷声笑道："小小一个营帐，戒备竟如此严密，只凭几个虾兵蟹将，便想阻拦老夫寻人吗？"

商容眼见对面竟是洛王，心知此事并非他们能够应付的，忙对聂七低声道："速去报主上知道。"聂七也知来者不善，一点头抽身离开。

接天台大战时，仲晏子与老友相约云游，人不在楚都。事后他听到消息连夜赶回，眼见楚军已是兵败国亡，连整个上郢城都化作赤地荒野，情知回天无力，最重要的当然是几个徒儿的下落，所以第一时间便寻来了王师营地。帐前火光迭闪，刀剑封锁来路，仲晏子却全然未将守兵放在眼中，径自便往大帐前行。

四周守兵岂会容人轻易入帐，冷光一闪，便有八杆长矛按照某种特定的阵法联手出击，伴着呼啸的劲风，齐齐攻至！

仲晏子沉面喝道："找死！"脚步分毫不停，左手广袖疾挥，一股沛若江河的真气迎面扫去。八道矛光未及转换，便被他袖风卷中，但闻齐刷刷咔嚓一声，八杆长矛竟然同时一折两断。

他此招含怒出手，威力非比寻常。几名士兵非但兵刃脱手，更被他掌力震飞出去，

162

帐前封锁顿时瓦解。

"王爷手下留情！"

商容见势不对，瞬间抢到近前，双掌齐出，接住两名跌飞的侍卫，猝不及防下，竟被两人身上的真力余势震得疾步倒退。另外六人却无不口吐鲜血摔飞当场，一时起身都难。

"王爷，请先听老奴一言！"商容放开两人，欲要设法稳住局面，谁知仲晏子冷喝一声："让开！"说话的机会都不给，影动身移，一掌便往他胸前击来。

对方掌力惊人，商容却是心存顾忌，不敢僭越硬拼，抬手一隔，迫不得已再退三步。八名守卫受伤之时，帐中负责防守的影奴早已现身，眼见商容吃亏，同时剑出，欲阻仲晏子入帐。

这时半空中忽然响起一声异兽低啸，一道人影快若闪电，切入战局，便听啪啪啪响声不绝，十余名影奴纷纷跌退，每人脸上都已挨了一巴掌。一只金毛异兽从天而降，面前灰衣拂闪，正是樵枯道长到了。

甫一落地，那金猊耸肩便是一声低吼，作势欲扑，却又有一人抢至当中，伸手一抬，按住兽头，无形中便将众人拦开："老道莫要动这么大肝火，拿些小辈撒气，不怕失了身份吗？"来人一身粗布长衣，背插一支黄竹烟杆，单手压着不断低鸣的金猊，开口相劝，却是与仲晏子、樵枯道长齐名的三隐之一天游子。

樵枯道长撮唇发出一声短啸，那暴躁不安的金猊略微安静，他却横了天游子一眼，道："哼！若不是同你喝酒误了归期，楚都怎会让几个小辈反了天？你若非要替那两个娃娃说话，便莫怪老道不念几十年交情！"

"你这老道好不讲理。"天游子颇有些哭笑不得，"我约你喝酒，不过是多年未见老友，一时兴起，怎又调头拿我出气了？说句你不爱听的实话，既是小辈们的事，胜负生死，便该让他们自行处置，我们几个快入土的糟老头子掺和什么？"

樵枯道长怒道："废话少说，老道的徒儿若少了半根寒毛，我非扒了那小子的皮不可！"

天游子摇头叹气："怕只怕扒了那小子的皮，含夕那小女娃要不认你这师父。"

樵枯道长胡子一掀，方要回嘴，却听仲晏子沉声道："老道休要和他斗嘴，先找到人再说。"

说话间目光向前一扫，商容这时才得了机会，示意影奴撤后防范，上前道："老奴商容见过王爷。"

仲晏子冷眼一翻，道："你的主子又不是我，我哪当得起这一声王爷，我只问你，含夕和且兰可在帐中？"

商容知道这位洛王十分不好应付，偏又无论如何开罪不得，小心答道："回禀王爷，两位殿下并不在帐中。"

仲晏子道："她们既不在此，又在何处，你给我前面带路。"

商容迟疑一下，低头道："老奴并不知两位殿下所在……"

"你这位御内大总管，会不知道她二人在哪儿？"仲晏子蓦地一声冷笑，"妄言欺上，商容你好大胆子！"

商容未及答话，樵枯道长已颇不耐烦地道："老酸儒你要和这些徒子徒孙啰唆，老道可没那耐性，我这金猊自通灵性，要找人何须费这般工夫？"

仲晏子此时仍和他互不相让，当即反唇相讥："既如此你不快些动手，只是坐地吹牛，究竟是谁啰唆？"

樵枯道长冷哼一声，懒得和他答话，破袖一扫，数道真力顿时沿手拍出。那金猊连声长啸，身子一躬，便向前方蹿出。跟着三道人影疾闪，樵枯道长、仲晏子与天游子先后展开身法，紧随金猊而去。商容叫声不妙，当下提气急追，同时发出警讯，下令影奴全力拦阻。

四人一兽势不停留，一路朝主营方向而去。警讯惊动军中将士，纷纷出动阻拦。但那金猊速度极快，樵枯道长随后施展身法，但凡路过营帐，便不由分说一掌劈去。但听轰轰之声此起彼伏，沿途军帐皆被毁得不可收拾，亦将赶来阻挡的士兵拦开，整个营地顿时混乱不堪。

轰的一声巨响过后，那金猊越过两名士兵，倏然当空一啸，便向主营左侧一座军帐急速奔去。

"就是这里！"樵枯道长忽提真气，瞬间超过金猊，抢向前方帐门。仲晏子亦是速度陡增，两人几乎同时到达帐前。

前方忽现剑气！一者霸烈似火，一者凌厉如风，正是闻讯赶来的墨烆和靳无余及时出手。帝都两大上将联手一击，谁人又敢轻视，樵枯道长身子一顿，怒喝声中翻掌拍出。仲晏子目光一沉，亦是同时出掌。

两道掌力贯空，直面迎上剑光，顿时一声巨响如金铁交鸣。墨烆、靳无余身形暴退，心下无不震惊，不知何处突然闯来这样两名高手。

此时静垂的帐门忽地一动，一道剑光，仿若惊鸿秋水，带着尖利的轻啸划破月色，迎面射向樵枯道长与仲晏子之间，正是觑准两人旧力初消、新力未生之机，时间拿捏可谓精巧无比。

剑锋寒气，迎面如霜，仲晏子原本便阴沉的面上怒气骤现，大袖疾挥，虚卷来剑，手底真力吞吐，使出卸力手法，一掌向外送去。

帐中出剑之人正是且兰，她剑法虽妙，但内力却如何能与仲晏子抗衡，被他真力一带，借势出帐，惊呼道："师父！"

仲晏子满面怒容，欺身上前，挥手拍向她剑锋。这一招若被击中，浮翾剑必定脱手，且兰本能地手腕一沉，浮翾剑剑尖飞烁，数朵剑花当空绽现，直取对手太渊、神门两穴。

这一招奇峰突起，角度奇巧，可谓妙至巅毫，就连樵枯道长和其后赶来的天游子都忍不住大赞一声："漂亮！"

这声喝彩无异于火上浇油，仲晏子脸色铁青，变指为掌，直拍且兰剑锋。

浮翾剑法一招既出，后面变化自生，半空中数道剑光错闪，仿若轻羽飞旋，细网密织，竟逼得仲晏子回手撤招。且兰移步旋身，倏然后退三步，心中却是懊悔不已，匆忙撤剑，屈膝一拜："师父息怒，且兰知错！"

仲晏子先前出手，若是将且兰长剑击落，小惩一番，便也罢了，谁知竟被她攻了个措手不及，原本便恼九夷族帮助王族，这一下更是怒火中烧，沉声喝道："女生外向，留你何用？"说罢一掌便向且兰背心拍去。

"老友住手！"天游子与樵枯道长离得最近，见状都是吓了一跳，急喝一声出手欲拦，岂料有个身影比他二人更快。但见月下玄衣一闪，一道阴柔沛然的掌力与仲晏子当空相交，嘭的一声震动，那人携且兰趁势后退，飘然落至帐前。

此时商容等人先后赶至，急命影奴抢先护住大帐，四周墨炘、靳无余以及一众将士抚剑跪拜，齐声道："见过王上！"

月色风中，但闻一声低低轻咳，子昊随意抬手一挥，转头看向怀中之人，微微叹道："傻丫头，王叔正在气头上，你就不知避一避吗？"

且兰被他挽在身前，惊魂甫定，他眼底含笑的微光仿若深潭月色、水底幽香，竟看得人心头轻轻一颤。夜风之中，他的袖袂轻拂她的发丝，他的指尖轻触她的掌心，那丝清冷而沉定的力度，是一种保护的姿态。

子昊出手救人，影奴守兵包围大帐，也不过电光石火的刹那。樵枯道长召回金猊，冷眼看这阵势，已知夕定在帐中，开口道："真是好大的架势，老酸儒，你怎么说？"

仲晏子面色未霁，冷冷地道："正主来了，该怎样便怎样，哪来那么多废话。"含怒看向子昊，"还不放开且兰？"

子昊抬头，笑了一笑，叹了口气："是朕关心则乱了，王叔哪里会舍得杀且兰，方才一掌连三分真力都未用上，倒是朕这一来，却令且兰为难了。"说着手臂微松，且兰向前一小步，叫道："师父……"

仲晏子怒气未消，打断她道："我没你这么不识好歹的徒儿，你跟他一起，便莫要叫我师父！"

他如此震怒，且兰情知越说越错，自然不敢回嘴。子昊对她微微一笑，道："王叔何必生这么大的气，有话不妨慢慢说。"

仲晏子冷眼扫去，看他半晌，缓缓点头："你很好，很好，我不过离开几天，楚都竟是天翻地覆。哼！大兴战火，毁坝淹城，楚江下游九城十二镇，八百里民川尽成泽国，你如此行事，未免也太过狠辣！"

子昊修眸隐约一挑，丝缕冷色于那温雅淡笑之下倏然流闪，仿若一刃剑光乍现，片刻之后，徐声开口："王叔心中应当比朕更加明白，楚国之祸不在今日，便在明日，今日若非楚国百姓遭劫，明天便是我帝都子民受难，敢问王叔是更乐见前者，还是后者？"

仲晏子登时一怔，竟是哑口无言，身旁天游子长叹一声接口道："唉！你这娃儿此番也确实太过了些，虽说这天下战火纷争，楚都早晚会被卷入，但百姓至少还安居乐业。可如今哀鸿遍野，多少人国毁家亡，看在眼中，你竟没有一丝怜悯吗？"

子昊眼中笑意如旧，口气仍是不疾不徐："前辈之言并非全无道理，但朕并非一楚之主，九域天下五族四国皆是朕的臣民。有些结果早一日分晓，万民众生便早一日安宁。楚国既然自取灭亡，主动挑起战端，那么任何事情朕皆不惮为之。"

当空冷月独挂，流光凛凛，月下玄衣，凭风如水，淡淡的话语，淡淡的微笑，所透出的决绝凛冽，却是刹那透慑人心。

眸光静冷，近似无情。

一道道烽烟战火，是谁点燃乱世，一场场金戈铁马，践踏了谁的挣扎？何人生，何人亡，何人悲，何人痛，铁血与杀伐交错，权力与生存之间，怜悯一词，永远是胜者对败者最后的姿态，理应而又多余的施舍。

天游子与之面面相对，再叹一口气，摇头道："小娃儿心思深远，口舌亦是犀利，想要说服你难比登天，老头子早有自知之明，多说无益，只是我不与你争辩，老道两个可未必放得过你。"

子昊眼梢微微一扬，从容笑说："无论如何，此次多谢前辈这一语邀约，助了朕一臂之力。"

天游子不由苦笑："呵！小娃儿好厉害的手段，你这一句话，老道两个兴师问罪便要多算一人，我若不替你帮腔，几十年的交情可是危险。算了，此话不提，我只问你，子娆那丫头如今怎样了，小丫头甚得老头子喜欢，若是有人敢欺负她，老头子第一个不让，听说她大婚时你们双方翻脸动兵，可是真有此事？"

仲晏子亦是阴着脸问道："皇非与子娆大婚之夜，究竟发生了何事？"

子昊含笑的声音蓦然冷淡下来："王叔此话该去问皇非才对，谋害楚王、逼杀子娆，而后兵围乐瑶宫，就连且兰都险些死在他的手中。王叔是否觉得，朕应该按兵不动，坐以待毙？"

仲晏子眉头一皱，目光锐利地扫向且兰。且兰刚要说话，子昊却将手一抬，重新将她带回身前："王叔不必向且兰问罪，且兰既将是朕的王后，莫说她没错，即便有错，自有朕替她承担，王叔有话，寻朕便是。"

臂弯中且兰的身子微不可察地一颤，与他抬头相视，仲晏子却是双目一瞪，勃然怒道："你！此话你敢再说一遍？"

子昊容色平静，如这无边的深夜："待过几天回师帝都，朕便会颁旨天下，册封且兰为后，而含夕，亦将入主御阳宫，三位长辈若有时间，不妨前来参加大典，想必且兰与含夕都会很高兴。"

这下不光是仲晏子，樵枯道长亦是气得胡子直翘，半晌竟没说出话来。天游子在旁却是忍不住一笑出声："一举两得，小娃儿这一招连本带利，老道士两个这次不赔都难。"

仲晏子和樵枯道长同时转头怒视他，樵枯道长更是怒道："我何时答应徒儿嫁他？"

天游子忍了笑道："老道莫要吹胡子瞪眼，小含夕的婚约不是早已定过了吗，这时候你要反悔，恐怕有失信义。"

樵枯道长道："此一时彼一时，当时可嫁，今日却不行！"

天游子有心要将气氛缓和，故意插科打诨："你这老道真是越活越不济，如今翻脸竟如翻书一般，含夕与东帝的婚约举世皆知，岂是儿戏？何况含夕那小丫头的心思连我都知道，你这师父难道是睁眼瞎不成？"

樵枯道长待要反驳，突然间仲晏子将手一抬，阻了他话头，阴沉开口："子昊，你做什么我都可以不管，但若你算计到且兰身上，便莫要怪我不客气了。"他这话说得极慢，语气亦是异常森然，就连身边两个老友，听去都不由心生寒意。且兰眸中难掩震动，忍不住叫道："师父，您……您何出此言？"

仲晏子面沉如水，并不答她的话。风中只闻数声低咳，子昊脸上波澜不惊的笑容亦如平湖雪落，隐隐透出一丝清寒。

看这情形，天游子只怕他们一言不合再动起手来，顾不得与樵枯道长斗嘴，急忙从中斡旋："老酸儒你可别这般霸道，虽说儿女婚事当从父母之命、媒妁之言，但若全不顾且兰丫头的意思，似乎有些说不过去。"

仲晏子目视且兰，声音冷若冰霜："丫头，你若非要答应此事，我便宁肯亲手杀了你，也不会让你一错再错。"

且兰心头不禁一寒，自她拜仲晏子为师以来，仲晏子虽对她非常严厉，始终不苟言笑，但却从来没用过这种口气对她说话，这感觉竟令她自心底生出莫名的惧意，指尖一收，紧紧扣向掌心，便在这时，子昊突然轻轻握住了她的手。

一种温冷而柔和的触觉，瞬间包围了她冰凉的心神，仿若春风轻拂水面，激起一从涟漪后沉静的安然。

她听到他清淡如旧的声音在耳边响起："朕知道王叔对朕有些误会，这样当众逼问且兰只会令她左右为难，王叔与两位前辈今天既然来了，不如便到大帐一叙，若是过后王叔仍旧反对此事，朕亦会重新考虑。"

仲晏子盯视他片刻，道："也好，事情总要解决，话不如一次讲清楚。"

子昊翩然而笑，抬手道："王叔请。"

第三十章 经心纬国

黎明的天色已渐渐浸染了夜空，主帐中却是一片灯火通明。仲晏子入帐之后沉着脸一言不发，子昊亦似乎若有所思，一时并未说话。帐外兵戈声、脚步声接二连三地传来，不久便恢复成绝对的安静，如此一来，就显得帐内气氛格外异样。

天游子点燃竹烟，深深地吸了几口："老酸儒，大家这么僵着不说话算怎么回事，你这做长辈的何必和小辈怄气？"

灯火之下，对面两人皆是目光一抬，仲晏子看向子昊，沉声发问："你一定不肯放过且兰是吗？"

子昊侧身轻咳，转头时无声而笑："王叔清楚且兰的身份，朕会伤害任何人，却绝不会伤害她，莫说是她，便是含夕朕也不曾将她如何，王叔此言从何说起？"

旁边樵枯道长顿时冷哼道："哼！灭族亡国，难道这还不够，你还要怎样？"

子昊微一闭眸，面色淡漠喜怒不见："楚国虽亡于朕手，却非朕挑起战端。三位今日前来，原是要替楚国兴师问罪，但楚国该亡已亡了，多说只是浪费口舌，前辈若为且兰和含夕，朕尚有耐心，但若要讨论此事，那朕恕不奉陪。"

他口气十分强硬，毫无转圜余地，当面将几人话锋挡了个滴水不漏，显然绝无悔意。莫说是脾气急躁的樵枯道长，就连天游子也是暗暗叹气，不料最有资格过问此事的仲晏子却出人意料地点头道："不错，楚国已亡，言之多余，战场上本无是非善恶，烈风骑既然败在你手里，那便没什么好说的，今天我也只与你谈一件事，你方才话虽说得好听，但执意要封且兰为后，难不成是为了她好？"

案上灯火微微一跳，烛焰蹿动，似在子昊眸心映出一点幽邃的光影："王叔说得对，朕非但是为了她好，亦是为了我子姓王族。王叔今天既然定要将此事问个明白，两位前辈并非外人，朕也不想浪费时间，便打开天窗说亮话。朕曾答应过且兰的母亲，绝不将她的身世公诸天下，所以唯有这一个法子，才能让且兰名正言顺地入主王族，王叔与九夷女王也曾情深义重，难道忍心违背她的遗愿？"

他话虽未全然点明，有些事情却已是呼之欲出，樵枯道长与天游子皆是一愣，不约而同地看向仲晏子。樵枯道长忍不住道："老酸儒，你……莫非且兰丫头竟是……你的女儿？"

仲晏子对这问话充耳不闻，只是面无表情地看着子昊。过了许久，他忽然微微仰头，瞬间神情的变化似是刻骨的痛楚、无尽的憾意，随着一声长叹，双目一合，再睁开时，那种犀利的冷意略微淡去，取而代之的却是一丝莫名的深沉。

"她当初有了且兰，并不曾让我知道，事后亦将真相瞒过了所有人，这件事本该是个彻底的秘密。你既然答应了她，且兰便永远只是九夷族的女王，为何现在又要她入主王族？"

隔着重重灯影，子昊的神情不甚明了，只一双幽深如墨的眸子静静望向对面，片刻之后，他缓缓抬起左手，送到仲晏子面前："王叔若有兴趣，不妨一试。"

仲晏子心生诧异，眉目一挑看了看他，而后伸手搭上他的脉搏。

腕脉落入人手，倘若仲晏子有心，立刻便可将子昊制住，胁迫他答应任何事情。子昊却似毫不在意，甚至一点防备都未设，一任对方真气透入体内。

脉象浮沉，若断若续。

仲晏子引动真气不过瞬息，眉头便是一皱，只是稍许的试探，便已发现他体内异常可怕的情况。数十种蔓延纠缠的剧毒，在阴柔动荡的玄通真气中不断流窜滋生，几乎无处不在。真气如刃，毒气如火，频频撕裂着每一分血肉，甚至连外来的真气都能感觉到那种残酷的痛楚。

指尖所触的肌肤滚烫，但手底骨肉经脉却如浸在寒潭中一般冰冷，仲晏子眉心越收越紧，几乎无法想象眼前谈笑从容的人正一刻不停地忍受着这样的折磨，无法相信那一句句冷静锋利、处处先发制人的话语竟出自这样虚弱的身体，忽地抬头问道："怎会如此？"

子昊白日受姬沧那一剑表面看来并无大碍，实则剑气累及肺腑，伤势着实不轻，再加上他冒险以毒蛇为药，却始终不曾静心调息，身体状况实是前所未有的糟糕。仲晏子虽早从子娆口中知道他的病情，却未料想如此严重，方才在帐外还不曾留意，此时借了灯光才发现他的脸色极差，只不过先前他的语气太过强势，让人完全忽略了这一点，直到他主动伸手示弱。

即便知道是刻意，知道他此举必有目的，仲晏子仍是心神震动，忍不住要诊断个究竟，抬手道："右手换来。"

子昊却只一笑，拂袖将手收回："王叔精通医理，不必如此麻烦了，只算一算朕还有多少时日便罢，这段时间要让王权顺利交接，王叔认为是否够用？"

旁边两人皆是吃惊不小，不承想竟是这般情况，天游子一敲手中烟杆，道："小娃儿，你这话什么意思？"

"半年之内，朕需替王族做好万全的准备。"被问之人的回答简单明了，目光平静不见一丝波澜。

仲晏子蓦地蹙眉："你……在替自己安排后事？"

子昊显然毫不在意这样的说法，深眸幽幽，一道目光透人肺腑："王叔即便仍旧介怀往事，想必也不愿坐看王族血脉凋零，后继无人。且兰进入帝都，朕便可以逐渐让她以王后的身份处理政事，接掌宗族亦将名正言顺，只要她是王后一天，天下便无人再敢动九夷族分毫。"他转向樵枯道长，"而含夕，若她能生下一男半女，便是我雍朝的继承人，母以子贵，她与且兰二人后妃并尊，自不会受半点委屈。朕既决心灭楚，便可保证楚国永无复国的可能，以如今的形势，若非惜她情义，朕岂会等到你们三位找上门来？"

一席话令得面前三人动容，目光交撞，皆透震惊。

此事毕竟关系王族传承，其他两人都不便多言，帐中沉默片刻，仍是仲晏子开口道："目前最有资格继承王位的应该是子娆那丫头，你这样安排，又将她置于何地？"

子昊掩唇一声呛咳，修狭的双眸唰一下抬起："子娆现在下落不知、生死不明，王叔想让朕置她于何地？朕原替她选择了皇非，甚至不惜与楚国联盟，将他这少原君推上权力巅峰，他竟然没有好好保护子娆，反而害她屡遭劫难，王叔调教的好徒弟！"

仲晏子被他这番话呛得欲怒无从，天游子和子娆甚是投缘，对她一向偏爱，听他这般说法，不禁抢先发问："那就是说子娆丫头如今人在何处、是生是死，连你这做哥哥的都不知道？"

子昊压在案上的手掌徐徐收拢，面前灯影灼灼，而他面色寒若冷玉，只见苍白："朕，确实不知。"

天游子立时扭头道："老酸儒，这事你管是不管？且兰、含夕两个丫头现在平平安安在这儿，子娆却是九死一生，你这做叔父的若是连句话都没有，未免也太过偏心，我第一个便看不下去。"

仲晏子双眸半垂，不知在想些什么，突然，他深深地叹了口气："子昊，你当真一点都不像你的父王，雍朝有王如你，不知是幸或不幸，且兰遇上你，亦是她命中的劫数。"

同样是微挑的眸，同样是含笑的唇，同样是雍容王仪，同样是出尘风流，像极，却又分毫不似。一人转身无奈叹息，一人挥手血溅江山，不同的选择，同样的四海烽烟，结局又将是如何？

幸与不幸，皆是命定。

子昊淡淡抬头："亡国之君，非朕所愿，朕一生所为至少对得起我雍朝子民。"

此时此刻，仲晏子起先兴师问罪的初衷早已不再，心中只觉说不出的滋味，是悲是痛皆堵在胸口，一如多年前那高雅美丽的面容，随着岁月杀伐化作清丽如兰的眉目，似曾相识温柔的微笑，永远是最深的记忆、最痛的错过。

倾此一国，守此天下，这是否是她甘心的抉择？那个聪慧善良的女子，曾经为其宗族挥剑断情，又是否早已预料他们的女儿即将面对的未来？

今时思往事，竟有种万事俱灰的念头，但他也曾多年执掌朝政，而后亦是运筹帷幄操纵楚国，杀伐果断早已习惯，很快便平复情绪，点了点头，对子昊道："你与皇非之争我不会多加干涉，我这个徒儿并非等闲，早已青出于蓝而胜于蓝，用不着我多加担心。他若败给你，是他自己学艺不精，你若输了他，亦是你们公平较量。我是你和子娆的叔父，也是他的师父，若他先对不住子娆，我绝不会护短，日后当真与他兵戎相见，你要小心了。"

此番话干脆利落，亦显出他对皇非绝对的自信。即便是东帝，要彻底击败少原君也非一场大战便能如愿，此次楚国败亡，乃是各方势力明暗搏杀的结果，只要皇非一日未死，便谁也不敢断言最后的胜负。

子昊无声微笑："多谢王叔提点。"

仲晏子的目光穿过灯火，再次与他相对："你与且兰的身体里，真真流着相同的血液，你为帝都步步谋算，她将九夷视为一切，为此皆是不惜代价，只是，如今你给她的这条路未免太过艰难，她要承受的，也未免太过残酷。"

子昊面若深湖，一片静冷："王叔应该比朕更清楚，身在王族，无我无亲，朕与子娆如是，且兰，亦如是。"

仲晏子心中不禁长叹，眼前的东帝，对自己尚且冷心绝情，遑论他人。但这条以他血肉生命铺成的道路，莫说子娆，对于且兰甚至含夕，又何尝不是最为安全的选择？

而今大势至此，楚国之亡便如滚水加薪，给这乱世动荡再增激变。西陲穆国势如虎狼，北域宣王兵锋压境，眼下尚有东帝独撑大局，以他雷霆手段、似海心机，局势终究可控，若他一旦身遭不测，子娆也好，且兰也罢，要她们任何一人孤军奋战皆是千难万险，所以唯有联手，方得保全。

思及此处，仲晏子决心已定，扭头对樵枯道长道："老道，事已至此，你的意见呢？"

樵枯道长虽和他平时嘴上争斗，实则两人相交多年，心中自有默契，听他这样问来，便知他已默认了东帝的提议，拔开酒葫芦连饮数口："老酸儒，其他事情姑且不论，你可有想过，今天你我若是答应了这小子，明天岂不是要眼睁睁地看着两个丫头去做寡妇，往后哭哭啼啼，哪还会有半分快活？"

仲晏子苦笑道："我岂会想不到这点，但这两个丫头对他的心思，无论如何都注定要伤心。我只问你，事到如今，你要如何去向含夕解释？含夕这丫头生性纯善，若她知道了所有事情，以后可还能有快活可言？"

"唉！老酸儒此话言之有理。"天游子亦点头道，"永远不知真相，或许对含夕反而更好。倒是且兰丫头，同姓通婚，即便有名无实也是悖乱常伦，老酸儒，你当真答应？"

仲晏子眼中透出深刻的感情，却亦有冷静无奈的叹息："权衡利害，这可能是最好的办法，若要加以保全，便只有委屈她了。"

三人商议之时，本应发话的子昊却微合双目，无动于衷，好似对事情的结果已然漠不关心。

衣袖之下，冷汗涔涔浸透丝绫，心口间急遽的闷痛自先前入帐便不断冲蹿，现在一阵更甚一阵，日间未愈的旧伤受此牵发，几乎要用所有的精神去压制，这期间每一句话说出，都仿佛行走于火刃之上，一次一次，没有尽头的煎熬。

越来越急的晕眩，渐渐难以抑制，对面话语不时传来，却模糊遥远如在云端。

"老酸儒，老道和你抬了多少年的杠，今次却不得不听你一回。含夕丫头的婚事，我便答应了。"不知过了多久，樵枯道长终于说出了十几年来唯一一次主动服软的话。子昊眉目微抬，紧握的手指不意一松，下一刻，已扶着几案起身："如此甚好，那三位前辈请在此略作休息，朕暂且不陪了。"

言罢举步向外走去，不料身子踉跄一晃，伸手急扶帐壁。

剧痛如潮，帐帘飘动时透进晨光，却如黑夜般昏沉不明，耳边依稀听到有人急促的叫声，疲惫的意识却再也支撑不住，眼前，骤然陷入了一片黑暗。

观门打开的一瞬，三两只野鹤闻声惊起，刹那振翅声后，一切又恢复了绝对的寂静。

夜玄殇举步而入。

幽径深深，不知几许，两侧露重苔深，松柏挂霜，一路蜿蜒，阒无人声。眼前此景，仿佛每一步迈出，都将陷入一个未知的迷境，然而前行的人目光清朗，似乎坦然无惧。

灯光便在此时亮起。

紫纱宫灯，白玉雕栏。夜风幽然而至，吹动楼前纱幕缭绕飞散，状如轻烟。夜玄殇深眸映着夜色微微细起，那一瞬，恍若剑光。

楼中有人，轻纱扬起的时候，一个紫衣女人的身影缥缈而现。

夜玄殇止步帘外。

飞纱半落，紫衣女子依稀回头，朱唇轻启："你回来了。"

冰水般的声音，略带一丝优雅的低沉，飘入耳中，缠绵心底。刹那间时光回到六年之前，百花丛中，艳阳无光。

夜玄殇深吸一口气，笑容自削薄的唇边徐徐绽开："多年未见，夫人别来无恙？"

"别来无恙，你终是回到穆国。"紫衣女子轻轻转身，烟幕微漾，如她旖旎的风姿，一道银丝却在月下闪过诡异的寒光。

夜玄殇的目光穿过重重纱帘落在她的身旁，那处玄衣清魅的女子，正沉睡如梦。

"既是关心，为何不进来？"紫衣女子侧了容颜，眼波隔了烟纱，若隐若现，若即若离。

夜玄殇笑了一笑，终是拂帘而入："关心则乱，怕扰了夫人医治。"

不问经过，不问缘由，不问是何人所为，不问这目的何在，敏锐的感觉虽已发现先前带走子娆之人仍在这道观之内，也知道这一路原本是故意引诱，但微笑从容不失礼数，只是望向那银丝的目光，终究还是暴露了些许担忧的心情。

楼观虚境，烟色绕梁。

面前之人，淡淡轻纱遮面，看不清容颜绝色，宽大的紫衣道袍飘逸若无，却更强调了她诱人的身姿。数道银丝正自她指尖透出，月光之下活物一般穿入子娆心口，仿佛是那玄衣之上盛开了一朵奇美的银花。

血色，便自花心浸出，浓得像要溢散开来，一丝一缕，蔓延妖娆。

夜玄殇谈笑之间，目光始终不曾稍离那银丝，直到那紫衣女子纤指微微一挑，银丝骤散而收，径直没入子娆心口。一层血光弥漫，月光也在瞬间变得妖冶，紫衣女子的声音便在这样幽谧的光色中袅袅响起："这般紧张关心，她对你来说很重要吗？"

夜玄殇抬眸，微笑坦然："是很重要。"

重纱背后仿佛有一道冰霜般的目光，丝丝剥离着他的每一分神情："那你可知她中的乃是巫蛊中极致之毒，四域噬心蛊？"

夜玄殇道："就凭夫人方才所施之术，想要化解这蛊毒，应该并非难事。"

紫纱影里荡开一声低笑："你想我救她，我凭什么要救她？"

夜玄殇亦是微微一笑："六年前夫人以与父王交换为条件，指点玄殇出路，今日有何要求，玄殇亦愿效劳。"

"不问条件是何，便出口承诺？"紫衣女子再问。

夜玄殇笑容明朗："只要夫人开口，玄殇力所能及，必为夫人做到。"

那紫衣女子的声音却忽然冷淡下来："只可惜无论是什么条件，我都救不了她。"

一脉烟纱幽幽，好似深夜将一切遮挡得无声无色，不见丝毫光明的痕迹。渠弥国师欲杀其人，现在若连玉真观妙华夫人亦说无救，那这世上还有何人能解其蛊？夜玄殇唇锋轻抿，似是笑意仍在，漆黑的眸心却是微微一收，欠身问道："还请夫人告知详情。"

妙华夫人侧头，看向昏睡不醒的子娆："四域噬心蛊虽然厉害，但却并非无解，只可惜她是代人受蛊，现在既无蛊主，亦无蛊灵，要解此蛊，千难万难。"

夜玄殇道："请教夫人，何为蛊主，何为蛊灵，有此二者又做何用？"

妙华夫人道："施蛊之人为蛊主，原应受蛊之人即为蛊灵。她现在这种情况，乃是以巫族奇术血影莲华引渡心血，触发了作为蛊媒的四域奇花，导致本应施加在他人身上的蛊虫转噬心脉。若有蛊主亲自施术，便可以数种特制的蛊药将此心蛊重新引回蛊灵身上，那她所中之蛊自然得解，否则蛊虫无体可依、无路可寻，绝不会轻易离开眼下的宿体。"

夜玄殇双眸一垂，忽再发问："照夫人现在所言，没有蛊主蛊灵，此蛊并非不解，而是难解。"

妙华夫人随声道："再取四域奇花为媒，将心蛊引渡至他人身上，自然也可，只是需得一命换一命，你要如何去解？"

夜玄殇便是一笑："如此便好，那就请夫人说明交换的条件吧。"

面纱之后，妙华夫人冶丽的目光隐约一挑，看向他处："你要替她解蛊？"

夜玄殇道："玄殇一命可为蛊引，四域奇花想必也难不倒夫人，两者兼备，蛊毒可解，现在只需夫人告知要如何才肯救人。"

夜风吹动轻纱，丹艳的唇色恍然一现，语声如刃，绵绵飘出："以命换命？"

夜玄殇神色不改，唇边笑容亦是潇洒如旧："以命换命。"

妙华夫人停了一瞬，忽然冷冷地道："她是你什么人，值得你这般待她？"

夜玄殇道："朋友，知己。"

妙华夫人道："仅仅如此？"

夜玄殇微笑道："如此足够。"

重纱恢复幽静，背后一双妙目似乎带着某种奇异的穿透力，审视着对面眉目不羁的男子："我很奇怪，一个连性命都将失去的人，要如何完成我的条件？"

夜玄殇唇角微扬："夫人开出的条件若是必要，又怎会让我轻易失去性命？"

妙华夫人似是一怔，随即曼声而笑："好一个夜三公子，果然胆大心细，连这样的赌注你也敢下。你怎知我一定能够救她，又能保全你的性命？"

夜玄殇淡笑道："夫人费尽心机将子娆带到此处，并令人一路引我前来，若只为要我们其中一人送命，未免有些小题大做。既然夫人另有目的，我便赌一赌运气，也未尝不可。"

妙华夫人婀娜移步，行至他身旁："看来我当真没有看错人，那么，你敢赌我的条件吗？"

夜玄殇道："我的运气一向不错。"

妙华夫人道："好，现在你有这个机会，可以用两件事，换她一条命。"

夜玄殇微微侧首："玄殇愿闻其详。"

妙华夫人蛾首轻抬，在他耳边轻声说了几个字。细语入耳勾魂，每一丝吐字都是那样的动人心肠，夜玄殇神情却意外一僵，素来漫不经心的笑容第一次自唇畔，甚至眼底全然消失，半晌之后，方道："夫人这个要求……未免太过强人所难。"

妙华夫人道："此事对你有益无害，何为强人所难？"

夜玄殇苦笑道："夫人何必装糊涂，当初我与父王交换的条件别人不知，夫人却是一清二楚。如今这一句话可是让我白白忍受六年质子之苦，还得赔上日后的大好时光，不是强人所难又是什么？"

妙华夫人道："你当年与穆王协定，只要取回紫晶石，你便从此与穆国王室一刀两断，再无瓜葛。但这六年的经历你应该已清楚地知道，太子御是无论如何也不会放过你的，那么除了取而代之，你还有更好的选择吗？"

夜玄殇转头道："其实我更想知道的是，为何我那太子大哥一心认定我要凭紫晶石换取继位之权，害得我这六年的日子十分不好过。"

妙华夫人道："这个问题现在很重要吗？"

"的确已不怎么重要。"夜玄殇忍不住摸了摸鼻子，继续苦笑，"夫人可否先说出第二个条件，莫要分两次让我头疼。"

幽幽月光之下，妙华夫人抬起手来，冷冷地道："用你的剑，杀一个人。"

第三十一章 情为何物

谈笑自若的人毫无预兆地倒下去，唇角鲜血涌出。

"子昊！"

仲晏子距离最近，伸手急扶，一见之下，神色顿变。

自大婚之夜楚都生变，子昊只为平息失控的局势便已费尽心思，再加战场谋算皇非，出手禁制歧师，更与姬沧以硬碰硬，夺取胜局。仲晏子三人到来之前，他因受伤功力耗损，刚刚命离司重施旧法，取金蛇毒液入体为药，原本若是无事，能够静心调息上三两个时辰，便可像以前一样取得以毒攻毒的效果，却不料，仲晏子三人正挑了这个时候找上门来。此事既无法交由苏陵处理，更不能放且兰单独面对，一番言辞交锋，便是机关算尽，再不容分毫意外。

如此连日心神耗费，可谓殚精竭虑，较之数月来的步步为营更加伤身。再坚强的意志也无法扭转身体的极限，待事情尘埃落定，紧绷的精神刚刚放松，原被九幽玄通压制的血鸾剑气猝然攻心，伤毒并发，带来彻底的黑暗。

仲晏子方才曾替子昊诊脉，知这情况甚是危急，当即不假思索，出手急点他背心几大要穴，欲以自身内力助他压制伤势。却不料真气送出，只觉一道强劲无比的吸力从他心府生出，非但无法抑制九幽玄通与毒气冲撞，就连自身真气亦似失去控制，野马脱缰一般向子昊体内涌去。

仲晏子大吃一惊，待要收手已是身不由己。若照这样下去，非但他将因内力流失而武功尽废，子昊受创的经脉也可能无法承受这样不加约束的冲击，落得爆体而亡。但面对那股诡异的吸力，一切心法武功竟都全然失效，就连撤掌都不能够，真气毫不停留，被源源不断地向外吸去，仲晏子额上逐渐渗出冷汗。

"老酸儒，莫要逞强！"天游子和樵枯道长看出有异，只道是子昊伤势太重，仲晏子一人难以应付，双双低喝，一左一右两道真气贯入子昊胸前，同时加以援手，但甫一触到子昊身体，顿时心叫不妙。

三道真气入体，精纯深厚，沛然不休，子昊却双目紧闭，似无所觉。守护绛宫的玄通心法仿佛化作一个无底的旋涡，迅速吞噬着一切外来的真气，匪夷所思的反吸之力，以仲晏子三人数十年修为全力联手，竟都无法与之抗衡，唯有各自意守丹田苦苦支撑。

片刻之后，子昊腕间一点玄光烁然闪亮，瞬间飞散四射。光芒幽异如幻，无比清澈却也无比冥暗诡妙，随着真气不断注入体内，子昊周身如涌光潮，衣衫之外的肌肤亦渐渐呈现出一种冷玉般的色泽，唯有苍白的容颜上一抹血色，鲜艳近乎妖异。

九幽玄通生死境，由生入死，由死而生。

光芒越来越亮，慢慢笼罩四周空间，时间一分一毫流逝，仲晏子三人汗透重衫，头顶皆是白气盘绕，显然已近极限。此时子昊意识逐渐恢复，似是若有所觉，每一分真气的流冲都在唤醒熟悉的剧痛，仿佛步步艰难破冰而上，其下是无底深渊，其上是万丈刀焰，是生是死，是进是退，坚持还是放弃，只在一念之间。

浓重的赤色，是何处烈火焚尽晴空；剔骨的剧痛，是谁的鲜血覆没山河？

静坐的身子微微一颤，猛然间，心血如箭喷出，修眸陡张。

玄色光芒骤然盛亮，抬掌之间，狂涌的真气、漫射的异芒，出其不意地冲向整座大帐。

主帐之外，原本兵戈林立，人声肃静，且兰虽听子昊吩咐回到自己营帐，但终究放心不下，与叔孙亦等人略作交代后，复又转回这边，方要找苏陵询问情况，骤变便在此时发生。

前方安静的主帐突然间光亮透射，一股强势无匹的真气，自大帐中心轰然炸开。结实的营帐四壁粉碎，漫天破裂的篷布飞屑中，玄色清光夺目一现。真气余劲，去势不衰，四周地面岩石迸溅，泥沙纷飞，接连不断出现数道骇人的裂痕。

苏陵与且兰大吃一惊，话都不及说，不约而同动身疾掠，抢向主帐所在。

帐内早已存无余物，子昊出掌震开三人，原想借势站起，谁知周身竟是虚脱一般，提不起半分力气，向前一晃，一口鲜血喷至地面。

"主上！"苏陵且兰同时抢近，左右将人扶住。苏陵运指急封他心脉附近几处要穴，再要渡入内力。子昊内息略复，一掌将他挡下，哑声道："危险，莫要乱来……咯咯……"

剧烈的咳嗽声中，体内数道残余的真气往返冲撞，剧痛翻腾不止，顿时连话也说不出来。

且兰不知刚才究竟发生何事，只道双方言语不和，以致动起手来，两败俱伤，一边尽力支撑着子昊摇摇欲坠的身子，一边担心地回头叫道："师父，道长，你们没事吧？"

仲晏子三人全无回声，皆是盘膝静坐，面色灰败，看去极是骇人。子昊重新控制玄通真气，终是暂时压住紊乱的气息，抬起头来，目光落向对面，微微一停，复又淡淡合目。

苏陵对且兰摇了摇头，眼见事情可能闹僵，两人皆在思量该要如何善后。过了许久，天游子第一个恢复过来，哑声道："好小子，若非老头子几十年功力精纯，这条老命险些便送在你手中。喀喀，老道士、老酸儒，你们还没死吧？"

三人之中仲晏子功力损耗最甚，一时开不得口。樵枯道长勉强答道："你还没死，老道哪里那么容易翘辫子，这便支撑不下，岂非平白输了你一头？"

见老友这时候仍旧争强好胜，天游子忍不住摇头，却也知他并无大碍，放下一半心来。此刻仲晏子行功完毕，睁开眼睛，且兰急忙趋前扶住："师父，你怎样了？"

仲晏子吃力地起身，看着子昊低声道："方才你若多行功一周天，江湖上从此便没了我们三隐的名号。好个九幽玄通，果然非比寻常，只是你进境越快，其害越深，无异于饮鸩止渴。"

子昊徐徐抬眸："多谢王叔和两位前辈，替朕赢得不少时间。"

仲晏子一声长叹，仰头喃喃道："天意，天意啊！我们三人为了替你疗伤，一身功力几乎丧尽，如今便是想阻拦你什么，也已有心无力……罢了！"目光转向且兰，"日后我便将这丫头交给你了，记住你说过的话，倘若亏待她半分，我一样不会饶你。"

"王叔多虑了。"子昊淡然回望，容色无声。

一言一答，出人意表，苏陵二人无不惊讶。且兰羽睫倏抬，转头叫道："师父，你……你答应了？"

仲晏子眼中透出怜惜的神色，轻轻伸手抚上她的长发。

低沉的一声叹息，肩头温暖的感觉，那样陌生却又那样令人依恋。一直以来恩师严厉的目光在这一刻竟是如此慈爱，就像是父亲的呵护、父亲的疼爱，多少次曾在梦中想象的感觉，突如其来。

且兰怔怔地看着仲晏子，忍不住轻声道："师父，您要走了吗？是我不听话，惹您生气了。"

仲晏子微笑道："且兰，你和你的母亲一样，是个聪明的女子，这些年聚少离多，为师原还想多教你一些东西，现在看来却也不需要了。"

且兰心中一紧，不知为何竟酸楚难言。仲晏子看着她和子昊，眼见一双璧人，郎才女貌，却无奈天意捉弄，造就这样一场荒唐的姻缘。他缓缓闭目，大势所趋，别无选择，终是下定决心，回头道："江湖有三隐，今日才算名副其实。老道士，前日咱们还输了三坛酒，几年不见，竟让这老家伙占了先，趁早讨回来为妙。"

一旁天游子捞起竹烟，眯着眼睛道："两个老东西又算计我，老头子和你们认识几十年，从来都是吃亏，连你们嫁徒儿，都要送上份天大的贺礼，弄个血本无归。"

仲晏子笑了笑，道："如此我与老道还你两顿喜酒，免得理亏被人说嘴，你看如何？"

天游子手抚长须，待要说话，樵枯道长白眉一抬，道："儿女情长，英雄气短，老道最烦的就是你们两个，斗酒还寻这么多名目，要喝就喝，要走快走，还啰唆什么？"一拍腰间酒葫芦，放声长吟，"不信江湖催人老，引觞啸歌眷疏狂，万丈功名孤身去，一蓑风雨任逍遥！"一边说着，一边举起葫芦仰头畅饮，破袖一挥，转身便走。

四周守兵不在少数，未得命令，无人胆敢阻拦，纷纷让出道路。天游子与仲晏子对视一眼，哈哈大笑，长身而起，三人携手飘然而去。

微风刹那而起，妙华夫人站在楼前缭绕变幻的烟香之中，衣袂若仙，无论何时无论何地，她举手投足都有着令人迷惑的魅力。

纤美的掌间，托着一粒丹红的药丸："服下此药，三日之后回来这里，我会寻到四域奇花，将她身上的心蛊引渡到你的体内。这粒丹丸可以助你控制蛊毒，凭你的功力，日后自然可将心蛊顺利逼出体外。"

夜玄殇微微抬眸："夫人还没有说明，这粒药丸要用何人性命来换。"

即便是隔着面纱，亦能感觉到妙华夫人的目光微露寒意，接下来说出的话，更是出人意料："我要你杀了天宗宗主，渠弥国师。"

如果说先前一个条件已让夜玄殇足够头疼，那么这第二个条件，几乎让他想要掉头离开，蹙眉半晌，方才问道："夫人能否给我个合理的理由，让我亲手杀了自己的师父？"

妙华夫人淡淡地道："是否接受条件，随你选择，救不救人，亦随我心意。"

夜玄殇道："夫人不妨考虑收回这颗药丸，同时废除第二个条件。"

妙华夫人道："一条性命，做不了两次交易。"

夜玄殇道："夫人即便要借我的剑杀人，是否也该想想胜算几何？莫说对方是我授业恩师，只是二王兄那一关，就让此事绝无成功的可能。"

妙华夫人道："要他死的人是我，但怎样取他性命，那是你的事。"

夜玄殇道："杀人与救人似乎是两件事。"

妙华夫人冷然一笑，云袖轻拂指向子娆："不杀渠弥，你、我，包括她，皆无活路。"

夜玄殇道："夫人此话令人费解。"

妙华夫人屈指一弹，将药丸送出，侧转娇躯，徐徐移步："为了避免多余的麻烦，穆国从未有人见过我的真容，如今我要救这丫头，必然被人察觉，与其坐以待毙，莫若先下手为强，也免得这丫头一起断送性命。"行至榻前脚步一停，转而冷笑，"你以为，你那师父当真对国政不闻不问吗？太子御六年来针对你的杀手中有多少来自天宗，你自己也该心中有数。若非顾忌你那二哥，他早便亲自出手对付你，届时你是否还有信心保得性命？"

夜玄殇漫不经心地笑了一笑："天宗一脉本就有监察王权之责，师尊即便对我出手，似乎也无可厚非。"

"是吗？"妙华夫人曼声轻道，"即便连累你王兄也无所谓？"

夜玄殇眉峰微微一动，目光倏地扫去。妙华夫人继续道："他暗中扶植太子御，十余年谋划只为控制穆国，岂会顾念师徒之情，令人坏他大事？千云枪虽然厉害，但以有心对无心，面对自己师父，你想夜玄涧会有几分胜算？"

夜玄殇眸色无声变化，一瞬不瞬地盯着面纱之后那张绝美的容颜，仿佛要看透层层迷雾背后错综复杂的真相，沉声道："夫人对玄殇真正十分了解。"

妙华夫人依稀一笑，声音转柔："夜三公子可以不为自己拼命，却绝不会眼见朋友兄弟遇险，袖手旁观。"

"夫人抬举玄殇了。"夜玄殇声色不动，忽然改变话题，"夫人与子娆究竟是何关系，现在可以告诉我了吗？"

妙华夫人微一抬头，一道锐利的目光直射他脸上，夜玄殇微笑道："师尊真正要杀的是夫人，子娆只是被连累而已，其实今晚子娆人在玉真观，即便我不开口，夫人也绝不会见死不救，对吗？"

妙华夫人冷冷地看他片刻，扬袖玉手轻抬，数道若隐若现的紫芒乍然放射，笼罩子娆上方。只听她的声音仿若冰雪，一字一句令人生寒："你信不信，我会救她，亦可杀她？"

夜玄殇不置可否，甚至未看子娆一眼，只是挑唇而笑，抬手将药丸服下，抱拳道："三日之后，玄殇再来拜会夫人。"言罢身形一动，潇洒后撤，转眼消失在重楼纱幕夜色之下。

妙华夫人目视他离去，缓缓转头，柔软的丝袖无风自起，紫芒纷纷，瞬间透过子娆的身体。子娆身子轻微震颤，一缕血迹自唇角徐徐溢出。

烟云缭绕，飞纱四散，鲜血婉转流下如玉的肌肤。妙华夫人手指逐渐收拢，紫芒融为一体，眼见将子娆周身全然包围，忽闻一个阴柔好听的声音自身后传来："当真想杀了她吗？"

妙华夫人骤然回身，一张妖异俊美的面容，顿时映入眼帘。

"看看她的模样，你怎舍得亲自下手？"

似笑非笑的询问，莫名诱惑，夜光中的注视，勾心摄魂。眼前逐渐靠近的男子，面若美玉，眸似梦魅，一身普通的夜行衣穿在他身上，衬托着修长有力的身段，却又平添几分神秘之感。

妙华夫人一动不动地看着来人靠近，突然毫无预兆地欺身出手，袖中紫芒直取来人胸前！

"这是何必？"黑衣男子似乎早有防备，一道金光自他掌间迸射，与紫芒一击而散，堪堪挡下妙华夫人杀招。妙华夫人回袖如云，道道紫芒不断击出，似是夺命方休。黑衣男子行动奇快，每次都在千钧一发之时避开，重重紫芒绕身绽放，却无法伤他分毫。

月光飞散，楼中两人进退趋避，身法皆是诡异至极，待到最后，四周纱幕轻烟几如幻觉一般，快得人影都看不清楚。忽然间，那黑衣男子眸光一盛，反退为进，一个错步已至妙华夫人身后。

"婠儿，我的好阿姐，你就这么想要我的命？"伴着这声妖柔的问话，幽幽金芒罩身，妙华夫人被他制在怀中，猛地回头，发间帷帽掉落，露出一张绝色无双，却似冰雕玉琢的面容，凛凛美目恨意翻涌。

黑衣男子低头审视眼前人，柔声再道："子娆怎么也算是你的骨肉，你如何忍心这样送她去死？"

熟悉的气息拂面而过，似是唤醒深渊般的记忆，一幕幕掩埋许久的过往。妙华夫人身子微微颤抖，咬牙道："你胡说！她不是我的女儿！"

黑衣男子挑唇道："你难道忘了吗？我不会允许你为别的男人生儿育女，她现在，是你和我的女儿。"

妙华夫人闻言倏地抬眸，目光如刃，似要将他凌迟万段："峒息，你根本不是人，总有一日我会杀了你！"

这黑衣男子，竟是当初凤后身边第一宠臣，帝都宫变之后，被活活送入王陵殉葬的长襄侯峒息。

"想杀我的人一直很多，但就算从王陵地宫中，我也一样可以平安脱身。若没有我，你今天也不会站在这里。"峒息微微地笑，那笑容有种妖魅的冷，声音温柔却如三月春风，"你杀不了我，也不会舍得杀我，归离剑只会寻上渠弥国师。即便是亲生女儿也抵不过穆国、抵不过九域天下，我说得对吗，阿姐？"

四目针锋相对，妙华夫人恨恨注视着峒息，眼波激流，瞬息万变。只见她面上怒容逐渐消退，片刻之后，唇畔竟有一丝笑意缓缓勾起，而使那动听的声音带出一种诡异的滋味："不错，穆国脱不出我的掌心，但是峒息，你的命，我也一样不会放过。"

峒息伸手抚摸她的脸庞："阿姐，我是你在这世上最亲的人，说这些不嫌太伤感情吗，不如让我听一听，接下来你要如何行事？"

妙华夫人一掌将他震开，抽身飘退，冷冷地道："管好你自己的事，你在穆王身上动的手脚也瞒不了多久了，渠弥很快便会察知你的真实身份，届时绝不会放过你。"

峒息随手掸了掸衣襟，笑说："原来你让夜玄殇杀他，是担心他对我动手。"

妙华夫人拂袖转身："哼！莫要自作多情，渠弥与巫族宿仇甚深，亦是扶植夜玄殇上位最大的阻碍，为安全为大计，都要先行铲除。"

峒息毫不介意她的态度，问道："你打算怎么利用这丫头，方才为何不按计划逼夜玄殇就范？"

妙华夫人道："夜玄殇并非可以要挟的人，更加心细如发，你没见他已开始怀疑我了吗？若让他知道太多，便失了我们的筹码，他与子娆交情非常，此事可以从长计议。"

峒息悠悠步到子娆身边，端详着她沉睡中魅人的容颜："多么美的一副面容，像极了当年的你，足以让任何男人神魂颠倒，为她拼上性命，舍尽天下。只要有她在，非但夜玄殇，就连帝都那位也要受人摆布，当年的苦心谋划没有白费，任他如何厉害，也始终斗不过我。"

他越说越觉得意，不禁仰头大笑。妙华夫人迎风侧眸，幽幽注视越过峒息，落向失去知觉的子娆，眼中是难掩的痛意，是莫名的憎恨，更是权欲情仇交织的矛盾。没有人看得懂那双眼中究竟包含了什么，没有人知道曾经发生过什么，而她又想做些什么，所有一切都在一句冰冷的话语中消失全无。

"当初失去的，现在我要全部赢回来，我要的东西，谁也别想阻止！"

第四卷

思及念及，推之想之，
仿佛有些事情千丝万缕纷杂浮现，
像一张遍布危险的网，网在他的手心，
而她，却在网心，寸步难移。

第一章 忍字当头

北域，尧云山。

赤峰之巅，宣国王都支崤在常覆山头的皑皑冰雪间巍然耸立，气象煊赫。

大军归朝，八百里赤焰军旗一望无际。

踏入北域境地，四处漠野冰封，雪色连绵，唯有赤峰山顶逆风盛放的曼殊花仿若红焰烈烈飞燃，令此冰雪之城映入眼中，一片灼然刺目。再近其前，周围数十里绝岭雪谷，茫茫云气断开通路，峙立在风焰之中的云端天宫，仿佛遥不可及。

宣都支崤，出自北域第一机关师瑄离之手的不破奇城。此前十年，楚国烈风骑、穆国白虎军曾经多次与宣军交战，甚至不惜两度联手攻城，却皆对这座遍布机关、防范严密的城池束手无策，而使得不破奇城名传九域。天工瑄离亦隐然超越后风国寇契大师，成为天下最负盛名的机关师。

赤焰军军旗出现的一刻，大地忽然微微震动。

前方雪雾尽开，便有数条石道绕城而现。白石云阶缓缓升起，依循山势越来越高，最终与笼罩在赤艳云气下的巨大城门合为一体。内城迭开，扬起四方玄武王旗，整座都城方才真正呈现在眼前。

天阶尽头，王仪高张，臣僚万众匍匐于主道两侧，恭迎之声，响彻云霄。

军前车马齐驻，一顶金銮御轿，八名黄衣美侍，金光里簇拥着宣王当先前行。紧接着后面朱袍侍卫用镶金华舆小心翼翼地抬了一人下车，金帘一闪飘落，只见里面依稀是个白衣男子，近旁随侍的却是宣王御前如光、花月二使。

再往后三十六骁卫并骑随护，第三顶金舆之上，便是宣都的设计者瑄离。众臣异样的目光不断，但这一次，显然并非针对他而来，尤其是当先几名红缨武将，对第二顶舆轿的关注更甚此处。

王驾入宫，瑄离在宫门处便下令停轿，步下肩舆，负手回头，殿外求见宣王的将领，已是站了一片。

瑄离眯了眼睛微微冷哂，流墨般的目光中，袖风一扬，踏了满阶风花而去。

如光、花月二使护送第二顶金舆径至宣王寝殿，深进数重入了琉璃花台方才落轿，吩咐侍从准备琼泉池水，伺候轿内之人沐浴更衣。

片刻之后，整个琉璃花台暖雾氤氲，香气如沁。

侍从准备停当，转回复命，只见重重华帘之后，闭目而卧的男子身掩白裘，似睡未醒。

宣王宫中侍从皆是年少貌美，见惯绝色姿容，但乍见这帘后之人，心头仍旧生出惊叹。

如此俊美的容颜，仿佛是天然玉石雕琢，绝无半点瑕疵，即便静合双目，亦令人一见之下，便可以想见那双眸张开时夺人的光彩。绯衣侍从屏息而视，低头轻声道："琼池已备好，请公子沐浴。"

稍息之后，方听一抹淡淡的声音："你们出去。"

侍从一怔，抬头道："我等奉命侍候公子，公子有伤在身……"

帘后之人眉睫微抬，一道目光穿透金晶玉影，仿若剑刃出鞘一瞬的锋芒。那侍从心下陡惊，半屈的双膝顿时跪在了地上。

"退下。"

当那声音再次响起，侍从不敢停留，迅速躬身退至殿下，抹了把冷汗，急忙命人报宣王而去。

白衣男子冷眼看众人尽数离开，过了一会儿，慢慢撑起身来，脸色突然有些苍白。

这时，身后传来一声叹息："唉！你的伤势才见好转，何必如此逞强？"一道低沉的声音随之靠近，一袭赤衣，艳若霞火，乌发披肩的人，如妖似魔的眸。

宣王踏上晶台："这几日话都不曾多说一句，可是还在怪接天台上，我伤你一剑？"

接天台上争锋之局，一剑拨乱天下，一战踏碎乾坤。

这出现在宣国王宫、身负重伤的白衣男子，正是曾经唯一堪与宣王为敌、权倾大楚的少原君，皇非。

转眸相视，皇非扬唇冷笑："宣王既非背后偷袭，亦非乘人之危、联手他人欲亡敌国而后快，有什么不是？"

姬沧叹道："那一剑是我欠你，你昏迷数日，醒来之后却问都不问结果，难道当真不想知道如今楚国怎样了？"

皇非睨他一眼，径自起身向水雾缭绕的琉璃池走去："你要说自然会说，我又何必多问？"

姬沧眸光微挑，转身道："接天台一战，东帝遣妙手神机宿英炸毁江坝，水淹楚都，整个楚国水军包括西山大营赫连军部全都葬身鱼腹。上郓城破，烈风骑亦被五万王师围歼，全军覆没，现在的楚国已是名存实亡，只差东帝一纸削国诏书。"

随这一字一句，皇非扶在琉璃冰石上苍白的手指隐隐收紧："笑话！五万王师正面交锋，会令烈风骑全军覆没？姬沧，没有你赤焰军插手相助，单凭王族如何能奈何我烈风骑！"

姬沧眼中透出一种极为复杂的神色，当日大战的情景仿佛骤然映入妖狭的细眸，血光剑影诡异生姿。他缓缓道："不错，就连我也没有想到，烈风骑竟会如此惨败。但是，当时数万匹战马受人操控狂冲军阵，楚军至少有一半战士死于马蹄之下，另外一半阵脚大乱，又失主帅统领。王师阵中高手云集，展刑、易青青夫妇亡于风寻剑下，骁陆沉败于靳无余之手，丰云诸将不敌墨炘快剑，唯有老将邝天独撑局面，率军血战之后退守绝谷'一线天堑'。但东帝早已针对楚军所用的战甲，命妙手神机宿英炮制暗器'风雷子'，以及近万张连环火弩，最后结果可想而知。"

皇非瞳心一缩，倏地转身："昔国苏陵！"

"不错。"目视这生平第一对手，姬沧眼中隐有精光透射，"昔国储君、九夷女王、穆国三公子、王族东帝，再加上我宣王姬沧，普天之下，能令这数方势力联手设计费尽心机的，恐怕唯有楚国，少原君！"

皇非俊面如冰，寒意凛凛。四目相对中，他忽然间仰天长笑，傲态毕现，片刻之后笑意一敛："好，很好！本君荣幸之至！"

姬沧长眸一细，刹那间透出妖狂魅色，令人心惊魂动，但听他徐声说道："皇非啊皇非，你可知道，每当见你如此，我便只有一个想法，那就是不惜一切代价，也要灭了楚国！"

皇非唇畔薄挂笑意："接天台之战，宣王亲率赤焰军灭我神羽、神翼六万精兵，也算是一偿心愿了吧？"

他这话仿若玩笑，说得轻松随意，先时之怒乍现即逝。姬沧亦是笑容不改，别有深意地道了一句："方飞白不愧是你手下第一智将，当机立断，敢为人之所不为。"

皇非听他话中有话，不禁抬眼扫去，猛然却觉一阵晕眩，知是内伤未愈，心力难支，索性也不再追问，闭目道："此时说这些何用，宣王殿下若是没别的事，请便吧。"

姬沧却将衣袖一振，手指搭上他腕脉，片刻后皱眉道："你伤势迟迟难愈，这样下去不是办法。"

皇非似笑非笑地道："我若恢复武功，你还敢这般放心，让我进入支崤王都？"

姬沧向前略一倾身，笑说："琴棋剑兵，绝无敌手，本王只对这样的少原君感兴趣。"

皇非眼风一挑，姬沧接着便移开身子："你好好休息，我稍后再来，若要什么，尽管吩咐他们。"说罢扬袖移步，殿下侍从俯首跪送，匍匐一地。

姬沧走后，原先候命的宫人亦随之退出，整座琉璃花台只余一人，四下里水声如玉，花香盈雾，恍若瑶池仙境。

皇非半合眼睛靠在微波浮漫的琉璃池内，温泉中加入的药物对身上伤势多有帮助，他又一次试着凝聚内力，却像先前一样，真气一至丹田，便会被一股若有若无的阴柔之气封锁，越是运功冲击，周身气力越失，险些再次牵动未愈的内伤，登时剧痛难当，冷汗沿着额角悄然而下。

轻微的脚步声，突然响起。

殿外守卫不在少数，来人却显然没有遇到任何阻拦，不疾不徐地登堂入室，越帘而上，踏过玉阶。皇非始终闭目半躺，心下却也有些奇怪，不知是何人这般胆大，竟敢违命擅入。

"楚有皇非，天下无人称美；楚有少原，九域弗敢言兵。盛名之下，原想是当世英雄，却不想少原君竟甘为宣王入幕之宾，委身事人。"嘲讽的话语隔着蒙蒙水汽传来，半明半暗之间皇非俊眸微开，唇锋一挑，道出四个字："天工瑄离。"

宣王宫中胆敢如此说话的人只有一个，能在此时进入琉璃花台的也只有一人。瑄离缓步上前："君上可知眼前这琉璃花台是何所在？"

皇非隐隐笑了笑："宣王寝宫，瑄离先生难道不比本君更加熟悉？"

瑄离在一旁玉榻之上拂衣落座，两盏七宝琉璃灯照映其人，更是玉面修眸，风采翩然："看来君上兴致不错，我原以为少原君乃是天下数一数二的英雄人物，谁知今日一见，也不过如此。"

皇非看了他一眼，懒懒地道："激将的法子不如免了，本君向来没有耐心这般浪费时间，你若有话不妨痛快一些。"

瑄离眼梢轻掠，与他目光碰触时似有微芒一闪，稍后道："君上应当知道，进了这琉璃花台的人，身份便只有一个，那便是宣王的男宠，如今宣国众臣正为君上入宫之事闹得沸沸扬扬。"

"哦？"皇非漫不经心地道，"然后呢，先生此来，莫非是寻本君争风吃醋的？"

瑄离眼神在水光下微微一变："君上难道甘心委身宣王，蒙羞受辱？"

皇非道："甘心如何，不甘又如何？先生想必经验丰富，本君洗耳恭听。"

话中带刺，句句锥心，瑄离乃是宣王身边第一红人，出入宫府执掌军务，人尽皆知他与宣王关系特殊。面对皇非刀锋般的话语，他似是一瞬沉默，跟着笑道："君上对瑄离看来颇为了解。"

皇非转过头，水雾光影里细细地看了他一会儿："支崤奇城真正的操控者、北域第一机关师，我与姬沧十年之间大小交战二十余次，至少有七次受你机关所阻，始终难破这座城池。宣国之中，你的地位无可替代。"

瑄离道："君上过誉了，瑄离不过一个小小的机关师，凡事听从宣王命令而已。"

皇非淡淡地道："我曾派人查过你的来历，一个既没有曾经、和任何人都没有任何关系的人，似乎在宣王身边是个十分有趣的存在。"

"取得宣王的信任并不容易，我自然会小心一些。"瑄离微微一笑，眉目修长，色若染墨，"君上是聪明人，我想和聪明人说话不必费太大力气，不知君上可有意与我合作？"

"合作？"皇非挑了挑眉，从水中站起来，抬手取了放在近旁的衣袍，就那么随便一披，步下泉池，"什么事情值得你我二人合作？"

"自然是君上想做的事。"瑄离微微侧首，眸中闪过些许诧异。若非眼前之人胸口剑伤赫然在目，面上毫无血色，他几乎便要怀疑自己的判断。这一路上他曾暗中探查过皇非的伤势，内力受制，又被血鸳剑一击重创，整整昏迷数日方才清醒。那样的伤，人能不死已是奇迹，却还能唇角带笑，在他面前若无其事地行走。大楚少原君，曾经令人谈之色变的实力、如今与宣王微妙的关系，这一切都是再好不过的机会。

皇非回头，两人目光相交，心照不宣斟酌试探，水雾迷影若隐若现。片刻之后皇非倏地一笑，漫然说道："我对先生的提议如同对这机关之城一样，非但好奇，而且期待。"

瑄离略微欠身，浅笑从容："瑄离必不会让君上失望，相信君上亦将如此。"说着他拂袖斟茶，抬手一让，"君上请。"

皇非小啜了一口清茶，把玩茶盏细细品味，突然问道："宣王此刻在何处议事？"

瑄离抬眸扫过他眼前，说道："风云殿。"

"风云殿。"皇非点头，扬眉笑说，"那便烦请先生替我带路吧。"

风云殿距离琉璃花台只是隔了一个花园，即便慢慢地走，也不过就是半炷香的时间。

皇非走得并不太快，像是游园赏景一般偶尔还停上一停，瑄离跟在身旁，心中却是暗觉惊讶。只因皇非每一次停步，都会问他一个问题，每一个问题，都与王宫中机关构造多少有些关系，而他的回答，也不能有所隐瞒，或者确切地说，是他不知道保留在哪一个程度，才能让这不过被抬在肩舆上从城门到内宫走了一趟、便已看出城中一十二道机关的少原君感觉到合作的诚意。

快到殿前的时候，皇非突然问了一句和城池机关毫无关系的话："宣王部将之中，哪个脾气最为急躁？"

瑄离略一沉思："中军前锋夫要，为将骁勇，悍不畏死，却也是出了名的嗜杀暴躁。"

"哦！"皇非笑着点了点头，"夫要，我记得此人，有勇无谋。"

瑄离哼了一声："岂止有勇无谋。"

皇非目光从他脸上掠过，笑意更深，举步便往风云殿内走去。

此刻风云殿里正是一片鼎沸之声，华丽的王座下方，依次跪着几名红袍大将。

"殿下这次虽灭了楚国，但不杀皇非，反而让他进入王宫，此人日后必然生出事端，万万不可久留！"

一名金缨武将接着道："留下皇非便是养虎为患，他与我宣国素来为敌，此次对楚之战取胜，正是斩草除根的好机会，殿下应该当机立断，莫要心软！"

"殿下不肯杀皇非，不过看他生得俊俏。殿下若再不下决心，我这便杀进琉璃花台，一刀砍了他，大家痛快！"当先一名满脸络腮胡子的武将声如激雷，锵的一声拔出刀来，看得满朝文武瞠目心惊。

这在宣王面前口无遮拦的人，正是瑄离方才所说的大将夫要。金殿之上，姬沧长眸一细，隐约透出森然之色，却不待说话，便听殿外有人扬声笑道："精彩！精彩！今天方才知道，原来宣王御前都是这般议事，当真叫人大开眼界！"

群臣纷纷转头，但见大殿朱门煊然金光，一人负手闲步，从容而至。

面如玉，衣若云，双眸夺星光，笑容胜春风。大楚少原君，但凡上过战场的宣国将领，无不对此人刻骨铭心，但凡曾出使楚国的宣国大臣，无不对这身影终生难忘。

此时此刻，分明是重伤之余，武功尽失，但他眉目飞扬，毫无忍痛之色，那一件简单的白衣穿在他的身上也似有着令人心折的神采，翩然优雅，风流自成。

这张过分俊美的面容之下，究竟是怎样的骄傲？

这个曾经名震九域神话般的男子，究竟是怎样一个人？

皇非踏上了风云殿宽阔的玉阶，驻足一刻眼梢轻扬，一道目光，与大殿上抬眼看来的姬沧骤然相对。

姬沧眉心一收，下一刻人已离座："你怎么来了？"

皇非唇畔笑意隐然："你这殿前轩然大波，我若避而不见，岂非叫你为难？何况本君对想要自己性命的人，一向很感兴趣。"

姬沧眸心闪过妖肆的光泽，并未立时发作，皇非却已转眸扫视身后。殿下众臣只觉得那俊雅风流的目光像一把光芒四射的剑，丝丝刃刃逼向心头，而最后，那目光落到了夫要身上。

"方才好像听说你要一刀砍了本君，现在本君就在面前，为何却不动手？"

夫要上前一步，双目圆睁，喝道："皇非！莫以为殿下护着你，我便不敢杀你！"

皇非笑道："你敢吗？"他徐徐前行两步，侧目轻笑，"若我没记错，你面上那道伤疤乃是三年前在我逐日剑下侥幸逃命时留下的，手底败将，安敢言勇？本君今日不必出剑，你也不是对手。"

夫要左脸之上有一道深可见骨的伤疤，自面颊划下直至脖颈，虽已愈合多时，但伤口纠结，狰狞可怖，显见当初是几乎要命的一剑。耳闻皇非不屑的言语，他额上青筋暴起，不禁勃然大怒："你自己找死！"话音未落，手中已爆起刀光，好似惊雷电掣，以令人不及反应的速度气势，直劈殿上之人而去。

眸心刀锋倏至，皇非冷立阶前，不避不闪，甚至连眼睫都未动一动。但听砰的一声气流爆射，夫要连人带刀竟被震飞出去，落到阶下猛地一刀插落，殿中青石崩裂，他才生生止住去势，满口喷血："殿下！"

赤袖如焰，万丈金丝徐徐飘落，露出姬沧那双妖邪慑人的眸子。这一掌的劲气，竟连两侧殿柱亦被震裂，阶下诸将险遭池鱼之殃，个个倒退数步，不敢上前。

"夫要，你好大的胆子。"

森寒的话语传下，就连杀人如麻的猛将亦觉心惊，人人皆知倘若再多说一句，立时便是杀身之祸，夫要忍了又忍，低下头去。

却有一声冷哼，自宣王背后传来。

虽然姬沧及时出手，但皇非重伤在身，承受这样强劲的真气波动仍旧难免牵动伤势。姬沧目光稍移，只见他若无其事地抬手，拭了唇边一缕鲜血，身子却隐隐一晃。

姬沧一把探出手，皇非唇畔血腥的滋味便如他眸底肆漫翻涌的色泽，越来越浓，越来越艳。忽然间，那曾经听了无数遍高傲的声音低低入耳："留我，还是留他？"

姬沧眸光骤盛，手臂上力道渐渐沉重，面前琉璃宝石一样的黑眸却是光亮夺目，仿似烈日灼灼，耀得万物失色。

瑄离站在通天垂地的金帷之后不动声色地看着殿前相对的身影，就连他都没有想到，突然间，姬沧闪电般出手，跪在阶下的夫要像被线绳牵引一般，猛地腾空而起。

一声撕心裂肺的嘶吼震惊大殿。

血溅三尺！

夫要死死地瞪大了眼睛看着前方，一丝反抗都未能做出，宣王修长的手掌不偏不倚地正插入他的胸口。新鲜温热的血液，慢慢地将那狂肆的华服染开，透出无比妖孽的异美。

随着众人难以置信的目光，夫要雄壮的身躯轰然倒地，姬沧手中则多了一颗鲜红的人心，缓缓转眸，笑问皇非："如何？可消气了？"

整个大殿之中，文臣武将个个面无人色，唯有皇非仍是在笑，看了一眼那隐约还在跳动的心脏，淡声道："凭空取颗人心出来，宣王若是用来下酒的，那恕本君不奉陪了。"

姬沧哈哈大笑，霍然扬声，转身殿下："日后宣国上下，若是谁还敢对少原君有半分不敬，这便是下场！"

内力自掌心透出，手中血肉支离破碎，顿时化为齑粉。

鲜血溅上衣袍，皇非毫不在意地笑了笑，也不答话，只深深地看了姬沧一眼，便翩然扬袖，举步而去。

迈出殿门的一刻，瑄离的声音自旁边传来："谈笑间便去宣王一员大将，更兼无数人心，君上的手段，瑄离拜服。"

皇非脚步不停，头也未回："三日内，我要支崤王都的机关总图。"

第二章 过眼恩义

夜玄殇离开道观，往与彦翎约好的酒肆赶去。

风中隐隐带出雨意，深夜中的邯璋城一片肃杀，四通八达的青石路明明暗暗，一直向前便是通向王宫的天街。曾经属于自己的家国，处处感觉无比熟悉，只可惜记忆中每一次归来，都是风波一场，每一次离开，都是厮杀的开端。

何处人心，不是无常；何处天下，不是江湖？故国旧地，这番刀锋血刃拼回的局面，还将有多少无法预料的波折？

夜玄殇自一道屋檐上翻身落地，想起方才妙华夫人开出的条件，忍不住在心里低低地咒骂了一声，闪身转入街口。脚步一顿，突然停住。

街道尽头，一人背身独立，一柄玄铁重剑，若有若无的杀气，自那冷酷的剑身隐然散发。

风扫落叶，归离剑微微轻鸣。

夜玄殇迎风眯起眼睛，看着这熟悉的背影，终于叹了口气，移步上前："玄殇见过师尊。"

前方传来冷冷的问话："人呢？"

夜玄殇目光一动，渠弥国师转身回头："你好大的胆子，竟敢擅闯苍云峰，从为师手中将人劫走！"

若非方才见过妙华夫人，夜玄殇对这莫名其妙的质问或许会觉诧异，但是此时，他轩朗不羁的眉目之下，带着一丝遗憾、一抹嘲弄，深稳的目光分寸不露。

过了片刻，隐隐一笑。

"世人皆知我与子嫭有过命的交情，任何人想杀她，都要先问过我手中归离剑，还请师尊恕罪。"

顺水推舟的承认，狂妄放肆的答案，渠弥国师目光倏然扫去，瞬息数变："好，如此说来，你必要行此忤逆之举，那便怨不得为师了！"利光一闪，背上重剑来到手中。

师徒，恩义，相对，相杀，已有足够的理由。

乌云蔽月，山雨欲来风满楼。

夜玄殇隐带微笑："自十三岁那年下山后，已很久没有看到师尊出剑了。"

渠弥国师道："因一个女人与自己师父为敌，哼！我白白教了你这么个徒儿！"

"师尊有必杀的原因，我也有必救的理由。"夜玄殇当街卓立，笑意桀骜，"不过这些似乎无关紧要，既然太子御这六年来都杀不了我，今日即便是师尊亲自出手，也一样没有可能！"渠弥国师双目一利，森然剑气破空爆射。

长街风起，飞叶狂舞。杀意逼身的一刻，夜玄殇凌空翻出数丈，身形疾退。

当前惊石崩飞，溅起狂尘激扬，平整光滑的青石路面顿时四分五裂，一道深愈数寸的裂痕剖现长街。玄铁重剑可怕的力量，引起归离剑难抑的异芒。

玄衣被罡风激荡，夜玄殇手触剑柄，却迟迟没有拔剑。

下对上，少对长，武技切磋，三式为让，侍尊以礼，为剑之初。这是少年时潜心习武，最初的记忆和教诲。第一次登山拜师，第一次聆听师训，第一次握剑的感觉。

熟悉的剑气，无匹的剑招，夺命的杀机！

夜玄殇眼神一变，甚至不及起身，就地翻出，身旁巨石迸溅！渠弥国师显然对这徒儿十分了解，料准夜玄殇绝不会抢先出剑，竟不予他分毫喘息之机，后招随之急至。夜玄殇在他剑势压迫之下一连滚出丈余，虽然堪堪躲过杀招，情形却狼狈至极。渠弥国师欺身追击，玄铁重剑压顶劈落！

夜色陡暗。

突然，一道炫亮的寒光迸射夜空，一声金铁交鸣的激响，归离剑终于出鞘，在电光石火间生生架住了重剑去势。

四周劲气激射，两人却是骤然分开。

逆光斜指的归离剑上，一缕赤色蜿蜒流淌，迅速染红了剑锋，握剑的手依然稳持，鲜血却自指间不断滴下。

渠弥国师缓举重剑，冷笑道："负伤在身，竟还如此逞能，你的剑法是我所授，今晚若让你在我剑下走脱，岂非笑话？"

夜玄殇唇锋一挑："师尊既然考校徒儿，徒儿又怎敢让师尊失望？"话音甫落，身形瞬移，剑势凌厉，竟是主动出击。

"好胆！"渠弥国师沉声冷喝，重剑化出刺目利芒，直取对手气势最盛的巅峰。夜玄殇倏然变招，脚步加速，归离剑奇迹般上挑，准确无误地扫中重剑。

嘭嘭数声交击，声音暗哑如击败革，却震得人耳膜欲爆。

渠弥国师连续三招，皆被夜玄殇随机应变，没有占到丝毫上风，心头暗凛。夜玄殇却是有苦自知，他先前伤势虽无大碍，但面对如此强敌，毕竟吃亏，方才招招抢攻，仍被对方招招封死，如遇铜墙铁壁，无隙可寻，更无法迫退对手半步。

劲气爆破。

单凭无数次血战积累的经验，夜玄殇亦知此时双方战成平手，皆因渠弥国师托大轻敌，未尽全力，若让他卷土重来，以自己眼下的状态，落败只是早晚之事。

机会稍纵即逝，一旦错失，便生死立判。

当下运气催剑，被震得酸麻的手臂立刻恢复，长啸一声，向渠弥国师硬撞过去，竟是一副同归于尽、你死我亡的打法。

他赌的是渠弥国师比自己更加爱惜生命。

剑气狂涌，当当当当，黑暗中双剑交击之声暴雨般响起。

两道身影半空交错，同时疾退。夜玄殇肩头溅血，往长街尽头踉跄跌去，但归离剑依旧稳指前方，锁定对手。

渠弥国师亦后退数步，表面看似无恙，但很快右胸现出伤痕，渗出丝缕鲜血，显然亦受伤。

仅仅寸许之差，归离剑便会透心而入，决分胜负。

渠弥国师目露凶光，今晚他即便手刃夜玄殇，但伤在归离剑下，亦是颜面扫地，顿时怒火中烧，暴喝一声，竟然腾空而起，扑向退势未止的对手。

夜玄殇面无血色，经脉之间气息流窜，几乎便要口喷鲜血，之前全凭渠弥国师不肯与他两败俱伤，方才抢得一瞬先机，现在只要有数息工夫回气，抢攻再战，仍是胜算可期。渠弥国师亦是看破此点，不顾内伤加深，也要在此之前将其斩杀于重剑之下。

轰！巨响自街心传来，突然间，一股蓝色烟雾爆散，将两人全然笼罩。夜玄殇硬接渠弥国师一剑，口角呛血，忽有一黑衣人出现身旁，道声："快走！"不由分说，拉他横移丈余，闪向近旁街巷。

渠弥国师岂肯罢休，飞身怒喝，提剑追击。那黑衣人回手甩出数枚红色药丸，半空中爆裂开来，与先前蓝烟一触，顿时化作一片黑紫色的浓雾。

月色完全隐没，伸手不见五指。

渠弥国师认得这是巫族惯用的毒雾，暗道不妙，口鼻屏息，闪电般抽身疾退，饶是如此，仍旧一阵头晕目眩，险些着了对方算计。待他霍霍数掌击散烟雾，前方二人早已失去踪影，不由怒哼一声，纵身跃上一栋高楼。

危风急急，夜幕下乌云浓重，阵阵雨意席卷而来，终于，喀喇一道惊闪裂开重云，照见一片雪亮的杀机。

夜玄殇与那黑衣人逃脱追击，施展身法，全力狂奔。待到一座豪宅前，夜玄殇突然挥手示意，两人翻墙而入，几个起落闪入府中书房。

一阵急雨迎风而落，浇砸屋檐。

雨声掩盖了一切行藏，那人确定不曾惊动他人，将面上黑巾扯下，侧首吐出一口瘀血，恨声道："好厉害的剑气！"

面巾下一张英俊而略带邪气的面容，冰冷的眼神恰到好处地显示出其无情的性格，更给人一种处事不择手段的感觉。夜玄殇早已察觉他便是自苍云峰带走子娆之人，抱拳道："多谢前辈相救，此地暂时安全，前辈方才助我抵挡师尊一剑，亦受了内伤，不妨调息片刻。"

岷息取出两粒药丸，丢他一粒，另外一粒自行服下，面上隐有红晕一闪而逝，抬眼扫去，发现这里竟是穆国禁卫统领府："好个夜三公子，邯璋城中白虎禁卫正在四处搜寻你的行踪，你倒敢潜入他们统领府邸。"

"最危险的地方往往最安全。"夜玄殇拈了那丹药一笑，也不问是何物，随手丢入口中，丹田之中只觉一股热气涌上，游走周身脉络，顿时缓解伤势。

岷息察言观色，微挑了眉梢："好胆识，难怪连帝都的九公主都对你另眼相看。"

夜玄殇问道："前辈与子娆相识？"

岷息道："废话，否则我为何甘冒奇险，从那劳什子国师手里救人？"

夜玄殇再道："听前辈口气，似与师尊有怨，可知师尊为何要杀子娆？"

"哼！"岷息细眸一冷，"你有所不知，渠弥国师的真实身份，乃是当年被逐出宗族的凰族嫡长子凤赫，其母瑶辛便是前任天宗宗主的胞妹。凤离当年杀妻逐子，皆是因那巫族大长老妫忧，当然，凰族内亦有人推波助澜，暗中促成此事，害得瑶辛惨死，他与巫族自是不共戴天，对凰族也一样恨之入骨。子娆与两族渊源深厚，无论如何，凤赫岂会容她活在世上？"

夜玄殇颇觉意外，心思一动，却也有些豁然开朗："难怪，看来前辈与子娆一样，亦是出身巫族。但子娆和凰族却有何瓜葛，妙华夫人与此又有何牵连？"

岈息倏地转头，盯了他一会儿："这些与你无关，莫要多管闲事。"

忽来的风雨吹得长窗微响，夜玄殇扫了窗畔一眼，看似满不在乎地笑了笑："不明不白，非我行事习惯。前辈与夫人要借刀杀人，却连这点诚意都没有，彼此谈何合作？"

岈息冷哼道："这是要挟？"

夜玄殇笑道："玄殇并无此意。"

岈息考虑了片刻，道："联手合作，双赢互利，你能得到的不只是穆国王位，子娆这丫头非但对你，对我一样至关重要，你知道此点便也足够了吧。"

夜玄殇隐隐觉得此中秘密与子娆牵连甚深，尤其是妙华夫人令人费解的态度，本欲继续追问，突然间心生警觉。岈息亦同时转身，兵刃入手。外面急雨中隐隐有人声嘈杂，传来白虎禁卫统领虞峥的声音："国师大驾光临，虞峥有失远迎！不知国师深夜来此，有何要事？"

夜玄殇与岈息双双闪身，隐没行藏。

与夜玄殇两人翻墙入室不同，渠弥国师追踪到统领府，直接入内寻人。一众禁卫见他冒雨前来，面色不善，胸前带伤，无不心生诧异，匆匆禀报进去。以他国师之尊，虞峥自是不敢怠慢，渠弥国师并未将白虎禁卫放在眼中，见了虞峥脚步都不停，冷冷地发问："今夜你府中可有人闯入？"

虞峥一听便知端倪，回头吩咐："传我命令，调动人手阖府搜索，发现异常，即刻来报。"

众禁卫领命而去，骤雨不断，倾盆而下，整个统领府却顿时灯火通明，脚步之声传向各处。

虞峥陪了渠弥国师沿回廊进入中庭，快到书房，忽然瞥见门侧摆放的铜虎位置有变，目光一震，对正往这边搜的侍卫挥手道："你们去别的地方。"转身笑道，"国师稍候，书房中多有机要文件，我亲自去看看。"说着折过回廊，抬手打开室门。

自渠弥国师站的角度，可将书房看得一清二楚，屋梁之上岈息手腕轻轻一动，却被夜玄殇止住。虞峥入内查看，除了案几书架之外，室中空无一人，屏风高柜之后同样并无异常，于是转身出来，随手将门掩上。渠弥国师看得究竟，更没想到太子御的左膀右臂，身为禁卫统领的虞峥会替夜玄殇掩饰行藏，目光转向他处。

待到白虎禁卫一一回报，府中各处皆不见有闯入者的踪影，虞峥笑道："这雨说来就来，看样子一时半会儿也停不了，国师不如入内略饮两杯水酒驱寒，要找什么人，不妨吩咐禁卫去办。"

渠弥国师此处寻人未果，这一场急雨更增添了他追踪的难度，阴沉着脸道声"不必"，跟着便离府而去。虞峥将人送走，立刻遣退所有禁卫，独自来到书房前，轻轻叩门："三公子。"

室门应手而开，夜玄殇自内大步而出，低声笑道："辛苦虞统领了。"虞峥往他身后瞥了一眼，却被夜玄殇抬手握住肩头，低声在他耳边说了数句。廊前雨声阵阵，峿息侧目相看，听不清话语，只见虞峥对夜玄殇态度异常恭敬，不由出乎意料，对其再多评估几分。

"属下明白。"此时虞峥转过身来道，"请先生放心，今后在邯璋城中，白虎秘卫会随时保护先生安全。"

峿息目光一挑，扫向对面唇锋轻扬的人，如此一来，渠弥国师对他的威胁固然降低，却也等于被白虎秘卫暗中控制，主动权再难全然掌握。夜玄殇还剑背上，笑道："这里暂时安全，前辈可以安心休息，我有事先行一步，咱们三日后再见。"说罢一拱手，潇洒后退，转瞬消失在雨中。

邯璋城北一间酒肆中，彦翎酒已喝光了两壶，眼见外面雨落不断，百无聊赖地将一把胡豆丢来丢去，早已不耐烦。夜玄殇闪身而入，他登时自席上跳了起来，一把拍在他肩头："喂！你小子搞什么，害小爷等了这么久！"

夜玄殇面无表情地看了他一眼，看得他触电般地收回手来："你这什么表情，不是又……"话说一半，生生咽了回去，眼瞅着对面之人玄衣上不易察觉的暗红，一脸抽搐。

"真不知这些年，你到底是怎么混出了个金媒的名号。"夜玄殇将归离剑向旁一丢，拂衣落座，取了桌上酒壶便是一阵痛饮，淡淡的语气虽带寥落，却与方才在统领府的从容笑谑判若两人。彦翎看了他半晌，凑到面前问道："喂，你不是去天宗打探消息吗，怎么弄成这样？"

夜玄殇眼眸略抬，简单地道："闭嘴喝酒，或者消失。"

深邃的眼神，似被冷雨浸透，慑得彦翎一惊。认识这么多年，从来只见这人一脸散漫、一身恣意，似乎从未想过他唇畔那缕轻笑彻底消失会是怎样。但是现在，那一直隐藏在笑容背后的某些东西突然浮出水面，眼前的夜三公子，似乎心情不爽到想要杀人，而且显然，懒得做任何掩饰。

彦翎摸了摸鼻子，低声嘟哝："真是奇怪，闭嘴还怎么喝酒？"说着甩手丢出几片金叶子，不偏不倚地砸到柜上："掌柜的！给小爷备足酒，然后有多远滚多远！"

掌柜的自夜玄殇进来便缩在柜台后，这会儿吓得一跤坐倒，捡起金叶子估摸了一下，今晚这两位爷就算拆了铺子也足够了，立马遵命躲了开去。

夜玄殇自顾饮酒，充耳不闻，饮罢一壶，彦翎早将酒坛摆上桌前，二话不说，同他取酒对饮。不多会儿数坛酒尽，夜玄殇面色不改，神情不变。彦翎拭了唇边残酒大呼痛快，侧目打量他道："你小子每次喝酒不说话，定然心中有事，越是这副高深莫测的模样就说明事情越棘手，最是叫人受不了。"

夜玄殇迎上他目光，笑了一笑，过了一会儿，抬手斟酒："我在想的事其实很简单。如今太子御在穆国的势力大致有四，一是禁卫统领虞峥，独立统管十三道白虎禁卫，兼有密查特权，可以说整个邯璋城都在他控制之下；二是白虎军上将卫垣，此人勇武善谋，兵权在握，手中三十万虎贲部队一举一动，皆对穆国影响重大；三是东宫首座连相，此人乃是太子御身边第一谋士，亦是卫垣之外最具影响的统军大将，除却武功高强，对太子御亦是绝无二心；第四便是左君侯府，虽然左君侯年前病逝，但侯府势力仍然非同小可，太子御一直甚为倚重。"

彦翎道："切，这些当然瞒不过我金媒彦翎，难道你又是第一天知道不成？"

夜玄殇取了酒继续道："还有一事你并不清楚，向来独立政局之外的天宗一直暗中扶持太子御，六年来死在我归离剑下的天宗高手足有五十二人，今晚我肩头之伤，便是拜渠弥国师所赐。但上面四方势力中，虞峥表面听命于太子御，实际效忠父王，西宸宫秘卫亦受他节制，奉命协助我取回秘宝紫晶石。"

彦翎自他肩头迅速一瞥，神色变了一变："什么？渠弥国师亲自出手，也就是说不光你二王兄，现在整个天宗都成了天大的麻烦！"

夜玄殇唇角一勾，似有笑意锋芒闪逝："应该说除了二王兄，整个天宗都将为此付出代价。但只怕师尊今晚之后会对二王兄不利，需得防范才是。既然太子御选择天宗，就必将开罪另外几股势力，而且卫垣与左君侯府亦非不可动摇，唯有连相除不可。"

彦翎蓦地面露诧异，问道："你，不是玩真的吧？"

夜玄殇道："你看像玩笑？"

彦翎瞪着他道："天宗这些年的动作你别当我没查过，只不过见你不甚在意，小爷也就没和他们计较。至于那紫晶石，莫说你没取到手，倘若取了回来，正好大家一拍两散！"

夜玄殇自怀中取出一样东西："离开楚国前，子娆赠我一个锦囊。"

帘外雨光，点点坠落，锦缎深处一片紫色微芒映照漆黑的眸心，仿佛夜色流转，神秘幽邃。彦翎一见之下目瞪口呆："她早知你入楚是为了紫晶石？"

"子娆很聪明。"夜玄殇拿起酒盏，话语之中意味深长。

彦翎丢开酒碗抬手一按："喂，夜玄殇，你是酒喝多了犯糊涂，脑筋不正常了吗？你醉死在漠北酒泉或者半月阁的花床上算了，在楚国白做六年质子，这时候回穆国来自讨苦吃，你若有心和太子御翻脸，难道还用等到今天？"

夜玄殇手腕微动，彦翎一掌正帮他拍开一坛新酒，便索性弃了酒碗，摇头叹气："唉！不由分说就开口诅咒，真是误交损友。"

彦翎没好气地道："你自己心知肚明，不想听算了。"

夜玄殇仰头痛饮："哈哈！君不闻士为知己者死，世事不怕糊涂，只怕遗憾。"

彦翎道："哼！血本无归的决定，你赌这么大，就不怕待到最后，仍是遗憾？"

夜玄殇微一挑眉，笑容洒脱："依我看，糊涂遗憾随心率性，也是人生一大快事！"

彦翎一个白眼翻了过去，再无话说。檐前夜雨纷纷，飘向无尽的黑夜，黎明亦在这雨中，越来越近……

"帝都制中，以冢宰为首，分天地四时六官。天官冢宰，地官司徒，春官宗伯，夏官司马，秋官司寇，冬官司空，分掌治、教、礼、政、禁、工六事。武事则以左右卫将军为首，大良造次之，其下再有国尉等官爵，除非特封，并不实掌兵权。昭公伯成商历先王三代出任太宰，朕不在帝都之时，便是由他全权摄政，墨炘与靳无余二将，你也已经见过，这道密折，是司徒辛颜刚刚拟出的议案……"

月上中天，长灯未熄，大帐之中且兰以手支颐，凝神细听。子昊披衣倚案，话语温和，手边案卷新墨未干。

自前日起，子昊每天都命且兰陪伴左右处理军政，得闲之时，更将诸侯国及帝都政制一一与她细说，一连数日，皆是如此，对让九夷族先行回师帝都之事，反而只字不提。

灯下侧颜，三分病容若雪，红袖添香，长夜悄逝。不知不觉，时已三更，军中金柝之声刚刚响过，商容入帐来见，呈上一只玉盒："主上。"

子昊抬眸，点了点头，指了案上密折对且兰道："这些我白日已看过，你琢磨一下，若累了便先歇息。"说罢起身。且兰替他加上外袍，奇怪这么晚何事劳他亲自过问。子昊却只是笑笑，转身出帐。

商容随后跟上，同他往军营后方行去，同时禀道："护送含夕公主的影奴今日已到帝都，一路平安，昭公也已着手安排，准备迎接主上与且兰女王率军回朝。"

"嗯。"子昊脚步略缓，回手接了玉盒，打开瞥了一眼，"你留在此处，若有人擅闯，格杀勿论。"

商容就此驻足，躬身领命。前方由影奴看守的密帐，深夜中透出微冥暗光，子昊独自掀帐而入，黑暗中一人盘膝而坐，诡戾的面容、邪异的目光，正是被囚禁的巫医歧师。

第三章 以命换命

帐帘被风吹得一动，复又落下，一切重新陷入黑暗。帐中没有点灯，狭小的空间里唯有数道幽蓝色的光丝游离隐现，映得歧师面容格外阴森，亦使得子昊修长的身形看去带了几分诡异。

"王上此来，想必是有九公主的消息了？"歧师抬眼上下打量。

子昊目光无声扫至："西地庚金，星取太白。"

"哦？"歧师口气微扬，心中盘算一番，说道，"西地庚金，天星带煞，以其杀伐之气势冲中天，主引兵祸，王上策算玄通，欲替九公主化劫消难，保她万无一失，却难道不怕逆天转命，损了自身根基？"

子昊对这巫医本便厌恶，数次因着子娆的关系留他不杀，已是极大的容忍，颜面之上自也懒得同他客气，冷冷地道："若非你暗中设计，施放血蛊，子娆岂会遭此劫数？莫以为朕手下留情，此事便可以揭过。"

歧师阴恻恻地笑了一笑："王上此言差矣，九公主代人受蛊，乃是自行自愿，王上即便要怪，也不应只怪我一人。"

子昊眼神倏变，一瞬间冷冽的光芒划裂眸心，仿佛冰刃破空，暗夜惊魂。歧师不禁打了个寒战，目光闪去一旁，竟是不敢与之对视，顿时闭口不言。自西山寺落蛊失手，他被封禁武功困于此处，心中怨恨着实难以言喻，暗地里也不知想过多少阴毒手段用来报复，却慑于东帝之威不敢轻举妄动，只能一图口舌之快。

此刻他悻悻地打开案上的玉盒："果然是四域奇花，影奴的动作倒快。王上欲消九公主此劫，必要引蛊归源，可莫怪我没有事先提醒，四域噬心蛊成形之后一旦转移宿主，便将全然化为血蛊，与宿主同生同灭，再难开解。以王上目前的状况，纵用九幽玄通强行压制蛊毒，却恐怕……"

子昊打断他道："你只需做你该做之事。"

歧师几不可察地眯了眯眼睛："呵呵，我倒忘了，王上日前吸纳三名高手毕生功力，玄通进境已是空前绝后。只是有一事我却不明白，那三隐内力丧尽，生死只在指掌之间，王上却为何手下留情？这可不像王上一贯的作风！"

子昊修眸淡垂，半边容颜隐在暗影深处，无声无息。歧师忽然发出一阵桀桀怪笑，双目透出恶毒的邪光："夺其内力，却留情不杀，便无人会知王上乃是有意为之，亦不令且兰含夕二女心寒。反正三隐武功已废，今后再也无力插手王族任何事情，是死是活，又有何妨？哈哈，王上行事六亲不认，可是更胜那凤后一筹……啊……"话说一半，猝然中断，抬手扼住自己喉咙，死死地瞪着对面，额上青筋暴起。

子昊仍旧面无喜怒，甚至连眼皮都未抬一抬，唯有丝衣之下一抹玄光若隐若现，映得那只修长的右手冷玉雕成一般，仿似有着摄人的魔力。

那光芒每盛一丝，歧师的脸色便难看一分，面前声音淡淡地传来，歧师却哑了一样做不得声，神情狼狈，惧恨万分。

"你当知道祸从口出，若再让朕听到那个名字，朕可以保证，你会生不如死。"

子昊袖底玄光一闪，歧师猛地松了口气，险些瘫倒在案上，嘴边几番抽搐，勉强挤出点笑意："好，好，王上看来是恨极了她，如此甚好！我如今生死皆在王上一念之间，又岂敢违背王命，这便替王上分忧解劳，引蛊归源。"说着手掌一动，面前玉盒弹开，现出一朵寸许大小的白花。

子昊扫他一眼，也不答话，只是轻轻一扬袖，静静闭上双目。

歧师眼中再度露出恶毒的神色，十指间忽有血色透出，四域奇花自盒中慢慢浮起，一片暗红的光丝穿透花心向四周散开，罩向子昊静坐的身影。

夜色如晦，烟云浮绕。

夜玄殇再次踏入玉真观时，漠漠雨丝在渐沉的黑暗中分割出幽亮的微光，沾衣欲湿的寒气，轮廓俊冷的侧脸，安静的步伐不曾惊起一丝雨意。

观中寒池，玄衣女子沉睡如昨，娇娆的眉目却似比先前多了一分异样的感觉，仿佛随时都会张开眼睛，从那漫长的梦境中醒来。四周轻烟氤氲氲氲、丝丝缕缕，越发让人觉得一切虚实变幻，诡谲莫测。

"你没有失约。"

妙华夫人除去面纱后的容颜毫不意外地令人窒息，更与池中女子有着惊人的相似。眉间一抹朱砂颜色，淡淡的艳戾之气显示出她非同常人的心机与身份，较之闲云野观，她似乎更加适合穆王宫中凤霄华殿，拂落伪装的双眸有着咄咄逼人的妖艳。

夜玄殇目光似乎微微地震动了一下，一丝诧异骤闪而过，直到池畔停步，才开口答道："我突然觉得落了夫人的算计，先前的约定似乎有失公平。"

妙华夫人似笑非笑地道："你若要反悔，现在也不算迟。"

夜玄殇毫不避讳地看着面前那双艳光慑人的美眸，唇锋轻挑："我虽想不出夫人有什么理由不救子娆，但现在反悔的风险却太大了些，赌这一注，毫无意义。"

妙华夫人道："不敢用她的性命冒险，却敢拿自己的生死做赌，有时候，你还真叫人摸不透、看不清。"

夜玄殇微笑："那只是因夫人并未真正了解玄殇。"

妙华夫人目光一挑，男子不羁的面容、散漫的笑意、彬彬有礼中桀骜的姿态，依稀比三日之前多了些什么，一丝莫名的压迫，或是无意展露的霸气。妙华夫人眼中倏然闪过异芒，赌局乍开，与虎谋皮危险而刺激，但她从来不曾怀疑自己对局面的控制。

紫衣丝袍柔媚轻舞，展袖之间，一朵玉色白花出现在纤美的掌心。

"时间不多，若你无须再考虑，我们可以开始了。"

夜玄殇道："请夫人指教。"

妙华夫人道："这三日来我借寒池之水暂时将子娆的心脉封住，以防蛊毒发作，现在若要引渡血蛊，需你以至阳真气打通她受封的脉络，主动触发蛊虫，剩下之事，自有我来处理。"

夜玄殇微一点头，妙华夫人玉指轻旋，紫色光丝穿透花心，蓦然盛放，向他身体徐徐印去。

幽幽雾气若聚若散，夜玄殇与子娆面面相对，真气不断透过掌心注入她的体内，周回游走，逐渐化去封锁经脉的寒气。穿行至绛宫心脉，一股恍如活物的阴寒气息蓦然一缩，仿佛被这股暖意唤醒，蠢蠢欲动，开始向四周鲜活的血脉缠缚侵蚀。

一丝一毫、一分一寸，血蛊毒性逐渐引发，子娆玉容之间隐约透出一种妖魅的色泽，夜玄殇额上却慢慢渗出微汗。

夜色深沉幽异，一直隐于幕后的岷息此时亦现身近旁。妙华夫人盘膝静坐，四域奇花在她掌心紫华之间轻轻转动，忽然花翼舒张，由紫转赤的异芒透过夜玄殇穿入子娆心口，花朵幻然开张，消失在两人之间缭绕的云雾影中。

夜玄殇掌力所及，只觉丝丝阴气不断窜动，似与万千气流融为一体，依循他真气的痕迹向外迅速抽离，便知妙华夫人已用四域奇花完全激发了血蛊，当即虚守心神，内力空凝，一任那阴寒诡异的感觉沿路而上。

浓艳的血色自妙华夫人指尖渗出，弹指之间，化作一片血雾罩向子娆。四域噬心蛊非比寻常蛊术，唯有以巫族至纯血统，取自身活血施术，方可完全控制无主的血蛊，而子娆本身的武功心法亦与巫族同根同源，配合血蛊之术可谓事半功倍。

失去蛊主的血蛊在妙华夫人操纵之下毫无抗拒，被作为蛊媒的四域奇花吸引，开始噬向新的宿体。

侵入血肉的毒蛊，便如千万缕滑腻的赤丝，沿着经脉筋血不断蔓延，每一寸窜动都带来破骨吸髓般的剧痛。夜玄殇身子微微有些颤抖，然而抵在子娆掌上的双手却始终稳定如初。

妙华夫人轻转手腕，血雾的颜色愈发浓艳，似连月光亦将滴出血来。夜玄殇手掌之上终于出现一道赤红的细痕，缓缓向他肩头噬去。

不料便在这时，子娆体内突然生出一股强大的反吸之力，出其不意地阻住了血蛊。

血蛊似对那力量分外敏感，顿有流窜回转之势。妙华夫人心下一惊，指间法诀变化，紫芒转盛，欲要重新取回对血蛊的控制，而那力量源源不断，便似一个神秘的旋涡，强势莫可抗拒，任凭妙华夫人数度催动心法，竟也无法阻止。

此时夜玄殇亦察觉情况有异，半闭的双眸微微一张，手下真气如潮回涌！

那莫名的吸力紧紧收制血蛊，仿佛要将其吞噬一般。夜玄殇再催功力襄助妙华夫人，但合其二人全力，却也只能勉强与之抗衡，无法令血蛊再次服从。

雾气翻涌，飘忽在渐深的雨夜，一道道紫芒带着赤艳的微光绕身飞旋，子娆身子隐隐轻颤，墨华玄衣也似浸透了血色，充满了诡艳与不安的气息。

岷息在旁隐隐皱眉，四域噬心蛊乃是巫族蛊术中最为可怕的一种，倘若此时血蛊失控，最糟的结果便是子娆因血蛊反噬爆体而亡，而在场三人一旦沾染被蛊虫噬化的毒血，后果同样不堪设想。眼见妙华夫人指间紫芒渐化赤色，恐怕将至极限，岷息忽然身形一动，撮掌向她背心击去！

一道灼亮的金光，在冥冥雨雾之中蓦然炫开。

金色光潮自岷息掌间涌向飘舞在半空的紫色光丝，来自金凤石的灵力透体而入。妙华夫人美目陡张，岷息沉喝一声："施血炼术！"

鲜血同时从他口中喷出，妙华夫人眉间赤色一盛，指间法诀变化，周身紫华骤然转赤，仿若漫开了一张艳戾的血网，与漫天迷雾融为一体，整座小楼都似被笼罩其中，透露出一片令人心悸的血色。

与此同时，被血雾包围的夜玄殇和子娆身上，蓦地绽放出两道幽亮的光华，一者晶紫明美，一者七彩玲珑。两道清光与岷息掌下的金芒合而为一，在暗红色的夜雾深处化作冥魅的光影，飞舞流动，美异莫名。妙华夫人与岷息同施法诀，血色光华击向子娆。

子娆玉容如披幽水，眉睫微动。夜玄殇身子却猛地一震，一口鲜血溅出唇畔，邪异的血蛊如同毒蛇一般，在三道灵石与巫族异术的牵引下，向他体内疾冲而去！

幽幽光芒之中，一双妖娆的美目徐徐张开。

幽静的密帐突然间异芒大作，黑曜石夺目的光芒自子昊身上激散飞射。歧师如遭雷击，惨哼一声被震飞出去，滚倒帐旁。灵石之光闪烁流转，将子昊周身包围，然而鲜血还是无法抑制地一口喷出。

子昊面色遽变，却并不因心腑间穿刺般的剧痛，蛊毒噬体，灵石护主，这意味着歧师对四域噬心蛊完全失去了控制，甚至连自身亦惨遭反噬。心念闪处，身形已趋前而至，烁光幻影中，苍白的手指闪电般扣住了歧师命门。

"出了什么状况？"

歧师瘫靠在帐壁之上，七窍渗血，形容可怖，双手好似焰烧火灼，不断有赤厉的血痕沿臂而上，噬破肌肤，迅速蔓延，散发出骇人的颜色。

"血蛊……反噬……是九转灵石和……和血炼术……"

"子娆呢？"

子昊衣袖无风自扬，已被血丝缠满的四域奇花萦绕身畔若明若暗地飘忽，如同绽放在冥界深处噬魂的颜色，逐渐吞没所有光明。然而那花色终究越来越淡，奇幻的光彩亦慢慢逝去，不复再现。

四周只剩下一片幽浓的暗红，歧师牙关紧咬，嘴角染血狰狞，越发显得面目可憎："有人用血炼术反引血蛊……若非有灵石相护，九幽玄通亦无法与之抗衡……"他身子突然痛苦地颤抖起来，片刻之后方喘息道，"对上离境天血炼术，除非以心魂相搏，否则……绝无胜算，王上要不惜一切救人，我却不愿搭上性命！"

映着一片惨厉的血丝，子昊眸光变幻，神情大异寻常，眼中渐渐透出戾色："这世上岂还有人能施展离境天的巫术？歧师，在朕面前耍此手段，你是自寻死路。"蓦然手起袖扬，一道掌风穿破玄光击向歧师天灵。

"住手！"歧师厉声狂喊，"你若杀我，便永远不知那丫头的身世！"

子昊的手在他头顶半寸处猛然停住，虽未当场击下，但狂肆的气息仍旧激得歧师口鼻喷血。

"你说什么？"森然的声音如那邪魅目光一般，一字一句，似冰刃插下。

歧师双目不禁透出恐惧，却亦掩饰不了那丝阴森与刻毒："你可知那丫头是谁？现在这世上唯有我能替你续命，为她杀我，你会后悔莫及！"

"你知道什么？"子昊冷冷发话。

"救我……九幽玄通阻止得了血蛊！"歧师浑身一阵痉挛，臂上血痕亦愈发骇人，毒蔓一般迅速向全身侵蚀过去，所过之处，衣衫皆尽成灰，残焰一般不断落下。

子昊手掌虚悬，玄通真气有若实质，幽光透体而入。歧师猝然惨叫出声，痛苦地在地上翻滚，看向子昊的目光充满了狠厉的怨恨。

"说！"

"喀喀，哈哈……哈哈！"歧师猛地发出一阵令人毛骨悚然的笑声，喘息道，"你……好狠的手段……哈哈，哈哈！你……你……子娆那丫头，乃是凤妁的女儿，凤妧和岄息的女儿！”

子昊指尖光芒骤烈：“你说什么？”

歧师又是一声惨叫，周身已完全被血色包裹，若非子昊以九幽玄通阻止了血蛊最后的袭击，早已命丧当场。然而玄通真气对经脉的摧残更加惨厉，好一会儿，他才抽搐着抬头：“你想知道吗？是我，亲手让她变成雍朝的九公主！你为她算尽天下倾尽心血……哈哈，这么个冒牌公主，不觉得不值吗？”

毒若蛇蝎的话语，突然道出惊破人心的秘密。子昊手掌微微一颤，锁视歧师不发一言，只是眸中波涛狂涌，随着紧抿的唇角一点点收敛成可怕的旋涡。

歧师借机缓过气来，死死地盯着他双眼，哑声道：“你……难道不奇怪她为何有如此纯正的巫族血统吗？只因那岄息，本就是婠夫人一母同胞、巫族离境天大长老妡忧的亲生之子！他与凤妧……逼死襄帝，害死妤夫人，亦是……令你忍受了二十年剧毒折磨的罪魁祸首，他们的女儿……你还处处护着，捧在手心里当成宝贝，甚至连自己的命都不要……”

“歧师。”忽然之间，子昊眸心射出浓烈的杀气，恢复平静的语调却令人越发感觉恐怖。歧师在他手底双目圆瞪，但再也说不出一个字。

“朕刚刚说过，祸从口出。”

话音未落，袖底五指骤收，数道玄光四射冲流，映在他异芒透现的魅眸之中，仿若夜空迸碎，冷星飞溅。歧师狂叫一声，面容因急剧的痛苦而扭曲起来，甚至连身子都在不断抽搐，但目光却渐渐变得僵直，似被子昊眼中的光芒吸引，心魂离窍而去。

子昊居高临下，冷冷凝视着手底行尸走肉般的人，再次发问：“你方才说什么？”

“九公主子娆……她是……凤妧和岄息……的女儿……”

“你如何知道此事？”

“我曾以禁术……发动……九转玲珑阵……助他们施法……移花接木……”

随着歧师喃喃道出的真相，子昊眸心幽芒隐隐，如若魔魅。以九幽玄通操纵的摄心之术，与子娆的莲华心法、含夕的摄虚夺心术如出一辙，却又更加邪异高明，歧师此刻已是心神俱失，形如丧尸，所言绝不会有半分虚假。

子昊眼中的魅光渐渐向瞳仁深处敛去，苍白的容颜之上，再没有分毫感情的痕迹。他徐徐垂下目光，手底真气霍然透出，歧师如垂死的恶兽般吐出嘶哑的叫声，身子软软向下瘫倒。

子昊一动不动地站在尸体面前，一点点玄色微光自袖畔流散而去，逐渐化为浓重的黑暗。

帐中安静得太久，被惨叫声惊动的商容终于忍不住违命而入，见此情景微微一惊，疾步上前。

"主上！"

子昊倏地转身，幽戾的目光自他脸上一闪而过，竟让惯见风浪的商容亦不禁打了个寒战，却见他身子一晃，那森寒的注视随着垂眸的动作瞬间敛去，抬手撑住帐壁，哑声开口："处理了这里。"

"是……"商容不禁后退了一步，竟然不敢上前扶他。

帐帘在身后迎风而起，东帝身影消失的一刻，一道火光霍然舔上军帐，如同猩红炙热的鲜血，很快舔舐了黑暗无边的夜空。

第四章 九重帝心

次日王族回师帝都，大军越境昭国，取道泗水，只两日便已入王域地界，待过了仓原一带，息川城便遥遥在望。再行半日，临近雍水之畔，苏陵传令三军驻扎休息，并派轻骑飞报帝都，准备明日整军入城。

东帝御驾所在的中军有五千精兵一路护卫，其后便是九夷族人马，由叔孙亦配合苏陵协调统调。且兰下了车驾，苏陵和叔孙亦正在旁说话，见她过来，转身一笑。

且兰身着雪色战袍，佩剑在侧，仍是惯常戎装打扮。利落的紧身软甲无损于她的美貌，反而更加衬托出她高挑动人的身姿，予人一种有别于其他女子的特别美感。她对苏陵微微点头，道："苏公子，有件事情我想问一下你，不知是否方便。"

"殿下请说。"苏陵含笑，以目相询。且兰与叔孙亦眼神交换，略一斟酌，问道："公子知不知道，我们在楚国的最后一夜，军营中到底发生了什么事？"

苏陵目光一动，两人双眸相对，皆从对方眼中看出一丝异样。过了片刻，苏陵缓缓摇了摇头，且兰一怔，眉尖蹙起，回头看向东帝车驾。

自从离开楚国拔营回师，整整两日时间，除了必要的命令外，东帝不曾见过他们任何一人，唯有且兰与他同车同行，却也几乎没有听他多说一句话。且兰那日见他与商容离帐，回来之后便判若两人，不复先前的温和模样，一路至此，终忍不住开口询问苏陵，谁知竟连他也不明就里。

当初歧师被囚军中，本便只有限几人知道，那夜秘营突然失火，这巫医丧命当场，尸骨无存，主上功力大损，伤上加伤。苏陵早便察觉异样，也曾私下问过商容，但商容却始终三缄其口，避而不谈。苏陵深知若真有事发生，那便是极重要的变故，方会令主上如此心绪波动，但此时却也不便多言，只道："主上旧伤未愈，或许是身子不适，殿下莫要多心。"

且兰凝眉道："师父和两位前辈的内力虽助他压制住了血鸢剑的伤势，但这三道真气不尽相同，更与九幽玄通格格不入，想要彻底融会贯通本就极耗元神，我担心……"话未说完，忽见苏陵双目一抬，转身看去，只见后方玄帷晃动，子昊步出车外。

"苏陵。"淡淡的话语传来，白衣轻裘，冷风拂面，东帝的容颜在暮色之下并不十分清晰，只令人觉得隔了些什么，就连那声音也是分外的疏远，"弃车换马。"

短短四字吩咐，苏陵不由一怔，与且兰对视一眼，随即明白这是要连夜行军，赶在明晨之前入城。当即传令下去，一时间三军调动，兵马待发。

此时早有侍卫牵来两匹战马，且兰刚刚接过缰绳，便见子昊拂衣上马，随手一扬，那骏马纵声长嘶，当先放蹄疾驰。所过之处，军阵变动，王师数万骑兵随后跟上，扬尘滚滚，直奔帝都而去。

子昊纵马在前，速度极快，不过片刻，苏陵、靳无余左右赶至，随护两侧，其后便是且兰与九夷族骑兵。昔国战马神骏，非是虚名，大军一路肆意驰骋，雍水长江惊涛击岸，山峦迭起，长风电掣，万千马蹄滚滚不绝，仿若惊雷震动大地，越是催马疾驰，越是令人豪情激发，当真痛快淋漓。

此时离帝都约有数百里路程，便是快马行军亦要一夜。待到黎明第一缕晨光撕破天际，帝都终于出现在眼前，薄雾云光之中，仿若九霄神域一般的巨大城池，巍峨雄立，气象森严。

奔上一方高陵，子昊霍然迎风勒马，战马长嘶之中，一声清啸冲口而出，身后数万大军驻足，整齐划一。

旭日破晓，霞光穿云，洒上白袍轻衫，映入清冷双眸。子昊一啸出口，仿佛舒尽胸中郁气，带马回身，扫视军容。

且兰策马在旁，只觉这突如其来的啸声好似惊龙长吟，直夺九霄，隐约间竟带三分戾气，杀机毕现，正自心惊，忽听子昊扬声道："十日之前，楚国一战，从此九域大地再无烈风骑之名，今日我王师大军，若对宣国赤焰军，该将如何？"

他此番话听去轻描淡写，却以内力朗声吐出，遥遥传遍三军。此时军前所列，皆是两国百战精兵，王族精锐铁骑，虽一夜疾驰，千里行军，却无一人显露疲态，数万人不约而同振臂高喝："杀！"

万众之声，威震天地。子昊唇锋轻轻一挑："赤焰军百战威名，千乘之师，十万之众，你们可有畏惧？"

"无畏！"应答之声滚滚传出。

王师日前一战灭楚，士气正盛，当此一喝，端的是军威震日，万声如雷，令人心头血脉偾张。

高呼声中，且兰目不转睛地看着铁潮一般覆盖原野的大军，脚下大地的震动一直传到心底，激荡不休。叔孙亦催马近前，徐徐道："看来王上立时便要对宣国动兵了，这场仗更胜楚国之凶险，却来得比我们预想的都要早。"

三十六道浮桥缓缓降落，九重城门大开，中军左右，苏陵、靳无余分率大军入朝。

东帝更换九章纹衮龙王服，玄裳冕冠，登车乘辇。高扬军前的墨色王旗，衬着夭矫金龙招展如风，在三千禁军列阵拥护之下，当先自中门而行。其后数万铁骑战士，兵分八路，衣不卸甲，马不解鞍，万军前行踏步如一，威严杀气，震撼帝都。

幽、襄两朝数十年间，帝都一直兵疲将弱，凡有战事，败多胜少，以致诸侯凌弱王族，四域频遭战火。今日大军回师，强楚灭于一夕，王师军威昭然，帝都臣民无不震慑，几乎是空城而出，相迎于道。王城之前，太宰伯成商也早率文武众臣出城跪迎。

临近雍门，王驾徐徐停下。苏陵、靳无余同时抬手，身后六军列阵，数万人不闻一丝声息，唯有王仪军旗猎猎招扬。东帝起身步下车辇，回眸扬袖，向和他同乘而坐的女子伸出手来。

千军万马前，炫金般的阳光逆风洒落，仿佛在他唇畔勾勒出淡淡笑痕，映照修眸若海，一片清冷无垠。且兰微微一愣，抬起手来，雪衣玄袖纠缠风中，子昊亲自扶她下车，携她一同向王城走去。

便这样一个简单的动作，无异于当众宣布了且兰女王今后的地位，以及她在东帝心中的分量。前方伯成商神情一动，快步迎上，率三公重臣当先跪下。

不过数月之间，这辅国老臣似乎比先前苍老了许多，白发皓首之下，面容更加苍老矍瘦，俯首间声音也略带颤抖："老臣……终于等到王上回来，可以放心了。"

子昊温声道："这些日子朕不在帝都，辛苦昭公。传朕口谕下去，一个时辰后，召众臣九华殿面圣。"

伯成商眼神微震，抬头看向迎面驻扎的大军，欲言又止，面上露出担忧的神色。

且兰被子昊牵住手掌，与他并肩同行，一缕若有若无的微笑入眼中，心里却莫名闪过他如雪的目光。分明是轻扬的唇角，分明是笑容淡淡，但他的眼中却一丝笑意也无，那样深，那样冷，偏又清洌透彻不见一丝杂质，仿佛是因着某种无疑的决断，使得他连素日温雅的容色也不再保留。此时的东帝，与洗马谷中那个翩然的男子、碧竹山庄温润的子昊，仿佛是两个灵魂、两个世界，谁也走不进，谁也触不到，谁也看不清。

这种异样的感觉始终萦绕心间，且兰尚未来得及仔细思量，突然听到有人大声叫道："子昊哥哥！"

长明宫前，绛衣红裙的含夕自云阶之上飞奔过来，待到子昊面前，惊喜的笑容还未褪去，眼中已浮出泪光，猛地扑入他怀中，放声大哭起来。

子昊眉目微垂，随后轻轻抬手抚上她的肩头。

含夕抬头抽泣道："子昊哥哥……你为什么把我一个人送回帝都？我还以为……你不理我了呢！"

数日未见，这一直在宠溺爱护下长大的娇贵少女显然憔悴了不少，楚楚清减的小脸我见犹怜。子昊声音轻柔，恍若冰水丝丝泛流："军中多变，朕怕你遇到危险，便着人先送你回来。怎么，可是帝都不好玩？"

"不是，帝都很好玩，有很多我从来都没见过的奇珍异兽。"含夕扯着他的衣袖不肯放开，摇头道，"可是，我总想起王兄、王嫂，还有皇非……他们说楚国亡了，这是真的吗？我不相信，皇非怎么可能战败？有烈风骑在，大楚怎么可能亡国？是不是赫连羿人，还是姬沧？我不信皇非会败给他们！"

面对含夕一连声的追问，且兰暗暗叹了口气。莫说是含夕，就连她至今亦不能完全相信烈风骑当真已经战败。而事实上，若非宣王姬沧挥军倒戈，与东帝临阵联手，更兼昔国、九夷两方双重夹击，封锁了所有退路，接天台一战的结果，恐怕便不像如今这般乐观。

饶是如此，烈风骑最后的反击亦令王师方面损失了超过三分之一的兵力，最后还是动用连环火弩封烧绝谷，方歼灭其主力。而据可靠的情报，方飞白所率神翼营三万精兵在宣军伏击之下几乎全身而退。东帝之所以下令毁坝淹城，摧毁上郓，非但是要扫平楚国水军势力，断送赫连羿人，更是斩草除根，不给少原君府，亦是楚国留下任何复苏的可能。

多年亲历战场，统帅兵马，且兰比任何人都要明白东帝此举的用意，但自问纵是万全之策，换成自己，也根本无法做出那样无情的决定。

对于战争，男人永远要比女人更加冷酷，就如女人对于感情，永远要比男人更加缠绵。

皇非的剑锋、东帝的布局、姬沧的狂肆、水火的无情……接天台一战是且兰见过最为决绝，亦是最为惨烈的战争，至今思之仍惊心动魄，更无法想象含夕要如何接受。

她看向子昊，不知他要怎样回答，却只见他微笑如旧的模样，仿佛她一路至今的感觉都是错觉，他的温润从容依旧如此迷人。

这时，子昊突然伸出一根手指，轻轻抵在含夕唇边，柔声道："朕之前答应送你一样东西，还记得吗？"

他的声音澄静柔和，似乎有着某种宁静的魔力，可以涤清所有的不快与烦恼，更加令人感到信任。含夕愣了一愣，秀眉微蹙，露出思索的神情。

子昊转身拍手，后面黑衣影奴怀中抱着一样事物，趋步上前，单膝跪倒。

含夕眨了眨眼，白瓷样的小脸上泪珠未干，撇了嘴问道："是什么呀？"

子昊负手挑眉，但笑不语。

含夕终忍不住，伸手将那影奴怀中抱着的玄色貂绒掀开，一见之下啊的一声叫出声来，原本含泪的俏眸晶莹闪亮，透出意外的惊喜。

且兰心觉好奇，不知子昊弄了什么东西，哄得这小丫头破涕为笑，亦移步上前去看。只见那影奴怀中缩着一只幼齿小兽，通体洁白无瑕，正雪球样地蜷成一团，埋头爪间大睡特睡。含夕将貂绒掀起时，它似是受到惊动，略透粉色的小尖耳朵微微颤动，半眯半醒地睁开眼。

"哈！和雪战一模一样！不不，比雪战还漂亮！"含夕指着它清透湛蓝、琉璃一般的双瞳开心地叫道，"是给我的吗？子昊哥哥，是给我的吗？"

"自然，朕答应过你，送你一只和雪战一样的灵兽。这只云生兽是朕特地命人去惊云圣域，寻了许久方才得来的，比雪战还要幼小一些，往后你只要悉心调教，它便会像雪战一样通灵。"子昊伸手逗弄那小兽，小兽凑前嗅了嗅他的手指，眯着漂亮的双眸低鸣一声，露出顺服的神态。

含夕急着叫道："让我抱抱它。"从影奴手里接过小兽，满眼喜色。她毕竟是少年心性，不记忧愁，方才还抓着子昊追问着的事情，此时早已飞去了九霄云外，一心只关注这新得的灵兽去了。

且兰不料子昊有心寻了这么个法宝，想必是早有准备，看他一眼，倒也微微松了口气，心想若在帝都之中保守秘密，含夕纵知亡国，但永远不知真正发生了什么反倒自在快活，在东帝的庇护之下，至少没有人能够伤害到她。感受到她看来的目光，子昊转眸相视，依稀笑了一笑，但那微笑之中却有种人所未知的、难以揣度的意味。

深宫永殿，隔绝了秋日阳光，一盏盏青铜盘螭灯次第深进，影影绰绰，照亮长明宫亘古沉寂的大殿。东帝寝宫，一向人声静寂，此时离司与墨炽皆不在帝都，唯有商容立在宫帐重帷之外，沉默如夜落之后灯火的暗影。

子昊独自入内，一人坐在案前，闭眸调息。两侧玄龙九云灯斜照金帷，在那静坐的身影上，投下明寂的微光，如此过了小半个时辰，他方缓缓睁开眼睛："苏陵，进来吧。"

苏陵已在外等了一会儿，越帘而入，欠身道："主上。"

"说吧。"子昊低声道。

苏陵道："此次大战，楚国覆灭无遗，王室中仅余含夕公主一人幸存，如先前奏报所知，众臣莫不颇有微词，以为主上不教而诛，行此灭国之举，有失为君仁义。是以，对宣国动兵的计划，多数朝臣一意反对，就连昭公亦是顾虑重重，希望能在众臣面圣之前先与主上深谈。不过，主上册封含夕公主为左夫人，倒是令非议之声平息不少。"

子昊半垂的双眸深处，依稀掠过一丝清冷的痕迹，徐徐抬眼，看向前方一幅行书卷轴——天地不仁，以万物为刍狗。其旁殷红如血的朱砂颜色，是子娆曾经在此挥袖而书，龙飞凤舞般一个张扬的"忍"字。

"你的看法呢？"

苏陵抬头道："天地之心，万物何曾尽知？主上的决定，便是苏陵的决定。"

子昊转眸看他："众议皆非，连昭公亦不支持此战，你便毫无顾忌吗？"

苏陵一笑道："既无必要，何须多虑。"

子昊蓦然挑唇，缓缓起身步下龙阶："昭公所虑，并非其他，而是以国库之力，恐怕无法支撑这样一场大战，更怕一旦战败，王族从此覆灭，永无挽回的可能。此次针对宣国，难如楚国一样毕其功于一役，作为摄政重臣，考虑军备粮草、各方细节，此番顾虑并非无由。所以，欲灭宣国而不动帝都根本，便必须借助他途。"

苏陵道："这是否便是主上要九公主暂时留在穆国，并派墨烆等人前去的原因？九公主与穆国三公子有着过命的交情，唯有她能让穆国为我所用。"

子昊目视着面前血色鲜明的字迹，淡声道："子娆，是我王族的长公主。"他微微瞬目，似有片刻的沉默，接着负手转身，"朕之前已传旨调九夷国中所余军队备战，包括留守的大将古秋同、楼樊在内，他们只迟了一日，想必明天便到帝都了。此后诸方军务一概由你亲自统调，将所有九夷族战士编入王师，各大将领亦分别授其领军将军职衔，尤其要留心叔孙亦，此人胸有谋略，堪当大任，但毕竟是九夷旧臣，这些你该知如何处理。"

苏陵不由心头震动，如此安排，便是不动声色，将原本独立的九夷国并入王族。且兰即将封后，之后必然随侍东帝，常住帝都，此时收拢兵权，整个九夷族便等于失去立国依恃，逐渐成为王族的附属，包括成为王后的九夷女王，日后所能依靠的也唯有东帝。方才入城之时，东帝亲手以君王之威赋予她至高的地位，却亦令她完全处于自己的保护与掌控之下，这一切都只说明了一件事，自始至终，在东帝的心中，有资格继承帝王位的人，唯有长公主，子嫔。

苏陵离开后，子昊一直独自站在那个肆意的"忍"字之前，容色静静，似是若有所思。身后玄袖半垂，灵石串珠透出幽深的光泽，一颗一颗自他倒负的手掌间无声无息地转落，时间亦随之一点一滴流逝。

不知过了多久，他突然轻轻地叹了一口气，眼中仿佛有着无人能懂的情绪轻轻漫过，轻轻低声道了两个字："罢了。"

灯火明灭，那一刹那，他淡薄的唇畔依稀掠过了极浅极淡的笑痕，恍如风中微雪，转瞬即逝，快得似乎不曾出现过。飘落的一声叹息，随着他转身的脚步，淡去了所有存在的痕迹。

外面商容抬起头来，本欲随后跟上，却被他拂手屏退，只见他离开寝宫，一人向王城最高之处的策天殿而去。

云殿天阶，直入九霄。供奉着雍朝历代帝后灵位的策天殿，乃是帝都最为神圣的所在。除去王族之外，九族任何人都不得擅入这代表着雍朝天命传承的神殿。

巨大的盘龙神柱耸立九方，天阙庄严，巍然肃穆，玄金殿门缓缓而开。

飞云迎风逆了天光，缭绕如烟。风扬广袖，吹动殿内万千长明灯火蓦然跳动，子昊透过通天彻地的帷帐，看向大殿之上供奉的历朝二十六代先祖牌位。

鎏金华仪，庄重尊贵，仿佛昭示着天授王权至高无上的威严，记载着八百年江山岁月、世代春秋。

玄龙王袍随着穿入殿中的微风轻轻飘拂，旒冠玉冕之下，雍朝第二十七代君主，传承着王族宿命只手天下的东帝，以一种漠然的姿态审视着高高在上的列祖列宗，深邃如海的眸中，仿佛历尽惊涛波澜，不见一丝感情的痕迹。

最终，他的目光落在近前的一块灵位上——与先王襄帝并列，昭肃承圣显王后，凤妧。

凝视那几个镶金篆文许久，他突然扬唇而笑，淡淡地道："母后，你赢了。"

袖底手掌，抚上牌位。玄通真气沛然如水，高处数十块金雕玉刻的灵牌仿似层沙陷落，悄然崩塌，如同一个王朝的终结，一段风云聚散，在他修削的掌下，化作纷纷浮尘，随着灌入殿中的冷风卷起无数微漩，轻轻飞浮、飘荡，终于逝去，消散无余。

广殿祭台，百世荣华尽成空，唯有王后凤妧的灵位仍旧完好如初，肃然独立，于灯火深处。

这个女人，曾将王朝山河翻覆，曾令万臣俯首退避，曾与他明争暗斗七年。七年的生死恩怨、刀光剑影，又成就了谁的宿命成败？

空旷的大殿，风起如烟，漫天长帷飞舞四散。

这一代代帝后的灵魂，飘零风中，这一场场江山兴亡，血脉更迭。

子昊微微闭目，凝立许久，终是拂袖转身。修长的背影消失于炫目的日光之下，玄衣墨发，天地无色，身后，沉重的殿门轰然关闭，将一切封锁、掩埋，再无声息。

第五章 月落西宸

日落，邯璋城东。

直通内城的古道之上，数匹快马疾风一样驰过，当先一人身着白底绣金虎纹武士服，魁梧的身形沉稳威武，眉目之间一股深沉之气，隐带杀伐决断，正是穆国白虎上将卫垣。

一行人出城向东，纵马疾驰，直到过了内外两城交界处一片古塔林立的山野，前方湖光水色举目可见，卫垣霍然勒马，身后数人亦是纷纷停住，其中一人道："将军，便是这里吗？"

眼前山野苍岩，暮云四起，堰江、沣水两条江流由楚国境内穿汇至此，在奇峰峻岭间分作浸、氿、溙、沂、沆、漾、洪、汇八道支流，西入穆京，形成八水绕京野的壮丽景观。此处西泠湖正是这八水环绕的中心，千百座古塔星罗棋布，点缀岩林，与逐渐荡开在湖心的夜色相衬相映，显得幽旷而神秘。

"没错。"卫垣抬手一挥，"你们去吧，一切照我吩咐行事。"

当先那人显然是他的心腹部将，近前低声问道："将军，要不要直接动手，一劳永逸，这里毕竟是穆国，谁人能奈何得了我们白虎军？"

卫垣微一侧目，沉声道："莫要胡说！以那位的手段，你没见楚国的下场吗？如今楚国已亡，穆国形势牵一动百，他突然传令下来，我虽不得不防，却也不能轻举妄动，你等切莫鲁莽。"

"是。"那将领低头道，"如此，将军一切小心。"说罢转身示意，身后诸人顿时分散开来，隐入山林，只观其行动，便知他们人人武功不凡，皆是白虎军中训练有素的高手。

待他们退开之后，卫垣微带马缰，口中发出一长一短两声轻啸。啸声遥遥传出，过不多久，湖心盈盈出现一叶小舟，舟上立着一个碧衫女子，轻纱拂面，衣袂随风，仿佛是画中人儿，渐行渐近。

卫垣眼眸一眯，下一刻，已自马上振衣而起，好似大鹏凌空一般，稳稳落上船头。

那碧衫女子抬眸笑道："卫将军好身手，许久不见，离司给您见礼了。"

卫垣的态度分外客气，抱拳道："离司姑娘，敢问主上现在何处？"

离司看他一眼，抿唇浅笑："我一个小小侍女，哪敢与人议论主上的行踪，将军请随我来吧。"说着抬手一点，那小舟随着桨势，便往夜色深处飘然而去。

天边细月，荡漾波心，幽幽星光，若隐若现。深入湖心，一座八角古塔隐约自水中小岛上现出轮廓。小舟随波轻荡，渐渐靠近岛畔，一缕幽美的箫曲，也在此时随风飘入耳中。

月如钩，声如诉。透过迷蒙如烟的轻雾，古塔之上一个玄衣身影，独自望着无尽的夜空，那柔润的玉箫便自她唇畔，伴着似真似幻的月光，轻轻缓缓，流淌出千回百转摄魂的温柔。

卫垣站在船头，一时间竟有些意飞神迷，只觉得风中耳畔，缕缕箫声婉转悠扬，似是这万千夜色，萦绕在湖波深处幻化出清幽旖旎的梦境、飞花如雨的红尘，令人不愿惊扰，更不愿它停止。直到一曲终了，塔上之人转过身来，仿佛看了小舟一眼，忽然间袖袂一扬，一股凌厉的真气，顿时随着瞬移的魅影压向舟前。

卫垣倏然一惊，仓促间抬手格出。掌间浑厚的真气与那流云般的玄袖蓦然相撞，好似星光迸射，轻烟乍散，一道光华飞闪，那玄袖重重急绕，化作千丝万影直取他胸前要害。

卫垣无论在帝都还是穆国，皆可称数一数二的高手，反应何其迅捷，低喝一声足下发力，小舟霎时闪电般向后疾射。那玄光却是诡异无比，如影随形，只听啪啪啪数声轻响，二人已在袖风之中急对数掌，小舟之上异芒流闪，炫人眼目，掌风激得离司衣袂狂飞。

那人武功诡妙莫测，并非寻常路数。卫垣感应对方千变万化的招式，不敢托大，手中虽无兵器，却是撮掌为刃，去势竟如刀剑破风，生出骇人的劲气。

一道强横的掌风，往袖浪涟漪的核心，笔直刺去！

骤然间劲气爆破，凌空清光四射，卫垣猛地看清来者容颜，陡然震惊，不由抽身急退。

小舟一晃而止。

玄纱飞落，来人飘身船头，一支莹润通透的玉箫，不偏不倚遥指他的咽喉。

素白如雪的手，若有若无的暗香，半副纱隔了一双幽丽清魅的眼眸，湖风阵阵，吹动玄丝长衣如云如烟，仿若深夜之中，盛开了一朵绝色的莲花。

"卫垣，你好大的胆子，竟敢在鬼愁峡前追杀夜玄殇，你的性命，不想要了吗？"素纱之下丹唇微启，一丝冷冽的话语如凝薄霜，卫垣眼中闪过惊诧，随后单手扶膝，跪了下去："九公主！"

眼前女子，正是血蛊之毒已清，并与离司等人顺利会合的子娆。

卫垣先时接到密印传书，原以为东帝亲临穆国，心下既是期盼，又存戒备，此时欲求帝颜一见而不得，失踪许久的九公主却忽然现身，他摸不清帝都安排，自不敢贸然行事，低头瞬间目光闪过。

隔着曼妙烟色，子娆垂眸审视这掌控着穆国军权、周旋于各方势力之间的白虎上将。

数年前，东帝借公子严叛乱之机，迫使卫垣反出帝都，自凤后手中保全这员大将，亦在穆国布下暗棋，随后策算诸国，苦心经营出一场微妙平衡的局面。然而，那一夜破裂的婚约，楚都惊变，他竟一怒倾国，亲手开启这天下战端。

九域逐鹿，烽火血幕，失去制衡的宣国必将兵指天阙，此时的穆国却因三公子玄殇的归来变得暗流汹涌，其王位归属隐隐牵动诸方。而多年前那枚过江之卒，今日已是拜将之臣，权倾一方，足以令任何势力侧目相看。

"公主，当时楚国情况未明，唯有三公子知道公主下落，臣是因担心公主安危，也是想保护三公子，才调动白虎军寻人，不周之处，还请公主恕罪！"听着卫垣的解释，子娆忽然轻轻一笑，曼声问道："卫垣，在帝都，你是王兄信赖重用的上将军，在穆国，你是白虎军唯命是从的国舅大人，你说我到底，该拿你如何是好？"

夜岚烟风，星月湖畔，幽光影里若隐若现的玉容，眉目若仙，笑语如幻。

卫垣微微抬头，恍惚间心神魂魄似都被那媚软轻言摄去，挣也挣脱不得。他不禁深吸了一口气："臣虽身在穆国，却对主上忠心耿耿，白虎军亦唯公主之命是从。刀山火海，臣皆甘为马前之卒，替公主效命。"

子娆便这般看着他，突然扬声而笑："卫垣，你越来越会说话了，无怪王兄对你如此倚重。好啊，你既这么说，我可要借你白虎军一用了。"

卫垣低头道："公主尽管吩咐。"

子娆收了玉箫，袅袅移步，自那光影深处直至他面前："我给你三天的时间，带来东宫连相的人头。我很想知道，在这穆国，到底是你的白虎军动作快，还是西宸宫秘卫快，你们可千万不要被自在堂抢了先去，否则，这脸面就丢大了。"

卫垣眼光蓦然闪烁，仿若一石千浪，风波急涌。

入耳之际，分明是笑语嫣然，却偏似水底暗流，在这明湖秋波之上，凛凛激起一股风云之气。眼前玄衣飘飞的女子，何尝是来自王城的娇柔帝姬，亦非容华天下的少原君夫人，一喜一怒、一言一笑，只似玄女祠中颠覆三界的修罗绝色。九幽轮回，也会为之倾倒，四海天下，也将为之换颜。

此时一直安静地站在船头的离司，忍不住便轻轻地叹了口气，眉心隐约的忧虑，越发深了几分。

卫垣抬目欲言，却突然扭头看向湖心，子娆也转身笑道："墨炻他们来了，我们过去看看。"说罢迎风拂袖，一股阴柔如水的真气反击湖面，小舟顿时破浪而去，驶向古塔矗立的小岛。

船行近前，岛上几名黑衣人迎上前来。

卫垣微一愣愕，看清为首的乃是东帝御前左卫将军墨炻，在他身后，乃是九域闻名的铸剑师宿英，以及冥衣楼掌管楚国分舵的聂七。旁边还有一人，白衣紫袍，一身世家公子打扮，竟是位居穆国长骑将军一职的颜菁，在军中地位仅次于卫垣、连相，而他身边站着的黄衣少年，则是跃马帮少帮主殷夕青。

小舟靠岸，众人迎上前来。子娆侧眸掠了卫垣一眼，漫不经心地道："颜菁是我冥衣楼穆国分舵主事之人，你二人素来相识，此次白虎军的任务，他会暗中与你配合，日后你们也不妨多多亲近。"

卫垣眸心略收，不料冥衣楼控制穆国的核心人物近在眼前，甚至身处军中，居位甚高，多年来他对此竟然毫无所觉。但他毕竟老练，心中所想自是不形于色，反而笑说："哈哈！颜兄可瞒得我好苦，回头到我府中，定要罚你三杯才是。"

那颜菁不愠不火地道："重任在身，迫不得已，还请将军见谅。明日黄昏之时，我约了连相在远庭芳听歌赏舞，不知将军可有雅兴？"

卫垣目中精光一闪，笑道："颜兄相约，岂敢不到？东宫连相身份非常，路上莫要有个闪失，明日不妨我与白虎军亲自护送他赴宴，定叫宾主尽欢。"

颜菁哈哈一笑，心领神会。卫垣复又转身招呼："墨将军，久违了。"

昔日在帝都，他与墨炻同朝为将，也算略有交情，墨炻微一点头算是见礼："久违。有样东西送给将军。"说着抬手一扬，将一个布袋掷了过去。

卫垣笑着打开，一眼看去，面上倏然色变，抬眼便扫向墨炻。

那布袋中，不多不少恰好装着十二面镶金虎纹令牌，正是今日随卫垣一同来此，白虎军中十二名金虎侍卫的随身信物。卫垣眼中情绪瞬变，愠怒之中更有一丝不能置信，忽听有人柔声道："卫将军，我素来对你，更对白虎军寄予厚望，你可千万莫要让人失望才好。"

卫垣一震回神，扬袖一拂，转身跪倒："公主，臣命白虎军暗中跟随，不过是为防太子方面动作，确保公主平安，并无他意，还请公主恕臣无心之过！"

月下玄衣飘飘，九公主却站着一言不发，唯有夜风拂荡湖波，阵阵入耳。

卫垣手按布袋，只觉一道清冷的目光落在身上，膝下嶙峋的岩石好似尖刃一般，纵隔着衣袍，也刺得人骨骼生疼。此时方才体会，这在众臣眼中媚颜肆行的九公主，虽于玄塔之下囚禁七年，却是除当今东帝之外，王族真正的主人，对穆国的掌控亦远远超乎想象。自己这些年一言一行滴水不漏，尽在帝都眼下，无论何时，只要一步行差，恐怕立刻便是灭族之祸。

正自心惊，突然间，一阵幽香拂面而过，九公主低下了身子，在他耳边用极轻极柔的声音道："不管发生何事，我都会保你，但是我不杀你，并不等于王兄也能容忍，你可记住了吗？"

耳畔私语，唇畔微香，字字句句，如刃掠心。卫垣低头跪着，闷声道："臣……明白。"

子媱见他如此，反倒轻轻一笑，眸波微转，拂袖撤身："没什么事，你便去吧。"

"是。"卫垣缓缓起身，侧眸又看了墨炘一眼，告退而去。

一直目送卫垣登船离岛，颜菁沉声道："卫垣在穆国经营多年，权位日重，又与太子御过从甚密，今日若非公主亲至，谁也不敢保证他会在关键之时依旧忠于帝都。"

离司亦上前道："公主，他今日敢安排伏兵，难保他日不临阵倒戈，连相之事当真没问题吗？"

子媱唇畔依稀带着冷丽的笑痕，淡声道："你以为他现在还有这个胆量，敢去背叛帝都吗？连相之事是他唯一投靠太子御的机会，我又如何会给他这样的机会？"

离司知这一番敲山震虎，已是令卫垣心存畏惧，点了点头，复又叹道："唉！此人野心暗藏，非可久用，主上所言，果然无差。"

话音落后，子媱许久不说话，只见她凭风移步，静静望向烟岚缭绕的湖面，眸心深处晶莹零落，渐渐地，似是有着迷离的波光浮泛，最终淹没了那一片清澈妩媚的色泽。离司近前叫了声"公主"，过了一会儿，方听她轻声问道："野心暗藏，非可久用。除了这个，他还说了什么？"

离司一愣，答道："主上只说……请公主，'不必回来'。"

"不必回来……"子媱徐徐垂眸，低声重复了一句，指尖轻轻抚过手中玉箫，月光下莹润的玉色依稀透出清冷温度，每一分光泽，都有着那人熟悉的气息、柔软的痕迹，丝丝缕缕如水而逝。

忽而，她闭目一笑，道了一声："罢了！"随即飘身上船，便这样踏舟而去，很快消失在星月迷蒙的夜色深处。

夜半，西宸宫。

长空如墨，月痕如钩，大殿金顶之巅，夜玄殇独坐其上，一边饮酒，一边看着脚下灯火晦暗的深宫，唇畔挂着一丝莫名的笑痕。

他已经坐了有些时候。此处宫闱乃是穆王起居之所，原本内外封锁，戒备森严，就连一只蚊虫也轻易出入不得。但是现在，侍卫们统统没了声息，除了偶尔秋风拂衣，偌大的宫殿安静得如同深渊。

风起，月光飘落，一个玄衣女子突然出现在殿脊之上，如一抹清幽的夜色，悄然无声。

夜玄殇目光一侧："你怎么来了？可惜迟了一步，酒喝完了。"

来人有些不满地道："你体内毒蛊未清，不该喝酒。"

夜玄殇将壶中最后一口酒饮尽，转头笑问："敢问九公主会因这样的理由不喝酒吗？"

他脸上的笑容一如从前，总让人觉得愉悦而潇洒，好似秋风明月，直映眸心。子娆目光微微下移，看向他手臂，蹙了眉道："四域噬心蛊非同寻常，你莫要如此大意。那日你以近半功力助我恢复真元，实在太过冒险，倘若毒蛊发作，你可知道后果如何？"

夜玄殇随手握拳，在他左手掌心，有道殷红的血线一直沿着手腕延伸向肩头，仿佛有着细小的活物寄生其中，不时奔流跳动，带出一种烧灼的痛感。他随手掷开酒瓶，漫不经心地道："莫以为我是你，连这小小血蛊都奈何不得，即便功力再损，也要比你强些。"

子娆眼梢轻扬，眼见便要发作，但是话到嘴边，却又一顿："喂，夜玄殇。"

"嗯？"

子娆身形一晃，落至他身边："不知道三公子肯不肯赏光，另寻他处，请你喝酒。"

"公主相约，岂可不从？"夜玄殇倏然而笑，抬头看向夜空弯月，"不过既然来了，先陪我去个地方怎样？"

子娆问道："什么地方？"

黑暗深处，她仿佛看到他的唇锋微微一抿，依稀有丝嘲弄的滋味，锋刃般掠过，却不答她问话，起身道："走吧。"

片刻后，两人出现在穆王寝宫之前。

深重的殿门背后，一重重灯火隐约透出，秋风乍起，夜玄殇举步踏上殿阶，冷月微光，阒暗之夜，如多年前一样，仍旧是透衣的寒意。

数名黑衣秘卫同时出现，一见夜玄殇，随即躬身退后。

子婴看着秘卫们乍现即逝的身影，突然停下脚步，转眸而笑："夜玄殇，没想到那场赌局，终究让你赢了去。"

夜玄殇微微侧首："那么，你可还记得我们的赌注？"

子婴唇角轻挑，浅笑道："我人已在此，自不会赖账，我会等你成为真正的穆王。"

话音未落，冷不防夜玄殇猿臂轻伸，忽然揽住她纤腰向内一收。他臂下强势的力道，使得两人之间再无半分距离，面面相对，眸光相映，将彼此看得清楚透彻。

曾几何时，江湖相逢，生死险境，性命相托。

他知她是何人，她又知他是何人？一场过命之交，背后的身份、各自的心机，或许自相遇的一刻，便不只是酒兴之下一言赌注，终是这一天，这一刻，他与她皆尽明了。

夜玄殇低头审视怀中女子，沉声道："子婴，你可知道，你赌上的是什么？"

双眸如永夜，目光若星辉。他的微笑有种不羁的霸道，那样的注视笼罩下来，一如他臂弯中的温度与力量，分分寸寸令人沦陷。

昔日楚江惊涛声犹在耳，他狂放的笑语记忆犹新。

"子婴，若有一日我离开楚国，必要带你同行！"

"你若当真归国为王，我便嫁你为后，又有何妨？"

彼时他只是上郢城中一介质子，她亦游戏风云，肆意妄为。今朝酒后戏言，一语成谶，他终如潜龙腾云，重归故国，她也终将成为九华殿上，那抹绝艳的光芒。

子婴徐徐抬眸，长睫下清魅的微光流过，划破幽暗："愿赌服输。"

她一字一句，说得清晰。

夜玄殇看她片刻，突然扬声而笑："好，愿赌服输！"

风起玄衣，寝殿中门，蓦然大开。

灯火照出的瞬间，子婴凤眸微微一细，身前男子的面容仿佛被光影映透，越发俊冷分明，深眸之中锋芒桀骜，无垠黑夜，刹那破碎。

夜风吹入大殿，两侧重帷飞扬，夜玄殇转身携了子婴，大步而入。

一盏盏卧兽金灯隐约闪烁，穿过丹桓金楹的大殿，只闻两人轻微的脚步声。直到寝宫深处，一张华丽的玉榻出现在面前。

两人刚刚踏上虎皮软毯，黑暗中忽见精光，两名秘卫倏然现身。

"你们退下。"金帷紫幔之中，徐徐传出一道低沉的声音，伴随而来的，是一阵沉重的呼吸声。

两名秘卫应声而退，迅捷的身形如同鬼魅一般，重新隐入了暗影背后。

直到他们身影消失，夜玄殇方才开口道："西宸宫秘卫仍如以前忠心耿耿，儿臣却有多年未见父王了。"

龙帷掀起，穆国真正的主人，曾被封为白虎君的老穆王张开眼睛，苍老而威严的目光扫向两人。

粗重的呼吸声，此时变得越发清晰，烛火轻轻跳动，子娆眉心不易察觉地一拢。从她所处的角度，恰好可以清楚地看到穆王苍老的面容，这一方国主显然正忍受着某种极大的痛苦，在他身侧不断颤抖的双手，亦更加证明了这一点。

暗光外的男子身形挺拔，眉目如剑，一旁魅颜绝色，质若仙姿。云裳玄衣飘展流光，望之几若天人，老穆王一见之下，便已隐约猜知那女子身份，眼神微微生出变化。

"终是回来了，很好，很好。我便知道，你定能完成我们的约定。"

夜玄殇在王榻一步之外停下了脚步："但儿臣能回穆国来，再入西宸宫，想必也出乎父王意料吧？"

老穆王微微抬头，眯了眼道："莫要忘了你是谁的儿子，我夜氏一族的男儿，岂有做不到的事情？"

夜玄殇淡淡地道："父王所指，想必亦包括你最信任的儿子。"

老穆王目光一抬。

穆国长公子玄御，自幼深受穆王及王后宠爱，及长入主东宫，传承国祚，勤谨谦让，事父甚恭。六年前，三公子玄殇入楚为质，公子玄御以太子之名佐理朝政。其后不久，穆王偶染微恙，太子亲自侍奉汤药，并延请国师渠弥入宫医治。数日穆王病愈，对待太子愈发信任，国事多命其决断，宫府重权渐移东宫。

翌年，穆王寿辰之际忽发旧症，一病不起，不得已令太子监国。自此数年，穆王病居西宸宫，诸臣皆难得见，太子临朝秉国，内外政令皆出东宫，穆王之位名存实亡。

老穆王起身重重地哼了一声，病容之下，亦见君王余威："你说什么？你是想说孤王看走了眼，错信了那个狼子野心的孽畜吗？"

夜玄殇道："儿臣对那人并不感兴趣。"

老穆王起身，背后的双手青筋绽起，左右踱了两步，复指着他道："孤王知道，你自小便心高气傲，从来看不起你这个大哥！哪怕他刻意针对你，你却连和他作对都不屑！"

夜玄殇微挑的唇锋仿若笑痕："六年来他费尽心机却也杀不了我，最后不惜恳求二王兄出手。父王觉得，我为何要看得起他？"

"你……"老穆王蓦地转身，张口欲言，忽然间身子一颤，抬手压住胸口，人跟跄了一步便向前栽去。

子娆与夜玄殇吃了一惊，双双抢至近前，看清情形，两人心中皆是一震。

灯影如晦，老穆王面色异常惨白，眉目之间竟隐隐泛出一股青气。便这片刻，他整个身子就像是浸入寒泉，变得十分冰冷，随着闷声呛咳，刺目的鲜血径自喷出。夜玄殇当即以内力试探，发现他体内有一股极其阴寒的毒气，正毁灭性地摧残着他的经脉，而另一种相反的药性却迅速消减，对这毒性再也起不到抑制的作用。

身在暗处的秘卫忽见变故，同时抢出，看到老穆王情况危急，当先一人匆忙跪下："公子，唯有东宫送来的药丸可缓解大王的病症，这数年皆是如此，迟了恐将不测！"

夜玄殇眉头一皱，方要起身，老穆王却突然用力，紧紧地抓住了他。

枯槁苍老的手掌，逐渐生出紧室的力度，老穆王急促喘息，目光却转向子娆。

子娆低头，容颜逆了光亮，声音轻柔："我乃王族九公主，穆王是否有所交代，尽可言明。"

沉沉的灯火底处，老穆王一半面容浸入黑暗，仿若被永夜渐渐吞噬，他吃力地支撑身子，说道："秘玺……"

子娆心头一动，看向夜玄殇。

秘玺一物，素来是诸国至关重要的秘辛。为防乱臣篡政，九族王室皆有如此密存的信物，王位传承的诏书若无秘玺加印，则等同废纸一张。当日皇非操纵国政，弑杀楚王，便是早由王后偷天换日，将楚国秘玺盗出宫中，以令含夕合法继位。太子御囚禁穆王多年，大权在握，却始终不敢夺位登基，除了顾忌二王子夜玄洞的存在，亦是因这秘玺一直握于穆王手中，几经搜寻不知所终，更加无法令西宸宫秘卫真正拥立自己。

四周金灯将熄未熄，最后的火光，像在帷幔深处染上了浓暗的血色，亦在夜玄殇眸心跳动不休。两名秘卫皆已追随老穆王十余年，是无比忠心的死士，亦知此时穆国处境艰险，不由催促道："三公子，大王忍受这般痛苦，不肯向东宫低头，时刻都在盼您回来……"

老穆王颤抖着抬手，止住了秘卫的话语，在子娆的扶持下坐起身子："不错，确是孤王看错了那个逆子，他不配你视为兄长，更不配穆王之尊。"他放开手，却一瞬不瞬，注目于玉帘金灯里，男子冷若刀削的轮廓，"你兄弟三人，玄洞最是平和，心性宽容，虽承天宗之位，但对那逆子必会手下留情，一个不慎，恐将为其所害……所以，我始终不曾令他知晓实情，只是在等这一天……你能从楚国回来，很好，真的很好……"

他一边说着，口中鲜血徐徐涌出，他却浑然不觉，只自怀中取出一块顶端稍有突起、质地古朴的圆形玄玉，喘息道："将此物与你二王兄所持的玉玦合二为一，便是我穆国传位秘玺，紫晶石亦在你手中，九公主为王族之证，肃清门庭……切莫，手软！"

玄龙玉玦。

龙腾天矫纹以云雷，背饰扉棱，金丝入墨，锋利健劲以为王者之饰。

子婴抬眼向归离剑扫去，只见夜玄殇眼底精芒隐现。微微握拳，那圆玉之上，有着鲜血将尽的温度，剑柄上墨色玉玦冷冽的触觉，却如剑锋，夺鞘生寒。

老穆王说完这一席话，仿佛耗尽了全身的力量，眼中光泽渐渐暗去。

榻前灯火一晃而灭，黑暗刹那降临。

此时寝宫之外，突然传来几不可闻的破风声。子婴一手将真气送入老穆王体内，只怕他便要支撑不住，抬头道："有人来了！"

夜玄殇倏然回眸，殿外守护的白虎秘卫现身殿前："东宫高手已往西宸宫而来，请让我等护送公子，速速离开！"

"来得正好。"

玄衣拂动，暗中身影缓缓站起。夜风灌入殿中，只听归离剑一声清鸣，夜玄殇脱口长啸，声震宫宇。

剑光照彻黑暗！

第六章 势不两立

夜玄殇与子婴现身殿脊的一刻，四面八方风声急响，数柄利剑当空射至，化作天罗地网，向两人当头罩来。

夜玄殇冷哼一声，一手环住子婴纤腰，一手剑锋斜挑。只听铮然声响，精光四射，密不透风的剑网顿时溃散，几名杀手更是口吐鲜血，跌下殿脊。

殿外秘卫早已与先前赶至的东宫杀手短兵相接，阻挡他们对穆王寝殿形成包围。四周宫宇之间，更有秘卫暗施手脚，数处火光不断燃起，浓烟滚滚直冲夜空，引得宫人内侍仓皇奔走，呼喊扑救，整个穆宫顿时大乱。

东宫豢养的杀手人多势众，虽被夜玄殇一剑击退数人，复从四下如潮扑来。宫门之外，更是响起连绵震地的脚步声，说明太子御已下令调动禁军，正往西宸宫方向迅速赶来。

夜玄殇唇畔现出一丝冷酷无情的微笑，忽然转身，衣袍飞旋，左侧三把长刀被他剑锋劈中，同时寸断。

一道夺目的光华，亦在他出剑之时凌空而起，仿若星火万道，冲破烟尘。无数墨蝶光影，如雨纷流，伴着归离剑慑人的寒芒，卷向扑来的对手。

剑光飞绽，血溅横空！

东宫杀手虽是狠辣，却怎堪归离剑狂龙般的锋芒，夜色染血，惨叫之声不绝于耳。

战圈瞬间溃散，最后一人喷血抛飞。

夜空中风云闪过，隐隐雨意迎风肆漫，夜玄殇倏然收剑，放声长啸，挑衅之意，遥遥传出。

千宫万殿，为此啸声所震。宫门前，太子御眼中迸射如电杀机，咬牙道："给我杀！"

面对不断拥来的东宫杀手，夜玄殇双眸异芒陡盛，一声剑啸，投往对手最密的中心。

"真是乱来！"

子娆轻声嗔道，瞬间魅影轻移，化身流光随他穿梭敌阵。蝶焰剑影，不断在夜色中盛开如血之花。两人倏忽进退，互为攻守，归离剑气在焰蝶千丝的催发之下，仿佛蛰龙腾云，嗜血夺魂，剑下手底挡者无生。

忽然间，战阵中厉啸响起，一道强横的剑气破空袭来。

剑啸之声，仿似惊雷，人影未至，剑气已是直砭肌肤。夜玄殇眸光电闪，知道来者非是庸手，剑锋反手斜上。

当！

半空中异芒爆射，剑光中现出一人，被归离剑震得凌空翻退，落上屋脊。

子娆手底盛开焰光，逼得四面杀手踉跄后撤，拂袖抽身，退回夜玄殇身旁。对面屋脊之上，方才偷袭之人手持一柄样式奇特的特大宽剑，阴森地笑道："三公子剑法大有长进，别来无恙啊？"

此人着一身锦衣宽袍，大约三十五六岁模样，身形高顾，双目神敛，看去相貌堂堂，但那狭长的面孔上一个鹰钩鼻子，却令他显得神情阴鸷，为这张脸面平添几分自负的味道，更加予人一种自私无情的感觉。

他手中状若鱼身的双刃宽剑特别显眼，带着一股饱饮鲜血的杀戮之气，令人过目难忘的同时，亦知此剑足以令任何不可一世的高手饮恨当场。夜玄殇对此人再是熟悉不过，这正是太子御座下第一高手，东宫首座，连相。

连相身后，另有数名东宫高手破风而至，对此处屋脊形成包围之势。四下殿宇火光重重，在秋雨欲来的寒风下升起刺目浓烟，侍卫一时扑救不及，大火借着风势向西宸宫蔓延烧来，屋梁爆裂的噼啪声中，禁军人马调动的兵戈之声，亦越发清晰。

夜玄殇挑唇冷笑："到了穆国，夜玄御仍是这么藏头缩尾，只会令些虾兵蟹将前来送死吗？"

连相眼底闪过森然之色："三公子若能过得我这一关，再见太子殿下不迟。"

夜玄殇哈哈大笑，倏然笑容一收："连相，与我为敌，你还不配！"随着这狂傲的话语，归离剑凌空斜挑，一股势若狂潮的真气，透剑而出，顿时激得身前众人衣发纷飞。

连相面色骤然凝重，在这强横的剑气压迫之下，再难保持轻松之态，宽剑应手擎出，剑尖不住颤动，发出咻咻的劲声，以抵抗归离剑一触即发的攻势。

火光下马蹄迭响，身披银甲白袍的太子御在东宫侍卫的拥护下，出现在寝殿之外的广场上，阴沉着脸看向对峙于金宇之巅的二人。子娆凤眸微微一挑，眼见大批禁卫潮水般往西宸宫围来，心知纵使击败连相，此时仅凭二人之力，也无法自千军万马中斩杀太子御，反而可能身陷重围，所以唯有速战突围，方是上策。以夜玄殇之智，自然亦深知此点，当下催发真气："呵！"

面对如此庞大无匹的压迫，连相深知此时的夜玄殇乃是生平罕遇的强敌，若令他将气势提至巅峰，自己将连性命都难保，他别无选择，终于低喝一声，抢先出手。

身旁杀手应机而动，子娆冷笑一声："寻死！"身形瞬移，风中长袖飞旋，幽光流影，化虚而实，一股阴柔之劲，将刀光剑影尽数席卷。

鱼背宽剑沿着某种奇异的轨迹，划出重重轻弧，往夜玄殇剑锋挑去。

夜玄殇倏地踏前一步，发出噗的一声，夜风火势，仿佛随着一股无形的剑气卷出，归离剑骤化一点星芒，突然消失了踪影。

当！直到双剑相交，急于躲避袖光的杀手方才看清归离剑天马行空般的一击，便在下一刻，为其风雷并发般的剑气，迫得滚跌开来。

一抹玄色飘忽如魅，穿入战阵中心。

蝶焰似借风势，骤然大盛，每一点金芒绽开，便有一人惨呼毙命，血色伴着火光，漫空流放。

连相周身杀气愈盛，鱼背宽剑咻咻疾响，精芒连闪，连挡归离剑忽重忽轻，快慢无迹的二十余剑，倏然化作三道利芒，从绝不可能的角度，同时绞向对手。

夜玄殇蓦然旋身，归离剑犹如神迹一般电闪而至，准确击中幻影中真实的剑身。

一声龙吟声起，双剑间迸出刺目如盲的寒光，两人身子一晃，同时后退，只不过夜玄殇一步辄止，连相却连晃两下，方才站住脚跟。

归离剑迎风前挑，一股浩大的剑气随着夜玄殇目中毫不收敛的神光澎湃而出，四周飞焰枯叶，均被旋风扬起，自他身旁狂卷飞舞。

遥遥观战的众人，皆是生出一种强烈的感觉，仿佛夜玄殇人与剑突然浑融为一，在夜空之下，化作崇峻透云的山峰一般，其深不可测度，其险亦无从超越。

太子御眼睛一眯，再次掠过了森寒的杀机，右手缓缓抬起，身后弓箭手弓弩皆张，一排排拥上前来。

随护太子的正是禁卫统领虞峥，见状心中暗惊，忙道："殿下，弓箭无眼，恐伤了自己人。"

此时连相手中宽剑振起寒烈的锋芒，衣袍无风狂飞，长笑一声，倏地左脚踏前，剑光往夜玄殇前胸劈去！

太子御唇角冷冷上挑，手指向前一挥，嘴中同时吐出令人心寒的两字："放箭！"

连相不愧为东宫首席高手，在夜玄殇的气势压迫下，仍旧保持着绝对的冷静，毫不影响剑势发挥。当此一步跨出，他以高明的步法带动身形，竟是瞬间飘前丈余，剑锋以迅雷不及的速度直取对手。凌厉的剑气将整个空间完全笼罩，令人感觉无论如何闪避，皆无法避开其雷霆一发的攻击。

唯有上品高手，方能在举步瞬间营造出如此胜负立判的优势。

"好！"夜玄殇冷喝一声，掣剑前冲！

漫天箭雨，便在此时倾盆而至！万千利芒，穿透火光。

受此气机牵引，子娆一声清啸，衣袂肆扬，随着冲天而起的身影，玄袖千丝化作万道旋舞的云光，清辉飞绕流射，四面杀手皆被卷入其中，顿时变成首当其冲的活靶。

光华如幕，几将夜色照亮。与此同时，归离鱼背两剑锵然交撞，魅影旋涡中心，蓦见夺目光团，整个空间仿若一凝，刹那间，自那光芒下迸射出强横无匹的剑气。

夜空纷纷箭光，如撞铜墙铁壁，伴着无数血肉残躯，向外激飞坠落。

一道惊雷裂破夜空！

连相自战阵中倒飞出去，满口鲜血喷上衣襟。夜玄殇霍然旋身，双目神光电射，锁定众人簇拥下的白袍身影，长啸声中，归离剑化身惊电，凌空向太子御扑去。

弓箭手尚未来得及准备第二轮射击，骇人的剑气已灭顶而来。

半空之中，连相骇然色变，顾不得内伤加重，硬是提气横移，截向归离剑夺命的寒芒。

"人家兄弟亲热，你莫碍手碍脚！"身畔一声轻笑，子娆飞袖击出，顿时迫得他改变方向，更被千丝附影追缠，不得已向下坠去。

闷雷乍响，阵前战马惊鸣，长嘶而起。

太子御反手拔剑，猛地纵马越出，迎上归离剑惊天动地的一击。

轰！数道长闪划裂黑暗，夜雨破空而下！

两柄长剑之间，劲气溅雨爆射。

太子御虎口震裂，佩剑几乎脱手飞出，座下战马一声惨嘶，被剑上传来的劲气震得口鼻冒血，当场跪地倒毙。

太子御一个翻身滚下马背，长剑钉入青石地面，划出长长刺目的火花。

夜玄殇凌空一剑劈得太子御狼狈落马，亦被他透剑而来的真气震得手臂生痛，纵声大笑，当空向后退去，落地时反手一剑，正往刚刚站稳脚步的连相面门罩下。

子娆袖底夭矫灵光，伴着雨雾冰丝同时攻至。连相立时变成腹背受敌，岂敢在他二人联手之下逞强，骇得抽身横移，全力向左避开。

禁军侍卫刀剑齐发。

夜玄殇轻声冷哂，身形一闪，左掌破空虚击，于漫天寒芒中借势携子娆斜飞出去："夜玄御，想要秘玺，便自己来取！"半空改变方向，落往雨密烟浓的东殿。

"给我追！"太子御怒火中烧，猛一拂衣震退赶来相护的侍卫，咬牙下令。

"殿下！"连相飞退回来，与虞峥二人左右近前，齐声阻止道："殿下金体尊贵，莫要亲身犯险。"

太子御眼中透出森然寒意："竟胆敢入西宸宫来，无论如何，不能让他走脱！"

虞峥立刻道："夜玄殇尚未离开王宫，臣即刻调动禁卫封锁九门，令人严加搜查，就不信他还能插翅飞了出去。"

太子御沉着脸略一挥手，虞峥微一欠身，回头命道："你们保护殿下，外三部人马随我封城！"率半数禁卫离开。

目送禁卫迅速布防，连相沉声道："殿下，夜玄殇既已见过大王，秘玺恐怕当真落入了他的手中，与他同行的女子该是那王族公主，倘若帝都插手此事，便是极大的麻烦。"

夜雨浇下，西宸宫并不严重的火势已然渐熄，唯余烟尘满地，枯叶席卷。太子御看向黑暗中帷幔深寂的寝殿，冷然道："能一剑令你受伤，老三果真今非昔比。哼！此二人竟然进出禁宫如入无人之境，传我命令，西宸宫秘卫，一个不留！"

连相眼中掠过一道冷芒，下颌微抬，示意亲卫前去，沉声献计："殿下不妨放出消息，便说夜玄殇私闯西宸宫，偷盗秘玺，这样便连王族亦无法维护他，至于这里……"他伸出负在身后的手掌，轻轻向下一挥，做了个干脆的手势，"弑父夺宝，二公子岂会坐视不理？正好借他之手，一举两得。"

太子御冷眼一睐："老二上次入楚，并未痛下杀手，国师对他已经不甚放心，决定亲自清理门户，以免夜长梦多。他的武功更在老三之上，趁其不备尚可收拾，否则打草惊蛇，让他与老三联起手来，那才叫真正的麻烦。"

连相显然对夜玄洞亦有些顾忌，沉吟片刻，再道："若如此，西宸宫这里便不必操之过急……"跟着声音略低，在太子御耳旁密语几句。

太子御侧首看他一眼，目光微闪，缓缓点头："言之有理，西宸宫尚且有些价值。只不过，也要等他二人有命活到明天再说！"

连相道："夜玄殇能潜入西宸宫，除秘卫之外，其他人也未必尽数可靠，我亲自去看看，以防万一。"

太子御脸上浮起笑容："辛苦首座了。"

寝殿深处，白虎秘卫的尸身四下横卧，断刀残剑，鲜血蜿蜒玉阶。

夜雨未能洗净空中浓重的血腥，枯枝败叶随风卷入，长长的宫帷却在潮湿的雨意里凝滞沉默，一动也不动。天色将明，正是这深宫长夜最为黑暗的一刻。

殿中灯火早已灭尽，唯有染血的金帷背后透出丝丝雨光。王榻之上，一阵阵痛苦的喘息声如同困兽濒死，仿佛在下一刻便会骤然而止，却又偏偏无法获得这样的解脱。

太子御站在王榻之前，隔着一层凌乱的烟纱看向帷帐深处，眼中暗潮翻涌，情绪莫测。

"殿下。"轻怯的声音自身后响起。太子御侧眸回身，晦暗的灯帘之外，低头跪着一个朱衣长发的女子，手中金盘上是一盏新热的汤药，一个碧玉瓷瓶。

侧旁燃起的宫灯，照亮了女子半边容颜，纤细柔荑托起琥珀色的汤药，如画眉目，微映萤光。

太子御目光扫来时，女子越发深深垂首。

忽然间，白色金纹的长袍掠面而过，太子御伸手拿起了药盏，袖间冷血的气息，瞬间令人窒息。女子微微一颤，不敢抬头，却又忍不住向上瞥了一眼，只见太子英俊的轮廓逆了冥光，剑眉入鬓，若沉永夜，而他的声音便仿佛雨夜深处交织的暗流，不见一丝感情，亦不觉一分温度："父王受惊了，儿臣来服侍父王用药。"

他俯下身子，亲手将老穆王扶了起来，侧影重叠好似父慈子孝。

玉盏送至唇畔。老穆王喉咙深处咯咯作响，手指紧抓着被衾，窸窣发抖，似是想要挣开。太子御森然道："我亲手喂你服药，你却为何不喝？"说罢扶着他下颌的手用力一收，顿时，便强将那滚烫的汤药灌进他嘴里去。

跪在帘外的女子听着老穆王剧烈的呛咳，美目微闭，露出不忍的神色。

但这汤药却是奇效，只灌进了大半，老穆王喉中发出一阵闷闷的声响，蓦地吐出数字："你……这个逆子……"

太子御眼神一变，手底力道骤然收紧，迫至榻前："我让你在此安享荣华，这么多年始终未下杀手，可是你，竟然将秘玺交给老三！你终于得偿所愿，他拿了紫晶灵石，回来交换王位了吗？"

老穆王瞠目视他，半晌说不出话，只是蹬得床榻砰砰作响。伴着帘外女子轻声惊呼，太子御猛地松开了手，哐当一声，榻前碎玉四溅，药盏摔个粉碎："哼！别以为有了秘玺他便斗得过我，跟我争王位？做梦！如今我必要你好好活着，看他如何送死！"

说罢他拂袖起身，向外走去，路过女子身边脚步一停，冷冷地道："给他按时喂药，人若是死了，我拿你是问！"

那女子抬起头来，看着太子扬长而去的身影，目中露出了极其复杂的神色。

第七章 东宫夫人

箭声雨势落向身后，夜玄殇带了子娆投身一座装饰华美的宫殿，一闪没入雨中，竟往太子居住的东宫而去。

太子册封之初，穆王特降王旨，辟琼湖御苑，发民夫万人，整整历时五年，为储君建造墨宣、承澜、永宜三殿。整座东宫琢玉为台，引湖为池，雕梁画栋，广殿瑶阁，其规模建制几胜西宸正宫，恩宠寄望，可见一斑。

如今病榻上垂死的君王恐怕从未想到，三十年心血，养虎成患，一朝兄弟阋墙，自己最不愿看到的一幕却在这美轮美奂的宫宇间成为染血的现实。

自古天家荣华路，白骨亲恩终不还。

两列火光出现在碧树掩映的宫苑前方，夜玄殇一揽子娆纤腰，两人掠向临湖高耸的山石之后。十余名铁甲禁卫自近旁巡逻而过，紧接着，便有另一队禁卫自对面经过，可见太子御已下令对整座王宫展开了严密的搜索。

趁着禁卫交替的空当，两人再次施展身法，悄然潜入了永宜殿的一座侧苑。

此处宫苑规模较小，在渐深的夜色下便显得精致宁静，当中一座双层重檐的金瓦殿阁，两侧檐下挂有精巧的玉石风铃。雨滴自檐角淅沥坠落，不时轻轻作响，阶旁一溜青石宫灯在寒夜雨意里透出朦胧的微光。

东宫禁卫尚未寻来此处，瞒过普通宫人对夜玄殇和子娆自非难事，两人轻而易举地进入了二层香阁。室中绡帐烟帷，暗香萦绕，一盏紫金琉璃灯悄燃案旁，观其陈设，显然是某位嫔妃的住处，却不知为何深夜之中主人外出不在，唯有几个垂鬟宫女侍奉殿外。

"太子御定会命人封锁宫门，四处驻兵，墨宣、永宜两殿乃是东宫妃嫔居所，他们即便搜查也不敢太过放肆，我们正好先在此睡上一觉，等他们折腾够了，再设法出宫不迟。"夜玄殇一边说着，一边随手封了自己肩头数处穴道。

子娆眸光微挑，转袖压上他左臂，低声道："你不宜再逞强动手，莫当这血蛊是玩笑。"即便隔着微湿的衣衫，夜玄殇臂上仍透来火灼般的温度，令人触之心惊。他却寻了个舒服所在坐下，含笑扭头，任子娆手底闪出数道清幽的光华，绕臂而上，消失在肩头。

子娆内功心法源出巫族，虽不能如妙华夫人般以血炼术操控毒蛊，却可略加抑制，遂以莲华之术在他身上设下三道禁制，暂时封住他通往心腑的三条经脉，以免血蛊出现异常。

命脉握于人手，任人禁制武功，对于之前的夜三公子来说皆是不可思议的事。此时他却向后靠去，放松了身体，眉间唇畔带着漫不经心的微笑。

"那连相确是不可小觑的高手，和我硬拼一剑，却只吐了口血了事。太子御有此人护身，倒是麻烦。"

剑柄上玄龙玉玦微微晃动，在他掌心投下轻暗的影子。

"他活不过明天。"子娆修眸半垂，轻描淡写，不似在谈论一个人的生死。

待要撤袖起身，却冷不防夜玄殇反手一握，她如玉的指尖骤然落入他的掌心，玄袖交叠，冷雨幽香的气息，绵延于殿外旖旎的风铃声中。

他握了她的手向前倾身，另一只手随意搭在膝头："唔，让我猜一猜……"他微微眯了眸，侧首看她，突然道，"白虎上将，卫垣。"

子娆墨睫微扬，似有雨样的流光在那黑漆漆的凤眸深处闪过："你寻了这么个所在以逸待劳，是否也在等有人替你布置好宫门守卫？太子御恐怕做梦也没想到，自己倚为臂膀的禁卫统领竟会暗动手脚，在此关键时候反助他人吧。"

曾有何人，一言道破帝都潜藏的机锋；又有何人，能将夜三公子的暗牌底细，看个清楚分明。

原来谁也不是简简单单，原来谁也不曾刻意隐瞒。

夜玄殇眼底笑意渐浓，终是低笑出声："有趣，游戏开场，总是有人相陪才不无聊。"他唇角漫然轻扬，指尖挑起一样东西，"呐，这个送回给你。"

一个朱红锦囊落入掌心。

紫晶石清澈的感觉透过丝锦传来，碧玺灵石倏然感应，在子姣袖畔发出点点七彩的幽光。他靠近她的耳边，含笑的声音低沉悦耳："珍宝赠佳人，以此为聘，赠我佳人。"

殿外夜雨声声，随风吹入耳畔。

"兰音夫人！"一辆青帷鸾车停在殿前，垂帘挑起，步下一个朱衣乌发的美貌女子，侍女急忙趋前撑伞，殿中宫人挑起灯火，纷纷垂首敛衣。

那女子似乎极是疲惫，挥了挥手，命众人退去，只留两名青衣侍女入了二层兰阁。从她的衣饰规格和众人的称呼可以判断，她是太子御众多嫔妃中的一位，夜玄殇听脚步亦能知晓她身怀武功，早与子姣刻意匿了行迹。

隔着珠帘华幕，只见那女子由侍女伺候着除去身外织锦罗衣，卸下妆镶。方才在迤逦的衣袂下并不觉得，此时贴身一袭烟水色及地绢丝薄衫，微微隆起的小腹显示她至少已有了四五个月的身孕，一手扶着侍女在绣榻上躺下，闭目道："你们去吧。"

两名侍女低声应是，燃了玉露熏香，放下珠玉重帘，一同退出室外。

帘内一片幽暗，唯有雨声烟香，和着婉转的风铃，更显一室静谧。

那女子和衣而卧，幽幽地盯着那轻烟缭绕的紫金香炉，目光之中透着几分忧郁的情绪，过了片刻，口中低低飘出一声叹息。侍女在帘外禀报，东宫禁卫搜查刺客至永宜殿，她也只是淡淡地应了一声，并未显出太多的惊讶。

窗外火光闪动，传来禁卫的脚步声，一阵风起，吹得檐下风铃阵阵作响，那女子自帘外收回目光，垂眸看向自己手中一个碧玉瓷瓶，又是一声轻叹。禁卫们搜查宫闱，自不会进到夫人寝宫，亦不承想夜玄殇会大胆潜入东宫来，不多会儿便退了出去，苑中恢复原本的寂静。但那女子却于榻上翻覆难眠，秀眉轻锁，似是心事重重。

凭夜玄殇与子姣的修为，虽然近在咫尺，却不会令她察觉。既暂不担心有人寻来此处，两人索性盘膝抵掌相助行功，借机恢复功力，内息交辅流转三五个周天，功行圆满，皆觉神清气爽。

两三个时辰过后，已是天色微明，那女子辗转一夜，终是披衣起身，自行挽了秀发，向外道："着人备车，我要去玄女祠上香。"

帘外侍女齐声答应。

深寂重幔之后，夜玄殇与子姣目光一触，会意一笑，两人悄然推开后侧的雕窗，闪身逸出室外。不过片刻，便潜入了准备出宫的车驾。

彼时天色蒙蒙，方才初亮，驾车的内侍之前已检查过鸾车内外，套好马匹。车中本便舒适宽敞，设有绣褥软榻、玉案琴桌，两侧重帘垂掩，隔挡风寒，可容三五人同乘而不觉局促，竟无人发觉车中多了两人。

"夫人当心。"

殿前挑起两盏七宝琉璃宫灯，兰音已换了一身淡碧色银丝绣叶千鸟宫装，外罩雪色单裘，在侍女的搀扶下步下殿阶。左右内侍半挑车帷，她拂开侍女低头登车，尚未适应车中幽暗的光线，肋下微微一麻，喉中哑穴亦被一道指风扫中，惊呼声未及出口，已落入一双有力的臂膀当中。

身后车帘一晃飘落，光线骤暗，车驾微微晃动，往宫门方向而去。兰音手指已握上袖中软刃，却连一丝反抗余地也无，惊慌抬眸向上看去，猝然便撞入了一双深湛的黑眸。那男子眼中有着戏谑的笑意，微挑的唇角带着懒洋洋的潇洒："不要出声，我便解开你穴道。"他压低声音在她耳畔，目光往她袖畔一瞥，笑道，"也不要随便乱动。"

兰音此时方才发现，车内还有一个玄衣女子，正以手支颐斜靠玉案，一双星眸似笑非笑，斜斜掠来，周身上下都透着股慵媚风流的滋味："喂，你好好说话，可别吓着人家。"

兰音和她双眸一触，只觉那目光仿佛将心腑看透，若流泉清渊，绽放涟漪重重。天下间何来第二个女子，有此绝尘姿色，又何来第二个男子，有此心魂胆魄。她顿时知晓了来人身份，转回目光，微微点了点头。

夜玄殇一笑，解开她穴道。她果真没有向外呼救，颤声道："你……你是三公子。"

夜玄殇笑道："哦？你认得我？"

兰音目中透出一丝惊喜，随后轻声道："公子怕是不记得了，我以前是王后娘娘身边的医女，名叫兰音。"

"兰音……"夜玄殇眸光微细，端详她清秀的眉目，若有所思。兰音幽幽叹道："三公子或许不记得我，但可能还记得此物吧？"

夜玄殇眼中微微一凝，子嫇顺着他的目光看去，只见兰音轻抬罗袖，自发间取下一支缠枝银钗，钗头缀着两串小巧精致的铃铛，在她指间发出清脆动人的声响。

银铃声轻，如碎珠落玉，如楚都一场风花旖旎。

染香湖上轻歌曼舞，低语风流，美人多情。

一去三年，薄雾中明媚的笑靥，缠绵的乌发，谁人的鲜血，在剑下掌心蜿蜒成歌。

夜玄殇抬头，似乎笑了一笑："你是曲铃儿的妹妹。"

"她真正的名字叫作兰铃，我和她皆是若羌族的战奴……"

兰音看着手中银钗，目光缥缈，娓娓道来。

东帝初年，穆国侵占西地边境若羌一族，发兵灭其宗国，吞并领土，俘虏族众三千余人，随军押回邯璋，其中男子多数发至军中做苦役，女子则送入宫中挑选为奴。

兰铃、兰音乃是一对异母同父的姐妹，两人出身若羌王室，皆是天生艳骨，颇具姿容。妹妹兰音通晓医术，性情温顺，被当时的穆王后选中作为随侍医女。姐姐兰铃精擅用毒，武功亦较妹妹为胜，却被太子御看中，收入东宫，与同族中计轸、计先两兄弟一起，成为东宫座下杀手组织的成员。

一年后，三公子夜玄殇奉命入楚，太子御深恐他威胁自己的储君之位，派出东宫精锐暗中行刺。此时计轸已成为东宫首席杀手，为求族人一纸赦书，命胞弟计先以质子府总管的身份监视夜玄殇，并领十三杀手亲赴楚国，执行任务，不料，却在归离剑下战败而归。

太子御一怒之下斩去计轸一手拇指，再下杀令，命此先早已进入楚国的兰铃接近夜三公子。

半月阁中铃音绵缦，媚香软玉，温柔陷阱……

夜玄殇倚剑而坐，眸色深不见底，也看不出是喜是怒，也探不见悲欢波澜，仿佛兰音口中的故事早已忘却，怎样的杀戮能够洗清疯狂的仇恨，怎样的情义可令人生死为注。

那又是怎样一个女子，在生命最后一刻，用她甘美生香的鲜血，寸寸染透他的剑锋，化作那些剑下亡魂惨淡的哀歌……

"从此以后，我再也没有见到铃儿，再也没有收到过她的消息，计轸他们也再没有回穆国来。这几年我曾多次设法打听，东宫上下皆是讳莫如深，就连计先也不肯透露分毫，只私下将这支银簪送回我手中。我知道铃儿定然已经不在了，公子能告诉我，究竟发生了什么事吗？"

兰音抬头，凝眸相询。夜玄殇看着那双似曾相识的美目，少顷，淡淡地道："他们绑架了我最好的朋友，用他和铃儿要挟，想要取我性命。我杀了他们三十八人，却也身中剧毒。后来铃儿以口中毒丸替我解毒，计轸亦死在我的剑下。"

他轻描淡写，仿佛说着与己毫不相干的事情，身旁两人却都可想见那一战的惨烈。兰音身子微微一颤，两行泪水悄然而下。

子娆挑眸看向对面黑暗中俊冷的男子，记起一同逃出楚都时替他包扎伤口，曾见他胸前有着一道极深的伤疤。那样危险的一剑，几乎致命的手法，只是恰恰，偏过了心脏。

她亦问过他这伤疤的由来，他只笑说，不慎为一美妓所伤。她奉送一句风流色鬼，他自欣然笑纳。笑容深处隐藏的故事，真正的夜三公子玄殇，他的背后是怎样的世界，想来无人知晓，或亦无从知晓。

突然间，兰音扶着玉案向前跪下，抑声泣道："三公子，太子殿下暴虐无常，杀戮随性，视我羌族人命如草芥。若羌族三千战奴，数年来只余不足两百，我虽被封为夫人，却受殿下之命日日喂大王服毒药，分毫不敢违拗。兰音恳求公子，设法救救我的族人，若羌族上下，愿以死为报！"

夜玄殇剑眉微蹙，抬手扶她："你身子不便，起来说话。"

子娆在西宸宫时，也曾留意老穆王情形，心中早有疑虑，但因当时太过匆忙，未及细细察看，轻声问道："你说穆王重病乃是药毒所致？"

兰音从袖中取出一只碧玉瓷瓶："或是以汤药入毒，或是以药丸送服，整整六年从未间断。大王每次毒发，皆是痛苦无比，便是在旁看着也叫人心惊。"

子娆接过瓷瓶，取了粒药丸分辨一番，眸中闪过诧异的光芒："这药丸是何人所制？"

兰音摇头道："太子虽因我曾是先王后身边的医女，对我稍微放心，但这药丸的制法却从来不让我知晓。我也曾偷偷研究过，才发现里面混了罕见的剧毒，只可惜以我的医术无法一一分辨。唉，若是换了兰铃，定能弄个清楚。"

子娆掂量着手中毒丸，心思电转，似乎想起什么事情，凤眸微细如刃，似有流光轻轻闪过，方要再向兰音问个究竟，鸾车一震停了下来，外面传来呵斥之声："何人出宫？"

车外早有内侍上前斥道："大胆，竟敢阻挡夫人车驾！"

原来鸾车已抵宫门之前，只听外面脚步声响，似是禁卫们簇拥着一人上前，那人在车前停步，朗声笑道："不想竟是兰音夫人，禁卫们鲁莽了。禁卫统领虞峥，奉太子殿下令旨戒严内城，任何人出入宫门，皆要停车搜查，还请夫人见谅。"

兰音微微一惊，只恐他们发现不妥，喝退内侍，柔声应道："妾身身子不便，不宜抛头露面，统领可否通融一二，以免妾身尴尬之苦？"

虞峥道："殿下严令，臣职责所在，着实有些为难，这样吧……"他顿了一顿，对四周禁卫命道，"你们退下。夫人只需令臣一观车内，例行公事之后，自会放行。"

禁卫们应命退开。

兰音并无理由推辞，心中暗急，虞峥只当她已默许，道声"得罪"，上前挑开车帘。

兰音一惊之下，险些脱口轻呼，却被夜玄殇一把捂住樱唇，只睁大了一双美目，迎上看进车内的虞峥。

出乎意料地，虞峥目光与她一触，复自车内扫过，随即微微躬身，退后放下垂帘。夜玄殇这才松开兰音，含笑对她摆了摆手。兰音惊魂甫定，却见子娆亦只是凤眸淡挑，玉容静冷如水无波，眼中现出意外的惊喜。

虞峥道声"打扰夫人"，便对宫门侍卫摆了摆手，示意放行。鸾车徐徐前行，眼见便要驶出宫门，忽听一阵马蹄声响，有人叫道："且慢！"数匹骏马驰至近前，堪堪拦住车驾，当先锦衣佩剑之人，正是东宫首座连相，勒马问道："车内何人？"

鸾车内外皆是一惊。

虞峥当即趋前一步，抱拳笑道："原来是连首座，前面是兰音夫人的车驾，正准备出宫去。"

"哦？"数名东宫侍卫应手散开，连相翻身下马，按剑前行，直到车前停步，"敢问夫人何故这么早出宫？"

过了片刻，车内环佩微响，传出一个柔美动听的声音："今日是朔月之日，我早已禀过太子殿下，要去玄女祠上香，为腹中孩儿祈福，连首座可有疑问？"

这声音十分悦耳，柔若春风，连相听出的确是东宫宠姬兰音夫人无错，目光却掠过地下泥泞的车辙，稍后转身："夫人既已禀过殿下，连相自是不敢阻拦。不过昨夜东宫有刺客潜入，至今未曾捉获，夫人现在身子贵重，需得分外小心，不若由连相护送夫人出宫，以防意外。"

虞峥暗暗皱眉，倘若连相当真生出疑虑，出其不意动手搜车，那车中二人，包括兰音夫人，恐怕都难逃他毒手。心中正自焦急，前面车帘突然微微一晃，挑起寸许，露出兰音夫人半边娇美侧颜，淡哼一声，樱唇微启："我母子二人岂敢劳动首座大驾？首座若不放心，尽管跟着就是，便是再上来看查一番也无妨。只是虞统领刚刚亲自将我这车驾内外搜了个遍，我倒不知，首座大人原来连虞统领也不放心。"

这话中不软不硬，显然隐含不满，连虞峥这禁卫统领也捎带在内。虞峥迎上连相询问的目光，低声苦笑道："车内确无他人，她毕竟是殿下的姬妾，也不好太过。"

连相虽在东宫权势过人，但太子御至今无一嫡子，兰音夫人如今身怀六甲，倘若产下男儿，虽非嫡出，亦系长子，母以子贵，难免身份不同，纵使连相亦不愿开罪于她。更何况，虞峥既已先行搜查，想这小小鸾车也不至真有疏漏，向侧扫了一眼，令侍卫退下，道："夫人言重了，在下是恐夫人遇上意外，既然如此……"虞峥接着笑道："不如这样，便由白虎禁卫送夫人出宫好了，以免万一，这也是他们分内之事。"

"统领好意，兰音心领了。"兰音夫人淡淡地道了一句，玉手一松，垂帘飘落，喝道，"还不快走，误了吉时，拿你们是问。"

驾车的内侍得了命令，扬鞭策马。虞峥抬手点了数名亲卫，低声吩咐，几人翻身上马，随着鸾车绝尘而去。

直到鸾车离了宫城，兰音才放开袖中紧握的软刃，深深呼了口气，方柔声道："连相此人工于心计，最难应付，太子又极是信任他，东宫上下都对他忌惮三分，三公子若再遇上此人，千万小心。"

子娆目光自她袖畔收回，察觉她方才竟是存了一搏之心，可知这美丽的若羌女子对太子御确非真心屈从，只是迫于无奈，亦不如表面那般逆来顺受。

夜玄殇笑道："不必担心，我自有办法。"

兰音自方才虞峥的举动，已经猜知夜玄殇在和太子御的对立中并不如表面这般被动，既惊且喜，道："我知道公子定能再回王宫，公子若有用得着兰音的地方，便尽管吩咐。我们若羌族的人都经受够了太子的凌虐，只盼着公子能救我们于水火。"

夜玄殇挑了挑眉，淡淡地道："你怎知我便不像太子般任行杀戮？"

兰音看着他，美目之中泛起温柔的笑意，轻轻摇头道："我知道公子不是那样的人，很多年前我在王后娘娘那里第一次见到公子，便知道公子和太子殿下是不一样的人。如果公子成了穆王，那我们若羌族一定不会再遭受战火，穆国也不会像现在这样不断备兵打仗，总是人心惶惶。"

夜玄殇迎着她期盼的眼光，注目片刻，突然一笑道："你错了，若我为穆王，则必将加倍征兵，扩充穆军，十年之内，九域诸国十将去其八九，穆国亦未必如今日之存在。"

兰音身子微微一震，看着他不能言语。他却望向车外，深邃的目光仿佛穿透重帘，落在遥远辽阔的疆土之上，徐徐道："自四十年前幽帝失德，各大侯国不断扩张领土，挑起战争，相互倾轧，时刻面临着战败甚至灭国的危险。而像若羌族这样处在夹缝中的小国，更是势单兵弱，一旦失去庇护，往往落到被吞并的下场，族人沦为大国奴婢，任人凌辱，处境凄惨。这种情况愈演愈烈，今时今日，在诸方推动之下，已到了一个极其微妙的聚点。穆国纵为诸侯之一，坐拥西陲数千里疆土，也无法改变这一必然的趋势，不为强者，便遭灭亡，而也唯有一个强大的政权出现，这早已饱受荼毒的天下方能得到最终的安宁，像若羌族人这样的百姓，也才能真正摆脱战乱之苦。"

他最终转头看向子娆，子娆凤眸轻扬，与他半空相交，自那轻慢的笑容之后，看到一丝精湛的锋芒，那是唯有强者方有的霸气与信心。

"不错，不为强者，便遭灭亡。"

她淡淡一笑，轻声浅道。

唯有王者才能真正知道王者，最理解男人的永远是男人。

若非这一趟楚穆之行，她或许也不会真正明白，为何子昊倾注如此心力，甚至不惜以战争为代价，也要以一族号令天下，扶立大国强权，拱卫帝都。

祥和与宁静往往以杀戮铺就，眼前桀骜的男子，一语中的。

而此时的九公主，亦非九重深宫温婉的绝色，指端鲜血，袖底荣华，这乱世烽烟终将有她的身影，与他一起，共赴这天下之战，共看这如画江山。

夜玄殇带着若有所思的神色凝视子娆，稍后抬眼一笑，转向兰音问道："你不怕吗？"

兰音垂首，微咬红唇，片刻抬头轻声道："我不知道天下究竟会怎样，但我相信三公子。"

夜玄殇含笑倾身，不再多言，向车窗靠去，道："玄女祠到了。"

第八章 巫族奇毒

夜玄殇与子娆离开玄女祠，绕往城东郊外一座宅院。这宅子占地颇广，重门深户，表面看来似是城中富商置办的别院，实际却是跃马帮在穆国的一处暗舵，如今众人皆在此处落脚。

两人刚刚进门，彦翎已从里面一个闪身蹿了出来，抬手便往夜玄殇肩头拍落："喂，你小子一夜未回，哪里去了？"

近旁玄影轻飘，一道袖风忽然拂面而来，迫得彦翎哎哟一声，一连两个空翻向后跃开，只见子娆斜睨凤眸，似笑非笑地打量过来。彦翎素来有些怕她，后退两步，勉强笑道："美……呃……公主，你别这么看我，你一看我，我就心里打鼓。"

"哦？"子娆眼梢淡挑，奇道，"未做亏心事，不怕鬼敲门，我不过看你一眼，你怕什么？"

彦翎道："这个……我不是怕，是公主实在太美，人云色是刮骨钢刀，公主看我一眼，我便要少活十年。倘若来了公主这么美的鬼敲门，我连魂都要没了……"

他话未说完，子娆已是失笑，轻声啐道："色中饿鬼！"

彦翎立时做了个色授魂与的表情，夜玄殇亦是薄唇微扬，边走边问："大家人呢？"

彦翎道："殷帮主和二公子刚回来不久，都在内堂。美人堂主听说王宫失火，不放心你，和聂七他们率人前去接应了，怎么你们没遇上吗？"

夜玄殇脚步微顿："传信叫他们回来，莫要惊动太子方面的人。"

彦翎眼见他玄衣飞扬，龙行虎步，言语之中自有一股别于常日的凌然气度，于不觉间甚是迫人，不由低声嘟哝："这小子真不得了，越来越有派头了。"接着似是想到什么，追去问道，"喂，喂，是否你昨晚将太子御的王宫闹了个天翻地覆？这等好事竟不叫上我，太不够意思了！喂，你没又受伤吧？我发现你但凡不跟我在一起，就非挂彩不可，可见我金媒彦翎多么重要……"

他正自说着，身边幽香倏至，子娆靠近了过来，淡声笑道："小色鬼，再继续啰唆，信不信我拔了你的舌头？"

彦翎吓了一跳，乖乖闭嘴向旁闪去。

子娆不禁莞尔，扬袖与夜玄殇左手相握，行走之间真力透出，便将他经脉间三道禁制解开。夜玄殇身上血蛊之毒表面看来并无异样，就连对彦翎也不曾透露实情。但彦翎既号称"金媒"，一双眼睛何其精灵，又与他十分相熟，已是隐隐察觉有些不妥，却乍见他二人如此亲密，不由暗道一句"乖乖不得了"，瞪大眼睛，连话都忘记了说，一瞬闪过的念头便暂时丢去了天外。

三人入了内堂，殷夕语等人皆在，夜玄洞坐在当中软席之上，闭目盘膝，额上微见薄汗，离司正以金针入穴之法助他行功，身后立着几名天宗弟子，人人面带忧色，但看见夜玄殇，不约而同目露惊喜。

殷夕语点头示意，亦做了个暂莫打扰的手势。离司却是目不斜视，似乎根本未见两人进来，取出最后四支金针刺入夜玄洞背后大杼、曲垣两大要穴，针尾直没肌肤。

夜玄洞身子微微一震，张口喷出一口瘀血。

血色乌紫近墨，令得众人皆自心惊，离司眼中却现出轻松的神色，柔声道："我现在要替公子取针，疼痛会比方才更甚，请公子稍微忍耐。"说罢凝指扬手，施出特殊的手法借力取穴。随着她如兰花般盛放的指影，每隔寸许便有一支金针自夜玄洞背心跳出，皆成邪异的蓝紫之色，看去十分骇人。直到最后一支金针入手，离司方松了口气，笑道："可以了。"

夜玄洞再多行功片刻，睁开眼睛，露出个温文尔雅的微笑，道："多谢姑娘。"

夜玄殇上前沉声问道："二哥，究竟发生了什么事？"

夜玄洞微微蹙眉，近旁两名弟子抢先答道："二师兄，师尊不知为何，竟暗中布下毒阵对付大师兄，更是命宗门围剿风雨雷电四部弟子。昨晚事起突然，大家谁也没有防备，若非大师兄死命相护，恐怕师兄弟们都难生离总舵，但幻电、应雷他们却……"几人脸上皆是愤愤，悲伤之情溢于言表。

天宗风、雨、雷、电四部乃是由王室亲自挑选的精锐弟子组成，向来受夜玄涧直接统率，亦与夜玄殇最是亲近。此次渠弥国师突然发难，四部首当其冲，受创最甚，五百弟子损失近半，余人在千云枪拼死掩护和跃马帮的及时接应之下方撤出苍云峰。

若论平常，纵使独面千军万马，夜玄涧想要破阵突围亦绝非难事，即便是渠弥国师也未必能将他拦下。渠弥国师显然是深悉此点，蓄谋设计，故意令四部弟子陷入死地，使得夜玄涧无法单身独退，变成有死无生的苦战局面。

夜玄殇目中骤然闪过冷冽的异芒，夜玄涧叹了口气，深深望进他眼中，问道："是否太子已与你彻底决裂，师尊亦站在他那一边？"

夜玄殇面无表情地起身："那日离开苍云峰，师尊曾亲自出手想要取我性命，他一直暗中利用天宗替太子谋划，这一步决裂无非早晚而已。"随后苦笑道，"我该请殷帮主早些联系二哥，不想终究还是连累了大家，现在我只担心他们不会放过父王。"

夜玄涧向侧看了一眼，微微一笑："此次若非殷帮主及时相助，四部弟子怕都难以幸免，只因我确实未曾提防师尊。你见过父王了吗？"

夜玄殇将昨晚情形道出，夜玄涧乍闻老穆王重病的实情，心中震惊非比寻常。离司收了金针道："方才我替二公子行针，发现渠弥国师是以数种不同的药物混毒，这些药物平常接触皆无大碍，可一旦用某种特定的东西引发，便会产生剧烈的毒性，是以二公子才难以防备。这种用毒的手法十分奇特，似是与巫族有着几分相似，听三公子所言，莫非穆王所中之毒，亦是渠弥国师所为？"

夜玄涧思索片刻，缓缓道："数年前父王第一次发病，确实曾请师尊入宫诊治，不想竟引出这等祸端。"

突然，一直在旁不曾说话的子娆开口道："穆王服用的药毒，绝非渠弥所为。"她的语气极淡，却亦极是笃定，大家都转头向她看来。

离司道："公主既做此推断，可是亲眼见过那药毒了？"

子娆手腕一翻，将袖中收着的碧玉瓷瓶递去："你且一看，便知究竟。"

离司接过瓷瓶，将两枚药丸倒在手心，细细分辨，忽然间俏目生变，难抑惊异之色，颤声道："怎么会？这药毒的配法竟和重华宫……"

子娆眼风微扫，离司顿时咬唇不语，心下却是惊涛翻涌，再难平复。这药毒的配制方法，竟与十几年来东帝服用的药毒如出一辙，只是分量增减变化，略有不同。她可想见九公主见到这药丸时的心情，必也是惊喜交杂，惊在竟然有人如此高明，能制出这样的毒药，更通过太子御用到了穆王身上；喜却在制毒之人必能解毒，那么这药便不再是无解无救之毒。

子娆转身道："这用毒的手法我太过了解，毫无疑问来自巫族，渠弥国师虽对巫族了解一二，但绝不可能达到如此地步。纵观这世上，能制出这种毒药的人绝不会超过三个，而这三人，却都应该已是死人。"

殷夕语等人面面相觑，都觉此事费解。离司更是蹙眉摇头："公主，莫说渠弥国师，就连夫人当年也对这药毒无计可施，只有那个人……但是，他已经死了，被活葬在王陵之中，怎么可能会出现在穆国王宫？"

"不错，他早就该死。"子娪眸光轻侧，看向夜玄殇，徐声道，"你始终不肯告诉我究竟是谁为我解开了四域噬心蛊，此人定然与巫族有着极深的渊源。我知道你不说，必是先前答应替他保密，我亦不会逼你毁诺，但从今日起，我会调动冥衣楼所有人手，哪怕翻遍穆国，也必要查出他的身份，将这药毒之事问个究竟。"

事涉帝都秘辛，倘若换了他人，子娪恐怕早已动手逼问，但她却太过了解夜玄殇，知他虽表面看来万事随意，但若当真有所决定，便是无法勉强，此时也只有耐下性子，从长计议。

夜玄涧沉吟道："三弟，此事涉及父王安危，看来亦与王族关系匪浅，只怕当真要请出此人，方才能将所有疑问解开。"

夜玄殇凝视子娪色若仙魅的容颜，想起妙华夫人面纱下摄魂的眉目，以及峋息神秘的行踪，心知这其中必有无数隐秘不为人知，却与巫族、帝都甚至穆国皆尽相关。

妙华夫人出手救治子娪，事后掩饰踪迹，显然甚是忌惮渠弥国师，由此恩怨推断，她必与峋息一样，同巫族有所瓜葛。而多年之前，妙华夫人私下促成自己入楚，却又在太子御当政之时安然保身，闲居清池野观，不受分毫影响。关于紫晶石的密约，唯有她与穆王二人知情，太子御又是从何得知，并误认为他同穆王做下了王位的交易？子娪既断言渠弥无法调制出令穆王重病的药毒，那么这些年又是谁在幕后操纵，令穆国祸起萧墙，一步步走到今日的形势？最关键的是，峋息与妙华夫人都对子娪极其关注，这一切又究竟与她有着怎样的牵连？

一个个谜团，隐藏在那重重的面纱之下，那双冷媚的眼睛似乎正不动声色地审视着每一个人，犹如注目棋盘上一颗颗棋子，利用着一切可以利用的东西，交易、承诺，甚至感情。

夜玄殇眸心深处闪过一丝无声的精芒，随后眉峰略挑，对子娪笑道："既然在穆国，你要查的事，便着落在我身上，莫要轻易暴露冥衣楼，此事不宜操之过急，否则只怕适得其反。"

离司在旁听着，心中虽也极想找到那配药之人，但亦觉得夜玄殇言之有理，只是恐怕以九公主的性子，难以善罢甘休，转头看去。却见子娪微微垂眸，既而抬头迎上夜玄殇深湛的目光，过了片刻，轻轻一笑，道了一字："好。"

无须更多言语，亦不必再做解释，那一瞬间双目的对视，令在场众人都生出一种异样的感觉，感受到两人之间宝贵的信任。离司不由露出一丝惊讶的表情，彦翎却看着夜玄殇含笑的眼神，摸了摸鼻子，暗中嘀咕："嘿！这小子，难道天生就叫女人觉得可靠吗？"

　　他自这里腹诽好友，夜玄殇却微一扬手，已反身坐下："如今我们既已与太子御翻脸，接下来便没什么好说的了。太子御手中控制着邯璋内外三十余万兵力，乃是穆国军中精锐，不可小觑，但幸好其中关键势力已被我们渗透，更何况敌明我暗，彦翎手中也掌握了十分精准的情报，实际对我们颇为有利。"

　　他语气中自有种令人折服的气度，众人皆落座案旁，讨论下一步该如何行事。

　　夜玄涧道："如今最令人担心的是父王的情况，另外部分跃马帮部属和四部弟子陷落在苍云峰总舵，需得设法营救。"

　　大弟子易风蹙眉道："师尊留他们不杀，将人囚在总舵，就是吃准二师兄必然不会坐视不理，总舵水牢机关重重，我们务必小心才是。"

　　殷夕语亦道："三公子应该比我们更加清楚，苍云峰上遍布守卫，一众弟子皆非庸手，再加上渠弥国师本人，无论是智取还是硬拼，我们都没有百分之百的胜算。"

　　夜玄殇薄唇轻挑："即便他设下天罗地网，我也必要救人，这一点算他这个师父知我甚深。"

　　子娆此时睨他一眼，淡声道："交给冥衣楼吧，倘若正面冲突，虽然冥衣楼不如天宗和跃马帮人多势众，但若要暗中救人，却绝不会失手。"

　　夜玄殇略一侧身，靠近她低声道："喂，打架的事，莫要跟我抢。"

　　子娆侧眸相望，丹唇轻轻一挑，仿似一抹曼然笑痕："又没说不让你去。"彦翎忍不住又摸了摸鼻子，看着他俩，眼中越发露出浓厚的兴趣。子娆却已转向殷夕语道，"跃马帮在穆国是明面上的势力，太子御若有所行动，必将第一时间针对你们，天宗寻人也会从这边入手，以期获取情报，所以这段时间跃马帮务必小心。"

　　殷夕语点头道："我已命人将四部弟子安顿妥当，并传令部属多数转入暗处，只留下公开的商号铺面，但也严加提防。哼，太子御想要动跃马帮，也不是那么容易的事。"

　　话中自信的口气尽显这一方帮主的强大实力，经此一番波折，这富可敌国的帮会已完全成为帝都的盟友，如今亦唯有拥立夜三公子继位，方能保证他们在穆国的利益。

　　此时外面弟子来报，白姝儿与聂七等人返回暗舵，说话之间，几人已来到内堂，见到夜玄殇与子娆平安无事，皆放下心来。墨炘、聂七来到子娆身后，低声禀报几句，子娆轻垂的睫下晶辉一漾，流光如刃微闪。

　　白姝儿侧身跪至案前，这心机叵测的美女此时换回惯穿的轻丝白衣，乌发媚香，一身风情袅袅，娇声嗔道："公子真是出人意料，闹得太子御人仰马翻，今日邯璋城中三步一岗、五步一哨，真可谓草木皆兵。我们还担心公子遇险，谁知公子早已安然脱身了。宫中刚刚传出消息，说是公子取走了传国秘玺，可是真的？"

夜玄殇挑唇而笑，悠闲向后靠去："呵，这么快便得知了消息，莫不成太子御自己在城中大肆宣传，搞得人尽皆知？"

白姝儿目光一亮，喜道："公子这么说，便是当真取到秘玺了？"

"父王已亲口废去太子之位，并命我肃清门庭。"

随着这漫不经心的话语，室中微微一静。

夜玄殇将归离剑横置膝上，解下墨色圆玉，与剑上系着的玄龙玉玦合二为一，顿时现出一方精巧的古玺。两块玉石上的花纹合成"国祚永存"四个金篆小字，外周饰以盘龙云纹，观其形制，正是穆国传位秘玺无错。

这一枚秘玺，几乎等于穆王之位尘埃落定，太子御已然失去继承之权。莫说他人，就连夜玄涧亦不知玄龙玉玦中藏有如此奥秘，不由叹道："看来真是天意，这块玉玦本便该属于三弟。"

"这下太子御可要气得吐血了。"白姝儿道，"公子接下来打算怎么办？"

夜玄殇笑问："姝儿以为呢？"

白姝儿媚声道："公子早便心中有数，偏要来问奴家。如今太子御身边最令人顾忌的便是连相，若除去此人，太子御便成了没牙的老虎，再也威风不起来。"

彦翎凑近笑道："美人堂主说得没错，可惜因昨晚宫中出事，连相命人取消了今天远庭芳的约会，让他逃过一劫，不然九公主的厉害手段可够他消受的。"

子娆无声地扫了他一眼，彦翎吓了一跳，顿时缩头举手道："我不是故意要偷听公主谈话，只是刚刚一不小心……嘿！我金媒彦翎的耳力自然比他们要好上一些，嘿嘿……"

子娆见他嬉皮笑脸的得意模样，不由啼笑皆非。夜玄殇倚案说道："正好，昨夜一战未曾尽兴，连相这样的高手并不多得，不妨留他一命砺剑。"

白姝儿妙目飘转，柔声道："据我所知，连相此人虽老谋深算，但却最是好色，是邯璋城中很多舞姬歌女的入幕之宾。目前他最宠爱的便属红颜阁的头牌如情姑娘，想要杀他，最好便是从此下手，我可保证令他死得神鬼不知，何用公子亲自动手，只是姝儿现在用不了大自在无相法……"话音未绝，悄悄觑了子娆一眼。

子娆淡淡抬眸，忽地挑唇一笑，拂袖起身，弹指间清光流闪，数点蝶影在白姝儿身上轻溅飞散，顿时将施在她身上的六脉锁穴法解除。

晨光照帘而入，洒上玄衣迤逦的衣摆，仿若蝶光清影，流曳生香。子娆眼梢微挑，停步对夜玄殇道："看在你的面子上，之前的事暂且揭过。不过我先将话说在前面，倘若你以后欲收这女人为妾，便莫怪我不给颜面。"说着云袖轻扬，带了离司等人转身而去，余下众人或惊或奇，一室神色各异。

这次轮到夜玄殇大摸鼻子，彦翎忍俊不禁，而后扑哧一声，笑出声来。

白姝儿功力恢复，平息下翻腾的内息，不由暗咬银牙，美眸之中隐隐闪过异样的微芒。

第九章 王女帝姬

帝都，王城内宫。

时已近秋，一场微雨之后，御殿天宫都带了几分清冷的气息，唯有长明宫中的兰台汤池仍是幽香馥郁，奇花绽放，好似融融春日，温暖怡人。

又至黄昏，两列锦衣宫女燃起数盏紫玉琉璃灯，殿中暖雾氤氲，暗香如缕。且兰方才沐浴完毕，正由两名垂鬟侍女以金梳玉露慢慢梳干长发，丝缕琼光透过珠帘宝屏映在女子雪脂般的肌肤之上，仿若水墨幽兰，清美不可方物。

这兰台汤池与长明宫主殿相距甚近，中以双重飞桥交错相连，往来方便，又因其地暖温宜，乃是东帝秋冬之时长居之地。九夷女王入宫，东帝命人添置宫奴侍女，侍奉女王暂居兰台，每口虽不停驾留宿，但皆至兰台用膳小憩，亦常在此面见重臣，并且降旨大修重华宫，新建如仪殿。钦天司亦开始择选吉日，着手筹备帝后大婚的典仪。

天子大婚，四海同庆，帝都内外铺金鎏彩，喜盈天阙，一片圣祥之气。而与此同时，王师六军构筑兵事，厉兵秣马，却隐隐透露出大战将至的紧张。

自王师归朝之后，除了苏陵、靳无余等曾随军灭楚的将领外，雍朝众臣多对伐宣之事一意反对，争论不休，更有甚者，六卿重臣联名上书，叩请东帝收回成命。

谁知当日，长明宫便连降三道御旨，罢司徒辛颜世袭之职，黜退为民。司空如忌连降数级，罚俸一年，贬至造工司为吏，职位由寇契大师首徒宿英接替。甚至连太宰伯成商亦遭面斥，被勒令闭门思过，三日不得入朝。

跟着，东帝连续拔擢九夷旧臣，尤其被誉为智囊军师的叔孙亦，入朝不过数日，便受命暂代司马之职，地位仅次三公，一跃而至天子重臣。古秋同、楼樊则为先锋将军，分领大良造、国尉封衔，且受兵符，负责统调先锋兵马。王城禁军则仍由左右卫将军统领，并诏昔国储君苏陵入宫，随侍帝侧，三日后晋封昔王，兼领司徒之职，入主中枢。

继凤后倒台之后，帝都再次肃清朝野，新臣旧部此消彼长，一时间诤议非议，皆在东帝不动声色的铁腕之下肃然止息，伐宣之战，已成定局。

不日之间，数十艘张有跃马帮徽识的双桅战船由旧楚边城转道扶川，陆续驶入王域，除了粮草军需，更带来大批兵器火药。东帝亦再降恩旨，允许昔日来自七城之地的灾民定居王域，甚至从军入伍，待之与帝都子民一视同仁。

如此一来，王师兵员再增，但即便增兵，加上王域属国，倾其所有兵力亦不过七万左右，而宣国仅是边境驻军便逾十万，遑论横扫北域的赤焰军主力，二十万精兵铁骑虎狼之师，令人谈之色变。

无论是兵力还是战绩，王师皆与赤焰军相去甚远，不怪众臣无人看好此战，亦有朝臣私下将家眷送出帝都，以避来祸，去处最多的便是太宰伯成商的封地昭国。伯成商亦默认此举，不加勒令劝阻，归朝之日再次上表，于九华殿上恳求东帝罢兵息战。

且兰此时地位特殊，册后之前奉诏以九夷女王的身份参议朝政，更因东帝每日驻跸兰台处理国事，对朝局知之甚详，且颇具影响，以叔孙亦为代表的九夷旧臣与以苏陵、靳无余为代表的主战派将领皆与她渊源深厚，乃是朝中支持出战宣国最主要的力量。

倾此一国，守此天下。经历了亡国战火，再入这九重深宫，且兰此时才真正明白自己的母亲在多年之前面对那个人时，究竟是以怎样的心情，做出那个不可思议的决定的。

那是一种绝对的信任，亦是毫无保留的支持。其实，或许从那时起，世上便已不再有九夷一国。

思及此处，她微微闭目，唇畔逸出一丝轻叹，在这片陌生天地、风口浪尖，心中却出乎意料如此安宁，或许便是因为那个人，他似乎永远不会失却的淡定与从容。

外面传来内侍通报之声，身旁宫女纷纷向后退开，敛衣跪倒。且兰转头看去，东帝已到了帘外。

他应是刚退朝回宫，却已换了件素锦常服，仅以玉冠束发，未着王袍，因雨后天寒，外面披了玄色银丝狐裘，灯中影下衬着淡淡的神色，更添雍容清贵。

他抬手令宫人退下，独自越帘而入。

"王上。"

且兰牵衣起身，屏退左右，亲自侍奉他去了裘衣。多日以来，早已知他的习惯，离司如今不在帝都，一应起居倒多是她来照顾。

他侧首微微一笑，温润清冷，翩然如旧："用过晚膳了吗？"

且兰柔声道："尚膳司来请了几次，等你回来。"

闲闲对话，仿佛相处日久，自然而然。收起所有的疏离与隔阂，他却比任何人都好相处，亦是体贴入微，着人沉迷，曾有的那种莫名的亲近便越发清晰，除了东帝与女王，他与她似乎从不陌生。

子昊在软榻坐下，闭目向后靠去，敛了清湛的目光，容色隐隐透出几分倦意。

且兰轻声问道："昭公今日还朝了？"

子昊抬袖指了指方才放在案上的奏章，闭目未语。且兰倾身取来，偏坐榻前垂眸翻阅。

一道奏章几近千言，笔锋嶙峋，字字忠恳，且兰一目十行迅速扫过，渐觉心惊。昭公至今仍是力阻伐宣之事，当日长明宫早有明旨，妄议战事者，以重罪论处，牵涉三族，以东帝冷情的手腕，倘若换了他人，胆敢如此抗旨忤逆，恐怕早已落得人头不保，提前祭了六军战旗，但此人是昭公。

子昊闭目开口，语带回忆："昔日凤后临朝，纵欲杀伐，满朝文武噤若寒蝉，无人敢有一言之非，唯有昭公刚直不阿，诤谏无惧，每言国事，绝无私意，就连凤后亦畏他刚正，莫之奈何。此一臣者，三朝为相，数起数落，仍是忠心不改，在这世上唯有两人令朕心存敬意，昭公，便是其中之一。"

且兰对昭公亦是尊敬有加，只怕他这般固执，终令东帝也无法再加维护，担忧道："昭公如此当庭直谏，你要如何处置？"

灯火凝黯，子昊徐徐睁开眼睛。且兰与他目光一触，心下顿时一沉。

"朕已降旨，伯成商年老昏聩，有误国事，即日贬归封地，此后未经传召，不得再入帝都。"

纵言惊涛骇浪，他神色仍是不变的清冷，帘影深深浅浅，落上眼底眉梢，却将那一分无奈与疲惫丝丝映照。

且兰心中只余叹息，想起日前叔孙亦剖析形势，便曾指出不出百日宣国必定挥兵南犯，若在此前帝都不能完备战事争取主动，敌长我消之下，将会陷入无法逆转的败局。

这一战，实是避无可避。姬沧之强横九域共睹，胜负成败，就连叔孙亦这智勇善谋之人也不敢断言。但帝都多数旧臣，却仍抱着千百年来诸国共尊王族之心，认为楚宣等国虽强，亦不过封疆为臣，雄霸一方，并不知世易时移，巨变将至。然而骄傲如东帝，又岂会将这种种艰险一一道出，他的决定、他的心思，又怎会人尽皆知。

帘外侍女屈膝请安，奉上兰露清茶。且兰放下手中奏章，替他接过茶盏，一缕清香浮沉无声。

事已至此，东帝纵深悉昭公一派忠心，却绝不会因此容情，相反更要杀一儆百，以固军心。有此默契，且兰并不出言反对，柔声岔开话题："这一日乏了吧，稍歇息一会儿，我再命他们传膳。"

子昊只是一笑，起身倚榻，随手把玩玉盏，徐徐啜饮，显然心中仍是想着事情。且兰听他咳嗽又甚，便知外面雨后天寒，兰台虽是地暖温宜，却亦怕寒气引发旧疾，挽发步下玉台，命人掩上雕窗。

几名侍女应声而去，方要垂帘关窗，忽有一个小小白影闪电一般穿窗而入，在案前一点，没入珠帘之后。

窗前侍女吓了一跳，且兰却认得是长公主身边的灵兽雪战，道声"无妨"。回头看去，只见帘影疏浅，纷纷落落，子昊伸出一根手指轻轻逗弄这小兽，幽深的眸中无意流露出一丝温柔的笑痕。

雪战多日未曾见他，亲昵地在他掌心挨蹭，复又跳上膝头。子昊放了茶盏，从它脖颈上取出一卷密函，含笑展开。且兰知是穆国那边来了消息，挽帘而入，步至案前，方要开口说话，却见他面色微微一沉，笑意凝在唇畔，清俊的眉心瞬间掠过一丝几不可察的蹙痕。

"胡闹。"

雪战在他袖底向内一缩，突然趴着一动也不敢动，低低呜呜了一声。且兰从未见他如此明显地不豫，心觉诧异，轻声问道："出了什么事？"

子昊微一垂眸，收了密函，淡淡地道："没什么。"说着抬头对她笑了一笑，"突然想起点事情，朕今天不在这里用膳了。"

他恢复素来容色，清寒若雪，且兰几疑方才一瞬的情绪只是错觉，子昊却已拂袖起身。雪战如蒙大赦，自两人中间匆忙跳开，消失在珠帘影外。

细雨微湿回栏，夜幕渐沉，深宫殿宇错落无声。

数盏青玉宫灯隐照寒夜，转过飞桥复道，掩入夜色深处。素衣宫人敛眉垂首趋前引路，到了寝宫之前，皆尽侧身停步。

玄衣划过雨意，东帝步下御辇，金帘璎珞拂落肩头，泠泠有声。

王宇天阙轻漫浮云，殿下阶前端正跪着一人。雨丝纷落，在阒暗的夜色下闪着细微的银光，亦落上那人高冠白发、朱衣博带。商容自旁迎上前来，低声叫了一句："主上。"回头后望，欲言又止。

东帝徐步而行，在云阶尽头驻足，微微侧首，却未发一言，拂袖入殿而去。

寝宫不比兰台温暖，雨意微寒，浮盈于淡淡流云般的龙涎香。两侧高悬的夔龙日月青铜灯透照薄如蝉翼的金丝烟帷，微风雨声若隐若现。

几名当值的医女跪地奉药，并上前按例请脉。东帝取药饮尽，略一挥手。商容侍奉日久，察觉他神色有异，对为首的医女使了个眼色令她们暂且退下，接过药盏小心地道：“主上，钦天司方才将择日的奏章报了上来，请主上钦定。”

“什么日子？”

“本月丙申，逢天德、月德，见于吉时辰、巳，星值紫微，合和帝宇，最是适宜。”

“准了。”东帝也不知是否听了进去，随口道了一句，转身抬眸，“去请昭公进来。”

“罪臣伯成商，叩见王上。”

伯成商随商容入殿，因在阶前跪得久了，往日刚健的步伐略微有些蹒跚，更加透露出几分苍老，令人感觉出这国柱之臣已是渐入迟暮，无论精神还是体力都再非昔日。

东帝面色略微有些苍白，只披一件青丝单裘斜靠龙榻，闭目养神，听了二人入殿的声音，过了片刻，方才睁开眼睛，清眸微抬，目光隔着金绡灯火，落在这辅国重臣身上。

风雨细细密密，敲打金瓦碧檐，在黑夜之中流落成冰冷的水帘，点点飞溅玉阶。

今日九华殿上昭公几以死谏，东帝没有当庭震怒已是意外。商容自东帝幼时便贴身服侍，比任何人都熟悉主上性情，知他无论喜怒皆深藏于心，于无形中自有方寸，绝难容人揣测，垂目退到一旁，一时也不敢贸然开口，心内更想着其他事情，只觉惴惴不安。

片刻之后，东帝缓缓开口道：“昭公此来，仍是为劝朕放弃与姬沧开战的决定，迁都射阳吗？”

伯成商俯身叩首，沉声叹道：“臣着实不敢想象此战的后果。王上或许不曾记得，先帝九年，宣国借后风五国分崩之机，曾经进犯王域，后虽为皇域鬼师所阻，但其兵过之处，屠城杀戮，如沦地狱。邘、秦、余吾等六城便是那时在战火之下化作焦土，无数百姓流离失所，惨绝人寰。如今的姬沧较其父有过之而无不及，王域子民如何再经得起这样一场苦难之战？”

“迁都避战。”东帝轻冷一笑，唇畔带出一丝讥讽的意味，“将帝都拱手让人，你们当真以为如此便可苟且偷安，令我子民无恙？”

伯成商神色一滞，望向王榻之上年轻孤傲的帝王，只见灯火深处清冽的注视、静冷的容颜，就连那眉心一抹浅淡的倦意所传递出的，亦是雍容傲岸、凌人的风华。

“朕心意已决，亦早便说过，王族若不能完胜此战，从此便不配再为这江山之主。"

"主上，此战甚危……"伯成商身子微震，抬头欲言。

"昭公！"商容生怕他言语过激，当场惹怒东帝，再无挽回余地，忍不住出声提醒。伯成商长叹一声，微微闭目，知道终是无法改变东帝的决定，复又说道："王上执意要战，老臣亦无可奈何，唯余此身，以尽全忠。此次西还昭国，自思今生恐难再返帝都，却有一事关系王族血统，老臣临行之前，不得不向王上再进忠言。"

东帝手中串珠轻轻落下："朕此一生，除了当年九夷女王之外，最尊敬的人便是昭公，昭公有话尽可直言。"

伯成商肃声道："长公主与少原君大婚时，王上曾在楚国颁下王旨，着其继任王族主位。长公主身为巫族传人，实非王位最合适的继承人，日后必然生出祸患，老臣今日，想要恳请王上收回成命，降旨天下，褫夺长公主继承之权！"

话音铮然落地，东帝修眸微挑，隐隐闪过诧异，显然未曾料到这股肱老臣最后竟说出这样一番话来，蹙眉问道："昭公何出此言？"

伯成商抬眉道："女祸误国，我朝早有前车之鉴。臣观长公主之言行，纵肆乖张，性非淑贤，容貌百媚，绝艳近妖，众臣见之无不以为祸水。且不必老臣提醒，王上亦应感觉得到，此女性情行事与当日凤后何其相似，王上难道要眼见旧事重演，让一女子断送王族吗？"

窗外一道轻闪倏尔划过，照亮殿中幽暗。伯成商话说一半，金帷之后，东帝袖底闪过一阵冷冽微光，原本把玩手中的灵石串珠骤然一紧，修眸向外扫来。

此刻商容亦跪倒殿前，同时叩首道："老奴斗胆，附言昭公，长公主绝非王位合适的人选，还请主上三思！"

闷雷隐隐滚过暗夜，微雨转急，声声倾泻天地，仿佛又回到宫变那一夜，艳血杀伐，溅落尘埃。

那红绡帐中艳重天下的绝色，凤衣红装竟似何人？

袖翻风云，魅影依稀，碧竹林中青丝如烟，目光缠绵九霄荣华。

终有一日，九重金殿会有那人的身影，以此王者之姓，冠此宗族之名。东帝的眼中看似平静，阶下两人却像感觉到一瞬灼人的炙焰，仿佛那深不可测的黑色之下有着来自地狱的业火，席卷整片无底的黑暗，几将万物焚化成灰。

殿中霎时间变得极其安静，雨声越发清晰可闻。

子昊在商容跪地的刹那已然明白，那夜秘营之外，商容虽不曾尽悉歧师临死前道出的秘密，但仅凭只字片语怕已猜出些许端倪，为免王族大权旁落，回京之后终将此事告知昭公。

伯成商与商容，一者以冢宰之身，辅国安政，威重朝野；一人为禁宫之首，明暗操纵，掌控八方。这二人多年以来，对他奉若神明，绝无二意，待王族更是忠心耿耿，生死可托。但是，事涉子姱，对这个拥有巫族血脉，却又传承了凰族正统的女子，他们却绝不可能如待他一般，忠心相护，更不会坐视这样一位公主登上王位，执掌雍朝天下。

这内外两大重臣同时进谏，其中分量可想而知，哪怕东帝也无法忽视，只因为那凤后的关系，已足以令他们对子姱生出二心，更甚至，杀意。

风雨入殿，压得灯火明暗不定，仿佛所有光亮都被那一双黑眸吸噬湮灭，再无声息。过了许久，东帝缓缓轻咳，敛去那莫测的目光，低声道："你二人之意，朕心中明白，此事牵扯巫、凰两族与王族之间的旧怨，朕不欲令其昭然于世，损害王族声威，是以暂且将其压下，再行处置。"

商容与伯成商相视一眼，东帝姊妹兄弟皆死于凤后之手，唯余这个幸存的王妹，与之情深意笃，自来恩宠有加。两人原本担心他会顾念情义，心存不忍，但听这番说法，都略觉放心。

无论如何，东帝毕竟身系一族荣辱，更兼天下兴亡，以其冷静的性情，岂会为一人感情用事，断送王族江山？更何况凤后当年以那样酷厉的手段残杀好夫人，逼害襄帝，更为独掌政权而对曾为养子的东帝暗施毒手。二十年淬毒的汤药，双方怨仇可谓倾天河之水难以洗清，东帝又怎会容忍一个与她有血缘瓜葛的女子继续留在身边，甚至将王族交与她手？

伯成商自入殿以来，一直忧心忡忡，此时方松了口气，但东帝并未直接表态，事情仍旧悬而未决，当即再行建议："王上现下大婚在即，正有足够的理由更替继承人，这对两位后妃亦是公平，而长公主身份特殊，不宜再归帝都，以免日后横生祸端，此事王上可绝不能心软。"

子昊指尖灵石颗颗滑落，幽光流异。不必问，商容的意见自是与之相同，仅仅褫夺封号、驱逐长公主已是留情的处置，且因有商容存在，只要王旨一下，子姱会同时失去对冥衣楼的控制，再难对王族造成任何影响，更遑论应对其后可能发生的事情。

雨声将天地浇得一片模糊，深宫如海，晦暗吞没一切，仿佛张开噬人的深渊，步步皆作锋冷的杀机。

子昊站起身来，淡淡地道："此事朕已深思良久，你二人所言虽然无差，但现在却不能轻易废掉子姱族主之位。"披衣案前，将一张密函帛书轻轻一扬，丢向商容。

商容俯身接下，展开眼前，只见密函之上一袭清魅行书，锋芒转折，行云若水，正是长公主字迹。

"王兄在上，臣妹遥禀：臣妹日前身在楚国，曾与夜三公子玄殇结交江湖，赌酒立誓，若其异日归国为王，吾愿委身下嫁，相结连理。今三公子如王兄所料，潜龙归海，终成大器，昔日誓言、今时之约，臣妹叩请王兄做主，成此姻缘，王兄切莫不准，否则显我王族轻言寡诺。妹与玄殇携手遥拜。"

素帛丝锦，丹字艳书，字里行间飘逸无忌，视之几见那绝色女子笑言生魅、肆意的风姿。商容看得神色一怔，伯成商接手扫视，更是大皱眉头。且不说言辞之间她对东帝不拘的态度，只说一国公主婚姻大事，竟以酒注做赌，更是应了行事乖张的断语。但纵使不满，他与商容亦一样想到，冠以长公主身份的子娆对于穆国来说举足轻重，单凭她与夜三公子生死交情，言行尽可左右局势，何况事涉联姻，若在这关头废去她族主的身份，穆国一方便可能生出不测之变，无论如何，对于帝都都是有害无益。

伯成商毕竟稳重，亦知不宜轻举妄动，深深皱眉："王上的意思是要暂时留她？斟酌形势，此举倒也不是不可，却需谨慎。"

子昊拂袖提笔，轻轻润了一抹血色朱砂，清冷垂眸："是去是留，战后再说，她并不知自己身世，无非一个女子，何惧之有？"

商容要比伯成商更加了解长公主，深知此女并非寻常，亦是分外顾忌，道："主上要牵制穆国，这确是最为恰当的法子，但万一她知晓真相，岂非遗祸难收？"

子昊在金笺之上随笔而书，数言辄止，复取密印封缄："穆国并非只有一个长公主在，卫垣多年经营可为钳制，防范万一。你即刻携此密函前去见他，传我旨意，并且留在穆国监视，如此一切皆可掌控。"

商容见他早有分寸，且将一切安排妥当，绝无意气用事的可能，先前担忧尽去，彻底放下心来，站起接过密令，躬身道："老奴明白，这便启程传旨。"

子昊伏案而坐，幽邃的眸光淡淡地落在伯成商身上，道："昭公亦去吧，今日你我君臣缘尽，但无论如何，昭公永远是朕最为尊敬之人。明日朕会在夕远亭设宴，亲自替昭公送行。"

伯成商微微一震，两行热泪不由自主地坠落衣襟，叩首道："老臣去了，王上多多保重。"

两人退出的身影消失在殿外深夜，望着倾盆大落，子昊容色无声，徐徐闭上了眼睛。

第十章 九针极刑

风起，铃动，低低缠绕秋日黄昏。萧萧落叶，暗香入幕，一缕琴声萦绕锦榭水苑，自兰音夫人的指尖袅袅倾流。

"歌沉玉树，画影千钟，一曲经营风月。玉楼明灭，繁华销尽，曾看梦圆缺。憔悴天涯身如寄，忍唱阳关句，疏雨残酒春宵愁，舞不尽，看人间，何处是归乡……"

歌声婉转，清丽愁肠，朱衣女子凝眉抚琴，遥目空望，深宫一夕灯火，点点沉寂。

永宜殿这片九曲水苑，销金缀玉，重纱滴翠，设有琴台、舞榭、醉楼、艳庭等数处奢华温柔地，以供太子蓄养宠妃，消遣玩乐。此处琴台深入水道，遍植青莲，周围颇是冷清，向为太子所不喜，鲜有驾临。因其偏僻幽静，又与侧宫相近，兰音以前常在此与兰铃见面，说些体己私话，今日独自来此，着眼物是人非，怀念旧情，更怜故国族人，引弦低歌，神情落落。

香阁之内并未燃灯，四下阒然，唯有一炉沉香幽暗无声，缭绕在静谧的罗帐之间。侍女们都在远处伺候，细竹帘前一对风铃微染尘埃，不时随风泠泠低响，令这歌声听去别具幽愁。

兰音今日自宫外回来，眼见邯璋城内外兵马森严，白虎禁卫散出所有人手，以王宫为中心滴水不漏地搜查各处，阵势骇人，不知夜玄殇能否顺利脱险，着实万般担忧。她怕引起怀疑，又不敢贸然打听，更加无人分担心事，此时一曲歌尽，不由轻轻合十闭目祷祝，只希望神佛保佑，所想所念得以成真。

身后忽然传来脚步声。

兰音诧异回眸，只见太子御正在廊榭之外停步，隔着风帘向她看来。帘影明明暗暗，令他阴晴不定的目光显得分外阴鸷，而使那原本英俊的轮廓亦透出一丝冰冷的意味。

宫人侍从早已退得无影无踪，湖苑内外一片冥暗。

"殿下。"

兰音心头微惊，匆忙起身相迎，脂粉浓香伴着酒气自男子身上袭来，蓦然察觉太子已是带了七分醉意，显然刚在某处宫苑拥美作乐，却不知因何突然出现在琴台。

一只冰凉的手将她下巴抬起，迎面仰成一个柔美的弧度。太子御细了眉目，将这色艺双全的宠妃细细端详："一日不见，爱妃怎么憔悴了不少，有什么心事吗？"

兰音被他阴冷的目光看得周身生寒，勉强笑道："殿下对妾身宠爱有加，妾身……哪会有什么心事，只是今日略觉身子不适罢了。"

"哦？"太子御抬手将她从席前带起。兰音被他贴身揽在臂中，顿时动弹不得，一种压迫感通过肢体清晰地传来。他毫不吝惜手底的力道，逼上近前，呼吸吹向耳鬓："看来是我疏忽了。爱妃今晨去了哪里？"

突如其来的问话，怀中女子娇躯微微一僵。在太子御隐含逼迫的注视中，兰音不由垂眸，低声道："妾身每逢朔日都会去玄女祠进香，殿下是知道的。今日见殿下忙碌，便没有另行禀报……"

太子御蓦然发出一阵低邪的笑声，令得兰音如坠冰窟。他似乎忘了她已身怀六甲，身子紧紧贴了上来，呼吸透着酒气，低头便索向她温软的红唇。

兰音吃惊，后退挣扎："殿下……"

太子御将她往身边一带，手指滑下她腰畔，重重向外一扯。兰音仓促的惊呼声中，丝衣应手开裂，环佩坠落玉案，飞散一地，男子身躯灼热的感觉透衣而来，贴向那温香软玉的胴体。

兰音惊极骇极，以手护住小腹，唯恐伤了胎儿，却被太子御迫至榻前，站立不稳，腰膝一软，向下跌去。

"殿下……不行……"

兰音侧头极力躲避，一手欲掩衣衫，挣扎中青丝散乱一榻，亵衣下玉沟凝脂隐约起伏，却更激起身上那人勃然情欲。

丝帷罗绮尽染酒气，太子御目中射出危险的异芒，猛一挥手撕去她身上最后一丝轻纱。女子色若暖玉的肌肤在暗光底处透出诱人的嫣红，丰盈有致的躯体触手滑软，那微隆的小腹反是别样的刺激，更添色欲。

太子御呼吸渐急，一手制住兰音，一手掠过冰凉的赤锦，沿她双腿向上滑去。一阵刺痛蓦然直入，仿佛要将人生生撕裂，兰音被他倾身压住，已是避无可避，哀声战栗："殿下住手……这会伤了孩子，兰音求您了，莫伤了孩子……"

太子御细眸眯起，浑不顾她苦苦哀求，强行侵身肆虐，同时逼向她眼前，目中深寒笑意如同鬼魅，森然道："你猜我若让你死在这里，夜玄殇会不会来替一个女人报仇？"

耳边狂乱的气息透出无尽的欲火，他的声音却冰冷阴森绝无一丝感情。

兰音骇然剧震，睁大眼睛看着他，仿佛见到缠身吐信的毒蛇，脸上血色落尽。太子御见她这般，神情戾色尽现，更兼啮心恨意："果然是你！"握着她腰肢的手狠一发力，冲进女子娇软的躯体。

兰音促声惨呼，剧烈的撕痛猝然传遍全身，但自心底溢出的恐惧却更甚。或是出于一种母性的保护，抑或是知道太子御已绝不会放过自己，当太子御再次侵向唇畔，她将心一横，狠狠张口向他嘴上咬去！

太子御惊觉抬身，双手一松，兰音反手握住掉落衣间的软刃，急速照前刺下。太子御武功虽高出她数倍，却没想到她竟敢袭击自己，情急间向侧疾闪。兰音刀刃虽未能刺中他，细利的刀气却划过他的脸庞，顿时带出一道犀利的血丝。

"贱婢！"

太子御勃然大怒，反手一掌扇去。

兰音本便不是他对手，更兼此时身弱无力，软刃应声脱手。太子御眼中凶光大盛，如被骤然激怒的狂兽，抽身猛地将她手臂钳住，扯下榻前流苏绕她玉腕狠狠一勒，扬手将人抛入帐中。

一支银簪坠落朱纱。

女子凄厉的惨呼漫开血腥的气息，深无光亮的黑暗里靡乱的喘息激烈起伏，鲜血丝丝浸透烟帷，渐渐泅散在冥夜零乱、风铃声中。

水苑之外，连相冷面无情地站在雕栏之旁，背后宽刃长剑如他人一样散发着阴冷的气息，对咫尺间正在发生的惨事似若未闻，甚至连眼角都不曾动一动。退在远处的宫人隐隐听见声响，越发低头垂眼，无不骇得噤若寒蝉。

过不许久，内室声息骤停，跟着铮的一声微响，一双风铃自帘下断落，摔个粉碎。太子御脚步不稳地拂帘而出，临水灯下，细长的眸中色欲未消，隐泛杀意，脸上将干未干的血色令他看去越发张扬狠戾。

连相却笑道："这女人看来仍让殿下销魂得很，如此尤物，杀了未免可惜。"

今日清晨，夜玄殇与子媱借兰音夫人的车驾潜出王宫。连相带人搜遍东西六苑，皆不见他二人踪影，一日无功，不由疑心大起，不信夜玄殇竟能避开如此严密的搜捕，凭空消失了去，遂亲自查问宫门守卫，确定除禁宫调兵之外，唯有兰音夫人曾经出宫拜神，且正好与二人藏匿的时间相符，推想前情，自然怀疑到她身上，当即禀报太子御前来查实，此时从太子御的神情便可知道结果。

太子御冷哼一声，抬手抹过面颊细长的血痕，眼眸深眯，恨恨道："这贱人竟敢吃里爬外，暗中偏帮老三，不叫她生不如死，难消我心头之恨。"

连相看向夜下黑黢黢的深湖，冷笑道："她若果真跟夜玄殇有瓜葛，那事情反倒好办了。殿下不如先别急着杀人泄愤，暂时将她交给臣，说不定很快便有意外的惊喜。"

太子御素来相信连相的能力，随手整理衣襟，点头道："此事便交先生全权处置。"

连相再道："还有一人，殿下需要留心了，既然夜玄殇是通过兰音夫人逃出宫去的，那他很可能也脱不了干系。"

太子御侧眸询问，连相回忆清晨宫门前发生的事情，阴狠的眸中闪过杀机，冷冷道出推测："禁卫统领，虞峥。"

跃马帮密宅之中，离司跪坐在后堂整理手中常用的金针，一边抬眼看着子娆，一边低声道："就说主上不会高兴，偏不信，这下好了，分明是心下恼了公主自作主张，看这信怎么回。"

垂帘微光之下，子娆慵然倚案，乌发散覆，正含笑逗弄着刚从帝都回来的雪战，幽幽魅眸映了光影一泓潋滟，唇若桃花，笑如丝，只一副漫不经心的神情，叫人看去失神，欲说无言。

离司和她与别人不同，自来分外亲厚，私底下说话也没那么多顾忌，收了金针再道："公主，这事暂且缓一缓吧，倘若主上不同意，你就是赌输给人家一万次也没用，不成的。"

"他不同意，我便爽约吗？"子娆抬手轻抚怀中小兽，修指如玉，若映雪光，瞥向那一笺密函，似笑非笑。

案前一纸金纹玉笺，朱砂为墨，浓色转折，却只书了四个字——莫要胡闹。

龙飞草书一气而成，数笔锋芒绝尘，其势峻极。离司惯看主上沉稳的字迹，喜怒哀乐一切情绪都隐藏在那深敛的颜色背后，极少会见字端透露的痕迹，只是这次似乎例外。见九公主大概别有想法，她撇了撇嘴，自药囊中放出条碧色小蛇，雪战顿时抽身离开子娆臂弯，毫不客气地扑了上去。

"公主难道不比我更加了解主上？主上说行的事，就没有什么不行，主上说不行的事，也还没见过有什么能行呢。"

子娆见她认真的模样，不由失笑："真真奇怪，你这丫头莫不成着了他的魔？怎么处处偏帮他？跟了他几年，倒成了他的人了。"

离司俏面微红，皱眉道："公主说什么呢，这还不都是一样，主上可都是为了公主好。"

子娆引袖漫然轻笑："难道夜玄殇不好吗？"

离司一怔，跟着叹道："若说这夜三公子呢，为人傲而不骄，行事狂而不厉，放眼天下，这般男子屈指可数，可算是人中龙凤，何况主上都亲口夸过，当然是很好的。但上次公主大婚如此惊险，那皇非原也很好，比起三公子只赢不输，可那又怎样，险些便害了公主。唉，我想主上心中定是后悔，尤其公主失踪的那段日子，我都没见主上有一丝一毫的笑容……"

子娆垂眸听着，丹唇隐隐若似笑痕。离司话说一半，外面忽有跃马帮的人求见：

"三公子命人来请公主与离司姑娘，请两位速速去一下前堂。"

子娆听人来得匆忙，并要离司同去，略觉诧异，起身移步出了内室，隔帘问道："什么事？"

来人的态度相当恭敬，却因在帮中身份不高，并不清楚内情，垂首道："三公子只吩咐来请公主，似乎是有位病人，要离司姑娘亲自看看。"

子娆修眉微拢，随即带了离司前去，一路遇上两名跃马帮弟子再次来请。直到前堂，殷夕语亲自迎了出来，低声道："公主。"转头向内示意。子娆越过夜玄殇肩头看去，心中赫然一惊。

只见堂内一张软榻之上，正躺着一名朱衣长发的女子，容颜苍白全无血色，一双美丽的眸子空洞无神，木然望向前方。其人周身一丝活气也无，几如一尊完美精致的人偶披了绫罗锦缎，但子娆却一眼认出，她正是曾暗助自己与夜玄殇潜离王宫，太子御的宠妃兰音夫人。

兰音头顶、颈部直至露在衣外的肩胛两侧，数处穴位皆被银针封闭，针身入体盈寸，只露出闪闪发亮的尖尾，叫人触目惊心。

离司隔帘望见，脸上微微色变。夜玄殇收回探查兰音情况的真气，将她让至榻前，子娆转身问道："可是太子御下的毒手？"

夜玄殇冷然不语，殷夕语代为解释道："今日一早，有人就将她送去我们在九安里的一处赌坊，并留下问候三公子的口讯。方才帮中弟子送她至此，我们见情形诡异，都不敢贸然动手取针，所以才请公主来看。"

夜玄殇此时方开口问道："情况如何？"

离司站起身来，秀眉微蹙："是阴阳极刑中的九针制魂大法，我曾在琅轩藏书中见过，此法以盈寸金针，分别封锁人百会、络却、天冲、神庭、扶突、云门数处要穴，令人耳不能闻、口不能言、目不能视、身不能动，无法做出任何反应，且每过一日，便会有一支银针没入体内，九针之后，魂断神丧，再无挽救的可能。不知穆宫之中何人竟懂得如此邪异的针法，这人不但医术高明，精通人身穴脉，武功亦绝非等闲。"

"是'邪针'应不负。"听完她的诊断，一旁的夜玄涧沉声断言。太子御对一女子用此极刑，甚至连自己的亲生骨肉都不放过，这素来宽容平和的二公子亦隐露怒意，"他是太子身边仅次于连相的要臣，亦是东宫医令之首，确切出身鲜有人知，似乎是西陲邪门异族，这等酷刑定是经他手所为。"

夜玄殇看向软榻，深眸之中寒芒隐现，掠过骇人的杀机。子娆知他不慎连累了兰音，心中绝不好受，伸出手去与他相握。夜玄殇深吸一口气，冷静下来："可有办法解救？"

离司斟酌片刻，道："可以，我曾研读过阴阳极刑的手法，至少有九成把握，但对方以真气封锁刑针，我虽能解开针术，却恐怕内力不足，无法替这位姑娘打通血脉，需要有人从旁协助。"

夜玄殇当即道："便由我来负责，烦二哥从旁护持。"

离司点头道："我要寻一个安静所在，不能有人打扰，请殷帮主费心。"

"没问题。"殷夕语方要遣人安排，子娆突然打断道："慢着。"

夜玄殇扭头看去，心头一动，与她清若寒潭的目光相触，同时读懂对方眼中所示。

"虞峥危险。"

夜玄殇心念电闪，想到兰音既然已遭刑虐，那当时掩护他们出宫的虞峥恐怕亦难逃过连相的怀疑，如不及时通知他应对，后果难料。他从被兰音影响的情绪中完全恢复过来，心中警兆闪现，旋风般转身，断然喝道："此地不宜久留，请殷帮主立刻安排众人分头撤离！"

话音未落，深敛鞘中的归离剑无故微鸣，夜玄涧亦是霍然转头，目露精芒。密宅内外，同时响起尖锐的警啸声。

第十一章 突发奇袭

四面皆现敌踪，跃马帮和冥衣楼众人早被惊动。警声响起之时，墨炘、聂七分别自左右侧轩掠出，彦翎、宿英等武功略逊之人亦同其他天宗弟子一起，扑向主堂。

半空箭密如雨，即便以墨炘两人身手之高，亦不敢直撄其锋，双双被逼回室内，剑化利芒，挡下四周破窗而入的攻击。

彦翎落地一连数个急翻，堪堪避过箭矢，叫道："乖乖不得了，外面至少有近百弓箭手，麻烦麻烦！"

墨炘、聂七倏然退回子娆身边，绝不容她有失："公主，对方人多势众，不宜久战。"

夜玄殇早已抱起软榻上毫无知觉的兰音，随手挥掌震得从门口穿入的利箭倒飞出去。殷夕语银鞭入手，扬声呼道："后堂有密道通往城外！"

夜玄殇将兰音交到子娆手中，沉声喝道："带他们撤！"夜玄涧亦是身形一闪，拦住殷夕语和易风向后送去："不可硬拼，天宗所有人听从九公主调遣，走！"

碧袍飞扬，千云枪现出当空，归离剑龙吟出鞘！

子娆心知这宅中众人要安全从密道撤离，并不被衔尾追上，至少需要半炷香的时间。此时若令敌人破门拥入，遭其围剿，双方必然形成混战的局面，纵使他们其中部分高手能够全身而退，跃马帮与天宗多数弟子却绝无可能突围，必死无疑。

众人能否安然脱困，皆取决于牵制敌人的时间长短，眼前唯有归离剑与千云枪联手，方可能抵挡对手四面八方的攻势，以增胜算。子娆深悉此点，当机立断，携了兰音向后飘去，同时下令众人全部撤退。

彦翎怪刀入手，当前探路，离司和易风负起照顾兰音的责任。所有男弟子结成队阵，令女弟子先行，在子娆、殷夕语、墨烆、聂七四名武功最强之人的掩护下，陆续向密道中撤离。

宅外一处房顶之上，太子御身着金边虎纹武士服，身后十余名东宫高手环伺而立，神情冷鸷地看着不远处利箭所向的密宅。在他右边，背负宽刃长剑的连相向侧挥手，再次下令放箭攻击。左边另有一人身披黄襟深蓝长袍，体形高挺仅次于连相，目光半闭，似是不太在意周遭一切，鲜有表情流露。但惹人注目的却是他负在身后的一双手，肤色明若晶玉，显示出他身怀某种邪异的功法，正是夜玄涧方才提过的"邪针"应不负。

太子御通过应不负在兰音身上施下手脚，追踪到跃马帮此处暗舵，当即调兵来袭。首批赶来的自是东宫直属亲卫，以及负责行动的连相、应不负。连相老谋深算，因顾忌夜玄殇等人强横，并不立刻动手破宅，不断下令弓箭手封锁出路，将众人压制在宅内，以等候白虎军重兵到达。

禁军兵马不断增多，四周民舍无不门窗紧闭，唯恐一个不慎便遭池鱼之殃。

"增派弓箭手，无论如何，这次绝不能再让夜玄殇走脱！"太子御目含凶光，兄弟三人此时已绝无情义可言，不是你死，便是我亡。

应不负阴柔的声音响起："即便他们能突破重围，夜玄殇也会因那阴阳极刑自己乖乖送上门来，更何况，我对兰音夫人所施的追踪之法，无人能够破解，何愁他逃脱？"

连相亦道："殿下放心，我们已调兵封锁所有出路，待白虎军赶到，他们纵死也难逃出生天。"

太子御冷哼一声，目光投回战场。

箭雨更密。

千云枪回扫利芒，夜玄涧清啸一声，身形向上冲去。枪势突破屋顶，碎木残椽夹杂真气凌空飚射，四周飞箭如遇庞大的气墙，去势纷减。

夜玄涧凌空旋身，来箭尽数落空，纵使在杀机四伏之下，一人一枪仍是极尽潇洒，飘逸难言，如沐碧山烟雨，予人完美天成的优雅之感。

太子御霍然而惊，怒喝一声："放箭拦下他们！"连相则心叫不妙，与应不负同时向密宅扑去。

箭矢破空之声再起，夜玄涧此刻上升之势已尽，只要向下回落，在连相与应不负赶到之前，四面箭雨已足以将其射杀，想要当空改变方向，几乎是不可能之事。

近百支利箭自附近高墙瓦顶同时射出，织成一张密不通风的箭网，向夜玄涧尖啸而至。

当此千钧一发之际，屋顶破洞忽有一物飞起，却是一截断木，不偏不倚送至夜玄涧脚下。

夜玄涧长笑一声，足尖轻点，借助断木送来的强劲真气，身子陡然拔高丈许，仿若烟云随风飘升，又是快逾闪电，令人感觉玄异莫名。

箭雨失去目标，纷纷空坠。

连相快上应不负一线，抢至破洞上方，宽背剑身化寒芒，往夜玄涧迎面截去。

岂料身临半空，下方堂内真气狂涌，龙吟剑啸伴着旋风般的烈芒，以莫可挡御之势冲天而起，非但将掉落的箭矢迫回洞外，更将连相全身笼罩。

夜玄涧此时奇迹般旋身，碧袖无风飞扬，御空而起。千云枪势若白虹，带着令天日失色的浩瀚真气，卷向下方。

天下何人，能挡归离剑与千云枪全力一击？

连相蓦然色变，即便身为穆国首屈一指的上品高手，硬拼此招也必落得骨折肉裂，命丧当场。当此劣势，他显示出精准的判断和强横的武技，狂喝一声身形猛坠，宽背剑顺势下劈，全力迎上锋芒夺命的归离剑。

双剑刹那交击，发出一声震耳的闷响。

"连首座客气了！"

剑气爆空激射，夜玄殇哈哈大笑，与对手错身而过，冲出主堂，尚不忘反手一剑，再送迫不得已向破洞落去的连相一份厚礼。

屋顶之上响起连串劲气爆破之声，归离剑顺势截向随后而至的应不负，两道人影兔起鹘落，瞬间交击三十余招，可见速度之快。

千云枪失却目标，却是说止就止，在高速下冲的势子中倏然横移，行云流水般向侧扫去，姿态优美从容，恰好将应不负漫空袭来的毒针尽数扫回。

人影乍合而分，夜玄殇一剑劈得应不负骇然疾退，心满意足地撤回夜玄涧身边。

连相一落至堂内，尚未立足，便被一道夺面而至的炫耀光华逼得狼狈滚开，右侧复加银鞭劲风袭体，大骇之下疾速横移，在墨炘与聂七雷霆般射来的剑光中，功聚后背破窗而出。

应不负眼见对手会合一处，心下大凛，决不肯单身迎敌，重蹈连相覆辙，凭空换气斜坠，落向侧面屋脊，但堪与归离剑正面硬拼及其随行而止的高明身法却亦显出不可小觑的实力。

四人交手只在电光石火之间，高处弓箭手尚未来得及再次搭箭，太子御已自牙缝迸出一个狠戾的"杀"字，身后高手分作三组，当空扑来！

夜玄涧扬袖回身，目中神光大盛。夜玄殇薄唇挑起寒利的锋芒，一言不发，剑光罩向对手。

东宫高手六人一组，自左、右、前三方凌空扑至，其后更有穆宫禁军精兵，分持长矛斧盾，组成包围阵势接踵而来，务必要将两人迫回密宅，围而歼之。单是这道防线已经难以突破，更何况尚有太子御、连相、应不负等高手在旁伺机而动，只要被东宫禁卫缠住，任你武功盖世，亦无法抵挡随之而来的重兵围攻，倘若白虎军再在卫垣等军中高手的率领下赶至，面对这支可与烈风骑、赤焰军抗衡沙场的精兵铁骑，那除了血战至死，二人便是别无他途。

夜玄殇多年来不断遭太子御追杀，以寡敌众早是习以为常，更兼深明兵法之道，先发制人，瞬间判断形势，在当先一组敌人刚刚落足瓦面，旧力已尽、新力未生的一刻，早已闪电般切入敌阵。归离剑寒芒爆现，四名敌手顿时喷血后跌，阵型应声溃散。

夜玄涧俊目微合，一声暗叹，碧袖逆风飘飞，千云枪再不留情。身形一闪，左侧敌人眼前骤花，尚未弄清形势，已然刀折血溅，魂断枪下。同时另一人被枪尾扫中，惨哼一声震飞出去，更撞散后面同伴。千云枪收放之间，又有两名敌人齐齐丧命，带着飞溅的血花滚下屋脊。

刀剑利啸同时自身边响起。

夜玄涧心知若不能梗阻左右来敌，被他们形成联手攻势，那冲入前方敌阵的夜玄殇必将瞬间陷入腹背受敌的危险局面，当下足踏奇步，枪法展开，每一次银芒闪烁，必有对手殒命当场，杀得敌人心裂胆寒。

千云枪再回手中，顺势横扫，又一名敌人血溅当胸，右侧一刀一矛同时攻来。夜玄涧枪势微收，反手送去，不偏不倚绞中矛身，对方浑身剧震，兵器脱手，被枪上怒潮般的真气震得口吐鲜血，向后滚跌。

此时夜玄殇一声长笑，侧身闪退："二哥枪法再上层楼，何时放手切磋一下？"

归离剑带出一道凌厉电芒，正中上方劈向夜玄涧肩头的长刀，铮然声响之中，长刀竟难挡一式，被他以重手当场震断，用刀者胸口爆开血光，恐怕至死亦未明白发生何事。

前方六人早已命丧归离剑下，而夜玄殇左臂、后背现出两道血迹，及时接过夹击夜玄涧的攻势，以轻伤为代价，换来片刻轻松。

夜玄涧一枪震毙二敌，从容撤身："收拾了这些虾兵蟹将，再看你有何长进。"

夜玄殇哈哈笑道："二哥当心输给了我！"说着人随剑走，夺目利芒罩向对手。

迎面禁军高手前仆后继地杀来。

现场除太子御外，唯有应不负再未与两人正面对手，立于屋脊高处，颇有些隔岸观火的味道。连相被逼出主堂，却已发现众人正欲撤离，当即撮唇厉啸，调兵阻拦。

围攻夜玄殇两人的禁军中分出三队执长矛重盾的精兵，落往庭院，向着主堂扑去。

"留活口！"

连相当先下令，务必要留下子娆等人，以牵制夜玄殇无法独自突围。

长矛首先冲破门窗，便在此时，主堂中突然射出无数蚕豆大小的玄色圆弹，落地之后轰然爆炸，生出令人难以置信的浓烟，正是"妙手神机"宿英亲自制作、原本用以攻城陷阵之用的暗器"地火雷"。

整个庭院瞬间被黑烟笼罩，散开刺鼻气味，冲至近前的禁军人人涕泪齐流，头昏目眩，接二连三地在烟雾划出的禁区外倒地，余者仓皇退避，再无法前进半步。

连相见机算快，在烟雾罩身的一刻斜飞出去，落向对面屋顶。整个主堂过半没入风吹不散的烟雾当中，宿英手中火雷为数不多，全部用上也仅够支撑片刻，这时再见炫金色的火光绽烁闪现，飞烟之中，点点墨蝶形成一个完美的圆阵，忽而同时盛开耀目的火焰，主堂的木质门窗顿时被点燃，火苗不断蹿起，其势难遏。

烟火舔舐屋舍，随着接连不断的噼啪声响，支撑主堂的椽梁檐柱很快开始倒塌，连带周围建筑亦逐渐没入火势。火起之时，子娆等全部撤入秘道，同时封闭入口，即便禁军能够扑灭大火，等他们发现秘道，众人早已顺利出城，摆脱追击。

"夜玄御，就凭你区区禁军，也想留住我兄弟二人吗？"

夜玄殇见得火起，知道众人当已安然离开，纵声长笑，与夜玄涧双双拔起，离开陷入火势的主堂，迎面扑向禁卫高手最密集的一处，反守为攻。

归离剑划出令人心悸的寒芒，千云枪席卷风云。

两人再无顾忌，放手对敌，几乎无人堪为一合之将。一时剑光枪影，劲气横空，禁军强大的攻势源源涌来，亦不断有人跌落屋脊，敌我不分的鲜血溅染衣襟，战况愈发惨烈。

外围弓箭手分据高处要点，引弓待发，以防两人突围逃脱。太子御立在阵前，仍旧不曾出手，森寒的目光却紧紧锁定血战中当者披靡的玄衣身影。他与连相、应不负皆在等待最佳的时机，无论夜玄殇二人武功如何高强，在这样无有间断的围攻下也必有筋疲力尽的一刻，待到白虎军赶至，便是他们授首之时。

而夜玄殇亦在等待。

面对四面八方蜂拥杀至的敌人，原本平静的屋舍已在烈火浓烟中化作可怕的战场，衣上鲜血、手中剑锋，从未有任何一次厮杀如今次这般。敌人不断跌飞，横尸遍瓦，血肉飞溅，绝无可能在归离剑与千云枪下留得性命，但却有更多的刀枪以车轮战的方式围攻过来，令人生出杀之不尽的感觉。

叮！

兵刃交击，归离剑精芒爆现，迎面攻来的两刀一剑立时震飞，对手溅血殒命。四周敌兵无不丧胆，而夜玄殇身上亦再多两道伤痕，在这样重兵围攻的情况下，受伤在所难免，唯看你与敌人谁更狠些，心慈手软之人绝活不到最后。

"变阵！"

太子御目现寒光，再次发出号令，禁军剑手闻令略缓攻势，后面却抢上数十名盾斧手，在两列枪矛手的配合之下，改变战术，向两人重压而至。

如此战阵，威力非常，战斧利光闪烁，皆有百斤之重，如果正面硬撼，足以震破对手护体真气，伤残肢体，而巨盾却将敌人周身要害严密保护，再加枪矛手从旁配合，无论远攻近搏，皆是占尽优势。

夜玄涧冷哼一声，挑飞敌刀，闪电前移。碧袖影中，千云枪蓦然急旋，如渊龙出海般携着强横无匹的真气冲向敌阵中央。

当！在电光石火间发出一声震响，盖过全场厮杀之声。

敌阵当中巨盾应声崩裂，碎片伴血四射，盾后敌人连惨叫声亦未来得及发出，就利斧脱手，震毙当场。左右枪矛手陡失屏护，尚未举矛反攻，眼前剑光惊现，再下一刻，已成剑下亡魂。

鲜血溅染长空，夜玄殇旋风般转身，归离剑锋芒激闪，被撕开缺口的敌阵如遭洪水，顿向两边溃散。夜玄涧慑敌立威，提气震喝："夜玄御，有胆与我对面一决！"

夜玄殇劈飞一名斧手，纵声笑道："二哥莫要与我争抢，这薄情寡义的家伙是我的！"

太子御眼中杀机遽盛。

忽然之间，铁蹄震地之声传来，白虎军终于赶到，同时亦有宫城外戍军五千骑兵，率军者正是长骑将军颜菁，重重向密宅包围而来。

太子御等人在白虎军出现的一刻腾身而起，向战场中夜玄殇两人凌空扑下！

两柄劲气激啸的长剑，以及应不负诡异变幻的手掌，皆以夜玄殇为目标，发出最为凌厉的攻击。以此三人的武功，只要夜玄殇被他们任何一人绊住刹那，另外两人必可取其性命。夜玄涧正被缠在战局之中，难施援手，夜玄殇一死，何愁他人顽抗。

太子御凝聚毕生功力的一剑，当先劈来。

夜玄殇眸心深处异芒乍现，脸上散漫的笑容忽然化作冷酷无比的神情，面对联手攻来的两剑一掌，心神骤然提升，进入空明无物的境地。四周如潮喊杀之声仿若消无，包括眼前致命的剑光，但敌人的剑锋掌劲，却似一丝不漏地反映出来，变得缓慢至极，清晰可见。

归离剑出！

砰！砰！电掣光影之中，归离剑以绝不可能的高速，不分先后地挑中两柄长剑，发出如中败革的两声闷响。劲气旋涡般自三剑剑锋处爆开，太子御、连相同时剧震后退。夜玄殇则腾空翻身，足尖恰好踢向应不负拍来的一掌。

真气交撞，应不负脸色一白，向后微闪，却正对上脱开敌手、破空射至的千云枪，大骇之下两掌拍出，险险避过枪锋洞体的厄运，闷哼一声斜飞出去。

夜玄殇硬撼三人，凌空翻出，一小口鲜血喷入袖中，落地之时倏然抬眸。在归离剑强势的剑气笼罩下，四周一时竟无敢举刀上前之敌，刹那间时光的凝滞，当剑锋再起，对面太子御感觉眼前自己欲杀之而后快的对手仿佛脱胎换骨，其人其剑，有着骇人的威慑直破心魂，却再无半分破绽可寻。

"多谢太子殿下替我砺剑，他日此剑若名传天下，当不忘殿下之功。"

夜玄殇唇角逸出绝冷的笑容，归离剑突然自手中消失，下一刻，一股凌厉无匹的剑气穿云裂石，横过刀光剑影的战场，直取太子御眉心！

太子御微一愣愕，仿佛魂为之夺。高手相对，一线可定生死，连相大惊失色，狂喝一声："殿下！"宽背剑脱手前射，飞身抢出。眼前云光电闪，千云枪凌空破风阻断去路，连相迫不得已双掌前击，难尽全力，当场被枪身传来的强大劲气震退。

太子御却浑身一震，终于回神。

归离剑被连相掷剑一阻，劲气略减。太子御亦是了得，当此千钧一发之际显示出过人的剑术修为，暴喝一声横剑劈出。剑气交击，狂飙往四处激散溅射，立时石飞瓦碎，当前禁卫惨叫遭殃。

太子御口角溢血，往旁错开。夜玄殇现身剑影之中，哈哈大笑，借反震之力凌空疾旋，落下时与夜玄涧会合，投往战圈之外。

"哪里走？"

卫垣等数名高手跃离马背，先大军一步往空中截去。卫垣一声长啸，半空提气，倏然超前众人，一支长矛现出手中，破空飚射，务必要在空中将夜玄殇迫回地面，让正从四面聚拢过来的兵马将其困住，策略上无懈可击。

白虎军中四骑冲出，另有高手当先赶至下方，只要夜玄殇被拦截下来，绝难再次脱身，配合得天衣无缝。

太子御、连相、应不负三人亦同时追击，往夜玄殇所在扑去。

夜玄殇如同磁场的中心，成为整个包围网目标所向，目中冷芒带出强大的自信，忽然凌空拔起，归离剑横过近丈空间，后发先至劈向长矛。

矛剑间爆出惊心烈芒，夜玄殇大笑道："舅父大人当心了！"

卫垣吃亏在下方无法借力，被迫得连人带矛向侧堕下。此时军阵之中忽然射出一点晶莹光芒，似轻电疾闪直取卫垣足心，战圈四面同时漫开诡奇的轻雾，杀伐场面顿见迷蒙。

夜玄殇越过卫垣，与夜玄涧一剑一枪齐齐杀向随后赶至的颜菁。卫垣不愧穆国上品高手之称，冷哼一声震矛下劈，准确无误地截中偷袭而来的袖刃。

叮的清鸣声中，白姝儿娇媚的身姿现出迷雾，水袖如云拂出，卷上当空反击的长矛，一个旋身借力，便那么轻飘飘地升上半空，姿态袅艳，美妙难言。

她原本离开密宅办事，回来恰逢太子御重兵封锁此地，恐怕夜玄殇二人难以脱身，借助大自在四时法潜踪匿迹混入军阵，在此关键一刻出手相援，更在暗中伏下部属接应。

"三公子这边走！"

围兵之中迷雾更甚，逐渐散发出夺魂的幽香，将太子御等人尽数阻住。应不负深悉烟中混有迷人的暗毒，袖中劲风拂出，当先临阵退去。

颜菁迎上二人，归离剑、千云枪同时出击，就算是渠弥国师亲临亦难讨好，何况本便是虚势阻拦的颜菁，与夜玄殇硬拼一招后，借千云枪澎湃而来的真力向后飞去，落地时尚不忘迫出小口鲜血，造成无力追击的假象。

夜玄殇所待，正是这天罗地网看似成形的一刻，因有卫垣与颜菁的暗中配合，突围方才变成可能，反手一剑劈向太子御，凌空笑道："殿下不必送了！"

白姝儿袖袂若舞，似化轻烟飘向夜玄殇身边，两人迅速靠近夜玄涧双翼，组成锐不可当的三角阵型，向早被千云枪杀得东倒西歪的军阵中冲去。卫垣与颜菁先后受挫，其后无论是白虎军还是禁军高手，面对三人联手攻势，皆是难挡其锋，纷纷向两侧溃散，严密的包围圈终被撕开缺口。

漫天迷雾遮蔽阳光，混合了尚未扑尽的火焰浓烟，将整座密宅乃至道路重重覆盖，为突围提供了绝佳的条件。

卫垣眼见三人逸出重围，落至震怒的太子御身边，做足姿态，立刻下令全军追击。

第十二章 子夜韶华

一夕霜华，长夜过尽。

重华宫若兮台前，一颗玉色棋子轻轻落下，在黑白分明的棋盘之中。雪衣影里素手盈玉，仿佛星辉划过指尖，在棋局深处挑起一抹清澈的流光。

棋盘对面，东帝轻轻抬眸笑了一笑："意在子先，进退度心，你的棋艺越发高明了。"

眼前棋局黑白搏杀，纵横相映，一者稳扎稳打，动静有致；一者诡奇通透，虚实莫测。以两人之棋力眼光，皆已知终盘将是和局，见他罢手，且兰含笑收拾棋子，道："自始至终惴惴小心，如临于渊，总算有一次没被你杀得丢盔弃甲，是否手下留情了呢？"

子昊道："你又不是含夕，输了还会耍赖悔棋，何用我刻意相让？"

且兰将最后一颗棋子放入玉盒："听说你昨日又赏了含夕三件上古珍奇，当中竟有一支夙帝时仙师莫玉亲制的古箫和一套你亲手抄录的曲谱，你待她也算用心，只是如今外面那些传言当真是叫人啼笑皆非。"

子昊低头轻咳，只是一笑而过。

温泉海上缭绕轻浮的薄雾令此高台若隐若现，恍似仙境。日前重华宫主殿修葺一新，且兰奉旨迁入新宫，东帝复将温泉海旁无极、长乐两苑赏赐给她，包括这昔日凤后命人采深海美玉精心砌筑、可容千人共舞的若兮台，再次增拨三百宫奴入宫侍奉。

一连数日，东帝每晚都在重华宫就寝，对未来王后之恩宠人所共睹，而对曾为楚国公主的左夫人含夕，更称得上百依百顺，诸般惜爱，一时竟惹得外世众说纷纭，只道少原君与宜王，一者与含夕公主青梅竹马，一者曾对其心存觊觎，当众逼婚，东帝自不会容此二人于世，因美亡楚，为色伐宜，天性风流不逊襄帝。

但唯有苏陵等为数不多的近臣知道，东帝自楚国归来之后身子越发不如从前，眼见天日渐寒，旧疾时常复发，白日倒还支撑得下，但若入夜便非以重药压制不可，渐渐竟至一日不可间停。自曾亲眼见他一次毒性发作，且兰再难放心，随时陪伴左右，这一夜两人又是通宵对弈，直至一夜悄逝，星冷天明。

曾几何时，一局棋枰，彻夜相对，长明灯下，亦曾有人轻言浅笑，魅语流香。十年岁月，风雨惊涛，他不曾与她相聚朝夕，便一手将她送至千里之外他人的怀抱，但若此时她在身边，又是否能如从前往昔，又能够陪伴多久？子昊微微抬眸，夜空星河横岸，遥遥划出千万里距离，无尽辰光坠落清眸，仿佛触手可及，又仿佛根本是在另外一个时空，永难相见。

"以前我带着族人征战逃亡，每逢入夜就常常一个人看着星空出神。"且兰见子昊遥望星空，起身前行，来到高台之侧，仰首道，"我会想着九夷国的方向，也想着帝都，甚至是你，只是那时候的星空、那时候的你，却与如今大不相同。世事总是难料，便如这星空一样，永远让人看不明白。"

她转回身来，仿佛想从他眼中寻找某种未知的答案。子昊来到她身边，负手抬头，淡淡地道："天地万相，皆入人心，若人心境不同，所看所想便不相同。其实你天分极高，朕所授观星之术，你早已洞察入微，又有何不明白？"

且兰随口问道："茫茫星汉，亘古长空，王上心中能够尽知吗？"

子昊一笑道："朕从来不想。"

且兰略一诧异，轻转明眸："从来不想？这答案着实叫人意外。"

子昊徐声道："不管你想什么、做什么，天便是天，地便是地，生长消亡不会因此而有任何改变。你既翻阅琅轩藏书，当知自古以来不知有多少先贤想要参透造化，最终也只是留下各种疑问，无人能给出合理的答案。天地不仁，本是虚空，何必浪费时间揣摩？"

且兰道："自从相识以来，无论为敌为君，你似乎始终掌握着一切，无人能逆王意，就连强势如少原君亦败在你的手中。我有时甚至以为，恐怕这天地都是你棋盘上的一枚棋子，无可抗拒你的力量。"

"朕从不认为可以掌控一切，自以为那是件危险的事情。"

子昊容色清澈深远，如往常一样无波无澜地隐藏着一切情绪，只留下捉摸不透的平静。从这个角度看去，甚至有种漠然的意味勾勒在他如削的侧颜，而使那原本干净温润的眉目浮现出冷冽的痕迹。

微风乍起，吹得两人衣袂轻扬，且兰似乎若有所觉，下一刻他转过头来，唇畔微微弯起浅淡的弧度，对她伸出手道："陪朕走走。"

若兮台半隐于云，整片夜空映入他的眼中，静如沧海，清若冰渊，越发显得幽邃莫测，无有尽头。他的手掌覆上指尖，便这样携她往高台尽处而去。

云阶百丈直通天际，长风吹起发丝随衣急舞，越至高处越发不胜清寒，而他的步伐平稳从容。

但他走得并不慢，一路不做停留，她追随他的身影，将灯火尘嚣遗落万丈。

在他的牵引下，且兰踏上最后一层玉阶，霍然之间，整个天地呈现眼前。

越过帝都宫城，她看到王域大地，山河连绵。他同她并肩立在这高台之巅，与苍茫天地相比却觉如此渺小，一颗心浩若烟海，似可容尽人间万物，却又一无所有。

风过长空，那种难言的感觉充斥心中，一时激荡难平，这一步步走来，十指相握，她忽然知道他所要保护的东西，他可包容一切的眸光，他微笑背后的深心，她突然明了。

"若兮台是重华宫最高之处，朕以前也常一个人在这里看星空。"

随着他淡然的话语，且兰朝他目光所向看去，那是曾经昭陵宫的方向，如今琼楼金台皆作一片清湖迷蒙，无限美景，不见杀伐。

仿佛刹那错觉，他眼中若有柔软的神色浮现："且兰明白吗？你与朕，一直是同样的人。"

当他转回身时，且兰蓦然迎上他的目光，从未曾相识的一刻，到执手天下的今时，他眼中的江山王朝、她心头的家国族人，她与他拥有太多相似的痕迹，却又从来不在同一个世界。长空星隐，天地一人，青衫男子衣袂入画，除却白日君王盛气，只遗独立出尘。他站在眼前，化入心尖，却仿佛随时会消失在永恒不变的微笑之中，不属于任何一人，甚至包括他的子民与王朝。

"朕此一生，不负九夷。"

那日在军营之中，他只说了一句话。一句话，她别无选择。

若他不是天家帝子，她亦不是他一手扶植的女王，今日琼华天阙，是否会有他与她并立的身影？

执子之手，与子同行，她与他穿行于毁灭重生的世界，他可以是她的希望与依靠，却是否会成为她幸福的归宿？

"朕会给你足够的力量，来保护你所珍视的东西，无须太久时间，也没有人能够阻拦。"

他低下头，眼底深处淡淡星芒，映亮女子晶莹的眸心，只一瞬停留的注视，足以令人相信一切，永不存疑。且兰素首微仰，乌发盈散于他的指尖："若不明白，且兰怎配做你的王后。但是，子昊……"她闭目轻叹，第一次叫他的名字，第一次伸出手去，靠近他的怀抱，"在我答应入嫁帝都的时候，便已将属于自己的一切都交给了你，包括我一直保护着、珍视着的族人。我知道他们会很好，这世上没有什么再能伤害他们，我也没有什么需要担心的，只除了你。

"从一开始我们之间便不会单纯，从我看你的第一眼，你对我说第一句话，从我的剑刺中你身体的那一刻，我就知道一切都已注定。你说得对，我和你是同样的人，我们都有着自己的目的，可以为之付出任何代价甚至生命，只是，我遇到了你。

"子昊，你是我的王上和夫君，也是现在我唯一的亲人，不管因为什么，我都不想像失去母亲那样失去你，为了你，我会尽我所能……"

她的声音贴近他的心房，轻柔如许，缱绻如许，终于再不掩饰地将一切挣扎与眷恋道出，不似往日矜持的模样。子昊怔住片刻，跟着轻轻抬手将她拥住，眼神之中慢慢现出些许复杂的神色，没有人看得清楚，那是怎样的温柔与怜惜，亦没有人说得出来，那是怎样的清醒与坚定。

很多年后，每当且兰想起这一夜咫尺星空，天地之尽，他怀中清冷的力量，他说过的每一句话都那样清晰，仿佛始终陪伴，从未离开。但直到那时她才明白，他交与她的，是他生命中最为沉重的羁绊，亦是他所给她的最好的归宿。

　

金舆落至殿前，重华宫冷焰燃尽，在晨曦的微光中透出华丽宏伟的轮廓。

两列素衣医女手提药篮迎面而来，见到王驾向侧避开，衣袂轻沐晨色，敛眉垂首。

且兰无意中转眸，突然看见当前两人手捧一对天青色水光薄玉冰纹盏，当中一泓雪色汁液若盈若现，温如美玉，腻似凝脂，盘侧尚备有一双缠枝细刃金刀，十分精致奇特，于是驻足问道："这是什么？"

其中一名医女低头道："回禀殿下，这是从子夜韶华的果实中割取的汁液，可以用来入药，镇缓疼痛，每逢战时，司药监都会采摘备用。此花在王域唯有重华宫温泉海交流之处能够生长，奴婢们不敢惊扰殿下，已禀过青冥姑娘知道。"

且兰记起温泉海旁确有其花盛放，花色千般，宛然如盏，观之可谓美不胜收，不想果实尚能入药，遂抬手略略沾了一点汁液，闻去但觉沉香如缕，竟有种说不出来的曼妙滋味悄悄绕上指尖，飘入心头，便那么化作一丝迷幻的梦境，径自盘旋不去。正觉惊讶，子昊忽然问道："这子夜韶华可是以前南域六族的御花贡品？"

那医女恭敬地答道："是，此花原本生在南域，名为阿芙蓉。当年六族朝贡带入帝都，先帝因其盈夜盛放，花色绝艳，而更名子夜韶华，赐种重华宫，听说《大周经》中亦曾有此花入药的记载，效果甚是奇特。"

子昊点了点头，跟着抬眼向朱廊尽头看去，正见苏陵与叔孙亦两人一并前来。且兰知道二人这么早求见，定有要事，向侧微微挥手，那医女带着众人敛袂退步，依次而去。

自昭公离朝之后，苏陵以昔王身份兼领中枢要职，此时惯穿的水色蓝衫依例换作聚云纹紫锦朝服，风流文雅更添三分贵气，只显得气度卓然，温文沉练，但却丝毫不因权位之重而令人感觉有压迫，谦谦君子之风不改。叔孙亦则着朱缘紧袖单袍，配以透雕金簪束冠，外罩缠丝软甲，一身儒将装束，眼底隐约的红丝表明他可能又是一夜未眠，但目光仍旧予人沉着智慧的感觉。

待到近前，苏陵先对且兰颔首施礼，跟着低声禀道："主上，昨夜接到加急奏报，昭公日前在归国途中病重辞世，灵柩已由统军禁卫护送，还归昭国。"

且兰闻言微惊，一震抬眸。

"拟旨以国礼厚葬，着其长子继承封国，荫封余下二子，不必入帝都谢恩。"

子昊眼中掠过一丝极深的波动，仿佛渊海海底处暗流急涌而过，旋即消沉，换作淡淡话语。长夜最后一抹星辰的痕迹隐隐泯灭于天光尽头，日月更迭，交替无声。

"臣会妥善安排，请主上宽心。"苏陵抬头答应，再道，"漠北来人想要面见主上，不知主上意下如何？"

子昊修眸轻轻一挑，稍加思量，举步前行："见见也好，带人来琅轩吧。"

"是。"苏陵略一点头，先行告退。叔孙亦则陪东帝二人往琅轩而去，边走边道："这几日据斥候传回的情报，姬沧回师后调兵沁水边域，以酷烈手段镇压叛乱余党，当众斩杀七百余人，包括当年侥幸得存、宣国大王子九岁的遗腹子姬原及其母冉妃，将此二人极刑碎尸。依照主上吩咐，此前漠北、赤陵分舵除一十三名暗部精英外，已全部撤离沁水，潜入七城。昨日传来消息，姬沧开始在刑卫、高阙等地调集兵力，总数接近二十万众，其中多以步卒、车兵为主，至少配备驰车三千余驷、革车千乘，乃是攻守兼备的精锐重兵，但赤焰军最为核心的主力骑兵尚驻军支崤，暂未有所异动。"

用兵之法，察情为先，临战不知敌情者，必失先机。是以王师专门设有先机营，抽调六军最为忠心精干的战士，配合冥衣楼渗透各国的势力收集情报，每时每刻，都会有各路信息送入由叔孙亦直接掌管的先机营，再由其甄别汇总，上报东帝与王后。

子昊道："赤焰军骑兵乃是姬沧纵横北疆的依恃，这时自要养精蓄锐。刑卫之外，七城尚有何动向？"

叔孙亦对军情了然于胸，当即不假思索地道："姬沧在刑卫据兵，西跨厌次，东收仇池，下一步便会推进到丹昼，七城可说尽数落入他手，唯有扶川因据沫水之险尚算保持独立。奇怪的是，除去七城，姬沧未从原属后风国领地调动分毫粮草辎重，以致军备速度大大减缓。"

子昊淡淡地道："在楚国大乱之前，自在堂主白姝儿曾与姬沧暗定密约，以后风十城换取皇非败局，楚国既亡，依约这十座城池已经属于穆国。"

此事是通过子娆密函传回，叔孙亦与且兰皆是首次听闻，前者蹙眉道："自在堂白姝儿？便是她与宣国合作，挑拨离间，令穆国兵不血刃，坐收渔人之利？这个女人可算不简单。"

子昊负手缓行："她的确很聪明，聪明而且有用，所以到宣国开战的这段时间足够她在穆国笼络人心，助夜玄殇登上王位。"

叔孙亦与且兰对视一眼，不约而同感觉到他话语之中冷冽的意味。且兰柔声道："现在我们所余的时间大概不足二十日，依照宣军目前的布置，沩江水路将会成为此战的关键，穆国军队的动向不容忽视。若夜玄殇无法登上王位，太子御必与姬沧联盟，势将对帝都造成不可估量的威胁。"

叔孙亦点头表示赞同，却一抬眼，不知何时，身边已尽是重重碧色。烟岚远近，如晕如染，四周薄雾寂静环绕，疏林潇潇，只见千叶落舞，微光深处一静一动，透出莫以言说的生机。

叔孙亦尚是第一次进入琅轩禁地，一时被这静谧的气氛所慑。琅轩禁地乃是王族历代藏书之处，其地不同深宫奢华，高者为台，反见清奇，深者为室，幽然洞虚，千万修竹轩然错落，形成无边碧海，看似随意清静，内中却嵌合奇门异局，身处其中，每一步所在都似相同，但又予人变化无穷的莫测之感。

可以想见，若是有人贸然而入，即便能过得了暗中影奴那一关，亦无法在这穿延四方的阵法之中侥幸逃脱，这竹林天地，可谓是王城之中最安全亦最幽秘的地方。

稍后苏陵带人求见，随他一起来的是个比且兰略略年轻的冷俏女子，虽以杏黄丝带束发，身着男儿惯穿的紧身软甲武士服，但玲珑姣好的身段与那双亮丽微挑的眼睛却让人一见难忘，尤其在衣袍衬托下修长的双腿，令她显得高挑纤美，极具风致，而背上交叉斜挂的两柄短刃双刀更表明她应该有着不错的身手。

待见到竹林中的年轻男子，她忍不住将他上下打量了一瞬，似乎有些诧异这青衣素容之人便是东帝，直到与面前清凛的双眸倏然碰触，才似乎微微一震，低下头去："遥衣奉勃言王子之命，叩见王上！"

面前无人作声，遥衣垂眸半晌，略微有些诧异，方要抬头，只觉面前碧影飘闪，突然间便有一刃竹叶无声无息地向她面门射来，不由吃了一惊，腰身一折向后翻出。

林中微风忽起，更有碧叶飘落。遥衣娇叱一声手中现出短刃双刀，只见飞旋的碧叶之中一抹深色闪电般移动，进退间不时有轻芒掠现，与四面凌空的竹叶形成一片纵横交织的密网，下一刻纷纷支离破碎。

苏陵等人从旁观看，皆是目露欣赏，这女子刀法之快几可与风寻剑媲美，轻身功夫亦不亚于彦翎、离司等人，当此年纪可谓难得。

　　竹叶似被无形轻风穿引，层层飞绕，有若急舞。遥衣凭双刃无法破出包围，忽然一掠旋身，足尖点中林边翠竹，身至半空连续几个轻翻，借竹子柔韧的弹力瞬间弹开丈许距离，数道竹风擦身而过，落入林中。

　　"好身手。"子昊轻笑着赞了一声，袖底似有轻风拂过，微微一扬。遥衣顿时自徐徐纷落的碧叶间脱身出来，只来得及见一瞬青衫袖落，淡淡的笑眸。

　　"斛律遥衣不愧是万俟勃言手下最出色的间者，他派你来帝都见朕，想知道些什么？"

　　斛律遥衣轻巧落地，闻言一怔："王上知道我？"却听东帝身旁的白衣女子微笑道："你出身丁零一族，原举家归服后风国，父兄皆为军中大将，后风亡国之后只余你一人，方为万俟勃言所用，手中双刃名为'泠雪'，乃是出自皓山剑庐的一对利器。万俟勃言派你前来，是因你与宣国有不解之仇，绝不会出卖于他，而你也不是第一次到帝都，对吗？"

　　斛律遥衣目光在他二人之间微微一旋，泠雪斩还回背上："看来王上身边的消息十分灵通。不错，我之前是要查明一件事，这次王子本想亲自来面见王上，但怕引起姬沧注意，不敢轻易离开北域，所以派我来奉上一样东西，也想王上能兑现承诺。"

　　子昊轻轻一笑："你先前来确定朕的身份，想要的无非是朕一句话。"

　　斛律遥衣道："我们不是不相信昔王殿下，只是没想到冥衣楼与帝都关系这般密切。王上曾答应过钦赐柔然立国，条件便是这幽灵石。"说着近前一步，自怀中取出一个乌木嵌金方盒，跪地奉上。

　　子昊抬手掀开盒盖，袖底玄光流过，一泓深碧色的微光自修削的指尖幽幽溢出，一瞬烁开清芒，转而敛入盒中。斛律遥衣美丽的眸子被灵石清光映得晶莹剔透："王子命遥衣留在帝都，听从王上吩咐，亦方便日后传递消息。只要事涉北域，遥衣行事要比冥衣楼更加方便。"

　　子昊点头许可，站起身来："朕会让你带王旨回去，只不过不是现在，你随叔孙将军去先机营，一切听他安排。"

　　斛律遥衣眸光一转，叔孙亦对她微笑颔首："先机营有遥衣姑娘这样出色的间者加入，求之不得。"

　　且兰替子昊接过斛律遥衣手中的木盒，与苏陵二人一道，送她离开琅轩，多问她一些柔然的情况，顺便取了医女按时备好的汤药，亲自试过，回来后便至子昊素日看书之处。

子昊正站在案前翻阅书卷，听到脚步声回头，面上淡淡有着几分倦意。且兰将乌木金盒放在一旁，亲自侍奉他服药："其实我一直奇怪，你为何要自各族手中取回九转灵石，传说灵石齐集有着逆转天地之力，但你不是说并不在乎吗？"

子昊轻轻抬眸，药香微苦的气息在他幽墨色的瞳仁深处淡淡缭绕，他像往常那样笑了笑，道："若是朕要灭尽九域呢？"

且兰亦是一笑："九域，包括王族吗？"

子昊淡声道："或许。"

且兰目光在他眼中一停，掠过不解之色。他放下白玉盏，微微合了双眸："朕有些累了。"

那一刹那敛去的眸光，似乎令整个屋子静静黯淡下来，窗外传来竹叶飘落的声息，如雪满地。

且兰离开之后，子昊却并没有真正入睡，睁开眼睛看向案上放着的书卷，《大周经》三十六卷有关南域奇花阿芙蓉的记载流水一样掠过心间。

稍后，他让影奴将早晨那名医女带入琅轩，命她将今日所采子夜韶华的汁液送至此处，不得惊动宫中任何人。医女很快照他的吩咐将东西送至，待她退出后一切又恢复了安静，只有子夜韶华迷幻的气息，在幽竹碧影中轻轻地弥漫开来。

第十三章 王者之心

清池黄昏下，几枝疏荷零星点缀，一双金鲤突然自水面旋开数重涟漪，倏地沉下水中，悠然而去，斜阳光影层漾，令这深秋沉寂的水面现出一丝生动的意味。

夜玄涧站在水榭回廊之上，一人看着眼前池波荡漾的景色，碧袍如水，沉静风中。

"二公子怎么不多休息一会儿，伤势没有大碍了吗？"

身后传来女子清爽的声音，只从脚步，他已知道是殷夕语，转身微笑道："静心赏景也是一种休息，殷帮主不觉得吗？"

身着淡紫色劲装的殷夕语来到他身边，看向池中若隐若现、纷纭聚散的游鱼，道："你与三公子给人的感觉真是不同，一个刚刚处理好伤口便去寻墨炘等人较量剑法，惹得一群人聚在后面观战，一个却在这里临水赏鱼，端的是清闲自在。"

夜玄涧略扬眉梢，随后笑道："三弟从来便是这样，不然也不会有现在的夜三公子。归离剑法是自无数次血战中历练出来的，这时候与墨炘他们过招是要将先前一战的经验融会贯通，才能有所突破。我们兄弟三人虽是一母同胞，却自来性格不同，所以行事相差甚远，尤其是大哥和他。"

殷夕语倚栏转身："就因为性格不同，太子御便毫不留情地追杀自己兄弟，就连二公子分明无心王位，他都不肯放过，一样痛下杀手？"

夜玄涧侧首道："大哥既如此顾忌我，不惜请师尊亲自出手，你又怎知我无心王位？"

殷夕语嫣然一笑："二公子问出这样的话，便是最好的答案。"斜阳暮色将清池染透，亦令她清秀的面容覆上一片柔和的色泽，分外动人，"何况贪恋权位之人，绝无法使出那样潇洒纯粹的枪法。千云枪下处处皆留生机，从不赶尽杀绝，二公子其实是个十分宽容的人，否则上次在苍云峰也不会从拦人变成帮人，我说得对吗？"

夜玄涧意外地注视她一瞬，微笑道："置他人于死地，便是将自己逼入绝境。"

殷夕语道："这句话正应该奉送给太子御才是。"

夜玄涧隐隐叹了口气，目光重新投向余韵初消的莲池："虽然并不赞成，但其实我能理解大哥的做法。每个人所处的境地不同，他人很难做到设身处地，所以也无须过于指责。"

殷夕语转身道："但我想三公子绝对不会放过你们这位大哥，否则要如何向所有支持他的人或是穆王交代？坦白说，他如果不够果断，于此事上心慈手软，我跃马帮恐怕会第一个退出穆国，另寻出路。"

"殷帮主的决定，我一样可以理解，亦不会怪你。"夜玄涧微微点头，眼中却透出深邃的光泽，"无论结果如何，我现在只担心内乱会使穆国国力受损，无法应付接下来的硬仗，这恐怕亦非父王所乐见。"

殷夕语问道："那二公子有何打算？"

夜玄涧道："事到如今我会全力襄助三弟，尽量减轻事情的影响。假如最终胜出的是三弟，那穆国凡事有他自然无碍，我便可放心退隐山水，方得真正清闲自在。"

"二哥怎可如此无情无义兼不负责任，现在便想弃兄弟于不顾，自己逍遥快活？"

殷夕语尚未答话，便听廊亭对面传来爽朗笑语，夜玄殇与子娆、墨炘、宿英、彦翎等人沿桥而至。

因刚刚与墨炽切磋剑法，夜玄殇此时仅着一身玄色紧身武士服，袖扣金腕，外袍随意披在肩头，随他不驯的脚步轻翻飞扬，十分桀骜恣意。夜玄涧含笑看他近前，玩笑道："谁让当初你收了我的玉玦，现在后悔，恐怕为时已晚。"

"哈哈！"夜玄殇踏入水榭，挑眉笑道，"二哥怎知我不是正为以后的逍遥自在而拼命，莫不如考虑收回礼物，我还可再附赠玄龙玉佩？"

旁边彦翎做了个大不以为然的表情，一晃闪至他面前："就算你想逍遥，也得有人先同意再说。以我认识你这些年的经验，只要太子御活着一天，你就不会是逍遥自在，而是逃命江湖，还不快想想下步如何行事。他奶奶的，小爷忍太子御很多年了，这次务必要给他点颜色瞧瞧，欠债总得还钱！"

众人无不失笑，纷纷在水榭当中的长案前坐下。子娆抬眸道："颜菁昨日出去便一直没有回府，看来外面的搜索还在进行。"

殷夕语道："九公主这一安排甚是巧妙，太子御即便翻遍邯璋城，也不会料到我们会在看似最危险，也是最不可能的地方。接下来打算怎么办？"

此处所在正是长骑将军颜菁的府邸，穆国禁军统卫府的后院。昨日离开密宅，子娆下令众人分作两部，一部由冥衣楼、跃马帮以及天宗的普通弟子组成，十人一组分散行动，造成四处逃亡的假象，并秘密通知冥衣楼和跃马帮其他分舵及时应变；另外一部则集中己方武功最高的十余人，反入险境，留下暗记示意颜菁，趁乱潜至禁军统卫府。

统卫府中侍卫多是颜菁心腹，同时属于冥衣楼弟子，在颜菁的特意安排之下，不虞暴露行踪，所以现在外面虽是风声鹤唳，众人却颇是轻松。子娆淡淡地道："卫垣与颜菁都是聪明人，虞峥在此次行动前被太子御调离邯璋尚未回来，有白妹儿前去照应，想必也不会出什么大问题。现在就让太子御白白折腾，我们暂且在此以逸待劳，而后想要杀人还是放火，悉听三公子尊便。"

夜玄殇笑了笑，俊眸微抬，看向对面："倘若我不但要杀人，也要放火呢，二哥可有什么意见？"

夜玄涧神色微微一震，道："你要彻底铲除天宗？"

两人的目光隔案相交，似有轻光从中掠过，周围原本轻松的气氛突然微静。众人皆不知夜玄涧何以从一句话听出夜玄殇心中用意，亦感觉此事非同小可，一时无人插口，唯有子娆拂袖轻掠长案，一片枯叶打着微旋，自池畔斜伸入檐的枝头翻飞飘落。

"对于天宗，二公子应该比我们任何一人都要了解，穆国先代君主重光因与兄弟情笃，在立国之初，以苍云峰所属八百川城分封幼弟，授其监国之权，非常时期可废立君主，以保证夜氏一族王权的传承。自穆国开国伊始，天宗作为王权之外最高所属，原本一直与之相辅相成，互为平衡，并无任何意外，但到了穆国第十一代君主武元手中，天宗出现了第一位外姓宗主。"

子娆微微停住，逆了夕阳沉晖，凤眸清光落在夜玄涧眼中。

"不如我替公主说得更清楚些，多年前天宗出现的第一位外姓宗主，乃是国君武元的同门师妹，被称为'夕池音妃'的绝萧。"彦翎跟着接口，继续道，"武元非但为这女人诛杀亲叔，甚至二人共同临朝。在他死后，绝萧以天宗之名监国二十余年，手中权力无限扩大。此后天宗宗主一职便转落外姓，迄今百年之间，至少有三次权重凌主，在穆国弄出不同程度的内乱，现在轮到渠弥国师，同样没有安分守己的打算，一心一意唯恐天下不乱。"

"渠弥国师表面上不问国政，却在暗中推波助澜，通过太子御左右穆国形势，造成今天这等局面。如今的天宗已非穆国立国时的天宗，已经完全违背本意，甚至为祸不休，就像这片枯叶一般，残败之物，便不该留在金案之上，更不该任其腐烂，沾污衣襟。"子娆说着，玄袖当风一拂，数片枯叶应手残落，尽化一地飞尘。

廊下游鱼突然被惊起，扑通一声跃出莲池，打破水榭中冷寂的气氛，无数涟漪接连不断，一波未平，一波又起。

夜玄涧此时早已恢复冷静，缓缓道："冰冻三尺，非一日之寒，你们所言确是事实。其实父王很早将我送入天宗拜师，便是希望我能够重新接掌天宗重权，杜绝遗祸，现在看来师尊亦是心知肚明，不过假意顺迎，可惜我兄弟不睦，终成今日之局面。"

夜玄殇此时站起身来，走向临池曲栏，沉声道："二哥可知归国之后，我发现一事。这些年一直在穆国暗中布局、心有所图的并非只有渠弥国师一人，其实大哥很多时候是受人挑拨，做了人家的棋子。我无法原谅的并非他的绝情，而是他的愚蠢。父王说得没错，他当真不配为我穆国之主。而对于天宗，二哥是否想过，以九域目前的形势，在我与大哥分出胜负之后，穆国是否还有时间应对余波难平的内乱？现在宣王已是野心毕露，如果继位后我不能尽快平定国中动荡，点兵备战，那穆国非但会错过成为诸侯霸主的最好时机，更有可能面临亡国之祸。"

落日如金的斜晖折射了秋水波光洒照水榭，天地颜色渐暗，但那玄衣挺拔的背影却在逆光之下显得如此清晰，仿佛深深烙入每个人心头。子娆轻侧玉容，不动声色地看着面前熟悉的身影，微微地眯起了修长的眸光，一瞬间眼梢如刃，却似温柔。

这是她第一次听到他直陈胸臆，当众表现出对穆王宝座势在必得的决心。

夜玄涧突然低头一笑，叹道："父王当真没有选错人。"

"我只是在必须的时候，做自己该做之事。"夜玄殇回身相视，深邃的眼中照映金辉，射出沉稳的清芒，"不过无论如何，只要二哥说一声'不'，我绝对尊重二哥的意见，天宗之事便另寻他法处理。"

夜玄涧碧袖一扬，扫尽案前落叶纷绘："你恐怕找不到第二个人，比我更加熟悉苍云峰的情况。"

兄弟二人目光相触，仿佛同时掠过笑意，夜玄殇大步迈回案前，笑道："果然还是二哥了解我。二哥可知，我最想宰了太子御的时候，就是在楚国见到二哥的时候。"

夜玄涧摇头笑说："我只是怕你在苍云峰乱来，弄坏了我院中栽培多年的花木，不免可惜。你还是先同我说明白苍云峰的计划，再去寻人算账不迟。"

众人皆听出他们之间深厚的情意，不禁莞尔。子娆眸光向侧示意，一直在旁未曾说话的宿英跪至案前，将一卷帛图展开："我们此次行动，首先是要将陷在天宗的众人救出。日前遵公主吩咐，我们已命暗部弟子潜入天宗详细侦察，这是属下根据回报绘制出的苍云峰地图。"

夜玄涧着眼看去，只见帛图之上清清楚楚地标出苍云峰每处重地，附加守卫的具体位置、人数，可谓巨细无遗，冥衣楼在这么短的时间内便将天宗内外摸了个一清二楚，就连彦翎亦暗暗点头。

宿英依图向众人解释道："天宗总舵位于苍云峰深处，其地三面险峰环绕，皆是深崖峭壁，唯有正西方建有六座双向索桥，接通绝谷，乃是出入其中的唯一通道，但却设有二十八重岗哨，直至峰顶，想要从这里进入苍云峰，可谓难比登天。"跟着手指移到图中一处红色标记处，继续道，"据暗部探知，渠弥国师将擒获的众人都关押在这阴奚潭水牢之中，离此不远有一处悬崖，虽然险峻陡峭，但凭暗部弟子的身手，再加上我特别改制的飞索装备，可从这里暗地潜入，直接入水牢救人。"

"你说的那道悬崖可是西面的一指峰？"彦翎凑近道，"想当年小爷曾从那里上过天宗，凭我金媒彦翎天下无双的轻功，都差点半路脚滑，冥衣楼暗部能从那里摸进去，啧啧！厉害厉害！"

夜玄涧道："阴奚潭水牢除了设有森严的守卫，更有九重暗道机关，想要救人必先除去这两道障碍，否则绝不可能。"

宿英道："二公子放心，无论暗道中是什么机关，只要给我半炷香时间，必定可以破解。至于守卫，在水牢那种半密闭的环境中，最好的法子便是用微小的烟雷，加以离司姑娘配制出的迷药，在我们将人救出之前，绝不会惊动其他天宗弟子。"

他说话时胸有成竹，显示出极大的自信，这番话从寇契大师的亲传弟子口中说出，谁也不会有所怀疑，所谓战场之上，"妙手神机"宿英一人可敌千军，便是如此。

殷夕语仔细审视地图，抬头道："有宿先生在，救人只是小事一桩，关键在于救人之后，以多数普通弟子的武功，恐怕无法像冥衣楼暗部一样自阴奚潭后的悬崖离开，还是无法避免正面冲突。"

夜玄洞道："不错，九公主对此有什么打算？"

子娆漫不经心地道："我方才说过，是杀人还是放火，悉听尊便，本公主奉陪到底。"说着眼梢往侧掠去，夜玄殇挑眉一笑，向前倾身道："擒贼先擒王，假如没有渠弥国师，二哥以为天宗会如何？"

夜玄洞沉默片刻，抬眸道："除了二百名师尊的亲信弟子，我有把握控制局面。"

"哈哈，那便如此，苍云峰总舵的行动由二哥全权指挥，渠弥国师便交给我与子娆。"夜玄殇转头看住子娆幽深动人的眼睛，微笑说道："我答应你的事，一定查个水落石出。"

寒雨未消的深夜，官道上三匹快马迎着无声夜雨一路疾驰，四野如墨，唯有雨光微闪，几道人影一晃而逝，直趋火光明灭的邯璋城。待到城门之前，三人同时勒马，黑夜中马儿骤停的微嘶声短促响过，遗下雨声渐沥，愈来愈急。

城头照下的火光透过重重雨丝坠落不休，左边之人调转马头向后道："公公，城门已关，咱们还是迟了一步。"

商容自雨光中抬眼，看向高耸矗立的城墙，简短地命令道："弃马入城。"说话时身子已自马背上飘起，身旁两名影奴紧随其后，形如魅影掠向城墙，身手行动，迅捷无声。不过半刻，三人已身处城内，但却不与穆国的冥衣楼分舵联系，反在城东一家客栈单独住下。

翌日清早，邯璋城依旧一片兵马戒严，雨后街道之上恢复喧嚣，一队队士兵巡逻未停，却并未影响城中正常的秩序。

邯璋既为穆国之都，其繁华兴盛的程度较之楚都毫不逊色，更因紧邻西陲，各族行旅、客商往来过境，楚国大战之后，不少楚人避祸西迁，之前依附大楚的中间小国为免宣军荼毒，亦纷纷向穆国示好，相与贸易，更使得江上船行如鲫，道中车马如流，带来人物阜盛的局面。

马蹄声自长街一端传来，路上行人对连日来涉及全城的搜索已是司空见惯，纷纷避向旁侧。只见两队快马纵驰而过，马上士兵皆着银甲白袍，外罩玄色军氅，正是刚自城郊归来的白虎军，由上将军卫垣亲自领兵，往宫城方向而去。

自昨日围攻跃马帮密宅后，太子御调动城中所有兵马，昼夜不停地搜捕夜玄殇等人，白虎军与其他城中守兵一样连夜未眠，但在卫垣与颜菁的刻意引导之下，搜捕结果自是一无所获。

路过一间临街的酒肆，卫垣忽然在马上减速，扭头向位于二楼的一扇雕窗看去。

一道目光穿过垂帘与他对视个正着，卫垣眼底倏然闪过一丝诧异，面上却未有任何流露，径自打马而去。

商容刻意不收敛目光，引起卫垣注意，斟酒坐等，不过小半个时辰，除去军甲换作长衣便装的卫垣出现在酒肆雅间之内。

"方才我还以为看走了眼，不知是什么要事，竟劳动商公公亲来穆国？"

面对商容这禁宫要臣，卫垣的态度极是友善，话未出口，已然笑容满面。商容一路看察，知晓卫垣如今在穆国几可算一人之下万人之上，帝都凡事假他之手，皆是事半功倍，不由佩服东帝昔日安排，亦知要令这样的人听教听话，并非寻常手段能行，心念一闪，迎前笑道："呵呵，将军说笑了，我们这些人不过是替主上跑腿送信，真正要事可都要倚重将军才行。"

"哦？主上有何吩咐，还请公公见教。"卫垣在他对面落座，移目相询。

"将军看过便知。"商容自怀中取出东帝亲笔密令，隔案递了过去。卫垣弹手挑破封口金印，看过密令后目光微微一闪，抬眼扫过商容："主上这道命令当真是意料之外。"

商容叹了口气："主上的安排自有他的道理，事关重大，将军切记秘密行事。"

卫垣转回笑容，心绪不露："商公公放心，既然是主上的命令，卫垣自会尽心办到，不过此事的确关系非常，需得慎重处理，后面怕还要劳烦公公。"

商容道："大家都是替主上尽忠，何来劳烦。穆国之事皆以将军为主，我等从旁协助就是。"

"如此甚好。"卫垣将手中密令收好，抬手斟酒，举杯道，"那卫垣便借花献佛敬公公一杯，先行一步做些安排，公公见谅。"

"好说。"

二人对饮一杯，卫垣随后起身告辞，行至门前，他突然又回身问道："商公公此次带了多少人手，现在何处？若人不多，不如暂且住到我上将军府，近日为三公子之事，邯璋城中盘查森严，莫要引起多余的麻烦，不好处置。"

商容道："不过两人随行，落脚在朱堰坊宣平客栈，倒不必麻烦将军，将军有事尽可到那处寻我。"

"宣平客栈，好，我会命人关照那边。"卫垣点了点头，转身而去。

邯璋城被南北十四条、东西十一条宽阔大道交错划分为一百一十坊，各坊之间皆以街道为界，经纬纵横，井然有序。每坊筑有四门，除几条交叉相通的主街以外，另有石路小巷延向坊内，两侧民宅店铺鳞次栉比，建筑多以白石为基，配以素瓦灰檐，但富户人家或是声势可观的商铺酒楼却是画梁彩壁，斗拱出檐，极尽雕饰之美，处处显示出这国都之城的繁盛气象。

朱堰坊主街之上，分别有三家亭阁错落的歌坊舞楼，其中红颜阁位于街尾，毗邻堰江之畔，对面一街之隔便是商容三人入住的宣平客栈。

一夜秋雨初霁，台前流苏吹过雕栏，一只腕绕银丝的玉手松开垂帘，窗影一晃，落在婀娜生姿的白衣之上，亦将那张妖柔的面容覆上若有若无的暗影。

"堂主，据我们的眼线回报，从一个时辰之前便有军队秘密往朱堰坊这边调动，且非一般士兵，皆是左翼营武功高强的好手，数量不在千人之下。这些人足以将整个朱堰坊全部封锁，不知是不是针对我们来的。"绿颐瞥了一眼帘外，低声道。

白姝儿自窗前转身，美眸艳艳流露出揣测之意："是白虎军，即便查到此处，卫垣也不可能公然调兵前来，他究竟想干什么？"

红颜阁原是自在堂一处秘密据点，对外是邯璋有名的风月之地，千金买醉，日夜笙歌，内里却用来收集情报，掩藏身份，执行各种暗杀任务。自在堂在穆国势力盘根错节，即便是白姝儿曾为之效命的太子御亦无法尽知，在其背叛之后虽剿杀了堂下不少部属，却难以将之连根铲除，如今红颜阁这种地方，正是白姝儿暗中左右形势的最好所在。

密宅突围之后，白姝儿已知卫垣虽身在穆国，实际却替帝都效命，眼前形势下，绝无道理对自在堂动手，何况红颜阁表面上属于城中普通富商，只有部分核心人员受自在堂统属，较之他处，暴露的可能性微乎其微，所以虽见白虎军秘密调兵，亦只是静观其变，声色不乱，单凭这一点，便可见她非同寻常女子的胆色。

绿颐蹙眉道："这卫垣虽是九公主的人，会不会自己暗中反水，支持太子御？"

白姝儿眸光微细："若如此，那日他也犯不着故意配合三公子脱身，再者，那九公主又岂是易与之人，容得他想怎样便是怎样？哼，不想帝都的手竟伸得这么远，一个卫垣、一个颜菁，整个穆国的兵权竟都落到他们手里了。"

绿颐道："假如除去连相，这二人之外在军中手握兵权的便只剩一个虞峥，却与堂主素来不睦，那我们岂不是替他人作嫁？"

"笑话，我白姝儿会做那种蠢事？"白姝儿反手一扫珠帘，娇娆移步，向外行去，一抹帘光倏然闪落，"如情人呢？"

"已照堂主吩咐暂时将她软禁起来，对外称病谢客。"

"看好了，莫让她坏事。"白姝儿媚眸轻挑，忽然在门前停步，外面回廊之上同时传来轻重不一的脚步声。后面数人足音沉稳一致，落地几无间隙，显然是一批训练有素的高手，而当前一人足下几无声息，武功要比后面之人高明数倍不止。

脚步声停在隔壁，管事的声音随之响起："东面几间暖阁正对前街，只有两间还空着，却以这间风景最佳，不知将军意下如何？"

几人进入房间，一个惯有威严的声音道："就这间。"跟着哗啦一声轻响，想是对方将钱袋丢到了管事手中，冷冷地道，"还不下去，记住少说少问。"

白姝儿眸中隐生诧色，皆因听出那说话之人正是卫垣，顿时改变出门的主意，留心隔壁动静。

便在此时，外面突然传来一阵混乱，白姝儿无声飘向窗前，水袖一漾，将雕窗拂开半寸。

透过窗隙，只见对面街道之上出现重重白虎军战士，人马如同辐辏，自四面八方快速逼向宣平客栈，前面数十名高手自马背掠起，亮出兵器，当先越墙而入，目标乃是客栈后院。

马蹄声中，街上行人大乱，纷走急避。白虎军行动之速，可谓快逾闪电，整座客栈顿时陷入重围。这时后院一间厢房猛地爆出一股劲气，剧烈声响之中，房中门窗化作飞屑，连同最先进入的敌人向外激射出去。

白姝儿美目微微一闪，仅仅一街之隔，更兼居高临下，以她的眼力几乎可以看清白虎军高手骨折血溅的场面，心下凛然不已。仅凭这份内力，这屋内之人的武功便可至夜玄殇那般高手级数，且更加阴沉狠辣，却不知为何惹来白虎军围剿。正思量间，眼见三道人影自房内杀出，其中两人黑衣净面，刀法飘忽诡谲，身如影魅，当中一人却是个身材中等的白眉老者，看似举止缓慢，却每一抬手便有敌人丧命爪下，行动间予人诡异莫名的感觉。

三人现身的一刻，隔壁窗旁咔嚓一声微响，传来整齐的劲弩上箭声。

白姝儿突然明白，卫垣亲至红颜阁乃是为了居高临下，选定阻杀院中目标的最佳位置，此时白虎军传出数声信号，有人高声下令："莫要放走夜玄殇同党！生死不论！"

白虎军此次所调皆非庸手，但客栈中三人亦手底强硬，尤其是那白眉老者极难应付，令围攻者付出十分惨重的代价。整座客栈早已清空，院中敌人不断地拥入，那白眉老者深知不宜恋战，连下杀手，跟着尖啸一声，会同二人突向高墙，冲往院外。

"结阵！拦下他们！"白虎军中两名指挥战斗的银缨战将齐声喝令。客栈东、西、北三方同时出现三张黝黑的软索巨网，在轻功高明的战士操纵之下，向客栈漫天罩来。

这种软索巨网原是在战时用以封锁江河，以便拦截敌方间者探营。其以鲛丝细索穿织编结，每隔数寸便缀有锋利的倒钩，悬在水底不易察觉，一旦沾身便绝难挣脱，并会牵动两岸连接的金铃，向营中报警，乃是白虎军有名的精锐装备。此时在半空张开，顿将去路封锁得密不透风，用作拦截对手，亦是再好不过。

纵未见过此物，但从外形判断，突围的三人亦知绝不能容其沾身，唯有当空改变方向，往唯一未被封锁的南面长街落去。

两名战将自马背上跃起，双双攻向当前的白眉老者！一串激烈的劲气交击声后，只见半空中气流爆射，那白眉老者凌空跃起，一声厉啸，自上而下地扑向往地面上飞退的战将。

机括之声便于此时，自白姝儿所在隔壁骤然响起！

箭风激啸，横裂长街。除红颜阁之外，宣平客栈左右各处利芒爆现，一连串近百支劲弩首尾相连，以风驰电掣的高速射向白眉老者。白姝儿眸心倏收，长街当中二将急退，血光乍现，任那白眉老者有通天之能，亦无法在全力出手对敌之时避过白虎军特有的连珠劲弩，当空带起一蓬血光，白眉老者斜坠而下，软索巨网当头罩来。

其他两名黑衣人亦不可幸免，一人当场毙命，一人重伤落入敌阵，瞬间丧命乱刀之下。

包括卫垣等数十名隐藏在外围的高手现出身形，纷纷向战场中心掠去。白姝儿不由心生寒意，倘若那天密宅之外卫垣暗中埋伏下这等利器，那恐怕太子御早已得手，绝非今日之结果。

卫垣落足长街，白虎军将士肃立，当中让开道路。那白眉老者身中数箭，复加索网利刃入体，一时却仗着深厚的内力，不曾断气，见到卫垣走来，艰难喘息道："卫垣，你……敢背叛主上！"

卫垣在他面前停住脚步，俯身低声道："商公公，莫怪我手辣。主上曾经亲口密谕，我在穆国只听一人调遣，那便是九公主，所以无论何人传来对九公主不利的命令，格杀勿论。"

"你……"商容身子猛地一挣，双目射出怒火。卫垣一掌送出，商容浑身剧震，口喷鲜血，顿时气绝身亡。

"派人回禀太子殿下，就说击毙三名叛党，替他们收尸。"

卫垣一掌震断商容心脉，抽身后退，吩咐一句之后，上马而去。

对面红颜阁雕窗之后，一双隐在暗处的美眸目送白虎军远去，白姝儿身形轻闪，飘然出门。

第十四章 苍峰玄雪

夜幕再次降临，穆国王宫深沉的轮廓犹如一座卧兽渐渐隐入重云浓暗的天色，宫门关闭之前，卫垣方才离开东宫，在侍卫的拥护下往上将军府打马而去。

长街两侧华灯初上，酒楼歌坊人流如川，一片声色喧哗，刚刚进入这邯璋城最为热闹的街道，身后马蹄声响，卫垣微一侧首，颜菁与十余名亲卫自后面赶上，来到身旁。

"卫将军。"颜菁轻提马缰，与卫垣并骑而行，几名同属冥衣楼的亲卫散开身后，不着痕迹地将后面的白虎军侍卫隔开。

卫垣目光一扫，笑道："颜兄回府去吗？若有闲情，我们不妨到燕子楼喝上两杯。"

颜菁转头压低声音道："将军可知今日做了什么，商公公乃是主上最为倚重的内臣，现在竟丧命穆国，且是在白虎军手中。"

卫垣笑了笑，不疾不徐地道："颜兄莫非没有想过，白虎军和统卫府上万人搜遍全城，连一个三公子的人都没抓到，若非今日击杀三名叛党，你我如何向太子殿下交代？对着连相那么精明的人，不会招来疑心吗？"

颜菁眉峰略蹙："即便要应付太子御，也不必假戏真做，将军不是不知道商公公的身份，如此行事究竟意欲何为？"

卫垣眼中光影一沉，扭头道："颜兄这是在质问我？"

颜菁见四周不时有人向这边注目，心知在此不宜多言，强压下心中不满："我并无此意，只是一旦九公主问起，不知将军要如何回复。"跟着抱拳道，"我会向公主如实禀报此事，将军好自为之吧。"说罢一提马缰，当先而去，身后亲卫随即跟上。

卫垣目送统卫府的人消失在长街尽头，不由重重地冷哼了一声，眼中闪过一道不为人知的精光。

上将军府位于邯璋城风景极佳的贵族坊区，整座府邸占地极广，建筑高阔深进，斗檐重壁，颇具西地沉雄之风，但最为讲究的乃是后院聚水成湖、山石穿叠的内苑。此时天色入夜，两侧连排装饰的青铜销金纹卧兽灯早已燃起，照得四下亭阁明暗，一片影影绰绰，卫垣遣退随从，步上通往书房的玄石廊道，突然间脚下一停。

一丝细叶悄落月空。

对面同时传来一丝女子笑声，既轻且媚，跟着淡纱袅袅如烟，一抹白衣身影自楼阁之中飘落路前。

"卫将军，久违了。"眼前女子烟视媚行，越过枝影横斜的湖畔，徐徐向灯下而来。

"白姝儿？"卫垣目光微微一动。

"将军还记得姝儿，姝儿给将军见礼了。"白姝儿略一扬袖，侧身低眉，眸光却微微挑去，月下媚影，色若桃花。

"哼！"卫垣站在廊前，沉声道，"白堂主可真是好胆量，出入我上将军府如入无人之境。"

白姝儿抬头柔声道："将军请莫要怪罪姝儿，姝儿此来是想与将军商量几件秘事，自不好招人耳目，所以才先一步在这儿等候将军。"

卫垣道："我与你有何事需要商量？"

白姝儿素首微微一侧，露出足以令任何男人心动的娇容："将军是聪明人，跟聪明人说话，姝儿向来不愿拐弯抹角，浪费时间。我知道将军是帝都的人，说起来，如今我们也算共事一主，莫非无事可言吗？"

卫垣倒负双手，半明半暗的灯影之下，也看不出神色深浅，或喜或怒，只是随口道："哦？那我倒愿闻其详。"

白姝儿妩媚道："那姝儿便直言了，我想与将军联手，除去两个碍事之人，今后无论何事，更可相互照应、互通有无。"

卫垣道："什么人，碍了谁的事？"

白姝儿略略移步，抬手拂掠乌发："一个是连相，这个不用我说，也是将军该杀之人；而另外一个，是虞峥。"

卫垣眉头一挑："你敢杀虞峥？可知他是白虎秘卫之首，三公子的得力之助？"

白姝儿掩唇一笑，一瞬间眉目千姿，媚态丛生，更令人感觉到在这美艳的外表之下，几多心思叵测。来此之前，她早已派人查实宣平客栈三名"叛党"的真实身份，以此揣测卫垣的底细，几番计较，遂亲身一探上将军府："将军连商容商公公都敢杀，又怎不敢杀区区一个虞峥？三公子既有将军相助，虞峥如何能比，何况此时太子御已经怀疑了他，将军倒是教我，该如何保他？"

卫垣听到"商容"二字时，面上神色刹那一动，旋即恢复深沉，跟着抬袖一拂，转身道："白堂主请回吧，今夜之话我从未听过，三公子也永远不会知晓。"说着举步欲行，白姝儿心知此人城府极深，绝非三言两语能够打动的，却也不急，暗影下红唇隐隐一勾，悠然说道："看来倒是我料错了，将军原来是甘愿受制于人，做帝都手心的傀儡，或是一枚过江之卒。"

卫垣脚步倏然一停，白姝儿继续道："只是依我看来，将军即便忠于帝都，那东帝对将军却绝不放心，将军身边究竟有多少眼线，明里暗中，恐怕不止一个颜菁吧。更何况以东帝之冷情，对将军的家眷，连我自在堂都查不出他们之所在，将军此生也不知是否还能相见。"

卫垣背身而立，片刻后回头说道："你知道的事情，当真不少。"

白姝儿婀娜前行："姝儿是诚心与将军合作，所以才多加留心嘛。将军何不想想，他日倘若三公子继位，一个颜菁、一个虞峥，足以将穆国大部分军权瓜分，有九公主在侧，三公子对这二人恐怕要比对将军更加信任，将军难道毫无顾虑吗？"她在卫垣身旁停步，美目轻扫，淡淡闪过七分妖媚、三分心机，"至于其他，大丈夫纵横天地，何患无妻？"

卫垣慢慢转过身来。

"将军。"白姝儿手腕一翻，掌心现出一卷细帛，"除掉连相，太子御身边最为倚重的便是将军，那将军则可轻而易举，成为拥立三公子继位最大的功臣，若虞峥亦死，将军作为朝中最有资格的大将，理当接掌禁卫兵权，甚至包括之前掣肘在侧的白虎秘卫。这些，是所有与左君侯府有关的朝臣，秘密对三公子立下的效忠书，只要将军点头，便可尽为所用，日后你我一人在内、一人于外，纵然那九公主假手天威，又能奈之如何？"

月下微光，灯中亮芒，卫垣深沉的眼中映出女子媚极艳极的姿色，如一刃淬亮的刀光，划掠心头。面对这张诱人的面容，穆国第一大将仿佛被光亮刺中，微微眯起眼睛，片刻之后，抬手拿起她掌中的密帛，笑道："有美色更有头脑，难怪三公子另眼相看，白堂主这样的女人，总是不会令人失望。"

"相信将军也不会令姝儿失望。"白姝儿仰首相视，口吐媚言，"上次连相逃过一死，这次姝儿便先替将军办妥此事，明日红颜阁中，如情姑娘会随时恭候连首座大驾，将军莫要忘了，一定邀上虞峥虞统领。"说罢一声轻笑，飘身而退，如来时一般悄若无声地消失在烟月之下，只余媚香如缕，袅袅轻散。

落峰山脉，八百川峦龙卧，苍云主峰乃是其中最高之处，云出烟岫，雾锁千岭。

在距离天宗总舵不远的一处山峰之上，子娆盘膝静坐绝崖，闭目倾听其下瀑布飞流激溅，漫山叶落清霜，已隐隐有了飞雪的气息。

夜玄殇悠长稳定的呼吸声自身旁传来，当她睁开眼睛，恰好可以见他轮廓俊冷的侧颜，不变的夜色玄衣，棱角分明的眉目与坚定的鼻梁，水光中略微削薄的唇，微笑时如春风，凝静时却似冬日深雪锋冷的痕迹。

子娆微微侧眸，不由记起当年第一眼看见这个男人时，漫天风雨与杀机之中，那一袭玄衣，随意甚至有些狂妄的姿态。一人一剑，逍遥敌间，鲜血或是生命仿佛只是他笑容的陪衬，剑下天地睥睨，无人可以令其一顾，无物可以动摇其心。

纵不期之遇，结伴江湖，亦无缘由，不相问，可托生死，成挚交。

驰纵随心，自然而然。

或许夜玄殇原本便是这样一个人，只要和他在一起，你从来无须去想怎么办，亦不必问为什么。醒时恣意醉时狂，出入险境是痛快，傲啸江湖是畅然，美色在前，他不会拒绝，亦懂得欣赏，杀戮随身，他步步踏血，笑对惊涛。这样一个人，她想不出这世上有什么能将他束缚，权力、女人或者王位，即便成为这个国家至高无上的主宰，夜玄殇仍旧是夜玄殇，和昔日沣水渡前的桀骜男子，不会有半分区别。

"看了这么久，在想什么？"对面之人突然开口，俊目张开，薄唇含笑。

子娆略微一怔，随即凤眸轻掠，淡淡地道："看你行功圆满，想是无碍了。我在想今晚会否下雪，雪中相杀，又是一番什么滋味。"

夜玄殇悠悠抬头，看向天边似有似无的弦月，云雾渐浓，弥漫千峰："雪夜宜饮酒，只不过今夜，你我都需保持清醒。"

子娆道："究竟是什么人，仍不肯告诉我吗？"

夜玄殇道："此人隐身穆国十余年，除了王室中寥寥数人，几乎无人见过她的真容，更不知她的真实身份，甚至对于外界，她根本就不曾存在。我所能告诉你的不过是推断、揣测或是疑问，没有足够的证据，我不想轻下断言。"

子娆淡淡地道："即便亲眼去看，你我的论断也不会相差太远，对方引入你体内的四域噬心蛊，合我二人之力亦无法将其逼出，你先前服下的药丸只能控制一时，她的目的显而易见。"

夜玄殇一笑道："不必着急，她究竟是谁，目的如何，或许今晚一切都会有个答案。"

"若非是你，我绝不会有这般耐心。"

子娆修眸微微掠至，月夜隐去了最后一抹淡芒，微雪之气翻飞风中，涂抹出渐深的寒意。事关帝都王族，亦关系那个人的生死，每一刻等待都是以他的一分痛苦换取，甚至他的生命与心血，每每思及，她恨不立刻能见得其人，寻出真相，但眼前显然不仅是一剂药毒，更有许多未知之数、未动之谋，置身乱局，敌暗我明，不能忍者不能胜。

这世上最难熬的本便是一个"忍"字，又有几人，能真正将这一字一忍，写到风平浪静、无波无痕？

夜玄殇的声音依旧散漫从容："既已如此，那莫如再多答应我一事，今晚无论发生何事，都且按兵不动。"

子娆心中微微一动，竟似有种异样的感觉闪过。明明是雪雾盈空，他注视的目光如晴空深夜，黑暗中仿佛透知一切，她细微的心思。那话语不是命令，亦不是商量，只是从他口中说出，别有一种笃定的意味。她扭了头看他，眸底微光在烟瀑水雾中若隐若现，突然间，不远处山峰蹿起一道金黄色的流光，带着轻锐的啸声穿破迷雾，当空绽开一朵灼亮的烟花。

子娆眉梢一挑："若快过我，便答应你。"话音落时，幽袂飞香，人若轻云一般飘出悬崖，径往激流直下的水瀑落去。夜玄殇在她身动一刻，人亦迅掠而出，后发先至，两人几乎同时在水瀑中突起的岩石上借力，倏然横过其下深潭，落往峰谷平川之处。但见夜雾中两道人影并肩疾掠，一若夜风云光，一如暗电驰闪，只似几个起落便越过当中山谷，瞬间逼至苍云峰二十八天关入口。

山前警哨响起，传来守卫弟子齐声呵斥。

"什么人擅闯天宗？"

两人不约而同飞掠数丈，眼见落往关前，子娆忽然轻笑一声，扬袖飞出，反向夜玄殇身前阻去，同时借反震之力，身化幽云，凌空飘逸。

"漂亮！"夜玄殇突然加速，身形一闪破入纷飞袖影，长臂疾探，不偏不倚锁住她柔软的腰肢，带得两人纵身而起，同时左手向外斜挥。

一股浑厚的掌力横空扫过，如同怒潮扑面，最先赶来的十余名天宗弟子身不由己地跌出圈外，先后滚作一团。

夜玄殇手挽子娆落在天关之前，微微笑道："快你一步。"说话时目光却看向严阵以待的天宗弟子，严邃深处，隐透精芒。

子娆但笑不语，只是慵然绰立，玄袂轻衣在将雪的峰谷之中，与发轻舞，飘若云生。

"二师兄！"

"二师兄……"

天宗弟子虽是狼狈，却无一人受伤，此时皆认出夜玄殇，更加有人脱口叫道。

夜玄殇凝神打量，随后隐约一笑："是小刀？没想到最先遇上的是你们。"

这二十八天关最外处岗哨的守卫皆是昔日与夜玄殇、夜玄涧二人交情不错的弟子，方才说话的一名身穿天青色武士服的年轻弟子越众而出："二师兄，真是你回来了，师尊命我们……"说着向两旁看去。

夜玄殇道："格杀勿论是吗？你们几人齐上，能否挡得住我剑下十招？"

"以二师兄的武功，我们自是难有胜算。"夜玄殇昔日身在苍云峰时，武功便远远高出同门兄弟，近几年身经百战，修为更臻大成，方才一掌手下留情，众人皆是清楚，否则此刻不知还有几人能够站着说话。那被他叫作小刀的弟子沉默片刻，和身旁几人交换了一下眼神，上前一步问道："二师兄可否告诉我们，师尊为何突然要杀你和大师兄？"

夜玄殇漫不经心地笑了笑，信步向前走去："看来他始终瞒着你们，那不过因为他怕我，也怕二哥。"

众人愕然的同时，亦在他暗蓄气势的步伐中不由自主地向侧闪开，令他通过封锁，来到两侧对出的峰谷之前。

山风不休，夜空终有雪迹飘落。

通往苍云峰的二十八重山道层峦叠嶂，每一步都暗藏着险峻的杀机，总舵之中现在混乱已起，方才的烟花报信，乃是表明所有失陷之人已顺利救出，示意两人可以放心行动。天宗弟子中，昔日过半与夜玄殇亲厚，近几年来甚至有不少弟子的武功是经夜玄涧口传身教，名为兄弟，实同师徒。渠弥国师不曾十分防备这些人，皆因从未想过自己亲自动手竟不能预先除掉二人，此时想要弥补却是为时已晚，唯有将其中主要弟子调至山下，避免他们内外呼应，传递信息。

小刀上前数步，道："二师兄当真要上山？从这里到含阳峰六道天关，皆是与我们关系不错的师兄弟，但其后关卡，却都是师尊亲卫弟子，奉师尊严命，擅闯者杀无赦。"

"想我们同门相残，师尊仍是这么狠心。他既扣押二哥手下四部兄弟，我又岂会坐视不理？"夜玄殇锐利的唇锋微挑，转身道，"你们拦不住我，小刀你带人回去禀报渠弥，便说我夜玄殇杀上总舵，一并告诉后面师兄弟，不动刀剑者，我绝不会伤其分毫，但谁要以武阻路，归离剑下，生死由命。"

小刀震惊道："二师兄如此会惹怒师尊，若师尊亲自下山……"

夜玄殇哈哈笑道："他若不来，我倒白来了。"说着抬手搭上小刀肩头，"去吧，我不想与你们动手，除非是切磋武艺。"

四周几人皆是心头一热，念起当年同修习武的兄弟之情。小刀深吸一口气，突然低声道："其实二师兄不说我们也能猜出几分，师尊他是在帮太子御。太子御这些年将穆国弄得乌烟瘴气，甚至逼杀二师兄，我们早有耳闻，更加心有不满，如今二师兄平安回来，大家都很高兴。"

夜玄殇含笑拍了拍他肩膀，小刀转身道："我们会照二师兄吩咐去做，二师兄一切小心。"

杀戮自第七重天关开始。

黑色的夜，微白的雪，鲜红的痕迹漫开在玄色的光与影中，甚至连惨叫都是多余，干脆利索不见一丝拖沓。

夜玄殇与子娆循路而上，渠弥国师所倚重的亲卫弟子武功皆非泛泛，但在两人默契无间的联手下，一连五道哨岗的抵抗都未曾超过半刻，弹指笑语，尽破剑袖之间。

再过三道岗哨，再杀四十五人，无伤者，亦无活口。重重示警的烟花冲破迷雾，赤色纵横，如溅染冰雪的血痕一般消没在黑暗的夜空。面前第十五道岗哨，名作星潭，随后赶来的弟子只见雪光之中玄衣轻舞，凌乱的冰屑在女子指尖袖袂化作晶冷细刃，烟雪缭绕，一路飘染朱红千般，妖娆血色，如若红莲开绽，业火遍燃雪谷。

那景象极美，仿佛挑破夜色妖魅的幻象，映入眼中，绝艳出尘。冽冰穿过身体的一刻，可见美若天人的容颜，幽香飘曳如缕，随后万般寂灭，唯余血华。

然而更多人最后所见却是剑光，归离剑的光芒，绝杀、冷酷、耀目如盲。

不同于曾经的狂肆嗜血，历经百战的剑更冷更快，执剑之人无情，似如神魔，却亦始终带着冷静不动的微笑。每当剑出，必有冽光相伴，只在此时方能见剑锋的痕迹，惊电一闪划破雪夜，之后所有的颜色都在黑衣黑眸之中沉亡。

二十八重天关过半失守，且伤亡惨重。天宗总舵接到示警，增援弟子不断赶来。渠弥国师最为信任的无风殿护卫弟子及时出现在星潭，终于阻得二人片刻。

"如此微雪良宵，何必偏来送命？"

子娆与其中两人出招相交，蓦地幽叹一声，微微飘身轻退，玄裳纷绕，指端点雪，冽冰飞旋之时绽现道道光华，交织盈满，几若月色重临山峰。

两名护卫弟子狂喝一声，祭剑前冲。

雪华影幻，一缕灿光骤然生姿，子娆十指蔻丹，绽作莲华千重，弹指一息，玄雪纷落，飞红断舞。

与此同时，夜玄殇剑出破空，一名护卫弟子刀折骨裂，口唇溢血，顿失再战之力。另外三人尚在数步之外，仍被剑气逼得目不能视，更为可怕的是剑锋催发的冰雪，如同怒涛狂浪，携卷夺命之锋当头袭来，莫可抵御。

眼见三人绝无幸免，山间主峰忽然传来一阵厉啸，瞬息之间，一股惊天动地的剑气当空而至，激雷一般劈中剑华。

两剑重击，真气从中爆破，仿若飓风当空，激得峰谷星潭冰雪狂冲。

夜玄殇剑身一振，信手再发三道真气，与子娆袖底丝华魅舞的流光刹那相交，在两人面前形成双重屏障，合力挡下渠弥国师重剑一击，同时二人凌空飞退。

"哈哈，国师甘为太子御卖命，甚至不惜牺牲弟子，可惜这次人被救出，还是一样留不下我！"

随着一声长笑，夜玄殇与子娆没入微雪深处，渠弥国师现身剑影之中，勃然大怒："回总舵将人拿下！"含怒命令护卫弟子后，渠弥国师无视因夜玄殇之言兀自惊疑的众人，提剑往山下追去。

第十五章 孽情业果

暗夜融于雪色，其光如莹。

夜玄殇带子娆穿林越溪，一路提气疾奔，转眼已经离开苍云峰范围，向北行去，在渠弥国师衔尾而至之前没入一片雪雾松林之中。

雪染松枝，林中寂静如同冥域。无数藤蔓深连错综，不见天日，唯有浓重的雾色重重弥漫，随着两人衣袂不时轻浮荡漾，似是引开前路，又似将一切隐瞒。

千径诡异，幽暗迷踪，当那所隐藏在烟雪之下的白石道观幻境一样出现在眼前之时，子娆忽然停下脚步，一种强烈的预感涌上心间，或是不安，更多的是诱惑。微雪浸落玄衣，林外传来疾速的破风之声，瞬间进入林中。夜玄殇手掌在她肩头轻轻一搭，并没有说话，只是安静相视，仿佛浑不在意迫近的大敌。

子娆微微吸了口气，轻声道："走吧。"

道观深处烟云缭绕，楼阁虚境，雾隐雪飞，越发予人神秘莫测的感觉。两人舍去正门越墙而入，小心施展轻功，越过一片雪地花林来到观中玉石砌成的灵池之畔。夜玄殇突然做个噤声的手势，拉了子娆向后闪去，两人轻身之间自池中石桥之上翻至桥底，运起内功吸附其上，不落半点声息，落雪窸窣的微响更成了最好的掩饰。

一道极轻的衣袂破风声响起，有人落至桥上，似是环目看察周围："方才感觉这边似有人声，为何现在全无踪影？"

随着一个女子低沉冷媚的话语，另外一个声音阴柔的男子开口道："有人通过林中迷阵寻到玉真观，倒也奇怪，不知是何方高手？"

夜玄殇与子娆隐入桥底时，只见那女子一角紫衣道袍飞掠，男子与她同时出现在桥上，却不曾带起丝毫声息，几乎叫人不能察觉，可见武功修为要高出那女子许多。因桥底灵池乃是源自地脉的温泉泉眼，此时轻浮的暖雾霭霭升起，将桥上落雪全然融化，所以不曾留下足印。子娆听得这两人声音，心头狠狠一震，只觉无比熟悉，甚至不能置信，幸而先前见到穆王服食的药丸时早已有过无数推测，甚至想过最为离奇的情况，不致因心中震惊而泄露行踪。

只听那女子冷冷地道："你先走吧，这里的事情由我处理，不必你多管。"

那男子道："你不要我插手也无妨，我不过遇上了，顺便看看是什么人。"说罢轻声笑了一笑，动身而去。

那紫衣女子却无声息，一时四面雪落，天地似无人迹，夜玄殇自然不会认为她已离开，空出手来指了指桥下雾气笼罩的池水。子娆会意，两人悄然放手，双双潜入水底，只露出口鼻呼吸，如此借着夜色的掩饰，再加漫天飘雪，对方纵然武功不凡，一时也难察觉。

渠弥国师追踪二人进入松林，林中所设的迷阵自无法将他阻住，稍迟片刻，便寻到了白石道观。

四面山野空夜，尽飞白雪，观门之后，现出若隐若现的楼台，不知去路。

渠弥国师环目扫视，不见夜玄殇与子娆踪影，知二人必是藏身观中，冷哼一声，踏步而入。

雾锁烟云，轻出空阁，雪夜中忽有一道人影轻纱般掠过，好似惊鸿一瞥。雪中风起如幕，只显得影影绰绰虚实莫辨。

"装神弄鬼！"渠弥国师身形忽移，瞬间向雪地花林迫去。

林中一股飞旋的雪雾蓦然卷上半空，如云扑面罩向来袭者，其中蕴含阴柔冰冷的真气，只要被其拂中，难免重伤当场。渠弥国师冷哼一声宽袖前扫，掌中真气与之相撞，噗地散开漫天雪粉，一缕紫纱魅影飘袭无踪，同时射出一十三道轻光，一击不中，随即倏然横移，穿破飞雪落向灵池桥畔。

那人现身之时，渠弥国师目中忽现异芒，欺身一手探出，急速抓向那人面上轻纱。紫衣女子半空中一连数度旋身，重纱异华飞绕，当风疾扬。只见池上半空飞雪急舞，两道人影迅若鬼魅纠缠如烟，令人眼花缭乱，只看得桥下二人屏息静气。

一抹紫纱倏地扬上半空，双掌相对，紫衣女子娇哼一声，飞身疾退，踏足石桥。

渠弥国师跟着落至对面桥头，隔了半边夜色，看向伊人风姿妖艳的背影，声音阴沉骇人："当真是你。"

面纱白两人之间飘旋而落，坠入雪中。

白石桥上，紫衣女子衣袂轻飘，转过身来，露出绝世容颜："你终于还是来了。"

她淡淡开口，似冷似媚，飘雪融于幽泉，有着冷暖交流的滋味。渠弥国师踏过冰雪残纱，步步而至她近前："你居然还活着。"他的目光狠冷却灼人，突然抬手锁住她纤细的喉咙，逼近那张美得令人窒息的面容，"是你，嫣儿，你居然一直藏身在穆国，千方百计地躲着我！"

　　娼夫人武功虽逊他数分，却并非全无抵抗之力，谁知竟是丝毫不加躲闪，任他手掌在自己咽喉处收紧，扼住她香艳的呼吸。

　　桥底子娆微微一动，却被夜玄殇抬手制止。只听娼夫人幽幽地道："你不是一直想杀我吗？我不躲着你……"渠弥国师手底的力度令她的呼吸变得急促，她仰起头，美目中逐渐流露出近似绝望的神态，"我不躲着你，是不是该将自己送到你面前，让你在这里再刺上一剑？"她抓着他的手蓦然松开，宽大柔软的道袍应声滑开肩头，直落胸前。

　　道袍之下居然衣衫全无，凝光雪肤灼目，一道剑伤猩红如血，烙在她双峰挺秀的胸口。渠弥国师似被闪电猛地劈中，掌下一松，目中却射出危险狂乱的光芒。

　　娼夫人柔软的身子向前跌去："你……你那么恨我，恨到要亲手杀了我，现在为何又放手？"削滑的肩头衣袍半遮，微雪辗转零落，将夜色温柔涂抹，反令那香软肌肤更添妖曼之美。她缓缓抬眸，一点媚若冰晶的眸心隐隐透出琉璃清紫的色泽，如此美冶诱人，却又弥漫着错综复杂的恨意："但你凭什么要杀我？那时候我便想问你，凤赫，我有哪里对不住你？杀瑶辛的是凤离，害你被逐的是凤妩，巫族对不住你，凰族对不住你，但我有什么错？若说错，我便错在不该从凤妩手中救你，更不该替你医伤，帮你隐瞒！"

　　"闭嘴！"渠弥国师怒喝一声，猛地抓住她的手臂。他扣住她逼至桥畔，眼中遮不住痛恨与杀机，更抹不开迷乱的狂色。

　　娼夫人蓦地仰头，发如缕，恨如丝，四目相对，雪帘隔开重重天地，仿佛只剩注视彼此的眼睛。她的呼吸声微微颤抖，衣衫若无，便如那一夜王城佛殿中，她完美的胴体展现在幽暗的月光下，那柔软炽热的触觉，缠绕索求，分分寸寸都诉说着欲望。他不知她是谁，是何方仙魅、何处妖孽，她的唇覆上他的神魂，在他身上妖娆起舞，令人销魂得痛快。

　　渠弥国师突然低吼一声，俯身狠狠压向面前冰艳的红唇。

　　月境如幻，华幕纠缠，庄严肃穆的暗殿之中欲孽遍地，一片靡乱癫狂。在那千重深宫，不伦之秘，无人知道暗杀凤后的刺客伤而未死，更无人管得襄帝宠妃的寂寞。

　　佛幄深处，她冒死将他藏匿，莲华灯前，她用最好的方式替他疗伤。她是巫族的妖女，亦是瑶宫仙子，她救了他的命，亦要了他的命。

　　道袍自娼夫人身上滑落腰畔，雪舞如蔓，那吹弹可破的肌肤仿若冰雕一般，透着晶莹妖滟的微光。她的双臂缠上他的身躯，似若灵蛇挑衅索取，要他付出一切，共赴极乐之境，偏又在销魂之际张口噬人。

渠弥国师闷哼一声，踉跄倒退，目露怒意。

白雪溅开艳红，婠夫人向后飘落，唇角一缕血滴更添致命的媚艳，檀口轻启，摄心勾魂："你仍是这么狠心，当年你要我死，如今还不放过我们的女儿。凤赫，你真真下得了手。"

渠弥国师不及发怒，闻言一震："什么？"

"若不是为了救她，我怎会被你发现行踪？"婠夫人站在桥畔，飞雪绕身轻落，有种迷离的姿态，"甫一见面便要杀她，以为她是襄帝之女吗？"

"哼！"渠弥国师脸色微沉，"她是襄帝最为宠爱的九公主，人尽皆知。"

婠夫人美目微抬，轻轻叹道："九公主生于庚申年戊子，你不妨自己推算，亦可以去看她身穿的幽冥玄衣。唯有凰族纯正的血统才能令玄衣现出金芒，襄帝将此物赐她，人人都道九公主天赋异禀，或道巫术诡奇。但身为凰族嫡传的你应该心知肚明，除非她的父母身上都流着凰族的血液，否则幽冥玄衣便不会显现如此异象。"

"庚申年戊子……"渠弥国师于心头暗暗推算，一时不能置信，上前数步，"难道那丫头是我们的女儿，她竟是我的女儿？"

婠夫人却不说话，只是隔了雪夜幽幽看他，眼中凄滟的水色，足以令任何男人为之疯狂。

桥底雾气迷蒙，若隐若现的微芒随着玄色衣袂在幽迷的暗光中浮漾，夜玄殇明显感觉到子娆的身子在发抖，越抖越是厉害。

"不可能……幽冥玄衣怎会与血统相关，这是父王赐我的生辰之礼！"未等开口说话，子娆猛地抬起头来，却不料背心一暖，竟被一股真气封住穴道，跟着身子软软倒向夜玄殇怀中。

夜玄殇在听到婠夫人说出"九公主"三个字时便知要糟，以前他虽注意到子娆身上玄衣材质奇特，却未承想关系如此重大，婠夫人与渠弥国师之间的内情亦令人始料未及。他终究比子娆冷静些许，心知大敌当前，倘若惊动对方，二人皆难全身而退，只得先行点了子娆穴道，复在她耳边低声道："子娆莫要怪我，亦莫要冲动，婠夫人的目的并不简单，你若现在出去，药毒的真相便难以查明，他们岂会轻易放过控制东帝的机会？"

子娆穴道被封，无法说话，只是死死地盯着他，却在听到"东帝"二字时目光微颤。慢慢地，原本盈满怒意的星眸深处流露出一种无法言喻的哀伤，仿若星云蔽月、暗夜轻潮，片刻之后，颤抖的双睫缓缓落下，终于遮住了那片黝黑的色泽。

此时白桥之上，却传来阵阵纠缠急促的喘息声。桥畔衣衫飘落，紫纱旖旎带着迷舞的幽香，引诱与欲望的声息，驰乱狂靡，如火情孽，仿佛焚染千雪，灼烧一切。

子娆无力地靠在夜玄殇怀中，双目长睫紧闭，竭力咬牙抑制，却终有一痕泪水缓缓自眼角滑落面颊。

黑暗之中，夜玄殇始终单手贴在她背心，借助灵池温泉的暖流注入自身内力，以免她穴道受制，情绪激动反伤经脉。突然间，石桥上方响起一阵凌厉的破风之声，声疾如电，只闻渠弥国师一声狂吼，跟着有人闷哼飞退。

来人现身的同时，婠夫人眼中紫芒大盛，双掌倏地印上渠弥国师胸前，真气催吐！

噗！飞雪如箭射向半空，漫天赤红，渠弥国师口喷鲜血，身子向后震飞。

异变只在刹那之间，婠夫人出手偷袭的一刻便已飞身而起，纤衣凌空，一道紫芒如蛇绕身，与渠弥国师临危反击的极招相交，顿时冲破骇人的劲气，遥遥落向桥头。

勾魂艳色化身罗刹，痴缠情欲如刃交身。

渠弥国师猝不及防之下遭二人联手重击，背后一招重伤内腑，更被胸前掌力震破护体真气，直侵五脏，已是经脉俱断，只因内力深厚一时不曾断气，挣扎着道："你……你是为了……"

"自然是为了杀你，亦是为了我想要的东西。"婠夫人落足雪中，飞衣遮身，掩去万般艳色，只余冷冷话语，"先下手为强，我不杀你，便终会为你所杀，如今你死在我手里，也算死得其所了。"

渠弥国师眼见她绝无一丝感情的美目，口中鲜血狂涌，拼着最后一丝余力问道："你骗我……那个丫头……究竟是不……是我的女儿？"

婠夫人冷笑一声："是与不是，都已经与你无关了，无论如何，她对你只会有恨。"

"你……"渠弥国师怒极攻心，猛地喷出一口鲜血，身子剧震之下，瞠目气绝。

以骗局开始，终以骗局结束，曾有的情与孽、爱与念，是无意相遇的错误，抑或是欲望与利用、挑逗与占有。白雪微茫，血色在脚下蜿蜒成流，勾勒出无尽妖艳的纹路，然而所有这一切在此时的婠夫人脸上都看不出分毫的痕迹，那张晶雕玉琢的面容恍然不似真人，只如一张诡艳的面具，充满了冰冷的意味。

岈息落至婠夫人身旁，狭长的脸面略见苍白，显是方才偷袭之时被渠弥国师真气震伤，一时未能复原："此人武功当真骇人，若非在那种情况下，杀他还要多费不少周折。"

"他一日不死，我一日难安。"婠夫人此时方娇躯一颤，以袖掩唇，吐出小半口鲜血。自与渠弥国师面面相对的一刻，她便全力施展魅功，迷惑对方以期生路，应对渠弥国师这种高手，心神消耗自是非常。

峭息伸手将她挽住，一边送去内息助她恢复，一边低头欣赏她异芒未消、淡紫晶莹的眸心，轻笑道："幸而你演得一出好戏，欲拒还迎，更加深情销魂，将这渠弥玩弄于股掌之间。婠儿，你可真真是男人的克星，诛人诛心，这渠弥恐怕是死不瞑目，只因到了黄泉底下都不知道那丫头到底是不是自己的女儿。"

婠夫人扫视他妖异的面容，一字一句道："子娆是我的女儿。"

"我们的。"峭息突然俯身，靠近她柔艳的双唇，呼吸轻融寒雪，夜中细眸泛妖，"她是我们的女儿，否则这二十多年，又怎能在王城中好端端地活下来，平安无事？"

他修长如美玉一般的手指抚过她的脖颈，像在把玩一件精美的艺术品。咫尺间，婠夫人冷冷地盯他片刻，忽而妖冶一笑，目露异彩："怎么，你也想试试销魂的滋味吗？"

峭息在那魅紫色的眸心里徐徐眯了眼睛，叹道："前车之鉴犹在，纵使传承离境天之血统，我也不敢随意消受婠儿的媚功，否则落得横尸当场，便是得不偿失了。"

婠夫人隐隐微笑，柔声轻道："你记着，每一个不该动我的男人，我都不会放过。"

峭息松开手道："我若死了，婠儿岂不寂寞？何必那么急着杀我，别忘了没有我，你要如何控制穆王和帝都？"

婠夫人笑容收敛，声音转冷："既然知道，还不快回你的王宫去，倘若身份被人揭破，自有人不放过你。"

峭息抽身而退："待婠儿想我，我会再来。"

风起夜岚，婠夫人目视他的身影消失，天地冰雪迷雾，遮不住她眼底炽盛的寒芒："峭息，莫以为没有你我便无法行事，用不了多久，我便会让你和他一样，死不瞑目。"

第十六章 翻生掌死

穆国东宫。时近寅半，一夜冷雪掩盖了白日殿宇辉煌的气势，令这深宫将明的天色始终沉陷在一片黑暗之中，唯有冰冷的石质宫灯在雪花翻飞的广殿前投下绰绰光影。白的雪、黑的夜，仿佛有着分明的界限，却又永远无法分辨清晰。

破风声打破黑暗，两名黑衣秘卫穿过飞雪向太子所居的承澜殿匆匆掠去，在禁宫之内随意施展轻功，显然是事情紧急。两人进至回廊，对殿前侍卫亮出一对白虎令牌，越是入内越见灯火增多，待到左殿书房之前，室内重重人影和外面三步一岗、五步一哨，明显倍于往日的白虎侍卫更加透露出一种不同寻常的气氛。

殿中空气凝重，唯见灯火不住跳动。金座之上，太子御阴沉的脸色在光影深处显得明暗不定，卫垣、颜菁、应不负等东宫重臣皆尽在侧，却无一人开口说话，更加少了太子御倚为左膀右臂的首座连相与禁卫统领虞峥。

两名秘卫在殿外无声跪下，抬头看见当中白布覆盖的两副担架，一时谁也不敢当先开口。忽然间，只听咣啷一声，卧虎金案旁一尊翡玉摆饰在太子盛怒之下震作粉碎，溅得一地朱红若血。

"废物！统统一群废物！你白虎军和统卫府是干什么吃的？非但捉不到叛党，反让自在堂在众目睽睽之下杀我重臣！一个女人！竟把你们玩得团团乱转，竟然还有脸回来！"

卫垣本便一直跪在殿中，自是太子御怒斥的目标，颜菁在其震怒之中亦转身跪下："是臣等失职，请殿下暂且息怒，眼下当是商讨如何处理后事之时。"

太子御怒哼一声，目光扫向殿中已然冰冷的两具尸体。

数个时辰之前，东宫首座连相在朱堰坊红颜阁设宴，邀上将军卫垣与禁卫统领虞峥共赏来自楚地的歌女。宴中连相召阁中美姬如情侍酒，其后更是携美入室，共赴巫山，不料却在云雨正浓之时被如情趁机刺杀，惨亡美人帐下。

红颜阁中同时埋伏了自在堂精英高手，对虞峥、卫垣猝然发难。两人遭阁中毒烟所困，功力受制，虞峥当场被杀，卫垣负伤逃脱。

如此情报报入东宫，太子御深夜惊闻凶讯，自是怒不可遏。

颜菁最先抵达东宫，刚刚正在查看两人尸身。应不负比他稍晚一步，只是袖手在旁，待太子御发作完毕，方才不疾不徐开口问道："颜将军可从尸体上看出什么端倪？"

颜菁目光轻微一侧，随即道："连首座身上致命之伤乃是脑后玉枕穴中淬毒的暗器，当是有人趁其不备偷袭所致，而后复受重掌袭击。这种情况下，纵以连首座的武功，亦难有生路。虞统领身上数处伤痕，深浅不一，显然是力战而亡，对方想必人数不少，且下手十分狠辣。"

应不负道："如此说来，卫将军所言皆是事实，自在堂策划的暗杀乃是针对连首座而来，恰巧遇上三人同席，临时改变计划。此前我们还曾怀疑过虞峥对殿下的忠心，现在看倒是多虑了。"

"想来的确如此。"颜菁一言之后，垂目不语，俊秀的眉峰却隐隐微蹙。

他能得东帝信任，多年来身入穆国中枢负责冥衣楼部署，自是思虑缜密、心智过人。此次暗杀连相的行动虽说成功，但虞峥意外身亡，不免令人生疑。方才他特地遣开侍卫，亲自验看尸首，仅从表面的伤痕一时却看不出究竟，思及此处，他的目光在卫垣身上停了一停，回头命令侍卫："将人先抬出吧。"

两具尸体，数处伤痕，道出似是而非的真假谜团，当时唯一在场的卫垣肩上之伤看去不轻，面对太子御勃然之怒，回答亦是毫无破绽。这世上最高明的谎言本便是九假一真，关键之处一隙隐瞒，便足以令真相去之千里。

"此事实乃臣等大意，不想那白姝儿竟然化作如情的模样，令得连首座戒心全无，反而连累了虞统领，以致二人丧命敌手，请殿下降罪。"

"死有余辜！"太子御眼中冷芒一闪，灯火暗璨，映得那张寒庞的面容越发森冷，回头之间，看见外面已跪了多时的秘卫，阴沉着脸问道："又是什么事？"

众人目光皆落向门口，秘卫在灯外低下头去，其中一人迟疑着禀道："回禀殿下，刚刚接到消息，苍云峰天宗总舵深夜遭袭，渠弥国师……国师不慎，为夜玄殇所杀。"

"你说什么？"太子御霍然转身，东宫内外顿时死寂一片。

冷雪漫覆黑夜。

"渠弥老儿死翘翘，这下天宗群龙无首，被二公子收拾得服服帖帖，好消息不断，就连那连相也挂在了美人堂主手中，只可惜虞峥死得有些冤枉。横看竖看，太子御此番当真是气数已尽，现在便是你不想做穆王，恐怕也难逃此劫。奇怪，想当初认识你时，我怎也没看出你像是会自讨苦吃的人……不过话说回来，太子御整日阴魂不散，着实比魔云教那群大小道姑更加烦人，如此解决也好。"

雪落重檐，彦翎悬空坐在回廊栏杆之上，一边往嘴里丢着胡豆，一边看着这已下了整整一日的雪。今年穆国的雪似乎来得分外早些，不过一夜之间，天地尽染银装，纷扬无止，倒像是这时节域外漠北广阔之地，冰雪万里，似有鹰击长空、展翼翱翔的痕迹。在他身后，那人懒洋洋地静卧席间，不言不语，似已入睡一般，对身边之人滔滔不绝的话语显然早就习以为常。

"喂！"彦翎终于结束对情报的分析，眯起眼睛，呼地向外吹了口气，一缕飞雪打了个旋，飘回廊前，"下雪了啊，这时候漠北的酒最是好饮，逐快马金雕，更加痛快。"

屋中那人若有若无地应了一声，唇畔笑意淡淡，显出十分闲散、十分疏懒，浑不似昨夜刚刚翻覆穆国、当下将临大敌应有的模样，片刻之后，信口问道："二哥他们回来了吗？"

"稍晚美人堂主一步，早便回来了，一日寻你不见，个个心下奇怪呢。"彦翎斜眼睨去，看那样子颇有几分想要拎人起身的想法，"天宗的去向对穆国关系重大，你倒半点也不操心，当真好没道理，我说，事到如今，你这个便宜储君到底打算怎么处理你那没情没义的大哥？"

夜玄殇并未答话，只是目光无意中往廊外扫过，穿过重重飞雪，落向对面隔湖而建的一栋小楼。昨夜苍云峰固然天翻地覆，邯璋王宫惊流迭变，但玉真观中，婠夫人暗算旧识、岷息动手杀人、渠弥国师当场横死，非但牵出帝都昔年秘事、巫族幸存之人，渠弥与婠夫人的情缘纠葛，岷息临走前那一句模棱两可的低语，更加显示出事情背后某些不可告人的隐秘，令子娆的身世一夕成谜。

真情假象，牵连万千，一波未平，一波又起。

回到统卫府后，子娆一言不发，一人不见。夜玄殇知道她现在最需要的便是独处的冷静，而他自己，亦同样需要仔细思考来理顺渐趋复杂的事态，更需要一段时间安静调息，以压制每次动武后便有发作之势并且日益严重的血蛊。

所以这一整日他都不曾露面，直到彦翎按捺不住地找上门来，也不管人要不要听，将眼下情况不由分说地道个清楚，同时毫不客气地丢来一堆问题。

面对彦翎不以为然的态度，夜玄殇收回目光，也不过就是淡淡地道了一句："天宗有二哥亲自出马，操心岂不多余？"

一提到夜玄涧，彦翎刚刚结束的话兴顿时死灰复燃，将最后一颗胡豆往嘴里一丢，身子一轻，闪进室中："哎呀呀，说起你这二哥，昨夜可叫人大开眼界，千云枪名列九域上品高手榜，与血鸢、逐日齐名天下，果真名不虚传。昨晚你算是错过好戏一场，苍云峰总舵二公子横枪立威，独对无风殿十八大弟子锁神剑阵，飞雪之中，前前后后仅出九枪，九枪过后阵中再无一人剑仍在手，亦无一人胆敢拦路，单人单枪兵不血刃，慑得天宗上下近千弟子鸦雀无声，啧啧，那等场面、那等气度……"

他这里眉飞色舞地将昨夜战况说书般讲来，夜玄殇忍不住便叹了口气，直到彦翎将千云枪如何威震天宗，妙手神机如何破狱救人，跃马帮又是如何转手之间，便令数百天宗弟子化身贩夫走卒藏踪匿迹之事痛快说完，已经听过了无数遍、几乎快要倒背如流的人才颇有耐心，更带笑谑地道："我现在突然觉得，你这'金媒'的外号应该改成'金嘴'才更合适。"

彦翎忍不住翻了个白眼，想要反驳的话却被他截在了口边："前几日托你打听的事，可有结果？"

"切，这又想起来问我。"彦翎端着茶盏跷起二郎腿，大大咧咧地道，"最近整个穆国都被你搞得风声鹤唳，多费我不少力气，不过那人确实有点来历，而且消息非常蹊跷。"

"如何？"

彦翎道："你要查的人很可能是当年重华宫中的头号宠臣，早应被帝都处死的长襄侯岷息，且如你所料，他的确出身巫族，不但与九公主的生母婠夫人有瓜葛，更与当年的巫医岐师关系匪浅。"

"是他？"夜玄殇剑眉略扬，这答案在意料之外，却亦是意料之中，"难怪他对巫族之事如此了解。"

彦翎继续道："而且根据传回的消息，我还十分怀疑一件事，此人现在十有八九藏身王宫之中，最可能与一个人有关，就是害我们上次被太子御整得很惨、对兰音夫人施展九针极刑的应不负。"

夜玄殇仍保持着仰卧的姿势，目中却有一缕轻光闪过，心头亦忽有不少疑问得解。彦翎平日看去不务正业，实际却是万中挑一的精灵人物，"金媒"之称自非虚名，消息既然是从他这里得来，岂会不知其人其事非同寻常，兼对夜玄殇与子娆目前的关系十分好奇，说完情报，忍不住凑前问道："昨晚是否发生了什么事，这该死未死的岷息可与你那美人公主颇有些瓜葛，怎样，要不要我帮你继续查下去？"

夜玄殇漫然扫他一眼，回答简短干脆："开罪帝都，莫寻我来保命。"

彦翎顿时黑着脸叫道："真真没道理，我金媒彦翎一条消息价值千金，如今白手奉送，竟还有人不领情！"

夜玄殇任他跳脚，看了看暮色将临的天色，终于坐起身来，抬手在彦翎肩头一拍，只道一句："莫再深查。"说着玄衣一飘，离席而去。

帝都之中的那个人，虽然素未谋面，但却心知意会。手掌九域的君王，绝不会吝啬些许手段，令不该暴露的秘密埋葬，让不该存在之人彻底消失。

漫天雪停，晴夜月升，彦翎被他掌下温暖的力度按得跌回席间，微微一怔，对着朝他沿湖而去的背影大大丢了个白眼，咬牙嚷道："过河拆桥啊！"一边说着人便向后一躺，双眼一闭，片刻之后，唇角却有一丝笑意渐渐晕开。

夜玄殇离开静室后先去见过颜菁，问过些许彦翎并未提及，而他欲知的情况，复又叮嘱他格外留意应不负此人，待到诸事妥当，已是雪月当空，他站在窗前思量片刻，便独自往湖苑而去。清池之畔，梅枝枯影，月痕初上东山，冷雪在略已封冻的湖面之上轻覆晶莹的微芒，白日喧嚣红尘，一夕琉璃世界。

一人身影，逆了月光，轻染雪色，独倚阑干。

湖上霰雪轻飘，与玄袂深处点点淡金色的清芒交织浮漾，勾勒出女子半副侧颜，一泓乌发，地上几壶酒空，墨睫之后星目半闭，看不清眸光心绪。

"闷酒难喝，独饮易醉，喝酒也不请人吗？"夜玄殇自灯下光明步入暗影，挺拔的身影遮住了月光，落上伊人红唇。

子娆轻轻抬眼掠去，那目光似是醉意，却清透得令人心头一动："夜三公子想要喝酒，何需人请？"

夜玄殇一笑，伸手取了她袖底残酒，在一旁坐下："听颜菁说，你今日将离司、宿英等人通通打发回了帝都。"

随着他身影移开，一抹月光映落眉梢，子娆慵懒倚栏，淡侧玉容，目光深处风飘雪落，流过暗夜的清影。不久之前，卫垣特地避开耳目，亲至统卫府送来一道密旨。一裁龙纹冰笺、十字朱红行书，金印之下是她再熟悉不过的字迹，九华殿中那人御笔亲书。

一纸生死、一笔杀伐。商容乃是影奴之首，禁宫中枢，多少年来忠心伴驾，可谓他之左膀右臂，但他予卫垣这样一道密旨，亦令雪战千里传书带来一笺轻言，要她彻底控制冥衣楼所有势力，务必留身穆国。

思及念及、推之想之，仿佛有些事情千丝万缕纷杂浮现，像张开一面遍布危险的网，网在他的手心，而她，却在网心，寸步难移。

"此间事了，太子御已非你对手，留他们何用？"子娆的声音妩媚如旧，更似酒后慵然，月光飘浮其中，雪中天地一片清幽，似是一幅莹净素白的画卷。夜玄殇静看画中人儿，清朗的眉目别样分明，稍后他突然笑道："残酒无味，带你去个地方如何？"

说话时他已伸手将她带起，由不得她同意或是拒绝，轻而易举地避开所有人，借着雪光月色施展轻功潜出城外，跟着共骑西去。

第十七章 雪域银倏

一出邯璋城，不见华楼玉宇，亦无人川灯流，雪中天地顿觉空旷，一片茫茫清净无尽，白色的山野不断向纯粹的黑夜遥遥延伸出去，因寂静而觉苍凉，更因空茫而觉无限自由。

微雪之光，暗夜之下，他将她拥在马前，冷风阻于宽阔的胸膛之外，前方道路无期，飞雪漫漫，不知去向何方，不知通往何处。

子婋性情本便乖张，对夜玄殇于此非常之时任意离城毫不在意，至于万一情势生变，或是东宫再行追杀，两人似乎都无所谓。便这样一人提缰纵马、一人懒倚马前，也不问一声，也不说一句，一任快马疾驰向西，离邯璋城越来越远，渐渐进入茫茫起伏的山峰雪林。

待到峰谷深处，山势渐趋陡峭，冷雪遍覆，马儿再行一时便难立足。夜玄殇带了子婋弃马登山，于冰雪之中施展轻功，一路遍踏月光循崖而上，以两人武功修为，高峰深潭亦如平地，纵行雪中只见从容。

直至山岭尽处，子婋微微驻足，忽觉眼前一亮。但见这山峰之下一片微光雪影，晶莹熠熠，天月星辉无声相照，映得四处冰柔雪灿，几若琉璃世界、域外仙地。峰谷当中依稀似一处冰封已久的湖面，此时轻覆了夜华雪色，却不掩波光冰流之美，默对天地，纯净如斯。

"怎样，可敢与我踏湖一游？"

峰顶月下，身旁男子负手笑立，雪峰天地为幕，万丈尘俗放手。

眼前峰谷，四面绝岭无路，唯有纵身可入。

子婋微微挑眉，看向他的目光渐渐带出七分恣意、三分畅快，于是忽然之间，她牵他的手，纵身跃出山峰，飘摇的袖光如一片幽云浮风，直往那晶莹广阔的湖面扑去。

耳边破风之声，衣衫急遽振扬，自高峰坠下时惊人的速度，令人心脏猛烈收缩，继而生出畅游天地生死无间的快感。

张开手臂，任凭身体极速跌落，风与雾疾旋，夜与光迅逝，放弃任何借力，却没有松开相握的双手。

二十丈……十丈……五丈……三丈……

劲风中传来低沉的笑声。

即将坠落粉身碎骨的瞬间，夜玄殇身形奇迹般一转，掌间真气，忽然将子婋身子向上送去。子婋亦飞袖而出，借他真力腾空的同时扬袂一带，两人原本疾坠的势子顿变斜飘，便那样携手轻掠，飘然踏雪，落至光影剔透的湖面。

笑声随之传出，是毫不掩饰的肆意与畅快，笑意流过眉梢的刹那，飞扬之姿灿若流光，仿佛整个天地都为之一亮。一人注视之中，微风过境，点点雪光飘浮夜空，一片绝色空灵。

足踏冰湖，子娆心中极是痛快，抬手挥袖舞雪，看向夜色之下含笑而立的男子："这是什么地方？"

夜玄殇眼底倒映着她轻舞的身影，深邃清澈如同夜光之下的星海："喝酒的地方。"

他笑着回答，在她诧异的注视下随手拔剑，随手一扬，真气贯处，归离剑破冰而入，直透雪湖。随着喀喇数声轻响，湖面裂痕四现，被他雄浑的内力震透冰层，自雪下延伸出去。两人立足之处顿时浮浮摇摇，裂冰之间现出柔软的湖水，仿佛随时便会轻涌上来。

子娆自不在意失足入湖的危险，不过略提真气，轻盈立于冰面之上。却只见归离剑破冰之处，已出现一股清澈水流，深泉一般不断涌起，如碎明月，如溅珠玉，而一丝奇异的酒香亦随之若隐若现地融入了冷月风光，也不知是雪漫山空的气息，或是云去月开的晴意，似极香美，又不尽然，只叫人捉摸不着、分辨不清。

子娆尚自愣愕，夜玄殇已是俯身痛饮一口，目露畅快之意，跟着抬头笑道："这雪岭之酒绝不比云湖玉髓差些，不尝尝吗？"

子娆这才回过神来，知这雪岭深处定有酒泉，却也唯有这人寻得到此处，更只有这般武功修为，方能破冰引酒，如此一饮。当即足下一点，身形略飘，俯身之时墨发随雪，伸手浅掬。掌心清流，若雪微融，入口一瞬，似是冰绽乍破，月光忽现，却只一瞬，那酒意冷意，清意寒意，倏然无踪无痕，却又在下一刻直彻肺腑，似将五脏六腑化了水晶琉璃，冰雪质地，通透得可见可知。

子娆轻呼一声："好酒！"这等快意，惊云冽泉较之过烈，云湖玉髓较之太醇，如此自然之气，无须酿造亦无法酿造，纵使泱泱湖水亦难冲淡分毫。

一口酒下，仿佛仗剑江湖，纵马风尘。一口酒下，仿佛袖拂惊峰，登山乘雾。一口酒下，仿佛长歌破空，秋水浩波；仿佛身边之人抬眸一笑，山风流泉，月明青松。

子娆双眸渐渐被笑意染透，如玉魅颜亦似酒色风流，透出冰清玉洁净丽的妩媚。清风碎雪，夜色万丈，却此一人，喜怒颦笑，夺了星姿月色。夜玄殇抬头看她，目光亮处似极柔和，只是唇畔慢慢挑开一个戏谑的轻弧。

忽然间，他掌下悄悄发力，那深湖酒泉被他内力激发，蓦地向上溅出，散开一天晶莹冰流。两人此时距离极近，子娆始料不及，就这样被他溅个满脸满身，轻呼一声向后闪去。

"夜玄殇！"被偷袭之人修眉一挑，挥袖击向冰湖，那酒泉与冽冰心法相融，化作万千晶丝挟飞雪，向着夜玄殇迎面扬去。

夜玄殇一招出手，自然早有防备，放声大笑，掌间一道光华，归离剑绽开清芒，美酒冰泉于剑尖飞散，剑气一扬，又是一道流光溅出。步移，人趋，袖飞，身旋，曾经无数次交手，剑出招至心意相通。雪华冰影，星辰湖光，仿似在两人之间穿流飞荡，一人振剑如水，电驰星飞，一人转舞若云，步步风华。两人皆是趁醉而战，放手而搏，斗至酣畅，剑若游龙破苍穹，兴致极时，舞作清影穿云霄。

如此长夜，如此风光，如此一战！一时心中畅快，彼此眼底笑意，想喝酒时有人作陪，想打架时有一对手，无论何时都是人生一大快事。

酒入喉，剑逐风，月影沉，飞雪落。

直到饮得醉了、打得累了，两人方才罢手，也不知谁先躺下，在微雪冰晶之上，浮浮沉沉，看那星月满天。

散雪落上长睫，星光轻覆眉梢，没有人说话，只有冰湖轻流的微响，酒泉的清香，千峰静籁，万谷空寂，无风亦无浪，宁静得好似红尘梦幻。

不知过了多久，子娆清魅的声音在微雪中轻轻响起："换作你，会追查下去吗？"

身边之人头枕手臂，沉稳的呼吸声随着微微起伏的湖波不时传来，面对这莫名所以的问话，也无须再多解释，只是闭目道："会。"

只一个字，极简单的答案，便如他的人、他的剑，剑出心坚，则诸难辟易，无须迟疑，更无犹豫。

夜玄殇就这样躺在星光之间，话语淡淡，似若清风，好像所有发生过的事情都根本微不足道，她的身份、她背后的风浪、她的荣华与风光："人在穆国，只要你愿意，此事必定水落石出。"

只要你愿意。

若你选择追查身世，天涯海角，真相必定大白于天下；若你不想节外生枝，这份秘密从此掩埋于穆国，归离剑下不会有一人一字泄露。

子娆睫毛微微一动："你不在意？"

夜玄殇懒懒地答道："赌输给我的是子娆，不是王族九公主，何况若你不愿，这赌注也一样可以作罢，这些并不影响我们喝酒，也不影响我们聊天过招，穆王又或是九公主，又有什么关系？"

"你也不在意穆国？"

"那只是我的责任。"夜玄殇笑笑，漫不经心，但却没有人会怀疑他可以在下一刻成为杀伐无间的王者。

一天风浪如许，一心清湛无波，一人身系九域兴亡，却可挥手将一切掷作尘埃。

一切皆可为执念，一切皆尽如清风。

无论你做什么，无论你是谁，他便是他，进退从心，无须缘由。

并不是每个人，都有直指本心的勇气。

并不是每个人，都有得友如此的幸运。

红尘安宁，冰雪如画，子嫇睁开眼睛，看向浩瀚夜空。漫天星光倒映，漫天月华无尽，微雪如絮，轻轻落下，无声无息，覆上了红唇柔美的笑痕。

过了片刻，她突然轻声道："夜玄殇，谢谢你。"

"不觉多余？"男子爽朗的笑语响起。远近山峰环绕无声，冰雪在月华之下闪动着清烁的光芒，子嫇倏然一笑，轻身而起，挥袖之间将归离剑卷入手中，剑出，光灿人间。

空谷明月，飞雪寒霜，人似乘风，剑欲飘飞。一十八招归离剑法，便在她袖底指端，月下湖心，化作淋漓尽致的一舞。那样的光华、那样的剑气，似将冰雪风云尽融其中，仿佛九域山河，因此一舞而动，九霄天地，因此一剑而倾。

夜玄殇蓦然击掌，长啸而歌，歌声直震云霄，直上青冥，与那飞舞的魅影相融无间。

千古明月，照此天地，万载冰华，一影成双。

这一夜两人痛快醉饮，直到天色将晓，酒足兴尽，方才离谷而去。湖面上重新恢复平静，月光依旧轻洒山谷，冰峰晶莹，默对雪夜烟霞，唯其高处，绝壁之上，多出龙飞凤舞的字迹，于冰雪之中惊破尘梦。

雪域银倏。

坚石上剑锋的痕迹，张扬飞纵，肆意如风，似见女子绝艳身姿，无论何时，都难掩风华夺目，仿若飞凤展翼，扶摇九霄。

黎明降临大地，邯璋城上彻夜明亮的火把一一熄灭，白日守城的将士按职轮岗，等候入城的商旅经过哨岗，陆续开始进入这诸国瞩目的雄伟王都，揭开一天繁华的序曲。

时近正午，前来都城的客商多数都已进入城中，通衢大道之上，一匹飞驰而来的快马突然出现在阳光之下，吸引了所有人的目光。

远远看去，那奔驰的快马仿若雪中天地风云飞扬，只是一瞬便到眼前。城头守兵居高临下，看得最是清楚，只见那纵马之人一袭墨色长衣，雪日金辉似若流水，随那深沉的色泽迎风飘扬，倾洒在他峻冷的神容之上，眼前散漫不羁的笑意便带出三分从容霸气，令人自然而然不敢正视，但是偏偏，他身前女子却叫人一时之间移不开目光。

晴日映照雪色，那女子容色之美已是罕见，一身广袖玄裳宛若夜色流风，那样肃杀的颜色，在她身上却只见风流妩媚，那般清华之姿，纵连天光也要退避三分。

双人一马，向着城门疾驰而至，关卡之前丝毫没有停留的意思，四周众人为二人风姿所慑，不由纷纷让开道路。直到这时，守城士兵方才回过神来，长戟当前一架，纷纷喝道："什么人？下马！"

骏马收势，说停便停，马上之人却身形不动，那黑衣男子不过略略抬眼，越过一众明枪金戟，只往那为首的军将身上扫去。

淡淡一眼，那军将禁不住便是一个寒战，心头叫苦不迭，不知这位爷何时出了邯璋城，这时候回来又何必如此明目张胆，不避东宫眼目，那女子不必猜也知道是谁，怎么就容他如此胡闹。想归想，手底却不敢耽误，匆匆急挥，低声道："放行，快放行。"只恨不得这两位赶紧消失，千万别出什么纰漏。

那马上男子挑唇一笑，话也没说一句，携美扬长而去，只留下那军将汗透衣背，连旁边士兵好奇的问话也充耳不闻。

夜玄殇和子娆纵马入城，却不回统卫府去，径自到了城中最是热闹的燕子楼，一口气点了一汤八菜，外加邯璋城极负盛名的漱玉龙峰茶。两人也不避身份，也不入雅间，毫不客气地要了大堂当中席位，坐享名菜佳肴。

此时正当中午，燕子楼人来客往，当中不乏穆国朝臣贵胄，从左君侯府到白虎军将领，不少人认出夜玄殇，皆是惊愕不已，更加走也不是，留也不是。若走，眼前这位乃是未来国君，自己正牌的主子，谁也得罪不起；若留，三公子现在无论如何也还是满城通缉的重犯，若引来不知死活的东宫禁卫喊打喊杀，岂不是天大的麻烦。

眼前这燕子楼有多少达官贵人，夜玄殇自然心知肚明，却是视若无睹，我行我素。在他与子娆招人点菜时，二楼一间雅室里一个白衣劲装的年轻将军忽地起身，灼灼目视这边。桌案对面，颜菁放下手中茶盏，淡淡地说了一句："肖儿，泰山崩于面前而色不变，身为将帅，方有纵横沙场的资本。"

那白衣将军手指在剑柄上一握，又盯了正在大堂悠闲落座的人一眼，转回身道："世叔教训得是，是小子冲动了。"

颜菁顺着他的目光向下瞥了一眼，心中却自苦笑，这两人如此一现身，便是表明对太子御公开挑衅，若非现在整条街都是他统卫府的人，兼之连相一死，太子御身边耳目已失，恐怕早便掀起轩然大波。这两位主子，昨日莫名其妙没了人影，一天一夜不见，现在招呼也不打一个便公然现身闹市，如此行事作风，还真是叫人有些头疼。

他身边的白衣将军正是虞峥长子虞肖，颜菁身在穆国，同虞峥的交情向来不错，日前虞峥意外身亡，他恐怕虞肖惹出事端，不得不私下交代一番。虞肖方才向下看去之时，夜玄殇目光亦有意无意地向上一瞟，亦自颜菁身前轻轻一掠。

就在此时，喧哗热闹的酒楼之前忽然出现一个碧衣男子，吸引了所有人的目光。

江畔晴空万里，一天雪融随风，那男子出现的一刻，整个酒楼似乎静了一静，极短的一刻，他已闲步而入，不见如何，便到了正中桌前，微微摇头，轻轻一叹。

冬日拂过春光，流水漫过暖玉。

夜玄殇正自大尝燕子楼的招牌名菜，就那么抬头一笑，扬声招呼："小二，添碗添筷！"

那人拂袖落座席前，含笑的目光扫过眼前无比招摇的场所，顺便和正忍不住往这边看来的熟人们微笑致意，方道："你倒是会选地方，免我四处寻人了。"

夜玄殇指了指盘中："二哥先尝尝这道冰凌鱼，味道十分鲜美，凉了便欠鲜味。"

"这燕子楼最值得一尝的乃是一品素笋，清新别致，入口难忘。"夜玄洞悠然举箸，兄弟二人便在这大庭广众之下、众目睽睽之中，若无其事地闲聊起来。

"今日清晨东宫传出消息，外城戍卫兵权暂由卫垣和大将廖邺接替，至于内宫禁卫统领一职，颜菁认为若由虞峥长子虞肖继任，既可安抚虞家，也对局势最为有利，已经说服东宫颁下令旨。"

夜玄殇点头道："虞肖虽然年轻，但虎父无犬子。"

子娆托腮品茶，漫不经心地听着，眼角向着楼上微微掠去，心忖颜菁动手不慢，那廖邺表面属于东宫派系，实际同左君侯府关系亲密，如今虞肖子袭父任，虽非如他父亲一样暗受老穆王密令，支持夜玄殇，但兵权三分，至少不曾落入他人手中，如此相互制衡，局面不偏不颇。

夜玄洞不慌不忙地饮茶品菜，继续道："天宗之事全部安排妥当，所有弟子暂时隐入跃马帮，不暴露身份。还有，殷帮主秘密调遣了七艘战船，眼下正在堰江三里之外。"

夜玄洞性情洒脱，待同门师兄弟素来亲厚，如今渠弥国师一死，天宗多数弟子皆愿跟随大师兄，少数顽抗不足为患。跃马帮战船入楚，进可攻退可守，更令众人全无后顾之忧。夜玄殇轻松地笑说："万事俱备，只欠东风。"

夜玄洞徐徐饮了一口清茶："在此之前，让我与他一谈。"

夜玄殇道："二哥若要留他一命，除非莫再让我二人相见。"

夜玄洞笑了笑道："我只是担心父王，若他肯保证父王平安，望你略念兄弟情分。"

夜玄殇剑眉略扬，也不十分在意地道："二哥随意，我回统卫府醒酒睡觉。二哥进宫，大家谈得拢，便还算兄弟一场，若谈不拢，二哥便替我下个战书。"

他这最后几句话并未刻意压低声音，亦未收敛锋芒毕露的杀意，四周始终留神注意这边的人无不心头一凛。他二人不避人耳目地出现在燕子楼已有多时，往日遍布城中的东宫禁军却直到现在动静全无，这已充分说明一件事情，那便是太子御如今已全然失去对穆国的控制，表面风光依旧，实际山穷水尽。

此时此刻，自然也不会有人甘冒开罪三公子的风险前去东宫通风报信，相反却有人站了起来，最先领头的乃是与他们隔了一张桌台的白虎军少将扶风，取酒行至三人桌前，只道一句："三公子请！"

酒中话意，不言而喻。

夜玄殇哈哈一笑，接过酒来一饮而尽，目光一挑，将碗一倾。

扶风扬眉道了声"好"，身在燕子楼的十余名军将臣僚跟着上前，先后举酒相敬，人心背向，立时分明。夜玄殇来者不拒，接连十余盏烈酒下肚，面不改色，双目神采更甚，几是飞扬逼人。

男儿豪饮，江山定局，子娆在旁看着痛快，拂袖起身，亲手替夜玄殇斟酒。两人神容相衬，龙章凤姿，更令得众人倾慕倾心，原本热闹的酒楼中静作一片，随即又响起轰然叫好之声。

最后一人退开、最后一盏酒尽，夜玄殇长笑而起，在众人惊羡的目光下，携了王族公主，便这样上马而去，但在他们离开之时，邯璋城中突然响起了一阵沉重的钟声。

燕子楼里，夜玄涧霍然起身，神色惊变。

长街之上快马倏停，马上男子回头望向掩盖在茫茫白雪之下的穆国王宫，目中阴霾一片。

钟声哀沉，声声传遍都城内外，直达天际，直透人心。

九哀之声，昭王之丧，举国齐哀。

第十八章 一武夺将

漠北赤峰山，风雪过后的大地在辽阔的天光下展开茫茫气势，峰峦叠嶂的原野上，一队轻骑呼啸而过，如同苍鹰展翅，越过长空，向支崤王都疾驰而去。

奔马之上都是赤焰军中最为出色的战士，人人身经百战，虽经一日奔驰亦无半分疲态，仍旧保持着英武的军容。与他们相比，前面为首二人无论穿着打扮都显得有些随意，一人红衣，一人白袍。飞扬不息的风中，一袭赤色之上飘拂的金纹若隐若现，几似阳光织就，马上之人更是姿容绝世，眉目惊心，但是，哪怕在这样的光芒之下，若有人一眼望去，仍会被一旁那个衣发飞扬的白衣男子吸引目光。

白色原是最简单的颜色，非但简单，而且素净，但那个人，不过随意而为，便将这样简单的颜色穿出万千风流，双眸光彩一转，这素净的衣衫也似灿亮夺人。这般纵马飞驰，令他容光之间有种恣意的张扬，那一种几近放肆的骄傲，是曾经千军万马中淬炼的锐气，亦是曾经手掌重权无匹的自信。

刚刚离开旷野进入王都范围，前方便有两列人马迎上前来，金伞华仪之下，一行疾驰之人徐徐勒马。

"殿下！"

"参见殿下！"

姬沧略一扬手，对前来接驾的军将点了点头。而身旁之人，却眼也不抬，就那么与宣王纵马并行，对面前行礼的众人一概视若无睹。

纵然早已见惯少原君的言行举止，军将们对此仍觉窝火，只是所有人也不得不承认，这人不过缓带轻衫，随随便便站在华势逼人的宣王身边竟不见分毫局促，分明只是一个淡淡的眼神，那从骨子里散发出的卓傲之气，说是睥睨万众亦不为过。更何况宣王待他礼遇非常，眼前宣王正为王域之战调兵遣将，多少事情亟待处理，宣王却为了这人的一点伤势，亲自陪他去赤峰山别宫一住便是半月，直到一年一度的冬祭军典当日方才回到都城。众人口中虽然不说，但心下皆是恼火，除了始终保持着适当沉默的柔然族王子万俟勃言之外，几乎所有人都发出不满的冷哼。

宣王策马在前，将两队华丽的仪仗不远不近地抛在身后，沿路纷纷跪迎的支崤子民与两侧开路的兵马显出极其威重的排场。

宣国地处北域，与楚国等地不同，供奉玄女为神的同时，亦会在每年入冬之际举行盛大的军典，祭祀北方玄武之神。今年适逢战事，这一祭典亦分外隆重，除了进行例行的祭天仪式外，更会在之后通过比武择选此次出征的领军大将，这在武风盛行的当下十分常见，乃是战前点将最普遍的方式。

东宫神殿位于宣国王宫之北，依赤峰山走势形成上下两宫，上为供奉玄武神的天宫，下方是高逾三丈、宽近五丈的赤石云台，迎面连接占地极广的校场，非但可做阅兵演练之用，每逢战事，亦会在此处歃血祭旗，点兵出征。

重鼓之音，突然自天际响起，一声之后，滚滚而来。

壮丽激昂的鼓乐与恢宏的号角之声浑融一体，震慑人心。百名金甲战士自中军策骑而出，长戟高举向天，千军随之一喝，迎接那自华美无边的朱红锦毯上乘舆而至的王者。

当前铁骑开路，玄武军旗昭烈风中。

赤艳战服，金光之色，衬得那身处万众目光中心的人神容生魅，似妖近魔。诸国但逢大典排场无不宏大，九域国君也无一不是尊贵高华，但却无人能似宣王姬沧，就这么随意一站，便压了漫天华丽，一人一身之威，便令煊煌沦为陪衬。

当那耀眼的身影自金舆之上掠起，横过数丈御阶踏足在赤石云台之上，赤焰军数万将士同时爆发出震天威喝，几令神威无光。对面观礼台之上的白衣男子眸心微微一收，唇畔轻佻的笑痕，却似冷芒微闪。

宣国神圣的冬祭军典，皇非答应姬沧随行而回，也不拒绝临场观礼。在赤峰山别宫休养的这段时间，他身上伤势已然痊愈，武功也恢复近半，若非被一股莫名的力量封锁了几条主要经脉，这些许内伤自是不能造成什么困扰，但即便现在仍受限制，对于少原君来说却已足够。

皇非居高临下，在一天辉煌之中冷眼旁观。

此次前来参加冬祭军典的除了赤焰军全部将士之外，尚有宣都之外十九部重兵的统帅，以及柔然族这样臣属宣国的首领。开坛祭神的仪式实际用不了太长时间，今天真正的重头戏自然是接下来令人瞩目的点将之战。

此时在祭台之前，八名来自楚国的战奴双手被缚跪向北方，下一刻，已被斩首剖心，活祭战神。

喝呼之声席卷大地。

高悬的头颅，鲜血自温热的胸腔中喷薄而出，注入酒碗，余者渐渐冷凝于雪色之上，蜿蜒而成狰狞的痕迹。

热血喷出的一刻，一直暗中关注着观礼台上那人的万俟勃言突然微微一凛，感受到一阵令人心寒的杀意。

乐声止，金鼓重新响起，三遍鼓息，终于拉开比武点将的序幕。此时整个赤焰军中都弥漫着一股热烈的气氛，对有资格参加的军将来说，这无疑是立威扬名的最好机会，若能成为领军主帅，那便等于取得了军中实权，更可能意味着战功赫赫的未来。而对观战的士兵来说，这样骁勇精彩的比武，实为一场武技盛宴，能够亲眼观看可谓幸事，甚至只要有足够的能力，便一样可以挑战任何一人，这足以令悍勇好斗的战士兴奋莫名。

鼓声息后，台上献出十三碗烈酒，每一碗酒都染过战奴之血，泛着鲜艳的赤红，每一碗酒都由一个美丽的女子下着黄金丝缕织就的长裙、赤裸着上身跪捧过头。

鲜血激人性，烈酒红人面，黄金动人心，美色夺人魂。

只有战胜，才可获得这一切，一切都足以激发人心最原始的野性，令人心甘情愿冲锋陷阵，赴汤蹈火性命相搏。

赤焰军中狂热的欢呼声更甚，十三名大将登上赤台。有资格竞争六军主帅的将领，早已在之前经过无数挑战，亦无不是宣国领兵沙场的猛将，唯有如此才能站到宣王之前，对主帅之位发起争夺。

十三碗血酒将由宣王亲赐参加比武的大将，以砺战意，以示王恩。

宣王起身，走向美色所奉的烈酒。

十三名大将抚剑跪下，身后呼声如潮。

便在此时，一道白色身影，突然横掠千军，横过群臣，出现在赤石云台正中。

一人的目光，扫向众军。

万人一静，风过长空。

那样锐利的身姿，如日夺目，姬沧眼中异芒倏闪，皇非唇锋若笑，一语激起千层浪："姬沧，你若想与我联手对敌，今日便由我亲自选将。"

台下哄然。

姬沧前行，朱衣曳地，两人目光一瞬不瞬地锁定对方。忽然间，姬沧仰首长笑，妖异的细眸之中泛出桀骜之光。

"好！此言正合吾意！"

非是如此之人，何能令宣王折腰，若非如他之强，岂不无趣，他亦无心。

皇非头也不回地扬袖抬手，宣王身畔血鸾剑铮然轻响，已是落入他手。姬沧无动于衷，一任佩剑离身，眉眼深处，甚至带出拭目以待的兴趣。

一抹血痕如光，刹那绽开在雪衣之下，微冷的剑锋指向当先一名大将。

欲饮楚人之血，除非完胜此剑，否则便以性命为代价，流尽自己的鲜血。

台下军将再次爆发出阵阵高呼，一浪高过一浪，当先那大将亦是浓眉一轩，振衣起身。

"杀了他！"

"杀了他！"

"杀了他！"

十余年间，大楚少原君一直是赤焰军最大的劲敌，丧命在他手中的宣军不计其数，破灭在他麾下的城池片草无存。在场诸将，皆知少原君重伤初愈，此时功力最多只有平常大半，面对这般挑衅，不免心存轻视之意，但十三人无不转出同样的念头——倘若趁此机会除去此人，便是为宜国除一心腹大患，赤焰军从此再无对手。

战士们激昂的高喝连成一片，刀戟似海，声势骇人。

台上之人，冷对这漫天喧哗，衣不惊尘，在那大将拔剑出鞘的一刻，他掌心冷凝的剑锋忽然极其轻微地一颤。

一声剑啸，蓦然而起。似乎只是极轻的响动，却在突然之间，盖过了所有高呼声、所有助威声、所有喊杀声。

剑光绽，逐日色，天地一亮。

姬沧眉梢一震，似是被那剑光耀动，然而身处剑气中心的人，却只能见到一片浓重的黑暗。

带来黑暗的是血鸾剑光，因那赤色太浓，血色太深，仿佛将一切拖入了无底的深渊，不见天日。

血鸾逐日。

这一招逐日剑法，昔年曾令姬沧一战负伤，付出了三城之地的代价，亦曾在千军万马中夺敌首级，令得赤焰军铩羽而归。

这一招剑法，曾破南楚十营八寨，扩大楚疆域三千余里；曾兵踏漠北饮马逐战，剑锋所向，风云色变。

以血鸾剑施出的逐日剑法，于极亮之中透出赤艳妖异的血色，执剑之人弃神成魔，一身杀伐，一剑夺命。

血光！

爆！重躯坠台，血溅尘扬。

"赫字营中领军安夷。"白衣男子傲然话语，淡淡报出对手姓名军职，一瞬惊惶全场。

观礼台上，包括万俟勃言在内所有将领皆是一震，台下之将，竟是一招毙命，尸身横曝军前，鲜血染透黄尘。

反手一剑，一盏烈酒挑前，皇非抬首长饮，剑尖微震，金盏碎溅满地。

赤焰军中怒声一片，历经无数沙场血战的战士，皆被这傲慢的态度和刻意的杀戮激起心头血性，后面一将腾地起身，长刀点地，沉声喝道："请教君上高明！"

皇非略略抬眸，看了对手一眼："赫字营大将初离肖，你的刀，挡不下本君三招。"

一言一词，对赤焰军诸将了如指掌，亦激起对方心中怒意。

话落，剑起，光灿。

初离肖长刀破日，一赤色，一银光，两道利芒半空爆开，如雨激落，炫目至极。

初离肖的刀法已经名列宜国上品高手之列，纵横沙场，攻城略地，亦曾斩杀烈风骑麾下猛将，饱饮楚人鲜血。若在今日之前，有人夸口三招之内能败初离肖于剑下，在场的所有宣人都会当作一个笑话。

少原君固然强势，但能跻身赤焰军上将之人也绝非泛泛之辈，每一个人都有足够的资格，代表着宣国武人的实力与信心，安夷的落败不过是轻敌与疏忽，这样的情况绝不会发生第二次。

台上目光所向，台下喧喝如潮。

皇非扬眉，冷笑，剑振。

一招，千尘惊破，金阳如华。

一招，风云色黯，血日当空。

第三招，赤芒自银光之间破出，瞬间遽盛。

初离肖退，速度不可谓不快，然而血鸾剑更快，一丝赤电，追魂夺魄，在雪亮的刀锋之前绽开惊心血雨。

雨落，刀飞，臂断！

一剑杀一人，一剑废一人。

初离肖滚落台边，一手捂住喷血如泉的肩膀，不可置信地盯住傲立于血雨之后的男子，面色苍白如死，额前冷汗如瀑。

万人一静。

皇非振剑，饮酒，一缕新鲜的热血沿着剑尖落入金盏，酒色更浓，杀意更烈。

"焰字营上将诸程。"

"骁字营中领军越淳穹。"

"锐字营上将司徒历。"

……

饮酒一盏，杀敌一将，当皇非喝到第八盏酒，原本沸腾激烈的赤焰军已是安静得落针可闻，每个人都似被战台上那白衣如玉的男子摄住了目光。那人独立漫天血腥之中，便似一柄风华凛冽的剑，放眼天下，竟无鞘可容。

台上台下万众惊心，但自始至终有一人，直视那夺魂的光芒与杀机，声容不动。亦只有一人看得清，那每一招精妙绝伦的剑法，每一步算入巅毫的杀戮。

以他的剑，杀他的人。

宣王姬沧，毫不诧异逐日剑法可斩废赤焰军阵前虎将，多少次搏命激战，十年间平手之敌，眼前之人，原本便是足以同他一较高下的对手，纵然千军之围，亦未必能困得其人片刻。只是此时，他伤后功力不曾全复，如此强行施为，初时锐气尚能支撑，但若连战十三名高手，再高明的剑法亦无法抵消内力的消耗。

姬沧微微细了长眸，眼光莫测，一时如刃。

却只见台上那人随手扬袖，轻轻一笑，便在一天赤色之中冷声说道："何必浪费时间，剩下的一起上吧！"

千军之前，执剑邀战，杀意滔天。

余下五将尚未自震惊中回神，血鸾剑光已如天冲血日，带着死亡的光芒迫向双目。剑气，自那人身边席卷了半边高台。

每个人都清楚地看见一点剑光，速度之快，几乎超过了他们所能想象；剑势之利，几令战场上杀人如麻的猛将，也在一瞬之间惊破了神魂。

天地仿佛骤化血海狂涛，地狱怒焰，只余这不可思议的剑光。然而千百次血战中磨砺出的本能反应，亦令五人的精神晋入前所未有的高峰，几乎同时，刀、剑、枪、鞭、铜五种兵器，自五个不同的方向，射向血海的中心、怒焰的巅峰。

漫空劲气中，人人睁眼如盲，姬沧眸光却是一利，突然振袖而起，凌空掠向战场。

朱袍雪衣，交织如练，快得令人看不清分毫。

嗜杀之光！

一片赤华，霍然自两道人影间冲流而出，战局中五人跌出丈余，无人能再稳当站立。

光华落，半边赤艳的衣袖飘至足下，姬沧左手指间现出一缕血流，赤色涔涔，很快滴落在飞尘之间。

日落千山，天地无声。

那执剑而立之人，白衣如霜微染朱红，剑锋上亦泛着殷艳的光泽，不知是何人的鲜血，色若琉璃。

身边五将，四人已死，另外一人兵器折断，侥幸存命。

皇非看了姬沧半刻，忽然将血鸾剑抬手一扬，剑锋直没石台，风飘如血，跟着反袖一拂，转向已被震慑得一片肃静的赤焰军，冷声道："他日本君领兵，你们若有一人不服，便先问过此剑，但若有一人不从军令，眼前此刻便是先例。"

声音清晰传出，偌大的校场，数万名兵将，竟无一人出声，无一人动作，甚至无一人移开目光。

乱世天下，每一国军队之中站在巅峰的莫不是这样的强者，每一个有资格统领千军的，也无不是这样的强者。所以哪怕是敌人，是仇家，是对手，也一样令人尊敬折服，尤其此时此刻，这台上之人，没有人敢轻视，亦没有人能够轻视。

第十九章 换剑之交

月照华殿，入夜后的宣国宫城灯辉连绵，满庭金光将黑夜衬托得分外深沉，亦将整座寝殿雄伟的轮廓勾勒分明。

殿前雪地里一排跪着数人，最前面的正是今日刚刚在冬祭军典上被皇非一剑重伤的赤焰军大将初离肖，身后几名金袍将领人人面带异色，肩头挂雪，显然已经跪了有些时候。

灯火重重不熄，透过晶丝错落的珠帘，可以看到大殿内铺满了柔软奢华的白色兽皮，帷幔浮金香气如幻，御榻之上，宣王慵然斜卧，一袭朱衣红袍映着雪色华光，仿佛冰雪云境散开灼人的红焰。

如光使跪在殿前详细禀报着现在支崤城中各方动向，感受到御座之上似有似无的目光，一直不敢抬头，直到最后，方才试探着道："殿下，皇非今天一举杀了军中八名大将，似乎也太过分了些，现在军中议论纷纷，若这些将领的嫡系部属心存怨怼，难免动摇军心……"

"嫡系？"

刚刚接过花月使手中美酒的宣王眸光略略一挑，那锋冷的色泽令如光使心头一凛，惊觉不慎说错了话，顿时低头不敢再言。

宣国的军制与楚军、王师皆尽不同，除赤焰军核心十万骑兵之外，其余皆属雇佣性质的部队。举国二十七城共有十九部重兵，二十万兵马与王室以契约为凭，各部自有统帅，战时听从宣王调遣，亦由王室提供部分军需，以及丰厚的战利品。

财物与女人，永远是战争最直接的获益，亦是宣王控制外十九部重兵最有效的手段，所以宣军每下一城，必任军队烧杀劫掠，甚至毁地屠城，从不约束。但对于宣王来说，这批雇佣士兵只是战场上锋利的武器，如同每一辆战车、每一匹战马的意义，而真正能够捍卫王权、坐镇王都的，却是直接听命宣王，亦只效忠于宣王的赤焰军。

赤焰军中，绝不允许有一兵、一卒、一士、一将脱离宣王掌控，哪怕是各营上将，亦没有单独调兵的权力，哪怕是最低一级的战士，亦只听从一人之令，只可为一人战，只能为一人亡。

如光使一时错言，背后微微冒出冷汗，若按宣王平日性情，虽不至于因此要了他的性命，但恐怕活罪难逃。却不料只听得一声发问，座上流金广袖微微一扬，花月使手托玉盘小心翼翼地退至一旁。

姬沧没有因如光使的失言而发作，只是在灯光下漫然抬手，看了一眼掌心那道殷红如刃的血痕。锐利如昔的剑法、毫不留情的杀气，那一招日落千山，血鸾剑下他也不是第一次得见，自从十年前少冲山上一战相识，每一次面对这绝世之剑都会令人生出鲜血杀戮的快感。曾以一人之力振一方、以一人之力慑天下，现在的皇非仍旧如此骄傲，征服这样一个人，比逐鹿九域更加危险，却也更加精彩刺激。

"你怎么看？"

这一句话，却是问向殿下三人中唯一还站着的瑄离。瑄离抬眸，迎上北域君主莫测的目光，依稀笑了一笑："皇非在神殿前的确锋芒太盛，不过，少原君便是少原君，不是外面跪着的那一群手下败将，若他现在已经俯首称臣，殿下不会觉得无聊吗？"

"哈哈！"姬沧闻言突然放声大笑，"如果这么轻易便能让皇非低头，我岂会与他交战十年，费尽心机？根本用不着我动手，他早便死在赫连羿人手中。"

"所以说殿下并不需要一个逆来顺受的俘虏，殿下需要的，是同昔日一样战无不胜的少原君。"瑄离微微欠身，笑容优雅恍若流水轻波，"今日点将台上无人是皇非的对手，按道理，他已经是十九部三十万兵马的统帅。如今大军发兵在即，殿下等的不就是这一天吗？"

近旁如光、花月二使听得面面相觑，一时间连出言劝阻都忘记了。姬沧眼中却有光芒一闪而过，似笑非笑："说下去。"

瑄离扬眉，流露些许不屑："皇非现在根本不是殿下的对手，但他最恨的却是东帝，在攻下帝都之前他绝不会对宣国不利，相反他的加入却会使我们胜算大增。就算皇非领兵出战，一切也都在殿下掌控之中，外面跪着的几位将军反对殿下的决定，未免有些多虑了。"

"技不如人，还有什么好说的，他们是否嫌赤焰军的脸面丢得不够？"

姬沧冷哼一声，随手将酒盏向侧掷开。瑄离淡淡地道："烈风骑将领若落在殿下手中，结果也不会比这好上许多，他们与少原君如何相提并论。"

姬沧看了他一眼，起身向殿外走去。

在他出现的一刻，两旁甲胄鲜明的铁卫同时后退，近百盏金光灿烂的明灯照亮长阶，仿佛白昼突然降临，令得那徐步而出的华贵身影清晰逼人。殿前将领纷纷抬头，从东宫神殿回来，赤焰军剩余的所有将领一同入宫请命，要求宣王立刻处决皇非，平息众怒，但直到此时才算真正见到宣王一面。

"殿下！皇非今天杀我军中大将，分明是故意为之，殿下对他已经十分容让，若不及时处置此事，必定后患无穷！"重伤未愈的初离肖第一个开口，雪地里他的脸色苍白如同死人，身子也已摇摇欲坠，然而态度却是异常坚决。

深夜残雪，随着宣王的脚步微微飘扬。

"你们想杀他？"一声妖魅的问话隔着黑暗传来，看似随意，却如血鸾剑的锋芒一样令人感觉窒息。众将沉默片刻，隐字营上将白信抬头道："皇非此人留不得，无论如何，赤焰军将士绝不可能听他号令。"

姬沧倏地一笑，细长的眸子掠过灯影流光微微眯起："既然如此，本王的规矩你们清楚，你们若凭自己的本事除掉皇非，本王绝不会说一个不字，但若谁败在皇非手里，也莫让本王再见到他。"

"殿下……"众将一愣，相互交换了一下眼神，对这样的结果似乎有些意外。姬沧却已向前走去，路过他们身旁时略一停步，在耀目的灯辉之中垂眸下视："你们应该早就知道，我赤焰军中只认强者，强者从来只服从一种人，那便是更强的人。"

轻慢的话语不经意带出狂肆，所有人都被那种迫面而来的气势所慑，一时鸦雀无声。就在这时，似是回应宣王方才所言一般，一道琴音突然划破深夜，凭空响起。

七弦音，如流水，乍然起时，如过虚空。弹琴之人似乎只是信手挑弦，却好像忽然之间，整个琉璃花台，甚至整个支崤王都都能听到这样的琴音。跪在殿前的众将皆是一惊，每个人心头都生出莫名异样的感觉，仿佛热血流过剑柄，风沙漫过铁蹄，万里征尘铁血山河扑面而来。

跟随在姬沧身后的瑄离蓦然抬头，一音入耳，无数往事染血的尘梦，永难泯灭的杀戮与灭亡，多少恩仇，多少爱恨，多少兴亡与生死、至情与无情，于此五音之中直触人心。

而那琴声便在此时一转，于无可高处，清音乍破，几乎不可思议地扶摇直上，仿若奇峰突起、长泉奔流，原本透彻冷冽的音韵，竟在顷刻之间化作千军纵横、战鼓连天的激越与凛冽，凭云凌风破九霄。

久经沙场的众将为这琴音之中的杀伐所激，无不微微色变。姬沧长眉一扬，犀利的目光仿佛穿越千里横野、万重山城，直指那惊云山畔、王域之巅。片刻之后，他忽然转身，向着琴声传来的琉璃花台大步而去。

目送宣王消失在雪夜之中，瑄离墨玉般的瞳仁无声收缩，回头看了看赤焰军一众将领，突然轻轻一笑，道："诸位将军连一个武功半废的人都奈何不得，也不知平日的威风都哪里去了，既然殿下已然默许，那瑄离在此，便预祝诸位心想事成。"

琉璃花台，玉生辉，水盈雾，美人如霞。

自宣王继位第二年后，宣国王宫之中便极少有女子出现，除了几名品级较高的内官之外，一概侍从宫人皆是俊俏美貌的少年，就连后宫亦不例外，这琉璃花台，更已是多年未有女子踏入。

然而此时，行走在金丝软毯上的数名彩衣美姬风情万种，捧金盅、托玉盘，百花鲜果皆不如她们妙目红唇动人，华缎织锦亦不及她们的腰肢婀娜柔软，就连那如玉的美酒，也似抵不过这凝雪肌肤、兰若香气，灯火下美艳的身影鱼贯前行，几令人以为错入了瑶池仙宫。

纤手挑起晶帘，珠光覆落红颜。

"公子！"

当先一排美姬面向帘后俯身行礼，手中以金盘捧着美酒鲜果，以及一套织造精美的华服，等待着那俊美的男子亲手挑选，琉璃池水七彩潋滟，升腾起芬芳醉人的暖雾。

皇非自瑶琴之后抬眸，扫过帘外娇娆美色，突然间，目光在其中一人身上微微一停。

那女子像所有美姬一样深深低着头，跳动的灯火在夜光下勾勒出她美好的身段，垂首的姿态柔顺而曼妙。在皇非看来之时她轻轻抬眼，与那目光不期一触，龙涎香的气息如琴声一般飘落，皇非拂袖起身，看向她面前那件泛着银光的轻丝长袍，说道："你们都退下，你，进来伺候本君沐浴更衣。"

其他美姬放下手中的美酒鲜果，保持着恭敬的姿势依次退了出去，重帘层落，隔开了明亮的灯色，其后一切都变得朦胧迷离。那女子捧着衣物跪在琉璃池畔，替无声注视着她的男子解开衣袍。当衣衫滑落，露出男子强健的胸怀，触到那一道猩红刺目的剑伤时，她的手指微微地颤抖，仿佛被那伤口的温度蓦然灼痛。

"玉儿。"

一只手覆上她的指尖，低抑的声音中却有着往日熟悉的沉稳，以及那种令人心安的力量。那女子缓缓抬起头，美目之中似有泪水的微光："君上，玉儿终于找到你了，太好了，你没事……"

皇非向外扫了一眼，伸手将她带入了池水暖雾深处，低声道："你这样进来太冒险了，宣国有人认得你。"

外面远远伺候着的宫人只看见若隐若现的帘影水雾，两人的身影突然重叠模糊，于是纷纷低下目光。池水幽谧如同幻境，召玉紧紧靠在皇非身边，这一刻他胸怀的温暖令人贪恋，哪怕刀山火海亦是值得，然而她并没有忘记此行的目的，在他耳边迅速说道："只要不遇上姬沧，别人不容易认出我。姬沧对外宣称君上阵亡的消息，但大家都不相信，所以我才设法前来打探，和我一起潜入宫中的还有神翼营的七名死士。"

皇非手掌触到她腰间暗藏的刀刃，眉心一蹙："立刻命令他们撤走，刺杀姬沧绝不可能成功，只会适得其反，千万不要轻举妄动。"

召玉点头道："玉儿明白，只要君上平安，玉儿知道该怎么做。方将军和我一样逃过一劫，我们还有近四万兵力保存下来，如今隐藏在月狼山雪谷之中。"

皇非眼中掠过精芒，随即吩咐道："五日后宣国发兵王域，支崤城的防守兵力会大幅减弱，让我们的人分批潜入城中，届时自然有人告诉他们该怎么做。"

召玉道："君上是否要和姬沧一起出征？我们可以派人混入宣军，暗中协助君上。"

皇非道："我会另行安排此事，你们可知含夕的下落？"

"含夕公主被带去了帝都。"召玉道，"我们接到消息，她现在的身份已经是东帝左夫人。"

"那便找到她……"皇非话音未落，外面忽然传来"宣王驾到"的通报。

内侍尖长的嗓音刺破幽香水雾，一人几不可闻的脚步声几乎与这传报同时入了琉璃花台，快得让人来不及反应。召玉不由浑身一僵，此时再要离开已绝不可能，姬沧对曾经少原君府的人了如指掌，绝对不会忘记她的样子。皇非蓦地回头，忽然反手一掌向旁边金案扫去。

"滚出去！"

姬沧刚刚步入琉璃花台，只听珠帘之后传来杯盏落地的声音，一名美姬手捧酒樽匆匆退出帘外，低头跪在阶下，衣发散乱，看不清模样，但显然容色不俗。

琉璃花台这些美姬皆是数日之前他下令国中贵族进献、特地召入宫中的侍女，无一不是历经调教、见惯风流阵仗的美人。此时面前的这个美姬柔顺地跪在脚下，不敢稍有动静，唯有幽风入殿吹起轻薄的纱衣，像是一片翩旋起伏的花海。

"还不退下，待在这儿干什么？"帘后之人语气冰冷，似是余怒未消。召玉感觉到姬沧近在咫尺的目光，头也不敢稍抬，低声应是，向外退去。

"慢着。"阶上突然传来威严的声音，不过简单的两个字，却像穿透人心的一柄利刃，召玉只觉后背发冷，唯有俯首在地。

"你是哪里来的侍女？"姬沧在帘前微微侧首，居高临下地审视过去。召玉刻意将头垂得更低，轻声答道："回殿下，奴婢是安夷将军呈献入宫的。"

姬沧冷冷地看着她，仿佛这美丽的尤物跟大殿上摆设的石像也没有什么不同，都不过是陈列在旁的死器，那种冰冷妖异的语气，亦令人感觉不寒而栗："你的口音不是宣国人。安夷只是赫字营中领军，还没有资格被称为将军，莫非没有人教过你？"

召玉呼吸微窒，接着再次叩头道："奴婢……奴婢原是后风国的战奴，刚刚被买来进献给殿下，尚不懂规矩……"

"后风国？"

"是……殿下。"

安夷今日比武时已死在皇非的剑下，姬沧不知是否相信她的话，只是将目光从她雪白的脖颈、优美的后背，一直移到交叠如玉的指尖，长眸微眯："跪姿这么优雅的战奴，倒是少见。"

召玉回答道："先父原是九原城城守，自幼曾经教导我一些规矩。"

"哦？我记得九原城城守韩胄曾以三千兵力挡了我赤焰军七日，是个人物。"

召玉此时抬起头来，柔声道："殿下似乎记错了，先父名讳上刑下舡，曾为后风国五城督卫，韩胄乃是他手下一名副将，九原城破之时，追随先父阵亡。"

召玉身为后风国公主，对后风国的情况自然熟悉，她的大自在四时法虽不及白姝儿那般出神入化，可以随心所欲易形换容，但短时间改变容貌，却也能暂时瞒过他人。只是她毕竟功力未足，不敢轻易使用这一极耗内力的功法，所以不到迫不得已仍是以真面目示人。姬沧深狭的目光在她脸上停留了片刻，终于没有继续发问，只是淡淡地哼了一声，扬手拂帘而入。

"你素来怜香惜玉，今日倒真稀奇，竟对一名女子动怒。"

琉璃池畔，帘光闪烁，皇非衣襟略散，靠在白玉锦榻之上，目视那片金光流艳的红衣飘入水雾，殿下美姬无声退出。"怜香惜玉，也要看是什么香、什么玉。宣王宫中的女人连宽衣解带都不懂，这九域霸业千古江山，不怕后继无人吗？"

姬沧妖冶的长眸敛了琉璃金光琥珀色，微微一睨，带出勾魂的色泽："战奴便是战奴，和他们的男人一样没用。我若高兴，宣国任何一人都会将他们的妻女无条件奉上，女人的用处也无非如此。"

皇非手中金杯璀璨，倒映浮光掠影，几分酒意更衬得那俊面如玉风流："若这世上女人都这么扫兴，男人又都如你这般不解风情，那可当真无聊得紧。"

"不扫兴的女人，换作你那位公主夫人又如何？"

姬沧乌墨般的长发拂过幽谧湿润的空气，落上玉榻白衣，不动声色地锁定那双寒星般的眸子。近旁男子身上若隐若现的酒气，在水香轻雾里有种惑人的感觉，但无论饮过多么烈的酒，那双熟悉的眼睛依旧清明，至少这么多年无数次血战之后开怀畅饮，他都不曾见他失态，少原君的清醒与冷静，无论何时都会令对手记忆犹新。

姬沧自帘外那片娇娆多姿的背影处收回目光时，几名血卫已经悄无声息地追随而去，而他抬手斟酒，浅尝其中滋味，以颇具兴味的口气道："近几日据斥候回报，工族九公主如今正在穆国，与那位三公子可谓情深义重，看来很快便可喜结连理了。"

皇非睨了他一眼，淡淡地道："那个女人既已冠上少原君夫人之名，便永远是我皇非的人，否则，便要为此付出相应的代价。"

"哦？"姬沧突然眸光一细，俯身相问，"那么你今日杀了我赤焰军八名大将，又该付出什么样的代价？"

皇非注视他逼向面前那双邪魅夺人的眸子，过了片刻，唇角略略挑起，含笑说道："九域的代价，宣王以为如何？"

榻上男子衣怀半敞，微抿的唇锋如一丝桃花般的细刃，沐浴过后浅淡的水汽在他光彩的眉目间留下朦胧的影色，那笑意便染了些许慵懒的味道。此刻华灯影下风流浅笑的贵公子与今日点将台上杀气夺魂的少原君几乎判若两人，令人无论如何也联想不到他刚刚手刃数人，断送了赤焰军一多半战将。

姬沧听到他的回答，目光轻微一闪。皇非却将手中金杯掷开，抬手掠过他衣袍，一道殷红的光芒随着他的动作徐徐流淌，血鸾剑锐利的锋刃轻魅闪耀，在两人之间泛开一道赤色的微光。

"这柄剑，可以还我了吗？"

他的微笑如刃，浸入那片暗不见底的眸心，仿佛搅动了深渊之下重重激旋的暗流。姬沧眼中魅光变幻，灯火深处眉目骄傲的男子仿佛和昔年少冲山上衣发飞扬的少年蓦然重叠，白衣如霜剑如血，纵横北域千军所向，那是第一次有人挡下他手中烈日般的光芒。

长风飞雪中张扬的笑容，化作十年铁血战火，燃尽九域半壁江山。逐日与血鸾两柄绝世利器曾经饱饮彼此的鲜血，威震天下诸国，那夺日之光、嗜血之色，分别代表着大楚无匹的战神、北域绝世的霸主。然而鲜有人知道，最初的时候，血鸾剑原本是少原君的佩剑，而逐日剑却来自北域君主宣王之手。

昔年三国大战，他率赤焰军千里逐敌，第一次与烈风骑联手惨败穆国大军。冰山雪水融化成奔腾的玉奴河水，高崖尽处对月畅饮，醉后拔剑，淋漓一战。那人笑语风华，胜似星月之光，绝峰明月之下，寒江惊涛之上，衣飞如火，映那剑华如练。

数月后两军对阵赤峰山，攻城之战胜负难分。千军之前，那人单骑出阵，执剑邀战，暮雪山巅，一招血鸾逐日，赌赢他三座边城。那震慑江湖的一战整整打了五日，临去前他丢来佩剑，换剑为信，是为朋友之交。

姬沧妖魅的容颜倒映在皇非阗黑的眸心，仿佛幽夜里曼殊花开染透赤峰山上连绵雪岭，千年不灭如血的艳色。他轻轻地笑，放低声音说道："你若要其他便罢，但这柄剑，却要看我所面对的是敌人，还是朋友。"

"你我一直是朋友，但也从来不仅仅是朋友。"皇非掌下锋利的剑刃离姬沧的脖颈只有一寸之遥，他以指尖徐徐划过剑身，剑气催破两人的肌肤，一缕鲜血自剑锋蜿蜒而下，滴落在雪衣银光之中，慢慢泅散开来，"待有一日血鸾剑重归宣王，便是你我，最终的胜负。"

召玉穿过漫长的甬道向不远处宫门方向走去，高悬的风灯在巨大的青石板上投下隐约不定的光影，使得两侧高耸的宫墙显得更加黑暗压抑。一离开琉璃花台，整座王宫声色沉寂，唯有重重嵯峨的宫殿在月光下森然矗立，不时闪过巡逻卫队手中的火光。

宣国王宫如同支崤城一样，所有建筑按照特定的方位修造，设有各种机关阵法，处处曲折迷离，一个不慎便容易身陷其中，惊动暗影一般散布各处的守卫。召玉以暗号通知和她一起潜入宫中的神翼营死士秘密撤离后，急于赶回雪谷与方飞白等人会合，告知皇非的消息。但不知为何，行走在这隐秘的宫道之间，总有种不安的感觉如影随形，仿佛在暗影幢幢的背后正有一双眼睛无声地盯着自己，进入甬道后这样的感觉便越发强烈，如芒在背。

她不由加快脚步向前走去，蓦地身影一闪进入一道侧门，穿入花树重影之中。那种异样的感觉短暂消失了一会儿，但不过片刻便又出现。召玉用了几种不同的方法隐藏行迹，可是被人追踪的感觉始终若隐若现，她心中暗觉不妙，知道这样冒险出宫绝非明智，于是迅速闪入占地广阔的花苑，想要通过三重御湖回到宫中。追踪之人暂时被甩开，召玉绕过一座嶙峋的山岩准备进入苑中花林，却突然之间停住了脚步。

林畔花影之中，一个身披紫裘的黄衫男子转回头来，看到召玉的时候微微一愣。

月色自他身后照下，带来微雪的萤光，那人周身似乎有股冷淡的气质，但眉目却又生得俊美非常，仿若一块水底深处的美玉，予人晶莹澄澈的感觉。召玉与他四目相对，一时不知该进该退，身后被追踪的感觉重新逼近，这一次是疾速的破风声，直向她所在之处而来。

那人的目光在召玉身上停留了片刻，随即向着不远的黑暗之处轻微一瞥，显然也发现正有人接近这边，突然开口道："进去。"说话时他抬手抚上一棵古树，召玉身旁的岩石上便悄无声息地出现一道暗门，若不是感觉到脚下几不可察的机关震动之声，她几乎以为他会施展某种法术，但此刻什么也来不及细想，只能依他所言躲入其中。

暗门消失的一刻，几名血卫的身影凭空出现，身上暗红色的披风在黑夜之中分外阴森，仿佛是杀气与冷血浸染而成。这群北域最为可怕的密探与杀手，人人以鲜血为誓效忠宣王，几乎控制着整个支崤城的一举一动，令所有朝臣谈之色变，但见到黄衣男子时，他们的态度却显得颇为恭敬。

黄衣男了在宣国似乎地位颇高，向为首的血卫询问了几句后，淡声道："若人往这方向来，我必会遇上，但是刚刚却不曾见，既然是殿下的意思，可需要我调宫中禁卫相助？"

那血卫道："殿下只是密语传音命我们暗中追踪，看那侍女往何处去，还是不要惊动他人了。"

黄衣男子笑了笑道："不过一个女子，有血卫出动自也不会追丢，快些去吧，莫要误了事情。"

召玉隔着石壁听到血卫离去的声音，跟着连那男子也一并远去，随着他脚步声的消失，外面全然安静下来。过了片刻，忽然又有人返回此处，前后巡视两周后，低声说道："人的确是从这里不见的，但奇怪的是没有发现任何踪迹。"

"你们分头搜查御苑，半个时辰后在此处会面。"

召玉听出后面一人的声音正是刚才和黄衣男子说话的血卫，心头暗暗一凛，这时身后突然有人淡淡地道："你叫什么名字？"

召玉猛地回头，发现身后不知何时悄无声息地打开了一道暗门，那黄衣男子凭门而立，指尖一颗鸽蛋大小的夜明珠发出若有若无的微光，照得他眉目如画，而眸色沉沉。

召玉惊诧地打量着他，直到他再次询问她的名字，才蓦然回神："你是……后风国的人？"她看着他手中莹莹的珠光，试探问道。

黄衣男子没有回答，却在黑暗之中审视着她："你认得这珠子。"

"东海鲛珠原为后风国王室所有，乃是当世奇珍，后风国亡国后便下落不明，为何会在你的手中？"召玉揣摩其人来历，黑夜中他的面目不甚清晰，行动亦似神秘。

"跟我来。"他没有继续这个话题，只是转身向暗道深处走去。召玉迟疑片刻，随后跟上，身后那道暗门无声无息地消失，就像从来没有存在过一样。召玉跟随着那朦胧的珠光，一路上他似乎只是闲步而行，却每次在遇到石壁时面前都会及时出现道路，而在他们通过之后复又恢复成原先的样子，她不由暗自惊奇，但是数次询问他都不曾作答，最多只是侧首看她，偶尔轻微一笑。

就这样曲曲折折地行走了很久，地底错综复杂的道路令人迷失方向，召玉凭感觉判断他们应该早已离开王宫范围，这时候一道暗门缓缓打开，两人突然进入一个广阔的空间。黄衣男子手中的鲛珠在火把的光线下黯淡下来，四周全部都是沉重的玄色石壁，构筑成望不到尽头的庞大空间，两侧燃烧着由三首异兽驮起的长明铜灯，照亮石壁上雕刻着的日月星辰、奇鸟异兽，显得四处阴森暗沉，却又有一种说不出的庄严与肃穆。

黄衣男子的脚步声在幽暗的火光之间轻不可闻，似乎是感觉到召玉心中的惊讶，他终于停了一停，回头道："这里是历代宣王停灵的地宫，宣国先后二十五代君主全部安葬于此。"

"我们怎么会在这里？"

召玉不由暗觉森然，穿过黑暗可见前面竖立着一个个巨大的石棺，每个石棺都嵌在石壁上方，面前蹲踞着不同的神兽，有的样貌狰狞，有的气质凛然。黄衣男子缓步前行，两人的影子在阴冷的墓穴之中忽隐忽现，二十五具棺椁之后的石壁上便都是偌大的空洞："此处亦将是宣王姬沧的陵墓，用不了多久他的黄金棺椁便会全部完成。"待到最先那处特别巨大的空洞时他仰首上望，召玉看到此处石壁上尚未完工的精美雕刻，以及那为了镶嵌棺椁而设计的特别的机关，只见他抬手碰触石壁，那空洞之中徐徐升起一具纯金打造的厚重金棺，其上盘踞着鸟首蛇身的凶猛神兽，两旁延伸出层层阶梯，如同猛兽张开翅膀一直通向那噬人的黑暗深处。

"天工瑄离。"

召玉看着他每一步落下都巧妙触动暗藏的机关，露出畅通无阻的前路，突然停下脚步，看着他在珠光映照下秀美的容貌，轻声说道。

瑄离并没有因此驻足，一直向前方光亮之处走去，阵阵疾风自出口涌入暗道，吹得他衣衫若舞，那背影在渐浓的亮光之间显得颀长如玉，仿若雕琢。

"你究竟是谁？"召玉来到他背后，不知为何，他让她感觉安全并且有种奇异的亲切。瑄离转头道："此处虽然险峻一些，但以你的轻功，离开应该不是难事。"说着他反身而去，路过她身边时将那枚鲛珠递来，不期一笑，"希望公主下次回来，不需要再从这里离开。"

召玉一愣之间，他轻轻抬手，衣袍飘摇，就这么消失在石壁黑影背后。召玉上前一步，却只见到闭合的暗门，不知何时出现，不知通往何方。她手握温润的明珠，转身向那出口望去，只见长天空阔，陡壁直下，支崤城宽阔的护城河已在眼前。

第二十章 万兽呈王

竹苑琅轩，风过如海。

白衣纤影在翠色的竹林深处起舞，剑光点点，流转如星。四周风吹林海，却始终没有半片落叶沾染舞者的衣襟，细微的竹叶反而在剑气之下翻飞飘逸，随那飞云流雪般的白衣化作一幅绝色的图画。

九夷族的舞，原本便是冠绝天下，且兰的剑法也早已今非昔比，如此一舞一剑，端的是人美势美，倾人神魂。林下风中，子昊轻轻扬袖，长卷之上寥寥数笔，一袭水墨别无他色，便勾勒出雪衣清颜，流云剑势，仿佛眼前女子飞身入画，在那如墨笔端旋舞生姿。

轻微的脚步落至林畔，离司、墨炘等人刚刚从穆国赶回，入内求见。

林中两人却都丝毫未受影响，直至雪白的小兽跃上石案，跳上画卷，子昊忽然抬笔在它额头轻轻一扫。且兰亦恰好一套剑法舞尽，旋身收势，回眸望来。子昊执笔含笑，随手行书，一卷画成，便是一幅赏心悦目的剑谱。

"这套剑法传自百年前道宗绝式，其宗旨便是一个快字，浮翾剑乃是当今世上最锋利的兵器之一，如此特质正可与之相辅，达到剑式合一的境地。"

他微微抬手，离司趋前接过笔墨，叫声"主上"。子昊侧眸看了四人一眼，眉心轻痕微收，却也未开口说什么。

"是离司回来了。"且兰收剑前行，"若说剑法，我见过最快的剑，还是苏陵的风寻剑。"

子昊一笑道："苏陵心志清明，剑出无悔，当今世上恐怕没有人出剑比他更加坚定。"说着微微侧首，不必他问，离司已自怀中取出一笺密函呈上。他信手一展，抬眼看去。

素笺如雪，唯见数字。

平安。平安？

乌黑的墨迹、柔软的笔锋。一心牵念，一笔思恋，尽入这千丝清墨，婉转成双，熟悉的气息轻轻漫过指端，浸上心尖，不经意间，便化作了淡淡浅笑、幽幽发香。

见字如见人。

简单笔墨仿若石子掷入平湖，凝神刹那，子昊眉目深处仿佛有些异样的痕迹似水流波，转瞬即逝。离司看着主上浅淡的神情，不知为何，便突然想起了临行前月下湖畔、执笔轻书的九公主。

商容意外之亡，公主担心帝都有变，命他们连夜赶回。临风案侧，亲裁素笺，这一封信她却写了整整两个时辰。或许她有太多的问题想问，但一切皆不知从何问起，又或许她根本什么都不想问，任何事情，都比不上一人平安、一身无恙。

千言万语，不如一字，相思相念，无非如是。

然而看过密函，子昊却只抬手抚了抚跳入怀中的雪战，淡然相问："穆国诸事已定了吗？"

"我们回来之前，穆国戍卫军以及天宗全部倒戈，除非太子御能够迅速调动城外重兵，否则三公子有七成把握可以控制邯璋……"离司等人对婠夫人之事自是一无所知，只将太子御那边情形一一禀报，不料话说一半，子昊身边的雪战忽然双耳一竖，露出倾听的神情，跟着所有人，便在同一时间，听到了一阵震彻王城的吼声。

王师先机营中，叔孙亦正与苏陵商议斛律遥衣刚从漠北带回的情报，对着巨大的沙盘调兵布阵，忽然间听得外面一阵巨大的响声，似是万象齐吼、百兽长鸣，震得整个军营人人心惊。以苏陵二人的定力，亦被这巨响所惊，一愣后同时抢出帐外。营地各处，靳无余、古秋同等将领亦纷纷现身，众人目光所及，漫天沙尘，滚滚而来，身经百战的猛将们无不被眼前情景吓了一跳。

王师大营之前，不知从何处冒出成群结队的走兽，一眼望去，一只只雪狮玄虎、一头头巨象金狼，一路扬尘，徐徐前行，更有赤蟒如龙，穿游其中，巨鸟展翼，盘旋其上。青天朗日之下，王城帝都之间，这些平日里人所罕见的异兽，仿佛在什么神秘力量的驱使下，纷纷从四面八方向营地这边聚来，数量之多、规模之大，令人瞠目结舌。

惊云山脉贯穿而过的王域领地原本便是九域间最为富丽神奇之处，平常异兽出没，珍禽翔空也并非什么奇事。只是但凡异兽，无不深居山林独来独往，鲜见呼朋引伴，聚众成群，更少主动与人接触，何况此处乃军营重地，一片兵戈肃然，杀气极重，倘若出现一两只走兽倒也平常，像如此结队而来，连绵不绝，实是罕见至极。

营前士兵虽都是胆识过人的勇猛之士，但眼前突然出现这样一群异兽，一时却也不知如何是好。直到群兽临近营前，守卫士兵方才回过神来，阵前一声令下，两排利箭越过防御工事破空而去，无数长矛巨盾锋芒闪耀，迅速拉开一道坚利的防线。

群兽被利箭隔空威慑，前进之势略缓，当先三只金睛雪狮、两只白额玄虎，忽地便仰首长啸，啸声连绵，百兽应和，端的是飞尘滚滚，惊心动魄。

叔孙亦与苏陵四目相望，不由皱了眉头，方要下令调军戒备，却见营后行城之上不知何时站了数人，当中一人轻衣白裘，正是东帝，其旁则是王后且兰以及离司、墨炘，就连宿英也已从穆国归来，随侍在侧。叔孙亦同苏陵一起掠上行城，躬身参见。

群兽忽然作啸，一时不绝于耳，半空中几只形如青鸾的巨鸟同时振翼长鸣，更添声势。

"这是怎么回事，哪儿来这么多珍奇异兽，尽数凑到了军营这里？"且兰微微蹙眉，突然间目光一凝，顺着子昊抬眼的方向，看往正在高空飞旋的一只白鸟。

子昊怀中的雪战对这群兽横行的局面早觉不满，此时为啸声所激，一改趴在主人手底懒洋洋的模样，忽地起身，金瞳之中神光绽现，面对下方兽群便是振威一吼。

云生兽乃是惊云山中万兽之王，如此振声发威，惊云裂石，前方兽群蓦地一震，除了几头体形较大的白象尚自镇定外，数百异兽无不噤声，胆小者如金狼、灵猿，更是匍匐在地，瑟瑟发抖，不敢再前行半步。半空中飞行的巨鸟同样惊骇莫名，无不纷纷振翼高飞，调转去路，唯恐避之不及一般向后飞去。

"哎呀！"其中一只雪翼怪鸟上，一个红衣少女险些被摔下鸟背来，急忙拍着鸟背安抚道，"别怕别怕，乖乖听话，我再给你吹曲子听！"

众人远远只见那羽若白雪，却偏偏生了两头两尾的巨大怪鸟双翼一展，一阵悠扬的箫声突然响起。遍地异兽闻之抬头，虽在雪战余威之下，不敢再齐声长吼，但原本混乱的队伍渐归整齐，免去了四散逃窜的局面。而当空飞翔的各色异鸟，也自羽翼飞张，盘旋起伏，在箫音的引导之下，形成蔚为壮丽的奇观。

箫音时快时慢，婉转轻扬，满天飞鸟相随，满地虎豹俯首，似乎所有异兽都受了箫音的引领，变得十分顺从，渐渐地，那些匍匐在地上的金狼和灵猿们也重新站了起来，对云生兽的畏惧显然消减不少。雪战居高临下俯视群兽，岂容这般当面挑衅，刚想再发神威，突然一只清冷修长的手，指风微微一弹，威风无比的小兽呜咽一声，可怜兮兮地缩到了白裘之下。

子昊淡淡地扫了雪战一眼，且兰他们却是不约而同地松了口气，被一只云生兽这么近距离地在耳边狂吼，可不是人人都吃得消。大家此时也都注意到了怪鸟之上若隐若现的红色身影，知道有人正以箫声操纵群兽，而普天之下，能将驯物灵术这般施展这般胡闹的，除了樵枯道长的宝贝徒儿含夕公主，还有何人？

这时候，那缭绕盈空的箫声微微一转，群鸟忽而飞向行城这边。巨翼相连，似将天日遥遥托起，而那抹红色身影，轻轻迎风一跃，便自最大的那只双首雪翼的鸟背之上飘下，箫声一转一折，落至下方巨鸟背上。

只见阳光如金，风吹鸟鸣，如雪的白翼之间，一抹红衣，一缕霞带，一路踏飞鸟，逐青云，奏玉箫，几如仙子临风，降落凡尘。军营之中数万将士，无不看得目瞪口呆，行城之上众人虽知是含夕玩闹，却也不觉心驰神往。

含夕所习的摄物夺虚术原本便是世间罕有的绝学，同门之中，若论武功计谋，她自是不及皇非，若论星相阵法，她亦难与且兰相比。但是随手召唤异兽，悄悄摄人心魂，她却是得心应手，出神入化，只不过世人眼中的神奇灵术，到了她手里，多数只被用作了寻趣玩闹而已。

含夕随子昊来到帝都之后，因楚国亡国伤心了几天，但毕竟少年心性，不记忧愁，很快便恢复了往日的调皮好奇。子昊既曾承诺仲晏子与樵枯道长，对她和且兰始终温和宽容，照拂有加，更在相处之时刻意将自身所学亲手相授，如此纵然有朝一日她们不在他的羽翼之下，亦会有足够的能力自保，甚至，能够一人一身，支撑一国一族。

且兰的身份毕竟不同，子昊传授她的除了武功剑法外，更多的是治国为政之道，甚至不乏谋略手段、掌控人心之术。含夕生性顽皮，却没有且兰那般耐心和毅力，往往跑来听上一会儿便觉无聊，待到且兰读书练剑时，她便缠着子昊下一下棋、听一听箫，用不了多久便跑得无影无踪，去寻王城中好玩的去处。子昊亦对她不加约束，只是派了影奴暗中保护，以防意外。

　　一段时日下来，含夕跟子昊下棋，自然而然学了三分兵法，听惯子昊奏箫，一心一意模仿，倒也惟妙惟肖。子昊知她心性不定，那些高明的剑法、深奥的内功练起来事倍功半，勉强不得，便将九幽玄通中的"魂"部心法细细传给了她。当日楚国秘营，歧师便是在此心法之下魂飞魄散，吐尽事实后化作血尸一具。含夕虽无子昊那般武功修为，威力不至于如此恐怖，但她所习的武功心法本就与此相通，修炼起来分外轻松，很快便略有小成。子昊索性再从旁相助，耗费自身真气替她打通了数条经脉，提升内力，此时此刻，含夕的摄物夺虚术较之樵枯道长亦不遑多让。当日在魍魉谷，她便曾以一人之力驱使烛九阴游湖作战，现在借助箫声聚群兽、唤异鸟，踏空而来，也不过游戏一般。

　　群鸟高飞低翔，一路错落有致，直达望台之前。含夕自最后一只灵鸟身上一跃而下，随着悠悠箫韵飘然落在石台之端，朱衣飞扬，笑靥如花，其人其音，美得好似风中的霞光。

　　"子昊哥哥，你看我唤来的异兽好玩吗？这几只雪翼大鸟漂亮吗？我费了好大劲才让它们驯服呢！"

　　随着银铃一般的笑声，含夕飘至近前，连连发问。身后千百异兽失了箫音的催动，皆停在原地，和弯弓执箭的士兵们形成对峙之势，不再前进。子昊笑了一笑，摇了摇头："一时不见你，便闹出这么大动静，朕若不过来，你怕是要弄些狮狼虎豹将整个帝都都闹翻了去。"

　　含夕嘻嘻笑道："我本来只是追着一头雪狮觉得好玩，后来随便吹了吹你送我的玉箫，谁知竟跑出这么多异兽，王域果然和别的地方不一样，真真比楚国有趣多了！"

　　她一边说着，一边伸手逗弄怀里一只眸若琉璃的漂亮小兽，正是子昊前些时日送她的云生兽，现在已经认了主人，很是乖巧地伏在她怀里。雪战从子昊袖底钻了出来，和那小兽好奇地对望了片刻，突然便跳上含夕手臂。那小兽被吓了一跳，纵身跃出，两只云生兽一前一后便在城头追逐起来，全无半点万兽之王的风范。

　　含夕看得有趣，不由拍手欢笑。叔孙亦却苦笑着作了个揖道："公主可有法子让营外这些异兽先散了去？免得将士们个个如临大敌。"

含夕转头道："那是自然，让它们散去容易得很，不过叔孙先生……"她忽然俏眸一弯，笑盈盈地凑上前问道，"若是我真让这些异兽攻击大营，你的将士们能不能抵挡得住呢？"

点点狡黠笑意，令叔孙亦一愣复又一震。倘若这成群的异兽当真袭营，王师守军虽不至于被轻易攻破防御，但是突然遭遇这般攻击，又有人刻意引导，再强悍的军队也要在猝不及防之下损兵折将，吃上不小的亏。

"以兽为师……"叔孙亦低声道了一句，目光微动，抬眼之间看向正注视着群兽的东帝。含夕却已拉了子昊的手，笑道："子昊哥哥，你说怎样，我的主意好吗？我知道你要与姬沧开战，我让这些异兽做前锋，将赤焰军打个抱头鼠窜好不好？"

一旁诸人你眼望我眼，皆觉得有些惊异，但这主意又似乎并非全然不可行。若有一支凶猛的异兽军队，战时冲杀在前，威慑敌军，单在声势上便可令对手胆寒，对敌军的杀伤力亦不可低估。子昊却是微微一笑，低低轻咳："走兽非人，想要训练成军绝非易事，且对驯物之术要求极高，哪里便这么简单了？驱兽作战自古虽有先例，但也都是小规模的利用，只因兽群过多过杂，倘若一个不慎失去控制，在战中冲撞己军，反会造成不可挽回的大乱。"

含夕自不服气，抬手指着营前道："你看，眼前这些异兽如此凶猛，倘若攻击大营，谁又能抵挡得下，谁又能击退它们？"

"御之以声，束其神魄，若遇上精通音律而修为足够的高手，反客为主并非难事。"子昊眉目淡淡，信手接过她的玉箫。

微风拂衣，天光倾洒，只见他抬手执箫，随意吹奏，一缕箫音便自那清淡薄唇，温润暖玉间徐徐流淌，轻轻逸出。分明是极简单的箫声，曲调亦极柔和，但却偏偏，刹那之间，在极致的清澈与优雅中生出极其肃杀的冷凛之气。

仿若沧海横波，风卷云涌，仿似万年虚空，黑暗空无。

下方摇头摆尾的群兽，突然全部安静了下来，接着无论是翱翔空中的异鸟，还是威风凛凛的狮虎，无不收敛了威势俯首帖耳，慢慢地，有条不紊地向来路退去。也不过就是片刻，无数异兽尘羽不惊，退潮一般渐渐远去，而营前所有的士兵在惊讶的同时，亦都从心灵最深处感觉到一股强大的威慑，仿佛君临天下王者的目光，就那样不动声色地透心入微，令得一切臣服，无从抗拒。

这样极具侵略的探知力、极其无情的压迫力，却来自如此清逸的箫声，如此出尘的一曲，天光下平静的神容，温润冷冽，莫测如斯。

子昊修习的九幽玄通原本便与巫族奇术同源同宗，若是有意为之，摄魂夺心轻而易举，更何况他此时的修为，早已出神入化，突破玄通心法最高一层，直达生死之境。

含夕的摄物夺虚术虽然神奇，但和九幽玄通相比不过是小巫见大巫，召唤群兽这样的小事，对于他人或者不易，但于子昊也不过举手可为。

下一刻，所有的将士守军，都放下了武器，不约而同地，向着行城方向叩首跪下。

且兰等人皆是侧身让开，不敢僭越受此千军一拜的重礼，虽然子昊没有刻意施压，但他们每个人的心中，亦与这三军将士一样，都涌起威严肃穆之感。

箫声止，风云清。

所有人中，唯有含夕仍旧靠在子昊身边，软了话语，幽幽地轻道："子昊哥哥，姬沧毁了楚国，害死了我的亲人，你就让我一起参战好吗？我要亲手替楚国报仇，替王兄和皇非报仇。"

子昊目光一动，将玉箫交还给她："你一日在朕身边，朕便不会让你受到伤害，战场凶险莫测，并不适合你。至于楚国，朕自会给九域天下一个公道，你无须担心。"

他的语气温润依旧，却自然而然不可违逆，含夕在他的注视之下，也不由收敛了顽皮的性子，接过他递来的玉箫，不再出言坚持。她难得这般温顺乖巧，且兰却与苏陵对视一眼，两人目中都掠过担忧的神色。

"殿下。"东帝起驾回宫时，苏陵落后一步，低声对且兰道，"这几日若有合适的机会，不妨调几个可靠的人至御阳宫随侍含夕公主，时刻贴身伺候，以免有些闲言传到公主耳中，惹出不必要的麻烦，王上想必也不会反对这样做。"

且兰点了点头，却又轻叹道："只怕瞒得了一时，瞒不了一世，到时候就算王上也不好处置。"

苏陵目送那跟随东帝离开的红色身影，不由眉宇轻锁。世上没有绝对正确的战争，亦没有绝对错误的仇恨，每个人的命运都从开始便已决定。当这天下陷入乱局的一刻，身上流淌着楚国王室血脉的含夕，便也注定了要承受这份乱世的宿命，承担楚国争雄九域所付出的惨重的代价，最终结局如何究竟如何，又有谁能够知道？

再过几天便是帝后大婚的吉日，回到宫中，含夕缠着子昊说了会儿话，便陪了且兰一同去重华宫试穿王后礼服。离司这时才有机会向子昊禀报穆国诸般细节，除去各处行动部署，尤其特别说了老穆王临终前的情况。

子昊原本只是闭目听着，听到此处修眸一抬，微微蹙眉："你是说老穆王死在巫族的慢性剧毒之下？"

离司道："兰音夫人所说的药毒我亲眼见过，的确是巫族的配方没错，药理与当年重华宫用的一模一样。此事公主亦十分不解，正着手调查真相，若公主能找到这药毒的来处，或许便也能寻到解毒的法子。"

面对离司满怀希望的猜测，子昊却一时没有说话，目中流露出深思之色。暮光下竹林深深浅浅的影子落在青衣白袅之上，一点点幽静的清芒闪烁在他修削的指尖，如同夜空尽头明灭的光。过了一会儿，他突然道："离司，你今晚去一趟岐山王陵。"

离司道："主上是否也怀疑此事跟那人有关系？"

子昊眸心闪过些许异样的情绪，仿似悠远的海面上微澜轻涌，令人依稀感觉到其下深藏的波涛。他抬手取出一枚龙形古玉吩咐离司："凭此物开启地宫入口，不要惊动守卫，速去速回。"

"离司明白，请主上放心。"离司当即不再多问，接过古玉收入怀中，施展轻功消失在竹林之外。

夜色如墨，云深月暗，待离司走了后，子昊并没有如往常一样至重华宫用膳，反而传令任何人不准入内打扰。独自在静室调息了一个时辰后，他穿过一重重灯火来到琅轩收藏历朝典籍的所在，于那瀚海般的书卷中取出了几套金丝卷轴。

一灯在案，燃照深沉长夜。阶前落叶重重，寒夜之中隐约透露出风雪的意味，琅轩禁地万籁俱寂，唯有断续的低咳之声，伴着日升月落光阴悄逝。

直到烛火成灰，天色将明时，一点轻微的足音落尘一般飘入竹海，离司纤细的身影跪至阶下。

"主上！"她的声音里有着一丝难掩的兴奋，浑不顾往返岐山一夜未眠的辛劳，匆匆禀报道，"王陵中果真不见那人的尸体，而且其中另有密道……"

"密道入口在西陵巽位，一端与东陵相连，另一端通向山阴越水。"子昊淡淡地接口，扶案起身。离司不由愣了一愣："主上怎么知道？那出口在两条墓道之间，设计十分隐蔽，若不是有人开启过，根本不可能被发现。"

"是朕疏忽了，岬息当年督造王陵，当真是费了不少心思。"子昊低低轻咳，随手掩上案前记录王陵修造过程的卷轴，站在窗前望向微雪飘落的天幕，"此事无须再查下去了。"

"主上？"离司诧异抬头，"如果岬息没有死，那么在穆国推动内乱的人很可能便是他，而且他是唯一知道毒药配方的人，怎么可以放过他？"

"你应该明白，现在朕身上的毒，岬息已经无法可解，没有必要再多浪费时间。"

子昊自窗前回头，案上灯火快要燃尽，夜色仿佛将那清冷的身影全然笼罩，黑暗之中看不清晰。然而离司能够感觉得到，他的身体状况已经越来越差，一年之期将近，频繁使用金蛇之毒的后果正逐渐显现，一次比一次更加严重地促使剧毒发作，再加上真元过度的消耗，在楚国之战中所受的内伤迟迟不曾痊愈，一切不过靠九幽玄通精纯的真气强自支撑。

　　帝都的冬日终于降临，每一场寒雪都可能加剧他的病情，直至最后的期限。离司心中虽然清楚，就算找到峪息亦未必能改变这情况，但是有了药毒最初的配方，总比之前多了希望和可能。她微微咬唇，抬头望向主上，却没有出言争辩。自从楚国回来以后，主上似乎和以前有些不同，心思越发深沉莫测，行事也越发独断果决，几乎不容任何违逆。但是，即便主上亲自下令不再追查，九公主又怎么可能轻易放过这件事情，就此不闻不问？

　　离司并不知道，歧师临死前曾经吐露了一个惊人的秘密，亦不知道就在半个时辰之前，子昊已经派出影奴前往穆国，全力追杀峪息。然而此时穆国的局势，却因为老穆王的意外崩逝急遽升温，最终的对峙已是一触即发……

第二十一章　弑天之剑

　　飞雪，长空。

　　一只苍鹰振翼高飞，掠过茫茫江山，直上九天苍穹。穆都邯璋一连数日大雪纷飞，城池山野遍覆苍茫，无边雪落，令同样是一片素白的王宫更添几分萧瑟与肃杀。

　　白幡映雪，铺天连地，哀钟鸣响，丧仪满城。

　　偌大的邯璋城，除了自卫所不断驰出，防守各处要地的铁甲精兵，往日热闹喧哗的国都静若死域。在东宫禁令之下，所有百姓都被限制出入，所有商旅都被驱逐出城，街上行人绝迹，店铺闭户，唯有纷扬不止的大雪和阵阵急促的兵马声遍布街巷。

　　西宸宫中，穆国臣子已经守灵三日，稍后先王灵柩出宫入葬，跟着便将举行新君登基的大典。

　　这三日内，不知有多少人夙夜未眠，不知有多少臣子出入东宫，不知有多少令旨频繁传出，不知有多少军队调动布防。如许不安的暗流在整个穆国汹涌流淌，就像是渊海之下隐藏了万丈熔浆，灼热的气息于风雪深处沸腾，一旦找到喷涌的出口，便足以改变，甚至摧毁一切。

颜菁纵马进入两道宫门之间的广场,看着禁宫戍卫精兵频繁调动,流水一样驰向九门重地。

在他身后,是改变形容秘密进宫的夜玄涧、彦翎,以及女扮男装的殷夕语,众人皆以帽檐遮住大半面貌,四周亦都是实际隶属冥衣楼的统卫府亲兵,所以不怕被人发现。自从确定了老穆王的丧讯,双方所有谈判的基础全然崩塌,情势急转直下。失去了老穆王这重顾虑,不但夜玄涧,就连夜玄殇自己也无法改变最终的结果,以雷霆手段褫夺王权已成了唯一的选择。

换上侍卫服饰的夜玄涧压低声音道:“为免引起过大的动乱,卫垣的白虎军已借换防之机驻扎在各处城门,随时可以应付任何突发局面,我们想要速战速决,便要在最短的时间内控制王宫,尽量减少伤亡。”

“太子御突然调白虎军换防,不知在打什么主意。”彦翎接口道,“由统卫府指挥的外戍军兵马并非核心禁军,只负责驻守王宫外城,倘若太子御龟缩不出,我们是否要强行闯宫?”

外戍军向来负责王宫外九门安危,与白虎禁卫一内一外,乃是穆国王宫两重坚实的防线。宫中九门十八处卫所分别驻军,总数超过两万,几乎与白虎军兵力相当,只要一声令下,整个外戍军便可迅速封锁宫城,抵挡并粉碎一切来自宫外的突袭,但涉及宫内的情况,便无法在第一时间做出有效的反应。

前方禁宫庄严的大殿矗立雪中,层叠飞檐挑破天空,划出道道凛冽的痕迹。

颜菁皱眉道:“强行闯宫很可能会两败俱伤,这是我们最不愿看到的结果,但却不能不做最坏的打算。”

殷夕语道:“除非颜将军能够说服虞肖,令白虎禁卫全然站在我们这边,否则太子御负隅顽抗,恐怕无法避免两军自相残杀的局面。”

颜菁有些头疼地道:“那日在燕子楼虞肖险些对三公子动手,幸好给我及时阻止,没有惹出乱子。后来我曾经试探过他,当然并未透露太多秘密,他的态度暂时无法确定。”

最不愿发生内战的夜玄涧此时却显示出冷静的决断,断然道:“倘若只能与禁军正面冲突,任何迟疑都将影响穆国未来的命运,无论虞肖如何决定,当战则战,穆国绝不能落在太子御手中。”

殷夕语赞同道:“最多破釜沉舟,事后跃马帮可全力支持三公子以重金招募军队,一支禁军的损失我们还承受得起。”

“兵来将挡,水来土掩。”彦翎轻轻打了个响哨,学足了夜玄殇平日漫不经心的样子,“现在便看谁的拳头硬、运气好。我看夜玄殇那小子运气一向不错,否则怎么到现在还完好无缺,没被太子御大卸八块?更何况我们还有殷帮主这大金主在,太子御若不识相，一把火烧了东宫干净！"

一番说笑，众人皆被逗得莞尔，冲淡了紧张的气氛。前方马蹄声响，远远一名亲卫驰马而至，到了面前滚下马来，呈上绘有白虎金纹的令牌，高声禀道："太子殿下有令，传召将军与虞统领入宫，并命外戍军立刻封锁宫城九门，从现在起，任何人无东宫令符不得出入，违者立斩不赦！"

颜菁与夜玄洞等交换一个眼神，不知太子御又有何打算，领命而去。

颜菁进入东宫，通过几道关卡，转入通往承澜殿北门的御道，把守的侍卫已由外戍军变成白虎禁卫，随行近卫亦在此停步。再往内去，全部人马便皆是东宫嫡系亲卫，除去太子御的命令之外，不会听从任何人指挥。

整个穆王宫中，唯有东宫三殿拥有人数在五千左右的独立兵马，其他地方的防卫皆由白虎禁卫负责，共有超过两万的禁卫分头驻守禁宫内城，包括西宸宫白虎殿以及四苑八宫三十二大殿，足以在任何时候掌控宫中任何情况，所以禁卫统领也一向都是太子御心腹之臣。虞峥意外身亡后，太子御非但对其疑虑尽消，更放心任用其子虞肖，目前整个禁卫兵马皆由他一手统调。

颜菁作为军中上将，更统领外戍禁军，即便是素来目中无人的东宫亲卫亦颇看他颜面，隔着长阶，一名亲卫长迎上前来："殿下正在等候将军，刚刚还命我们派人去催，将军里面请！"

颜菁认得是太子御身边当值的首领侍卫肖让，寒暄笑道："雪又下得大了，兄弟们多有辛苦！"

肖让叹道："谁不知眼下情势非常，只盼稍后登基大典能顺利进行，不过殿下调尽都城精兵，还不是只等那夜玄殇送上门来。"跟着压低声音道，"颜将军可听说朝臣中有人公开支持夜玄殇，其中似乎有白虎军大将。"

颜菁目光一动，当即问道："肖老弟此言何出？"

肖让平日与他略有交情，私下透露道："东宫接到密报，不久前夜玄殇曾在燕子楼现身，与白虎军将领当众拼酒，殿下闻讯自是大怒，传召将军和虞统领恐怕便是为了此事，将军当心莫要触了霉头。"

颜菁心头暗凛，燕子楼之事发生时老穆王仍旧在世，那时双方并未变成不死不休的局面，尚存最后一丝转圜的余地。夜玄洞希望促成和谈，夜玄殇故意现身施压，原本无可厚非，但太子御出乎所有人意料动手害死老穆王，彻底踏破底线，如今双方已是箭在弦上一触即发。由于太子御对都城的控制减弱，燕子楼的消息整整迟了三日，无巧不巧地正在此时传入东宫，眼前任何错误的应对都可能导致全盘皆输。

太子御突然下令换防，将白虎军全部调离宫城，显然已经疑心防备，虽说未必直接怀疑到卫垣，但也打乱了原本的计划，令他们失去胜券在握的可能。不过他与虞肖那日虽也在场，却是在楼上厢房，未曾直接参与，亦不可能有人知道此事，除非虞肖因杀父之仇当真投效太子御，那情况便十分不妙。

想到此处，颜菁不由微微色变，但眼前已经绝无退路，只能硬着头皮先行入殿。

通向承澜殿主殿的回廊两侧左右各列十名带甲亲卫，兵戈利亮，刁斗森严。见到二人，几名亲卫同时执戈致敬，肖让止步退往门旁，不再前行。

颜菁步入大殿，虞肖已先他一步到达，正跪在当中殿前，因着家国双孝，一身雪白铠甲不缀任何装饰，就连盔上金缨亦作素色，更衬出年轻将军干净犀利的眉目。旁边除了数名隶属东宫系统的御卫将领以及掌管要务的太子宫臣，另有四名黑衣人漠然立在屏风之侧，人人目光精邃，气度森然，正是东宫一直秘而不露的杀手，现在片刻不离，贴身保护太子御安全。

面前地上，一张金案一断为二翻在阶下，却无人敢上前收拾，可见太子御方息雷霆之怒。

颜菁拂衣跪见，虞肖目光向侧一掠，随即恢复目视前方的姿态。

"统卫府颜菁参见殿下！"

"哼！你还有脸来见孤！"

随着这声不善的冷哼，一柄镶金嵌玉的宝剑含了凌厉的真气迎面劈向阶下。

锵！

长剑擦过颜菁脸颊直射殿中，剑身入地三寸，兀自微微轻颤，坚实的金砖地面四分五裂碎石飞溅。众人无不骇了一跳，颜菁却纹丝未动，甚至连眼都未眨一下，始终保持着跪拜的姿势。在这样的剑气压迫下，任何高手的第一反应都是抽身躲避，非有十分胆量十分定力，便不能保持如此镇定。跪在一旁的虞肖双拳微微一紧，太子御回身冷然盯视颜菁，似是要在这禁军重臣身上看出个洞来："夜玄殇在燕子楼大肆张扬，你这个统卫府上将居然一无所知，恐怕下次他人进了东宫，站在孤面前，你们也都是聋子、哑巴，不知道自己该干什么！"

颜菁眼角一瞥虞肖，心中电念飞闪，低下头道："前几日城中兵权交替，人员调动太过频繁，难免有所疏漏，此事是臣失职，还请殿下降罪。"

"成事不足，败事有余！"太子御怒道，"若是连相在，必不会出这等错漏。哼！夜玄殇即便勾结群臣又有何用，孤莫非还怕了他们？既然朝中诸人不识时务，那便无须再和他们客气。你外戍军即刻抽调兵马，将白虎殿内外封锁，众臣不得命令出殿者死！虞肖亲自领五百禁卫，凡是在燕子楼接触过夜玄殇之人，全部杀无赦！"

太子御在此关头囚禁群臣，肆行杀戮，必然引发朝堂动荡，身后众将面面相觑，但皆知其暴虐无常的脾气，这时候谁又敢有半句劝言。虞肖剑眉微蹙，刚刚抬头，颜菁已抢先一步道："外戍军、白虎禁卫领旨，殿下容臣等告退安排！"

太子御阴沉的目光扫过殿下，森然笑道："仔细行事，再有疏漏，你二人便提头来见，莫以为孤不会杀你们，就算没有内外禁军，孤一样会令夜玄殇死不超生！"

风雪如晦，扑面而来。步出承澜殿后，颜菁方觉背后浸了一身冷汗，寒意透骨而出，几乎有种脱出生天之感，对着雪幕深深呼出一口重气。

"世叔。"身后随行的虞肖突然开口，"你打算怎么办？"

颜菁此时已确定虞肖并没有对太子御说出燕子楼中的实情，侥幸之余更增添了几分说服他的信心，一直走出东宫亲卫的范围，方才驻足："殿下既然下令，我们依命行事便是。"

虞肖剑眉一轩，上前数步："那日燕子楼曾与三公子饮酒的大臣足有二十余人，难道个个都杀？"

颜菁抬眼看了看他，淡淡地道："以太子殿下的性情，随后必然还要株连九族。"

虞肖目光微微一跳，沉默片刻，突然道："世叔始终没有告诉我，我父亲究竟是怎么死的。"

颜菁心下暗叹，他是唯一一个曾经亲自验看虞峥尸身，亦从中推测出部分真相的人，但这事实却绝不能令虞肖知晓。风雪在两人之间拉开一道细密的幕帘，如刀如刃，不休不止："你父亲与我相交十余年，曾经一起杀敌建功，出生入死，若说情义，我与他可谓生死之交，无论如何我都不会令他枉死。"

虞肖双拳紧握："但世叔什么也不说、什么也不做！"

颜菁隔着飘雪，看向少年将军血气方刚的脸庞："肖儿，世上万难无非一忍，人并不是想做什么便能做什么。"

虞肖冷笑道："忍字头上一把刀，我岂能坐视父仇不报？禁卫军中所有父亲的旧部，同样不会放过凶手！"

颜菁抬手拍了拍他的肩膀，语重心长："世叔不想骗你，更不会害你。此时此刻，也只能提醒你一件事情，在你能够复仇前保存自己的实力，否则你可能连复仇的机会都没有。"

虞肖眸光一扬，问道："那世叔告诉我实话，外戍军是否已全部投向三公子？当日在燕子楼，你其实已经做出了这样的决定。"

他既将话挑明，颜菁也索性直言，只因再也没有时间任他考虑，只待最后抉择：

"你认为三公子是什么样的人？"

虞肖道："当世英雄，可为其一。"

颜菁再道："那太子御又何如？"

虞肖蓦然沉默，一时不语。

颜菁趁机道："任何人都看得清楚，拥立三公子继位，乃是替穆国做出最正确的选择，这非但关系一国，更可能改变天下运数，牵扯九域苍生祸福。而且你父亲同我一样，只不过表面上同太子御虚与委蛇，实际暗中支持三公子，他意外身亡，最不可能放过凶手的首先便是三公子。"

偌大的广场之上雪落纷纷，虞肖唇锋紧抿，呼吸略见急促，显然心中天人交战，正经历着极其激烈的斗争，片刻之后倏地抬眸："三公子现在何处，是否已经入宫？"

颜菁沉声道："不管他在哪里，穆国都不会容许弑父篡位的人登基为王。"

虞肖闻言一震："什么？"

颜菁道："先王乃是被太子御以药毒害死，此事千真万确。"

虞肖一瞬震惊之后，渐渐恢复平静，双目之中透出坚定的神色，断然道："世叔不必多说，我会先将众臣留在白虎殿，除非你们能当众证明此事，否则白虎禁卫绝不会叛国！"说罢不再多言，手底披风一扬，同颜菁擦身而过，身影消失在越来越大的风雪中。

大雪纷飞，充斥整个天地，亦将禁宫化作一片洁白。象征着穆国无上权力的白虎殿厚厚地覆盖着一层积雪，仿佛松软的白毯一般，夜玄殇便躺在这禁宫中心的最高处，落雪无声无息地掩下，似乎永远都不会停息，而他始终保持着一个姿势，一任白雪覆盖全身。

没有人知道他在这里，也没有人会想到他竟在这里，这是禁宫最危险，也是最安全的地方。

冰雪底处，是绝对的安静、绝对的孤独，越来越厚的积雪几乎将他整个人都掩埋，隔开了与周围一切的联系，心跳和血脉流动的声音变得分外清晰，口鼻之息却全然断绝，似乎回到母体胎息的先天至境中，体内充盈的真气自然流转，生生不息，循环不止。

这是从未有过的感觉。

明明身在其中，却又物化其外，似在混沌之间，却又奇异地感觉到天地间每一分细微的变化，就连每一片雪落，都能一丝不漏地反映在心境之中，清晰得仿佛亲眼所见。

一种充满生机的宁静，一切无止无限游刃有余。

蓦地响声传至，夜玄殇并没有真正听到声音，只是一种纯粹的直觉，玄而又玄，根本无法说清。直到他被从安眠中惊醒，凝聚功力仔细倾听，才发现四面八方拥来迅速整齐的脚步，因为距离尚远几乎轻不可闻，但他却立刻判断出对方的人数速度，并察觉来者至少是禁卫军这样的精锐部队。

整整五百人，分作三队兵马，通过雪中广场向白虎殿包围而来。

夜玄殇睁开眼睛，恢复呼吸之时稍运内力，身上雪融无踪，露出飘雪纷扬的天空。

三队兵马已踏过广场，趋向白虎殿前高筑的玉阶，从其精良的装备以及行动的迅捷可以判断，来者正是王宫中最具实力的白虎禁卫。

夜玄殇微微蹙眉。

虞肖踏上覆满冰雪的殿阶时，握剑的手向侧一挥，仅一个轻微的动作，白虎禁卫在下一刻已刀剑出鞘，包围大殿。

穆国所有朝臣此刻几乎全部集中在白虎殿，两名左君侯府少将察觉有异，出殿喝道："发生了什么事？禁卫军为何惊扰先王遗灵？"

虞肖踏雪前行，冷冷地道："奉太子殿下令旨，请各位大人暂且留在殿中，未经传召一律不得出入。"目光一扫，越过两人掠向大殿，"请御史大夫易大人、郎中令陆大人、廷尉余大人、太史商大人、太尉程将军、护军都尉蒙将军、少府中尉师将军、给事中阙大人、简大人……随我移步偏殿。"

一连串文臣武将，皆是那日在燕子楼与夜玄殇喝过酒的人，殿下数百禁卫兵戈林立，透露出不同寻常的气氛。那侯府二将对视一眼，看出来者不善，若太子御在宫变发生之前动手处理投向夜玄殇方面的大臣，必将震动朝局，造成不能挽回的影响，思及此处，双双按上兵器："敢问统领这是什么意思？"

虞肖道："禁卫军不过奉命行事，还请诸位大人配合。"

"虞统领最好将话说明白些，无故禁押朝中重臣，太子殿下究竟意欲何为？"

"待见过殿下，自有分晓。"虞肖不多解释，断然下令，"请诸位大人移步！"

白虎禁卫迅速散开，当前三十名执戈战士奔上玉阶，入殿押人。

"大胆！"

"先王灵前，岂容放肆？"

怒喝之中，两名少将闪身而出。禁卫长戈前送，阻向二人，一刀一剑，自二将手中横空劈下，霎时兵戈交击，前方禁卫踉跄跌退。殿中其余武将亦拔剑而起，拦在门前。

虞肖眉峰微微一竖，突然身形疾闪，剑出人至，直指当先二人。

一连串叮当激响快如雨打风铃，阶前雪光爆起，三人短兵相接，各退一步。"入殿拿人！"周围禁卫随后蜂拥而上，诸将自不会束手待毙，结阵护住殿门，双方顿时动起手来。

穆国最骁勇的将领与禁军最精锐的部队，一方不乏高手，一方人多势众。诸将皆知眼前情势极为不利，一旦惊动宫中驻守的两万禁卫，单凭他们些许人等，纵然个个武功高强，亦难与之抗衡。侯府二将有此默契，当即双双展开攻势，联手逼杀虞肖，务必要在数招之内将他拿下，先擒敌首，再论后着。

虞肖的武功本来不弱，在年少一辈中也算佼佼出众，但攻守之间以一敌二，数招过后便觉压力剧增。二将毕竟身列军府，登堂拜将，武功修为皆非寻常，如今全力施为，立意制敌，岂是等闲易与。但虞肖少年刚勇，亦被激起心性，身处下风，剑势忽然一变，凌厉之处竟似玉石俱焚，招招抢攻，不留后路。

四周众将为阻挡禁军入殿，早已杀成一团，敌我难分。如此局面，纵使虞肖亦未曾料到，心急之下出剑愈快，忽然眼前雪光骤盛，迎面一将剑走偏锋，罡风之中带出一丝疾利的冷芒，咻的一声，电闪而至，直夺咽喉。虞肖侧身踏步反手相格，不料厉啸贯耳，另外刀光夺面生寒，封死所有退路。

冷锋如电，攫杀无情！

虞肖眼底精光爆闪，在两人夹攻之下一声大喝，身法倏然疾晃，以毫厘之差避开夺命一剑，手底剑光一晃，飞化流星，却是以硬碰硬，连人带剑撞向对手悍然的刀势。

如此一招，倘若对手不肯撤刀变招，必是两败俱伤的结果。而那使刀的侯府将军陆朝亦是一等一的悍勇人物，狭路相逢，有进无退，无视虞肖犀利的剑锋，人随刀走，疾劈而下！

两人瞬间竟到了以命搏命的境地。

眼见劲流横飞，刀剑溅血在即，突然间，两人面前人影闪过，一人抬手，一掌轻挥。虞肖只觉有股浩瀚之力沿剑而上，沛然宏大，原本疾冲的长剑便似撞上铜墙铁壁，铮然而止，再难前进分寸。与此同时，那人左手现出一瞬寒光，飞雪中叮的一声清响，陆朝连人带刀向后退去，两人耳边同时响起一声轻叹。

"同国同根，何必相残？"

随着这清朗的话语，虞肖手腕一紧，手中兵刃竟被压制。对方身形动处，便这样抓着他穿梭战阵，刀光剑影之中宛若惊龙出云，举手投足掌拍指点，不过片刻，白虎禁卫个个跌出战圈，不是被封了穴道，僵立当场，便是被震开丈余，跌滚雪中。

混战场面顿时一清，那人举手压慑战局，忽地朗声一喝："堂堂七尺男儿，不上战场杀敌，护我家国，却在此处自相残杀，尔等不觉汗颜！"

喝声之中蕴含强势的真气，直如惊雷入心，众人无不一震。陆朝翻身落地，噔噔噔连退三步方才止住势子，看清来人："三公子！"

"三公子！"

"三公子！"

诸将朝臣无不喜出望外，甚至禁卫军中亦有人脱口惊呼，退步拜下。夜玄殇扬眉，目光扫过左君侯府二将，微微一停，看向正运功挣扎的虞肖，忽然五指一松，反手搭上他肩头："内功底子不错，不愧虞峥亲传。"

虞肖在他松手时本有十余种身法向外闪避，但偏偏被他随意一掌拍个正着，心中震惊莫名。抬眼之间，与那双深若沉夜的眸子不期相撞，竟是不由自主，在他掌力之下屈膝拜倒，霍然抬头："三公子……"

"不过这等拼命的打法也是他教你的吗？"夜玄殇微一倾身，双眸绽开笑意，如雪中倏现的阳光，照透冰雪天地，万众人心，"那他一定忘记告诉你，只要在我面前，任何人欲杀我穆国子民，都绝不可能。"

飞雪之中，玄衣男子唇畔挂笑，话语散漫，却自凛冽生威，令得身前人人心慑，蓦然肃声，他却一笑拂袖，放手眼前，转身自往白虎殿而去。

虞肖腾地站起身来。

沉重殷红的殿门在玄衣男子的脚步中缓缓大开，现出通天长幕之下金碧辉煌的大殿。众臣自然而然地让出道路，天阶步步，通向至高之处金玉庄严的王座。

夜玄殇踏殿阙，过长阶，最终停步在穆王灵前，抬头注目，拈了三炷清香，笑了一笑："父王，儿臣似乎又迟来一步，上次一见竟成永诀。不过也没什么关系，您交代的事情我自会帮您办妥，穆国也总不让它有什么损伤，您若在天有灵，安心看着便是。"

虞肖隔着金殿白幡，一瞬不瞬地盯着那玄衣之下峻拔的身影，突然之间，兵马声从万千宫阙震地而来。

一道道宫门轰然闭合的巨响，由外而内，层层逼近，震动庙堂殿宇。急密的风雪，也似乎在重云之下凝结滞暗，被那一层层威重整齐的脚步淹没全无。上万戍卫军出现的一刻，天地仿佛失却一切光明，淹没了兵甲密布锋冷的深渊。

所有人皆尽色变，望向殿前杀气逼人的大军，而夜玄殇只是躬身上香，一派安然。

咻！厉啸声贯耳响起！

一支雪亮的箭，离弦破风，带着狠绝的锋芒、凌厉的杀机，穿过辉煌金殿，划裂肃穆灵堂，犹如九霄之上笔直的闪电，毫不容情地射向夜玄殇后心！

三炷烟香，直指金顶殿穹。

箭啸割裂空气刺耳的声音，刹那间充斥整个空间。重帷四散，天穹瞬间似有惊电疾闪穿行，风雷逼下天地！

归离剑微微轻鸣。

剑气，破空开绽！

当！归离剑锋芒乍耀，利镞崩折，精光迸射。

隔着无尽殿堂，重重飞雪，夜玄殇袖落身回，朱红如血的长弓之后，太子御高踞马上，目光比那箭锋更冷、比那冰雪更寒。

第二十二章 成王败寇

万军止息。

偌大的殿前广场，只闻一人马蹄之声，高耸的王宫金阙，只余一人的脚步声。

夜玄殇负手步出大殿，身后是举国之臣，身前是如云兵马，他站在玉阶最高之处，轻轻一笑，淡然说道："大哥，别来无恙？"

玄色的长衣，白色的王袍，在冰天雪地间划开分明的界线，两双神似的眼睛，目光深处是倾尽江海亦难填补的鸿沟。

太子御勒马，冷冷的声音穿过风雪，似是剑刃砺出的光："别来无恙，三弟，我不得不佩服你的胆量。"

夜玄殇仍是笑着，只是那笑中多了几分冷嘲热讽的滋味，而令得那飞扬深眸愈显桀骜："想必大哥等这一天已经等了很久，有样东西，大哥怕是也想了很久，这东西我一直觉得没什么用处，且送大哥做份薄礼吧。"一挥手，一点玄光弹指射出。

玄龙玉玦，传国之玺。

太子御脸上似有微微震动的神情，但是刹那抬眸，冰冷的玉石嵌入掌心，那坚硬的纹路亦硌入心间，牵出眉目之间一丝阴沉的狠戾。从小到大便是如此，他用尽心思想得到的，这人弃之若敝履，即便站在最黑暗的角落，这人脸上明朗的笑意永远能吸引所有人的目光。多少年心中芥蒂，多少次至亲成仇，剑锋相向，早已没有挽回的余地，任何情义的分量都不及握在手中的王权，通向至尊之位的道路上，只能有一人的脚步。

顺我者生，逆我者亡。

太子御握着玄龙玉玦的手慢慢抬起。数万大军在他身后，仿若一片锋冷无底的黑潮，随时都可淹没整座大殿，和那风雪之巅独立的男子。

箭上弦，机栝之声震耳。风声似乎在这样沉重的杀气之下渐渐息止，乌黑冷亮的箭镞，一排排一重重连成不绝的光幕，对准阶上之人，对准白虎殿中满朝文武，甚至对准了尚未撤出殿外的五百禁卫。

太子御身后的颜菁，隔着细微的雪影，清楚地看到虞肖倏然锋利的眼神。

风雪迷离穿过苍穹，染透层层叠叠的宫墙，琉璃冰色映衬着女子长袂纤飞的身影，纷纷冉冉，最终落入一双清透无垠的眸。

子娆站在王宫高处，漫天飘雪，一袭轻衣，在大地天穹间划开一抹清绝的颜色。白虎殿前兵马肃杀的声音，不曾令她的身姿有分毫移动，那一场箭在弦上的杀伐，她似见惯，神情之中只余一丝浅淡的无谓。

一国更迭，一战将终，她在等待尘埃落定的一刻，亦等待另外一场帷幕的开启。

片刻之前，一道简单的命令刚刚自那柔软的红唇间轻吐：今日白虎殿前，谁若不遵穆王遗命，戍卫军便杀谁之身；今日邯璋城中，谁若发兵拥立太子御，白虎军便灭谁之师。

穆国的宿命，其实在十年之前便已注定。

若是他在，必也是这样的命令吧，犹如帝都那一夕风雨遽变、楚国那一战惊天之局。即便没有她，他亦不会失去对穆国的控制。运筹千里，算无遗策，那一人一心，一手风云，牢牢掌控着五族四国九域天下的每一分变动，如一盘完美的棋局，没有任何一颗棋子可以跳出他的掌心，哪怕是皇非与夜玄殇这样超卓的人物，哪怕是宣王姬沧那样强悍的对手。那么她，是否也是他棋盘之上一枚过江之卒，在纵横八荒的战局深处，有进无退，有去无回？

冰雪下分明的眉目，在此一刻与千里之外帝都那人恍若重叠，她知道他不会给她答案，她会自己寻出答案，那个他欲掩藏的真相。

子娆微微闭眸，周身真气迎风流转，无数声息仿佛自四面八方汹涌而至，清晰得触手可及。虞肖质问太子御时激烈的言辞，老穆王薨逝的真相揭开时众臣的愤然，白虎禁军在大殿前拔剑向敌的杀气，外戍军临阵倒戈时太子御暴怒的神情，千云枪出飞雪的影子，归离剑不可一世的锋芒……

急密的喊杀声隐隐响起，风雪中传来血腥与杀戮的气息，越来越浓，越来越重，最终凝覆整个宫城。直至东宫方向一声震响，仿佛是巨木撞上黄铜宫门沉重的声音，一道烽火，冲天而起。子娆倏地扬起乌墨般的眉睫，注视那在风雪下笔直腾起冲入云霄求援的烽烟。

天网恢恢，众叛亲离，太子御在亲信护卫下退守东宫，禁中五千亲卫拼死抵抗，只要能坚持到烽烟传出，驻守城外的大军拔营来援，仅凭宫中禁卫与白虎军联手，亦无法挡此千军之战。

然而夜玄殇不会给对手这样的机会。

巨大的圆木双双前冲，冲破烟火风雪不断撞上厚重的宫门，每一次撞击，都狠狠震撼整座东宫。

宫门间的广场上遍布东宫亲卫的尸体，鲜血自宫墙泼墨般流下，箭矢撕破浓烟，带着火光落向各处，仿若黑夜提前降临。

夜玄殇、夜玄涧站在白虎殿顶正东一方，一丝不漏地将东宫情况收入眼底。一队队精兵在巨盾掩护下流水般向前推进，随着白虎禁卫和外戍军配合无间的战术，下方战况渐趋一面倒的形势，两重宫门被破之后，唯余通往承澜殿烽火台的最后一重防线，禁卫军在颜菁、虞肖的指挥下再次发起强攻。

虞肖终是在最后关头投向己方的，颜菁之前所做的努力没有白费。在夜玄涧亲述事实与兰音指证之下，白虎禁卫集体倒戈，但若非太子御暴戾绝情的举动，亦不会这么快便落得全军叛离。

"来了！"随着一声轻喝，彦翎从宫外掠至，飞一般瞬间近前，"城外守军攻城，现在被白虎军挡在御天门外，他们只认兵符不认其他，十分不妙！"

一阵阵喊杀声已自宫外传至，夜玄殇眉峰隐约一挑，目光却未离开东宫半分。承澜殿中烽烟重重，不断挣扎冲向天空。就在彦翎话音落时，轰然一声巨响，最后一道宫门被禁军冲破。

上万禁卫军精兵铁潮一般冲入门道，踏着如河血流一路杀向承澜殿方向。广场之上遍布东宫侍卫的尸体，宫门外厮杀声亦越来越近，夜玄殇似乎听而不闻，微微挑唇："二哥可要跟我打赌，看太子御是死守东宫，还是先求自己逃命。"

夜玄涧轻声叹息，碧袍一扬，千云枪现出手中："东宫侍卫只要肯降，不妨免死。"

"箭来。"身后战士趋前跪下，夜玄殇伸手接过一张缠龙金弓，雪光一般的箭矢自弓弦之上徐徐拉紧，金色锋芒随着他真气贯入，遥遥锁定了东宫大殿。

便在此时，一个黑色人影倏地自承澜殿窜出，落上大殿边缘。太子御果然令亲卫缠住敌军，独自逃生，以期能冲出宫门与援军会合。指挥进攻的颜菁和虞肖双双跃起，衔尾追截，禁卫军一排箭矢射出，太子御半空一折，腾翻而出，越过殿顶向东宫后墙扑去。

正在太子御冲上宫墙的一刻，一道金光，突然呼啸而至。太子御厉叱一声，挥剑闪电疾劈，命中夜玄殇凛冽强横的一箭。

劲箭当空激飞，太子御却也浑身剧震，去势受挫，翻落墙头。

嗖！夜玄殇引弓搭弦，手底箭光再起，冷冽的金芒与箭气带着锋利轻啸直奔太子御咽喉，绝杀无情。太子御后背触地，情急之下一侧翻个滚出，利箭擦身而过，迸出刺目精光。

颜菁、虞肖两人双剑激射面前，千云枪亦在此刻从天而降，化作风雪云龙飚向下方。

太子御亦是了得，在三人围攻之中一掌击地，借反击之力凌空腾起，长剑幻出重重剑影，全力攻向当头扑至的夜玄涧。

劲气交击仿似闷雷响起。

一击之下，夜玄涧旋身飞出，千云枪却奇迹般横空回扫。倏地虞肖贴近战圈，手中剑光爆散如雨，封死太子御退路。

太子御怒喝一声，被迫与千云枪当面硬拼。

砰！夜玄涧潇洒后退，太子御却低声闷哼，撞入虞肖的剑雨之中。真气爆竹般四下激射，太子御破出战圈闪电般退向宫墙，拔身而起，只要他冲出东宫，便有机会沿西苑逃出宫外。颜菁身形一晃截住去路，哈哈笑道："太子殿下何必着急？"

一拳击出，劲气轰向太子御剑锋。太子御蓦然冷哼，倏地撞向虞肖，同时反掌一招虚按颜菁拳头。

"来得好！"虞肖一声长笑，剑光忽如惊电，随身疾走，悍不畏死地迎向太子御。太子御虽是拼命，却不愿与他同归于尽，无奈之下向横闪去，千云枪便在此时倏然洞出，以迅雷不及之势夺向他的胸口。

枪出千云，风雪尽灭。天地间似乎只余这一点白光，充斥苍穹长空。

太子御口喷鲜血，冲破飞雪疾退出去。

禁宫之巅，夜玄殇冷然看着太子御撞上枪锋，深邃的眉目间仿似被那精光照亮，金弓之上弦声骤紧。

箭光金芒当空再现，在太子御撞上宫墙的一刻透胸而入，贯背而出，带出一蓬触目惊心的血雨，洒向漫天冷雪、王宫金殿，最终连同那躯体砰的一声，重重落地。

玄衣微闪，夜玄殇现身禁卫军包围之中，承澜殿已被攻破，所有东宫禁卫非死即降。

"三弟。"夜玄涧落向夜玄殇身旁，看向面如死灰的太子御。夜玄殇最后一箭贯注全身功力，足以破掉太子御护身真气，震碎他五脏六腑、全身经脉，若非他功力深厚，早已当场气绝。

伏尸丛丛的广场之上，虞肖霍然举剑，包围金殿的白虎禁卫齐声一喝："我王万岁！"跟着便是拥立在夜玄殇身后的戍卫军、镇守外门的左君侯府亲兵，万人齐声呼应，声音直冲云霄。

夜玄殇举步走向这曾无数次想要置他于死地的兄长："大哥还有什么话说？"

太子御勉力抬头，喘息道："你……赢不了我，就算死……我亦是穆国之主……"

夜玄殇微微垂眸，看着他手中依然紧握的传国秘玺，突然淡淡地笑了一笑，点头道："好，兄弟一场，我成全你。"转身举步，不再多看太子御一眼，"九泉之下，请大哥，代问父王安好。"

太子御全身一震，嘴边鲜血狂涌，死死盯住他绝然而去的身影，再也没有移开目光。夜玄涧长叹一声，伸手抚过他双眼，低声吩咐："好生收敛遗体，择日发丧。"

虞肖等人遵命处置，彦翎闪到夜玄殇身旁，小心问道："现在怎么办？外城守军已经开始攻城了。"

宫外此时冲起道道火光，显示城外守军正与白虎军发生激战，宫门之处同时传来震耳欲聋的巨响。

夜玄殇大步前行，登上烽火台对随后赶至的夜玄涧道："请二哥代我持兵符前去，外城守军必将从命，便由二哥暂时接掌，违令者任凭发落。"

夜玄涧早已下令搜索东宫兵符，不过片刻便已得获。彦翎奇怪地道："这种事也可代劳？你不接掌三军，又去干什么？"

夜玄殇道："谋害父王的真正凶手尚未就缚，我们分头行事。"

就在太子御命丧箭下时，一道人影趁着混乱闪出承澜殿。禁卫军的注意力全部被太子御吸引，其人悄然越出东宫，穿过御苑，直趋西宸宫而去。

风动，玄衣幽舞，就连禁卫军攻破东宫亦未曾一顾的子娆突然在此时飞身而动，穿过漫天雪光，向那迅捷的黑影凭空掠去。

夜幕落向深远的广场，微光倏地亮起。

一道光丝，似是自冰雪之中破茧而出，如花般绽作千丝万影，刹那盛开，四面八方射向飞掠近前的身影。那人的身法甚是诡异，眼见便要撞入光心，竟在疾驰中说退便退，利箭一般向后飞去。

一声清冷笑声当风飘至。

冰影随形而舞，一道云袖、一指晶莹，咻地破风裂雪，向他双目笔直插落。

那人眸心异芒爆现，鬼魅一般抽身急旋，指尖数点金光悄无声息地射出，含了风雪之劲，阻向身后那片拂面而至的云光。

金光撞入幽云，倏然爆散。

两道人影却立刻如柳烟飞絮般纠缠在一起，身法皆是诡奇莫名，出招更是莫可寻思。带着闪烁的萤光，冲流的真气一个比一个更快，不断被劲风卷起的细碎雪粉最后化作层层急雾，两人几乎在雪夜中消失了身形。

真气飞啸之声，金光再次闪现。

"邪针应不负，拿出你真正的本事来！"

子娆冷叱一声，连绵淬毒的细针被尽数扫飞，袖底风卷云舒，一股阴柔真气扶摇而起。烟雪伴了金芒飘散四逸，如同虚空里一重重莲华争放，带着噬魂的冷、夺魄的艳，涌向万丈红尘沧海八荒。

风雷自云层上方穿流隐现，重雪天地，被电光照亮无垠。

应不负面色微变，忽然凝身倏立，飞雪在他袖袍之间蓦然而止，而他玉雕似的双手透出邪异刺目的光。

"破！"子娆掌心莲光大放，清影掌风携了寒雪冰色，晶莹璀璨反射着满地碎玉乱琼卷起天幕夜色，迎面夺向对手异芒骤现的眉心。

应不负疾退，鼓起的双袖中似有金光充斥，流水般冲向四方，刹那间令周围化成绝对的黑暗。下一刻，那冥潮般诡异的颜色卷作无形波浪，他便像浮在一片金海中向后飘去。

然而子娆的指风如惊鸿烈电，哧的一声轻响，那道清芒裂开沧海裂开天穹疾风般划过。应不负在金浪中急速翻腾，雪夜忽然盛亮，子娆飞舞的衣袂飘落于漫天浮光，晶莹的指尖挂了一抹如血的颜色。

"摘下你的面具，现出你的真容，否则我便自你的尸体上揭开真相。"

她在飞雪中微微回头，应不负周身金潮散尽，面上此时才现出几道如刃的裂痕，划破了遮挡真容的人皮面具，透出底下渐渐渗出的血色，诡谲而狰狞。

在子娆冷然逼视之下，他不过邪邪笑了一笑，接着出其不意地动身飘出，就像没入雪中的一丝轻羽，快得让人看不清痕迹。

但子娆没有追击，应不负飘出数步后突然闪电般弹了回来。对面殿前潇潇洒洒地靠着个人，那人抱剑在手，锋芒不出，然那剑气，那强大至无隙可寻的剑气生生将逃出的人逼回来路。应不负换了数种姿势连续闪躲，似要突破某种看不见的樊网向外冲去。那人挑了挑眉，终于向前走了一步。那一步，寒锋出鞘，应不负立刻像被钉在了原地，仿佛那隔着丈许的长剑已经指上了他的咽喉。

"是要我动手，还是自己现身，给你一个选择。"

夜玄殇含笑前行，漫天落雪自他身后倾向深渊般的黑暗，唯有那桀骜的眉目，在剑光中分明。

子娆亦徐徐移步，向前走来。

应不负此时倒全无再躲的打算，目光扫过二人，便是那么一笑，声音也透出几分难言的邪魅之气："看来这皮相也用到头了，那不如作罢，送它去吧。"

广袖一挥，雪影里生出妖异的光。那张看去苍白的脸，便在指掌间流淌下来，星辰坠落一般，露出一张美异近妖的容颜，就连眼神也似生辉，像能将人生生摄了进去，化作夜梦春水、雾里秋波。

夜玄殇眸光微微一锐，子娆唇畔徐徐吐出锋利的二字："岷息。"

碧玺灵石七彩的幽光随着飞雪若息若舞，岷息袖底的金光也影影绰绰，不断飘浮，像是流淌在暗夜深处不止的波潮。

"无怪重华宫不见金凤石的踪影，原来是落在你的手里。穆王身上的剧毒是否也是你下的手？"

子娆一字一句踏雪而行，周身七彩的光晕越来越大、越来越亮，似是雪域之巅迷幻的月色，又似琉璃境里浮漫的水波，渐渐吞噬着回旋在岷息身畔的丝丝金芒。岷息袖袍无风自拂，纵以他传承于巫族离境天灵力的功法，面对九转玲珑石中仅次于黑曜石的碧玺灵石，亦被压制得无隙可寻。更何况子娆所修莲华四术，乃是子昊为她自九幽玄通中潜心提炼，源于巫典的最高功法，对一切巫族异术皆生克制，真正动手他便十分吃亏，否则方才也不会被子娆逼出真容。

岷息暗运周身功力对抗着子娆所施的压力，目光在她和夜玄殇之间闪烁扫视，美异不减妖冶之色："老穆王六年之前便已病入膏肓，若非我心存慈念，他岂会这么痛快归西，三公子又何来机会夺位称王？比起死在自己儿子手中，这结果总要好上不少。"

夜玄殇眸心深处精芒如潮。岷息毒杀老穆王导致了太子御和他最终的决裂，亦颠覆了穆国的政局。太子御并非愚蠢至此，甘愿弑父篡位放弃手中最重的筹码，他从头到尾不过是别人局中的一枚弃子，直到最后亦懵然不知。

子娆心中那根锋利的刺，他身上蠢蠢欲动的血蛊，背后那只推波助澜的手，正等待着棋局完美的收官。

大殿之中突然透出灯光。一缕缕金色的光芒自雕窗射出，将那华殿玉阶照得分明，仿若黑夜之上升起一轮金日，而那飞雪如云缭绕飘向天际，蔓延无声。

子娆眸光倏然轻扬，仿佛透过那金光四射的大殿看到了什么、感觉到什么。忽然间她拂袖而起，越过了通天玉阶飘向光影璀璨的大殿。

殿门无声自开。

西宸宫中心的金座之上，艳眸如刃的女子端然而坐，一身华贵的紫衣铺展于灯辉流光中，仿若一地琉璃琼花盛开，修长的十指交叠置于九重纱衣之上，雍容尊贵至极。

第二十三章 血亲相刃

玄衣幽幽落于王殿，通天重帷四散如烟。她将目光微垂，看向月色一般闯入殿中的女子，丹唇薄挑的浅弧如一丝笑痕："子娆。"

子娆不动，只是凝视。

琅轩宫中斗转星移，王陵道上风烟残阳，曾如春水轻风的目光，曾经消失入梦的身影。拂过少女鬓角的指尖在月色下带着浅浅温柔，冲天火光中坠落的泪水有着花雨样的美。

二十年来珍贵的记忆，雕刻成仇恨镌于心头的痛，化入那一盏盏药毒熬成滚烫的汤汁，一滴一滴浇下，在静水里激起汹涌的深流。

子娆指尖缓缓嵌入掌心，那细刃般的疼痛泛出丝丝波澜。在灯影不及的暗处，她不动，却似乎连整个身子都在发抖。

"母亲。"许久，她终于轻唤，向着金座之上神色睥睨的女子，那轻微的字节尚未清晰，便似坠落风中的星火，一瞬明灭，寂寂成灰。

然而肩头忽然一暖，一人抬手将她笼住。男子身上干净利落的气息，臂弯里强势深沉的温暖，如同山川环抱河流、阳光覆照红尘。子娆紧绷的身子不意一松，他只是在她身旁站定，那气息令人心安。

那种笃定的力量，仿若无数次重围之中，后背相托的感觉。

子娆慢慢地抬起眉睫，满殿灯火倒映眼底，刹那间有种夺人的光。峫息的声音便在此时响起："母女重逢是否也应该谢谢我，若非当年我督造王陵留下出路，何来你们今日相见？"

子娆霍然回头。大殿高处，婳夫人徐徐起身，以一种俯视的姿态："子娆，你该杀了这个人。"她仿佛戏言,轻描淡写,那一线柔艳的声音却有着绕上心头的蛊惑,像一根细细的丝,轻轻地缠。

夜玄殇眉心微微一蹙,子娆已是反手挥袖,"呛啷"一声,归离剑落入她手中,一刃清光,直指峭息咽喉。

"你以为逃出帝都,天下便无人能奈你何吗?那药毒的配方究竟是什么,若你不说,今日我便彻彻底底,让你替王族陪葬!"

殿外隐隐轻闪,划破苍穹照亮殿阁,碧玺灵石七彩光芒若水,贯入剑锋散开凛冽的杀气。

峭息细眸一漾,尚未说话,媚夫人莲步稍移,檀口轻开:"即便他说出配方也于事无补,自下毒那日起,他便没打算留下解药。二十年毒浸骨髓,那人早已没救了,或早或晚,最多去得痛快些。"

"不可能!"子娆手底异芒浮泛,咫尺之间笼罩峭息全身,"别以为我不知道巫族的手段,天道循环,生生相克,就连四域噬心蛊都有活路,你手中岂有解不得的毒?"

峭息不疾不徐地笑了一笑,悠悠负手前行,那剑锋一寸一寸抵上他的咽喉,他却在剑光中笑得越发邪魅:"果然,昔时倒让凤妩料中了,这世上总有那么一个人,会让那东帝心甘情愿地做任何事情,亦会为他不惜一切。不过可惜,那药毒确实无解,我若留他性命,你又如何继承王位、登临大统?"

"他与那凤妩苦心谋划,便是要夺东帝之位,岂会留下活路?东帝若不死,又岂会放他活路?他二人必有一死,不共戴天。"媚夫人的声音轻响在灯火之中,飘移迷离,似是海面浮云随着雪与月的微光浮泛生姿,忽而遥远空洞,忽又于心间缠邈回荡,缠绵不休。

夜玄殇方才便已察觉她言行有异,似是正在施展一种极高明的摄魂术,而子娆关心则乱,更兼对她这母亲心无防范,正被她一步步控制心神。"子娆!"他手底一紧,欲要将子娆带回身边,媚夫人忽然指尖微动,一丝极淡的血光透过灯辉倏然散开。

夜玄殇身子猛地一震,就在他触到子娆的刹那,一股急遽无比的疼痛像是利箭一般生生扎进心头。那剧痛似有生命,沿着周身血脉迅速冲散,他闷哼一声向后退去,当即跌坐在地,全力运功抵挡。

"夜玄殇!"子娆一惊回头。就这瞬间,夜玄殇素来含笑的脸上已是血色全无,一重诡异莫名的血光正自他心口之处隐现,活物一般渐渐漫向全身。

"今日已是晦月之夜,他身上的血蛊支撑不了多久了。"媚夫人透过大殿望向风雪长夜,重云将月色遮挡全无,却有光流如蛇蹿动,不断在黑暗深处闪现诡谲的异亮。

碧玺灵石的幽光也似感应到血蛊阴寒的死气,一颗颗透出清烁幽莹的色泽,越发明亮夺人，更有一道紫芒自子婳袖底透出，映得归离剑上一片寒光刺目。

"一命换一命，除了巫族离境天传人的元阴血气，没有任何东西再能压制四域噬心蛊，救他性命，你还不动手？"婳夫人忽地转头，厉声喝道。

岍息身上突然金芒大盛，厉声喝道："凤婳，你当真想置我于死地？"

婳夫人眼中透出寒庚如冰的杀机："二十年前我便说过，我绝不会放过你，岍息，你的命必将断送在我的手中。"

"哈哈哈哈！"岍息看着她在灯辉烟云下一步步走近，忽然仰首大笑，目光一转落在子婳身上，"你想借刀杀人，却从一开始就找错了人。不要忘了我是谁，想要这丫头杀我？她会杀任何人，也不会杀我！"

夜玄殇周身血色越来越浓，几乎将他整个人笼罩。子婳剑尖向前一送，顿时在岍息苍白妖异的皮肤上刺出星芒般的血珠："这世上不会有第二个人，比我更想要你的命！"

"但你绝对不会。"岍息斜眸看着她手底被真气贯透的长剑，那利刃的锋芒只要微微激发便会令他血溅当场，而他却似有恃无恐，既不畏惧，亦不躲闪。

"她一定会。"婳夫人的声音透过剑光，逼向他眼前。

岍息伸出一根手指抵上归离剑，挑唇轻笑："这可真是世上最大的笑话，你难道不知道？她谁都会杀，但却绝不可能杀死自己的亲生父亲。"

一道异芒劈裂暗云，刹那间冲照天地，照得整个大殿雪亮如昼，更照出那张妖美无匹的脸。修长的细眸中，一缕缕诡然笑意，像是万千蛛丝缠住了对面同样魅冶的女子。

子婳眸心骤然裂过惊电，睁大眼睛看着岍息："你……你说什么？"

"他说他是你的父亲。"婳夫人依旧站在灯火深处，烟云在她身边缭绕，幽冷的声音缠绵而无情，"不错，他是你的父亲。"

子婳猛地回头："你胡说！我的父王是襄帝，王族的君主！"

"对。"婳夫人唇畔忽然飘出一丝轻笑，满殿灯火渐渐燃尽，漫天风雪之夜，向着大殿沉下。

"你的父王是襄帝。"她媚艳的语丝游离飘浮，目光也似陷入了一片幽暗的回忆，徐徐罩落在明眸夺人的子婳身上，"你出生那一年，琅轩宫中碧水莲华开得妖娆，你的父王为你赐名'婳'。子婳，他想要一个美貌如我的女儿。"她轻轻地伸手，似是想要触摸那玄衣女子神似的容颜，但一刹那，晶紫色的眸心却又转出怨庚淬毒的光。

"但他不知道，在你快要出生的时候，重华宫那个女人耐不住寂寞，竟瞒住他偷偷与别人生下一个女儿。那个贱人，与自己同父异母的弟弟私通，生下的女儿连两天都没活过，便已经奄奄一息。那样的孽种，本便不该活在这世上，可是岍息，你这个禽兽不如的魔鬼，竟然暗下毒手令我早产，与那巫医歧师发动禁术，以巫灵之血开启九转玲珑阵，生生催散我女儿的魂魄，替那该死的孽种移魂续命！"

她越说越快，一字一句都是几欲噬人的恨，金蛇般的流光不断割裂雪夜映照大殿，天地间似乎碎成一片片惨白，迸落了所有颜色，失却了所有光影。

子娆仿佛被那电光劈中，一动也不动地站在冥暗的大殿上，在婠夫人凌迟般的目光中，剑锋指向二十年来恨之入骨的仇人，面对着自己依恋渴望却无法靠近的母亲。

记忆中很小的时候，母亲便不亲近自己。琅轩宫三千宫殿如海，有着侍从如云宫奴千百，有着连绵不绝的花苑琼海，一重重殿阁永远走不到尽头。母亲的身影便像轻纱背后的月光，在那雕栏碧水之间飘然流淌，每一次她想追上她的脚步，却总是只看到一剪曼丽的背影，绝尘而去，从无回顾。

那年生辰，父王赐给她一件很美的衣服，那件幽冥玄衣原是凰族的珍宝。她穿了宝衣在落英之下起舞，风起如烟，仿佛有星光坠入云海，点点灿烂的金芒飞旋绽放，一天一地，美不胜收。跟随的侍女赞不绝口，纷纷言道九公主乃是天女下凡，生来便带异相，然而她回身时看到母亲遥立相望冰冷的眼神，漫长的玉阶隔开不远不近的距离，天边流云，花落无声。

第二日她的侍女便被逐出宫去，从此宫中很多人都有些怕她，妖女仙姝人皆敬而远之。于是她常常一个人玩，也很少再见到母亲的影子，偌大的王城如此空旷，亦是如此无聊。直到有一天她遇到一个人，在一片碧色如水的竹林中，她撞见那双眼睛，那一丝温润的笑容。她不再觉得孤单。

身边那一袭清雅的白衣，在九华殿前云辉中，在长明宫中灯火下，她和他相伴，拥有一个个微小的秘密。她喜欢和他在一起，她发现了他身上那些残酷的事情，从此她恨上了一个人。

突然有一日，他成了雍朝的天子。

琅轩宫一夜血流成河，那个女人以一个胜利者的姿态，踏尸步骸走进花海琼苑。母亲推开她护在身前的剑，漫步迎上杀戮的刀锋。那女人在血染的火光中回头看她，凤衣艳艳盛气凌人，目光却如母亲一样，带着错综迷离的爱恨。

那个女人不肯放过母亲，亦不肯放过她，他用性命替她交换来的，只是暗无天日的囚禁。玄塔之下多少岁月，她一日日思念、一日日祈祷。他身上有多少痛楚，她便恨了那女人多久、恨了那岈息多久……

如今，那个女人死在他的手中，而岈息就在她剑下。

子娆手底的剑光随着轻扬的玄衣潮水般翻涌，然而却再无法前进分毫。她眼中只见那双妖异的眸子，婠夫人和岈息的话语仿佛在天外响起，一重重风雪席卷不休，一道道惊电不断劈下。

"当年你连自身都难保，若不是我偷梁换柱，你以为那孩子能在帝都活下去？七年玄塔之囚换来一条性命，总算还是你的女儿。你若不认她，自有人认。"

婳夫人霍然拂袖："当日我是输给了凤妧没错，但看谁能笑到最后！如今她早便灰飞烟灭，而我却手握这天下，穆国、帝都，所有人都在我掌控之中，你道是谁生谁死、谁胜谁负？"

"凤妧败在东帝手里，却留下这丫头，让他二人相依相伴。到头来东帝仍是斗不过她，要将这江山拱手相让，我便可坐享其成。你要过河拆桥，先想清楚是谁布了这一局天下，谁给你今日荣华，谁造了这女儿出来？"

"你若不死，穆国的新君便要化成蛊尸了，你说她会不会答应？我不会杀你，我要让你尝尝死在自己女儿手下的滋味，我要你一命偿一命、一命换一命！"

一命偿一命、一命换一命……

一命偿一命、一命换一命……

一命偿一命、一命换一命……

子娆只觉得四面八方都是响声，风急雪利，电闪雷鸣，将这世界击得粉碎，亦将自己凌迟万段。此时夜玄殇仗着精纯的真力勉强压制血蛊反噬，睁开眼睛便看到她眉心血艳的莲华光影急遽飞射，幽冥玄衣仿佛被天风吹起，无数金芒星辉，一重重炫亮夜光。

漫天风帷像被撕裂的飞烟冲向四面，在异彩光华里烟消云灭。透过蛊毒弥漫的血雾，似乎是那嗜杀的玄女重降人间，袖里剑光，开启幽冥地狱之路。

夜玄殇霍然心惊，大声急喝："子娆不要！"

然而已是迟了一步，万丈金殿，长电裂空，一袖惊光，三尺血溅！

玄衣飞退，秋水剑光上带出一溜飘飞的血痕，落向冥冥灯火深处。峫息的笑声戛然中断，手握脖颈，喉咙里面喀喀作响，不可置信地看向前方曼立的身影。鲜血沿着他的指间汩汩泉涌，流作一条条狰狞的血河。

他伸出手抓向子娆，似乎想说什么，却已经一个字也说不出来。

夜玄殇跪在地上，手底鲜血流出，仍保持着握上子娆剑锋时的姿势，看向灯火深处的目光充满了怜惜、疼痛、无奈、哀伤、感慨等无数复杂的情绪。一道金光白峫息心口浮现，倏然飞闪，没入包裹着他周身浓重的血影之中，他的意识瞬间模糊，整个人被一片强烈的金辉吞没，他霎时向后倒去。

砰的一声，血泉随着那跌落的身影喷上半空，温热的血雨飘落，子娆微微仰头，对着大殿上美艳的女子微笑，轻声道："母亲，如您所愿。"

第二十四章 一念成狂

东帝七年仲冬，天子大婚，九域同庆。

一匹快马穿越风雪，奔驰在茫茫山川古道之上。马上飘飞的玄衣被疾风吹起，扯成一锋飘扬的利刃，掠过惊云山脉，穿过息川重镇，一日一夜风尘千里，直奔王域而去。

雪落无边，江山大地仿若被这一箭快马划开锋利的裂痕，马上女子眼底浓烈的哀伤，却比这风中雪痕更加凄冷、更加凛冽。

九重城池渐渐出现在天际，帝都之巅白雪漫空，将整个王城覆在一片琼光玉色之中，神殿仙宫，下瞰人间尘寰。巍然浩瀚的云气里，三十六座浮桥金光熠熠，仿若羽翼般向八方延伸，一直通向白雪深处。森严城阙上是战甲分明的守军，城门之内亦有金袍禁卫重重把守，直达云霄宝殿，更增添帝后大婚的威仪。

东帝灭楚归朝之后，曾对帝都兵权做了彻底的调整，罢怯战之将，裁无用之兵。如今的禁卫军直接受左卫将军墨炽统调，皆是自洗马谷中选拔的精锐战将，亦是誓死效忠王族的铁血之士。今日适逢婚典，军容明亮整肃，九处城门的守军亦比平日多了数队。

祥和瑞雪，飘向九门金阙，徐徐而落。忽然间有一道疾利的玄影出现在雪幕之中，眨眼之间，穿过飞浮的云光，直冲雍门金桥而来。

"来者何人？下马！"

守城禁军霍然齐喝，金戈银戟同时架开。那玄影笔直前冲，一声凄厉的马鸣蓦地响起，那疾驰的骏马在剑戟之前惊嘶翻倒，七窍流血，竟是当场累毙在地。而那马上之人，幽云一般向前飞出，掠过剑戈之光，跨越金水浮桥，在拦路的兵刃之上聚足一点，毫不停留地射向高大的城阙。

门前守军皆是一惊，冲出城门拦向来者。那女子在刀剑利潮之前飞袖轻旋，一阵星光清芒，携了冷冷雪羽冲破军阵，当先几名士兵被她一袖扫出，在沉厚的雪地上拖出深深的痕迹。

"你们敢拦我？"那女子环视众人，语声若雪似冰。

当值两名将领都是新近调任过来的，并不识得眼前竟是九公主，戟指厉喝道："哪里来的妖女，竟敢擅闯王城？"

听到"妖女"二字，子婳霍然回首，似是有细小而幽庆的火焰，在她魅冶的瞳心一盛又一暗，眉心赤色莲华隐动，妖艳清烈咄咄逼人。"妖女？"她突然间一笑，那笑声像是嘲讽又似伤绝，一声之后又是一声，仰首望穿飞雪，望向那入云天宫，"你不肯见我，我却定要找你问个清楚！"话音掷落，星云破风，一对战士踉跄着撞向金门，拦路的军阵中溅开一道刺目的血花。

此时云海之上大殿中，玄服清容的男子突然抬手，轻轻压上左胸，从容的脚步不期一停。身旁凤衣盛装的女子微微侧首，关切地问道："怎么了？"

他低低抬眸，淡淡一笑，清雅的声音仿若花开："没事。"他微笑，对她伸出手，向殿外金辉明光中走去。

三千天阶在雪光下延伸，似是通向九霄云端。

云端深处，威仪大殿半浮烟云、半映锦雪。那淡淡的雾气云气，中有微红浮缈随风，像是冰晶雪影里晕开了胭脂柔光，一片软红流霞透向云宇尽头，令那原本庄严的天阙显得绮丽而又多情。

万点琼花似海深，千重帝阙以一场繁华锦绣，迎接九夷女王入嫁王族。

帝后裘冕凤妆，登策天殿九仪台祀天神地祇。

子夜韶华的芬芳自云海中盛放，漫入重重云际，龙凤金伞，宝羽屏开，一路迤逦向天光而行。

雍容王服玄氅乘风，东帝尊贵而清冷的身姿在王域至高之处，相伴五彩翟衣盛容飘逸。王后端颜清丽，眉目映雪，有着令日月失色的容光。

彼时天下五族四国，或亡或灭，三十年沧海变幻，如今两族联姻，实际却是九夷族从此不复独立，并入王族羽翼。且兰站在九仪台上，目视天阶尽处仪仗连绵，群臣俯首，称贺之声响彻云霄。

没有放开，便无所得。

曾经她执着于一族之存亡，一路染血杀上帝都，却将族人陷入生死两难。而今她以身作嫁，无国无家，却替她的族人找到最好的庇护。千百年来每一个成为雍朝王后的女子，都曾踏着这通天玉阶走向宿命的爱恨情仇，这一路抉择，她所珍视的东西、她所心爱的人，她会亲手保护，不再迟疑彷徨，不再假手他人。

帝都众臣之前，一抹淡紫色的人影微微抬头，看向女子端华明亮的容颜。昔时孤单倔强的少女，今日荣华之巅耀目的清光，他微微含笑，在她看来之时优雅欠身，如一枝云霭深处飘落的紫桐。

在昔王苏陵的带领下，群臣依次退下云阶。祭天之后，帝后将依礼更换临朝服制，共临九华殿接受众臣朝贺，而后由东帝亲赐凤玺金册于王后，至此册后大典方为礼成，亦意味着王后在某种程度上拥有了涉政之权。

叔孙亦在步下殿阶时略略回头，看向笼罩在霞云之后威仪耸峙的策天殿。天子册后之仪，帝后本应在祭天后入神宫告拜先祖，三品以上朝臣随祀，但是直到整个大典完成，最上层祭祀神宫的玄金重门始终不曾打开，反而被一道血印封禁。细微的血光在金门之上若隐若现，形成浑圆繁复的花纹，那是以灵石之力施下的禁印，非王族之血不得破除。

虽说东帝因凤后之事心存芥蒂，兼且连日来龙体欠安，有司遵王旨删减了些许仪程，但册后大典不开神宫祭祖仍是奇怪，多少无关紧要的繁文缛节，偏偏跳开了这一步，总让人觉得不太寻常。叔孙亦垂下目光，眉心之间掠过些微的轻痕，就在这时，玉阶之下突然生出奇怪的骚动。

初时极其细微的动静，像是湖冰之上裂开了一丝极轻的细纹，但不过片刻，那裂痕迅速扩大，仿佛有风雪铺天袭来，冰层乍然激破。当所有人都察觉有异的时候，原本侍立在外的御前禁军潮水般向后涌退，那金潮中心，有一点淬艳的红、一抹幽异的光，又似是一片破风的云，在帝都最为精锐的禁军之前，冲开一条向天之路。

骚动初起时，金殿前居高临下的东帝突然抬眸，隔着烟云霞光看向遥远的玉阶尽头，七彩花香之中，沉渊般的目光刹那轻波。

一丝天风，吹起了君王沉静的玄袍。

且兰亦向阶下看去。此时已可以看清，那逼得禁军步步后退的是名玄衣女子。天际有风，吹起重重飞雪，那女子持剑前行，每一步迈出都有赤色的光流向外飞散，层层禁军将人围在中央，铁血兵马竟不能挡她半步，亦不敢挡她半步。

若遇阻挡，必见血光，谁挡杀谁，谁挡谁死。

那样炽烈的剑光，似是地狱深处燃起的火焰，似是红尘之上劈裂重宇的惊电，隔着这么远的距离，亦能令人感觉到恨意，非以杀戮不能稍止的恨。

禁军退至玉阶，已不能再退，包围收缩的刹那，那道玄影突然飞起，入云清啸，仿若血凤展翼冲鸣，直入九霄大殿。那凤羽般的烈芒，伴着无数飞血冲向缥缈的霞雾，四周微花浮云，仿佛被那烈气杀气所惊，微微一颤，跟着狂浪一般向着三千玉阶之上卷去，在禁军之中生生破开一条血路。

且兰看清来人容颜后霍然一惊，脱口道："九公主！"她不由向前迈了两步，离开了金伞仪仗，而一直凝望着阶下的东帝却仍旧沉默，只是负在身后的云袖，清光明灭，微微飞扬。

她回来了。

隔了万水千山，生离死别，她以这样一种惊心的方式，出现在他的大婚典礼之上。

是什么事让她的眼神如此悲伤，是什么事让她重入这四面险境的帝都，在他面前，一步步杀上天阙？

那刀剑丛中飞绽的莲光，一重重一幕幕如血之艳，至美至烈至极，她不顾一切决绝的姿态、近乎疯狂的气息，让九重金殿上的君王一时也心惊不已。

一个念头突然闪过，他似乎微微一凛，直觉那个他费尽心思想要抹杀的真相，正随着她流水般绝不停留的动作不断清晰。挑、斩、砍、削、劈、刺、切、断……一招招凛冽的剑式，像是在眼前划开阡陌纵横的裂痕，自裂痕深处不断涌起，那些可怕的事实。

当着天下众臣悠悠苍生，她想做什么？

没有人看见东帝忽然苍白的脸色，所有人的目光都集中在那道冷艳的玄影上，唯有昔王苏陵，在主上几不可察的异样中，眉峰微拢，原本喝止禁军的命令亦停在了嘴边。

子娆向玉阶之上冲去，手中不知是何人之剑，身上也不知是何人之血。她自穆国风雪深处奔向九仪华殿，望向那浮云尽头清冷的身影——那双俯瞰她命运的眼睛，那双将她推离身边的手，那个洞悉一切却又将所有真相掩藏，永远平静如海的男子。

当她一剑洞穿岷息咽喉的一刻，便已为自己打开了地狱之门。

他的生死仇敌，她的父母血亲。他早便知道，早已不动声色，将她隔在了他的生命之外。

他不要她，哪怕仅仅留她在身边，他也不要。

他要的是王族尊荣，他要的是六宫粉黛，他要的是四海升平，他要的是江山万年。

唯独不要她。

她为他冲锋陷阵，远去千里，漫天硝烟中他渐行渐远，他的世界原来容不下她分毫的影迹。他的军队将她挡在宫门之外，她用带着自己父亲鲜血的双手，杀开一条通向他身边的不归路。

道路的尽头，是血脉相依的兄长，还是逼死凤后的东帝？

是亲人，还是仇人？

是他？

是谁？

心如刀绞，说不出的痛，痛里生出的恨意，不知恨谁，却像热血浇灌的毒蔓，狰狞生长，催人欲狂。

血流，拦路的禁军在狠戾的剑气之下溃散，那玄影掠向云烟，如一道淬满杀气的箭光决绝无回，在射向对手之时亦不给自己留下分毫的生机。

一路踏血，一天杀戮。

满朝惊哗声里，东帝目光微微一侧，左右卫将军墨炘与靳无余一愣之后双双跃起，剑出，截向半空中飘飞的玄衣。

三人三剑在天阶上方迸射刺目的银光。

墨炽在看清女子冷魅的双眼时竟一剑不能劈下，生平首次生生被对手震飞出去。他从未见过九公主这样的眼神，那片清幽灿烂的世界此时仿佛冰雪成暗，纵然灼天的怒火亦无法融化那失去声光影色的绝域，那样冰封的死寂，令人触之寒意丛生。

靳无余同样没能避免被剑气击退的结果，帝都两大战将一招之下双双败退。子娆唇畔一丝血迹绽现，点点丹珠飘入落花深处，而她绝不回顾，飞身向策天殿前落去。

"大胆刺客！还不住手？"左右两声娇叱同时响起，殿前护卫王后的青冥、鸾瑛两名女将挺剑前刺，欲要阻下这破坏典礼的不速之客。

"青冥退下！"

子娆手底烈光闪现，且兰疾声呵斥，情急之下已是不及多想，一袖飞扫而出。

咻！

急速的破风之声，裂开彤云霞衣，青冥在千钧一发之际被且兰挥袖卷退。一只玉手闪电向前，堪堪击中夺命的长剑，鸾瑛耳畔青丝随风疾散，血痕飞绽。

鸾瑛退，侥幸存命。花影里晶华四射，那予夺生杀的一剑却无可避免地直奔且兰面门而去！

剑色幽光，似自九天之夜飞坠的流星，似从银河尽头倾下的冰流，寒气直迫眉睫。且兰欲要躲闪已是不急，突然间身子一轻，一股沛然浩瀚的真力自她肩头一拂而过，将人及时向后甩去。

那点剑光不止，一人清冷的身影在毫无预兆的情况下出现在两人之间，剑锋烈芒贴着他的面颊擦过，在电光石火之间被他双掌生生阻住。

血痕，沿着苍白的手掌宛然而下，灵石之光刹那灿亮。

且兰疾退数步稳住身形，惊道："王上！"

丝丝微雪拂卷，子昊静静地站着，静静地看向剑锋对面的女子。她亦看着他，剑光上些微的颤抖随着一滴晶莹的泪珠，蓦然坠落，溅碎在浸染他鲜血的玉石之上。

"你护着她，不顾自己性命。"

子昊眉梢微微一蹙，慢慢松手，也不看满殿上下被这场面惊住的群臣，淡声下令："所有人，退下。"

只是一句话，原本骚动的大殿中突然安静下来。叔孙亦、古秋同等九夷族大将皆有些不忿，似乎想说什么，眼前紫衣一晃，已被昔王抬手拦住。

且兰怔了片刻，看了一眼苏陵。苏陵隔着满阶残花，轻轻地对她摇了摇头。且兰转头，以目光阻止了重新上前的青冥、鸾瑛，跟着敛襟侧步，退下玉阶："臣妾等遵旨告退。"说罢她平身移步，直至阶下与昔王一并率文武众臣再次叩拜，连同所有禁军一起，退出策天殿外。

第二十五章 情分何分

满天喧哗、满殿臣民在尘寰之下渐渐退去。当所有人的身影消失，所有荣光安静，漠漠微雪中只余了二人，他与她，历经了一朝铁血烽烟、无数生死牵念之后，在王域神殿高处，相对，相望。

他的掌心血滴成泉，她的手中剑寒如霜。

丝丝鲜血沿着她的剑锋徐徐流淌，一直流进眸底心海，火焰样地烧，微雪轻轻覆上海面，在那血染的焰尖瞬间成冰。

一滴冰泪，刹那清华。

子昊抬手，蹙眉问道："子娆，发生了什么事？"子娆身子一侧避开他的指尖，他伸出的手停在半空，掌心剑痕泛出一丝细微的痛楚。

他凝视她片刻，放手，转身，语气似乎也带上一层淡淡的冷漠："下雪了，先进殿吧。"

子娆看着雪幕中他飘摇的衣袍，他脚下的从容从未因谁而改变，有多少次他独自转身，留给她的，只是一个静冷如斯的背影。漫天雪落，在身边织出无尽的囚网，而她心中便似冰窟一般的冷，像被什么戳穿了无底的深洞，一直一直坠下去，坠到不绝的深渊中。

大殿内万籁俱寂，唯有近百盏夔龙鎏金长明灯照亮漠漠穹宇，在一殿朱红中无声无息地燃烧。

殿门在子娆身后徐徐关闭，彻底隔绝了一切声息光影。子昊衣袖轻轻地飘扬，一直向殿上王座走去，他清冷的背影没入灯辉深处，传来一句问话："谁准你回帝都来的？"

身后一片死寂。

片刻之后，子娆的声音幽幽响起，穿透寂静的大殿，像是闪过黑暗的箭光。

"我杀了他。"

子昊脚步一顿，侧首回眸。

"我杀了峓息，长襄侯峓息。"

子娆一瞬不瞬地盯着殿前的君王，他的一个眼神、一丝情绪。他眼底蓦然震动，仿佛石块投进湖心惊起的波澜，在她唇边渐渐泛开凄艳而冷嘲的笑："你果然知道，王兄，果然没有什么事能瞒过你，你一直清楚我的身世，对吗？我根本不是什么王族公主，也根本不是你的王妹。"

子昊转身与她对视了片刻，眸光略深："从哪里听来的胡言乱语，你就是因为这个回来，当着满朝文武在大典之上胡闹？"

"王兄原来是恼我扰乱了册后大典。"子娆突然冷笑，笑中却是哀凉，"放心，我不会耽搁王兄太长时间，不过是几句话，问清楚了一了百了。王兄大婚，我本也没资格参加，话说完了我自然会走。"

子昊眉心微微一蹙："子娆，你在胡说些什么？"

子娆一瞬不瞬地凝视面前熟悉的面容，一直看进他深海般的眸，眼前仿佛有水汽氤氲，那日思夜念的眉目渐渐变得模糊："我说的都是事实，王兄一直不许我回帝都，不就是不想看到我这个不该出现，甚至根本不该存在的人吗？真正的九公主二十年前便已经死了，现在的这个子娆不过是别人算计王族的阴谋，从一开始便也该死。"

子昊站在策天殿王座之前，迎视着她凌厉的姿态。满殿灯火映入他漆黑的眼底，一片明明暗暗，似乎是渊海里洒下了一天幽冷的星辰，无论隔了多近的距离，永远叫人看不清，永远那样平静莫测。良久凝视，他最后轻轻敛去了深邃的目光，只有声音中是一如既往的清冷，令人感到那种属于君王的漠然："你已接任王族宗主，亦是雍朝王位的继承人，如何竟在策天殿前说出这样没有分寸的话？"

"事到如今，王兄何必还要隐瞒？"子娆蓦地打断了他的话，"峓息没有死，我的母妃也没有死，我究竟是什么人，王兄心里一清二楚。若非如此，你为何要杀歧师，要除掉商容，要贬黜昭公？"

子昊修眸倏地一抬，脸色瞬间比方才苍白了几分。她的眼中流露出嘲讽的味道，向着这深深大殿，座上君王，继续道："如果不是他们知道了不该知道的事，你怎会借刀杀人除去追随十余年的老臣？又怎会将三世功勋的宰辅逐出帝都？王兄向来行事干脆，为何这时却敢做不敢当？是不是怕这见不得人的秘密传了出去，有损王族颜面，遭尽天下之人耻笑？"

子昊扶在座案上的手掌缓缓收紧，王族二十年来最深的秘辛，东帝一朝最惊人的阴谋，自最不该知道的人口中揭开赤裸裸的真相。这么多年他做任何事情都从未后悔过，却在这一刻，后悔让她留在穆国。

派出的影奴没有传回消息，他终究还是迟了一步，没能及时阻止事情的发生。她亲手杀了岍息，无论那人是谁，如何该杀，那毕竟是她的亲生父亲，这一手弑亲之罪，她要如何承受？

大殿中心灯火影重，将伫立在那片无垠黑暗中的女子映照分明。那样熟悉的眉目，曾经多少次微笑相对，每一次深夜回眸，他与她，都能在彼此的目光中汲取温暖，走过血腥杀伐，踏过红尘生死。

然而她说得没错，他真正的王妹，雍朝的九公主二十年前便已经死了，现在这个陪伴他多年的女子，与他容颜相似、宿命相连的女子，原本是他最痛恨之人的女儿，是他的对手精心的阴谋，是子氏王族最大的威胁。如同昔年九华殿上那抹朱红的身影，她的美丽与放肆，会像烈火一样焚毁整个王朝，哪怕他贵为天子，也无法改变这场荒谬的恩怨。

一股血腥味，自喉中直冲入口，一直反复不休的药毒险些便要发作，却被他强行压了下去。口中血，徐徐咽回，胸口一阵阵的闷痛却暗潮般袭来。他原以为即便如此，他仍旧可以护着她，在有限的时间里除去一切知情之人，亲手布下一颗颗棋子，推动那场终结一切的战争。她终将沿着既定的道路，平平安安地登上王位，拥有最强的依恃和整个王朝的力量。没有人会质疑她的身份，即便有人无意窥知真相，在至高无上的权力面前，亦无法对他所要保护的人造成任何伤害。

直到现在，这仍是他能为她做的最好的安排。就连这场大婚典礼也是一样，穆国的护持、九夷族的忠诚，他会给她一切，绝对的安全。至于她是谁，谁的身体谁的灵魂，是妖是仙，是亲是仇，是劫数还是宿缘，那又有什么关系？是缘是债都是她，这世上总有那么一个人，放不下，舍不开，也看不破。

子昊依稀笑了一笑，扶案落座，调息片刻之后，方才缓缓开口："不错，你说的这些的确没错。二十年前发生的事对于王族来说是不该出现的隐秘，我不会允许任何人知道真相。岍师偷天换日犯下重罪，死有余辜，商容与伯成商也是我亲手安排的，不过那又如何？这些本不是你该过问的事。"

他唇角的笑痕透露着漠然，仿佛这所有的一切对他来说根本不足为道，就像是一局棋、一曲词、一瓣花那样简单，轻描淡写，无关紧要。子嫣死死咬着嘴唇，几乎咬出血来，脱口便道："那又如何？杀父弑母不共戴天，王兄是何等人物，除去一切知情之人，自然也不会这么痛快地放过我，想必是要让我受尽折磨、偿尽孽债才肯罢休。"她看着金座之上熟悉的容颜，两行晶泪，滑落清颜，"其实我早该知道，在王兄心中，没有什么比这雍朝天下更重，我这副皮相，总还有些利用的价值对吗？现在穆国诸事皆了，王兄已经不需要再拿什么王位来哄我了。"

子昊眸色微微一沉："子娆，你心里便是这么想的？你我之间只是仇人，我利用你控制穆国，传位于你，也不过是虚与委蛇的手段？"

高高在上的王座中，他云墨般的王服被朱红的龙纹衬得雍容高贵，满殿灯火灿烂，仿佛一片金色的海洋，他在光明之下，她在黑暗之中。

子娆微微仰头，泪水溅落在冰冷的玄石地面上，晶莹破碎，点点成伤。她从来没有见过他穿上吉服的样子，那金色光海中喜庆的颜色让她清冷的容颜也带了几分暖意，如玉出尘，不胜风流。然而那温暖不是为她，在他身边执手相伴的女子永远不会是她，直到现在她才明白，原来从一开始她便没有这样的资格，原来她从来不曾懂他。

十余年相依，不过一场荒谬，千里相思，不过一厢情愿。玄塔之下，长明宫中，九华殿上，翠竹林间，红尘眷恋不过梦幻，这个在她心中胜过一切的男子，她可以为他赌上一切的男子，轻而易举便已毁掉她的所有。她不知道自己是谁、应该是谁，如果她是他的王妹，那么他永远是她的哥哥，她嫁他娶，姻缘何从？如果她不是他的王妹，那么至爱成仇、至亲成怨，七情六恨，何以相对？

无论怎样她都不是他需要的那个人，他不要她。

一心执念，万千利刃割向心头，不知伤口在何处，不知伤了有多深，只是痛得人鲜血淋漓。

"在王兄心中，雍朝真正的继承者应该是九夷女王才对，她会为你诞下储君，正大光明地成为你的王后，不会让王族蒙羞受辱。至于我这个冒牌的公主，王兄没有亲手杀我，已是天恩浩荡。"子娆从怀中取出大婚前他赐下的密旨，一步步走上前去，笑容凄艳，有种决绝之美，"子娆永远不是王兄的对手，王兄其实无须如此费心。我已替你杀了岘息，他们造的孽统统由我来还，还清了这份血债，我从此恩仇两清，我与王族也一刀两断，再不相干！"

"子娆……"子昊终于深深蹙眉，开口唤她。子娆却似什么也听不见："至于王兄这份恩赐，子娆不敢受，也受不起，你我总算兄妹一场，要杀要废，还请王兄给我一个痛快。"

她染血的玄衣似莲光绽放，整座大殿在明明暗暗的灯火中逐渐沉寂。莲华似血，重重成刃，子昊幽深的眸底似有某种异样的情绪轻微涌动，仿佛深渊之下急遽的暗流，刹那席卷而过。自从在这策天殿至高之处做出那个决定，直到此刻他才发现，原来七年前的那场棋局从一开始他便输了，彻彻底底地输给了昭肃承圣显王后凤妩，输上了雍朝的江山、王族的天下。

多少年心血，究竟为何？算尽一切，却又如何？

龙座上犀利的刻痕嵌进掌心，心头闷痛越来越重，带来阵阵强烈晕眩，子昊微合双目，勉强忍过一时，再睁开眼睛时，眸中现出难以掩饰的深深的疲惫。

"你从穆国回来，就是想跟我说这些，要与我从此一刀两断，再不相干？"

他淡淡开口，淡淡相问，那倦极的眸色中有着些许嘲弄的味道，不知是对自己，还是对这弄人的天意。子娆面对他似乎永远不会改变的平静，哑声答道："对，你我从此两不相干。王上的家国天下，不如留给你那位温婉高贵的王后，子娆从来不稀罕这江山王位，今日之后，我与王上、与王族，再也没有任何关系！"

她将决绝的话一句句掷出，像是劈向那无情宿命的剑光，每一剑都鲜血淋漓，要将那些无法改变的残酷事实与自己一起，击得粉身碎骨、灰飞烟灭。

子昊却从此沉默，只是静静地凝视着她，那居高临下的目光仿若无尽冷雪冰霜，一重一重、一分一分地落下，在那片燃烧的怒海之上，结成万里冰封的苍凉。那样深那样冷的目光，一直看到她的心里去，看穿她的前尘今生，看穿一世沧海桑田，看穿命运荒谬的玩笑。

子娆突然不能动，也再说不出一句话，那漫天飞雪当头浇下，心中烧得肺腑灼痛的火焰猛然一熄，方才所说的每一句话都在那深深浅浅的赤色之中回荡，慢慢击中心海深处，翻起一片滔天巨浪。

她到底在说什么，怪他，怨他，恨他？这个曾经用生命维护她的男子，占尽了她二十年岁月悲欢的人。

他苍白若死的面容不见一丝表情，无喜亦无怒，无悲亦无哀。子娆突然觉得怕，那种说不出的恐惧就像天地俱毁万物成灰，他一句话不说，大殿中静得骇人，唯有高处神宫血色的封印明灭流动，光影闪烁。

不知过了多久，他终于一手扶案，缓缓站起了身子。"子昊……"子娆不由轻轻地叫了一声，心中涌起一阵强烈的不安。

然而子昊只是站定，半晌不见动作，只一丝极轻的声音，在死寂的大殿中响起，却是他右手撑案，越颤越是厉害，一道裂痕蓦然出现在金案之上，随着手底紊乱的真气寸寸延伸。

神宫之上的封印突然绽放出似血的异芒，血光化龙，飞旋着冲向他袖底闪烁不定的灵石，一瞬间漫空赤红，刺目如盲。异芒中喀喇一声轻响，那道血印生生向八方裂开，继而全然黯淡下来，只余下灰烬一般微弱的痕迹。

封印破裂的一刻，子昊身子如遭雷噬，微微一晃，唇畔溢出丝缕鲜红的血迹。

"子昊！"子娆见势不对，刚刚上前一步，子昊挥袖振拂，一道强势的真气击向殿下，在她身前寸许之处轰然炸开，生生将她震退。

金砖地面裂开一道刀斫般的裂痕，在他和她之间划开分明的界限。

一步决绝，恩怨两清。

子娆尚未站稳脚步，子昊已一合目，僵在了原地，片刻之后微一侧首，呛咳声中，接连两口鲜血喷了出来。

"子昊！"

子娆骇得脸色发白，才叫得一声，他又是一口血呛出，回过头，却缓缓笑了："好，你既然不稀罕这王位，朕自然不会勉强你，这道旨意便当朕从来没有下过，从今往后，朕还你自由，这世上再也没有王族九公主，你与朕，两不相干。"低咳声中抬袖一拂，那密旨隔空落入他的指间，仍带着她妩媚的温度、缠绵的幽香。

黑曜石夺人的灵光在他指尖缭绕纷飞，如云广袖无风轻拂。子昊真力集于掌心，方要催动九幽玄通毁掉这以金蚕天丝织就、水火不侵的密旨，不料略提真力，心间一阵撕裂般的剧痛袭来，剧咳不受控制地冲口而出。那痛楚来势汹涌，狂潮一般冲向全身经脉，眼前一黑之下，满殿灯火骤然模糊。

"哐啷"一声，他手底金案被失控的真气生生震裂，当子娆反应过来抢上前来扶时，他身子已向前直摔下去，大片殷红的鲜血自唇角涌出，仿佛止不住的洪流淹没了最后的意识。

归

十四夜

GUI
LI

III

十四夜

著

SHISIYE WORKS

目

录

❀ 第五卷 ❀

目 录

❀ 第六卷 ❀

❀ 终结篇 ❀

第五卷

十年相识，胜负战场；
十年死敌，何处知音。

第一章 逐鹿之战

宣都支崤。

阳光穿透终年不散的云雾，照落在层层盘卧的巨大城池上，反射出连绵金灿的光芒。战旗如林，弥漫在风中，一声低沉而极具威严的号角仿佛自天际响起，整座赤峰山随之发出沉闷的响动。茫茫云雪深处，奇迹般地升起坚固高耸的城楼，一重又一重，直到宏伟的城池在绝峰之间全然呈现。

沉重的金色城门伴随着万千铁蹄之声徐徐洞开，当宣王在赤焰军的拥护之下纵马出城时，一声战鼓传彻，跟着如雷鸣一般席卷八方。列满战船的护城河两岸，二十七城十九部重兵在各自统帅的率领下执剑叩拜，铁甲战旗仿若赤潮，呼啸着卷向冰雪凛冽的北域大地。

"我王万岁！我王万岁！"

距离身着赤色战甲的宣王数步之遥，皇非缓缰勒马，冷眼看着北域大军整装待发，同时留意到宽逾十丈的护城河中机关隐现，都城九门亦伸出重重防御，固若金汤。即便已经看过整个支崤城的设计总图，眼前遍布全城、巧夺天工的机关布置仍旧给人不可思议的感觉，而那制造这重重机关之人，亦越发显得神秘莫测。

"如此庞大的城池机关，却只要坐镇中枢便可以一人之力守御全城，你这北域第一机关师果然名不虚传。"他在赤焰军战旗之下微微侧首，一旁衣不带甲、白裳轻衫的瑄离在马上翩然欠身，道："君上过誉了，几年前这外城机关险些便被烈风骑攻破，瑄离勉强保命而回，至今记忆犹新。"

皇非隐约一笑，目光穿过曼殊花血色的云雾投向远处冰雪覆盖的山峰，若有所思，却听瑄离突然道："听说这几日君上曾经两度遇刺，虽皆是有惊无险，但若在战场上，结果却可能截然不同，如今宣国想取君上性命的人可不在少数。"

皇非头也未回道："这天下想取本君性命的人向来数不胜数，但结果也从未尽如人意。"

瑄离微笑道："我已暗中调查过，这两次刺杀的主使者一为赤字营上将如衡，他是夫要的拜把兄弟，另外一个则是护卫军统领乐乘。凭君上的手段，我相信之后的结果必为人所乐见。"

"坐山观虎斗，天工瑄离当真是个聪明人。"

"但凡有益于君上之事，瑄离可从未袖手旁观，不过我有个问题一直想请问君上，那个女子究竟是何人？"

皇非眼梢一掠，而后淡声道："出手相助，却不知对方身份来历，这便是你的行事作风？"

瑄离道："一个继承后凤国王室血统，却与少原君关系密切的美丽女子，总会令人或多或少有些好奇。"

皇非道："一个持有后凤国传国珍宝，却又深受宣王倚重的男人，同样难免引人联想。"

瑄离与他对视一瞬，唇畔笑意始终如一："看来君上的消息仍旧十分灵通，这也说明她的确能力不俗。既然如此，我想同君上做个交易，不知君上意下如何？"

皇非侧目相询。瑄离道："三个月内，我为君上取下支崤城，替她换一顶少原君夫人的凤冠。"

"原因。"

"君上无须知道原因，只要知道天工瑄离言出必行便是。"

"无缘无故的交易，本君向来不感兴趣。"

"有足够利益的交易，又何需原因？"

"你的提议很是不错，但可惜少原君夫人已经有了一个，不可能再有第二个，没有任何事情能够改变这个事实。"皇非目光扫向前方漫山遍野的大军，长风过处兵戈似血，铁骑如潮，仿佛突然涌入那双冷冽的星眸，阳光之下亦令人有种不寒而栗的感觉。

"因为那九公主吗？"瑄离微微蹙眉，"难道以国为嫁，都不能让君上改变心意？"

"以国为嫁？"皇非挑唇道，"玉儿本便是我的人，无须任何条件身份，她亦心甘情愿，何用他人举国相送？你怕是忘了，宣国两千里沃土，乃是少原君迎娶帝都九公主的聘礼，本君向来言出必行。"

"她叫玉儿……"瑄离沉默片刻，跟着一笑道，"也罢，无论此事君上意下如何，我们的约定始终有效。"说着自怀中取出一卷物什，"这是赤焰军十部将领的详细资料，瑄离迟些时候会与君上会合。"

瑄离率支崤城守军后退，金鼓连绵，大军拔营。皇非轻轻抬手，用一副黄金面具遮住俊美的容颜，透过茫茫雪光，宣国三十万重兵向着王域压境而去。

王域，帝都。

雪染深宫，天地茫茫。

无垠的竹海被雪色覆盖，冰林幽径，一片清冷沉寂。雪仍在下，纷纷扬扬洒上琉璃金瓦，一阵几不可闻的脚步声轻轻响起。离司手捧玉盘自东帝寝宫退出，廊前两侧侍立的医女在她示意之下拖着黛色的裙裾躬身后退，步履悄然，消失在迷离的雪中。

离司抬头，看向数步之外回廊上伫立的身影，不由轻声叹了口气。

轻雪迎面飘染衣袂，穿过子娆乌墨般的发丝，无声无息地落向微寒的风中，她轻声问道："他还是不肯见我，对吗？"

离司垂下目光，一时不知该如何作答。主上之前重病昏迷，数日方才醒来，直到现在也没有人知道那天在策天殿究竟发生了什么事，竟令得主上与公主几至决裂。这么多年来只见他两人情深意笃，最艰难的时候相依相伴，最危险的时候不离不弃，如今却一个病势沉重，身心俱疲，而另一个始终缄口不言，沉默相守，若失神魂。离司与他二人自来情分不同，这情形看在眼中，急在心里，尤其是从未见过主上这样，自醒来后便少言寡语，什么人都不见，非但是九公主，就连王后与苏陵求见也同样被拒之门外。

"我已经数次回禀主上，但主上他……什么也没说。"

子娆默立了片刻，移步向前走去，一直走过琼玉壁，走向那道沉默的殿门。

一步之隔，生死相望，这么多天过去，他仍旧连见都不愿见她一面。那天她说过的话，一句句清晰地回响在耳边，就连自己都无法原谅。那一刻似乎灵魂被生生抽离了身体，那种血肉剥离的痛楚逼得人发狂。她觉得痛，便要伤他，但当真正伤痛了他、惹怒了他，却发现那痛楚加倍地还回来，才知道原来他与她任何人流血，另外一个便会痛彻心扉。

君臣、伦理、血缘、道德、家国、生死、仇怨……他们之间究竟隔了多少沉重的东西，如同这紧闭的殿门一样，一道道一重重，数不清也看不尽。他在门的一方，她在另外一方，咫尺寸心，一线天涯，但这些其实不过是一道门，如果他们愿意，只要轻轻伸手推开，便会到达彼此，没有什么能够阻挡。

那日策天殿前封印崩裂的时候，她怀抱着满襟鲜血的他，面对着轰然洞开的神宫，祭殿高处空无一物，唯有凤后的灵位在那片天光中冷冷地俯视着她。梦中曾有的景象就在眼前，迈过这道巨大的金门，她就可以步入辉煌无际的天阙，像那个女人一样，站在天下至高之处，拥有这江山王朝可以毁灭一切、重生一切的权力。然而那梦里没有他，来路如血，以他的心力铺就，他的骨血神魂，染成她一身绝艳的凤衣，他的微笑在云端渐渐远去，再也看不到，再也寻不见。

那一刻泪水冲垮了所有的骄傲与自尊，她疯了一样喊他的名字，紧紧抱住怀中渐逝的温暖，直到离司他们赶来，阻止了她险些散尽全身功力向他体内注入真气的疯狂举动。混乱中不知是谁抬手击昏了她，当她醒来之时，月已西沉，风雪满园，一切如梦初醒。

子嫇久久地凝望着大雪深处沉寂的殿门，仿佛透过飞雪望穿幽暗，可以清晰地感觉到他的存在。丝缕雪光在她眉梢眼角染落清寂的颜色，她就这样不言不语地站着，一任雪落满身，浸透衣袂。离司看她站得久了，终于忍不住撑了伞上前："公主，雪越下越大了，还是回去吧。"

子嫇在伞下回眸，却是淡淡一笑，清澈的瞳心映满琼光，如这天地一般平静，却又有风雪的痕迹无声划过："他若是不肯见我，我便在这里等他，等到他想见我，愿见我为止。"

听她这样一句话，离司不知为何只觉心酸，柔声劝道："公主，主上他不是不想见你，他只是……"她迟疑了一下，"主上现在的身体状况，根本受不得任何刺激，其实大部分时间，他都是睡着的。"

他很少会睡这么沉、这么久。子嫇抬起头，目中似有晶莹一闪而过："我知道，就让我在这儿陪着他，等他好起来，能见我，这样我会好过一点。"

离司沉默了许久，再开口时声音有些黯淡："公主，冬天来了。"她轻轻地道。

凛冬已至，长天覆雪，一年光阴将逝，快得令人措手不及。简单的几个字却让子嫇心头一冷，所有的希望都已不再，岐师死了，岬息也死了，她的掌心还残留着那鲜血的气息，沿着犀利的剑锋辗转流下，冰冷得如同严冬。但是如果可以换得那人平安，她宁肯再杀他们千次百次；如果世上真有灵丹妙药，黄泉地狱她亦愿往。可是现在，她只能站在这里等待。

"冬天来了，流云宫的梅花又快开了……"她的目光投向连绵起伏的宫殿，却听林外传来一阵急促的脚步声。两人回首望去，只见且兰与苏陵、墨炘、叔孙亦、靳无余等几位中枢大臣越过玉桥，冒雪而至。

雪渐渐下得急了，除了且兰身着重锦凤纹明紫宫装，外罩一袭白色狐裘之外，其余几人都披着象征雍朝六卿重臣身份的貂毛大氅，玄色底子上暗红的花纹随风飞扬，大雪之中有种压抑不安的感觉。

"王后娘娘……"离司似乎自他们的步伐中感觉到什么，待到近前，且兰对子嫇微微颔首，转而问离司道："王上情况如何，可否容我们即刻面见？"

离司谨慎地道："主上病情虽已稳住，但仍需安心静养，最好不要入内打扰。"

且兰回眸与苏陵对视，后者眼中有着与她同样凝重的神色："迟了恐怕来不及了。"苏陵言行举止依旧温文，似乎与平日并无不同，但离司却从这话中感觉到莫名的压力，迟疑着看了子嫇一眼。子嫇刚从且兰身上收回目光，只见苏陵手中拿着一个约两寸长的古铜色封金印龙纹卷筒，上面绘有一道醒目的赤色标识，那是边城八百里加急的战报："发生了什么事？"

苏陵将手中卷筒呈上，沉声道："公主，少陵关八百里飞马急报，宣国大军跨越七城进攻王域，现在连攻数城，直逼关前，如少陵关不保，关内十三连城势将危矣。"

离司"啊"的一声轻呼，战报上血红的痕迹蓦地冲入眼中。

宣国先锋骑兵于昨日黎明犯境，破和音，下长阜，取百侯，直入瀚海。一日之内，三城守军全军覆没，百姓尽遭屠杀，城毁人亡。

是夜，宣军截断方盘古道，以压倒性的兵力突袭修武重镇，同时分兵南下，控制汭江上游风汐渡，少陵关两面援军同时断绝。

今日凌晨，五万宣军兵临关下，水师战船自汭江取道汐水，兵分两路成合围之势。少陵关守将凭借双峰天险挡下宣军两番强攻，却付出了惨重代价，关内守军折损近半。

子婼抬眼扫过战报，令人心惊的并非那些已由苏陵简单陈述的情况，而是金筒上斑驳的裂痕与血迹，虽然已经干涸，仍旧能让人感觉到杀戮与死亡的气息。少陵关守军显然是在激战之中送出的消息，匆忙程度可见一斑，所有这一切都显示出赤焰军的迅疾强悍以及边关危急的战况。子婼随手合上战报，淡淡地道："少陵关势将难保，即便立刻调军增援，也是为时已晚。"

她道出不容置疑的事实，四周顿有片刻安静，跟着叔孙亦道："无论如何，我们必须立刻奏请主上定夺。离司姑娘，军情紧急！"

"可是，主上说过不见任何人……"离司却没有移步，叔孙亦再次催促，她也只是摇头，只因她心中清楚，主上这次毒发比以往任何一次都要严重，虽然已经稳住病情，但任何操劳都会迅速耗尽他本便时日无多的生命，再没有什么药物能够延缓，再没有人能够挽救。可是她不敢道出实情，否则便会像敌军压境一样引起莫大的恐慌与混乱，面对众人的催促，只好求助似的看向子婼。

飞雪凛凛，在风中卷向琼阶雕栏，一阵阵急促凌人。子婼扫了阶下众人一眼，突然开口："如果离司不肯前去通报，你们打算强行入内吗？"

她话语之中有股冷清的意味，眼神亦如薄冰，令人心头微凛。"此事非同小可，不能不报王上知道……"且兰话说一半，却被她打断，"王兄既然说了不见任何人，那便不必打扰他休息。"她轻扬凤眸，掠向一直沉默不言的墨炘，"墨炘，传我旨令，即刻调五百禁军封锁长明宫，除离司之外，若有人未经许可擅自入内，予禁军先斩后奏之权，无论何人，事后概不追究。"

墨炘不由一愣，只见她轻轻扬袖一挥，禁宫影奴无声无息地出现在雪帘之后，向那殿前修魅的背影单膝跪下。子娆头也未回："我以王族之主的身份命令你们，守护长明宫，寸步不离。从现在起，若有任何人惊扰了王上，你们便以命领罪。"

"影奴谨遵公主令旨，必以此身护卫长明宫！"

所有影奴低头领命的同时，墨炘亦抚剑下拜，一句不问，转身传令。

且兰蓦然回头，王城禁军应声调动，数列金袍侍卫跨越殿阶包围寝殿，冰戈长戟在雪阶之上迅速划开一道森严的界限。禁卫军肃杀凝重的脚步声传向四方，却又在瞬间同时止息，那种突如其来的安静，就连风雪亦为之一窒。

片刻之间，作为帝都中枢之地的长明宫便被重兵封锁。叔孙亦与靳无余皆已手按剑柄，且兰尚算镇定，但袖中兵刃也已入手。离司跟在子娆身后，煞白的面容显示出她心中的紧张，墨炘仍旧沉默，却像一柄锋冷的利剑，守护在殿阶之前。

所有人中唯有苏陵未改谦和容色，只是抬头望向殿前衣飞发扬的身影。雪飘不止，仿佛再见当年昭陵宫前，同样是不得一见的帝王，同样是艳绝带煞的女子，昔日昔时，一句杀伐，血染深宫，江山换颜。此时此刻，雪阶尽头只身独立的九公主，那般肆意无忌的神容，几乎令人不敢逼视。

子娆注视着苏陵，她知道他们每个人心中所想，兵围长明宫，在他人眼中无异于一场突发的宫变，就像多年之前凤后囚禁襄帝一样。女主擅权，将会成为来日史书之上她名下无法抹去的一笔，然而她不在乎。

不在乎春秋功过是非评说，也不在乎自己真正的身份。那些一路而来她以为永远无法跨过的东西，那道原本横亘于他们两人之间的深渊，在见到他后方才发现，原来事情不过如此。没有什么不能丢下，她的高傲、她的尊严，都不及心中那一份相守的渴望。 如果能够与他一起，如果他要这江山万年，那么她可以为他赴汤蹈火，为他的心愿而战，为他的宗族而战，为他的王朝而战。

从此，他所背负的责任，便是她的生命，无论她是谁都不会改变。

片刻之后，苏陵在她清魅的目光中低下了头，声音温雅一如既往："雍朝六卿众臣，恭请长公主示下。"

离司蓦地松了一口气。风吹雪涌，子娆飞散的裙裾仿若凤翼张扬九天，唇角依稀扬起轻浅的弧度："昔王苏陵，国遇战事，乃非常之期，命你以封侯身份兼领太宰一职，即刻于九华殿召集群臣，共商御敌之计。"

"臣领旨。"苏陵垂眸，躬身的姿态如同修竹覆雪，从容而坚韧，"主上曾有密谕，倘若国事有变，一切听凭公主吩咐，苏陵谨遵令旨。"他抬头之时看向且兰，目光深处有着一股令人安定的意味，亦隐含无声的劝阻。寝殿前剑甲鲜明的禁军同时提醒着人们不要轻举妄动，且兰最终放开了袖中之剑，亦轻轻对叔孙亦摇了摇头。

东帝七年辛卯月甲戌，少陵关破。

宣国大军直趋王域，攻占合璧、月城，与此同时，东帝降旨废北域封国，发兵平叛。

阵阵庄严悠长的钟声穿透大雪，响遍九重宫宇，九华殿众臣云集，禁军林立，一道道赤金令旗，由禁卫铁骑快马传出，直奔王城九门。护城河前金桥沉落，每隔十丈便有巨大的铜台点燃烽火，全副武装的先锋骑兵之后是数不清的战车辎重，铁甲步兵，以及昔、昭、九夷等侯国军队。

空气中弥漫着大战将至的气息，闪烁着剑甲冷冽的寒芒，仿佛永远不会停止的铁蹄声与战马起伏的嘶鸣充斥四周。且兰站在城楼之上注视着即将迎战宣国的大军，天际重云密布，曾经属于战场的记忆透过风雪扑面而来。但是这一次，她没有身穿战甲，亦无须上阵对敌，策天殿神宫肃杀的钟声似乎仍旧在耳边回响。从封锁长明宫到九华殿召集众臣，九公主临朝宣战，在金殿之上连斩三名怯战之臣，昭示天下，领兵亲征。

短短几个时辰，她来不及思考任何事情，敌兵压境，大军将发，有太多事情需要准备，太多状况需要处理，战马武器、粮草军需，每一个环节都可能影响战争的胜负，根本没有时间去考虑其他。直到此时三军整备，前锋铁骑在右卫将军靳无余、先锋将军楼樊的率领下进军北境，叔孙亦也刚刚从她这里离开，将同中军随后出发，且兰才略微舒了口气。这时又忽然听到城头守兵执剑行礼，禁军侍卫的脚步声随之传来。

"参见公主！"

且兰回头望去，只见子娆在禁军拥护下登上城楼，身后侍卫沿途停留，取代原来守兵，待到城上，便只余她们二人。

此时子娆已换上一袭紧身战袍，素日惯穿的玄衣之外加了九凤飞天软丝甲，腰束紫金带，发挽玲珑冠，外罩银纹玄狐风氅，领口处饰以一双暗金夔龙标记，显示出独属王族高贵的身份，是为五族共主、四国同尊，如今九域天下，正将为此而战。

城头冷雪如刃，漫天飞舞，子娆一直走到她身边，和她并肩看向外城兵行马动，片刻后道："这似乎是我们第二次面对同样的敌人，宣国叛军实力不容小觑，所以我最多只能留八千禁军给你守护帝都，凡事你可与昔王商量决断。"

且兰目送最后一批九夷族战士上马，微微转头。她亲自率兵出征，将帝都交给自己镇守，同时也带走了九夷族所有人以为牵制，只留下苏陵与墨炀这样对东帝忠心不二、绝不可能背叛的重臣，轻而易举便促成了双方完美的平衡。这份无形的心机、从容的手段，与九华殿上果断处置乱局一样令且兰惊讶之余，更生佩服，忍不住道："你相信我？"

子娆目光掠过她清秀的面容，隐约一笑："我相信王兄的选择。"

且兰转回头去，蹙眉道："宣军兵围玉渊，十三连城毗邻九夷故土，其实由我领兵才更合适，这个时候你比我更应该留在帝都。"

子媱移步前行，雪色飞扬，重重若舞，她在城池尽头驻足，一任寒风急拂战袍，抬头望向风雪之中飘摇无尽的江山，淡淡地道："东帝七年之后，除了子姓一族外，雍朝王师不遵任何人调遣，即使王后亦然。倘若王兄不临朝，我亦不出战，那仗还未打，恐怕人心已散。"

且兰垂眸思忖，忽然听她问道："为什么不采取行动？"她微微一怔，子媱转身相视，飞雪背后星眸冷澈，透人肺腑，"之前在长明宫中，你有机会调动外城守军，至少九夷族旧部会支持你，而昔王也有可能站在你这边。如果你那样做了，可能现在一切都由你来决定。"

且兰迎上她的目光，道："外敌来犯，女主夺权，以致国亡他人之手，这样的故事绝不会发生在东帝一朝。今日之王师绝非凤后当朝之王师，更何况王上安然无恙，而你也不会伤害九夷族人。"

"你这么确定我不会对九夷族动手？"

"倘若如此，那这一场仗，王族必败无疑。"

子媱一瞬不瞬地注视着她，突然轻轻笑了一笑："王兄果然没有选错王后，无论何事，他总是对的，那么现在，我便将这王城交给你了。"

与那双微挑的凤眸刹那相对，且兰心中突然掠过一个念头，似是云中冷冽的闪电，瞬间击破长空。长明宫前她兵围寝殿，真正的目的到底是什么？如果那时九夷族心存异念，可能现在已经举族沦为叛奴，就连王后也不复存在。不过短短的一瞬，她以权力为饵，便看清了所有人的忠诚与立场，亦做出了最佳的安排和选择。此时子媱却已转过身去，说道："其实你心中明白，只要他在，根本没有人能够威胁王权，对吗？"

万千宫宇在大雪之中连绵耸立，在这九域至高之处，一切归于脚下，人与天地同在，红尘杀伐，仿佛皆是尘埃，而人与人之间，却似乎更加容易感觉彼此的心思，以及自己真正所求。"话虽如此，但那时候我仍旧担心，亦的确有过你所说的念头。"且兰沉默片刻，道，"只是我不认为九公主是那般糊涂之人，而且除了王上，我还相信另外一个人。"

"昔王苏陵。"

"对，我相信他甚至更胜王上。"

"苏陵堪比昭公，国事尽可托付。他将一切都安排得很好，好到自己可以放手。"子媱低声说道，那一瞬间眼神之中光芒落尽，唯余暗云飞涌。且兰一时未听真切："什么？"

"你会是个很好的王后。"子娆却只抬眸一笑，"时间到了。"

大军拔营的金号声便在此时响起，穿透乌云，穿破苍穹，中军王旗徐徐升起，战士们在护城河前举剑齐呼，风雪席卷而过，仿佛狂潮燎原，直冲天际。

"王师必胜！"

"你放心，我绝不会让姬沧的军队踏上九夷一步，只要是我王族的领土，一分一寸我都会让他们用血来偿还。"

子娆轻轻抬手，王城九门同时响起如雷震喝，透过她冷澈的凤眸，北域之战铁血的帷幕在万里江山之间轰然拉开。

第二章 兵临城下

云城玉渊，少陵关内十三连城首当其冲的边塞要地，陡峭的城池建于两江交界的险峰之间，汐、沩二水抱关而下，在禁谷之前形成半月形的鸿沟深流，仿佛整座城池临渊带水，深不可测。其城东临夙岭，依绝涧深谷之险，西通越峡，百里高峰险壑，唯有一条碎石古道盘旋崎岖可通城内，北方则与长息山脉之内的合璧城遥相呼应，中有三重关隘彼此连通。每逢雨雪，玉渊四面云深雾绕，半隐绝岭，是以有云城之称，亦因此极难攻破，素来是王域边境面向漠北的军事要地。

少陵关为宣军所破，合璧同时失守，玉渊守军开闸放水，连汐、沩两江而成宽阔的护城河，断绝一切通道，再加上王域连日大雪，使得玉渊城深陷雪雾，几不可见。宣军铁骑暂时沿河驻兵，没有立刻发起进攻，然而主力大军源源不断地抵达汐水河岸，重兵压城。

残阳西沉，遥遥没入大江，高崖深涧自云霞之中退入黑暗，越发显得嶙峋狰狞。一弯明月，自峰谷尽头挂上天际，在漫山积雪上映出黯淡而清冷的微光。

一道黑色人影，倏地自峡谷上方冲下，快到谷底时身子向前弹出，几乎足不沾地攀上崖间古木，连续数个翻身便已到达对面，向着驻扎在上游的宣军大营而去。月光时隐时现，在山间照落重重的暗影，那人周身黑衣，潜形匿迹，但行动却是迅如猿猴，不过片刻便已穿过半山密林，出现在临近军营的江边，越过此处，便是宣军营地外围的防线。

山风吹起雪雾，突然间黑衣人身影一闪，隐入突出的岩石之后，不远处山崖之上隐约的声音迎风传来。

"……已按君上吩咐……我们的人……支崤……安排妥当……"

"……知会……多加留心……人多眼杂……"

话语断断续续，一时听不真切，黑衣人自岩石之后探出身来，只见前方山崖上一个白衣人背月而立，正和一个身戴宣军服饰的人说话，月光照落白衣，使人能感觉到他卓然不群的气质，却无法看清他真正的面容。

黑衣人潜下身形，悄无声息地向前滑出，瞬间离山崖处近了丈余。但他甫一动身，那白衣人忽然转过头来，一道锐利的目光，隔着数丈距离穿透暗影。黑衣人本是隐藏行迹的高手，不由大吃一惊，本能地屈身向后闪去，不料眼前雪华忽现，那袭白衣已然出现在他后退的路上。

白衣人缓缓回身，他脸上戴了一副精致的黄金面具，月光之下俊美森然，几若来自仙境的神祇。黑衣人身形疾变，忽然像游蛇一样滑向岩石之间，荆棘草丛如水般向两侧分开，眼看其人便要没入深不可见的暗影中。白衣人的手便在此时动了一动，冰石雪地上倏然蹿起血色的火焰，不过轻微一闪，黑衣人的身形生生凝住，脸上面巾一裂为二。

月夜森森，一缕赤艳的红光不偏不倚地锁在他咽喉处，剑气丝丝直砭骨髓，令人感觉血肉成冰。黑衣人手中现出一双利爪，但为剑气所迫，却一动也不敢动。

白衣人目光下移，看向他领口处露出的一簇火焰形状的暗记："风字营斥候？"

他的声音从容不迫，却令人折服。黑衣人目光微闪，认出来人："风十二参见君上。"他后退行礼，同时略带狐疑地看向对面的宣军将领。那将领站在数步之外，身着普通的宣军战袍，似乎从来没有见过，但不知为何却让人感觉有些眼熟。

血鸢剑上微芒似火，月光沿着剑锋蜿蜒流烁，显得美异而诡谲："风字营连夜派人赶回，可是有什么军情？"

风十二收回目光，低头道："回禀君上，前方斥候发现王师踪迹，正沿天水道向玉渊而来。"

"是吗？多少兵力，目的地何处？"

"兵力不超过两万，据我们得到的情报判断，他们最迟明日便可到达，当是取道飞狐陉，以解玉渊之围。"

"领兵者何人？"

"帝都右卫将军斩无余，原九夷族先锋大将楼樊，其后大军由九公主亲自带兵。"

"九公主子娆。"

"不错，正是九公主。"

黄金面具之后，皇非似乎微微一眯那双俊冷的眼睛，点头道："很好，回营复命去吧。"

风十二应声后退，临去前复又看了那旁边将领一眼，忽然间想起什么，心中微微一震，当即施展身法全力向宣军大营赶去。

"就这么放人走吗？"乔装潜入宣军的方飞白有些意外，近前沉声道，"风字营斥候大都熟悉烈风骑，他很可能已经认出我。"

皇非目送斥候离开，道："放心，即便认出你是谁，他也没有机会说出任何事情。"

方飞白皱眉道："君上何以如此把握？"

山月斜照，黄金面具之上似有寒光微闪，黑暗深处俊冷的眼睛折射出淡淡的杀机："因为一个死人无论知道什么秘密，都已经不可能再开口了。"

风十二的尸体在汐水上游被发现，距离宣军大营只有数步之遥。一道整齐的剑痕自他喉间裂开，一直延伸到胸前三寸之处，鲜血自伤口汩汩流出，直到他被抬到宣王金帐之前时尚未停止。

位于中军之内的金帐灯火通明，白玉钩，七龙柱，琉璃帘下碎金铺地，花香如缕，伴着幽幽烟雪之气，仿佛琼台玉殿为众军环绕。篝火的影子在黎明隐约的天幕前徐徐跳动，此时帐外几名将领的脸色亦被映得阴晴不定，透露着一丝凝重的气息。

"是封血锁喉的手法。"隐字营上将白信看完尸体沉声说道。晨光之下，有别于其他将领的白色战袍显得他有些文弱，但熟悉隐字营的人都知道，他是赤焰军中最为精明的战将，精通刑、医之道，他可以从俘虏口中得到任何消息，也能看出一具尸体之上透露的所有信息。

"人在大营之外被杀，而且手法如此狠辣，莫非有敌人潜入军中？"风字营上将晋师沉声道，"凭风十二的武功，居然一招致命，连反抗的余地都没有。"

"我知道风十二功夫不错，但他并没有和来人动手。"白信站起身来，目露思忖，"而且他也不是在营外被杀。封血锁喉的手法是一种极高明的剑气，以阴寒的真力封锁人身伤口附近的血脉与骨肉，使之与正常无二，可一旦气血运行，剑气便会由内破出，造成致命的伤害。风十二是斥候，而且正在赶回大营的路上，这便是他致死的原因，来人早已算准他只要施展轻功，就不可能活着回到营地。"

晋师皱眉道："你说风十二根本没有和来人动手？"

"他应该是有什么重要的信息急着赶回来禀报，也可能认识那个人。不过可惜，当那人用剑指着他的时候，他便已经是个死人。"白信说着突然抬头，躬身后退，"殿下！"

王帐前赤色狐皮帐门向两侧掀开，射出明亮的灯火，所有将领同时向后退去。

铺满金垫白毯的帐中，宣王缓步而出，一直走到风十二的尸体之前，微微垂眸。帐内沙盘前，白衣轻衫的少原君抬头道："白将军从一具尸体上看出了不少东西，那是否知道凶手究竟是何人？"

白信道："只要给我时间仔细验尸，君上便会知道更多的情况，包括凶手在内。"

皇非淡淡微笑："若是如此，隐字营上将真正的实力，还真叫人有些期待。"

白信似乎笑了一笑，却没有说话。不断跳动的篝火将雪地染作一片暗红，亦让斥候的尸体看起来格外狰狞可怖，尤其那双瞪大突出的眼睛，仿佛充满了不能置信的惊骇以及临死前绝望的挣扎。

"今夜守军何在？"姬沧冷冷回头。

"殿下。"骁字营上将牧申望向不远处戴罪的守军，道，"斥候并非在营地被杀，守军……"他话说一半，突然见白信在对面轻轻摇头，姬沧转身抬袖一拂，一排守军人头落地。

皇非负手站在帐门外，似笑非笑地看着血溅军前的场面，对姬沧道："我以前还真不知你这么喜欢杀人，是否嫌别人杀得还不够，要自己动手才好？"

姬沧冷哼一声转身回帐："你怎么看？"

皇非目送刀斧手抬下一排尸体，道："两军交战，死一个斥候再平常不过，换作任何人，也不会让带着军情的斥候轻易返回敌营。人怎么死的自有隐字营去查，我关心的只是他带回的消息，只可惜人已经死了。不过无论如何，这表明王师有所行动，目的自然便是玉渊。"

姬沧狭长的眸子微微眯起，透露出一丝危险的光泽："王师想解玉渊之围，没那么容易。"

皇非道："但援军一到，我们要强攻玉渊城，便要冒腹背受敌的危险。"

姬沧转向白信道："城中情况如何？"

白信低头道："玉渊守将陆己为人谨慎，目前还没找到合适的机会，而且连日大雪，也不宜贸然发兵攻城。"

"既然如此，我们便需分兵三处，在汐水东岸、沩江西岸以及禁谷护城河北岸各置一营。"皇非亦转身而去，身后众将皆是一愣。

"分兵三处？这样做会使我们兵力分散，丧失原有的优势，若被敌军各个击破，岂非置全军于险境？"

皇非在路过沙盘时侧眸一瞥，而后看了看出言反对的上将晋师，挑唇道："玉渊三面环据天险，想要彻底切断援军，必须在飞狐陉、斜谷道，以及渠沟分别驻军，除此之外别无他法。若想集中兵力一战歼敌，除非你风字营斥候能及时带回新的消息，又或者刚才那具尸体开口说话。"

晋师面色一窒，哼了一声，不再发言。回到座上的姬沧冷冷地扫了他一眼："把你所有的斥候派出去，明天之前，我要王师确切的动向。若是回来的人什么情报都没有，那便让下一批斥候带着他们的眼睛再去探。"

"是……"

众将无不噤声。当营火熄尽、天色放亮时，宣军战阵变动，兵分三路分别封锁飞狐陉、斜谷道、渠沟三处要塞，玉渊城与外界联系的所有通道被彻底断绝。

大雪初息，整座玉渊城自雪雾中露出陡峭的轮廓，天际仍是一片阴暗，山川险渡重重环绕，玉渊守将陆已登上城头，看向调兵遣将、将城池出路全然封锁的宣军，面上神色无比凝重。

"将军。"身边一人随之登上城楼，却是城中副将奚尧，"赤焰军突然调动兵马，截断了我们所有出路，形势似乎不妙。"

陆已转头道："敌军布置如何？"

奚尧道："他们目前分兵三处，除主营三万兵马在渠沟驻军外，赤字营上将如衡率一万兵马驻守飞狐陉，骁字营、烈字营两万兵马封锁斜谷道。飞狐陉与斜谷道中有禁谷相隔，两军各自独立，但主营大军选取的地点在渠沟北侧高陵，若有战事，便可随时增援任何一方。"

陆已闻言眉头深锁，赤焰军布阵可谓十分高明，无论援军从何处而来，都无法绕开防守到达玉渊城，非但援军，四面粮道也被全部切断，城中的存粮所剩无几，更令形势变得不容乐观。

"战报已经送出几日，帝都那边消息全无，我看等来援军的希望恐怕不大。而且现在宣军主力尚在合璧，一旦大军抵达玉渊，便会全面攻城，我们几乎没有任何胜算。"奚尧深深地呼了口气，扫了陆已一眼，"将军怎么想？"

城头霰雪不停扬起，迎面吹向两人，四面赤焰军战旗时隐时现，仿佛一道道血红的利刃，不断消磨着人的斗志。陆已沉声道："我们没有收到消息，是因敌军围城，信使无法到达，并不代表没有援军。只要能撑到援军前来，玉渊之围并非全不可解。"

奚尧叹道："即便援军到来，面对宣国源源不断的大军，却又胜算几何？如今王室衰微，兵疲马弱，如何能与北域雄主抗衡？"

"莫要长他人志气，灭自己威风。"陆已深知他所言不差，不由沉喝一声，转身向城下走去。奚尧便也不再多言，回头望了宣军一眼，随后下城而去。

宣军一日并无异动，陆已召众将商讨如何解决粮草之困，除了派兵劫粮之外也并无更好的方法。城中流言纷纭，皆道玉渊城朝夕不保，宣军很快便会攻城，陆已虽下令约束，却也明白流言非虚，玉渊城破不过只是迟早而已。

是夜，玉渊守军如常设防，望楼之上的哨兵在城头守到三更，忽闻夜鸟惊飞，远处雪岭中突然亮起一道蜿蜒的火光，迅如飞龙向飞狐陉方向扑来。

不过片刻，飞狐陉处响起震耳的喊杀声，仿若漫天雪崩，随风送来浓重的血腥之气。城头守兵居高临下看得分明，立刻有人大喊："援军！是援军到了！"

"王师援军到了！王师援军到了！"

守兵奔走欢呼，飞狐陉火焰再起，这次却是漫山席卷，王师行军极快，已与宣军全面交锋。将军府守卫一路急奔行营，大声报道："将军！王师援军突袭飞狐陉，已与宣军交战！"

陆已、奚尧等人早已出帐，大喜之下率兵登城，只见飞狐陉杀声震天，火光遍野，对面斜谷道亦冲起一双刺目的烟花，如血一般盛开在雪夜之下，显示此处发现敌踪。陆已见得宣军主营兵行马动，迅速判断形势，转身喝道："儿郎们！点兵出战，与我夹攻飞狐陉！"

飞狐陉战火焚林，雪地之上兵马厮杀，血肉横飞。赤字营精兵乃是赤焰军两路先锋之一，上将如衡亦久经沙场鲜有败绩，虽遭王师夜袭却阵脚不乱，率军后退三里，固守山谷通道，同时向主营送出发现敌踪的讯号。

接连两道烟花自亲兵手中蹿向夜空，却只闪过几不可见的一点亮光便向着暗如深渊的群山疾速坠落，再无半点声息。如衡心中惊诧，再试两枚烟信皆如此，立刻派副将率人突围，欲报主营派兵增援。但王师万余先锋军后，竟是大军压至，金甲战士不断向飞狐陉发起猛攻，突围的副将接连被冲回三次，折损人员近百，对面斜谷道亦同时遇袭，示警的烟花不断冲照天空，惊心动魄，此处黑暗中的激战血流成河，残肢断臂，遍地抛飞。

王师阵中两员大将，右卫将军靳无余冲杀敌阵浑若无物，剑身血光爆现，连斩三名领军，蓦然一声长啸剑指如衡，率军往谷口发起猛攻。另外一人身披金锁甲，势如猛虎，手中巨剑所到之处，宣军骨折头断，纷纷惨叫毙命，见靳无余直取敌将，哈哈大笑，叫道："喽啰们好生无趣，且让我来会会这厮！"说话间拔身而起，凌空踏过敌阵，连毙数人，抢在靳无余之前向如衡当头扑下！

如衡横鞭暴喝，纵马前冲，一双金鞭迎面架上巨剑，密林中一声沉重的闷响，如衡座下战马惊嘶，那猛将亦被震得翻身后退，大喝："痛快！"巨剑应手扫下，杀得落脚处敌军血肉横飞。这时一道剑光嗖的一声点破黑暗，靳无余剑到人到。如衡被猛将楼樊当空一剑震得气血翻涌，一时难以恢复，情急之下向侧滚落，仅以毫厘之差避开敌剑。战马顿时被无数长矛刺穿，奋蹄长嘶，重重落地。如衡以一敌二，已与靳无余、楼樊重新战作一团。

就在此时，宣军后方山谷忽然响起突兀的厮杀声，守在谷口的战士猝不及防，顿时腹背受敌，死伤惨重，纷纷向林中退来。山谷上方同时响起一声清亮的凤啸，雪夜深山，其声如光，九天重云亦为之一震。无数火箭，仿若自黑夜云霄坠落，暴雨一样冲向宣军所在的密林，山林深谷，顿作一片火海地狱。

如衡为那啸声所慑，情知此战必败，心神剧震之下阵脚微乱。靳无余剑光如电，直奔对手咽喉。如衡双鞭齐出，却被楼樊一声狂喝劈中左肩，又是一剑人头飞起，血溅半空，殒命当场。

楼樊反手抄起近旁尸身上一杆长矛，向上一送，将如衡首级高高举起，放声大笑，与靳无余并肩杀向溃败的敌军。陆已所率玉渊守军亦向火海之中发起猛攻，宣军主将阵亡，更遭重兵夹攻，顿时横尸遍野，溃不成军。

当雪谷清啸之声响起时，宣军主营中少原君倏然抬眸，看向被火光映红的天空，唇角一丝莫名的笑痕渐渐扩大，终于发出了向飞狐陉增援的命令。

第三章 天鼓绝音

连日阴沉不断的大雪之后，玉渊城终于迎来了黎明的第一丝曙光。朝阳自雪原天际徐徐升起，照得山川大江一片琼色，亦在高耸的城池之上投下如水金芒，沿着峭壁险峰一直倾入深渊般的护城河中。

王师入城之时，玉渊军民举城欢呼。守城官兵昨夜痛歼敌军，又盼得援军到来，不由士气大振，护城河前吊桥落下，将领们驰马急奔，举剑高呼，其后三军相应，一时震天不绝。

但在王师最后一队人马入城时，满城喧哗突然安静下来。金甲战士向两侧分开，整列军阵战旗招展，如云当空。最后压阵而行的一名玄衣女子，信马由缰，神色从容，阳光下她如墨的长发逆风轻舞，其人容貌已是极美，却更有种清贵绝尘的煞气摄人魂。当她出现在千军万马之中时，所有人的目光都停顿了一刻，不由流露出惊艳之色，但也有不少人目现疑虑，欢呼之声随之肃然。

那女子身边跟着两名黑衣战将，另有十余人随身护卫，虽皆不着兵甲，但是人人目光深湛，形貌不俗，显然皆是不可多得的高手。陆已见此形容，便已猜知来人身份，近前滚下马来，抚剑参拜："玉渊城三军将士参见九公主！"

"参见九公主！"

举城将士随之下马，子娆微微垂眸："玉渊守将陆已？"

"正是！"陆已低头答道。

"好。"子娆扬唇浅笑，点头道，"你替我雍朝守住玉渊，斩将杀敌，功不可没，即刻封你为护国将军，今夜所有参战将士各升一级。"

陆已蓦地一愣，三军将士亦皆面露诧色，跟着突然再次爆发欢呼。玉渊虽是边城重地，但守将亦不过为四品杂号将军，如今一战而跃升护国大将，可谓前所未有。叔孙亦却与靳无余对视一眼，微微点头，跟着两人上前向陆已道贺，并且安排大军扎营。王师便在城郊北川安营扎寨，陆已将城中将军府让给子娆作为行营，遵命即刻召集众将商议战略。这一席会见直至月上中天方才散去，子娆目送最后一名将领离开，转头问道："先生以为如何？"

叔孙亦沉思片刻，道："公主今日入城时乘胜封赏三军，激励士气，颇为见效。玉渊守将陆已虽无十分出众的本领，但为人正派，算得上踏实可靠，其手下参将也皆是爽直忠勇之辈，并无不妥，但有一人，我却感觉有些奇怪。"

子娆垂眸饮茶，纤指如玉掠过灯火："副将奚尧。"

"公主也看出来了。"叔孙亦道，"此人方才话中有话，暗示玉渊城危在旦夕，一旦城破，加官晋爵殊无意义。此话虽说并不算错，目前玉渊的形势确实不容乐观，但他与其他将领相比，似乎对宣军的实力过于了解，亦过于畏惧。"

"反常必妖，这个奚尧便需多加留意。"子娆轻轻抬手击掌，门外悄然出现二人，跪地道："漠北分舵易天，赤野分舵萧言听从公主吩咐。"

叔孙亦借着月光凝目打量，只见面前一人是个发须半白、身材矮胖的老者，手执一柄折扇，头上却戴了顶裘皮暖帽，乍一看倒像是行走北域的普通商贾。而他身旁却是个二十多岁的年轻人，一身黑衣别无长物，连兵刃也不曾带在身上，唇角始终挂着丝微笑，看去颇是讨人喜欢。但叔孙亦却知道，此二人正是当年曾助宣王夺位、掌控北域情报的冥衣楼漠北、赤野两大分舵舵主，尤其那年轻人家世不俗，成名甚早，冥衣楼分舵舵主之中名头最响。

月影照门而入，散开一地幽光，子娆起身向外走去，直到月光边缘驻足，魅颜轻侧："你们在城中安排人手，仔细看着那副将奚尧，留心他一举一动，莫要打草惊蛇。"

那萧言抬头笑道："这等事情，交给属下一人便可，易老便莫与我争功了。"说着身影瞬闪，便已领命而去。

次日天色未亮，萧言果然带了一只赤鸢回来，利爪之上赫然绑着一支细长的金筒，内中装有密信，但所书内容却极其古怪，无人识得一字。叔孙亦看过之后道："这该是宣军所用的阴文，若不得其法便不能读出上面传递的消息，亦算不得通敌的证据。"

但凡军中机密传递，为防被敌人截获，往往采用约定的特殊字符或标记，唯有己方将领明白其中含义，有的甚至每军每部均不相同。如此即便落于敌手，亦不担心泄露军机，叔孙亦纵然足智多谋，却也无法破解密信。子娆冷冷地道："无须证据，只要他人在玉渊，我们自有无数种法子让他吐出实情。"

那赤鸢不知为何蹲在萧言肩头乖乖不动，这时被子娆目光一扫，忽然惊得振翼欲飞。却有一道黑影倏地自萧言肩头蹿出，赤鸢哀叫一声俯身落下，萧言侧头道："再不老实，少爷将你这扁毛畜生拔光了下酒。"叔孙亦仔细看去，只见一条黑色细鞭已将鹰爪牢牢缚住，想必是他以内力灌入鞭梢，让这猛禽吃了不小的苦头。萧言并不理会那赤鸢，对子娆道，"属下已经仔细查过，这奚尧与赤焰军隐字营上将白信原属同门，当初投效军中，凭借几次战功升至副将，这么多年竟无人知道他的真正来历。"

叔孙亦皱眉道："看来宣国针对王域的布置由来已久，十三连城恐怕危机四伏。这件事不要泄露出去，以免奚尧另有同伙，走漏消息。"这时出城探查军情的斛律遥衣回来，报说宣军开始在护城河不远处准备壕桥、飞楼等物，并且囊土运石，源源运往禁谷，恐怕不久便要强行攻城。叔孙亦见到她心头一动，将密信递去道："你可知晓宣军素日所用的隐语？"

斛律遥衣道："宣军有三种隐语，却不知是哪一种。"低头细看密信，推敲思索，突然道，"有了！明晚三更，斜谷道袭城。"

叔孙亦喜道："确定无误？"

斛律遥衣道："宣军的三种隐语，一是赤焰军十营彼此通信所用，二是赤焰军与十九城军部联络所用，若是这两种我便所知有限。但这密信用的是第三种，和对柔然族传令的阴文恰好相同，所以我一见便知。"

"明晚三更，斜谷道袭城。"子娆把玩着手中金筒，若有所思，稍后问道，"叔孙先生，玉渊城外何处最利于设伏？"

叔孙亦道："天鼓峡毗邻绝渊，险道崎岖，若是伏击大军，此处最是得宜。"

"好，那就是天鼓峡。"子娆转身对萧言道，"莫要伤了这鸟儿，稍后带至城郊将它放回去。"

斛律遥衣甚觉奇怪，问道："公主何以放这鸟儿回去，倘若对方只见鸟儿不见密信，岂不心下生疑？"

几人中叔孙亦才智最高，已是明白子娆用意，笑道："上兵伐谋，公主想必是要劳遥衣姑娘略施手段，遣词造句，立一大功了。"

斛律遥衣身为柔然族间者之首，心思自是十分敏捷，立刻醒悟过来，杏目闪亮："公主放心，我可以保证以假乱真，定叫宣军乖乖入瓮。"

雪掩密林，一道赤色轻影掠过冰地霞光，在山林上方盘旋一周，直投隐字营主帐而去。飞鸟振翼之声扑面而来，白信左手轻轻一抬，那赤鸢双爪擒住主人手上钢腕，收翅落定，复又躁动地扑跳数下。半明半暗的大帐之中，一具血尸赤身躺在铜案之上，虽已经过特殊处理，但尸身腐败的气息仍旧引得鸢鸟贪婪盯视。

白信自鸟儿脚上取下金筒，手臂一扬。那赤鸢趁主人查看密信之际倏然振翼，啪地啄中尸体眼睛，叼起一溜血肉向上飞起，白信皱眉瞪了它一眼，却又忽然转出喜色。那赤鸢吞掉尸体一只眼睛，低头看着主人的动作，张开锋利的血喙厉叫两声，白信将手一挥，鸟儿冲出帐外，擦过营前战士锋冷的长戈，落向宣军大旗之上。

"好威风的鸟儿。"

白信随之出了大帐，忽听有人遥遥称赞。赤鸢在旗上扑翅厉叫，只见一队人马来到近前，当先一人正是少原君皇非，笑吟吟地向这边看来："远远见白将军爱禽归营，想必是带回了什么好消息。"

他是三军主帅，宣王之下万军之上，赤焰军诸将即便对此颇为不满，却也不敢拿军令玩笑，军情事务仍是要向主帅禀报请示。白信施礼相见，将赤鸢带回的密信送上："奚师弟送出消息，今晚三更天鼓峡袭城，他必是寻到了良机，能够里应外合。"

皇非看了一眼密信，道："天鼓峡？那处地势极其险要，天堑险道仅容一人勉强通过，不可能派骑兵大举进攻。"

白信道："暗夜袭城只选精锐好手即可，各营骑兵只要做好攻城的准备，一旦兄弟们成功入城，大军即可挥师强攻，玉渊城不愁不破。"

皇非点头道："如此说来，天鼓峡必要偏劳隐字营的兄弟了，不如便由白将军亲自领兵，也方便与城中配合。"

白信道："此次行动事关重大，末将恐难当大任。"

皇非哈哈大笑："若我没有记错，白将军是那日在点将台上唯一没有受伤的人，将军的武功造诣绝不在如衡、乐乘等人之下，又何必如此谦逊？"

白信抬眼与他对视一瞬，便道："若是军令，末将自当遵从，但只盼主营骑兵莫如前夜，迟迟不见发兵。"

皇非笑道："那白将军行动之前，切记检查烟火信号，以防意外。"

"君上放心，一切会由奚师弟安排，如此或许更加稳妥。"白信面上未有异样，心中却是暗自冷哼。前夜阻击王师，飞狐陉赤字营守军遭遇王师主力，几乎全军覆没，上将如衡亦殒命敌手。敌军突袭之时，主营大军增援斜谷道，却发现王师以火把惑敌，看似声势浩大，实际兵力不过千余。待到发现情报有误，飞狐陉已被敌军攻破，王师顺利入城，事后追查下来，却从幸存的赤字营战士口中得知飞狐陉甫一开战便遭敌军主力强攻，但因传信烟花出现问题，以致贻误战机，损兵折将。

宣王一怒之下，将当日负责制造烟信的士兵斩首示众，如衡领兵不利战败身亡，本是重罪，念在其人已死，开恩作罢。白信素与如衡交好，兼且心思缜密，总觉事情颇为蹊跷，暗中放出赤鸢巡查山野，终于发现那晚落在峡谷中的烟信，带回营中仔细查看，赫然发现内中燃药已被人用铅块调换，仅留底部一点，所以即便冲上天空，也绝不可能爆炸发出信号。此事与风字营斥候之死联系起来，隐约令人感觉赤焰军中有些不同寻常的阴谋正暗中酝酿，但目前并无确凿证据，是以并未向宣王禀报。正思忖间，忽见少原君望向帐中，含笑问道："听说将军近日看察风十二的尸身，可是有所发现？"

白信侧头道："从风十二体内经脉受伤的状况来看，致他死命的剑气十分霸道，那人所用的兵器乃是堪比血鸾剑的绝世利器，武功造诣亦是不凡，所以方能御真气剑气为一，伤人于无形……"话说至此，他忽然闪了皇非腰畔佩剑一眼，眸心有种诡异的表情乍现即逝。皇非与姬沧换回佩剑，原是两人之间私事，本便不为人知，等闲人平时也不会特别留意，但此时突然看在白信眼中，却化作一个令人惊骇的念头。

皇非看着帐中风十二的尸首笑道："堪比血鸾剑的利器，当世并不多见，详加调查总会有些线索。不打扰白将军了，今晚行军计划便如此决定，稍后我会传令三军，准备入夜攻城。"

白信略一低头，目送他带人离去。皇非在马上看似无意地回头望了他一眼，俊眸深处，似有微芒隐现。

巡视三军之后回营，皇非挥退侍卫独自入帐，一侧屏风之后突然无声无息地现出个人来，便仿佛墙上揭起一道剪影似的，若他不动，谁也不知帐中竟然另有他人。皇非俊眸一挑，随手微振衣袖，一道凌厉的掌风便向着来人肩头扫去。

"君上！"那人眼见劲风袭体，匆匆叫得一声，身子一晃向上拔起，忽然在灯下一闪便不见了踪影，再下一刻倏地从帐壁之上现身。皇非掌势斜去，去势之快匪夷所思，却又偏偏毫无预兆，竟连一丝掌风也无。那人眼见无法躲避，孰料一掌击实，却自那人胸口洞穿而过，灯下一道幻影闪开，那人不待他再次出招，翻身跪下叫道："属下神翼营吴期，见过君上。"

皇非目光在他身上一停，下一招便凝而未发，却见来人身量细瘦，长脸深目，身戴赤色宣军服饰，只是外袍上的花纹却是黑色，不同于其他人的金色火焰纹路，衣服颜色也略深。彼时宣楚交战频繁，楚军为窃敌机要曾暗中挑选军中精英混入宣国，关键时刻以为内应。这些人皆对楚国忠心无二，真正的身份亦唯有方飞白清楚，皇非打量他道："你是神翼营的人，什么时候入的宣军？"

吴期回答道："属下是当初钟林之战后，奉方将军之命改换身份加入宣军的，因原本出身七城，略通些旁门左道，所以便被选入隐字营。"

"隐字营。"皇非略略思忖，点头道，"不错，三年便升为中领军，可见战功卓越。"

吴期道："都是君上与方将军费心安排，属下早知君上在此，一直想来拜见，但又怕节外生枝，所以直到看见方将军传出的暗记，才来给君上请安。"

皇非抬眸，唇锋微微挑起，笑道："来得正好。"

吴期自怀中取出一样东西道："方将军曾命属下留意隐字营上将白信，今日他放赤鸢寻回此物，似乎已经怀疑那如衡兵败另有原因，正在暗中调查。"

皇非见他手中拿的正是当晚赤字营被动过手脚的烟信，冷冷笑了一笑："此人果然不可不防，也罢，今夜有件事情，便安排你去办。"

月冷雪霁，层云重重被疾风催动，在深峡险川前掠过时明时暗的影子。天鼓峡悬崖之侧，一线羊肠小道下临深渊，仿佛是绝壁之上一条细利的刀痕，笔直通往峰顶，玉渊城峭拔的轮廓如没云端，深夜之中隐约可见。

一声夜鸟轻啼，忽然自深不见底的峡谷中响起。月色陡暗，数条黝黑的钢索悄无声息地自崖上滑落，跟着几道黑影轻身而下，甫一落地便向两侧闪去，上方再有人影落地，顷刻间数百人出现在天鼓峡入口处，未曾发出一丝响动。待到所有人入谷之后，那为首之人轻轻挥手，立刻便有八人当前而去，但到崖上通道时却只能一字前行，绝壁间冰晶闪烁，仿若满地碎钻，月色忽然钻出云层，照亮了漫山雪光。

这一行人正是趁夜偷袭玉渊城的隐字营精锐，人人身怀绝技，并不因峡中天险而有任何阻碍。上将白信领兵在前，但见悬崖小道上冰厚雪坚，怪石嶙峋，一旁绝壁插天，直没云月，一旁却是万仞深壑，一眼望去深不见底。饶是他艺高胆大，也不免暗自打起精神，只因稍有不慎，便会坠足深渊，落得粉身碎骨。

急行之中，偶有战士脚下碰落碎石，石块滚下谷去，顿如激雷轰然，战鼓鸣响，一时轰隆不绝，久久方才停止，天鼓峡其名由此而来。亦因此天险，玉渊守军除了在峡谷口藤索处少量驻兵外，素来不曾设防。白信轻声传令，隐字营中四道人影飞出，足踏崖壁轻身滑行，竟是履险如夷，瞬间超过众人，向前而去。不过片刻，两人飞奔而回，低声禀道："将军，前方便是弦谷藤索。"

白信抬眼望去，只见前方果然已无山道，一道深壑横亘绝峰，其上烟云漫漫，杳然不见深浅，唯有一条三尺见宽的青石向前延伸，数步之外云封雾锁，不知所向。但他对天鼓峡地形早已十分熟悉，知道这石台之后乃是一条藤索古道，越过此峡便临近玉渊城西，他与奚尧约定的便是此处，只要宣军战士过了弦谷藤索，便可由他暗中引入城中，杀玉渊守军一个措手不及。

这时候，对面山崖之上忽然现出一点亮光，似乎是灯火浮于云雾，微微一闪，又是一闪。接连三次之后，白信知道便是奚尧发出的接应信号，下令道："十人一组，随我过桥。"当下提气轻身，凭空拔起，便往浓雾之中落去。

黑暗之中但见一道白影如絮轻飘，徐徐落在烟岚之间，下方藤索若隐若现，其人便如悬空而行，飘然无定。白信这一手轻功甚是漂亮，后面隐字营战士低声喝彩，陆续施展身法，沿藤索过峡谷而去。

这弦谷藤索横跨峡谷，浓雾之中不见尽头，白信轻功造诣远超他人，数次起落便已趋近对面，这时雾中灯火逐渐明亮，隐约可以看见一人手执轻灯，正向崖边慢慢走来。

"奚师弟！"白信出声招呼，掠过山崖落向对面，半空中忽见奚尧抬头，脸上神色苍白僵硬，古怪至极。白信心头忽然掠过一丝警兆，就在这时，奚尧身形向前急扑，一道黑影迅如闪电，噗的一声自他胸膛洞穿而出，带着血光直射白信门面。白信大吃一惊，情急之下一个翻身，那黑影自他颈侧擦面而过，仍旧重重抽上他的肩头。

白信闷哼一声向后落去，奚尧口中鲜血狂喷，叫道："师兄快走！"就此伏地气绝。

"偷偷摸摸入人家门，便想一走了之吗？"其后现出个黑衣男子，手腕轻抖，一条软鞭疾向白信卷去。这一下事出意外，之后越过藤索的两名隐字营战士大喝一声，挥刀前冲，黑暗中一人笑道："过得我乾坤扇，再顾他人不迟！"手中一柄折扇精光一闪，左挥右点，横劈竖击，藤索之上每过一人，便被他扇风扫中，连声惨呼迅速下沉，自藤索坠入深谷，霎时之间便无声无息。

白信知道行踪暴露，若被对手把守来路，当关斩杀，今夜隐字营便要在此全军覆没，当即无暇顾及肩头伤势，一声长啸亮出兵刃，一把细长利刀如电破空斩向那用扇之人。使鞭男子冷笑一声，翻身向他下盘攻去，白信刀势闪烁，凌厉狠辣，连续数招急攻，顿时将两人一并卷入战圈。

得此一瞬空隙，藤索之上战士们抢上山崖，立刻有数人加入团战，一时刀光剑影，喝呼怒叱之声不绝于耳。眼见度过藤索的战士越来越多，就在这时，山雾之中藤索上忽然发出缕缕晶莹的光芒，仿佛微雪随风飘落，不断坠向无尽的深渊，更有一丝箫音，自那烟岚雾雾中轻轻飘来，悠悠充满月夜山川。

藤索上隐字营战士皆觉那箫韵萦绕耳畔，低吟浅叹，如泣如诉，四周雪雾仿若云梦，一时不知身在何处。一缕光丝，倏然自脚下飞旋而出，冰丝银芒千枝万叶般向着虚空盛放，仿佛藤索突然有了生命一般，瞬间千丝齐舞，照得暗夜如昼。

灿烂绝美的光芒之中，忽然有血光当空爆起，藤索上隐字营战士纷纷惨叫，无不被那光丝卷中。但见雪谷之中银辉流转，星溅玉碎，无数躯体伴着散落的血花直坠深谷，但却再没有一人出声惨呼，早在落下之时便已毙命。

藤索之上不知何时出现了一个玄衣身影，无边无际的烟雪里，她手执清箫缓步而来，飘飞的衣袖上光华流荡，轻媚的长发间荧光幽舞。暗夜深处飞溅的血花，仿若朵朵红莲自她足下不断绽放，每一步都踏出地狱万象，却又美若魔域仙境。

隐字营战士不断地越过藤索，冲向对面。那人玉箫婉转，曲音不竭，千丝万影流放如雨，在雪谷上方虚空的云境中幻出无瑕华光。随着她身形飘转，每一丝箫音落处都有一人殒命深谷，直到她走到藤索尽头，走出那幽冥绝雾。对面青石台上身经百战的死士惊惧后退，面对这绝色美人，却像看到了世间最为可怕的景象。

她在青石台上站定，轻轻抬手，雪光映上皓白如玉的纤指，升起一点金灿的流光。

"你们还不回头吗？"

她妖娆开口，幽眸盈雪，点点丝光在她身后纷纭而落，如同下了一场极美的光雨。峡谷对面隐约传来激烈的打斗之声，当先两名隐字营战士一愣复又一震，兵刃前指喝道："何方妖女？让开！"

那女子眸光一利，随即无声微笑，叹道："地狱本无门，奈何你们执意相往，如此我便送你们一程也罢。"说话间弹指轻挥，一点流焰倏然而去，落向云间月夜，忽然化作翩跹焰蝶，迎风而起。无数蝶影，流金烁玉，盈盈飞向绝壁之上，越飞越高，就好像天空中流下炫美的烟花。隐字营战士一时看得呆了，几乎忘了拔剑对敌。那女子红唇轻扬，淡淡地道："何方极乐世界，天堂，地狱？"

话音落时，悬崖之上轰然巨响，一声又是一声，伴随着剧烈的爆炸之声，漫天火石飞雪，坚冰碎岩，暴雨一样砸向整个天鼓峡。隆隆不绝的巨石撞上山道滚入深渊，便似万鼓齐鸣、万马奔腾，又像沙场千军，滚滚而来。火光、血雨、沙尘、雪雾……下方的隐字营战士身处绝壁，既无路可走，亦无处躲避，数百人血肉横飞，无一幸免，随着接连不断的惊天巨响，全部葬身谷底，尸骨无存。

是夜之后，天鼓峡每逢雪夜皆会有激荡不休的战鼓之声自谷底传来，更常闻战马过境，惨烈厮杀之声，好似大军攻城，彻夜不息。玉渊百姓皆言宣军亡魂不散，发劳役数千于绝壁之上悬空而造玄女神祠。神祠落成之夜，悬崖山道轰然崩塌，不复再现，此地终成绝谷，亦再也没有任何声音传出，自此改名绝音峡。

第四章 北域雄主

崖上机关发动之时，子婼早已飞身轻退，弦谷藤索在焰光下寸寸燃起，最终毁于焰蝶绝舞之中。

对面白信听闻巨响，隐见峡谷上方火光连连，心知中敌诡计，已经无力回天，对方虽然只有三人，却巧借地势几乎令隐字营精锐全军覆没，倘若缠斗下去，就连过得藤索的数人也将性命不保，当机立断，大声喝道："莫要恋战，撤！"他自然是不知，这三人皆是冥衣楼高手，除了子婼，另两人正是漠北分舵易天和赤野分舵萧言。

萧言回手一鞭卷向他脖颈，笑道："哪里走？给我留下！"白信腾身避过，萧言鞭梢扫中崖壁，顿时激得沙飞石裂，冷雪飞溅。他哈哈一笑，左手一抖，黑鞭倏然扩大，右手却出其不意地爆出千百银光，漫天骤雨一般向着白信罩去。

白信长刀回转如轮，挡下大多暗器，臂上却被一柄飞刀深刺入骨，一时竟难抬起。

此时易天折扇复又攻来，猛提真气与之硬拼一记，只觉对方内力深厚澎湃，长驱直入，喉中一甜，蓦地喷出鲜血。

"将军快走！"两侧隐字营战士刃齐出，接过萧、易二人招式，已经皆是以命搏命的打法。白信知道当务之急便是通知宣王情势有变，如果隐字营全部战死，中军难免复遭算计，猛一咬牙，纵身向夜雾深处奔去。

山谷之中连续传出数声惨叫，萧言轻松地翻身落地，取了隐字营余人性命的暗器随着黑鞭纷纷回到手中，便要前去追赶。

"不必追了，正事要紧。"

子娆落在崖前，自奚尧身上搜出烟信，指尖一亮，幻出焰蝶，一道碧色如玉的烟花随手而上，伴着漫天闪烁的蝶影直向夜空深处冲去。

白信逃过截杀，急欲赶回宣军大营，一阵急奔之后，眼前忽然一黑，险些就此失去知觉。

方才他被萧言所伤，臂上飞刀虽已拔出，但始终无暇包扎止血，肩上鞭伤彻骨，剧痛阵阵传来，几欲晕厥。他知道这是失血过多，不敢再行逞强，遂身靠岩壁闭目调息，不忘思索奚尧怎会被人识破，以致功败垂成。正在此时，身后突然响起极轻的脚步声。白信警觉回头，一道人影已到了近侧，那人行动快如幻影，一闪之下消失无踪，下一刻却自岩壁之上忽然出现，仿佛原本便已伏在那处。

"将军！"

白信闻声一喜，见是隐字营副将吴期，再看去却发现他孤身一人。吴期对他摇了摇头，白信便知隐字营精锐已尽遭毒手，想必这吴期若不是仗着奇异的身法，恐怕也难逃此劫，不过终究还有人保得性命，当下道："你速速回大营禀报殿下，就说王师在城中设有埋伏，千万不要贸然攻城。"

"是。"吴期答应，却站着不动，只道，"将军伤得很重？"

白信微微闭目，喘息片刻："还支撑得下。"他撑着崖壁想要站起，却双膝一软险些跪倒，易天那一掌让他受伤不轻，强撑至此终于发作。吴期身形一闪，趋近他背后："我先替将军疗伤吧。"

白信哑声道："不必管我，先去军中送信……"话未说完，只听吴期在耳边轻笑一声："将军放心，属下一定会把军情送到。"跟着心口蓦然一凉。

白信不可置信地低头，看向自己胸前洞穿而出的利剑。吴期抽剑，抬手，身退，剑锋带起一道干净利落的血花。白信身子晃了一晃，口喷鲜血，径直栽向前方山崖。

吴期还剑入鞘，上前查看一番，此处崖壁无底，尸首早已坠落不见，风十二之死和如衡兵败的秘密也随之埋入这荒山谷底，再也无人能够查知。他隐约一笑，忽然间回身抬头，只见漆黑的天幕之上，一朵刺目的烟花霍然绽放，前方整个玉渊城都被照亮，震耳欲聋的喊杀之声冲天而起。

玉渊城前箭落如雨，火光冲照夜空，映得一片赤红如血。

近百架由宣军死士推动的云梯不断靠近城墙，城头守军早有准备，立刻发动机关，巨石纷落，檑木滚下，半空中血肉横飞，焦烟腾腾。宣军战士偶有抢上城头者，不是被乱箭射杀，便是被利斧长刀断手断臂，惨叫跌落，一时间城下陈尸遍地，血溅四野，战况惨烈至极。

宣军一度失利，却皆悍不畏死，在大军强弓劲弩的掩护下频频攀城而上，更以火箭攻击城堞，令得守军难以立足。玉渊守将陆已亲临城头督战，一声令下，只见城上一片沸腾的金液同时浇下，杂以矢石沙灰，流火滚油。城头数十个巨大行炉柴高火旺，不断销铁熔金，滚滚倾向城下。宣军中者数以百计，无不肉烂骨毁，死无全尸，更有甚者被熔液当头浇中，坠下城去，死状甚是骇人。一阵铺天盖地的油雨之后，宣军再次被逼退，伤亡惨重，玉渊王师则是有备无患，颇有以逸待劳之势。

不远处宣军中赤色王旗徐徐飘扬，正是姬沧王驾所在，身旁诸将遥观战况，却无一人胆敢作声。姬沧高居马上，冷眼观望，已是发现情势有变，却也料想不到隐字营精锐已经在天鼓峡全军覆没。

随着姬沧手势落下，宣军阵前旗帜变幻，便有高耸的战车组成阵形缓慢而整齐地向玉渊城推进，战鼓遥遥传遍四野，就连大军驻地也听得清晰无比。营地帅帐之中，皇非盘膝而坐，双目微合，忽然抬手轻拂案上古琴，一阵金铁杀伐之声自弦上乍然激破。几声低音之后，曲音越来越高，宫调转徵，复入角羽，突然繁音渐增，此起彼伏，仿若千军滚滚，倾城而至，又似金鼓铮鸣，战马急催。玉渊城前重木撞上城门，火雨覆没天空，厮杀之声震天动地。皇非始终垂眸静坐，唯有琴上弦音飞扬不止，但突然之间，弦音铮的一声拔起，曲调未成，骤然崩断。皇非双目唰一下抬起，帐壁之上却有道黑影诡异地一晃，有人低声道："君上。"

皇非合手按弦，微微侧眸，知是吴期返回："说。"

那黑影躬身道："君上交代的事情已经办妥，但是……隐字营误中敌军埋伏，全军覆没。"

皇非心中微微一凛，随即明白宣军的计划出了意外，今晚攻城之战极有可能变成王师诱敌的圈套，倘若姬沧领军攻城，必然凶险至极。思及此处他拂袖起身，身形一动已到了帐外，不远处战火冲天，映照眼帘，他微一蹙眉，喝道："来人，备马！"

此时宣军一波攻势略缓，玉渊城头忽然火光大作，守军燃起数百火把，照得夜如白昼。只见有数人现身城上，当先一名玄衣女子在火光之下凭风而立，发若云舞，其后影影绰绰，王师众将皆已到齐，更有战士手执长矛，矛尖上挑着一排物事，因隔得太远，一时看不清楚。

子娆登上城头，面对下方数倍于己方的精兵铁骑，扬声道："叛王姬沧，你不自量力引兵作乱，今夜暗施诡计前来袭城，以为便能得逞吗？如今自取其辱，我便送你一份回礼！"

她这几句话以玄通内力送出，声音清澈娇媚，仿若风动碎玉，却清清楚楚地传遍宣国三军。话音落时，城上战士齐声震呼，楼樊哈哈大笑，伸手取了战士手中的长矛，喝道："兀那叛贼！看爷爷厉害！"说着长矛向地上一顿，举起城头巨弩以矛作箭，奋起神力一声大喝。

劲弦响处，那长矛流星一般跨越千军，向着宣军阵中遥遥击去。王师守军高声喝彩，余人并无楼樊这般神力，便将矛上物事掷入投石机，一声喝呼，纷纷越过护城河直投宣军而去。

楼樊那一箭瞄准军前金鼓，但听咚的一声巨响，击得鼓声大作，滚落下地。宣军中立时有人呼道："是隐字营的人！"原来那些物事竟是十余枚刚刚割下的首级，雨点般落入宣军阵中。

姬沧听得子娆话语张狂，目中怒气渐盛，挥袖一振，一个落向王旗的人头应手扫飞，半空中血浆四射。只见他脸上戾气隐现，甚是骇人："传令！全军攻城！一个不留！"

宣军三军震喝，战鼓轰然齐响！众将早已怒愤填膺，当先纵马出阵，大军狂潮一般向玉渊城发起猛攻。

此次宣军攻城之势甚是猛烈，不断有战士登上城头。守军投石如雨，熔金流火，利箭好似漫天飞蝗向下坠去。城头血溅三尺，步步厮杀，但有子娆、靳无余、叔孙亦、楼樊、萧言、易天等一众高手猛将加入，守得固若金汤，滴水不漏，宣军人数虽多，却也一时难以突破。

子娆挥袖射出数道流光，几名刚刚踏足城头的宣军溅血跌落，双掌一翻，复又击退一名将领飞来的长刀。突然之间，耳边听得一声长啸，一道赤色人影冲天而起，仿若疾风红云罩向城头。一重森寒浑厚的掌力，带着迫人的劲风当空击落，子娆清叱一声，指尖焰蝶光芒四射。但听嘭的一声，劲气交击，子娆身子一颤向后疾退。焰蝶金光流散，红云肆舞，姬沧挑眸转头，两道目光冷电似的射向子娆，跟着杀意大盛，一掌击毙冲上前来的守军。只见他身形微微一晃，手起掌落，所到之处守军纷纷毙命，就连惨叫都来不及发出。

姬沧纵横城头，辣手毙敌，城上防守顿时减弱，宣军接连攀城而上，人数越来越多，却皆不及宣王如鬼似魅的身影可怕。姬沧伤敌破阵似入无人之境，身后忽然光华四照，正是子娆飞身袭来，面前亦有人大喝一声："穿红袍的莫要逞能！吃我楼樊一剑！"

楼樊一柄巨剑破空急砍，与子娆同时攻向对手。姬沧沉声冷哼，身形一旋向上拔起，半空中双掌齐出，但见劲风狂涌，真气横冲，子娆与楼樊竟被双双震退。姬沧长啸一声，身影闪电急趋，砰砰砰与楼樊硬对三掌，楼樊须发皆竖，接连倒退三步，哇的一声鲜血狂喷。

子娆亦被姬沧强横的掌力震得气血翻涌，见势危急，袖底千丝疾转而舞，便将一个正在熊熊燃烧的行炉扫向姬沧。姬沧长眸一挑，赤袖横扬，掌力隔空击中行炉，但听轰然巨响之声，那行炉竟在半空被他一掌震碎，里面沸腾翻滚的金水更是漫空激射，尽向子娆面门冲去。

子娆眉心莲华乍现，万千丝光，天矫灵动，蓦然张开一重晶莹透亮的屏障，漫天火雨便像击在琉璃冰晶之上，纷纷随着光华飞蹿跳跃，流星般坠向黑暗。姬沧一掌之后，欲待追击，面前却有两柄长剑双双刺来，正是叔孙亦、陆已赶到，跟着鞭影扇形左右闪现，却是萧言、易天联手攻来。

姬沧纵声狂笑："先杀你们，再取那妖女性命！"以一敌四，竟然空手应招，但见剑光中一道赤影倏进忽退，飘忽来去，显然游刃有余。萧言四人除陆已武功稍弱外，皆是一等一的高手，姬沧却剑不出鞘，激斗之中更有余力频频发掌，不断击毙城头守军，杀得众人心惊胆战。

楼樊为姬沧重手震伤，跌坐在旁一动不动，子娆见靳无余已经赶至助他疗伤，料想他暂时性命无忧，抽身加入战圈。当初在穆国之时，她曾见媗夫人与岷息施展巫灵之境的武功，知道巫族异术另有蹊径，之后潜心研习莲华四术，悟出四术合一的法诀，此刻指端流光变幻，结出巫境法印。城头浓云翻滚不息，月色也似被血火吞没，只余漫山遍野的喊杀之声，蓦然一道电光裂空闪现，击向血流成河的战场。

一声清鸣，如凤冲霄，冰雪展翼，莲华纵生，虚空明媚的幻光，向着那赤色魅影迎风冲去。

姬沧霍然回身，眸中异芒大盛，一道剑光自他袖底电射而出，黑暗的战场便似被狂阳照亮，烈芒如火，睁眼如盲。那雪凤破日而出，火翼冲流，直上青冥。这时楼樊功行圆满，一口鲜血喷将出来，跳起来大声叫道："穿红袍的，再吃爷爷三剑！"说着纵身扑去，靳无余早便不耐观战，一剑锐气照空，攻向姬沧左翼。

子娆唇角逸出血丝，一击之后飘身后退，手捏法诀，就此静立不动。姬沧虽然将她震退，但受莲华四术一击，却也觉真气不畅。楼樊、靳无余二人加入战圈，六人联手，威势登时不同。姬沧一声冷哼，逐日剑仿若十日流焰，赤色翻飞，一道烈芒肆舞，六人六把兵刃，居然寸功难进。但他被六人缠住，城头守军重整阵脚，却也阻住宣军攻势，一时便成僵持局面。皇非早已来到军前，原本遥遥观战，按兵不动，此刻突然抬手道："弓箭伺候。"侍卫奔上前来，将宣王金弓跪地奉上。

皇非引雕弓，搭金箭，遥指玉渊城上。云中电光骤闪，弓弦震响，一道金芒，如月行天，向着城头疾奔而去。十丈高城，千军战阵，一箭之光，惊云破空。

城头之上，萧言趁靳无余抢攻之机，鞭梢疾点姬沧要穴，忽然眼前金光疾闪，一支利箭直取眉心，情急之下仰身后翻，箭锋擦面而过，去势不歇，径直贯穿一名守军胸口，鲜血四溅。饶是萧言身法迅疾，亦惊出一身冷汗，不知何人如此箭术，隔了这么远的距离，箭上真气仍旧这般强劲。

皇非稳坐马上，一箭之后，再搭金弓，狼牙羽箭连珠而出，每一箭皆对准城上六将，竟是箭无虚发。姬沧得此强援，身边压力顿减，放声大笑，忽然飘身疾闪，趋向陆已身前。陆已一剑刺出，却觉眼前一花，姬沧闪过剑锋，左手疾探，手臂陡然暴长，已经扣上他的肩头。叔孙亦大吃一惊挺剑来救，逐日剑上突然爆起异芒，两剑相交，一股阴寒霸道的真气沿剑而上，叔孙亦浑身剧震，喷血跌退。身旁一名宣军将领趁隙攻来，易天离他最近，挥扇横扫，将那人击下城头。

姬沧手下暗劲透出，陆已惨叫一声，肩骨寸断，更被他以内力震断经脉，眼见口中鲜血狂涌，已是不活。姬沧一招制敌，随手一送，左侧两柄长剑便向着陆已身上刺去，靳无余、楼樊大惊之下双双撤招。萧言长鞭倏进，抢进战圈中心。姬沧蓦然冷笑，剑尖忽扬，准确挑中鞭梢，萧言手中鞭影爆散，姬沧身形微晃，便已趋近他面前，左掌隔空虚按。萧言抽身已是不及，胸口如被重锤击下，闷哼一声，连人带鞭向外跌去，撞在城墙之上，七窍之中皆有血丝逸出，不知生死如何。姬沧这几招兔起鹘落，干脆利落，六将一死两伤不过电光石火之间。此时一直静立不动的子娆忽然抬眸，指尖幽幽升起一朵清莲，火光之中，说不出的皎洁明媚，莲华重重，清莹曼妙，向着姬沧背心无声印去。

姬沧正被靳无余楼樊联手抢攻，那幽莲就像突然出现在他身后，事先毫无预兆。就在这时，半空呼啸声起，一道金光直奔城头，不偏不倚正中莲心，激得晶光四射，再有一箭，凌厉无匹，却是冲着子娆心口笔直射去。

子娆闻得箭啸，旋身而舞，幽罗玄衣飘旋飞扬，已将来箭卷入袖中。回头下望，只见城下军潮赤烈，一道白色身影分外醒目，隔着血流与战火，她只能看清那人脸上戴着一副冰冷的黄金面具，不知为何，心中竟然无端惊悸。

皇非双箭射出，弓弦未收，忽然丹田之中真气乱冲，一阵剧痛袭来。他手下微微一紧，俊眸轻合，而后掷下金弓，淡声传令："鸣金收兵。"

宣军虽正全力攻城，但一切行动皆以军中号令为准，攻守进退听从帅令。闻得金声响彻，前锋士兵首先停止前进，弓箭手列阵掩护，更有巨盾遮挡箭矢，两翼骑兵展开，防止敌军出城追击，大军化首为尾，有条不紊地向本营退去。

姬沧一掌击退易天扇招，抽身回头，沉声冷哼，却亦不加恋战，将陆已随手抛出，身形瞬移，便向城下飘去。身后数支冷箭射来，但见他凌空扬袖，一丛箭光劲射，数人惨叫毙命，慑得守军无人再敢发箭，眼睁睁地看他从容身退。

其他将领见宣王罢手，便也随后而去。靳无余抢前接住陆已，见他胸骨寸裂，早已回天乏术，不禁心下惨然。

子娆遥观敌军退而不乱，军容整齐，心知不宜追击，便亦传令停战。

冷冽的晨光中宣军列阵分明徐徐后退，那白衣人在马上回头，一道锐利的目光，透过黄金面具凛凛射来，子娆也一瞬不瞬地看着那人，凤眸幽魅深若寒潭。丝缕朝阳漫过烽烟，自两人之间生死沙场上抹开浓重的光芒，护城河中血水东逝，白骨尘埃，一去无回。

东帝七年玉渊一役，宣军趁夜袭城，遭王师设计阻击，损兵三千有余，其中包括隐字营五百精锐，上将白信尸骨无存，遂由中领军吴期暂代其职。风字营斥候尸身为赤鸢所毁，死因石沉大海，无人再复追究。

第五章 至心至毒

天色阴沉，朔风吹起残雪，呼啸着卷没黯淡的日光，天空中一只赤鸢振翼盘旋，唳声透日，忽然间长翼一振，向着不远处嶙峋的山谷俯冲而去。

宣军王帐前兵来将往，不断有人出入禀报军务，营地中紧张忙碌，丝毫没有大战之余的放松，反而更添肃杀锐气。但是中军帅帐却一直异常安静，仔细看去，有宣王血卫在外守护，任何人都不能靠近打扰。

皇非盘膝而坐，帐外喧哗之声传到此处已是极轻，一盏金灯微微跳动，映着榻上之人略微苍白的脸色，不知不觉，一日西沉。

帐门掀动，卷入一阵风雪寒意，复又一晃落下。皇非睁开眼睛，看了一眼来人，面前华丽的赤色锦袍掠过席间，姬沧随手拿起那副黄金面具，问道："可好些了？"

皇非没有动，只是合眸道："无碍。"

姬沧长眸之中敛了灯火，微微有些光泽闪动跳跃，说道："莫以为我不知道，先前你以秘法强压伤势，在点将台上放手施为，本便遗祸甚深，昨夜阵前又妄动真气，就是这一日调息，恐怕也不好受。"

皇非唇角微动，声音冷冷淡淡，似是并无什么感情："那也不及你任意妄为，明知情势有变，自己逞什么英雄？"

姬沧乌眉一挑，凝眸问道："怎么，你临阵出手，莫非是怕我遭了暗算不成？"

皇非抬眼道："那是自然，宣王要死也得死在我的手里，万不能便宜了他人。"

姬沧眸光骤闪，继而哈哈大笑，道："不管怎样，总还是有三分义气。哼！若我决意挥军攻城，玉渊城现在早已是焦土一片，我没杀光那几人已是手下留情，又有何人伤得了我？"

皇非低声道："假设昨夜她暗算隐字营后设下埋伏开城诱敌，胜负恐在五五之数。不过若如此，那也不是她了，她要当众杀我大军威风，只不过被你杀伤数将，倒也扯了个平手。"

姬沧称雄北域向无敌手，此次宣军虽非战败，但连损两员上将，攻城未下，已是极少有的事情，不由冷哼道："昨夜不是看你脸面，我一掌便毙了那妖女。"

"杀她容易，不过她若拼得一死，也能令你受些损伤，要应付余下几人便也危险。"皇非低咳一声，"该来的人还没来，你又急些什么，眼下只要围城即可，派兵断其粮道，留一条出路任之突围，他们很快便会沉不住气。"

姬沧听他气息不稳，皱眉道："你的内力仍未恢复。"

皇非虽与他言谈如常，但实际丹田之中气息紊乱，不时剧痛难当，那道封锁他内力的真气时隐时现，诡异莫名。姬沧曾数次助他行功，合两人之力竟也无法冲开这道禁制，真正发作起来，一身武功几如被废，必得静养调息才见好转。思及此处，他不由眸色略沉，透出轻微的寒光，话中却绝口不提此事，只道："十九部大军收拾关外城池，算来应该也差不多了。"

姬沧起身踱了数步，却道："这样下去也不是办法，你身上的伤虽然暂时无碍，但时间久了恐怕损及经脉，到时便是麻烦。我已派人打听过，那曾与巫医歧师齐名的'百仙圣手'蝶千衣便在惊云山忘尘湖，不如我先陪你去一趟。"

皇非淡淡地道："百仙圣手原是辛嬴国人，辛嬴在东帝初年灭于我烈风骑下，蝶千衣避世隐居，立誓终身不医楚人，莫说她未必能医此症，即便是能，也不会接手。"

姬沧挑眸道："那么江湖上自此便没了百仙圣手的名头，她若敢说一个不字，我便挥军踏平惊云圣域。”

皇非看他片刻，忽然笑了一笑："我倒忘了，既然是宣王的命令，又有谁敢违逆，也罢，便随你吧。"

浮云，月淡。

一只信鸟自玉白的掌心振翅而起，穿过夜云向着崇山峻岭飞去。子娆凭窗而立，直到鸟儿踪迹全无，仍是凝望天际，眸中隐隐露出牵念神色，却更有丝缕抹不开的隐忧。

自那日攻城之后，宣军虽未再大举进犯，却先后截断玉渊城周围粮道，于飞狐陉、斜谷道、渠沟三处重新驻兵，不复当日王师来援时强弱不均的布置。连日来王师数次派人突袭，扰乱敌阵，皆是无功而返。玉渊城中存粮有限，除百姓之外，大军每日消耗甚多，如此下去过不多久军粮便要告罄。如今想要守住玉渊难，击退宣军更是难上加难，子娆一时望着黑暗的虚空出神，只见星云渺渺，千里无踪，不由轻声自语："若是他在，会怎么做呢？"

门外脚步声响起，叔孙亦叩门而入，近前叫道："公主。"

子娆回身相视："还有多少？"

叔孙亦道："每人每日减至两顿，大概还能支持十余日。"

子娆点了点头，沉默不语，心下暗思对策。叔孙亦来到她面前，道："姬沧用兵一向以快、狠著称，赤焰军从来能速战则不攻坚，极少有围城之战，这一次似乎有些出人意料。"

子娆心头忽然闪过一副黄金面具，不知为何，竟想起那日宣军阵中见过的白衣人，这念头一闪而过，说道："如今之势，先生以为如何？"

叔孙亦道："末将有个建议想同公主商量，却不知当讲不当讲。"

子娆抬眸相询："什么？但说无妨。"

叔孙亦略加斟酌，迎着她的目光，缓缓道出二字："弃城。"子娆不由一惊，却见他眼中射出沉稳犀利的光芒，"我们虽一时无法击退宣军，但若安排得当，全军撤退并非难事，眼前形势下，玉渊城陷落怕是迟早之事，既然如此，不如弃卒保车，以退为进，从玉渊全线撤军，任宣军攻取十三连城，拉长战线。"叔孙亦见子娆没有说话，停了一停，方继续道，"如此一来，首先可以解决我们的军需，而姬沧连番攻城交战，兵马损耗必将十分巨大，只要我们沿途坚壁清野，再暗中控制住沩江水路，宣军很快便会逐步吃力。待到他们深入王域，我们便可设法断其粮道，使之不战自乱，那时战况将会有很大的转机。"

一席话毕，屋中一片寂静，唯有月光穿云斜照长案，洒上玄衣幽袂，映衬纤指如玉。子娆指尖轻轻叩动，似是在思考叔孙亦的建议，片刻之后，她站起身来，走向后方高悬的军事图，抬头久久凝视，最后开口道："先生所言是顺势应时的良策，利而诱之，乱而取之，实而备之，强而避之，如今宣军兵力数倍于我，粮草充足，士气高昂，与之硬拼几无胜算。"

叔孙亦道："公主日前设计诱敌，已是大灭敌军威势，我方将士人人信心倍增。"

子娆置之一笑："但是强弱悬殊，这情况却无法改变。"

叔孙亦沉声道："小敌之坚，大敌之擒，不若暂避以俟良机。"

子娆转过身来，玄袖一扬，燃起两盏明灯，背后军事图霍然明亮，现出王域山川河流、城池重镇。她深吸一口气，道："先生精通兵法，足智多谋，无怪王兄一直对你另眼相看。但兵法亦云，兵贵胜不贵久，知兵之将，民之司命。若依此计，十三连城必如少陵关外的城池一样，惨遭宣军屠戮，沦为人间地狱。王师全身而退，却任百姓流离、敌军肆虐，如此何以面对王域子民？"

叔孙亦叹了口气，却不言语。子娆徐徐道："先生此时心中定是怪我妇人之仁，但这次出征之前，我便已立下重誓，王域，包括九夷故国任何一寸土地、任何一个臣民，我都绝不会任之沦落敌手。王族誓言，从来说到做到，此便为我族之所以为九域之共主、天下之尊。"

叔孙亦眼中掠过轻微的诧异，听她话语柔魅悦耳，其中之意却甚决绝，虽仍想劝说她放弃十三连城从长计议，但眼前这位九公主毕竟不同于王后且兰，对她虽然敬服，却也并非全无顾忌，话到嘴边，到底停住。叔孙亦垂眸沉思，最终道："公主既然已有决断，末将谨遵吩咐。那现在我们唯有一条路可走，便是劫粮。"

叔孙亦为人心思缜密，此前心中早已反复思量，想过任何一种突破困境的方法，当下将另一提议说了出来："如今各处要道被封，我们想要从王域运送军粮显然已不可行，合璧与玉渊相隔不足百里，目前乃是宣军囤粮之地，据斛律遥衣得到的消息，数日后宣军又将有一批粮草到达，正是由柔然族负责押送，我们可以趁机动手，有柔然族暗中为应，则胜算颇大。"

"柔然族。"子娆记起当日在楚都，子昊亲自出手收服柔然，令万俟勃言献出幽灵石归附帝都。自她取回后风国冰蓝晶、穆国紫晶石之后，九转玲珑石已有七道重归王族，唯有那血玲珑仍在宣王身上，而金凤石在岷息死后，想必也已落入婠夫人之手。她虽不曾听子昊提过取回九转灵石的最终用意，但直觉这九道灵石所隐藏的秘密必然至关重要，甚至牵扯到他的生死。或许他早已有备无患，他向来将凡事都料算得当，所以亡岷息、杀歧师，并无丝毫顾虑，只对这九转灵石格外留意。思及此处，子娆凤眸微光一亮，叔孙亦见她唇角淡淡飘过一丝笑意，正不明了，那笑痕已逝，子娆扬眸道："若依先生之计，我们可以自苍雪长岭暗取合璧，无须出动大军，只派精英好手前去便可。倘若劫粮成功，自然甚好，即便不能，也能毁了宣军粮仓，乱其阵脚。"

叔孙亦仰望军事图，点头道："末将想到的也正是苍雪长岭，此处纵穿越峡，与关外雪原相邻，若有意外，后有退路，甚至可据险而守，此次行动，便请让末将带人前去。"

他如此说，一是因行动是自己提出，便于指挥实施，二是表明先前弃城之议并非贪生怕死，子娆心中明了，微微一笑道："先生还请镇守玉渊，这次行动由冥衣楼负责即可。说起暗度陈仓，军中诸将仍是稍逊冥衣楼三分，而且倘若有失，冥衣楼应变也要灵活得多。"

叔孙亦蹙眉道："冥衣楼好手虽多，但萧言重伤未愈，赤野分舵的部属那晚也在姬沧手底折损不少，若只有漠北分舵压阵，只怕有些势单力薄，军中有靳无余在此，还是让末将同去吧。"

子娆笑道："不瞒先生，冥衣楼纵横江湖，不归王师所属，楼中各部都是些草莽之人，难免放肆惯了，轻易不受人约束，若有外人插手，恐怕不从号令。萧言有伤在身，此番是去不得了，这一次只有我亲自走一趟。靳无余能征善战，但生性耿直不善谋略，玉渊城中还得偏劳先生。"她性情恣肆，与众将相处向来不拘于礼，今日言语却是客气。叔孙亦也知冥衣楼实际乃是王族暗中最强的势力，等闲不会听从他人制约，何况此次行动虽说犯险，但赤焰军主力并不在合璧，亦无姬沧这等高手坐镇，既然出动冥衣楼两大分舵精英，想来也并无什么可惧之处，当下笑道："如此便听从公主安排。"

子娆点了点头，当即召了靳无余、易天等人前来，萧言、楼樊当日为姬沧所伤，虽然性命无忧，却也一时无法与人动手，此时听得要去劫宣军粮道，萧言自然暗觉惋惜，楼樊更是耐不住性子，不由破口大骂姬沧。众人见这莽将军急得跳脚，不由皆莞尔。商议过后，决定将冥衣楼部属化整为零，乔装改扮潜入合璧。冥衣楼本为江湖帮派，如此行事甚是方便，不怕暴露行藏，待到合璧之后，劫粮还是毁粮，便看情势再定。

诸般细节商定之后，易天即刻前去安排，漠北分舵三十名部属便于当夜动身，往合璧而去。

帝都王城，一沓沓军报不断送入中枢要地，虽然远离战场，却依然能感觉到此时局势的紧张，但是长明宫内外始终一片宁静，无论多么紧急的战报都不会在这里激起一丝动荡，烟雪竹海，若离尘嚣。

离司像往常一样端了汤药进入寝殿，奉命守卫的影奴见到是她，并不阻拦，却也不像寻常侍卫那样点头致意，只是悄无声息地隐入黑暗之处。离司向来有些怕这些来去无踪的影子杀手，快步穿过前殿，便到了东帝居处。

时已入夜，殿中灯火未燃，沉寂无声。离司见主上似乎睡着，便轻轻放下手中托盘，转去将屏风之外的垂帘放下，刚刚回身点起金灯，忽然听到主上的声音低低自黑暗中传来："离司，宣国的军队到哪里了？"

灯火深处，子昊仍旧闭目静卧，却原来并没有入睡。离司听他突然开口询问战事，不由吃了一惊："主上，宣国……宣国……"

子昊并不睁眼，只是淡淡地道："说吧。"

"宣王姬沧十日前起兵叛乱，公主怕主上劳神，所以才不让我们禀报。"离司轻声道，原来主上一直知道外面发生了什么事，宣国兵犯王域，禁卫军封锁寝宫，王师出兵平叛，其实这么大的事本来也瞒不过主上，只不过他没有问，大家便也暂且不说，何况还有九公主严令在先，也算不得欺瞒主上。离司虽然这么想着，心中还是有些忐忑，近前屈膝跪下道："主上，昨日听苏公子说，宣军虽然攻下了少陵关，但是现在被阻在玉渊，好像数度攻城都没有成功。"

"玉渊？"子昊睁开眼睛，语气中似乎略微带了一丝意外，"宣军没有拿下十三连城？王师领军的是靳无余还是叔孙亦？"

离司迟疑了片刻，道："领军的不是靳将军，也不是叔孙先生，是……是九公主……"她话音方落，子昊突然转头看来，离司被他目光看得一凛，一句话就没有说完。那一瞬间，她显然看到主上蹙了一下眉，而后便听到一阵低促的轻咳。离司突然想起药就要凉了，急忙起身端了过来，子昊却微一摆手，道："你去将这十日间的所有战报拿来。"

离司答应一声，便去重华宫禀报王后，很快取了战报过来。当她回来之时，子昊已经起身靠在榻上，微微的灯火之下一袭单衣披在肩头，虽然病容淡倦，目光却是清明，接手翻看了数张战报，他突然轻轻叹了口气，向后靠去："你去吧，朕想歇一歇。"离司见他神色之中隐有异样，似乎并不因这些捷报而欣慰，但也不敢多问，只按他的吩咐熄了灯火，低头退出殿外。

月光如练，斜照雕窗，映落一地斑驳幽影。子昊闭目躺了一会儿，心中却不平静，方才那一沓战报，前面数日一直是他再熟悉不过的字迹，从无间断，但到最后一封，却不知为何换作了叔孙亦的笔迹。他不由又皱了皱眉，劫粮，信中只有简短的情报，并无再多具体的细节，越是如此便越叫人放不下心。他原本推断以赤焰军的实力，此时应该已经攻克十三连城中大部分城池，兵力沿洳江深入，不日将至惊云山附近。但是有一个人，似乎总是在他的意料之外，居然将赤焰军挡在了边城玉渊，他无声轻叹，片刻之后，便慢慢扶了玉榻起身。

　　黑暗中他的动作极缓，但是撑在榻前的手却略微有些颤抖，他没有传召离司进来，只是静静调匀呼吸，等到经脉中阵阵刺骨的痛楚稍缓之后，抬手向侧按下，案旁一个暗格无声滑动开来，露出一方碧玉小盒。打开盒盖，一股若浓若淡的异香顿时散满寝殿，就连紫铜炉中幽昙香的气息也被盖过。那盒中装着凝玉样的膏脂，月色之下看去透明一般，却又有着莹润微白的光泽，幽冶的香气深处，丝缕赤色若隐若现，衬着碧玉盒底，竟有几分夭矫灵艳的感觉。

　　子昊看向殿外清冷的月光，片刻后微微瞬目，依稀笑了一笑，便自行服下盒中药物，手捏法诀，合目静坐。过不多会儿，他额上慢慢现出细微的汗珠，脸色便不似先前那般苍白，但是从一直微锁的眉心却可以看出，这以子夜韶华花中精髓萃取的药物并不十分平和，甚至服用之后有着极大的凶险。

　　子夜韶华的芬芳盈满琼苑，整整一炷香时间，子昊周身都被灵石幽光笼罩。直待那光芒逐渐淡去，他才轻轻地舒了口气，睁开眼睛，脸上虽然仍旧血色淡薄，精神却不再那般虚弱，看去也只似大病初愈一般，再无什么不妥。

　　如此一连三日，他都独自用药调息，离司送来的汤药虽然留下，却皆被他倾入花中不再服用。第二日，他便召苏陵、且兰、墨炉来见，如常过问军政。众人见他病情大好，无不喜出望外，但是问起来，他也只道是九幽玄通修为再进，仍旧能够克制药毒，一时间就连离司也未曾察觉不妥，倒是且兰似乎欲言又止，但最终也没有多说什么。

　　这几日子昊病愈，含夕每天都来长明宫看他，时时陪伴在侧，对他甚是依恋。但到第五日，他忽然对外宣称闭关，仍将一切事务交付苏陵、且兰二人，清晨时含夕像往常一样来到长明宫，却被影奴拦在外面。含夕颇为失望，知道这样一来又要有好久见不到子昊，忍不住便寻了个空隙自后殿溜了进去，心想也不打扰他，只是偷偷看上一看就好，谁知悄悄进了寝殿，却发现里面竟然空无一人，原来子昊根本没有闭关休养，人已不知去了何处。

　　含夕少年心性，只道子昊像她以前一样，暗中自己偷偷出宫去玩，不由撇嘴道："子昊哥哥也真是，出宫去玩都不带我。"正觉不快，突然间灵眸微转，又笑道，"他不带我去，难道我自己便出去不得？我有云生兽，若是跟去自然找得到他，嘻嘻，到时候便叫他吃上一惊。"心中主意已定，当下回到御阳宫稍微打点行装。且兰虽然派了数名可靠的侍女贴身侍服，但含夕的摄虚夺心术已是颇有成就，此时刻意而为，轻易便迷倒侍女溜了出去，待出了王城一路向北，独自沿着云生兽的指示便往玉渊方向追去。

第六章 故人心计

子娆与叔孙亦商定劫粮计划之后，数日间冥衣楼部属或扮为贩夫走卒，或装作商旅过客，七十余人分批行动，全部潜入合璧。合璧宣军虽然盘查甚严，但一来冥衣楼之人乔装得当，二来两大分舵自北域撤出时沿途安排了暗桩，城中原本便有内应，所以行事顺利，未露丝毫破绽。子娆自不耐烦那般乔装改扮，仍如以前行走江湖时以帷帽轻纱遮面，另寻他路绕道入城。

是日宣军第一批军粮已经抵达合璧，沿途护卫果然由柔然族负责，人马彪悍整齐，丝毫不逊宣军。子娆与易天、斛律遥衣选了邻近的一家酒楼隔街观望，只见除了万俟勃言外，随行之中另有一人，黄衫轻袍，面目俊美，看去在军中地位甚高。易天压低声音道："此人便是天工瑄离，支崤城所有机关都出自他的手中，宣王一向对他甚是倚重。"

"天工瑄离。"子娆遥遥注目，亦知道瑄离精擅机关之学，待他一到军中，赤焰军恐怕很快便会发起新一轮的攻城之战。正思量间，忽然听得城门处一阵喧哗，仿佛是有人驰马而入，不过瞬间，便见飞尘阵阵自城门直驱行营，两队赤衣战士护卫着一人纵马而至，沿途宣军皆执戈行礼，原本已踏入行营的瑄离停步看来，亦与万俟勃言转身迎上。

那人身着白色赤纹紧身武士服，身后跟随的乃是宣王护卫军，见了二人不过点头相视，身份似乎更在瑄离之上。阳光一闪，子娆远远看到他脸上的一副黄金面具，眼中掠过诧异，便这刹那凝目，那人突然驻足，便向酒楼这边看来。子娆微微一凛，急忙闪向窗后，饶是如此，仍感觉到那人的目光直透烟纱，仿佛烈日骄阳当空，令得一切无所遁形。

不过也只片刻，那人便转身回头，与瑄离、万俟勃言谈笑而去。过了好一会儿，易天才透了口气，道："此人好高的内功修为，不知是什么来路，他旁边之人竟是护卫军统领乐乘，有这等高手坐镇，要自城中劫粮恐怕便不容易。"

子娆蹙眉不语，心中隐约已猜到那人的真正身份，只是不敢完全确定。当初接天台一战，子昊临阵留情未尽全力，故意将皇非送入敌手，继而封锁消息，隐瞒真相。那时冥衣楼已经奉命撤出北域，自然不闻内情，苏陵等人虽略知一二，不过多是猜测，而子娆一直远在穆国，事后回到帝都匆匆一见，两人遂生隔阂，至今未有机会详谈，是以并不知道皇非的确切消息。此时在宣军之中忽然相见，即便他以面具隐藏真容，但少原君风神气度当世无二，子媱又同他曾有婚姻之约，一见之下便已察觉，惊讶之余亦随即明白子昊的用意。

上兵伐谋，谋在人心。子媱举手饮酒，轻轻叹了口气，只觉凡事他已料尽，步步测算无遗，复又想起离司说过他在楚都之战后的失态，以及策天殿上的决绝，心中一时欢喜一时凄然，不由得五味杂陈。

斛律遥衣心知她在思索那白衣人来历，道："公主要知道那人是谁倒也容易，晚些我想办法去见王子，一问便知。"

子媱点头道："也好，你见到万俟勃言后，且将此事先问清楚。"复又对易天道，"这几人到了合璧，倒是不宜轻举妄动，第二批军粮尚未进城，我们不如提早动手。"

易天道："公主所言极是，在城中动手多生事端，既然情况有变，我们原定计划当要全盘推翻了。"

子媱笑道："你带六十名部属，在第二批军粮到达之前俟机动手，余人随我暂留此地，这批军粮既然我们劫不得，也不能让宣军留下。今晚我们分头行动，烧了他们粮仓之后，在苍雪长岭会合。"

易天生性豪爽，顿时赞同道："好！如此也让他们知道冥衣楼的厉害！"

话音方落，忽听外面一声大喝，跟着传来人惊马嘶。几人转头看时，只见前方路过行营的军粮队伍中突然杀出数人，手持利刃同时向那白衣人扑去，雪光之下刀刃翻飞，无论招式角度皆是狠辣至极。

这一下异变突起，乐乘与万俟勃言已经先行离开，皇非与瑄离原本站在营前说话，数步之外八名赤衣护卫执刀而立，竟皆来不及阻拦。几名杀手配合无间，两者凌空扑下，三者取敌中路，另有两者就地翻滚，手底白光直取目标下盘，四面八方滴水不漏。而皇非身后，更有两柄长剑悄无声息地刺来，只要他移足后退，便绝对难免利刃加身。

杀手冲出的一刻，皇非本是负手而立，直到刀光照面，他仍是保持着原有的姿势，冷笑道："柔然族好大的胆子！"话落人动，只不过足尖微移，向左一侧，六把短刀两柄利剑擦身而过，寒锋激得衣衫飞扬，却竟全然落空。

易天忍不住暗中喝彩，这一侧一让眼光之精、判断之准、身法之妙、胆量之大无不令人叹为观止，只要有丝毫偏差，敌刃便会穿身而过，以易天的武功，自认要避开这八人进攻也并非难事，但要如此轻描淡写、潇洒从容却绝对做不到了。

此时皇非让开来敌，左手向侧一挥，阳光在黄金面具上闪过，映出他唇边一丝轻笑，弹指之间，只听当当两声，两柄短刀飞上半空，两道人影跌出战圈，跟着手腕一翻，一名杀手闷声痛呼，手中短刀翻转，便向同伴胸口送去。对面杀手横刀相隔，谁知那短刀竟比原本便拿在皇非手中还要快，利刃一闪，登时穿胸毙命。瑄离从旁袖手相看，那被断掉手腕的人跌向面前，他便扬袖轻轻一拂，那人肩头咔嚓一声，臂骨寸折，跪倒在地。他弯眸而笑，淡淡问道："是万俟勃言派你来的吗？"

那人手臂虽废，骨气倒是硬朗，双腿一弹，猛地向他小腹撞去。这时护卫军已然扑至，两人双刀齐下，砍中那人背心，瑄离撒手飘退，负手看一眼那倒毙血泊之中的杀手，微微皱了皱眉。

易天低声道："这天工瑄离的身法十分高明，单就轻功而论，恐怕不在白衣人之下。"

子娆点了点头，方才瑄离瞬间抽身而退，身法似缓实疾，衣不染血，步不惊尘，感觉竟有几分眼熟，只是一时之间也想不出是在何处见过。再看场中，皇非以一敌四，始终单手应敌，显然游刃有余，那四人的招式看似威猛，实际要擒要杀，皆在他举手之间，八名侍卫冲入战圈，反倒有些碍手碍脚。

瑄离一招之后再不出手，身在三步之外观战，片刻后目光移向地上飞落的两柄短刀，唇角忽然掠过冷淡的笑痕。这时候，四周隐约传来一阵轻微的响动，瑄离毕生浸淫机关之术，感觉极其敏锐，立刻知道这是劲弩将发的声音，神色微微一变，刚喝一声"小心"，四面八方破风声疾，利芒劲箭当空而至，竟是分别自粮车、楼阁、大树等各处同时发出，冰雷暴雨一般向着场中之人笼罩下来。

斛律遥衣哎呀轻呼，被这突变吓了一跳。眼看皇非、瑄离包括四周杀手护卫皆要命丧箭底，空中白衣骤闪，皇非忽然自缠斗之中飘身而出，血鸾剑赤芒如电，当空一现，漫天箭雨倏然齐暗。两名杀手同时扑向二人，瑄离笑眸微冷，袖底寒光稍闪即逝，两条尸体带着血花自箭雨中飞出。四周惨呼之声同时响起，却是偷袭之人被血鸾剑激回的利箭所伤，先后坠楼而亡。护卫军乱刀齐下，顿时将余下两名杀手砍成肉泥，瑄离待要留下活口已然不及，脸色微微一沉。

便在这时，与他相隔不足数步的粮车背后忽有一道冷箭无声射出，因距离极近，箭势又快，刹那之间便到背心，眼见瑄离避无可避，皇非突然身影一晃，反手一掌将他送出，那冷箭当面疾射，白衣之上血花爆现。

皇非踉跄一步向前跪去，长剑猛地撑住地面，口中鲜血喷出。四周顿时大乱，偷袭之人一招得手趁乱而去，护卫军无心阻拦，纷纷抢上前来。瑄离早已先人一步，运指连封皇非数处要穴，只见那冷箭没胸直入，唯余三寸箭尾染透鲜血，这一箭竟是伤得极重。万俟勃言与乐乘先后赶到，见状无不大惊，立刻传召军医，将人送入行营施救。

眼见营前一片混乱，子娆居高遥望，皇非中箭之际，她眼中掠过极深的诧异，过了一会儿，蹙眉道："好生奇怪。"

易天同样看出端倪，道："公主也发现了吗？那冷箭射中他之前已被真力震断，重伤根本是假的，这人行此险招，非但武功不凡，心机亦极深沉，看来是个强敌，却不知他此举用意何为。"皇非震断敌箭手法巧妙，加之刻意而为，逆运真气口吐鲜血，现场人人以为他伤重致命，但从子娆他们所处的角度正好看得分明。那冷箭射来时被他双指一阻，及身之前锋刃已断，真正刺入他胸口的不过是半截断箭，当时场面虽乱，这些细节能瞒过护卫，却逃不过子娆、易天这等高手的目光。

"此人当初纵横九域，武功智谋本便鲜有敌手，的确只有他，才能除掉宣王姬沧。"子娆凤眸轻眯，徐徐道，"不过万俟勃言怎会如此鲁莽，当众刺杀宣国大将，此事必定另有蹊跷。"

斛律遥衣愤愤然道："那些根本不是柔然族的人，定是有人想嫁祸柔然族，借刀杀人！"

子娆现在虽不能绝对肯定那人就是皇非，但只凭他的身手判断，也知他受伤示弱，另有图谋，这般行事手段与曾经张扬跋扈的少原君大相径庭，不由叫她怀疑是否自己猜测有误，而斛律遥衣自然不会认错族人，不知又是什么人想要嫁祸柔然，于是道："无论如何，你且入军营将此事探查清楚，倘若柔然族有什么意外，我们也好从旁相助。"

斛律遥衣关心族人，正想前去探个究竟，当即与子娆约定会合的地点，领命而去。子娆与易天分头回到落脚之处，着手安排今夜行动事宜。

待到初更时分，斛律遥衣改换衣容悄悄潜入宣军行营。这行营乃是设在原来合璧城守府邸，五进院落楼台重重，入夜之后各处皆有守卫巡逻，四角风灯时隐时现，更显得花木叠深，暗影幢幢。此时除了正中主室之外，东西两面小楼亦尚有灯火透出，斛律遥衣避开守卫，潜形匿踪摸近主堂，轻身一转飘上屋檐，便似雪落一般不曾发出丝毫响动，随即俯身而下。

她刚刚掩藏好行迹，便听到有数人脚步声往主室而来，心下暗叫侥幸，侧耳倾听，发现当先那人步履几不可闻，显然是宣军大将以上的高手，随后数人虽做不到踏雪无声，但步伐整齐、呼吸均匀一致，亦皆是修为不凡。斛律遥衣虽是柔然族数一数二的间者，面对敌军这许多好手，却也十分谨慎，不敢轻易探头看察，只是俯身檐上留神倾听。

几人到了主室门前，当先那人挥手命令道："你们去吧，这里由他们负责便可。"原先门前的几名侍卫奉命离开，随他而来的八人左右站定，那人复又低声吩咐了几句，便推门而入。

斛律遥衣听着他脚步深入，趁着一阵风过屋檐的响动，小心地推开一片青瓦，沿着缝隙悄悄向下看去。只见室中布置甚是讲究，软毯之上陈列玉案金屏，一对银灯照亮雕窗，旁边放着几个精致的小盏，似是装着疗伤的药物，碧纱幔后牙床半掩，隐隐传来沉闷的呼吸声。

室中药味甚浓，案旁坐着个黄衣男子，正是白日见过的天工瑄离，而刚刚入内之人却是护卫军统领乐乘。

乐乘来到榻前，问道：“怎么样了？”

瑄离叹了口气：“这一箭伤在心脉，箭头虽已经取出，但伤势却是致命，现在全靠他功力深厚才能支撑，不过若能平安过得今晚，或许便有转机。”

乐乘点了点头道：“先生已经守了大半日，想必也累了，不如回去休息一会儿，这里交给我好了。”

瑄离道：“刺客查到了吗？是什么人这么大胆，竟敢在护卫军面前动手刺杀少原君？”

遥衣听到“少原君”三个字，心中微微一凛，终于确定九公主日间的猜测，越发留神两人对话，便听乐乘哼了一声道：“此次粮队皆由柔然族负责，事情跟他们脱不了关系，我会追究万俟勃言让他交出凶手，否则护卫军在大王面前也不好交代。”

遥衣不由暗骂此人用心险恶，摆明是要嫁祸柔然。白天那批杀手虽是从运粮的队伍中扑出，但武功路数却绝非柔然族人，乐乘当时不在现场，瑄离可是亲眼所见，但他也只是淡淡地道了一句：“如此将军多费心了。”

乐乘道：“此事我知晓利害，夜深了，我已命人加强防卫，想必刺客得手之后也不会再来，这里倒不用两个人守着，先生便去歇着吧。”

瑄离站起来道：“也好，那我过会儿再来。”说罢看了一眼帐中，出门而去。

乐乘听得他脚步声消失，回过头来，眼中突然透出一丝阴寒的光芒。遥衣在屋上看得分明，不由便打了个寒噤，同时察觉瑄离出门之后并未马上离开，只是乐乘在内她在外，更因身处敌境，格外留意四周动静，所以才能发现异样。过了一会儿，室内传来剧烈的咳嗽声，仿佛榻上之人伤势沉重，再次吐血。

“君上。”乐乘向床榻走去，低声叫道，遥衣侧目之处，赫然看到他手底露出一柄锋利的短刃。帐中毫无声息，乐乘俯身查看，似乎伸手试了试皇非脉息，发现他的确命在旦夕，立刻目露凶光，手腕一翻，便将短刀对准他心口扎下。

这一下极是意外，斛律遥衣险些惊呼出声，谁知寒光闪处，帐中嘭的一声闷响，乐乘高大的身子突然倒飞出来，重重地撞在桌案之上，口中鲜血狂喷如泉，伸手指着帐前道：“你……你……你不是……”

遥衣看不见帐中情况，只觉目瞪口呆，隐约间看见乐乘胸前衣衫尽碎，露出一个深陷下去的赤色掌印，竟是被人生生击断胸骨，眼见已是不活。

"乐将军当真辛苦啊，一路护卫本君至此，深夜亦不休息吗？"灯下碧纱晃动，一角白衣飘落，伴着一丝淡淡的冷笑，榻上那人坐了起来，暗影中却看不清他的面容，只有刚才那柄刺向他心口的利刃，在那修长的指尖轻轻转动，一圈，又一圈。

遥衣即便早知皇非诈伤，此刻仍旧心觉骇然，单是这份一掌击毙宣国护卫军上将的功力，当世之间便无几人能够做到。这时候廊前传来一声低喝，跟着有重物落地，遥衣听出是瑄离与人动手，忍不住反身后探，悄然自檐角向下看去，当她探身之时，发现门前八名护卫军已有四人倒毙雪中，一道黄影自另外四人之间穿过，黑暗中只听机关微响，两名挥刀向着瑄离砍下的人顿时倒飞出去，仰面毙命，喉间各有两道微蓝的寒光。而瑄离身似魅影，突然便到了余下两人身后，手起袖扬，击中两人面门，振袖一送，当他负手回身时，廊前已多了八具尸体。

他轻而易举连杀八人，手段之狠辣、身法之诡异出人意料。遥衣身为柔然间者之首，本身轻功也是十分高明，此时看着瑄离却感觉鬼魅附身一般，知道万一被他察觉，自己决计难以脱身，当下屏息闭气，一寸寸缩回屋上，听得瑄离已经举步入室，里面又有皇非这样的高手，便连将屋瓦移回原位也是不敢，只用衣襟遮住缝隙，俯在檐上倾听。

底下传来乐乘出多进少濒死的呼吸，忽然一震几乎停顿，显然是看到瑄离出现心中震惊。茶盏轻响，瑄离拂衣落座，只是一声轻笑，却不说话。只听皇非道："乐将军几次三番刺杀本君，支崤城中人多眼杂，本君无暇跟你计较，如今这笔账就算两清了。"

乐乘似乎吃力地说了句什么，皇非笑道："不错，如衡的性命也是本君取的，本君送他那一场败仗，不过是回敬他在宣都的十三柄毒刀、二十名死士。至于白信，他既然要查如衡和风十二的死因，那就只好自己去问他们，现在便是让你知道也没什么，瑄离自然早就已经与本君联手，若不是他，你也没那么容易上当。哼，此次我故意要宣王派你护卫，路上对你言语折辱，你果然忍不住便在合璧再次行刺。你那些杀手装扮得很好，不引你亲自动手，本君又怎好无故击杀护卫军上将？"

乐乘低吼一声，奋力说了句话，遥衣这次听清他提到赤字营兵败，和"通敌"二字，这时却听瑄离昧地一笑，放下茶盏悠悠开口："乐将军这话就不对了，君上不过是拿赤字营做了诱饵，特地放王师进玉渊城，好将他们全军困住，否则今晚接下来的好戏便无从上演了，不过可惜，这场戏将军无论如何是看不到了。"

斛律遥衣心中怦怦直跳，直觉少原君突然前来合璧，定是有什么计划针对王师，正思量间，听得室内喀喇一声，跟着重物撞上墙壁，震得屋瓦落尘。她猜测是乐乘奋起最后一丝余力想要扑杀皇非却被一掌击毙，却不敢直接窥视，只是听到瑄离弹袖笑说："再跟他废话也没什么意思，我便替君上了断了吧。君上的手段当真令人折服，我怎也没想到，不过数日之间，赤焰军竟有三员上将死在君上手中，而且神不知鬼不觉。除去这些将领，外十九部大军只要有利可图，便不愁不为君上所用。"

皇非随手将把玩的短刃掷下，起身道："刚刚这乐乘可是你杀的，本君重伤未愈，哪有力气动手杀人？"

瑄离微微轻笑："瑄离早便与君上同进共退，谁动手都是一样。不管怎么说，君上今日也替瑄离挡了一箭，这些许微劳又何足挂齿？"

皇非转身道："那一箭我不挡，你也未必避不开，宣国人人都以为天工瑄离武功平平，但举手击杀八名护卫军，滴血不沾、片痕不留，即便是本君也做不到如此干净利落。"

瑄离道："若非如此，君上与我会有合作的必要吗？君上交代的另一件事情也已办妥，只要王师当真打这批军粮的主意，君上必能如愿以偿，将那位九公主手到擒来，当然，同时也铲除柔然族这个后顾之忧。"

皇非的脚步声向外传去："他们已经到了合璧，今晚必然动手，算来时间也差不多了。"

瑄离笑道："那这里便交给我吧，君上可以放心前去，早些与夫人携手同归。"

两人话藏机锋，不过短短数句只听得斛律遥衣心惊肉跳，冷汗涔涔。她不知皇非究竟如何获得了冥衣楼行动的情报，竟然设下陷阱，不但要针对九公主，更要铲除柔然族。现在，当务之急便是立刻将消息送出，阻止冥衣楼今夜劫粮的行动，她虽心急如焚，却俯在原处一动都不敢动，直到皇非离开、瑄离处理了护卫军的尸体之后，才敢轻身飘下，不料双足刚刚落地，夜空中突然冲起刺目的火光，合璧城北粮仓方向数道浓烟冲天而起，显然子娆他们已经顺利得手。遥衣心中大急，顾不得去见万俟勃言提醒他留心皇非，匆忙施展身法向城外约定的地方赶去。

第七章 陆上行舟

城中烟火纷纷，宣军数处粮仓同时着火，火借风势猛烈至极，映红半边夜空如血。斛律遥衣接连避开几队赶去救火的士兵，趁着混乱离城而去。她先前已和子娆约定看到火起后便到城外五松峡见面，而后再一起与易天等人会合，此时情知事情紧急，全力施展身法向约定的地点赶去。

山野风急，斛律遥衣一路穿林越溪，黑夜之中向东疾行。她心下焦急，片刻不曾停顿，遇到荒林山涧也不绕行，只是轻身纵起一掠而过，就像夜风滑过树梢，落地之时一个前翻，轻轻弹起，瞬间便又飘出丈余。

就在这时，风中突然传来咦的一声，遥衣一心赶路并未留意，身后左侧树林中嗖一下蹿起条人影，居然后发先至，比她更快一步抢上落足之处。遥衣吃了一惊，立刻提气向前纵去，半空中一个旋身生生拔高半丈，越过那人头顶落向飘摇的树梢。

那人赞了一声"妙极"，亦是足不沾地，凌空而上，身影一闪便到了遥衣对面的树上。遥衣在黑暗中目睹他的身法，只觉此人轻功之高绝不在她之下，甚至比起瑄离亦是有过之而无不及。她一夜之间连遇两名轻功高手，不知此人是何来路，心中暗自警惕。只听那人笑道："小姑娘身法真真不错，这么夜了急着赶路，要去哪里？"

遥衣借着月光凝神打量，只见来人似是个十八九岁的少年，满眼嬉笑神色，看上去甚是机灵，夜风中他背靠明月，单足立在树林之巅，身子随着树梢起起伏伏，轻若羽毛，但无论风吹树摇却是纹丝不动，单是这份轻身功夫便足以令人刮目相看。遥衣并不识得此人，蹙眉问道："你是什么人，为何挡我去路？"

她一开口，那少年又是咦的一声，道："原来你是柔然族的人。"遥衣道："是又怎样？你究竟是谁，还不快快让路？"那少年双手抱胸，随着树梢忽上忽下，说道："小爷这几年命犯太白，不利西北，少在北域露脸，看来名头竟弱了些。唔，柔然族轻功这么好、又这么漂亮的年轻姑娘，让我想想……有了，你叫斛律遥衣！"遥衣一惊之下脱口道："你怎么知道？"

那少年嘻嘻笑道："这天下之事少有我不知道的，我还知道你其实是在后风国出生的，因为母亲是柔然族人，所以后风亡国之后才归附柔然。也难怪你轻功这么好，不过你的身法虽然好看，但比起后风国的自在逍遥法还是差了那么一点。"

遥衣听他提到自在逍遥法，心中灵光一闪，猛地想起方才在行营之中，那瑄离的身法武功原来是出自后风一族，只不过较之大自在四时法更加诡异迅疾，身形气质也截然不同，所以一时间竟没有想到。她记起瑄离说过少原君欲设计对付王族，眼见已误了不少时间，不欲再行耽搁，冷冷地道："哼！本姑娘轻功如何，怎用得着你来评判？姑娘我还有要事，懒得跟你浪费时间。"说罢足下借力，向前射出，便自那少年身边一掠而过。

那少年见她着恼，越发觉得有趣，笑道："你既是柔然间者，这么匆匆忙忙地赶路，定是有什么重要情报，这事我却不能不管！"口中说话不停，他人似飘叶倏然后退，眨眼间便又出现在斛律遥衣前方。遥衣暗中吃惊，脚尖一沉，借着树枝弯曲的力道突然向左飘出。这一下出其不意巧妙至极，谁知那少年也是了得，半空中身形一转，如影随形，她向左去他便在左，她向右冲他便在右，夜色下两道人影轻烟一般在林梢纠缠，越转越快，越飘越急。遥衣连用了数种身法，却始终无法摆脱对方，心下焦急，突然娇叱一声，回手拔出冷雪双斩，便向那少年刺去。

那少年哎哟一声，翻身后退，手中现出一柄奇形短刃，当一声架住遥衣当胸一击。遥衣自他兵刃之上借力而起，半空中双斩接连刺出一十三招，只听叮当之声连绵不绝，那少年也以快打快挡了她一十三招。两人一口真气用尽，双双落向下方，不约而同地在涧水之上一点，借力跃上岩石，复又缠斗在一起。那少年虽算不上一等一的高手，但身手异常灵活，尤其轻功卓绝，手底频频接下泠雪双斩凌厉的招数，还有空闲嘻嘻笑道："柔然族归附宣王为臣，你是替他们传送军情吗？不如说了出来，小爷免费帮你带到如何？"

遥衣见他这般缠斗中开口说话而身法丝毫不缓，自己便无论如何做不到，当下也不理会，只是招招抢攻，但是久战不下，心中不由焦躁，眼见一时无法胜过对方，心念稍转，突然哎呀一声，失足落往山涧中。

那少年吃了一惊，俯身看去，只见她躺在水中一动不动，慢慢沉向水底。那少年急忙跃下山岩，几个起落便到了岸旁，伸手便去拉她，谁知耳边忽闻轻笑，遥衣睁开眼睛双掌一翻，砰的一声击中他胸口，同时人自水中冲起，带起一天晶莹水花。原来她料知硬闯不成，便诈伤落水闭住气息，等他前来查看时，即刻出手偷袭。

那少年反应算快，听到笑声已知不妙，急速向后撤身，遥衣这一掌出其不意，仍是击中他胸前，打得他撞在石上，口吐鲜血昏了过去。遥衣落在他上方，俯身笑道："姑娘有急事要办，今天且不跟你计较，下次再让我见到你，看我不要你好看！"说着转身便走，刚刚举步，忽听破风声响，暗器击向背心。

遥衣急忙向侧闪去，却听当当两声轻响，那暗器半空激撞，改变方向，不偏不倚正打在她小腿筑宾穴上。遥衣轻声惊呼，不由自主地向下倒去，却听身后有人哈哈大笑，那少年跳起来连点她数处穴道，转到她面前拾起地上的两枚铜钱，掂在手中道：

"你这丫头鬼精灵，小爷险些着了你的道，现在你被我点了穴道，我问你话，你说是不说？"原来他方才被遥衣打了一掌，借着后撤之势已经卸去大半掌力。遥衣本来内功也不甚高，这一掌又是水底偷袭，所以难尽全力，他中掌之后立刻吐了一口鲜血佯作昏迷，却等遥衣离开时趁机将她点倒。

遥衣不留心反被他暗算了，又气又恼，咬牙骂道："人前装死，背后偷袭，算什么英雄好汉，有本事解开我穴道，大家光明正大地再打一场！"

那少年将手中铜钱一收，蹲下身笑道："小爷才不会再上你一次恶当。喂，我问你，宣国那边有什么情报，你急急匆匆又要赶去哪里？"

遥衣瞪着他道："我就是不说，你又怎样？"

那少年笑嘻嘻道："不说吗？你不说也没关系，我自有办法让你开口。"说着眼珠一转，伸手捉了什么东西便向她脸边凑去。遥衣大吃一惊，叫道："你干什么？"

那少年在她身边坐下，慢条斯理地道："你若不说，我便捉些蝎子毒虫放进你衣服，让它们一只只慢慢往上爬，爬满你全身。"

遥衣呸了一声道："好不要脸！你敢对我无礼，我就杀了你，把你大卸八块！"

那少年将一只毒虫放在她颈畔，得意地笑道："你现在动也动不得，却又怎么杀我？"遥衣感觉身后毒虫蠢蠢欲动，吓得尖声大叫起来。那少年作势扯了她衣领道："说不说？宣国到底有什么要紧情报？"

遥衣骇得脸色惨白，仍是咬牙道："我……我不告诉你！"那少年手一松，遥衣不由放声尖叫，骂道："你这小淫贼，挨千刀的小淫贼，你快住手，不然我杀了你！"她毕竟年少，一边骂着，一边觉得毒虫滑腻腻地钻进衣领，复又想到已经赶不及向九公主示警，不由急得哭出声来："小淫贼……呜呜……你害死我了，害死九公主了……我若能动弹，一定……一定杀了你……"

那少年听到"九公主"三个字，突然一愣，问道："你说什么，九公主怎么了？"

遥衣哭道："她被你害死了……啊！你快拿走虫子！你不拿走虫子，我什么都不告诉你！"

那少年想了想，便凑上前去伸手道："喂，我帮你拿出虫子，可要把手伸进去了。"

遥衣见他伸手过来，又恨又羞，加上穴道被封气血不畅，一急之下竟然昏了过去。待到过会儿悠悠转醒，只见那少年正蹲在面前目不转睛地看着自己，她感觉衣服中的毒虫已经被取出，突然间脸上一红，挥手便向那少年打去，骂道："该死的小淫贼！"那少年靠得太近不及躲避，被她一掌打在脸上，向后跳开："喂！你怎么一醒来就打人？"

遥衣发现自己穴道已解开，跳起来道："你……你无耻！我今天非杀了你不可！"

那少年捂着脸连退两步，急道："且慢且慢，先把话说清楚！早知道不该一时心软解了你穴道，北域这地方果然背运，我金媒彦翎居然会被女人骗了又打，打了又骂。"

遥衣一愣瞪大眼睛："什么？你是金媒彦翎？"彦翎没好气地道："那是当然，小爷行不改姓坐不改名，金媒彦翎便是小爷，原来你倒听过我的名头。"却听遥衣继续道："原来你就是那个被魔云教追杀，又被宣王下了诛杀令的小淫贼！"

彦翎唇角一抽，悻悻然道："魔云教那群大小道姑，不分青红皂白便说小爷偷窥她们洗澡，小爷明明只是路过，一群道姑有什么好看的，哼，都还不如你长得美些。"

遥衣杏目圆瞪，想起刚刚他替自己取出毒虫，一定有过肌肤碰触，不由面红如霞，狠狠地啐了他一口。彦翎虽不知道柔然族已经暗中投效王族，但斛律遥衣却知道九公主与穆国三公子关系非比寻常，而金媒彦翎又是夜玄殇的至交好友，顿足道："都是你，阻拦我替九公主送信，九公主若是有什么意外，便都是你害的！"

彦翎闻言满心不解，待遥衣将冥衣楼如何计划劫粮、今夜她又如何潜入行营、如何窥见少原君设计杀人、如何听到瑝离布下陷阱一一说明，彦翎听得出了一身冷汗。他本是奉命潜入合璧打探军情，半路遇上斛律遥衣，认出她是柔然族人，误以为她替宣军传送密报，这才设法阻拦，却不料阴错阳差，惹下这等麻烦，当下叫道："乖乖不得了，这下不妙，美人公主要是有个三长两短，恐怕有人重色轻友，要跟我翻脸无情大义灭亲！"

遥衣恨恨地瞪他道："那也是你活该！"

彦翎急道："不知道现在还来不来得及？无论如何，我们先去看看再说。"两人无暇再多计较，当下离开此地，一路全力展开身法，不过半炷香时间便到了五松峡，却四处不见子娆等人踪影。彦翎四下看察一番，知道他们已经来过，刚刚离开不久，斛律遥衣亦发现了子娆留下的暗号，指示他们已往宣军运粮必经的苍雪长岭而去，两人迟了一步，复又沿路追下，只希望能在冥衣楼遭遇宣军暗算之前找到他们。

却说子娆与冥衣楼暗部动手烧了合璧粮仓，在柔然族的掩护下顺利撤出城外，待到五松峡，久等不见斛律遥衣前来，恐怕误了劫粮之事，于是留下暗记先行赶往苍雪长岭。

雪岭之间，山路盘旋，易天率漠北分舵部众已在通往合璧的必经之路布下埋伏，待子娆等人到达雪岭古道，两面立刻有人传出讯号，片刻，易天与两名副舵主现身崖上，向子娆俯身拜下。一轮明月挂上山崖，子娆站在月光之中，回头问道："情况如何？"

易天答道："各处都已布置妥当，只要他们进入峡谷，便是万无一失。"

子娆道："可清楚护卫军队有多少人？"

易天道："很奇怪，方才我们的人回报，对方仅有不足百人，且不见牛车马匹，但粮队行动十分迅速。"

"哦？只有不到百人？"子娆亦是有些意外，微微细眸思索，这时候，前方古道传来一阵奇异的响动，似是流沙碎石层层落下，又似河流水声重重不断，很快便向峡谷而来。两名冥衣楼暗部倏然出现在月下，双双跪下："启禀公主，宣国族粮队已经进入埋伏，是否现在动手？"

子娆却不说话，只是轻轻抬手，心中不知为何，有种不祥的预感。明月忽然隐入浮云，谷中一暗复又一明，当月色重现时，宣军粮队出现在峡谷入口，众人凝眸看去，顿时皆觉惊讶。

只见月光如水，山间古道上宣军粮队整齐迅速地向着峡谷前行，军中无牛无马，运载粮草的竟是一艘艘半丈有余的木船。船身赤红一色，双面皆绘有巨大的玄武标识，其上堆满粮袋，前无桅帆后无舟楫，但在这崎岖颠簸的山路上依次前行如履平地，除了前方开路的护卫军队，每隔几艘木舟便有两名战士骑马在侧，如此百余艘粮船连绵不绝，速度竟比马匹更快，不由让人生出这批粮队是在长河大江之中顺流而下的错觉。

"公主。"易天低声道，"情况好像有些奇怪，但对方人手不多，是极好的机会，要不要动手？"

子娆徐徐道："陆上行舟，天工瑄离机关之术出神入化，果然名不虚传。传我命令，避免近身作战，格杀所有护卫军，只留一个活口便够，务必小心船中机关。"

"是！"易天起身传出命令。平静的山谷中忽然响起尖锐刺耳的呼啸，冷箭与暗器自两侧山崖射出，向着前行中的粮队罩下，仿佛漫天的光雨照亮黑夜，光亮之中，血色与惨呼皆被淹没，马匹惊鸣之声，在倏然而现的刀影中猝然而止。

当黑暗重新降临，一百多艘粮船安静地停靠在山谷正中，两侧护卫军已换作数十名神秘无声的黑影，鲜血自沙砾之间浸下，月光流淌，微微泛出晶莹的赤色。

冥衣楼部属行动干脆利落，从突袭开始到结束不过半炷香工夫，整条船队落入掌控，除了领头的护卫之外，其他人几乎连敌人都未看清便被格杀，易天率人检查，发现所有护卫都是来自赤焰军隐字营的普通战士，越发觉得奇怪。子娆与暗部自山崖来到现场，那领头护卫被带上前来，子娆从一艘粮船上收回目光，问道："你们是赤焰军隐字营的人，为何负责运送粮草？"

那领头侍卫认出她是王族公主，愤愤骂道："好个少原君，居然与敌军勾结，让我们兄弟前来送死！"

子娆眉梢微蹙，若她此时见过斛律遥衣，知道皇非暗杀隐字营上将白信一事，定能推测出他一箭双雕，既要设计暗算王师，又设计铲除隐字营中不服命令的将士，但遥衣尚未赶到，所有内情便也无从知晓。子娆审问数句，见那将领始终说不知粮船机关，心下不耐，看着他的眼中突然现出一点清幽的微光，那将领与她目光相触，神情蓦然一怔，跟着慢慢变得迷茫。

子娆柔声道："告诉我这粮船之中有什么机关，如何会在陆地上行进？"

她的声音在月夜中缥缈动听，如同一场幽美的梦境，一副曼妙的轻纱，那将领脸上现出迷醉的神态，却摇了摇头道："我不知道……我们自玉渊出发之时便是如此，一路上粮船都是自行前进，无须有人操纵。"

子娆微觉诧异，眸心幽光盈亮，复又问道："你们运送粮草，怎么会从玉渊来此？"

那将领道："这批军粮早便到了玉渊，昨日突然接到少原君命令，要我们隐字营负责将粮草运送至合璧，而且指定要走苍雪长岭这条路。"

子娆闻言一凛，方才那种模糊的不祥感突然掠过心间，似一把寒光毕现的利刃，几乎是不假思索，她转头向正在检查船上机关的部属喝道："所有人撤离粮队，不要轻举妄动！"就在她话音落时，丝丝火光自船身玄武神图之上亮起，百余艘粮船形如光龙，忽然赤芒大作，剧烈的爆炸声随之震响。子娆喝令之际，冥衣楼部众已经撤身后退，但船上机关发动迅疾，整条船队轰然爆炸，急火流焰冲向四方，此处峡谷便如一座骤然喷发的火山，刹那之间，被炙热的烈火全然吞没。

机关爆起的瞬间，子娆见势危急，手结莲华法印扬袖击出。半空焰火之间晶光大盛，莲华千影化作明艳夺目的光盾与漫天飞火蓦然相撞，溅出流光万道，如雨激散。便这千钧一发之际，子娆与身边数名暗部飞身疾退，而那护卫将领被流火落石击中，长声惨叫，顿时化作一团烈焰。子娆等所处的位置本便靠近峡谷口，谷外原是一道横流而过的山涧，此时被大雪掩盖深可及腰，几人纵身而下没入雪中，谷口爆炸震天动地，烈火冲流扫向雪地，灼得人发肤炙热，几欲燃烧。

无数火石划过夜空，阵阵热浪冲上山崖，剧烈的爆炸持续甚久，几乎过了小半个时辰方才平息。当火势稍缓，子娆自雪中起身，发现除了易天与十余名暗部高手侥幸逃过一劫，其他部众皆尽葬身火海，尸骨无存。峡谷中所有粮船也早已化作灰烬，唯余一地乱石余火，兀自烈烈燃烧，山崖之上融冰若血，映出绝地末日一般惨烈的景象。

面对此等情景，众人无不心惊肉跳，一时谁都说不出话，不想这粮船之中竟藏有如此恐怖的火药机关，倘若方才见机稍慢，或是没有莲华法术全力一阻，他们此时也已丧身在这峡谷烈火之中。易天转头看去，只见重重火光照在九公主清魅的容颜之上，那双凤眸凛然如雪，正注视着蔓延山谷的残火。山谷尽头是无底的黑暗，却忽然有一个白衣身影徐徐出现在遍地赤焰之中。

第八章 穆王玄殇

火光映出一副神秘的黄金面具，那人从容前行，血色随风肆舞，无数条生命在他脚下灰飞烟灭，而他唇畔的笑容，却比飞舞的焰火更加诱人。他像是自地狱火海中步出的修罗，一步步走近烈火之后幽冷的眸心，子娆指端轻捏法诀，广袖轻舞，所有人都能感觉到若是她抬手挥袖，便将是雷霆万钧的一击。暗部众人闪身行动，在火焰之前结成战斗阵形，那白衣人手中亦出现一柄赤色长剑，焰光在剑尖流窜，不断闪现出嗜血的光芒。

月色恰在此时没入重云，山谷间骤然一暗，子娆脚步轻移，突然低声下令："退！"说话时纤指微扬，无数蝶光自火焰中漫天起舞，在众人撤出谷口时冲向夜空，刹那间封锁了面前的空间。

风起，人退，火舞！

一刃赤芒，破空惊现，雪色的衣袖若水轻拂，蝶影明火纷纷坠落在剑光之中，化为一地残焰如血。那人剑锋轻斜，唇畔漾出一丝若有若无的冷笑："绝美的武功、绝美的人，直到现在仍旧让人着迷，甚至狠不下心来杀你。"他的话音随风飘荡，焰火在深夜徐徐燃烧。子娆等人落足谷外，四面八方忽然雪雾弥漫，全然吞噬了山岭，再看不见任何东西，就连原本映天的火光亦在瞬间消失得无影无踪。

天地俱暗，那人优雅的声音却仍旧清晰地传来："既然来了，又何必急着走，在我的阵法之中，你们又走得到哪里去？"

子娆身动之时已然察觉不妥，发现这山谷竟早已被人设下阵法，天地方位刹那变化，谷口生门顿成死地。黑暗取代了一切，伸手不见五指，子娆转手祭出焰蝶，那原本清烁的光芒不过一现，随即尽灭无声，唯有她身上幽罗玄衣不时浮现出金银交织的微光，黑暗深处若隐若现。

和她一同入阵的几人不知何时失去了踪迹，片刻之后，忽有一声短促的惨叫传来。子娆听出是暗部之人的声音，心中微微惊凛，不料脚步刚动，一阵寒风袭面，直觉有什么东西冲向眼前，情急之下旋身疾闪。那物以毫厘之差擦面而过，竟是一面巨大锋利的冰壁，子娆尚未站稳脚步，黑暗中又有寒冰连续袭来，有的光如巨镜，有的碎若尖锥，有的形似飞盾，惨叫之声亦再次响起。

寒冰倏然而至，迅疾无声，子娆凤眸一扬，指端变幻，抬袖间光影绽现，娇声清叱："破！"

数道丝华冲向冰壁，突然穿透寒光，夭矫腾空，流星一般向着四方射去。无数冰晶碎影，伴着千丝如雨散落闪烁，瞬间照出不远处两人横尸在地，一人被锋利的冰柱穿胸钉透，一人则被两面冰壁活活夹在当中，鲜血满地横流，死状极为恐怖。左前方同时传来巨大的爆裂声，显然是有人正用威猛的掌力击碎冰壁，子娆心知入阵之人中唯有易天有这份功力，当即循声而去，一路上以千丝击散冰锋，每一次光亮闪烁都见有人惨死在前，不是身首异处，就是遍体鳞伤。

易天的声息很快消失，不知是否已遭不测，阵法重重转幻，血腥之气越来越浓，天地越来越暗，待到最后，连袭击过来的冰锋也不再见，唯有在幽罗玄衣微光之下漫出的血气，若自地狱涌至，无穷无尽，不由令人生出步步死亡，孤身无力之感。

皇非深得仲晏子真传，非但武功卓绝，智谋无双，于琴棋星相、奇门阵法更是无一不精，只是当年烈风骑叱咤风云，所到之处千军披靡，这阵法术数便鲜有使用，此时他一人设局，布阵杀人，却轻而易举便困敌于无形。子娆深知这阵法厉害，抛开周围生死惨象，静心默察方位，发现这阵势竟以六壬式为基础，地取阳水，开生死十二门，处处逆势而行，料敌先机，令人无从捉摸。她所习焰蝶、冽冰二术一为阴火一为阴水，此时皆为阳水所克，无法施为，而千丝阴金，虽然破得阵中杀机，实际反助水势，唯有莲华以土木为体，方可泄阵法之机。

思及此处，她当即推算六支，趋身星位，指尖法诀变幻，瞬间晶光一现，击向地面。

"开！"

随她清声低喝，一点明光，倏然轻放，那光亮中心绽开晶莹莲华，千枝万叶刹那间向着四方黑暗扩散，妙瓣如玉，丛丛蔓延，阵法深处隐约闪现一抹血光，而子娆腕上的碧玺灵石同时射出光芒。

彦翎与斛律遥衣赶至苍雪长岭时，只见一地残火伏尸，焦石灰烬，显然刚刚发生一场巨变。两人面面相觑，皆知大事不妙，斛律遥衣自一具尚未烧焦的尸体上隐约分辨出冥衣楼暗部服饰，顿足道："都是你，若不是你半路拦我，怎么会变成这样，现在九公主若有什么三长两短，你拿命相抵都不够！"

彦翎看这情景也有些慌神，强自镇定道："先别着急，我们四下寻寻看，说不定有什么线索。"遥衣话也不说，闪身向谷口寻去，彦翎紧随其后，　纵上一块岩石查看四周，刚刚转身，忽然听到遥衣一声惊叫，回头看时，只见她整个人向着谷口处的黑暗坠去。

彦翎吃了一惊，双足一点箭矢般弹向谷口，伸手抓住了遥衣手腕，刚要用力拉她，忽觉落足之处迅速下陷，竟似踩上泥潭一般。"不要过来，危险！"遥衣半截身子已然陷了进去，连忙出声示警，但却为时已晚，彦翎立足不稳，抓着她的手一同跌下。

两人先后向着黑暗沉下，越是挣扎便陷落越快，原来皇非为了生擒子娆，在这苍雪长岭精心布阵，阵法以六壬式为根基转动变幻，预测敌踪，同时十二门五行流转，生生不息，化为各种险地。子娆等人入阵之时正值阴阳二水交汇，所以遇到冰雪之境，而彦翎与遥衣再次闯入，却已是水入土乡，步步泥潭，一旦陷入阵中，两人纵有绝顶轻功亦无从借力，唯有愈陷愈深，毙命此地。

四周泥流重重，不断向下沉落，彦翎牢牢抓住斛律遥衣的手臂，想要阻止她身子下陷，脑子里转过无数念头，却只无法可施，心中暗自叫苦，不想今日竟要命丧于此。转头看向遥衣，只见她一改先时凶蛮模样，挣开他手掌道："你在我肩上借力，快些想办法上去，凭你的轻功或许能够脱险，不要白白陪我送死。"

她这样说，等于是舍命助彦翎脱险，彦翎借力之下可能有机会脱出泥潭，但她却必然因此全身陷没，绝无生路可言，彦翎听了这话，心头一热，说道："要死一起死，我怎能丢下你不管？"

遥衣急道："你这个小淫贼，不要命了吗，谁要跟你死在一起？"

彦翎看着已经陷到腰部的泥沙苦笑道："你不愿也没办法了，现在我们不想死在一起都难，不过话说回来，幸好你生得不算难看，我金媒彦翎牡丹花下死，被叫两声小淫贼也不太冤枉。"

遥衣听他这时候还胡说八道，刚要骂声无耻，但想到两人命不久矣，他又是受自己连累陷入阵中，不由软下心来。彦翎见她垂眸不语，脖颈处肤白若雪，发丝轻漾，幽香入鼻，心头莫名一动，也不知哪儿来的勇气，突然就在她脸侧轻轻一吻，遥衣哎呀一声，俏面飞红："你……你干什么？"

彦翎触电般向后让去，这么一来，身子又下陷几分，眼见便要齐胸而没，他却也没注意，只是脸比遥衣红得还快，结结巴巴地道："我……我……我觉得你很好看……我……我第一次亲女孩子……"

遥衣原本杏眸圆瞪，突然间轻轻一叹，低头道："唉，你这个小淫贼，这次真的被你害死了。没想到我们两个会这样死在一起，不过有大名鼎鼎的金媒彦翎做伴，倒也不觉得无趣。"她自方才便骂了彦翎无数次小淫贼，但此时这一声入耳，却叫人有种难以言说的感觉。彦翎不由豪气上涌，大声道："你放心，无论如何，我一定救你出去！"

两人在黑暗中面对面，只能依稀看清对方的面容，遥衣见他这样郑重的模样，忍不住笑了，道："你都自身难保了，又怎么救我？"

彦翎身子已经全都陷入泥流之中，挣扎了一下，动也动弹不得，顿觉十分沮丧，刚要开口说话，忽觉眼前一亮，阵中异彩纷呈，现出莲华千影，瞬间笼罩四方。妙莲呈现之时，整个阵法蓦然变动，遥衣身子急速下沉，被径直卷向阵心，彦翎想要拉她却是力不从心，双目一黑亦被抛向阵中。

阵法重重变动，彦翎不通奇门术法，卷在其中只觉昏天黑地，难辨身在何处，片刻之后，身子骤然一轻，仿佛从浓雾中突然破出，天地霍然大亮，现出山谷中原有的白雪冰峰。彦翎提气纵身，在空中轻翻下落，尚未着地，便听砰砰两声真气交击，面前激雪横飞，夺面而来。他一个侧翻避开夹杂着猛烈真气的飞雪，只见前方一座冰台浮于雪雾，当中有一白衣人盘膝而坐，而一个手执折扇的黑衣老者正绕台游走，每一步都在雪中印下寸许脚印，一掌掌击向那白衣人。

那黑衣老者正是与子嫇一同入阵的易天，他掌力虽然威猛，激得人衣发纷飞，但白衣人单手应敌意态从容，在如此强横的攻势之下竟丝毫不见局促。彦翎一眼看到斛律遥衣倒在冰台之侧，似是被人点了穴道。斛律遥衣见彦翎出现，先是面露喜色，跟着叫道："小淫贼！愣着干什么，还不上前帮忙？"

那白衣人闻声回头，两道锐利的目光透过面上黄金面具射向二人，轻声一笑道："原来柔然族也投靠了帝都，万俟勃言好大的胆子。"说罢突然扬袖挥出，将遥衣卷至身侧，五指一拂扫向她面门。

彦翎急喝一声："住手！"薄刀入手，纵身向那人背后扑去。那人头也不回，一道指风点了遥衣哑穴，反手轻挥，准确无误地击中彦翎兵刃，当的一声将他当空震出，同时右手若无其事地与易天硬拼一掌，击得对方连退两步。彦翎在半空中连翻数周才勉强化解他弹指而来的真气，在山石之上略一借力，重新扑向对手，叫道："快放了她！"

"放他们走。"

一个清魅的声音同时自雪雾中响起，一抹玄色身影出现在山谷之前，指间异彩激滟、清光荡漾，正是借灵石之力破入阵心的子嫇。

那白衣人眸光到处，透出隐隐微笑，忽然抬指轻拂，击中身旁七弦古琴，琴音带着凌厉的真气向前扫去，正中易天折扇，易天闷哼一声向后跌退，猛地喷出一口鲜血，坐倒在地。子嫇在琴音响起时身形瞬移，一掌按上易天背心，易天脸色片刻涨红，复又一白，如此往返三次，又是一口鲜血吐出，睁开眼睛低声道："多谢……多谢公主。"

彦翎亦被白衣人掌力击回，翻身落在子嫇身边，惊喜叫道："美人公主，你没事太好了，不然夜玄殇那小子这次非跟我翻脸不成。"

子嫇只是略略扫了他一眼，跟着冷冷地道："你在这里干什么？还不快滚出阵去。"

彦翎一愣，即刻明白她的用意，但斛律遥衣尚在敌人手中，他却不能弃之不顾，横刀叫道："喂！你快些放了她，挟持女人算什么本事，有胆量来跟小爷一决胜负！"

那白衣人目光稍移，落在斛律遥衣脸上，随手一扬，便将她带至近旁："帝都的手段还真是叫人佩服，居然连柔然族也能为之所用，万俟勃言派这小丫头传递消息，我又怎能留她？"

彦翎方要说话，子娆将手一挥阻止了他，凤眸轻抬，望向那人："你要找的人是我，又何必难为一个小小的信使，打发他们出去，免得我们说话也不方便。"

那白衣人哈哈大笑，道："既然公主与我有些私话要说，那便放过他们也罢，但能不能出阵，便看他们自己的造化了。"说着拂袖一挥，遥衣身子腾空而起，向着彦翎落去。彦翎手忙脚乱地收起兵刃，伸手将人接住，却觉遥衣身上一股大力传来，顿时立足不稳，两人一同撞向易天，齐齐向雪谷滚落。

白衣人出手之时阵法同时变幻，彦翎三人甫一落地，雪中无数藤木突然向上射来，阵法水木相生，再次发动。遥衣穴道未解，彦翎抱着她就地滚出，避开三重藤木，易天呼呼两掌，将袭向他们背后的长藤扫开。彦翎道声多谢，一边躲避藤木攻击，一边伸手去解遥衣穴道，谁知那白衣人点穴手法极是巧妙，除了哑穴之外，其他穴道竟一时难以解开。

四面八方长藤如网，灵动迅疾，遥衣被彦翎抱在怀中，东躲西闪，狼狈万分，忍不住叫道："喂！小心左边！哎呀！后面！"

彦翎身形受制，几次险险被长藤抽个正着，衣衫上被荆棘划开数道口子，嚷道："我知道啊，你以为我不想避开吗？"遥衣道："那你又不快些，刚刚你若使一招'天悬星河'，那一击不就避开了，偏偏要使'燕回翔'，难道好看吗？"彦翎纵身向后退去，道："我若使天悬星河，这鬼藤蔓岂不是正好击在你身上，你以为我愿意使燕回翔吗？又费力又不讨好！"

遥衣咦了一声，似乎有些惊讶，沉默片刻，抬眸轻笑道："没想到你这个小淫贼还挺有良心，倒是我错怪你了。"彦翎轻轻一哼，道："算了，小爷不跟你计较。"遥衣突然伸手揪住了他的耳朵，道："什么小爷大爷，你这小淫贼！"彦翎道："哎呀！你能动了。"原来彦翎解穴手法虽然不对，但是推宫过血，时间一长，遥衣被封的穴道也自然解开，她在彦翎肩头微一借力，纵身而起，半空中冷雪斩出鞘，斩向飞舞的长藤。

彦翎叫一声好，薄刀同时出手，面前藤木齐断。两人施展身法，再加上易天折扇之威，压力顿时大减。但这阵中藤蔓如织，竟是越斩越多，易天连番血战，方才又在阵心被那白衣人一击重伤，虽得子娆援手保住性命，但久战之下伤势难支，步履渐见迟缓，那藤蔓却像天罗地网一样，层层布满了整个空间，全靠彦翎和斛律遥衣竭力支撑。遥衣不由叫道："不好，这样下去，我们都会被这鬼藤蔓缠死的！"

易天沉声道："我挡住这些东西，你二人赶快设法脱身，去寻救兵要紧！"说罢猛然一喝，衣衫涨起，挥扇劈向藤蔓聚集的中心。半空长蔓齐舞，向着他背心电射而至，遥衣惊叫一声："小心！"彦翎却突然间凝住身形，转首倾听，面露喜色。

易天折扇之下砰的发出一声闷响，漫天藤蔓四散，露出一瞬空隙，而他却也口鼻溢血，面目可怖，狂喝道："还不快走？"遥衣双斩劈飞袭到近前的藤蔓，闪至彦翎身旁，道："小淫贼！你发什么呆，现在怎么办？"此时谷外隐约传来阵阵马蹄声响，在藤蔓呼啸声中几不可闻，但彦翎耳目之灵，世上无人能及，早比他二人先一步听到，一声呼哨，放声大叫："喂！夜玄殇，小爷要死了，快点救人！"

他话音方落，大地隆隆震动，数道利光突然穿过飞藤破空直刺，现出八道金矛、八匹骏马、八名白衣战士破阵而入。金芒烈，藤木断，彦翎三人被劲气冲得向外跌去，眼见藤蔓再次扬起，竟比之前迅疾数倍。斛律遥衣失声尖叫，忽然间，一道剑气冲霄，自迷雾中直劈冰雪大地，随着耳边轰然巨响，一阵强横无匹的真气准确击向阵中。自那真气中心，八方雪地岩崩石裂，无数藤蔓横飞而起，于半空中同时寸断，纷纷落向地面，化作一地残木。

遥衣睁大眼睛，只见一个玄衣男子自轻雪飞尘中徐徐站起，看到彦翎，挑唇而笑："哟，毫发无伤嘛，我还以为这下来迟一步。"

雪雾中那男子衣发狂放，挺拔的身姿像是蕴藏着一股慑人的力量，唇畔那抹笑容却偏偏带着些懒散戏谑的意味，遥衣与他的眼睛一触，只觉得像是看到了万丈深渊，有种忽然坠落的感觉，但只一瞬间，那映入眼帘的目光便似秋日的阳光，令人周身皆是一暖。

彦翎见到那人，呼地松了一口气，险些便坐倒在地，喘息道："你再晚上一步，就只好来替小爷收尸了。"

那人挑了挑眉毛，笑道："祸害活千年，我看这个机会也不太容易等到。"

彦翎切了一声，转过头去，对遥衣道："这小子叫夜玄殇，你应该听说过吧？"遥衣俏目一亮，道："夜三公子？"彦翎翻了个白眼道："现在做了个劳什子穆王，走到哪里都跟着一群碍眼的护卫，甚是无趣。"

先前的八名铁卫早已翻身下马，其后复有数名同样身着白虎金纹武士服的战士，总共一十八人，皆是穆国白虎禁卫高手，当先一人快步上前，对易天道："易老，好久不见！"正是穆国统卫府上将，冥衣楼邯璋分舵舵主颜菁。

易天一夜苦战，其实早已灯枯油尽，忽然见到颜菁，硬撑着的真气顿时一松，身子便向前倒去。颜菁一把将人扶住，易天口中呛出鲜血，低声道："快……公主……她在阵中……"夜玄殇俯身查看他的伤势，微微蹙眉，跟着运指连封他数处穴道，手底真气源源不断地注入他体内，同时转头看向彦翎。

彦翎代为解释道："冥衣楼半路劫粮遭了宣军暗算，美人公主被困在这鬼阵中心，恐怕大大不妙。那布阵之人好生奇怪，脸上戴着一副黄金面具，见不得人一样，但美人公主似乎和他早就认识。"这时遥衣接口道："我知道那人，他是少原君皇非，现在与宣王联手对付我们，但平时并不以真面目示人。"

众人听到少原君名号，无不震惊，彦翎更是差点跳起来，道："乖乖不得了，皇非没有死？美人公主和他在一起，岂不是危险至极？"跟着又道出差点令他和遥衣丧身其中的泥潭之阵，易天得夜玄殇真气相助，伤势暂缓，低声补充先前与子娆所遇冰雪之阵的情况。夜玄殇眸光隐隐一沉，自易天身上收回手掌，站起身来。彦翎闪到他身边，悄声道："喂，还不快点想办法，迟些穆国准王后变回少原君夫人，你就等着后悔莫及。"

夜玄殇瞥了他一眼，道："这阵法布置得十分巧妙，若非精通奇门术数，或借九转灵石之力，根本无法寻到阵心所在。方才我们能破这一阵，是恰逢阳金克木，巧之又巧，若困住你们的是阳水阴火阵，那此时我们所有人都要麻烦。"

易天亦领教过阵法厉害，点头道："殿下说得没错，这阵法非同一般，万万不可大意，但九公主被皇非所困，却又如何是好？"

夜玄殇沉思片刻，方要说话，忽然感觉脚下震动，山谷中雪石纷落，一声巨响，竟然整个向下塌陷下去。

彦翎三人被击出阵心之后，子娆亦收起莲华法诀，缓步踏上冰台。那白衣人轻拂琴弦，抬头笑道："子娆，别来无恙？"

阵中霰雪微扬，子娆侧身落座，琴前有酒，色碧香醇，她抬指轻沾琼浆，低头浅嗅，随后转眸看向那人面上冰冷的面具，说道："既已无人，何不以真容相见，难道此时我还认不出你吗？"

那人将面具取下，露出一张俊美无瑕的面容，眸中笑意若雪，话语却一如既往，风流怡人："一日夫妻百日恩，果然这张面具瞒得过所有人，却瞒不过夫人。"

子娆墨睫稍垂，复又一扬，轻轻一笑："没想到你我二人，竟然还会坐在一起喝酒。"

酒是玉髓，人是故人。昔日惊云山巅，杯酒相识，洞房花烛，交杯定情，皇非目视眼前女子，她丹艳的红唇轻轻沾上玉盏，浅酌低吟的姿态如一朵清魅的妙莲，在他眸心幽幽绽放。

"我曾经说过，终有一日，你会与我重登惊云峰，此生亦将以少原君夫人的名号为荣，你我之间早已没有那么容易撇清关系。"

子婳把盏抬眸："我记得那日你也在三军之前亲口说过，你与我，从此再无情义可言。少原君言出必行，当众之语，想来并非玩笑。"

皇非淡淡地道："楚王后母子不是你杀的，所以那句话并没有任何意义。"

子婳眼梢微扬："原来你从一开始便知道真相，却故意将错就错。"

皇非侧眸看她，语气傲然："你既当众认下此事，我又何必放弃对帝都动手的大好机会，这样的结果不也正是你想要的吗？"

子婳眸光一闪，一瞬不瞬地与他对视，微雪自两人之间无声落下，化作一地琉璃冰寒，轻轻扬过衣袂，飘入眸心无垠的黑暗。片刻后，子婳倏地转眸轻笑，柔声道："少原君果然是当世英雄，绝不会为美色所动、情义所困，若非迫不得已，帝都可万万不愿与你为敌，不过人算不如天算，现在事已至此，还能怎样呢？"

"事已至此，当世能配得上少原君夫人之称的也只有一人，我皇非的妻子同样只有一人。"皇非随手轻挑琴弦，容色翩翩，"所以今天我特地在此等候，来请夫人随我回去。"

子婳感觉随着他指下琴音跳动，整个阵法再次变动，十二门生死轮转，不尽不息，天一生水，地六相成，一时间变幻莫测，无迹可寻，就好像眼前这男人真正的实力，每一次相遇都见未知的一面，似乎始终探不见究竟。她星眸微垂，转而迎上皇非的目光，眼波轻横如月下一泓幽泉，似乎一直漾到人心尖上去："此时此刻，我还有第二个选择吗？"

风雪轻扬，皇非含笑道："恐怕没有。"

子婳轻声一叹，敛袖斟酒，说道："大婚之夜你我情断义绝，王族损兵，楚国灭国，已是天下皆知，除非你肯放弃对帝都的打算，否则有我这个夫人在身边，难道不会觉得危险？"

皇非不动声色，一缕琴音悠悠停于指端，余韵无穷："很可惜，帝都王城，本君这次要定了。"

他看住她，唇畔笑意从容，却仿佛迫人窒息，直到此时，九域天下也没有任何人，能够无视少原君亲口说出的话，哪怕楚国覆亡、烈风骑灭，皇非一人，也足以令诸国侧目、英雄折颜。子婳一时静默，丝缕酒香漫开在她晶莹的指尖，袅袅缭绕不散不休，片刻后，她轻拂云袖，抬眸迎上皇非目光，徐徐说道："那么，若是我心甘情愿地接受你所有条件，你是否愿考虑改变主意？"

皇非眼底微微一动，雪光下玄衣女子眉目如仙绝色出尘，便似昔日惊云绝峰月下初见，她执酒相问江山何从。那时她以千军为棋天地为盘，笑语轻擎，风云定局，他知世间有女若此，与她并肩峰顶俯瞰九域的刹那，他所要的一切都已在前。

七城烽烟为卿做聘，楚都华焰染她嫁衣，他散尽三千姬妾、倾此九域红尘，迎娶这唯一令他动容的女子，若不是那一夜兵戎相见，此时四海天地皆在这携手之间，他与她，亦将为万众传颂，那样一段江山风流英雄红颜的传奇。

然而这世上终究没有如果，就像江水东逝，落日西沉，光阴不回，世事无常，每个人曾经的选择都决定了眼前的彼此，现在的每一步也都必然通向前方的结局。

皇非眼底仿若夜流涌动，锁定那双幽魅的凤眸："我不得不承认，相识至今，每当夫人提出条件，都叫人感到无法拒绝。"子娆不语，浅酌杯酒，移目相视。他自琴上收手拂袖，眼梢淡淡挑起，"这个提议当真令人十分动心，但是，本君绝不会在同样的事情上，犯同样的错误，他日我与东帝战场相见，若有夫人在侧，想必一定有趣得很。"

子娆唇角倏忽上扬，似是早已料到他的答案，那妩媚的浅弧恍若一刀轻光，骤闪即逝："我也不得不承认，那个曾让我甘心下嫁的少原君，如今依然有着令人倾心的魅力。"

皇非道："那么夫人是愿意随本君同去了？"

子娆把玩玉盏，幽幽叹道："你的阵法比王叔还要高明，我破不了，你的武功也远在我之上，我赢不了，如此看来，我只好跟你走了。只不过我劝你还是不要跟王兄针锋相对，他那人冷心冷情，这世间恐怕没有什么能威胁得到他。"

雪光落入皇非微眯的俊眸，点点泛着清寒的滋味："再无情的人，也总有心中珍视的东西，一旦与此相关，事情便会有所不同。"

"哦？"子娆魅然抬眸，将那玉盏轻轻托在掌心送到他面前，一泓碧泉如玉，倒映男子眉目风流，"那么夫君心中所珍视的，又是什么呢？"

皇非就着她的手将酒一饮而尽："本君珍视之人，远在天边，近在眼前，夫人难道心无所觉吗？"他抬手抚过她容颜，近在耳畔的呼吸带着醉人的酒香，轻轻吹起伊人双颊娇羞的红云。

"夫君厚爱，子娆受之有愧。"子娆妩媚地笑，眸若星波慵然轻漾，她靠近他的耳边，用一种极其温柔、极其诱人的声音轻轻说道，"夫君有没有发觉，我刚刚在这酒里下了毒？"

第九章 苍雪长岭

女子清魅的话语入耳成丝，缕缕幽香仿佛自暗夜深处漫然升起，飘盈雪雾，浸透肺腑。皇非脸色一变，反手扣向子娆腕脉，子娆弹指下拂，与他掌力一交，袖底银光飞散，倏地飘身后退。

漫天风雪骤然疾舞，在冰台四周飘旋如幕，子娆落向雪幕中心，笑容美若幽梦，话语依然那般清魅动听："夫君怕是忘记了吧，当初在惊云山上第一次见面，我便已经提醒过你，我的指尖藏有十种剧毒。方才那杯酒沾了我的指、染过我的唇，你其实不该喝的。"

皇非似乎神色不改，却也并未起身追击："你以为如此便能逃出我的阵法吗？"

子娆柔声浅笑："我刚刚说过了，夫君的阵法很是高明，以前我听王兄解说这些奇门术数时可没怎么用心，这阵法我是破不了的，只不过，你刚刚饮下的赤锦红与曼陀罗两种剧毒与我发间的染云香混合之后，会在几个时辰内令人内力丧失，夫君虽然内力高深，恢复起来怕也需要些时间，这时候我要走，想必也不是什么难事。"

皇非眼中掠过一丝淡淡的寒意，说道："这倒是我疏忽了，一时不曾防备。但是在此之前，我保证你会失去生离此地的机会。"话音落时，一道赤芒，突然闪电般自古琴之侧射出，不过一剑出鞘，四面八方劲气横冲，血芒惊闪，直刺风雪，子娆倏然一惊，情急之下折腰纵出。

丝缕断发，蓦地散开雪中，焰蝶之光在血鸢剑上爆开刺目的金芒。子娆后退丈余，飘身落足冰台之侧，袖底幽芒冷现。皇非身形一闪，忽然便出现在她面前。子娆袖袂飘拂变幻，灵蛇一般向着血鸢剑锋卷去，但听哧的一声急响，金银亮光在两人之间如雨四射。

便这刹那之间，子娆已用衣袖连接皇非快逾惊电的八招，万没想到他在身中酒毒的情况下仍旧如此可怕，若非有幽罗玄衣护身，只怕早被剑气所伤，她心下暗惊，但却嫣然笑道："夫君好厉害的剑法，若是这么个打法，我可受不住了。"

皇非如此催动真气不免激发酒中剧毒，数招过后并没有立刻追击，只是剑尖锁定对手，暗中运气调息。血鸢剑上凝聚摄魂夺魄的剑气，与昔日逐日剑狂傲的锋芒截然不同，不断涌动的赤芒固然显得森寒诡异，却更有一种凌驾万物、君临八方的气势，竟令人生出无从逃脱之感。

子娆以巫族特殊的手法施毒，为怕皇非察觉，下手分量甚轻，若让他运功驱毒，便拖延不了多久。她打定主意消耗皇非内力，袖底法诀变幻，同时击出两道莲华法印，冰台上方光华夺目，仿若一双雪凤展翼冲天，凌空卷向对手。

皇非微微冷哼，右手挥出。雪雾倏然狂飞，血鸾剑击散包裹着漫天异芒的风雪，犹如一道飞虹、一抹赤电、一刃血光，向着子娆眉心破空而去！子娆蓦然旋身，左袖行云流水般迎空挥去，右掌反手下击。皇非眼中掠过慑人的冷光，身形倏地凝住，血鸾剑却是赤芒大盛。

玄袖浮光，真力与剑气相撞，挟了飞雪涟漪般往四方扩散，子娆借此一击之力忽然纵起，娇笑声中，指尖血影绽放，莲华骤现，血鸾剑剑气在她牵引之下，连同那明媚的莲光一起突然向着冰台正中的瑶琴击去。

原来皇非借雪谷地形设此奇阵，以琴音操纵阵法，变幻八方，子娆暗中推察，早已知其关窍所在，但先前忌惮对手强势，不敢轻举妄动，直到皇非大意中毒，她便刻意而为，争斗中趋身抢至阵心，凝聚功力举手破阵。血鸾剑与莲华之术全力一击何等威力，但听轰然巨响中，碎雪向天冲扬，悬在半空的冰台四分五裂，瑶琴美酒、山石冷雪，皆向山崖之下坠去。

这冰台本是冰峰之侧一处雪岩，下方悬空无依，绝无落脚之处，皇非将阵心设在此处，乃是精算天时地利，巧借雪谷山川布局困敌，此时子娆强行破阵，一击之下威力非常，奇阵阵心固然被毁，两人却也失了立足之处，不约而同地向着峰下坠去。

半空中碎石飞雪如雨纷纷，皇非原比子娆落势稍缓，忽然间身形急坠，伸手扣向子娆肩头。子娆在落石之上微一借力，飞袖凌空击去，皇非一指点出，子娆拂手反扫他神门、太渊二穴，眨眼之间，两人指来掌往，已在空中施出一十三招精妙手法，一个要擒，一个欲避，虽无先前交手那般威势，却亦惊心动魄，凶险至极。

子娆武功源出巫族，克敌制胜不以招数见长，且论对敌经验，终究不及皇非身经百战，沙场历练，袖袂拂处，只觉他手指闪电般下滑，腕上忽然一紧，已被他单手扣住。皇非左手真力透出，顿时封了她经脉，同时右手一剑刺出，血鸾剑直透冰岩插入崖壁之上，两人身子猛地一顿复又一落，上方裂冰横空飞出，坠势却也止住。

子娆被他制住腕脉，无力挣脱，此时回头下望，只见一道渊谷倾斜而下，直没风雪之中，一时看不清深浅，唯见雪雾弥漫，疾风拂掠，云龙一般向着冰峰不断卷去。子娆心头微觉凛然，倒不知这冰台下临绝渊，竟在如此险地，倘若两人直摔下去，恐怕皆尽生死难料。但她却也并不十分在意，身子凌空，抬头笑道："喂，你这么抓着我吊在这里，很是耗费力气，倒不如放开手，凭你的武功自然能够化险为夷，不然再过一会儿，不是你支撑不住，便是那剑要折断，何必两人一起送死呢？"

皇非却不言语，他此时体内毒性已然发作，内力无法提起，几乎连话也说不出来。

子媱感觉他指下力气渐弱，握着自己的手掌间尽是冷汗，微微颤抖不止，于是轻叹一声，闭上眼睛，也不再同他多言。当此生死之际，风飘雪涌天地茫茫，眼前大敌在侧，凶险难料，而她心中却突然只是想起一人。那人青衫笑颜似乎便在眼前，一时清晰一时模糊，却不知若自己真的死了，他又会怎样，悲喜恩怨，是否从此不再，想来心中忽然莫名痛楚，只觉得有很多事情必要找他问个清楚，有很多话想要跟他说，倘若这般了断，那么一生一世都是不甘的。就在这时，皇非握着她的手猛地一提，子媱身子向上甩去，半空中连续数处要穴被封，同时腰间一紧，两人一并向着峰下滚去。

这山崖初时陡峭，越到底部越是平坦，皇非环住子媱时拔剑在手，以巧妙手法连续击刺岩石，血鸾剑绝世利器，不断不折，两人去势因此受阻，渐渐缓下，最终跌入尺许深的雪地之中，一直滚至谷底。饶是如此，下冲之势依然甚急，皇非力气全失，手臂终于松开，子媱被甩出丈余，重重撞在一块岩石之上，顿时晕了过去。

待到片刻之后醒来，只见风吹雪舞，不远处皇非闭目盘膝，显然正在运功驱毒，子媱知道若让他抢先恢复功力，自己便绝无逃脱的可能，当下凝聚内息冲击被封的穴道。

皇非中毒之后内力不足，点穴时便难下重手，没过多久，子媱一处穴道便已解开，但这时候，皇非突然睁开眼睛，慢慢起身向她走来，抬手又在她紫宫、云门数处穴道补上几指，低头道："你既还担着少原君夫人的名号，本君自会让你就这么死了，莫再耍什么花招。"

子媱所下剧毒分量虽浅，但锁人经脉侵人内力，也绝不是轻而易举能够化解的，见他这么快便已行动如常，细思之下顿时明白他是以某种秘法强提功力，不由柔声笑道："夫君如此行事，可是危险得紧，你体内的毒若是过了十二个时辰还不得解，难免要留下极大的祸患，日后纵然余毒尽去也会大损功力，还是速速用功驱毒，不要这么逞强好些。"

"多谢夫人操心。"皇非站在雪中淡淡地道了一句，复又以剑撑地调息片刻，此时崖上忽有碎石滚落，隐约一个人影出现。皇非微微蹙眉，反手封了子媱哑穴，将她带到一处冰岩之后。过不多时，只见一人飞身落在雪地之中，身法轻灵矫捷，不出半点声息，竟是金媒彦翎。原来子媱与皇非交手之后，六壬奇阵阵心被破，夜玄殇与易天等人循迹追来，四处不见子媱踪迹，发现此处冰台崩塌，又有打斗的痕迹，于是以山间枯藤结绳，通向崖下，因彦翎轻功最佳，先行下来察看。

此时山崖之下风雪大作，吹得沙飞石走，冰峰凛冽。雪地上风痕如削，碎冰呼啸，早已将两人停留过的痕迹尽数湮没。彦翎落地之后以手遮脸，几乎连眼睛也睁不开，冒着风雪四下奔出，却只见冰峰雪地茫茫白地，哪里又有半点人踪。子媱在石后看得他身影掠过，苦于穴道被封，说不得动不得。彦翎搜寻一番毫无线索，不禁大为气馁，崖上却有人大声叫道："喂！小淫贼，可有见到什么吗？"

彦翎蹿回崖下喊道："又是风又是雪，鬼影都不见一只！我说你这称呼能不能改改，小爷一世英名全坏在你手上了！"

崖上那人又道："那你还不快上来，我们去别处寻找，那皇非一心想要对公主不利，你再耽搁，我丢绳子下去了！"风雪中两人喊话断断续续听不太清楚，半空中绳索被风吹得乱晃不休，彦翎纵身而起，在山石之上微一借力，便轻飘飘地附在绳上，崖上诸人一齐用力，复又将他拉了上去。

待他身影消失之后，皇非又等了片刻，直到崖上声息全无，才带子娆走出冰岩背后，解开她哑穴道："走吧。"

子娆动弹不得，被他抱在怀中，倒也免受风雪之苦，却见他并不往合璧方向去，反而向北深入苍雪长岭。如此一路未遇人踪，想来彦翎他们早已往他处寻去，此地已离合璧诸城甚远，边关荒原，朔风连野，呼啸声中只见一片肃杀苍凉。又行了小半个时辰，皇非突然停住脚步，在一道山丘之后将子娆放了下来。子娆听得他呼吸有异，移目看去，却见他身子微微一晃，向侧转开，再回头时唇边隐约竟有血迹，面色也瞬间变得异常苍白。

皇非内伤一直未愈，却先后两次以秘法强提内力，其后反噬甚是厉害，再加上剧毒未清，此刻体内真气空虚，丹田中却似千刀万剑不断乱搅，纵使他定力非常，也难再支持下去。眼见天色渐暗，风雪已息，他扶住一块大石微微扬手，一道金色流光冲入夜空，直穿暗云，子娆识得那是昔日烈风骑联络信号，不由心觉诧异。

信号发出不久，西北方很快传来迅疾的马蹄声，跟着一队人马飞奔而至，尚未到眼前，便有一人抢先下马，赶至皇非身边，叫道："君上！你……你受伤了吗？"

后面人马向侧散开，自然形成防守队形，阵列有序，数十人说停便停，马不扬尘，人无杂声，不禁令人侧目。子娆看清那领头之人，认得竟是方飞白，那这一支队伍不必说便是昔日叱咤风云的烈风骑，最先到达的召玉目不转睛地看着皇非，神情间甚是关切。

皇非以手扶住召玉肩头，略微合目，吩咐道："你们即刻带她离开，小心伺候，莫让她逃了。"召玉感觉他气息不畅，不由担心道："我们先替君上疗伤。"

子娆见皇非将自己交于楚国旧部，所去之处定非玉渊、合璧两城，倘若他们避入雪岭，非但冥衣楼部属，就算王师出动也难寻踪迹，倒比被他带去敌营更加麻烦，心念稍转，抬眸说道："你身上所中的乃是巫族之毒，我若跟他们走，却要谁来帮你解毒？"

召玉一听，方知皇非不是受伤，转首怒道："快将解药拿来！"

子娆道："他身上的毒耽搁了数个时辰，原本的解药已无用处，即便我另行用药，也需数次方能全部拔除余毒，但如果再拖下去，我可不敢保证没有后患了。"

召玉心中大急，道："君上……"皇非对她摆了摆手，看了子娆一眼，道："你若以为我非要你的解药不可，那便是高估了巫族，你所用的毒药虽奇，却也奈何不了本君。"

子娆微微一笑："原本夫君功力深厚，这点毒性确也不足为惧，只不过夫君似乎有伤在身，运功驱毒时万一出什么纰漏，便只怕更加麻烦。"子娆其实并不知皇非内力受制，一直不曾痊愈，只是见他气色有异，既然方才两人动手时他并未受伤，料想必有其他原因。方飞白却对此事略知一二，兵刃微动，指向子娆道："公主若不肯立刻取出解药，那便恕末将等无礼了。"

子娆见到方飞白，想到十娘惨死在他手中，丹唇冷冷轻挑，容色转寒："烈风骑弑主逼君，什么时候还论过尊卑上下，方将军眼中从来也没有我这个公主，有礼无礼又何必废话？你若高兴拿剑指着我，不妨就多指一会儿，看是否能指出什么灵丹妙药，拿去疗伤解毒，起死回生。"

方飞白不由蹙眉，素闻这位王族公主妖颜媚性，行事恣肆，言辞果真犀利乖张，不易应付，一顿之后方要说话，身旁坐骑突然间抬首轻嘶，四蹄一阵乱踏。方飞白手拉缰绳，轻斥一声，那马儿低下头来口鼻喷气，不断原地扬蹄，四周其他战士也纷纷呵斥坐骑，不知为何，所有战马都显得有些躁动不安，仿佛预知到什么不可见的危险，想要立刻逃离此地。

众人所乘的马匹虽不及当初烈风骑中战马精良，但也皆是百里挑一的良驹，算得上训练有素，等闲不会有不服号令的举动。但战士们呵斥数声后，有些战马非但没有安静下来，反而奋蹄长嘶，试图向外冲去，群马嘶声连连，激得尘雪满地乱舞。这时候召玉忽然叫道："前面那是什么？"

对面山丘之上隐约出现一点黑影，跟着又是数点，皇非目力最佳，眼底倏地一震，跟着方飞白脸色大变，叫道："不好！是狼群！"话音方落，漫山遍野涌出无数黑影，蓦然间，一声狼嚎向月而起，荒原上数千只饿狼潮水般向着这边奔来。

第十章 绝地逢生

风雪凄厉，饿狼群啸，方圆十里如同鬼域。烈风骑旧部虽然出身南楚之地，但多年来随皇非征战北域，对这雪原之地甚是了解，皆知狼群残忍凶恶，一旦发现猎物便群起而攻之，纵使大队兵马与之遭遇也是极大的凶险。不待皇非吩咐，方飞白已疾声下令："约束马匹，点燃火把驱狼！"

烈风骑防守圈缩小，先将马匹围住，战士们手中火光亮起，手持兵刃后退，阵列井然有序，丝毫不见慌乱。就这片刻，近百匹恶狼已趋近眼前，见到火光颇是畏惧，只在外围不断打转，盘旋嗥叫，一时不敢攻击。召玉尚是第一次来到北域，眼见恶狼越聚越多，火圈外四面八方尽是森森白牙，狼群垂涎怒号，端的令人心惊胆寒，正取了兵刃在手，忽听皇非低喝道："留心坐骑！"

这时召玉身边战马为狼啸所惊，突然扬蹄猛冲，阵中战马一阵大乱，当前几匹挣脱束缚，向前狂奔而去。狼群中狂啸大作，几匹战马速度虽快，冲出片刻便被围住，惨嘶之声顿时冲塞夜空。马儿在尖齿利爪间翻滚奔跃血肉横飞，瞬间便被恶狼撕成碎片，吃得干干净净。群狼受血气所激凶性大发，齐声厉嚎，向着火圈之内扑来。

烈风骑阵中兵刃交错，利光疾闪，挡住狼群攻势，将皇非、子娆、召玉三人，以及所有马匹护在当中。恶狼扑将上来，不断被刀枪斩杀，或是一刀两断，或是利刃入腹，尸身不待落地便遭群噬，血腥之气充斥荒原，更引得群狼狂暴不已。召玉兵刃乃是一双短剑，其中一柄抵在子娆后心，眼睛却不离圈外，暗自警惕。皇非静立在旁，火光之下面如止水，不惊不怒，始终未因狼群凶恶而有丝毫动容。

子娆身处烈风骑阵中，虽不用担心恶狼攻击，但见这血腥残杀的局面也自心惊。这时候右方火光突然一暗，风雪袭卷，几支火把骤然熄灭，狼群一见有机可乘，齐向缺口扑来。两侧战士双剑送出，数匹恶狼哀嚎毙命，为同伴分尸而噬，却另有几匹趁机蹿起，越过防守向着圈中扑入，狼群张牙舞爪，随即狂涌上前。

召玉娇叱一声，短剑反手向上斩去，半空中恶狼偏头避让，一剑斩断前腿，却仍旧扑了下来。召玉顺势挥剑，直透狼腹，将其摔出圈外，惊魂未定，只觉脑后生风，急忙俯身低头，两匹恶狼自头顶蹿过，反身扑了上来。原本蹿入火圈的恶狼一被召玉杀死，另外两匹却被皇非拂手打得脑浆迸裂，腾空跌出。其后二狼纵身扑至，一者袭向召玉，一者却向穴道被封的子娆张口咬落。

皇非眼神微寒，闪身挡在子娆面前，偏头避开恶狼利爪，挥掌劈下。那恶狼厉声哀嚎，皇非伸手抓住它头颈，听声辨位向着身后多出的一匹恶狼猛扫过去。二狼滚作一团，狂叫撕咬，皇非原待拔剑斩杀，不料稍提内力，丹田中忽觉剧痛如绞，身子一晃，一口鲜血喷了出来。

二狼闻到血气，松开对方，先后跃起来袭。皇非手中赤芒电闪，当先那狼身首异处，跌毙圈外，但如此一来，经脉中真气立时乱冲，第二剑竟难以施出，后面那匹恶狼直扑肩头。召玉侧头看见，不由大惊失色："君上小心！"待要回身相救已是不及。方飞白等应付狼群围攻，能够保持阵形已经艰难万分，同样无暇顾及圈中险况。眼见利齿森然扑面，皇非身子一偏，右手剑尖忽然自左肩斜出，那恶狼凌空扑下，被血鸾剑自颈至腹开膛破肚，当即厉嚎毙命。皇非虽以精妙剑法斩杀恶狼，但体内真气紊乱，如坠刀窟，血鸾剑猛地撑在地上，身子向前跪去。

召玉刺死恶狼，扑到近前将他扶住，叫道："君上，你怎样了？"借着火光，只见皇非牙关紧咬，脸色苍白若死，却又隐隐透出黑气，显然内息岔乱，因此难再压制毒性。原野上风雪渐急，凛冽呼啸，又有火把连续熄灭，难以为继，狼群不断寻隙扑上前来，烈风骑战士战圈缩小，奋力抵挡，情况顿时危急。召玉一手扶着皇非，只余单手持剑，倘若再有恶狼冲入火圈，抵挡起来必定吃力，心中难免暗自焦急，忽听子娆说道："解开我的穴道，否则大家一起死在这里，有什么意思？"

召玉微一犹豫，看向皇非，见他并未反对，便伸手去解子娆穴道，却发现她紫宫、云门二穴被真气封锁，普通手法竟然无法奏效。皇非扶着召玉强提内息，慢慢并指点出，子娆穴道终于解开，弯眸一笑，倏地飘向他面前，双唇蜻蜓点水一般与他呼吸一触。随她气息轻吐，一股似花非花的幽香伴着柔软的发丝，化作缕缕柔媚直沁五脏六腑，皇非身子微颤，口中突然喷出血来。召玉见状大惊，厉声喝道："你干什么？"

子娆轻笑道："我替他解毒，你看不到吗？"战圈中火光一闪，召玉这才看清皇非吐出的乃是数口黑血，再看他脸色，已不似刚刚那般骇人，顿时松了一口气。子娆见她面露歉意，复又一笑，道，"莫要急着谢我，我解了他曼陀罗的毒，却又要他服了青莲子，不过毒性相互克制，一时无碍罢了。若非如此，前面几种毒性发作起来，立时便要了他的命。"

召玉不由大怒："你好狠毒的手段，快将解药拿来！"子娆却不理会她，袖袂一转，身子飘然掠起。她纵身时纤指变化，点点光亮随袖飞出，迎风冲向晦暗的雪夜，群狼包围中忽然出现无数金色的蝶光，翩跹疾舞，流焰雨落。恶狼怕火乃是天性，纷纷向后躲避，却又不甘心放弃到了嘴边的猎物，聚在圈外徘徊低嚎，不断试图靠近。

子娆施展焰蝶之术，将战阵四方护住，风雪虽急却亦不灭不熄，烈风骑压力顿时减轻。但风中焰蝶全靠真气维持，如此却也支撑不了多久，子娆阻得狼群退却，同时下令："所有人结阵向西，到对面树林中取火！"焰光蝶舞灿烁如织，映她清姿魅颜宛若天人，一言既出，竟是令人无法抗拒。西边不远处生有一片高低起伏的灌木丛林，背靠冰峰，占地颇大，方飞白当即传下命令，众人护持马匹，向丛林方向退去。

狼群畏惧蝶焰，一时不敢扑击，亦步亦趋跟随而至，仍将众人围在当中。烈风骑战士背靠山岩，迅速以枯枝架起火堆，连成半月形防御，方飞白将战士分作几批，分别守卫火堆，看护马匹，收集干柴，若有恶狼大胆攻击，便以枪矛当即格杀，各处布置严密得当，犹如沙场对阵，攻守有序。

如此一来，狼群虽将他们团团围住，却只能隔火垂涎，暂时不能造成威胁。子娆方才消耗了不少内力，收了焰蝶之术后，便在一旁独自调息，大约过了小半个时辰，忽闻群狼齐声长啸，千里荒原风雪凄厉，一阵阵狼嚎中仿佛带着无尽凶残、邪恶之意，听得人人毛骨悚然，众人虽无不是身经百战的悍勇之士，却也皆闻声心惊。

皇非在火光深处合目调息，却对狼嚎充耳不闻，召玉一直护卫在旁，见他情况并不好转，眼中尽是担忧之色。方飞白命战士取了随身携带的干粮清水出来，轮流休息补充体力，略一犹豫，亲自取了饮食奉至子娆面前，欠身道："公主。"

子娆睁开眼睛，看了看他，道："你不必来求我，我不是不肯替他解毒，的确是需要几味药物才能奏效，我身边不曾带得。不过以他的武功，将毒逼出体外也并非难事，只是多费些时间罢了。"

方飞白不愿将皇非内力异样的情况说出，只道："只怕耽搁得久了，便不太好。"

子娆道："除非你有法子驱逐狼群，我们回到合璧城，才能调制解药，否则我也无法可施。"

方飞白皱眉道："这荒原上的狼群十分难缠，一旦盯上人畜，连续追踪几日几夜也是寻常，就连虎豹之类遇上它们也往往难以幸免。现在只盼有其他兽群经过，能够引开它们，那我们便可以趁机冲杀出去。"

子娆抬头望向飞雪隐隐的天空，淡淡地道："这时候哪里来的兽群？"

方飞白也知这希望极其渺茫，值此严冬之际，荒原鸟兽无踪，唯有成千上万的恶狼盘旋在侧，饥饿难耐，两人一时皆无话说。如此过了一夜，烈风骑与狼群隔火对峙，战士们先后击杀了数十只扑进火圈的饿狼，圈外残肢遗骸，鲜血满地，景象甚是骇人。待到天亮，狼群仍旧不散，反而越聚越多，幸好此处树丛颇为茂密，众人不断取柴点火，保持火圈旺盛，倒也能够阻挡狼群。

子娆眼见狼群纠缠不去，心中略觉不耐，又想即便摆脱狼群，皇非也定然不会放过自己，最终仍旧难以脱身，目光无意中落向聚集在火圈近侧的战马，想起方飞白昨夜提到若有走兽引开狼群，便可趁机突围，心念转处，站起身来。

召玉一直十分注意子娆，见她徐步向战马走去，不由上前几步，目露警惕。子娆见除了召玉之外，另有四名烈风骑战士亦紧跟自己，想必是得了方飞白命令，防她有所异动。子娆暗中冷笑，假意抚慰躁动的马儿，留心狼群动静。

不过片刻，天色已然大亮，一阵疾风席卷雪原，数处火堆被风吹袭，势头顿时减弱，狼群见是机会，自几处缺口同时扑上。烈风骑战士长枪齐出，一边抵挡恶狼，一边添柴护火，负责看守战马之人亦出手驱狼，无暇顾及其他。子娆见机行事，抚在马颈上的手掌暗中透出内力，那战马吃痛长嘶，惊得马群放声齐鸣。子娆闪身躲过一匹迎头扑下的恶狼，双袖同时向侧拂出，马群受惊之下顿时扬蹄狂奔。

恶狼向着身后战士扑落，子娆却娇笑一声飞身上马，便往火圈之外冲去，忽然有人厉喝道："你做什么？"一道寒气直逼背心，却是召玉提剑刺来。子娆俯身避开短剑，云袖向后轻扬，笑道："你若想要解药，不如跟我来好了！"召玉身在半空，突然一股幽风扑面，跟着腰间一紧竟被她飞袖缠住，此时群狼见火圈中人马冲出，一起疯狂扑袭，火圈中战士亦同时示警。原来恶狼狡诈，趁人不备绕开丛林边缘偷袭，已有十余只跳入圈中，方飞白等来不及阻止子娆，纷纷拔剑抵挡。

子娆策马冲出丈余，回头见火中人狼厮杀惨烈，忽然间心生警兆，扬声轻笑，将召玉向后送出："夫君是要追我呢，还是要救你的小美人？"召玉越过奔马直向狼群之中落去，她被缚时穴道受封，子娆虽然随手替她解开，但一时气血不畅，如何抵挡恶狼？方飞白等人相距稍远，相救已是不及，四面八方白牙森森，群狼扑将上来，召玉情急生智，落下时奋力旋身，足尖在一头恶狼头顶一点，身子向侧掠出，却不料两面数只恶狼纵身扑上，眼见难以闪避。

当此千钧一发之际，狼群中赤芒骤盛，哀嚎声起，一袭白影倏然出现。剑光溅血夺目，狼群像是遇见烈火般仓皇后避，召玉连退两步被人拽入臂弯，只见四面狼尸遍地，群兽撕斗争食鲜血四溅，双足一软，险些站立不稳。

此时子娆纵马而去，早已追之不及，皇非将召玉护在怀中，并不浪费体力，提气纵身越过狼群与烈风骑会合，下落时力透双足，两只恶狼脑浆迸裂，顿时死于非命。狼群少数追逐战马而去，却有大部分拥上前来围攻他们，召玉心魂稍定，取出护身短剑连杀数匹恶狼，却见狼群密密麻麻，哪里杀得干净，当即挥剑护身，拾起一段尚在燃烧的枯枝，向着快要熄灭的火圈冲去。

恶狼见火生畏，纷纷闪避，却有一头巨狼分外凶残，当头向她扑来。召玉一剑刺出，巨狼人立而起，避开剑锋，张口便咬，召玉手中火把径直插入狼口，用力前送，巨狼狂嚎痛蹿，滚入狼群之中，召玉却亦失了火把，想要再行取火，臂上腿上反而先后受伤，正自焦躁，眼前寒光疾闪，血鸾剑替她挡住狼群，有人低声喝道："放心取火！"

那声音带着惯有的凌厉与果断，召玉一眼见那冷静的侧颜，心中突然不再惧怕，只觉如果今日终究无法逃出此地，那么最终能够和他一起，那便很好。她不由微微一笑，短剑连下杀招，跟着向侧一滚冲入狼群，只听头顶上鬼哭狼嚎，鲜血伴随赤芒溅落，两支火把入手，当空一扫，驱退狼群。

召玉拼命抢得火把，在皇非护持之下，连续点燃数堆火焰，烈风骑重新向之前扎营的地方退来，狼群步步紧逼，双方厮杀甚烈，不少战士满身是血，显然受伤不轻，情势越发变得凶险。就在这时，原野上忽然响起一阵奇异的啸声，声音由远及近逐渐清晰，群狼仿佛遇到什么畏惧的物事，竟然纷纷放弃对烈风骑的攻击，向着两侧逃去。

那异啸之中跟着飘出阵阵短促的清音，闻之如风动玉帘，听之若雨溅冰潭，似笛似箫，轻灵跳动，成百上千的恶狼不断低声咆哮，却无一只胆敢上前。烈风骑众人皆尽惊奇，只见残暴的狼群中分出道路，一个红衣少女的身影隐约出现在白茫茫的荒原之上。

那少女衣袂如火，面若桃花，一双杏眸精灵俏皮，顾盼生姿，晨曦之下说不出的娇美动人。她坐在一只雪狮之上徐徐前行，乌黑的长发束了一双芙蓉金环，不时随着手中玉箫叮咚作响，肩头蹲着只通体雪白的小兽。那小兽不过巴掌大小，貂身狐尾，碧瞳若水，一路冷冷扫视狼群，忽而低声作啸，群狼闻声大惧，越发向后退避，那少女手持玉箫轻声笑道："喂！你们是什么人，为何被狼群困在这里？"这时候雪狮走近火圈，她看清众人装束，突然啊了一声，似乎惊讶至极，"你们……你们是烈风骑！"

雪狮快步奔到近前，方飞白和召玉对视一眼，在这群狼环伺之中，除皇非之外所有人都放下兵刃，同时向着这少女跪拜下去："烈风骑参见含夕公主！"

第十一章 梦里箫音

子娆驱赶战马冲入狼群，战马在恶狼围攻之下四散逃命，先后被扑倒分食，绝难幸免，唯有子娆座下那匹在焰蝶的保护下冲出包围。子娆伏身马上，听得后方马嘶狼嚎，凄厉惨烈，不敢有丝毫停留，催马向南疾驰。部分狼群紧追不舍，数次被蝶焰吓退，这幸存的战马也算神骏，一路放蹄狂奔，很快将狼群甩脱不见。

　　子媱纵马奔行半日，见烈风骑不曾追来，狼群亦无踪影，便寻了一处避风的山崖下马休息，谁知片刻之后，又闻狼嗥阵阵由远及近，身旁战马跳跃惊嘶，拼命拉扯缰绳，于是不敢多做停留，即刻上马前行。如此一日之间，一人一马走走停停，每次不过多久便有狼群追上，始终难以摆脱。子媱避开合璧方向，在苍雪长岭中又行一日，战马跋涉劳顿，速度越来越慢，渐渐已不能将狼群远远甩开。

　　待到黄昏时分，狼嗥复又听得清晰，子媱遥见雪中似有城池在望，催马近前，却是一座人烟绝迹的荒城。这数十年来五族四国战火不断，诸方军队攻城略地交战频繁，每次大战之后城毁人亡者不计其数，即便是雄关通衢之地，这样的荒城也并不少见，何况此处边域雪原，更加不足为奇。子媱听得狼嗥之声逐渐逼近，座下马儿精疲力竭，负人奔行已是勉强，于是翻身下马，扬手一鞭，放它独自逃命，至于最终能否免遭狼吻，便也只能看它造化。

　　放走马儿，子媱跃上残存的城头，环目四顾，只见城中废墟连片，焦木白骨随处可见，皆是曾遭大军践踏的痕迹。放眼十里之内，原有的屋舍楼阁早已坍塌废弃，唯有城东一座佛塔尚自保持完整，侥幸未在战火之中焚毁。此时狼嗥之声又近了不少，子媱暗道一声阴魂不散，向那佛塔纵身掠去。

　　待到塔下，夕阳近山，照得废城如染，残红似血。佛塔斜映余晖，其上雕刻的诸天神像栩栩如生，伴着塔林废墟，却是一片人间荒境，昔日繁华尽灭。子媱在残阳之下停步，不知为何，心里忽然又想起那人来。这些日子她常常想起他，在玉渊城中、在千军之前，想他的音容神情、他的喜怒哀乐，一日一日，无时无刻不在心头，但是，那感觉却从来没有像此时这般清晰，这一刻仿佛他就在身边，只要一个转身便能相见。

　　子媱不由回首四顾，却只见风烟残壁，枯草连天，千里赤地，一片荒凉。面对如此景象，她更加深刻地体会到子昊的心情，这里每一座荒废的城池、每一具湮没的白骨，都是他肩头沉重的负担，他是雍朝的东帝、王族的宗主、世人的神明，但从来不是子昊，即便是在她面前，他也没有做回过真正的自己。她原以为她懂得，他的责任与骄傲，却一直任情任性，但是这时不管他是谁，她只想做那个他需要的子媱。

　　就这片刻耽搁，狼啸声声已在城外，子媱微微皱眉，扬袖向佛塔门上拂去，却突然间，一点刀光破门而出，直刺胸前。子媱冷喝道："什么人？"云袖一挥，卷向刀光，昏暗中看不清晰，只见一道身影冲出佛塔，便像沾在她袖袂上一般旋身扑下，同时左侧亦有利刃袭至，角度精妙，快似轻电。子媱斜退一步，袖袂顺势疾扫，将那后来之人一招震退，跟着左手凌空虚按，施出冽冰之术，点点冷芒向空卷去。之前那人哎呀一声，迎面被冰晶扫中，跟着怪叫道："美人公主，手下留情！"

子嫣突然听这叫声，掌力略收，飞袖斜扫，那人身子抛出，一跤跌在佛塔之下，大声呼痛。后面那人退开半丈，倏又掠回近前，问道："是九公主吗？"

子嫣凝目一看，竟是斛律遥衣，先前那被她拂袖扫出的却是金媒彦翎。斛律遥衣又惊又喜，向后叫道："来的是九公主，不是宣军！"佛塔上下跃出数人，皆是冥衣楼部属，颜菁、易天抢至近前，见到子嫣无不大喜。冽冰微芒之中沾有剧毒，彦翎身中数点，倒在地上抱头叫痛，子嫣听得狼啸之声愈发趋近，随手提了他起来，道："先上塔再说。"

众人亦发觉恶狼身影，纷纷施展轻功跃上佛塔，待到三层便已无路可上，但他们身在此处，恶狼虽然凶恶，却也无法跃起伤人。彦翎被子嫣提在手中，一边龇牙咧嘴，一边说道："哎哟！不好，美人公主你既然平安无事，夜玄殇那小子岂不是白白去找人麻烦了？"

子嫣尚不知他们如何脱出皇非所设的奇阵，亦不知夜玄殇的消息，低头问道："夜玄殇怎样了，他身上的血蛊可解了吗？"

彦翎道："你先帮我解了这冰针上的毒再说，哎哟……胸口也痛，肚子也痛。"

子嫣凤眸微扬，突然将手一松，彦翎惨叫一声摔在塔中砖地上，跟着肩头被她按住，冰毒丝丝化入经脉，顿如千针攒体，大声叫道："公主饶命，我说便是！"子嫣手底微松，俯下身来，柔声笑问："你要说什么？"彦翎苦着脸道："他很好。""嗯？"子嫣轻挑眉梢，彦翎继续道："吃得好，睡得好，心情看来也不错，没有个三五十年绝对死也死不了。"

斛律遥衣在旁听着，扑哧一笑，说道："你这小淫贼就是不老实，公主问你话，你不好好回答，偏要自找苦吃。"

子嫣问道："他人呢，和你们一起到了北域吗？"

彦翎道："去合璧城了。"

子嫣蹙眉道："他去合璧干什么？"

彦翎道："男子汉大丈夫，什么亏都可以吃，绿帽子坚决不能戴，老婆若是被人拐了去，自然是要抢回来才行，而且越是漂亮的老婆越不能耽搁，否则大大不妙。"子嫣一怔，跟着拂袖啐道："小色鬼，油嘴滑舌！"

彦翎被她一掌拍中，真气透体而入，钻行经脉，滚在地上呼痛不已。斛律遥衣见他满头大汗，甚是辛苦，不由担心地道："公主，他没事吧，要不要先给他解毒？"

子嫣睇了彦翎一眼，似笑非笑，扬袖转身："痛一会儿毒便解了，叫得越响，毒散得越快，我这法子专治油嘴滑舌的小色鬼，百试不爽。"众人皆是忍俊不禁，彦翎经脉中痛楚难当，突然大声叫道："蝶千衣啊蝶千衣，我若是死了，这世上就再也没人知道你在哪里了！"

子娆眸光一动，反手拍向他背心："你说什么？"

彦翎满脸惨色："夜玄殇托我找百仙圣手蝶千衣，我要死了，美人公主你可要帮我带个信给他，不是我金媒彦翎找不到人，那蝶千衣现在在……在……"

子娆道："在哪里？"

彦翎哼哼唧唧地道："好痛……好痛，哎哟……在哪里，我可痛得想不起来了。"

子娆明知他性命无碍，在此装模作样，却一时也拿这小滑头无可奈何，指尖真气送出，化解他体内冽冰之毒。彦翎疼痛顿止，松了口气道："哎呀，好像想起来了，是美人公主你要找百仙圣手医病吗？"

子娆低头问道："她人在何处？"

那双丹凤星眸轻掠过去，彦翎立刻向后退了退，不敢再耍滑头，老实说道："前几天我才收到消息，她现在隐居在惊云山忘尘湖。"

自从歧师死后，子娆一直留意寻访这位与他齐名的百仙圣手，也曾托夜玄殇帮忙打听，无奈此人避世隐居，已有多年不曾露面，现在突然听说她竟在惊云圣域，不由心中大喜，再向彦翎等人问清穆国情况，方知夜玄殇在宫变之后肃清太子御党羽，跟着继位称王，重整禁卫军、白虎军，以及左君侯府、统卫府等核心战力，慑服旧朝众臣，与此同时，下令调动战船军需，举国征兵备战。

颜菁道："数日前北域传来战讯，殿下听说公主亲征叛军，便令二公子监国，与我们先行北上。那日在苍雪长岭，公主被奇阵所困，我们分头寻了三日却消息全无，殿下十分担心，命我们先行赶回玉渊，与叔孙将军、靳将军等会合，留意宣国大军动向，他且去合璧一探究竟，我们人多反而坏事。"

彦翎在旁暗暗撇嘴："这小子担心美人公主虽然也是有的，但自己在国都邯璋早就待得不耐烦，还不是不负责任地借机开溜，去合璧救人也是有的，但恐怕更是想找那皇非试剑。这小子别人不知我却知道，在西宸宫接见朝臣哪如在北疆喝酒来得逍遥，那便宜王位若是卖得出去，他早便换钱买酒了。"他这几句话说得含含糊糊，除子娆外就只斛律遥衣听得清楚，抬手捏住他耳朵，悄声道："喂，你还乱说，当心公主再帮你下一剂妙药，让你疼上三天，疼得说不出话。"

彦翎吓了一跳，立刻乖乖闭口，斛律遥衣见他果真害怕，低头抿嘴偷笑。子娆回身看了彦翎一眼，怕夜玄殇不知自己已经脱险，贸然行事，有心走一趟合璧，正要和颜菁等商量，忽听易天怒喝道："畜生大胆！"原来恶狼在塔外转圈，寻路而上，竟有几只来到此处，被易天一扇击毙，滚下塔去。

子娆透过塔上窗口向外一望，只见荒城废墟中密密麻麻尽是黑影，竟是大批狼群追来，不少恶狼寻到塔外，嗅出活人气息，纷纷仰首嗥叫，不时纵身向上扑来。冥衣楼中有四人守住入口，其他人取出随身暗器，一阵漫天花雨般打了下去，飞镖袖箭无一虚发，狼群中立时多了一地死尸。颜菁等人见狼群虽然众多，触目惊心，但还并不觉得怎样，易天却是自幼生长在北域，知道此事万分凶险，叫过斛律遥衣和彦翎低声说道："我们虽在塔中可以暂避一时，但终究不是办法，等杀得几批恶狼，我带人冲出佛塔，你们二人随后保护公主，务必要逃到最近的城镇，狼群才不敢追袭。"

斛律遥衣倒抽一口冷气，知道他是要引开狼群让他们逃命，如此一来，冥衣楼这些人恐怕个个都要丧身狼腹，忙道："那怎么行？"彦翎却苦笑道："离这里最近的城镇也要到合璧，我们无粮无马，恐怕要辜负易老一番苦心。"

易天道："以你二人和公主的轻功，或许能有一线生机，而且也只有如此了。"三人说话之间，越来越多的狼群聚在塔下，恶狼生性狡诈，眼见难以跃起伤人，塔下几只便如叠罗汉一般踩了同伴纵身上扑，数次之后，竟然扑上塔檐，复又继续向上层跳来，不多会塔上便尽是狼影。冥衣楼众人以飞石袖箭驱赶，很快身边的暗器便已用尽，各自取出兵刃守住窗口。

其时日落月升，洒照荒城，月色下群狼聚集，嘶叫长嗥之声此起彼伏，时时骇人听闻。子婼平日虽也狡黠聪明，但被这群恶物缠了数日却是无计可施，透过佛塔望向遍布四野的狼群，不由眉心轻锁。就在这时候，荒城冷月之下忽然间传来一阵悠悠的箫韵，那声音极轻极淡，若隐若现，仿佛是暗夜深处一点朦胧的清光，又仿佛水中风影、薄暮花息，说不出的柔和动听。子婼神情微震，心中就像是被什么狠狠地撞了一下，竟觉隐隐作痛。那箫韵时而悠远，时而清晰，如水一般流向雪月荒原，流向漫山遍野的狼群之中。恶狼凄厉的嗥叫便在这幽雅的箫音下渐渐止息，再过片刻，所有恶狼竟都收敛了凶焰，仿佛被什么力量驱赶，纷纷向后退去。

塔内冥衣楼众人见得此景，无不诧异万分，侧耳听见箫声流转，都知是有人暗中相助，但却四处不见踪迹。彦翎俯身下望，咋舌道："乖乖不得了，这吹箫之人能轻而易举地便将恶狼驱走，岂不是也能让它们调转回头，将我们吃个干干净净？"说着转头看去，忽见子婼脸上两行清泪悄然而下，不由吓了一跳："美人公主，你……你……恶狼咬伤你了吗？"

子婼却不答话，只是怔怔站着，看着狼群退却，危险不复，月色重临雪原。那箫韵在耳边轻轻流淌，一直一直浸满了胸口，化作衣上泪光、眼底晶莹。突然间，她自塔上纵身而下，向着雪地落去，四周狼群尚未退开，颜菁、易天齐声惊道："公主小心！"

子娆对他们的叫声充耳不闻，落下时足尖微点掠向狼群，那箫韵忽然变得清晰，狼群闻声避让，竟似主动替她让出路来，无一暴起伤人。

子娆独自向着箫声来处寻去，但是出了荒城，便再无法判断方向，只闻那音韵悠悠，不绝如缕，似在身边却无迹可寻。她施展身法奔出数里，初时还不断见到狼群走兽，后来便是一片雪岭苍茫，唯有天边冷月，独照大地。箫韵始终不曾消失，子娆知道是他来了，之前她便已经感觉得到，他就在离她不远的地方，甚至可以看到她的地方，她慢慢停下脚步，不再惶急，腕上的碧玺灵石幽幽流动清芒，牵得阵阵心潮起伏。

苍山万岭，白雪茫茫，子娆独立在这片清寂无垠的天地间，静静听那箫声流转，月光落上衣发，仿佛七年光阴重现，她在玄塔深处，他在雪中林畔。不能相见，无须相见，一曲清箫，情丝万缕，其实从那千百个日夜，便已经生满了心底，纠缠了此生。

子娆心中渐渐安静如水，雪光轻盈飘落，箫音柔和悠扬，相思意，红尘梦，多少贪嗔痴恋欢喜怨，情到浓时，情转薄。此时此刻，经过了几度生死、几多悲欢，即便心中曾有千言万语，倘若直面相对，她却也不知究竟想问他什么，又真正要对他说些什么，或许什么都不如这临川一曲，天地无尽，如他心意，微雪无瑕，如此情衷。

天际雪落，一曲终了，那箫韵渐息渐止，终至无声，子娆蓦然回首，对面雪崖之上一抹青衫消逝，月满千山，她闭目微微一笑，转身向着合璧城而去。

第十二章 千城赌约

天色阴沉，冷雨飘落，尚未到黄昏时分，合璧城已是四野昏暗，点点灯火照亮路上泥泞的雨迹，一队队巡逻的士兵先后穿过青石街道，风灯的影子不断在雨丝中闪烁，带着几分肃杀的感觉。

子娆第二日天黑之后方才有机会进入城中，一路寻到行营，发现守卫竟比前几日增加了不止一倍，营外士兵也由原来柔然族人全部换作宣王护卫军，黑暗中百余人马声息不闻，显示出整支军队的训练有素，看这阵势，显然是宣王驾临。

按照先前彦翎的说法，夜玄殇应该早她两日来到合璧，子娆入城时并未听到有任何刺客之类的消息，想他素来胆大心细，对这北域更加了如指掌，倒也不会轻易中人圈套，所以并不十分担心，反而打算与他会合之后，两人便可借机把这合璧城闹个天翻地覆。这念头存在心中一直模模糊糊，直到此时才忽然清晰，方知道，原来自己听说他到了北域便已有此打算，夜玄殇这三个字简直就像有什么魔力，凡事只要跟他沾上关系，就绝对不会太过无聊。子娆唇边不由飘过一丝淡淡的笑意，想到既然皇非人在合璧，那城中自然也少不了玉髓美酒，有酒喝有架打，如此快意之事，那个人当然不会反对。

思及此处，她决定先入行营一探究竟，避开守卫悄悄潜入，只见行营之中灯火皆暗，唯有右边一座小楼隐约透出光亮，所有守卫都在营外，营中反而不见一人，四周庭院寂静，唯有夜雨窸窣闪落，更显得阒无人声。想必宣王虽然到了合璧，此刻却没在行营，不知道皇非是否也已回来，还是仍被狼群困在苍雪长岭。

从那小楼所处的位置看，其中住的必定是宣军中的重要人物，子娆刚刚靠近便止住脚步，察觉四方亭台花树间皆有暗卫存在，若是有人贸然闯入，必定立刻便被发现，于是潜下身形，趁着一阵雨落向前飘出，几个闪身便靠近楼外，四周风吹树动，重重作响，暗卫便也不曾察觉。

子娆又待片刻，施展身法悄然上到二楼，闪入一面暗影深处，沿着雕窗缝隙向内看去。楼中原来是间书房，各处陈设雅致，四壁炭火融融，照得一室如春，当中宽大的长案上摊开数幅卷轴，四周摆放着许多城池模型，案前站着一名黄衣男子，正在低头沉思。子娆看那男子背影十分熟悉，应该曾经在哪里见过，这时那男子微微侧身，她只觉眼前一亮，灯火映出一张俊若美玉的脸庞，正是那日在营前与皇非说话的天工瑄离。

瑄离抬手收起面前卷轴，转身放入柜中，突然侧眸看向窗外，沉声喝道："什么人？出来！"

子娆吃了一惊，以为被他发现踪迹，却见前方雕窗外光影一闪，一个身着侍卫服饰的女子现身室中，身法轻灵，面容姣好，竟是一直跟随在皇非身边的召玉。瑄离显然与她相识，看了她一眼，道："是你。"

召玉道："我听君上说你在合璧，所以特地来谢谢你上次出手相救。"子娆见到召玉，便知皇非等人也已回城，但如今这支烈风骑的存在对于他人来说应该算是机密，却不知召玉与瑄离又为何会有交情。只听瑄离道："你就这么进营来，万一被人发现，我可不好替你掩饰。"

召玉满不在乎地道："君上与宣王在长风台和夜玄殇赌剑，一时半会儿不会回来，护卫军也大都随行护驾，行营中没什么高手，来去倒也不难。"

"看来你是一点都不顾忌宣王血卫。"瑄离笑了笑道，"长风台输赢如何？"

召玉道："我走的时候宣王和夜玄殇赌了十五剑，夜玄殇赢了溆水之西七座城池，宣王却赢了延岭八城，但看君上的神色，宣王第十六剑恐怕会输，如果这一剑输了，玉门城便要划归穆国，我见他们比得久了，便没看完。"

瑄离点头道："这夜玄殇果然是个人物，胆敢孤身一人入城不说，在我们大军环伺下和宣王划地为注，居然还能斗个平手。溆水七城盛产的铁英是铸造兵器必不可少的珍贵材质，若是归了穆国，诸国以后都要重金向他们购买，单这一项收益便十分可观。"

"但是延岭八城毗邻云川，自古便是战马聚集之地，宣王将其收入囊中也不算亏本。"召玉一边说着，一边向案上看了一眼。子媭听他们说到夜玄殇，又惊又喜，惊的是他独自深入敌军，竟与姬沧正面交锋，喜的是他眼下平安无事，而且看来颇有赢面。夜玄殇和姬沧这样的高手较量本就难得一见，更何况这两国之主一剑一城，倾国做赌，单是这份霸气豪情便令人神往。子媭得了夜玄殇的消息，不想多做耽搁，正要抽身前去，却突然听见瑄离说道："这是支崤城的机关总图。"子媭心下一动，便没有立刻离开，只听召玉道："我在君上那里看过。"

瑄离走到案前，随手将锦帛拂开，微笑道："皇非手中的那份机关图是假的。"他随口一言说得漫不经心，召玉听在耳中却蓦地一惊："那份机关图不是你给君上的吗？"

瑄离道："的确是我给他的不错，那份图与这份真正的机关图几乎一模一样，唯独在控制全城的中枢机关上做了些许改动，即便是精通此道的人亦未必能够发觉，而且就算发现，也是无法可施。"

召玉怒道："你在图中做这样的手脚，究竟想干什么？"

瑄离若无其事地道："没什么，只是与虎谋皮，总要留下自己的退路，亦要让对方清楚合作的价值。"拂袖一卷，将那锦帛收起，递到召玉面前，"这个送给你了，你拿去交给皇非，便说是自己私下所得，他深知此中利害，必定会对你更加另眼相看。"

召玉闻言一愣，道："你……你这是什么意思？"

瑄离侧眸看她，说道："你难道不想成为他心里重视的那个人？"

召玉俏面微红，转过头去不敢看他的眼睛，片刻后说道："君上心中重视的是那王族九公主，即便她那样背叛君上，君上也不肯杀她，仍旧当她是少原君夫人。"

"那不过是他想要征服的女人。"瑄离在案前拂衣落座，淡淡地道，"他以后自然会明白，那个在他身边追随相伴、不离不弃的，才是对他来说最重要的人。但是跟着皇非这样的男人，你若像雏鸟一样始终处于他羽翼的保护之下，便永远不会在他心中占有一席之地，你若不能令他欣赏称赞，便永远不可能真正成为他的女人，他会保护你、怜惜你，但绝对不会把你放在心上，所以你若想要他看得到你、重视你，便只有和他一样强。"

召玉一动不动地站着听他说完，过了许久，轻声道："你说得对，强者的眼中只有强者，他喜欢九公主，是因为她让他欣赏，无须他呵护怜悯，能够和他平起平坐，甚至有时候还让他无法驾驭。只有像九公主那样的女人才会让他动心，就算不惜一切也要得到。"

瑄离道："你亦是后风国正统的公主，若论身份，并不比王族低多少，难道甘心只做少原君一个侍妾，甚至在他身边连名分也没有？"

召玉微微抬眸，问道："我不甘心，但你为何要帮我？"

瑄离俊美的面容在灯火之下覆着一层朦胧的清光，子娆从这个角度看去，突然觉得他和召玉眉眼间竟然有些相似。召玉容色姝艳，本已是难得一见的丽人，但瑄离虽是男子，容貌却丝毫不逊于她，尤其是那双流墨般的眸子，似是清潭星光寒月流泉，沉默时颇为冷淡，流转之间却又动人心肠。

那双眸子在召玉的注视之中轻轻一漾，像是掠过笑痕，又似只是灯火的影子。他看着召玉，神色略转柔和："你的母亲曾经有恩于我母子，我出手帮你不过是还她一份恩情。"

召玉蹙眉不解，一时间不得究竟。他在灯光下微一扬眉，突然一笑，那样的神情闪电一般掠过心间，召玉"啊"了一声，说道："你是嫣夫人的儿子！怪不得，我一直觉得你好熟悉，原来你也是后风国王室之人！"

瑄离淡淡地道："后风国王室与我没有任何关系。"他站起身来，走向窗前。子娆听到天工瑄离竟是后风国王室之人，也是有些惊讶，见他往这边走来，闪身向后微退，以免距离太近被他发觉。召玉上前几步，轻声问道："难怪你对我这么关心，几次对君上提起，你在宣王身边，又与君上联手，是要替后风国复仇吗？"

瑄离并不回头，道："我说过，后风国与我毫无关系，但姬沧毁了皓山剑庐，焚尽寇契大师毕生心血，我自然不会放过他。"

召玉沉默了片刻，道："以前我只听说嫣夫人失踪，后来又有人说她已经去世了，原来你们去了皓山剑庐。当年的确是叔父对不起你们母子，我母后虽已尽力，却也无法挽回此事。"

瑄离的母亲曾对后风国二公子召启倾情痴心，却遭始乱终弃，以致郁郁而终。瑄离不愿多谈此事，将机关图递给召玉道："所以你记住，从来男子多薄幸，不会因为你对他一片痴情便将你放在心上，这样东西，总会对你有用。"

召玉突然问道："当初是不是你，刺杀叔父，设计搅得后风国内乱丛生？若非如此，宣楚两国怎会有机会灭得了后风？"

瑄离面无表情地道："天亡后风，召氏一族罪有应得。"召玉微微一震，又道："那么婶娘和她的儿子也是你杀的？"瑄离冷冷地道："他们一样活该。你该说的话已经说完，可以走了！"说罢抬手扫灭灯火，径自往内室之中去了。召玉看着他拂袖而去，一人在黑暗之中愣住，片刻之后，深深叹了口气，将机关图贴身收好，转身穿窗而出。

子娆无意中听得二人对话，知道召玉带走的机关图是十分重要的情报，倘若得到这张图，宣都支峭这座可挡千军的机关奇城便举手可破。召玉离开小楼，专挑僻静之处，巧妙地避开血卫绕道而出。子娆推测她这副打扮，该是混在宣军当中，现在必要赶回长风台，于是悄然尾随在后。

召玉出了行营，展开自在逍遥法往东北方而去，只见冷雨纷纷去路渐偏，黑暗中她身法缥缈，时隐时现，迅似云烟轻雾，子娆要十分小心才能跟上，却又不被她发觉。如此出了城郊再过两个渡口，前方忽见火光成片，召玉抄近路转入道旁林中。子娆知道长风台就在前方，指尖真气流转，突然趋近点向她穴道，她武功本就比召玉高，又是出其不意，召玉闷哼一声，软软地向下倒去。

子娆伸手将人接住，进入林中一间荒庙，先自她怀里搜出那张机关总图收好，又将她所穿的宣军袍服除下，套在身上，取了她腰间令牌，长发挽入帽中，压低帽檐，顿时变作一名军士模样，黑夜中若非仔细端详，看去全无破绽。子娆装扮停当转身欲走，复又一想，回身将召玉藏在庙前神案之后，免得被人发觉，而后展开身法，便往长风台而去。

行不多远，前方便有赤焰军将士把守，见到她腰间令牌也不查问，随意挥手放行，想必皇非为召玉行事方便早已做下安排。这长风台原是合璧城郊一处山崖，四周平坦形如校场，当中却有一长宽丈许的巨石，其色如赤，光滑如镜，几乎可容百人同坐。此时石台四周火把重重，兵甲陈列，无怪合璧城中守军减少，原来皆到了这里。子娆虽然一路未遇阻碍，但怕稍不留神被人察觉，只混在一众护卫军士之后，不敢太过近前，谁知四周根本无人顾及其他，几乎所有将士都目不转睛地注视着台上。

此时云黑月暗，风雨无声，石台四周燃烧的火把忽然同时一暗，一股强大的剑气像是澎湃汹涌的海潮扑面卷来，逼得所有人呼吸停窒。火光骤暗而明，照出台上盘膝而坐的两人，一者玄衣似水，一者赤袍若火，旁边两棵百年老松被真气催得落叶纷纷，跟着咔嚓一声齐齐劈裂，赤焰军将士轰然喝彩，震得山岭回响如雷。

子娆周身一凛，如此兵马气势给人的压力可想而知，但石台之上，无论是姬沧还是夜玄殇皆是无动于衷，甚至连目光都不曾一抬。在数步之外观战的皇非亦不动声色，只是移目看向姬沧。过了好一会儿，姬沧才缓缓吐了口气，睁开眼睛道："好剑法，这一剑是你赢了。"

夜玄殇亦抬眸笑道："宣王这一剑着实厉害，玄殇乃是侥幸得胜。"这时众人方才看清，姬沧身后的石台上出现了一条半寸宽的裂痕。刚刚两人交手时各自承受对方强横的剑气，姬沧虽然身形未动，但座下石台受此波及，显然这一剑便输了半筹。旁边如光使上前将一支白虎令旗插入石台当中巨大的沙盘上，子娆以目点查，加上方才一支，沙盘中已经分别有八支白虎令旗、八支玄武令旗，数量各占一半。穆、宣两国边境要塞自今而后依此重新划分，一夜之间城池易主、山河换颜，如此豪赌，恐怕前无古人后无来者。

夜玄殇方才赢得山城玉门，此处地势险要易守难攻，乃是十分关键的军事要塞。姬沧虽然输了一城，面上却是神色如旧，只是一双长眸妖冶生辉，暗夜之中愈发显得邪魅逼人。他拂袖一挥，命旁边如光、花月二使退下，看向夜玄殇，曼声道："听说归离剑共有十八式剑法，现在尚余两招，不知穆王殿下意属何处？"

夜玄殇道："玉门城、褚山关，北域天险首当其冲，宣王以为如何？"

姬沧仰天长笑，似乎甚是欢畅，而后笑声一收，说道："穆王好大的胃口，好！下一剑本王便以褚山关与你做注！"

"若我输了，便将奇岭三城拱手相让。"夜玄殇站起身来，微微笑道，"这招归离剑法名为'破军'，宣王小心了。"说话之间，长风台上落雨忽急，即便是退开数步的如光、花月二使，亦突然感觉到某种无形的压力，仿佛有什么力量迫使天地之间风雨倾泻，向人身前重重压迫过来。

此时长风台上唯有皇非一人尚未离开，其他人皆为剑势所迫，先后退到台下。宣王身上赤袍迎风飘舞，逐日剑指向对手，映着雨光微微晃动，不断反射出刺目的流光，令人目眩神驰，根本无从把握他即将出剑的角度。

夜玄殇始终卓立不动，归离剑似横似斜，遥指身前，仍是一副潇洒懒散的模样，但任何人都知道，只要他进剑出招，便是九天雷霆万钧之势，所以都纷纷注视着锋芒凌厉的归离剑。但是出乎所有人意料，面对姬沧重重压迫的剑气，夜玄殇忽然间上前一步，一剑隔空向前劈去。

剑锋离对手尚有丈余，根本构不成任何威胁，但那一瞬间，围观众人无不感觉到一种君临天下、当者披靡的狂傲气势，皇非更是神情一动，目中精光隐现。只有像他这样的高手，才知道夜玄殇这随手虚劈的一剑生出一股风起云涌的剑气，狂潮般向四方扩散，当遇到逐日剑炽烈的锋芒时，与其真气激荡交撞，必然触发微妙的气机感应，而夜玄殇便可凭此料敌先机，顺乎自然发招进攻。

果然，夜玄殇一剑之后忽然身形前趋，归离剑寒芒爆现，向着对手席卷而去。

剑气如潮狂涌，遇上逐日剑威烈的真气，哧哧劲响之声充斥石台，蓦然间，天地仿若风狂雨骤，枝飞叶走，骇人耳目。

靠近石台的将士都不由自主地向后退去，皇非却忍不住击掌赞道："好一招'破军'！"单凭夜玄殇如此随心所欲便进入巅峰状态，当世之中已只有他和姬沧这般高手能有资格与其过招。若说当年在楚都时他或有必胜夜玄殇的把握，但此时面对归离剑法最后精妙的两招，最终胜负谁也不敢妄下定论。

姬沧亦是大喝一声"好"，逐日剑倏然凝止，跟着一道锐利的剑气，带着耀目电芒，往气浪核心笔直刺去。几乎没有人看清剑势何来，只知道这一招交击必定惊天动地。谁知夜玄殇纵声长笑，不待姬沧招数用尽，剑下忽然使出绝妙的绞击手法，行云流水一般向那烈芒之侧扫去。

姬沧眸透精光，衣发激扬，仿若神魔莅世，气势迫人。夜玄殇以精妙手法绞中他剑气的一刻，他的剑势亦同时将对方锁定，令之无法变招。直到此刻，归离、逐日二剑尚未有半分交击，但那种沙场千军惊心动魄的气势，已令所有围观之人透不过气来，纷纷生出身陷血战、生死相搏的恐怖感。

夜玄殇唇边仍旧挂着从容的微笑，心中却是颇为震惊，只因姬沧表面看来已经全力出手，但实际暗中留有余地，一旦双剑相交，触发最后的气机，便会有数重劲气连续攻击对手，似是惊涛灭顶而来，直至山崩石裂，摧毁一切。如此剑法、如此武功，非但北域，放眼普天之下能抵挡宣王三招而不伤者，恐怕最多不过五人。

夜玄殇虽已预知对手底细，但若此时变招便等于两军交锋临阵撤兵，姬沧的剑势将立刻推向绝对的顶峰，长驱直入一举破敌，这一局胜负不说，今晚他也不可能有机会活着走出合璧。

锵！

夜玄殇旋身移步，一剑天马行空，反手挥出，对姬沧摄人心魂的剑法竟是视而不见，像是根本没有把握对方来势，随意出手。但在震耳的惊鸣声中，归离剑却仿若天成一般，准确地挑中逐日剑凌厉的锋芒。

劲气爆破，夜雨激狂。

姬沧亦是了得，身形向侧横移，振袖一剑顺势扫下。夜玄殇倏地静立，归离剑却在手中化作一道惊电，直击日芒中心。

当！当！当！当！

双剑交击之声连串激响，一时间劲气激荡，风雨急旋，石台丈许空间之内，竟然生出千军万马对战厮杀的惨烈意味，赤焰军将士人人身经百战，杀人如麻，却从未像此时一刻感觉惊心动魄。

两道人影倏然分开，所有的招式停止，风雨亦似暂息。但没有人感觉轻松，雨水漫过石台，仿佛血流成河，千里赤地，生死之战一触即发。

数千人屏息静气，都知道接下来一剑即将分出胜负，但谁也无法预知结果。穆国新王对上北域霸主，无论武功气势还是后果影响，都是九域空前绝后的一战，谁胜谁负、谁伤谁死，无不微妙地牵动着诸国对峙的形势。

雨光之下，姬沧长袖无风自起，金色的光华自剑锋徐徐扩大，目中透出点点慑人的异芒。夜玄殇改为双手握剑，斜指对手眉心，唇畔轻笑略带锋寒，仿若渊临岳峙，不可撼动。

蓦然间，一声长啸龙吟而起，两道剑光，似是两条惊龙穿云直下，黑暗的天空中雷行电走，一声巨雷轰然炸开，滚过厚重的云层，响彻在漆黑的天地间。

烈雨冬雷，九霄云涌。万千雨丝像被闪电照亮，骤然反射出刺目如盲的惊光，天地仿佛消失在所有人眼中，唯余两道惊天的亮光直击石台，但听一声震耳欲聋的巨响，夜玄殇与姬沧同时飞退，瓢泼大雨顿时倾盆而下。

如瀑如注的暴雨中，姬沧衣发长舞，纵声狂笑："哈哈，痛快！给我拿酒来！"立刻有人抬来数坛美酒送到台上，姬沧挥袖卷起一坛，拍碎封泥倾入口中。夜玄殇亦是仰首痛饮，哈哈大笑道："今夜得与宣王一战，着实畅快淋漓，奇岭三城从此便归宣国所有，玄殇绝无怨言！"

子娆此时靠近台前，看到石台右方有两个几不可见的足印，原来方才两人同时退步，姬沧足下片痕未留，夜玄殇却在巨石之上印下了些许痕迹，那么这一剑，便是他略输了半分。奇岭三城名为三城，实为一关，与褚山关一样，乃是穆、宣两国边塞要地，如此一来便成了宣国领土。姬沧饮尽美酒，拂袖将空坛丢下台去，举剑道："好！我们还有一剑，放马过来吧！"

夜玄殇负剑微笑道："归离剑法最后一招，名为'同归'。宣王方才硬接我'破军'之式，不妨调息片刻，以免最后一剑不够尽兴。"

两人刚才正面交锋，剑下真气强横无匹，夜玄殇落地时借势缓冲，将逐日剑霸道的剑气尽数卸去，所以石台上出现浅淡的痕迹。姬沧却是全然以自身真气化解归离剑的攻势，剑气凌厉，难免震动经脉，必然会受些内伤。夜玄殇与他交手十分痛快，生怕最后遗憾，亦是光明磊落，不愿占此便宜。姬沧武功高强，素无敌手，这点内伤并不曾放在眼中，方要说话，却听有人笑道："穆王这几式归离剑法真是看得人心动不已，你若不介意，不如将这最后一剑让给我吧。"

雨光之下，皇非白衣飘飘，含笑来前，抬眼间扫向姬沧，挑眉相问。此时雨势渐收，已不像方才那般骇人，丝丝缕缕的清光落入他寒潭般的俊眸，不断反射出明亮的色泽，仿若漫天星辰美玉，刹那间令人心动神驰。姬沧看了他片刻，眼中忽然掠过一丝艳冶的魅光，仿佛极是欢喜，收剑说道："你若感兴趣，那这一剑便由你来吧。"

皇非微笑转身，对夜玄殇道："穆王今晚已连战数场，倘若此时接我剑招，难免有失公平，不如休息片刻，稍后恢复体力，我们再一决胜负。"

夜玄殇横剑在肩，注目于他，片刻后说道："少原君似乎有伤在身，玄殇本便胜之不武，无须再行此举。只不过若是君上出手，那我们的赌注便需换上一换。"

"哦？"皇非眉峰微微一动，问道，"穆王要与本君赌些什么？"

夜玄殇道："这最后一招倘若少原君胜出，穆国三千里城池任君挑选，但若是玄殇侥幸得胜，却只要少原君一句话。"

皇非道："非愿闻其详。"

夜玄殇举剑前指："少原君倘若输了这招，便需亲口解除曾与帝都缔结的婚约，还王族九公主自由之身。"

此言一出，众人无不诧异。九公主在新婚之时与少原君翻脸决裂天下皆知，王族亦因此发兵灭楚，但从名义上说，王族公主已经嫁入君府，便是如假包换的少原君夫人，除非皇非亲口休妻，否则九族婚约生死成契，绝无轻言反悔的道理。虽说王族单方面取消婚约也无不可，但毕竟于礼不合，九公主日后即便再行婚嫁，终其一生也是少原君上堂之妻，是无可否认的君府夫人。

夜玄殇突然提出这一条件，火把深处子娆凤眸微微扬起，瞬间流过清魅的柔光。皇非眼中却透出犀利的锋芒，忽而仰首长笑，说道："穆王若敢与我以国都邯璋交换，这场赌注我们便一言为定！"

"好！"夜玄殇痛快地道，"君子一言。"

皇非拔剑出鞘："驷马难追！"

一众哗然声中，夜玄殇剑锋光绽，说道："少原君请。"此时夜风拂至，细雨飘洒，山野变得寂静无声，但在众人耳边却忽然响起一声幽冶的叹息。那声音清清淡淡，缥缥缈缈，仿若梦里花开、水中幻影，令人觉得无比的舒适、无比的动听。只听一个女子妩媚轻笑，浅声悦耳："夜玄殇，你在这儿喝酒赌剑，却拿人家的婚约下注，唉！你若是不小心输了去，我岂不冤枉？"

话语飘来，只见赤焰军中有道人影迎风而起，掠至台上广袖轻扬，身上军甲散开，现出流光轻灿的云衣。那女子落向夜玄殇身旁，在雨丝下轻轻一笑，眸光稍转，所有赤焰军将士无不生出惊艳的念头，心道难怪少原君与穆王肯为她倾国倾城，一赌胜负，这般惊世绝尘的容色、动人心魄的风姿，除了王族九公主外，又有何人？

第十三章 夜雨袭城

子娆扫了皇非一眼，转而挑眸睨向夜玄殇，唇畔笑意如丝："你这人呀，刚刚那条件未免也太不合算，既然跟少原君比剑，你就应该赌云湖酒泉才对，赌什么婚约，这么无聊。"

夜玄殇目视于她，面露微笑："云湖玉髓酒虽然温润香醇，但却不够烈性，也不是很合我胃口，不过你若喜欢，咱们赌来就是。"

子娆道："云湖玉髓若跟雪域银倏相比，自是醇厚有余而清冽不足，较之惊云冽泉，也少了三分缥缈之气，失之香浓冶丽。但那酒色泽雅致，回味绵长，最宜月下花前，最合金杯玉盏，且观且饮别有滋味，天下名酒可列其一，少原君府上有此珍品，不可不赌。"她一边说着，一边侧首轻笑，看向皇非，"夫君意下如何？"

皇非自从子娆出现，脸上一直神色不动，此时冷冷扬唇，火光之下看去，倒似是一弧轻利的浅笑，道："夫人有此雅兴，本君自当奉陪，却不知夫人的赌注又是什么？"

子娆魅眸流转，浅笑惑人："夫君若是当真杀得了宣王，与王族重归于好，又有什么不能商量，我们之前不是也都说过吗？夫君要我跟你回来，我这不是也来了，只要夫君肯履行承诺，日前我曾说过的话，总是算数就是。"

此言一出，便听姬沧一声冷哼。皇非心中亦不由恼怒，她这分明是当着宣国三军挑拨离间，且不说这几句话真假各半，就算全无此事，赤焰军众将也不会充耳不闻。他眉心一蹙，方要说话，却听姬沧森然道："九公主若想动手下注，不如本王陪你赌一场算了。"

所有人都听得出这话中充满了森寒的杀意，子娆方才还是笑意盈盈，此刻却将容色一冷，目光如霜直刺过去："宣王要与我赌剑也可以，但是如果你输了，便要当着天下人的面，从支崤城一步步跪叩天阙，拜上帝都，在九华殿前对我王族立誓称臣，永不背叛，宣王可有胆量赌这一局？"

话语落处，赤焰军众声哗然，将士无不色变。姬沧却怒极反笑，说道："本王先杀你这妖女，而后踏平帝都，让你知道王族气数已尽，今日谁主天下！"他说话时向前迈了一步，一股凌厉的真气仿若狂阳烈火一般卷向石台，催得人人发肤如炙，夜玄殇忽然脚下一动，趋向石台坎位，笑道："宣王与我尚有一剑胜负未决，不如今晚有始有终，免留遗憾。"

他踏足的位置正是对手真气最弱之处，风雨中剑气隐现，玄衣飞扬，两人之间顿时有一重雨光旋风般激起，形成一股逼人的气浪。皇非俊眸一扬，手中赤芒爆闪："方才赌约已定，穆王莫要忘了你的对手是本君。"

夜玄殇朗声大笑，说道："少原君不妨放马过来！"

子娆掌心倏地升起一朵血色妙莲，夜雨下灵石清光灿烁盈空，衣发如舞，娇声轻笑："如此正好，咱们以二对二，谁也不吃亏。"

四人真气催发之下，石台四周形成重重急遽的气流，向着外围不断扩大，赤焰军部众被迫再次后退，最后只能依稀看见急雨之中赤袍白衣，玄影飞舞，周围雨气云气疾转不休，风声啸声不绝于耳，仿佛一场震动天地的巨变即将到来，可见四人一旦动手，将是怎样的激烈局面。

赤焰军诸将虽以真气护体，仍觉十分辛苦，但谁也不愿错过这难得一见的对战，都尽量不再后退，注视着长风台上的动静。万俟勃言与柔然族人站在右首观战，正心想万一子娆与夜玄殇不慎落败，柔然族是否要设法援手，忽听身后有人低声道："勃言王子，请借一步说话。"

万俟勃言回头看去，神情倏然一震，他身后一名黑衣人微笑点头，转身而去。这时所有人都正看着台上一触即发的对战，谁也没有注意这边，万俟勃言目光稍转，悄悄抽身离开。

那黑衣人在前先行，绕开长风台防守范围，闪身转入一片树林。万俟勃言随后赶到，只见林中破庙里有人迎出，哈哈笑道："是聂兄回来了，可见到那柔然族王子了吗？"

之前那人摘下帽子，转身道："王子请进。"其人正是冥衣楼上郢分舵舵主聂七。万俟勃言之前曾在楚都见过聂七一面，此时进得庙中，只见另有十余人在内，刚才说话的年轻男子乃是冥衣楼赤野分舵舵主萧言，此时抱拳道："勃言王子，久仰大名！"冥衣楼两大分舵在北域名声极盛，万俟勃言急忙还礼，聂七随后一一替他引见，左边手持折扇的老者便是漠北分舵舵主易天，右首三十余岁面带刺青的男子乃是妙手神机宿英，其后则是邯郸分舵舵主、穆国上将颜菁，以及无事不知的金媒彦翎，另有一名女子翠衣黄衫，英姿秀丽，颇具大家风范，竟然是跃马帮帮主殷夕语。

万俟勃言没想到这破庙中竟聚集了冥衣楼、跃马帮两大帮派首脑人物，心中正觉吃惊，却听萧言道："聂兄来看，方才我们在这庙中发现一人，你道是谁？"

聂七顺着他所指看去，只见地上躺着个衣衫单薄的美丽女子，秀目紧闭，昏睡不醒，显然给人点了穴道，仔细一看，不由奇道："这不是少原君府的人吗？"

彦翎闪至近旁，说道："这女子原是后风国的正牌公主，非但手中控制着自在堂的部分势力，更兼精通水战，算得上是皇非的心腹，不知怎么会被人点了穴道藏在神案之后，方才我们搜查四周，正好发现了她，现在要怎么办？"

萧言抱臂靠在墙上，漫不经心地道："要我说管她是谁，既然跟少原君有关系，那就不用客气，先弄回玉渊城，听候主上发落便是。"

聂七一挥手，道："萧兄言之有理，你们将人送回去，请主上示下。"立刻有两名冥衣楼部属上前，脱下外衣往召玉身上一盖，将人扛在肩头，领命而去。聂七这才对万俟勃言笑道："勃言王子，今晚我们奉主上之命入城，有几件大事要办，所以请王子前来协助一二。"

万俟勃言压下心中惊讶，问道："不知王上有什么吩咐？"

聂七道："这第一件事，主上知道九公主人在合璧，命我们无论如何定要保护公主安全。长风台的情况现在有些危险，若想要公主与穆王安全离城，那就需得在城中弄出些动静才好。"

萧言道："合璧城目前乃是宣军的粮仓，我们在各处放上几把火，城中还不大乱吗？"

万俟勃言蹙眉道："自从上次城北粮仓失火，宣军的防守增加了数倍不止，何况今晚这天气，恐怕火还未起，便会被雨雪扑灭，此法未必可行。"

萧言笑道："主上的意思是，上次宣军虽然损失了部分粮草，不过给他们留下的还是太多了，我们这次入城，本便是要切断宣军的粮道，至于用什么放火，有宿先生在，便也不是什么难事。"

宿英在旁一直没有说话，直到万俟勃言向这边看来，才抬头望了望庙外阵阵风雨，过了一会儿，点了点头，只说了两个字："可以。"便不再多言。

"听说先前在楚都，宿先生曾以风雷子雨中引火，大乱烈风骑阵脚，今晚我们可以大开眼界了。"殷夕语跟着盈盈笑道。宿英却摇头道："宣军中没有以连云藤制作的铠甲，所以风雷子并不能见效，我另有办法，你们要烧粮仓，放心动手便是。"

彦翎拍手道："有趣有趣！今晚姬沧定要气得跳脚，最好我们烧光了他们的粮，赤焰军乖乖滚回北域去，玉渊之围自然便解了。"

殷夕语和颜菁对视一眼，道："穆国白虎军五千先锋骑兵已经到了合璧，若是趁乱攻城，必将杀宣军个措手不及。"

万俟勃言又是一惊："白虎军到了合璧？"

颜菁道："不错，上将军卫垣亲自领兵，原本便奉穆王殿下之令，要打乱宣军在合璧的布置，现在正好趁此机会与王师配合，纵使不能夺回合璧城，也会令宣军阵脚大乱。"

万俟勃言暗中吸了口气，方知今晚夜玄殇孤身入城、单挑宣王并非逞勇无谋，而是早已深思熟虑，定下万全之策。柔然族一直想摆脱被人奴役的地位，得到王族的支持，复仇立国，但这次宣军进攻王域，一路气势逼人，万俟勃言原本担心帝都无力抵抗，不敢贸然行动，颇具观望之心，但现在穆国参战，形势立刻大为改观，见众人目光都望向自己，连忙笑道："合璧城大概的兵力分布我都清楚，也可以安排人混进粮仓，宣王和少原君现在无暇分身，若要行动正是时候。"

聂七道："那便有劳王子做我们的内应，王师将在今夜子时突袭玉渊宣军大营，与我们同时行动，时间也差不多了。"

众人当即腾出一块空地，由万俟勃言详细指出宣军在城中的布置，随即分配人手，安排下行动方略。宣军在城南城北各有两处粮仓，分别由聂七、萧言、易天、颜菁四人带部属偷袭，彦翎负责联络白虎军，一旦火起便发兵攻城，殷夕语率跃马帮众人对付城门守军，柔然族则暗中接应子娆二人，并不直接参战，以免暴露内应。

诸事分配得当，众人各自准备行动，先后离庙而去。万俟勃言与聂七最后离开，站在冷冷夜雨中，忍不住道："敢问聂兄，冥衣楼究竟有什么法子，能在雨中放火烧粮？"

聂七转身一笑，喝道："兄弟们，让勃言王子见识一下宿先生新制的猛火机关！"

跟随聂七行动的部属齐声答应，十余人奔进树林，每人提了两支水龙出来，围成半圆，对准他们方才避雨的破庙。

聂七挥手下令，十几道漆黑如墨的液体自水龙中喷向半空，夜雨之下聚在一起，便似一条黑色狂龙腾空而起。风雨卷绕过来，却听轰的一声，夜空中烈火爆起，那黑色水柱化作一蓬硕大的火花，瞬间笼罩下方破庙。冥衣楼部属再次发射水龙，四周顿作一片火海，浓烟滚滚，急雨阵阵，黑水所到之处火焰却越烧越旺，直冲云霄。聂七哈哈大笑，带领众人在守卫赶来之前，向着宣军粮仓杀去。

长风台上，姬沧四人的对战已经不是一招胜负，而是生死相搏。四周的火把早便全部熄灭，以石台为中心方圆丈许之内仿佛形成了一个塌陷的空间，冷冽的风雨被一股无形的劲气席卷，不断地向着石台飘去。忽然间一道剑光，像是穿破乌云惊空而落的闪电，将黑夜一劈为二，现出激战中四人的身影。

子娲在夜玄殇一剑击出时纵身清啸，云袖之中两道晶莹如雪的丝光，在她双手曼妙多姿的法印之下交错变幻，化作重重灿美的光华。

雨光趋向丝华，渐渐将整个石台隔绝开来，一切声息不闻，一切形影不见，唯有一片夺目的冰丝，仿若浮云流雪自九霄天际倾流直下，掠过无尽的夜空，向着姬沧飞卷而去。

姬沧完全无视夜玄殇劈来的一剑，目中射出慑人的精芒，突然身形疾晃，鬼魅般破入漫天光华之中。

逐日剑上炽烈的真气，就像洪水激流一般冲出尖峰，化成哧哧剑气。穿行在黑暗之中的丝光，仿佛是被疾风吹散的浮云，猛地向外飞散。子娲娇笑一声，纤指化掌，一抹赤华向着剑锋击下。

姬沧身形移动的同时，皇非袖底血色暴涨，刹那间已与夜玄殇拼过十余招。与姬沧和子娲交手不同，两人每招都施出极其精妙的手法，宛如繁弦急管，雨打风帘，全力出手之下，凶险绝不亚于另外两人。

只见石台上两道人影倏进忽退，兔起鹘落，令人连面目身形都难以分辨，只感觉随时会出现一方溅血横尸的场面。忽然间，一阵光雨四射，夜玄殇与皇非倏地分开，子娲亦抽身后退，半空中连续三个急旋，袖袂流水般向内轻拂，飘然落向他的身后。

子娲与夜玄殇联手对敌早有默契，但像姬沧与皇非这样强劲的对手也还是第一次遇到。而且皇非的剑法原本就十分张扬霸道，出手向无余地，姬沧的剑法则素以阴寒邪戾闻名，往往剑出封喉，诡谲叵测。但此时两人佩剑交换，竟然连武功招式亦随之改变，姬沧的剑法变得雄浑开阖，霸气凌然，尽显一国雄主纵横叱咤之色；而皇非却剑走偏锋，令人莫测深浅，血鸾剑在他手中可谓出神入化，随心所欲，显示出他炉火纯青的武功修为，以及无比丰富的实战经验。

这一切都表明此二人确实足以列入九域上品高手的巅峰，倘若单打独斗，无论子娲还是夜玄殇皆有与之一决胜负的实力，只是此时逐日、血鸾二剑攻守进退几乎无懈可击，这份浑然天成的默契令剑法威力成倍增长，想要取胜便绝非易事。

石台周围光影飞旋，丝雨漫空，四人落地之后都一动不动，调息补充方才一场拼斗所消耗的真气。皇非原本有伤在身，姬沧与夜玄殇之前动手亦耗费了不少体力，此时倒是子娲最占优势，片刻之后，她第一个睁开眼睛，扫向皇非，曼声轻道："夫君与宣王联手，真真好生厉害，我们就这么打下去，恐怕几天几夜也分不了胜负。我们在这里耽搁上几天倒也没什么，就是不知，玉渊城外的宣军是否能抵挡得了我王兄的手段，夫君可不要怪我没有提醒。"

她说话含嗔带笑，甚是动人，皇非和姬沧却同时一惊，这时候，乌云密布的雨夜中忽然冲起莫名的亮光，闷雷滚滚，合璧城四处浓烟直起，刹那间火光冲天，照得夜如白昼。

夜玄殇与子娆微一对视，后者低声道："粮仓。"赤焰军守卫早已前去查看，尚未见人回来，忽闻城门处轰然巨响，喊杀声随之传来，隔着风雨依旧清晰可闻。

片刻之后，一名赤焰军战士纵马奔至，未到近前便飞身而下，快步跪倒，大声道："启禀殿下！白虎军趁夜攻城，南北二门皆有敌军出现！"话音未落，另有哨兵飞马回报："殿下！城中四处粮仓起火，火势猛烈，难以扑灭！"

夜玄殇已知白虎军开始行动，朗声大笑道："宣王殿下，恕我们不奉陪了！"跟着一剑劈向二人，剑气冲霄，两道玄色身影破空而去。

姬沧怒叱一声，袖底烈芒爆现，撞上归离剑送来的真气，激得飞沙走石，风雨狂啸。只是瞬间，夜玄殇二人已消失在漫天急雨之中，姬沧心下恨极，但他与皇非皆曾百历战场，并非鲁莽之辈，知道眼下敌军临城，不宜在此纠缠，当机立断，亲自调兵迎战。

城外飞雨如织，一处地势略高的山丘上，白虎军火把林立，簇拥着上将军卫垣指挥战斗，旁边一名白衣轻衫、乌发及腰的妖媚女子，与他并骑而列，不断对进攻的战士发出灯火号令，正是白姝儿。

白虎军战士前仆后继地攻向城池，宣军匆忙迎战，箭矢如雨飞下。这时候，浓烟遮天的城中忽然蹿起一道明亮的烟信，那白衣女子媚眸轻扬："他们联络到殿下了！"随她话音落下，前方有道人影疾电般掠过战场，闪向这边叫道："美人堂主，跃马帮已经拿下北门，冥衣楼烧了他们四座粮仓，快点趁火打劫，去夹攻他奶奶的！"说话的正是负责联络的金媒彦翎。

白姝儿不由大喜，卫垣拔剑出鞘，喝道："传令，集中兵力，进攻北门！"身后白虎军齐声呐喊，二人纵马而出，率领大军潮水般向着城门冲去。

城门处硝烟弥漫，横尸遍地，少了城头箭矢威胁，白虎军轻而易举便突至城下。城门早已洞开，只见一队人马冒雨自内杀出，领头的正是夜玄殇、子娆、殷夕语、颜菁以及冥衣楼一众高手。后面剑光成片、战马如云，赤焰军重兵掩至，众人且战且退，迅速向外城方向奔来。

卫垣当即一声令下，白虎军中弓箭手前冲跪地，放箭掩护众人出城。敌军当中分开，两侧掩杀，同时现出阵后盾牌手抵挡箭雨。此时只听一声惊魂长啸，赤焰军中有道红色人影凌空射出，人未近前，狂烈的剑气已席卷八方。夜玄殇暴喝一声："来得好！"旋风般转身，归离剑上寒光四现，似是飞龙出海，卷起千里云气，万丈风尘，漫天惊电里，迎上那嗜杀的烈芒。

风雨爆射，天地如盲。

姬沧一击而退，飞身落回赤焰军战阵之中，眸中异芒大盛，脸色忽然变得赤红如血，一连三次，复又恢复白皙。夜玄殇在空中喷出一口鲜血，穿出城门，纵声大笑："宣王殿下不必送了，来日我们战场上见！"

白虎军虽然攻入城中，却不再恋战，立刻变换阵形，掩护众人撤退。冥衣楼部属随后压阵，待到宣军追出城来，数十支水龙齐齐对准城门，黑水烈焰冲着敌军迎面喷去，大雨之中形成一道壮观的火墙，逼得宣军人惊马嘶，频频后退。

皇非落到姬沧身边，对上前追击的赤焰军将领喝道："当心伏兵，莫再追击！"血鸾剑随手回鞘，跟着拂袖按上姬沧后背。

姬沧得皇非相助，就这样站在雨中调息运功，一直过了小半个时辰，方才睁开眼睛，狠狠地道："好个归离剑，好个夜玄殇！"皇非心中亦是凛然，单凭一剑便令姬沧负伤，夜玄殇今晚已足以名动九域，跻身当世绝顶高手之列。昔日被困于楚国的夜三公子，今日化身云龙，裂土称王，他的态度立场，又将给天下动荡的形势，带来怎样莫测的变化？

此时夜玄殇与白虎军杀出城中，五千兵马毁了宣军粮仓重地，搅得合璧人仰马翻、姬沧铩羽而归。众人破局脱困，一路奔向夜雨雪岭，皆是心绪振奋，纷纷纵马长啸，痛快不已。直到离开合璧十余里的汐水之畔，夜玄殇方才下令停军，白姝儿、卫垣先后上前参见，问起今夜城中情况，彦翎不由添油加醋，将冥衣楼如何以猛火机关连烧宣军粮草，跃马帮如何偷袭守军夺下北门，夜玄殇二人又如何在柔然族掩护下杀出长风台与众人会合一一道来。

白姝儿一边听着，一边移目掠向子娆，不知她怎会此时在合璧城出现，又与夜玄殇如此亲近。子娆正自远处烟火未熄的夜空收回目光，看向夜玄殇，问道："不要紧吗？"

夜玄殇耸了耸肩笑道："恐怕需要调息几个时辰，不过下次再见到姬沧，就未必输给他了。"

众人这才知道他最后硬拼姬沧一剑受了内伤，子娆长睫微抬，掠过一丝笑意："我要回玉渊去，你和我一起去见王兄吗？"

夜玄殇道："穆国大军已到长原，我会在汐水上游扎营，待一切布置妥当再去找你喝酒。"

子娆微笑点头："好，那我去了，保重。"

夜玄殇挥了挥手，子娆与冥衣楼众人掉转马头，风雨之中，向玉渊城疾驰而去。

第十四章 军中密谈

第二日清晨时分，子娆等人绕开宣军大营抵达玉渊，城外雪原之上风沙扑面，硝烟未熄，显示出昨夜这里曾经过一场激烈的大战。

众人先后策马入城，进到城中，却见所有民舍房屋人去楼空，王师三军亦于辕门列阵，所有军需辎重装载上车，即将拔营离开。子娆见此情形，不由大吃一惊，纵马上前。正在军前亲自指挥的叔孙亦见到他们，顿时面露喜色，大步迎上前："公主终于回来了！我正担心你们回不来，赶不上一起撤退。"

子娆从整装待发的王师上收回目光，凤眸之中渐渐透出冷意："你要放弃玉渊，从这里撤兵？"

叔孙亦被她的目光看得心头一寒，忙道："末将怎敢擅自做这样的决定，是王上亲口下旨要我们全部撤离玉渊，昨晚我们出兵攻击敌营，城中大部分百姓已趁机在靳将军的护送下离开，我们今天也要分批撤离。"

子娆眸底倏然波动："你说什么，王兄亲自下令弃城？"

聂七在旁道："公主，昨夜太过匆忙，一直未来得及禀报，主上先前便已传下旨意，命我们弃城南撤。"

子娆手中马缰越握越紧，抿唇不语，忽然间秀眉一扬，道："我问他去！"调转马头向行营奔去。

一路上搬运辎重的士兵见到子娆，皆侧身行礼，子娆视而不见，到了营前飞身下马径直闯入。营中负责守卫的是几名冥衣楼部属，见她面色不善，小心问道："公主是否有事吩咐？"

子娆踏上阶前，冷雨潇潇，迎面落上脸颊，寒意浸染衣袂，令人深切感觉到冬日的肃杀。庭前一地落叶，随着风雨零落飘卷，子娆心里忽然说不出地难受，怔怔地站在那里不动，片刻后她微微闭目，对那部属说道："没事。"转身离开。

走出两步，子娆突然又停住脚步。楼上雕窗之后，一人静静而立，一抹青衫冷冽，子昊无声地注视着楼下雨中清魅的身影，一动不动地站着。雨丝迎面掠过发梢，子娆却也没有回头，过了一会儿，终于举步而去。子昊目送她消失在行营之外，一丝轻叹无声飘落，城外江山，模糊在渐急的风雨之中。

王师当日在不惊动宣军的情况下，自玉渊南撤，先锋部队在少陵关内十三连城中的洛霞驻扎，随军百姓则不停留，由一千战士继续护送至息川附近，再行安置。子昊、子娆和冥衣楼部众皆会等到明天，最后一批离开玉渊，子娆对弃城之事不再表示异议，但军中重要的首脑会议她却也不去参加，没跟任何人打招呼，便独自出城而去。

玉渊城向东北三十里外，汐水河畔十里连营，篝火点点，穆国白虎军旗在暮色下一望无际，大军刚刚抵达不久，正在安营扎寨，布置防卫。夜玄殇在玉渊与少陵关之间选取此处驻军，南连汐水要塞，北扼长原关口，恰好截断了赤焰军与外十九城大军会合之路，亦与王师遥相呼应，对虎视玉渊的宣军隐隐形成合围之势，可谓深得兵法之要。

此时九柱金边白虎王帐已在丘地之上竖起，帐内灯火高燃，卫垣、颜菁、白姝儿、彦翎，以及率领中军的虞肖、宫变时接替兵权的大将廖邺都聚集在此处，分别向夜玄殇汇报来时情况，商议下一步行动方略。忽然帐门被人掀开，外面篝火伴了月光，照得来人玄衣如玉，容颜若雪，子娆在众目睽睽之下拎了两个酒坛，对座上的穆王毫不客气地说道："喂，我想找你喝酒。"

众将皆暗中皱眉，但知来者何人，谁也不便开口斥责。夜玄殇看了子娆一眼，将手中图卷一丢，扬唇笑道："你们出去，议好战略，明日再来禀报。"

待到众人先后退出，子娆抬手将酒丢向对面，道："你一坛我一坛，喝完我就走。"

夜玄殇接住酒坛，道："我军中备有美酒，喝完我请你，不醉不归。"

子娆道："好，那就喝个痛快。"

半个时辰后，两人从帐中喝到帐顶，话没多说几句，下面备了十余坛美酒，已经去了一半。直到喝到第四坛酒，子娆放下酒坛，看着汐水河畔连绵起伏的大营，说道："我是来告诉你一声，留心宣军突袭，王师已从玉渊撤兵，一旦有事，恐怕难以支援。"

夜玄殇剑眉微动："王师撤兵？"

"是啊。"子娆抬头淡淡地道，"我辛辛苦苦守了这么久的玉渊，别人一句话，说不要就不要了。"

夜玄殇道："是东帝的命令？"

子婌不语，月色半隐层云，在她眉梢投下轻浅细利的光影，似是一抹倔强的痕迹。此时此刻，她不似素日那个谈笑恣意、飞扬夺目的女子，唇间眼底，有着太多压抑的情绪，说不清也道不明，只是令人看着心疼。夜玄殇将一个酒坛丢下地去，突然问道："后悔了吗？"

子婌愣了一愣，随后道："若是回到之前，我还是会坚守玉渊。"

夜玄殇耸了耸肩，喝了口酒道："那不就行了，你做到了想做的事，剩下的就让该做的人去做好了。"

子婌将手覆在坛口，轻轻浸下去，冰凉的酒水没过手掌，又自指间辗转流下，晶莹清澈，凉意透骨："你知道吗，那一天我回去，差一点就永远再见不到王兄。"她闭上眼睛，声音像是月中轻云，又似冰湖微风，幽凉清冷，"原来他早就清楚一切，却对所有人隐瞒真相，包括我。我当时好恨，对他说了很过分的话，却根本没有体谅他真正的心思。其实他从头到尾都在护着我，将冥衣楼、整个王族，和他的雍朝一一交到我的手上，所以后来我发誓要替他守住王域，若不是为此，我绝不会再留在帝都，这里的一切也早已与我没有分毫关系……"

自策天殿上与子昊闹翻之后，这样的话子婌从来没跟任何人说过，她与王族之间的纠葛除了子昊外也唯有夜玄殇清楚。夜玄殇不发表看法，只是安静地听她说话，陪她喝光了一坛又一坛的酒，夜风吹来浮雪，纷扬于月色中，玄塔之下那个被孤独幽禁的女子，仿佛走过了帝都腥风血雨，走过了楚国三千繁华，走过了穆国烽火硝烟，一步步来到面前。

雪原苍茫，万籁俱寂，说的人说着，听的人听着，不远处篝火尽头，汐水寒江滔滔而过，万千风波逐浪东流，带着所有起伏的心绪一去不回。许久之后，夜玄殇喝完了手中的酒，转过头来，看向身边雪月笼罩之下、清眸迷离的女子，说道："子婌，不要为别人活着。"

他说这话的时候语气认真，不似平日玩世不恭的模样，子婌心头微微一动，他漆黑的眸子如月中渊海，仿佛能够包容人心中一切情绪："如果你所做的一切都是为了别人，那你最终会失去自己，更会失去你珍惜的那个人。很多时候我们该知道的是自己而不是别人需要什么，因为我们每个人归根到底，都只能对自己负责。"

子婌看了他一会儿，若有所思，跟着从怀中取出一样东西道："我知道你与老穆王曾经有过一个约定，当初你用这串灵石交换的其实并不是穆国的王位，对吗？那为什么现在，你又在这里，而不是和彦翎一起，驰骋漠北或者醉饮江湖？"

夜玄殇深眸明亮，在她掌心紫晶石清澈剔透的光芒下露出那令人心动的、卓傲不羁的笑容："很多人都说我是为了你。"

子娆眸光微漾，似染酒意："是吗？"

夜玄殇将手中美酒一饮而尽，丢开酒坛爽朗大笑，坦然道："我夜玄殇对朋友虽然不错，但还不至于搭上自己的人生。我杀兄夺位，是因为不愿那样死在别人手中。我接手穆国之事，是因为无法对自己的国家臣民坐视不理。我发兵北域，固然因为你是我的朋友，更是为保穆国将来安危，不愿眼看宣国坐大，一一蚕食诸方势力。东帝其实根本无须利用你来控制局势，因为他知道我一定会出兵，不为帝都，只为穆国。我所做的决定、选择的道路，不需要冠以任何人的名义，因为谁都不是夜玄殇，并不知道我真正想要的生活。"

子娆轻声叹道："夜玄殇想要的是自由，跃马江湖，恣意傲啸，海阔天空，任君去留。"

夜玄殇抬头遥望夜空，说道："绝对的自由，便是绝对的孤独，苍天总是公平的，不会让你什么都完满。"

子娆眸光微微细起，月光飞雪落入清眸，一片浮沉变幻："所以多数人付出是为了得到，失望是因为心有所求。人常常会寻找一些理由，把自己和别人连在一起，或者就是因为害怕孤独，才要找一个人让自己在乎、牵挂、痛苦。"

夜玄殇道："那也很好，不自由，不孤独，心有所恋，甘之如饴。"

子娆一笑抬头，魅眸流光："夜玄殇，你知道我为什么喜欢你吗？因为和你在一起，好像永远不用借口和理由，我可以做回那个真正的自己。"

夜玄殇举起酒坛道："彼此，并不是所有人都能听到我这么坦白，也不是所有人都能一言道中我的心思。所以我绝不愿因为任何事情破坏我们之间的关系，那就像破坏人生中一件美好的事物，我会觉得十分可惜。"

子娆点头道："这句话我记住了。"

夜玄殇侧眸笑道："时候不早了。"

子娆饮尽手中余酒，起身道："改日再见，欠你一顿美酒。"

夜玄殇举了举酒坛："我一定会记得讨还。"

寒江千里满月华，子娆转身离开时忽然驻足，回眸一笑，眸光清澈如水："夜玄殇，如果早些遇见你，我想我会爱上你。"

清风缠绵衣袂，夜空飞雪如荧，眼前女子笑夺星辰，仿若今生初见，风雨惊艳。夜玄殇心头不由一动，微微扬眉："现在似乎也不迟。"子娆轻声浅笑，身影飘然而去。风吹雪光流玉，映照男子不羁的眉目，夜玄殇目送那玄衣魅影渐渐消失在夜色深处，仰首饮酒，月下一缕微笑，自在如风。

子婲离开白虎军驻地回玉渊，夜正深沉，从当日回到帝都后便一直压在心头的大石似乎被人搬走，突然觉得这些日子所思所想何其可笑。面对自己荒谬的身世，她曾经有过一走了之的想法，若不是子昊病发，宣国叛乱，她根本不愿再与王族有任何瓜葛。如果那时离开，那么终此一生她都无法走出身世的阴影，无法忘记那个刻骨铭心的人，如今这个留下来的九公主，其实也早已不是那个恣意潇洒的子婲。

　　人生百岁，乐少苦多，究竟能有多少机会可以真正面对自己？又究竟有多少人，能够一心追求自己想要的生活，能有这样执着的心念、无畏的勇气？

　　不过此时此刻，一切都已无关紧要，现在的她只想回到玉渊，去见那个想见的人，和他在一起，不再猜测，也不再躲避。

　　为防宣军发现王师南撤，玉渊城头守卫并不比往日减少，火把亮光在城墙之下投落浓重的暗影，山野月色格外分明。子婲回头看了宣军大营一眼，方要入城，忽然看到有道人影出城而来，月色下白裳青衫如此熟悉，竟然是子昊孤身一人，往宣军方向而去。

　　子婲心中微微吃惊，不知他何故深夜出城，独自去敌营做些什么，便这片刻耽搁，子昊已消失不见，她不及细想，当即施展轻功跟了上去。子昊武功原本便高出子婲不少，黑夜中轻衣隐现，飘然神秘，子婲跟得甚是辛苦，不过两人始终隔着一段距离，倒也不曾被他发觉。只见他来到宣军大营，寻路而入，营中守卫虽多，却因他身法太快，根本不知有人闯入，最多有士兵眼前一花，还以为是风吹火把，浑然不觉。

　　子婲怕惊动敌兵，行动格外小心，但跟随子昊到了离主营不远的一处大帐附近，却发现四周竟然无人守卫，深夜之中帐内仍旧燃着灯火，似乎知道有人会来，周围安静得异乎寻常。

　　子昊来到帐前，帐内忽然有人道："王上深夜造访，非有失远迎了。"

　　子昊微微一笑，道："看来你早便知道朕会来，安排得倒也周全。"

　　皇非道："我一直在想王上究竟会做什么打算，若是漏夜深谈，总还是少些人打扰得好。"

　　子昊道："不错，朕也想与少原君再下两盘棋，若有闲人在侧，难免扫兴。"

　　皇非哈哈笑道："王上此言正合我意，棋已备下，王上何不请进？"帐门一扬，子昊拂袖而入，子婲在他二人说话时不敢靠得太近，过了片刻，才悄然来到帐后，隐下身形倾听动静。

　　帐中金灯独燃，皇非倚坐榻上，身披裘衣，面前案上一盘棋局黑白交错，正在厮杀博弈的关口。子昊拂衣入座，扫了一眼棋盘，笑道："局到中盘，形势也该明朗了，一味纠缠下去，岂不浪费时间？"

皇非手把酒盏，似笑非笑地问道："不知王上想走哪一步、应哪一劫？"

子昊随手拈了一枚黑子，放入局中："朕向来不喜拖泥带水，有时候看起来混乱的战局，其实也未必那么复杂。"

皇非转眸扫视，神情微微一动，道："好个快刀斩乱麻，王上有什么条件，不妨说出来听听。"说着拂袖一扫，一枚白子落上棋盘，跟着抬手斟酒，做了个请的动作。

子昊眼眸未抬，仍旧注视着棋局变化，淡淡地道："宣国的存亡。"

皇非眸光一挑，说道："这样昂贵的代价，敢问王上要用什么来换？"

子昊道："朕会解开你身上所受九幽玄通的禁制，助你恢复功力，除赤焰军之外，北域外十九部所有兵力也将落入你的手中，这批势力足以让任何人裂土称王，甚至重建一个楚国。"

皇非冷冷地道："你在楚都之时便早已做好打算，想要利用我对付宣王，却先与他合谋灭掉楚国，令我受制于人，再助你收复北域政权。真不愧是东帝，如此深谋远虑，将天下诸国都玩弄于股掌之间。"

子昊随手拈了一枚棋子："那一指九幽玄通耗费了朕大半功力，除朕之外，当世无人再能解开。你应该能够感觉得到，它会慢慢消耗你的真气，助长自己的力量，时日越长，后果便越发严重。"

皇非冷哼一声："你不怕我与姬沧联手吗？"

子昊唇畔含笑，不愠不怒地道："少原君绝对不会对宣王称臣，但皇非与姬沧却可能是朋友。朕所欣赏的人并不多，够资格做朕对手的人不是姬沧，而是他的敌人。"

皇非此时早已恢复从容，漫然向身后榻上靠去，问道："但可惜王族气数已尽，除了借尸还魂已没有什么更好的办法，王上是否想听听九公主对我的提议？"

子昊目光微微一动："子娆？"

皇非挑唇笑道："我原以为是王上的打算，所以拒绝了她，不过现在看来，却是她自己心甘情愿，继续以少原君夫人的身份，替我们双方寻求重归于好的机会。倘若如此，那我倒也可以答应王上方才的条件，王上以为如何？"

子娆在外听着，心头无端跳了一跳，帐中却是一阵寂静，过分安静的黑夜让人隐约感觉到一种不安的气息，只是这短暂的片刻，却似乎过了千万年光阴那般长久，终于，她听到子昊的声音自帐中缓缓响起："朕这一生做得最错的一件事，便是答应子娆入嫁君府，让她离开了朕的保护。这样的错误已经有了一次，便不会再有第二次，任何事情你我都有商量的余地，唯独子娆，绝不可能作为交易的条件。"

那微冷而熟悉的声音穿过黑夜寒冬，一字一句清晰地传入耳中，子娆心里突然像被一簇炽热的火焰烧灼，既暖且痛，却又无比的欢喜，一时之间竟没有听清他们又说了什么，过了片刻才听见皇非道："那么王上是下定决心，以王族的存亡为代价，与本君兵戎相见了？"

子昊淡淡地道："只要宣国不再碍事，朕随时奉陪。"

皇非哈哈大笑，笑声飞扬高傲，听起来却极是畅快："好极！本君待这一天的到来！"

子昊拂袖一扬，棋盘上顿时阵局大乱，一道掌风向皇非迎面击去。皇非亦抬掌相迎，案旁灯火倏然熄灭，玄通真气自子昊袖底源源不断地送出，帐中再无半点声息。一直过了小半个时辰，两人间隔空闪烁的幽亮光芒渐渐消逝，月上中天，功行圆满，子昊离开大帐，回城而去。

第十五章 孽债血偿

在子昊替皇非行功之时，子娆悄悄抽身而去，先行离开宣军大营，想在回城的路上等他。山中月色清冷，静静地洒照旷野，子娆穿过丛林，在一块山石上坐下，微雪点缀下的山峰险壑映着月华，反射出点点晶莹的光芒，让人觉得干净而清澈，一切都是那样柔美。她频频望着回玉渊的必经之路，云袂随风轻扬，长发拂过唇畔，这样的等待似乎并不觉得漫长，她在想待会儿见到他，第一句话应该说些什么，而他究竟会是怎样的神情，微笑或是无奈。

一条溪流越过层叠的山岩向着玉渊城方向转折而去，流水淙淙，澄澈见底，子娆久等子昊不至，无意间回头，突然看到那溪流中似有无数淡紫色的幽芒。月光之下，那些幽芒飘浮闪烁，星星点点，带着些许诡异而神秘的味道，一直随着溪水往玉渊城流去。子娆眼中闪过一丝诧异，起身来到溪畔以手掬水，数点紫芒随着流水漫入她的掌心，竟像是活物一般幽幽跳动。子娆眉心微蹙，当即沿溪而上，仔细搜寻，果然没有多远，便在溪水上游发现一个石堆，九颗幽暗的晶石按照特定的方位摆放，晶石浸入溪水，周围泛着无数暗紫色的幽芒。而在石堆中心，赫然有条毒虫被七枚金针钉在地上，虫身不断扭动，便有鲜血透入晶石深处，化作幽芒向着溪水下游蔓延。

子娆认得这是巫族一种特有的种蛊术，心中生出不祥的预感，继续前行，不出所料又发现三处这样的石堆，更加确定了之前的猜测。这是有人在向玉渊城施蛊，蛊毒通过溪水进入城中，轻则令人神志昏迷，重则举城军民为人操控，只要沾上这有毒的水源，整个玉渊城便成为他人手中玩物，后果不堪设想。子娆随手毁掉最近的一处石堆，小心拿起一块浸透鲜血的晶石，周身不由泛起一股凉意——这施蛊的方法除非是巫族长老级的人物，否则不会有人知晓。是什么人想要控制玉渊，是针对王师，或是另有所图？

正思量间，忽闻一阵极其轻微的破风声向这边接近，子娆迅速闪身避向山林巨石背后。来人显然武功极高，瞬间便到眼前，若不是她躲藏及时，当即便会撞个正着。那人在溪边略微停留，便自石侧向前掠去，只见一抹青影自月下倏然闪过，快得几乎令人看不清形貌。子娆却吃了一惊，只因来人竟是子昊，但随即想到他定也是发现溪水有异，所以一路追踪下来，方要现身叫他，忽然对面林中响起一声奇异的呼啸，一道紫色气流，像是幽夜旋风、飞雪迷雾一般向着子昊迎面卷来。

子昊身在半空，眉目微微一冷，旋身振袖，倏地向侧拂出。那团紫雾被九幽玄通凌厉的真气扫中，爆出一丛幽芒向着林中飘去，影影绰绰现出个窈窕美艳的紫色身影。一抹轻纱在劲气卷起的夜色中轻轻飘荡，那人面容若隐若现，隐藏在重纱轻雾之间，但那站立的姿态，却令人联想起无尽美好的事物，又充满着莫名的诱惑和挑逗。

子娆在来人现身时，便一动也不能动地站在石后，甚至连呼吸都屏住。子昊衣袖飘然，落在对面一块岩石上，清冷的目光扫向来人，徐徐说道："是你。"

那紫衣女子一声轻笑，声音似是冰冷，又似娇柔："我道是谁坏了我的蛊术，原来是东帝驾临。"

子昊平静的眼中隐约掠过一丝轻波："媚夫人，多年不见了。"

"媚夫人"这三个字清楚地传入子娆耳中，仿佛锋利的尖刀一路穿透血肉划向心口，子昊的声音听起来十分冷漠，甚至有种淡淡的寒意，子娆知道他很少会用这种态度对人，即便平时他给人的印象总是平静而淡漠，但绝不是这样冰冷的感觉。这巫族蛊术的施放者已经显而易见，媚夫人仍旧是她的母亲，却也是害子昊受了二十年药毒之苦的罪魁祸首之一，更加处心积虑地想要颠覆王族，夺取帝都至高的权力。她能从子昊的语气中听出恨意，当他不喜欢一个人时，往往就会出现这种令人不安的冷漠，如果这时候她现身相见，子昊又会怎么想，会否相信她和这蛊术全然无关，而她又如何能说自己和媚夫人毫无关系？

媚夫人轻移莲步，沿着幽芒莹莹的清溪走上前来，两道锋利的眼神隔着轻纱细细地打量子昊，说道："原来你的九幽玄通已经到了如此境界，怪不得那丫头着急要找峿息，不过就算峿息不死，怕也没什么办法救你一条性命了。"

子昊看住月色下烟视媚行的女子，冷冷地道："子娆的身世是你告诉她的，是否你故意设计令子娆亲手杀了峿息？"

媢夫人道："是又怎样？原来你早就知道，居然还能容她这么久。"

子昊点了点头："那么这世上除了朕之外，便只有你还知道此事的真相了。"

媢夫人道："这件事情知道的人本就不多，歧师死了，峿息死了，这个秘密我若不说，恐怕当真没有人再知道了。"

子昊负手身后，抬头望向山间冷冽的月色，缓缓道："很好。"话音落时，他忽然身形一晃，抬掌向着媢夫人当胸拍去。

月色仿佛瞬间被寒云笼罩，这一掌所带来的肃杀之气从四面八方向媢夫人卷至。媢夫人向后疾移，却感觉无尽的压力迫体而来，周围空气好像被忽然冰封，方圆丈许内顿时变成了一个无底的深洞，要吸尽所有的真气与生命。

那是一种极其可怕的感觉，令人生出由生至死的无尽惧意，就连风吹水流都感觉不到丝毫。

九幽玄通生死境。

身为巫族传人的媢夫人虽然深知这巫典最高心法的厉害，但事到临头，却根本无法躲开子昊神影鬼魅似的一击。玄通真气迫得她宽大的衣袍如云狂舞，媢夫人娇叱一声，双袖交扬，化作无数连续不绝的圈环护住全身，同时向着子昊迎面击去。

嘭！

袖掌交触。

媢夫人如若触电，伴着一口鲜血身子向后飞出，面上重纱坠落，露出一张美艳无双的脸庞，只是面上全无血色，神情甚是骇人。

"你要杀人灭口！"

子昊落在她数步之外，一手仍旧倒负身后，淡淡地道："你既然不顾子娆的感受，便没有资格再被她当作母亲。朕只发三招，你若能够不死，朕便饶你一命。"

他右手缓缓举起，衣袖随风轻扬。媢夫人眼中隐隐透出惧意，原本以她的武功面对强敌并非没有一拼之力，但九幽玄通乃是巫族心法的总源，令她受制之下功力发挥不出平常的一半，剩下的毒术蛊术更是不敢施展，否则反噬自身，便会死得更加凄惨。

月光之下子昊面若清霜，透露出决然无情的滋味，令人感觉到下一掌他亦绝对不会留情，必将是噬魂夺命的一击。此时子娆靠在石后，心中亦是骇到了极点，分明想要阻止他，却发不出一丝声音，仿佛是被某种咒法魇住，身陷一场恐怖的噩梦中，无法动弹，无法醒来。凌厉的真气卷起落叶残雪，自她耳边呼啸而过，巨石之外骤然闪过一重刺目的玄光，婳夫人情急之下拼尽全力再次抵挡了子昊一掌，身子却像断线风筝一样坠入林中，口涌鲜血，神色狼狈至极。

子昊随手拂袖，一重重玄光自他指间不断闪烁，映得他容色胜雪，几如玉琢。他微微闭目，掌间玄光慢慢扩大，似化为此间冥域，死亡的气息蔓延八方。子娆眼睁睁地看着他抬手，出掌，玄光破出，笼罩婳夫人摇摇欲坠的身影。子娆此时就算想要阻止也已来不及，猛地闭上眼睛，耳边只听砰然震响，一股劲气向着四方狂涌冲散，其中有着她熟悉的玄通真气，更有一股雄浑霸道的至阳剑气狂扫而出。

子娆心头一震，终于忍不住向外看去，却并没有见婳夫人横尸当场的惨状。夜色之下，一道玄色人影凌空后退，落地之后持剑傲立，深深转了两口气方道："王上，手下留情！"

子昊亦后退三步，胸口气血翻涌，不由抬眸打量来人。那玄衣男子挡在站立不稳的婳夫人之前，山林雪雾纷纷，似自月中落下，他唇畔挂着一丝散漫的微笑，仿佛对什么事都浑不在意，但深邃坚定的目光却令人感到一种随时掌控一切的强大自信，与他潇洒不羁的神情形成矛盾但又十分引人注目的气质。

这世上有什么人能轻而易举挡下他全力出手的一招，又有理由来挡这一招？子昊眼中神色微微变化，已知来人是谁："夜玄殇。"

那玄衣男子扬眉一笑，收剑欠身："玄殇见过东帝，方才迫不得已，多有冒犯。"

子昊的目光停留在他身上，仿佛能够洞穿肺腑，道："你是否要替她多事？"

夜玄殇回头看了婳夫人一眼，今晚他与子娆分手之后顺便巡查大营，无意中发现随军到来的婳夫人行动有异，于是暗中尾随，一路追踪到了玉渊。婳夫人本是因感觉到有人破坏蛊阵前来查看，却不想遇上子昊这个煞星，险些丢了性命，此时趁着他与夜玄殇说话，靠在树上运气调息，目光不断在两人之间游走闪烁，寻找脱身的机会。

夜玄殇道："无论发生过什么事，她毕竟也是子娆生身之母，王上有否想过她若死在你的手中，子娆的心情又是如何？"

子昊修眸微细："你知道什么？"

夜玄殇叹道："王上即便杀光世上所有知情之人，也无法改变既有的事实，其实最关键不是有没有人知道秘密，而是子娆自己怎么想，王上如何处理这件事情对她也至关重要。"

子昊没想到夜玄殇会突然介入此事，而且清楚所有事情，看来子娆竟没有对他隐瞒身世的秘密，静静地注视他片刻，忽然道："你可知道自己身上仍存有血蛊，若非巫族离境天传人的元阴血气绝不可解，而她和岍息一样，继承了巫族离境天血统，所以唯有她的血才能彻底解除你身上的蛊毒。"

夜玄殇自然知道婳夫人绝不会放弃对穆国的控制，当初那四域噬心蛊乃是岈息和婳夫人二人合力自子娆身上引入他体内的，岈息死时固然解除了血蛊发作的危机，但只要婳夫人以秘术触发，便能通过血蛊继续对他施加影响，此事唯有他自己和婳夫人清楚，就连子娆也毫不知情，但子昊乃是岐师施放这四域噬心蛊时最初的目标，更通过九幽玄通感应到血蛊的异样，所以当下一语道破。

夜玄殇笑道："此事似乎并不能成为王上杀她的理由，亦与子娆没有什么关系。"

子昊容颜淡淡、话语淡淡，令人感觉心绪莫测："与子娆无关，为何你要插手这件事情？"

夜玄殇笑道："因为子娆是我的朋友，我想她并不希望看到此事发生。"

"朋友。"子昊点了点头，唇畔忽然掠过一丝无声的笑痕，"夜玄殇果然有些与众不同。但这也不能成为她免死的理由，朕若坚持要杀她，你阻止不了。"

婳夫人在他清冷的目光下生生打了个寒战，不由向后退了一步，暗中凝聚真气，防备他突然出手。

"坦白说我并不愿因此与王上动手，所以被迫应战，恐怕难尽全力。"夜玄殇沉吟片刻，而后道，"这件事，若我以穆国对北域的立场为条件交换，不知王上愿否接受？"

子昊眼底静若止水，负手相对："对付姬沧朕无须任何人援手，你若聪明，就不该让穆国卷入北域之战，保存实力才是更明智的做法。"

此言一出，无论夜玄殇还是婳夫人都颇觉诧异，子昊多年前便在穆国安排下卫垣、颜菁等重要的棋子，并遣子娆前去，协助夜玄殇夺得王位，所有人，包括最亲近的苏陵、离司或是子娆都认为他打算利用穆国对抗野心勃勃的宣国，此时有白虎军相助，王师也无须独面北域大军的压力，必将胜算大增，谁想到他竟一口拒绝，更是明确地表示无须穆国参战。

夜玄殇首次感觉捉摸不透一个人，方才他与子昊交手，亦知道他的武功修为深不可测，倘若真正动起手来，他未必能有胜出的把握，更何况对方的目标是杀婳夫人，那便更加麻烦。婳夫人听他们说僵，心知子昊绝不会轻易放过自己，见二人都没有注意这边，悄悄移步靠近溪畔，袖中一缕鲜血无声滴落，融入那以毒虫为引的蛊阵中。

溪水深处顿时泛起层层幽异的光芒。

这时候，只听子昊淡声道："子娆也曾在信中提过，夜玄殇是她的朋友，如此甚好。"话音落时，他忽然反手扬袖，身也不回地向溪畔扫去。石堆蛊阵中镇魇毒虫的七枚金针倏然拔起，此处毒虫乃是一条周身碧色的小蛇，失去金针禁制，猛地昂头蹿出，向着正以鲜血施咒的婳夫人扑去。

婳夫人尖叫一声，声音中充满了痛楚与恐惧，与此同时，子昊身形忽动，抬手一掌闪电般向她背后拍下。

一切皆在电光石火之间，婳夫人浑身剧颤向前跪下，子昊蓄势而发，出手之快匪夷所思，不但婳夫人，就连夜玄殇都来不及有所反应。七枚金针从他手底直透婳夫人背心要穴，只见一重幽芒霍然大亮，被玄光笼罩的婳夫人仿佛化作一团紫气，跪在地上，身子不断颤抖，却没有办法发出半点声息。

子昊整个手掌呈现出一种剔透如玉的颜色，黑暗中予人玄之又玄的诡异感觉。片刻之后，婳夫人低声惨哼，一缕明媚的紫色光影带着缕缕赤丝倏地自她口中飞出，透过月华玄光向着夜玄殇冲去。

夜玄殇身子微微一震，紫光触身的刹那，仿佛自丹田深处引发一股无法抵御的极致阴寒，正是曾经血蛊发作时的感觉，然而又有一股沛然莫测、似虚还实的至阴真气同时侵入经脉，仿佛日下融雪、寒冰向火一般沿着奇经八脉散去，使得血蛊消除时的冲击不似之前那般激烈，但饶是如此，他亦不敢妄动真气，无奈之下只得闭目运功，无法顾及婳夫人的情况。

子昊以九幽玄通逼出婳夫人的元阴真气，彻底解除了歧师种下的血蛊之祸。当他收手撤身，婳夫人软软瘫倒在地，不过刹那之间，她眸中已失去夺目的光泽，原本光艳如玉的肌肤迅速变得苍老，就像一朵鲜花由盛转衰枯萎凋零，乌黑柔亮的长发化作一片苍白，昔日骄人的媚颜转瞬尽逝，完全呈现出她真正的年龄应有的老态，甚至更加严重。

夜玄殇睁开眼睛时暗暗吃了一惊，婳夫人看到自己身前的白发、布满皱纹的皮肤，双手发抖，颤声叫道："你毁了我的真元，我的脸……不可能，不可能……这绝不可能！"

她的声音亦苍老低哑，再不复之前那般妖媚诱人，子昊站在三步之外，冷冷地道："你欠子娆的，今日朕帮她讨还了，留你性命，废你武功，也免得你日后再动些恶毒念头害人害己。"

婳夫人吃力地喘息道："你……你好狠的手段……为何不直接杀了我？"

子昊道："朕不过看在穆王的脸面上饶你不死，你想用蛊阵对付我二人，如此下场也是罪有应得。"说罢转身看向夜玄殇。夜玄殇苦笑道："王上何苦如此，不过说实话，若不是因为她和子娆关系特殊，我也很想让这个对自己女儿都不择手段的女人吃点苦头，王上的做法其实甚是痛快，我顺便还要替穆国多谢王上。"

他话语真诚爽快，既不掩饰对婳夫人的厌恶，又不会让人感觉做作。子昊俊面之上微微露出一丝笑意，道："听说穆王酒量甚好，改日有空，朕请你喝酒。"

夜玄殇一愣，笑道："玄殇定当奉陪。"

两人相视而笑，子昊道声："后会有期。"飘然而去。

第十六章 愿归本心

外面发生这样惊天动地的事情，子娆在巨石之后却是异乎寻常地安静，没有发出一丝响动，没有做出任何反应。直到子昊和夜玄殇先后离去，她仍旧靠在石上静静地仰望着空灵深邃的夜空，脸上竟然带着一丝淡淡的微笑。

"其实最关键不是有没有人知道秘密，而是子娆自己怎么想。"

"因为子娆是我的朋友。"

……

"你既然如此不顾子娆的感受，便没有资格再被她当作母亲。"

"你欠子娆的，今日朕帮她讨还了。"

"夜玄殇是她的朋友，如此甚好。"

有些零散的对话不断回响在耳边，停留在心底，就像灿烂的繁星嵌于虚空，那样宁静神秘，而又明亮动人。最终有一句话清晰浮现——子娆，不要为别人活着。

不知为什么，当子昊和夜玄殇两人因为婳夫人而针锋相对的时候，她心中突然有种奇异的感觉。不再忧急，不再畏惧，不再迷茫，也不再伤感，婳夫人的生死、自己的身世、夜玄殇的出现、子昊的态度，等等所有一切似乎都不再重要，她心思空明，平静如水。

在知道身世的真相之后，她曾经反复告诉自己接受事实，身份并不代表什么，也曾经努力做好王族九公主，承担所有责任。但说不在乎，心底最深处仍旧无法释怀，那些活着或死去的面孔，常常在深夜睡梦中突然浮现，那些仇恨与鲜血，常常提醒着多年来无法磨灭的恩怨。但是在这一刻，当子昊为了保守秘密而对婳夫人痛下杀手，当夜玄殇说出"子娆是我的朋友"时，一直困扰着她的情绪忽然烟消云散，取而代之的，是那种深刻无比的感情。

这两个在她生命中无比重要的男人，一个可以让她万劫不复，另外一个可以陪她生死历尽。

人若太贪心，便活该痛苦；人若不知足，便注定失去。

"很多时候我们该知道的是自己而不是别人需要什么，因为我们每个人归根到底，都只能对自己负责。"

她想要的一切其实都在眼前，那些无谓的执着，原来竟如此可笑。

道家曾言入化，佛家曾言顿悟，或者便是这样一种豁然开朗的心境。求不得，料不到，不期而至，平静欢喜。子娆在黑暗之中微笑，深深吸了口气，站起身来。她从山石之后走出，踏过清冷微雪、漫山月华一直走到婳夫人面前。

婳夫人抬起头来，看到一张酷似曾经的自己、美艳绝尘的玉容，仿佛是月中仙子、深夜精灵，美得令人移不开目光。子娆停住脚步，静静地凝视着她，她突然抓住子娆的衣袖，看清那双清澈幽魅的眼睛，那当中倒映出自己枯槁的容颜，便似是荒原沙漠那样令人绝望和恐怖。

婳夫人惊呼一声向后退去，子娆却轻敛衣袂，在她面前徐徐拜下，一连拜了三拜，什么话也没有说，转身移步，便向着黑夜深处而去。婳夫人看着她绝美动人的背影，心中嫉恨如狂，猛地以手掩面，向着夜空发出一声凄厉的惨叫。

子娆展开身法，婳夫人撕心裂肺的叫声自身后传来，却没能让她有丝毫动容，径直向着玉渊城奔去。一路上无数往事如飞般掠过脑海，他在翠竹碧海微风中看她起舞，他在雪月梅林暗香下为她吹起清箫，他在黑暗边缘玄塔畔对她说出不改的誓言，他在漫天碧雨的世界中紧紧拥她入怀。他在大婚前替她挽起缠绵的青丝，他在战火烽烟中将她亲手远送他国，策天殿前他痛楚的神情、疲惫的目光，一刀刀刻上心房，他寂寞如雪的微笑，成全她恣意任性的光芒。

子娆的脚步越来越快，此时此刻，她只想回到他的身边，听到他的声音，看到他的模样，不管他在想些什么，不管他有什么打算，她不要做这个王族的公主，她要和他在一起，哪怕天覆地灭万劫成灰，她也不再回头。

玉渊城近在眼前，子娆一路毫不停留地向着行营而去，待到营外忽然听到清冷缥缈的箫声自月华中传来，循声相望，只见子昊独自一人坐在屋宇高处，月夜繁星在他身畔，悠悠箫韵似有还无，伴着那轻衣薄衫的身影，仿佛一幅寂寥出尘的画卷。

庭中风吹雪动，几株老梅错落成林，落红如染，仿佛回到多年之前幽苑深宫，他与她独处的红尘世界。他的箫音依旧宁静平和，子娆却第一次感觉心疼，那其中像是包含了太多东西，她曾经错过的、忽视的、向往的、误解的，以及那些无人知晓的执念，那些无人见得的温柔。子娆不由自主地停住了脚步，而那箫声却亦同时止息，只听子昊沉声喝道："什么人？出来！"

子娆转出暗处："是我。"她看着子昊的身影飘落中庭，轻轻说道，"子昊，是我。"

子昊显然有些意外，玉箫收入袖中，站在冰雪树影之下，望向这边："子娆？"

子娆绕过梅林走近他身前，抬眸相望。他亦静静凝视着她，目中倒映着月光魅影，微雪清风，天地无尘，一片清净。过了片刻，他低低轻咳一声，道："夜深了，还没睡吗？"

"你不是一样没睡？"子娆道，"我刚刚去了穆军大营，和夜玄殇喝了很多酒，谈了很多话，现在不想睡。"

"夜玄殇？"子昊眸光微动，淡淡道了一声。

"你见过他了。"子娆道。

"嗯。"子昊又淡淡地看了她一眼，便道，"时间不早了，明日清晨大军便要离城，早些回去休息吧。"说罢他转身欲去，忽又停住脚步，"夜玄殇很好，如果你不愿跟王师走，也可以留在白虎军中，和他一起。"

"我可以不跟王师走吗？"子娆问道。

"可以。"他简单回答。

"不管我去哪里、跟谁走，都可以吗？"子娆又问。

他站在梅林之畔，没有回头："朕说过还你自由。"

子娆突然身形轻闪，绕到他的身前，修挑的凤眸一直看进他眼底，明媚清澈如同冬日阳光下流漱的湖波；"子昊，发生了这么多事，你难道还是一定要亲手将我送给别人才肯罢休吗？那今晚你为何不肯答应皇非的提议，用一个少原君夫人，换这一片天下安宁？"子昊目光蓦然波动，她上前一步，越发走近他黑澈的眸心，轻声问道，"刚才你又为何不干脆杀了凤媚，报那二十年彻骨之仇？你耗费自己的真元，出手救夜玄殇，难道当真是因为，他，是我的良人吗？"

她毫无顾忌地看着他的眼睛，令他无法回避，墨睫下柔魅的光彩刺得人眼底微痛。子昊一时不知该如何回答，只觉移不开目光，竟然向后退了小半步。子娆却再进一步，继续问道："王兄，你告诉我，你是不是真的喜欢我叫你王兄？今晚我回来找你，只是要听你一句真话，那天在策天殿上，你说的不是心里话，我说的也不是心里话，我们说的都不是真的。那时你昏迷不醒，我便一直在想，若是你有何不测，那我是决计活不成了，若你就此恨我、不再理我，我也一样生无可恋。我不知道为什么会这样，但我骗不了自己，我不后悔杀了岣息，也不在乎别人怎么看，我只想听你一句真话，这是第一次，也是我最后一次问你。”

她每说一句，子昊便微微后退一步，他退一步，她便靠近一步，直到他退到庭中树前，退到无路可退。一阵风过，吹动满庭微雪，晶辉流离，月光透过玉树琼枝洒照下来，清楚地映着她柔艳的红唇，照见他似海的目光。

点点霰雪随风飘拂，徐徐落向她的衣袂他的发梢，似将这一方天地化作琉璃世界，清奇绝伦。她在缥缈的光影下那样看着他，是这样温柔，又是这样决绝，无须任何语言，那双动人的眼眸早已诉尽了所有深情。

子昊不言不动亦无处可避，只是深深地回望着她，渐渐地，他眼底那片幽冷的色泽浮沉变幻，好似渊海波雾盈岸，星空倾坠其中，海天迷离，再不复曾经的风平浪静，万千波光泛出无底的深流。过了许久，他轻轻低了低头，声音似乎有些喑哑：“这很重要吗？”

子娆粲然一笑，那笑容似是幼时模样，看得人心头一动：“现在不重要了。”她侧了头，神情娇柔妩媚，甚至有些促狭的气息，“不过，有个问题你一定要回答，子昊，王兄，你现在亲口告诉我，你到底，要不要我？”

她的目光萦绕幽雪，忽然变得魅冶而诱人，夜色下夺目的美丽令人无法忽视。原来不知不觉，她已不再是当年那个追在哥哥身旁的小女孩，却似这暗夜里娇娆多姿的清莲，美到极致、艳到极致，勾魂蚀骨，甚至咄咄逼人。子昊轻咳一声，目光向侧闪开，子娆却不容他闪避，突然伸手绕上他的脖颈：“我要你看着我的眼睛回答我，子昊，你，要不要我？”

微雪拂过发梢，在她的呼吸间轻轻融化，春水一般化作万千涟漪。发如水，香如媚，惑人心，噬人魂，她靠近他的唇畔，一字一句柔声相问，眼神是妖，红唇是孽，温暖到炙人，妖娆到毁灭。

冶艳的柔香，覆上冰冷的唇、缠绵的衣袂，绕尽幽柔的月光。

子昊身子似乎僵在那里，一动不动地站着，做不出任何反应，素日从容自如的模样早已无影无踪。子娆轻轻地笑，轻轻敛下眸光。丁香舌，媚如毒，娇柔辗转丝丝幽香，一寸一寸融化所有的禁忌，仿佛能够消冰作火，染雪成焰，将所有一切燃烧殆尽。

“要，还是不要？”她唇齿间轻柔的呢喃，一路问上他的心尖，瓦解那些迟疑、顾忌、疏远、防御，瓦解那些完美的借口、那些冷漠的面具、那些言不由衷的回避，让他不得不直面相对。子昊的呼吸逐渐变得急促，终于，他慢慢回应她的探寻，当那缕魅惑的柔香缠绵舌尖浸入肺腑，他突然紧紧地将她拥住，向着那温软的红唇深深地吻了下去。

"子娆。"他轻呼她的名字，短暂的尾音借由唇畔消失在温柔深处，那样炙暖的气息，似是一股强劲的深潮自渊海底处席卷而来。飞雪飘转流光，星夜幽柔灿烂，但这一切都已不复存在，唯有他温润的呼吸带着淡淡微苦的药香和他身上冷雪般的气息包容了全身，占据了全部的思绪。子娆紧紧闭上眼睛，感觉到他内心深处真正深刻的感情，那是一种无法用语言表达的眷恋，就仿佛无尽的生命、不灭的光阴，无论怎样的生离死别，轮回流转，都不会消失凋零，苍茫天地，不离不弃，风雨红尘，不失不忘。

闭目刹那，子娆心满意足，什么都不再想，只觉有这一刻时光，以前的种种磨难，曾经的苦痛挣扎，都已不算什么。她终于知道他的心意，她心中最重要的那个人、最眷恋的那个人，亦同样爱她要她，此时在他怀中，和他一起，哪怕下一刻天地毁灭都是欢喜。

若不是策天殿前生死相绝，或许两人永远不会迈出这样一步，纵然之前他们早已关心对方胜过自己，但谁也没有仔细想过内心深处真正的感情。于子娆来说，自幼所亲所爱是她的王兄，是这世上唯一疼惜她的亲人，为他做一切事情都是理所当然。而于子昊，虽然早知子娆身世有异，却自知天时不久，肩头更负家国重任，心中所愿唯有护她乱世平安，为此纵以自己的生命交换，也是心甘情愿。

直到她披上嫁衣，将为别人的妻子，直到她误传死讯，远赴别国他乡。他让她不要回来，以王兄的口气将她阻在千里之外，固然是怕帝都大战将起，令她再次涉险，却更不敢与她相见。是的，他怕见到这个心魂相连、无法割舍的女子。然而她终究回来了，用他想象不到的方式出现在他面前，将他们之间最后的秘密一剑剖开，亦剖开了两人彼此的真心。

她说的没有错，那一天在策天殿上，他们都不是真心。但其实根本无须任何解释，他们心中从来清楚，他为她抛弃宗族，不惜倾战天下，她为他逆行杀父，情愿弑天灭地。相思相念若不相见，情虽彻骨，却亦从容，但若直面相对，便再也无法欺骗自己，难以放开彼此。

不知过了多久，子昊才放过怀中女子，深深地吸了口气，闭目靠向身后大树，轻声说道："子娆，子娆……你是不是真的想要我的命？"

子娆靠在他怀里，静静睁开眼睛，一手按上他的心口："是，你若不要我，我便毁了你，毁了王族、九域，毁了你的整个天下。"

子昊低头看她，黑暗中那双清光流离的凤眸，太美太艳便是煞。桃花煞，艳如血，她的手掌覆在他心头，只要真气微微一吐，便真正会要了他的命。他却忽然轻轻地笑了，低声道："那样也好，很好。"

他声音柔和平静，不似玩笑，漫天雪光点点飘零，落上他略微上扬的唇角，笑痕如月，容色若雪。

白雪白衣，月下无尘，这一刻他的笑容如此真实，没有那些面具与顾忌，没有那些掩饰与隐忍，一言一笑真真切切，就像在人心头落了蛊、下了毒，无药可解也无法可医。子娆抬起头，一瞬不瞬地看着他，眼梢修长勾起妩媚的柔光："子昊，我以前有没有告诉过你，你笑起来真的很好看，我喜欢看你这样，讨厌你把什么都藏起来，做那个喜怒无形的东帝，就像我不愿做这个九公主一样。你知道吗，有时候我会很羡慕离司，她虽然只是长明宫一个小小的医女，却没有错过你生命中的分毫光阴，也可以天长地久永远地陪伴着你。"

她的手指轻轻滑过，他修冷的眉、温柔的眼、削薄的唇。指尖辗转，幽香流离，一日一日，一年一年，她用柔柔情丝困住了他，困住了目光，也困住了心。子昊不作声，伸手握住唇畔柔荑，细细端详眼前魅冶清艳的女子，几片梅花落上她的发梢，落入他温润的眼底，香雪清冷，衣袂缠绵，仿佛是久远的画面，镌刻进十载记忆，三千岁月。

天长地久，何其遥远的字眼，若能一生守护，又何必算尽天下，何必倾此江山，为卿作嫁。子昊似乎轻声叹了口气，却什么都没有说，只是抬手覆上她的眼睛，那一丝情绪的波动仿佛微雪轻落，渊海无痕。

子娆被他拥在黑暗之中，四周雪落花开，红尘无际。她轻轻一笑，轻轻说道："子昊，今晚我说过的所有话都是真的，我知道你在想什么，这江山天下你若给我便要，五族四国你若想葬送了它，我便送它们个干干净净。你只要记得一件事，我的天长地久，只在有你的地方，你要是放手，便带我一起走，这人间若没有了你，便是我的地狱。"

她低声细语如丝如刃，寸寸温柔割上心头，子昊抱着她的手臂蓦然收紧。在她看不见光影深处，他唇畔的笑痕早已彻底消失，多少情欲爱孽，慢慢化作眸底静冷的颜色，冰雪重重，终于覆满天地，月下落梅染血，如海凋零。

第十七章 狭路相逢

清晨苍穹落雪，四域山野茫茫，尽被白雪笼罩，王师趁着大雪全部撤退，整个玉渊完全变成一座空城。所有人包括冥衣楼部属都已奉命撤离，子昊站在窗前看最后一人身影消失，一件狐裘带着女子浅睡初醒的暖香轻轻落在他的肩头。

子娆来到他身边，倚在栏杆上看漫天雪落无声，慵然说道："真清静，原来下雪竟是这么美。"

子昊淡淡地笑了笑，伸手拂开她脸旁的发丝："还以为你会再多睡一会儿，所以便让他们先走了。"

"你是不是又一夜没睡？我醒来看你不在。"子娆靠向他的臂弯，他便轻轻拥住她肩头，隔着温暖的裘衣，他身上似是有股若有若无的香气传来，并非她素日熟悉的气息。子娆皱了皱眉，问道："这是什么香气，这么特别，好像在哪里闻到过？"

子昊侧首轻咳，随即微笑道："宫中的熏香你自然是熟悉，又有什么特别。"

子娆闭上眼睛，说道："我不喜欢这个香气。"子昊笑了笑，没有作声。她拥住他，声音低下去，轻轻地道："这个，是重华宫的味道。"

往后几日，子娆常常在子昊身上感觉到这样的气息，有时淡些，有时浓些，有时却仿佛只是错觉。他二人离开玉渊，并没有与王师同行，反而取道汐水之西伏俟地界。子娆一直担心子昊身上的药毒未解，之前从彦翎那里得到了百仙圣手蝶千衣的消息，便想要说服他先去惊云山一行，可眼下战火连连，诸事紧要，子昊自不肯轻易离开。若依子娆原来的性子，必会想尽办法迫他就范，但是自从策天殿决裂，两人复又重归于好，她心中对于生死之事反倒变得从容平静，他若身有万一，她便随他就是，生生死死，又有何妨？更见他身子虽说不见好转，但这些日子那剧毒却也从未真正发作过，一切安然无恙，便将此事暂时搁下，先应付宣国来势汹汹的战事再说。

第二日黄昏，两人便到了伏俟城。此城处于汐水、沩江二水向北交汇的平原关口，西临赤谷七峡，东扼两江水路，周围共有五座边城相邻，原是北域边境冲要之地。但在过去十几年中，这座城池因频繁的战争几度易主，各国势力皆有涉足，却又没有任何一方能够完全控制此地，最终形成了一种奇特独立的局面。

在这里随时可能有任何一国的军队出现，也可能见到来自各国的商人货物；可能联络到任何江湖帮会，也可能探听到各种真实，或者虚传的消息。这里每一日都有无数的秘密交易在暗中进行，也时刻会有流血格斗的事件当街发生，但由于是南北贸易的重要枢纽之地，又是连通王域的必经之路，很多江湖豪客、亡命之徒包括各方豪强势力都纷纷登场，反而使得此处格外有种生机勃勃的活力，绝不似其他历经战火的荒城那般萧条。

子昊二人甫一入城，便感觉到这种有别于其他城镇的兴旺，四通八达的街道之上分外热闹，一片川流熙攘，不时可见穿着各国服饰的人出现。两侧食肆酒馆店铺林立，出售的货物除了寻常物品之外，更有兵器、战马、火药等严禁私自贩卖的东西在这里明目张胆地进行交易，除此之外，青楼赌场亦比比皆是，门前出入的各种帮派人物很容易令人想象到这是个根本不存在王法的地方。

子娆不知为何突然想到夜玄殇，满街灯火之下，整个伏俟城似乎有种奇异的诱人魔力，既令人感到危险，又感到绝对的自由。在这里似乎没有人会管你是谁，即便是她和子昊这样特殊的身份也与普通人一般无二，除非是身怀巨宝或是有意寻衅，又或者你来杀人，当然也可能不幸被杀，否则不会有人特别注意你。

两人并不急着赶路，见天色已晚，便先选了一处酒家打尖。这座位名为"千灯阁"的三层酒楼位于伏俟城最繁华的长街当中，每层皆设有独立的厢房，既可欣赏庭院美景，又能对四面长街上的情况一览无遗，选址设计十分独到，从其规模来看，也定有当地颇具势力的帮会作为后台，否则很难得到这样绝佳的位置。

酒菜送上之后，子娆透过窗户看着对面街上刚刚平息的一场帮会争斗，道："早听说伏俟城是个无法无天的地方，什么事情在这里都可能发生，看来所言非虚。"

子昊低头饮茶，似乎并不十分注意街外动静，只道："伏俟城是北域边境最危险的所在，但也是最关键的军事要地，赤焰军与外十九部重兵会合之后，姬沧兵分两路，其中一路必取此处，才能令宣国水军畅通无阻。"

子娆转眸道："只看城门处有流民逃亡便能知道，宣军即将到达的战讯已经传开，若我们的消息没错，他们现在也该到了。你想怎么做？要不要联系洛飞，问问情况如何？"

洛飞乃是冥衣楼在此汐水六城主事的分舵舵主。子昊放下茶盏眼角向外一瞥，道："方才对面被打伤的几个是北域天荒道的人，另外还有两个则是血沙帮的，这两个帮派皆支持宣国的势力，在北域素来横行无忌，却被人如此寻衅围攻，足以证明城中形势。"

子娆漫然道："动手的不是冥衣楼，看来其他势力亦对宣国殊无好感。宣军过境屠城残忍好杀，自然不会有多少人支持。"

子昊淡淡地道："天荒道和血沙帮也不是什么好惹的角色，待会儿必然还有一场恶斗。"

子娆微微点头，方要说话，忽然一挑眉梢向外看去。子昊早已先她一步看向中庭，白石雪院中几名黄衣女子手提纱灯袅袅前行，正引着两名客人往三楼厢房而来。那二人一着赤衣一着白袍，着赤衣者姿容魅肆，气度狂放，着白袍者丰神俊朗，卓尔不群，令人一见之下，便知必然大有来头。两人出现在千灯阁时，早已引得众人纷纷注目，子娆唇角轻扬，笑道："果然被你说中，该来的人来了。"

子昊收回目光，突然道："好戏上场了。"话音落时，长街尽头传来一阵疾若旋风的马蹄声。

子娆回头看去，只见长街上一人孤身单骑狂奔而来，身后紧追着十多骑正在弯弓搭箭的血沙帮帮众。

嗤！嗤！嗤！

箭矢离弦疾射，眼见前骑便要没在夺命的箭光之下，马上那人一声叱喝，凌空弹离马背，连续两个急翻，落在千灯阁二层雕栏之上。

前方骏马惨嘶滚地，先是前蹄跪倒，跟着冲出数步之外，被十余支劲箭射得七窍流血，惨死当场，街上行人惊呼走避，千灯阁前顿时一片混乱。那人却毫不动容，霍地拔刀出鞘，向着楼下大声喝道："庐老大，有种跟我单打独斗，一决胜负！"

下方血沙帮帮众纷纷勒马，呈半月形将千灯阁围住，人人目光凶狠，盯着楼上那人。当中被称作庐老大的彪形大汉在马上恶狠狠地道："邵行天你吃了熊心豹子胆，竟敢当街杀死我血沙帮的兄弟，莫以为逃入千灯阁便能捡回性命，今晚铁旗门不对此事有个交代，我们便踏平此地！"

那邵行天仰首大笑道："庐老大好大的口气，我铁旗门岂会怕了你这替宣军鼓吹造势的走狗，血沙帮这两年虽然四处扩张，但恐怕还没有踏平铁旗门的实力！"

庐老大眼中闪过显而易见的怒意，但他尚未开口，忽然有人阴森森地道："血沙帮不能踏平铁旗门，再加上我天荒道如何？"随着这令人毛骨悚然的声音，千灯阁中庭忽然多出一个人来，其人一身灰衣形容枯槁，灯光下脸色惨白不似活人，一对长眉直垂到眼角，衬着淡而无色的双目，活像从坟墓里钻出的鬼影，让人看着就觉浑身不舒服。

随着这人出现，千灯阁外围院墙上同时现出一批黑影，邵行天脸色微微一变，随即目中精光大盛。这时候，与子昊他们隔着中庭相对的三楼厢房中传出一个温文尔雅的声音："天荒道蒙渠先生、血沙帮庐帮主大驾光临，我铁旗门原本该好好招待，不过今晚恰好有贵客在此，不知二位可否卖秦某一个薄面，一起入座喝杯水酒，明日正午在城西广场，我们再当面解决此事。"

此人言辞彬彬有礼，透出一股气定神闲的从容意味，亦是息事宁人，不愿引起争斗。他开口时，邵行天瞪了血沙帮众人一眼，随即收起兵刃跃上三楼。庐老大却冷哼道："杀人偿命，秦师白你若识相，便自己处置了凶手乖乖磕头赔罪，否则今晚千灯阁中的人一个都别想活着出去！"

话音一落，千灯阁内外顿时鸦雀无声，跟着有数声不满的冷哼响起。子娆凤眸微微一眯，说道："这人好生张狂，是仗着姬沧撑腰吗？"

子昊看了看对面另外一间灯火通明的厢房，道："天荒道和血沙帮根基皆在宣国，区区江湖帮派，换作平时，姬沧恐怕也没放他们在眼中，不过如今形势之下，这样的角色自然大有用处。"

这时候，三楼正中一间房门向两侧打开，几名帮众抢先步出，先前说话的铁旗门门主秦师白来到回廊之上，仍旧不愠不火地道："看来天荒道和血沙帮今晚来此并非单为帮派私怨，而是要扬刀立威，却不知两位有几分把握，能挑得了我铁旗门？"

那似人似鬼的天荒道宗主蒙渠阴恻恻地道："秦兄不会没有听说宣军今晨已经拿下玉渊了吧，伏俟城早晚也将归宣王所有，识时务者为俊杰，我劝秦兄还是好好考虑一下，免得铁旗门万劫不复。"

他说话的声音桀桀尖厉，如同夜枭一般刺人耳膜，似是某种邪异的功法，令人生出心浮气躁的感觉。听到宣军攻占玉渊的消息，千灯阁内外隐约生出一股轻微的骚动。秦师白朗声长笑，顿时将蒙渠刺耳的声音压了下去，道："日前秦某既然拒绝了二位联盟的提议，便是言出必行。伏俟城向来独立于各方势力之外，宣军想要控制此处也没有那么容易，二位此话恐怕言之过早了，若要以武力胁迫，便尽管使出手段，铁旗门一一笑纳。"

先前在室中与秦师白饮酒的一位黄衫女子此时来到他身旁，秀眸向下扫去："若再加上我跃马帮，不知二位是否还要坚持之前的决定？"

四周响起一阵哗然之声，跃马帮在江湖中势力强大，尤其楚国灭亡之后，更是迅速扩张，频频涉足北域，俨然已有江湖第一大帮派的气势，谁也没有料到方才秦师白口中提到的贵客竟然是跃马帮帮主殷夕语，蒙渠和庐老大双双变色，原本二对一的优势顿时不再。

子娆在灯火下向子昊瞥去一眼，道："都是你当初一手促成，跃马帮才有今天的局面，现在伏俟城的明暗贸易，不知道被他们控制了几成。"

子昊淡淡地道："乱世之下，懂得审时度势的人才能生存，把握机会的人才能壮大，绝不可能只依靠他人。殷夕语聪慧敢为，她和秦师白乃是同门师兄妹，二者联手的话，控制伏俟城的机会很大。"

子娆眼梢轻挑，突然道："金口玉言有时也算不得数，我现在越来越觉得，王兄你呢，其实一点都不可靠。"这一句，却是说的当初子昊为了收服跃马帮替殷夕青疗伤之事。子昊愣了一愣，跟着无奈一笑，也不驳她，也不分辩，低声轻咳，转头看向窗外。

这时秦师白微笑道："看来今日我四大帮派之间的事情，也将决定伏俟城他日的归属，我们既身在江湖，自然有江湖的规矩，厮杀混战对双方都没什么好处，不如便由在下和殷师妹向二位讨教几招，胜负输赢，干脆利落。"

蒙渠心性阴沉，一时没有作声，庐老大却抢先道："好！跃马帮既然号称江湖第一帮，我就先领教一下殷帮主的高招！"

秦师白执掌铁旗门，一手三十二式风云扇在北域赫赫有名，若论武功，乃是伏俟城中至少排得上前三名的高手。庐老大虽然率众上门挑衅，其实对他颇为顾忌，心想殷夕语身为女子，自然要比秦师白好对付，是以当先发话，选定对手。

在场众人有些察觉他的心思，顿时嘘声一片。殷夕语却微微一笑，抬手在腰间一抹，取了银鞭出来，大方说道："好，如此夕语便请庐帮主赐教。"

未等她动身落场，夜空中忽然有人大声笑道："庐老大，你三年前在风云扇下吃了大亏，不敢再和秦兄动手，却来做缩头乌龟跟女人叫阵，算什么男子汉大丈夫？殷帮主远来是客，一定不好意思割你的臭头，咱们伏俟城的事还是自己解决吧，今晚这场子便由我冥衣楼和铁旗门接下，你放马过来！"

众人循声抬头，只见千灯阁楼顶上不知何时多了个年约二十的黑衣男子，正懒洋洋地躺在屋檐之上，指间两柄轻薄明亮的飞刀随手转动，不时映着他脸上跳脱的笑容，予人一种潇洒无忌的感觉。庐老大被他一言道破心思，不由恼羞成怒，面红过耳，亮出双手铁棍喝道："洛飞！有种你给我下来说话！"

那人出现的时候，子娆以手支颐把酒倚窗，轻轻笑道："好戏终于上场了，我就说洛飞怎么转了心性，这么热闹的事竟会不出现。今日该在的人都在，这伏俟城倒成了北域的小战场。"子昊却微微闭目养神，似乎对外面情况的变化并不在意。

洛飞听得庐老大出言邀战，手中飞刀连转两周，笑道："好啊！那我可下去了，不过咱们可从来没什么话好说，不如直接动手吧！"话音甫落，身形闪动，人未落地，当空一片亮光已向着血沙帮众人罩去。

这漫天花雨的暗器手法原本很是常见，算不上有多高明，但他动作实在太快，出手的角度也令人万万意想不到。血沙帮众人多数尚未来得及反应，二十三柄飞刀已突然出现在面前，当他落足中庭之时，门外二十名血沙帮帮众已经惨呼坠马，唯有庐老大狂喝一声，双棍横架，接连格飞三柄夺面而来的飞刀，狼狈地滚下马去。

院墙处同时传来喝呼打斗声，原本包围千灯阁的天荒道弟子连续跌下墙头，显然被人偷袭得手。

蒙渠面色一沉，趁洛飞立足未稳，忽然欺身前移，抬手向他肩头抓下："我来领教冥衣楼手段！"

他足不动、身不晃，便似僵尸一般倏然迫近，爪风凌厉非常。洛飞脸上仍旧不改笑容，旋风般转身，跟着两柄飞刀向着蒙渠掌心射去："来得好！蒙大先生这双铁爪变成宣王的鹰爪，看来还和以前一样无耻！"

蒙渠沉声道："废话少说，纳命来！"爪下忽然爆起炒豆般的急响，指节陡然伸长，竟然迎面抓向两柄飞刀。子娆眉梢微微一挑，道："这蒙渠看来还有几下真功夫，怪不得口气狂妄，你说洛飞收拾他需要多久？"

子昊眼也不抬，淡声道："三十招内，胜负必分。"

这时血沙帮重整阵脚，庐老大率众冲进前门，喝道："给我上！"一群帮众挥刀向洛飞扑去。

"乘人之危吗？"秦师白冷喝一声，与殷夕语双双落入中庭。一道银鞭带着柔韧强劲的真气向血沙帮帮众卷去，秦师白则单掌前拍，迫得庐老大变招躲闪。

子娆轻声一笑："这一边，我赌最多十招。"

子昊仍旧闭目养神，随口道："九招。"

庐老大双手铁棍一前一后向着秦师白当头劈下，声势骇人。两道铁棍形成微妙的差距，秦师白如果为避开第一招向侧闪开，那第二条铁棍便会以凌厉的杀招破入他胸膛，使之血溅当场，庐老大行事虽然为人所不齿，但毕竟身为一帮之主，武功颇具造诣。

人影一闪，秦师白已经破入双棍攻势之中，左袖前扫，正中庐老大后一棍棍梢，发出当的一声震耳清响。庐老大身躯一震，铁棍再难前进半分，一柄折扇闪电般自秦师白袖中吐出，直奔对手面门，庐老大暴喝一声，攻势冰消瓦解，再次向后退去。

这边洛飞与蒙渠刀起爪落已经缠斗一团，两人身法都是极快，阴森的爪风中不断有刀光一闪而过，蒙渠呼啸连连，双爪运转如飞，频频向洛飞周身要害抓去，更加有精光隐现，却是他指上装有淬毒的钢套。洛飞自然不会蠢到与他空手对招，手中刀光劈、刺、削、挡、挑、格，三寸飞刀神乎其神，百变莫测，突然轻啸一声，化作一道凌厉的光轮，向着蒙渠飞去。

叮！当！庐老大右手铁棍飞出，跟跄着向后撞去，瞬间面无血色。

秦师白潇洒收扇，刚好出了九招。子娆不服气地顿了一下足，道："算你赢了，这庐老大真不中用！"跟着展颜娇笑，将一杯热茶送到对面。

子昊睁开眼微微一笑，却抬手斟了两杯酒，取了其中一杯："有赌无酒，岂不扫兴？"子娆眼中现出些许诧异，转而又流露柔媚明亮的光彩，取杯低眸啜饮，细品其中滋味，自是千回百转，莫能言表。

　　血沙帮无一是殷夕语的对手，兼之帮主落败，早已溃不成军。又过数招，蒙渠也在洛飞刀下受伤，在冥衣楼、铁旗门、跃马帮三大势力夹攻之下，天荒道和血沙帮此次可谓倒足霉运，千灯阁中不愿支持宣军的旁观者纷纷叫好，三帮一时声威大震。

　　蒙渠气势受挫，出招再不似之前狠辣，洛飞长声笑道："识时务者为俊杰，我劝蒙先生还是好好考虑一下，免得天荒道万劫不复！"正是将方才蒙渠对秦师白的话原封送回。蒙渠面色铁青，却疲于应付四面八方绕身疾袭的刀光，难以开口反驳。洛飞哈哈大笑，手中利芒再现，忽然分作丛丛精光，向着蒙渠迎空罩去。

　　蒙渠刚刚击落先前骤风急雨般的十八柄飞刀，一口真气不畅，落足地面，漫天刀光已夺面而至。眼见他再也无法躲避，不死也必重伤，夜空中忽然响起一阵疾锐的轻啸。子昊眸光一动，向外看去，只见四面灯火疾闪，一片水光骤如雨下，漫空射向洛飞施出的三十六柄飞刀。

　　水光爆散，刀影激旋，蒙渠怪啸一声闪电后退，于千钧一发之际捡回性命。

　　所有飞刀转头向外倒射，利啸中更有一点疾光，势如惊电，迅若激闪，破空直奔洛飞咽喉，去势之快角度之辣惊心动魄，显然是要杀人夺命。

　　洛飞大吃一惊，杀气劈面而至，情急之下仰身后翻，同时手中两把飞刀向前射出。

　　当！

　　那点光影忽然消失，半空中爆出无数碎片四下激射，洛飞却闷哼一声撞在廊柱之上，肩头鲜血横流。

　　秦师白和殷夕语同时落在回廊之前，兵刃出手，挡下飞袭过来的碎片，发现这被飞刀击碎的竟是一个薄瓷酒盏。两人转头对视，皆是目露震惊，这人居然以一杯酒水阻下洛飞全力出手、分作三重袭击蒙渠的飞刀，更顺便掷杯伤人，若不是洛飞反应敏捷，此时早已横尸当场，此人非但武功高绝，出手更是阴狠毒辣，却不知是何方神圣。

　　洛飞捂着肩头微微喘息，心中震惊绝不在二人之下，因为所有人中只有他清楚，那个酒盏其实是在被飞刀射中之前自行爆裂的，对方不但轻而易举地挡下了他的必杀绝技，更加以真气灌入酒盏，使之化为夺命的暗器。如果他的飞刀迟上一刹出手，便会像蒙渠本该遭遇的下场一样，死于漫空利刃之下。思及此处，洛飞暗中出了一身冷汗，只听一个低沉妖冶，却又威严迫人的声音自楼上传来："吵吵闹闹扫人酒兴，冥衣楼和铁旗门识相的话立刻给我消失，否则后悔莫及。"

在场众人面面相觑，皆觉这人虽然露了一手上乘武功，但口气未免也太过狂妄。秦师白收回折扇朗声说道："敢问尊驾何人，插手我伏俟城之事，何不报上姓名，免得大家误伤和气？"

即便是在这种情况下，他的态度仍旧客气得体，显示出一门之主应有的气度。只听楼上另外一人振声长笑："就凭区区铁旗门，恐怕还不够分量让宣王自报家门，我皇非可以用少原君三个字保证，你秦师白这一次绝对保不下伏俟城。"

千灯阁内外人人脸上色变，没想到三楼上厢房中二人竟然是叱咤北域的宣王和少原君皇非，唯有被手下搀扶着的庐老大和死里逃生的蒙渠同时面露喜色。姬沧突然横插一手，大挫冥衣楼声势，皇非更是高调亮相，震慑众人，子娆不由微微蹙眉，转眼间看到子昊眸心亦掠过细微的清芒。

第十八章 不争之争

秦师白斟酌片刻，抱拳道："不知宣王与少原君光临千灯阁，铁旗门有失远迎。二位既然为伏俟城而来，不如过堂一见，且让秦某略尽地主之谊。"

姬沧阴柔邪魅的声音像是在人人眼前一般响起："本王今晚要杀人，没有心情听你啰唆，铁旗门和冥衣楼可以走，跃马帮那个女人留下。"

秦师白沉声道："殷师妹是伏俟城的客人，宣王若要与她为难，铁旗门上下绝不会袖手旁观，请恕秦某难以从命。"

眼见双方便要说僵，众人无不替秦师白暗中捏了一把汗，谁人不知宣王纵横天下杀人如麻，再加上一个剑法绝世的少原君，倘若动起手来，铁旗门可谓绝无胜算。只听姬沧放声大笑，道："好！敢在本王面前如此言语，你秦师白也算是号人物。本王手中这杯酒，你若能接得下，今晚我就饶她一命！"

话音落时，一点白光自楼上射出。

那酒盏来势不疾不徐，四平八稳，秦师白却丝毫不敢托大，"唰"地亮出独门兵器风云扇。整个千灯阁瞬间变得鸦雀无声，中庭丈许之内，所有人都感觉到一股迫人眼目的强大压力，不由自主地向后退去。

庭中积雪卷起一个又一个的飞旋，秦师白目透精光，全身真气提升到前所未有的巅峰状态，感觉到随着那个小小的酒盏，仿佛有股排山倒海的真气充斥着面前整个空间，让人生出空气凝固、身陷死地的恐怖想法。

周围突然一丝声息也无，甚至连四处通明的灯都全部黯淡，唯有一点白光，似缓实急地向着中庭飞来。

秦师白耳边隐约响起尖锐锋利却又若有若无的呼啸声，但却感觉不到半丝微风，无形的压力令人呼吸不畅，全身骨骼欲裂，肌肤剧痛。

一杯水酒，如此武功，当真骇人听闻。

秦师白知道这是此生最为凶险的一战，若让酒盏逼到面前，那莫说胜负，他根本没有任何保命的机会，当下一声轻啸，向前跨步。

酒盏在半空忽然加速。

狂气涌至！

自殷夕语之下，铁旗门和跃马帮帮众都已手握兵刃，但是心中却都清楚，面对宣王强横的手段，只要秦师白失手落败，任谁也无法挽救他的性命。

秦师白手中风云扇一开一合，循着一个奇异的角度，当空向外扫出。

正当秦师白风云扇出、酒盏破空而至的时候，对面楼上突然现出一道轻光。那光影凌空一闪，笔直射向中庭，就在几乎不可能的瞬间，后发先至，不偏不倚正好撞上姬沧蓄势夺命的酒盏。

叮！

一声悦耳的轻响，仿若金钟玉磬，传向夜空。四周空气顿时恢复正常，清风拂过微雪，流水转过鱼池，灯火点点倒映池水之中，一片光影浮沉，明明暗暗。

然而千灯阁中没有任何一人发出响动，所有人的目光都投向落在雪地中的两个轻薄通透的白瓷小盏上。灯影重重照亮中庭，两个小盏都是盛满美酒，竟然一滴未溅、一滴未洒，每个人心中都生出匪夷所思的感觉，几乎不敢相信自己的眼睛。

秦师白突然倒退一步，闭目调息，脸色发白。方才他硬与姬沧霸道的内力隔空对抗便受了不轻的内伤，但那楼上之人以同样一盏水酒阻下姬沧如此强横的真气，却轻描淡写，点尘不惊，这份武功修为怕已到了出乎自然、入乎天道的化境。

秦师白后退的刹那，雪地中两个酒盏忽然悄无声息地化作齑粉，美酒浸入雪中，顿时片痕不留。姬沧击案赞道："好功夫！来者何人？"

楼上传来两声极轻的低咳，四面皆静的院中，跟着响起一个清冶柔魅的声音："千里幽冥地，日月不沾衣。正主在此，宣王何必跟他人过不去，这一杯酒便算是我冥衣楼奉陪宣王，不如我们寻个清静地方，更好说话。"

随着这娇俏动人的话语,所有冥衣楼部属包括受伤的洛飞同时向着三楼方向拜下,除殷夕语外,其他人都对这极少现身江湖的冥衣楼楼主生出美艳神秘,却又高深莫测的感觉,不由纷纷猜度。

姬沧放声大笑,震得满院亭台簌簌作响,突然暴喝一声:"所有人都给本王滚出去!"

千灯阁中众人无不心惊神摇,殷夕语耳边同时响起子昊密语传音,她低声和秦师白交换几句,对着楼上抬手抱拳,率众当先退出。冥衣楼亦同时领命而去,其余客人自然不敢停留,包括侍酒的歌女仆役刹那间走了个干干净净,整个千灯阁灯火通明,只余两间雅厅,四人在座。

姬沧看向对面酒厅,徐声道:"东帝既然御驾到此,何不移座相见?昔年冥衣楼曾助本王扫平国中内乱,本王一直想知道其主究竟何人,这个答案虽然意外,但今日终也有机会和冥衣楼楼主把酒相谈。"

对面厅中又传来两声低低轻咳,子昊淡笑道:"九域五族四国,本便是王族该当之事,只是当初朕尚未亲政,所以才以冥衣楼的名义行事,宣王倒也不必放在心上。"

姬沧不由冷哼一声,道:"五族四国王族皆尽管得,却不知如今的伏俟城,王上又管得了吗?"

子昊道:"宣王既然入城,想必是对此地颇有兴趣,但目前城中似乎少有人欢迎宣军的到来。"

姬沧纵声长笑,说道:"伏俟城多年来无人管治,既无驻军,又无防御,唯一可以依靠的就是汐水天险,却连一艘像样的战船也无。本王仅需出动七千赤焰军,两千驻扎赤谷关口,截断城中出入要道,三千水军封锁大江,王师战船出动,便要先过此一关,余下两千精兵攻城,不出一日可下。本王绝对保证,城中任何人都不会有逃离的机会,铁旗门等大小帮派亦无须俯首称臣。顺我者生,逆我者亡,杀光所有人,伏俟城便将成为我赤焰军驻地,扼守南北水路,畅通无阻!"

子媱在旁听得暗暗心惊,姬沧雄才大略,纵横北域,深知用兵之道,兼之心狠手辣,此番话语自他口中说出绝非狂言。伏俟城纵然有铁旗门等一众高手坐镇,但军事防守薄弱,根本无法抵挡宣国百战强兵。姬沧若是发兵攻城,举城百姓皆难逃厄运。

子昊脸上却露出淡淡笑意,语气之中甚至有着一丝愉悦:"宣王果然是知兵之人,对形势的把握分毫不差。的确,王师此刻远在十三连城,很难及时赶到,阻止赤焰军。至于水军,即便能够突破汐水防线,也不敢冒腹背受敌之险,贸然入城,伏俟城这一战对朕来说意义不大。不如朕与宣王做个小小的交易，王师此次不插手伏俟之战，朕亦用冥衣楼担保，城中帮会无人再敢反对宣王，这一切，只需一个条件。”

姬沧与皇非转眸相视，后者目光微动，问道：“你要放弃伏俟城？”

子昊低头轻啜了一口香茶，缓缓道：“君上可以为证，只要宣王入城之后不屠城、不杀戮、不伤一人一物，朕便确保伏俟城为君所有。”子娆听得他竟将伏俟这样的军事要塞拱手让人，忍不住轻声提醒：“子昊……”子昊却头也不转，只是对她轻轻抬了抬手，静视对厢。

片刻之后，便听姬沧开口道：“王上可知这样做的后果，汐水通道一旦受制，王师便将优势全无，继而丧失对两大水路的控制权，整个王域的安全也会受到威胁。”

子昊不疾不徐地道：“无意义之战，不过徒增伤亡，朕与宣王据城论兵，既知此战必败，又何必令将士臣民白白送死。宣王若无异议，便请满饮此杯，今夜我们到此为止，品酒赏月，不谈战事。”

姬沧略加思量，伸手拿起酒杯，慢声道：“看来今次王恩浩荡，伏俟城幸免一劫，但愿城中诸人能和王上一样，知难而退。”

子昊从容一笑：“宣王请！”

两杯美酒凌空交换，穿窗而入，千灯阁千重灯火，一片浮沉璀璨。

半个时辰后，子娆与子昊并肩而出。离开千灯阁大门后，子昊闭目静立了好一会儿，方才轻轻吐了口气，转头看向灯下楼阁，目中透出幽深的光影：“姬沧不愧是姬沧，此人不除，九域难安。”

三楼之上，姬沧把玩酒盏，修眸长睐，沉声道：“没想到东帝居然如此深不可测，自从他开口说话那一刻，我便以真气锁定他，但自始至终竟无半分出手的机会。”

皇非目光遥遥投向门口，方才他同样感觉到，东帝虽然步步逊让，退兵弃城，但是精神气势却没有丝毫破绽，若他存有半分怯战之心，或是一星半点的犹豫，此时恐怕早已丧命在姬沧手中，绝无可能生离千灯阁。“他在城中人心所向时放弃对伏俟的掌控，可谓兵行险着，出乎所有人意料。”

姬沧道：“你认为他的目的是什么？”

皇非薄唇冷挑，随手举杯：“大势所趋，还能怎样，伏俟城落入敌手，王师两线优势尽失已是不争的事实，之后不过是负隅顽抗罢了。”

姬沧哈哈笑道：“如此看来，这场战争很快便会结束了。”

皇非一笑低头饮酒，灯火深处的俊眸中似有冷冽的神情一闪而过，再无声息。

子嫙站在千灯阁前看向尚未完全陷入黑暗的伏俟城，轻叹道："你放弃了玉渊，现在又将伏俟拱手让人，是否姬沧当真这么可怕？"

子昊负手身后，轻微瞬目："方才在千灯阁中，我曾经有机会出手，但却没有必胜的把握。"

子嫙道："所以你选择放弃。"

子昊微笑道："你一直想问的问题，现在可以问了。"

子嫙轻抬眸光，说道："这场战争我们虽然没有绝对的胜算，但也绝不是完全被动，玉渊不是不可守，就算是伏俟城，你也比我更加清楚，既然殷夕语到了此地，那表明穆国水军已有准备，白虎军驻兵汐水，他们的战船离此也不会超过百里，如果王师与穆国联手，姬沧想要攻占伏俟便要付出惨重的代价，甚至根本不可能成功。我一直想知道，为什么那晚你要拒绝夜玄殇的援兵，是你不相信他，或是另有其他原因？"

子昊举步向前走去："夜玄殇是你的朋友，我也相信他有理由和帝都一起对抗宣国。"

子嫙道："但你要他按兵不动，坐失良机，却对宣军一再退让。"

子昊面色平静，目光落向深无尽头的长街，徐徐道："穆国的确是帝都最好的助力，夜玄殇亦是可以信赖的伙伴，但我不会因为一场战争，毁掉整个穆国的根基。你可有想过，夜玄殇虽然顺利继位，但穆国这些年在太子御的统治之下内政荒乱、怨声四起，必然留下无数亟待解决的问题。夜玄殇此时出兵乃是迫于大势，不愿坐看宣王为乱，但这并不代表穆国国内风平浪静，毫无危机。要获得稳定有力的支持，他必须整顿国政，安抚百姓，恢复秩序，重振国力，这些都需要时间。穆国越迟投入战场，他的资本便越雄厚，我们的胜算便越大，所以我不惜以十三连城和两江水路为代价拉开战线，让他有足够的时间做好充分的准备，否则与宣军频繁地正面交锋，将成为王族和穆国共同的噩梦。这场战争步步推进，除非姬沧能一举攻破帝都，那么胜负定局，无话可说，但我可以保证，他根本没有任何机会踏足帝都一步。"

他冷静的话语中透出强大的自信，以及深远缜密的思绪。子嫙一时不语，过了片刻，才说道："你总是什么都放在心里，从来不跟别人说，有时候我会觉得，你根本就不需要任何人。"

子昊停下脚步，微微笑道："你知道我不习惯多说，不过你若问，我自然不会不说。有时候我也需要和人聊一聊，理清自己的思路，只是并不是所有合适的时间都有合适的人在身边罢了。"

他的笑意带着些许宠溺，是她惯见的模样，然而亦有一丝淡淡的倦意。子嫙斜睨他一眼，心头忽然莫名一软，刚想说什么，长街对面传来众人脚步声。

子昊转回头，看着迎上前来的冥衣楼部属，道："我想自己静一静，剩下的事情就交给你了。"

子娆嗔道："你这要人命的决定，待会儿洛飞一定会骂娘的。"

子昊倾身一笑："但我相信他一定不敢骂你，你也一定能够说服他。"

冥衣楼在伏俟城中的总舵乃是城西一座中等规模的三进宅院，从外面看去十分隐蔽，时至深夜，宅中灯火未熄，洛飞、秦师白、殷夕语等人皆已在前堂等候多时。子昊借口精神欠佳，不曾与众人见面，自去内院休息，进到卧室后命所有守卫远远退开，独自在榻上静坐调息。

深夜万籁俱寂，室内唯有一炉烟香袅袅，时隐时现，伴随着子夜韶华奇异的幽香轻轻弥漫开来，令整间屋室显得分外静谧。

大约过了一个时辰，子昊忽然自静坐中睁开眼睛，看向虚掩的室门，开口道："门没有关，不过可惜没有备得美酒，朕今晚便以茶待客吧。"

门外出现一个白衣身影，微微一晃，落座在他对面。

一缕清香缭绕上升，在两人之间的黑暗中生出幽谧的姿态。

来人没有说话，只是注视着淡静若无的烟色，突然撮指如刀，向着香炉上方劈出。缕缕烟香似被某种无形的劲气吸引，流水一般向着他的指尖聚拢，刹那间形成一团柔软的烟雾，向着子昊前方的空间飘去。

子昊微微一笑，屈指轻弹，一缕劲风似虚似实，破入飘旋的烟雾之中。烟香似乎忽然消失在空中，下一刻却又出现在香炉上方，盘旋上升，化作丝缕飞烟，飘忽不定地向着四周弥散，仿佛一朵盛开在烟水深处缥缈的浮花，随着来人精妙的指风飘拂变幻。

子昊衣袂不惊，徐徐抬手，指尖真气微露。花开花落，烟云曼妙，似乎在两人翻手覆掌的刹那间历尽千世万劫、几度生灭，一重重向着黑暗深处逝去，继而无数烟丝飞绕疾聚，向上凝作一缕笔直的白线。

来人唇角微挑，掌劲暗吐，烟香忽然消失不见，而他亦收手回袖。子昊却没有任何动作，片刻之后，炉中轻烟袅袅，再次出现在幽静的室中。那人点头笑道："试过以后才知道，为何姬沧之前找不到出手的机会，即便我当面动手相迫，也无法在王上身上感觉到应有的破绽。"

子昊抬眸淡淡一笑，道："君上也是一样，到现在为止，朕也还没有想到最终胜出的可能。"

皇非道："不过在宣国之事解决前，我与王上暂时算不上是敌人，甚至应该说是盟友。上兵伐谋，王上今晚令人既觉意外，亦是佩服，甚至有点期盼日后的对决。"

子昊隔着烟香投去目光，看到的是一双神光迫人的眼睛。方才短暂而又直接的交手，让他感觉到皇非的武功已经全然恢复，甚至比以前更进层楼。全无顾忌的少原君，是比宣王更加可怕的对手，姬沧心中尚有致命的破绽，而此时的皇非，却是真正的无懈可击。

"朕亦等待那一天的到来，帝都方面会准备好一切，剩下只看君上的动作。"

皇非道："经过今晚，姬沧已经不会把王族放在眼里，赤焰军必会自十三连城长驱直入，继而进攻息川。"

子昊含笑道："即便姬沧不会轻敌，相信君上也有办法解决。"

皇非面若冷玉，看不出分毫感情："明日我会与姬沧往惊云山一行，王师在息川可以有充足的时间布置。"

子昊点头道："莫要忘了切断外十九部联军的支援，否则多费周折，姬沧并非寻常庸手，亦需派出足够的人手，防他孤身突围。"

皇非眸光如刃一挑，说道："姬沧若要走，王师恐怕没有人能留得下他。我今晚来此便是要告诉王上，不要插手我和姬沧之间的事，否则一切后果自行承担。"

子昊注视他片刻，道："好，朕可以完全放手，息川之战，任君取决，但条件是宣王身上的血玲珑必须重归王族。"

皇非眼底掠过刹那微光，令人感觉到一种深沉锋利的杀机，拂袖起身："一言为定。"

室中恢复安静，门外黑暗无边，一地冷雪，轻烟尽绝，子昊闭上眼睛，在绝对的黑暗中，似乎听见九域大战的声音，扑面而来。

伏俟城东最大的一座豪宅灯火通明。血沙帮和天荒道特地安排了最华丽的住处、最难得的美酒、最精致的美食，外加几个楚楚动人的清倌，一并送入室中。面对性情莫测的北域雄主，庐老大和蒙渠连话都不敢多说一句，带着帮众恭恭敬敬地站在门外，随时听候传召。

月照晴雪，华宅内外只见错落有致的灯光，满院数百号人不闻一丝响动。忽然间，外面守卫的帮众低声喝道："什么人？"

庐老大和蒙渠回头之时，已有两个红衣人出现在院外。门口帮众闻得喝声挺刀阻拦，却觉眼前一花，那二人不知如何竟已到了阶下，手中尚带着一名全身笼罩在黑色斗篷中的人。蒙渠离得最近，冷哼一声道："何人大胆，敢在宣王驾前放肆？"说着五指箕张，便向其中一人肩头抓下。左边那红衣人头也不抬，身形微微向侧一晃。只听砰的一声，蒙渠连退数步，那人却已从从容容地迈上台阶。天荒道帮众见首领吃亏，当即呼啸而上，将三人围在当中。

这时室中忽然传来宣王邪魅慑人的声音："让他们进来。"

蒙渠心头一凛，急忙喝退属下。那两名红衣人看也不看众人，到了门前行礼道："主人，有要事禀报。"

此二人正是来自北域，宣王身边最为忠诚的血卫。室门大开，姬沧向外看了一眼，抬手挥袖，几名正在捶腿伺候的俊俏美童躬身退下。几人刚一退出，随血卫一同来此的黑衣人便掀开斗篷，单膝跪下，叫道："殿下！"

姬沧看清那人面容，眸光微微一细："白信？"

那人抬起头来，正是早应在天鼓峡一战中丧命敌手、原先隐字营上将白信。只见他面色十分苍白，似是重伤初愈，武功大损，对着座上叩首道："臣战败损兵，无颜面见殿下，本该向战死的兄弟自裁谢罪，但在玉渊城时，臣发现有人阴谋算计赤焰军，暗害我们军中大将，所以才留下这身残躯，回来向殿下禀明此事。"

两侧灯火透过垂帘照落厅堂，姬沧邪美的面容半隐在暗影深处，喜怒不见："说。"

白信仍旧跪在地上，说道："一个月前，臣奉少原君帅令带隐字营五百兄弟突袭玉渊，在天鼓峡误中敌军埋伏，本来并不至于全军覆没，但是副将吴期却临阵叛变，背后出手偷袭，将臣打落悬崖。他以为这样便能杀人灭口，却没想到仓促之下，一剑刺偏，臣并未当场气绝，又被崖上乱树挡住，这才侥幸捡回一命。"

"杀人灭口，此话何来？"姬沧转眼扫视于他，"军中以下犯上乃是死罪，吴期又哪儿来那么大的胆子？"

白信愤愤然道："臣先前手中便握有一些证据，但并不确切，这次死里逃生回到军营，便隐藏身份暗中调查，终于能够肯定，当时我们围攻玉渊，风十二死于非命、如衡兵败身亡、乐乘无端丧命、天鼓峡隐字营行动泄露，而臣亦被部下暗算，身坠绝谷，原来这所有一切都是皇非他背后安排策划。皇非他自点将台上夺得帅印，便打定主意要铲除我赤焰军中所有大将，那吴期早已被他收买，甚至可能连瑄离也在暗中助他行事。"

灯火重重跳动，姬沧倚在锦榻上听他之言，原本神情有些阴沉，眼中光色明暗不定，似有无数利芒浮现，令人看去只觉心惊。但当白信说完所有事情，他突然仰首大笑："妙，实在是妙！不到一个月时间，兵不血刃连除我三员大将，当世除了皇非谁还能有这等能耐！"

白信心神震动，抬头道："殿下！皇非此人实在太过危险，殿下万万不可对他掉以轻心！"

姬沧长眸向侧一掠，魅光摄人，哼的一声冷笑："你以为本王全然不知吗？当初你们要对他动手，本王便早已料到这个结果，少原君皇非，就算赤焰军十部上将加起来也不是他的对手。但正是因为他危险，所以才能助本王得天下、平九域。"

白信神色骤变，被他冰冷的眸光扫过，更是生生打了个寒战，说道："事到如今，赤焰军上将已有四人丧命他手，殿下莫非仍要留他？我们十部战将跟随殿下出生入死，忠心耿耿，难道竟还不如少原君一人？"

姬沧冷哼道："本王的确曾经想要杀他，但绝不是现在，如今他已为我所用，根本不是本王的对手，所以任何人想要动他，本王都不会允许。"

白信目露悲愤之意，低头不语。

姬沧举杯啜饮，睨视他道："你在军中调查此事，还有何人知道？"

白信谨慎地道："臣担心打草惊蛇，所以直到两日前才联络了血卫，此外并没有告诉任何人。"

姬沧点头道："那便好，大战当前，本王也不愿动摇军心。"旁边金盏中噼啪一声爆起灯花，他眼中似有妖冶的异芒一闪而过。白信乃是赤焰军中最为精明的战将，更加十分了解宣王的性情，忽然面现骇意，跟着身形疾退，向背后紧闭的室门撞去。

灯光骤然一暗，一道赤影破空而至，姬沧拂袖挥掌，在几不可能的瞬间重重地按上他的心口。砰的巨响声中，白信后背撞破门扇，像是断线风筝一样直飞出去，口中鲜血狂喷，跌落院中。

外面血沙帮等人皆吓了一跳，姬沧随手掷杯，徐徐踱出室外："滚！"

一字落地，院中数百人立刻向外退去，蒙渠和庐老大并非傻瓜，片刻之间带着部属消失得干干净净，生怕多听了一个字，惹来杀身之祸。两名血卫始终站在宣王旁边，仿佛根本没有看到发生什么事。

白信抬手前指，双目似要涌出血来。姬沧负手身后，道："本王若不杀你，便可能在军中引起动荡，所以你根本不该回来。赤焰军向来不容败兵之将，今天本王亲手予你一个痛快，也免得日后死在皇非手里，丢尽颜面。"

白信被他一掌震断心脉，挣扎喘息道："殿下你……养虎为患……终会……终会……"一句话未曾说完，瞪目气绝。

"处理了尸体，不许有半点风声走漏。"

姬沧轻拂衣袖，抬眼望向后院血沙帮替少原君精心准备的住处。楼上灯火早已熄灭，风中送来冷雪将至的气息，姬沧目视一片暗沉的夜色，深深闭目呼吸，长眸间刹那流露出妖异慑人的精光："皇非，你真是有些让人迫不及待了，本王等着你伤势痊愈的那一日。"

第十九章 偷梁换柱

东帝七年深冬，宣军两万兵马入驻伏俟城，二百艘战船沿汐水驻军，封锁沩江渡口，对王域东路形成包围。

与此同时，赤焰军过玉渊，取洛霞，一路连战连胜，不足二十日时间，拔取十三连城大半城池。王师退军千里，据守项章。辛卯月末，赤焰军攻破双府，逼近这座距离重镇息川最近，也是最后一重防线的城池。

黎明，雪停。

与项章相距不过百里的息川城在天野苍穹之下显出沧桑雄伟的轮廓，这座几乎和帝都同样古老的城池，曾经在雍朝漫长的八百年统治中数度毁坏数度重建，护城河水深若沉渊，其后每一段城墙每一寸砖瓦都有鲜血流过，亦是王域地界防御最为完善的军事重地。

天色仍在一片将明未明的黑暗之中，城中彻夜未熄的灯火却将夜空照得亮如白昼，不断有身着粗布短衣的军奴和王师战士将光滑平整的石块运送到城楼高处，或是滚动巨木进入深达数丈的地穴中心，放眼望去，人来车往，一片忙碌景象。

子娆和刚自帝都赶来此处的墨烆踏过被冰雪覆盖的石阶，先后登上位于城池对角线正中这座快要完工的石楼。宿英正在亲自指挥士兵固定几个造型奇特的巨大绞轮，古铜色的肌肤上一角墨色刺青在火把照映中时隐时现，也照应出他指挥若定的神态。

咔嚓！咔嚓！

连续几声响动之后，各处机关顺利连接，完成这最后一道关键的工序，宿英似乎长长地舒了口气，突然转头看到子娆二人站在不远处，快步上前道："公主怎么这么早过来？"

子娆步上最后几级石阶："昨天听你说整个机关工程今晨便能完工，心中惦记着，便早些过来看看。怎样，没问题了吗？"

宿英道："主体结构已经全部完成，余下只是外部土木建筑，并没有太大影响，最多两日便可彻底收尾。"

子娆放眼看向息川城四方新近建成、几座成某种独特角度凭空矗立，却又息息相关的高大石楼，不由叹道："短短数月时间便将整个息川城彻底改造，变成一座初具规模的机关之城，当世之下，怕也只有妙手神机宿英办得到。"

宿英亦看着这在自己手中重新构造过的城池，似乎陷入沉思，片刻后道："公主带回来的那张支崤城机关图对我的启发很大，若说建造城池，运用机关，这世上至少有一人要强过我，那便是不破奇城的设计者瑄离。"

子娆点头道："我亦和王兄一起看过那张机关图，的确是奇思妙想，巧夺天工。瑄离此人才智高绝，身份却十分神秘，我之前曾听他提起过皓山剑庐，似乎与寇契大师颇有渊源。"

宿英叹了口气，目中鲜见地流露出些许感情，道："不瞒公主，实际上瑄离应该算是我的师兄，他是我师父的义子，自幼便在皓山剑庐长大。"

"什么？"子娆虽然知道瑄离身具后风国血统，却没想到他竟是寇契大师的义子，不由心生惊讶。只听宿英继续道："瑄离的母亲嫣夫人乃是昔日后风国出名的美人，但可惜出身寒微，只是一个侍酒的歌姬，被他的父亲后风国二王子召启纳入府中后生下长子，备受宠爱。但后来召启为了笼络军中权贵，争夺太子之位，另立妻室，不但将他们母子逐出府中，更因嫣夫人知晓自己一些见不得光的秘密而派人一路追杀，所幸被当时还是太子妃的后风国王后所救，保得性命。嫣夫人与我师父本有青梅竹马之情，亦是师父此生最关心的女子，她离开王府后便带儿子来到皓山，不过两年便辞世而去，临终前将儿子托付给师父。师父因他母亲之故，将一身本领倾囊相授，视如己出，后来瑄离辞别师父下山，召启便在第二年被刺身亡，同时遇害的还有他的王妃和嫡子，跟着后风国内乱迭起，不出数年便遭亡国之祸，我也再没有见过他，更没有听到过他的消息。但是，那日我一见到那张机关总图，便知道一定是他，瑄离不过是他的化名，因为这世上不会再有第二个人能造出那样完美的机关，就连师父都不可能。"

子娆道："这么说，他已得寇契大师真传，在机关之术上的造诣要较你为高吗？"

宿英眼中却现出自信的光芒，说道："师父一生最得意的便是冶剑术与机关学，瑄离工于心计，思虑缜密，在机关奇术上更有过人的天分，当年还在皓山剑庐时师父便预言他必会青出于蓝，成为一代宗师级人物，这一点我尚不及他，但若论冶剑术，即便再过十年，他也无法望我之项背。"

子娆看着这曾为楚国阶下之囚，一度意志消沉，而今却重现神采的铸兵匠师，更加直观地感觉到这场战争对于每个人深刻的影响，而处于这乱世中心的每个人又都同时改变着世事最终的结果，明日息川城的命运或许将成为天下变化无法预期的转折。

"妙手神机一人可敌千军，你在息川城机关上所加入的精兵利器，恐怕会让宣军大吃一惊。"

两人说话间，天边晨曦透过雪光，渐渐驱散夜色，将整座城池的轮廓勾勒清晰。一只银色信鸟穿过薄雾飞向城中，随着息川城门开启，等待入城的流民百姓和冒险往来于诸国之间的商贩依次通过关口盘查，纷纷涌向这座尚未被战火波及的城池。

"公主。"一直站在子娆身后的墨炘突然开口提醒，语气似有些许诧异。子娆闻声回头，沿着他目光示意的方向看去。

只见前方霞光轻染云空，将满城微雪映得一片丹红浅绛，高达丈余的城头之上，不知何时出现了一个红衣少女，正低头看着穿城而过的王师驻军。晨光下她被金环轻束的乌发随风飘扬，柔软的红衣云霞一样绕身飞舞，远远看去仿佛站在空际云端，令人生出奇异莫名的感觉。回城的信鸟绕空飞翔，在她抬手时盘旋着向她掌心落去，她侧头端详那灵巧的鸟儿，片刻之后，纵身向着行营落去。

"含夕！"

子娆早已来到大营之内，自墨炘日前从帝都带来含夕失踪的消息，冥衣楼一直出动暗部四处寻找，却始终不见她的踪影。含夕闻声回头，见到子娆便停下脚步："子娆姐姐……"刚刚说了半句话，她忽然看向子娆身后，目光中有丝躲避的神色一闪而过，跟着偎到子娆旁边。

子娆转身回头，看到身披玄色银纹狐皮外氅、后面跟随着王师众将的子昊正站在营前向这边看来。四周将士早已让出道路退开行礼，墨炘和宿英亦上前参见，子昊只是点了点头，看着含夕的清眸之中依稀有种思忖的意味，面色温雅依旧，但却没有说话。

方才被含夕半路以灵术唤去的信鸟飞起来落向他的手心，雪战从他身后跳了出来，围着蹲在含夕足下的小兽绕了两个圈，那小兽碧瞳晶亮，凑上前去。含夕看了看两只蹲在一起的小兽，低头轻声道："王上……"

子娆抬手召唤雪战，问道："含夕，你怎么自己离开帝都，害得大家好不担心，这些日子到哪里去了？"

含夕垂下俏眸，撇了撇嘴道："我……我本来是想悄悄跟着子昊哥哥来玩，谁知竟在雪原中迷路了，幸好云生兽能够识别方向，才找到息川城来。"

子昊解开信鸟足上的密报瞥了一眼，随手交给了墨炘，方开口道："没事就好，军中人多杂乱……"

含夕突然道："子昊哥哥，你不要送我回帝都，让我留在这里好不好？"说着悄悄牵了子娆的衣襟目露恳求。子娆看向子昊，转眸一笑道："含夕如今的身份已然不同，左夫人伴驾也无不妥，这丫头既然溜都溜了出来，若送她回帝都还要多分出人手保护，路上反而更不安全，不如暂时让她留在这里好了。"

子昊轻咳一声，看了她一眼，道："那便让她跟着你吧，待此间事了，再一同回去。"说着举步向前走去，含夕回头望着他修削的背影远去，清灵的秀眸中仿佛有晨光漫过，渐渐地，消没在美丽的长睫之下。

汐水宣军大营，数艘战船出现在水天之际，穿过盘龙般的晨雾向着岸边徐徐靠近。

最先一艘赤身镶金甲巨型战船在阳光下反射着耀目的金光，绘有玄武神图的宣国王旗显示出船上之人非同一般的身份，接近军营时，营中响起整齐的金鼓之声，与船上威严的号角遥相呼应，震动三军。

原本一直延伸到江中的巨木渡头随着翻飞的波浪向两边徐徐滑开，金甲战船早已降落主帆，以平缓的速度畅通无阻地进入军营水域，靠岸停泊之后船身内响起机关运转的声音，数条方木同时出现在战船底部，连续分三次上升，继而伸出宽达半丈的平台与四周浮木交接。整座战船缓缓离开水面，当船内机关全然停止，江面上便像出现了一座四面临水的小型宫殿，既平稳安全，又可将两岸美景一览无余。

外围战船随后依次停泊，融入军营，形成严整的防卫阵队，仿佛众星捧月拱卫着当中的主舰，倘若出现敌军来袭的情况，单是这强大的外重防御便足以摧毁一切进攻，可以想见几乎没有任何战队能够威胁到宣王舟驾的安全。

这金甲楼船以及整个水军防御阵营的设计者瑄离登上甲板，进入最上层温暖华丽的船舱。不远处平台之上，宣军士兵陆续押来一群衣衫褴褛的囚犯，不分男女老幼一律推倒跪在刀下。瑄离向后看了一眼，对宣王欠身道："殿下吩咐的事情已经办妥，下面这些便是辛赢国遗民，一共一百三十九人，都已在这里。"一边说着，一边抬眼瞥向对面临窗而立、正在眺望汐水江景的少原君。

这一趟惊云山之行，宣军出动三百战船进入惊云圣域的忘尘湖，打破了五族四国数百年来兵锋不入惊云山的歃血之约，强行请出辛赢国亡后避世多年，被称作"百仙圣手"的医女蝶千衣。此事在整个九域早已传得沸沸扬扬，加之不久前少原君在伏俟城重新露面，更与宣王联袂同行，宣王之狼子野心，昭然若揭，但面对横扫十三连城的宣国大军，所有人也只是敢怒而不敢言。

"将人带上来。"

姬沧广袖曳地，转身踩着柔软的白毯向外走去，立刻有两名剑僮上前打起金帘，如光、花月二使自二层船舱中押了一个身穿青衣布袍的长发女子上来。那女子容颜并不算绝美，但肌肤极白、眉目极清，有种遗世出尘的淡泊气质，予人与世无争的美好印象。面对威震天下的宣王，她只是略微抬眸，但看到下方跪了一地的辛嬴国百姓，目光却几不可见地微微一颤。

姬沧妖异的长眸向外扫去："本王再问你一次，医还是不医？"

那女子转头看来，声音柔和，态度却异常坚决："蝶千衣此生从未见死不救，即便遇到寻常伤者，也必尽力救治，但我数年前便已立下重誓，终身不医楚人，更何况少原君乃是亡我辛嬴国的罪魁祸首，恕千衣不能从命。"

"好。"姬沧点了点头，也不多言，长眸一侧。

花月使挥手示意，平台尽头刀斧手手起刀落，咔嚓一声，十个人头同时滚下，漫空鲜血狂喷而出。

其后百余名囚犯惊惧莫名，纷纷传来撕心裂肺的哭声。蝶千衣蓦地睁大眼睛："你们干什么？"

花月使道："这些都是辛嬴国的族人，他们的生死现在便在神医一念之间，而且这数日来，有不少江湖人士为搭救神医或者被擒或者被杀，所以神医做出决定之前还是仔细想一想的好。"

蝶千衣的脸色顿时苍白若死。

"医还是不医？"

蝶千衣轻咬红唇，闭目不语。

"杀。"

随着这一字落地，又是十名辛嬴国人身首异处，尸体稻草般向前倒去。如此，花月使每问一次话，只要蝶千衣不肯开口，便有十人人头落地。汐水浪潮拍岸，染得满江血红触目惊心，岸上老弱妇孺一片哭声震天，这般人间惨象，就连两旁见惯杀戮的赤焰军战士也纷纷露出不忍之色。

瑄离来到窗前，对一直袖手旁观的皇非道："君上此次是否太过心狠手辣，这些辛嬴国人都是战后幸存的无辜百姓，却遭如此横祸。宣王今次兵侵惊云山，用强硬手段对付百仙圣手这样身份超然的人物，九域之下早已经非议满天了。"

皇非冷眼看向外面惨绝人寰的杀戮场面，毫不动容："宣王若是在乎天下非议，赤焰军此时便不会在十三连城。"

瑄离眉梢微挑："的确，只不过宣王越是肆意杀戮，引起众人不满，日后君上接手大军，便会越得人心，看来当世之下也唯有君上，能让宣王这样的人万劫不复。"

皇非眼中淡淡地闪过冰冷的气息，冬日阳光下完美无瑕的面容，忽然令人生出冷酷无情、为达目的不择手段的感觉。瑄离无意与他目光相触，心头微微一凛。这时外面刀斧手再次推出犯人，举起刑刀，一直紧闭双目的蝶千衣终于忍不住睁开眼睛叫道："住手！"

花月使抬起的手暂时停住，转向宣王等待示意。蝶千衣看着一江血水，颤声道："你……你放了他们，我答应便是。"说完这话，身子一晃，眼泪几乎夺眶而出。

姬沧淡哼了一声，拂袖道："带她进来。"

如光使抬手引路："神医请吧，早些如此也不必害那么多人丧命了。"

蝶千衣看着被重兵看押的一众族人，无奈之下，随他进入船舱。皇非转过身来，脸上早已恢复旧有的神态，彬彬有礼地对蝶千衣微笑道："有劳神医。"

转眼之间，蝶千衣眼里似乎流露出恨意，但随即又只见凄伤。这百仙圣手虽与巫医歧师齐名，医术精妙独到，但生性淡泊，常年离世索居，更加不谙武功，自然不是宣王与少原君的对手。皇非在她替自己把脉之时，暗中逆运真气，经脉之中顿时内息岔乱，时强时弱，形成被九幽玄通影响时的诡异情况。以他的武功修为，如此刻意为之，蝶千衣虽然医术高明，但心下纷乱，却也一时无法察觉，片刻之后收回手来，低头深思。

姬沧问道："如何？"

蝶千衣蹙眉道："他的情况很是奇怪，似乎丹田中有股不明的力量影响到真气运转，以致内息不畅、经脉受阻，这种情况我还是第一次遇到，并没有十足的把握能够医好。"

姬沧冷冷地道："莫要耍什么花招，否则本王保证你会后悔莫及。"

蝶千衣道："我既然答应下来，便会尽力而为，除非宣王不肯放过我的族人。我需要一个安静的地方想一想，还需要一些药物，三日之后，我会给出答案。"

入夜之后，江上风雨袭来，一片寒意肃杀。蝶千衣仍旧被安排在二层船舱，室中装饰虽然华丽舒适，一切东西应有尽有，但四周皆是宣军守卫，别说是逃走，就连随便与人说一句话的可能都没有。她坐对孤灯，想起白日无辜丧命的辛嬴国遗民，不由心觉惨然，但宣王的力量太过强大，如果不顺从他的意思，辛嬴国遗民的下场定然极尽悲惨，正觉一筹莫展之际，忽然听到帘外传来一声女子妩媚的轻笑。

蝶千衣闻声心觉诧异，却见突然之间，对面灯火影下，船舱壁上影影绰绰现出个妙丽的人影，跟着一个身姿窈窕、乌发及腰的白衣女子像是从壁画中走出的精魅般飘然现身，美目一转，轻声浅笑："你就是百仙圣手蝶千衣？"

那女子容色已极妖媚，声音却更加甜腻酥软，一见其人，再闻其声，加上她奇异的现身方式，叫人不由生出身临绮梦的感觉。蝶千衣忍住心中惊讶，问道："你是什么人？"

那女子飘入垂帘："我是什么人并不重要，我只问你，皇非的身体是不是真的出了问题？"

蝶千衣道："从我替他诊脉的情况看，他体内真气的确有异，严重的时候也可能会变得武功尽失。"

那女子妙目轻转，又道："那么，你医得好他吗？"

蝶千衣蹙眉道："他的情况十分罕见，寻常药物起不了作用，但我有一套八法奇针，若能依时取穴，尽心而为，医好他也并非难事。"

那女子闻言面露失望之色，跟着叹道："唉！那这么说，我应该杀了你才对。"

蝶千衣一愣："什么？"

那女子忽又娇艳一笑，道："不过你是神医，曾经救过很多人，杀了你便等于结下数不清的仇家，这可有些麻烦。皇非是我生平头号大敌，我也不能让你医好了他，不如我们交换一个条件，我可以救你出去，但你要帮我一个忙，这样两全其美，你答不答应？"

蝶千衣问道："你能救我出去，要我做什么？"

那女子道："你只要跟我去见一个人，医好她的病就行，我保证从此以后，无论是姬沧还是皇非，再也找不到你。而且，我还会帮你杀了皇非，因为他是我们共同的敌人，你若答应，便跟我来吧。"说着她转身挥袖，在墙壁上轻轻一按，那船舱应声滑开，自几不可能的地方露出一道暗门，她对蝶千衣招了招手，身影飘飘，举步先行。

蝶千衣略一犹豫，便随后进入门中。黑暗中只见白衣隐隐，那女子带着她在这布满机关的暗道里向前走去，有时两人停步在某处，脚下甲板便会自行下沉，或又笔直上升，蝶千衣感觉四面不时有机关运转，暗门开合，但却听不到半丝声响，仿佛两人身在迷宫幻境之中，但实际上这里却应是宣王舟驾的内部。约莫过了小半炷香时间，那女子停下脚步，玉手伸出，按上墙壁连转数周，眼前船舱无声移开，一阵江风扑面，冷雨潇潇而来。

那女子将一只手指抵在唇上，低声道："小心一点，这里仍有可能遇到宣军，千万莫要被人发现。"

蝶千衣见到不远处营火点点起伏，果然并未完全离开宣军大营范围，那女子伸手抓住她胳膊，潜踪匿迹，悄然在军营之中穿梭，身法如魅似幻，高明至极。蝶千衣暗觉惊讶，待离开营地后，被她带着一路疾奔，很快进入荒无人烟的旷野，深夜雨势加大，天地漆黑一片，伸手不见五指，前方夜空忽然划过一道轻利的闪电，照见曲折险峻的山路。那女子身边带着一人，却履险如夷，身姿优美，大雨中两人仿佛烟云一般渐渐上升，一直到了山顶一处危崖之上，她才将蝶千衣放开，说道："到了。"跟着上前几步，向着山崖道，"你需要的人我帮你找到了，若连她也医不好你，我也没有办法了。现在我要尽快回去，剩下的事情你便自行解决吧，可别忘了我们的约定。"

"很好，这一次你帮了我，我答应日后帮你一次，不过只有一次，你可以随时找我。"

雨中传来一个年老女人的声音，天边电光倏闪，蝶千衣蓦地看见对面岩洞里坐着个紫衣白发的女人。那女子娇笑道："等你完全恢复，我们还有很多合作的机会。百仙圣手，后会有期。"说着她衣袂轻扬，身子飞云般向后退去，蝶千衣回头时恍然看到一张酷似自己的面容，天地刹那黑暗，白衣女子已消失在山崖之外。

岩洞中再次传来那紫衣女人的声音："你是百仙圣手蝶千衣？"

"是。"天空再次有闪电划过，蝶千衣终于看清那人面容，发现她满脸皱纹，容颜枯槁，一副行将就木的衰老模样。那紫衣女人伸出手道："很好，这个身份很好。外面雨大，你到山洞里来吧。"

蝶千衣走到山洞边缘，问道："你是什么人，找我来是为了医病吗？"

那紫衣女人哑声道："不错，我病得很重，但是你却可以救我。"

蝶千衣道："那也不一定，你先伸手给我，让我试试脉象吧。"

"好啊，我相信你一定会有办法。"那紫衣女人说着将枯枝一样的手向她伸去，蝶千衣跪坐下来替她诊脉，发现她身子异常衰弱，体内真元尽丧，似乎奇经八脉都被一股邪异的力量强行摧毁，就像崩坏多年的城墙一样，根本没有复原的可能，摇头说道："你的伤势太过严重，我可能没有办法帮你恢复。"

那紫衣女人却不回答，只是眯起眼睛，盯着她点头道："这副皮相虽算不上绝色，倒也相当不错了。"她口吐轻言，布满皱纹的脸上露出森然诡异的微笑，忽然间翻手紧紧抓住蝶千衣。蝶千衣吃了一惊，下意识想要后退，但觉一股邪冷的异流自那女子指尖传来，身子不知为何竟已无法动弹，张口欲喊，却连一个字也说不出来。

岩洞里似有金光浮动，那紫衣女子桀桀怪笑，向前触上她的脸颊，两只手如同枯藤鬼爪，紧紧将她攥住："蝶千衣，多美的名字、多美的模样，真是好啊……你一定救得了我，一定会的……"说着，双眼中突然透出了毒蛇般的邪芒。蝶千衣惊骇至极，但是身不能动，口不能言，与她目光相触，蓦地浑身一颤，秀目便慢慢失去了神采。在那紫衣女子周身散发出的金色异芒中，眉心逐渐有一道活物般的光印出现，不断随着雨光流动着血红的色泽，仿佛生命的精华，点点消亡不见。

那紫衣女子仰首尖笑道："我千辛万苦借助金凤石聚得一口元气，便是为发动这九转玲珑阵，你正是最好的选择，以吾精魂血魄，入汝六道轮回……"风雨交加之中，只见她长发飞舞，双手结出奇异繁复的法印，一串金色灵石自她指尖旋转升起，金光里慢慢散出血色，将两人全然笼罩，跟着透过雨丝，漫向天地。

漆黑的夜空中突然有数道闪电破空而至，仿若金蛇狂舞，群龙腾空，向这山峰之巅流窜直下。倾盆大雨漫天狂泻，天地似乎陷入绝对的黑暗，唯有一重重金色异芒在这风雨中浮动，逐渐被浓重的血色无声吞噬。

血光散去，金芒重现，大雨渐止，夜空恢复平静。那紫衣女子身子向后倒去，蝶千衣眉心的血印全然消失，徐徐睁开眼睛，原本柔和的眼眸中，透出了一丝冷艳幽煞的紫芒。

金甲楼船二层一间宽敞华丽的船室中，金灯独燃，照亮四壁，瑄离站在案前精心修剪着花瓶中一丛含苞待放的梅枝，身后舱壁打开时，他悠然回头，看了一眼自暗道中走出的白衣女子。

"惟妙惟肖，毫无破绽，白堂主的大自在如意法越来越出神入化了。"

那女子轻烟般掠到他身旁坐下，美目向他飘去："怎么不叫我姝儿，你我又不是第一天认识，当年在后风国我们便已知根知底，亦曾合作愉快，不过现在你的手段也越发叫人惊讶了，就连这宣王舟驾都完全在你掌控之中，而且能与四面所有战船相连，轻而易举就将宣王掌心的大活人送了出去。"

瑄离笑了笑，随手丢开那梅枝："你要我帮你对付皇非也无须如此奉承，我已经说过，我不会和他正面为敌，也劝你小心行事，莫要惹火上身。"

白姝儿娇声嗔道："你就这么顾忌他，难道他比宣王还要可怕吗？"

瑄离眼前浮现出白日船舱中皇非俊若冷玉的面容，徐徐道："少原君是真正无情的人，也是真正有野心的人，这样的人即便不能成为朋友，也还是不要做敌人的好。"

白姝儿幽幽叹道："所以这样的人若要杀你，便是世上最可怕的事，还是先下手为强，不管是杀了他还是毁了他，免得自己寝食难安。话说回来，我若能控制皇非，对你也大有好处，所以你不会不帮我，对吗？"

瑄离面对这心机多变的妖娆，目中闪过莫测的微光，抬手按向桌案，墙壁上无声地滑开暗门："你若再不回去，被人发现异样，我便有心无力了。"

白姝儿妩媚一笑，娉婷起身："明晚再来找你！"说着飘向漆黑的暗道，消失不见。

第二十章 百仙圣手

三日后，被宣王囚禁在军营中的"蝶千衣"再次替少原君诊脉，随后将一笺药方交给前来问话的如光使，转呈宣王。

"我可以用奇针刺穴的方法替少原君疗伤，只需数次用针便能改善他现在内力异样的情况，但需一间静室、一日时间，按照我所列出的方子准备药汤，在我施针期间，亦不能有任何人进入打扰。"

如光使去后片刻，便有两名紫衣小童出来传话，安排诸般事宜。白姝儿以大自在如意法易容，随心所欲天衣无缝，一时间根本无人发现真正的"百仙圣手"早已被自在堂堂主巧妙取代。两名小童奉宣王之命，将白姝儿引至三楼一处宽敞华丽的房间。室内生了数盆沉香银炭，四下温暖如春，水晶帘内雾气氤氲，却是一间碧石浴池，里面早已备好热水药汤，针石用具一应俱全。另有两名紫衣童子正在仔细筛选草药，一一撒入池中，待一切检查无误后，四人先后关门退出。

白姝儿拂帘而入，踏上石台，确定四下无人，伸手拨动池中浮沉的药草，触水时纤指轻轻一转，一片淡红色的药粉在池底散开，瞬间溶入药汤，无影无踪。

她看着一池碧水渐渐恢复平静，面露微笑，站起身来。

"神医准备好了吗？"忽然间，身后传来冷峻动听的声音。

白姝儿一惊回头，只见皇非双手抱胸靠在门上，似笑非笑地看着这边。他此时身披一件白色丝袍，衣发之上隐约尚有水汽，显然是刚刚沐浴过后，门外阳光自他身后穿帘而入，衬得其人英姿潇洒，别具风流，但背光之处的笑容兴味十足，却予人高深莫测的感觉。

白姝儿心头暗凛，不知他什么时候进来此处，自己竟然丝毫都未察觉。从一开始到现在，这个男人总在温柔笑语中让人感觉莫名的危险，他是那种可以令任何女人着迷的男人，却没有一个女人能够真正控制他的心。无情胜似多情，这样的男人对于白姝儿来说是可怕的，更何况她几次三番与他为敌，也几次差点死在他手中，所以她无论如何一定要毁了他，而现在正是最好的时机。

白姝儿低下头，将手收回袖中。皇非移步上前，轻嗅一室药香，挑唇笑道："美人香汤，思之神往，请问神医，我们什么时候可以开始呢？"

白姝儿用属于蝶千衣那般柔和冷淡的声音道："所有东西都已备齐，请君上先行浸泡药浴，池中药物有催行气血的功效，或许会稍觉不适，君上顺其自然便好。"

皇非点头，随手挑起她面前一枚纤巧锋利的金针，轻轻把玩在指尖，说道："如此漂亮的利器，极致的医术可以救人，也一样可杀人。"

白姝儿与他目光一触，随即垂眸说道："君上放心，千衣手中针药从来只会救人，不会杀人。"

"是吗？"皇非侧头看她，"那蝶千衣便是真正的善人，可惜这种人往往不得善终。"说着他突然扬手，那金针倏地射向一旁的檀木屏风，径直没尾而入。

白姝儿心头一凛，眼梢悄然掠过轻微的锐光。

满室水雾绕帘，药香浮沉，待皇非浸过药浴，重新更衣而出，白姝儿目视旁边云珠灯漏，时间已过了半个时辰。虽然之前蝶千衣已然断定皇非的身体出了异样，但方才他随手掷针显露的一手武功仍旧令人心存戒备。白姝儿低头拿取金针，被他目光无意一扫，不知为何竟觉不安，只是刺杀他的机会极为难得，错过此次，下次恐怕便难上加难，何况她刚刚在水中施下的"魅吟散"只要触上，便会侵入经脉封锁人的内力，无论皇非之前是否真的受伤，浸浴之后都必然丧失武功，而且在水中其他药物的作用下，暂时不会感觉丝毫异样。

白姝儿察言观色，见皇非果然并无警惕，万不肯坐失良机，跪至席前道："君上浸过药浴，不妨小睡片刻，此间我会以阴阳八针分别刺激君上十二经脉交会处各个要穴，催发药物引导真气运行，以归本途。"

皇非淡淡地应了一声，在云榻之上拂袖落座，帘内水雾未散，衬得他眼底似是有些迷离的光影，神情倦淡，更添风流颜色："神医要从何处开始？"

他倚榻相询，星眸半闭。白姝儿伸手取出金针："现在正值辰时，当先取离宫列缺穴，依次而至公孙、内关、临泣、外关、申脉、后溪、照海，而后便是百会、大椎、中枢、命门、印堂、膻中、神阙、气海。此法依时行针，所以不会太快，君上只要意守丹田便可，无论发生什么情况，切莫自行运气调息，否则针入血脉，必死无救。"

皇非点了点头，闭上眼睛，不再多言。

白姝儿曾向蝶千衣询问过大概的用针手法，不怕出现纰漏，当下取针落针，依穴而行。八针过后，她抬眼觑视皇非神色，只见他眉目平静似已入睡。四周帘光摇曳，掠过男子如玉俊面，白姝儿眼中却隐约闪过一丝无声的杀机，两枚金针落入袖底，跟着纤指一翻，悄悄对准了皇非胸前的膻中要穴。

劲气轻吐，一道细微的金光，倏地向着皇非胸口刺下。

本来针石刺穴可以疏通经络，调和阴阳，等闲不会危及性命，但白姝儿手底这枚金针中暗含了三股冰寒阴毒的劲气，倘若沿此要穴破入体内，即便身负绝世武功也将如同废人一般，绝无幸免。眼见金光就要刺破肌肤，就在这时，皇非突然睁开眼睛。

"神医是要救人，还是杀人？"

一丝轻冷的笑意自那深黑的眸心倏然掠过，破空而去的金针在几不可能的瞬间被人抬手夹住。白姝儿玉容色变，拂手一掌击出，同时身子柔若丝云一般向帘内急速飘去，应变之速、姿势之美，显示出自在堂主非同一般的武功造诣。

然而她退势虽快，一道金光却比她更快。皇非反手拂袖，金针应手而出。帘光惊散，白姝儿闷哼一声，半空中娇软的身躯如遭雷殛，更被一股霸道的真气卷回，向后跌落他怀中。

清秀的面容若水般生出变化，刹那间，现出一张截然不同的娇媚容颜。

药香轻雾里，皇非面带轻笑，俯下身来，看着手底美艳动人的女子，悠然说道："好久不见，姝儿。"

白姝儿被他一掌破去护体真气，受伤不轻，目中惊惧的神色一闪而过，但随即又恢复三分镇定，娇软无力地靠在他肩上，微微喘息道："君上……姝儿当真永远不是君上的对手，这一次，可是心服口服了。"

皇非俊眸掠过淡淡精芒，伸手替她拂开脸旁的乱发，笑道："容貌、心机、手段、胆色，应有尽有，无一不缺，姝儿你可真是越来越大胆，也越来越让本君欣赏了。"

他修长的手指自女子娇媚脸颊慢慢滑下，最终停留在她滑腻幽香的脖颈处，倘若指下真力微吐，便能像捏死一只蚂蚁一样送断佳人性命。白姝儿感觉到他掌下强势的力量，方知他非但没有武功受制，反而更胜往昔，自己即便全无受伤也绝不是他的对手，心念电转，越发楚楚显得楚可怜："姝儿再怎样，还是没有君上厉害，每一次人家都是君上的手下败将。君上下手好狠，一点怜香惜玉之心都没有。"

皇非蓦地轻笑出声："怜香惜玉本君向来不吝为之，所以方才取针时便已提醒过你，只可惜你却不听话，偏要弄些小手段出来。"

白姝儿美目轻闪，柔声嗔道："君上究竟是怎么识破姝儿的，难道姝儿装扮得一点都不像吗？"

皇非轻挑唇角，冰冷的目光却径直看入她眼中："你的大自在如意法可谓出神入化，却别忘了本君对你有多么熟悉。更何况，瑄离比你聪明得多，聪明的人一向知道什么该做、什么不该做。"

白姝儿被他看得心头一冷，玉容之上笑意收敛："他出卖我。"

皇非道："他不过知道你的计划绝不可能成功，想让本君饶你一命，说起来，本君也还真有些舍不得杀你。"

白姝儿眸光一垂，复又扬起，轻衣之下雪肤凝脂，露出勾魂的妩媚："那么君上是肯饶过姝儿了？"

皇非松开手，向后寻了个舒服的姿势靠在榻上，将她上下打量，水雾之下，谁也看不清他脸上究竟是何等神情。此时天色已暗，夕阳自舷窗斜照碧池，光影浮沉，渐渐浓暗。白姝儿知道自己根本不可能从皇非手中逃脱，心思流转，乖巧地伏在他身侧，一动不动，便像一只驯服的猫儿，收起了锋利的爪子，娇媚迷人。

"告诉姬沧，本君需要一段时间才能全然恢复，所以暂时不宜随军作战，这一次进攻息川便最好留在大营休养，顺便可以调动十九部大军随时支援。"

男子优雅的话语伴着温柔的呼吸传入耳中，却不知为何让人心生寒意。白姝儿何等聪明人物，闻声知意，抬头道："百仙圣手蝶千衣的建议，宣王想必绝无怀疑，君上放心，姝儿知道该怎么做。"

皇非伸手挑起她精致的下巴，迫得她正视自己："本君是个念旧的人，也从来爱惜美人，但千万不要再耍什么花样，否则你会是第一个死在本君手中的女人。"

息川城，一只赤色的信鸟冲破乌云飞向项章军营，再次传递出退兵的王旨。由靳无余、叔孙亦率领的三万王师与赤焰军甫一交战，即放弃项章，退兵百里。

穆王派出金媒彦翎刺探宣国军情，彦翎南渡汐水，摸清赤焰军情况，隔日后带回九公主交于穆王的密信，赤焰军挥师南下，步步逼近，与王师仅仅一江之隔的穆国白虎军却始终按兵不动，未发一兵一卒。

汐水宣军大营由少原君亲自坐镇，调动一应军需粮草。宣国外十九部二十万大军十日内全军会师，百里连营，封锁两江要道，至此王域千里领土，几乎所有重镇皆落入敌手，除息川城外，再无任何依恃。

东帝七年壬辰月末，赤焰军攻破项章。

项章城破当日，宣王姬沧亲点重兵，率五万精骑星夜追击，于东歧长陵截杀王师。双方一夜三度交战，王师接连损兵，大将楼樊亦惨败于逐日剑下，险些性命不保。

次日，帝都上将古秋同率两万兵马驰援王师主力。

赤焰军诱敌入围，兵锁朔天谷，宣王单枪匹马出战王师三将，重伤靳无余，斩杀古秋同。叔孙亦独撑大局，当机立断，撤军普天道。王师且战且退，最后在左卫将军墨炘的及时接应之下，终于退守息川。

东帝七年癸巳月初，赤焰军十万重兵会师，兵临息川城下。

长风万里，吹动战旗如焰，一望无际。

赤焰军十万铁骑到达当日，便隔江分兵，将息川城团团围住。息川城报晓的刁斗透过晨风隐隐传出，子昊与墨烆、叔孙亦等大将登上城头，放眼望去，但见汐水大江波涛汹涌，两岸宣军大营布置森然，仿若赤云浩荡，连绵不绝。天阴欲雪，寒风朔朔，破晓的天空中黑云如阵，低低压向城头，令人生出天宇将覆、大变即至的沉重感觉。

众人一时都不说话，此时赤焰军大营响起高亢嘹亮的号角，与汐水惊涛遥相呼应，震荡不绝。墨烆面对此景，忽然深深地吐了口气，冷漠的眉眼间隐约透出锋锐的杀气。他素来少言寡语，鲜有表露心中情绪，但昨夜发兵救援，眼见靳无余、楼樊身受重伤，古秋同惨死敌手，王师损兵折将，心中自是郁愤难当。叔孙亦同样眉头紧锁，遥望赤焰军安营扎寨，想起昨夜殊死血战，不知有多少将士死在逐日剑下，真恨不得生啖姬沧骨肉，出城杀他个人仰马翻，只是碍于主上严令，谁也不敢擅自行动。

城头寒意袭面，带来阵阵风雪的气息，浩荡奔流的汐水不断在两岸溅起丈许高的浪花，子昊隔江远眺的目光却始终平静从容，那些触目惊心的流血生死，以及王师连日来惨败的战况显然没有对他产生分毫影响，看在他人眼中未免便有些冷漠绝情的滋味。过了片刻，他开口问道："城中之人走了多少？"

叔孙亦道："昨日派人护送靳无余二人先返帝都，随行百姓以及受伤的士兵亦有两千之众，昔王和离司姑娘亲自前来接应，这已经是第五批。"

子昊道："若要全城军民安全撤离，还需多久？"

叔孙亦略一沉默，回答道："息川城单是普通百姓就多达十万之众，就算以最快的速度疏散，没有月余时间，也绝难办到。"

子昊回头看了他一眼，叔孙亦与那目光相触，心中微微一震，跟着露出不忍的神色。只因他比任何人都明白一件事情，东帝决心已定，再无更改的余地，那么此次即便能够大破赤焰军，抵挡宣国的进攻，息川城满城百姓也至少有一半会随着这座池城覆灭，这是根本无人能够避免的残酷事实。

接下来三日，赤焰军两次发兵攻城，但皆是派出精骑部队速进速退，一面试探城中虚实，消耗王师兵力，一面等待所有攻城器械运送到位。

这时王师除之前洗马谷所驻五万精兵之外，唯有不足两万的新征战士，其中不乏宫奴重犯，以及昔日各地流亡逃散的百姓，与赤焰军训练有素的精兵铁骑自不可同日而语，且自楚都大战后几经消耗，如今即便加上九夷族旧部和昔国军队，全军所存兵力也不足四万，倘若与赤焰军正面交锋，单此一项便处于绝对的劣势，唯一能够倚仗的便是息川城高大坚固的城池。

姬沧亦知息川城池城坚厚，兵精粮足，非是边城玉渊那般容易攻破，行军之前早已传召瑄离，命他准备攻城机关。赤焰军围城布阵，便已在瑄离指挥下先架起数十架巨型云梁，复在池城四周布置高台，预备攻城之用。

此时东帝突然解除禁令，命众将轮流率骑兵出城冲杀，扰乱敌营。叔孙亦清楚多拖延一日时间，便能多疏散一批百姓，亦看出分布四面的石台会对息川城造成莫大的威胁，与墨炘商议，数次集中兵力想要夺下正在动工的高台。赤焰军主力养精蓄锐，只派出骁字营、赤字营各一万精兵，由上将牧申领兵迎战。双方连日血战数场，各有损伤，王师倚仗城头箭弩，攻守配合，赤焰军铁骑虽然彪悍，却无法突破外城防守，但王师亦同样不能趋近敌营，阻止石台建筑。

如此又过数日，赤焰军四座石台建好，每处高达六丈，阔有九丈，顶层复有丈许木台。瑄离指挥营中工兵自附近山中搬运巨石，每块皆有百余斤重，一并运上台顶，并将随军运至营地的机关一一拆卸，以巨木绞轮吊至台上。待石台机关重新组装，王师众将登城遥望，发现赫然便是四座巨大的投石机关，每座长宽皆逾三丈、高约四丈，比寻常军械大了一倍不止，中设轴架，前端铸有巨型铁链，穿过木台与石基内部相连，赤焰军数十将士同时转动石台四周齿轮机括，便将这四座庞然大物对准了息川城头。

众人见这投石机关虽然庞大，但毕竟距离遥远，无论如何也不可能将近百斤的巨石投至城上。唯有宿英看过之后面露忧色，说道："这不是普通的投石机，投石机关制造的关键在于选取合适的支轴点，机关架设巧妙，辅以齿轮转轴节省力气，运用得当，可将数百斤的巨石迎空送出，攻破城池。依这机关前方杠杆的长度，力量必定极大，且四周机括需数十人同时转动，可见构造复杂，能够以连轴相互助力，一旦运转绝对不可小觑。"

叔孙亦虽见石台机关距离息川城尚有数里之遥，但知宿英熟知机关奇术，绝不会危言耸听，问道："可有法子抵御？"

宿英道："我们城中的弓弩无法射到那么远的距离，若换作轻巧箭矢，却又无法造成威胁。"

叔孙亦蹙眉道："若我们与对方兵力相当，倒可以派骑兵出城，逼退赤焰军，夺下石台，再不济也可以火雷就近摧毁，但现在赤焰军布阵森严，兵力数倍于我，我方战士出城不能离开弓弩所及的范围，否则便会被对方大军围剿，得不偿失。"

宿英也知近日王师为从城中暗道疏散百姓已经派出不少兵力，目前所余已是守城底线，倘若再有过大的损伤，莫说破阵杀敌，便是守住息川城也难做到，一时颇觉棘手。

众人商议一番，回营入见东帝。今日苏陵率军接应百姓，护送粮草军需，恰好入城参见，正陪东帝下棋。室中生了两盆银丝炭火，一片暖意融融，紫铜炉中不知用了何种熏香，气息幽微清郁，仿若暖春和煦。子昊身上仍旧披着狐裘，神色一如从前，总是带着些许倦意，看情形身子始终不见大好，但一日日下来，也总没出什么岔乱。听了叔孙亦和宿英的禀报，他目光并不曾离开棋盘，手拈棋子淡淡说道："照此情形，目前息川城中的机关虽然无法摧毁石台，但却可以抵挡攻击，对方想要破城应该也需要些时日。"

宿英低头沉思，说道："消耗很大，来不及补充，也挡不了多久。"

子昊随手在盘中入了一子，转头看向回廊前零星飘落的飞雪，道："不能太久，汐水很快便会结冰。"

外面传来窸窸窣窣的雪落之声，没过多会儿，刚刚露出数日的青石地面便被雪色覆盖，一片冰寒颜色。息川城所处之地虽不似北域那般严寒，但时至深冬，再有几场雪下，汐水深流也会进入漫长的冰封期，届时必然影响城底机关运转。宿英看着庭外皱起眉头，过了一会儿，说道："照这样下去，最多也不过半个月时间了。"

子昊重新往棋盘上看了一眼，再落一子："半个月已是极限，你们便去安排吧。"

这时门帘被人掀起，一个碧衣身影带了几丝雪花飘入，却是和苏陵一道前来的离司捧了热茶过来，见宿英他们也在，一边近前见过，一边说道："主上，息川这里可真冷，眼见着又下雪了呢，帝都还是要好得多。"

苏陵此时方才抬头，放下棋子站起来道："不成了，臣认输了。"跟着对叔孙亦等人微微点头。叔孙亦悄眼看去，只见棋盘上白子深入敌腹，原本咄咄逼人，锋芒极盛，却在中盘便被黑子当中截断，而后剿杀分食，变得难以收拾，终至落败收局。

子昊笑了笑，道："你今日心神不定，这一局输得冤枉。"

苏陵倒也不在乎输赢，不改温文从容："臣心中的确有事，方才又听叔孙将军他们提起攻城机关，似乎极是厉害，便更加有些心不在焉了。"

子昊将棋子掷回盒中，闭目片刻，说道："时间差不多，你们也该回去了，息川很快便会开战，不必再入城来。"

苏陵道："是，臣明白，臣会照主上的吩咐，尽力安排所有人疏散到洗马谷，并调回昔国军队保护，主上放心便是。"

叔孙亦听苏陵说将百姓疏散至洗马谷而不是更近，也更安全的帝都，心中不由微觉诡异。离司却道："主上这次不和我们一起走吗？"

子昊摇了摇头，道："朕若走了，军心会散，息川城撑不过十日，更何况……"他看了叔孙亦几人一眼，转目一笑，"他们担不起这个责任。"

听得此言，宿英、墨炘倒未觉怎样，叔孙亦眼底却是微微一动，跟着垂下目光，隐隐蹙眉，却听离司又道："那不如我也留在息川吧，主上身边没个贴心人照顾，总叫人放心不下。"

子昊不置可否，问道："靳无余和楼樊的伤势怎样了？"

离司道："靳将军受的是外伤，伤势虽未致命，但需卧床休养，所以还要些时日才能恢复。楼将军被姬沧震伤经脉，苏公子花了一天一夜时间助他行功，现在已好了大半，我们来时，他还要随军压阵，后来被王后喝住，才极不情愿地留在帝都。"

众人想起楼樊那急躁脾气，让他待在帝都眼睁睁地看人打仗，还真是比杀了他都难受，不由皆尽莞尔。子昊唇角亦是微露笑意，转头对苏陵道："他们两个伤势痊愈之前，待在帝都哪里都不许去。"苏陵自然知道这两员大将最是冲动，若在息川定然坏事，主上本便是故意将他们支回帝都，点头答应下来。子昊复又看向离司，声音微微转柔："你回去好好照看靳无余，他性情耿直刚烈，现在有伤在身不能参战，心中定然焦躁，你素来体贴细致，处事稳重，又精医道，且多用些心。"

离司本来很想留在息川，但却知主上说一不二，无奈只得从命，一时也未留意子昊说话的语气和平常不太一样，叔孙亦复又抬头看了她一眼，目露思忖之色。

这时一直默不作声的墨烆突然低声喝道："什么人？"反手推开雕窗。子昊在窗户打开之前目光已经落向外面，雪中闪出少女清秀的容颜，含夕怀抱着云生兽从窗前站起来，转到门口叫道："子昊哥哥。"

子昊见她手中握着团晶莹的冰雪，微微一笑，道："是你。"

含夕看了看苏陵等人，对子昊道："我见下雪了就过来找你玩，但走到门口，看他们在和你商议事情，就没有进来。"

子昊点头道："也没什么要紧事，朕原想一会儿便过去看你。"对苏陵等人道，"你们都去吧。"

众将见状纷纷告退。含夕目送众人离去，转过身来问道："子昊哥哥，城里的驻军好像越来越少，今天早晨便只剩下不到一万的士兵了。"

子昊眸波微抬："你知道城中的兵力？"

"嗯，你不记得了吗？在楚国的时候你教过我如何点兵，后来你跟且兰姐姐谈论兵法的时候，我不也在旁边听着吗？"含夕说道。

子昊笑了笑道："朕教你的东西太多，还以为你贪玩没放在心上。"

含夕静静地站着，侧头看他："子昊哥哥，我听说赤焰军足足有十万大军，我们跟他们差得这样多，是不是根本赢不了他们？"

"朕是否也教过你，兵贵精，不贵多？"子昊唇角含笑，拂手扫过棋盘上厮杀纠缠的云子，道，"你若不信，便执白棋，看是否赢得了朕。"

含夕走到案前低头看去，只见方才的棋局已被打乱，棋盘上大部分黑子被他收入盒中，白子四面八方包围对手，占尽优势，而黑子只余稀疏十几，点缀在白子阵中，寥若晨星，处于完全的劣势。含夕抬头看了看子昊，跟着取子落盘，子昊随手在西北角应了一子，含夕见他这一子既不补劫，又非开拆，皱了皱眉，再次落子。外面落雪簌簌，很快压满枝头，两人便这样一个坐着，一个站着，棋盘上嗒嗒声响时隐时现，起初含夕应手甚快，但渐渐越来越慢，到最后甚至思索许久才抬手落下一子。时间似乎过得很快，又似乎早已停止不动，盘上棋局随着二人起手落手慢慢变化，逐渐呈现出中央白龙黑龙你死我活的对杀局面。

此时含夕在中盘落下一枚白子，突然哎呀一声，迟迟不肯抬手。子昊低头饮茶，微笑道："可以悔棋。"

含夕双目盯着棋盘，片刻后抬手道："这是四劫连环，最多和局，也算不得我输。"

"是吗？"子昊手执茶盏淡淡一瞥，拂袖一子入局。含夕轻轻啊了一声，瞪大眼睛，只见局中本来互不相让的四劫连环瞬间形成了单劫，黑子这一手劫杀，竟然将中腹之地全部放弃，可谓险之又险，但是利用劫争反占优势，数目已经多过白子。棋局变幻仿若沧海桑田，含夕慢慢坐下思索半天，无奈之下消劫吃掉中腹黑龙，但子昊连续两子取右方，补左地，局面瞬间天翻地覆。含夕有些不能置信地看着棋盘，心中知道败局已定，手拈棋子沉默不语。

若换作平常，走到这样的局面她必定早已弃子认输，或者耍赖悔棋，今日却似乎十分执着。子昊也不催促，只是把盏倚榻，淡淡相视。此后含夕数次调整布局，意欲挽回败局，却是回天无力，终以惨败收场。含夕看了棋盘半晌，抬头问道："子昊哥哥，其实你早已经算准了每一步棋对吗，这局四劫连环是你一手布置出来的，你手中的每一颗棋子都是有目的的吧？"

子昊淡声道："棋局多变，牵一发而动全身，每颗棋子自然有每颗棋子的用处。"

含夕道："你曾说过棋局战场，世事人心皆是一样，错综复杂，那是不是每个人也像这棋盘上的棋子，都在你心中算得一清二楚呢？"

子昊一笑道："天地为盘，世事为局，人心千变万化，如何真正算得清楚？"

含夕眸若星潭，倒映出男子清冷的身影，微微一漾，仿佛落花飘零，流水无声："子昊哥哥的话就一定可以，我知道。"说着她抱着云生兽站起身来，走出两步，回头笑道，"改日我再来找你下棋。"

窗外雪色纷飞，一片寂然清静，子昊目送含夕俏丽的身影消失在茫茫雪苑深处，许久之后，微微闭目轻叹，眼底光阴明灭如染，一瞬消逝无痕。

息川城中早已在数月前便修造了两条暗道，直通城外七松岩下的山谷，此时昼夜不停地疏散着百姓出城。重云密布，大雪纷飞，冰天雪地里车行马嘶人心惶惶，避难的百姓汇成两条长长的人流向着城外拥去，喊爹带娘，扶老携幼，不少人遥望家门，伏地痛哭，令人闻之心酸。两侧负责护送的王师战士不停让出马匹斗篷，照顾幼儿老弱先行，同时催促众人加快脚步，但即便如此，仍有大批百姓尚滞留在城中，在这样的天气下，每天能够安全离城的人数极其有限。

苏陵纵马来到城中望台之上，看着满城百姓拖儿带女颠沛流离，眼前却是大雪遮路，寸步难行，不由暗叹老天不仁，忽听身后有人叫道："苏公子！"转头望去，只见叔孙亦来到身边，苦笑道："这场雪来得真不是时候。"

苏陵轻声叹道："是啊！若再晚几天，我们就从容多了。"

叔孙亦道："刚刚收到回报，汐水有些地方已经略见薄冰，恐怕当真过不了多久就会大雪封江，按照主上的计划，肯定是要赶在这之前动手。"

苏陵望向满城茫茫白雪，片刻之后说道："半个月，都难。"

叔孙亦点了点头，转头看他一眼，突然问道："公子有没有觉得，主上心中好像有些其他打算？"

苏陵侧眸相望。叔孙亦道："有些话不知当不当问，但或许是我想多了。方才主上命公子将王域百姓往洗马谷疏散，为何不是帝都，是否主上另有什么安排？"

苏陵唇畔优雅的微笑慢慢消失，取而代之是眼中几不可察的忧虑："原来先生也察觉了。"

叔孙亦蹙眉道："息川流亡的百姓虽多，但对帝都来说并不算什么负担。帝都乃是天下最坚固，也是最庞大的城池，拥有完备的守御系统以及充足的粮草供应，数百年来从未被人攻破过，以王师现有的兵力据城而守，足以保护其中臣民安全，哪怕是赤焰军、烈风骑联手也别想轻易撼动，但不知为何，我感觉主上竟似有放弃帝都的打算。"

苏陵轻轻叹了口气，道："我不知道。"

叔孙亦意外地道："主上连对公子都没有提过？"

苏陵摇头道："没有。主上放弃玉渊，放弃伏俟，放弃息川，都是战略上的考虑，无可厚非，但是，如果他连帝都也放弃，那便只有一个可能……"他后面的话没有说完，或许是不愿出口，或许是不能出口。叔孙亦何等精明，何况心中早已猜测多时："公子有没有觉得，主上刚刚跟离司姑娘说话的语气有些奇怪，倒像……像是在交代什么。"

苏陵目光落在不远处正替一个跌倒的孩子包扎止血的离司身上，说道："离司姑娘心思细敏，温顺柔和，恰好能够弥补靳无余刚直不屈的性情，而靳无余的人品能力也是有目共睹，定会好好待她，主上此举算是用心良苦。”

叔孙亦问道："公子为何不劝？"这话跟离司之事全无关系，苏陵心知肚明，抬头仰望飞雪，跟着无声一笑，道："因为我相信主上的安排一定经过深思熟虑，我们任何一个人都不可能比他考虑得更加周全，所以与其节外生枝，不如尽心配合，或许只有这样，才是对所有人最好的结果。"

叔孙亦一怔，跟着长声叹道："如果连公子都这样说，那现在能改变这件事的大概就只有九公主了。"

苏陵转头望向淹没在白雪之中的汐水，说道："没错，我也希望九公主能快些带回好消息。"

第二十一章 李代桃僵

汐水茫茫，雪覆两岸，一叶扁舟逆流北上，在这日黄昏时分抵达了伏俟城。

临江码头舟来车往，昔日喧哗热闹的城镇并未因宣军入驻而有太多影响。数日前少原君将中军大营移到伏俟，外十九部军队将领亦到达此地，各处主要街道上多了不少守军，不断见披甲佩剑的战士成群结队纵马而过，惹得行人纷纷避让，就连各路江湖人物也不例外。

轻舟靠岸，早有一辆马车等候多时。子娆弃舟登车，回头看了一眼不远处沿江扎营的宣国水军，夕阳之下兵戈连城，江风拂起帷帽轻纱，露出眉目清光惊鸿一瞥。

"事情怎样了，人可在伏俟？"片刻后她转回头来问道。

车前洛飞说道："自从前几日公主命萧言和聂七入城传令，我早已安排人手调查清楚，那百仙圣手蝶千衣确实在宣军之中，每日与皇非同进同出，贴身伺候。"

子娆闻言轻轻一笑，道："是吗？听说那蝶千衣也是颇具姿色，看来皇非艳福不浅，今晚他们人在何处？"

洛飞道："皇非这几日频频与宣军十九部将领接触，今晚在城中最豪华的'曼音天'设宴款待众将，同时还请来了汐水六城当红的名妓莫仙奴，这种场合蝶千衣倒不太会出席。"

两人正说话间，一辆装饰华丽，由两队宣军战士护卫的马车迎面驶来，旁边跟随着两名紫衣小鬟，一人手捧古琴，一人背负剑囊，皆是眉清目秀，气质不俗。两车错过之时，对面车帘一动，露出一只玉白纤美的手，指尖蔻丹晶莹，如兰轻现，显然车内有人正隔帘向外看来。

洛飞压低声音道："车上便是莫仙奴，皇非刚刚派人自项城将她请来，今晚曼音天全场爆满，不知有多少人等着欣赏她名动天下的琴技，可惜莫仙奴卖艺不卖身，不知今晚会不会破了这规矩。"

子娆倚窗看去，随口问道："听说莫仙奴和秦师白交情非同一般。"

洛飞点头道："莫仙奴这次到伏俟城应该说是冲着秦师白的面子来的，只不过两人都未必心甘情愿，以莫仙奴传说中的姿容才艺，恐怕秦师白很难从皇非手中保下她。"

轻纱背后，子娆眸光微微一漾，转而跟洛飞低声交代了几句话。洛飞挠头道："公主让莫仙奴免见北域十九部将领，秦师白自然感激不尽，不过这样似乎有些危险，万一那皇非心存不轨，就算劫出了蝶千衣，我们也不好和主上交代。"

子娆轻轻一笑，扫他一眼："去办事吧，让你们做劫人的准备，但蝶千衣未必要用强才能请出，我自有法子让皇非答应交人。"

皇非宴请北域十九部将领的曼音天位于伏俟城主街尽头，离千灯阁不过两个街口的距离，乃是属于城中另一实力帮派长蛟帮的产业，规模名声都与千灯阁不相上下，其中的歌舞宴乃是伏俟城中最吸引人的节目。入夜之后，细雨如织，整个院落点起茜纱绡灯，点点光晕朦胧美艳，一直通向宽达五丈的主堂，除了穿梭忙碌的仆役之外，早有数百名赤袍战士在院落内外以及各个路口设下防卫，再加上北域十九部将领的车马扈从，一时间偌大的曼音天人声鼎沸，热闹非常。

今晚包场设宴之人无论主客皆是跺一跺脚便能震动九域的强势人物，连就长蛟帮帮主也只有站门口赔笑的份，其他帮众更是打起精神伺候，不敢有丝毫疏漏。主堂设下二十余位尊席，美女歌姬鱼贯而入，鼓乐丝竹不绝于耳，席间佳肴珍馐流水般地送上，轻歌曼舞，金盘玉盏，不逊王府公侯。

宣军十九部将领都是些粗豪人物，其中大部分乃是北域蛮族首脑，非但行事野蛮，更加作风开放，酒过三巡，席上频频传出震耳的笑声，不时还夹杂着舞娘娇声尖叫，气氛热闹到极点，但是今晚最令人期待的美姬莫仙奴却迟迟没有出现。

直到宴会过半，一辆紫帷马车才徐徐驶入曼音天。

马车停在院中，长蛟帮帮主单何道立刻带人亲自迎了上去，哈哈笑道："仙奴小姐终于来了！今夜托少原君金面，能请得仙奴小姐光临曼音天，长蛟帮上下当真是三生有幸！"

　　两名紫衣小鬟转身打起车帘，撑起油伞，扶了一个薄纱遮面的白衣女子下车。那女子婀娜侧身，向着单何道敛衣一福，道声："有劳帮主亲迎，仙奴如何敢当。"说话之间，一阵幽香拂面缥缈，仿佛漫天细雨里云生雾绕，轻轻袅袅勾向人三魂七魄。单何道顿觉心神俱醉，一时竟连后面的话都忘了说，直到听见堂前通报才蓦然回神，而莫仙奴早已带着两名小鬟娉婷而去。

　　"仙奴小姐到！"

　　随着侍者一声通报，皇非放下酒盏微微挑眸，曼音天内喧哗的声音随之安静，主堂中所有人都不约而同地向门外看去。只见阶前雨落，灯火星亮，一个轻云般的身影袅袅然自夜色深处而来，四周烟凝雨绕，水光如梦如幻，那美妙动人的身影就像是红尘梦境里开出一朵绝色的妙莲，远远望去高贵不可亵渎，却又令人生出无尽绮丽、无比娇娆的幻想。这艳冠六城的名妓娉婷前行，衣带随风，步步生尘，但是却没有人能看清在那紫竹伞下、烟雨背后究竟藏着怎样一番容色，这般若即若离、若隐若现的风姿，当真诱人遐思。

　　主堂中一时声息全无，十九部将领全都目不转睛地看着门外，有人端酒欲饮却全然忘记，有人松手放开怀中的舞姬站起身来，唯有皇非在莫仙奴出现之时目光微微一收，跟着眼底掠过一丝轻利的光芒。

　　雨中婀娜多姿的身影在众人注目下渐渐行近，渐渐清晰，但就在即将看清她面容的时候，主堂上方忽然落下几面朦胧的轻纱，顿时挡住了所有人的目光。十九部将领哄然出声，无不失望地坐回席上。却见那纱帘背后影影绰绰，两名小鬟拂尘洒扫，焚香布琴，不多会儿就传来叮咚数声弦响，一段清音转过，女子柔软轻媚的声音飘然而出："仙奴见过君上，诸位将军安好。"

　　皇非看着这音容神秘的美姬，突然扬声笑道："仙奴小姐当真妙极，吊足了我们的胃口，未见其容，已是声色迷人，再听琴音，更觉颠倒众生。"

　　莫仙奴柔声说道："君上过誉了，天下谁人不知君上精通音律，尤擅操琴，奴家陋质蒲姿，学得几首琴曲，不过聊慰佳客，略助酒兴，实不敢在君上面前班门弄斧。"

　　帘后美人柔声款款，容光隐隐，皇非明亮锋利的目光仿佛能够穿透轻纱直入人心，微笑道："仙奴小姐何必过谦，小姐琴技名动六城，今晚在座各位哪一个不想得闻仙曲，得睹芳颜？"

　　莫仙奴轻叹道："琴曲易谱，知音难求，君上雅擅乐律，不知是否是奴家知音之人呢？”

皇非目含兴味，挑唇道：“本君已经有些迫不及待，想要一闻小姐琴音了。”

莫仙奴轻轻一笑，低头道：“如此奴家便献丑了。”话音落时，一缕轻弦幽幽作响，自那四面烟纱之间回荡缥缈，刹那之间，仿若柔声私语轻轻在每个人耳边飘过，有着薄暮花落、风送暗香的气息。

帘后烟云，曼妙旖旎，随着琴上仙音，满堂众人无不渐渐露出神迷之色，但听弦音数点，袅袅流淌，一丝一缕皆在人心头荡漾，那音色并不激越，亦不高扬，只是无比的柔和，梦境一般，说不出的美、道不明的媚。

皇非半眯星眸，把酒浅啜，烟香琴音漫于夜色，就在他身边轻轻飘荡，低沉婉转，如诉情话，重纱深处似是藏了世间最诱人的美景，那一抹窈窕魅影，挑起男子唇畔完美优雅的弧度，化作眸心深深浅浅的灯火，最终便似一声轻叹，随着轻烟淡淡飘落无痕。

时间不知过了多久，琴音终止之时，所有人都像沉醉于梦幻不曾醒来，偌大的主堂鸦雀无声，直到皇非抬手击掌，才像惊醒梦中人一般，喝彩之声满堂响起。

皇非起身向纱帘走去：“琴绝，曲妙，颠倒神魂，不知本君可有幸能邀小姐共饮一杯？”

帘内女子娇柔相问：“君上当真已经神魂颠倒了吗？”

皇非微笑道：“本君在到伏俟城前，便早已经对小姐牵肠挂肚，小姐难道全然不知吗？”

帘内传来低低的轻笑：“看来君上的确是知音之人。”

皇非抬手拂开纱帘，众将无不向内张望，想要看一看这琴艺卓绝的美姬究竟是何模样，越过少原君肩头，只见一双清光流离的魅眸幽幽抬起。烟纱绵绵，方寸空间，皇非含笑注视着眼前勾魂的凤眸，伸出手道：“小姐请。”

莫仙奴将手交到他掌心，袅袅起身，走出纱帘背后。虽然面容仍旧被薄纱挡住，但只是玲珑媚冶的身姿便足以令人心动不已，十九部将领无一不是好色之徒，首席上三个将领早已按捺不住，其中一个身穿赭色裘袍、头戴金环的蛮族首领显然已经有了几分酒意，推开身边两个侍酒的舞姬，站起来道：“仙奴小姐今晚来曼音天，咱们……咱们可都等得脖子都直了，小姐的琴听着虽妙，却不如让咱们见见仙容，再不济……也要陪大伙喝上两杯才痛快，你们说是不是啊？”一边说着，一边抓了酒壶越席而出，摇摇晃晃地向着莫仙奴走去。

四周将领顿时起哄道：“赤哈大将说得极是！仙奴小姐当陪我们每人都喝上几杯！”

皇非含笑侧头："大伙盛情，不知小姐意下如何？"

莫仙奴轻轻横了他一眼，道："奴家今晚可是为君上来的，君上是否忍心让奴家去陪别人呢？"

皇非朗声大笑，转身说道："诸位抱歉了，今次可否看在本君的颜面上，放过仙奴小姐？"

两人这一问一答，显然莫仙奴对皇非颇为钟情，表明了谁的账也不买。众将忌惮皇非权势，倒也不能像对待寻常舞姬一般用强，个个都觉扫兴。那赤哈大将醉眼蒙眬地打量莫仙奴，但见美人娇娆，越看越爱，心中极是不甘，酒意上涌，到了皇非面前站住脚步，说道："君上若要自行收了这美姬，兄弟们倒也没什么话说，不过另结新欢，难道就不怕宣王殿下知道了不痛快吗？"

他这话中暗有所指，十九部众将本便心存不满，此时趁着酒劲滋事，哄堂大笑，唯有万俟勃言以及少数几个宣军将领知晓少原君性情，心中暗自捏了把冷汗。

皇非却仍旧微笑，抬眼看向赤哈，容色温雅："今晚仙奴小姐在此，本君不愿有什么不快，赤哈大将愿否收回方才的话，就当什么事都没发生过？"

赤哈乜斜着一双吊梢眼道："说出去的话，泼出去的水，我便是想收也收不回来啊，君上又待怎样？"

皇非负手问道："赤哈大将当真不考虑后果吗？"

赤哈放声狂笑道："君上莫不成是在威胁我，我十九部重兵横行北域，还当真没有怕过什么！"

"好。"皇非微微颔首。忽然间，堂上一道烈芒闪过，仿若赤虹贯日，灿光夺目。赤哈狂吼一声，左手三根手指溅血飞出，带着纯金酒壶砰的一声砸到案上，两名舞姬失声尖叫，吓得花容失色。

谁也没看清皇非何时出剑、如何出剑，一招废了赤哈半边手掌，但任谁都可以想到，如果他的目标不是手指而是对方性命，赤哈现在早已是一具尸首。

"赤哈大将所说的话既然无法收回，那这一剑便算咱们两清。"

赤哈连退两步，手上鲜血淋漓，痛得面目扭曲，锵地拔出腰刀指向皇非，目中像要喷出火来。堂中十九部将领酒意早醒，腾腾起身，几乎全部兵刃出鞘，席间一时剑拔弩张，气氛紧张到极点，外面长蛟帮帮众吓得人人色变，帮主单何道心头叫苦，只怕今晚整个曼音天便要不保。

刀剑环伺之中，皇非微微一笑，挑起案上舞姬的罗帕，轻拭血鸾剑锋。鲜血之下锋芒隐隐，震慑天下的血鸾剑透出魅亮的异光，比那血色更加邪艳。只见他随手一扬，丢开血帕，挑眸环顾堂下，傲然道："本君听说在宣国，十九部军将若是敢对王都无礼，视为不赦死罪，这条禁律到了本君这里依然有用，诸位若是想知真假，不妨一试。”

他这话说得轻描淡写，堂前明灯，堂外风雨，其人白衣胜雪，剑下锋芒毕露。几乎所有人，都不约而同地想起数月前宣都点将台上，那一抹嗜血的身影、那一场惊心动魄的杀戮。

肆行无忌的北域重将虽然杀气腾腾，却没有一个人敢动。突然间，赤哈仰头狂笑，声震屋宇，呸了一声吐掉嘴里一口血痰，道：“少原君，真他妈的是个人物！你的剑是老子见过最硬的剑，除了宣王之外，老子从没服过什么人，你是第一个！”

皇非微笑道：“那么赤哈大将是要和本君比剑呢，还是喝酒？”

“当然是喝酒！”赤哈转身吼道，“你们谁他妈活得不耐烦了，反正老子不是他对手，喝酒！”说着将腰刀一插坐回席上，一手抓起酒壶，一手抓了三根断指，竟然蘸了肉酱送到嘴里大嚼起来。瑟缩在旁边的舞姬身子一软便昏了过去，众将哈哈大笑，纷纷取酒狂饮，散归席位，一直冷眼旁观的莫仙奴玉手托盏，将一杯晶莹美酒送到了皇非面前：“君上，请。”

酒宴结束时已是夜半，赤哈大将废了半边手掌，离开曼音天时非但毫无不快，反而和皇非称兄道弟，其他大将也与之相交甚欢，长蛟帮帮主单何道一路将众人恭送上马，亲眼所见，不由啧啧称奇。却不知宣国外十九部将领素来与赤焰军各营上将不和，皇非行事虽然张扬高调，但当初在点将台重挫赤焰军威风，对于外十九部来说可谓十分痛快，再加上北域蛮族素来崇尚武力，谁的剑更狠、手更辣，他们便服谁，至于对方身份如何倒是次要。

皇非回到行营沐浴更衣，入室后但闻幽香浮泛，如兰似麝，罗帐深处美人斜卧，素手支颐，笑吟吟地看他进来，曼声浅笑：“君上今晚真是迷人，不过人家可替君上担足了心，生怕那一群蛮族首领动粗，毁了这良辰美景。”

皇非拂帐而入，抬手挽起锦榻上如水青丝，送到鼻下轻嗅道：“最迷人还是仙奴小姐的玉容仙姿，只是当然不会有人知道这面纱下的秘密，本君就算砍了那十九个蛮将的脑袋，也不会让他们动夫人一根发丝。”

帐中女子转眸轻笑，面纱飘落，露出一张清艳魅冶的玉容：“就知道瞒不过夫君，不过我可不愿让那些蛮人看见，纠缠烦人。”

皇非低头看向那双幽幽凤眸：“子娆的武功心法越来越厉害了，今晚一曲琴音，也不知惑了多少人的心、勾了多少人的魂。”

子娆眼波微漾，仿佛万千星雨晶辉漫流，灯火下浮浮沉沉，一片光色动人：“人．

家莫仙奴琴技妙绝，子婋在夫君面前用点小小的手法而已，怎么，没有坠了仙奴小姐的名头吧？"

皇非蓦然而笑，搂住她的腰肢仰面躺下，寻了个舒服的姿势，任她乌发如云散了满肩。窗外雨声绵绵，两侧莲花香炉轻吐檀香，缭绕入帐，在两人之间漫开深深浅浅的轻丝："王域如今大军压境，夫人不在息川陪伴东帝，千里迢迢来寻本君，想必是有什么要紧事了？"

子婋被他半揽怀中，睫光莹动，在他脸上微微一转："息川有王兄坐镇，何用他人操心，我不过是记起夫君曾经说过，若是喜欢的话，不管找你要什么都可以，也不知现在还作不作数，所以特来问你一问。"

皇非轻挑眉梢，唇畔笑意若有若无："夫人想要什么，不妨说来听听。"

雨声入帐灯影摇曳，眼前男子完美的眉目如玉雕琢，风流言笑，几乎挑不出一点瑕疵，云丝单衣上传来阵阵柔和暖香，以及属于年轻男子独特英俊的气息，但若仔细分辨，那酒宴之上淡淡的杀气仍未消散，仿若剑锋在匣，寒气逼人，提醒着他非同常人的另一副面容。"我想要夫君身边一个人。"子婋丹唇微启，轻声在他耳畔低语，"百仙圣手蝶千衣，此人对夫君来说根本没什么用处，可否借我数日？"

"蝶千衣吗？"皇非目中微光一闪，唇畔浅弧轻薄如刃，"这位神医人是在我这儿，不过本君记得那句话，当初是对少原君夫人说的，不知现在是何人要人？"

子婋轻轻一笑，说道："那夫君定然也没忘记，我们曾经约定，你若娶我为妻，便只能有我一个女人。现在似乎有个招人怜爱的小美人，对夫君言听计从，为夫君出生入死。夫君一句话，她可以亲手献上故国珍宝，夫君需要，她便甘冒奇险潜身赤焰军中，为了夫君她连自己的公主身份也弃之不顾，甚至在狼群环伺之中，不惜舍命相护，不知夫君是否舍得她呢？"

皇非眼底泛出深黑无垠的光影，待她说完，沉声道："召玉在哪里？"

子婋柔声问道："夫君肯否让百仙圣手随我往帝都一行呢？"

皇非手底一紧，猛地将她带至面前。轻衣滑落，云丝婉转，两人咫尺相对目光交错，子婋浅笑淡淡，吐气如兰，轻轻拂过他的面颊，拭目以待。皇非低头，在她幽香萦绕的耳边，轻声说道："子婋啊子婋，你是一定要让本君刻骨铭心才肯罢休，你且记得，本君以两千里宣国沃土娶你为妻，举世皆知绝非戏言，用不了多久，这一日便会到来。"

子婋妩媚侧眸："夫君若是答应此事，人家定然不会再为难那小美人，至于其他事情，夫君只要能过得了王兄那一关，那想怎样便怎样好了。"

皇非含笑道："既然是子婋的要求，本君又怎忍心拒绝，明日子婋离开伏俟，相信蝶千衣必会随行。"

第二十二章 机关之战

连日风雪停息，息川四野终于化作一片冰天雪地，不出众人所料，石台建好后第二日，宣王传令三军，点将出兵。

黎明刚刚降临息川，大地尚在一片安宁之中。惊天金鼓自汐水两岸徐徐传来，赤焰军出动五营兵马，两万精锐骑兵之后，近百架巨大的云梁环城列阵，上载数千弓箭手，配合其下三万步兵指挥前行，数倍于王师的兵马遍布山野，向着息川城掩杀过来。

阵阵金号响彻天际，赤焰军先锋营自中军冲出，两翼复有锐字营骑兵掩护，当先逼近护城河。

息川王师由叔孙亦负起指挥重任，左卫将军墨炘临城压阵，传令所有将士撤回城中。晨光之下，城头升起数排劲弩，仿若一只只张开翅膀的巨大战鹰，瞄准当头而来的先锋部队。待到敌军进入射程，只听轰的一声震天响动，箭矢遮天蔽日，向着横扫九域的赤焰军当头罩下。

其时天色初亮，晨曦乍露，漫天箭雨覆落，却仿佛无尽黑夜重临大地。王师所用的弓弩皆经过宿英精心改造，最少每次也能发射二十支劲箭，且可由机关操纵，上下替换，一旦发动，接连运转无有间隙，顷刻间城下似被利光淹没，人惊马嘶飞矢蔽日，一时惨烈至极。

先锋营乃是赤焰军中最为悍勇的精兵，虽遭迎头痛击，损伤惨重，但仍有近千名死士突至护城河，立刻冒着箭矢架设壕桥。城台上王师战士纷纷发射弓箭，调整劲弩阻击。赤焰军两翼骑兵冲杀进来，以马后木盾列阵掩护，沿河形成高大的盾墙。

叔孙亦见弓弩无法摧毁壕桥，迅速传下军令。只见息川城上令旗变动，机关运转，两侧高高矗立的城楼中先后伸出数支合抱粗细的巨大圆筒，随着一阵哧哧疾响，无数黑色圆球自楼上飞射而出，当空爆开烈焰，仿若漫天火雨落向盾墙，就连河上壕桥也不能幸免，顿时燃起熊熊大火，阻断攻城之路。

息川城四周的护城河乃是引汐水支流而成，既深且急，纵使骑兵也不可能涉水渡河，先锋营数次架桥，数次皆被王师火炮所毁，损伤甚重，其后三营步兵慑于利箭飞火，也无法将攻城所用的云梁送入箭矢所及的范围，护城河两岸横尸遍地，血火交加，场面惨不忍睹。

漫天硝烟冲上云霄，初升的朝阳也仿佛透出血红的色泽，染得江河山野一片昏暗。赤焰军中军王旗之下，一架镶金肩舆上披白色虎皮，高踞在宽逾三丈的玄武战车之上，其下八名剑僮分阵而立，如光、花月二使随侍在旁。宣王姬沧身不披甲，剑不出鞘，斜倚在宽大的金座上遥观战况，见两军攻守胶着，先锋营无法取胜，长眸微眯，抬手轻轻一挥。

金舆下传令兵飞骑而去。不过片刻，赤焰军阵中传来阵阵声若霹雳的响动，数里之内清晰可闻。忽然间，只听半空中啸声大作，宣军石台上四架投石机同时发动，数块重逾百斤的巨块横空而过，跨越烽火连天的战场，重重砸上息川城头。

巨石坠落的瞬间，息川城上天崩地裂，高耸的城楼瞬间崩塌，无数战士粉身碎骨，乱石齐飞，惨呼四起。

叔孙亦遥见高台机关转动，早知危险，急令将士掩蔽，一时之间，四周只见碎石崩落，城楼倒塌，空中血肉横飞，骇人眼目，城楼里迸出的烈火更是满天乱飞，城头顿作一片火海。

由赤焰军赫字营重兵守护的石台之上，瑄离身披赤色风氅，遥望息川城上混乱一片，眼中毫无波动，再次下令投石攻城。四架投石机关中的两架重装巨石，对准前方雄伟的城池继续攻击，另外两架却移动转轴，瞄准阻断宣军去路的护城河。

投石机关发动之前，赤焰军中号角鸣响，先锋营分作两队，让出大片战场。只见两块巨石从天而降，呼啸着冲入河水，溅起数丈高的浪花，不过片刻，河中水流减缓，竟被生生截断，城上火炮无法损毁巨石，逐渐形成一座稳固的石桥。

就在这时，息川城头蹿起丈余高的水柱扑灭烈火，跟着大地隆隆作响，犹如地龙翻身，震动数里。突然间，上游开闸放水，护城河中水位猛增，巨浪咆哮奔涌，将正冲过石桥的宣军骑兵席卷吞没，而城头亦徐徐升起一排巨木，依次排布，顿时将整个城池加高丈余。

城头王师再次发动弓弩，皆是瞄准护城河中落水的敌军，箭矢纷飞之际，整条河水血浪翻滚，化作赤红一片。

瑄离制造机关计算精准，在此之前早已测算息川城池高度，这四座投石机无论高低距离都恰好能够击中息川城，而不浪费分毫材料气力。此时城池忽然增高，投石机发出的巨石固然能够击毁巨木，但受其阻碍便无法对城池造成太大的威胁，巨木之间的缝隙却恰好可容弓弩机关发射，依然能够阻挡先锋营攻城。

这巨木机关原本是宿英为预备赤焰军攻上城头所设的障碍，对付瑄离设计的投石机关十分勉强，幸好城中木料准备充足，一旦木墙被巨石摧毁便迅速补上，赤焰军每次发射石炮也需时间，双方攻守交替，城下水火交流，狂溅奔涌，城头木断石飞，烟火冲天。

瑄离数次调整机关角度，却皆无法攻入城中，皱眉思索片刻，便下了石台纵马驰入中军，求见宣王道："息川城中有机关高手，比我们之前想象的要麻烦，我需要时间改动机关，若是不想损伤太大，最好暂停攻城。"

姬沧转眸问道："竟能与你分庭抗礼，可知是什么人？"

瑄离目视硝烟滚滚的息川城头，眼中闪过刹那精光："若我没有料错，此人当是寇契大师的大弟子，妙手神机宿英。"

"是他？"姬沧略一扬眉，"你可有把握？"

瑄离冷冷一笑，傲然道："十日内不破息川，殿下不妨取瑄离首级。"

经过半日激战，赤焰军暂时退兵。王师收拾部分坠城阵亡的战士遗体，运回城中妥善安葬，城头防御机关损毁严重，一座望楼彻底坍塌，短时间内无法修复，劲弩配备的箭矢亦大量消耗。宿英与墨烆亲率战士补充维修，叔孙亦则负责督促百姓加紧疏散，城内火把彻夜燃照，人流车马，一片忙碌不休。

赤焰军此次攻城损伤了近两千兵力，当夜便依北域风俗在汐水举行火祭，焚烧将士骨骸，自息川城头遥遥望去，江岸火光映照夜空，苍凉的歌声传遍四野。

瑄离日间在六军之前立下军令状，当晚便绘制了两幅机关图样，调动当日未曾直接参战的赫字营、隐字营、赤字营战士运石伐木，对四架机关进行改造。宿英一连数日登城察看，只见他将其中两座投石机关的力臂延长，令臂上支点居中，同时抬高双侧巨木支架，使之变成了可以当空旋转的巨大轮轴。派出去的斥候亦先后带回情报，发现赤焰军中准备了许多大型木桶，内中装满黑油等物，正不断往石台上运送，而且数量庞大。

子昊听到回报，登上城楼亲自查看了一次，遥遥称赞："天工瑄离果真不世之才。"回营后召来宿英问道："朕曾听你提起过一种飞鸟机关，可以载负重物当空滑翔，最远能达数里之外，如今可能制作？"

宿英道："那飞鸟机关构造复杂，短时间内不易完成，但如果日夜赶工，或许能造出一两架。"

子昊点头道："两架足够，你去试试吧。"而后再也没有其他命令。

数日时间转瞬即过，待到第八日上，瑄离奏禀宣王一切准备就绪，赤焰军此次十营兵马齐动，列阵城下。寒风朔朔，卷起四野烽烟，战云密布，笼罩坚城苍穹。

叔孙亦、墨烆、宿英三人登上城头，天际飘落零星细雨，一片冰冷刺骨，但闻城下战鼓声传四方，赤色军旗如潮不绝，精光利影中，漫山遍野的精骑战阵徐徐推进，蹄声震动大地，快到城头劲弩射程范围时同时停步，万军齐喝，震透云霄。

赤焰军此次有备而来，因忌惮城上劲弩厉害，大军并不贸然进攻。十营列阵停当，四面号角之声响起，瑄离高踞石台发出号令，下方战士齐声吆喝，近百人同时拉动铁链，当中两架投石机关双双转动，两旁战士将装有黑油、硫、炭、硝石等物的木桶推入前端铁架，迅速举火点燃。只听嗖嗖数声劲响，木桶带着火光掠过苍穹，流星一般射向息川城头，撞上巨木，轰然爆炸。

城头坚固的木墙防御遇火即燃，木桶中黑油一经爆炸，更是火蛇一般四下流窜，刹那间巨木机关熊熊燃烧起来。王师急调水龙救火，但遍地黑油遇水愈烈，竟是扑之不灭，而且赤焰军此次改造的投石机关不但更换了弹药，威力倍增，更加凭借轮轴之力，两端旋转不停，连环发射，根本不给巨木机关替换的时间。火弹如雨般落向息川城，不过半个时辰，城头顿作一片火海，王师战士扑救不及，炸伤、烧伤者不计其数。

如此连续不断的强势攻击，息川城上巨木机关很快被彻底摧毁。此时另外两架投石机再次发动，巨石从天而降，击中谯楼望台，带着火雨落向城中。息川城各处民宅不是被落石砸毁，便是燃起大火，木墙摧毁之后情势更加恶劣，尚未来得及撤离的百姓乱成一片，惊慌走避，硝烟漫空，哭声震天。

行营四周亦有火石坠落，照得屋宇一片炽亮，炮火喊杀声传入静室，子昊倚榻独坐，面前一盏清茶、一局残棋、一炉静香轻烟袅袅，淡而不散，恰如火光下静冷的深眸，波澜不惊。

又一枚火弹击中附近建筑，发出一声巨大的响动。子昊低头饮茶，并未因战火声响而有丝毫动容，火光闪烁，外面隐约传来一阵轻微的脚步声，他略一抬眸，只见含夕抱着云生兽静静地站在庭前，看着室中，满城烟火在她白色的狐裘披风上映出莹动的光影，亦照得绯衣雪肤，娇艳动人。

"子昊哥哥。"含夕轻声叫他，走到门口站住，"赤焰军又攻城了，外面到处都是火，死了好多人，好多战士，还有百姓。"

子昊眼中倒映出少女秀美的身影，仿若一枝亭亭玉立的芙蓉，娇俏明丽，又楚楚可怜。他微笑道："打仗就是这样混乱，若你觉得害怕，朕先派人送你出城好吗？"

含夕道："是不是我们打不过姬沧，息川城守不住了？"

子昊笑了一笑："息川城的确可能失守，不过姬沧却没有赢的机会。"

"真的吗？"含夕回头遥望战火弥漫的夜空，低声道，"子昊哥哥，我不想走，我想留在这里，看着毁灭楚国的仇人血债血还。"

子昊凝眸片刻，声音清冷柔和："有些事朕不想让你看到，但是你的心愿一定能够实现。"

"所有楚国的仇人吗，是不是他们都会受到惩罚？"含夕转回头，隔着忽明忽暗的火光看向黑暗尽头平静若海的男子。

子昊抬头看向外面，漫天烟火染透夜空，却无法触动那双冷静的修眸："不错，所有的人，都会为他们所做过的事付出应有的代价，朕可以向你保证。"

含夕静静站着，一动不动地看着他，双手紧紧抱住怀中小兽，火光下她纤细的身子有些轻微地颤抖，仿佛无法承受战火硝烟带来的恐惧："子昊哥哥，你……"

她刚想开口说什么，城中突然轰然巨响，爆起冲天火光，廊外跟着传来急促的脚步声，叔孙亦快步而入，到了门前跪下叫道："主上！"

他袍服上沾了不少烟灰与鲜血，声音中带出不同寻常的气息，含夕心头微微一凛，转身看去。

子昊随意抬手，一子入局，淡淡地道："差不多了，开城迎战吧。"

叔孙亦站起来道："是！"

子昊复又轻轻击掌，门口立刻出现数名影奴，他起身走向含夕道："你们护送左夫人先行出城，一路小心。"

影奴齐声答应，含夕低头沉默，抱着小兽转身向影奴走去，忽然又驻足回头，说道："子昊哥哥，我走之前，你可以亲一亲我吗？"

子昊微微一愣，门外影奴亦皆诧异，包括叔孙亦在内纷纷低头不敢前视。子昊一怔之后随之一笑，便低头在含夕额上轻轻一触，但在他碰触到少女肌肤的瞬间，含夕突然放开怀中小兽，踮起脚尖吻上了他的唇。

仅仅刹那光阴，少女芬芳的泪水滴落唇畔，有着炙热的温度和冰冷的气息，仿佛一直蜿蜒流淌，漫过幽深的目光直入心腑。子昊原本可以避开，却不知为何没有动。含夕一吻之后飘身而退，落向门口火光与黑暗的边缘，轻声道："子昊哥哥，我是真的，真的很喜欢你。"跟着含泪一笑，转身而去。

赤焰军猛烈的攻击连续不断，频频撼动着巨大的城池，叔孙亦重回战场，将城头指挥权交于宿英，下令放落护城河吊桥，大开城门，与墨炽亲率精兵出击。

赤焰军中号角响起，中军杀出锐字营、骁字营两万精兵，双方渡河交战，喊杀之声直冲霄汉。

城上飞火连天，城下残焰遍野，息川王师最后留下的都是营中精锐，更曾经东帝亲自指点阵形，虽然与赤焰军兵力悬殊，但倚仗城头弓弩，冲入敌阵，人人奋勇难挡。但见战场之上赤甲遍野，当中数千金甲王师飘忽不定，聚散如龙，杀得赤焰军血流成河。冲到护城河畔时，墨炽振剑一声清啸，王师骑阵变化，形如回雪，向着赤焰军左翼卷过。锐字营阵中杀出两支骑兵，直捣王师腹心，墨炽长剑前挥，王师诸军会意，转眼阵成雁翼，左右挥来，顿将两支骑兵冲杀溃乱。战场上人马横尸血焰冲天，赤焰军再次变换阵形，骁字营四队铁骑分散包抄，欲将王师合围歼灭。王师正与锐字营杀作一团，眼见便会腹背受敌，优势尽丧，城中突然响起收兵的讯号。墨炽连斩两名敌将，长啸传令，大军化首为尾，如同一条飞龙纵云穿雾，瞬间自敌军包围的缺口中脱阵而出，纵马向城中奔去。

赤焰军中传来嘹亮的进攻号角，锐字营、骁字营衔尾追击，另有焰字营一万精兵跃阵杀出，其后云梁战车缓缓移动，逼近息川。

宿英在城楼上见得墨炽率军急奔，赤焰军两营精兵紧追不舍，当即下令打开城门，当王师先头骑兵抵达城门时，两营精兵已跨过护城河冲向城下，宿英叫声"来得好"，挥手下令。外城战士发动机关，只听大地隆隆震动，下方支撑着的巨木纷纷倒塌，地面忽然便出现了一个数十丈宽、深有丈余的巨大陷坑，锐字营、骁字营精兵恰好冲至此处会合，个个马失前蹄，坠入坑中，顿时一片惊呼惨叫，人仰马翻。

这时墨炽所率的王师部队突然调转马头，两侧城门亦有数千精兵在叔孙亦的带领下纵马冲出，兵分两路杀向后面增援的焰字营。两支精兵呼啸纵横，焰字营甫见前方剧变，措手不及，竟被冲得阵脚大乱，一时间血染旷野，横尸遍地。宿英则调动城头劲弩，对准陷坑连续不绝地狂射下去，漫天箭雨之下，坑中敌军发出震天哀号，几乎无一幸免，两营精兵折损殆尽。

瑄离遥观战况生变，眼神一冷，挥手令投石机对准宿英所在的城楼。

一块巨石凌空砸下，宿英纵身急闪，轰隆一声，半边城楼被巨石砸塌，同时摧毁十余架劲弩。尖锐的碎石飞出，将宿英额头划得血肉模糊，宿英抬手一抹血迹，跃上楼台拔剑喝道："儿郎们预备机关，让赤焰军尝尝咱们的厉害！"

周围战士振臂齐呼，冒着火弹巨石抢入楼中。赤焰军高台之上，瑄离凝目观望，片刻后脸色微变。息川城上机关转动，城楼上升起两只巨鸟，忽然腾空而起，在漫天乌云下带着一溜灼目的火焰，向着两座投石机关俯冲下来。

"快撤！"

瑄离在巨鸟升空时霍然急喝，底下赤焰军战士放开铁链纷纷闪避。只听耳边惊天动地的巨响，两只巨鸟重重地撞上高台，台上原本作为弹药的木桶受此冲击，同时爆炸，火油巨木蹿起冲天光焰，乱石烈火将四周丈许之地瞬间包围，来不及闪避的战士顿时被烧成灰烬。

瑄离身法奇快，闪避及时，倒是毫发无伤，扬手甩掉沾上火焰的披风，怒喝道："再装巨石！给我摧毁城楼！"

赤焰军虽被毁掉两架火弹机关，但城上巨木防御已破，剩下的两架巨石机关仍旧极具威力。宿英的飞鸟机关仓促间只赶制了两架，且是在发动陷坑之前刚刚完成全部组装，再无器械摧毁高台，于是集中所有未曾损坏的劲弩掩护城外王师。墨烆、叔孙亦得此强援，很快杀得焰字营溃乱惨败，一支精兵毁于一旦。

这时候，一直遥坐观战的宣王忽然目透冷芒，四周将士只见赤衣飞闪，宣王已落身马上，拂袖卷起玄武金弓。

千军万马前，姬沧引弓搭箭，遥指息川。

金弦震耳！一支狼牙利箭，像是来自地狱嗜血的赤电，带着烈焰般的异芒、疾风般的呼啸，横穿苍穹大地，横跨铁血战场，向着城头笔直奔去。

宿英眼角惊光一闪，凌厉的杀气夺面而至，根本来不及任何闪躲。身后负责保护他的一名冥衣楼部属情急之下挥刀急劈，只听一声尖锐激响，那部属长刀脱手，震飞出去，虎口鲜血长流。那夺命的利箭被当中劈断，但半截箭锋竟然去势不衰，宿英得这一丝空隙急闪，闷哼一声肩头中箭，重重撞上城墙。

赤焰军阵前，姬沧随手抛开金弓，冷声说道："传令，全军攻城！"

城头巨石雨落，赤焰军战旗如云，挟着震天动地的铁蹄声，仿若万里狂潮向着息川城席卷而来。

宿英被姬沧一箭重伤，挣扎起身，见此情景知道大势已去，咬牙挥手一拔，半截断箭带着血花落地，跟着扑上城头，与战士们一同发动所剩无几的劲弩，掩护墨烆、叔孙亦全军回师。见王师主力冲向城中，瑄离调整投石机对准城门连续猛攻，高大坚固的城门被巨石击中，轰然崩塌，至少有三分之一王师骑兵被阻隔在外，战士们悍不畏死，调转马头杀向敌军。

城头射出最后一批劲弩，再无箭矢补充，宿英看得双目喷火，恨不得仰天悲啸，突然一只手搭上肩头，浑身是血的墨烆执剑在后，简单地道："走吧。"

宿英蓦然回头，只见最后冲向敌军的金甲战士瞬间淹没在汹涌如潮的赤焰军中，烈火天际，残阳似血。

第二十三章 剑葬息川

汐水残阳，烽火连天。巨大的云梁越过护城河，冲上城头，重木撞上城门，利箭划破硝烟，在赤焰军压倒性的攻势下，息川城四面城门很快被攻破。偌大的城池早已化作一片火海，到处都是燃烧的烈焰、倒塌的房屋，赤焰军兵将纵马杀戮，抢掠财物，未能撤离的百姓不是惨死刀下便是葬身大火，血光火光交织冲天，一片末日景象。

赤焰军攻城时损伤了不少人马，战士们怀恨在心肆意发泄，姬沧亦不加约束，任由部将剿杀王师残军，烧杀抢掠。入城后不久，风字营战士回报王师主力军队已经撤离，姬沧来到行营，唯见案上幽香缕缕，一局残棋，早已人去楼空。

行营中四下搜索的士兵先后转回，姬沧站在案前垂眸观看，面色不知为何越来越阴沉，突然反手一掌向后甩去："混账！"风字营上将晋师猝然挨了一耳光，跪下叫道："殿下……"

姬沧拂袖回头，目中杀机迸射："你风字营斥候莫非都是废物吗？连东帝人在城中都不知道！"

晋师亦是纵横沙场的大将，竟在他冷厉的目光下打了一个寒战，半句话生生咽回。瑄离在旁冷眼看着，说道："殿下，方才指挥息川守军的乃是叔孙亦和宿英。"

姬沧长眸飞挑，扫视棋盘："他一直在城中。来人！点齐所有兵马，全军追击王师！"

瑄离眉梢隐约一动，说道："殿下，息川此时形势未稳……"话方出口，众人脚下忽然传来轻微的震动，仿若地底什么东西正在汹涌翻滚，就连整座息川城都随之摇晃。感觉到这股惊人的异动，瑄离只说了一句话，随即低头后退，眼中掠过淡淡的锋芒。

这时行营外也发出一阵剧烈的响动，似有一股水流冲上焰空，营中地面再次摇晃，先后出现数道寸许宽的裂缝。姬沧眸色变化，身形倏闪，已到了营外高楼。众将紧随而至，只见城池不断震动，飞焰烈火之下，城中数座高耸的石楼正慢慢向地下陷去，火焰随之倾覆，便有洪水喷涌而出，逐渐漫向大地。晋师侧耳倾听，神色大变，叫道："不好，他们要放水淹城，我们必须立刻撤军！"

"息川城四面城门皆有机关设置，只要地底机关发动便会同时封闭，赤焰军今日已不可能走出息川一步。"身后突然传来瑄离冷淡的声音，晋师蓦然回头："你说什么？"

瑄离微笑道："方才入城时将军没有发现机关装置，现在不嫌太晚了吗？"

"你早便已经知道！"

旁边诸将同时拔剑出鞘，指向瑄离，但是宣王却没有任何动作，甚至连看都没有看一眼剑拔弩张的众人，更是无视满城危急的状况，目光越过冲天火焰，落向不远处高耸的城楼。

一缕琴音，在此时飘然而至，响彻在漫天狂舞的焰华之中。姬沧忽然扬袖纵身，下一刻，人已到了早已被烈火包围的城楼。

楼上有人，衣白如雪，身前瑶琴，赤色若血。

"这一张琴，本君昨日方才制好，琴名'夺色'，倒也合适。"含笑话语，似是昨日在前，剑名血鸾，琴名夺色，少年英华，曾几何时。

"是你。"姬沧移步上前，遍地烈焰似乎随着他华魅的赤袍徐徐燃烧，一直燃亮男子俊冷的眸心。

"不错，没想到吗？"白衣男子浅笑抬头，当年绝峰月下，曾有的容颜。

"意料之中，却亦是意料之外。"

"你应该早就知道我会动手。"

"但却没有想到，你会在这个时候和东帝联手。"

皇非倏然一笑，轻拂丝弦："朋友未必永远是朋友，敌人也未必一直是敌人，世事本难料，我也早知你不会想到。"

姬沧点了点头，赤弦晶莹，琴音若刃，妖眸细长倒映风流容颜，火光之下更加显得邪魅摄人，妖异莫名："知本王者，少原君也。"

皇非抬手道："前些日子身上有伤，倒是很久没陪你一起喝酒了，我记得第一次与你喝得酩酊大醉，是在赤峰山雪岭。"

"云湖玉髓。"姬沧赤袖一扬，拂衣落座，接过他手中之酒。此时池城震动更烈，控制机关的数座石塔已经全然沉没不见，汹涌的江水不断冲出地面，最终化作滔滔洪流卷向人马房屋，咆哮着吞没巨大的城池，吞没先前一刻还是威风纵横的赤焰军雄师。黑夜与暗流交织，火光中似乎流出无尽的赤色，城头烈焰肆舞，城中血浪狂涌，其间无数生命挣扎辗转，瞬息淹没无痕。

皇非转头看向这一片水火地狱人间惨象，英俊的面容仿若冷玉雕琢，丝毫不见波动："王师制造机关连通了护城河与汐水地下暗河，明日王域之上便不会再有息川这座城池，包括赤焰军。"

江水倒灌的同时，城墙内部暗藏的机关不断喷出黑油，四周火焰越烧越高，浓烟遮天，直冲云霄。无论赤焰军多么强悍，被这惊天水火困在城中，亦和手无寸铁的百姓一样，绝不可能活着逃出。姬沧眼见一切，却似视若无睹，只是徐声说道："你的武功早便恢复了。"

"非但如此，而且更上层楼。"皇非眉梢轻扬，火光下一抹傲然神采，刹那夺目流光。

姬沧哈哈大笑，将酒一饮而尽，喝道："好！你既然与东帝联手，便是断我二人所有情义，今日一战你我也算做个了结！"

皇非目视于他，眼底笑意恍若锋芒："大战当前，你仍是这般不存戒心，是否当真有必胜的把握？"

姬沧眸光如刃，细细眯起："本王身边从来不乏想要杀我之人，用毒也好、用计也罢，都是手段。他人便也罢了，我们之间的胜负，总还是公平一战来得痛快。所以之前你设计杀我大将、毁我兵马，我也从未放在心上，总归有这么一天，其他琐事算得了什么。"

皇非微笑点头："我杀如衡、杀乐乘、杀白信，其实你都心知肚明。"

姬沧把玩空盏，长眸斜掠而去："白信乃是死在本王手中，此事唯有两名血卫知道，但数日前他们办事疏忽，不幸殉职了。"

"终究是你下手更加彻底，绝无后患。"皇非挑了挑眉梢，"所以在你默许众将对我动手时，便已知道他们活不了，不过血卫与宣王生死相连，倒是可惜了。"

姬沧随手将酒盏放下："那些人当然不是你的对手，不过让他们绝了非分之心，你的对手只有本王一人。"

皇非看着他一笑，再次斟满酒盏，徐徐道："我的对手是东帝。"姬沧眸光倏闪，直刺过来，他抬头道："今日你我便把话说清楚，免得日后挂心，也没有机会再说了。"

皇非随手一扬，复将琴前佩剑丢了过去："这柄剑我觉得还是比较适合你，血鸾剑、夺色琴，今晚这倾天之火相衬好景，倒也抵了赤峰山上曼殊花色。"

姬沧抬手接住佩剑："换剑之交，是为朋友。"

皇非站起身来："所以今晚之战唯有一个结果，或者今后无人再能阻挡宣王的脚步，或者少原君此生再无挚友。"

姬沧转眸相视，忽然仰首长笑，笑声之中畅快淋漓。满城飞火映他如妖魅眸，漫天焰光燃亮华衣艳色，仿佛赤峰山巅风云烈烈，曼殊花开，落满衣襟。

十年相识，胜负战场；十年死敌，何处知音。

眼中男子衣飞扬，笑若雪，英挺的身姿、绝世的风神、无匹的剑锋，永远令人感觉热血沸腾，渴求一场生死之战，那种对决与征服、流血与杀戮的快感，倾尽天下不过如此。姬沧眉峰骤扬，逐日剑随手飞去，半空中皇非抬手拔剑，一道剑光夺目而出，落焰纷飞，在这剑光之下划开地狱之门。

狂浪拍击城墙，烈火冲天如血。

剑锋对面，姬沧赤衣乌发随风飞舞，似是与这夜色狂焰融为一体，手中一缕妖艳的血色，铮然出鞘。

汐水江畔，撤离息川的王师在离七松岩不远处的山岗上暂停前进，虽然隔着数里之遥，仍然能感觉到大地骇人的震动，不远处的汐水亦因此掀起滔天巨浪，黑夜之中，汹涌不息。

子昊站在山顶高处负手遥望即将毁灭的息川城，风中送来浓重压抑的雨意，让人感觉窒息的闷雷一阵阵滚过黑暗，不断向着人心头压下，但他容色始终静冷若水，眼底那种漠然的悲悯让他在黑暗中看起来似乎更像一个无情的神祇，世人的命运挣扎，永远不会令之分毫动容。

叔孙亦沉默地站在他身后，看着不远处天崩地裂的景象，直到这时他方才明白，为何此次东帝必要亲自留在息川，这一座城池的毁灭、数万百姓的生死，根本不是他与宿英能够担负的责任，哪怕这一战终将扭转天下战况，带来九域一统的宝贵契机，但这以鲜血生命开辟的局面，亦必将受尽世人诟病，史笔如刀，千百年后史书上尖锐的评价，并不是每个人都能承受得起。

叔孙亦深深地吸了口气，对于眼前这个年轻的帝王，除了素有的敬服之外，居然生出了丝丝惧怕。如此决绝无悔的手段，楚国可灭，宣国可亡，哪怕王域臣民的生死亦不能动摇其心志，于毁灭中缔造重生，一手更改千年王朝的命运，倘若有朝一日九夷族阻挡了他的脚步，那么也必将与这息川城一样，陷入万劫不复的境地。而直到现在，他也无法明白东帝真正的心思，九域诸国未来的命运，如今早已不再掌握在自己手中。

一道惊闪划破夜空，在息川上方突然裂开狰狞的电光，巨大的声响自城楼上响起，轰然传遍天际。

此时汐水对岸，由方飞白和召玉率领的烈风骑驰上一道高坡，召玉遥望息川惊心动魄的情景，担心地道："君上为何一定要冒险入城，赤焰军一毁，外十九部首领各有异心，其中赤哈等三大首领更已与君上达成同盟的共识，姬沧便是不死也难再威胁到我们，更何况息川城如今的情况，又有几人能逃过这般浩劫？"

方飞白抬头看了看浓云密布的夜空，叹了口气道："姬沧与君上十年交情，非同一般，区区一座城池根本困不住他，就算是君上亲自出手，也未必有十足的把握杀得了他。"

召玉随口道："若君上杀不了他，那岂不是……"话说一半骤然停住，方飞白接着道："息川之战唯有一次，就如姬沧也不会有第二次机会与东帝联手暗算君上，事到如今，他们双方都已无留情的余地，此次不是他死，便是君上再难回来。"

召玉闻言心头一惊，这时深夜中两道身影掠上高岗，瞬间到了眼前，二人见是瑄离与吴期，纵马迎上前去，先后问道："城中情况怎样？"

瑄离回头看了一眼烈火冲天的城池，没说什么，吴期道："赤焰军余下几名上将被我们宰了，城内江水倒灌，已无立足之处，这样下去，用不了多久息川城便会消失。"

召玉焦急问道："那君上呢，他人在何处？"

此时瑄离转回头来，淡淡地道："他们决斗的城楼很快就要被淹没了。"

吴期蹙眉道："城中所有出路均已被水火封闭，若非瑄离先生熟知机关，我们俩也难出来，但相信凭君上的武功不会有事。"

瑄离轻轻一掸衣袖，道："换作平常倒也罢了，少原君什么阵仗没有见过，不过若他和姬沧交手时受了伤，那便绝对出不了息川城。"话音falls落，脚下山岗一阵剧烈的震动，汐水浪涛冲天，地面出现一道巨大的裂缝，向着高岗这边一直延伸过来，前方息川城半边城池徐徐倒塌，往洪水之中淹没下去。

众人都被这剧烈的地动震惊，眼见江水灌入裂缝，山石不断垮下，似有形成断谷之势。方飞白只得传令烈风骑向后撤退，众人驰马奔下高岗，召玉走在最后，频频回头，突然微一咬牙，竟调转马头向息川城奔去。

前方地裂越来越大，召玉娇声轻叱，纵马而过，跨越汹涌而来的江水，落在对面。身后传来呼叫之声，她却闻若未闻，急策骏马冲向快要毁灭的城池。风中传来浓重的烟火气息，闷雷滚滚，隐约在云层背后响起。待接近息川时，地面裂痕如织，江水横流，纷涌着向城中灌去，每行数步便有土石塌陷，马蹄深陷其中，再难前行。召玉索性掠下马背，施展轻功赶至护城河前，乌云下一道轻闪掠过，只见息川城已经坍塌大半，城门淹没水中，根本无法出入，半空中飞火纷落，骇人耳目。

召玉自幼在海边长大，熟知水性，眼见无法入城，随手将外袍甩掉，露出贴身劲装，纵身便跃入激流咆哮的护城河中，深深地潜了下去。

护城河与地底机关相连，湍急冰冷的水流灌向城下暗河，复又涌入城中。召玉凭借内功闭气不断下潜，饶是她水性极好，也是险象环生，但江水向城中倒灌，顺流而入却也节省她不少力气。过了许久，前方数道激流翻涌，形成大大小小的漩涡，更有许多泥沙杂物卷落。

召玉知道已到城中，借势而上冲出水面，刚刚睁开眼睛，一道黑影带着火光当头坠落，却是城上倒塌的鼓楼砸了下来。此时息川城早已经看不到半寸实地，水面上到处露出楼宇屋角，放眼望去牛羊人马浮尸成片，火光噼啪蔓延，一片天地将倾的骇人景象。

召玉避开落石，抬头看向城楼，就在她转身之时，唯一尚未被洪水淹没的城楼上突然爆开一道惊人的光芒。

即便隔着这么远的距离，召玉亦感觉到一股巨大的剑气冲流，江水掀起半丈高的惊浪，城头火焰在剧烈的气旋下向着乌云重重的夜空射去，赤色如血的剑光，伴随着金色烈芒直冲云霄苍穹，瞬间刺目如盲。

黑夜似被血色笼罩，云层之后闷雷震响，忽然裂开数道纠缠的电光，照亮水火大地。

一片白衣，一道赤影，在重云电光间同时飘落。

姬沧放声长笑："皇非啊皇非，竟能挡我百招剑法不露分毫败象，天人交感，这一场雷雨来得可真是恰到好处。"

皇非抬头看向流火纷纭的夜空，淡声道："星火陨，王者逝，此战之后，天地将崩。"

姬沧点头道："天命难违！"

皇非唇角勾出冷冽如霜的微笑，逐日剑锋芒渐亮，突然自他身前爆起一团耀目的光影，剑影雨落，刹那间姬沧周身前后尽被光焰笼罩，令人生出天罗地网的错觉。

姬沧狂舞的衣衫倏然静止，手中血鸾剑却响起一声若有若无的龙吟。

剑啸贯耳，焰光陡暗。逐日血鸾二剑以肉眼几不可察的速度骤然交击，但却没有发出任何声音。

皇非清啸一声，忽然向侧斜移三步。

若是此刻夜玄殇或是子昊那般高手在侧，定然会击掌大赞。只因皇非变招之间倏忽进退，完全任由身体做出最精微的反应，已是到了心神合一、妙至巅毫的超然境地。

剑下无情，无胜负，无生死，亦无成败得失。

就在此时，姬沧妖冶的红衣蓦然被风吹拂，猎猎狂响，周遭水雾急转如飞，生出雨骤风急，诡异莫名的景象。

天地雷鸣，再次滚滚而过。召玉目瞪口呆地看着城楼之巅赤龙般疾飞狂舞的雨光，周遭燃烧的烈火，似是云焰丛生，在那惊心的赤色之上笼罩重重金色的光芒，如同神迹般离奇骇人。

皇非俊冷的双目中爆出慑人的精光，逐日剑烈芒大盛，先是破空而起，跟着速度激增，长虹追月般划过两人之间风雨肆虐的夜空，向着姬沧眉心电射而去。

大雨倾盆而下，阻挡了召玉的视线，凌空肆虐的剑气更是激得她睁不开眼目。

绝无可能臣服对方的两大高手，唯有以生死一决胜负，征战天下的王者之路，永远是为强者所开。

　　姬沧纵声长啸，冲天斜飞，一个翻腾竟到了城楼之外，双足之下便是水火交流的城池，而他如神魔莅世一般凭空虚立。

　　随着周遭真气不断流转，血鸾剑邪异的光芒好似血凤展翼，可以想见这最终的一击将是怎样的惊天动地。

　　皇非唇畔的笑容已经彻底消失，取而代之是无法用语言形容的决绝冷酷的神情。剑芒忽然敛去，现出卓傲的身姿，便如白龙穿云，直掠而去，完全无视自己正身处烈焰飞舞的高空。

　　半空中逐日剑金色的锋芒掠过风雨水火，带出席卷八荒的凌厉剑气，无光无色，唯有一片沉沦的血红。

　　日落千山天地终。

　　血凤亦在此时惊云破雾，冲上雷霆九霄。

　　电光闪过，现出两柄绝世利器令人目眩神颤的交锋，召玉被这突如其来的场景骇得魂飞魄散。重云之下厉啸震耳，突然爆起了光照数里、震破虚空的电光火团。

　　大片大片的乌云当空倾泻，息川城上日月无踪，天地失色，一道刺目的流光划过无底的黑暗，向着岐山方向遥遥落去。

　　日落星陨，直坠苍天。暴雨渐收，露出危楼残城，火光之中对立的两人。

　　飞焰迎风起舞，在华魅无双的赤袍上徐徐盛开，血流沿着城楼石阶蔓延而下，曼殊花开漫山遍野，无边无际的艳色，染透了一人手中逐日光芒，点点滴滴自剑尖落下，化作一泓晶莹潋滟的碧泉。

　　四周楼阁早已经不住剧烈的冲击，纷纷下沉坍塌，逐渐没向洪流之中。漫天火舞，仿若落花，流水滔滔，长逝而去。

　　姬沧仰头向天，看向风雷云动的夜空，血鸾剑回手入鞘，说道："好一招日落千山，好一柄逐日剑，好一个少原君。"

　　皇非转身道："我曾经说过，我若再胜了你，你的性命便是我的。"

　　姬沧长叹一声，走向那张血玉古琴："今日之后，世上血鸾剑葬，夺色琴绝，可惜直到今日，你我终究还是敌人。"

　　"的确可惜。"皇非忽然笑了一笑，"一山不容二虎，这样的道理，宣王又岂是今日才明白？"电光火舞中，他白色的衣衫猎猎随风，脸上神情看不出是喜是悲，那一丝笑容亦倏忽而逝，只余下相对的双眸，十年的光阴。方才两人最后一招交手，逐日剑一式"日落千山"终占上风，犀利的剑气早已震断姬沧心脉，此时生机尽绝，全凭他浑厚的内力支持，任是大罗金仙亦再无回天之力。

姬沧漫然而笑，落座案前："不错，所以本王毁掉烈风骑时也从未手下留情。只是有些事情本也分不那么清楚，无论敌友总算相识一场。"他抬手斟酒，皇非落座对面，举杯一饮而尽。

姬沧杯酒沾唇，广袖落处锦衣上魅红刺目，流离弥漫，已将飞云金线徐徐淹没："没想到宣楚两国叱咤风云，如今皆尽灰飞烟灭，倒成就了王族一盘江山棋局。"

皇非轻拭重归手中的逐日剑，说道："天下战局弹指存亡，不过寻常而已，待到终局之时，我必会让东帝付出应有的代价。"

姬沧长眸微闭，低声道："他的条件是什么？"

皇非淡淡地道："血玲珑。"

"血玲珑吗？"姬沧手腕轻震，掌心一泓赤光幽艳浮泛，血色灵石被他以仅余的内力催动，越发照得其人容色妖肆，直夺眼目，"九石出，天下一，这九域诸国分立千年，如今终于要到尽头了。"

玲珑幽光映入皇非俊眸底处，浮沉明暗，一片莫名的色泽。姬沧杯中酒尽，身子忽然微微一震，一缕艳红徐徐自唇角溢出，白玉杯上，色若琉璃，一直染透细狭的长眸，流出慊然笑意。

"也罢，今夜便再奏一曲，日后相见无期，你我缘分当绝。"

他随手抛掉杯盏，拂袖转身。

血色沿着冰弦漫开，一缕琴音响起在漫天战火之下。曾经沙场烽烟回眸相见，血战千军放手相搏，曾经大漠残阳纵马逐敌，碧波万里仗剑惊涛。放马江湖，曾有多少山间醉饮，共看清风流云，星月满天。琴上飞歌，曾有几度并肩红尘，共见千里繁华，烟雨江山。

杯中酒已尽，烽火漫天地。皇非自琴音响起便始终一言不发，眼底水火交流，仿佛一幕幕往事飞掠心头。几多胜负笑语，几时生死约誓，弦上音，三尺剑，都随这一天烈焰，化为残云飞烟。

千峰似海，曼殊花丛中，曾有一人一曲，苍山绝响，一人醉卧花海，白衣如雪，笑如风。

待到一曲终了，姬沧忽然仰首长笑，弦断琴裂，笑声戛然而止。空中雷电交加，风云摧，高楼崩，此时的皇非，一口鲜血喷出，手中玉杯成片。断琴晶玉碎成齑粉，红衣白袍同时向着城下坠落，召玉惊叫一声："君上！"纵身扑了过去。

皇非一口心血喷出，坠入水中顿时清醒了数分，抬手触到一人娇软的身躯，只觉一股大力将自己向上推去，想起方才隐约间听到召玉的声音，反手拉住身后之人，同时冲出水面，回头看向城楼。

整座城楼崩塌下来，随着滚滚惊浪淹没殆尽，再无片痕，烈火暴雨从天而降，瞬间天地尽暗，曾经刻骨铭心的琴音飘然而逝，血鸾剑葬，夺色琴绝，这世上再也没有一柄剑，能与逐日争锋，也再没有一个人，能与少原君并肩纵横，指点江山。

"君上快走吧，息川城要毁了！"召玉看着四面洪水席卷而来，忍不住出声提醒。皇非微一闭目，断然转身，与她一起潜入水中，向来路而去。但这时江水肆虐，巨大的洪流不断冲入城中，狂涌咆哮，召玉之前顺流而来，未费太多力气，可是现在逆流而出，却几乎绝不可能。两人数次闭气下冲，皆被激流卷回，皇非与姬沧一战虽然斩杀宿敌，但自己也受伤不轻，如此牵动伤势，又是两口鲜血呛出，刹那间竟有种精疲力竭的感觉。

雷电风雨更添洪水威势，召玉眼见无法原路返回，潜下去摸索一番，回来道："君上，瑄离先生说过王师在四面城门都设有机关，只要找到机关枢纽，我们便能从城门出去。"

皇非调息片刻后说道："玉儿你无须在此送死，凭你的水性，一个人出去应该不难……"他话未说完，召玉忽然在水中紧紧抱住他，叫道："君上！玉儿既然回来找你，今天就算死也要和你在一起，玉儿生是你的人，死是你的鬼，不管发生什么事，我都不会独自离开！"

倾天暴雨淋漓激溅，电光下女子秀艳的双眸仿若火焰一般，有种决绝炽热的光彩，即便是漫天大雨之下亦那般清晰动人，直透心腑。皇非看她半晌，倏然一笑："说什么呢，本君怎么可能死在这里？启动机关需要时间，我们要在城毁之前找到枢纽所在才行。"

召玉眼中掉下泪来，滑落脸庞却早已分不清是雨水江水还是泪水，接着又是一笑，反身向水底潜去。两人一同寻到城门处，水中视线模糊，几乎分不清方向，一口真气用尽，不得已又浮上水面。城中暴雨遮天，仿佛末世降临，四周到处都是骇人的漩涡，稍不留意便会被卷入其中，再难脱身。两人再次下潜，依旧一无所获，召玉摸到城门却无法探知机关，不由心急如焚，拔出腿上水刺奋力戳向城门。皇非抓住她的手，摇了摇头，正要带她上去，却突然感觉城门轰隆一震，忽然徐徐向上打开。

召玉大喜之下，险些张口欲喊，但是城门开时，外面一股激流迎面冲入，猛地将她向后推去。

皇非反手拉她，却被激流一同卷入，就在这千钧一发之际，城门处忽然有人伸手扣住了召玉肩头，将他二人向外拖去。召玉水性本佳，得此助力与皇非一起全力上冲，过不多三人同时冲出水面，暴雨中看不清那人是谁，跟着一个巨浪打来，将他们再次向下冲去。

　　那人显然水性更甚召玉，始终紧扣她的手臂，三人顺流漂浮，有惊无险，最后终于在汐水下游上岸。召玉刚刚喘了口气，发现救他们出城的原来竟是瑄离，想来也只有他能够在这么短的时间内开启宿英所设的机关，打开城门，方要开口道谢，身后忽然传来一阵惊天动地的巨响。

　　召玉蓦然回头，只见整座息川城全然沉没在黑暗之中，再也见不到半点踪迹。她永远忘不了此时皇非望向息川的眼神，那是一种绝利的锋芒，更是一种深刻如刃的感情。当息川城与赤焰军一同毁灭时，曾经威震天下的烈风骑踏破雨夜呼啸而至，皇非吐掉口中鲜血徐徐起身，亲口发出了追击王师的命令，夜空之下暴雨止息，乌云风雷滚滚而来，卷向黎明之前的九域大地。

第六卷

一阵微风吹拂衣发，
玄衣女子勒马回望天涯，许久之后，
清魅迷蒙的面容之上，
竟有一滴清泪徐徐滑落，泪染尘埃，此生如梦。

第一章 明修栈道

东帝七年末，息川城毁于战火，方圆百里尽作废墟，赤焰军十万雄兵葬师城下，宣王姬沧薨。

宣国国主薨逝的消息尚未传回，王都五门已被之前潜入城中的烈风骑暗中封锁。癸巳月戊午，少原君回师支崤，假传宣王旨意，与天工瑄离设计风云殿，诛杀宣国十三重臣，控制王宫政权。失去赤焰军的支崤城翻天易主，已死的数名赤焰军上将被宣布为叛臣，罪连眷属，各府府兵意欲联手反抗，惨遭烈风骑铁血镇压，一日枭首七百余众，悬示中门。

与此同时，宣国外十九部重兵横扫王域，一路攻城略地，烧杀洗劫，所过之处沃土化作赤地，汐水江畔战火肆虐，血流千里，一直染透冰封的大地，向着帝都汹涌而去。

癸巳月辛酉，穆王玄殇发白虎军精兵三万阻击进犯雍江的速伦兵部，于东临渡大破敌军，亲手斩杀速伦，歼敌万余。速伦残部匆匆北逃，被赤哈、莫多两部联手偷袭，金银财物洗劫一空，自此除名北域。

百里战场硝烟未熄，遍布雍江两岸，朔风残雪，席卷杀伐之气，夜幕降临时，白虎军大营燃起丛丛篝火，照亮一望无际的雪原。子娆乘坐跃马帮战船返回帝都，早已听说捷报，此时到达大营，战士们仍在收拾战场，救治伤兵，搬运粮草补给，各营一片忙碌。

穆王大帐设在中军之前，风雪吹动篝火闪烁，不时有战士巡逻而过，传来肃然整齐的脚步声。帐中数盏卧虎金灯高燃，彦翎跷着二郎腿躺在整张虎皮铺就的王榻上，嘴里叼着块肉干一边大嚼一边道："不对不对，我有种不好的预感。"

金灯下的人正挥笔签发诸将拟送上来的军令，头也不抬一下，随口嗯了一声。彦翎见他半晌再没动静，又道："喂，你知道我在说什么吗？"

"什么？"夜玄殇仍旧专注于案前文件，灯前侧颜轮廓分明，一举一动淡去素日散漫，颇有些冷峻滋味。

彦翎一个骨碌爬起来，抽出案头一张密信，道："美人堂主几天前冒充百仙圣手接近皇非，人在伏俟城中。"

夜玄殇点头又嗯了一声。彦翎继续道："据颜菁回报，九公主刚刚从伏俟接了个神医出来。"

"嗯。"

"哎，你怎么一点都不着急？"彦翎忍不住跳起来道，"九公主接来的那个神医是百仙圣手蝶千衣！"

夜玄殇签完最后一道军令，终于抬起头来："来人！"一名白虎秘卫快步而入，取了军令退出之后，他才问道，"那又如何？"

"别告诉我你想不到。"彦翎凑到灯前，"九公主去找皇非要人，哪里有这么轻而易举，定是用了什么重要条件作为交换，如今换回个假神医，你说会怎样？"

夜玄殇从他手中取回密信，说道："姝儿此次行事极为隐秘，就连白虎军中亦无人知晓。皇非之前若未察觉神医有假，那她早便应该得手，不会拖到现在都没有消息，宣都支崤也已成为无主之城。若她没有得手，皇非便是知道其中不妥，顺水推舟将人交给子娆，双方交换利益，姝儿想要借机脱身，自然也不会说破。"

彦翎靠着王案，吊儿郎当地道："所以我才说不妙，你想按九公主的性子，被人莫名摆了这么一道，岂会跟美人堂主善罢甘休？弄不好你便要后宫起火，殃及我这条负责通风报信的池鱼。"

夜玄殇道："姝儿一心对付皇非，于各方皆是有益无害，所以我当时也未多加干涉。至于蝶千衣之事，不过是阴错阳差，实属意外，而且并非无法弥补，姝儿既然冒充了神医，便必然知道真正的蝶千衣现在何处，寻她出来并非难事。"

彦翎道："话是这么说没错，但不知九公主会不会这么好心性，美人堂主心机多变，她不说破此事，只怕是想借机对帝都……"话说一半，外面响起白虎秘卫的声音："殿下，九公主他们到了。"

彦翎"哎呀"一声："不好，说来就来了。"再一回头，见夜玄殇起身出帐，急忙跳起来跟了上去。

江畔战船靠岸，殷夕语早已率人下到码头，督促帮众搬运辎重粮草，看见夜玄殇过来，众人纷纷侧身行礼。夜玄殇挥手命侍卫留下，登上二层甲板，子娆正独自站在船头，江月寒风，吹动紫裘玄衣，隔着茫茫夜色勾勒出女子修魅娇娆的身姿，迎面战船列阵如云，两岸白虎大营气势森严，令人不由联想到沿途激烈的战火，十九部大军进犯王域，势头甚盛，但此次穆国正式参战，对于阵脚未稳的宣都来说绝对不是什么有利的消息。

听到脚步声，子娆自远处收回目光，转眸看向身披玄氅龙行虎步的男子，漫然笑说："恭喜穆王殿下今日大破敌军，速伦军部乃是宣国外十九部中实力最强的一部，不料甫一交锋，便被白虎军杀了个落花流水。"

夜玄殇在她身旁站定，眉宇轻轻一扬："可惜你来迟一日，否则这场仗便可并肩杀敌，更加痛快。"

子婳凤眸细挑，不疾不徐地道："来日方长，不急在这一时，宣国虽失国主，却也并非朝夕可破，何况还有皇非手中的烈风骑，往后少不了硬仗要打。"

夜玄殇颔首道："皇非一旦稳住支峥城的局势，很快便会有所动作，这外十九部军队留之难以驾驭，除之未免可惜，不过是他提前送来消耗我们战力的弃子。"

子婳斜倚船舷，慵然道："既是弃子，扫除了便是，不也正遂了你练兵的心意？"

夜玄殇负手远眺，倏然笑道："知我者子婳，再有三五场仗下来，白虎军便唯我王令是从，大家各得其所。"

子婳眸光若流萤，魅然转视身边男子："你倒是坦白，不说什么九域诸侯效忠帝都，出师勤王也是理所当然的话，否则我还真要好好想想该如何回答才是。"

夜玄殇目露笑谑，微微倾身向她，从这角度恰好能够欣赏女子清艳妩媚绝色的眉目。微风轻拂她柔魅的长发，在两人之间曼妙飘舞，夜色成丝，迷人眼目，他微笑惬意，闲散地说道："场面上的话我且留着去与东帝客气，大家讨价还价，说不定多有收益。至于你我，又何必拐弯抹角，九公主一句话，本王可是赴汤蹈火，在所不辞。"

子婳含笑嗔他一眼："我那王兄心深似海，可不是什么好相与的人，到时若吃了亏，可莫怪我没有提醒你。"江风霰雪，明月倾洒波涛，夜玄殇潇洒地耸了耸肩，姿态从容，随口问道："蝶千衣可在船上？"

子婳侧首望向船舱："这位神医似是有些孤僻，路上一直独处一室，很少出来见人。"

夜玄殇挑了挑眉梢，已知船上必然是白姝儿所扮的冒牌神医，此举自是为了避免穿帮，略加斟酌，道："有件事情跟你商量，我想请蝶千衣在白虎军中暂留几日。"

子婳睫光微动，流露询问之色。数步之外，负责保护蝶千衣的聂七、萧言等人听到亦觉诧异，大家皆知九公主费尽心思自少原君手中换出这百仙圣手，为的乃是东帝病情，而且一出伏俟城便调了跃马帮战船连夜赶路，片刻不曾耽搁，如何肯让人中途无故滞留。子婳看了夜玄殇片刻，问道："出了什么事？"

夜玄殇凝望她清眸颜色，微微一笑，抬手替她一拢披风，道："是我军中一点小事，也没什么要紧。十日之后我亲自将人送回帝都，顺便向东帝问安，如何？"

一轮江月分明，照见雪光浮沉，夜色下男子深邃的双眸一眼望不见尽头，叫人仿佛置身苍山云渊，横看成岭侧成峰。但无论何时何地，他唇畔那丝散漫的轻笑却永远让人想起江湖初遇，那个恣意潇洒而又风流冷酷的夜三公子。

人生如初见，知己一杯交。子婳心中忽然有种奇异的感觉，不由多看了夜玄殇一眼，眼梢隐隐流过清莹的微光："不由分说便来要人，可抵我欠你那一顿美酒？"

夜玄殇摇头笑说："那可不行，酒债归酒债，人情归人情，不抵不赖。"

子娆挑眸道："你这人做了穆王怎么反倒小气起来，莫非我这一位神医还抵不过你一顿酒钱？"

夜玄殇道："那是自然，与美共饮的机会千金不换，怎样，这人你给还是不给？"

子娆修眉一漾，刹那间轻笑妖媚，风月流光："不抵便不抵，本公主比你大方，十日后在帝都等你，你便拿神医来换酒好了。"

这一句话便等于将东帝的安危交付，明知事出有因却毫不追问，萧言、聂七转头对视，眼中都露出难掩的诧异。这时一名白虎秘卫匆匆登船，在夜玄殇耳边低声说了几句话，夜玄殇剑眉微蹙，转而看了子娆一眼，道："这里便交给秘卫吧，先让人送你去王帐休息，我处理点事情，稍后便来。"

白虎大营中一处军帐，穆王到时，彦翎、颜菁、卫垣、虞肖等已皆在帐中，片刻后扮作百仙圣手的白姝儿亦抽身赶至此处。帐外因有白虎秘卫把守，闲杂人等一律不得接近，秘卫首领虞肖见过穆王之后微一示意，旁边秘卫掀起当中担架上的白布，露出一具女子尸身。

那尸体白发紫衣，面容虽已被水浸泡，但仍能看清几分眉目。虞肖回禀道："这是秘卫在雍江上游发现的，看情况乃是数日之前真元散尽而亡。我们大都未见过妙华夫人真容，不敢断定是否是她，所以立刻回禀殿下知道。"

"是她。"夜玄殇微微点头，命秘卫掩上白布。白姝儿见到这尸体，心中倒觉三分惊讶，不知妙华夫人怎会落得如此下场，但见夜玄殇面色不改，似乎早已料到此事一般，不由暗地思忖，却无意中发现当夜玄殇确定此人便是妙华夫人时，近旁卫垣眼中依稀掠过了一丝异样的神色。

虞肖挥手令人将尸体抬出，跟着问道："殿下，妙华夫人死因似乎有些蹊跷，是否要着人仔细追查？"

夜玄殇沉思片刻，道："不必了，这事到此为止，不准任何人走漏消息。"跟着转头问向白姝儿，"真正的蝶千衣人在何处？"

白姝儿道："当日我换了蝶千衣出来，便将人送去了一指峰，借她的身份接近皇非，可惜后来被皇非识破，迫我配合他蒙蔽宣王，暗中夺权，此番倒是便宜了他。"媚眸稍转，复又问道，"殿下可需姝儿继续借这百仙圣手的身份前去帝都，探查一下东帝的真正底细？"

夜玄殇抬眸扫去，眼底含笑却看得人心头一跳："卫将军觉得是否妥当？"

卫垣咳嗽了一声，目光往颜菁一瞥，蹙眉道："东帝虽然年轻，为人却十分精明，此事若处理不好，反而影响我们与帝都的关系，不过白堂主也是替穆国着想，究竟如何，还请殿下定夺。"

这话说得四平八稳，不偏不错，白姝儿眉色轻掠，闪了一眼外面："殿下是否当真信任王族？东帝一年之内灭楚伐宣，如何肯眼见穆国安然坐大，成为唯一能与王族抗衡的力量，我们若无防备，只怕有朝一日兔死狗烹，九域诸侯便都真真成了他手中的棋子。"

彦翎在旁点头道："美人堂主的顾虑也不是全无道理，不过话说回来，若是九公主真成了穆国王后，那这就另当别论了。"

虞肖在旁点了点头，一直没有开口说话的颜菁此时亦道："殿下，这是最稳妥的法子，两全其美。"

夜玄殇隐约一笑，说道："我会亲自入帝都与东帝一谈，一切待到之后再做决断。"随后转向白姝儿道，"十日之内，你调动自在堂所有人手，给我将蝶千衣平安带回。"

"是。"白姝儿媚眼流转，些许微芒轻藏睫下，低下头道，"殿下放心，九公主既然急着要人，姝儿便一定让她满意。"

离开大帐时，虞肖自去处理妙华夫人后事，颜菁等人另有军务禀报，亦随夜玄殇而去，白姝儿待众人走远，行至卫垣身旁，袅袅停步："卫将军。"

卫垣目送一队巡逻士兵经过，头也未回地道："堂主方才未免也太不小心了，那颜菁乃是帝都的人，有些话在他面前还是多加斟酌的好。"

白姝儿轻笑一声，冷冷地道："将军不也一样是帝都的人？食我王俸禄，忠我王之事，他若是敢出卖穆国，我便让他有来无回。不过将军毕竟比姝儿思虑周全，不知那妙华夫人，将军可发现有何不妥？"

卫垣侧头看了她一眼，白姝儿美目轻转，道："姝儿与将军一向配合得当，各得其所，如今殿下若以九公主为后，颜菁等人必受重用，宫府大权旁落，恐怕最后就连殿下也难控制全盘，将军与我不若早做打算。将军不妨仔细想想，倘若一统天下的是穆国而非帝都，那情势又将如何？"

卫垣面色深沉，不露分毫情绪："堂主可曾知道，那九公主背后的帝都有着何等势力，撇开东帝不说，单凭王族正统的名分，九域天下便人人都要另眼相看。殿下若与王族联姻，对穆国来说是有益无害。"

"姝儿当然知道联姻的好处，否则当时为何要费尽心机破坏王族与少原君的好事？但以现在的形势来看，只要我穆国保存实力，帝都与北域很可能两败俱伤，到时候九公主嫁与不嫁，便也无关紧要了。"白姝儿娇声软语，眼中漾着冷媚的轻光，"将军不必多虑，其实姝儿也不过是想问上一问，不知方才将军可曾看出些什么，又知道些什么？"

卫垣目光在她媚艳动人的脸上转了一转，片刻后道："方才那具尸身虽然被水浸泡，面目有所改变，这妙华夫人的模样看去也已经十分苍老，但却让我依稀想起一个人。"

白姝儿道："哦？是谁？"

卫垣抬头远眺，若有所思地道："这人让我想起九公主的生母，昔年襄帝的宠妃，娟夫人。"

"娟夫人？"白姝儿眸心倏然一收，雪月之下，掠过了一道冰寒分明的冷光。

赤峰山，宣国王陵。

巨大的赤石墓门徐徐滑开，现出深长寂静的墓道。瑄离屏退侍卫，独自一人沿着森然的灯火走向这耗费了十余年时间、由数十万工匠修造而成的宣王寝陵。一排排青铜壁灯幽暗闪烁，道路尽头，一个红衣男子正负手静立，抬头望向镶嵌于石壁之上原本属于宣王的黄金棺椁，四面宏伟精致的壁画构成一幅幅瑰丽玄虚的图案，一眼望去，人立画中，恍入神界。

瑄离来到他身后，暂时没有说话，那人也并未回头，淡声道："从你来到宣都的那一日起，花费了多少心思，直到今天，这座陵墓终于完工了。"

瑄离停了脚步："若非君上下令日夜赶工，甚至亲自督造，仅凭瑄离一人之力，这寝陵绝无可能这么快顺利完成。"

皇非转头看去，瑄离在那锋芒乍现的目光中低头欠身，掩下眉间浅淡神色："王域刚刚传回消息，速伦军部日前被白虎军重创，全军覆灭，赤哈、莫多两部昨日与王师交锋，似乎也吃了不小的亏。"

皇非俊美的面容之上闪过一缕淡淡的冷笑："外十九部三大首领各具野心，既然他们着急，便让东帝先行调教一下吧。"

瑄离道："穆王发兵参战，对我们威胁不小，外十九部恐怕抵挡不了多久，不知君上的伤势如何了？"

皇非与姬沧在息川城一战中受了不轻的内伤，但回到宣都之后闭关数日，已是功力尽复，此时赤焰军诸将"叛国弑主"早已是不争的事实，宣都发布令旨，以为宣王复仇之名清洗余孽，同时大肆征兵，举国备战。宣国素来国力强盛，不愁粮草军饷，不过半月时间，除了烈风骑原有精兵之外，便已招募大军数万，单就兵力而论，足以取代曾经的赤焰军。

皇非凝望高悬于上的黄金棺椁，道："宣王既然遭众将围攻而亡，本君的伤自然也不能好得太快，你传信出去，给外十九部首领指条路，让他们集中兵力，进攻洗马谷。"

"洗马谷？"瑄离眉梢微挑，略加思忖道，"洗马谷地处昔国境内，并非战略要地，就算被攻占，对王域也不会构成任何威胁，东帝恐怕不会放在眼中吧。"

皇非扬唇道："你放心，只要洗马谷受到威胁，东帝就一定会发兵救援。他虽然干脆利落地葬送息川，但绝不坐看子民受戮，更何况，那里还有九夷族遗民。待到王师阵脚大乱，穆王要应付烈风骑，便得付出一点代价了。"

瑄离心思灵透，一点即明，笑道："君上当真料事如神，不想短短数日，帝都的一举一动竟早已在君上眼中了。瑄离现在越发庆幸选择了一个正确的盟友，如今想来，宣王死得也并不冤枉。"

石壁上一双巨大的神兽俯身下望，目光仿佛洞穿远古，注视着如今站立在北域王权之巅的王者，高悬在上的灯火照亮赤衣红袍，如同火焰烈烈燃烧，令人不能逼视，然而皇非的语气却是冷的："他以为每次都能赢得了本君，甚至狂妄到自断臂膀，殊不知胜负不过一线之间，本君岂会接连两次输给他？"

息川之战皇非虽除去了平生劲敌，重夺兵权，但似乎并不十分畅快，较之以前的风流狂傲，却多了几分深沉狠戾，就连曾经追随他出生入死的烈风骑的将领，现在在他面前都颇有几分畏惧之心。瑄离眸光微抬，带出一抹意味深长的微笑："宣王本就是个狂妄自负的人，一个人太过狂妄，便会目空一切，除非遇到一个和他势均力敌的人。所以一直以来，赤焰军将领一旦战败唯死而已，宣王根本从未将那些人放在眼中，更加不会在乎他们的生死。但是在整个北域，无人不对宣王畏若神魔，心甘情愿为之所用，这个却是狂妄的魅力与气度。"

皇非目中闪过一丝奇异的光彩，好似岐山之畔划落的流星，冰冷而又炽热："赤峰山相遇，我与他斗了整整十年，他的确是个好对手，但最终还是要死在我的剑下。"

瑄离道："所以君上正是那个与宣王势均力敌的人，既相互吸引，而又渴望毁灭彼此。"

相互吸引，而又渴望毁灭彼此。皇非徐徐闭上眼睛，息川城中惊天的烈火仿佛仍在眼前燃烧，那人魅惑的神容也在烈火的背景下如此清晰。直到现在，他依然记得剑锋刺入他胸膛的感觉，那生死刹那，他分明在笑，如此痛快惬意，就像多年来每一次与他开怀畅饮或是并肩纵骑，伴那星月飞扬的笑容。

面对这冰冷的黄金棺椁时他才突然发现，十年争锋，十年快意，与那人在一起的时候似乎总能听到他的笑声、看到他的笑眸，鲜血染透剑锋，永远无法洗清，那双眼眸，竟然也已刻骨铭心。

黄金棺椁下是一片空洞的黑暗，那人早已与息川城一同毁灭，他的琴，他的剑，他的人。皇非负在身后的手缓缓收紧，放眼天下这双手已再无真正的对手，从此以后少原君剑下已再无人不可杀。这时候，瑄离的声音忽然重新响起在耳边："说到底，君上还是太了解宣王，否则也不能巧妙设计，使他以为君上始终处于掌控之中。只是有一事我却不太明白，白姝儿与君上有杀亲之仇，而且如今已经投靠穆国，君上为何这么轻易便放她离开？"

皇非回过头来，完美的面容在火光之下显得更加冷酷无情："这女人颇有些手段，穆国此次与帝都的联盟十分稳固，等闲难以破局，但只要她不甘屈居人下，便一定会设法算计帝都，从中生事，本君若是这时杀了她，岂非白白浪费一枚好棋子？"

瑄离点头道："君上万事料定，有备无患，但如此打算，是否还是为了那王族公主？"

皇非唇锋冷冷上扬，道："本君向来恩怨分明，王族与楚国这笔账，自是要落在她身上。你即刻替本君送一封战书到帝都，若东帝仍旧不肯让九公主入嫁北域，那么，便让他做好迎接烈风骑的准备。"

第二章 同气连枝

子娆将蝶千衣交给夜玄殇后，在白虎军中停留了几日，十九部重兵虽有意南侵，却被穆军阻在雍江，一时气焰暂熄。数日后九公主乘船回京，穆国白虎上将卫垣与统卫府上将颜菁亦随行觐见，战船顺风顺水，一日之间便到了帝都。

入城时已近黄昏，东帝却仍在九华殿未曾回宫，子娆听说北域一早遣人送来了战书，倒也不甚在意，命司引了卫垣、颜菁前去参见，独自便往长明宫而去。

晚雪修竹，御湖之上薄冰晶莹，倒映几株寒梅娇娆轻放，风吹薄暮，点点幽香如缕，一路飘上衣带云袂，飘落沉寂的寝殿。子娆步履轻慢，转过织锦回廊，拂开飞龙金帷，一直入了东帝书房。案前数沓奏章散放，随手一翻，那些振振言辞之下偶见他冷凝的笔迹，一转一折，无不勾画入心。她着眼看了一会儿，丹唇轻轻一勾，隐约便似轻笑，随手丢开那些奏章回头，一个丹红的"忍"字突然映入眼帘。

一字隐忍，笔笔血艳。

子嫦凝眸静立，想起那日初出玄塔，在他面前挥袖而书，写就这肆无忌惮的心绪，今时再见竟觉恍如隔世。世事辗转，山河变幻，多少国破家亡铁血生死，改了苍生运命，换了江山容颜，唯有那一个人，在她心头翻云覆雨，相思相见难相忘。然而他是她的王兄、天下的君主，此身重入帝都，这里的一人一物都提醒着一个事实，无论她是否是襄帝的血脉，身心灵魂又是何人，至少在世人眼中，她是王族的公主，他是雍朝的天子。

子嫦细了凤眸，忽然轻轻一笑，抬手处那些奏章落上银炭，焰光腾地燃起，复又渐渐熄下，最终在她冷魅的注视中化作一缕轻烟。

此时外面传来东帝回宫的通报。

夜色如幕，宫人侍卫都远远停在殿外，只有一人的脚步伴着重重金灯径自入内。子昊独自进入寝殿，走到玉案之前突然微微停步，目光侧处，唇畔掠过一丝浅淡的笑痕。他自行丢开王氅，站在案前随手翻了一下奏章，身后忽然有双柔软的手轻轻遮住了他的眼睛。

女子幽曼的发香带着温暖的呼吸便在耳边，他削薄的唇角笑意略深，道："回来了。"

身后女子柔声轻笑："你也不问我是谁吗？"

子昊抬手覆上她指尖，含笑转身："长明宫中除了你，谁还有这么大的胆子，奏章又藏到哪里去了？"

子嫦黛眉轻掠，瞄了一眼旁边："那些奏章吗？我烧了。"

"烧了？"

"烧得干干净净。"子嫦容色侧映灯火，明暗间清绝妖魅，如描似画，"既然那些朝臣说我妖女祸国，便让他们知道什么是妖女，我与那皇非如何，岂要他们多管闲事，当时我既不愿对皇非解释，现在自也懒得听他们聒噪。"

子昊随意笑笑，道："朝臣们自来如此，直言进谏也是他们的本分，不过几句闲话，你倒认了真。"

子嫦冷哼道："若说本分，昔日凤后当朝，怎不见他们如此仗义执言？庸庸懦懦、明哲保身，你好心性不跟他们计较，我却不怕这祸国干政的罪名，这次不过烧几本奏章，回头让我撞见，看我不拔了他们的舌根一个个送去刑漱司。"

子昊眼梢微微一扬，徐声道："朕是不是太宠你了，这般性情手段，日后怕不当真要让你毁了朕的江山社稷。"

子娆眸光轻转："怎么，王兄可是后悔了？"

子昊扶案落座，合目淡淡笑道："你几时见朕做事后悔过？"

"若说这个呢，好像倒也见过一次。"子娆在他身旁以手支颐，蓦地转眸浅笑，曼声道，"朕这一生做得最错的一件事，便是答应子娆入嫁君府，让她离开了朕的保护，这样的错误已经有了一次，便不会再有第二次……"她不紧不慢，字字句句软声道来，正是那晚宣军帐中他与皇非的一席对话。

子昊靠在软枕上半挑眉峰，凝眸打量那灯火深处如仙似魅的女子，火光幽幽跳动，照得那片片金云龙纹似在烟香之中缥缈游荡，缭绕纠缠，渐渐地，他便轻轻眯了修眸，挑了薄唇。她也不问他如何处置那北域的战书，他亦绝口不提此事，手中灵石串珠光芒流漾，仿佛一抹摄魂的颜色敛入那眸心，深深浅浅，染作墨色如玉一泓幽潭，待她含笑说完，他才开口道："那些朝臣的话似乎也只对了一半，妖女虽说是妖女，怕只还没修炼成精，说到底总还是要朕腾出手来护着才安心。"

他的声音稍稍有些低哑，修冷的眉目略带三分清倦，衬那一身九龙簇云织银纹玄袍，灯下看去却别有一番雍容风流。子娆轻轻地笑，随手把玩他腰间玉佩上的丝穗，一缕缕缠在指尖："君无戏言，你要护便护得彻底些，反正你是九霄上仙，神通广大，我再怎么修炼也不过是个小小妖精，脱不了七情六欲，忘不了人间红尘，我啊，也不想成仙，总归有人护着，说话算话便好。"

子昊一笑道："放心，朕既然说过了，到死也必护你周全……"话音未落，她的手指已抵上他的唇，声音幽柔，唇香轻漫："别说这个字，我还没活够呢，你若不在，我找谁去兑现诺言？"

子昊目光微凝，修削的手指抚过她脸庞，在那轮廓迷人的下颌处微微停留，片刻后笑道："莫非朕还生生世世被你这小妖女赖上了不成？"炉中沉香弥漫寝殿，雕梁画栋，如染烟云，子娆睫光轻轻扬起，触到他柔和清邃的目光婉转荡漾，仿若桃色幽幽融落深潭。她俯在他胸口轻声浅笑，柔柔呼吸吹向他耳畔："来世太远太久，我先要了此生再说，我赖不赖你没关系，反正你赖不掉我的。"

低沉的笑意蓦然自他胸口传来，那带笑的气息如此温暖，像是要将人的心弦融化，化作丝丝香云，缕缕轻烟。有着温柔笑眸的君王，眉目间也仿佛带了三分烟火气息，再不似那清冷云端无情的神祇。

红尘人间风流欢喜，又有什么能比得上两情相悦，枕间相伴？金风玉露镜花水月，又有什么能比得上夜色如斯，佳人在怀？幽幽烟香入幕，云帐散落榻前，子娆慵然依偎在子昊身畔，过了一会儿，柔声叫道："子昊。"

"嗯？"他低低应了一声，抬手揽她在怀，轻抚她宛若流水般清冶的发丝。

"子昊。"她闭目微笑，仍是低声叫他的名字。

"我在。"

"子昊……"

他含笑的叹息化作她唇畔轻吻，此时此刻，安静的寝殿中没有任何人会来打扰他们，长夜深处唯有彼此的呼吸纠缠，十指相扣。轻纱影里灯火柔，帐外深宫雪落花开，轻红满地，月光深处，一枝娇艳的红梅晶莹绽放，一天星月如许，灿烂安宁。

东帝八年初，白虎军据江而守，与王师两面夹击，连败赤哈、莫多两大军部，十九部大军屡次想要突破雍江防线，皆为穆军所阻，始终未能得逞。元月上旬，穆王玄殇命大将廖邺、少将虞肖驻军重山关，亲点白虎军三千精兵，与彦翎、白姝儿、殷夕语一道，护送百仙圣手蝶千衣南入帝都。

穆王一行到达帝都时，恰逢东帝闭关未出，却早已传下王旨，以诸侯中最高规格的九章之礼迎接穆王，九公主与王后且兰、昔王苏陵一同亲率六卿重臣出迎。

巍巍帝宫，浮云漫雪，雍江金水绕城而止，三千白虎军驻扎城外，不再前行，以示侯国礼敬王族之意。王城禁军自雍门始张列仪仗，九门神道接天阙，放眼金旗华羽万道，琼光雪色里耀得天地生辉。

御道两侧众臣肃立，九重天阶尽头，凤衣流金的女子立于紫伞宝盖之下，姿容绝伦，恍若天人。夜玄殇随着典仪官员踏上金殿，抬头一笑，微微挑了挑眉梢，目中不掩惊艳之色。子娆魅眸轻转，当着文武百官的面俯身靠近他耳畔，柔声道："惊云圣域冽泉酒，八百里快马刚刚送到，穆王满意否？"

王女帝姬容光夺目，娇娆笑语却似兰芝玉露，温柔到醉人。夜玄殇哈哈一笑，欠身道："公主厚爱，玄殇受宠若惊。"

子娆含笑瞥了他一眼，两人举止亲密，不避耳目，再加上先前便有传言，九公主当日西入穆国，与穆王早已私订婚约，群臣如今有目共睹，不由面色各异。说到底现在九公主仍是名正言顺的少原君夫人，日前皇非接掌北域兵权，遣使携血玲珑南下帝都，面见东帝，提出和亲罢战之议。多数朝臣都进言以和为贵，当送九公主入嫁北域，息事宁人，其中甚至包括向来主张动兵的大司马叔孙亦、大司空宿英。谁知东帝当朝挥笔，复以战书，只骇得朝臣群相失色。东帝如此态度，众臣无不明白九公主早晚将承大统，日后雍朝必是女主当国的局面，如今又见穆国威势，更加对九公主敬怕憎畏，莫以言表。

子娆转身时满含兴味地扫视众人，丹唇隐约一勾，随即伴了穆王扬袂而去。当晚流云宫中设宴，且兰等人与夜玄殇皆是旧识，何况穆国先时出兵，早已被视为帝都盟友，席间觥筹交错，气氛甚是热闹，就连一向话语不多的墨炘也与穆王相谈甚欢。但除了若有所思的叔孙亦之外，王后身侧的含夕也一直神情郁郁寡欢，只有在夜玄殇开口逗她的时候才多说几句话，酒宴方才过半，她便抱了云生兽起身道："子娆姐姐、且兰姐姐、夜大哥，我觉得有些困了，想先回宫去了。"

且兰笑道："你这丫头是否刚刚贪杯多喝了酒？也罢，便让她们先陪你回去休息吧。"

含夕看了一眼且兰自重华宫调来服侍她的几名侍女，道："我不会喝酒，明天再来找夜大哥玩。"说完便要带着侍女离开。正在这时，外面忽有先机营之人匆匆而入，到了苏陵身后低声说了几句话，苏陵向来处事沉着，闻言却是脸色微变，紧跟着低声追问来人，神情越发凝重。

子娆在席上瞥见，挥手令侍酒的宫人退下："出了什么事？"

苏陵起身道："公主，前方刚刚传来军情，宣国十九部大军联手进攻洗马谷，现在前锋军已经到了昔国境内。"

子娆心头一凛，目中闪过诧异，且兰与叔孙亦同时色变："什么？十九部大军方受重挫，怎么会突然进攻洗马谷？"

洗马谷中不但有九夷族故国族人，更有日前自王域疏散而去的百姓，昔国驻军本便不多，眼下大半正追随王师作战，余者不足万人兵力，除了本国防御之外，要保护洗马谷的百姓根本力不从心。苏陵眉心轻蹙，道："军报已经证实无误，洗马谷中皆是手无寸铁的百姓，昔国兵力不足，若不及时调兵救援，后果恐怕不堪设想。"

子娆手把玉盏，一时不曾发话，片刻后转向且兰，低声问道："九夷族人隐居之处，你是否曾对皇非提起过？"

且兰摇头道："绝对没有，洗马谷乃是当日王师练兵所在，更关系我一族安危，我怎可能轻易告诉他人？"

子娆直起身子，修眉淡淡一挑："此事蹊跷，对方如何得知洗马谷的情报？北域大军突然行动，目的显然是要引王师出兵，自目前王师驻地到洗马谷必经天行道，若是对方在那处设下伏兵，我们根本无从防范。"

在座众人无不久经沙场，对九域地形了如指掌，皆知此言非虚。东帝闭关前曾命九公主摄政，没有她的印玺，无人能调动王师一兵一卒，叔孙亦当即离席跪下，道："公主！洗马谷眼前危在旦夕，请公主看在九夷族为帝都出生入死的分上，千万施以援手，否则，此次非但九夷，就连昔国也难逃厄运！"

子娆淡淡地睨了他一眼，道："洗马谷中皆是我王族臣民，我自不会见死不救，但若明知敌军设下陷阱，还要自投罗网，那便是愚蠢至极。"

四周晶帘微光折入座上魅艳的凤眸，如同薄雪冰影，刹那一掠而过。叔孙亦面色一室，顿时说不出话来。苏陵虽也心急如焚，却向来思虑稳重，沉默片刻深深叹了口气，道："此时使臣手中的战书只怕还未送回北域，十九部大军已然有所行动，对方这是有备而来，此举摆明了要迫王师出兵，打乱我们在雍江沿线的部署，亦看准了我们不会坐视不理。公主，帝都的防御绝对不能轻动，且让臣领兵回国吧，立刻启程或许还来得及。"

他的态度虽然温文平和，但话语中已是存了一去无回的决心，作为昔国之主，无论如何都不可能坐看子民受戮，但只凭昔国的军队想要对抗北域大军，却无异于以卵击石。且兰即刻道："公子万万不可，若无大军应援，昔国势将难保。"

苏陵微微躬身，说道："殿下，大局为重。"短短数字，在座诸人无不凛然，整个流云宫忽然陷入一片安静，包括门口尚未离开的侍卫在内，所有人都看向苏陵。四周灯火倏暗复明，照出蓝衫湛湛俊雅如玉的身姿，他以"殿下"称呼且兰，而非王后，乃是以昔王身份对九夷族族主说话，更加透露出家国取舍之意，抬头之时，目光映了重重灯焰，显得清明坚决，"殿下应当清楚，我们的敌人并非只有十九部蛮族那么简单，日前与赤焰军一战，息川防线已失，若此时贸然抽调王师兵力，被对方趁机突袭帝都，那么后果便不只是一个洗马谷了。昔国军队牵制敌军时，请公主与殿下审度时势，若有机会两面夹击，我们或者还能挽回这一局。"

"苏公子……"且兰欲言又止，心中乱作一团，明知情势所迫，一时不知该如何劝说。叔孙亦抬头望着殿上，身侧双拳紧握。这时候，子娆忽然轻声笑了一笑："真是有其主必有其臣，自己心中决定，总也不想想别人的心情。"她起身步下玉阶，徐声道，"我记得以前王兄曾经说过，棋局对弈最怕的便是被动应对。如今人家落一子，我们便应一子，人家想牵着我们的鼻子走，我们便投怀送抱。昔国损兵折将，东线防御尽失，帝都又能安坐多久？昔王少安毋躁，传令先机营派出人手，且先打探敌军动向……"她话未说完，对面楼樊腾地拍案而起，大声叫道："说来说去就是不出兵，等先机营回来，洗马谷早被夷为平地了，打仗便是看谁拳头硬，管那么多干吗？公主若是害怕北域，我们和昔王一道，自己去救自己族人！"

子娆倏然转身，眸光冷冷一挑，未及发作，且兰已抢先喝道："楼樊，住口！"楼樊满脸不服，叫道："苏公子对我九夷族有大恩，若他要与敌人拼命，我楼樊也愿舍命相陪！"

子娆心知这楼樊是个莽汉，虽见他言行无状，也不欲与他计较，微微蹙了蹙眉，这时席间忽然有人朗声大笑："楼将军之言甚得我心，恩怨相酬，这才痛快。"只见夜玄殇把盏起身，转向子娆微微一笑，"常言道兵贵神速，不知公主愿否给穆国一个机会，白虎军驻扎之地距离昔国不过百里路程，且可绕开天行道进军，绝无后顾之忧。让颜菁快马赶去传我军令，亲自率兵出击，定可确保洗马谷的安全。"

颜菁其实早有此意，见国君发话，当即跪地请命。彦翎丢开美酒来到夜玄殇身旁："若是去终始山，我倒知道有条捷径，从雍江口过金石岭可以直达昔国，嘿，看在美人公主的面上，我随白虎军走一趟吧，弄不好还能杀对方个措手不及！"

此言一出，众人皆是大喜，不想事情有此转机。且兰大大地松了口气，对夜玄殇投去感激的目光，夜玄殇隔案举杯，对她潇洒地欠了欠身。这时候他身旁的白姝儿突然转眸扫了卫垣一眼，卫垣与她四目相触，微一思忖，起身道："臣已在帝都耽搁了多日，既然已经见过主上，不如与颜将军一同回去，讨这一份功劳，定让北域大军知道我们的厉害。"

他乃是白虎军的直接将领，此言合情合理，子娆凝视他片刻，微笑道："也好，将军退敌之后不妨亲自走一趟洗马谷，或许能见到多年想见之人。"

卫垣心头蓦地一震，自然知道她所指何人，子娆这一句话，等于放他彻底为穆王效力，此后无须再受帝都节制，然而话中之意也只有两人心知肚明。卫垣俯身拜下，口中称谢，低头之时，眼中闪过前所未有锐利的锋芒。

夜玄殇目光扫过殿前两名上将，对子娆扬了扬眉，悄然抬手一指案上酒瓶，目露戏谑之意。子娆睫光微抬，丹艳的唇角轻轻一勾，隔着琉璃灯影张开口无声无息说了两个字"酒鬼"，跟着展颜轻笑，那潋滟的容光似水，直看得人心魂一漾。彦翎眨了眨眼睛，突然靠近夜玄殇，低声道："喂，小爷这次辛苦跑一趟，替你讨好美人公主，他日水到渠成，你可要记得我这份天大的人情。"

"唔。"夜玄殇点了点头，亦压低声音道，"那是自然，这人情我看不然现在就还了你。"彦翎不由一愣，夜玄殇一把搭上他肩上，转头对子娆道，"公主可否帮忙跟王上讨一个人，这小子看上了人家柔然族那个轻功不错的小姑娘，一直不敢吭声，这次想借机求王上做媒，成全他一片痴心，自己不好意思开口，要我帮忙问上一问。"

彦翎顿时面红过耳，却被他压住动弹不得，咬牙低头道："夜玄殇，你……你……小爷跟你有仇啊，这种事怎么能在大庭广众之下说？"

夜玄殇笑道："我是怕你去私下表明心意，万一被人拒绝了，金媒彦翎颜面何存，不如由王上出面指婚，想那遥衣姑娘怎也不好违命。不过你若不愿的话，现在反悔也不迟，怎样，考虑好了没有？"

彦翎窘得满面通红，但要说不肯，那是怎么也不能出口的。子娆等人皆是忍俊不禁，大家这么一笑，席间原本有些紧张的气氛立时冲淡了不少。子娆道："放心好了，我即刻安排斛律遥衣专门负责传递白虎军消息，待你二人从洗马谷回来，便正式禀过王兄，将遥衣许配给你，如何？"

众人纷纷向彦翎道喜，彦翎虽然有些不好意思，心里却当真乐开了花，咧着嘴挠头道："多谢……咯，多谢公主，那个……咯咯……"

"谢我那句可免，两清了。"夜玄殇含笑在他耳边说了一句，这才放手将怀中令符丢给了他，"如此你们快去快回，说不定还能在帝都喝你的定亲酒。"殿中说话之时，外面早已备好了数匹快马，彦翎三人当即辞别众人，持了穆王金令日夜兼程赶去军营。

第三章 桃夭忘忧

洗马谷虽有穆国相助，王师却也少不了一番布置安排，于是提前结束宴席，众人一同辞去。夜玄殇走在最后，刚刚步出大殿，身后灯焰流光，子娆披了白狐风氅来到他身边，含笑转眸："跟我来。"

她自侍女手中接过一盏琉璃灯，对他回头一笑，轻盈踏雪向着夜色深处而去。夜玄殇欣然举步随行，子娆手中灯焰随着清妩的衣袂熠熠生辉，两人转过琼台御湖，穿过雪苑梅林，一直出了流云宫来到一所废弃的宫殿之前。

子娆停下脚步，仰头望向那蒙尘的殿阁，夜玄殇就着她手中灯光看见前方匾额上题着"琅轩宫"三字，听她轻声道："这是我以前住的地方。"她抬手推开殿门，夜玄殇接过她手中青灯，和她一起拂开积尘进入宫苑，半阙孤月淡隐天际，忽而被浮云遮蔽，唯余一片黯淡的光影。子娆踏着满苑枯叶残雪前行，这宫殿显然已经废弃多时，四下空空荡荡阒无人声，不知何处几点梅花落在尘雪之中，仿若滴滴凝固的血色。

"我好久没有回来了，自从王兄亲政之后，琅轩宫便成了废殿，他不准我再来这里。"子娆一边漫步走过重重楼台殿阁，一边说道。夜玄殇随口问道："为什么？"

"因为我在这里被囚禁了整整七年。"她在一块空地处停住脚步转过身来,雪白的狐裘映了灯焰,有种清冷的风姿。只见她闭上眼睛,轻轻迈开脚步:"从这里开始,一共二十七步,再转过来走,也是二十七步。"她在雪地中走了一个来回,最终站在两排脚印交叠的中心,抬头仰望深夜,"这里原来镶嵌着一块晶石,不阴天的时候,倒也可以看见星星,但若像今天这样子,塔里便是一片漆黑的。我一个人在这里待了两千五百五十九天,天天都憎恨黑暗,憎恨那个将我囚禁的人。后来王兄派人拆了这座玄塔,做了太后凤妩的陵墓,现在我住着的地方,他也永远让人亮着灯火,彻夜不熄。"

夜玄殇昔时虽为质子,却也曾听说过襄帝的九公主为凤后囚禁塔底之事,更加知道子娆其实与那凤妩的关系非同寻常,叹了口气,来到她身后柔声问道:"好端端的,回来这里干吗?"

子娆回头轻轻一笑:"刚刚想起有样东西你定然喜欢,来取了送给你。"说着对他招一招手,加快脚步向宫苑深处走去。这琅轩宫废殿甚是冷清,但越往僻静之处却似乎越觉温暖,待到后来,四周竟见花草之迹,星星点点若隐若现,折过一处山石,身畔忽闻花香,遥见几株花树亭亭而立,姿影绰约。夜玄殇原以为当此时节正值寒梅盛放,待到走近一看,发现竟是一丛桃林含苞待放,不由甚是惊奇。原来这琅轩宫和重华宫一样,皆是靠近温泉海而建,眼前虽是隆冬,却因下有温泉地脉,自成温暖之地,只是此处地势较重华宫略偏,比之那般繁花盛开、四季如春的美景自然略逊一筹,但也正因如此,方才形成了外面羽雪铺地,当中琼花灿烂的奇异景色。

两人走到桃花林下,子娆拂开花枝曲折而入,夜玄殇饶有兴趣地欣赏花中佳人,四周夜色清静,两人衣襟掠过花枝,几乎可以听到落花细微的声音,点点桃色在她晶莹的指尖晃动,灯光烁烁,仿若引人入梦,一片清幽绮艳。如此未行多远,子娆便在一株桃树下停住脚步,笑道:"是这里了。"

夜玄殇低头看去,只见这桃林环绕之处卧有数块光滑朴拙的圆石,人到此处隐隐便觉一股寒意,与周围温暖的感觉甚是不同。子娆招手和他一起搬开当中一块圆石,下面竟见些许冰雪,无怪四面桃林丛生,而这里却独独留出一片空地。子娆挪开圆石后,伸手道:"借你佩剑一用。"夜玄殇随口问道:"做什么?"子娆笑吟吟地指了指石下冰地。

夜玄殇不知她弄什么玄虚,将灯火交到她手里,反手拔剑出鞘,便拿纵横天下的归离剑做了掘地的铁铲,破开冻土向下寻去。子娆执灯在旁,不断提醒他小心,片刻后叮的一声,归离剑似乎碰到了什么硬物,子娆喜道:"找到了!"她俯身同他细细清开泥土,露出一块白石。她便伸手在四角按了一按,那石盖缓缓向侧移开,露出里面一方小小的地穴,灯光照处,两个光洁莹润的白瓷晶瓶并列在内。

夜玄殇忽然神情微动，说道："好香。"转头去看花林。子娆小心翼翼地拿起一个瓷瓶，笑道："不是花香，是酒香。"原来这地穴中存着的却是两瓶美酒，瓶盖未启，已是清香扑鼻，就连这一林桃花也有所不及。

夜玄殇生性不羁，万物皆不萦怀，唯好寻访美酒，品尝佳酿，昔日与彦翎曾经踏遍漠北，只为寻传说中的一处酒泉，更曾带子娆深入穆国雪域绝岭，破冰取酒，不醉不归。正惊讶这酒香清奇，子娆已打开瓶盖封口，含笑递到他面前："你且尝一尝，这酒较之惊云冽泉、云湖玉髓又是如何？"

夜玄殇抬手接了过来，只觉呼吸间幽香微苦，清心涤尘，啜饮一口，一缕清流缠绵唇齿直入肺腑，林下桃色万千，缤纷落上肩头，那丝缕酒意若隐若现，便如飞花流水，潋滟明澈，转折倏忽之间穿重楼过经府，顿时令人遐思无尽，心旷神怡。他微微闭目，一时不语，子娆不由催促道："怎样？"夜玄殇睁开眼睛，轻舒一口气，说道："好一个桃夭风流！"

"风流？"子娆看向酒瓶，夜玄殇点头道："这酿酒之人，乃是天下第一通透心思，当世第一风流之人，若非如此，这酒纵然醇美却难令人心动。"

子娆听他称赞酿酒人，轻声一笑，道："这酒正是名作桃夭，是此处桃林第一年开花的时候，我陪王兄一起酿的。你却不知，单这酿酒的水，便是取了温泉海源头的清流，用正值盛放的桃花反复熏蒸了七次，每一朵桃花都是我亲手采摘，绝未经过他人之手。熏蒸之后的桃花水色若胭脂，十分美艳，但却失之浓郁，不能用来酿酒，所以王兄又命人研碎了数块东海晶石，一点一滴，用那晶沙将桃花水滤了三天三夜，去除其中的烟火之气，如此又是七次，最后总共也只得了这两小瓶，方寻了这冷暖相交的桃林深处存了起来，此处桃花经年盛开，地气灵秀，算来这酒已经藏了差不多十年，才有如今这般滋味。"

夜玄殇笑道："我说这酒怎的如此清艳风流，原来是经了仙子之手，不过这制酒的法子好生麻烦，如此十年才喝得一次酒，岂不叫人等得心焦？"

子娆凤眸微挑："我送你酒喝，你倒嫌我麻烦，若是不喝便还给我！"说着伸手去抢酒瓶。夜玄殇手腕急沉，向下避去，子娆抿唇轻笑，纤掌在半空划了个轻弧，倏地截向他腕脉，指尖微屈直点他内关、神门二穴，手法甚是巧妙。夜玄殇笑赞一声，小臂却忽然晃了两下，不知怎的便脱出她指掌范围，跟着左手轻轻一带，已握住她柔荑笑道："送人的东西怎能要回去，再说这可是你欠我的。"

子娆自不是当真跟他抢酒，笑道："堂堂一国之主，如何竟要赖，莫非我命人快马加鞭送来的惊云冽泉不算酒吗？"

夜玄殇倾身道："惊云冽泉具王者之气，好虽好矣，但也不甚合我胃口，倒是这桃夭酒，风流洒脱，却又不失雅致，冶艳明媚，偏偏不失清傲，若说起来，倒是这个更胜一筹。"

子嫇媚然道："酒再好也就这一瓶，想要再喝，便等十年。"

夜玄殇道："莫要小气，不是还有一瓶吗？"

子嫇伸手在唇上轻轻一抵，星眸流转，悄声道："这酒王兄原说有什么用处的，他这人说过的事可轻易不会忘记，我取这一瓶送给你，另外一瓶可要给他留着，若是都偷偷取走了，回头他怕是要生我的气。"

夜玄殇低头见她桃腮流晕，娇俏妩媚，灯火花色之下端的是美若仙姝，忽然间心中微动，手臂一收，俯身便在她唇畔轻轻一吻。男子温暖阳刚的气息带着花色酒香倏然掠过，仿佛一丝电流直入心间，子嫇吃了一惊，睁大眼睛看他，不知为何面上竟似火烧一般。一片落花轻盈飘落，恰恰掠过娇软柔唇，停在男子修长有力的指尖，夜玄殇见她这副模样，倒也有些意外，俊朗的眸中不由流出一丝戏谑的微光："美人投我以琼浆，我报美人以风流。"

子嫇只是愣了片刻，随即恢复如常，目光妩媚轻扫，一转起身："风流非君子，无怪你与彦翎那小滑头交好，两人原来一般德行，既是好酒，又是好色。"

夜玄殇双手抱胸，好整以暇地欣赏她轻嗔薄怒的颜色，笑道："食色，性也，缺一不可，玄殇本非君子，公主莫非今日方知？"

子嫇听得此话，忽然想起当日与他共赴魍魉谷的情景，心头微微一暖，算来不过年余光阴，但却不知为何，感觉两人似已相识多年。以前从来不知，原来茫茫尘世中会有这样一个人存于你的生命之中，一丝微笑，一次凝驻，一瞬回眸，无关血缘，无关宗族，无关你是天潢贵胄还是平民百姓，你便是你，我便是我，但彼此之间很多话无须多说、很多事无须多问。

子嫇含笑回眸看了他一眼，复幽幽一叹，转身去掩那石盖。夜玄殇收起酒瓶俯身帮她，突然目光一瞥，道："这是什么？"子嫇凝眸看去，咦了一声，伸手自石窨中取出了一样东西，打开查看一番，轻声道："居然没有坏掉，也不知道还能不能飞起来。"

夜玄殇移了灯火过来看，只见她手中拿着一盏细竹编制的天灯，灯罩所用的材质似乎有些特别，映着火光时泛出一层浅浅淡淡的银色微芒，上面依稀绘了两枝盛开的桃花，枝叶娇娆，显得格外别致。子嫇将它托在手上，指尖微微一亮，便以焰蝶之术点燃了灯火。过不一会儿，那桃花灯微微晃动，冉冉上升，自一片桃林之间轻盈飘转，向着夜空徐徐飞起。

黑暗中金焰流光，几只焰蝶翩跹展翼，紧紧伴在桃花灯旁，焰光照透灯上花枝，远远看去，竟是一片灿烂夺目。子娆前行几步，目送灯焰蝶光越升越高，唇边渐渐流露出欢喜的笑意，仿佛那夜空中浮泛的光明是记忆中最为美好的事情、红尘之中最为眷恋的想念。那样的神情目光，令人心动亦觉心疼，夜玄殇斜倚花树，静静相望，时间仿若回到当初魍魉谷中，她也曾用这样的目光遥望虚空，那时他曾经相问，而此刻却已不必再问。

竹苑琅轩中，子昊站在临湖回廊之上，忽然抬头望向天空。一盏桃花灯，伴着几点焰蝶升向虚无的夜色，桃影蝶光，流散如雨，仿佛点点星光照亮了那双深邃的修眸，子昊静静望着灯焰深处娇艳盛放的桃花，许久以后终是无声一笑，转身之时，那灯光遥遥隐灭，花焰悄逝，夜空复作黑暗一片，再无任何光亮。

两日之后，东帝功成出关，便传了百仙圣手蝶千衣来见。蝶千衣在离司的带领下入了竹苑琅轩，隔着琼林碧竹停下脚步，离司指点了几句后先行退下，林中传来一人清淡的声音：“神医远道而来，一路辛苦。”

蝶千衣也不入林，撑了一把竹伞便在雪中站定，片刻后道：“辛苦倒也没什么，但可惜这一趟帝都似乎来之无益了。”

飘雪如羽簌簌而落，林中之人笑了笑道：“早听说百仙圣手医术如神，如今看来竟是比那巫医歧师更胜一筹，听声辨息便已断定生死。”雪中青衣潸潸，有人缓步而出，蝶千衣目光一抬，便低了头，敛襟拜见。子昊却也没十分注意她，抬头淡看林外飞雪，道：“神医不必多礼，朕要子娆请你前来非为他故，乃是有一事想要请教，这边请。”说着当先便往林后走去。

眼前竹林占地极广，白雪之下碧色如海，静极无声，其中琼阁点缀，屋宇隐现，一眼望去似乎相距不远，但走了许久却始终未到，再抬头看，那些楼舍仍旧便在眼前，烟雪之下予人幽缈神秘的感觉。子昊在前徐步而行，青衫一转忽然没了踪影，蝶千衣心中吃惊，快行几步却觉眼前景色骤变，一座昆山玄石筑造的高台出现在竹林之中，其上楼阁耸峙，威严嵯峨，看去只觉宽宏无极，不知究竟建有多少屋室。

子昊前行不远，推开其中一扇门进入，里面除了一席一案之外，偌大的房间中尽是密密麻麻的书卷，单这一室之中便有数千卷之多，若是其后楼阁皆尽如此，那这里所藏书籍加起来当真可称得上是浩瀚如海，不计其数，只怕穷此一生一世也读不尽。蝶千衣知道这便是传说中的王族禁地琅轩书苑，正自着眼打量，忽听子昊道：“朕带神医到此，是想请问几样药物，可知辛凌香、寒水石、伏龙胆、雪上鬼羽再加佛子密陀，辅以九川仙枝草为药，有何功效？”

蝶千衣听闻这几味药名，目中闪过丝缕诧异，只因这些皆是十分罕见的药物，尤其雪上鬼羽和佛子密陀，世上恐怕并无几人知晓，那九川仙枝草更是早已绝迹百年，沉思片刻道："若我没有猜错，这应该是巫族的药方，王上是否自巫典得知？"

子昊转身道："神医听说过巫典？"

蝶千衣目光在案前一卷书籍上一掠而过，说道："有所耳闻，但从未亲眼得见。王上应知辛嬴国原是巫族聚地，在被烈风骑灭国之前，国中多有奇人异士，说起来我母亲便有一半巫族血统，所以我对巫典一书并不陌生。"

子昊落座席前，低低轻咳了一声："辛嬴国曾被称为巫国，倒是确有其事。昔年楚国鬼师横扫九域，军中便多有辛嬴异人，所以皇非建立烈风骑后，第一个要灭的便是辛嬴，那还是朕刚刚登基时发生的事情。"

蝶千衣垂下目光道："皇非欺我国小民弱，肆意灭杀，王上此番兴兵灭楚，便是为辛嬴国雪此深仇，辛嬴国遗民得沐王恩，无不心存感激，王上若有吩咐，千衣必当遵从。"

子昊随意点了点头，手指案上书卷道："巫典中记载一方，名为'忘忧'，便是以朕方才所说药物配制而成，但辛凌香、寒水石、伏龙胆等几味药物性皆寒烈，用以入药恐有伤身之虞，不知神医有何见解？"

蝶千衣道："辛凌香、寒水石、伏龙胆皆生于冰峰绝域，人所难及之地，每每数十年方能成药，珍贵异常，虽说其性寒烈，但若分量得当，便是有益无害，寻常人应当抵受得住。"

子昊道："若朕要万无一失呢？"

蝶千衣微一抬眸，目中转过些许探询的光影，道："若如此，我需一观药方分量。"

子昊将案上书卷轻轻一推，蝶千衣接手低头翻阅，过了一会儿，道："这方子虽为药方，但载于巫典'魂'部，若与摄魂之术配合，服下后可令人忘却前尘，心如白纸，所用药物皆是难得，配方也可谓巧妙奇异，唯一的缺点便是药性稍嫌霸道，恐怕损人阴元，不过要弥补此点倒也不难，只要以新鲜的子夜韶华汁液作为药引，君臣相佐，阴阳调和，问题便可迎刃而解。"

子昊修眉略收，说道："子夜韶华可骤长精力，提神镇痛，但实际上涸泽而渔，乃是极亏本元的药物，以此佐合当真无损身体？"

蝶千衣道："王上既知子夜韶华，便当了解此药本便是药毒两用，适度用之为药，长期服食则为毒。忘忧忘忧，其实有了这子夜韶华才算名副其实，端的令人忧愁尽去，一心无碍，兼之能中和其他药性，也正应了王上万无一失的要求。不过但凡巫典所载，无不以诡术逆天，祸福莫测，便以此方为例，人心忧怖皆因爱生，万千烦恼皆因情故，倘若以魂术药物掩除记忆，无忧无虑亦即无爱无情，是福是祸，又要如何判断？"

子昊目视那药方，光影之下依稀一笑，那笑容仿若薄雪浮尘，乍现即逝，再抬头时，仍是雍容清贵，不变的帝王丰仪："神医言中之意，朕知道了，今日有劳，朕让人送你出去，神医若有兴致，也可在帝都多留些时日，一切所需自会有人照应。"

蝶千衣见他自始至终一句都不问自己的病情，不觉心生诧异，道："王上何以毫不关心自己的身体，这巫典上的药方虽然奇异，但对王上的病情可是毫无帮助。"

子昊淡笑抬眸："那神医可有其他良药？"

蝶千衣摇头道："王上的九幽玄通已经到了练气凝神、直臻化境的地步，身上更加有子夜韶华的气息，请恕我直言，如今便是神农再世，恐怕也已经无能为力了。"

子昊笑道："诚如神医所言，答案既在意料之中，岂非多此一问。"

蝶千衣自竹林外相见到现在始终不肯与他目光接触，这时却忍不住看了他一眼，稍后道："王上体内的药毒虽已无法可解，但我可以配制一剂药丸，王上每服用一次，或可延寿十日，不过三次之后，此药便也再无效用。"

子昊显然对此也不甚在意，淡淡地道："如此也好，方才带你来此的离司掌管长明宫医药，若有需要尽可交代她去办。"说着轻轻击掌，外面闪出影奴的身影，领命送蝶千衣离开琅轩书苑。子昊遣人送走蝶千衣，靠在案前看着满屋书卷，似乎若有所思，这时门前传来一声响动，离司端着茶盏走了进来，将茶放下后轻轻叫了声"主上"，抬头怔怔地看着他，却不说话。子昊见她双目微红，神情隐含凄然之色，眉心微微一拢，知她定是在门外听到了自己和蝶千衣最后的对话，刚刚一时疏忽，竟然没有注意。

离司在他身边跪下，低头整理案上的书卷，过不多会儿，一滴泪水啪的一声落在书上，子昊轻叹一声，道："蝶千衣的话不要告诉任何人，尤其是子嫣，记住了吗？"

离司咬着下唇点头答应，却终于忍不住，泪水夺眶而出，哭道："主上，公主早晚有一天会知道，你用那子夜韶华，等于是自损寿数，原本就算依着那歧师的方子调养，情况也不会这样糟糕，可是现在……现在……"

子昊抬手轻抚她的长发，柔声道："不要哭了，若非迫不得已，朕也不会随便用药，自那血顶金蛇失效之时你便应该知道，这样的结果也是必然，不过早一日晚一日，如今帝都看似安宁，实际凶险丛生，朕必然得安排好所有事情才能安心。离司，身为医者，心思务必冷静，你虽聪慧善良，但有时太过柔顺，心志不够坚强，以后若遇到什么大事，怕是会吃亏，朕想来总有些放心不下。"

离司听他这般柔和的语气，心中难过到极点，但怕惹他心烦，强忍着不肯哭出声来，只道："主上，离司只是一个小小的侍女，什么都不懂，但我知道若你有什么事，公主一定会很伤心很伤心，一定比我现在更加难过，你要她怎么办？"

子昊闭目沉默，良久之后方道："你放心，朕既说过护她平安欢喜，便绝不会让她伤心难过,难过的事情,何必放在心上。"话虽如此,眉心却淡淡蹙起,跟着叹了口气道,"离司,朕想托你一件事,日后若有万一,你务必要替朕做到。"

离司垂泪道:"主上但有吩咐,离司怎会不尽心?"子昊点了点头:"倒也难为你了。"起身略一沉吟,在案上提笔轻书。

第四章 之子与归

子昊交付密信,安排好一切后,命离司前去听从蝶千衣吩咐,自己离开竹苑琅轩,不知不觉便往流云宫而去。此时已至正午,风雪初霁,流云宫中琼光匝地,疏梅清艳,正是幽香映雪,美不胜收,子昊独自一人,信步沿梅林而行,折过九曲回廊,忽然听到一阵清媚动听的笑声传来。

隔着梅影花香,一只雪白的小兽当先跳了出来,其后玄衣飘然,花枝拂动,子娆正与夜玄殇并肩往这边而来。两人一路说笑,踏雪赏花,子娆显然兴致极好,和夜玄殇穿行于花林之中,一边抬手指点一边道:"到这里种的就都是玉蝶了,不过那边几株却是洒金,再往湖畔又是绿萼,这几品梅花看去虽不似朱砂那般艳丽,但雪中清素雅致,王兄最是喜欢。以前每逢下雪,我就陪他在这里赏花,还和他还亲手种过几株花树呢。你不知道,王兄箫吹得好,梅花画得也极好,不过他很少画红梅,说是自来入画都是红梅,画得多了,不免俗气,他这人就是不爱热闹,脾气又高傲,等闲事物都入不了他的眼,前些日子我偏叫人移了些朱砂梅去长明宫,就种在他寝殿前的御湖旁边,一开窗就看得见,免得他那里整日冷冷清清,冬日里连点颜色都没有。"

夜玄殇含笑听她说着,不时伸手替她拂开拦路的花枝,道:"昨晚那桃夭酒回味无穷,既然桃花能成佳酿,却不知这千百种梅花用来酿酒又是什么滋味?"

"你闻这花,好香。"子娆随手压了一条花枝,凑近鼻尖轻轻一嗅,笑道,"那酿酒的法子是王兄想出来的,我可没他那般耐心。若用梅花酿酒,他定会选这绿萼梅,色碧香郁,想必亦是绝佳。"

"花香人更香。"夜玄殇随她俯身轻嗅,突然道,"哎,别动。"子娆一愣停住动作，他抬手轻轻一抚，便将一朵落花簪在了她发间，跟着退后打量，低声笑道："冰雪琢玉人，清香颜色娇，有美在前，这万千花色好像也都失了趣味。"

"真的吗？"子娆抿了唇笑吟吟看他，忽然伸手在花枝上一推，跟着扬袖旋身。花林深处，飞雪盈风，她一边起舞一边挥袖拂动花枝，落得两人花香满身。夜玄殇拊掌笑赞，子娆舞得兴起，笑着道声："看剑！"随手折了一枝梅花便向他面前点来。夜玄殇长笑一声，脚步微错，亦折了花枝还招。两人对彼此的武功极是熟悉，一招一式无不了然于胸，此时舞花为剑，招式之中绝无杀意，反而轻灵转折，配合无间，别有一份默契缠绵的风姿。

遥遥一片飞花之中，玄衣飘洒，魅影出尘，不时传来娇媚爽朗的笑声，子昊在廊外负手相看，虽然三人距离不远，但以他的武功修为，若非刻意提醒便也不会惊动两人。

雪战这时突然发现了主人踪影，穿过花林跳入他怀中，子昊轻轻伸手阻了它出声，林间落花如雪，迷人眼目，他只安静地看着欢笑起舞的女子，那般温柔的目光，仿佛要将她的眉目身姿深深铭记在心，将那明媚的笑容永远留住，渐渐地，随着漫天飞花，他神情间亦带出些许欢愉的笑意、宠溺的柔情。这时两人已在花下对拆了十余招，夜玄殇突然身形轻晃，闪到子娆身后，手中花枝自她面颊一掠而过，笑道："还不投降？"

子娆哎呀一声以手抚面，跟着微微顿足，花枝回身递出，一招"落英缤纷"，星星点点罩向他胸口："莫要得意！"

夜玄殇哈哈大笑，手底真气透出，施出归离剑法中"奇弈"一式，看似击向空处，实际封死了子娆招式中所有变化。一阵花香拂动，两道花枝半空相交，枝上盛开的梅花似被疾风吹开，忽然漫空飘舞，纷纷扬扬落向晶莹的雪地。而他倾前一步，猿臂略伸，便已揽住了女子纤腰，花雨中四目相对，子娆媚冶一笑，抬眸道："穆王殿下好霸道的真气，欺负人吗？"说这话时，心中忽然若有所觉，扭过头去，一眼看到回廊前熟悉的身影。

"王兄！"她发现子昊竟在旁边，既惊且喜，对夜玄殇示意一下，转过花林快步而去。

子昊放了雪战离开，缓步走出廊外，衣袂携了花香扑面，子娆来到他面前连声问道："你是什么时候出关的，怎么也没说一声？见过蝶千衣了吗？"

她明亮的目光在他脸上晶莹跳动，映着他清邃的眸色，仿若阳光照耀海面。"这么着急干什么？"子昊抬手替她拂落肩头的花瓣，柔声道，"离司跟她配药去了。"

"是吗，那太好了！"子娆喜形于色，反手拉他去见夜玄殇，夜玄殇早已来到近前，这时方才欠身道："玄殇见过王上。"

子昊点了点头，微笑道："子娆，朕有几句话想与穆王单独一谈。"

子娆挑眸看他，奇怪地道："你们说什么话我不能听吗？"

子昊转头道："这几天总想着你宫中的点心味道不错，不知今日可有准备？"

子娆目光在他两人身上一转，说道："难得你说想吃什么东西，我去看看，让他们弄几样精致的来。"说着唤了雪战一笑而去，子昊目送她走远，方才负手与夜玄殇缓步前行。

流云宫与长明宫相距不远，跨过两道重阁飞桥，便是隐于瀑布之间的漓汶殿。子昊一路而来，只是指点宫中景致，并未说什么特别之事，夜玄殇随他漫步其中，只见这漓汶殿依山而建，四面飞瀑流泉，高低错落，近前碎珠溅玉，其声如鼓，越到深处水流之声越大，两人说话除了彼此尚可听清之外，绝无他人能够察觉。待到一处被流瀑环绕的山崖，眼前出现数丈见方的平台，台上光泽晶莹，雾气萦绕，当中案前置有一琴，琴旁便是一副石刻棋盘。

二人登台而坐，夜玄殇环视四周飞流直下，仰首但见一掌虚空，浮云缈缈，崖外冰雪成涧，幽邃清奇，不由笑道："此处与世隔绝，地势奇特，倒是听琴弈棋的好地方，可惜我于琴棋之道不甚精通，难与王上畅快而论。"

子昊拂袖落座，道："穆王何必过谦，方才你与子娆过招时最后一式剑法虚实不定，谋断先机，剑招之中深合弈棋之理，若说不精通也只是不好此道罢了。"

夜玄殇挑眉道："王上好眼光，那一招剑法正是名为'奇弈'，乃是数年前我游戏江湖，偶遇两名云游僧人山间对弈，观棋三日悟出的剑法，不想竟被王上一眼看破。"

子昊微笑道："棋理、剑招、兵法、天道，看似不同却万变不离其宗，世事之道理说到底也是同出一源，一者通而百者通。所以即便从未见归离剑法，单看白虎军行军布阵便也知道穆王玄殇是何等人物。说到此事，日前洗马谷之危，还要多谢穆王。"

夜玄殇道："此事不过顺水推舟，王上言重了，其实纵然白虎军不出兵，想必王上也自有办法应对北域大军。"

子昊抬头遥望飞瀑悬空，片刻后淡淡地道："朕的确并非没有拒敌之策，洗马谷所在的山脉原本乃是一个巨大的湖泊，东西两面各有出口，其中东面出口临近惊云山支脉的一处雪峰，若是大军来袭，谷中人马便可自此撤退，以事先埋好的火雷摧动雪峰，断绝出路，再以两万精兵彻底封锁西面出口，如此谷中将成绝地。洗马谷中大小湖泊不计其数，每隔十年便会恢复旧貌，形成巨大的山间内湖，此刻恰当其时，宣国外十九部大军除非能突破王师的封锁，否则必然被困绝谷，最终粮尽草绝，葬身湖底。

只是经此一役，北域大军固然有去无回，王师在其强兵突围之下也必损失惨重，这份杀孽并不亚于息川之役，实非朕心所愿。"

宣楚之战迄今为止，诸国中最为强势的两大势力先后在东帝手中分崩瓦解，黎庶百姓辗转国破，戍卒将士生死无常，自从幽帝失德九域生乱，天下战祸之烈此时可谓到达前所未有的顶点，但亦是至关重要的转折。夜玄殇与他盘膝对坐，四周水幕通天，人迹无踪，身处此地，外界无休无止的纷扰战乱似乎予人既不真实，却又历历在目的矛盾感觉。

"王上既然早有准备，想必不会在此时釜底抽薪，以致功亏一篑。"夜玄殇轻声一叹，既而笑道，"以战止战，以乱靖乱，便如烈火烹水，底下火焰愈旺，鼎镬之水便愈发激烈沸腾，待到水满溢出之时，自会浇熄柴火，使得一切恢复平静。当此乱世，若无铁血杀伐，又何来锦绣太平？玄殇生来性傲，少有佩服他人，但对王上心思行止却一直十分敬服。只是据我所知，王师经息川一战，所余兵力已经不足三万，倘若直接调走主力，整个帝都便近乎毫无防御，如今的烈风骑尚余精兵数万，不容小觑，如此空城待敌，可谓险之又险。"

子昊转眸看了他一眼，跟着薄唇轻挑，隐约便是一丝清傲的微笑："若朕亲自坐镇帝都，只要有一万守军，即便烈风骑全军攻城，朕都有把握能够坚守三年，三年时间也足够朕从容布置，改变一切。"

夜玄殇闻言忽然想起一事，眉峰微动，道："洗马谷位置暴露，是否是王上刻意为之，意在调空守军，诱皇非攻打帝都？"

子昊手中灵石串珠微芒隐现，水雾之中莹若星辰："洗马谷的情况并没有多少人清楚，凡知情者皆十分忠心可靠，皇非究竟是如何得知这一情报，朕亦心存疑惑。诱敌深入并非不行，但朕不会轻易以此为代价，也没有那么多时间与皇非持久对战。"

洗马谷莫名遇袭，事出蹊跷，夜玄殇曾与子娆几番推测，皆是不得其解，所以才有先前一问，这时心中更添疑虑，思忖片刻道："若非如此，莫非王上打算以帝都现有的兵力，与那皇非速战速决，一较胜负？"

子昊扬袖一笑，轻拂琴弦："兵无常势，弦无定音，穆王可是知音之人？"话音落时，冰弦轻动，一丝琴音自流瀑声音中悠然响起，其声虽轻，却轻而易举盖过了四面水声，清晰地传入耳中。夜玄殇目光不由一抬，但听琴音似缓实急，飞扬错落，七弦之下，风起云涌，眼前飞流急响，仿若千里疆场，兵行马动，疾风浩瀚，狂沙搏面。夜玄殇性本狂放，感此杀伐之气，当即以掌击石，长声吟道："八千绝域兵马摧，杀气三时作阵云！"

子昊面带微笑，轻轻垂眸，指下破冰溅玉，琴音曲调刹那锋芒毕露，尽显王者锐气，夜玄殇侧首倾听，合目不语，身畔归离剑却忽地铮然轻鸣，如击金玉。

蓦然间，他剑眉微扬，纵声清啸，啸声清越激昂，与那琴音相应相合，破云直上。子昊催动玄通功法，琴音似入惊云天峰，凛冽高绝，令人无法想象一根细弦之上如何竟能奏出这般惊心动魄的曲调。而夜玄殇啸声从容，亦是连绵不尽，充沛雄浑，重重叠叠竟似有风雷之声，直震得山谷激荡，回声澎湃。

那啸声合了琴音，便好似二龙破云，盘旋飞绕，出入云海绝峰，子昊以九幽玄通御琴，指下按弦引律游刃有余，却不想夜玄殇内力居然如此强势霸道，竟始终不衰不竭，与之平分秋色，心中平添几分激赏，曲到绝处，忽然哈哈一笑，广袖轻拂，弦上琴音风流云散，渐趋雍容平和。

夜玄殇收起啸声，抚剑念道："彼流归宗，其水汤汤，紫云东来，四海泱泱。天难忱斯，不易维王，凤凰于飞，从彼朝阳。"琴音随声渐渐收止，四周飞瀑云气缭绕，水声隆隆，两人四目相视，心下不由皆生惺惺相惜之意。子昊抚琴轻叹道："穆王玄殇果真非常人也，朕今日应当备得美酒，与君痛饮三杯才对。"

夜玄殇含笑道："我曾听子娆说过王上并不好酒，但那桃夭风流却令人一品难忘，玄殇虽不擅琴，如何竟不知音？"

子昊微微颔首，道："朕有一事请问穆王，若以今时之势，去除烈风骑与少原君这重阻碍，靖安九域需要多少时间？"

夜玄殇潇洒耸肩，道："或者三年或者十年，这问题的答案恐难一概而论。"

子昊眉梢轻轻一挑，夜玄殇再道："王上方才已经说过，若有三年时间，便能从容布置一切。北域烈风骑纵然虎视眈眈，终不及宣、楚二国昔日盛势，唯有皇非此人堪为强敌，需要多费些心思。所以此事若是王上亲力亲为，三年之内九域战祸当息，太平之世指日可待。不过若是换作我这个穆王，恐怕十年之期亦未必能达到目的，所以王上的问题当真不好回答。"

子昊闭目低咳数声，片刻后方道："穆王虽非枭雄人物，但论当世英雄亦可称其一，你与皇非一样，皆是有资格逐鹿九域之人，若是换作他，面对这样的问题，绝不会以十年为期。"

夜玄殇笑道："世事成败，且看有心无心。玄殇虽然醉心武道，却非好战之人，虽为一国之主，但对争霸天下这种事也没什么兴趣。这就像弈棋听琴一样，较之亲身入局，我更愿做个旁观者、随兴而至、随兴而去，无拘无束自在一身。不瞒王上，眼前这个穆王之位已经让我十分头疼，此次出征前我曾在天宗总舵盘桓数日，想说服我二王兄循长幼之序接替王位，但我那王兄生性淡泊，超然物外，比我还要怕这麻烦，无论如何都不肯接手，只答应在我出征期间暂代国政，这还是因他与那跃马帮殷帮主性情投契，为博佳人欢心，也不好偷闲袖手，否则我怕是至今难以脱身。"

子昊注视他片刻，忽然一笑，道："朕突然觉得，太子御真是败得有些冤枉，若他知道自己处心积虑想要得到的王位被你二人当作烫手山芋一般推来推去，恐怕九泉之下都要气得跳脚。"

夜玄殇伸手摸了摸鼻子，苦笑道："王上怎不觉得我有点冤枉，拼死拼活抢来这烫手山芋，现在想扔都扔不掉。老天爷就是这么爱开玩笑，你越不想要的东西越往你手里塞，想要的人却偏偏让他得不到。"

子昊道："因果轮回，缘生缘灭，世事既然发生，便总有它的道理，没有什么是真正的偶然，相信即便再来一次，你还是会成为穆王，太子御也一样要以惨败收场。"

夜玄殇叹道："兄弟阋于墙，谁胜谁负不过如此。我与大哥争斗一场，险些两败俱伤，说到底也是受人挑唆，那婠夫人逃出帝都，隐于穆国七年，暗中操纵，毒害我父王、离间我兄弟，最后连师尊也死在她的手上，更想让我与子娆为傀儡谋划天下，不过可惜，现在她再也无法兴风作浪。"

子昊目光微动，掠过些许冷澈的颜色，夜玄殇沉声道："日前白虎秘卫在汐水上游发现她的尸体，看去乃是真元耗尽而亡，我已命人秘密安葬，此事尚未告诉子娆。"

子昊淡淡地道："白骨成灰，一了百了，死则死矣，何必再让生者伤怀。"

夜玄殇道："只要王上不再追究此事，从此恩怨两清，相见无期，这一秘密将永沉海底，对子娆来说未尝不是一件好事。"

子昊转头深深打量他，目中光彩流动，刹那照人："婠夫人的确与我族宿怨甚深，但朕杀此人却不因宗族恩怨，包括那凤后，朕所做一切只是为子娆平安，因此朕可以不择手段，除去所有可能对她造成威胁的人，不过奇怪的是，现在明明有一人便在眼前，朕心中却没有丝毫杀机。"

夜玄殇摸了摸鼻子道："莫非王上以为我会对子娆不利？"

子昊道："坦言之，你所知之事超乎朕的意料。"

夜玄殇哈哈笑道："想必王上这番苦心以前从不曾对他人透露过，我今日所言也从未入过他人之耳，看来王上知我，一如我知道此次东来，定然能在王上这里得到自己想要的答案。"

子昊微笑道："那么穆王此来帝都究竟为何？"

夜玄殇含笑倚剑道："其实我是想来看看，究竟用什么法子才能合情合理地天下归一，既保穆国子民无虞，我亦乐得个两袖清风，逍遥自在。"

子昊修眉轻扬，说道："子娆曾对朕说，夜玄殇便是夜玄殇，和别人不太一样，你果然一直让朕意外。"

夜玄殇笑道："那么王上以为如何？"

子昊垂眸沉思，稍后道："既然如此，朕便与你做一个约定，待这天下归一，你我各得其所。"

第五章 暗度陈仓

子昊与夜玄殇在漓汶殿密谈，子娆回宫换过衣衫，亲手做了几样精致茶点，并一壶竹叶清酿，待准备停当，恰好离司自蝶千衣处回来复命，便接了她手中的白玉描金盘同往漓汶殿去。子娆闻知蝶千衣已将药配制停当，心下自是欢喜，离司却是满腹心事，端了点心随行在后，闷闷不语，过了一会儿，轻声问道："公主，若是那蝶千衣的药……她的药解不了主上的毒，那怎么办？"

子娆脚步略停，回眸看了她一眼，微微浅笑："其实他的病好不好、毒解不解，倒也没什么关系，蝶千衣倘若能医此症，那便是苍天垂怜，万幸之幸，如若不能，那也是天命所定，于我来说都是一样。"

离司一怔，蹙眉不解："公主，这事关生死，怎么能一样呢？"

子娆含笑抬头，漫天雪光透过琼林，映得她魅眸莹澈、清若冰潭："上穷碧落下黄泉，到哪里都是他，生生死死，我必与他相伴，又有什么不一样？"

离司听得暗中心惊，不由抬手摸了摸衣中藏着的一个小小卷轴，正要开口说话，却见前面有人匆匆而至。子娆听到脚步声转身，发现竟是两名影奴护着斛律遥衣前来，斛律遥衣一见子娆，奔到面前叫声："公主……"一句话未说，便已泣不成声。

子娆见她肩臂带伤，形容憔悴，身上血迹斑斑，竟连随身兵器都不知所终，心中暗暗吃惊，伸手扶她问道："出了什么事，你随白虎军前去洗马谷，为何弄成这般模样？"一边说着一边看向和她一起回来的影奴。

旁边一名影奴跪下道："回禀公主，我们奉主上之命留意军情，白虎军增援洗马谷，未入终始山地界便遭敌军阻击，损伤十分惨重。"斛律遥衣这时心绪稍定，跪在子娆面前哭道："若不是遇到影奴，我恐怕都难活着回来报信。公主，是烈风骑！皇非……皇非他亲自率兵在金石岭设伏，与那十九部蛮兵前后会合，夹攻白虎军，颜将军为掩护大家，被皇非重伤俘虏，彦翎……彦翎……"

子娆听得白虎军竟然在金石岭遇袭，心惊不已，追问道："彦翎怎样？"

斛律遥衣抽泣道："彦翎险些丧命在方飞白剑下，幸得卫将军拼死救回，但是受伤极重，我走的时候他还在昏迷，也不知醒不醒得过来……"说着再也忍耐不住，放声大哭。

子娆凤眸飞挑，利芒一闪而过："又是方飞白！他日若不斩此人头颅，我誓不为人！"

白虎军遇袭的消息传来，且兰、苏陵等人先后赶至长明宫，听斛律遥衣将情况详述，无不震惊莫名。要知白虎军此次星夜行军，行动隐秘，领军的卫垣、颜菁皆是身经百战，更有彦翎指点秘径，原本绝不可能出什么差错，不料竟被敌军设伏突袭。

据斛律遥衣带回的情报，白虎军在金石岭兵败，颜菁为掩护中军撤退，重伤被俘，卫垣救出彦翎，率部整顿残兵，拒守在金石岭以东一处山峡。皇非亲自点兵布阵，烈风骑与十九部大军两面夹击，将白虎军围得水泄不通。幸而卫垣久经沙场，面对烈风骑轮番不断的攻势，尚自阵脚不乱，一面依借地利死守营地，一面派人保护斛律遥衣突围求援。斛律遥衣与五百精骑趁夜下山，被方飞白率兵阻杀，除她得影奴相救保得性命外，余人无一生还。

洗马谷接连两次出现意外，已不是眼前白虎军损兵折将这么简单，军情究竟如何泄露出去，众人心中皆有疑念，但九公主不曾发话，东帝御驾未临，一时间谁也不好多言。穆国随行人员中，卫垣、颜菁、彦翎三人被困金石岭，如今生死未卜，殷夕语已先行返回邯璋统调粮草，眼前唯有白姝儿身在帝都。她素不与众人合群，独自站在窗畔等待穆王，转头间无意与子娆双眸相触，不知为何忽觉惊凛，心思一转，不由暗咬银牙。

但子娆目光不过在她身上停留了刹那，眉梢淡淡一掠，便即转开。洗马谷之事，显然是有人与皇非互通消息，出卖帝都，那日流云宫宫筵在场之人，除去彦翎三人外，苏陵、墨烆对王族皆是忠心无二，且兰及九夷族人绝不可能出卖洗马谷的消息，殷夕语于情于理都无理由投靠北域，唯有白姝儿心机多变，亦与皇非早有瓜葛，先前更曾数度与帝都为敌，颇是引人怀疑。子娆自白姝儿身上收回目光，推敲此事，但觉十分蹊跷，说来白姝儿与皇非也是恩少怨多，私下通敌出卖穆王对她似乎并无多少益处，思及此处，心中忽有一念倏闪而过，尚不及细思，外面两名禁卫快步而入："启禀公主，北域来使求见！"

"北域来使？传进来！"子娆拂袖回身。不过片刻，禁卫引了一人登阶而入，但见其人一身黄衣羽氅，发束金带，面如冠玉，正是那天工瑄离，后面两名随从托着个一尺见方的金匣低头跟随。瑄离入得殿来，环目扫视一周，对着子娆欠身一揖，笑道："在下奉君上之命，特来给王族送上一份薄礼，还望公主笑纳。"说罢将手一挥，身后随从抬上金匣高高举起。子娆抬手掀开，脸色倏然一变。且兰同时看到那匣中所盛之物赫然竟是颜菁的首级，不由惊怒交加："皇非不过侥幸胜了一仗，竟敢如此欺人，当真以为帝都奈何不了他吗？"

四周诸将怒目而视，瑄离却不慌不忙地欠了欠身，复从袖中取了一枚白虎金令："君上让我转告公主，一日夫妻，生死为契，谁要是胆敢觊觎公主，君上必定让他付出惨重的代价。至于王后娘娘，与君上本是师出同门，此时若肯回心转意，君上不计前嫌，必定也会给娘娘一个名分。"

他言语未尽，旁边楼樊已气得须发皆张，蓦地暴喝一声："兀那狗贼，爷爷砍了你的脑袋！"两旁剑光一闪，瑄离身后四柄长剑直指背心，殿中诸将本便满心怒火，此时欲为颜菁复仇，恨不得将他大卸八块。谁知剑光甫动，瑄离冷笑一声，忽然衣袖轻扬，向侧一晃，鬼魅似的脱出了诸将包围。除楼樊之外，其他三将原本蓄势待发，倒也无意倚多为胜，瑄离身形变动，楼樊一剑落空，余人当即三剑齐出，分别指向对手上中下三路，若是换作寻常人等，除了撤身后退之外绝无可能避开这三大高手联袂阻击。

瑄离却闪电般飘身上前，高声喝道："诸位若能将我留下，便算帝都也有能人！"

四周同时响起数声冷哼，四将催动剑势，一片剑光几乎封死所有去路，但见瑄离步法稍移，竟在不可思议的瞬间自靳无余和楼樊双剑之间穿过，叔孙亦出剑之前早已算好他的退路，剑上精光爆起，直取对方面门，谁知瑄离倏进忽退，身形一转，竟向墨炘剑上撞去。墨炘剑尖明明已抵到对方肩头，剑下忽然一空，瑄离身子飞云一般贴着他的剑锋向外滑开，眨眼间已从容逸出剑网包围，放声笑道："帝都高手不过如此，后会有期了！"

王族诸将武功原本皆与他相当，却被这诡异的身法弄了个措手不及，四人联手竟未将人拦下，倘若继续追击，便真要落得个以多欺少的名目，就连楼樊也不好再行出手，气得哇哇直叫，一剑砍得殿上金石迸裂。

眼见瑄离便要退出殿外，忽然一抹蓝衫飘动，昔王苏陵出现在殿门之前，含笑道：

"先生还请留步。"

他说话时与瑄离尚有数步之遥，不疾不徐抱拳施礼，分毫不失待客之道。瑄离眼见他赤手空拳，更不将他放在眼中，冷哼声中闪身向左，眼见便要从旁擦身而过，不料眼前剑光陡现，一点流光似风，罩向他胸前要穴。瑄离此时去势已尽，想要闪躲已是万万不能，也是他应变了得，蓦地向后折腰，飞腿踢出，取的正是对手腕脉关要。

苏陵喝了声"好"，手中剑身微颤，一星化二，二化为四，四化为八，刹那间四面八方皆是剑光，星雨般漫空罩下。瑄离虽迫得对手变招，自己却也只能落回殿中，但听咻的一声轻响，苏陵收剑后退，半空一角黄衣飘然而落，风寻剑流光一现，复又踪迹全无。

瑄离一时托大，被他削去半边衣袖，心中既惊且怒，不由冷笑道："原来帝都的规矩不是以多胜少，便是车轮战，哼哼，当真好本事！"

苏陵微笑道："先生远来是客，本当以礼相待，但若欺我帝都无人，苏陵代主迎客，不敢有失，以此一人一剑，请教先生高明。"

瑄离目光向侧一扫，道："我若胜了昔王手中之剑，却只怕他人不服。"

这时一直不曾发话的子娆突然开口，冷冷地道："皇非此次派你前来，怕是忘了告诉你惜命是福，你若能在风寻剑下留得性命，我与王兄立刻昭示天下，册封天工瑄离为北域之王。"

瑄离眸心精光倏闪，道："好，既然九公主金口玉言，在下便领教昔王高招。"

楼樊原本满心不服要与瑄离比试，但他对苏陵最是尊敬，见他出手，便也不好再争，悻悻转身与诸将退出一片空地。苏陵待众人退开，抬手道："先生请。"瑄离冷笑道："昔王请教了！"话音落时，两人同时动身，瑄离袖中现出一柄短刃，刀身修细莹紫，飘忽莫测，便似一条云光水带不断缠向对手。苏陵长笑一声，手底剑法展开，风寻剑自蓝衫前爆起一团繁密亮光，复如流星电雨一般，在那团紫云当中刹那散开。

瑄离展开轻功身法，风寻剑以快打快，两条身影伴了刀光剑气，便好似飞羽惊鸿时隐时现。待到最后，但见一道紫气、一片黄光，几乎无人看得清瑄离如何出招，只觉惊风绕殿，云气临渊，令人生出身入险峰不知归路的错觉。再看苏陵时，风寻剑或攻或守，却是每一招都让人看得清清楚楚，每一招都恰到好处地破入对方刀势，既不抢一分，也不迟一毫，一套剑法快则快矣，却是从容飘洒，颇有清风明月拂山岗，一片心旷神怡的韵致。

众人之前早闻天工瑄离精擅机关妙术，但从来无人知晓他武功如何，方才被他占了上风，心中皆道侥幸，此时见他显露真功夫，竟然与风寻剑平分秋色，不由对其刮目相看，就连素以剑法快疾为长的墨炘也心生钦佩。楼樊更是频频点头，若非对方是敌人，恐怕便要拍手叫好。这时离司身边的叔孙亦突然低声道："离司姑娘，你看这瑄离的身法是否有些眼熟？"

离司点头道："他用的是大自在逍遥法，不过可比我高明多了，倘若动真格的，可能只有白堂主能跟他一较上下。"

叔孙亦道："这天工瑄离与白姝儿应该早便相识。"

瑄离的真正身份宿英虽然知晓，但除子娆之外，倒也不曾对他人提起过，离司问道："先生怎么知道？"

叔孙亦道："察言观色，但看瑄离入殿之时她的神情便知。"

离司道："当初若不是这位白堂主，主上也不会和皇非闹翻，她险些害死公主。"她生性温顺，不喜言人是非，这两句话已是极大的不满。叔孙亦看着白姝儿目露深思："此女曾和北域暗中交易，离间王族与楚国的关系，想来绝非善类。"

两人说话时，瑄离与苏陵已在殿中过了近百招，仍旧胜负未分，苏陵武功本在瑄离之上，数次抢攻皆被他仗着奇异的身法化险为夷，眼见将满百招，朗声笑道："先生小心了！"说话之间，风寻剑连闪数下，忽然一道剑光直趋对手眉心。这一剑看来平淡无奇，但唯有身在其中的瑄离方知他以极快的手法连出八剑，八道剑气几乎封死了周围所有空间，更形成一股强烈的气流，迫得自己不得不正面迎敌。苏陵话音未落，重重剑光已直迫眉睫，竟比先前快了不止数倍，瑄离大吃一惊，待要变招已然不及，情急下短刃脱手而出，疾刺苏陵胸口，跟着双掌齐翻，便往他小腹印去。两人先前招式虽然快绝无伦，却并不十分凶险，突然这般两败俱伤的打法，骇得且兰与离司同时惊呼："苏公子小心！"子娆蓦地自座上站起，但要阻止已然不及。

便这千钧一发之际，苏陵双眉微轩，一声清啸，长剑在几不可能的情况下改刺为削，斜掠直下，同时蓝衫轻拂，凌空而起，短刃贴身擦过。瑄离双掌落空反手接招，身子在半空中轻烟般向上升去，竟然凭空改变方向，迎上风寻剑必杀的一击。只听当的一声铮鸣，两人兵刃相交，同时向后退去。

两人瞬间变招堪为妙绝，帝都诸将都忍不住大声喝彩。瑄离落地之后将苏陵上下打量，说道："久闻风寻剑乃是天下第一快剑，果然名不虚传。"

苏陵亦微微笑道："后风国大自在逍遥法亦非浪得虚名，胜负未分，还请不吝赐教。"

瑄离方要说话，忽听殿外有人淡声道："苏陵，两军交战不斩来使，此非待客之道，且让他去吧。"殿前禁卫先后行礼，却是子昊与夜玄殇联袂而至。苏陵闻言收剑，欠身后退，殿中诸人纷纷上前参见。子昊行至瑄离面前，驻足微笑："瑄离先生回到北域，不妨将此信亲手转交少原君，胜负成败，朕与他自有计较。"

瑄离情知今日身在险境，若硬要一分高下，恐怕讨不了好去，抬手接过那金漆封口的信函，道："既然王上有此吩咐，瑄离敢不从命，改日再领教昔王高招。"

苏陵道："先生若有雅兴，苏陵随时恭候。"

瑄离亦不多言，当即带了两名随从告辞而去。子娆来到子昊身边，说道："你倒是好心性，若依着我，今日必不让他生离此地。"楼樊亦在旁嚷道："王上就这么放他走，未免太便宜了他，让他跟我大战三百回合，我就不信砍不了他的脑袋！"

子昊目视殿外，淡淡地道："如今北域主事者乃是皇非，多杀此人无益。何况这天工瑄离无论胆色武功皆是个人物，皇非对他也是心存顾忌，此次派他前来帝都未尝没有挫其锋锐之心，若借我们的手除去此人，岂不更加顺遂他意？"这时夜玄殇已向斛律遥衣问清金石岭的情况，说道："皇非不但工于心计，而且极善用兵，依他眼下阵营布置的情况来看，金石岭已成绝地，除非强行突破烈风骑的包围，否则纵有援军也无法与白虎军会合。"

子昊道："少原君乃是不世之才，但卫垣亦非庸将，之前十年楚穆交战不断，烈风骑也未在他手中占到太多便宜，如今北域大军倾巢而动，只要他能守住金石岭，洗马谷便暂时安全。"说着挥了挥手道，"既然人都在，不妨说说有什么看法。"

众人一同进了内殿，楼樊尚不明白子昊究竟为何不杀瑄离，一边走一边低声嘟哝。叔孙亦拍了拍他道："那瑄离说起来也与皇非有灭国之仇，且不妨等他相助我们，今日便宜他便罢。"

楼樊奇道："你怎知道他与皇非有仇？"叔孙亦心细如发，原本在九夷族中便有"智囊军师"之称，推前想后自然猜知七八分事实，只是也不说破，只把楼樊这个莽将军纳闷得不行。众人在王舆江山图前分席而坐，子娆将方才瑄离带回的白虎金令交给夜玄殇，夜玄殇接在手中，眼中闪过一丝深刻的感情。子娆轻声道："放心，彦翎一定没事。"夜玄殇对她微微一笑，且听大伙议论如何应对北域大军，因心知东帝另有打算，也并不多言其他。

子昊虽令众各抒己见，心中却自盘算推敲，时间所剩不多，如何能将最后诸般事情安排妥当，不出错漏，最重要的是要瞒过子娆等人。他今日与夜玄殇在水瀑石台深谈良久，身子受了寒凉，子娆听他频频咳嗽，脸色亦不似方才那般，不觉有些担心，趁空叫过离司问道："之前你说蝶千衣的药已经配好了，怎么不见拿来？"

离司心知那药轻易用不得，却又不善作伪，低声道："那药……是配好了。"且兰听到她二人说话，亦道："既然如此，便先服侍王上用药吧，说来说去，还是王上身子最重要，我们与北域再行开战并非一日之功，王上万要保重才好。"

子昊知道子夜韶华药性当过，素日顽疾恐怕又将发作，暗中运起玄功压制，不知为何竟有些力不从心的感觉，眼见众人无不关切，不愿惹他们多心，便对离司道："也罢，你取药去吧。"

离司听他吩咐，自然不敢反对，过不多会儿取了药丸清露回来，只见玉盏之中蚕豆大一粒药丸以金箔封裹，看去并不稀奇，拿到面前却隐隐透出若有若无的异香。离司挑碎金箔，将那药丸以清露化开，子娆离子昊最近，便伸手接过药盏，刚要递给子昊，忽觉那药香盈面，心头倏然一跳，仿佛有什么东西牵动内息，异样莫名。子昊抬手取药，子娆眉梢微微一蹙，道声："慢着。"凝眸细看那药盏，片刻后忽然取过离司挑开金箔的小刀在指尖轻轻一划，一滴鲜血破开肌肤滴入药中。离司吃惊地道："公主……"话音未落，便见那药盏中一缕血迹轻轻漫开，所到之处赤色成丝，忽然那血丝如活物一般流转不息，向着水面翻涌上来，子娆面色骤变，说道："这药中被人下了蛊毒！"

第六章 是敌是友

玉瓷盏中，赤丝如缕，不断在汤药之中盘旋游荡，诡谲邪异的形态令人视之生寒。子娆潜运莲华之术，指尖徐徐绽开一朵晶莹的妙莲，向着药盏飞去。刹那之间，她掌心明光四射，刺目如盲，那莲华光影裹着一缕赤丝向上冲起，殿中依稀竟有阴寒惨厉的呼啸声回荡不休。殿中诸人心神皆震，不想这蛊毒竟然如此厉害，若不是子娆身具巫族血统，及时察觉不妥，这一碗汤药入了东帝腹中，后果便是不堪设想。

子娆指端法印变化，复又以纯阴真气幻出五朵莲华，将那赤丝团团裹住，一直过了半炷香时间，方才轻喝一声："收！"殿中光影散去，却见她指尖沾了一点艳庆通透的血珠，其形虽小，却是蠢蠢欲动，仿佛有什么东西随时会破茧而出。离司骇得脸色发白，道："公主，快将这东西毁了吧，留它干什么？"

子娆纤指一收，那蛊虫踪迹顿无。她转头对离司道："蝶千衣制药时你可是一直在旁看着，还有什么人经手过？"

离司道："她给我的药是早便制好的，我去取药时，只见她以金箔封药，嘱咐我这药不能和金箔共服，当以清露化之方可。"

子娖转身吩咐："来人，立刻去请百仙圣手来长明宫。"外面侍从领命而去，没过多久匆匆回来禀报，原本就住在流云宫晓音阁的蝶千衣竟然已经不知所终。子娖听闻回报，当即召来影奴寻遍王城，却四处不见蝶千衣踪影，待所有影奴回来，子娖玉面之上如笼寒霜，冷冷下令："给我去查，活要见人死要见尸，找不到这百仙圣手，你们统统不必回来。"

影奴先后奉命离开，眼前一波未平一波又起，原本最是安全的帝都似乎已经危险重重，且兰蹙眉道："这蝶千衣生性淡泊，且在江湖中素有善名，似乎没有理由毒害王上，更不会用到蛊毒这种东西，若不是有人蓄意陷害，或者……这神医另有其人？"

"皇非！"子娖轻轻吐出二字，凤眸之中杀机迸射，看得殿中人人心惊。这时叔孙亦突然道："公主，臣有一事想要请问穆王殿下，听说公主自伏俟城接出百仙圣手后，曾在白虎军中略作停留，如今这位神医乃是被穆王请去，数日之前才重新送入帝都的，不知穆王殿下是为何事延请神医，其间可有发现什么不妥？"

他言语虽然委婉，但人人皆听出话中之意，不约而同地向夜玄殇看去，一时无人插言，唯有楼樊是个莽汉，大声问道："穆王殿下，你干什么请了神医，好些日子才送人来？"

夜玄殇剑眉微蹙，心想这等情况下倘若将实情说出，依着子娖的脾气，不取白姝儿性命才叫稀奇，但若不说，只怕要落得个嫌疑，有口莫辩。叔孙亦见他不答话，面色微露凝重，起身道："恕臣无礼再问一句，不知公主之前可曾将洗马谷的情况与穆王提起过，皇非虽善用兵，却不可能处处料事如神，先攻洗马谷复在金石岭设伏，对帝都的举动一清二楚，金石岭白虎军被困究竟是何情况，到底是真是假？"

自洗马谷遭敌军突袭以来，众人无不心存这般疑问，帝都若无内奸，怎会频频泄露军情？叔孙亦出身九夷，最是关心洗马谷安危，早将此事反复思量，却始终不敢定论，此时东帝药中又出问题，容不得他不生警醒。倘若与皇非联盟的人是穆王，金石岭兵败乃是对方引诱王师增援的圈套，百仙圣手早在白虎军中便已被人暗地操纵，那么穆国的立场便令人思之生寒。

叔孙亦问出话来，夜玄殇尚未回答，斛律遥衣已急道："叔孙先生，你这是什么意思？白虎军被困在金石岭，漫山遍野都是战死的将士，数都数不清，难道这还有假？我两天赶了近千里路，拼死回来帝都报信，难道这也是假的？"

叔孙亦叹了口气道："自从息川一战宣国分崩，柔然族勃言王子屯兵西北，始终与少原君互通消息，态度不明。遥衣姑娘应当了解，时至今日，帝都与北域绝难共存，但不知柔然族究竟站在哪一方？"

斛律遥衣性情直爽，哪想到其中这么多关节，急得俏面通红，噌地站起来道："你……你们……好！你们要见死不救，我去求王子发兵救人！"说罢顿足便走。子娆凤眸轻挑，冷声喝道："遥衣！等等！"

斛律遥衣平时与彦翎互不相让，得理不饶人，实际两心相悦，早已对他十分钟情，转身泪下："公主，再迟便来不及了，若是求不来援兵，我就去和彦翎死在一起，反正他活不成，我也不活了！"

叔孙亦与苏陵对视一眼，道："遥衣姑娘何必心急，穆王殿下尚未说话，此事究竟如何，还待分晓。"

这时夜玄殇轩眉一扬，拂袖起身："我没什么好说的，金石岭战况危急，遥衣姑娘，请带路吧。"白姝儿冷哼一声，亦随之离席："王族如此不识好歹，日后莫怪我穆国无义！"但见殿前剑光一闪，却是楼樊、靳无余双剑离鞘指向二人，倘若穆国当真与北域互通，那夜玄殇一去，洗马谷必无幸免，苏陵、墨炘虽然未动兵刃，却也身形微移："穆王殿下，还请留步。"

夜玄殇负手回头，双眸精芒隐现："诸位的剑留不下天工瑄离，只怕一样留不住本王。"

殿外天光刺目，玄衣男子容色桀骜，震慑天下的归离剑深敛鞘中，却予人莫可匹敌的危险气息。眼前明明只是一人，竟似千军万马阵列，就连楼樊这样莽撞的人物亦执剑不前，不敢轻举妄动。叔孙亦上前一步，拱手道："在下先前不过据实推测，穆王殿下难道当真没有任何话说？"

夜玄殇抬首长笑，声震屋宇："疑心既生，多言无益，他日北域战场，大家后会有期吧！"

叔孙亦神色微变，方要喝令留人，忽然面前幽云飘拂，子娆纵身而起落向殿前，拂袖转身，一双凤眸魅光流澈，直照人心："别人留不得穆王，换作我呢？"

白姝儿媚颜一寒，袖中兵刃入手，与斛律遥衣双双靠向夜玄殇身旁。夜玄殇抬手阻住二人，剑拔弩张之下，两人四目相对，大殿内蓦然安静下来，就连空气也似乎凝固。且兰等人不约而同地站起来，唯有子昊手把串珠，静静看着殿前对峙的二人，不说劝阻，亦无意出手相助。

片刻之后，夜玄殇开口道："你知道我的脾气，道不同不相为谋。"

子娆移步上前，目光自他脸上扫过，最终停在他深黑的眸心："我只问你一句话，你答，我便信，这些事究竟是不是你做的？"

夜玄殇一笑道："你既然这样问，我还有什么好说的？"

子婼道："你知道任何事我都可以退让，但这件事，我一定不会放过。"

夜玄殇道："我知道。"

子婼道："那你还是不肯说出请走蝶千衣的原因吗？"

夜玄殇看了白姝儿一眼，道："此事我的确没什么好说的。"

"好。"子婼玉容冰冷，再无一丝感情，"既然如此，我也再无话可说。"她走到且兰面前，向她借来浮翲剑，反手一扬，一道剑光闪过，轻裘如雪当空飘落，一分为二。外面风吹入殿，拂动女子幽魅的玄衣，她手中的剑锋轻轻上扬："穆王殿下，请吧。"

夜玄殇注视她夺人的目光，叹了口气道："你当真要与我动手？"

子婼淡淡地道："我曾经答应过你，若要取你性命，必用我手中之剑。你我之间的情义非比寻常，我不会让你死在任何人手中。"

夜玄殇点头道："我知道你不常用剑，但你的剑术却很不错。"他一边说着，一边抬手握上剑柄，那一瞬间，殿中所有人都感觉到一股强大的剑气，随着归离剑一寸寸露出锋芒，那剑气亦变得越发迫人，便好似一座压顶而来的大山，令人呼吸室闷。面对如此骇人的剑气，众将心中无不凛然，子婼飞拂的衣衫却渐渐静止，整个人仿若化作一泓深冷的幽潭，无光无色，无底无尽，唯有手中浮翲剑紫芒颤动，寒刃轻鸣，好似千峰流水、万丈渊云，向着那巍巍险峰不断涌去。

两股无形的剑气，催得殿中长幔如烟，四下飞扬，当归离剑出鞘的一刻，浮翲剑忽然异芒大盛。御座之上，子昊眉梢微微一扬，殿中清啸震耳，两柄绝世的利器，两道玄色的身影已然凌空交锋。

归离、浮翲二剑乃是世上至阳至阴的两柄利器，夜玄殇与子婼亦是放眼天下为数不多的高手。两人对彼此的武功性格再熟悉不过，几乎每出一剑，都指向对方招式中致命的破绽，只要任何一人稍有疏忽，便是血溅当场的局面。

四面纱幔越飞越急，两人此刻交手竟比方才苏陵、瑄离快了数倍不止，往往剑光甫动，便已改换招式，一人招式甫出，便已令对方处于绝对的威胁之下。殿中诸人看得惊心动魄，楼樊双目圆瞪，紧盯着场下缠斗的两人，恨不得自己拔剑上前，旁边墨烆也暗中抬手握住了剑柄，一旦子婼遇险，便要出手相助。苏陵眉峰轻蹙，无意转头，却见子昊微微合上眼睛，仿佛根本对眼前之战毫不关心，玉帘金幔深处，灵石幽光徐徐转落，数周之后，他似乎极轻极轻地叹了口气，唇角却掠过如丝的笑痕。

苏陵见此情形，心中微微一动。便在这时，子婼与夜玄殇一招相交，两人错身而过，忽然同时出掌。半空中真气交撞，夜玄殇一声长笑，身形疾速后退，归离剑还入鞘中，双掌在白姝儿和斛律遥衣身上一拍，道声："走！"内力到处，将二女送出殿外。

白姝儿与斛律遥衣的轻功本便出类拔萃，借此助力凌空越过禁宫侍卫，遥遥向着御苑落去，外面顿时响起一片呼喝，跟着便是侍卫们的惨叫。夜玄殇同时冲出殿外，子娆足尖轻点，挺剑追击，却觉眼前劲风扑面，数名侍卫被人拍中穴道扔了进来，便被这么一阻，夜玄殇三人早已消失了踪影。

　　子娆拂袖一挥，几名侍卫滚翻在地。靳无余、叔孙亦双双出手将人接下，只听子娆冷哼一声，喝道："封锁王城，给我抓活的！"禁卫们应声而动，子娆回头看向子昊，子昊也正抬眸看她，这时淡淡一笑，道："此事便交给你处理吧，苏陵，你随朕来。"

　　苏陵在长明宫内殿待了数个时辰，离开之时日已偏西，天光将尽，万里彤云将遥远的天际染作一片暗金流紫，衬着帝都巍峨的宫阙，仿若这千年王朝浓烈如血的画卷。他站在回廊之前，望着渐浓渐暗的天色出神，过了许久，突然深深地呼了口气，仿佛要借着这口呼吸将一些沉重的东西从心中驱走，而后离开寝殿，直接向王后居住的重华宫而去。

　　重华宫瑰丽的殿台光影如画，淡紫色绣金凤的帷幔之后烟香袅袅，且兰和含夕正守着一个翡玉棋盘对弈。且兰看起来似是有些心事，几盘棋都走得马马虎虎，苏陵来时，含夕又赢了一局，丢开棋子叫道："不玩了，不玩了，且兰姐姐你今天总是输，我不如跟苏公子下棋。"

　　且兰笑了笑道："鬼丫头，让你一局你就得意，莫要捣乱，苏公子有要紧的事呢。"

　　含夕撇了撇嘴，召唤侍女去拿茶点。苏陵看了一眼案上棋局，对且兰微微笑道："主上方才传下旨意，要我二人亲自率军，发兵金石岭，我们要抢在穆王之前控制白虎军。"

　　且兰道："这么说，主上已经确定是穆王出卖了帝都？"

　　苏陵道："穆王的事情九公主会亲自处置，穆国虽然背叛了帝都，但白虎上将卫垣乃是我们的人，为了他手中这支精兵，我们也不能对金石岭坐视不理。主上的意思是要我们暗中发兵，取贺岭险道直插敌军背后，纵然白虎军兵败是个圈套，对方也必然措手不及，这一仗我们胜算很大。"

　　且兰道："我们有多少兵力？"

　　苏陵道："两万五千。"

　　且兰不由一愣，蹙眉不语。含夕托腮坐在旁边听他们说话，突然轻声问道："且兰姐姐，你们又要去打仗吗，金石岭是不是会死很多人？"

　　夕阳余晖透过窗子照在她白玉般的脸上，投下些许迷蒙的光影，朦朦胧胧漫过那双美丽的杏眸，不似平日一眼望穿的透彻与清灵。且兰无意抬头，忽然感觉苏陵神色间有种隐约的悲悯，便听他道："乱世当前，每个人都逃脱不了自己的命运，尤其战场之上死伤难免。白虎军遇袭如果是真，那伤亡必然十分惨重，王师此去，恐怕也有许多战士要埋骨他乡。"

含夕身子似乎轻轻一颤，低下头去，很久很久再也没有说话。

第七章 九石归一

日落帝都，黄昏之后。琅轩宫废殿的桃林深处，玄衣男子合目躺在当中一块光滑的平石上面，日暮余晖透过花枝，点点洒满衣衫，令那抹俊冷的色泽看去显得闲逸柔和。风吹花动，树下不知何时出现一个幽魅的身影，步履轻轻走到他面前。那玄衣男子仍旧闭着眼睛，来人手中捏着一枝含苞欲放的桃花，轻轻敲打着掌心，道："你倒好闲情，躲在这里偷懒，害我满宫禁卫忙得人仰马翻。"

玄衣男子叹了口气，道："唉，袍都割了，义都断了，我还不躲远点睡我的觉，难道等着被人乱剑砍死吗？"

来人似乎轻声一笑，踏上平石，突然足尖微抬，便向他腰间送去，啐道："再不起来，我可真要砍了！"

玄衣男子明明还是仰卧着的姿势，忽然轻飘飘向上一滑，下一刻，人已到了她身后，道："怎么，还没打够？你的剑法虽然不错，但想要赢我恐怕还是有些难度。"

来人睨视他道："刚刚也不知是谁，打着打着就落荒而逃，现在倒来吹嘘。"

玄衣男子低声笑道："再打下去怕是所有人都看出我们在演戏了，好男不跟女斗，让你一次何妨？"

来人纤腰轻转，暮光下修长凤眸潋滟如星，盯住他曼声道："穆王殿下，你若是再不老实交代那蝶千衣是怎么回事，信不信我假戏真做，先跟你算一算这笔旧账？"

这玄衣男子正是刚刚在长明宫中与王族翻脸决裂的夜玄殇，桃花下的女子却赫然便是誓要杀之而后快的九公主子嬈。两人此时浑不似大殿之上兵刃相见的情形，一人浅笑嫣然，一人手扶花枝，懒洋洋地道："方才我在长明宫陪公主殿下演了那么一场好戏，所有人都知道穆国反了帝都，出卖军情的人很快便会再与皇非联络，不愁抓不出这个内鬼，如此还不算将功抵过吗？"

子娆轻轻哼了一声："一码归一码，别人背后弄鬼，你是心中有鬼。"

夜玄殇低头笑问："那你为何却不疑我？"

子娆眼梢一挑，道："夜三公子向来最怕麻烦，有时间拐弯抹角设计帝都，莫如多饮一盏桃夭美酒来得痛快。"

夜玄殇哈哈大笑，遂将白姝儿借蝶千衣的身份刺杀皇非之事如实相告，末了又道："我不过怕你当众寻姝儿晦气，才想多一事不如少一事，至于后面这假神医她其实并不知情，想要知道究竟，还是要找到蝶千衣本人再说。"子娆在他说话时，脸上笑意便已渐渐消失，片刻之后淡声道："自然不是她，这位假神医瞒天过海，手段高明，并非她能左右之人。"

夜玄殇道："莫非你知道她是谁？"

子娆抿唇不语，微风吹拂衣发，露出她幽魅的容颜，那双清眸之中却现出一种难以名述的神色，好似日落寒潭，星沉大海，一片黑泠泠的幽静："巫族之人皆擅蛊术，但有两种血蛊唯有长老级以上的人物方能操纵，一种是四域噬心蛊，你曾见识过它的厉害，二者便是今日药丸中的五经血轮蛊，尤其后者，若非离境天大长老亲手种下，断然无法施为，而若不是与施蛊者有血缘关系之人，亦不可能化除这蛊毒。"

夜玄殇心知巫族离境天血脉传承当世唯有两人，正犹豫要不要将媱夫人之事告诉她，子娆走到石上盘膝坐下道："她既然施出五经血轮蛊，我便有办法把她找出来，待会儿你跟在我身后，一见面立刻动手，千万不能让她和我说话，务必切记。"

夜玄殇点头道："有我在，你放心。"

夜幕渐深，月色下桃花纷纷，晶莹如雪，子娆收摄心神，十指法诀变幻，碧玺灵石被她以元阴真气催动，呈现重重幽芒，逐渐向外扩大，在她周身化出莲华一样的清光。夜玄殇曾经接触过巫族血蛊，此时忽然感应到一股与四域噬心蛊相似的邪异气息，只见子娆身畔落花飞舞，重重光色如幻，灵动流转，片刻之后，一点血光自她指尖幽然升起，悬于半明半暗的空间，散发出寒邪诡异的光泽。

夜玄殇眉心微微一收，子娆祭出血蛊之后张开眼睛，双目中幽芒隐现，夺目慑人，那血蛊之上的色泽不断流转，渐渐淡去，而子娆眸心的光泽却越来越暗，越来越深，看去竟似一片幽浓艳丽的血色，衬着她雪肤魅颜，美得叫人心生不安。片刻之后，她四周莲光散尽，徐徐站起身来。

夜玄殇不敢有失，紧随其后，两人一路出了王城向东而去。此时天色已经全然黑下，子婼身法飘忽迅捷，幽云般在雪地之中前行，四下密林如织，烟雪成雾，荒山野岭，人踪尽绝，两人提气急奔，不过小半个时辰已近雍江之畔，但闻阵阵涛声拍岸，夜色茫茫掩映大江。夜玄殇见子婼停下脚步，放眼望去，云中冷月若隐若现，不远处一艘小船正穿过波涛悠悠荡向江心，幽黑的船身融在夜色当中，若非他目力过人，恐怕一时也难发觉，子婼忽然纵身而起，向着小船遥遥落去。

夜玄殇怕她遇险，身子一晃掠出江岸，落上船头时反而抢在子婼之前，反手将舱门推开。舱中亮着一盏油灯，一个面笼薄纱的青衣女子蓦然回头。夜玄殇记得子婼吩咐，抢进船舱当即动手，疾点那女子喉间哑穴，同时连封了她数处穴道。他原本知道蝶千衣是假，出手未留余力，却不料一招落下，发现对方功力全无，当即生生收回三分力道。饶是如此，那女子亦浑身剧震，闷哼一声向后软倒，夜玄殇道声"得罪"，抬手揭开她面纱，赫然正是自帝都失踪的百仙圣手蝶千衣。

这时子婼身子微微一颤，张口喷出一片血雾。夜玄殇吃了一惊，急忙伸手将她扶住。子婼操纵蛊虫寻找蛊主，真元消耗甚巨，靠着他肩膀调息了好一会儿，方睁开眼睛道："不碍事了，你先搜她身上，是否藏有九转灵石。"

蝶千衣听到"九转灵石"的字眼，眼中微微露出犀利的神色。夜玄殇先扶子婼坐下，俯身在蝶千衣身上搜过，却是一无所获，摇了摇头，随手解开了她的哑穴。子婼问道："金凤石在哪里？"

蝶千衣眼睛在夜玄殇身上转了一转，方才看向子婼道："你是来找金凤石的？"

子婼的声音听去极其冷淡："若不是为了九转灵石，我这一生都不想再见到你。"

蝶千衣面上却露出笑意，上下将她打量："你这丫头倒也厉害，居然能以莲华之术操纵我施下的血蛊，可知只要有一丝不慎，你现在便是一具蛊尸了。"

子婼冷冷地道："那也要多谢母妃，无论如何我身上也流着巫族离境天的血脉，区区血蛊又算得了什么？"她突然口称母妃，夜玄殇倒也并未十分惊讶，只因此刻他也早已想到，媎夫人身为巫族离境天传人，自然像巫医歧师一样知晓以九转灵石所施的秘术，白虎秘卫发现的那具尸身虽然不假，但真正的蝶千衣其实早已被媎夫人取代。巫族移魂之术匪夷所思，若非早就知晓这一秘密，任谁也不会怀疑为东帝诊治的神医另有其人，媎夫人一心想要覆灭王族，正好借机暗算东帝，就算落蛊不成也会挑起穆国与王族的矛盾，其用意之险、心机之深，可见一斑。但她千算万算，却未料到子婼非但觉察出毒蛊，更加毫无保留地信任夜玄殇，此时帝都并未像她所预料的一样发生动荡，这血蛊反而暴露了自己的行踪。

媎夫人盯着子婼森然道："你既然自认是巫族之人，为何处处维护王族？那东帝之母出身凰族，与我巫族素有深仇，你不杀他，反而救他性命，巫族哪里有你这样的传人？"

子娆冷冷一笑道："母妃或许忘了，毕竟我与凰族也有血脉之缘。更何况母妃针对王族与凰族，难道只是为了复仇那么简单？九华殿上那张王族宝座凤后坐了上去，母妃怕是也眼热得紧吧。为了这个，你可以出卖所有的亲人，我这个女儿又算得了什么？"

媢夫人听她提到王族宝座，目中透出热切的光芒："你知道什么？那是九域四海至高无上的权力，天下谁人不想要？和这个相比，亲人又算得了什么，在那张王位面前只有敌人，就算是亲人也一样会杀你害你。"

夜玄殇突然道："原来夫人心中根本没有亲人二字，无怪在穆国挑唆我父子反目、兄弟相残。"

媢夫人冷笑道："你父兄若不是早便心存隔阂，他人说再多又有何用？说到底都是他们自己心甘情愿。哼，不是我这些年精心安排，此时又哪来你这个穆王，难道你愿意一辈子在楚国做质子，永无出头之日？"

夜玄殇道："这么说来，我还应该感谢夫人了？"

媢夫人道："我早便说过，你若娶了子娆为妻，帝都王座便也唾手可得，比起你那只知花天酒地的大哥，你可要好上太多，假以时日，何愁不能一统天下，成为新朝开国之主！"

"唔……"夜玄殇双手抱胸靠在船舱上，"夫人所言极是。"

媢夫人的声音忽然变得十分温柔，就像是烟花幽曲、春日流水一般动听："你还在犹豫什么？东帝现在已经病入膏肓，只要你肯动手，拿下帝都根本不费吹灰之力，到时候你会得到世人梦寐以求的东西，所有人都会拜服在你的脚下，所有的财富都会为你所用，天下最动人的女子、最香醇的美酒、最奢华的宫殿，都将是你手中之物，你要谁生便生，你要谁死便死，这种滋味，你难道不动心吗？"

她的声音听起来是如此柔美，似乎有种诱人的魔力，轻轻在人心头回荡，眼波亦如梦幻一般，当她注视你的时候，便仿佛要将你带到绮丽的梦境中去，带你去看世上最美的景象。子娆不由暗暗吃惊，没想到纵然已经真气全失、面目尽改，媢夫人的媚功依旧如此厉害，无怪当年裹帝、渠弥国师，甚至岇息都对她神魂颠倒，这世上恐怕没有多少男人能抵挡这样的目光，能拒绝这样温柔的话语。夜玄殇似乎也沉迷在她的媚术之中，点头道："这听起来当真是好主意，夫人若是不说，我一时也还想不到。"

媢夫人的目光越发柔情似水："那你还愣在那里？解开我的穴道，我会帮你实现这一切。"

夜玄殇却突然道："夫人所言虽然很有道理，但这个吩咐，却恕玄殇不能从命了。"

媚夫人甚是意外："为什么？"

夜玄殇笑道："只因世上最美的女子已在我身边，最好的美酒已在我囊中，我既不愿每天被一群人跟在身后磕头，亦不愿再尝试夫人血蛊的滋味，做个牵线木偶，所以只好忍痛拒绝夫人的美意了。"

媚夫人眸中柔情骤然消散，现出一片冷厉的光泽："你竟如此不识好歹！"

夜玄殇笑容不改，漫不经心地道："我知道实话总是不那么中听，但还是忍不住要说，夫人年纪也不小了，容貌也和以前大不相同，以后若再这样跟男人说话，恐怕还是会和今天一样失望，所以我劝夫人还是安守本分，或许对大家都有好处。"媚夫人面容一阵扭曲，丝毫不再见蝶千衣淡泊宁静的气质，咬牙道："你会后悔的！"

夜玄殇尚未说话，子娆已冷冷地道："你若要替父兄报仇，我绝不会出手阻拦。"

夜玄殇叹了口气道："她说得其实没错，我与父兄之间若非早有心结，任何人也不会令我们反目，报仇这种事，对我来说没有任何意义，况且她毕竟也是你的母亲，无论什么样的母亲，有总比没有好。"

子娆心头微微一震，闭目平复了一下情绪，想起昔日母女情分，不由黯然心软，对媚夫人道："本来任何人敢对王兄下手，我一定会杀了他，但你我终究母女一场，只要你交出金凤石，你我前事一笔勾销，以后是生是死，永不相见。"

媚夫人冷哼一声道："九转灵石乃是上古灵物，仅以其一便可化人魂魄，若是九石齐集，便有毁天灭地的力量，所以白帝昔年才将九石分赐诸族，为的就是怕一人手中拥有太过强大的力量，东帝如今竟想令九石归一，哼！难道不怕招来天怒吗？"

子娆道："我不管他要干什么，但只要是他需要的东西，我一定会帮他取到。"

媚夫人冷笑道："我若不肯给你，你便杀了我吗？你可真是我的好女儿，为了个快要死的男人不惜杀父弑母，有你这种女儿，我也是前世作孽，今生报应，你便是杀了我也是我活该，谁让我生了你、养了你！"

子娆面色刹那苍白，夜玄殇剑眉一紧，沉声道："夫人，与人为善，与己为善，话再多说下去，恐怕伤人伤己。"

媚夫人眸光闪烁，看向他道："她不管何事心心念念的都是她的王兄，我真不知道，你对她再好又有什么用？"

夜玄殇笑道："夫人不必多费心机了，我二人若是因这几句话便生嫌隙，那绝对都活不到今天。她对别人怎样与我对她怎样是截然不同的两回事，何况她若是这样对我，我还会觉得有些不自在。"

媚夫人的目光似是要在他身上盯出个洞来："你为她做了那么多事，处处维护着她，甚至连性命都可以不要，难道不是因为喜欢她？难道心里就没有一丝不甘？"

夜玄殇仍旧微笑："我喜欢世上所有美丽的女子，也不仅仅是她一人，只不过她对我来说是最特别的那一个。若是做每一件事之前都先想着回报，那人人心中都会不甘，人要是算得太清楚，那日子一定不太好过，更何况我和她之间，本也不需要计较那么多。"

媚夫人不死心地再问："你当真不在乎她对别人好，不想将她据为己有？"

夜玄殇忽然摇了摇头，不再回答她的话，酒逢知己千杯少，话不投机半句多，他并不喜欢做浪费口舌之事。子娆同样不想再面对媚夫人，知道媚夫人绝不会轻易将金凤石交出，她暗中催动碧玺灵石，当她指尖清芒盛起，整个船舱中忽然幽幽射出金色的异芒，就连夜色江水也被映得如金如灿，波光粼粼，仿佛是水中突然升起了一轮明月，而这小舟便在月色之中浮沉荡漾。

媚夫人脸上微微色变，子娆俯身在船舱中搜出暗格。媚夫人之前为怕东帝对九转灵石生出感应，始终不曾将金凤石随身携带，暗藏于此。子娆伸手将其取出，继月华石、幽灵石、冰蓝晶、紫魂晶、芙蓉石、血玲珑之后，最后一串灵石终于也重归王族。

金光掩映之下，媚夫人的面色变得十分难看，子娆迈出船舱时停了一下脚步，道："我希望以后永远不要再见到你，因为我不知道下一次还会不会这样放过你。"

站在船头上，子娆抬头遥望夜空，许久许久不曾说话，月光掠过浮云，在她脸上落下晶莹的光泽，一直沿着衣襟滑落，坠入无尽的江水。夜玄殇站在她身后，见她终于流下泪来，心里却觉得松了口气。他明白她此时的心情，这世上没有孩子不依恋母亲，也没有母亲不疼爱自己的孩子，但是造化弄人，偏偏要在母女之间结下不可化解的深怨，没有人比他更懂得这种滋味。夜玄殇走到子娆身旁，轻轻拍了拍她的肩膀，子娆深深地吸了口气，情绪似已恢复，将金凤石交给他道："你能帮我将这个交给王兄吗？"

夜玄殇知道她不愿再在东帝面前提起媚夫人，二话没说，收起金凤石放入怀中。她将这关系王族存亡的珍宝随手交付，他亦毫不惊讶，换作是媚夫人定然无法理解，但对于他们二人，却已再寻常不过。

第八章 红尘空梦

子娆和夜玄殇离开之后，那小舟依然在江面上飘荡，夜色沉沉，江雾弥漫，除了船舱中透出些微的灯火，一切都恢复原有的寂静。忽然间，小舟近旁冒起一片水波，一个白衣的女子随之露出水面，轻轻一跃，便已站上船头。月色透过薄雾照在她的脸庞上，令她的神情显得格外幽丽妩媚，虽是从水中上来，但她雪白的衣衫看去竟然分毫未湿，及腰的乌发亦在身后轻柔飘拂，独立船头便像是幽夜下美丽的水仙，迷离而又诱人。

那白衣女子回头看了一眼，一弯腰进了船舱，嫆夫人见到她时眸心一收。那白衣女子笑道："你果然认识我。"说着她抬手解开了嫆夫人的穴道。

嫆夫人活动一下身子坐了起来，淡淡地道："我怎会不认识自在堂白堂主？"

这白衣女子自然便是白姝儿，只见她纤腰一扭，在舱中坐下，道："我说认识我的，可并非蝶千衣，巫族的秘术真是奇妙，连我都没想到夫人摇身一变，竟成了济世救人的百仙圣手。"

嫆夫人看了她一会儿，道："你来了很久了。"

白姝儿笑道："那是自然，我家殿下和九公主上船之后，我便悄悄潜在船底，你们的对话我可都听得清清楚楚。"

嫆夫人不由又打量了她一眼，想她一路跟踪子娆二人至此，神不知鬼不觉地潜在江中偷听，竟然分毫都没有惊动他们，这份寻踪觅迹的本事和水底功夫也算了得。白姝儿又道："夫人这法子可真算得上天衣无缝了，就连我也不知道百仙圣手竟被暗中调了包，不过这事好歹我也助了夫人一臂之力，夫人难道连一句谢谢都没有吗？"

嫆夫人神情没有分毫变化，只是说道："我曾答应你助你一次，现在你可以说了。"

白姝儿妙目流转，道："我也没什么要夫人帮忙的，只不过想请教夫人一个问题，方才九公主在船上说的话到底是什么意思，为何她要说自己与凰族有血脉之缘，难道她并不是襄帝的子嗣吗？"

她目不转睛地看着嫆夫人，似乎想从她脸上找到答案，却听嫆夫人冷冷地道："若你想问的就是这个，我劝你还是打消这个念头吧，并不是所有的秘密都那么好听。"

白姝儿浅笑道："夫人应当知道，但凡女人总是好奇一些，听到这样的秘密若是还不肯打听，那就不能叫作女人了。"

嫞夫人道："但是好奇心往往会害死人，你说的事情我不知道。"

"不知道？"白姝儿柳眉轻扬，道，"夫人可是九公主的生身之母，怎么又会不知道？"

"我是她的生身之母？"嫞夫人听到这句话时面色变化，突然她放声尖笑，笑声凄凉刺耳，仿佛深夜鬼哭一样在空荡荡的江面上回荡，又好似惨厉的寒风要将天地万物撕毁，那其中极浓极浓的怨气、极深极深的恨意，就连白姝儿这般胆色也感觉毛骨悚然，一时说不出话来。

过了片刻，嫞夫人终于止住笑声，目中却透出幽紫邪异的光芒："不错，我的确是她生身之母，但她却不是我的女儿。每一个知道这个秘密的人现在都已经是死人，你真的那么想知道吗？"

白姝儿被她目光扫过，心底寒意丛生，她自己感觉到此事并非想象得那么简单，自然也不愿拿自己的性命冒险："我不过好奇一问，夫人若不愿说，便也算了。"

嫞夫人冷笑道："你倒是聪明得紧，像你这么聪明的人，我也不愿你那么快就死，这对你我都有好处。"

白姝儿眸光转了一转，道："夫人现在功力尽失，金凤石又落入了王族手中，我想来想去，也不知道夫人还能给我带来什么好处。"她悠闲地靠在桌案上，观察着嫞夫人的神情，嫞夫人又是冷冷一笑，道："等你需要我的时候，自然便会来找我，那东帝的处心积虑，还有九转灵石的秘密，普天之下不会再有第二个人比我更加清楚。别以为我不知道你心里打什么主意，穆国若想取王族而代之，不除掉东帝，便是痴人说梦！"

"哦？"白姝儿直起身来，"这么说，夫人知道东帝自诸国取回九转灵石的真正用意，那九转灵石究竟是怎样的东西？"

灯光底下，嫞夫人眼中倏然掠过一丝几不可察的惧意，而后又化作极冷极冷的恨："时候到了你便会知道，他要自取灭亡，我便成全他，但即便他死了，我也会让他死不瞑目。"

前往金石岭的军队定于次日凌晨出发，整整一日帝都兵马调动，充满了大战将至的紧张气氛。夜玄殇同子娆回到帝都后，却与子昊在竹苑琅轩喝了一天的酒。除了送酒过来时满面惊讶的离司外，没有人知道他在这里，子昊竟也一句没问，似乎之前长明宫中的事根本就没有发生过，而夜玄殇也什么都没说，仿佛这件事根本就不需要解释。

子昊酒喝得不多，话也不算太多，但是漓汶殿的酒品种却多，两人从天亮喝到天黑，喝光了帝都仅存的两瓶百年雪腴,喝光了八百里快马送来的惊云冽泉,亦尝遍了竹苑琅轩中所有依照古书酿制的美酒。不太喝酒的人未必不懂酒,不爱弹琴的人未必不知音,能够喝酒聊天一聊一天的两个人必定不会太讨厌对方。有个谈得来的朋友一起喝酒,时间总是过得很快,当禁宫影奴前来禀报消息时,夜幕已经再次降临。子昊饮尽杯中余酒,一笑起身:"此事需得朕亲自去处理,暂且不陪穆王了。"

夜玄殇轻叹道:"果真是此人,此人虽然出卖了王族和白虎军,但是情有可原,王上也不必对她太过苛责。"

子昊点头道:"恩怨相酬,本也无可厚非,朕不会故意为难。"

一出竹苑禁地,宫宇间的灯火蜿蜒错落,向着重重叠叠的宫殿延伸,黑夜深处透着些许寂静而又神秘的感觉。子昊徐步踏上雪雾深处的飞桥,在桥上停下脚步,负手静望远方,似乎在等待着什么,沿着他的目光,不远处掩映在雪树之下的,正是御阳宫。

夜空无云,却亦没有月光,寝殿中的灯火渐渐熄下之后,整个宫苑中除了风吹雪过的声音外,再也听不到任何声息。今晚宫中的侍卫比往日少了很多,御阳宫里的侍女和宫奴多数早已睡下,没有任何人会在这样天寒地冻的深夜出来走动,但整座宫殿陷入黑暗后不久,殿后一道偏门忽然被人推开,一个小小的白影自门中蹿了出来,在雪地里一闪便没了踪影。

门后有双属于少女的明亮的眼睛一动不动地看着外面,一角绯红色镶银边的织锦衣袖掩着一只雪白的手,手指抓住殿门,似乎透出紧张的痕迹。待那轻巧的白影消失在冷雾之中,门后的少女轻轻叹了口气,刚刚伸手掩上殿门,忽又倏地转回身来。黑夜深处似乎传来一声极轻极轻的小兽叫声,那少女蹙眉分辨了一下,立刻闪出门外,轻烟一般向着方才小兽离开的方向掠去。

御苑中寂静得很,夜风偶尔吹动枯叶掠过雪地,深夜雾气却越发变得浓重。绯衣少女身形极快,一闪掠过渐浓的雪雾落在御湖对面,四下寻找小兽,口中发出轻微而奇异的声响。她怕惊动别人,尽量压低声音,身后立刻传来小兽的回应,绯衣少女面上一喜,转过身来,突然生生顿住脚步。

对面乳白色的雾气仿若浮云隐现,有个白衣人站在琼林雪树之下,正静静地望着她,怀中抱着那只雪色碧瞳的云生兽。那人容色清冷出尘,站在琼林雪雾当中便似是云中谪仙一般,唇畔亦带着温和的浅笑,绯衣少女在他的注视之下却似十分害怕,站着一动不动,好半晌才轻声道:"子昊哥哥,这么晚了,你……你怎么来了御阳宫?"

这绯衣少女自然便是此时御阳宫的主人,曾经的楚国公主含夕。子昊徐步上前,淡淡地道："路过顺便来看看，没想到你还没睡，夜深天寒，一个人跑出来做什么呢？"

含夕极快地瞥了一眼他怀中的小兽，低声道："我发现云生兽不见了，所以出来找它。"

子昊手臂一松，怀中小兽跃起来跳到主人身前，含夕将它抱了起来，伸手抚摸它脖颈，脸上突然微微色变，却听子昊道："可是在找这个吗？"

含夕一惊抬头，只见他掌心托着一个细小的银色圆筒，俏面顿时一片惨白。她方才一直不敢看子昊，此时却紧紧地盯着他，不但眼中流露出惊惧的神色，身子更在微微发抖。子昊叹了口气道："王师的先锋军今晚已经出发了，他们不会走贺岭险道，否则便永远到不了金石岭。至于穆王，他并没有背叛帝都，明日此时，当王师主力与白虎军会合，北域大军将会遭到致命的一击。"

含夕脸上已经全无血色，过了好久，方道："原来你早就知道了，你故意让苏陵透露讯息给我听，子娆姐姐和夜大哥也是在演戏。"

子昊幽邃的眸光却显得十分平静，道："洗马谷和金石岭的情报自然是有人出卖给了敌军，我之前也没想到你能这么快驯化云生兽。前些日子你总是找理由跟在我身边，自然听到了很多事情，那一晚流云宫中，大家都以为你已经先行离席了，其实出事的时候你还没走，只是当时军情传来，谁也没有太注意你。这件事你知道我们已经在调查，本来不应再轻举妄动，若不是穆王与子娆假意反目，你认为我们已经不再怀疑其他人，也不会在这时候冒险送出王师的军情。"

含夕紧紧咬着下唇不说话，子昊走到她面前，低头凝视她妍丽的眉目，柔声道："你在北域的时候见到了皇非，对吗？"

含夕猛地抬起头来，含泪问道："子昊哥哥，你能不能亲口告诉我，不是你发兵灭了楚国？"

她问得又急又快，仿佛想要摆脱些什么，又似乎急于抓住什么，那些她本不愿接受的残酷事实，和不愿失去的珍贵的东西。子昊瞬目叹息，轻轻摇了摇头："你既然一开始没有来问我，反而泄露军情给他，不是早已经相信他的话了吗？"

含夕眼中终于落下泪来："他说是你跟姬沧联手灭了楚国，害死我王兄、王嫂，你为了瞒着我，将我禁锢在身边，隐瞒他的消息，我不相信，可是皇非不会骗我，烈风骑也不会骗我。"

子昊淡淡地道："他说得没错，的确是我下令灭楚，但是你王兄、王嫂却不是我杀的。"

含夕看着他，似乎整个人都在发抖，泪水沿着她的面颊不断滑落，眼中早已模糊一片，那个温润清冷的身影再也看不清楚。她拼命睁大眼睛，想要忍住眼泪，死死望着面前人影，哑声道："为什么……为什么你不肯说一句谎话继续瞒着我？只要你说不是，我一定会相信！为什么你要这样对楚国？难道楚国不是你的臣民吗？是谁……是谁杀了我王兄和王嫂？我不会放过他！"

少女的眼泪像是破碎的珍珠，压抑了太久的情绪化作凌乱的话语在雪雾之中飘荡。这所有的问题并非没有答案，但却无法一一回答，子昊双眸深处有着淡淡温柔的怜惜，却亦平静到令人感觉冷漠。他注视着含夕早已被泪水浸没的秀眸，徐徐道："我本想你永远不知道这些事，便不至于伤心难过，但是现在你已经知道了，那便罢了。如果你想报仇，我自然可以告诉你凶手，我曾经答应过你，所有楚国的仇人都会血债血偿。"他的声音似乎带着某种柔和的魔力，叫人从心中感到安宁，含夕略微平静下来，凄然道："你不过是一直在哄我，是你亲手毁了楚国，难道你要杀了自己让我报仇吗？"

子昊道："我虽然有些事情没有告诉你，但是答应过的事却绝不会食言，我保证让你亲手复仇便一定能做到，如果你要杀了我，也一样可以。"

含夕颤声道："你明知道我杀不了你才这样说，就连姬沧和皇非都败在你的手中，我又怎么可能杀得了你？我……我也从来没有想要杀你。"

子昊微微一笑，将那个银色小筒交到她手中："那等到有一天你想要杀我、亲手替楚国复仇的时候，便打开这个看一看，现在你若不愿留在这里，也可以离开帝都，我想皇非一定会派人来接你。"

含夕怔怔地接过那个仍带着他掌心温度的银筒，子昊收回手，自她身边向前走去，含夕蓦地回头，突然大声叫道："子昊哥哥！你告诉我，你是不是……是不是从来都没有喜欢过我？"

子昊似乎略微停了一下脚步，但是什么也没有说，如雪的身影渐渐消失在迷雾深处，含夕眼中的泪水一滴滴溅落在手中的小银筒上，喃喃道："子昊哥哥，我永远也不会想要杀你，永远也不会……"

第九章 三式剑招

重华宫。

且兰拔剑出鞘，一道轻利的锋芒划破大殿的沉寂，灯光之下寒若秋水的剑，映照出冷丽若雪的战袍，战场厮杀的声音仿佛重新响起在耳畔。且兰轻轻闭上眼睛，自从来到帝都，她已经很久没有这种感觉，亲手拿起剑，面对生与死的抉择，所有的一切都由自己决定，所有的事情都不再有依靠。

待到天一亮，王师第二批兵马将由她和苏陵率军出发，在北域大军后路之上设下埋伏。对方绝不会想到帝都竟然抽调所有兵力以解金石岭之困，所以只要先锋部队能够配合白虎军杀开重围，他们便能够两面夹击还对方以颜色，她相信靳无余和楼樊必定不会令人失望，只因此刻这两员猛将便似在笼中关了许久的老虎，谁先遇上他们，便算谁不走运。

且兰抬手轻拭浮翾剑剑锋，眼中露出清厉的神色，忽听身后有人淡声笑问："都准备好了吗？"

且兰蓦然转身，只见子昊不知什么时候站在身后，正负手含笑看着她。殿外并没有下雪，但他肩头却被雾水打湿了一片，显然在外面站了有些时候，且兰有些惊喜，收剑上前道："没想到你这时候还会过来。"

子昊道："处理了一点事情，见你宫中灯还亮着，便过来看看。"

且兰端详他的神色，突然问道："是她吗？"

子昊道："苏陵告诉你了。"

且兰叹了口气道："我原也想过是不是她，但总觉得不太可能，她还是知道真相了对吗？"

子昊淡淡地嗯了一声，没有多说话，显然不太想谈论这个话题。且兰原想问他怎样处置含夕，但见他这般神情，便也没有再问。子昊抬手接过她手中的剑，道："我之前传给你的剑法，想必你已经练得熟了。"

且兰点头道："你从在洗马谷便亲手指点我剑法，后来又连剑谱都给了我，有你这样用心的师父，我这个徒弟若不下点苦功，便太说不过去了。"

子昊道："我之前教你的剑法虽然不错，但也算不上是极高明的剑术，只是招式巧妙灵动，颇合浮翾剑的特性，亦适合女子练习，所以我才挑了给你。"

且兰眼中露出些许惊讶，不久前他送她的那套剑谱乃是竹苑琅轩中珍藏的道宗御剑术，若是传出江湖，足以令任何一人跻身当世高手之列，毫不亚于当初赫连武馆的"千字彻心剑"，他竟还说"算不上高明"。子昊似乎看穿她的心思，微微笑道："前几日我看离司练剑，偶尔想到三招剑法，今日正好有点时间，便一起传了你吧。"说着轻轻一振手中剑锋，"你来夺我手中之剑，不管用什么法子都行。"

且兰笑道："要夺你手中剑，那可不容易。"

子昊一手倒负身后，淡笑道："试试何妨？"

"那你小心了！"且兰目光一挑，身子倏地向左飘闪，同时手肘微屈，闪电般撞向他曲池穴。子昊见她不循常式，出手精准，含笑道了声好，忽然手中剑光一闪，不知为何，且兰的胳膊竟自行往剑尖撞去。且兰不由吃了一惊，但心中纵然惊讶，变招却也丝毫不缓，手臂顺势而下，避开剑光，同时折腰向后掠去。

九夷族女子人人善舞，轻功身法也如舞蹈一般飘逸优美，且兰翻身折腰，便似一条柔软的柳枝，衣袂一扬却似分花拂柳，击向子昊胸口。她没有针对子昊手中长剑出招，但每一招的目的都是夺剑，谁知刚一出手，子昊手中的剑光又是一闪，隐隐指向她掌心。且兰心中暗自称奇，再次出招攻他肩头，谁知无论她如何变招，子昊手中一柄长剑总是若有若无地指向她手掌，若是他内力一催，出剑伤人只在举手之间。

且兰一连变了十余种手法，始终无法摆脱他剑势，咦了一声翻身后退，蹙眉看着浮翲剑思索，过了一会，道："你的剑太快，我的招式还没用老，你已经将我所有进攻的可能都封死了。"

子昊眼中透出赞赏之意："你这么快就想到这个道理，这一招学起来也不会太慢。无论对方的内力比你强多少，招数比你精多少，只要你出剑比他快，赢的便一定是你。"

且兰道："那套传自道宗的御剑术已经很快了，但是跟这一招比起来，似乎还是差着那么一丝。"

子昊道："这招剑法之所以快，不过是因为料敌在先，只要你能在对手动作之前判断他所用的招式，那自然总能先其一步，用最短的时间做出最有效的反应。就像苏陵的剑之所以快，便是因他细心而冷静，无论何时，他都能够注意对手每一丝细微的举动，从而进行最精准的判断。"

他一边说着，一边将浮翲剑交回给且兰，仔细讲解其中关窍。这用剑的道理看似简单，但真要融会贯通却也不易，且兰人虽聪慧，却也用了近半个时辰才将这招剑法记住。子昊今日似乎比平常更加耐心，待她记住了剑招中的变化，再道："你便用刚刚学会的剑法再来和我过招，这一次，我会在十招之内取你手中之剑。"

且兰目带思忖看了看他，点头道："好。"

且兰新学来的剑法虽然不是很纯熟，但是出剑的速度已经比之前快了不止一倍，九夷族的轻功虽然不及后风国的大自在逍遥法，但是轻逸灵动，飘若飞絮，和这样的剑法配合，正是威力倍增。子昊这次并非空手，用的却是浮飘剑的剑鞘，且兰知道他武功比自己高出许多，每一招出手都十分小心，待到第五招时，子昊忽然虚晃一招，胸前空门大开。且兰只要挺剑上前，便可借机展开剑势，但是如此抢攻，她自己的防守也会减弱，心中略微犹豫，出手便缓了一线。就这刹那之间，子昊手中剑鞘已经闪电般送出，跟着趋身向前，手掌轻轻一托，向上一送，浮飘剑便已落入了剑鞘之内。

　　且兰后退两步，愣了片刻，道："我还以为你会用剑鞘震飞我的剑。"

　　子昊摇了摇头道："你从一开始便只是打算怎样才能多坚持几招，根本没有想着赢我。"

　　且兰道："你的武功比我高，我赢不了你。"

　　子昊道："你以后遇到的对手会有很多武功高过你的人，如果因此没有取胜的信心，那就永远也赢不了对方，在动手的时候如果心存犹豫，那便是将性命送给对方，方才你若挺剑进招，便能将我逼退，但就是你那一丝犹豫，才让我有了机会。"

　　且兰低头思索了片刻，道："你说得对，不过我也没想到你会用剑鞘来套我的剑。"

　　子昊微微一笑道："当你和别人动手时，对方的精神一般会集中在你的剑上，很少会有人留意剑鞘。"他重新拔剑出鞘，指点这招剑法，复又说道，"你见过皇非用剑，皇非的剑法之所以可怕，便是因为他从来对自己充满信心，所以逐日剑每一招出手都能发挥出极致的力量，即便是比他强大的对手也可能在临阵之时败在他的手中。"

　　且兰道："正是因为如此，姬沧的武功和皇非不相上下，但最终还是死在他的手里。"

　　子昊点头道："一个人只要对自己有信心，很多不可能的事情都会变成可能，自信不会帮你实现所有事情，但是没有自信一定什么事都做不成。"

　　且兰抿唇一笑道："下一次我一定要赢你。"

　　子昊也笑了一笑："这一招我还是用剑鞘。"

　　且兰拔剑道："我已经迫不及待地想要看看第三招了。"

　　子昊手握剑鞘随意而立，微笑示意，且兰手底内力透出，浮飘剑紫芒隐隐，发出轻微的鸣颤。第二招剑法虽然不如第一招变化繁复，但领会了这招剑法，且兰出剑不但更快，而且更加锐利果断，剑势行云流水，连绵不绝，几乎没有任何破绽。子昊唇角微带笑意，既是赞赏亦是鼓励，浮飘剑乃是当世第一利器，他以剑鞘应敌，始终不与且兰剑锋接触，但通过剑鞘透出的真气已足以御敌在先。

两人这次交手足有小半盏茶工夫，差不多数十招过后，子昊眸光微微一闪，忽然屈指轻弹，手中剑鞘嗖一下弹上半空，且兰不由一愣，眼前只见白衣飘闪，子昊已经到了她的身后，半空中落下的剑鞘不知如何重新回到他手中，不偏不倚指向她后颈。

"兵者，诡道也，利而诱之，乱而取之，攻其无备，出其不意。"子昊负手身后，朗声念道。且兰转过身来，叹了口气道："剑法如兵法，兵无常式，以奇制胜，我不该一时吃惊，让对手有机可乘。"

子昊收起剑鞘徐步前行，笑道："看来这一次不用我解释了。"

且兰道："无论是谁突然看到对手将兵器扔上半空，都会有些吃惊的，这招剑法既然取一个'奇'字，你刚刚已经点评了两人的剑法，却不知天下高手之中，又有谁的剑当得起奇谋诡变的评价？"

子昊负手抬头，片刻后道："穆王玄殇的归离剑，如龙在云，无迹可寻，十八招归离剑法每一招都可能生出令人意想不到的变化，若是谁说见过归离剑所有的剑招，那么他一定不够了解夜玄殇。"

且兰道："你们交过手吗？"

子昊唇角微微一挑，回头道："今日乘兴切磋了几招。"

且兰不由心生好奇，问道："谁胜谁负？"

子昊没有说话，只是清邃的眼中透出一种愉悦的笑意，且兰很少在他脸上看到这样的神情，以前他即便微笑，也总似隔着一层清冷的薄雾，总有些情绪让人无从捉摸，但是今晚他似乎有些不同。且兰说不出哪里不同，但是他的眼睛令人感觉温润的暖意，她知道他并非随兴路过，也并非无意中想起这三招剑法，他这么晚了还来重华宫，亲手传授她剑招，是怕她这次离开帝都遇上强硬的敌人，这三招剑法每一招都隐藏着几重杀招，他没有十分强调剑法的诸般变化，却让她了解了每一式招数中的剑意。冷静的观察力、足够的自信、不拘一格的变化、临危不乱的定力，或许只有当真正面对危险的时候，才知道这些有多么重要，无论是谁，如果能够领悟到这其中的含义，那么即便是在战场上，也足以从容面对一切。

外面响起更漏声声，时至三更，夜已过半，子昊看了看窗外，道："这几招剑法虽然并不复杂，但想要融会贯通，却也不太容易，左右还有些时间，我再陪你过几招。"

且兰笑道："我发现这几招剑法中的每一式变化都非常简单有效，一招出手绝不会浪费丝毫的气力，你好像总能想到这种法子，在最短的时间内用最直接的方法达到目的。"

子昊笑了笑道："可能是因为我不喜欢浪费时间。"

且兰这时候正沉迷于剑法的奇妙，并没有十分注意他这句话背后的含义。子昊心知今晚之后，便不可能再有机会指点且兰剑法，自然不愿一味闲聊，对她示意了一下，且兰抬手捏了个剑诀道："这一次你若夺我的剑，便不是那么容易了。"

　　子昊声音仍是淡然清静，道："你试试看。"轻飘飘一掌向且兰肩头拍去。且兰旋身出剑，展开刚刚学来的剑法和他交手。起初子昊每过数招总是能够逼得她撤剑，但每一次也只是点到为止，既不过多纠正，也不出声指点，全令她自己在实战中摸索。

　　且兰心思本来灵透，悟性又高，不过百招过后，剑法越发纯熟，出剑也越来越快。浮翾剑既轻且利，在她手中仿佛化作一条柔软的白练，裹在淡淡紫芒之中飘舞灵动，不断逼向子昊。她知道以子昊的武功，纵然空手过招，自己也绝对伤不了他，所以心中并无顾忌，全力施展剑法。子昊始终以单掌应敌，无论且兰出剑速度有多快，他总能在间不容发的瞬间避开。且兰好胜心起，一心想要看看他武功究竟有多高，倏地一剑三分，三点剑光复作六芒，星星点点疾罩他胸前。

　　她这招剑法比起风寻剑一式八剑的速度虽还略逊一筹，但已十分不易，子昊眼中露出浅浅的笑意，衣袖一飘，指尖不知如何便已搭上她剑锋。六道剑光骤然消失，变成一道流星般的利芒，子昊方要弹指将她长剑震开，忽然脸色微微一变，抽身向后退去。

　　且兰原本知道这一剑不可能伤到他，手底未留余力，子昊突然撤招，浮翾剑几乎已抵上他的胸口，且兰此时纵然想要收手也来不及，不由大惊失色。眼见浮翾剑便要穿胸而过，子昊身子一侧，袖底一丝余力扫出，堪堪将剑锋荡偏半寸。只听哧的一声，一道剑光贴着他左胸斜飞上去，子昊踉跄着退开数步，抬手撑住屏风。

　　且兰怎也没想到这一剑竟险些伤了他性命，看着他衣上长长的剑痕，吓得整个人都呆了，愣了片刻，才疾步上前扶住他道："子昊，你这是怎么了？"

　　子昊没有答话，只是脸色微见苍白，被浮翾剑划破的衣衫下露出极淡的血丝，显然只是擦伤了肌肤，并未伤到筋骨，但他唇畔竟也渗出猩红的血迹。且兰心下着急，转身叫道："来人，快来人！"

　　子昊一把扣住她手腕，低声道："没事，不要惊动别人。"

　　且兰一回头，忽然察觉他神情有异，迟疑着伸手在他眼前晃了一晃，子昊心有所觉，当即转头避开，且兰霍然震惊，颤声道："你的眼睛……你的眼睛怎么了？"

　　子昊却没有丝毫惊慌，似乎这样的情形已经不止一次发生，只是淡淡地道："没什么，过一会儿便好。"说话之间，外面当值的侍女隔着殿门问道："王后娘娘，有什么吩咐？"

　　且兰感觉到子昊手底的力度，看他这情形也不敢声张，尽量让自己声音听起来平静，转头道："没什么事……王上今晚在这里歇息，你们派人到长明宫说一声，顺便替王上拿两件衣服过来。"

侍女们应声退去，且兰扶着子昊在榻前坐下，只觉得他的身子比寒冰还要冷，纵然隔着衣衫都能感觉阵阵阴寒的邪气流窜。就这片刻时间，子昊已经连话都说不出来，如今他体内的药毒发作起来早已不似之前的情形，纵然他的心志超乎常人，也无法在这样的疼痛面前表现得若无其事。毒性发作得一次比一次突然，甚至在短暂的时间内会令他双目如盲，绝对的黑暗，绝对的疼痛，不知道什么时候，他便可能再也看不见任何东西，除了子夜韶华的汁液外，也已经没有什么能止住这样的疼痛。

身体痛苦虽烈，子昊此时的神智却还清醒，一手阻住且兰叫人，一手自怀中取出一个白玉小瓶。且兰顾不得多想，急忙帮他打开，瓶中似乎盛着乳白色的汁液，一股奇异的幽香顿时漫开。

子昊抬手将药一饮而尽，随之闭目调息。这是未经任何调配的子夜韶华精纯汁液，效果极是神奇，剧烈的疼痛很快减轻，就连被疼痛抽空的精力也迅速恢复。当子昊再次睁开眼睛时，除了脸色一如既往地苍白，看起来已经安然无恙。且兰手中拿着那个药瓶，正愣愣地看着他，看到他这么快恢复如常，她脸上非但没有惊喜，反而透出一种极深极深的痛楚。

"你一直瞒着我们。"且兰的声音似乎有些发抖，方才练剑过招时轻松的神情早已无影无踪，"你让我和苏陵带兵去洗马谷，调走身边所有将领，抽空了帝都所有兵力，你究竟要干什么？这是子夜韶华的汁液，我曾经在医女手中见过，苏陵并不知道你在服用这种药，你连他也瞒着，让我们觉得你已经一天天好起来，却设法遣走我们所有人，你是不是，想自己面对皇菲？"

她问得又快又急，仿佛如果不一口气说出这些话，便会生生闷死在心里。子昊看了她半晌，眉心轻轻蹙起："且兰，你实在是太聪明了，有时这也未必是件好事。"

且兰用力握着手中的药瓶，美丽的面容因惊痛而发白："原来你一直在骗我，你答应过我不会分离，但其实你从来没有这样想过。"

子昊道："我答应过你会给你足够的力量，去保护自己珍视的东西。"

且兰蓦地怔住，一动不动地跪在他榻前，面对那双曾经令人迷醉的清眸，她的目光仿佛要将他看穿一样，有种坠落的痛楚，以及彻悟的震惊，然后她忽然笑了："原来在你心中，从来没有真正在乎过任何人，你是九域苍生的主宰，我们所有人都只能仰望你，服从你的意志，遵从你的决定，因为无论什么事你都是对的，你的安排都是最好的。我还是不够聪明，直到现在才想明白这个问题，我们每个人都不该奢望与神同在，我们的感受、我们真正珍惜的，对你来说根本无须考虑。"

她终于转开目光，细密的睫毛覆落星眸，遮住了一片莹澈的光影。子昊嘴唇微微一动，似乎想要说什么，但却什么都没有说，过了片刻，他才用一种平静到近乎冷漠的声音道："朕的决定自然不会有错，你和苏陵只要尽到自己的责任，其他事情与你们无关，也无须你们多想。"

且兰猛地站了起来，但是面对子昊苍白的面容，她没有发怒也没有落泪，光影暗处的眉目间渐渐流露出伤痛的神色，更有一丝无言的坚强。这一刹那，她突然明白了很多事，从相逢到离别，她离他从来没有这么远，却也从来没有这样近，有些事情她不是不知不懂，但要接受现实却需要太多的勇气，方才激动下说出的话，现在她已经觉得后悔。

但是她什么也没有再说，或许在内心最深处，她早已经预知这一天的来临，亦知道他终将离她而去，当事情真正发生的时候，那种悲伤早已凝结在心底，再也不敢去碰触。所以最后她也只是紧紧握住他送给她的剑，抬头道："我知道了，我走了，你……你保重。"

说完她转身快步向外走去，她走得很快很快，不停留，不回头，白色的战袍在漆黑的夜色之下随风飞扬，像是一只展翅高飞的鸟儿，去向属于自己的天空。子昊默默注视着这个世上与他血缘最近、名分最亲的女子决绝而去，有些话或许已经不必再说，他知道她已经懂得他所能给她的最好的保护，这个聪慧的女子，终会有她应有的幸福。

第十章 真相如刃

含夕来到烈风骑大营已经是三天之后，将她接到此处的是瑄离。金石岭上，大战甫休，空气中弥漫着浓烈的鲜血的气息，遍地残尸烈火昭示着这里刚刚进行了一场惨烈的厮杀。瑄离到此之前已经接到消息，知道王师在两日前奇兵突袭金石岭，白虎军得援军相助杀出重围，一解多日之困。由眼前的情形可知，这场战役要比想象中更加激烈，整个金石岭前漫山遍野的尸首便是最好的证明，可见为突破北域大军的封锁，对方亦付出了不小的代价。

含夕随着护送他们的兵马穿过战场，一路上眼见人马伏尸，血腥遍地，风中愁云惨雾，仿佛将天日也遮蔽，行走其中便像是身入无边的地狱，每一步都可能踏到血肉模糊的尸骨。含夕自出生以来，何曾见过如此骇人的场面，起初还煞白着脸勉强坚持，快到大营时终于忍不住，伏在马上呕吐起来。

瑄离命人停止前行，扶她到路边休息了一会儿，道："公主，我还是派人送你回支崤城吧，此地正值战时，若是君上决定强攻洗马谷，很快便还有更激烈的大战，实在不宜久留。"

含夕死命抓着他的胳膊，将之前吃下的东西吐得一干二净，一张俏脸也白得吓人，但却坚持道："我没事，我要见皇非。"

瑄离平日待人虽然总是一副冷淡模样，但一路上对含夕却颇为温和，见她嘴上说没事，身子却在寒风中一个劲发抖，便将自己的裘衣解下披在她身上，方下令继续前行。烈风骑主营很快出现在眼前，含夕策马转过山坳，一眼看见熟悉的朱雀战旗，眼中突然便涌上泪水，像是受尽委屈的孩子见到亲人一样，打马便往营帐方向驰去。

瑄离随后跟上，还没到营前，便感受到一股令人心寒的杀气。瑄离久在军中，打眼一看便知道军前正在行刑，果然迎面两列刽子手抬了几具尸体下来。含夕轻呼一声，吓得紧紧闭上眼睛。瑄离见被杀的竟是十九军部中几名首领，心下也是一惊，喝住来人问道："怎么回事，何故军前斩将？"

中军执刑官一脸惊惧未消，认得是瑄离，上前回道："先生，是君上的命令。"

瑄离道："所为何事？"

那执刑官道："几位首领刚刚和君上在帐中议事，听说似乎是……似乎是莫多大将言语中辱骂了宣王，君上一怒之下竟然下令将人推出去斩了，方才赤哈大将他们差点动起手来。"

瑄离眉心微蹙，挥了挥手，那执刑官带人抬着尸首匆匆退下。

烈风骑主营帐前仍旧存留着浓重的血腥气，瑄离与含夕翻身下马，十九军部大首领赤哈和几名将领迎面出来，看了他俩一眼，"哼"的一声摔门而去。含夕进到帐中，只见一身赤色织金战袍的皇非斜靠虎案，冷冷地看着几名首领离开，含夕本来见到他满心委屈想要倾诉，但与那阴戾的目光一触，身上竟然泛起莫名的寒意，话到嘴边忽然说不出来，只是轻轻地叫了一声："皇非。"

皇非这时才转回目光，烈风骑亲卫仍旧手托莫多大将等人的首级跪在帐前，旁边方飞白、吴期等人似乎都还没有从方才的事情中回过神来，瑄离对座上躬身一揖，呈上一封书信，并没有说话。他已将东帝的书信带到，亦将含夕平安送回，一个聪明人在这种时候是绝不会多话的。皇非抬手轻轻一挥，面前亲卫托着血淋淋的首级退了出去，当他起身走向含夕，轻轻抬手抚摸她脸庞时，含夕再也忍耐不住，扑在他怀中放声大哭。

接下来几日，王师与白虎军退守洗马谷，皇非却没有像众人猜测的那样挥军追击，只命令十九军部驻兵将洗马谷所有出路封锁，烈风骑却退兵雍江，将兵锋指向了位于上游的帝都王城。

含夕知道瑄离回来时带来了东帝的亲笔书信，她没有见过那封信，但从皇非看过信后的表情知道，那是一封约他决战的战书。含夕熟悉皇非，从她很小的时候就知道，皇非从来不会拒绝任何人的挑战，即便对他来说根本没有应战的必要，少原君皇非也不会令对手失望，她更加知道在苏陵和且兰离开之后，现在的帝都或许已经是空城一座。

没有人会认为烈风骑数万精兵攻不下一座无人守卫的城池，哪怕那是雍王朝的国都、八百年来主宰九域的圣地。如果说这世上有一支军队能够威胁到帝都，那么这支军队一定便是烈风骑，如果说这世上有一个人能够成为东帝的对手，那么这个人一定便是皇非。

不知为何，含夕心中竟有些担心帝都，虽然明知长明宫中那个人是亲手毁掉自己家国的仇人，她却还是忍不住会这样想。军营中的夜晚常常有些苍凉的歌声传来，伴着金柝声声在旷野中回荡，让人久久难以成眠，这时候含夕总会握着离开帝都时子昊交给她的那个小银筒，一个人望着帐顶出神。银筒上的花纹仿佛还带有他指尖的气息，就像是温泉海旁的子夜韶华轻轻绽放，他的微笑、他的目光，他从来都是那样温柔，即便在知道她出卖了王族之后，仍旧没有改变分毫。

含夕很想知道这个银筒里面究竟装着什么，他说过如果她想要报仇，只要打开它就能实现，直到现在她对他说过的话都深信不疑。有几次她几乎已经按捺不住好奇，但是每当拿起这小银筒时，她心中却总会升起一种强烈的不安，仿佛那里面装着的是一些可怕的东西，一旦打开就会毁灭一切，再也无法收回。

下令烈风骑驻扎雍江的第二日，皇非将含夕送回了支嵑城。因为他亲自率兵护送，所以含夕并没有反对。一路进入宣都，迎面便是常年不散的雪雾，雄伟的支嵑城仿佛隐于云端，曼殊花迷离的香气令这座九域传奇的机关之城更显神秘。含夕第一次见到一座城池像活的一样，无论城楼还是长街似乎随时都能发生意想不到的变化，宣国王宫更加像是一座金碧辉煌的机关堡垒，处处充满了奇迹。

原本离开帝都后，含夕一直有些郁郁寡欢，除了皇非之外也不太和别人说话，直到此时才稍微恢复一些，听说支崤城竟是琯离亲手设计的，便好奇地询问究竟，琯离倒也颇为耐心，沿途相伴，为她一一指点介绍。他既博学多才，人亦风流偶傥，很快逗得含夕露出笑容，先前满心愁情便也开解不少。而与此相比，皇非的神色反而有些冷漠，当踏入宣国王宫琉璃花台时，含夕从他眼中看到一种从来没有见过的情绪，那是冰岭雪峰孤绝的颜色。

晚上含夕躺在宣王宫华丽的帐幔中仍旧无法入睡，冷月照窗，辗转半夜，眼见天将拂晓，索性披衣起身独自向外走去。她记得白天来时曾见过一片盛开的曼殊花，穿过曼殊花丛便是皇非住着的琉璃花台，但是走出寝殿不多久，却发现这里的道路好像迷宫一样，如果没有人带路，根本就找不到琉璃花台所在。

就这么几个转折，连回寝殿的道路都也不知所向，含夕踏着月色独自在王宫中穿行，一阵阵薄雾缭绕殿阁，更显得深夜幽幽，渺无人迹。她不由有些害怕，加快脚步向前走去，就在这时，却突然听到宫苑深处传来隐约的人声。

含夕隔着一丛花林向声音传来的方向看去，只见对面月影下有两人正在说话。因为距离尚远，声音传到这里已经极轻，显然两人本也是在压低声音交谈，她正觉奇怪，忽然听到其中一人声音略略提高："不管怎样，你若是做出对君上不利的事，我绝对不会答应！"

另一人冷哼了一声道："看来你已经忘了后风国是亡在谁的手中，竟然对他如此死心塌地。"

先前那人道："你曾经说过不会为后风国复仇，为何现在又要与君上作对？"

另外那人道："我现在也没想去替后风国复仇，我只是不愿扳倒了姬沧，最后却死在皇非的手中。难道你感觉不出，现在的皇非早已不是以前那个少原君了吗？"他说话时微一侧身，一道月光照在他脸上，含夕蓦然看清这人竟是天工琯离，先前那人也同时转过头来，却是一直跟在皇非身边的召玉。

召玉一阵沉默，稍后方道："君上近来性情似乎是有些不一样，那天他杀莫多大将的时候，我们都没有想到。"

琯离冷冷地道："杀人是会上瘾的，或许有一天，他连你也会杀。"

召玉立刻道："不可能！你不会明白君上和烈风骑将领之间的关系，我们这些人都曾跟他出生入死……"她话未说完，便被琯离打断："那是以前的皇非，对于现在的皇非来说，已经没有什么人不能死。当时的楚王、曾经的姬沧他都杀得，为什么不能杀你？"

他说话的声音虽轻，但"楚王"两个字却像晴天霹雳一样传入含夕耳中，她突然间明白了很多事情，很多她之前从来没有想过，又或许根本不愿去想的事情。她一直以为杀害王兄的和毁掉楚国的是同一个人，也一直以为皇非所做的一切都是为了楚国，子昊当真没有骗她，他既然亲口承认灭楚的事实，便不必在这件事上对她隐瞒，原来这一切不过是一场逐鹿天下的棋局，他们每个人都不过是别人手中拨弄的棋子。

风露重，深夜寒。含夕站在回廊的阴影下，感觉冷得像是身在冰窖，瑄离与召玉又说了些什么她已经完全听不清楚，只看见召玉最后顿了顿脚，转身而去。瑄离目送召玉离开，冷月之下俊美的眉目仿若冰雕玉琢，透出淡淡寒意，突然他倏地转头，看向含夕所在的方向。

凄迷的夜雾轻锁楼台，一身白丝软袍的少女站在月色深处，一瞬不瞬地看着他，仿佛是从黑暗中走出的幽灵，那美丽的面容令人心悸，却亦有种邪异的气质吸引着人的目光。瑄离见是含夕，微微吃了一惊，心知她定然听到了他和召玉的对话。这时含夕徐徐走到他面前，问道："方才你说的话是真的吗？"

瑄离没有回答，他能在宣王面前隐忍这么多年，并周旋于少原君和北域众臣之间，自非等闲人物，心中纵然惊讶，面上却不曾流露分毫，何况他一时也弄不清含夕这样问究竟是什么意思，当然不会轻易作答。含夕清灵的秀眸此时像是有丝缕冷雾缭绕其中，又道："是不是皇非杀了楚王，你知道，对吗？"

瑄离忽然明白，含夕对楚都曾经发生的事情竟然一无所知，心念稍转，道："公主是想问当时楚都发生的事？"

含夕眼中雾色幽幽，一字一字地说道："把你知道的事情说出来，不要骗我。"

瑄离触到她的目光，心中忽然升起一股异样的情绪，他的功力毕竟比含夕高深许多，当即生出反应，倏地向后退步，道："公主的疑问我可以替你解答，我们换个地方说好吗？"

含夕站着不动，淡淡地道："你说，我听着。"

瑄离对她的摄虚夺心术颇为顾忌，尽量避免再与她目光接触，含夕却也没什么反应，只是站在那里等着他说话。当初宣王对楚国之事十分关注，派出不少斥候收集情报，瑄离自然对其中细节了如指掌，于是道："这件事的确与皇非有关，在楚都发生变故之前，少原君府便早已得知赫连羿人即将叛乱的消息，楚王并非皇非亲手所杀，但如果不是他拖延救援，楚王定然不会死在朱雀台。"

含夕点了点头，道："这么说，当真是他害死了我王兄和王嫂。"

瑄离道："皇非虽然计划夺取楚都政权，但楚王后却是他的亲姐姐，他原本打算拥立她腹中的孩子继位，自己便可名正言顺地成为摄政王，所以他不可能杀楚王后。据我所知，楚王后和小王子是死在自在堂白姝儿手中，她的目的却是为了穆王。"

含夕道："穆王？"

瑄离道："便是当时的夜三公子。"

含夕身子微微一震，轻声道："连夜大哥也在骗我，对啊，他当然也在骗我，他和子娆姐姐、且兰姐姐，他们都在骗我，皇非也在骗我……"她一边说着一边竟笑了起来，仿佛想到了世上最可笑的事情，"不过他没有骗我，他从头到尾都没有否认过这些事，他还说过会让我复仇……"

她的笑容凄凉迷离，单薄的身子在月夜下好似一朵白色的茶蘼花随风颤抖，美得令人心醉亦心碎。瑄离感觉她神色有异，刚刚叫了一声"公主"，含夕一口鲜血喷出，人便软软地向下倒去。

第十一章 送君一别

不知过了多久，含夕睁开眼睛，发现自己躺在一间陈设雅致的房间里，旁边银纱帐外燃着名贵的优昙香，香气如花幽幽绽放，屋子里寂静得仿佛与世隔绝。轻微的脚步声从外面传来，含夕转过头去，隐约看到有人端了一碗汤药进来，淡黄色的衣衫像是飞羽在飘，声音听起来柔和如梦。

"你醒了。"来人将药盏放在案上，含夕这才看清是瑄离，"君上刚刚来看过你，又派人送了药过来，正好趁热喝了吧。"

含夕扭过头去，道："我不喝。"

瑄离道："这不是一般的汤药，其中单是一朵曼殊山雪峰上的琉璃花便价值千金，对你的身子很有好处。"

含夕冷淡地道："他的药，我不喝。"

瑄离站在床头看了她一会儿，道："你若是恨他，便更应该将这药喝下去，否则又怎能有机会复仇？明明是别人的错，为何要让自己受苦？"

含夕转回目光，看向他道："你觉得我应该复仇？"

瑄离道："有恩必偿，有仇必报，这一向是我的原则，若换成是我，他们一个都别想活。"

含夕像是被人突然刺了一刀，手指紧紧地抓住锦被，道："你会杀了他吗？"

瑄离淡淡地道："若有人这样对我，我会杀光他们所有的亲人，让他即便活着，也是生不如死。"

"亲人？"含夕苍白的脸上露出奇异的笑容，"我原以为王兄和王嫂死后，我的亲人就只剩下皇非了，而我也是他在这世上最亲近的人了，你说这是不是很好笑？你不觉得好笑吗……"她的脸色忽然变得嫣红，身子在锦被中发抖，明明是悲伤至极的语调，却没有泪水流下。含夕修习的摄虚夺心术原本是一种极重精神力控制的功法，昨晚她在心神混乱的状况下无意中运用此术，经脉已经受了不小的创伤，此时心绪激动，体内真气岔乱，几乎已在走火入魔的边缘。瑄离见状不对，立刻伸手将她扶住，柔声劝道："你先不要多想，把药喝了再说吧，以后不管有什么事，我都会想办法帮你。"

这时窗外忽然传来一人娇媚的笑声："哟！天工瑄离什么时候也变得这么柔情似水，可真真吓了人一跳。"

话音未落，一抹窈窕的丽影已经轻飘飘地出现在烟纱帐外。瑄离面色微寒，突然头也不回反手一扬，一片细密的银光闪电般向后射去。那人哎呀一声娇呼，身子滴溜溜飞转，云袖一收，那银光乍现即隐，被她笼入袖中。跟着向侧一闪，但听叮叮叮一片细密的响声，无数细若发丝的银针尽数钉在了旁边的紫檀屏风上，幽幽闪着慑人的蓝光。光影中现出一个千娇百媚的白衣女子，顿足嗔道："方才的话算我没说过，出手还是这么毒辣，若不是我十年前便知道你这招'浮光掠影'，此刻哪里还有命在？"

瑄离转过身来："自在堂白堂主会避不开这样一招暗器，说出来岂不是笑死人？"说着目光稍移，看向和白姝儿一同出现在室内的一个面遮重纱的紫衣女子，"她是什么人？"

白姝儿娇笑道："当然是救命的人，你怀里那位小美人看样子不太妙，百仙圣手的医术，你可相信？"

"摄虚夺心术加上巫族的催魂大法，既可以要别人的命，便一样能要了自己的命。"那紫衣女子拂开帽纱，露出一张清秀柔和的面容，只是眼中却不带什么感情。瑄离自然知道她不是危言耸听，只因他已感觉到靠在怀中的含夕情况越来越糟，若不及时采取措施，可能当真气血逆冲而亡。

那紫衣女子走到床前，轻轻一挥手，一枚金针刺入含夕紫宫穴内，转手取出一枚药丸道："喂她服下去，半个时辰之内，不要随便移动。"瑄离将含夕扶起来，紫衣女子抬手在含夕下颔一捏，方要将药丸送入，突然手腕一紧，被瑄离扣住脉门："你不是蝶千衣。"

"哦？"紫衣女子虽然脉门受制，却是神态自若，"你凭什么这么说？"

瑄离琉璃般的眸心透出淡淡杀机："百仙圣手终身不医楚人，这里又没有人拿刀逼迫你的族人，你为何要救楚国的公主？"

那紫衣女子隐隐一笑，回头对白姝儿道："看来你说的倒也不错，这个人的确不是个傻瓜。"

白姝儿早已好整以暇地在旁边坐下，声音依然那么甜媚动人："我从十几岁的时候便认识了他，当然知道他不是个傻瓜，我也早便说过，一旦扳倒皇非，除了他之外，也没人能接得下北域这盘棋，所以即便差点被他卖给人家，我还是得回来找他。"

瑄离扫了她一眼道："我要是不把你卖给人家，你现在还能毫发无伤地坐在这里？"

白姝儿柔声轻笑："所以我也没有怪你嘛，不过你一手搂着个小美人，一手又抓着别的女人的手，我看着却有点不是滋味，咱们认识这么多年，也没见你对我这么亲热，难道我还不如这个人事不知的小丫头？"

瑄离道："漂亮的花往往带刺，这个道理你不会不懂，我还想多活几年。"

白姝儿扑哧一笑道："摘不到花的人才会说花带刺，不过现在就算你要摘，我也不会答应。你再不放手，这小丫头可就麻烦了，留下她还有点用处，现在死了可不太好。"

瑄离又看了她一眼，松开手，含夕此时早已是半昏半醒的状态，紫衣女子手中的药丸落到她嘴里，她人很快便沉沉睡去。白姝儿看着瑄离扶她躺下，又轻轻替她盖好被子，媚眸转了一转道："奇怪，你这人待人虽也不坏，但从来也不会这么好，莫非你当真看上这小丫头了？"

瑄离没有说话，放下纱帐后来到她对面坐下，道："她是谁？"

白姝儿笑道："你不妨称她一声妙华夫人，她的身份你根本想象不到，不过她是谁并不重要，重要的是，她对你一定有好处。"

瑄离坐在案前抬手斟茶，一举一动从容风流，看起来像是个正在会友闲谈的富贵公子，白姝儿却知道当年便是这双斟茶的手，一朝复仇，断送了后风国王侯基业，十年隐忍，推动了北域山河换颜，眼前这个书生一般的俊美男子，看似弱不禁风，所做出的事情却往往令人意想不到。

"你来干什么？"瑄离并没有继续追问紫衣女子的来历，反而亲手斟了三杯茶。白姝儿看着茶盏笑了："我就知道你会相信我，我想做的事自然不会对你有害，否则也不会千里迢迢跑来找你。"

“你说。”瑄离淡淡地道，径自饮茶。

缕缕茶香萦绕指尖，窗外雨声化开浓雾，淅淅沥沥地没入夜色之中。白姝儿笑容微微收敛，媚艳的目光虽然仍旧撩人，却流露出认真的神色。白姝儿与人说话很少这么认真，尤其是和男人，瑄离虽然专注在茶上，却也想听听她要说什么。这时白姝儿用指尖沾了一点茶水，在桌案上轻轻一画，道：“你我联手做一件事，这件事若成了，以后北域宣国、东海后凤归你，楚国旧地包括王域归我穆国，你我双方以惊云山脉为界，划疆而治。”

瑄离抬了抬眼，道：“好大的口气。”

白姝儿媚冶一笑道：“后凤国疆土本来有一半是我从宣王手中得来的，现在我拱手相让，你绝对不算吃亏，若你日后自行取下柔然，我穆国也绝不干涉半分。”

瑄离道：“我刚刚说过，漂亮的花往往带刺，所以丰厚的获利也往往危险，你不如说说想要我做什么事，再谈条件也不迟。”

白姝儿道：“你知道我得罪了皇非。”

瑄离不疾不徐地替她斟茶：“据我所知，不止一次。”

白姝儿道：“所以他不死，我睡不着；帝都安然无恙，我也睡不着。”

瑄离道：“难道你还得罪了东帝？”

白姝儿想起帝都中那个病容清冷的男子，脸色微微变了一变，虽然那日在长明宫他只是有意无意地扫了她一眼，甚至连一句话都没有说，但那洞穿肺腑的目光却好像直到现在都还插在心头，那样淡淡的一瞥，似乎比架在脖子上锋利的刀剑更加慑人，她从中感觉到警示的意味，以及一种极具威胁的压力。白姝儿低头饮茶，过了一会儿才道：“楚国和帝都的联盟毁在我手上，你不是不知道，莫非你以为那位灭了楚国、毁了宣国的东帝陛下会轻易放过我？我看他和你一样，也是个有仇报仇、有怨报怨的主儿。”

瑄离伸手笼在清香浮绕的茶盏上，道：“所以你不但要皇非的命，也想要东帝的命。”

白姝儿道：“否则他们便要我的命，换作是你，又会怎样？”

“你知道我会怎么做，否则便也不会来找我。”瑄离随口道，“莫非你那位穆王殿下对此事袖手不理吗？穆王玄殇的归离剑，如今普天之下也没有多少人敢惹，有他护着你，你又何必如此担心？”

白姝儿展颜轻笑，妩媚多姿的眼中漾出柔情：“当然不是，他若是个连自己的女人都不肯保护的男人，我又怎肯对他死心塌地？我既然对他死心塌地，自然便要替他着想，只要对他有利的事情，我就一定会去做。”

瑄离抬眸盯着她道："白姝儿会对一个男人死心塌地，这句话几年前打死我也不信。"

白姝儿亦盯着他道："莫非你认为穆王玄殇还不值得一个女人死心塌地？"

瑄离又看了她半晌，道："不管怎样，这个男人能让白姝儿对他死心塌地，便一定不是等闲人物，至少应该值九域半壁江山。"

白姝儿道："唉，你应该庆幸，我们这位殿下对一统天下没什么兴趣，否则……"

瑄离接着道："否则皇非之后下一个，死的恐怕便是我。"

白姝儿掩唇娇笑，雪白的衣衫仿若风中梨花，<u>丝丝撩人心弦</u>："说实话，我宁愿对付十个皇非，也不愿和你为敌。你太了解我，我也太了解你，这样的对手不杀可怕，杀了可惜。"

瑄离淡淡地哼了一声，道："你要杀皇非，我有至少七种办法，最快的三个月，最长的要三年，只要他在支崤城中，我便有机会要他的命。你要杀东帝，我也能想出三个办法，但我劝你没必要去冒这样的风险，因为你不杀他，皇非也会杀他。"

白姝儿转头对妙华夫人道："你看，我没有带你找错人吧，现在你是否还觉得我送出整个后凤国的领土冤枉？"

妙华夫人却在看着瑄离："我要的是东帝的性命，其他事情与我无关。"

白姝儿道："现在最可能要东帝性命的人是皇非，最可能要皇非性命的人便是他，大家一举数得，何乐而不为？"

瑄离将目光从妙华夫人脸上移开，说道："莫要高兴得太早，我说的法子只是在目前的形势之下，你应该清楚，现在皇非与东帝本是相互牵制，如果他们其中有一人先死，那么另外一人便再无任何顾忌，也再无任何人能够轻易除掉他，你可有法子让他们同归于尽？"

白姝儿目光微微一闪，道："杀一个已经不易，何况同时除掉两人。"

瑄离道："所以你的计划虽好，可惜难如登天，至少现在我还没有办法。"

这时候，他身后忽然传来一个人的声音："我有办法。"三人同时回头，只见含夕不知何时已经醒来，正站在银纱灯影里静静地看着他们。她的脸色依旧苍白如雪，手中拿着一个已经打开的银色小筒，声音清冷得像是深夜的雨丝："我知道让他们同归于尽的办法。"

日暮，黄昏，花开。

含夕步入琉璃花台时，这里仿佛是一个尘封的世界，所有辉煌的色泽都在天际余晖中静静凝固，唯有她臂上的丹纱沿着华丽的晶石飘拂如烟。斜阳花幕，将少女精致的妆容衬出艳丽之色，那晶莹的眸心却带着淡淡的忧愁，似这日落前的美景般动人心弦，却也总是叫人有种心碎的哀伤。

夕阳西下，曼殊花开。

琉璃花台本便是在一片花海之中，云生雾漫，如梦如幻。此时花海中有人，一人在花树下倚剑饮酒，赤色的花海，赤色的战袍，残阳映着那锦衣花色竟也如血，深深浅浅随风起伏。

那人俊美的面容背对光晖，仿佛沉在这花海深处黑暗的一隅，含夕眼中的忧伤似乎也如这余晖一般更深更浓，她看不清那人的脸，但她知道那是皇非，因为他身旁那柄剑正是曾经开辟了楚国千里疆土，令得九域群雄闻风丧胆、天下诸国震慑惊魂的逐日剑。

宣王姬沧便是死在这柄剑下，曾经还有多少人死在这柄剑下？

含夕在回廊后停住脚步，她原以为皇非应该早已察觉有人走近，但直到现在他都没有回头。

花开如海，花间有酒，千里夕阳，风满人间。那是极美的景致、极美的色彩，无论谁曾经见过都不会忘记，尤其是花下的人，他喝酒的姿态令人想起纵横天下的风流，却也同样有着高傲孤绝的寂寞。

楚有少原，九域弗敢言兵。

的确没有人再能阻挡皇非的脚步，烈风骑数万精兵在手，就算是宣王再生也没有必胜的把握，想要毁灭烈风骑的人，便必须付出毁灭的代价。

含夕抬手按住胸前，那个随身挂着的小银筒冰冷地贴着肌肤，有种疼痛便一直沿着心口向上蔓延。她又隐约感觉到尖锐的头疼，妙华夫人给她的药似乎随时都会失效，那时她或许便不会这么冷静，或许会忍不住冲上去质问皇非，为什么？

其实有些问题根本不必再问。

含夕踏入花海，轻轻走到皇非身边。她在曼殊花妖冶的香气中低下头，靠近他的身边。他身上有着醉人的花香，亦有着属于英雄男儿独有的酒气。皇非是个英雄，直到现在含夕也并不认为自己看错，从小到大，她心目中唯一的英雄便是皇非。

潇洒飞扬，比阳光还要炙热的皇非，不是这个寂寞如雪、冷漠无情的男子。

含夕轻轻地笑了，依偎在他身边低声问道："你要走了吗？"

皇非终于转过头来，隔着夕阳看着身边秀丽的容颜，片刻之后，他原本冷漠的神情中渐渐生出些许柔和："我很快便会回来。"他一手仍旧握在剑上，一手却轻抚少女单薄的肩头。含夕闭上眼睛，仿佛回到很久以前，楚宫御苑和煦的微风中。那时候一切都还平静美好，白衣少年练完剑后躺在草地上仰望晴空，浮云悠悠，风吹花落，身旁少女清脆的笑声，无忧亦无虑。

"你什么时候回来？"

每一次他出征之前，她总会对他的归来充满期待，但是现在，她知道他可能永远都不会回来。

皇非没有回答她的问题，只是静静遥望着花海道："在支崤城中，没有人能够伤害你，不要离开这座王宫，我不想再失去不该失去的人。"

含夕身子轻轻一颤，仿佛有一柄利剑穿透心房，然而她的眼中只有悲哀，没有泪水："我也不想失去你。"她抬头微笑，笑靥如花，将一串晶莹剔透的灵石亲手交给他，声音温柔仿若呢喃，"所以你一定要回来，这串灵石串珠会护佑你平安，你一定要随身带着，记得我在这里等你回来。"

天际的晚风吹拂花海，丛丛赤红似火燃烧，淹没了天地久远的光阴。皇非收起含夕送来的灵石，抬手拈了一朵盛开的曼殊花，低头轻嗅，终于站起身来，向着天边落幕的夜色走去。

战袍似血，夕阳似血，含夕就站在这血色的天地中一动不动地看着他的身影彻底消失，突然弯腰扶着栏杆呕吐起来。她跪在花丛中几乎吐空了胃里所有的东西，仿佛经受着凌迟一般的痛苦，但直到瑄离赶来扶起她，也没有见到她流出一滴眼泪。从此以后十年间，再也没有人见到过含夕的眼泪。

第十二章 前尘永诀

沉寂的宫殿，如水的清灯，夜雨沉沉，洗净红尘纷纭，只余一片清静无垢的天地。

雪一样洁白柔软的画卷前，青衣男子执笔作画，神色专注而安宁。

画中女子人在一片清艳的桃花林下，娇娆的眉目却比那桃花更美，若不是亲眼得见，没有人会相信世间竟有这般动人的绝色，美人如画，或许当真只是一幅画。

然而画中之人现在便在眼前，斜倚栏杆伸素手，点点雨丝落入她掌心，仿佛在夜色中绽开朵朵晶莹的星花。青衣男子始终没有抬头看她一眼，只是专心绘制着这幅绝美的画卷。此时夜雨幽静，万籁俱寂，这座巍峨的王城中有着千宫万殿，广袤的虚空中亦落着无边无际的雨，偌大的城池已经空无一人。这样的深宫中、夜雨下，似乎唯有他们二人的身影，亘古红尘也只余下这样漫长的寂静，但是对于他们来说，这样独处的时光似乎已经等了很久很久。

"下雨了，你有没有觉得这雨已经不像冬天那样冷，再过些时候，或者桃花都要开了呢。"子娆慵然闭眸，深深吸了口气，"今年桃花开时，我们应该多酿几瓶桃夭酒，那样再过十年，才能有好酒可喝。"

"夜雨天寒，若临窗赏花，红炉温酒，倒是不错的滋味。"子昊随口道，清淡的语气再寻常不过，似岁月平静，波澜不惊。随着他轻轻抬笔，最后一抹桃花飘落在女子衣襟，那画中人儿也仿佛随着那落花飘到了人心头，他这才抬眼看了看窗前伊人，含笑的清眸映着比画卷还美的容颜。

子娆移步近前，轻衣如烟，带来丝缕缥缈的雨意与曼妙的幽香："奇怪，你什么时候开始喜欢喝酒了？"

子昊提笔在画卷上写了几个字，笑道："该喝酒的时候，我自然也会喝，我的酒量好像并不比你差。"

子娆问道："那什么时候该喝酒？"

子昊低头道："你说呢？"

子娆看着案上新成的画卷："桃之夭夭，灼灼其华……"突然她轻轻蹙了眉梢，手指沿着他衣襟划过。子夜韶华的幽香随着雨声若隐若现，令人依稀想起多年前那个雨夜，重华宫中深冷的气息。她闭上眼睛道，"又是这个香气，明天我要把你的衣服全部都换掉，以后再也不准你到重华宫去。"

子昊淡淡一笑道："这些无关紧要的事，现在想它做什么？"

子娆轻轻抬眸："无关紧要吗？"

子昊方要说话，外面忽然响起轻微的破空声，一只银色信鸟穿过雨雾，落向白玉案前。子昊转身抬手，鸟儿跃上他的指端，他看过信鸟带回的密信后，复又轻轻挥手，那细小的鸟儿展翅而去，很快消逝在雨夜之中。

子娆见他放信鸟空回，便也猜到了来信的内容，道："他来了吗？"

"嗯。"子昊点了点头，清眸深处透出淡淡光泽，仿若夜雨洗净冷玉，月光照上寒潭。

雨光入幕，子娆刹那心生错觉，感觉他神情背后似乎有种如释重负的欣然，好像强敌的到来并非威胁，而正是他期盼已久的结果。她凝眸看他，最后终于忍不住道："是不是到现在你还不肯说出自己的打算？"

子昊转身笑道：“你不知道吗？”

子娆幽幽叹了口气：“如果这世上还有一个人的心思我猜不透又想知道，那恐怕便是你，这一次我本来决定什么都不问，可到了这时候，偏偏又忍不住。”

子昊道：“我的心思你什么时候还猜不透过？”

子娆抬眸道：“现在。”

子昊一笑道：“现在烈风骑五万精兵已入雍江口，带兵的人是皇非。”

子娆道：“但是帝都已经是一座空城。”

子昊道：“帝都虽比不上北域机关奇城，但也有九重城墙，总共一百零八道机关，我还可以凭借九转灵石布下九道阵法，任何人想要通过我的阵法都需要付出一点代价。”

子娆蹙眉道：“但是来的是皇非，他是王叔的嫡传弟子，甚至青出于蓝而胜于蓝，这些或许能够阻挡住别人，却绝对无法阻住他的脚步。”

子昊淡淡地道：“既然挡不住，那又何必费心去挡？”

子娆愣住了：“难道你已经没有应对之策，那又为何调走所有的守军？”

子昊道：“我让苏陵、且兰离开帝都，只是不愿他们待在这里送死，他们会为帝都流尽最后一滴血，但可惜他们就算拼上性命也保护不了帝都。”

子娆道：“那你呢？”

子昊道：“我也一样守不住帝都。”

子娆十分意外，问道：“难道你也守不住帝都？”

子昊看着她吃惊的模样，突然笑了：“我又不是天上的神仙，为什么人人都做不到的事情我就一定能做到？”

子娆沉默了片刻，好像一直以来，所有的人包括她自己都是这样想的，别人没有办法的事，子昊一定会有办法，别人解决不了的事，子昊一定能解决，别人做不到的事情，子昊也一定能做到。他不是天上的神仙，却是他们所有人心中坚信的力量，苏陵、且兰、离司、墨烆、靳无余……他们或许从来没有一个人怀疑过他会守不住这座象征着雍朝尊严的城池，即便是有，他也会让他们相信这不可能。所以现在的帝都才会这样安静，他们两人才能有这样一段独处的光阴。

夜雨轻轻，吹落烟纱，轻拂子昊单薄的衣衫，仿若深梦一场。他眼中的笑意倦意，他淡淡的语气，淡淡的神情，都让子娆觉得心中隐隐地痛，她伸手拥住他，将面颊贴在他的胸口：“我终于知道你为什么要取回九转灵石了，无论能守不能守，王族宁肯毁掉帝都，也绝不能让它落在别人手中。”她说这话时脸上带着欢喜的神色，像是一朵娇柔的花儿在深海舒放，那样平静美丽，无忧亦无怖。

"子昊，你送走了所有人，却没有让我走，这个时候，只有我和你在一起。"

子昊低头轻轻一笑："你若是后悔的话，现在走还来得及。"

子嫣眸色清澈，似是一泓秋水，映着他温柔的目光："你不必拿话来激我，你知道我不会走。"

子昊凝视怀中女子，道："我不说，你不走，就这样陪着我和王族一起送死吗？"

子嫣轻声道："我早便说过，九天十地，碧落黄泉，只要有你在，对我都是一样。王族也好，帝都也好，那些与我无关，现在总算没有人能再让我们分开。"

子昊淡淡地道："从今往后，那些也与我无关了。"

子嫣轻轻叹了口气，道："你用什么和夜玄殇做了约定，让他心甘情愿地接下这盘棋？"

"用你。"子昊道，搂着她的手臂向内轻收，"我用这万里江山换一个你。"

子嫣笑道："你亏了。"

子昊道："亏的是他，他的剑法虽然不错，但这一点肯定不如我精明。"

子嫣不由笑出声来，但是接着，她又轻轻叹息，幽幽说道："我是不是很贪心？现在我突然不想陪你送死了，我想你活着，我也活着，我们一起看花、赏雨，听你吹箫，看你作画，陪你喝酒，若是酿了桃夭酒喝不完，我们便去一个没有人知道的小镇，在路旁种几株桃花，结庐卖酒。"

子昊微笑道："若卖的是桃夭酒，十年才得两瓶，恐怕要饿死人。"

子嫣道："你少来唬我，我知道你会酿很多种酒，要不然，便让你画画来卖，我也知道你不光只会画梅花。"

子昊道："酿酒的是我，卖画的还是我，那你做什么？"

子嫣魅眸轻漾，浅笑如丝："我卖酒啊，你信不信，我卖酒一定比你卖得快、卖得贵。"

子昊皱眉道："不行。"

子嫣奇怪道："为什么？"

子昊笑道："因为我不想别人看到你，否则只怕人家买的不是酒、不是画，而是人了。"

子嫣蓦然轻笑，说道："那这样的话，我们就只好吃桃子了。"

子昊道："吃桃子也好啊，难道你没听说过食桃化仙的故事吗？"

子嫣倚着他的怀抱柔声道："若是和你真有这样的日子，哪怕只有一天，便是神仙我也不换的，只可惜，这个愿望永远也不能实现了。"

子昊低头安静地听着，突然拉起她的手道："你跟我来。"子嫣被他牵着，一直走出长明宫，越过飞桥复道，来到久已废弃的琅轩宫前。或许是因为落雨的关系，琅轩宫看起来竟似焕然一新，子娆在伞下抬眸相询，雨光如花，映着他温润的容颜，竟也是似水的柔情。

子昊含笑着引她前行，尘封的亭台楼阁不知何时已被打扫得干干净净，子娆心中渐渐涌起异样的感觉，握着子昊的手不由收紧。当两人来到那片桃花林前，她突然微微一愣，那桃林深处雨星灿灿，落花如雪，不知何时竟有了一座整洁雅致的竹屋掩映在繁密的花枝之间，万千桃色点缀，檐下轻红浅碧，美得不似人间。

子娆怔怔站在门前，似乎有些不相信眼前的景色，子昊看着她发愣的样子微笑："怎么，刚才还说要结庐卖酒，不想进去看看吗？"

子娆这才伸手推门，看到屋中的情景，身子轻轻一颤，险些便流下泪来。只见这看似简单的竹屋中，竟是涂椒为壁，缀玉为饰，四面罗幔轻垂，是深深浅浅娇艳的红，当中一对龙凤花烛照着帐中朱罗锦被，亦照着灯下艳丽的嫁衣，案上的翡玉双杯被一丝红线绕住，仿佛绕上了她的心头，绕住了他的目光。

子昊牵着她的手入内，子娆回过神来，问道："这里怎么会有这样一间屋子，又怎么……怎么会布置成这样？"

子昊柔声道："我记得，好像之前欠你一样东西。"

子娆星眸柔亮如梦，轻轻道："你欠我的，是一场完完整整的洞房花烛。"

子昊微笑道："不知现在还来不来得及？"

子娆低头浅笑，抬手抚摸那一袭绝美的嫁衣，那嫁衣本便是以天岭血丝织就，柔若云霞灿若星，穿到她身上流光婉转，映衬那修眉凤目，更是美得令人不敢逼视。红烛盈盈，照此良宵，窗外桃花星雨，点点尽是柔情。子昊站在她身后，含笑凝视镜中绝色的容颜，轻声叹道："眉不画而翠，唇不点而朱，看来这里的胭脂水粉都要白白浪费了。"

子娆抬手轻理云鬓，侧首看他将那支血玉凤簪绾上她发间，他的手指温柔多情，理过她烟云般缠绵的青丝，仿佛生生世世不解的宿缘。上一次他替她绾发，他仍旧是她的王兄，天下作嫁，她将成为别人的新娘。这一次他吉服在身，桃花影下，是否能与她永不分离？子娆对镜相望，镜里梦幻竟似真，他就在身边，一身温暖的喜色为她而穿，她忽然便静静地流下泪来。

"子昊，你知道吗，直到现在我才相信你真的会和我在一起，你遣走离司的时候我便一直害怕，怕你会让我像其他人一样离开。我知道如果你决定要我走，我根本没有拒绝的余地，就像那盘下了七年的棋，我直到现在也赢不了你。"她翻过掌心，露出一枚淡金色的药丸，"所以我准备了这个，这一次无论发生什么事，我都绝不会离开你。"

子昊手掌停留在她肩头，看到那药丸时神色刹那震动，随即又露出柔和的笑容："傻丫头，你打算用这个要挟我吗？"

子娆道："我不会要挟你，我只做我能做到的事，你要我走，我便死在你面前。"

话未说完，子昊突然伸手在她唇上轻轻一按，道："今天是好日子，我不想听这样的话。"他眼中的柔情深邃如海，波光轻涌，柔软的海浪令人心神沉醉，纵使溺毙在这一片深海之中也是甘愿。"我已经说过，我要你和我在一起，不管你是谁，或者天下人怎么看，为此我愿用我的一切去交换，换我们俩今生真正的缘分。你应该知道，我从不轻易给任何人承诺。"

子娆闭上眼睛，明明是在笑着，泪水却一直沿着面颊往下流，她转身靠向他的怀抱，轻轻道："子昊，我的人、我的心早便是你的，我心中如何待你，也知你必如何待我。我不奢望能真正成为你的妻子，但只要和你在一起，我就什么都不怕，我只怕和你分开，若这眼前一切不过是场梦，等到天亮了，梦醒了，你便不见了，那我宁肯现在就死掉，也不要受那样的折磨。"

子昊一手揽着她，一手拂过她发丝，目光却穿过窗户，看向了那片深沉的雨夜。那一瞬间，他眼中似是有深邃的痛楚掠过，那些欣喜、温柔、深情都像是雨夜中的最后一丝光亮，在那片幽黑的色泽中消沉不见，唯有眸心支离破碎的光影，无言亦无声。但是很快，一抹笑意重新漫过那双修长的黑眸，下一刻他手底略微用力，已经将子娆打横抱起，在她惊讶的刹那，手中的药丸已经悄然落到了他的掌心。

身后鸳鸯锦被，罗绮生辉，他将她抱入帐中，看着她泪痕未干的面容，俯身笑道："要你相信，你又不肯，现在这样子若让人看见，还以为是我欺负了你呢。"

淡淡烛光映得他笑颜温润，甚至有些轻魅的风流，子娆被他看得玉面染霞，咬着嘴唇不说话，目光渐亮，渐生欢喜。他在她耳畔低声轻笑，又道："那瓶桃夭酒我特地留到了今晚，既是洞房花烛，我们是不是该先饮三杯？"

子娆还是不说话，只是柔柔地看着他，夜色如水，人也如水，美酒醉人，人亦醉人。

翡玉杯，合欢盏，桃花酿，艳如玉。子昊走到案前，亲手倒了两杯酒出来，子娆伸手接过，在他温柔的笑语中，心中早已忘记了一切忧虑，只余无尽甜蜜无比喜悦。子昊柔声道："这一杯酒，为此良辰美景，一饮永结同心。"

子娆含笑点头，举杯沾唇，抬头饮尽。子昊喝得并不快，一边喝着，一边又替她倒了一杯："好事成双，成双成对才是和美。"

子媱抬眸看他，酒色染双颊，笑意满星眸。她的酒量本来不错，但今晚的酒似乎格外醇浓，两杯成双，她清澈的目光已似秋湖笼烟，微微有了醉意。子昊却还是意犹未尽，再添了第三杯酒，笑道："前一杯饮尽今生，这一杯却是为我们来世，喝了这杯酒，生生世世我都能找得到你，无论多久你也都要等我。"

他说的每一句话都叫人如此向往，眸中的笑意又是如此多情，这样一杯酒又有谁能够拒绝？所以子媱这次喝得更快，喝完之后发现他杯中还有酒，轻声嗔道："我已经喝了三杯，你才喝了一杯，这不公平。"子昊将自己手中的杯子斟满，递给她道："你再喝了这杯，剩下一瓶便都是我的。"

"你不准骗人。"或许是太过欢喜，子媱只喝了三杯酒便觉得有些头晕，眼前的一室朱红朦胧如幻，仿佛有很多东西渐渐模糊，连子昊的笑容也不再清晰。她心中隐约有些怕，但是这种迷离的感觉却又如此诱人，仿佛世上所有的烦恼忧愁都化为虚幻，红尘如烟，往事成灰，无须再想，也不必再想。他真的在身边，他的怀抱暖如三春花海，他的目光催人入梦。她靠在子昊肩头，以手抚额，低声道："我喝一杯，你喝一瓶。"

"嗯，你喝一杯，我陪你一瓶。"子昊微笑着道。子媱接过他手中的酒，忽然觉得他口气有些异样，朦胧中看到他注视着自己的目光，不知为何竟感觉那些浅淡的欢喜背后似是藏着极深极浓的悲伤，就像寒冬不化的积雪，深夜无尽的冷雨。这刹那清明的念头让她蓦然一惊，似乎意识到什么，伸手抓住他的衣襟。但是一切已经迟了，她睁大眼睛看着他，仿佛被人一刀戳进了心口，那杯酒还握在手中不及喝下，她只开口说了一句："子昊，你……"一片强烈的空茫袭上心头，身子便软软地向他怀中倒去。

柔软的娇躯落入臂弯，子昊唇畔笑痕瞬间凝固。灯火深处，凝眸相望，片刻后他徐徐抬头，将手中的半瓶残酒一饮而尽。

烈酒入喉，似是化作千万把利刃随着血液流遍全身，最终狠狠地穿刺入心。他面上似乎仍旧挂着笑意，慢慢靠在锦帐中闭上眼睛，许久许久都没有动，仿佛已经用尽了所有的力气。

红烛渐暗，冷雨敲窗，一室轻红焕彩喜色如旧，失去了女子妩媚的笑语，寂寂寒夜，唯有落花的声响点点敲打在心头。过了好一会儿，子昊才缓缓舒了口气，握住子媱仍旧抓着他衣襟的手指，指间青丝轻散锦榻，美若云烟，幽若雾，女子流晕的双颊与那嫁衣相衬，灯影尽头，不知哪个更艳、哪个更美。

然而他已渐渐看不清她的容颜，随着经脉中彻骨的疼痛，眼前黑暗渐浓，仿佛灯火将熄。当最后一丝光亮从眼前消失，他的手指最终停在她朱红的唇畔，俯身轻轻一吻，哑声道："子娆，对不起，这是我第一次骗你，也是最后一次。今生我没有办法陪你天长地久，但愿那一杯酒，真的能让我们来世相逢，再不分开。"

晨光漫过窗棂，天将明时，雨已停，花满地，酒已尽，红烛熄。

琅轩宫朱红的大门终于重新敞开，夜玄殇自仍旧一片黑暗的广场前回过身来。当接过子昊手中沉睡不醒的女子时，他轻轻皱了皱眉头，道："我真不知等她醒过来，要怎么交代这件事。"

子昊解下肩头狐裘盖在子娆身上，静静凝视她的容颜，脸上却再没有一丝情绪流露："一杯'忘忧'已足以让人忘掉所有烦恼，等她醒来之后，绝不会记得世上还有我这么个人，所以她什么也不会问，你什么也不必说。"

夜玄殇道："你应该知道，这世上只有你，才能让她心甘情愿地喝下这杯酒。"

子昊道："但现在只有你，才能护她一世安乐。"

夜玄殇突然问道："你不后悔？"

子昊无声一笑："这一生后悔的事情我只做过一次，同样的事情不会发生两次。"

夜玄殇叹了口气，道："我只希望你记得我们的约定，不要让人空等一场。"

子昊点了点头："拜托。"

夜玄殇也点头道："保重。"

当他带着子娆离开之时，帝都上方忽然传来剧烈的声响，数道赤焰直冲天际，化作浓烈的硝烟在苍穹之上霍然爆开。大地震动，凛凛风急，子昊负手抬头，目中柔情瞬间化作锋锐的杀机。夜玄殇站在通往穆国的山崖上回头，他印象中最后一次看到帝都，便是在烈风骑横扫九域的战旗下，这一片赤色无边的血潮。

第十三章 策天之战

策天殿，高入云，站在这孤立九霄云外的神宫之前，随时可以将千重帝阙尽收眼底，子昊清冷的衣袖随风飘拂，遥遥下望护城河前战火冲霄的景象，身后十余名影奴扶膝静跪，在这震动天地的惊变中，仍旧沉默得像是君王的影子。

自王师军队撤出帝都，冥衣楼所有部属亦奉命离开，暗中保护子媱，偌大的王城中便只余了世代效忠王族的影奴，他们为帝都生，为帝都亡，亦与雍朝八百年尊荣同在，除了死亡，没有人能够让他们离开这座曾经辉煌的城池。

当帝都九门传来毁灭性的巨响，焰光冲向云霄，几乎将这千里云气亦化作火海之时，子昊才开口下令：“发动机关撤开三十六浮桥，截断烈风骑首尾，护城河开闸放水，寸土不留。”

身后影奴一言不发地领命而去。

烈风骑攻破帝都九门时，所有人都已发现这座天下至尊的王城竟是一座空城。

城门破，城下机关顿时发动，护城河水冲起骇人的巨浪，九门上方的盘龙巨石在十八道机关的牵引下带着沉重的呼啸向下坠落。

八百年前王族建都雍江，依山筑城，俯瞰天下，帝都城池的高度几乎是息川城的两倍，除了九道城门以外，任何军队都不可能从别的地方攻破这座城池。为防止强敌入侵，王族第一代造工大祭司奉命于九处城门之上各设计了一方重逾千斤的断龙石，一旦城门被毁，巨石落地，帝都内城将被彻底封锁，成为固若金汤的绝地。

巨石落下，护城河水漫过浮桥，向着高耸的城墙涌来，烈风骑如果不立刻退兵，便会连唯一的退路都失去，但是就在此时，皇非突然发出了全军入城的命令。

“当今世上如果有三个人在面对九门断龙石落下时不会退兵，少原君定然便是其中之一。”这是数日前在漓汶殿水瀑石台上，东帝与穆王的对话。

夜玄殇那时道：“我知道帝都外面的护城河是所有河流中最可怕的一条，九门断龙石落下，那条河便瞬间变成杀人的河，其中的‘噬骨断魂散’非但销筋化骨，更是极为厉害的迷药，攻城的军队若不即刻撤退，稍迟一步，便可能再也走不出帝都。”

东帝曾经问道：“换作穆王，欲下帝都，将作何计？”

夜玄殇只回答了两个字：“入城。”

城中空无一人，所有屋舍楼阁皆似笼在一片空茫的雾中，断龙石落下，城中仿佛变成了一个巨大的坟墓，就连天日也黯然无光，充满了诡异的气息。

令九域诸侯闻风丧胆的烈风骑无疑是天下军纪最严的部队，在这样的情况下仍旧一丝不乱，就连战马躁动的声音都分毫不闻。皇非在王城之前勒马，对方飞白道：“你可曾想过有人会用一座空城来对付烈风骑？”

方飞白道：“王城不是第二个息川，烈风骑也不是曾经的赤焰军，如果有人这样认为，那这人一定是世上最狂妄的人。”

皇非却笑道："你错了，这人是值得尊敬的对手，因为至少他敢这么做。"

方飞白沉默片刻："君上打算如何处置？"

皇非目视王城中心若隐若现的明光，道："他既然送书约战，我也已经到了帝都，这件事情只有我与他当面解决。"

方飞白皱眉道："其实君上根本没有和他决战的必要，烈风骑随时可以毁掉这座王城。"

皇非目中透出淡淡精光："可惜他等的不是烈风骑，而是我。"

黑暗，绝对的黑暗。皇非独自进入王城，天地如漆日月无光，不久之后，就连先前策天殿上那点光亮亦消失不见。没有声息、没有色彩，在这样的黑暗中，任何人都会生出恐惧的感觉，何况四周虽然没有光亮，空气中却传来危险的气息。

但凡曾经上过战场的人，对于危险的感觉大都十分敏锐，但凡一个卓绝的剑手，往往天生都有一种异乎常人的直觉。这种直觉在平日似乎并没有什么特殊之处，但是当一个人身处陌生的黑暗中时，那一瞬间的直觉往往便能决定生死的界限。

黑暗无边，一缕刀风忽然无声无息地自后方袭来，像是一条狠辣的毒蛇，却连一丝风声都没有带起。

能够施出这样刀法的人，在江湖上绝对是一等一的高手，甚至已可与血鸢剑、千云枪一较高下，但是这样阴损的手法，无论姬沧或是夜玄涧都不会用。现在挥刀的人出现在王城，手中的刀刺向皇非，除了禁宫影奴之中顶尖的人物，世上再不可能有这样默默无闻的杀手、这样决绝锋利的刀法、这样令人心悸的杀机。

杀机乍现，一只手却早已握上剑柄，烈芒一烁，仿若闪电惊魂。一声闷哼、一道血光，周围复又恢复那样绝对的黑暗。

血腥在黑暗中逐渐弥漫开来，原本死寂的空间也隐约出现了一丝轻微的喘息。

嗒！

鲜血滴落，杀意更浓。

皇非却徐徐闭上了眼睛，方才剑光亮起的一瞬，他已经知道对方总共有六人。六个人、六柄刀，所处的位置形成一个完美的六芒星，右后方一人便是最先出刀之人。此人在方才竟以一道剑痕为代价避开了逐日剑的杀招，只伤不死，若余下五人的武功皆与他相当，那当今世上能够活着走出这星阵之人恐怕不会超过五个。

相传上古之时，雍朝开国君主的身边曾有六名一母同胞的死士，他们的刀法比任何一种武器都要可怕，更练有一种六人合击的阵法。在八百年前那段风云动荡的岁月中，任何人谈起这六名暗影死士都会骇然色变。王族先代君主子出乃一介文弱书生，却能号令九域，将白帝传下的江山固守至今，六名暗影在其中立下了不可磨灭的战功。这六人也就是最初护卫王族的影奴，从来没有人见过他们的模样、听过他们的声音，除了零星的传说之外，史书上也没有留下他们片言的记载，因为他们永远身在黑暗之中，见过他们的人绝不可能活着走入光明。

八百年来，禁宫影奴早已不止六人，他们像是雍朝君主的影子，曾经无数次粉碎针对王族的阴谋，为此付出了不知多少鲜血与生命。但是无论多么艰难的局面，哪怕是昔日九州动乱、襄帝被囚，这世代传承的六名暗影也不曾出手，这六芒星阵，也不曾为任何一人发动。

六个人、六柄刀，他们的武功虽不流传于世，但无疑是这世上最可怕的对手。黑暗并不会妨碍他们的视觉，反而成为他们有利的条件，因为他们的眼前从来就没有亮光，在光明之下，他们唯一的可能便是死亡。

然而此时，这六人的眼前已经不是绝对的黑暗，那道惊鸿一瞥的剑光照见一人，赤色的战袍，握剑的手，战袍如血，手若玉琢。八百年来第一个走入六芒星阵的人，完美得不见半分瑕疵，连同他手中之剑，都似乎根本无懈可击。

逐日剑入鞘的刹那，六人本来都有出手的机会，可以从六个角度做出致命的一击，但是不知为何却没有一个人动手。

皇非就在此时闭上了眼睛。

原本身处阵心的人，仿佛忽然失去了踪影。阵中六人无不生出莫名惊凛，这并非因为他们看不到皇非，凭他们天生能在暗处视物的能力，那袭赤色的战袍仍旧像火焰一般在黑暗中燃烧，他们甚至可以看清那张冷玉般的面容，轮廓分明，俊美无情。

但他们偏偏感觉不到皇非的存在，找不到对手自然便没有出手的可能，那种诡异的情形无法用语言形容，渐渐化作黑暗中轻重不一的呼吸，而更加可怕的却是一股充斥在整个空间的，强大冰冷的剑气。

逐日剑仍在鞘中，六名暗影分守星芒，六柄刀已然在手，锋冷的刀气原本像六道利箭一般直指阵心，任何人身在其中都会感觉到这种可怕的压迫。但是现在，却有一股更强的剑气在星阵中隐隐散发，那六道刀气不但失去了目标，更加失去了那种令人生畏的力量。

静立于阵心之人，便好似化身九霄之上的烈日骄阳，炽烈的阳光没有人能够忽略，但当你直视烈日时却往往什么都看不清楚。这种强烈的存在感和无法捕捉对手所在的矛盾，令六名暗影倍觉压力，右后方那人方才已被皇非所伤，虽然伤势不重，但要对抗这样的剑气却已力不从心，片刻之后，忽然一口热血当胸喷出。

就在这时，逐日剑的光芒再次亮起。

皇非以剑气迫敌，等的便是这稍纵即逝的机会，那人鲜血喷出尚未洒落，剑光穿喉而过，更浓的鲜血溅向黑暗。

六名暗影心意相通，一人遇险，其余五人同时扑向星阵此处。五道刀光笼罩皇非周身，没人可能在这样五个人的联手攻击下全身而退，更何况皇非的剑仍旧在第六人的咽喉中，那被洞穿喉咙的暗影突然伸手，在临死之前紧紧握住了逐日剑的剑锋。

皇非此生名扬天下，历经大小战役数百次，手刃仇敌无数，但是从来没有一次比现在更加惊险，就连息川城上与宣王姬沧的对决，他都没有感觉如此接近死亡。五柄毒蛇般的刀，从五个不同的方位疾刺而至，无论他向哪个方向闪避，必将有一把刀能够将他刺伤，在这种情况下，伤便代表死。

没有人能形容这五人出手的默契与速度，刀气砭人肌肤，最快的一柄刀锋已经刺破他的衣衫。

刀光之中，皇非的身子忽然游鱼一般向侧滑开。

这一步迈出，五柄刀刺出，几乎每一柄都以毫厘之差自他身边擦过，刀锋的锐气催人心寒，下一刻，皇非的剑也已出手，无光无色的黑暗中几条人影迅速起落，刀气剑气纵横如织，但偏偏听不到一丝声音。

剑光忽然照亮黑暗，一连四闪，四声兵刃落地的声音。

最后一名暗影自飞溅的血雨中疾速后退，落向空寂的黑暗，然而眼前忽然一亮，他看到了一柄剑，一个人。

剑光如血，烈阳当空。

作为暗影的人从来没有见过阳光，但却忽然明白了那种感觉，因为这凌空一剑之威，唯有九天烈日可以形容。

血溅，刀声落地。当逐日剑光芒逝去，已经有六把刀六只手躺在黑暗之中。

鲜血的气息浓烈沉重，片刻之后，一个沙哑的声音缓缓响起："好快的剑法，难怪主上说我们不必来，王族若毁在这般人物手上，也不冤枉。"

说话的正是最后一名暗影，此时他的刀也已经落在地上，连同握刀的右手一起。在他之前，包括那名已死的暗影在内，其他五人的右手皆已被齐腕斩断，失去手与刀，他们自然不可能再阻挡这可怕的敌人。

皇非仍旧站在六芒星阵的中心，似乎没有移动过半步："他说得对，你们本不该来送死。"

那暗影沉声道："但是我们不会让任何人毁掉王族，所以我们非来不可。"

皇非淡淡地道："我不杀你们，便是要留下你们的眼睛，让你们亲眼见证王族的毁灭，现在你们可以让路了。"

一名暗影叹道："身为暗影，我们绝不可能看到王族毁灭，而你也未必真正能够毁灭王族。"

皇非不再说话，徐徐向前走去。随着他前行的脚步，天日渐开，黑暗渐逝，当光亮即将取代黑暗的一刻，五名暗影已经无声倒下，竟是同时震断心脉而亡。

皇非没有回头，只因天光之下出现了一片旖旎的美景。一缕清扬的琴音，悠悠飘来。

琴音仿佛自天边传来，花海却在眼前。无边无际的花海，在无边无际的云雾之中若隐若现，一种奇异的幽香如同夜色一般，让人无须用眼睛便能感觉花朵的美丽。

雾很浓，却很温柔，几乎每一朵花都带着朦胧的光彩，却偏偏让人感觉那样清晰、那样艳丽。花姿摇曳，脉脉多情，对于生活在王城中的人来说，几乎没有人不知道温泉海上的子夜韶华，但是每当夜色快要降临时，却没有人敢走入这片花海，只因一旦在夜雾之下靠近这诱人的仙境，无论心志多么坚强的人也会疯狂痴迷，传说中，他们会想起自己一生最快乐的事情，又或是最痛苦的事情。

子夜韶华，花色千般，曼妙如幻，亦如这尘世万象人间烟云。琴声如水，轻轻流淌，转过花海云海，夜色雾色，不知何所去兮何所终。

皇非此时站在花海之中，一动不动，右手握在剑柄上，冰冷稳定如同磐石。但是在浮绕飘摇的雾色下，他面上似有轻微的汗珠渗出，握剑的手越来越紧，几乎已经可以看到发白的指节。过了片刻，他忽然向后退了一步，在花海之上盘膝坐下。

那琴声便在这瞬间变得清晰无比，仿佛一只无形的手，在这花海中描绘出重重优美的画面。皇非面色竟然略微有些发白，跟着再次闭上了眼睛，在六芒星阵中闭目时，他仍旧冷静而自信，纵然身入黑暗，却能一招毙强敌于剑下，然而现在，他虽然不听不看，脸上却已渐渐流露出痛苦的神色。

惊才绝艳少原君，名动天下楚皇非。天下人在谈论到少原君时，往往会想起四个字——琴、棋、剑、兵。据说当世无人能在这四件事上与少原君争锋，而这四件事中排在第一的便是琴。皇非琴技之高，普天之下恐怕没有几人能够相较，花前月下，轻弦可动佳人心，烽烟沙场，金声可丧英雄魂。声发指下，琴意由心，所以一个擅琴之人，往往对琴音的理解比普通人更加深刻，能够打动他的琴音，也必然有着某种深切动人的感情。

花香在畔，琴声入耳。皇非握剑的手更紧，明知这是比六芒星阵更加可怕的阵法，慑敌丧胆的逐日剑却始终不曾出鞘，只因此时在他眼前，是一幅幅深深浅浅如血的画面。

花海无尽，刺目的血色。九重纱衣，七弦琴，三月飞花，花如血。那年，曾经的少原君府，刀枪剑戟环伺，花零落，琴声扬，锦衣乌发的女子唇畔浸血，弦下轻歌，动了铁血军容，催得千人泪下。

楚都烈焰，烽火冲天，新婚夜，花烛残，上阳宫中烈火焚亲，九天兵戈惊尘寰。一身嫁衣的娇娆红颜，碎凤冠，裂红装，千里江山杀伐路，断了今生恩义，无亲亦无情。

息川城，生死战，日落千山风尘冷，血鸾夺色逝水长。那一片水火之间，谁是天地的主宰？谁是地狱的王者？赤衣红袍飘如血，人在前，剑在手，寒锋入心的刹那，指间是温热的鲜红，眼前绝魅容颜，笑眸如血，曼殊花下人何在，一曲离殇，相见无期。

皇非身子微微一震，一缕血色忽然自唇角徐徐染下。不过是花下琴音，竟已令他身受内伤，子夜韶华的迷幻，再加上九幽玄通的真力，足以令任何人心魔丛生。

曾经爱过的、恨过的、得到的、失去的，这世间有什么人，能够真正跨过自己的心魔？

少原君一生风流轻狂，拥三千姬妾，号铁血千军，打马青楼，纵酒金阙，他永远身处最辉煌最光明的地方，受万人拥戴，被万众瞩目。人生灿烂莫过于此，世间英雄莫过于此，然而他毕生追求的究竟是什么？他心中珍惜的又是什么？

是荣华富贵，玉楼金阙，还是王侯霸业，执手山河？是那多情的红颜，还是剑下的知音？是光辉灿烂的一生，还是留名青史的传奇？

皇非蓦地睁开眼睛，长啸穿云，声震九霄。无边花海风催如浪，仿佛现出一片赤红的颜色，天际血日，花残似血，逐日剑动，剑下飞血。

血海之中，瑶琴裂，嫁衣燃，金阙毁，苍穹乱。琴声忽变，急如千崖流瀑，雨摧冰壑，仿佛九州之水，风云滔天。

天日暗如深渊，血色比黑夜更浓，何人执剑，何人相杀？至亲至爱，知己知音，琴歌血衣，剑气夺命。抚琴的慈母，绝情的红颜，一道道剑光最终化作火中的赤袍，狂肆的风姿，那一剑追魂，似从九天劈落的惊电，仿佛就要击向心间。

逐日剑芒忽然亮起。

长啸声止，皇非眼中射出奇异精光，剑在手，似是昔日一战重临人间，烈光绽，风雷动，天际星陨如火，血光漫空，一剑穿心而过。

红衣空落，幻影交错。虚空中仿佛传来铮的一声弦响，琴声便在此时戛然而止，一切幻相逝如云烟。

温泉海上万花如旧，风中花落无声。夕阳西下，斜映那一身血色的战袍，那一双冰冷而稳坚定的手，那一柄多情亦无情的剑。

一片飞花温柔地抚过剑锋，轻轻飘落，一分为二。

天边日暮似火，壮丽而灿烂的光辉正浓正烈，独立在夕阳下的身影显得如此高傲，却也如此孤独。

英雄无情。英雄之路，岂非本便孤独？

逝去的已然逝去，曾经的选择早已尘埃落定，无论再重复多少次，他也不会伸手挽留无缘的感情，也终会刺出那绝情的一剑。情困于心，非是男儿本色，王者的孤独，或许只有另外一位王者才能真正懂得。

策天殿，高入云。九霄神宫同样孤独，陌下红尘花开无声。

当皇非踏上策天殿最高处的神台时，天穹虚茫，飞雪隐隐，一抹青衣身影衣袖随风，静静站在雾霭的尽头，衣下飞云出尘，沧海茫茫，那身影仿佛也有着孤寂的清冷、高傲的寂寞。

不是孤独之人，又怎会到达这九域的巅峰；不是骄傲的人，又怎配站在这九域的巅峰？

台下有琴，无酒，琴弦已断，曲已绝。

遥望尘寰的人双眸寂静萧索，仿佛看过了三千世界，漫漫浮云，任何事情都已无法将他打动。

一副棋盘半隐云霭之间，黑子如星，白子如玉。纵横天下的棋局，是否此时已到了尽头？

听到皇非的脚步声，子昊淡淡微笑："你来了。"

"我来了。"皇非的剑早已入鞘，英挺的身形在云气之中仍旧那样完美夺目，但是身上迫人的杀气却早已消失，步履之间反而更添从容淡然。

无论是谁能够从自己的心魔中走出，挣开心中的执着与妄念，对所有事情的看法或许都会有所改变，所追求的东西或许也会有所不同。

皇非在棋盘对面坐下，微微笑道："听君一曲，不枉此行，但可惜了这绝世名琴。"

子昊转过身来："逐日剑名不虚传，此琴此曲与有荣焉。"

皇非道："你原以为我应该到不了这里。"

子昊亦拂袖落座，棋旁无酒，却有茶。一只红泥小炉中沸水翻滚，水满则溢，炉火渐熄，子昊抬手斟茶，仿佛在款待一位多年未见的老友："君若不至，此茶又有何人能饮，此局又有何人能解？"

皇非端茶品味，笑道："好棋。"说着拈起一枚黑子，随手置入局中。

第十四章 同归于尽

这棋局本已极尽变化，双方所走的每一步都已妙至巅毫，到这时候，等闲难再有破局之路。但这一枚黑子入局，忽然柳暗花明，峰回路转。子昊点头赞道："的确好棋。"亦抬手落下一枚白子。

皇非似乎极是愉悦，道："昔日一局沧海余生，我一直很想与你再下一盘棋，只可惜俗务缠身，始终没有这个机会。"

子昊笑道："棋逢对手，酒逢知己，皆是人生快事，这一局棋，我也等了很久。"

皇非道："放眼天下，能共饮一醉的人虽有，但琴、棋、剑、兵皆能品茶而论的，却也唯君一人。"

子昊轻声叹道："唯君一人，一人足矣。"

皇非亦叹道："一人足矣。"

两人说话之间，手中棋子不断落下，谁也不曾有半分停顿，盘中局势早已天翻地覆，风云动荡，寸土必争。此时子昊白棋将落，皇非端茶的手似乎微微动了一动，子昊的衣袖也轻轻一拂，然后白子落在一片黑子中间，盘中顿时形成一个生死劫。

"妙。"皇非俊眸淡淡一亮，两人目光之间似乎有某种别样的气息流动。这一招棋虽然精彩，却也并没有对黑子造成致命的威胁，但对弈的双方却都知道，皇非赞的并不是棋，而是那双落子的手。

原来在方才白子将落的刹那，皇非左手小指与无名指突然拂出，便有两道真气射向棋盘。他非但早已料到了子昊落子的位置，更以精纯的真气封住了那附近所有方位，却没有震动任何一颗棋子，无论是谁想要避开这两道真气的阻挡将棋子放入棋盘，都不是一件容易的事。

然而子昊的手亦在那时晃了一晃，那轻微的晃动就好像云中幻影，稍现即逝，但却在绝不可能的瞬间化解了皇非所有阻挡，将那颗白子放入了本该放入的位置。

这其中精妙奇巧的变化无异于一场惊心的决斗，其中滋味也唯有两人心知肚明。

皇非放下茶盏，复将一枚黑子拈起，棋子落入棋盘，就在他收手的瞬间，棋盘上却似突然生出一股奇妙的力量，那黑子微微一震，竟然自行向上跳去，眼见便要落向一块空白的角落，变成一招无用的废棋。

皇非的手正收回到一半，屈指微弹，一道劲风迎空而去。子昊袖中的手亦连拂三下，那黑子在半空中滴溜溜旋转不休，被两股真力带得越转越急。皇非目露笑意，单掌凭空虚按，啪的一声轻响，黑子终究落在原先的位置，截杀白子一条大龙。

子昊亦点头赞了声"好"，轻轻抬手拂袖，一枚白子落入指间。就在这时，棋盘上骤然生出意想不到的变化，只见所有棋子在刹那间都已改变位置，便好似沧海桑田，繁星流转，霭霭云气随风飘拂，化作探不见底的迷雾，方寸棋盘无论落子何处必然是错，必是败局。

子昊拈棋的动作极缓，手在变，棋局亦在变，皇非指尖轻轻敲击着棋盘边缘，黑子白子，错综成谜，待到后来已令人眼花缭乱。这对弈的两人，竟是谁也不肯让对方轻易落子，谁也不肯让对方抢占一丝先机。

千变万化的棋，处处危机的局。子昊唇畔却掠过极淡的微笑，指尖直指棋盘中心天元星位，青云广袖无风而起，局中密布如星的棋子忽然同时向上跳起。

星隐天幕，两人指下的棋盘顿时成为一片空局，唯有天元星位一点白光急射而至。

皇非目中精芒倏现，反手在棋盘上轻轻一击，整张碧玉棋盘凌空飞起，抄向漫空落子。云飞雾绕，星子闪烁，只见一道赤风一抹青影在黑白二色的棋子间闪电般变幻，拈棋之手在刹那之间已经变化了九九八十一招，操纵棋盘的手也整整封锁了九九八十一招。

那电光石火间的变化似乎已达到了武学中最炫目的巅峰，也已经没有任何语言能够形容。

飞云如絮，在点点精芒之间迅速穿插。皇非忽然手腕一沉，棋盘上似是生出奇妙的吸力，一枚黑子倏地落上天元星位，与棋盘一起向下沉去。

半空中棋子如雨纷落，子昊一笑屈指一弹，指尖白棋化作一道轻光，无声无息地向着那枚黑子射去。只听噗的一声微响，棋盘落地，那黑白双子相撞，前者碎作数点乌星向外溅开，后者却毫发无损地出现在天地中央。

漫空棋子随之落下，却没有发出半点声响，所有棋子在触及棋盘的同时竟已尽数化作齑粉，一个不留。云下风过，玉屑如雪纷飞，刹那飘扬无踪，棋盘上只余了一枚晶莹的白子，孤独，寂静，却散发出不可一世的清光。

一子占天元。

这一招棋落，其中二子撞击时所用的巧劲，凭空毁掉余子时所发的真气已是出神入化，时机、眼光、劲道无不拿捏得恰到好处。皇非微微一愣，随即仰首长笑："好一个九幽玄通，好一盘通幽棋！"

子昊淡淡垂眸，淡淡地道："琴棋剑兵，你胜我一局，我胜你一局，但你的剑还没有出鞘，胜负终还未分。"

皇非笑眸深处精光隐现，长身而起："既然如此，何不乘兴一决？"

子昊仍旧静静地坐在席前，微微抬手，只说了一个字："请。"

天外浮云，云锁高台，他的神情在那缥缈的云雾之间仿若虚空止水，遥远淡漠清冷如斯。皇非蹙眉道："你就这样接我的剑招？"

子昊傲然一笑："如此足矣。"

皇非面上似有冷意浮现："你可知道姬沧之所以死在我的剑下，便是因为他自负轻敌，大意行险？"

子昊道："我若是姬沧，你便绝不可能站在这里，所以我不是他，你也没有同样的机会。"

皇非负手看他："没有人能够坐着接下逐日剑三招，我不会在这种情况下出手。"

子昊仍旧面色平静："你不敢出手。"

皇非目中隐露锋芒："我不敢？"

子昊道："你不敢，是因为方才的较量我已经看透了你的实力，而你却无法把握九幽玄通的奥妙，现在的你根本无须我起身，三招之内我若离开此地，这一战便算我输。"

他清冷的语气傲意从容，甚至带着淡淡的不屑，这种态度对于任何对手来说已经不是轻蔑而是侮辱。皇非霍然回身："我敬你是值得我拔剑的对手，你却一定要如此狂妄？"

子昊竟然合上眼睛，仿佛已不愿多说什么："你若当真不敢在我面前拔剑，就此认输倒也无妨。"

皇非不由怒极而笑："三招之内不取汝命，我皇非从此再不用剑！"

子昊轻轻扬手，数粒棋子落入掌心："请。"

云雾深处，红尘遥遥，隐约有桃色轻红点缀在万里江山之间，那一片浮云飞雪下，好似流淌着淡淡的赤色、淡淡的柔光。逐日剑出鞘，仿佛惊动了那红尘桃花骤然盛放，霞光冲霄，就连天际的微风也在刹那变了颜色。

剑气，风声。

剑气未至，已是激得寒意入体，风声过耳，仿佛身处万丈地狱。

没有人能端坐不动地接下逐日剑三招，这并非虚言，亦非恐吓，剑出，已足以说明一切。

面对如此可怕的敌人，子昊却一直闭目静坐，直到那锋利的剑气已至身前半寸，他才倏地向后仰身，手中扣着的三枚棋子破空击出。

三枚棋子，三处要穴，比剑锋还要快的速度，比剑气还要锐的真劲。

剑锋贴着他的鼻尖擦过，在全无借力的情况下，皇非身形忽然向上拔起，三枚棋子自他脚下飞过，人如飞凤冲天，他手中的剑也凭空倒转，自上而下直刺对手。

这一式应变行云流水，几乎与前招浑然一体，在极短的时间内，他的精神体力竟已提到极致极限，一人一剑，似挟风雷之威、九天之怒当空击下。

绝无花哨的剑法，甚至连剑身都不见一点锋芒，仿佛所有荣光都被那极速的剑锋吸收得无影无踪。比起那一招曾令天地失色、让无数英雄魂丧的"日落千山"，这一剑看起来并不出色，甚至可谓平淡无奇，但却是历经生死淬炼，世上最为恐怖的剑招。

逐日之剑，本已不再是昔日耀目的利器，皇非此人，也早已不是曾经的少原君。

剑锋敛尽光华，子昊面上冷淡的笑容也已全然消失，逐日剑击下的一刻，他双手闪电般前伸，竟用一双手掌将逐日剑锋生生阻住。

剑锋入手，血色乍现，子昊袖底灵石幽光大作，透出摄人心魂的异芒。光芒破空呈现，皇非忽然看清了子昊的眼睛，亦同时感觉到九幽玄通的真气竟然已是强弩之末，根本无法抵挡自己全力出手的一招。

但此时一切都已无法改变，逐日剑透过子昊的手掌刺下，他虽侧身闪开数寸，剑锋依旧自他右胸洞穿而过。

鲜血，飞溅长空，仿若风扬桃花，落满红尘。

皇非长啸一声，拔剑后退，猛地转身。血，自子昊掌间胸前徐徐流下，染透了青衣素袍，染透了白玉神台上古老的纹路。血色过处，一缕缕异芒仿佛自云霭深处透出，几乎将整座神台映得通明夺目。风雷之声，自九霄响起，皇非却无视眼前诡谲的景象，一瞬不瞬地盯着子昊："你的眼睛……"

子昊面上却露出笑意，但虽然在笑，却无法压抑剧烈的咳嗽，每咳一声，胸前伤口便有鲜血涌出，每说一句话，唇畔也有鲜血不断滴落："如此一战，却不能亲眼看到少原君风神，当真遗憾。"他徐徐抬起头来，脸色虽已苍白如死，双眸虽然空茫清冷，却仍然那样从容不迫，九域天地之威，仿佛也不能改变他平静的面容。

"你应该已经感觉到了，温泉海上的幻境并非真正的九转玲珑阵，此时你我所在之处才是真正的阵心。你身上若是没有那串芙蓉石，或许今日我并无必胜的把握，但是现在，你我二人无论胜负，都将与这片王域一同毁灭。"

九石出，天下一，九转灵石的秘密是毁灭亦是重生。以王族的鲜血为代价，九道灵石齐聚，通上古灵力，覆人间山河，纵然是玄女重生也无法阻止，身处阵心的人乃血肉之躯，如何能抵挡这通天彻地之力？

对手血溅衣襟，皇非怀中亦有幽芒亮起，渐渐透出慑人的明光。出人意料的是，此时他居然没有丝毫愤怒，只是抬头遥望重云密布的苍穹，云层中的电光隐隐照亮他漆黑的双眸，不断变幻着夺目的光彩："你知道含夕出卖王族，却放她回到我身边，就是为了让她亲手将这串灵石交给我。"

子昊低咳道："不错，我告诉了她事实，也告诉了她复仇的方法。"

皇非道："你之前以血玲珑作为我们交换的条件，只是为了让我对这件事毫无防备，我虽然知道九转灵石乃上古至宝，却绝不会想到随身携带的祸患。"

子昊道："所以你才会毫无戒心地接受含夕的芙蓉石，九转灵石的秘密本也只有王族清楚。"

皇非转过身来，目视他："你方才那样说，乃是故意激我出手，并非不屑一战。"

子昊面上露出笑容："能与少原君一较高低，实乃毕生所愿，我从一开始便已全力出手，岂敢狂妄大意？"

皇非赤色的战袍被天际汹涌的风云拂得猎猎作响，忽然仰天长笑道："好！很好！东帝不愧是东帝，今日我虽能以剑法胜你，但你却早已谋算全局，立于不败之地，琴棋剑兵，这最后一字，我输了！"

子昊亦长叹道："如此心怀气度，少原君也不愧是少原君，可惜这一战我未能奉陪到底。"

皇非道："说实话，在此之前，我从来没想过自己会输，更没想过竟会输得这么痛快。"

子昊轻轻扬唇道："人生难得痛快一场，输又何妨，赢又何妨？"

皇非哈哈大笑："不错！我皇非一生戎马，快意恩仇，时至今日又有何憾？倘能与东帝同归于尽，倒也不负此生！"

这时候电光环绕中的白玉神台似乎已经被子昊的鲜血染作一片赤红，九天苍穹亦遍布赤云，向着大地徐徐压下。整个帝都，甚至整个九域都能感觉到风雷滚滚的震动，无数山陵崩裂，无数江河狂啸，沧海日月涌向深渊，仿佛人间末日即将到来。

忽然之间，策天殿四周九道刺目的异芒冲天而起，照亮了神台尽头飞扬的红衣，亦照亮了鲜血深处清淡的微笑。那红衣似火，微笑如水，水与火本是世上绝难相融的两种极端，却又偏偏如此相似，同样能够带给人绝对的震撼、畏惧与向往。

或许他们本就相同，所以才能成为同样的王者，此时江山之尽，九域之巅，他们心中是否想起了那些此生难以忘怀的人？是否想起那些波澜壮阔的风云，一世无悔无憾？

　　重云深处隐约有两道流星划破天际，落向岐山尽头。星陨山崩，九道灵石似乎唤醒了亘古以来天地之力，那样灿烂无尽的光华，重重笼罩天宇，在这极致的黑暗与极致的光亮中心，巍巍帝都万千宫阙仿若流沙飞尘，渐渐幻灭消失，八百年岁月辉煌的王朝，一代英雄帝王的传奇，亦如这光影尘埃，化作片片浮云飞烟。

　　帝都异芒冲天之际，九域四海也似天翻地覆。

　　洗马谷中千湖涌现，暴雨倾天，北域大军惨遭灭顶。避难迁徙的百姓之前，白衣女子握剑抬头，望着那照亮八荒的云霄天光，眼中泪水随着冷雨夺眶而出。

　　曼殊山巅，花海翻涌，雄伟的机关奇城至高处一片浓重的黑暗，红衣少女遥望天际尽头隐隐的血光，冰冷空洞的面容上，似有点点泪痕随风而逝。

　　惊云山古道前，两匹疾驰的飞马同时停步，马上玄衣女子蓦然回头，看着虚空中灿烂无垠的光华，那片绝美的奇景，不知为何，一股浓重的悲伤直冲心头。数片桃花，随风飘落，春色已至，花开满襟。一阵微风吹拂衣发，玄衣女子勒马望天涯，许久之后，清魅迷蒙的面容之上，竟有一滴清泪徐徐滑落，泪染尘埃，此生如梦。

子娆飘身掠向店外，月照江流，天波如洗，玄衣男子在马上蓦然转身，回首处，笑容飞扬，月明，风清。

第一章 血染边城

穆国，边城古镇。

黄沙，荒原，一阵寒风扫过长街，卷起片片枯叶残雪，仍旧带着萧索的冬意，在这边城之地，天地仿佛变得格外高远肃杀，唯见飞沙枯草，整座城镇颇有些荒凉的意味。

清晨，镇上行人不多，直到快晌午时才有店铺陆续开门，长街上勉强有了几分生气。商客进城，潦倒不堪的流民倒是占了多数，再加上瑟缩在风沙中衣不遮体的乞丐、冻倒路边的饿殍，这番情形，任谁也不会想到这里原是楚穆边境最热闹的城镇之一。

自从楚国灭亡，穆国内乱，两国边境本就不甚安宁，尤其楚国战败之后，不少流亡残兵无处可去，逃亡至边境结帮占地，便似强盗土匪一般。这小镇历经战火洗劫，盗匪骚扰，早已不复曾经的安定繁华，唯有辽阔的荒原不曾改变，默默承受着乱世变迁、岁月动荡。

快到黄昏的时候，长街上驰来两匹骏马。马色纯黑，其中一匹额上一点胭脂血红，一看便是难得一见的千里名驹。马上一男一女亦皆是身着玄衣，男子身披一件黑色斗篷，虽然已经沾染了不少黄沙，看去有些风尘仆仆，但穿在他身上却别有一种桀骜不羁的潇洒。在这荒原风沙之间，他身上似乎有种深沉干净的气质，那双眼睛尤其引人注目，仿佛其中蕴藏着奇异的智慧与力量，深邃明亮，令人一见便无法忘怀。

现在这双眼睛刚刚自天际收回目光，落在旁边女子身上："今天天色已晚，我们不如在这里歇息一宿，反正没什么事，也不必赶得那么急。"

那女子没有说好，也没有说不好，只是翻身下马。与那男子不同，她身上披的是件纯色狐裘，乌黑的云发自肩头垂下，和那衣上柔光融为一体，仿若夜色流墨，幽美动人，但她的脸色却有些苍白，似乎大病初愈，令那裹在裘衣中的娇躯显得分外单薄。下马之时，她身子忽然微微一晃，一手扶住额头，男子柔声问道："又头疼了吗？"

那女子点了点头，修长的凤眸中隐约浮起忧伤迷茫的色泽，男子皱了皱眉，看着她的目光分明有些担忧。

城镇中现在虽然萧条，但曾经也不缺豪华气派的客栈，男子挑了一间最干净的客栈进去，先扶那女子坐下，方对堂前伙计吩咐："炒几个清淡的素菜，熬一碗粥来，再安排两间安静的上房。"说话时已抬手打赏了一块楚金。那伙计收了赏钱，眉开眼笑地道："好嘞！大爷稍等，马上就来！"刚要转身，却听那女子轻声道："打两壶酒，要最好的。"

玄衣男子道："好端端的要酒干什么？"

那女子转头对伙计道："去。"她看人的目光清澈冷魅，却又似乎带着淡淡的迷雾，就像细雨之中的深湖，予人难以捉摸的感觉。店中伙计与她目光一触，惊艳之余心头一股寒意冒起，笑容不由僵住，立刻答应着去办。那女子这才看向玄衣男子，"我记得你喜欢喝酒，但这一路上，你都没有沾过酒。"

玄衣男子笑道："这里不是喝酒的地方，再说你身子不舒服，我若喝醉了，谁来照顾你？"

那女子眉梢微拧："可是我记得你酒量很好，从来也没有醉过。"

玄衣男子叹了口气道："你还记得什么？"

那女子沉思片刻，面上似乎露出淡淡的笑容："我还记得我们成婚时，你陪我喝了一夜酒，险些就把我灌醉了，现在你又怎么一杯酒都不喝？"说着说着，她忽然又轻轻抬手撑住额头，蹙眉道，"奇怪，我好像总有什么事情想不起来，只要一想，头就好痛……"

玄衣男子眼中透出一丝异样的神色，又叹了口气，轻声劝道："想不起来的事便先不要想了，你若有兴致，我陪你喝两杯就是，反正我们已经到了穆国境内。"

他的话语低沉柔和，就像他的人一样，听了令人便觉心安。那女子神色似乎缓和了一些，但又突然抬头，目光落向客栈门外。玄衣男子也同时转头看去。外面街道之上似乎传来急促的马蹄声，跟着便是一阵阵呼喝喧哗、惊叫哭泣，甚至有着兵刃破风的声音，仿佛发生了极大的变故。此时客栈中其他人显然尚未感觉到危险的来临，直到快马扬尘，惊乱长街，才有人面色大变，匆匆想要起身，店门却轰的一声被人用脚踹开，进来几个彪形大汉。

门前光线一闪，只见外面尚有数十名形貌各异的大汉纵马逡巡，有的手中提刀，有的马前横矛，不少人兵刃上已经沾了血迹，滴滴落在黄沙之中。傍晚寒风呼啸而过，伴着不远处声声惨哭，更显得他们人人狰狞凶悍，杀气腾腾。

送酒过来的伙计见是马贼入城，早已吓得两股战战，一双手似也不听使唤，整瓶酒洒了大半出来。这时身边忽然伸来一只手，接过他手中东西，复在他肩头轻轻一拍："酒虽普通，浪费了也可惜，坐一坐吧。"

那伙计不由自主地便往桌旁坐下，只觉一股暖洋洋的热流自肩头冲向全身，顿时便不再发抖。玄衣男子早已自行倒了杯酒，却见那满面疤痕的马贼首领将一柄弯刀嘭的一声插入饭桌当中，大声喝道："识相的交出金银财货，大爷今日饶你们不死，否则这便是下场！"说话时将手中提着的一样物事往案上一抛，旁边客人骇然看见一个血淋淋的人头，身子一软，当场昏死过去。

那玄衣女子背对他们而坐，微微皱了皱眉，眼中透出丝缕冷意。客栈掌柜久在边城，知道这伙马贼凶悍异常，动辄要人性命，立刻哆哆嗦嗦地将柜上所有银两捧了出来，一句话都不敢多说。另外几桌客人也先后将囊中金银奉上，只求保命消灾，对这些马贼的畏惧溢于言表。

众马贼放声大笑，持刀在旁监视众人。这时候又有一人走上前去交出几锭银子，刚刚回身，那马贼首领忽然喝道："慢着！把你腰中的东西交出来！"

那人顿时面色一变，却强笑着道："大王，小人身上的银两已经全部奉上，这一点行李私物，不值钱的。"他往后退了一步，手却已不由自主护在腰前。那马贼首领目露凶光，忽然暴喝一声，伸手前劈。那客人似乎早有防备，当即一个"燕子倒穿云"，拔身向后飞蹿，轻身功夫竟然不弱，同时两手前扬，半空中数点精光疾打对方面门。

"寻死！"那马贼首领出手极快，左手一扬，一片暗器竟被他皮袍尽数扫落，同时另一只手已抓住了那客人衣襟。只听哧啦一声，那客人身上落下一片黄澄澄的金粒，人却已被开膛破肚。马贼首领满手鲜血，抓了一把金粒仰头狂笑。店中所有人都骇得面如土色，这时候，突然又有道人影凌空蹿起，闪电般向着店门扑去，正是与那被杀的淘金客同行之人。店门被咯喇撞开，那人扑出门外，忽然长声惨呼跌了回来，竟然已被乱刀砍作几段，怀中亦滚出不少金粒。

众马贼闯进门来，那首领一把拔起桌上金刀，狞笑着喝道："竟敢反抗！给我杀，一个不留！"

店中顿时哭爹喊娘，惊叫一片。马贼们扑向众商客，忽听有人轻声说道："你们好吵。"半空中一丝锐啸响起，一双象牙筷从玄衣男子桌上倏地跳起，闪电般向那马贼首领射去。马贼首领眼见白光趋面，偏偏无法避开，惨叫一声倒飞出去，一只眼中鲜血长流，半边招子竟已被废。

后面几名马贼携刀扑至，一抹云袖在桌上轻轻一拂，一片白光射出。几名马贼狂吼着跌开，每人眼中都已多了一支洁白修长的象牙筷，洞穿脑颅，当场毙命。众人这次方才看清，原来出手的竟是那弱不禁风的玄衣女子，只见她抬起头来，眼中寒意缥缈，似是透出慑人的幽芒。

那马贼首领仗着功力深厚，这一招不曾送命，只痛得面目扭曲，捂着眼睛吼道："臭娘们！找死！"

那玄衣女子刹那目透寒光，衣袂微微一动，幽云般飘向他身前。她去势看似极缓，却是眨眼便到了那首领面前，冷冷地道："你找死，我便成全你。"袖中一只纤纤素手便往他面上拂去。

她身姿固然极美，那只手也是晶莹剔透，仿若美玉雕成一般。那马贼首领似乎看得呆了，竟然不知躲避。玄衣女子指尖似有晶芒亮起，马贼首领忽然间双目圆睁，面红耳赤，只见一条条细长的丝光自他眼、耳、鼻、口七窍透出，瞬间便将他头面包裹。那马贼首领以手抓面，扭动挣扎，起初还嘶嘶作声，但不过片刻，全身便都化作一团银白的光茧，悬在半空再也没了动静。

　　周围马贼个个目瞪口呆，待到反应过来，那玄衣女子旋身而起，云袖一扬，但见一片马贼当中，忽然亮起幽烁如血的光芒。一道玄色身影恍若清风流云，倏进忽退，一众马贼频频惨呼，鲜血飞溅漫空。那女子云袖之下透出夭矫灵光，每一次光华闪烁，便有马贼毙命倒地。

　　不过片刻，十余名马贼几乎全部丧命，店中一片血腥。一名商客吓得两眼发直，瘫在血泊中抱头惊呼："妖女！妖女啊！"那女子霍然回身，眸中冷芒再现，拂袖便往他头顶拍落。眼见那商客便要丧命她掌下，原本坐在桌前饮酒的玄衣男子忽然身形一动，在间不容发的瞬息架住了她的手掌。那女子袖袂一卷，数道光丝飞云般向他面门击去，跟着又是一掌拍出。

　　玄衣男子若是仰身闪避，那商客必然立时毙命，当即手臂前伸，顺势搭上她肩头向外一带。那女子身子一偏，一掌击在近旁，将一张木桌击得四分五裂。玄衣男子出手如电，却已扣住了她手腕，沉声喝道："你怎么了？"

　　那女子眼神本已有些迷乱，闻声猛地一震，抬起头来看他："你是谁？"忽然以手扶额，目露痛苦之色。原本守在街口的两名马贼抄了兵刃同时向她身后扑来。玄衣男子剑眉微轩，抱着那女子略一转身，披风下一股强劲霸道的劲气扫出。两名马贼被那劲气震飞，撞在门楣之上口角溢血，心知不是那男子对手，大喊一声双双向外疾奔，待要逃回山寨报信。

　　玄衣男子微微蹙眉，足尖一挑，已将血泊中的一柄长矛抄在手中，头也不回反手掷出。那长矛流星一般破空而去，只听得一声惨叫，矛身洞穿后面马贼背心，又自前面之人胸前透出，竟是生生将二人钉在了街心。

　　黄沙染血，寒风吹卷枯叶，不断拍打着半掩的店门。门前一对风灯半明半暗，照着满地血流蜿蜒，长街上半丝动静也无，只余一地马贼的尸首卧在血泊之中，四处弥漫着浓重的血腥。

　　这玄衣女子正是数日前离开帝都的子娆，而与她同行的男子自然便是此时这西境之主，穆王夜玄殇。夜玄殇扣住子娆手腕阻她杀人，只觉她脉息混乱，体内真气冲撞流窜，大为异常，当即一掌拍在她后心，送入一股至阳真气，随即扶她席地而坐，以自身内力助她行功。

客栈内外尸身遍地，鲜血横流，那掌柜和伙计战战兢兢地自柜上探出头来，见他二人静坐不动，身边慢慢竟有云雾轻绕，似将二人笼入幻境一般。子娆身上异芒隐隐，不断流转，而夜玄殇身后则有一道白气笔直升起，看得二人咋舌不已。一直过了小半个时辰，夜玄殇方收了玄功睁开眼睛，子娆则昏昏沉沉地倚在他怀中人事不知。

夜玄殇见子娆情况不稳，此地又多凶险，不愿再生枝节，取出几锭黄金丢给那吓得半死的掌柜，命他处理众马贼后事，复又吩咐道："你找人骑我的马走一趟十里外驻军大营，见到领军大将，便将这个交给他。"

那掌柜得了钱财，胆子稍大，又因他二人击杀马贼，保此一店平安，正是千恩万谢，这时接了他递来的东西，着眼一看，却是枚白金铸就的令牌，上面是一只仰首啸日的白额猛虎，威风凛凛，甚是慑人。那掌柜虽身在边城，倒也知道白虎乃是穆国王室的标志，不由心头暗凛，捧了金令结结巴巴地道："这位……这位爷……这……"

夜玄殇挥手道："速去速回，不得有误。"说罢抱起子娆转身上楼。那掌柜见他行止气度，已知他二人必定身份非凡，趴在地上磕了个头，匆匆交代了伙计几句，亲自骑了马往军营奔去。

夜玄殇将子娆送入客房，伸手探她脉息，不由心生担忧。日前烈风骑攻破王城时，东帝为怕子娆做出傻事，设法令她喝下三杯忘忧酒，将人交给他带离帝都。起初子娆醒后一切安然无恙，除了全然忘记跟帝都相关的事情之外，与他一路西行，谈笑如常。但不知为何，自从离开惊云山地界后，她便时常出现头疼的状况，而且似乎越来越严重，方才若非他及时出手阻止，恐怕她已气血逆行，走火入魔，酿成大祸。

夜玄殇眉心微锁，闭目静思，不知是否那忘忧酒中出了什么差池，但又知东帝对待此事分外谨慎，本身又精医道，想来并不至于用药出错。他恐怕子娆独处一室再生意外，不敢轻易离开，遂将归离剑横置膝上，在旁调息吐纳，不过一炷香时间，方才消耗的真气便已恢复。

如此五更过后，忽有大批奔马之声趋近长街，片刻便到客栈门前。长街之上似乎掀起一阵不小的骚动，隔着窗纸透进重重火把光亮，照得四周亮如白昼。再过一会儿，所有声音忽然全部消失，却有两人脚步声传上楼来，到了门前，有人沉声道："西宸宫禁卫统领虞肖、白虎军少将扶风参见殿下！"

夜玄殇起身步出，只见两名白袍将军抚剑而跪，正是虞肖、扶风二人。此时门外已见天光，整条长街上火把林立，十步一岗，五步一人，站满了金甲雪袍的白虎禁卫，一直延伸到楼梯之下，见他出来，同时执剑行礼。楼下马贼的尸体早已被清理得干干净净，就像什么事都没发生过，客栈掌柜和几个伙计一并跪在旁边，竟是头也不敢稍抬。

夜玄殇微微一笑道："原来是你们二人，我还在想边境驻军何时竟长进了，行动如此迅速。"

虞肖抬头道："今日边境不甚太平，二公子不放心殿下与公主的安全，特命我们率兵迎接，不想殿下昨日便到了边城。我们原准备连夜赶到楚国，幸好没有错过。"

夜玄殇点头道："也是我们这两日赶得急些。"

这时忽听有人娇声笑道："听说殿下昨日歼灭一伙马贼，功德无量！如今三千里楚国国土都已是殿下的了，何不派扶风将军前去剿匪，若有成效，论功行赏？"

众人眼前忽地一亮，随着这妖媚笑语，一个白衣女子飘然出现在晨光之下，黄沙地里轻衣袅袅，便似水仙含露、芙蓉笼烟，风姿美艳如若春光。门前白虎军将士虽目不斜视，但人人都觉幽香扑面，不由心猿意马。那掌柜的和伙计偷眼相看，几疑天仙下凡，如痴如醉。

扶风心知出兵剿匪是件天大的功劳，凭此至少可晋升一员上将，即刻翻身拜倒："请殿下下令，末将赴汤蹈火，在所不辞！"

夜玄殇笑了一笑，随手将他刚交回的金令丢了过去："给你五千精兵，三个月后若边城再见一个盗匪，你便将令牌并自己的脑袋一起交回来，若见成效，也有你的好处。"扶风领命退下。那女子娉婷前行，来到夜玄殇身前盈盈行礼："姝儿去将那匪窝给收拾干净了，一个没剩，所以来得迟了，殿下莫怪。前面已经备好了车马，听说九公主身子不适，不知现在怎样了？"

她方才一句话既笼络了扶风这员白虎大将，又对穆王表明一份功绩，可谓两面讨好，此时又殷殷向未来的穆国王后问安，当真是处处圆滑周到。旁边虞肖冷眼相看，不由冷哼了一声。那掌柜的却不知眼前这娇媚女子如何竟能收拾了一群凶悍的马贼，正暗自诧异，众人的目光忽然皆往夜玄殇身后看去。

夜玄殇转身回头，却见子娆不知何时走了出来，正独自一人倚门而立。面前长街上兵马如龙，她却看也未看一眼，只是抬头静静地看着遥远空蒙的天光，清冷的晨曦透过云层照落在她脸上，更显得一张玉容冷媚苍白，漠然出尘，然而那双幽澈的凤眸却又像是一泓极深极深的幽潭，里面好似装着这红尘万丈的悲伤，令人一眼望进，便再也挣脱不开。

扶风等人不由都看得呆了，原觉得白姝儿已是人间绝色，但这晨光下冷魅清寂的女子竟然毫不逊色，甚至更加令人心动。夜玄殇走到她身旁，她轻轻转头，对他道："春天了，不知琅轩宫的桃花开得怎样了。"

夜玄殇目中忧色一闪而逝，随即微笑道："想来也差不多了，过几日到了宫中，我陪你去看。"

"我们走的时候花都已经开了，你一定没留心。"子娆修长的凤眸微微荡漾，忽然露出笑容，这一笑，仿佛与先前判若两人，看得众人又是一呆，"桃花开了，我们再一起酿酒，我知道你喜欢喝，今年多存一点给你，可是你那首《桃花辞》上次只写了半阕，这回可不准赖了。"

夜玄殇看了她片刻，柔声道："好，你把酒酿得好喝一点，回头我便补给你。"

子娆抿唇而笑，似乎甚是欢喜。白姝儿在旁听他二人对答，只觉十分奇怪，目光在子娆身上转了一转，眼中露出异样的神色。

第二章 情障魔障

天明后启程西行，夜玄殇半路叫过虞肖低声吩咐了几句。虞肖领命而去，片刻之后，便有数名禁卫快马加鞭，先行离开队伍，而穆王车驾却行进缓慢，直到十日后才到达国都邯璋。

夜玄殇离宫日久，先至白虎殿召见群臣，处理政务。子娆的车驾则早有人以王后之礼前来迎接，由兰音夫人陪了先行入宫。

兰音夫人曾经是太子御东宫宠妃，当日因暗中襄助夜玄殇夺位，被峫息化身的应不负施以九针大法，险些性命不保，幸得离司相救才能恢复如常，但从此不能再诞育子女。

夜玄殇即位之后诸事动荡，无暇顾及宫中琐事，遂命兰音一并掌管，就连太子御的其他妃嫔也未曾送出宫去。兰音本便熟悉穆国王宫，兼之生性温和，善解人意，尽心维持，倒也将偌大的一个王宫打理得井井有条。夜玄殇虽然称王，却并不曾册封王后妃嫔，是以在穆宫之中，众人都以她为尊，仍旧称为夫人。

车驾入宫之后停在一座精美的宫殿之前，子娆下车抬头看去，只见一方金匾书了琅轩宫三字，朱门琼楼似曾相识，却又不知哪里有些不同。兰音见她盯着牌匾出神，温言笑道："公主，日前依殿下的吩咐，命人将琅轩宫重新修葺了一番，这牌匾也是新制换的，不知公主看着可合意？"

"哦，他总是这么细心。"子娆轻轻道了一声，问道，"那片桃林呢，还在吗？"

兰音在前引路，道："公主放心，一枝一叶都没有动，殿下特地嘱咐了呢。"说话间两人来到花苑之中，迎面便见轻红浅碧，花开万点，虽然四周寒风翳翳草木未苏，但一苑桃花却已尽数盛放，衬得金殿玉宇如在云中，一片灿烂柔和。

子娆面露笑容，向着桃林深处走去。兰音在后微微松了口气，要知穆国地处西境，花期甚迟，这满苑春色乃是穆王飞马传旨，命人自其他地方移植过来，并连日以炭火温暖宫苑，昼夜不曾间断，方催得这动人春色提前到来。而这"琅轩宫"原本是穆国王后所居的正殿，一样按照旨意改作了这般模样。

子娆漫步花间，眼前花影绰约，暗香浮动，黄昏日暮，微风徐至，最是熟悉不过的景色。她手拂花枝，徐徐前行，忽然停下脚步，蹙眉深思。印象之中，好像有人曾在花下弄箫、花间饮酒，又似乎有人曾陪她采摘最美的桃花，轻言笑语，历历在目。好像有人曾执笔作画，耐心替她完成那盏精致的桃花灯，又似乎有人和她在落花之下执子对弈，摇头笑她耍赖，语气却是那般宠溺温柔。花开花落，花满天地，一幕幕画面在脑中若隐若现，不知是真实还是幻境，真实之处如此清晰，但那人的脸却始终如梦如幻，怎样也看不分明。

子娆只觉得那记忆中的画面如此美好，拼命想要记起那人的模样，但无论怎样努力都是一片模糊。天色渐渐黯淡下来，那人的笑容越来越远，那些美好的画面也变得支离破碎。子娆手扶花枝，只觉头痛欲裂，仿佛有种令人窒息的悲伤淹没了整个世界。那笑容逐渐消失，最后一点光亮也被吞噬，一种绝望的痛苦无边无际，逼得人想要发疯。

漫天花影，忽然无风自舞。兰音本来带着宫奴侍女远远陪着子娆，此时察觉她有些不对，快步上前叫道："公主，您怎么了？"

子娆蓦地回身，一把抓住她："告诉我他是谁？为什么我什么都想不起来？什么都想不起来！"

兰音被她死死扣住肩膀，骇得脸色发白："公主，您……您说什么呢？"

子娆眼中神色渐生狂乱，忽地纵声悲啸，啸声凄凉惨烈，闻之痛彻心扉。兰音内力与她相差甚远，直被震得几欲晕厥，旁边侍女亦人人东倒西晃，乱作一团。子娆啸声甫毕，目现异芒，拂袖将兰音向外摔去。兰音惊叫一声，身子凌空飞起，眼见便要撞上旁边山石，腰间骤然一紧，落入一个坚实的怀抱。

那人救下兰音，身形急趋向前，抬手一掌拍向子娆。他出手快如闪电，正是觑准子娆旧力方消、新力未生的空隙。子娆抵挡不及，身子一晃向后倒去，那人伸手将她接住，方才松开兰音道："没事吧？"

兰音这才看清来人正是夜玄殇，惊魂甫定，颤声道："殿下，九公主……怎么会这样？"

夜玄殇面色凝重，抬手又封了子娆数处穴道，方才他那一掌看似容易，实际上乃是毕生武学精华所在，若他对子娆的武功不够了解，或是迟来一步，此时局面恐怕又如边城客栈一般。夜玄殇蹙眉不语，将子娆抱起送入寝殿，方对兰音道："你来看看吧。"

兰音嫁入东宫之前曾为医女，于医术一道颇为精通，这时定下心来，仔细查看子娆的情况，沉思片刻道："殿下，九公主近来是否服用过什么特殊的药物？现在她好像有些事情记不清楚，但又拼命想要回忆，或许就是因此，才会造成这种混乱的状况。"

夜玄殇略一斟酌，道："她的确服用过一种叫作'忘忧'的奇药，但是那药物曾经过多次试验，只会令人忘掉一些事情，本不该有这样的反应。"

兰音点头道："原来如此，这便是问题所在。殿下可想而知，人的思想意识复杂多变，有些药物虽能抹去人的记忆，但如果那记忆对一个人来说是最珍贵、最不愿丢弃的东西，那么他从心底里便会抗拒这种遗忘。这忘忧之药用于常人或许效果奇佳，甚至可以说有益无害，但九公主修习的武功中有摄魂术之类的心法，她对精神力的控制本便超乎寻常，所以当她执着于一些事情不愿忘记时，自然而然便会去抗拒那些药物的控制。她心中的执念越深，这种抗拒的力量就越强，但是对于自身的危害也就越大，再这样下去，她恐怕会承受不了，随时都有走火入魔的危险。"

夜玄殇路上其实曾经想到这一可能，此时不过是从兰音这里得到了证实，问道："依你看来，此事可有法子解决？"

兰音道："最直接的办法当然便是消除忘忧的效力，恢复她的记忆，但却不知哪里能够找到解药。"

夜玄殇摇头道："找到解药怕也于事无补，她若想起那些事情，恐怕结果和现在不会有太大的区别。"

兰音有些奇怪，却没有多问什么，只是想了想道："殿下若有此担心，那便只剩一个法子，就是废了九公主的武功。因为只有如此，她才无力反抗忘忧的药效，在殿下的保护中，或许可以无忧无虑地度过一生。"

夜玄殇走到床畔，低头凝视帐中女子沉睡的容颜，稍后方道："如果这样，那么她从此便不再是子娆了。"

兰音轻声道："殿下以为，现在的九公主还是以前的九公主吗？"夜玄殇剑眉微动，转头看她。兰音迟疑了一下，道："以前我虽与九公主只有数面之缘，但心中对她却一直极是羡慕，更加钦佩尊敬。世间女子美貌者虽多，更不乏聪慧之人，但能如她一般自在不拘、恣肆快意的却少之又少。当初我为太子御所辱，若非九公主教我莫管他人言语，且问己心是否无悔，我恐怕也没有勇气活到现在。可是今日见到九公主，却感觉她不再是当初的样子……"

她没有把话说完，夜玄殇却已知道她要说什么。此时的子娆已经不是那个恣意如风的女子，那三杯忘忧断了前尘情缘，那么从此她便不再是她，这一路相处他早已清楚。

"这件事，或许我从一开始便错了。"他深邃明亮的双眸被灯火浸染，一片明灭不息的光影，语气中既是担忧怜惜，亦是淡淡感慨。

兰音站在他身后，不由无声轻叹。同为女子，或许此时她已经察觉到子娆心中执着的究竟是什么。这世间除了情之一字，还有什么能让这样一个女子有着如此深切的执念，宁愿痛苦至此，也始终不肯相忘？情可以令人生，令人死，但其实生与死永远也不能分开真正的眷恋与痴情。忘忧忘情，这世上又有什么良药，能斩断三千情丝烦恼？情之痛苦忧伤又何须斩断，何须忘却？

或许对于相爱之人来说，忘却本身才是最深切的痛苦。

兰音看向夜玄殇，没再多说什么，只是低头悄然退出。她是一个聪明的女人，知道现在他已不需要更多的建议和陪伴，一个聪明的女人永远知道什么时候应该沉默，什么时候应该离开。但兰音走出寝殿的时候并没有看见，此时月下廊前有个白衣女子正隔窗相望。她的目光透过灯火，落在专注于帐中红颜的玄衣男子的身上，颇具心机的美目映着月色，竟也有着一丝莫名的怅然。

这女子正是如今手掌穆国半边朝堂，甚至能够操控西境北域的自在堂主白姝儿，见兰音向外走来，她微微侧目，身形一闪，消失在黑暗之中。

白姝儿离开琅轩宫，独自踏月而出，回想方才夜玄殇凝视子娆时的神情，心中百味杂陈，竟连自己也说不出是什么感觉。想来忌妒也非忌妒，怨恨也非怨恨，她虽与子娆一向不合，但却知夜玄殇与之关系非常，从不轻易犯此忌讳，只是如今见他这样全心全意对待一个女子，而那女子执着痴狂却非为他，不由便觉莫名烦乱。

白姝儿回到住处，喝退了前来燃灯的侍女，独自入内，闭目倚在锦榻之上。暗室之中，忽听有人说道："看来白堂主今日心绪不佳，倒是少见呢。"

白姝儿微微一惊，方才心思烦乱，竟未发觉室中有人。那人说话之时，她虽仍保持半卧的姿势，身子倏然掠起，飘入帷幔之中。那人忽地向后一闪，躲开她暗藏内劲的双袖，微微冷笑。白姝儿抬眸看去："是你？"

暗影中一个紫衣女子走了出来，面上隔着淡淡轻纱，透着月光有种妖艳诡异的气质。白姝儿打量她一眼，道："恭喜夫人，这么短的时间，居然已经恢复了武功。"

那女子自然便是媜夫人，淡淡地道："也就这样了，这副身子资质有限，马马虎虎能防身便是，否则方才还不伤在了白堂主袖下？"

白姝儿笑道："早知是夫人驾临，姝儿自然洒扫以待。却不知夫人千里迢迢来穆国找我，所为何事？"

媜夫人移步上前："听说夜玄殇从帝都带了那丫头回来，她可是什么都不记得了？"

白姝儿妙眸稍转，道："此事夫人如何知晓？"

媜夫人冷笑道："这有什么，那东帝费尽心机想保她平安如意，临死之前用忘忧酒抹去了她所有记忆，要她此生死心塌地地跟定夜玄殇，做个便宜王后，这番心思瞒得过别人，却瞒不过我。"

白姝儿心下揣摩她的来意，道："我正想请问夫人，帝都出了那般惊天动地的变故，莫非东帝与少原君当真同归于尽了？"

月光斜照入室，媜夫人面色笼在轻纱薄影之中，透着丝丝冷然："你以为就凭他们，还能在九转玲珑阵中死里逃生？那东帝再怎么厉害，也毕竟不是巫族之人，王族即便知道九转灵石的秘密，也不及我巫族能以奇术通天彻地。他当初收集灵石，本就做了与那皇非同归于尽的打算，不过他也算是精明到家，以自己将死之身，换皇非一条性命，给那丫头留一个太平江山，真真是稳赢不输，只赚不赔。哼！我偏偏就不让他如愿，必要让他死不瞑目，叫那丫头生不如死！"

她目中瞬间透出幽庾的光泽，纵以白姝儿之心狠手辣，见了也不由一惊，试探道："事已至此，步步如他所料，九公主这个王后也已经做定了，夫人还能怎样？"

媜夫人自怀中取出一样东西，交给她道："此番便宜了你，把这东西给那丫头服下，她自会记起所有事情。到时候知道她那王兄早已灰飞烟灭，她必是痛不欲生，这个穆国王后是万万不会再当下去，那这王后的宝座便也非你莫属。你还不好好谢我？"

白姝儿见她手中托着一粒鸽蛋大小、晶莹剔透的药丸，并不伸手去接，笑道："原来夫人为此而来，这件事的风险可不小，若是一不留神让穆王殿下知道，我的麻烦可就大了。不知夫人有什么好处可以叫人考虑？"

媜夫人面上轻纱微微一动："难道穆国王后的宝座还不足以令你动心？"

白姝儿媚声轻笑，徐徐步到一旁坐下："夫人未免也太小看姝儿了，这王后宝座我若真想要，稍费心思必然得手，只不过这般要来，穆王的心却还在他人身上，又有什么意思？我白姝儿虽喜欢这个男人，肯替他费心费力，经营谋划，但是这种事，也要两相情愿才好。"

婠夫人似是初次见她一样，将她上下打量了一番。她非但恨极东帝与子娆，实际心中对夜玄殇也怨念颇深，原本想借白姝儿之手让他三人各不安宁，却也知这女人精明厉害，不好敷衍，遂道："我没兴趣管你和穆王的事，你开条件吧。"

　　白姝儿笑道："夫人痛快。我与夫人也算有缘，日后同舟共济，很多事还要多多倚仗，自然也不会令夫人太过为难。"

　　婠夫人扫了她一眼道："彼此，只要日后你不撺掇着穆王兵犯北域，我便多谢你了。"

　　白姝儿掩唇娇笑："看来还是瑄离会做人，这么快便哄得夫人高兴，一心偏向着他了。"

　　婠夫人道："他现在满心都是那楚国公主，哪里还有时间想其他事！"

　　"那岂不正合夫人心意？"白姝儿眸光飘盈，笑意如旧，"夫人放心好了，穆国就算想要进攻北域，也得有几年休养生息的日子，等到穆国兵强马壮了，北域也必然今非昔比，我还怕夫人和瑄离联起手来，穆国反倒麻烦呢。"

　　婠夫人野心甚大，此时借瑄离、含夕之势立足北域，犹不满足，白姝儿所说之话她并非没有想过，只是目前暂时无力南犯，当下不动声色，道："到底怎样你才肯替我完成此事？"

　　白姝儿道："我的条件其实也很简单，只要夫人将那九转玲珑阵的秘密说于我听，我定当替夫人稳稳妥妥地办好这件事。"

　　婠夫人皱眉道："你问这个干什么？"

　　白姝儿道："方才听夫人所言，似乎那九转玲珑阵别有玄机。夫人知道，那皇非乃是我毕生死敌，我可不想他有任何生还的机会，所以这事我必得问个清楚。夫人之前有所顾忌不肯吐露秘密，现在却也无妨了吧。"

　　婠夫人道："若是因为这个，那你完全不必担心，九转玲珑阵虽另有玄机，但只要我不动手，他们便唯有死路一条，就算误打误撞，生还的机会也不过万万分之一。"

　　"哦？"白姝儿倾身相问，"这么说来，那阵法果然还可能有变数？我就说东帝怎的如此行事，万万分之一也是机会，夫人可否把话说清楚？"

　　婠夫人于此事上和她立场一致，倒也无须隐瞒，道："告诉你也无妨，九转灵石乃是上古神物，其中固蕴莫测之威，足以毁天灭地，但阴阳流转，虚实轮替，绝境之中必有一点生机可寻。所以当初玄女虽舍身化道，护卫人间免于天劫，但一缕精魂始终不灭，后经白帝以六道生气养护，最终魂返三界，二人修仙悟道，共登仙途。灵石传说虽然人尽皆知，但清楚其中本末的却唯有我巫族长老。"

白姝儿道："如此说来，这九转灵石的秘密就连王族也不尽知晓了？"

媚夫人冷冷地道："哼！近百年来巫族数次遭王族迫害，最终连《巫典》也落入他们手中，但却始终未曾吐露这秘密。这每一串九转灵石都能够单独发动阵法，得其法要，便可移魂换魄，往生返死，若是九石齐集，甚至可以将人送至十方三界、万年虚空之外，而使魂魄得以续存。那东帝说来也算不凡，想必是自《巫典》中参窥此中道理，方才想出以九转玲珑阵对付皇非的计策，若是天意万幸，他自己或者能有一线生机。不过可惜，我会让他魂飞魄散，绝难再返人间。"

"九转灵石竟有如此奇效，倒当真出人意料。"白姝儿越听越觉惊奇，思量片刻道，"那夫人的意思是，有办法彻底断绝后患，让东帝和少原君绝无生机？"

媚夫人冷笑道："他二人怕是本也没有那么好运，无人施术引导，能在那千万轮回之中撞到那一线活路。"

白姝儿立刻道："但事有万一，还是稳妥些好。夫人若知法门，可否告诉姝儿，让姝儿亲自动手，送那少原君魂归他界，以雪心头之恨？"

媚夫人转身走向窗前，略加斟酌，回头道："此事倒也不难，我若成全你，你需替我办妥忘忧酒之事。"

白姝儿道："那是自然，姝儿可与夫人立誓为约。"

媚夫人点头道："好，一言为定。"两人月下击掌为誓。媚夫人随后道，"你要办此事，便还得着落在九转灵石上。九转玲珑阵发动后灵石重散人间，你若能寻到其中两串，我授你法诀，且送他二人往生去吧。"说着附耳低语，将那施术关要详细指点。

白姝儿留神倾听，牢记在心，待她说完，笑道："巫族奇术果真厉害，想这二人纵横天下，一世英雄，如今可统统栽在了夫人手中。王族八百年风光无限，那东帝料尽生前身后事，万无一失，却料不到最终却是替夫人做了嫁衣。"

媚夫人被她奉承得舒心，露出笑容，但语气仍旧冰冷："若非那丫头不争气，为一个男人神魂颠倒，天下此时已在我掌握之中。哼！早知她如此难成大器，当初便不该留她！"

白姝儿心知子娆身世必然有异，却也想不到如今的九公主实际乃是太后凤妧的女儿，所以媚夫人对她怨恨极深，必要令她和东帝二人痛苦终生才甘心，道："无论如何，最后的赢家总是夫人。依夫人所言，这灵石阵法诀逆行为死，倘若倒转方位则为生路了？"

她问得随意，媚夫人也随口道："那是自然，现在他们生生死死，已都掌握在你手中，你满意了吧？"

白姝儿美眸之中光影闪动，跟着盈盈施礼，轻笑道："多谢夫人成全，九公主那件事夫人就交给我吧，姝儿一定替你做到。"

第三章 再世为人

媚夫人走后，白姝儿手握那忘忧酒的解药坐在黑暗之中独自思量，心中念头百转，一时犹豫不决。此时琅轩宫中，夜玄殇倾大半功力暂时封锁了子娆经脉中的真气，令她短时间内无法动用真气，以减轻忘忧酒所带来的副作用。这办法虽一时有效，但极耗内力，一番行功下来，已是月上中天，漏夜三更。

夜玄殇确定子娆暂且无事，独自静坐调息，真气流转三周天后，精神略复，睁开眼睛看向屋宇，随即起身步出殿外。方到阶下，头顶忽然一声风响，似有什么东西坠了下来，他随手一抬抄个酒坛，跟着身形拔起，一掠数丈，轻飘飘落上屋脊。

大殿金光闪闪的鱼鳞碧瓦上，彦翎正仰面躺在最高处，一边往嘴里倒酒一边道："哟，不错，还能上来。我还以为这两个时辰够你受的，再来上这么几次，怕是就得把命豁出去给人家了。"

夜玄殇提着酒坛走到他身边坐下，一掌拍开泥封，仰头狂饮，一口气喝了大半坛酒方才停下，大赞一声痛快，似是借着酒劲已将胸中郁闷就此抒发。彦翎斜眼觑他神色，道："喂，你到底要怎样，我都听到了，这么下去可不是办法。"

"错已铸成，还能怎样？东帝这次料错，我这次也想错，子娆便是子娆，她不会听从任何人的安排，活要清楚明白，死也要清楚明白，这便是她。"夜玄殇和他一样仰面躺倒在琉璃瓦上，闭上眼睛，"明日我便派出所有人手去寻忘忧酒的解药，这段时间暂时封锁她的内力，应该不会有太大问题。"

彦翎道："帝都现在成了个大坑，到处都是熔岩地火，周边却是一片湖泽洪流，你到哪里找解药去？"

夜玄殇道："有一个人或许知道，只是要找她未必那么容易。"

彦翎转头道："什么人？"

夜玄殇将婠夫人之事简单一说，忘忧之药既然出自巫族，那这世上还可能知道解药方法的，便也只有她。彦翎详细问了几个细节，想了一会儿道："算了，小爷拼着重伤初愈，还是替你走一趟吧，这世上恐怕还没有我彦翎找不到的人，你那些侍卫亲兵什么的，不如省省吧。"

明月当空，照在夜玄殇英挺冷峻的侧颜上，勾勒出一重深邃的轮廓，似乎有着属于君王的沉凝与稳重，却少了少年时的飞扬跳脱、快意江湖。彦翎皱了皱眉，忍不住道："我现在真是看着你就有气，越看越不顺眼！"谁知夜玄殇懒洋洋地睁开眼睛，半晌说了句："我懒得动，你若闲得慌，不如再下去拿几坛酒？"

帮忙寻药之事，两人竟是谁也没有再提，也无称谢，也无客套，仿佛根本再寻常不过。彦翎翻了个白眼重新躺下："这是你家，自己去拿。"

夜玄殇仰望当空明月，道："既是我家，你方才两坛酒又是哪里来的？"

彦翎道："反正你喜欢做冤大头，便宜了别人不如便宜我。"

夜玄殇忽然挑唇轻笑，月华金辉倾洒在他眼中，如一片波光粼粼的海浪，一眼望不到底处："放心，无论如何，冤大头我绝对不做，那个人若是不守信，他知道我不会让他安生。"

彦翎乜斜他道："真见鬼了，你到底和东帝约定了何事？怎么你就心甘情愿地揽下所有麻烦，又没半点好处？"

当世恐怕唯此一人，会在穆王面前说出这样的话。夜玄殇唇弧上扬，笑而不答，起身道："没酒喝那我去睡了，一个月后找你要解药，莫要忘了！"说着也不见他如何动作，一晃飘下金殿。

彦翎弹起身来叫道："一个月时间，你要小爷的命啊！"正说着，一重黑影迎面罩下，夜玄殇的声音远远传来："你若想睡屋顶，送给你御寒。"竟是他随手将王袍丢了过来。

彦翎一把接住，里面有样东西撞在胸口生疼，入手一看，却是穆王白虎金令，凭此令牌至少在楚穆境内可以随时调动一切兵马。彦翎切了一声，顺势躺倒，那王袍落下蒙在脸上："小爷又不是你，怎用得着这玩意，多余！"

话音未落，忽听有人在耳边笑道："你不要送给我。"彦翎吓了一跳，竟不知有人到了身旁，猛地翻身跃起，却见月光下白姝儿以袖掩唇，笑得花枝乱颤。彦翎松了口气，拍着胸口道："美人堂主，你从哪里冒出来的？夜玄殇那小子刚走，你是来找他的吗？"

白姝儿来到他身边，妙目盈盈一转："我不找他，找你。"

彦翎挠头，指着自己鼻子道："找我？那个……话说我现在也算有家室的人了，这深更半夜的，遇着堂主这样的绝色佳人，可叫人为难得很呢……"

"呸！"未等他说完，白姝儿含笑啐，"小滑头少贫嘴，莫非你还想占我的便宜？"跟着笑眸流转，软声道，"我是想求彦翎彦少侠办件事，却不知道少侠肯不肯帮忙？"

彦翎不由抬手摸了摸鼻子："美人堂主你手段高明，突然这么客气，想必不是什么好事。咱们大家半斤八两，你办不到的事，莫非我还能多出什么办法不成？"

白姝儿斜目嗔道："闲话少说，你就说帮是不帮？"

彦翎耸肩道："帮，你若开口，赴汤蹈火也得帮，说吧，究竟什么事？"

"就知道你肯帮我。"白姝儿展颜一笑，向下瞄了一眼道，"听说殿下带了九公主回来。"

彦翎忽然打断她道："慢着，别的事便罢，我劝你千万莫要打九公主的主意，夜玄殇待她怎样，咱们心知肚明，什么事都好说，唯有这事万万不可。"

白姝儿横了他一眼道："你当我白姝儿是那些没见识的蠢女人吗？她虽与我不睦，但若杀了她，殿下只会恨我入骨，于我又有什么好处？"

彦翎又伸手挠头："那你要做什么？莫非还替他俩牵线搭桥，撮合姻缘不成？"

白姝儿冷哼一声道："将自己喜欢的男人拱手让人，我可也没那么温良贤淑。一个女人若遇到喜欢的男人却还替他寻妻纳妾，那更是蠢到了家。"

彦翎越发不解，道："抢也不抢，让也不让，你究竟要如何？"

白姝儿手一扬，迎面丢给他一面软帕："里面是忘忧酒的解药，收好了。我替你免了奔波之苦，你帮我找样东西。"

彦翎抬手接住，乍闻药香，便知不凡，再见那软帕中包着半粒莹润如玉的药丸，既惊且喜，叫道："你怎么会有忘忧酒的解药？我正后悔答应了那小子一件麻烦事，谁知得来全不费工夫！"

白姝儿悠悠道："别高兴得太早，这只是半粒解药，剩下半粒你得拿一串九转灵石来换，只给你半个月期限，不算吃亏吧。"

彦翎顿时垮下脸来。白姝儿却不待他说话，抽身后退："就这么说定了，我等你的好消息！"彦翎看着她曼妙的身影消失在月夜之下，愣了半天，道："女人心，海底针，到底搞什么名堂？不就是一串灵石嘛，难得倒我金媒彦翎？用不了十天，定让你大吃一惊！"说着他一个筋斗，翻下殿脊而去。

明月千里，江山如洗。金殿之下，灯火深处，眉目清艳的女子静卧帐中，浑不知外面发生了什么事情。曾经有一人，为这安宁的笑容舍却了九域四海，为了她一生平安，情愿历尽千劫万难。九州遽变，王域尽毁，这天下风云因她而暂息，但是现在，却又是否会因她掀起更大的波澜？

花开灿烂，花落无声，数日时间转瞬即过，当穆国大地终于迎来春日的气息时，琅轩宫的桃花却日渐凋零，随着淡淡微风，落满玉湖红楼。

桥上落花纷纭如雾，兰音带着宫中侍女徐步前行，一时停步桥畔，看着满苑落花出神，直到身后侍女轻声提醒，她才轻声叹了口气，转过身道："把药给我，你们退下吧。"

楼中窗畔，子娆正对镜而坐，拿了玉梳轻轻理着流瀑般的长发。数点飞花吹过发间，落上衣襟，那镜中魅冶的容颜也仿佛多了几分柔媚旖旎，浑不似昔日清澈肆意的模样。就这短短数日，她便像全然换个人，如今穆王宫中侍女宫人无不私下议论，只道这未来的王后非但容貌绝色，性子亦极是安静，跟传说中那妖冶祸国的王族公主相去甚远，无怪穆王殿下对她千依百顺，事事以她为重。

脚步声自后传来，子娆抬头看见镜中人影，微微一愣，梳头的手便也停顿下来。兰音端着金盘拂帘而入，笑道："公主，这是殿下特地嘱咐人替公主做的灵芝进补汤，最是补气安神，现在刚刚炖好，公主趁热喝了吧。"

子娆神情倦倦，对着镜子若有所思，过了一会儿，方才转头看她，柔声问道："他去哪里了？"

兰音一边端药一边道："殿下今日和卫将军他们去了校场，想来这时候也快回来了。"

子娆点了点头，抬手接过玉盏，只觉一股异香扑鼻，蹙眉道："好浓的味道。"

兰音含笑道："我在其中加了几味特殊的药材，这样灵芝才没有涩味。公主若不喜欢，下次我再换样别的药膳来，但这灵芝对公主的身子极是有益，公主多少用一点。"

她笑语殷殷，温柔周到，子娆虽不甚喜这汤药的气味，倒也不好拂她心意，遂慢慢将药饮尽。兰音在旁看着，似乎暗中松了口气，轻声道："公主这些日子病着，殿下十分担心，如今看着虽有好转，还是得用心调理才是。"

子娆喝了灵芝汤，不知为何心中烦闷欲呕，听她说话也只是微微点了点头，修眉微锁，颇见倦容。兰音见她合上眼睛，便收拾东西悄然退出室外，转过九曲回廊，忽见湖畔树下立着一人，玄衣轻鬈，雍容冷峻，风中落红如雨，却令他深沉的眸心多了几分柔和。兰音走近前去，屈膝叫了声"殿下"，夜玄殇收回望着小楼的目光，道："怎样了？"

兰音道："药已经喝了，但不知何时会有效。"夜玄殇微微点头，这时楼上垂帘晃动，却见子娆步出门来，独自往桃花林中走去。

原来这些日子夜玄殇连续耗费内力，暂时封锁了子娆体内真气，一时才没有再出意外。彦翎平日虽吊儿郎当惹祸误事，但关键时候却也显出了首席金媒的真正本事，那日与白姝儿商定之后，当即施展全部手段，不到半月，果然被他寻到了当初九转玲珑阵中散落的幽灵石，遂交予白姝儿，换来了忘忧酒全部的解药。兰音方才端给子娆的灵芝汤中正是多加了这一味药，为怕子娆察觉，才特地将味道调制得极其浓郁。

子娆服过药后，身子颇觉不适，原想倚榻小憩片刻，不料躺下之后，心思却越来越觉清明。窗外落花随风而入，落得半榻轻红，点点如血。对面铜镜之中人影绰绰，青丝潋滟，恍若流水。那一夜落花满地，星雨满天，曾有人站在自己身后，笑语温润，抬手替她绾发，赞她美貌无双。那萧疏的身影、清冷的眉目、多情的目光，比月色更美，她渐渐看得清晰，看清他的模样，那曾经朝夕陪伴、神魂相依的男子。

满苑风花迎面扑来，子娆迷蒙的眸中隐约有光影浮动，便像重云徐开，星月隐现。她扶着锦榻慢慢站起身来，痴痴凝视着镜中朦胧的幻影。窗外桃花如雨，时光仿佛回到那夜，花间月下，不改的誓言。他娶她为妻，亲口承诺永不分离，嫁衣娇艳，红装如玉，这一切是否都是梦境？

子娆转过头，神情渐渐生出变化，似乎欢喜至极，却又悲哀至极。忽然间，她越过重重回廊，快步向着桃林走去。

桃花落，满襟怀，春风拂面过，楼台却是空。子娆的脚步越来越快，仿佛在寻找什么，那些曾有的画面，曾有的记忆，曾经的良辰美景、海誓山盟。但她渐渐发现，这片桃林分明已不是记忆中的那片美好的景色，随着花雨重落，心中有些念头纷沓而至，那一室红烛焕彩，最终化作惊云山前回首相望、重宇之上血红的云光。

子娆，哪怕天地尽毁，我也会护你一生平安。

天地尽毁，情缘成灰，策天殿上，是谁拨乱了棋局，用这苍天血色换她一世平静欢喜？是谁奇谋诡策，用这八百年辉煌，送她一场江山如画？

那冲涌而来的记忆，仿佛含着尖锐的冰凌、锋利的石刀，毫不留情地冲向心间。子娆只觉得痛，痛得连呼吸都不能，一手扶着花亭，眼中仿佛有晶莹破碎，飘落风中，那泪光之下，是低声的轻喃：“不可能，子昊，你不会这样骗我，我不信，我不相信……”

她忽然掠出亭外，在花林之中四处寻找，凄然叫道：“子昊！你出来！你不要以为这样就骗得过我，你出来！你答应过我，永远不会离开我，生生死死都会和我在一起！你若骗我，我不会原谅你！”

兰音遥遥看着，不由往前走了两步：“殿下，要不要过去看看？”

夜玄殇抬手拦住了她，沉默摇头，片刻后道：“我既然违背誓约，重新将命运交还给她，所有一切都会尊重她的决定。"

兰音回头道："可是……万一九公主想不开，做出傻事怎么办？"

此时子娆遍寻花林不见人踪，转身向外寻去，在侍卫宫女诧异的目光中，她飘身落上墙头，身影一晃，便消失在漠漠云空之下。夜玄殇遥望晴日万里，空林花落，忽而轻轻一笑，道："兰音，你可相信苍天自有成人之美，终会眷顾痴情之人？"

兰音愣了一会儿，抬头看他，问道："殿下，您……您当真一点不后悔吗？"

夜玄殇长长地舒了口气，飒然而笑："苍天有情，人岂无情？但我宁愿要一个清醒明白的知己，也不愿要一个糊涂无知的妻子，成人之美，其实更多时候是成全自己。"

兰音低头沉思，片刻之后，唇畔亦露出一丝淡淡的微笑，合十向天，轻声说道："是啊，成全他人，便是成全自己，但愿苍天有眼，护佑天下痴情儿女，能够终成眷属。"

第四章　慧剑断情

烈日，流火，熔岩。

放眼前方，大地荒芜，寸草不生，唯有一片片嶙峋嵯峨的岩石高低起伏，散发着令人窒息的热气。整个王域都似被这蒸腾的雾气笼罩，不知尽头，亦无去路。

白姝儿掠上一块半丈多高的山岩，举目四望，不由暗暗咋舌，不想这九转玲珑阵一旦发动，后果恐怖至此。如今这王域大地处处都是裂谷断崖，参差狰狞，里面不是万丈深渊，便是熔岩滚滚，曾经的宏伟王城早已不见，只剩下一片死寂的荒域。这番情景，莫说是两人血肉之躯，便是大罗金仙怕也要灰飞烟灭，说是毁天灭地当真一点都不夸张。

白姝儿仗着内功精纯，在这火流峡谷之中赶了大半天路，此时亦觉有点吃不消，寻了个安全地方稍加歇息，方才往当初王城中心策天殿所在的方向赶去。路上深谷险壑，颇为难行，如此又行了大半个时辰，忽见一刃绝壁之上红云隐隐，如锦如霞，在这绝域死地之中迎风灿烁，格外醒目。白姝儿仔细看去，原来那上面竟生着一片无边无际的桃林，此时万花盛放，飘浮云间，端的是美不胜收，令人眼前一亮。她知道这或许便是媠夫人所说的阵法生门所在，才因一缕生机遗下此等奇景，不由心下微喜，刚刚掠至崖下，迎面山岩之后突然转出个白衣女子，拦住去路："白姝儿？"

白姝儿一见那人，当即停住脚步，笑道："谢天谢地，我等了多日未收到回信，还以为王后娘娘不肯来呢。若是如此，那我便只好先顾着少原君，可顾不得东帝了。"

那白衣女子正是王域毁灭之前，被子昊连同王师调去洗马谷，从而逃过一劫的且兰，此时她一身素缟，玉容消瘦，唯有一双星眸仍旧透着沉静美丽的光芒，显示出聪慧柔韧的性格。她转过岩石，上前问道："你派人传信于我究竟是什么意思，信中所言又是从何得知？"

白姝儿亦前行数步，越过脚下腾腾雾气，来到山崖之前，道："我不过是查知九转灵石中的月华石在帝都被毁之后重归旧主，所以才传书相请，否则我手中这一串幽灵石，可没法子既送少原君往生，又救得东帝还阳。"先前她自媠夫人那里得知阵法关要之后，与彦翎分头寻找九转灵石的下落，彦翎寻到那幽灵石，她亦同时查到月华石重新回到了且兰手中，是以修书传信，约她来此相见。且兰素知此女诡计多端，原本将信将疑，但又恐一旦她所言是真，错失良机，几经掂酌，最终还是瞒着众人孤身前来，此时听她这般言辞，心中只觉突突乱跳，跟着追问道："你的意思当真是说，九转灵石……可以救他复生？"

白姝儿看了看四周这幅景象，道："你先别高兴，最终灵是不灵我可不敢打包票。总之我从巫族那里得到这消息还算可靠，所以无论如何也要赶来试试，说不定老天保佑，叫我们做成了这件事。再者为万无一失，我也需要精通奇门阵法的人从旁相助，确定此地生死之门、九宫方位，免得弄出差错，想来想去，自然是王后娘娘最为合适。"

且兰面上流露惊喜，但略一思忖，复又问道："你要皇非死，我并不奇怪，但你为何却要救东帝？要知你当初害得王族与楚国反目，他若活着，可是对你绝无好处。"

白姝儿幽幽地叹了口气道："现在王族没都没了，还说这些干吗？我这么做也不过是为自己打算，东帝若真的死了，那九公主便做定了穆国王后，现在我想办法成全他二人一段姻缘，让他与心上人共结连理，纵不感激我，我也能得偿所愿，又有什么不好？"

且兰蹙眉道："你说什么？东帝与九公主二人可是兄妹，怎能共结连理？"

白姝儿唇角一扬，漫不经心地道："兄妹又如何？这种事情你情我愿，天地不管，上古伏羲大神与女娲大神也是兄妹，结为夫妻又有谁敢说半个不字？那东帝与九公主一个为卿赴死，一个为君痴狂，我看倒是天生一对、地造一双。更何况，那九公主的身世似是有些古怪，究竟她是不是王族之人可真不好说……"说到此处忽然猛地记起且兰的身份，哎呀一声，心叫不妙。想且兰本是雍朝王后，自然情系东帝，心归意属，若知自己的丈夫所爱另有其人，纵不恼怒怨恨，也必然伤心难过，这月华石借还是不借，便成了问题。

　　白姝儿想到此处，不由暗怪自己大意，一时竟没留心此节。且兰因这一番话惊诧莫名，但心念稍转，却隐隐感觉白姝儿所言非虚。这念头一起，回想东帝与九公主相处之时种种情景，竟当真是柔情蜜意，两心相悦。只是在此之前非但是她，恐怕任何人都没往这方面想过，在众人眼中无论发生何事，也不过是东帝宠爱王妹，而九公主眷恋兄长而已。

　　且兰胸口微微起伏，显然心绪激荡难平。面前桃花如云，在眼前渐渐模糊，此时此刻她才知道，难怪子昊大婚之后始终不曾与她圆房，亦从来不曾召幸含夕。本以为他旧疾缠绵，病体未愈，如今却蓦然醒悟，原来那些温存柔情皆非真心，他一人一心早有所恋，竟是从未给他人留过半分立足之地。九公主虽与他聚少离多，但只要人在帝都，他便常常去流云宫一待便是整夜，又或是她在长明宫陪伴君侧，彻夜不归。且兰并不知自己与王族的真正关系，心中一时气苦。白姝儿见她面色发白，身子摇晃，伸手扶道："王后娘娘……"

　　且兰将手一抽，低声道："'王后娘娘'这四个字，请你以后莫要再叫了。"

　　白姝儿纵使聪明伶俐，此时却也不知该说什么，只盼她莫要一时想不开，否则一时半会儿到哪里再去找一串灵石出来？不料片刻之后，且兰情绪稍复，抬头道："走吧！"

　　白姝儿不知她什么意思，道："阵法生门所在可能是崖上那片桃林。"且兰也不说话，只是点了点头，当先而去。白姝儿随后同行，只见她神情落落，沉默不语，一双秀眸微微发红，显然有些神思不属，虽有心劝慰几句，又怕言多必失，还是先上山再做打算。

　　那山崖看似不远，实际深峡凌空，极为险峻。两人仗着轻功卓绝，倒也有惊无险，快到崖顶时，前方已无落足之处，白姝儿飞袖上扬，卷中伸出崖边的桃树，身子一轻，便如白云般荡起丈余，飘然落下，随即左袖卷住树干，复将右袖送出。且兰在她袖上微微借力，便也落至崖顶，放眼一望，但见浮云缈缈，江山尽在眼下，心胸霍然一清，过了片刻，不由轻轻叹了口气。

　　起初听白姝儿说起子昊与子娪之间的情愫，且兰心中虽不说是惊涛翻涌，却也的确极为伤心，但这一路上山，心绪渐平，此时身在绝顶，竟突然有种身心俱轻的感觉，仿佛有些东西终于可以放下，再也没有什么能够束缚自己。

眼前云在青天，沧海在怀，她蓦然而知对于子昊的这份感情，原来一直都是自己心中最沉重的负担。从开始到分离，她钦佩他、迷恋他、倚靠他，明知永远都得不到，却可能永远都放不开。

爱别离，求不得。人生之苦莫过于此，然而这些痛苦究竟是源自他人，还是自己难以平静的内心？

那一段烽火连天的岁月，他用微笑俘虏了她，其实也早已亲手替她打开了感情的枷锁。他在生命的最后一日将整个王族的力量交给她，他没有留给她花前月下的想念，却给了她更加宝贵的东西，那些智慧与武功、眼光与机遇，足以让她在今后的海阔天空中任意翱翔。

何谓无情？何谓有情？

他或许是天下最无情的君王，却亦是天下最深情的男子。或许他比世上任何一人都懂她，懂她真正需要的是什么，想要的又是什么。

且兰眼中忽然悄悄流下泪来。白姝儿在旁看着，终于忍不住道："其实东帝虽对九公主有情，但心中未必就没有你，他昔日对九夷族的维护，也当真可谓仁至义尽。"

且兰闭上眼睛，轻轻摇头道："你不知道，他不是皇非，亦不是穆王，像他那样的男子，若是心中有了一个人，就绝不会再容下第二人了。九公主何其幸运，能令他倾心相待。"

白姝儿凝眸打量且兰，见她虽面带泪痕，颇见憔悴，但一身雪衣清雅，丽容无俦，当真也是人间绝色，不可多见，不由叹道："说实话，我还真不知你有哪里不如那九公主。不过这种事谁也勉强不来，说来总是缘分，你也别太过难受。"

谁知且兰微微一笑，转过头道："我自然不比九公主差，只不过姻缘定数，那人并不是我的真命天子，他既无心我便休，这一点，我还看得开。"

微风之中，那美丽自信的容颜看得白姝儿一愣，片刻后她扬眉笑道："早听说昔日九夷女王乃是女中丈夫，如今见其后人便知一二。当世女子恐怕无人能有这般胸怀气度，我白姝儿向来不太服人，今日倒是要说一声佩服。"

且兰淡淡地道："人生苦短，每个人都有自己的福缘，他若能与心上人得偿所愿，我纵然与他无缘，但替他高兴，便也是自己的福分。"

白姝儿美目转了一转，笑而不言。其实在她心中，若是当真爱上一个男子，那定要千方百计与他在一起才好，即便他另有所爱，她也必要设法让他爱上自己。只是她心机颇深，知道此时在且兰面前，这话是万万说不得，便笑道："那我才是真正放心了，时间不早了，我们不如先寻阵法方位吧。"

且兰点头答应，二人随即往桃林中行去。且兰此时定下神来，心中默算，确定这桃林果真便是阵法生门。白姝儿将婠夫人提点的两个方位说出，且兰本是仲晏子入室弟子，又曾经子昊悉心教导，于奇门五行之术已是颇为精通，当下依先天八卦推算六十四方位，先寻出了阵法上离下坎的"未济"之位，指着一处山岩道："便是这里了。"

白姝儿依言掠上那处岩石，方一落足，便觉周围似有某种气流冲涌，若有若无，玄妙难言，心中不禁暗暗称奇，将那幽灵石取出道："以灵石封印此处，断了生息之途，任那皇非再有通天本事，也不可能生还此世。"

且兰想皇非昔日也曾于自己有恩，两人同门一场，并非毫无情义，如今要亲手送断他生路，心中倒颇为不忍。白姝儿却当即破指取血，寻了岩上隐蔽位置，不惜以真元精气引动灵石，并按照婠夫人指点的法门在四周书下血咒。那灵石幽光重重流动，透地而入，瞬间向着整片桃林扩散。白姝儿掠下岩石，扯了且兰向后退开。

两人一直退出数丈，只见岩石周围灵光如幻，云水一般倾向地下，即便隔着这么远的距离，仍让人感觉阴气缭绕，寒意刺骨。如此连绵不绝，一直过了一盏茶时分，那光芒才渐渐收敛。两人上前查看，知道封印已成。且兰感念皇非旧情，遂搓土为香，倾身三拜，心中默默祷祝一番。

白姝儿与皇非虽也渊源深厚，但却只恨他生，不惜他死，此时亲手断了他归路，才算除了心中一大隐患，但见且兰叩拜，只在旁冷眼相看。且兰祭拜完毕，摘下随身佩戴的月华石道："东行六十四步便是'归妹'之位，第二串灵石便应安放在那里了。"

白姝儿点头道："但愿逆行法诀能够有效。"当即在前先行。两人转过山岩，忽见眼前两间竹屋隐于花下，碧竹盈盈，落花淡淡，竟似这绝域之中出现了一片世外桃源。且兰心下惊异，上前推开屋门，却见这竹屋里面一片娇艳柔美的喜色，桌案几榻一应俱全，榻前锦帐如烟，案上流苏轻垂，竟然是间布置精美的洞房。原来这片桃林便是曾经琅轩宫所在之地，子昊将阵法生门留于此处，王域变故虽大，千里之地面目全非，但这竹屋花林却是原封不动地保存了下来。

且兰见那案上一对翡玉合欢杯，认得是昔日长明宫中之物，似乎隐约明白了什么，打量这一室美景，抚案悄立，不由心潮起伏，一时竟是无法平静。白姝儿四处查看一番，发现这屋中一尘不染，竟似有人打扫一般，走回榻前道："你推算的方位可是这里？"

且兰收摄心神，走出屋外环目四顾，点头道："没错，上震下兑'归妹'之位，正是在这竹屋之内。"

白姝儿道："这灵石事关重大，我们不如还是将之埋入石下，这样便绝不会有人发现。"

且兰道："也好，此地虽说人迹罕至，但如此更加稳妥。"说完方要入屋，白姝儿却突然站住，凝目遥望，眉尖微微一拢："奇怪，有人来了。"

且兰亦转身看去，只见半山崖上云雾笼罩，有道缥缈的身影若隐若现，径直往这崖顶而来。来人轻功身法不在两人之下，在那峭壁上微一借力，身子便飘然上升，如仙似魅，待到崖顶拂袖借力，凌空落下。迎面山风激荡，吹得她衣发飘舞，风姿出尘，白姝儿轻声道："是她？"一拉且兰进入屋中，"莫要出声。"

且兰此时也已看清，那来人竟是九公主子娆。白姝儿不知子娆是否已经恢复记忆，不愿在此与她撞见，若有误会恐怕解释不清，便拉着且兰躲入帷帐之后。且兰知她二人素有过节，未免麻烦，便也随她。外面半天没有动静，过了一会儿，便听吱呀一声，屋门被人推开，子娆缓缓走了进来。

一阵轻微的脚步声后，屋中复又没了声息。过了一会儿，且兰忍不住透过帷帐缝隙向外看去，却见子娆孤身立在案前，痴痴地看着这满室轻红，目光既是欢喜，又是痛楚，片刻后她闭上眼睛，唇畔浮现一缕凄然的微笑。

且兰在帷帐后悄悄看着，只觉那笑容虽美，却是哀伤至极、悲凉至极，令人望之魂断心碎。她虽性情通达，并不怨恨子昊心有所爱，面对子娆却也并非全无芥蒂，可眼前见她这般目光神情，胸口就像刺入一把钝刀，竟也是说不出地难过，正犹豫要不要出去相见，告知她九转玲珑阵之事，却听子娆轻声道："子昊，你好狠的心，你怎么忍心这样骗我？你为什么不给我一杯穿肠的毒药，也好过此时让我受这样的痛苦！"她抬头环目四周，满室喜色映她形单影只，却越发显得凄凉，"什么洞房花烛，什么永结同心，什么生生世世……你根本都是在骗我，骗得我好苦。不过没关系，你骗不了我一辈子，这一次，你再也拦不住我了。"

且兰听她如此说，不由心头一惊，方要出声叫她，却见子娆身影飘动，掠出门去。白姝儿哎哟一声，叫道："不好！"两人皆想到她恐怕要为东帝殉情，双双追出屋外，遥见花林之中玄影一闪，子娆已奔到悬崖尽头，凌空向那绝壁跃去。

第五章 情丝成轴

白姝儿大惊失色，穿过桃林，全力纵身飞出。但子娆此时死意已决，去势何其快，她纵有绝世轻功也赶不及相救，就在这时，忽听有人惊叫一声"公主"，一个碧色身影飞身扑上。

子娆身子已然跃出半空，下坠之势非同小可，那人虽拽住她衣袖，却被带得一并向下冲去。幸而崖边一株桃树横空而生，那人猛地探手抓住，半边身子掉出崖外，却也生生阻住了去势。子娆身上的幽冥玄衣乃是一件刀枪不入的至宝，若非如此，早已裂断衣袖坠下崖去。那抓住她的不是别人，正是离司，此时半身悬空，死死握着子娆衣袖道："公主……公主你快上来……我……我要抓不住了……"

凭子娆的武功，这时只要略微借力，便能轻而易举地跃上崖去，但她心中早已万念俱灰，回到这里只是为了确定子昊当真已不在人间，立时便要随他而去，竟对离司的话充耳不闻。离司方才用力过猛，右肩已经脱臼，强自咬牙坚持，但手上的力道越来越松，眼见便抓不住桃树，两人将要一并坠崖身亡，叫道："公主，主上……主上有东西留给你……你上来……先上来啊……"

崖下风急雾涌，将离司的话吹得断断续续，子娆似乎一动不动，毫无反应。"公主……主上有东西让我交给你……交给你……"离司手下力竭，无奈闭上眼睛，忽然感觉左手一沉，身子便向下冲去，但跟着又有人在自己背心一抓，随手一扬，将她送离悬崖。离司翻身落在桃树之中，双腿一软，坐倒在地，却见子娆站在崖边安然无恙，不由喜极而泣，叫道："公主！"

子娆原本一心赴死，但方才听离司提到子昊留有东西，终还是想要亲眼一见，又见离司舍命相救，不愿连累了她性命，遂跃上崖来，将她救起。白姝儿之前赶到近旁，但见离司飞身救主，便也没有上前多事，便对随后赶来的且兰微微示意，两人闪在桃林之后。

子娆和离司此时一人心伤意绝，一人险死还生，竟都没有发现林中有人。子娆在崖边站了半晌，转回头来，对离司道："他留了什么东西？"

离司肩头脱臼，方才拼了命阻止子娆，倒还坚持得住，此时却痛得满头冷汗，话都说不出来。子娆冷眸相看，终是轻叹一声，来到她身旁，伸手替她接上肩骨，道："傻丫头，你这是何苦？"

离司生怕她再行寻死，紧紧抓住她手腕道："公主，主上吩咐我在这里等你，如果你不来，我就一直守在这里，如果你来，就把这个交给你。我已经在这里等了几天了，方才若不是下山取水，早就遇上你了。"

子娆见她自怀中取出一个密封的小卷轴，伸手接过，只见封口处用朱砂勾勒了一枝娇艳欲滴的桃花。她抚摸那熟悉的笔致，心中一阵酸楚，轻轻揭开封口，展开卷轴，谁知卷中却没有只言片语，入目之处是几幅清简的小画。

子娆凝眸而视，一阵微风吹拂，点点飞花落在卷上。

那第一幅画中一片竹海碧波，风轻云淡，一个白衣少年坐在林下抚琴，面前长发少女迎风起舞，回眸相视，两人目光交融，尽是默契欢喜。第二幅画中只见云水蒙蒙，烟雨翠亭，那白衣少年坐在棋盘之前，手握书卷，满脸无奈，长发少女自后捂住了他的眼睛，笑容娇俏顽皮。第三幅画却是月下湖畔，深夜万千灯火，那长发少女身披白裘站在桥头，神情妩媚，白衣少年替她燃起手中青灯，波光荡漾，清雅眉目温柔似水。第四幅画上春光明媚，重重繁花锦绣，长发少女云鬟微偏，容色含羞，那白衣少年将一枝并蒂桃花替她绾在发间，侧眸含笑凝注……

岁月如水花开落，一勾一描、一笔一画，无尽深情，缱绻如丝流淌。

卷轴在子娆指尖徐徐打开，那些熟悉的画面一幕幕映入眼帘，这世上唯有一人之笔，能将她的眉目画得如此传神，也唯有一人与她一般，能将这点滴琐事记得如此清晰。离司倚在树畔，见子娆手指轻抚卷轴，桃花影下，她的神色如此温柔、如此缠绵，但是悄然坠落的泪水，却径自打湿了那轻盈的丝绢、飘零的落花。

离司不知主上在卷轴中写了些什么，为何会让公主如此伤心，轻声道："公主，主上说你看了这卷轴，自然便会明白他的心意。他说这世上有很多人，但唯有公主一人最是懂他。主上他……他一定不想看公主伤心的。"如此说着，自己眼眶也已经微微发红。

子娆指尖掠过那些刻骨铭心的光阴，在那些记忆之后，他留下了一个个空白的画框，一直到卷轴尽头，仿佛是要告诉她，还有很多美好的时光在等待着他们，等待着他们一起将那些欢笑填满，将那些画面完成，他会陪他生生世世，地久天长。

桃花林中，笑语在耳，茫茫天地，人归何处？他用一个无望的诺言，许了她一生一世的期盼。若是没有他，那些空白又有什么能够填补？若是没有他，又有什么人能将这红尘作画，陪她共看人间岁月？子娆强忍悲伤，微微闭目，唇畔却有血色徐徐溢出："你知道吗？他是这世上最聪明的人，他若要骗你，你便是死也甘心的。现在他又在骗人，但我不会再相信他，绝对不会。"她抓住那卷轴不想再看，手底微一用力，却觉心中痛极，猛地一口鲜血呕出，溅得满襟满地。

"公主！"离司大吃一惊，急忙伸手相扶。子娆身子摇晃，脸色苍白若死，一时竟说不出话来。离司心下害怕，俯身探她脉息，脸上忽然现出惊喜的神色，但跟着又隐露担忧，扶着她在她耳边轻轻说了句什么。子娆闻言微微一震，移目看向她道："你说什么？"

离司柔声道："公主难道自己竟不知道吗？就是为了腹中的孩子，你也要好好保重自己，若再这样伤心难过，这孩子恐怕会保不住的。"

子娆愣了半晌，手指紧紧握住画卷："孩子……你说孩子？"

离司微微点头："刚刚一个多月，也难怪先前都没察觉，好危险呢。"离司的医术已是十分精妙，绝不会弄错这种事情。子娆手抚小腹，心里一阵欢喜、一阵难过，只觉气息激荡，几乎又要呕出血来，待强自定下心神，怔怔地看着那片桃林，也不知在想些什么。过了一会儿，离司轻声问道："公主，我陪你回穆国好吗？穆王殿下若是知道了，一定会很高兴的。"

她说了两遍，子娆才转眸看她："回穆国？"

离司道："是啊，我陪公主一起，这样照顾起来也方便。虽说穆王殿下一定会指派最好的御医给公主，但公主的饮食喜好还是我更清楚，亲自照看，总是放心些。"

子娆眼中透出奇异的神色，片刻后，低声道："这件事，先不要告诉别人。"

离司见她情绪似已平静，暗暗放了心，听她这样吩咐，即刻点头答应下来，心想此事晚些再说也不迟。子娆转过头去，唇畔掠过一丝寂寥淡漠的笑意，便也不再说话。片刻之后，她自行闭目调息，精神略复，收好手中卷轴，站起身来，看向桃林深处道："离司，你去帮我摘一枝桃花。"

离司不知她要干什么，回头去寻花树，不料刚刚转身，只听风声微响，颈后一痛，身子便软软地向下倒去。

不知过了多久，离司悠悠转醒，只见四周锦帐低垂，子娆早已不见了踪影，帐外有人坐在案旁，见她醒来，微微笑道："你醒了。"

离司手扶后颈，坐起身来，发现自己正躺在竹屋之中，而面前那人却是且兰，蹙眉道："王后娘娘……九公主呢？"

且兰叹了口气道："她将你送到这竹屋之后，便自己走了。以后我也不是什么王后娘娘了，这称呼从此免了吧。"

离司又是担心，又是迷茫，不知子娆为何要将自己打晕，忽听有人媚声笑道："人既然醒了，那我便不陪你了，这小丫头留在这里也不方便，你还是带她一起回昔国那边吧。"

离司抬头一看，只见白姝儿倚在门前，正笑吟吟地拿着一枝桃花在手中敲打，不由吃惊道："你怎么在这里？"

白姝儿移步上前，目光在她脸上转了转，问道："小丫头，你刚刚和九公主说了什么，怎么她哭着哭着突然又不寻死了？"且兰与白姝儿方才怕惊动子娆，站的距离稍远，是以并没有听到两人对话。离司瞪了她一眼，道："你先前害了公主一次，难道现在还盼着她性命不保吗？当心穆王殿下不饶你！"

白姝儿扑哧一笑，道："小丫头嘴巴好厉害，不过也忒死心眼了，上次我想办法让她嫁不成皇非，她应该好好谢我才对，怎么算是害她？这次我又费尽心思地成全她……算了，说了你也不懂，不跟你计较，反正看她那样子，应该不会有什么事了。事情既然办完，那我先走一步，你别忘了我们的约定。"这最后一句却是对且兰说的。离司昏迷的这段时间，她二人已经将月华石安放在竹屋之中，为怕有人心存他念破坏阵法，遂相互约定无论对何人，哪怕是穆王与昔王也不能说出这秘密，以免多生枝节。

且兰站起来道："我知道利害，后会有期。"

白姝儿点了点头，飘身而去。且兰走出竹屋，山林光影渐渐消失，云烟漠漠，西山斜阳已尽，更显得整片王域荒如死地。但在更远的地方，江山依旧如画，多少英雄风流已成绝响，未来波澜壮阔的岁月，这片广袤的九域大地又是谁人主宰、谁人称雄？

万里神州，山河无情，谁是棋局的赢家，谁又将风云看尽？是耶非耶，几番离合，故人悲喜，何去何从？且兰手握浮飘剑，遥瞰山川浮云，心中感慨万千，许久后终是一笑，携离司下山而去，东归昔国。

第六章 酒楼说古

十年风雨江山事，青山遮不住，毕竟东流去。岁月匆匆，转瞬春秋过境，不知不觉，自东帝八年九域那场剧变之后，已经过了十载光阴。

汐水滔滔，寒暑易老，多少青丝成白发，英雄埋枯骨，但位于北域冲要之地的伏侯城却并未受到战火的影响，仍旧一片兴旺，历经岁月变迁，不改昔日繁华。

眼见秋去冬来，数日连绵秋雨阻下了南商北客的道路。长街之上雨花朵朵，青檐垂帘，两旁的酒家饭肆正是人满为患，千灯阁前堂中也是人来人往，那些江湖客、皮货商行路不便，皆凑在这里听书赏曲，消闲饮酒，一时忙得跑堂的脚不点地，团团乱转。

"咄！都说是功名尘土梦中烟，又谁道白日消残战骨寒，成一时，败一时，君王意气今何在，一抔黄土，百年悲笑，毕竟有无中。"

一阵筝声回荡，堂上瞎眼老者指下挑起几个商音，悠悠收止，拍案道："这一回，说到那东帝与少原君一战同归，从此九州浮沉，江山无主，天下虽大，再无如此英雄事，可敬、可怜、可叹！"

堂下听客唏嘘一片，一个总角童儿托着茶盘四面走了一圈，收了不少金银赏钱。外面雨声渐密，店中陆续又进来数人，皆是被大雨阻了路的客人。东北角坐着一个虬髯大汉，掏出一锭足银往盘中一掷，大声道："雨天无聊，上不得路，老先生肚中还有什么故事，再多说些来听。莫非这东帝与少原君之后，天下人才凋零，竟然再无英雄？"

那瞎眼老者听得堂前客满，话兴正浓，又得一份厚重打赏，打点起精神，侃侃道："客官此言差矣，老朽方才说的，乃是一番前朝旧事，惊天传奇。当今九域三分，又岂无人独领风骚？不消多，老朽只说二人故事，便足以与那少原君比肩，令那东帝称是。"话说至此，顿了一顿，卖了个关子。堂下江湖客见他卖弄，早已按捺不住，一迭声叫道："快说快说，当世英雄，又有何人？"刚进来的数人也跟着起哄。

那老者不慌不忙，按弦引筝，高高低低弹了几个花腔，将众人胃口吊了个十足，方才慢条斯理地道："有一人，文采风流世无双，豪侠仁义满天下。昔日王域遽变，九州四海天灾横起，百姓流离失所，苦不堪言。此人扶危贫，救苦难，散万千之资赈灾济民，活天下百姓无数。他以一人之身振一国，三分天下，力挽狂澜。十年之中，四境百姓尽来归服，数次请他登位称帝，他却始终坚辞不受，只因心怀故主，不肯背恩忘义。列位客官，老朽说的这一人，可称得上是英雄豪杰？"

他话音甫毕，堂下拍案之声迭起，众人已齐齐叫道："说得好！昔王苏陵仁义无双，端的是当世英雄！"那跑堂的也站下脚，高声道："莫说其他，便是咱们伏俟城也曾受过昔王不少恩惠，蒙他数次庇护才有今日太平。谁敢说昔王不是英雄，我打他老大耳刮子！"

近旁几位老客笑骂道："小猴崽子，不快去端茶打酒，尽在这儿多嘴！"那跑堂的嬉笑一声，钻着人缝去了。

那老者见众人听得热闹，筝音拂动，清了清嗓子，扬声再道："说英雄，道英雄，昔王苏陵名动九域，诸位心中敬服，可见老朽说得毕竟不错。但还有一人，人品武功不在他之下，名誉声望不在他之下，豪情侠义不在他之下。"众人闻声，喧哗稍止。先前那虬髯大汉高声嚷道："此又是何人？老先生别卖关子，快快道来！你若是说得有理，另加打赏，说得无理，吃我老大一拳！"

众人见他醋钵大的拳头当空虚晃，这瞎眼先生哪里当得起他一指头，皆尽哄笑道："老先生小心了！"那老者眼不能见，倒也不慌，五指拂动，筝声流淌，做了个过门，道："这位大爷莫要着急，你道此是何人？生平快意江湖事，归离任侠藐万众，白龙鱼服渊中游，一朝腾云上九霄。"

"哎呀！归离剑！"那大汉叫道，"我道是谁，你说的是穆王殿下！惊云山一战后，归离剑早便已是天下第一，无人能敌。"

那瞎眼老者轻轻叩弦，道："前年五湖群盗不识好歹，冲犯惊云圣域。穆王玄殇一人单骑，星夜奔驰千里，赶在沣水之前截住群盗，一柄归离剑杀得五百盗贼血流成河，鬼哭狼嚎。此事遍传天下，江湖称道。九州十年动荡，山河失主，穆王麾下十万白虎军定西陲、平楚地、拒北师、保王域。归离剑下，魑魅魍魉哭断肠，白虎军前，天下群豪尽折腰。如此英雄，如此豪气，谁人不是倾心佩服？列位客官，老朽所言是也不是？"

众人尚未叫好，那虬髯大汉已放声大笑："不错不错，穆王若还算不得天下英雄，何人算得？若不是他在惊云山剑下留情，老子这颗脑袋早已喂了沣水鱼虾，当日那些兄弟死在归离剑下，倒也不冤。"

此言一出，诸人心头无不暗凛，均想此人原来曾是那杀人不眨眼的五湖大盗，无怪满脸疤痕，面目凶悍，这说书先生可别惹祸上身。堂前喝彩声不由静了一静，那大汉身边却有一人失笑，几乎将满口美酒喷将出来，听起来便格外刺耳。

那大汉闻声转头，只见旁边坐着个看似二十多岁的青年男子，看去身形瘦长，目光精灵，长相并不算十分英俊，但那笑嘻嘻的样子令人一见之下便生亲近。他肩头微湿，雨痕未干，显然刚刚入店不久，但是周围所有人，包括近在身旁的虬髯大汉都没注意他是什么时候进来的。众人听他发笑，都将目光转了过去，那虬髯大汉斜眼将他打量，道："怎么，你是否不服穆王是英雄？"

那青年男子方才险些被酒呛到，忍笑咳嗽了两声道："没有没有，那穆王殿下……喀喀，穆王殿下自然是英雄无比。只不过我听说他当年千里单骑赶去惊云山，似乎是犯了那洌泉酒的酒瘾，偏偏五湖群盗那日出门没看皇历，正好撞在了他手里。"他明知那虬髯大汉曾是群盗之一，却还敢这么说，店中不少客人都替他捏了一把冷汗。那虬髯大汉果然目露怒意，却听他将声音一扬，对那瞎眼老者道："老先生品评当世英雄，说得倒也不错，但当世之下另有四名女子，非但天生绝色，而且领袖一方，名动江湖，老先生可又知晓？"

但凡世间男子，听到美貌的女子无不留心，更何况是名传天下的美女，听他这么一说，众人皆是好奇，就连那虬髯大汉也不禁忘了寻他事端，问道："这四名绝色女子又是何人？"

那瞎眼老者道："老朽虽然眼瞎，心却不盲，这位少侠所说的四名女子，或者略知一二。"

那青年男子笑道："如此老先生何不令大家一饱耳福？"

那瞎眼老者捻须微笑，摇头不语。众人皆知关窍，无不起哄打赏，待那童儿捧满了赏钱回去站在案边，那老者这才抬手抚筝，咳嗽一声道："老朽要说的四名女子，其中二人正与方才品评的两位国主渊源颇深。"

那男子道："哦？却不知是哪二人？"

那老者徐徐按弦道："这第一人，兰心蕙质，风姿天成，雪衣羽箭统千军，奇门阵法慑鬼神，一十三路浮翮剑法，与昔王风寻快剑并称当世，协理国政，备受臣民爱戴。这一人，算不算得江湖绝色，世间奇女子之一？"

那男子点头道："嗯，曾经的九夷女王，如今的昔国王后且兰，非但姿容不俗，见识更高。她曾与少原君同门拜师，亦曾封后王族，母仪天下，当年无视世俗之见，与昔王共结连理，携手立国，也是人间传奇佳话，自然算得一人。"

那老者筝色点点，转出几缕柔音，道："这第二人，天生媚骨，娇娆多端，喜白衣，善奇谋，精诡道，曾数次助穆王大破北域敌军，庙堂江湖，来去自如。此人乃是穆王心头爱将，身畔红颜，可比花解语，可比玉生香，不知算不算一人？"

那男子拍手笑道："自在堂堂主白姝儿，千般容色千般美，替穆王定后风，谋楚国，抗北域。七窍玲珑九转肠，天下英雄加起来，心机也不及她万一，精明厉害不消说。算得算得！"

那老者微露笑意，复又闭目抚筝，似在思索这第三个女子的人选。堂下众人等得焦急，纷纷哄闹催促。片刻之后，却见那老者一扬眉，一击弦，道："这第三人，黄衣翠衫，英姿飒爽，统领豪杰真国色，巾帼女儿意气高。此人以女子之身，号令江湖第一大帮派，手下六十四分舵遍布大江南北，天下财富尽在掌握，纵白马，轻王侯，却又算不算得一人？"

旁边早就有人叫道："哎呀，这说的是跃马帮帮主殷夕语！"那青年男子一杯酒尽，抬手击案道："不错不错！跃马帮帮主殷夕语，巾帼不让须眉色。她与穆国二公子夜玄涧情投意合，两人神仙眷侣一般。三年前穆国天宗正式并入跃马帮，可见这二公子得美如此，就连宗门也宁肯舍了，她若不算，谁还算得？"

这两人一唱一和，搭档得宜，将店中本便热闹的气氛推到了高潮。就连这千灯阁的主人，原本在楼上宴客的铁旗门门主秦师白也被惊动，同客人走出廊前向外一看，见到那青年男子，一笑道："我道是谁，原来是他，怪不得这么热闹。"

这时那青年男子赞完殷夕语，命跑堂的新打了酒来，正开怀畅饮，旁边客人却都迫不及待地催问那瞎眼老者："这第四个绝色女子又是谁？"

那老者停下筝声，双目向天，盲眼之中空空洞洞，却似乎想起什么恐怖之事，过了片刻，摇头道："这第四人，列位客官，请恕老朽藏拙了吧。"

众人哄然不允。座中有人笑道："这老儿又待讨赏，罢了罢了，爷们今天破费点银钱，也要把这四大美人听全了！"旁人纷纷笑骂，待要解囊打赏，那瞎眼老者却道："列位客官不要误会，并非老朽贪财求赏，这第四个女子，实在不说也罢。"

那青年男子方饮尽一坛酒，笑道："老先生说话吞吞吐吐，忒地不痛快，莫不是凑不成数、说不成书了？"众人见他酒量甚豪，先是叫了声好，跟着一起哄笑，揶揄那瞎眼老者。那老者见众人执意要听，推脱不过，只得叹了口气道："这第四人……红衣雪肤，貌美如花，艳如桃李，却是心似蛇蝎。"手底筝音切切，弹出几声悲调，又似凄凉之音。堂前众人听着，心中都觉不甚舒服，却不知他说的到底是何人。

只听那老者抚筝唱道："百万鬼师惊天地，月光千里照血衣，不见人间回头路，儿哭爹娘惨凄凄。"

众人闻声无不心生寒意，那青年男子面色微变，跳起来道："老先生这最后一人，说的可是'娡后'含夕？"

话音甫落，整个大堂中忽然变得鸦雀无声，就连那跑堂的也定在了当地。这"娡后含夕"四个字就像是什么慑人的魔咒，令闻者魂飞、听者胆丧，跟着便有几人径自离座而去，似乎单是听到这名字便会惹上极大的祸患。过不多会儿，这楼中客人竟然走了大半，余人多数是些胆大的江湖客，旁边一个瘦小汉子来自南疆，不甚知晓原因，骂道："他奶奶的，干什么这么邪门？那娘们儿莫非是黄泉恶鬼，吓得个个龟孙子一般？"

那瞎眼老者叹道："客官有所不知，那曼殊山上，机关奇城，娡后含夕非是黄泉恶鬼，却有无数恶鬼听她号令。鬼师一出，千里赤地，禽畜生灵，万不存一啊。"众人听他语调，皆觉森然凄凉，想起那鬼师之威，更加骇然不已。那老者抬头问道："彦少侠，这娡后含夕是否天生绝色？算不算是领袖一方、名动江湖的女子？"

那青年男子正是金媒彦翎，留神看那老者，哈哈笑道："若说模样……嗯，她也的确算得上是绝色之姿，至于这后面八个字，娡后含夕的威名，现在谁人不知，谁人不晓？"他目光在那老者身上打量一番，不知他双目皆盲，如何竟一口道破自己身份，

286

待见那案上黑黝黝的短筝，心中念头一闪，叫道："啊！你莫非是'铁音神目'松先生？"

众人闻声皆是凛然，原来这"铁音神目"的名声并不在"金媒"彦翎之下，江湖人事无所不知，手中铁筝虽不及当年宣王的夺色琴，却也横行北域，鲜有敌手。但见眼前这瞎眼老者双目空空，形销骨立，不知他如何竟变成这般模样。

那老者听彦翎叫出自己名号，长叹道："'铁音神目'四个字，从此莫要再提了，老朽这一双招子已经废在那媚后手中，这铁筝也不过是堂前摆设，聊助听兴罢了。"

此话一出，莫说彦翎，周围众人皆是惊诧莫名。彦翎此次来伏俟城，除了办一件要紧的事情外，便是要替穆国收集与鬼师相关的情报，听他如是说来，不由追问道："先生与那媚后交过手？可否细说详情？"

那松先生也知近年来穆国、昔国为了对抗北域鬼师费了不少周折，彦翎有此一问，必是替穆王打探敌情，便道："说来无妨，那还是八年之前，我受人之托，想要打探机关奇城的秘密，有一日夜里独自去支嵧城探路。"

众人听他竟敢孤身夜闯机关奇城，不由都是啊的一声，彦翎目光一亮，问道："先生进城了吗？"要知这机关奇城变幻莫测，穆、昔两国十年间数次发兵攻打，皆在鬼师手下吃了不小的亏。那支嵧城的机关总图多年前也曾被帝都所获，但天工瑄离奇谋鬼才，经他之手改动机关，竟令那机关图形同虚设，就连妙手神机宿英也奈何他不得。这十年中，彦翎也曾数次想要入城探查，但始终不得其法，却不料有人曾经去过支嵧城。谁知松先生摇头道："我并未进城。那夜我到了城下，观察地势，设法寻找入城路径，抬头望天，前面明月当空，那机关奇城为群山环抱，高耸入云，四周竟连城门都没有，莫说是人，便是飞鸟怕也难入。我正心下琢磨，忽听护城河中水声阵阵，河水竟然凭空分开，月光下一个红衣女子自水中走出。那女子年纪不大，但容貌俏丽美艳，站在水花之中，就像凌波仙子一般。"

"那便是媚后含夕了。"彦翎点头道，"原来护城河中有入口。"

松先生道："当年我也想到入城的密道必然在水底，但却不知那红衣女子便是媚后含夕，那时候她还没有那么大的名头。我见她自水中出来，独自往南而去，一时好奇，便沿路跟了下去。她孤身一人，来到离城不远的一处村落，便站在村头大树下取出一支洞箫吹奏起来。我远远地躲在一棵树后，只见过不多会儿，那村中百姓就随着箫声一个个走到村外，跟着她向前走去。我当时明白她是在以上乘内功催动箫音惑人，却也还不知道她究竟弄什么玄虚，左右她的箫音我还能抵抗，便继续跟了去看。那晚月色极好，她红色的衣服在月光下便如鲜血染就的一般，一路将那些村民引到山上坟地之中，到了坟间，箫音略停，忽然趋身向前，在那十几个村民当中转了一转。那时月色稍暗，我见那些村民摔倒在地，却还没想到遭了她毒手，直到满地鲜血流出，才发现他们每个人胸前都已多了个空洞，原来心脏都已被她掏空了去。"

说到这里，众人都抽了口冷气。彦翎摇头道："好快的手法、好毒的手段，她以前是个娇滴滴的小姑娘，可当真没有这么狠的心。"

松先生哼了一声道："当时她看起来也只是个娇弱女子，谁知却如此心狠手辣。我那时见她俯身检查尸体，脸上露出微笑，似乎对自己的手法甚是满意，心中既惊且怒，方要出声呵斥，却听她忽然又吹起箫来。这次箫声一起，可真的是我生平未见的恐怖景象。"他说着面色微变，似乎记起了那夜月下荒坟间的情景，一时住口不言。那虬髯大汉按捺不住，问道："到底怎样？"

松先生面上抽搐了一下，露出些许惧意，彦翎微微皱眉，道："先生可是见那满地死尸忽然又都活了过来？"

松先生似乎一惊，道："你如何知道？"他虽未回答，众人却都已知彦翎所言非虚，不由毛骨悚然。酒楼上一时无人说话，外面愁雨渐渐，冷风潇潇，一阵寒意袭来，大家心中都隐隐打了个寒战。彦翎叹了口气，苦笑道："北域鬼师只上半年便曾两次进攻穆国，小爷一日在战场上捡了三次命回来，现在对活人变死人、死人变活人这种把戏早已见怪不怪了。"

松先生回过神来，沉声道："何止是村民的尸体，就连那些坟中的死人亦纷纷破土而出，随着她的箫声在月下手舞足蹈。她一边吹箫，一边脚踏九宫方位，在那些尸体之中穿行，手腕上隐隐有道血色的幽芒不停流转。那数十具僵尸舞着舞着，慢慢聚向她身边，最后她以箫音指挥，要他们向左便向左，要他们向右便向右。那情景便像地狱里群魔起舞，我一辈子都忘不了。"

众人想象那僵尸齐舞的情景，心头都是发毛。彦翎道："嗯，她那时候还在练习这门功法，才不过能操纵数十具尸体，现在可是如臂使指，得心应手，号令千万鬼师进退自如。"

松先生道："单是数十具尸体已经够骇人了，我当时便吓得呆了，身子一动，踩中了旁边的一根枯枝。她立刻发觉身后有人，回过头来。唉……那双眼睛，那双眼睛那么美，但却像是怀着比渊海还要深的忧愁，比地狱还要深的怨恨。她看到我，竟然笑了一笑，那笑容在月光下既是诡异，又是美艳。我听她柔声道：'你知道我在吹箫，居然还不听话，真不应该。'她说话的时候，那箫音却一直没有停，一重重向着我身边飘来。我心里知道不妙，便想以铁筝对抗她的箫音。她面上露出恼怒，起初还站在那里不动，后来箫音转了两下，越拔越高，好似鬼哭一般。我只觉得心烦意乱，几乎要跳起来狂舞一番，那红色的身影却忽然出现在我面前，伸手便朝着我两眼插下。"

众人虽知他双目已盲，但听到这里，还是忍不住吃了一惊。不知何人问了一句："后来呢？"

"后来……"松先生抬手指了指脸上两个肉红色的窟窿，惨然道，"后来我这对眼珠子便被她生生挖了出去。我那时候眼睛剧痛，心里却突然清醒了不少。她见我未死，又一招向我心口抓来。我毕竟比那些村民多些功夫，抬手挡了一招，这一挡聚我毕生功力，她恐怕也没想到，被震得后退了一步。我便借力从山坡上滚了下去，说来也巧，恰好落入了一个新挖的坟中。我躲在那坟里动也不敢动，她却也没追下来。过了一会儿我又听到箫声响起，四周便传来无数整齐的脚步声，想是她操纵僵尸四下寻我，但那些怪物毕竟不通灵性，有的从我身上踩过，便就那么去了。我在坟里躲了一夜，直到第二天才摸索着爬出来，这条命算是保住了。后来我瞎着眼过了几个村子，却连一个人都没有，直到进了一个城镇，才听说这附近几个村落的人一夜之间都被鬼怪摄了去，想必都是那娙后做下的事了。"

他说到这里，长长地叹了口气。彦翎亦叹道："现在又过了这么多年，她的功力早就今非昔比，为祸便也更深。唉，这娙后含夕的摄魂箫曲和奇门之术说起来都传自东帝，东帝已然作古，当今世上不知还有没有人能制得住她。"

那虬髯大汉问道："奇怪了，为何这娙后的武功竟然传自东帝？"

彦翎对帝都往事自然清楚得很，随口道："这娙后含夕原本是大楚公主，东帝御旨亲封的左夫人，和原来的王后且兰一样，两个人昔日伴驾帝都，颇受东帝指点，都算是他半个嫡传弟子。"

那大汉一拍桌子道："如此说来，那且兰王后也应该懂得这些门道，岂不是能够制得住她？"

这次彦翎尚未开口，旁边已有个独臂汉子道："昔王与王后若是分毫不懂奇门之术，昔国早便毁在鬼师之下了。那娙后的手段不止如此，背后还有异人相助，想要彻底摧毁她的鬼师哪里像说得这么容易？"

这人声音嘶哑低沉，听去甚是刺耳，他一开口，众人都不约而同扭头看去，却见是个往来北域的参客。那虬髯大汉道："兄弟莫非见过鬼师？怎知那娙后还有更多手段？"

那独臂参客笑了一笑道："那娙后含夕不但能够操纵人尸，还能驱使异兽成军，替她冲锋陷阵，昔国去年年底被她趁大雪毁了两座城池，在下这条命也是侥幸从鬼师手里捡回来的。"说着抬起左手将身上皮袍解开。众人一见之下，纷纷倒抽了口冷气。

只见那独臂参客衣袍之下露出数条狰狞扭曲的疤痕，自左肩锁骨一直延到右腰之上。众人先前见他一臂折断，江湖中人见惯打杀，倒也没十分在意，现在看了他身上疤痕才知道，这条右臂竟是被某种猛兽所伤。看样子他当初半边身子几乎都被撕掉，如今只剩了一团凹凸纠结的皮肉，即便已经痊愈，也能令人想象到那赤红的血肉之下，一根根粉碎断裂的筋骨。而他的声音之所以如此难听，亦是因为喉咙曾经受过重伤。

彦翎算是见多沙场死伤，看见这样的伤亦呆了半晌，忍不住道："这么厉害的伤，竟还能活下来。"

那参客束起了衣袍道："这便是被鬼师中的熊罴所伤，算我命大，当时遇上了昔王麾下靳无余靳将军的夫人，托她妙手回春，救了我一条性命。"

彦翎笑道："你遇上了离司姑娘，啊，对，现在是靳夫人了。当真算你命大，她可是当年东帝身边的医女，现在放眼九域，她的医术若称第二，恐怕也没人敢称第一，这点伤在她手中，自然不成问题。昔国原先离王域甚近，当初王域剧变，那些异兽珍禽没死绝的怕是都逃去了昔国。姤后的手段甚是厉害，唉，这鬼师一不需军备，二不需粮草，杀之不绝，毁之不尽，穆国那边其实也深受其害。"

那跑堂的在旁插嘴道："去年那几场大雪，咱们伏俟城也遭了鬼师袭击，幸好昔王殿下出兵救援，在赤谷关口跟鬼师大战了数场。不过今秋时鬼师来袭，却是玄女娘娘显灵退了敌军，保了伏俟城平安。"

他刚说完，那虬髯大汉便道："什么玄女娘娘显灵？净瞎扯！"

跑堂的急了，道："客官远道而来，有所不知，那晚咱们伏俟城的百姓可都听见了，有一股奇异的箫音从天外飘来，跟那姤后斗了有大半个时辰，终是驱散了来袭的鬼师。咱们铁旗门的两位舵主出城查看，正见玄女娘娘凌空飞升，望月而去，那仙姿风神可绝不是凡人能有的。不信，不信你问老先生，他老人家那时也在伏俟城，一样也听见了。"说着将手往松先生身上一指。

松先生点头道："他说得没错，那箫音与姤后含夕所奏的曲调似乎颇为相近，只是缥缈变幻更加精妙，亦是清冷空灵绝无邪气。老朽双目皆盲，玄女娘娘的仙姿自是无缘目睹，只是那晚退敌的箫音听起来倒更像是有人以内力与那姤后斗法，最终似是还胜她一筹。"

那跑堂的道："定然是玄女娘娘显灵救世，若是有人能制得住姤后，这十年来早不容她为祸人间了，再说了，莫非这人的能耐比昔王、穆王还要大？我是不信。玄女娘娘救了咱们全城百姓，咱们可是感念在心，这几日正重修玄女祠，求她多加庇佑呢。"

"玄女娘娘？"彦翎闻言抬眼往外一看，侧耳听雨，面上露出深思的神色。

第七章 伊人芳踪

外面雨势仍大，看这样子不下上一天绝不会停。这时门声一响，似是又有客人上门，那跑堂的转身去迎，却见一阵风雨吹进，进来个年约八九岁、头顶斗笠的孩子。那孩子进了门将斗笠一掀，露出张机灵秀气的脸庞，对跑堂的叫道："小二哥，打酒！"

跑堂的显然跟他甚是熟络，道："小鬼头，下雨天还来替你娘跑腿？"

那孩子嘻嘻笑道："一斤竹叶青是我娘的，四样点心是我的。替我娘跑腿本就应该，何况还有点心吃，换你你来不来？"

跑堂的笑骂一声"鬼精灵"，接过酒壶道："等着，这就来。"说完转身去了后堂。前面众人议论了一会儿玄女娘娘之事，都觉不得其解。角落里一个头戴逍遥巾的白衣书生忽对松先生道："先生方才品评天下绝色女子，这婳后含夕容貌虽美、名声虽盛，但狠毒诡邪，多行不义，却如何能与前三位相提并论？依在下之见，还是应当弃之不算，再补一人为妙。"

松先生微微点头，捻须沉吟片刻，说道："此言的确不差，但老朽一时间却也想不起天底下还有哪个女子能够当此殊荣，不如请众位集思广益，补了这一空缺如何？"

众人七嘴八舌议论纷纷，倒也举出不少女子，不是武功出色的江湖侠女，便是诸国名门千金，但说来说去，却也总觉无一能与先前三女相提并论，一时难有定议。这时那白衣书生又道："在下前些日子偶尔得了一幅画卷，画中有一女子容色绝俗胜似天人，风姿神韵更是颠倒众生，其他不说，只论容貌恐怕更在先前三位之上，可惜不知是何方仙子、来历如何，倒也不好妄加评判。"

松先生闻言道："这位客官不妨将图画取来大家一观，老朽双眼虽盲，但在座诸位无不见多识广，或许能有人识得芳容也说不定。"

那白衣书生自得画卷，一心想要寻访那画中女子，方才开口便是此意，当即应承，便自身后背囊中取了个卷轴出来。众人听他方才如此说，都围上来前观看。松先生目不能视，也不去凑那热闹，仍旧坐在琴前，耳听那书生展开画卷，忽然间，整个大堂中都没了声音。

松先生心下奇怪，侧耳细听，周围所有人却似乎都愣在了当地。过了好一会儿，才听有人长长地舒了口气，跟着一声叹息，又是一声，有人摇头感叹，有人啧啧称奇，各种赞叹水浪一般传了开来，这堂前才算恢复声息。

彦翎原本正仰头喝酒，见众人古怪，转眼往那画上一瞥，哎哟一声道："我道是谁，原来是她，这个要得！"但跟着凑上前仔细一看，又道，"不对，好像不是，那位姑奶奶美则美矣，但可没这么温柔似水。"原来那画上画的是一片桃林美景，林下一个玄衣女子手把花枝，含情凝睇，身畔花色如烟，其人眉目如水，那微笑的眸光柔情无限，缠绵妩媚，令人一见之下便再也移不开眼睛，只觉世上美好的事物莫过于此，无论如何也舍不得惊动分毫。

画卷左上角以行书题了"桃夭"二字，笔致清峻疏朗，飞扬出尘，除此之外，通篇再无任何字词，亦无印章落款能够表明这女子的身份。那白衣书生无意中得到这画卷，将这女子惊为天人，多方打听却全无线索，听彦翎的语气似乎知晓端倪，立刻问道："少侠莫非知道这女子的来历？"

彦翎喝了口酒，笑道："这天底下恐怕还没多少事小爷不知道。这位姑奶奶若在，前面三位可真真都要退避三舍，她若性子上来，就连那娆后夕怕也得让她三分。我劝你千万莫要去惹她，别人不知道，反正小爷我是惹不起。"

他这一番话，可是将众人的胃口吊到了极致，那白衣书生追问道："她究竟是何人，如此厉害？"

彦翎不慌不忙地喝酒，等得众人心急如焚，直到一杯酒尽，他才叹了口气道："这位啊，她便是……"话没说完，突然有个略带稚气的声音道："咦？这人好像我娘！"

众人回头一看，却是方才那打酒的孩子等得不耐烦，钻进人群里来看热闹。那跑堂的正装了酒回来，伸手照他脑门上就是一巴掌，道："小鬼头瞎说什么，你娘若生成这等模样，玉皇大帝还成了你爹呢。"众人闻言哄笑。那孩子伸手挠头，听得众人嘲笑，面露不忿，叫道："这画的分明就是我娘，只不过……只不过……"

那跑堂的问道："只不过什么？"

那孩子记起娘亲平日里的嘱咐，忍了忍，道："只不过她没我娘美！"

这么一来，众人更加当他童言无忌，这画中女子已是人间绝色，若说这伏俟城中有人比她更美，自是没人相信。彦翎手玩酒杯，一直在旁打量这孩子的眉眼神态，此时突然问道："小娃娃，你娘既然这么美，自古美女配英雄，那你爹也一定是个了不起的英雄好汉了，他可在这伏俟城中？"

那孩子脸一红，低下头小声道："我……我没爹。"众人又是一阵哄堂大笑，窗边有个皮袍客高声叫道："小娃娃，你娘若当真生得这么美，大爷干脆委屈一下，给你做爹算了。"

那孩子涨红了脸，双拳紧握，瞪大眼睛盯着那人。众人都道他要恼，谁知他哼了一声，一把抓过跑堂手中的酒壶点心，转身就往外走去。大家没了热闹看，皆道这孩子胡说八道，待要继续听彦翎讲述画中女子来历，却发现他早已没了踪影。就像来时一样，偌大的酒楼中竟无人看到他何时离开、去了哪里，唯有松先生双目虽盲，但耳力灵敏，听到那孩子走时彦翎闪出酒楼，悄悄跟了出去。他想起彦翎方才说过的话，思忖片刻，对那抚卷长叹的白衣书生道："敢问这位客官，这画中女子可是长发玄衣，容颜清魅，左手手腕上有一串七彩灵石？"

那白衣书生喜道："不错，正是如此，莫非先生知道她是何人？"

松先生仰头叹道："原来如此，难怪他说就连姤后含夕也要惧怕她。唉！此人若是在世，能与穆王联手号令天下，共抗鬼师，这九域苍生怕是能少受些苦楚煎熬。只可惜十年之前她便生死不知、踪迹全无，可惜啊！可惜！"

那白衣书生方要追问，忽听身后一声响动，转头看时，酒楼雕窗霍然大开，紧跟着一个包袱当空飞进，向着方才说话的皮袍客背心砸去。那皮袍客身怀武功，察觉风声响动，闪身向侧跃开。只听扑通一声，一包臭粪散了满地，酒楼中顿时臭气熏天，冲人欲呕。跑堂的大声惊叫，众人纷纷掩鼻后退。那书生见机算快，衣袖一扫，收了画卷，没让粪汁玷污了去，与那皮袍客同时喝道："什么人？"

窗外有人拍手大笑："哈哈！让你们笑，送你们大粪尝尝鲜！"正是方才那打酒的孩子。皮袍客怒吼一声抢出门去，谁知刚一推门，一包东西当头掉落，饶是他纵身急闪，那满包粪便也洒了半身，被雨一淋，臭不可闻。那孩子遥遥叫道："好臭好臭，人臭话也臭，话臭人更臭！"一边说着，一边向后跑去。

那皮袍客怒不可遏，拔腿欲追。那孩子突然停步道："喂，你敢追我，前面还有粪包给你，小心了！"那皮袍客闻声果然一顿，那孩子趁机闪入小巷，立刻便没了踪影。

彦翎手提酒壶坐在对面屋檐下，将那孩子搬运粪包捉弄众人的情形看了个一清二楚，见他转入巷中，将酒壶一收，跟了上去。此时雨势微歇，那孩子在街巷中转了几转，见无人追来，放缓脚步，提着酒向前走去。起先他还是一脸得意，过了一会儿，嘴边笑容却慢慢消失，拿脚踢着地下石子道："哼，想做我爹，重新投胎再说。我爹是像穆王那样的大英雄，比你强一千倍一万倍，现在我只不过没见到他，等我见到他，让你们再笑，哼！让你们再笑！"他平日在酒楼茶馆中玩耍，常听说书先生提到穆王快意江湖、纵横沙场的各种传说，幼小的心中早已不知不觉地将从未见过面的父亲想象成那般英雄。彦翎在后听着，不由暗暗好笑，几次想上前逗他说话，但为探出他家住何处，却又生生忍住。

那孩子神情落寞地提了酒壶点心，一路到了城东一条偏僻的街巷。彦翎见他转过拐角，方要跟上，刚刚踏足巷口，忽觉雨气一寒，一道剑光无声无息地自暗处闪现，直刺面门而来。彦翎吃了一惊，纵身向后跃出。那剑光快如闪电，凌厉锋锐，彦翎虽然闪避及时，半空中却惊出一身冷汗，落地之后连退数步，想起这快剑招式，笑道："哎呀呀！墨将军手下留情，我不进去就是了，何必动刀动剑！"

那巷中一片安静，似乎根本空无一人。彦翎自然明白是冥衣楼的人守卫在此，心中猜测便也落实，摸摸鼻子，转身离开，走出巷口找了家客店，自怀中摸出只青羽信鸟，口中念道："小家伙啊小家伙，你这次带信回去一定有人重重犒劳你，那小子十年未见朝思暮想的人就在这伏侯城中，西宸宫一时半会儿又要没了主子喽。"说完将密信封好，松手一放，那信鸟在雨中转了几圈，直投西方而去。

小巷之中，那打酒的孩子自然不知身后有人跟踪，走到巷子尽头的小院门前，伸手推门。门开，细雨蒙蒙，院中数丛修竹一弯幽径，再往后去，便是两间整洁的屋室，除了碧竹青瓦再无任何颜色，秋雨中显得分外清冷寂静。

那孩子进到屋中，叫了声"娘亲"，掀帘而入。内室光线略暗，有个玄衣女子正斜倚卧榻，凝望窗外竹林细雨，怔怔出神，面前摆了一局残棋、一个空盏，雨光之下青丝散榻，一身寂寞，幽然如画。听见那孩子进屋，她转回头来接了酒壶，打开盖子仰首饮酒，不过片刻，一壶酒尽，便将酒壶随手一丢。那孩子似是见惯了这般情形，也不惊讶。玄衣女子喝完酒，自案前拿了本书递给他道："这是我新录的两本棋谱，你明儿把它看熟了，背下来。"

那孩子接过棋谱一翻，顿时苦了一张脸："又是些奇奇怪怪的东西，娘亲前些日子写的那些什么乾坤兑离、地水火风，看得我眼都花了，怎么还有啊。"

玄衣女子转头淡淡地道："怎么，你背不下吗？"

那孩子笑道："怎么可能，娘亲你不是常说我聪明？天地定位，山泽通气，雷风相薄，水火不相射，八卦相错，数往者顺，知来者逆，是故，易逆数也。先天卦数，天九、地一、风二、雷八、山六、泽四、水七、火三。娘亲你抽问我好了，那本书我偷了点懒，所以才背了三天，这两本嘛，明天就背给你看。不过这次我若背得快，娘亲你要答应我一件事。"

玄衣女子微微蹙眉道："你要干什么？"

那孩子想了想，凑到她身前小声道："娘亲，要是我明天背出了书，你可不可以对我笑一笑？"

玄衣女子一怔，道："什么？"

那孩子跪在榻前搂住她的胳膊，道："我从来都没有看到娘亲笑过。娘亲，是不是子羿不听话，总惹娘亲生气，所以娘亲才不笑，那我好好背书，娘亲不生气了好吗？"

那玄衣女子愣了半晌，冷淡的目光中渐渐透出些许怜爱与疼惜。过了一会儿，她略微扬唇，似是淡淡地飘过一丝笑意，可有可无，而后怅然转眸看向窗外，没再说话。子羿却抬头看着她，轻声道："娘亲你真美，我从来没有见过比你更美的人。以后我一定听话，这样娘亲就会常常笑了……"他这半日出门闹得累了，此刻渐觉困倦，伏在母亲的身旁很快便沉沉睡去，梦中犹自喃喃说道："我没有骗人，我娘亲就是比她美……我爹是个大英雄，等我见着他，你们就知道了……"

那玄衣女子正是子娆，听到孩子梦中呓语，她低头看来的目光似乎微微波动，随后又恢复那种漠然的平静。当年帝都毁灭、子昊身故，她本已心灰意冷，生无所恋，只是突然遇见离司，发觉腹中竟已怀了这孩子，一时不忍令他未见天日便随己夭折，终未狠下心肠追随子昊而去。

与离司桃林一别，她不愿再见故人，北赴边城，最后隐居在这诸方势力管辖之外的伏俟城，母子相伴，一过便是数年。这几年间天下动荡不安，鬼师为祸甚烈，她虽知晓，却也无动于衷。三年前冥衣楼旧部寻到此处，墨炽等人暗中守护，她虽察觉，但也不管不问。天下间似乎已经没有什么事能令她关心，只待这孩子长大成人，她便再无牵挂，若有冥衣楼相护，她更加可以放心撒手，与子昊相聚于泉下。

子昊当初发动九转玲珑阵后，碧玺灵石与旧主相互感应，很快重归子娆手中。她虽无意再管这天下纷争，但十年静修，对灵石操控之力却日益纯熟。那日小股鬼师突袭伏俟城，恰逢她在城外独坐抚箫，见之心生厌烦，遂以箫曲催动灵石之力，驱退来敌，不料却被城中百姓误以为是玄女显灵，一起筹资翻修玄女祠。

转眼月余时间过去，玄女祠完工之日，城中举行祭祀活动，甚是热闹。子娆对诸事漠不关心，向来不会注意这些。子羿却是少儿心性，一直惦记着此事，当日跟母亲说过之后，便独自去玄女祠玩耍。

时已入冬，伏俟城刚下了一场大雪，天日渐寒，但玄女祠前烟香纷纭人头攒动，却是挤得水泄不通。子羿不知身后萧言、洛飞两人跟着自己暗中保护，在人群中钻来钻去，尽寻些热闹的去处，一会儿站上石楼看驱鬼舞狮，一会儿挤到街头看江湖杂耍。他人小机灵，随心所欲，到处去来，可把后面两位冥衣楼高手折腾得够呛，总算两人轻功了得，追踪经验亦是丰富，倒也没有把人看丢。

好容易到了日落时分，子羿与一群孩子玩了半天弹子，在小摊上买了把糖果糕饼塞在怀里，趁早爬到神祠前的大树上，等着看夜晚的焰火。玄女祠祭祀燃放焰火一向要等到入夜时分，算来还有小半个时辰，萧言、洛飞见这小主子终于消停下来，便也寻了个临街的酒家坐下，叫了酒菜休息用饭。

不一会儿天色渐暗，玄女祠前熙熙攘攘人流如川，挤满了前来看焰火的百姓。子羿早早占了树上的好位置，既无须在人群中拥挤，视线又佳，乐呵呵地摇腿嗑瓜子。萧言和洛飞辛苦一日，见他稳稳当当地坐在树上，一时半会儿绝不会离开，两人与他相距不过数丈，若有事情随时能够应付，便也放心吃酒。

待到月上树梢，夜色降临，玄女祠前一声炮响，焰火冲天而起，照亮夜空。一时间流金炫彩，异辉纷呈，漫空灿烂夺目。子羿在树上看得拍手叫好，萧言、洛飞一边饮酒，一边留意他身边动静，见他兴高采烈的模样，都忍不住摇头微笑。焰火放到中途进入高潮，只听连声震响，当空数朵硕大的金色烟花开绽如雨，照得满城亮如白昼。众人纷纷仰首观望，萧言和洛飞也一起抬头看去。烟花易逝，刹那间纷落无垠，洛飞端酒笑道："听说秦师白从昔国请了能工巧匠回来，专门准备玄女祠祭祀的焰火，果然甚是好看，铁旗门这次好大的手笔。"

萧言方要答话，眼光一瞥，突然发现树上的子羿竟没了踪影，吃了一惊，道："人呢？"

洛飞转头一看，只见树上枝叶摇晃，树下人挤人挨，哪里还有子羿的影子，跳起来叫道："这小祖宗，饭也不让人吃安稳了。"两人丢下银两，匆匆起身。洛飞眼尖，猛地瞥到一角黄衣钻出人群往城东去了，一拉萧言："那边！"话音未落，人已越过人群，掠出数丈。

原来子羿在树上看了会儿焰火，想起已经出来一日，家中只余娘亲一人，还是早些回去陪她，这念头一起，便松手跳下树来，也不留恋满天焰火，钻出人群而去。主街之上人来人往，几乎寸步难行，子羿自幼在城中长大，对各处道路甚是熟悉，往玄女祠后面饶过，向左一转，穿过两条横巷，便来到了一条稍微安静的侧街。

天上焰火此起彼伏，街道两侧灯火隐隐，行人稀疏。子羿想念母亲，加快脚步，走到半路，却见街口出现数点光亮，前面八个身着白衣的妙龄少女每人手提一盏茜纱宫灯袅袅而来，后面跟着一架装饰精美的紫檀小轿。子羿见那轿子样式独特，不由停住脚步看了一眼，忽听有人软声道："小弟弟，你过来。"他愣了一愣，只见那轿子停在身边，轿帘掀起，有个白衣女子正向自己招手。

子羿走到灯下，见那女子雪衣乌发，容颜极美，扶在轿帘上的纤手更似水晶一般，手上一环紫色串珠流光幽幽，甚是动人，不由心想，原来除了娘亲，世上竟还有这么美的人，不知娘亲当真笑起来，是不是也这么好看，于是站住问道："你叫我吗？"

那美貌女子冲他微微一笑，道："你过来，你住在这城中吗？我问你，去月梅庵的路怎么走啊？"

子羿听她话语娇柔动听，又增三分好感，抬手指道："你走反方向了，月梅庵在城东，离我家不远。"

"哎呀！"那女子轻呼，"居然走错路了。小弟弟，我初来乍到不认得路，你可不可以带我去月梅庵啊？"

子羿犹豫了一下，那女子柔声道："来，你看快要下雪了，我顺路送你回家。"子羿闻到她身上如兰似麝的香气，忽然一阵迷糊，只觉得就算娘亲也从没对自己这般和颜悦色过，不由便往轿中走去。这时身后忽然有人叫道："少主小心！"那女子目光一抬，伸手一拉，子羿身子立刻扑向轿中。他不知外面萧言叫的是自己，背心微微一麻，便昏昏沉沉地睡了过去。

黑暗中，一道鞭影急卷轿帘，正是萧言、洛飞赶到。那轿中女子轻声一笑，纤指微扬，袖口中两道白光射出，分袭二人。萧言鞭梢本已卷上轿帘，忽觉劲风扑面，迫不得已向后仰身。就这一瞬耽搁，轿帘落下，四名轿夫抬手一举，软轿凌空飞起，四人翻身滚地，八柄长刀罩向萧言，而那八名妙龄少女亦同时出招，将抢上前来的洛飞围在中央。

那软轿在半空中滴溜溜旋转数周，轻轻落下地来。二人不知子羿生死如何，心中皆是焦急，双双向前抢去。那八名少女手持宫灯足踏奇步，微微一动又将洛飞围住，似是循着某种特定的阵法。八人身形变幻多姿，看去极是美妙，手中出招却是精准毒辣。洛飞连换数种身法，一时竟然无法突围。

萧言与那四名轿夫缠斗，只觉他们刀法诡异，飘忽不定，绝非名门正派。他担心少主安危，长啸一声，软鞭招数陡变，频下杀手。那四人合力围攻他一人，本占上风，此时却渐渐抵挡不住。萧言横鞭急扫，其中一人长刀脱手，撞上旁边一棵大树，忽然倏地没了踪影。萧言吃了一惊，另外三人攻上前来，被他回鞭扫去，两人翻身一滚消失不见。空中一朵烟花爆开，余下一人纵身跃起，倏忽后退，仿佛随着烟花凭空而去，再无踪迹。

萧言心中惊诧不言而喻，返身扑到轿前，却见轿中空空如也，子羿和那轿中女子早已不知去向。这时候，围攻洛飞的八名少女拧腰旋身，袖中八道青烟飞出，八盏宫灯倏然而灭。烟雾遮空，一阵风过，八人同时消失不见。

洛飞顾不得多想，落到萧言身边，一看轿中，亦是面色微变，但他毕竟久历江湖，立刻问道："是什么人，可看出来历？"

萧言摇头道："那四人身手古怪得紧，找不回人，恐怕要惊动公主。我回去调派人手，你马上去见秦师白，请他设法封锁城门，只要人在城中，凭冥衣楼和铁旗门不信找不出来！"

洛飞微一点头，两人顾不得多说，分头而去。

第八章 十年故友

那白衣女子趁萧言、洛飞与人缠斗之机，施展身法携了子羿离轿而去，但并未走多远，转过街角便进了一片院落的后门，穿过回廊来到楼上，一个绿衣女子随即迎了上来，低声道："堂主，就是这孩子吗？"

那白衣女子将子羿交给她道："送进去好生看着，冥衣楼和铁旗门不好应付，莫要走漏了风声。"

那绿衣女子点头道："堂主打算如何处置这孩子？"

白衣女子看了看子羿沉睡的眉眼，轻轻哼了一声道："彦翎这死小贼，当真是成事不足败事有余，花了几年时间，居然替殿下找回这么个儿子来。我揣摩殿下心意，定是要亲自来接他回国，立为太子，穆国王位如何能落到一个来历不明的孩子身上？这不是滑天下之大稽吗？"

绿衣女子沉吟道："殿下若是有此心意，留着这孩子，终是祸患。现在他已落到咱们手中，堂主可要早做决断。"

那白衣女子蹙眉道："你又怎知这不是殿下的亲生骨肉？殿下当年与那九公主情义极深，万一他真的是殿下的骨血，谁敢伤他半分？此事我定要调查清楚再说，无论如何，这一次不能让殿下见到这孩子，否则他明天便是穆国太子。你们看好了他，千万要小心。"

那绿衣女子点头答应，将子羿送入房中。

子羿昏睡了一夜悠悠醒来，已是第二天日上三竿，发现自己身处一间精致华丽的睡房。房间里面不知是什么熏香，似是百花齐放，温暖怡人，一双芙蓉锦帐半掩榻前，流苏洒金，明珠缀玉，翡翠屏风鸳鸯盏，一事一物都考究到了奢侈，看得人眼花缭乱。

子羿跳下地来，跑去开门，谁知门窗皆被从外锁住，纹丝不动。他毕竟年幼，心中害怕，想起娘亲一夜不见自己回去，定然非常担心，不由拍门大叫："来人啊！放我出去！放我出去！"外面有人把守，但无论他如何喊叫总是不肯答应。子羿哭闹了一阵，始终没人理会，到了午饭时间，却听窗棂一响，有人递进几样小菜，一碟银丝花卷，一笼水晶虾饺。他跳起来看到个白衣少女，窗外飘来轻歌笑语、琴瑟之声，仿佛是个极热闹的所在。

那少女只是送来东西，也不跟他话。到了晚上，依旧有人送饭送菜，外加鲜果点心，东西样样精致可口，但就是不放他出门，也不让他看到任何人模样，只是外面喧闹之声更甚。子羿不知这地方乃是伏俟城中最大的青楼，枯坐半日，伸手摸到桌上灯烛，忽然眼睛一转，兴起个大胆的念头，心想我放一把火在屋里，看你们开不开门。

他人小鬼大，也不知害怕，这主意一定，当即爬到榻上，刚要扯了帷帐点火。这时候，忽听外面一声轻响，雕窗一晃而开，跟着眼前一花，有个玄衣人出现在屋中。子羿吓了一跳，那玄衣人伸手在他嘴上轻轻一按，低声道："你叫子羿，对吗？"

子羿点了点头，道："你是谁？"

那人在黑暗中微微一笑，扫了四周一眼，却未回答，又问道："是谁把你关在这里的？"

子羿想起昨晚之事，道："好像是个穿白衣服的姐姐。"

"姐姐？"那玄衣人一愣，随即低声笑道，"他们昨天有没有为难你？"

子羿摇头道："没有，但是我想娘亲，这里好闷啊。"

玄衣人微微扬唇道："好，那暂且饶过他们。你别作声，我带你出去。"

子羿并不知自己一句话替多少人免去一场重责，他在屋里闷得坏了，立刻点头答应，一想又道："外面有人守着，我们出不去。"

玄衣人轻轻一笑，俯身将他抱起："我变戏法给你看。"说着抬手一指，吹了口气道，"倒！"推开窗户跃了出去。子羿扭头一看，发现外面看守的人早已倒了一地，心中暗自称奇。那玄衣人抱着他转过拐角，迎面两个白衣少女捧着点心走来，见到他们吃了一惊，张口欲呼。子羿心想糟糕，却觉那玄衣人身子一动，闪电般抢到二女中间，伸手一拂。那两名少女被他手指点中，呼喊都来不及，便软软睡倒。

子羿看得有趣，拍手道："你这是什么戏法，真好玩，教给我好吗？"

玄衣人笑道："这点穴的戏法你娘也会，她没有教过你吗？对了，你年纪还小，学不了这门功夫，不过没关系，以后我教给你。"

子羿见他背上挂着一把形制古拙的长剑，伸手摸了摸，想了一会儿道："我知道了，你这是厉害的武功，不是戏法。我娘也会武功，有时候她也教我，不过还是背书背得多。"

这时两人穿过外面庭院，那玄衣人身法极快，在山石之后一闪而过，院中虽有护卫走动，却没有一人发现他们。到了围墙之侧，他抬头笑道："这么多年了，不知她功夫进境如何。她为何总教你背书，想让你当状元郎吗？"说着轻轻一跃，飘上墙头，身在半空轻声呼哨。黑暗中马蹄急响，一匹全身乌黑的骏马闻声而至。那人抱着子羿跳下墙头，恰好落在快马之上，一抖缰绳，带着他疾驰而去。

子羿身子腾云驾雾一般，被他环抱在前，稳稳坐在马上向前飞奔，小脸兴奋得发红，一时竟忘了答他问话，过了一会儿，才想起来道："娘亲让我背的书可古怪了，有什么五行八卦，有棋谱、琴谱，还有什么经脉穴道，不过不管多难，我每次都能很快背出来。"

玄衣人问道："那你是喜欢背书了？"

子羿道："我不喜欢背书，可是我背得多，娘亲就会高兴些，所以我总是快些背。其实我还是喜欢学武功，但娘亲很少教我，有时候我求她，她才跟我说一点。"

玄衣人点了点头，道："你娘亲教过你武功，那你会骑马吗？"

子羿道："这个娘亲没有教过。"

玄衣人将缰绳交到他手中："来，试试看。"

子羿觉得他手臂一松，立刻紧紧抓住缰绳，心中虽然有些害怕，却更加兴奋新鲜。快马离开闹市，玄衣人在他耳边低声指点。子羿生性聪明，很快便知道如何控制马速，操纵马儿左右转弯。那玄衣人不断在后提点，护着他纵马疾驰，两人一路跑到城郊，子羿开心地叫道："若是娘亲在就好了，她还没见过我骑马呢！"说到这里，忽然想起这一日一夜，娘亲一定在到处找自己，不由心下牵挂，收了马缰道，"我想回家了，娘亲不见了我，肯定很担心。"

那玄衣人一手提缰，在一处溪流旁勒马："放心，你娘很快便会来找你，我们在这儿等她好了。来，我试试你武功。"说着翻身下马。子羿自己从马背上跳下，伸手抚摸黑马，甚是喜欢。玄衣人对他招了招手道："你来抓我，若能抓住我，我就让你自己骑马。"

子羿眼睛熠熠发亮，显然极是高兴，叫道："那我来了！"说着向左迈步，身子一晃，却向右扑去。那玄衣人早便知道他是虚招，轻轻一闪。子羿与他擦身而过，跟着便反身抓他左臂。玄衣人抬手在他肩头一拍，转了开去，笑道："不错，再来。"

子羿被他拍中肩头，心中甚是不服，展开娘亲教过的步法，一个转身又抓向他衣襟。玄衣人动作看似悠闲，却总能在间不容发的瞬间避开他手掌。两人进退往来，在溪水边过招。子羿想尽办法也抓不到那人衣角，却不觉气馁，暗中观察他身法，忽然在他转身时向侧抢出，双手前抱。

玄衣人没想他竟能料到自己落足的位置，险些被他抓到，足尖轻点，向后一晃，不知怎的便到了他身后。这时他已经摸清了子羿的武功底子，伸手拍他脑门，摇头笑道："你娘的武功虽然不错，不过阴柔多变，还是更加适合女子修习，何况她没好好教你，这娘当得甚是马虎。以后我们不背书了，我教你骑马射箭，再传你剑法武功，怎样？"

子羿其实已经累得气喘吁吁，待他一松手便坐到了地上，闻言又猛地跳起来叫道："真的？"

玄衣人尚未答话，身后忽然有人冷冷地道："夜玄殇，你不在惊云山对付鬼师，跑来这里哄小孩子玩闹，是不是这些年没有对手，闲得手痒了？"

　　玄衣人微微侧首，唇角轻扬。子羿循声看去，只见月光下一人站在溪畔，衣发幽魅，随风而舞，不是娘亲却又是谁？欣喜之下，大叫一声："娘亲！"扑上前去。

　　夜玄殇此时才回过头来，含笑看着月下女子。子娆淡淡地看了儿子一眼，复又抬眸盯着他散漫的笑容。原来昨日子羿失踪之后，萧言等人遍寻城中不见，无奈之下回禀了子娆，同时找了秦师白相助寻人。

　　子娆携子避世隐居，在伏俟城住了数年，虽然不为外人知晓，但铁旗门在此地势力深广，秦师白又与洛飞等人交好，见冥衣楼所有分舵高手无缘无故都移入了这伏俟城中，略经查探，多少也猜知些端倪。昔年子昊曾自宣王手中救他性命，子娆亦曾在少原君面前保下名妓莫仙奴，成全他一番姻缘，秦师白心存感念，既知子羿是谁的儿子，自然封锁城门全力寻找，却未想到对方将孩子藏在青楼之中，一时搜寻未果。直到夜玄殇救出子羿，故意在长街纵马，冥衣楼与铁旗门立刻得到消息。子娆虽这么多年不问世事，此时关心儿子安危，却也到了冥衣楼分舵，一得知此事随即追出，便比所有人都快了一步寻到了他们。

　　夜玄殇转身笑道："你来得比我估计得要快，看来这些年功夫没有搁下。"

　　子娆轻轻哼了一声，忽然身形急趋，眨眼到了他身前，袖袂轻拂，往他面门扫去。夜玄殇哈哈一笑："到底是谁手痒了？"侧身一让，还了一掌。子娆与他多年不见，有心试他武功，手中绽现一道明光，瞬间化作重重叠叠的光环，凭空罩下。她这些年心无旁骛，潜心静修，武功已非昔日境地，连续近身抢攻，夜玄殇空手连接数招，兴致大增，叫了声"好"，拔剑出鞘。

　　归离剑法本是世上至刚至阳的武功，这十年来战场磨砺，更添锋锐杀气。莲华四术却是至阴至柔的招式，以柔克刚，居然丝毫不落下风。子娆与夜玄殇两人十年前便经常切磋过招，此时甫一交手，便知对方功力大进，皆是全力出手，有心一较高下。

　　夜色下剑气迫人，光华夺目，子羿在旁看得目瞪口呆。他从来不知娘亲的武功居然这般厉害，亦从未见过这般凌厉的剑法，一时盼望归离剑得胜，一时又怕娘亲受伤，只觉眼花缭乱。这时夜玄殇与子娆同时清啸，剑气敛，光华消，两人无声无息连交三掌，突然双双向后退开。

　　风扫落叶，漫天轻舞，夜玄殇长剑反手归鞘，笑道："不错不错，你这四术合一的功法已是大成了。"

　　子娆落足溪畔，轻轻侧眸，亦道："十八招归离剑法通明圆融，绝无破绽，你也不错。"

子羿看得十分过瘾，拍手叫好，奔到子娲面前道："娘亲，你怎么来了？昨天那些坏人抓了我去，是这位……这位大叔救我出来的。"

子娲眸光微转，看向对面："我知道。"子羿奇道："你怎么知道的？你和大叔早就认识吗？"子娲尚未说话，夜玄殇已大步来到她身旁，一把按住子羿脑袋，笑道："什么大叔？叫父王！"

"啊！"子羿怔怔抬头，"父……父王？"

面前男子扬唇轻笑，屈指在他脑门上一敲，道："自然是父王，你爹乃是堂堂穆国之主，姓夜名玄殇，从今后你的名字就叫作夜子羿，给我记住了。"

子羿又惊又喜，这一路上夜玄殇出入险境来去自如，救他出困，教他纵马，方才又答应传他剑法武功，在他心中其实已经不止一次想过，如果这人就是自己的父亲该有多好。现在突然听到他竟然就是说书先生口中的大英雄，名震天下的穆王夜玄殇，而且亲口要自己叫他父王，子羿几乎不能相信自己的耳朵，傻傻地看着他："穆王？我爹是穆王？我爹……我爹是穆王！"他忽然大叫一声，"我爹是穆王！我有爹爹了！我爹是穆王！"一边喊着，竟然高兴得连翻两个跟头。

子娲修眉微蹙，连叫了他两声他都没听见，转头道："夜玄殇，你干什么？你明知他……"

夜玄殇将手一抬，看住她双眸，道："这孩子我今天一定要带走，男孩子只是跟着母亲怎么行？何况现在伏俟城中已是危险重重，但在我面前，没有人敢动他分毫。"他说话的语气温柔霸道，不容置疑。子娲凤眸轻挑，冷声道："谁敢动他，我要谁的命。"

夜玄殇低头道："即便你能够保护他，却给不了他一个父亲。"子娲猛地抬眸，眼中薄蕴微怒。这时子羿跑回他们身边，连声问道："娘亲，我有爹了，我爹是穆王，是不是？你怎么从来不告诉我？这是真的吗？他是我爹，他是我爹，对不对？"子娲微微垂眸，看到孩子殷切期盼的眼神，心头一软，一句话到了嘴边，竟然没有说出来。夜玄殇笑了一笑，蹲下身道："子羿，从明天开始，父王先教你剑法，好不好？"

子羿叫道："好！父王，你身后那把剑，就是天下最厉害的归离剑吗？我可不可以看看？"

夜玄殇反手解下佩剑，插在他面前道："归离剑法共有一十八式，只要你想学，父王以后尽数传给你。"

子羿伸手握住剑柄，慢慢拔剑出鞘，剑锋雪亮，照着他稚气未脱的面庞，不断跳动闪烁。归离剑乃是冰海精钢所制，甚是沉重，他双手握剑，尚自有些吃力，却突然向前虚劈一记，大声道："父王，我学会了归离剑法，跟你一起带兵打仗，一定把鬼师打得落花流水！"

夜玄殇哈哈大笑："好！我就知道你这小子不会让人失望，所以一收到消息，便快马加鞭地赶来接你，就是不想让你在这里无所事事，耽搁了大好光阴。"一边说着，一边转头看向子娆。

子娆这时脸上已然恢复了那种清冷的神情，静静地看着他和子羿，过了一会儿，道："你当真要带这孩子走？"

夜玄殇起身道："他已经快十岁了，对一个十岁的男孩来说，他需要一个父亲。"

子娆点了点头，唇边竟然徐徐晕开一丝极淡的笑意："也是，这孩子若交给你，我还有什么不放心，这样再好不过。"子羿两手提着归离剑，在旁开心地上下挥动，兴奋不已，并没有注意母亲的神色。子娆看着他的目光既是怜爱，却又有种寂寥如雪的颜色，冷暖交融，莫可名说。

夜玄殇与她生死相交，虽然十年未见，但比任何人都要了解彼此。十年前子娆恢复记忆，孤身前往王域，夜玄殇实际暗中相随，将桃林中发生的一切都看在眼中，但因离司、白姝儿在侧，子娆生命无忧，所以未曾现身。后来子娆伤心远走，他也始终留意着她的行踪，知道她一直平安，便也放下心来。但七年前九域惊现鬼师，战乱迭起，穆国屡遭突袭，着实混乱了一阵。那时子娆迁居伏俟城，夜玄殇忙于战事，一时疏忽，居然失去了她的消息。这些年战事频繁，彦翎受他所托，四处寻找子娆，终于在数日前查到了伏俟城。

月色清溪，徐徐流淌。子娆无声凝望着子羿，夜玄殇伸手挽住了她的肩膀，道："跟我一起回去。我不能在这里耽搁太久，北域鬼师再次进攻惊云山，我与昔王约好共同发兵，此事耽搁不得。"

子娆侧眸看他："十年了，你似乎还是这样子，随心所欲，一直没变。"

夜玄殇微微低头，道："其实你也没变，你我二人，都不是轻易改变本心之人。我知道你，你知道我，我想不用我多说什么。穆国现在需要我，孩子需要父亲，也需要母亲。"

子娆十年来每当想起帝都那满天的血色、缤纷的桃林，都像是身在炼狱苦海，日日夜夜都是煎熬，只是为了这孩子，不得不苦苦支撑，现在突然见到夜玄殇，竟觉得蓦然轻松，好像放下了心中最沉重的负担。在这世上，她最信任的人便是他，子羿和他在一起是那样开心，若是以后跟着他，一定比跟着自己这个娘亲更加快活。想到这里，她叹了口气，道："战事当前，你千里迢迢跑到这伏俟城来，就是为了这孩子？"

夜玄殇一笑道："说实话，我是为了孩子的娘。彦翎这次带回消息，说是鬼师中似乎出现了蛊尸，这次来犯恐怕不易应付，我千里迢迢，可是来借救兵的。"

子娆眉尖轻轻一挑，转过身来。他脸上依旧是那副散漫潇洒的模样，哪里见得半分忧虑紧张，但是相识多年，他从来没有开口托过她任何事，无论是真是假，她又如何说得出不管？子娆眼中光色变幻，一瞬清流漫卷，过了片刻，她抬头看向半阙冷月，轻声道："好，我跟你回去。"

第九章 青衣异客

凌晨，天色将明。漫空长风将昔国明紫色的军旗吹得猎猎作响，大军主营之前，早有两队士兵守护在一辆青色饰白蛟纹马车旁，整装待发。军中报晓的刁斗声悠悠传来，一个身披白裘的碧衣女子趁着晨光往主营而来，一路上站岗的士兵见到她，皆是十分尊敬，先后执戈行礼。

那碧衣女子走到车前，主营帐帘掀开，昔王与王后亦携手而出，随着一声清脆的嬉笑，一个七八岁左右、身着紫色披风的小女孩蹦跳着扑到碧衣女子身前，叫道："离司姑姑，我们可以出发了吗？"

那碧衣女子正是离司，十年前她随且兰离开王域，回到昔国，后来在昔王苏陵的主持下，嫁于右卫将军靳无余为妻。她因医术高明，常常伴随丈夫征战南北，救死扶伤，光阴荏苒，屈指一数，也已经过了数年时间。

自楚国、宣国相继覆亡之后，现在的昔国在苏陵与且兰的执掌之下，已非曾经的势微小国。当初且兰应白姝儿之约前去王域，自她口中得知子昊心有所属，遂昭告天下，自废王后之位，重新以九夷女王的身份面对世人。这些年来，她与苏陵同舟共济，苦心经营，将王族、九夷、昔国、昭国等昔日分散的领土合而为一，与穆国、北域三足鼎立，成为统领一方的诸侯大国。他们两人本便性情相投，如此朝夕相处，情意渐生，几经波折，终于结成连理，如今随着时光流逝，感情愈深，始终恩爱谐美，相敬如宾。

晨风袭来，已带着风雪的寒意。苏陵在车边站下脚步，有些担心地看着且兰，嘱咐道："你此次怀这孩子甚是辛苦，可不比生韵儿时那么轻松，眼见没多久便要足月了，我又不能陪你一起去，路上千万小心。"

且兰微笑道："时间还早呢，何况有离司陪着，不会有事的。你且放心，这次鬼师来得凶猛，你专心与穆王应付他们，我和韵儿会替你祭拜，很快便也回来了。"

宽松的狐裘之下，隐约能见她小腹微微隆起，显然已是有了数月身孕。她与苏陵成亲之后育有一女，年方七岁，取名苏韵，便是方才跟离司说话的那紫衣女孩，眼下怀着的正是两人的第二个孩子，算来再有三两个月便也将出世。

自从东帝故世之后，每年深冬时分，苏陵与且兰、离司都会亲自到王域祭拜，十年以来从未间断。但今年且兰有孕，怕到那时刚好临产，无法成行，遂决定提早前去。本来若无要事，苏陵必定与她同行，但此时恰逢鬼师大举进攻惊云山，他需得坐镇军中，分身乏术，这即将到来的一场大战，恐怕数月方能终结，无奈之下，也只得令她们自行前往。

眼见天放亮，昔国大军传令拔营，且兰与离司亦带了韵儿登车，复由青冥、鸾瑛两名女将贴身护卫，启程而去。王域大地在被九转玲珑阵摧毁之后，经过十年的休养生息，原本荒芜的大地已经有了不少村庄城镇。近年来鬼师横行北域，边境百姓纷纷向南迁居，越发令这里多了不少人气，在昔王的精心治理之下，曾经的帝王之都正慢慢恢复着生机。

且兰等人与大军背道而驰，一路南行。鬼师此次进攻惊云山，虽然来势汹汹，但尚未越过穆国、昔国两方联手的封锁，所以以原来的息川城为界，王域以南尚且安全，路上倒也顺利。

如此晓行夜宿，当晚在一处村庄歇息，算来明天再走一日，便就能够到达帝都。这小村建成不久，住户不多，众人借宿在一家农户，且兰与离司共住一室，入夜之后点起灯火，韵儿在车上玩闹一日，早已睡眼蒙眬，吃过饭后便趴在母亲身边睡着了。

离司披着外衣坐在灯下看书，且兰一日车马劳顿，身子颇觉困倦，只是一时半会却也睡不着，倚在榻上望着窗外的月光出神。这些年来，她始终没有将在桃林中安放九转灵石的事告诉任何人，但在内心深处，却总是盼望能够出现奇迹，盼望着子昊真的如白姝儿所言，终有一日重回人世。时间一年一年过去，希望一次一次落空，她知道他或许再也不会回来，只是有些事已经养成习惯，每年冬天不走这一趟，心中总是感觉牵挂。

外面夜深人静，村庄和平安宁，月色幽幽洒照峰峦，令白日里嶙峋崎岖的山地显得格外柔和。眼见夜深，且兰与离司亦熄了灯火睡下，隐约到了三更，忽然听到外面响起一声凄厉的嚎叫。且兰睡得本浅，一惊睁开眼睛，离司却早已从床上起身，低声道："什么声音？"

"好像是山里野兽。"且兰侧耳倾听，蹙眉道，"你听。"

就这片刻时间，那嚎叫由一声变得此起彼伏，似乎亦离村庄近了许多，深夜中回荡在山间，听得人毛骨悚然。外面传来村民出门查看的声音，这时韵儿也被惊醒，揉着眼睛问道："娘，什么声音？"

"怎么会有这么多野兽？"且兰一手拍着女儿，随手取来了身边佩剑。离司心下生出不祥的预感，这样的声音或许别人并不熟悉，但对常年追随昔王与鬼师作战的人来说，被兽群围攻已经不是新鲜的经历。

"不好，村民危险！"且兰也察觉不对，话音刚落，村中传来一声惨叫，跟着便是无数凶残的厉嚎。屋门砰的一声被什么撞开，一只白额猛虎带着腥风向内扑来。离司不想兽群来得竟这样快，反手拔剑，身形一晃向着猛虎刺去。那猛虎本是扑向且兰，被离司剑锋一阻，返身回扑。且兰一把将韵儿拉到身后，浮翾剑同时前递，与离司双剑齐出，正中猛虎双目。猛虎狂吼一声，人立而起。且兰挥手下劈，仗着浮翾剑之利，竟将猛虎一分为二。此时离司已转身与扑到门前的一头巨狼战在一起，数招之后一脚将其踢出。青冥与鸾瑛仗剑赶到，双剑其下，将那巨狼砍杀。

且兰抱了韵儿出门一看，不禁心下骇然。只见山色森森，月夜幽暗，不知何时，整个村庄中竟已布满了虎狼狮豹各种猛兽，正向各处住屋攻击。随行而来的数十名战士已经赶到，结成军阵，护卫着她们所在的房屋，群兽一时不得近前，但其他村民从睡梦中惊醒，有不少已为巨兽所伤。

这般情形，除了鬼师行凶不作他想。但以前鬼师无论是指挥僵尸进攻城池，还是驱使兽群袭击村落，都会有箫声在前引导，总有预兆可寻，不知这次为何突然发难，又是在这王域深处。且兰此时已顾不得多想，提剑斩杀两只虎豹，喝道："结阵保护百姓！鸾瑛带人往村东，青冥带人往西，引百姓们到这里聚集！"

青冥、鸾瑛领命而去，护卫中分出二十人随他们冲入兽群，前去营救被困的百姓。离司亦仗着轻功高明，在兽群中往来冲杀，先将几个孩童救起，眼见兽群当中熊罴豺虎无数，狮豹豺狼凶残，更有巨蛇猛象不绝而来，一时震惊至极。她从村头掠到村尾，都不曾听到驱使猛兽的箫声，心中更是不解，闪身避开一只白狮的攻击，忽然看到兽群中有人呆呆地站在那里，动也不动，吃了一惊，急忙纵身去救。谁知刚刚落足那人身边，一条赤红的蟒蛇倏然蹿起，便往她身上卷来。

这一下出其不意，离司只觉一阵腥气扑面，情急之下旋身躲避，左侧却有一头巨熊扑至。离司心叫不妙，危急之际，半空中箭矢利响，一道精光流星般射至，直透巨熊脑门。那巨熊狂嘶一声，翻身滚倒。离司反手一剑刺死一只花豹，旁边又是数支羽箭破空而至，却是且兰以凤羽箭相助，同时高声叫道："离司回来！"

离司得利箭护持，危险稍减，却仍旧惦记着兽群中那人，匆忙中回头看去。月光透过树梢，正巧照在那人脸上，却见他面色枯槁，目光呆滞，周身散发出幽异的血光，赫然竟是一具被术法操纵的蛊尸。离司心头悚然，挥动长剑杀散兽群，几个起落抢回屋前。这时青冥、鸾瑛与众护卫也已撤回，且兰指挥村民搬动大石，按照奇门方位堆成了一个石阵挡在门前。护卫们本来已被逼得连连后退，借助石阵稍微稳住阵脚，将二三十名幸存的百姓以及且兰三人护在屋中。

离司落入阵中喘了口气，想起刚才看到那人，转头对且兰道："娘娘，驱使兽群的是蛊尸！"

且兰方才也已察觉那人不对劲，此时仔细观察，发现兽群中每隔几步便有一具蛊尸缓缓移动，不知被什么方法操纵，竟能引导兽群攻击村落。这时四面八方忽然响起密集如水的窸窣声，空气中传来浓重的腥臭之气，躲在屋中的村民突然大叫："蛇！大蛇！"

且兰一惊，反身搭箭，双箭齐出，将蹿入屋中的两条金蟒钉在地上。几名护卫离开石阵跃进屋去，守住两侧窗户。屋前人数一少，兽群不断跃过石阵进攻，形势顿时吃紧。且兰、离司顾不得多说，仗剑补上缺口。月光之下，但见巨兽中群蛇涌现，成千上万，金鳞遍地。夜空之中，远远传来戾声长啸，似有猛禽的影子在云中盘旋，不断接近。

如此阵势，纵然且兰与离司久经沙场，也是第一次见。村中其他房屋几乎都已被兽群破坏殆尽，只余他们这一栋房屋尚且幸存。屋前很快堆积了不少猛兽的尸体，但是兽群攻势丝毫不减，反而越来越多。且兰手中剑光闪动，连续杀退纵身上扑的猛兽，忽觉腹中胎动不已，面色微微一变，手按小腹后退了一步。半空中突然出现一只双头怪鸟，俯身向她冲来。离司一眼瞥见，斜身一挡，挺剑上刺。那怪鸟长声惨叫，利剑透胸，翻滚着落向兽群。离司伸手扶住且兰："娘娘，你怎样了？"

且兰银牙微咬，忍住一阵腹痛，摇了摇头。这时月光自重云背后露出，举目所见，兽群密密麻麻漫山遍野，若不是他们这数十人借了石阵苦苦相抗，这小村庄恐怕早就被夷为了平地。但眼前这情形，就算是昔国大军在此，也未必能够冲杀出去，分明已是死路一条。且兰方才用力过度，腹中阵阵疼痛，眼见今日绝难幸免，反手抓住离司道："你拿我的剑，趁着大队猛禽还没攻到，还有机会逃命，我用凰羽箭掩护你，快走！"说着将浮翾剑塞到她手中。

离司急道："我岂能不顾娘娘的安危独自逃生？等见了昔王殿下，我怎么和他交代？"

两人说话之间，又有猛兽扑上，被青冥和鸾瑛联手挡住，阵前护卫死伤近半，已经支撑不了多久。且兰催促数声，见离司执意不肯，厉声喝道："你糊涂了吗？这个时候，你不活着回去给靳无余报信，要我们举国一起送死吗？"

离司心神剧震，他们今天在这绝不可能的地方遇见鬼师，说明北域已有了新的法子驱使兽群作战，无须婠后亲自出手。对方潜入王域召唤群兽，定然是为了偷袭穆、昔两国联军。靳无余所率的昔国先锋军目前正在息川旧地，若是他遇袭战败，昔国大军必遭重创，一旦昔国被破，穆国孤军迎敌，将受两面夹击，结果可想而知。如此一来，两国兵败，鬼师横行九域，比起他们区区数十人的性命，将是一场弥天大祸。

离司面色惨白，只觉得握剑的手都在发颤，跺脚道："我护着娘娘冲出去，要走也是你先走。"

且兰此时腹中疼痛难耐，知道已经动了胎气，无力再战，今日必死无疑，而离司轻功远胜于己，逃生的机会更大，俯身将韵儿抱起，送入她怀中，道："用我一条命换整个九域安危，有什么不值？带孩子走，快！"韵儿早被吓得哭都哭不出来，伸手叫道："娘亲，我要娘亲！"且兰知道越是耽搁越是凶险，狠下心来，拂开孩子的手一掌击出，将离司送出石阵，跟着羽箭齐发，连杀数头猛兽："快走！"

离司身子落下，将韵儿护在怀中就地一滚，挥剑护身，回头看见漫空怪鸟向着石阵扑下，心知已无他路，猛一咬牙，提气跃上一株大树，避开兽群，向着山下奔去。且兰连珠箭发，射死数只追击她的怪鸟，眼见二人消失在黑暗之中，她心中一松，腹中却是一阵剧痛，跟跄两步，靠上屋门。这时空中成群的怪鸟扑将下来，其中一只巨翅凌风，直向她顶门冲下。且兰勉力提气，眼见无力闪避，旁边鸾瑛看得危急，大叫一声："娘娘小心！"合身扑出。那怪鸟一翅扫下，掠过且兰肩头，利剑般的长喙却猛地插入鸾瑛脑中。鸾瑛脑浆迸裂，毙命当场。

且兰被鸾瑛在千钧一发之际推入屋中，眼见她惨死身前，心中剧痛难耐。屋外护卫被怪鸟击伤无数，只余数人先后退了进来。青冥右臂受伤，左手使剑砍杀一条毒蛇，扶着且兰靠向床榻，只见她手按腹部，衣袍已被鲜血染得通红。

石阵很快被兽群冲垮，幸存的百姓四下逃窜，不是被猛兽扑杀，便是被怪鸟当空击毙。这仅存的一间瓦房摇摇欲坠，在巨兽怪鸟的冲击下，眼见便要倒塌。且兰腹中剧痛，气力渐失，耳边听到石阵被毁、墙壁倒塌的声音，伴着怪鸟阵阵厉鸣，越来越是模糊。隐约之间，忽然有阵缥缈的琴音似自天外响起，外面群鸟齐鸣，声透云霄。且兰神智渐趋昏迷，心中恍然记起什么，却在剧烈的疼痛中彻底失去了知觉。

剧烈的疼痛，昏沉的意识，黑夜化作白天，又至黑夜，且兰似乎沉在无底的深渊中，一时身处冰窖，一时如坠火窟，浑浑噩噩地不知过了多久，忽然有股温和的暖流在自己周身游走，片刻之后，又有清凉的感觉落上额头，终于，那些冰和火融化消退，她挣扎了一下，徐徐睁开了眼睛。

入眼之处，仿佛仍旧身处那被群兽围困的农户中，屋中一灯如豆，静谧安宁，鬼师、猛兽、村民、护卫，记忆中所有的这些都像一场噩梦，熟悉的人事都已不在，唯有桌前模模糊糊地站着一个青衣人，背对着自己，看不清晰。

且兰蹙了蹙眉头，努力想要记起发生了什么，却听轻轻一声门响，青冥端着一个白色瓷碗进屋，一眼望向榻上，惊喜叫道："夫人，你醒了！"那青衣人亦闻声回头，且兰这才看清他的模样，只见他身形清瘦，面貌平淡，一双眸子在灯火中空蒙遥远，就像是云烟之下的雨夜，一片萧索岑寂。见到且兰醒来，他转身走到床前，伸手探她脉搏，点头道："还好，没事了，让她把药喝了吧。"

他的声音亦像面容一样，似乎不带一丝感情。这时床边忽然传来一声微弱的婴儿啼哭，且兰心头一震，勉力撑起身来。青冥急忙放下药碗扶她，轻声道："是位小公子，您动了胎气早产，好生危险，幸好这位先生医术高明，才保了你们母子平安。"

且兰听说孩子无恙先是一喜，但知是这男子替自己接生又是一惊，惊喜交集，眼前一阵晕眩。那男子伸手轻拍孩子襁褓，哄他不要哭闹，转头道："你身子还弱，喝了药好好躺着，不要乱动。"且兰微微闭目歇息，依言将药喝完，看见青冥手上缠着绷带，想起鬼师进攻之事，低声问道："其他人呢？我们怎会逃过一劫？"

青冥接了药碗道："您已经昏迷一天一夜，那晚鬼师来势凶猛，我们抵挡不住，险些都丧身其中。后来是这位先生用琴音驱退了兽群，救了我们和村中百姓。"

她这么说着并不觉什么，且兰听着却着实吃了一惊。要知那晚他们遇到的鬼师群兽为蛊术操控，非但数量庞大，而且皆是王域之中的奇异猛兽，放眼九域除了娍后之外，根本无人能够驾驭，这人竟然能以琴音退之，拯救众人性命，简直匪夷所思。想到这里，她不由仔细打量那男子，他在旁逗弄婴儿，根本没有抬头，却似乎感觉到她的目光，说道："那兽群是被巫族蛊尸操控，所以才会聚集为祸，只要驱退蛊尸，自然便也散去，并没什么稀奇的。"

且兰靠在床头，只觉他的背影似乎有些熟悉，一时却又想不起在哪里见过，轻声道："我母子二人承先生活命之恩，感激不尽，不知先生高姓大名，该当如何称呼？"

那人淡淡地道："我姓予。"

且兰心中细想，并不记得九域间有哪位予姓异人这般形容模样，沉思片刻，心中闪过一念，又道："先生既然知道蛊尸一物，又能以乐声御敌，是否与巫族有些渊源？"

那人负手灯下，轻轻侧首，只是随口嗯了一声，并未说是，也未说不是，反而问道："听那些村民说，这群兽作乱之事并非第一次发生，究竟是什么人如此凶残作恶？"

且兰道："先生莫非没有听说过媸后含夕？她是北域机关城之主，精擅摄魂夺心之术，非但能够驾驭异兽伤人，更加可操控人尸替她作战，情形与二十年前楚国皇域所创的鬼师一般无二，所以世人亦以鬼师相称。这些年她多次与穆、昔两国为敌，这一次更是大举进攻惊云山，昨夜若不是先生相助，驱退兽群，恐怕昔国军队要遭全军覆灭之灾。"

那人点了点头，凝视灯火，似在思索什么，片刻后又道："那媸后身边有巫族之人？"

且兰道："我们也是如此猜测，但是这么多年无论怎么探查，却也不知道究竟是何人在背后助她。"

那人轻轻哼了一声，听声音似是有些不豫，但面上仍是毫无表情。且兰既知他能够应对兽群，若能得此助力，眼前两国对抗媸后便将胜算大增，一心想要设法请他相助，勉力撑身坐起，在床上施了一礼，道："先生今日救我孩儿性命，大恩大德，无以为报。这孩子生来逢此劫难，却与先生有缘，我有一个不情之请，不知先生可否收了这孩子为徒，以后也好让他孝敬先生，报此活命之恩？"

那人回过头来，笑了一笑，道："这孩子出生不过一日，我有什么好教他的？你代他拜师，是想让我帮你抵御鬼师吗？"

且兰被他说破心思，倒也不加辩驳，扶着青冥道："鬼师横行凶邪，四处残害生灵，眼见日日壮大，难以遏制。先生若能略施援手，救天下苍生于水火，我昔国臣民愿举国供奉先生，纵以国主之位相酬，亦无怨言。"

那男子转身道："我一个瞎子，要那国主之位有什么用？昔国的王位难道凭你一句话便能轻易送人？"

且兰闻言诧异莫名，没想到这驱散鬼师、救己性命的恩人居然目不能视，难怪他双眸总是那样空寂清冷，即便灯火映入其中，也难看到任何情绪。但是从开始到现在，他行走做事皆与常人无异，替她把脉，逗弄婴儿，根本看不出任何异样，若不是他自己亲口说出，且兰竟然完全没有发现他的眼睛看不见东西。沉默片刻，她按下心中惊讶，低声道："先生救我母子性命，我们的身份不该再隐瞒先生，我夫君苏陵便是昔国之主，若是先生当真能替九域除此祸患，我夫妇二人又岂会吝啬这区区国主之位，贪恋些许荣华？"

那人点头道："如此说来，你已是昔国的王后了，很好，很好。"跟着又道，"我与这孩子也的确有些缘分，他早产降生，先天受了损伤，若没有几年好生调养，恐怕活不过十岁。我既然救了他，也不能看他再次送死，便依你所言，收了这个徒儿无妨。至于鬼师一事，我也不要你什么王位，就当我送这孩子的见面之礼好了。"

且兰大喜，起身拜道："多谢先生成全……"话未说完，面前忽然天旋地转，有摇摇欲坠之感。那人微微蹙眉，抬手在她后背轻轻一拂，一股沛然如水的真气应手而发，护住她奇经八脉，流转温养。且兰晕眩稍止，脸色却苍白如死。那人道："你昨日失血过多，身体亏虚甚巨，不要再费心神了，这些事没什么大不了的，养好身子再说不迟。"他的语气比先前温和了许多，其中却有股无法抗拒的意味。且兰不知为何便觉安心，仿佛他一言一行令人莫名地信服，这种感觉依稀曾见，但眼前精神恍惚，一时又抓不住头绪。她临阵早产，虽然侥幸保住性命，却已是力尽神危，这时再也支撑不住，心神一松，便又昏昏沉沉地睡了过去。

第十章 鬼师惊魂

寒风灌入山谷，自狭窄的谷口呼啸着冲向通往息川的云中平原。离司用满是鲜血的裘衣裹着韵儿紧紧抱在怀中，逆风步出峡谷，一眼望到阳光洒照的平原大地，脚下一个踉跄，再也支持不住，连人带剑滚下山坡。

韵儿被从她怀里甩出，撞在一块岩石上，痛得哭了出来，离司撑起身子，见她除了手上脸上略有擦伤，并无大碍，顿时松了口气，想要站起来哄她，却已经力不从心。韵儿爬到她身边，见她浑身是血，吓得哭道："离司姑姑，离司姑姑，你怎么了？娘亲呢，娘亲去哪里了？"

离司勉力伸出手，将她搂在怀里，低声道："韵儿不哭，没事……已经没事了……"就这说话之间，地上已是聚了一摊鲜血。在她后背之上，数道深可见骨的创口血肉模糊，其中一道透胸而入，形成骇人的深洞，鲜血便从这创口中不断流出，仿佛正在迅速消耗着她的生命。

离司昨晚抱着韵儿一路杀出鬼师的包围，虽仗着轻功卓绝尽量避开攻击，但为保护韵儿不受伤害，终为猛兽所伤，尽力支撑到这里，已是油尽灯枯。她本身精通医术，知道此地无医无药，这样严重的伤势已然难救，自己是无论如何也支撑不到靳无余军中了，但是鬼师的情报至关重要，如果不能送到，整个九域都面临着覆亡的危险，喘息片刻，她将浮翾剑递给韵儿道："韵儿，从这里一直往前走，穿过这片平原就是咱们昔国的军营。姑姑……姑姑走不动了，你拿着这柄剑去见你靳叔叔，告诉他……告诉他，鬼师用蛊术驱使兽群，想要攻击我们的军队……"她话未说完，唇边不断涌出鲜血。韵儿看着她的伤口，想起昨晚被猛兽杀死的村民，哭道："姑姑你不要死，韵儿害怕，姑姑不要死，不要丢下韵儿。"

离司自忖已经坚持不了多久了，哑声哄道："韵儿，你快走，去叫靳叔叔来救姑姑，还有……还有你娘亲。你快些去，姑姑就不会死，快去……"

韵儿听了止住哭泣，含泪道："真的吗？姑姑不会死，我去叫靳叔叔来救姑姑。"

离司靠在岩石上，低声道："快走……一定要找到他……"她的声音越来越弱。韵儿虽然害怕得很，但骨子里也有几分源自母亲的坚韧，现在知道只有自己才能救姑姑，爬起来擦干眼泪道："姑姑你等我，我……我很快就回来！"

离司朦朦胧胧地看着韵儿瘦小的身影向前跑去，感觉身上越来越冷，神志渐渐模糊，慢慢闭上眼睛。就在这时，风中突然传来隐约的马蹄声，似乎还夹杂着韵儿的呼喊，她不知是否是韵儿遇险，心下大急，挣扎着想要起身，却连一分力气也使不出。片刻之间，马蹄声倏然接近，有个男子低沉的声音道："人在这边！"跟着一个女子问道："是什么人？怎么会有浮翾剑？"

离司听到这声音心神剧震，这时一道人影带着丝缕幽香掠至身边，那人俯下身来将她扶起，忽然叫道："离司！"

离司勉力睁开眼睛，看到一张熟悉的容颜，跟着一股内力涌入，穿经过腑，护住她心脉。来人抬手连点她背后穴道，止住流血，又将两粒药丸送入她口中。离司靠在她怀里，精神微微振作了一下，泪水却夺眶而出："公主……是你吗？"

原来来人竟是自伏俟城西行，路过此地赶回白虎军中的子娆与夜玄殇。夜玄殇手中正抱着韵儿，向她询问情况。子羿从马上取下水囊，跑过来递到母亲手中。子娆慢慢喂离司喝了几口水，撕下衣襟替她裹伤，见她伤得如此严重，沉声问道："出了什么事？是谁将你伤成这样？"

离司牵挂了十年，今天重新见到旧主，几疑是在梦中，却也知天无绝人之路，他们二人定能保护韵儿周全，将军情送达，轻声道："蛊尸……驱使兽群……在后方……她是昔王的女儿……王后……遇险……"她虽气力不足，说得断断续续，但二人已大概猜知发生了什么事，转头对视，心中自是震惊。

子娆设法稳住离司的伤势，又慢慢哄着韵儿说话，终将昨夜村庄中发生的惨事弄清，知道且兰等人被鬼师所困，凭两人之力绝对无法援救，何况还要顾及两个孩子和重伤的离司。此处离靳无余驻军之处只余不到片刻路程，这两日间，穆国白虎军、昔国中军皆会到达此处，会师应对北域，两人商议过后，遂决定立刻前去调兵。

子娆将离司抱到马上，为怕她伤口颠簸疼痛，暂且点了她睡穴，自己在后相护。子羿这几日已经学会独自骑马，便和韵儿共乘一骑。韵儿思念母亲，骑在马上伤心落泪。子羿虽只比她大了两岁，此时倒是颇有些大哥哥的模样，见她穿得单薄，便将自己的裘袍脱下来让给她，一路逗她说话。韵儿毕竟年岁尚幼，很快被他逗得破涕为笑，愁苦之情减轻不少。

几人一路北上，马不停蹄，日落之前终于赶到军营。这时候昔王所率中军与穆国白虎军已经同时到达，正在各处安营扎寨。苏陵与穆国领军上将卫垣、虞肖以及靳无余、叔孙亦皆在主帐之中商议布防事宜，听得穆王到来，一同出帐相迎。

韵儿从昨日到现在受尽苦楚，一见到父亲，立刻哭着扑上前去，叫道："父王，快去救母后！好多好多的野兽还有怪鸟，它们要吃掉母后……你快去救母后！"

苏陵相隔十年重见子娆已然惊讶，突然又见女儿和她在一起，夜玄殇怀中尚抱着奄奄一息的离司，一颗心直往谷底沉下。靳无余已经抢上前去问道："发生了什么事？怎么会这样？"

夜玄殇将离司交给他，进到帐中，三言两语将事情说清。众人闻言无不震骇，苏陵听说且兰竟然遭遇鬼师袭击，如闻晴天霹雳，猛地自案前站了起来。靳无余急道："殿下，我立刻带兵去寻娘娘！"

帐中一片死寂，竟然没有一人应和。只因所有人都知道，如果情况确如离司与韵儿所言，那么此时就算是倾尽两国精兵去救，恐怕连且兰他们的尸骨也都找不回来。苏陵面色惨白一片，双目却似要喷出血来，令人望之生寒。所有人看着他的脸色沉默，不知该如何出言安慰。突然，夜玄殇沉声道："此处有我，想去就去。"

男人与男人之间，一言已足，无须多说。子娆伸手揽过韵儿道："如有意外，我必保她无恙。"苏陵虽知且兰生还的希望已经极其渺茫，但夫妻情重，无论生死绝不能弃她不顾，决心已定，对他二人躬身一拜。这一拜，无声无言，却是举国相托。夜玄殇点了点头，苏陵随即转身离帐，点起帐下精兵，全力向王域赶去。

一夜快马行军，第二日天将拂晓，昔国的军队便已寻到且兰他们遇袭的山村。苏陵传令战士四下搜索，放眼山野，但见四处草木狼藉，布满了异兽的足迹粪便，不远处一角村落，房屋坍塌过半，人烟绝迹，竟连半分活人的气息也无。

他见此情景，心如火焚，沿着一路血迹打马前奔，却生怕在什么地方看到妻子残缺不全的尸骨。不料赶到村尾，忽见一辆马车前站着数人，当中一女子白衣轻裘，雪肤花貌，不是且兰却又是谁？苏陵几乎不能相信自己的眼睛，不及勒马，纵身向前掠出。且兰原本正要上车，听到马蹄声回头看去，猛地见到丈夫，身子一晃，险些站立不住。

苏陵抢到近前，一把将她揽住，颤声道："且兰，且兰是你吗？"入手处伊人身子温热，呼吸轻浅，恍若此身入梦。

且兰被他抱得险些喘不过气来，心中却柔情冲涌，泪盈于眶："当然是我，你怎么到了这里？"苏陵此刻也同时问道："你是怎么逃过鬼师的？"

两人相视一笑，且兰转头道："是予先生救了我们。"

苏陵这时才发现还有他人站在车旁，却是青冥与几个幸存的护卫。其中有个青衣人面色淡淡，正转身向他二人看来，想必便是且兰说的救命恩人了。他放开且兰，上前兜头一揖，道："多谢先生相救拙荆，苏陵粉身碎骨亦难以为报！"

那人负手在后，不避不让受了他一礼，笑道："一向听说昔王苏陵遇事沉着，从容稳重，有泰山崩于前而色不变之定力，不想竟也是性情中人。"

苏陵被他说得脸上微微一热，但与且兰目光对视，皆是真情流露。两人经此大难，仿若隔世相逢，不约而同地伸手握住对方，千言万语，都已不必再说。且兰不知离司与韵儿是否脱险，原本便是打算尽快赶去军营，打点了车马准备启程，此时遇上苏陵，知她二人无恙，放下心来。但此地也不便多作耽搁，几人略略叙话，仍是登车上路。

苏陵派了一队士兵快马回去报信，自己带大军在后压阵。昔国军队护卫着马车，徐徐向北行去。这时苏陵已知儿子早产诞生，怜爱妻子辛苦，百感交集，又听且兰细说予先生退敌、儿子拜师之事，当真既惊且喜。他一路上和予先生同车而行，随兴闲聊，发现此人胸中所学浩瀚如海，言辞谈吐，见地不凡，不禁暗暗称奇。而且不知为何，虽是萍水相逢，自己对他竟觉一见如故，莫名亲近。

且兰在旁听他们谈古说今，目光一直不曾离开予先生半分。这两日她细心观察，已知他脸上可能戴着十分精巧的人皮面具，所以喜怒无形，莫可揣度，而且叫人无从推知他的身份。但是这人无论身形气质都让她感觉无比熟悉，若不是他双目已盲……想到这里，她心中忽然一念电闪，一时之间，呆呆地看着那双空寂的眼眸，心中惊涛翻涌，几难自持。

苏陵正和予先生说话，见她脸色有些不对，关心地问道："怎么了，是不是不舒服？"予先生也微微转头，似乎看向这边。且兰虽然明知他看不见，却仍旧觉得像是有道无形的目光，将自己心中所想透视无余。便是这种感觉，曾经令她沉迷沦陷，几难自拔，曾经令所有人甘心追随，百死无悔。且兰微微闭目，平静了片刻，才轻声对苏陵道："没事，方才忽然有点头晕。"

予先生听她呼吸略促，轻轻拂袖，随手搭上她腕脉。且兰盯着他的手一动也不敢动，只觉掌心冒汗，几乎控制不住微微发颤。片刻后他收回手，淡声道："凝神调息，莫要多思多虑，劳心伤身。"

且兰轻轻嗯了一声，听着那平淡口气之中若有若无的关怀，眼中一热，险些便落下泪来。她急忙转开头，过了一会儿，心绪才渐渐平静。这时予先生闲谈之间随口问起了穆国的情况，且兰微微抬眸，突然亦问苏陵道："先前听你说是九公主救了韵儿回去，她这些年究竟怎样，如今是与穆王在一起了吗？"

苏陵笑了笑道："我当时听说你出事，心乱如麻，也没来得及细问，但看那情形，她与穆王情义如旧，更何况两人已有了个差不多十岁的儿子，我琢磨着穆王恐怕很快便要册立太子了。"

"穆王与九公主的儿子？"且兰轻轻瞥了对面一眼，又道，"那九公主……岂不是名正言顺的穆国王后了？"

苏陵道："说来本该如此，当年公主失踪，我们和穆王都寻了她好久，如今还是穆王有心，终将他们母子接了回来。那孩子好像名叫子羿，想必先前是随母姓，眉眼间也与九公主甚是相像，但看举止却颇有其父风范。对了，说到这个，我有件事想和你商量。"

且兰听他口气颇为郑重，奇怪道："什么事？"

苏陵道："我虽只匆匆见了子羿一面，但感觉那孩子很是不错。我们与穆国一向交好，穆王与九公主也都是旧识……"

且兰微笑着接口："你想与穆国联姻？"

苏陵笑道："你总是能猜到我的心思。昨日韵儿受了惊吓，见到我时哭得跟泪人似的，谁都哄不好，但最后竟肯听子羿的话。我见这两个孩子似乎颇为投缘，所以才有此想法。"

且兰垂眸思量："这倒也不错……"说着抬头看向予先生，"先生觉得呢？"予先生却没有回答。且兰见他面向窗外不知在想些什么，似乎根本没有听到自己说话，又叫了他一声，他才蓦然回神，道："什么？"

且兰道："方才苏陵说，九公主的儿子与我们的女儿年龄相当，又似投缘，我们想与公主结个儿女亲家，先生以为如何？"

予先生沉默片刻，道："这件事似乎应问穆王和九公主才对。"

且兰道："虽是孩子的事，但也涉及两国邦交，我想听听先生的意见。"

予先生身子向后靠去，过了一会儿，淡淡地道："门当户对，两小无猜，两国缔结同盟，两家亲上加亲，又有何不可？"

"若先生也赞同，那便好。"且兰目光自他笼在袖中的右手上收回，看着这熟悉的动作，面上竟似露出了如释重负的神情，却听苏陵笑道："还有一事，我想若穆王当真答应联姻，又册立太子，我们昔国不妨也双喜临门，一起立了储君。"

且兰知他疼惜她母子二人，叹了口气，看着睡在身旁的儿子柔声道："这事晚些再说也不迟，他才出生几天，还没有名字呢。"

"对，说得也是。"苏陵想了想，转头对予先生道："这孩子承蒙先生不弃，收入门下，不如便请先生替他取个名字吧。"

予先生倒也不推辞，微微侧首，略加思索道："这孩子生逢乱世，四海动荡不安，不如替他取一个'晏'字。晏者，天清也，希望自他出生之后，九州平靖，河清海晏，从此天下再无战乱。"

"苏晏。"苏陵点头道，"好，这名字很好。若此次得先生相助，能够瓦解鬼师，那么或许太平时日，便也指日可待了。"

当日黄昏，前去报信的战士快马赶回禀报，两国联军已经进驻离息川旧地百里之外的项章，北方今晨发现鬼师的踪迹，请昔王与王后速速入城。苏陵闻报，知道战事迫在眉睫，当晚并不扎营休息，下令全速行军，不到黎明时分，一行人已赶至项章。穆王得到消息，命叔孙亦、楼樊带了轻骑卫队出城接应。两人见且兰平安归来，喜出望外，对予先生更是感激莫名，一同来到车前致谢。

面对这两员大将，予先生也不过是在车上点了点头，便已算是见过。黎明前的夜色最是黑暗，城头的火把在风中忽明忽暗，照出片片森冷的光影。众人驱车入城，刚刚走到城门，予先生突然用手一搭车帘，侧耳倾听。且兰自他身上感受到一股杀气袭来，方要开口询问，他身子微微一晃已到了车外。苏陵此时正对叔孙亦询问城中情况，回身问道："先生何事？"

予先生面向城门，袖底似有幽幽异芒闪过，片刻之后，他忽然回头道："传令三军战士全速入城，关闭城门！即刻调集所有弓箭手，布阵拒敌！"他的话锋利果断，带着一股毋庸置疑的意味。楼樊和叔孙亦皆是一怔，苏陵目光自他身上掠过，不知为何，心头猛地一跳，几乎是毫不犹豫地转身道："按先生说的办。"话音甫落，半空中隐隐传来厉鸣，且兰闻声色变："鬼师到了！"

说话之间，一片乌云自月光尽头迅速接近，怪鸟振翼之声漫空响起，伴着凄厉的长鸣向着城头冲下。

子娆与夜玄殇原本在白虎军中说话，闻声同时一惊。夜玄殇剑眉略扬，道："来得好快！"子娆拂袖轻卷，浮翮剑落入手中，两人同时掠出帐外。

两军将士本便枕戈待旦，日夜警戒，敌踪甫现，立刻发动防御。不过片刻，城头弓弩升起，无数箭矢破空齐飞。鬼师以鸟兽为先锋，攻击城池迅若闪电。成千上万的怪鸟在城上盘旋，巨翼如扇，遮天蔽日，纷纷向着城头、望楼、行营等地冲去。

城上弓箭手以巨盾作为掩护，操纵弓弩阻击来敌。那些怪鸟虽然体形庞大，却是灵活非常，凶猛残忍，一旦躲开箭矢，便迅速振翼俯冲，利喙巨翅每击必中，战士们挡者非死即伤。城头很快被鲜血染红，随着怪鸟越聚越多，箭矢的威胁逐步减弱。街巷上戾啸迭起，不少战马被怪鸟利爪擒住，带上半空摔落，战士们拔刀与怪鸟肉搏，血羽横飞，场面惨烈异常。

就在怪鸟空袭的同时，城门处亦传来巨大的声响，群兽狂吼之声直冲月霄，震得山野动荡。子媱与夜玄殇斩杀数只怪鸟，双双掠上城头，临阵下望，纵使以他二人的胆量，也不禁毛骨悚然。

但见森然浓重的月色下，密密麻麻的异兽涌向城门。在那些恶虎、猛狮、巨熊、赤蟒之后，是一排排骇人的僵尸，一重重无法杀死的蛊怪，就像汹涌的黑潮一般，漫山遍野，无穷无尽。自七年前鬼师惊现，横行天下，夜玄殇与苏陵率军与之抗衡，历经大小战役无数，但也从来没有见过如此之多的敌军，亦从来没见过异兽、僵尸同时出动。今晚这鬼师来袭，乃是一场惊天浩劫的开端，如果两国军队不能将他们阻在项章城，那么明日之后，整个九域亦将不复存在，化作一片死亡与杀戮的地狱。

空中怪鸟前仆后继，城下熊象狮虎撞击城门，一些白猿黑狄更是攀缘而上，向城头发起攻击。

昔国因"妙手神机"宿英之故，弓弩装备分外精良，洗马谷剑庐制造的兵器也异常锋利。城门受袭时，苏陵率昔国战士全然担负起阻击怪鸟的重任。且兰亦披甲临阵，凰羽箭每发必中，杀得怪鸟惨叫不已。夜玄殇亲自坐镇城头，白虎军销铁熔金，投石如雨，毫无间断地将巨石滚油倾向城下。熊熊火光之中，无数异兽被流火浇中，翻滚嘶嚎，刺鼻的焦臭弥漫百里，滚滚浓烟冲天遮月。

子媱与夜玄殇并肩督战，心知如此大规模地攻击重镇，含夕必然亲自操控鬼师，绝不会只令蛊怪出动，一直留心各处动静，却始终不见她踪影。空中怪鸟虽然频频击杀人畜，但在昔国强弩猛攻之下亦死伤惨重，渐渐被守军扳回劣势。就在这时，一轮血月破云而出，半空中忽然传来阵阵箫音。一只白羽赤喙的双头怪鸟出现在月色重云之下，振声长鸣。所有巨鸟闻得箫声，怪叫着冲上半空，盘旋数周之后，突然发疯一般向着昔国军阵冲下。

面对怪鸟悍不畏死的攻击，城头用以防护的盾阵被冲得四分五裂。撞上巨盾的怪鸟固然骨折肉裂，惨死当场，阵中的战士也绝难幸免，不是被冲下城去，便是被怪鸟生生击毙。夜玄殇眼见昔国军队生变，方要调兵增援，空中箫音再起，那白羽怪鸟双翼招展，陡然遮蔽月色，亦将整个项章城笼罩在浓重无比的黑暗之中。

箫音幽幽，幽怨凄切，仿佛子夜鬼哭，悚然惊魂。突然间，那些战死的将士、倒毙的战马，就连坠落的怪鸟都重新活动起来。浑身是血的尸体，有些残臂断腿，有些肚肠横流，有些连头颅都已不见，有的仍旧拿着武器，有的赤手空拳，就那样向活着的战士们扑来。不论是谁，只要稍有迟疑，不是被他们挥刀砍杀，便是被合身抱住，再也无法挣脱。在那无孔不入的箫声下，那些新亡的战士亦纷纷化为僵尸，数量越来越多。

城中情景恐怖至极。子娆在箫音响起时便已抢上望楼，月光倏然重现，在那白羽巨鸟背上，含夕抚箫而坐，赤衣飞扬，仿佛自冥域血月中现身而出，诡异邪美，摄人心魂。子娆微微合目，再睁开眼睛时，一双凤眸异芒如水，袖中玉箫转出，低低吹奏起来。

子娆的箫音甫一响起，那白羽巨鸟忽然急急拔高，趋向月色之中。含夕身在半空，柳眉一竖，指下洞箫鬼叫般进出几个短音。那些冲向城头的怪鸟调转方向，振翼厉鸣，向着子娆所在的望楼冲去。

夜玄殇一声令下，白虎军战士自两侧抢出，结成垂天矛阵挡下多数进攻。子娆身形飘忽闪烁，让开其余冲上前来的怪鸟，忽然间飞身而起，凌空飘纵，跃上其中一只怪鸟后背。那怪鸟仰首长叫，猛地向着夜空冲去。子娆足下真力透出，逼得它向下一沉，擦着望楼飞过。怪鸟残暴凶猛，被人骑上项背，顿时凶性大发，展开一双巨翼，在空中横冲直撞，一时俯首猛冲，一时侧身翻滚。子娆身处鸟背之上，幽冥玄衣疾飘如风，随着那怪鸟上下翻飞。城头众人仰首观望，无不看得惊心动魄。

含夕急急催箫，操纵白羽巨鸟从空中俯冲下来，不断攻击子娆所在的怪鸟。子娆的情况看似惊险，身子却牢牢钉在那怪鸟背上分毫不动。两人在月色之中忽高忽低，追逐周旋，箫声始终不曾停息。含夕的箫音凄怨惨戾，便好似暗夜悲风，深峡猿啼。子娆一曲空灵，却是飘逸幽幻，仿若九霄雨露，碧海云波。两般箫音时而低回若无，时而直上云霄，时急时缓、时进时退，极尽千变万化之致。过了一会儿，双方乐音愈来愈急，愈来愈高，除了夜玄殇、苏陵等内力深厚之人外，所有战士都感觉耳膜欲裂，心跳如狂，那漫空怪鸟亦是惨声厉鸣，似乎承受不住箫音之力，呈现狂乱之态。

子娆驾驭的那只怪鸟周身，隐约现出重重明紫色的莲华。夜玄殇倏地皱眉，恐怕子娆欲以箫音当场击毙含夕，但她自己就算不死，也必重伤。这时候，月空中忽然传来一声清冽的琴音。

众人只觉心神一清，那琴音听来遥远空蒙，若有若无，不仔细听几乎听不清楚，但是清韵微震，倏然而至。两道箫音如火遇水，焰熄如缕。含夕箫音连转数周，凄凄切切，飘忽不定，似是在躲避什么。那琴音便在此时骤然清晰。众人听在耳中，似见渊海渺茫，万里碧浪，层层波潮缓缓推进，风起天阑，越涌越急，其后狂涛森然，白浪如山，以雷霆万钧之势，合城扑下。子娆乍闻这琴音，微微一呆，怪鸟自含夕身边一掠而过，险些被对方所伤。她心神微震，跟着将玉箫举到唇畔，按宫引商，轻轻吹奏，一缕柔韵悠悠荡荡，随着那琴音婉转起伏。

怪鸟掠过望楼，子娆飘身而落，站在楼檐之上。琴音绕梁，沧海浩瀚。风平浪静时，箫韵缥缈，如云如雾，时时缭绕海面；惊涛骇浪时，箫韵便似海底暗流，汹涌湍急，始终与那琴音起伏相合。含夕的箫声在这箫琴合奏中东躲西闪，若断若续，几乎难以为继，数次想要拔高音调破出这乐音之困，却不是被琴声所断，便是被箫韵阻缠。再奏片刻，那琴音忽然稍转，冰弦如刃，峻峭肃杀至极。含夕只觉心神剧震，一音未成，唇边长箫骤然崩裂，座下巨鸟对月惨叫，翻滚着向下坠去。

巨鸟下坠之时，含夕一声尖啸，纵身落向望楼。子娆霍然抬眸，衣袂一扬冲天而起。含夕凌空落下，两人双掌相交，月下血华迸射。子娆飞身飘退，周身明光灿烁，晶莹流转。含夕当空喷出一口鲜血，伴着一缕红衣落向城外。眼见她便将坠入兽群当中，战场上忽然金芒大现，一条白鳞巨蛇夭矫腾空，自夜雾之中蹿起，蛇首上掠起一个黄衣男子，纵身将她接住。含夕携了那人的手，两人翻身落在蛇首之上。她指间血芒隐隐，催动法诀，双眸透出艳戾幽光，冷冷传音："你们等着，此仇不报，我含夕誓不为人！总有一天，我要血洗此城！"

这怨毒的话语随着薄雾传遍全城，月夜下万兽齐吼，浓雾忽至，当月色再现，鬼师大军全然消失不见。

第十一章 隔世重逢

眼见鬼师退去，两国军民举城欢呼。黑暗退却，黎明第一缕曙光徐徐出现在天际，子娆持箫独立，静静望着那霞光出神，突然纵身落下望楼，向着方才琴音传来的方向掠去。夜玄殇传令白虎军安营善后，微笑看着那道幽魅的身影消失在天光之下，身后有人大声叫道："父王！"

他转身回头，却见子羿正向城头奔来，韵儿跟在身后摇着小手兴奋地喊道："伯伯！伯伯！子羿哥哥杀了两只怪鸟，子羿哥哥好厉害啊！"

夜玄殇一愣，跟着哈哈大笑，一把将子羿举起道："好小子，本王果然没有认错你，从现在起，你便是我穆国的继承人！穆国三军听令，今日本王立公子子羿为储君，日后继承王位，汝等当尽心辅佐，不得有误！"他这一句话以内力向空送出，传遍全城。穆国三军闻声一静，而后爆发出震天的高呼。

夜玄殇在此之前早便与卫垣、虞肖等实权上将说过子羿的身份，亦言明立储之意。众将皆知早在十年之前，九公主便已经算是穆国王后，只不过未行大典而已，既然子羿为她所出，也都无有异议，此时率领将士山呼叩拜，就在这战场之上拥立储君。

子羿被夜玄殇举在肩上，接受三军参拜，倒也不见十分局促，只是有些不好意思地挠了挠头道："父王，那两只怪鸟不是我自己杀的，是那个白衣姐姐帮我的，就是那天把我关在屋里的姐姐。"

夜玄殇见他手中尚握着一把小巧锋锐的短剑，顿时明白，笑道："莫要乱叫，以后见了她要叫姨娘。你姨娘那天是为了保护你才把你藏起来的，否则你便被坏人抓了去，见不到父王了。"

子羿奇道："姨娘好漂亮、好年轻，父王你真厉害，你还有多少这么好看的姨娘啊？"

夜玄殇抬手在他脑门上一敲，笑骂一声，放他下来，负手看着城外云气茫茫，过了会儿说道："你姨娘不但漂亮，而且能干，十几年前她便跟了我，无论我做什么事，她都一直在我身边，无论我做什么决定，她都永远站在我这里。这些年她也不知替我解决了多少麻烦，随我历了多少风险。我还记得当年穆国第一次遇上鬼师，我一时疏忽大意，险些被敌军所困，是她带兵杀入重围，冒死增援，自己却被鬼师重伤，差点死在我怀里。我那时也不知道她为什么会对我这样好，但是子羿，只要你以后好好对你姨娘，她就一定会好好对你，你若像待自己娘亲一样孝敬她，她便也会像你娘亲一样疼你。人和人之间就是这样，无论有没有血缘之亲，能够相遇便是缘分，彼此善待，彼此珍惜，总不会错。父王的话，你记住了吗？"

子羿坐在城头上，似懂非懂地点了点头，忽听身后一个柔媚的声音轻轻叫道："殿下。"

夜玄殇微微侧头，见白姝儿自护卫之中闪出，迎着漠漠晨风一瞬不瞬地看着他，眼中泪光莹莹，媚艳照人。"你来了。"夜玄殇拍了拍子羿肩头，转身道，"从今天起，本王把我穆国的储君交给你，相信无论发生什么事，你定会保他平安。"

子羿跳下地叫了声"姨娘"，看到韵儿在旁边对自己招手，嘻嘻一笑，溜下城头去了。白姝儿移步上前，美目轻轻一瞥，目送他远去，轻声叹道："殿下既然认定这孩子，姝儿当然知道该怎么做。只是，殿下为什么要这样安排？九公主她会同意吗？"

夜玄殇看向琴声消失的方向，忽然说了一句莫名其妙的话："他回来了。"

白姝儿却知道他所指何人，道："莫非殿下早就料到有这一日，如今一切皆是为此？"

夜玄殇转身笑问："十年前你和且兰去帝都的时候，可曾想过他一旦回来，天下将会是何等局面？"

白姝儿心头突地一跳，不想他早知此事，十年来却未提过半句，若是当初自己稍有异心，今日便绝对不是这般情形，思及此处，心中越发对他又爱又怕，媚眸稍转，柔声道："自始至终姝儿所做的一切皆为穆国，穆国是殿下的穆国，姝儿也是殿下的人，无论殿下做什么决定，姝儿都会像方才殿下所说的一样，永远站在殿下这一边。"

夜玄殇含笑伸手，白姝儿轻轻纵入他怀中。他抬头遥看城下山河，笑道："江山美人，各得其所。我和他一场约定，如今可要好好算一算这十年的旧账了。"

天空不知何时飘起了微雨，子娆循着琴声而去，半山崖上，一座山亭矗立在石崖尽头，下方藤萝森森，流瀑错落，形成一泓碧潭，细雨深处，一角青衫濯濯，若隐若现。

子娆起先施展身法全力赶来，待到了此地却突然驻足，隔着漫天雨光怔怔地看着那潭中之人。

烟雨缥缈，轻轻自碧潭升起，仿若浮云幻境，幽然空寂，那人的身影也似梦中，远远看着几疑幻觉。子娆紧紧握着手中玉箫，心中一遍遍回响着那助她击退含夕的琴音。她相信自己不会听错，那人的琴曲，她自幼便学得熟了，那套《沧海余生》的曲谱，与当年的棋谱一样，是他亲手所作，世上再不会有第二人懂得。但是，这怎么可能？十年前九转玲珑阵发动，他早已经和那片王域一起灰飞烟灭，若是他还在这世上，又怎会十年不来见她、十年踪迹全无？

子娆心中思潮起伏，此时此刻，人在咫尺，竟是不敢移步上前。碧潭上一丝弦音如缕，那人抬手抚琴，转宫过羽，淡淡清音回转飘来。那琴曲穿过雨丝，飘过云烟，如飞叶点点，如碧竹幽幽，令人仿佛置身一片竹海深处，坐看云起云落，花开花谢，那空灵柔美的曲调，早已历尽了万水千山的缱绻、红尘三生的纠缠。

风拂袖袂，子嫣独立雨中，听着那琴音似已痴了。很久很久以前，那个在碧竹林中与她初次相见的少年，便是这样坐在琴前，弹奏着这样一首曲子。那不期而至的缘分，注定了她一生一世的悲喜，让她知道了尘寰中最为美好的感觉，却亦尝尽了人世间最为深切的痛苦。

琴声如丝，转过烟雨万丈，轻轻缭绕身畔。她忽然身形轻飘，遥遥落向那石亭，琴声悠然而止，那人面目陌生，但她视而不见，纵身扑入他的怀中，紧紧将他抱住。

一声"子昊"哽在喉间。十年生死茫茫，十年相思如刃，就算换了岁月换了容颜，那一心眷恋不忘，那一世情丝难解。苍天有情，不笑痴人痴心，多少光阴，换来你我一刻相拥。

碧潭幽幽，仿佛远离尘嚣，四周只闻雨声，无止无尽。

过了良久，雨中传来极轻的叹息，他熟悉的声音低低响起："子嫣，对不起。我回来了。"

子嫣闭上眼睛，他身上清冷的气息缠绵如昨："真的是你吗？你是不是又在哄我？十年了，你究竟要哄我多少次才甘心，要折磨我多少次才肯放手？"

亭外雨落成烟，迷蒙萦绕，子昊低下头来，声音低哑，带着一种难以描述的轻柔："我之前骗了你一次，老天罚我再也看不见你的模样，但是它也待我不薄，终究肯再给我一次机会，用这一生来补偿你。"

子嫣心头蓦然一痛，抬手揭下他脸上的面具。烟雨漫过他清隽的眉目，空蒙迷离，如漫柔情。眼中泪水悄然而落，她却恍然不觉，只是笑着道："这样多好，我以后就把你困在身边，困你到天长地久，来还我那些空白的画卷。以后你谁都不是，谁都不准见，你许下承诺，永远永远也还不完。"

子昊抬手轻抚她脸庞，微笑道："好，你说不见，我们就不见，你想做什么，我都陪着你。"

无边无际的雨帘，无声无息的雾霭，天地间似乎化作一片空白。子嫣紧紧贴着他的胸口，声音柔软低迷，幽幽响起在雨中："子昊，我突然觉得好怕，你若再晚些回来，或许我们这一生便又要错过了。生死相隔的滋味你永远也想不到，你以为那一杯酒真能让我无忧无虑吗？这十年来的煎熬，你真的太狠心了。"

子昊低头将唇抵上她的额头，将心比心，他又如何不知她这些年究竟是怎样熬过的："我从未想过会整整让你等上十年，那九转玲珑阵聚天地之力，变幻莫测，终是无人能够控制。"

子嫣颤声道："你安排下九转灵石，便知自己尚有生机，为何却要将这秘密瞒着我，不早些告诉我？"

子昊微微苦笑，道："我没有把握。"

"所以你便用一杯忘忧打发了我，给我一个虚幻的完美？"子娆狠狠抓着他的手道，"难道你不怕自己回来之后物是人非，我已为人妻、为人母？"

子昊沉默片刻，淡淡一笑："有什么关系吗？哪怕你为人妻、为人母，你仍是子娆，我仍是我。"

子娆抬起头来，雨光落入星眸，一片涟漪摇曳。过了一会儿，她忽然也轻轻笑了，柔声道："是啊！有什么关系呢？"她细密的睫毛徐徐垂落，丹唇幽柔，慵媚生姿，"子昊永远是子昊，我也永远是我。"

世间的情话或许有太多太多，但什么也比不上这样轻浅的一句。你永远是你，我永远是我，无须承诺的守护，只为彼此的等待。子昊手臂收紧，仿佛怕怀中女子消失一样，低头轻吻她温凉的发丝，呼吸纠缠，辗转落上红唇。

两个人，一个世界，时光仿佛已到尽头，融化了雨丝点点，万丈红尘。

也不知过了多久，城中突然传来整齐的高呼，子娆似被蓦然惊醒，侧耳倾听，那呼声一浪高过一浪，最终席卷全城，激荡人心。片刻后，她幽幽地叹了口气，道："终是逃不过的，我们不回去，他们便会找来。"

子昊拥着她道："你不高兴，我们便躲开些。"

子娆转过头，伸手摸了摸他的脸，静静地看了半晌，忽而妩媚一笑："不，这不是梦，我以后要和你开开心心地过安稳的日子，谁不容我们，我先杀谁，谁让这天下不太平，我就让他不好过。北域那些鬼师我看着讨厌，必要打发了才好。打发了他们，你才真正是我的。"她这话说得颇为乖张，子昊却也只是笑笑，道："好，你说怎样便怎样。"

子娆又是一叹，叹息里却有满足与欢喜，拉了他的手起身，忽然扭头道："以前你什么都是自己拿主意，我行我素，从来没这么好商量的。"

子昊轻轻扬唇："欠下的总归要还，不是吗？"

子娆一双魅眸被雨洗得清亮，柔柔一漾，笑上双靥。两人携手同行，沿山而下，待到行营之前，遥见昔国三军军容严整，阵列雨中。苏陵、且兰早已率众将等候多时。

见他二人到来，苏陵快步上前，叫声"主上"，翻身跪倒，也不知是雨光还是泪光，湿了温文俊颜。且兰抱着儿子紧随在后，三军将士同时抚剑叩拜，数万人振衣之声齐齐响起，雨中声势肃然，连绵数里。子昊虽然目不能视，却也感受到这份举国相待的礼仪，他叹了口气，伸手去扶且兰，道："你不好好歇着，这是干什么呢？"

且兰看着他没了面具遮挡的清瘦容颜，眸中落下泪来，道："主上，且兰此生受你所赐良多，无以为报。这些年我们守着王域，守着百姓，总算也不负主上所托，盼了十年，现在终于盼得你回来了。"

子昊笑了笑道："原不想见你们，便是为这个。我虽回来，却也不是以前了，这'主上'二字，以后无须再提。"

苏陵抬头道："主上何出此言？无论什么时候，您都是我们的主上……"话未说完，却听子昊道："怎么，你要将家国妻子一并都送了我吗？"

苏陵一愣，转身看向且兰。两人四目相对，眼中情愫万千，一时谁也说不出话。苏陵脸上隐隐流露出痛苦之色，子昊唇畔却掠过笑意，忽然低头，轻轻在他耳边说了句什么。苏陵神情一震，猛地转头看向且兰，目光既是诧异，又是惊喜。子昊伸手拍了拍且兰怀中的孩子，笑道："你若负她，我不饶你。小徒儿我收下，其他事情到此为止。"

且兰满心疑惑，方要开口相询，忽听有人大声笑道："没满月的小娃娃你都收作了徒儿，不如好事成双，我再送你个徒儿如何？"说话间，夜玄殇牵着子羿，白姝儿抱着韵儿，两人联袂而至。

子昊闻声轻轻挑唇。子羿见到母亲，大叫着跑上前来，韵儿亦跳下地笑嘻嘻地扑到且兰怀中，道："母后，子羿哥哥要来拜师父，伯伯说穆国储君需得有本事的人来教才行。母后我可以拜师父吗？我要和子羿哥哥一起学武功。"且兰含笑不语，将她往前轻轻一推，悄悄伸手指了指子昊。

韵儿人小精灵，立刻跪下叫道："师父，我先叫你师父，子羿哥哥再叫你，他就是师弟！"

子羿也抢着跪下道："师父你别听她的，我再过几个月就满十岁了，她还不到七岁，自然我是师哥，她是师妹才对。"

韵儿撇嘴道："十岁又怎样？伯伯刚才说过了，谁先叫师父谁就大，明明是我先，我是师姐。"

子羿想了想，哼了一声转头道："父王说，好男不跟女斗，我做师哥让着你这师妹，不跟你吵，我听师父的，师父说谁大就谁大。"

众人听两个孩子斗嘴，皆是忍俊不禁。韵儿抬头看着子昊道："那师父你说我们谁大？是不是我先叫你师父的？"

子昊半生手掌天下，运筹江山，什么风雨阵仗没见过，眼前却被两个孩子弄得不知如何是好。苏陵强忍笑意，待要上前哄劝女儿，却被且兰拉住。子娆眸光流转，掠向夜玄殇，低声道："你搞什么名堂呢？哄得两个孩子团团转，子羿他……"

话说一半，夜玄殇突然伸手将她揽到身边，笑道："夜子羿现在已经是穆国储君，尽人皆知，你也是本王的王后，我正琢磨着趁这立储之机，咱们也补一场喜酒，这叫喜上加喜。王上回来得正好，请你喝酒，如何？"

白姝儿这时一指且兰怀中，对子羿和韵儿道："喂，你们两个，若按拜师先后的话，先过去叫了师哥再说。"

子羿和韵儿啊的一声，双双跳了起来，注意力全都转到了那刚出生数日的小娃娃身上。子昊方才脱出身来，无奈一笑道："十年未见，穆王好特别的见面礼，就不能让人先缓一缓吗？"

夜玄殇笑道："这场酒我等了十年，差点便当你毁约不算了，如今到了还账的时候，自然要连本带利，催得紧些才是。"

子昊唇角微微上扬："穆王军中必有好酒，子娆，咱们且去一尝吧。"

第十二章 彼岸香消

白姝儿早知夜玄殇心意，见他们有话要谈，对他妩媚一笑，带了子羿与韵儿去玩。韵儿因不愿叫弟弟做师哥，勉强让步，同意以年龄大小排辈，让子羿做了师哥。子羿甚是开心，便答应陪她去看蜡梅花。此时雨势已歇，行营外一片蜡梅成林，蜿蜒着转到山坳之后，幽香缕缕，景致天成。两个孩子牵手来此，一路说笑，一路采摘花朵玩耍。白姝儿既认了子羿为储君，答应夜玄殇护他周全，怕他们有什么闪失，便一直跟随在侧，略施手段，哄得两个孩子开心不已。

眼见半日过去，天近黄昏，林中雾气浮泛，雨意又浓。白姝儿抬头观天，一转眼，见两个孩子往林后跑去，方要去寻，心中倏然掠过一丝异样，停住脚步，回头喝道："什么人？"

林中暮风徐至，吹起薄雾缈缈，一角紫衣飘然闪动，花树之间现出一人。白姝儿眸心掠过微芒，沉声道："婳夫人。"

那紫衣人走出花影，露出张冷艳的面容，单看眉目虽仍是曾经蝶千衣的模样，但形貌气质已全然改变，雾气曼妙，予人妖异诡艳的感觉："白堂主，多年不见了。"

白姝儿冷声道："的确是多年不见了，夫人毁约背誓，与我穆国为敌，竟然还敢来项章城，真是好胆量。"

媪夫人十年前被子昊击散真元，功力尽失，后来虽武功略复，却也用了整整十年时间才重新修回真元，能够随心所欲地使用巫族蛊术。九转玲珑阵发动之后，血玲珑辗转为北域所得。她引导含夕利用灵石之力修习秘法，重现当年鬼师之祸，横扫天下，半年前又重获金凤石，借助此物，终于能以蛊尸操纵异兽，令鬼师的战力越发提升至恐怖境地。

冷雾幽荡，媪夫人移步上前，盯着白姝儿道："我当然要来，不来会会白堂主，我又如何甘心？说起来我倒真是低估了你，昨日用琴音与含夕作对的，是不是东帝？"

白姝儿目中媚光浮沉，微微一转："东帝？我怎么知道呢，夫人都不能确定的事，我又如何知晓？"

媪夫人面容半隐暗影，依稀透出杀意："不是你在九转玲珑阵中动了手脚的话，东帝能够返生才叫奇怪。莫以为我感受不到碧玺灵石与黑曜石的灵力，千算万算，我也没有想到你会站在他那一边，你莫非得了失心疯了吗？他可是你的仇人。"

事到如今，白姝儿目的既已达成，干脆给她来个死不认账，悠悠笑道："夫人说笑了，这事我可当真不知道，我还正想请问夫人呢，可是那九转玲珑阵出了什么差错？如若不然，便是东帝当真好运喽。"

媪夫人心知必然是她从中弄鬼，但事已至此，多说无益。她城府极深，当下不动声色地道："子娆那丫头也回来了，好啊！此番倒遂了她的心意，两人箫琴合奏，好个郎情妾意。听说她还养了个孽种，我这做外婆的倒是想看看，这孩子长得像谁呢？"

白姝儿听着她森然的语气，暗中警惕，想要设法将她引开再说，笑道："夫人想看外孙那还不容易，那孩子刚刚还在行营，我陪夫人一起去吧，想必夫人也不想惊动九公主和穆王，对吗？"

"你倒识相呢。"媪夫人似笑非笑地道，"怎么，怕未来的穆国太子让别人抢了先，想借我的手除去他吗？"

白姝儿掩唇娇笑："知我者莫若夫人呢，我们家殿下死心眼，认定了那孩子是他的，我碍着他在前，也不好亲自动手，夫人来得可正好。"

薄暮冥光下，两人言辞往来，心机微露，各具打算。这时，林外忽然传来子羿的叫声："姨娘，姨娘你快去看！山下好像有只还没有死的怪鸟！"后面韵儿紧跟着叫道："子羿哥哥，你慢点跑，我害怕！"

白姝儿心知不妙，猛一咬牙，挥手向媪夫人拍去，同时喝道："子羿快走！"

说话间她水袖飘拂，已向婿夫人攻出六六三十六招，皆是大自在四时法中致命的杀手。婿夫人眸中杀机迸射，拂手应招。林中残花疾舞，雾飞如练，自四面八方向着两人所在的地方卷来。子羿正和韵儿向这边跑来，远远看得目瞪口呆，大声道："姨娘！"

夜雾中一袭紫衣一道白影飘忽闪动，白姝儿的武功阴柔诡变，一轮快攻之下，将婿夫人迫得暂时难施手脚，回头叫道："快带韵儿去找你娘！"

子羿虽不知发生了什么事，但听她语气焦急，回身拉了韵儿便往山坡下奔去。婿夫人冷喝一声："给我留下！"纵身而起。白姝儿长袖拂卷，灵蛇般缠向她足腕，同时笑道："夫人何必着急，咱们多年未见，且先叙叙旧再说。"婿夫人忌惮她招式凌厉，不得已回身落地，怒道："你找死！"目中忽现异芒，撮掌如刀，向着白姝儿肩头劈去。

白姝儿娇笑连连，身形如风，接连避开她数招抢攻，展开自在逍遥法将她缠住。婿夫人眼见子羿和韵儿就要跑出花林，倏地旋身后退，双手收向胸前，十指变幻，雾气中紫衣重重，纷飞飘举，透出诡谲夺目的幽芒。白姝儿脸上笑容忽然消失，神情凝重。婿夫人指花绽放，树林四面，无数金色光点像是从地狱血海中浮现，带着尖锐刺耳的厉啸，向着白姝儿周身射去。白姝儿足尖一点，身子轻云般向上拔起。她轻身功夫高明至极，这一纵之势恍若白练冲天，半空中连转数周，拂袖击下。

"破！"

随她娇声清叱，林中金光四散如雨。白姝儿击退对手，身子袅袅向后飘落，甫一落地，却觉左手指尖一凉，一点金光乍现即逝，随着她荡回的衣袂没入臂弯。一股阴寒莫名的凉意，刹那传遍整条手臂，白姝儿心头骤惊，不想婿夫人竟暗中施放毒蛊，自己稍不留神，居然着了她的道。就这片刻之间，寒意袭遍周身，如坠冰雪严冬，婿夫人趋身近前，一掌向她心口拍下。

白姝儿正以全身功力抵抗蛊虫入体，勉力挥袖前击。婿夫人掌力劲吐，一丛金光侵遍她全身，白姝儿浑身剧震，喷出一口鲜血，坠下山坡。婿夫人却借着反冲之力，身子飘出花林，一掠数丈，追向前方两个孩子。

韵儿本来被子羿拉着一路狂奔，但她毕竟年纪幼小，赶不上子羿的步子，脚下一绊摔倒在地。婿夫人凌空扑下，伸手向她后心抓去。子羿眼见韵儿遇险，情急之下合身扑出，叫声，"韵儿快跑！"自己挡在韵儿身上。婿夫人冷笑一声，一把将他提起，几个起落，便已到了数丈之外。薄雾中，她森冷的声音遥遥传来："告诉那丫头，想要孩子，便到北域机关城来吧！"

行营中早已燃起灯火，夜玄殇与子昊、子娆把酒叙旧，一日将尽，微雨又至，三人十年未见，如今隔世重逢坐听风雨，心中都是感慨良多。不过无论如何，眼前最重要的，还是如何应付鬼师的进攻。

外面夜雨重重，巡逻战士的脚步声不断传来，苏陵与且兰巡视过各处防卫，也先后来到行营。子昊听他们详细说过鬼师目前的状况，道："昨晚你们应该也已察觉，血玲珑落在了含夕手中，因她借助了灵石之力，所以这鬼师之祸较之二十年前皇域所为更加严重。"

子娆亦道："昨晚在城外接应含夕的人是琯离，兽群中似乎也有灵石的气息。湘妃石已经随着皇非之死消失不见，幽灵石仍被镇在桃林之中，除去我们手中的碧玺、黑曜石和月华石，便只余冰蓝晶、金凤石和紫晶石。"

夜玄殇接口道："冰蓝晶两年前为我二哥所得，交给了殷夕语保管，紫晶石在我这里，现在姝儿收着呢。"

子娆点头道："如此那便只可能是金凤石了。能够以灵石之力操纵蛊术，含夕身边有巫族的人，而且这个人一定是巫族长老级的人物。"

夜玄殇轻轻扬了扬眉梢，抬眸看她，虽然没有说话，但仅仅一个眼神，子娆已经明白他的意思。婳夫人身在北域一事夜玄殇早已通过白姝儿知道，但因她与子娆的关系，他并没有对任何人，包括苏陵他们提起。子娆修眉隐蹙，一缕矛盾而悲伤的情绪幽幽掠过眸心，随之化作浅淡的冷意："又是她，或许我们俩都错了，当初她若真的死在子昊手中，便不会有今天这番祸患。"

此时子昊好像却没有听到他俩说话，转头面向窗外，似是若有所思。子娆见他神情有异，问道："子昊，什么事？"

子昊没有回答，片刻后突然问道："子羿人呢？"

子娆与且兰对视一眼，道："白姝儿带他和韵儿玩去了，怎么了？"

子昊微微蹙眉，心头不知为何掠过一阵强烈的不安，以他的修为与定力，这种心绪波动极为异常，身旁几人多年以来也从未见他如此明显地表露过情绪。就在这时，他袖底的黑曜石、子娆腕上的碧玺灵石，以及他回来后重新交给且兰的月华石忽然同时闪现幽微的光芒，仿佛被什么力量所牵引，灵力涌动，流光跳跃。子昊心中的不安越发强烈，竟微一拂袖站了起来，室门突然被人推开，几人诧异回头。

"韵儿！"

韵儿浑身被雨湿透，哭着扑到且兰怀中："娘亲，子羿哥哥被坏人抓走了，还有白姨娘……姨娘……"她话音未落，灯下青衫一闪，子昊已掠出屋外。

几人冒雨寻到林中时，一地残花零落，白姝儿闭目靠在一株树下，周身被暗金色的血芒笼罩，已将白衣染成血色，唯有心口一缕微弱的紫光隐现，似乎时刻都会消散。子娆近前查看她的情况，发现她被人以掌力重伤心脉，以致毒蛊噬心，若不是靠紫晶石的灵力护住最后一点真元，此时早被蛊毒侵蚀化身血尸。这种情况已然无救，子娆收回手，对夜玄殇轻轻摇了摇头。夜玄殇俯身欲将白姝儿抱起，白姝儿却转开头不肯看他，低声道："殿下……我有话想对九公主单独说。"

子娆微微一愣，夜玄殇沉默片刻，点头道："好。"起身离开。

白姝儿身上血光愈浓，子娆指尖真气聚拢，化出一朵莲华覆向她心口，暂时抑制住毒蛊的侵蚀，道："你有什么话要说？"

白姝儿睁开眼睛道："子羿被媢夫人带去了机关城……我不知道她为什么这样恨你，但你见到她，千万……千万莫要再手软。"

子娆听到"媢夫人"三个字，魅眸幽幽，寒意流转："多谢你提醒，这一次我不会再放过她。"

白姝儿心口的紫光越来越弱，已全靠莲华之术支撑，慢慢道："我说这话并非为你，你也不必谢我……你若要去机关城，他必定舍命相陪，我只是不愿他因此……身陷险地……我以前虽有算计你的时候，但时至今日，却也无愧于你，你我两不相欠……"

子娆此前已从且兰口中得知她十年前所为之事，若非她设法周旋，子昊绝不可能生还人世，她低声道："无论如何，还是谢谢你在灵阵中安放了月华石，你我旧怨，早已一笔勾销。"

白姝儿喘息道："你若当真谢我，便杀了我……我白姝儿生来不受人摆布，死也绝不任人为所欲为。"

此时紫晶石的微光已经全然被血色吞没，子娆知道再过片刻，她的意识便会为蛊虫全然控制，届时只会死得更惨，点了点头，抬手按上她心口，轻声道："你可还有话要对他说？"

白姝儿微微笑道："我跟了他十多年，一点也不后悔……他这一生已休想忘记我，这就够了……不要让他见到我死后的样子。"

子娆道："好，我答应你，他只会记得你最美的模样。"

白姝儿含笑合目，子娆轻声一叹，掌心真气微吐，一重七彩光芒如水冲流。白姝儿心脉俱毁，香消玉殒，体内毒蛊亦随之灰飞烟灭。

子昊等人分头追寻媢夫人与子羿未果，这时都已回到此地，眼见此景，心下无不黯然。子娆谨守承诺，以焰蝶之术将白姝儿尸身焚化。微雨霏霏，花林香残，一缕幽魂，辗转随风而去，唯余片片落花，飞舞人间。夜玄殇自始至终没有转身，抬首向天，雨光自峻冷的面容滑落，坠入黑暗之中。

第十三章 幽魂艳蛊

北域机关城。曼殊花开，千年如血，在阴冷的夜雾之间摇曳飘荡。月色如晦，深夜中不时响起异兽凄厉的嚎叫，曾经睥睨天下的繁华国都，如今森然阴暗，恍若鬼域，竟连一丝活人的气息也无。

机关转动之声自地下隆隆传来，一座金色的宫殿前，地面似是从中分开，升起一个半丈见方的平台，含夕与瑄离出现在大殿中央。殿中豢养的一只金猊见主人归来，纵身扑上前来迎接。含夕艳眸一挑，挥手抄起旁边的一条金鞭，没头没脑地向着金猊身上抽去。那异兽体形巨大，性本凶残，但在她面前却如小猫小狗一般，丝毫不敢反抗，直被打得遍体鳞伤，翻滚哀叫。瑄离在旁看着，眼见这金猊便要被她打死在鞭下，忍不住道："够了，别打了。"

他伸手去握鞭梢，含夕猛地转身，忽然反手一鞭向他脸上抽去。瑄离猝不及防，鞭梢擦着面颊飞过，幸而他身法极快，侧身闪开，不然一鞭抽实，非得皮开肉绽不可，怒道："含夕！你干什么？"

含夕森然喝道："你们谁敢挡我，我便杀谁！"

瑄离皱眉道："你最近怎么了？脾气越发乖戾，做事也丝毫不顾后果，这次若不是我强行带你回来，你恐怕还要继续大开杀戒，项章城中那两人，是那么好对付的吗？"

含夕闻言大怒，鞭下一道灵力透出，那金猊惨叫一声，毙命当场，瞬间化作一团焦炭。"你知道是谁在项章城？我绝对不会听错那琴声，是他，是东帝！他竟然没有死！他竟然还活着！你为什么不让我杀他报仇？"她艳丽的面容之上满是戾气，竟看得瑄离一阵心惊，顿了一顿，方道："你要报仇，也得从长计议，既然知道对手是东帝，便更应该谨慎行事，否则仇还未报，只怕先送了自己的性命。"

此时含夕眼中却突然掠过一阵迷茫，喃喃道："我要报仇，我为什么要报仇？他是谁？我为什么要杀他？"她手中金鞭落地，身子晃动，抬手按着胸口，"好难受……我要报仇……报仇……"

瑄离心中一软，抢上前扶住她道："含夕，你究竟是怎么了？哪里觉得不舒服？"

含夕在他怀中微微发抖，忽然间抬头尖啸，满脸都是痛苦之色。瑄离看见她眸心缕缕血芒闪现，心惊不已。含夕面露狂乱，叫道："我要报仇！为什么要报仇？为什么？"

"因为他该死，他害得你家破人亡，孤苦伶仃地在这世上，你杀他报仇，岂不是应该的？"殿外突然响起一个冷艳的声音，婳夫人手提子羿缓步而入，走到她面前微笑道，"好孩子，你是太累了，才会一时想不明白。听我的话，去好好睡一觉，只要你用心修习我教你的术法，很快便可以手刃仇人，大仇得报了。"

她的声音轻如绮梦，柔靡动听，含夕看到她，似乎渐渐平静下来，秀眸之中却笼着一层极轻的雾气，越发幽美动人。瑄离见她情绪十分异常，转头道："夫人，含夕最近有些不对劲，是否那功法出了什么岔子？"

婳夫人柔柔说道："不碍事，她之前练功急躁了些，在项章城又被东帝琴声所伤，才会出现这种情况。你送她去休息吧，晚上我亲自助她行功，不会有事的。"

瑄离担心地看看含夕，见她倚在自己怀中，面露倦色，或许当真是因内伤的关系，才会如此反常，又见婳夫人手中的子羿，问道："夫人怎么带了个孩子回来？他是谁？"

婳夫人冷冷一笑，随手将子羿丢到那已经化成黑炭的金猊旁边："这是那丫头的孽种，东帝和穆王都拿他当心肝宝贝，很快便会点兵来救他了。咱们在项章斗不过他们，但若来了这支峭城，纵有百万大军也枉然，待我把这小孽种制成人蛊用来守城，哼哼，岂不是有趣得紧呢？"

瑄离抬眸道："夫人想引他们强攻支峭，决一死战？"

婳夫人道："北域很快便是隆冬了，有你在这里，他们若是一时半会儿攻不下这座机关奇城，冰天雪地中，又能坚持多久？"

瑄离此时一心都在含夕身上，随意点了点头道："要彻底击垮两国联军，怕还是得等含夕恢复功力。我先陪她进去，其他事情晚些再与夫人商量。"

婳夫人目送他二人离开，眼中依稀闪过异样的微芒，而后将目光转向昏迷不醒的子羿，语气中透出森冷无情的恨意："当年你生生夺走了我女儿的性命，如今，我也要让你尝尝失去孩子是什么滋味，我要让你亲眼看着自己的骨肉魂飞魄散，让你亲手，送他上路。"

当晚初更时分，媗夫人进入密室助含夕行功。这些年来，她从不许有人在含夕练功之时打扰，瑄离之前也从不干涉含夕修习巫族心法，但他近来察觉含夕的情绪十分异常，夜里独坐静思，越想越觉不对，几经思量，起身往密室方向而去。

时值朔月，天地晦暗，无色无光。含夕练功所在便是原来宣王居住的琉璃花台，此时被媗夫人封闭，任何人都无法出入。但瑄离一手建造此城，当年为算计宣王，暗中在琉璃花台设计了几条密道，就连媗夫人和含夕亦不全然知晓，轻而易举便进入其中。

昔日奢侈豪华的宫殿如今冰冷阴森，瑄离甫一入内，便感觉到一种诡邪的气息，眉梢微蹙，闪身趋向大殿西侧的密室。他轻功高明，声息全无地来到窗下，隐住身形，通过缝隙向内看去。室中没有燃灯，但却透出阵阵幽亮的异芒。瑄离悄眼相望，心中微微一惊，只见媗夫人盘膝坐在一张玉床之上，手捏法诀，而她面前的含夕竟然未着衣衫，长发轻散站在一蓬血芒之中。

血光明暗不休，在她身上流动，那姣好的胴体在妖艳的色泽之中仿若一尊美玉琢成的雕像，如此妖娆动人却又显得诡异莫名。随着媗夫人指尖法诀变化，含夕身子徐徐旋转，慢慢地，便有无数金色光点自黑暗中升起，像是繁星布满了夜空。片刻之后，那些若有若无的幽芒附到含夕身上，令她凝脂般的肌肤呈现出一种邪异的金色，又似有什么东西自她五官七窍渗入，那双美丽的眼睛，便渐渐透出艳戾的血光。

瑄离隐约感觉不对，此时媗夫人轻轻抬手，道声"去"，含夕身子凌空翻出，挥掌拍下，黑暗中趴着的一只白虎狂吼一声，脑壳震裂而亡。旁边一条巨蛇被惊动，吐着信子盘旋而起。含夕微微后退，信手在空中使出一招，那倒毙的白虎竟猛地跃出黑暗，呼啸着扑向那巨蛇。室中血雨腥风，吼叫之声连连，不过片刻，那巨蛇被猛虎撕作两段，眼见不活，而猛虎亦被蛇身紧紧缠住，很快动弹不得。

媗夫人脸上露出满意的笑容，轻轻招手，含夕自那厮杀血泊之中抽身退回，幽幽落向她身边。媗夫人抬手抚摸她的长发，笑道："好孩子，真乖，我以九转灵石之力替你脱胎换骨，现在你已经可以不用玉箫，便能同时控制所有鬼师，比起那些没脑子的蛊尸来可要强得多了。"含夕伏在她腿上，转头看着仍在地上翻动的蛇虎，眼中空荡缥缈，漠然如同死物。媗夫人手掌按在她头心，那乌黑的长发也似被血芒浸染，缕缕流动不息："就算是歧师那个老家伙，也不可能制出这么完美的蛊物。"她端详着自己的杰作，扬唇笑道，"不枉我十年来一点点地调教，现在你可算是我巫族最厉害的一具人蛊，不但能干，而且听话。我知道你心里有恨，那便尽管恨吧，只要你将他们全都杀死，那从此以后天下便是我巫族的了，哈哈！"

她一边说着，一边得意地大笑。瑄离在外听得怒火中烧，方知含夕早已被她用蛊物控制，成为她手中的傀儡，心情震荡之下，冷不防撞中窗棂，媚夫人霍地转头：“谁？”

瑄离长眸微冷，破窗而入，一掌向她背后劈下。媚夫人旋身而起，回手跟他对了一掌，借力向侧飘开。瑄离伸手抱起含夕，将一件纱衣罩在她身上，媚夫人眸光一寒：“是你？”

瑄离掌下兵刃出鞘，斜斜一指：“我早知你野心不小，却没想到你竟对她下此毒手，果真最毒妇人心。”

媚夫人冷眼打量他二人，倏然笑道：“你现在知道，不嫌太迟了吗？本来我还因这机关城想留你一条生路，难道你现在便想与我作对，自取灭亡？”

瑄离冷冷地道：“你莫要忘了，在这机关城中，没有人能杀得了我天工瑄离。宣王和少原君做不到，你也一样做不到。”

“是吗？”媚夫人声音转柔，变得旖旎万端，“但我偏偏知道有一个人，一定能要了你的命。”她轻轻娇笑，媚视烟行：“含夕，你说是不是？”含夕幽幽转头望着瑄离，瑄离见她眼中血芒一闪，心生警兆，但却为时已晚。含夕本被他紧紧护在怀中，此时忽然抬手，猛地向他心口插下。瑄离虽已有防备，避开要害，亦被她手指刺入胸前，伴着一丛鲜血向后飘出。

“含夕！”瑄离手捂伤口，踉跄落地。媚夫人柔声道：“我本还想让你们俩多温存几天，现在你要找死，我也没办法了。好孩子，给我杀了他。”含夕对瑄离的叫声充耳不闻，足尖轻轻一点，臂上轻纱向他罩去。

瑄离被她一招重伤，接连躲闪。含夕臂上赤纱飞舞，飘忽不定，不断向他周身要害攻击。瑄离虽不通异术，但武功原本较她为高，即便是重伤之下，拼死一搏，两人至少也能战作平手。但他自十年前一见含夕，无端钟情，这些年相守相伴用情愈深，如何又对她下得了杀手？只守不攻，顿时落在下风，疾声叫道：“含夕，你不认得我了吗？”

含夕此刻心神已被媚夫人全然控制，誓要将瑄离亲手击毙，忽然纵身飘起，长声急啸。整个支嶂城中，随之响起万千异兽的厉嚎，瑄离脸上色变，殿中豢养的数只猛兽已经迎面向他扑来。

含夕操纵异兽攻击瑄离，跟着手中聚起一道血芒，直向他顶门击下。瑄离翻身滚出，避开了她致命的一击，但重伤之后身法稍缓，竟未避开猛兽利爪，背后再遭重创。他连叫数声，终知含夕意识已失，如此下去，今日恐怕要丧命在她手底，袖底暗器发出，连杀数只猛兽，猛地看向媚夫人：“你会为今天的事后悔！”他话语中充满了森寒的怨恨，挥手挡开含夕一掌，身形疾闪，向着殿外撞去。

含夕拂衣追出，外面群兽拥至，瑢离却在落地的刹那足尖一沉，金石地面上突然出现一条暗道，当猛兽扑至时，地底机关连响，他已瞬间消失无踪。

　　子羿被擒后的第三日，穆昔两国联军到达支崤城下。寒风如刃，将数万战旗扯得猎猎作响，对面曾经雄视北域的机关奇城高耸入云，无边无际的曼殊花仿佛是从地狱深处漫出的鲜血，伴着迷雾重重，令这百里城池显得森然狰狞，阴暗恐怖。

　　子娆与夜玄殇纵马来到一处山崖上，遥望城中情况，却只见一片愁云惨雾，除了不时冲天尖鸣的怪鸟，竟连一个守军的影子也没有。子娆担心子羿安危，眉尖微蹙，默然不语。夜玄殇在她身旁勒马，道："放心吧，子羿既然是我穆国的储君，必得天佑，他一定会平安无事。"

　　子娆微微转头，看向他道："你在人前说的话，总有你的用意，现在只有你我二人，我应该能听到实话了吧？"

　　夜玄殇笑了笑道："你知道我想要什么。"

　　子娆抬头凝望长空，道："夜玄殇想要的，是绝对的自由。"

　　夜玄殇笑道："十年前他与我以江山为约，这些年我信守诺言，待平定北域，子羿顺利登上王位，也该换他辛苦一番了吧？"

　　子娆道："你要走了，对吗？"

　　夜玄殇道："怎么，舍不得？"

　　子娆轻轻扬唇一笑，道："有什么舍不得？天下虽大，江湖不远，等我亲手酿了桃夭酒，你不回来喝才叫奇怪。"

　　夜玄殇哈哈笑道："子娆，你太了解我，我太了解你，我们第一次相见就把彼此看了个透，实在有些不妙，若非如此，我恐怕不会这么轻易放过你。"

　　子娆眸中漾起清魅的柔光："在我心中你和任何一个人都不同，谁也无法取代。或许很久以前，我其实已经爱上了你，只是这世上没有任何东西能够束缚夜玄殇，就算我现在求你留下，你也一样会走。"

　　夜玄殇潇洒耸肩："再陪你一次也无妨，前不久彦翎曾经传回消息，说支崤城可能有入口在护城河底。"他二人相处日久，默契早生，转头对视，皆知对方心意，双双一笑，便向护城河而去。

　　天阴欲雪。冷雾之下，支崤城外的护城河血水翻涌，像是有无数白骨浮沉其中，阴风凄惨，隐隐伴着尖锐的鬼啸，令人闻之生寒。子娆与夜玄殇到达岸边，皆是微微蹙眉。彦翎自伏俟城中得回的消息，只是说这护城河可以通向城中，但入口的具体位置却不得而知，如今面对这汹涌翻滚的河水，想要找到入口绝非易事。

天空中传来阵阵庆鸣，雪雾中现出几只怪鸟的身影，在河岸上方盘旋不休，似乎发现了什么猎物，时刻都想俯冲而下。夜玄殇顺着怪鸟盯着的方向看去，忽然目光微凝，道："那边有人。"

子娆道："除了我们的战士之外，这支崤城方圆百里内哪里还有活人？"

"过去看看。"两人飞身掠去，一只怪鸟正尖叫着向岸边冲下，夜玄殇挥手射出一块石子，惊得那怪鸟振翼高飞，没入云中。两人来到河岸，只见有人一动不动地伏在地上，大半身仍旧浸在水里，衣衫已被鲜血染成暗红，也不知是死是活。

夜玄殇俯身探他鼻息，发现仍有微弱的呼吸，伸手将他扶起。子娆看清那人面容，不禁诧异万分："天工瑄离？他怎么会在这里？"夜玄殇摇了摇头，发现瑄离背后似有被猛兽所伤的痕迹，胸口更是赫然只见一个血洞，看这伤势，若是稍偏一点便会直接掏心而过，不知是何人竟下如此狠手。

"先带他回大营再说。"

第十四章 满月之夜

瑄离伤势虽重，所幸并未致命，只是因失血过多一时昏迷过去，包扎止血之后，很快便苏醒过来。他睁开眼睛，发现自己竟身处敌军营帐之中，微微一挣，想要起身。

"你最好躺着别动，否则伤口裂开，再要包扎便不易了。"一个淡雅清冷的声音自灯火下传来。瑄离抬头，看清案前坐着的那人："东帝？"

子昊笑了笑道："东帝早已身故十年，如今在你面前的，不过是昔王帐下一名普通的幕僚而已。"

瑄离手按伤口，闭目稍稍歇息，道："昔王若是有心，早在数年前便已登基称帝，九域也不会至今仍旧四分五裂。他若非重认旧主，现在在这里跟我说话的便不会是你。"

子昊闻言苦笑，莫说是苏陵，从他回来那日，夜玄殇便将这中军大帐往外一让，两人把叔孙亦和卫垣送到帐前听命，从此两军大小事务悉听尊便。苏陵自去操心粮草军需，夜玄殇却是日日与两军将士厮混，如若不然，便是约了子娆出去，连人影都不见，现在带了瑄离回来，也是随手一丢，伤让他治，人让他审，办法让他出，弄得他啼笑皆非。

子昊摇了摇头，叹道："天工瑄离的确是个聪明人，看来我们说话会省心很多。"

瑄离道："你虽然救了我，但想要我助你们攻下支崤城，需得答应我一个条件。"

子昊点头道："痛快，你说。"

瑄离抬头看着帐顶，眼中冷光浮动，稍后却又透出丝丝柔和的色泽："杀了那女人，救出含夕。"

子昊沉思片刻道："是不是含夕伤了你？"

瑄离道："那女人用妖术将她制成了人蛊，她现在已经连我都不认得了。"他说话的口气听似平淡，却分明怀着极大极深的怨恨。子昊听他说完昨夜发生之事，微微蹙眉道："含夕的心神现在为她所制，想要单独取她性命，恐怕并非易事。"

瑄离转头冷冷地道："我有言在先，你若伤到含夕半分，我会让你们所有人一起陪葬。"

子昊却不答话，手把串珠，闭目静思，过了许久，道："你方才说婳夫人想用同样的手段对付子羿？"

瑄离道："不错，她制蛊一向在满月之夜动手，待到朔月时分，那孩子就会变得像含夕一样。所以你们要救他，只有这几日时间。"

子昊道："听你这么说，她制作人蛊与之前的蛊尸似乎不同，必是以自身元神为引，才能操纵自如。若是如此，我或许可以借九转灵石与之一搏，但要想救出含夕，却要等到她对子羿动手，无法全然控制含夕的时候。"

瑄离闻言一喜，跟着又道："你肯让那孩子冒险？"

"他平安与否，我感觉得到。"子昊手底幽光隐现，淡淡的话语中显出强大的自信，"我有把握保他无恙。"

是夜，子娆与夜玄殇在瑄离的指点下悄然潜入支崤城，通过密道机关寻到了子羿被囚之处。子羿被婳夫人独自关在一间密室中，忽见他二人出现在眼前，又惊又喜，叫道："父王！娘亲！"

夜玄殇抬手示意他不要声张，子羿跳下地来，压低声音道："父王，外面有很多大蛇守着，你们是怎么进来的？"

子娆此时已感觉到外面森然的气息，轻轻将窗子推开一条缝隙，只见十余条金色巨蟒盘在屋子四周，月色下金鳞如波，蜿蜒游走，舌风嘶嘶，不时轻响。无论何人想要越过这样的守卫逃走，都是绝不可能的事情，难怪婳夫人放心将子羿一个人留在这里，连点他的穴道都免了。

夜玄殇手拍子羿肩头，轻声笑道："小子，害怕吗？"

子羿道："怕倒是不怕，就是那些大蛇有些恶心。父王，你是来接我走的吗？"

夜玄殇笑道："抓你来这里的人就是用鬼师到处害人、残杀无辜的罪魁祸首，她想用你来要挟父王，父王要和她斗上一斗，所以现在暂时还不能带你回去。"说着自怀中取出子昊一直随身佩戴的黑曜石交给他，"这是你师父给你的，只要你随身戴着，他便有办法保护你。"

子羿接在手中，只见那幽黑的灵石之上淡淡地笼着若隐若现的微芒，触手所及，似乎能感觉到一股神秘的力量蕴藏其中，问道："这是什么？"

子娆替他戴在腕上，道："这是九转灵石中的黑曜石，娘亲教你静心凝神的法诀，你试试看能否感觉到什么。"说着将操控灵石的门法细细传授给子羿。

子羿悟性颇高，前些日子随着夜玄殇修习内功，也小有根基，当下依着子娆的指导，眼观鼻，鼻观心，潜心静气，以内息引导灵石，与之心神相通。他本便身具巫族血统，修习此术并不费力，片刻后，只觉一种奇异的念头在心间升起，忽然睁开眼睛道："咦？我好像觉得师父在身边！"

子娆眼中轻轻流过幽澈的柔光，道："这串灵石你师父从小到大都没有离过身，现在将它送给你了。你师父的九幽玄通是天下最重心神修炼的武功，亦是一切巫诡术的克星，从现在开始，他会用自己的心神将你护住，若是有人想对你不利，便瞒不过他。"

子羿手摸灵石，既觉有趣，又觉刺激，道："这个好玩，原来师父这么厉害。"

子娆想到婳夫人操纵人蛊，驱使鬼师，以巫族秘术逆天行事，并非寻常对战这么简单，子昊若借助灵石与其心神对抗，争夺鬼师的控制权，一个不慎，非但子羿，就连他自身都可能为蛊术所害，想要既保子羿平安，又将含夕救出，实不知有多少把握。但婳夫人为祸天下，残害苍生，若不将她除去，九域终无宁日，这一招棋虽险，却也是势必行之。两人怕惊动婳夫人，不敢久留，复又交代了子羿几句，便循密道离开。

此后十余日时间，婳夫人每天都来查看子羿的情况，并配了各种药物逼他服下。子羿早得子娆嘱咐，乖乖听话并不反抗，待每晚三更之后夜玄殇便会自密道入城，以内力助他将药物迫出体外。这过程颇为辛苦，子羿小小年纪，竟然坚持得住，非但不曾叫苦，反而谈笑如常，等到白天，却又装作浑浑噩噩，躺着不动，婳夫人只道药物见效，一时也未曾察觉不妥。

夜玄殇这些时日替子羿化解药性，同时亦借机将归离剑法说给他听。子羿一向聪明，得他悉心指点，很快便将十八招剑法牢牢记下，只可惜身在敌境，没有机会多加练习，未免有些扫兴。但是每到无人之时，他便会试着操纵灵石之力，总是立刻便能感觉到师父的心神。他不知子昊为了维持对他的感应着实耗费了不少真元，只觉十分有趣，这种新鲜与奇妙便也将无法练剑的失望冲淡了不少。

夜玄殇每晚借密道入城，几次暗中寻找含夕，却是一无所获。支崤城下的机关错综复杂，瑄离只肯说出一处绝不会惊动他人的隐蔽入口，其他概不奉告。但夜玄殇与子娆数次带了宿英一起入内探查，又因彦翎曾提点过护城河通道，终被他们查知琉璃花台中的御湖正是与护城河相通的入口。待到第十日上，两人与宿英试探机关，竟无意中进入一处地宫，赫然发现原来整座支崤城底下布满了可以燃烧的黑油，就像一座巨大的天然油库，支撑起山上巍峨的城池。

宿英沿着四周机关一番检查之后，不由咋舌道："真不得了，若我没有猜错，城上必然设有可以引爆黑油的机关。怪不得传说中支崤城永远不可能被人占领，只因一旦当真有敌军攻入，守军无法抵御之时，便可以引爆地底机关，令所有入侵者与城皆亡。而且这些机关设计精妙，环环相连，若有一处被人为破坏，便会立刻引发其他设置，叫人想预先拆毁都不可能。"

子娆凤眸微细，环目四顾，亦觉得不可思议："将一座都城建在天然的火药桶上，这天工瑄离不但是个天才，恐怕还是个疯子。"

宿英叹道："他若是个寻常人，就不可能在宣王手下隐忍数年，还建造出这样一座机关奇城。唉！直到今日我才算心服口服，若论机关之术，我终还是逊他一筹。"

夜玄殇道："幸好他现在不算我们的敌人，说起来他对含夕倒是一片真心，为了救她，竟情愿将这座耗费了自己无数心血的城池拱手相让。"

宿英点头道："他虽然性情有些偏激，但言出必行，这点我绝不怀疑。"

三人小心避开机关，在地宫中再未有更多收获。眼见夜入三更，夜玄殇自去教授子羿武功，子娆与宿英返回大营，眼见主帐中灯火未熄，知道子昊在等自己回来，心中不由生出柔柔暖意。她转身向那灯火而去，待到帐前，却无意看到瑄离站在不远处的营帐外，正静静遥望着独立山巅的支崤城。

月色如水，照入男子俊美的双眸，那流墨般的色泽中是一种近乎执念的柔情，单衣清容，和他素日尖锐冷漠的模样判若两人。子娆略一思忖，来到他身边，道："城中没有什么大的变故，含夕现在应该还平安。"

瑄离虽知有人来到身后，却没有回头，也没有作声，过了许久，才沉声道："是否我从一开始便错了？若不是我一味支持她复仇，她或许便不会被那女人蛊惑，去修习巫族的妖法，现在也不会为蛊术所害。"

子娖道：“天工瑄离也会为自己做过的事情后悔吗？”

瑄离转身看了她一眼，道：“我不想一错再错。”

子娖抬头看向渐趋完满的明月，道：“满月之夜便要到了，所有的一切或许都会在那时结束，但若之后含夕仍想复仇，王族必会随时恭候。”

瑄离开口，声音果决利落，仿佛被折断的冰刃：“救出含夕后我会马上带她离开，希望你们不要再和她见面，此后这里的一切也都与我们无关。”

“好，一言为定。”子娖沉默片刻，转身举步，忽又停下道，“世事变幻，一去无回，只愿日后你与含夕平安度日，不负佳缘。”

瑄离转回身去，天际明月如许，光洒人间。

三日后，月满巅峰。镇日笼罩在迷雾中的支崤城似是被月华洗净，赤红的曼殊花海无际无涯，向着北域大地徐徐弥漫。

依照先前的约定，随瑄离入城的唯有子昊、子娖和夜玄殇三人，一是因兵马进城必会惊动对方，使之有所防备；二是因歼灭鬼师的唯一办法便是除掉其背后操纵之人，大规模的对战徒增伤亡，可免则免。此次计划若被婠夫人察觉，以他们四人之力要面对千万鬼师无异于送死，苏陵与且兰奉命率军退出十里之外，遥望满月如金，心中无不担忧。

不到最后一刻，瑄离不肯告诉任何人支崤城中的机关秘密，所以四人入城之路仍旧是先前那条密道，出口便在昔日宣国的权力中心风云殿。月华斜照殿阁，在雕梁画栋间投下大片大片的阴影，四人甫一入城便觉异样，暗夜中不时传来异兽低沉的咆哮，令这原本明亮的月色凭空多出几许幽森恐怖。然而亭台楼阁之间，却似乎有着绰绰人影，点点灯火，黑夜深处飘忽往来，诡邪莫名。

“是蛊尸。”子娖顿时想起歧师曾在楚国建造的鬼宅，但现在整个支崤城都被蛊尸变成了一座鬼城，作为巫族离境天血脉的传人，婠夫人所用的手段显然更加高明。

“很邪异的巫蛊气息。”子昊静立不动，空寂的双眸在夜色之下，也仿佛有了暗色流动。夜玄殇道：“前几日城中并非这般情形，这些蛊尸怎会在一夜之间突然冒出来？”

“含夕。”子昊简单道出两个字，稍后仿佛又想说什么，但嘴唇微微一动，却又沉默。瑄离注意到他的神色，心中隐约生出一种不祥的预感。子娖道：“之前我们寻遍了支崤城，都没有找到含夕的下落，她似乎并没有像子羿那样被囚禁。”

“她现在已经无须被囚……”子昊说话时忽然侧首，转向幽深的宫苑。月光明暗，他的神情略微有些凝重，却又带着三分厌恶之色，这时候，其他三人也同时听到了一阵诡异的声音，就像流沙倾泻，水波过境，随着阴森的夜风带来一种无法形容的腥臭气息。

"蛇。"子娆第一个出声，话音未落，子昊已伸手抓着她掠上楼台。夜玄殇与瑄离随后落在近旁，四人隐在飞檐的阴影下低头看去。这时候一轮满月已渐渐移上中天，丝丝缕缕的雾气在月光下飘荡不休，原本森然死寂的王宫中，仿佛出现了一片片粼粼的波浪，成千上万金色的巨蛇，像是被某种力量驱赶着，自四面八方向琉璃花台的方向涌去。

天际月华如金，地上蛇海翻涌，这等景象不但诡异而且恐怖，月下弥漫着令人作呕的腥风，却亦有种无法形容的阴戾之气阵阵侵入人心神。子娆的胆量一向极大，这时脸色却也有些微微发白，但感觉握着自己的那只手温暖而稳定，心神不由为之一安。子昊突然开口道："你们留在这里，不能再靠近了。"

夜玄殇和瑄离尚未说话，子娆已经紧紧一握他的手掌，道："我和你一起去。"

子昊道："她的蛊术已然今非昔比，此时任何靠近琉璃花台的活物都有可能……"

话说一半，子娆再次道："我和你一起去。"没有商量亦没有反驳的余地，这或许是她多少年来第一次用这样的语气对他说话，袖底紧握的双手，绝不松开。子昊眉梢轻轻一拢，夜玄殇却在此时笑道："我可以先在这里等，但在我觉得应该出手的时候，这句话就当我没说过。"

瑄离面色阴沉，一时没有作声，子昊亦沉默，片刻之后，忽而淡淡一笑，握着子娆的手转身对他道："我会尽全力带回含夕。"说罢，两人身形掠起，消失在黑暗之中。

瑄离目送他们离开，眉目间似乎徐徐笼上了一层阴影。他并没有坚持要与二人同行，也没有说过一句话，但在抬头望月的刹那，眸心依稀绽开了冰冷的寒光。

万千金蛇涌向琉璃花台，森然诡谲的邪气在重重豪华奢靡的宫殿间流窜，似有厉鬼穿行其间，就连金色的圆月也似透出一股阴寒的邪意，渐渐改变着原有的色泽。

子娆与子昊落足在御湖之畔的水榭中，这里是群蛇唯一没有涉足的地方。四面水光翻涌，绝不像表面那样平静，子娆微微闭目，暗运心法抵挡着那种邪气的侵入，待她再次睁开眼睛时，却看到了一个紫色的身影。

满月当空，万丈金辉似自九霄深处照落在宫宇之间一座高耸的玉台之上，随着满地金鳞流淌不休。那抹紫衣毫无预兆地出现在月下，沐浴着月华轻轻旋转，柔柔起舞。子娆一眼望去，仿佛被什么东西重重击入心神。那人的面目已非昨昔，但那熟悉的姿韵恍若回到琅轩宫中玉宇琼台，一袭紫衣伴月而舞，极尽了世间妖娆，夺尽了暗夜柔媚，然而一个转身，那双妖异而冰冷的眼睛，透出的却唯有仇恨。

仇恨，源自母亲的仇恨，贯穿了她的一生，从来都没有停止过，那个已经面目尽改的身躯中装着的，是她曾经追寻依恋的灵魂、曾经至亲至爱的人。子娆不由自主地向前迈了一步，但只是一步，手上有股霸道的力量突然将她拉回，跟着一股暖流自掌心涌入。

"忘了她。"子昊温冷的声音在耳畔响起，仿若清流穿心而过。子娆蓦然惊醒，身上浸出一层冷汗，方知刚才一不小心，险些为婠夫人的舞姿所迷，心神失守。玉台上那紫色的媚影舞得更加柔靡，聚集在四周的金蛇亦随着她的舞姿不停游动，向着玉台发出嘶嘶如潮的声音。过了片刻，婠夫人的身躯开始疾速地旋转，那些巨大的金蛇忽然露出利齿，竟向着缠绕在一起的同伴咬下。

纠缠、翻滚、撕咬……群蛇仿如陷入一场空前的混战，毫不留情地残杀着同类，浓重的血腥直冲天宇。在这片血海之上，空中金色的满月也依稀透出赤红，越来越浓，越来越暗，最终化作了一轮骇人的血月。死亡与血气交织成月下浓重无比的阴气，仿佛化人间为血狱，足以炼化任何身躯与灵魂。婠夫人驱使群蛇相残，正是要借助这残忍的血腥杀气对子羿施术。巫族源于上古的力量，要比之前任何人所知的更加神秘，亦更加邪恶可怕。

第十五章 情仇俱了

玉台上有什么东西徐徐升起，子娆看了一眼，转头闭目。她知道那是子羿，亦很想立刻冲上前去将他从那个女人手中夺回，但是现在她只能等待。此时的婠夫人可以任意操纵数量庞大的鬼师，如果不借助子羿，面对那些越杀越多的尸体、凶猛残忍的异兽，哪怕是倾尽整个九域的兵力，他们也没有任何机会将婠夫人杀死，所以唯一的办法便是趁她毫无防备之时出手，救出被她控制的含夕，那么鬼师就不攻自破，才能去除这一恐怖的祸患，真正保得子羿平安。

"当她元神受创的时候，你便立刻上去救人，不管这里发生什么事，千万莫要迟疑。"子昊在水榭中盘膝坐下，沉声嘱咐。这时媚夫人已停止舞动，台下群蛇死伤殆尽，唯余满地血腥，弥天血色。当媚夫人徐徐走向子羿，身上升起幽异的金芒时，子娆握着子昊的手猛然一震，只觉得一股尖锐的冲击直抵心神，仿佛要将人整个心脏生生撕裂，世间所有悲伤、痛苦、绝望、恐怖、怨恨都自那裂缝中疯狂涌入，仅仅因真气相通便有这样的感觉，可想而知与之正面相抗的子昊现在正承受着怎样的冲击。

黑暗中子昊静坐在地，仿若老僧入定，除了脸色微微苍白，看不出什么异样。玉台上子羿面对媚夫人心神的侵蚀，只觉得被一股邪异的力量向深渊卷去，心里痛苦到极点、难过到极点，难过得想要憎恨所有人，想要毁灭这世间的一切，包括自己。但是忽然间，有股强大的力量涌入心海，那样平和宁静，那样透彻清明。他立刻感觉到那是师父的心神，亦同时察觉那其中包含的深切的感情，对他、对娘亲、对父王、对韵儿的爹娘甚至对很多素不相识的人，那种感情温暖浩瀚，似乎可以包容天地万物，因为平静而强大，因为深刻而锐利，就像是澎湃的海浪，向着之前那股邪异的力量涌去。

子羿藏在身上的黑曜石瞬间透出灿烁的光芒，将他周身重重笼罩。媚夫人忽然厉声惨叫，踉跄后退。水榭中，子昊的身子亦是剧烈一震，睁开眼睛低声喝道："救人！"石台上，媚夫人霍然扭头，看向他们藏身之处，脸上的表情愤怒如狂。她在毫无防备的情况下被子昊以玄通真力冲袭心神，当场重伤，口鼻耳目中皆溢出血来。子昊心神遭金凤石反击，同样受伤不轻，满口鲜血喷在地上，险些便失去意识。

子羿身上灵石的光芒时隐时现，变得极不稳定。子娆知道只要耽搁片刻，媚夫人便可能将子羿生生毙于掌下，在子昊"救人"二字刚刚喝出时，便已纵身向玉台扑去。媚夫人发现敌人踪迹，尖声长笑，随着她凄厉的笑声，水榭下御湖中狂涛翻滚，搅起一个个汹涌的漩涡，忽然间，一条巨大的银蛇伴着惊天水柱腾空而起，蛇头上，一个红衣女子衣发缭绕，缓缓升上半空，轻身一转，那银蛇张开巨口，向着子昊所在的水榭冲下。

媚夫人唤出含夕拒敌，目中邪芒大盛，倏地转身，抬手便往子羿顶门击落。子娆落足玉台，一起一落，一道流光闪电般射向媚夫人。半空中光华爆散，媚夫人纵声尖啸，子娆扑向子羿，抱着他向侧滚出，左手千丝飞出，化作数道光环连挡媚夫人含怒攻来的杀招，匆忙中瞥见水榭那边的情景，不由骇得魂飞魄散。

原来那自御湖中现身的银蛇头生怪角，赤目如电，并非他物，正是十几年前她与夜玄殇曾在魍魉谷遇到、险些丧命其口的烛九阴。当年那怪蛇被夜玄殇剖腹取胆，绝迹世间，却不料过了这么多年，含夕竟然又重新寻到了这样厉害的灵物。

湖面上巨浪冲天，烛九阴扑下之时，子昊反手在地上一撑，飘身疾退。那水榭被巨蛇扫中，轰然沉毁，四分五裂。满天飞浪如雨，子昊踉跄落地，重伤之下妄动内力，心神一阵空虚，扶着一棵大树站稳，耳边呼啸声急，那烛九阴一击之后潜入湖中，接着再次冲出水面，巨口陡张，带着丈余高的水浪向岸上扑来。

子娆眼见子昊遇险，当真心急如焚，几次想要抢下玉台，但婳夫人近乎疯狂的攻击令她根本无法脱身，只有护着子羿一味躲闪。婳夫人心神遭受重创，神志渐失，招招都抓向子娆怀中的孩子，口中不断叫道："还我女儿！还我女儿！"月光下，她长发飞散，七窍溢血，样子恐怖至极，城中传来异兽惨厉的哀嚎，更令人毛骨悚然、心胆俱寒。

夜空中，含夕轻轻舞动赤红的衣带，烛九阴巨大的身躯夭矫如龙，岸上石台崩裂，草木摧毁。子昊青色的身影在巨蛇翻腾的身躯间仿若一缕飞絮，似乎随时都会被狂风绞碎。他拼着自己心神受创，以九幽玄通击伤婳夫人，再加上连日来守护子羿，真元消耗甚巨，在烛九阴猛烈的攻击下，虽有躲闪之力，却无还手之机，如此下来必然坚持不了多久。

就在这时，一声震天长啸响彻夜空。一道玄色身影仿佛从天而降，夜玄殇及时出现在战场，凌空一剑，向着烛九阴额上劈下。月芒四射，刺耳的金铁交击声中，烛九阴仰首向天，发出一阵如象似虎的哀叫，巨大的身躯腾空而起。夜玄殇深知此物灵异，不但怪力无穷，而且周身坚硬如铁，刀枪不入，趁着它被剑气所惊，纵身前扑，足尖在蛇身上一点，拔起丈余，聚起全身功力，一剑向着烛九阴左眼刺下。

那烛九阴左目剧痛，翻腾狂怒，周围沙飞石走，湖水冲天。夜玄殇被它甩上半空，竟然松手弃剑，借着上升之力一个翻身，聚起刚猛无俦的掌力击向巨蛇头顶。他此时的功力早非十年前可比，这一掌击下足以开山裂石，那烛九阴又是一声怪叫，身躯向侧扫去，撞得半边琉璃花台宫殿尽毁。

夜玄殇与烛九阴缠斗之时，瑄离也已经赶到湖畔，但他站在那里像是痴了一样，一动不动地看着上方。夜空中，含夕背向明月，红衣纷飞，美得似是画中仙子，只是与那翻滚的巨蛇不同，她身上已经令人感觉不到丝毫的生气，就仿佛一尊冰冷的玉雕，周身笼罩着流转的血芒，夺目摄魂。那烛九阴被夜玄殇以掌力震伤，身躯狂舞，猛地转头向着瑄离冲去。瑄离目视含夕，衣袖微微发颤，竟全然不知躲避。巨蛇冲下，血口大张，旁边忽然有人一把将他推开。轰然一声巨响，瑄离原先站立的地方变成巨大的深坑，湖水汹涌灌入。子昊与瑄离一起滚开丈余，体内真气逆冲，勉力提气站定。瑄离身影一闪，出现在他背后，伸手将他扶住。

子昊察觉他呼吸异常，方要回头询问，却觉背心一冷，一道阴寒的真气透体而入，心脉剧痛如割，鲜血猛然喷出。瑄离对子昊甚是忌讳，趁他不备发掌偷袭，立刻向后疾退，但是身形甫动，忽然顿住。子昊的手掌不知如何已经抵在他的要穴之上，虽然微微颤抖，但只要真力稍吐，随时皆可取他性命。

"你……背叛约定……出卖我们？"子昊口中涌出鲜血，面上冷意如刀，令人望之心惊。瑄离却抬头冷笑，道："背叛约定的是你，你根本就救不了含夕，却想哄我帮你们救人。我说过会让你们替她陪葬，你们今天谁也别想活着走出支崤城。"

子昊道："我也说过，我会带她回来。"

瑄离嘶声道："她与婠夫人已是同心同魂，你在入城之时便已察觉，这世上再也没有人能够救她！"

"我能。"轻轻的两个字，自对面之人的口中吐出，低弱几不可闻，却有着一股斩钉截铁、不容置疑的味道，"这世上没有人再能救她，除了我。"

瑄离似被这短短的一句话镇住，而后仰首看着那驱使烛九阴与夜玄殇恶斗的女子，道："你以为你还能救她吗？她的一生都已毁在了你的手里，你凭什么还能救她？"

"凭这是我亲口承诺的，现在这承诺依然有效。"子昊微微合目，从他身上收回手，便转往玉台方向。瑄离站在他身后，明明举手便可以将他击杀，但面对那清瘦的背影，竟不敢再妄动分毫。

这时婠夫人出招已经毫无章法，再不复先前那般凌厉。子娆身形连闪，随着碧玺灵石七彩灿烁的异芒，玉台上朵朵莲华盛放，形成一个奇妙的法阵将婠夫人困在中心。婠夫人厉声尖啸，周身金芒暴涨，蓦然转身，向着子娆扑来。子娆催动莲华真气聚于掌心，猛一咬牙，向前击出。

金光迸射，彩芒流散。婠夫人发出一声凄长的惨叫，被生生击回阵心。莲华绽放，原是世上最亮最美的景象，但在这绝美的光亮背后，婠夫人面容扭曲，双目泣血，子娆的眼中却轻轻坠下泪来。

莲华散，玄影飞，子娆借着一击之力，护着子羿凌空飘下玉台，回首转身。婠夫人在阵法中哭号挣扎，声声叫着"女儿"。子羿靠在子娆怀中，只见她望着那玉台上疯癫成狂的身影，轻声道："对不起，母亲。"一语言尽，再不迟疑，子娆纵身而起，在楼阁前微一借力，凌空掠向被烛九阴搅得狂浪冲天的御湖。待到御湖上方，她拂袖将子羿向外送去，自己却如一缕幽风蓦然上升。那烛九阴在半空中迎面冲来，子娆身形急旋，握住插在它左眼中的归离剑猛然拔出，同时叫道："夜玄殇！"

烛九阴吃痛之下扬身狂吼，夜玄殇纵身而起，反手接住子娆掷来的长剑。长啸如龙，一道剑光，似自九霄云外破空击下，天地间惊闪蔽目，血雨漫空，归离剑自那巨蛇口中贯入，从下颌到腹部剖开一条致命的剑痕。烛九阴哀嚎着向湖中撞去，周身罡风席卷，血浪滔天。子娆及时扑向被巨蛇迎面冲击的夜玄殇，两人冲破狂涛血雨，一同滚向岸边。

四周山石俱毁，楼摧殿塌，夜玄殇落地时反身将子娆扑倒，无数飞石断木砸在他的背上。那烛九阴张着半边巨口冲向二人，身在半空终是力有未逮，带着满天血雨撞向山头，巨大的身躯轰然坠落。灵物被毁的同时，身在半空的含夕幽灵般飘下，双手赤带飞舞，携着尖厉的呼啸卷向子娆与夜玄殇。夜玄殇不及起身，抱着子娆连滚数周，含夕一击不中，待要再次出手，突然浑身剧震，落在地上抱头尖叫。

这时媾夫人所在的玉台全然被莲华清光笼罩，那紫色的身影在数道光柱之间像是快被融化一般。城中万鬼齐哭，百兽哀嚎，惨厉的声音冲破血月，回荡在亘古苍穹，仿佛血池地狱将摧，天地人间欲毁。媾夫人魂飞魄散的同时，含夕亦遭受同样的冲击，周身血衣狂舞，随着玉台上光华愈盛，不断发出骇人的惨叫。瑄离飞身扑去，抱住她叫道："含夕，含夕你怎么了？"含夕双手抓着他的肩膀，目中透出血光，忽然张口便向他脖颈咬下。

瑄离大骇之下翻身滚出，含夕纵身跃起，张开十指着他背后插下。就在这时，夜色中传出流水一样的箫音，子昊倚坐在一株古树之下，抚箫吹奏。箫韵仿佛自天际响起，如丝如缕，如雾如幻，玉台之上清华盛亮，城中那些蛊尸不断向着玉台涌去，遇到那明美灿烂的光华便颓然倒地，变成一堆堆散乱的白骨，如沙化影，灰飞烟灭。含夕听到箫音时顿住身形，茫然回头，艳庂的双眸中幽芒流淌，渐渐泛作浮云迷雾般的色泽。

子昊闭目吹箫，唇畔鲜血不断滴落，已将青衣染作赤红。随着越来越多的蛊尸聚集，那箫音一时悠扬，一时清柔，竟似难以为继。子昊心神受创在先，又被瑄离偷袭重伤，如此催动玉箫已极为勉强。子娆飘然落地，当即掠至他身旁，伸手抵在他背心，以莲华真力相助。含夕侧耳倾听箫音，慢慢转过身来，向着子昊走去。夜玄殇握剑在手，护在二人身边，防她出手伤人，却听她樱唇微启，轻声叫道："子昊哥哥……"

幽风绕空，红衣飘扬，秀美的女子静立湖畔，眼中流露出柔和依恋的神情。月华重现，玉台上媾夫人身影破碎，几乎消失不见，万千蛊尸幻化尘埃，子昊箫声微滞，鲜血溢出唇畔。含夕上前两步，道："子昊哥哥，你受伤了，我给你找药去。"说着转身飘出，落向烛九阴之旁，手起手落，竟将一颗赤红的蛇胆生生剖出。

那烛九阴本已奄奄一息，此时垂死挣扎，忽然暴起噬人。含夕纤眉微拧，只在半空中随手扬袖，那巨蛇翻滚入湖，当场毙命。含夕落在子昊身边，手捧蛇胆道："子昊哥哥，我帮你取了蛇胆来，你快些服下，伤就会好了。"

玉白的掌心衬着赤艳的蛇胆，似将一颗玲珑剔透的红心托向此生刻骨铭心的那个人。子昊勉力起身，方要开口说话，口中复又呛出鲜血，低头掩唇剧咳。子娆担心他的伤势，又怕刺激含夕，伸手替他将蛇胆接了过来，道："这么珍贵的蛇胆，谢谢你了。"含夕道："子娆姐姐，你早说是子昊哥哥需要蛇胆，我就叫白龙儿乖乖听话了。"

子娆不由一怔，转头看向夜玄殇。夜玄殇道："含夕，你记起我们了？"含夕微微撇嘴，瞪了他一眼道："夜大哥，你杀了我的鹤儿，伤了我的白龙儿，我要你陪我去捉金貎，不然我就跟王兄告你的状。"子娆和夜玄殇目光交换，脸上皆露出奇异的神情，含夕竟仿佛回到了十几年前和他们初遇之时，魍魉谷中杀蛇取胆，娇俏笑语，依稀仍是那个单纯美丽的小姑娘，哪里还有半分姬后的影子？

子昊服下蛇胆，调息片刻，面色略微恢复。含夕柔声道："子昊哥哥，你好些了吗？你好好养伤，等你伤好了，再教我下棋。"子昊低声咳道："好……待过几日我好些，便陪你下棋。"含夕面露微笑，既是担心，又是欢喜地看着他。

城中异兽失去控制，四下嚎叫奔窜，子昊扶着子娆的手慢慢站起来，轻声道："含夕，这些异兽太吵了，你去把他们驱散好吗？"含夕立刻点头道："好，我让它们统统走开，不吵你休息。"说着足尖一点升上半空，衣袂在月色下如水轻拂，口中发出一串若有若无的轻啸。啸声隐隐传遍大地，所有异兽低鸣应和，再不复暴躁狂乱，渐渐安静顺服。瑄离站在数步之外凝望含夕的身影，子娆看了看他，暗中松了口气，虽然子昊伤势颇重，但并无性命之忧，子羿和含夕也都平安无事，姬夫人已被莲华阵法化去神魂，鬼师之祸就此消弭，想来终于可以松一口气。

子羿扑到夜玄殇身上，夜玄殇伸手将他抱起。子娆转头望向笼罩在明光深处的玉台，轻轻闭上眼睛。子昊知道她表面虽然决绝，但心中始终无法对姬夫人之事全然释怀，抬手揽住她肩头，但在莫名之间，忽然感到一种不祥的气息冲向心神。

这时候，对面高耸的玉台突然金芒大作，阴风狂啸，那些散落在地的白骨、遍布四方的鬼尸不知为何突然向着金芒中心疯狂拥去。金芒深处似有一个无底的黑洞，不断吸噬着所有邪恶的力量，女子尖厉的笑声伴着强烈的戾气冲向月霄，莲华阵法中的光芒瞬间转黑，就连明月都被黑气吞噬，再不见一丝光明。

天地间邪气翻涌，摧魂夺魄。子昊面色骤变，喝道："万蛊反噬！快退！"然而为时已晚，金芒全然黑化，姬夫人似人似鬼的影子带着无数鬼哭、无尽厉魂向着众人冲来。碧玺灵石清光陡盛，却也无法保护所有人，子昊欲提真力相助，却不料心念甫动，经脉顿觉剧痛，重伤之下，九幽玄通竟已无法施出。眼见黑雾摧毁万物，身在半空的含夕突然飞身扑下，化作一道飞驰的赤芒，击向已被万蛊噬化的娟夫人。

血玲珑的灵力被含夕全力释放，甚至包括她自己的心血真元。万蛊反噬之力不但完全吞噬了娟夫人的元神，亦将毫不留情地摧毁周围所有活物。二十年前皇域鬼师覆灭时，曾经令七城尽毁，草木无存，可见这逆天之行的反噬是多么恐怖。但此刻含夕以全身真元催动摄虚夺心术，竟然摄取万兽精魂与之对抗。极致的阴气与源源不断的血魄相冲，云雷滚滚，惊电纵横，在夜空下形成蔚为壮观的奇景。蓦然间，一道金芒、一道血光双双向着黑云深处的月华冲去。

云开雾散，月临中天，灵石之光照彻九霄，如水冲流，洗向万物。那些阴庆鬼气、森森白骨、浓郁血影、凄厉惨叫，都在这光华之下消泯幻化，光芒中心那红色的身影亦像风中残叶一般，自月夜深处飘然坠落。

夜玄殇等人皆被突如其来的强光耀得目不能视，唯有子昊未受影响，纵身接住坠落的含夕，立刻察觉她真元耗尽，已无回天之力，心中不禁黯然。含夕靠在他身前徐徐睁开眼睛，见是他抱着自己，脸上露出微弱的笑容："子昊哥哥……"她低声叫他，如同多年前每一次梦中牵念，少女呢喃的轻语，"我终于……又听到你的箫声了，我好想你……我好像……做了很多错事，你会不会怪我？"

在这回光返照之际，她似乎记起了以前所有的事情，这十年来在仇恨的支配下，那些杀戮与痛苦、血腥与空虚，那些被噩梦惊醒的夜晚，那些充满了阴谋的光阴。含夕身子微微颤抖，心伤无痕，却因痛苦而疼挛。子昊低头柔声道："这不是你的错，我并没有怪你，今天我是来带你回去的。"

"真的吗？"含夕眼中轻轻流下泪来，"我要跟你回王城，那里有好多好多漂亮的异兽……每次我用你教我的心法召唤他们，他们都会乖乖听我的话。"

子昊想起十年来荼毒生灵的鬼师，想起战祸连绵的九域，当初他教授含夕武功的时候，又何曾想到会演变成今日这番局面？含夕见他不说话，急道："子昊哥哥……我只是……只是想召唤那些异兽，那样就不会忘记你教我的法诀……我不是想报仇，更不想杀你……你不生我的气，好吗？"

她的呼吸断续、急促，腕上的血玲珑光芒黯淡，似乎随时都会消散。子昊轻叹一声，柔声道："我没有生气，等你好了，我再教你其他好玩的法诀。"

含夕这才放下心来，低声说道："你不生气，那……那你可以再吹一次箫给我听吗？"

子昊不忍拒绝她，轻声答应，自腰畔抽出玉箫。一缕徐缓的箫音飘入月色，飘入轻风，柔和回荡，婉转流淌。

树下残花飘落，红衣少女凝视着男子清雅的眉目，目光渐渐变得迷离遥远。血玲珑逸出点点荧光，恍若赤蝶飞舞，消逝在月华之中。那一日碧竹林下，江山棋局，他在薄雾深处含笑相望，青色的衣衫风吹如雾，清眸似水，是她一生难解的谜题。含夕的唇角依稀漾出一丝苍白的微笑，手臂轻轻垂落，一粒晶莹的棋子自她掌心滚出，落在子昊脚边。箫音如缕，幽幽而逝，棋局终了，是宿命尽头无边的黑暗，黑暗中，花落尘埃，再没有痛苦与渴望，再没有仇恨与思念……

第十六章 月明风清

子娆一直没有上前打扰他们，这时候才轻轻走到子昊身旁，道："带她回王域吧，她一定会喜欢留在那里的。"子昊双目微合，玉箫上的鲜血滴落在含夕脸侧。含夕唇角带笑，远离了那些江山杀伐、铁血恩怨，沉睡在心爱的男子怀中，笑容满足而平静。

千里之外，山河宁定，明月倾洒，光照人间。夜玄殇抱剑在胸，抬头望月，俊朗的眸底一片浮光深邃。子羿与子昊心意相通，隐约感觉到他情绪的变化，跑上前轻声叫道："师父。"子昊俯身将含夕抱起，道："走吧。"

几人转身举步，瑄离站在对面月下，身形萧疏，风满衣袖。子昊走到他身旁低声道："抱歉，我食言了。"瑄离面无表情，抬手将含夕接过来，道："很好，你们可以走了。"子娆原想送含夕回王域安葬，但看瑄离冰冷的眼神，不知该说什么才好，迟疑了一下，道："不如你跟我们一起回去吧，宿英其实一直也很挂念你。"

瑄离收回凝望着含夕的目光，抬眼看了看她，片刻后，出人意料地点头答应："好。"几人虽然意外，但更觉欣喜。瑄离环目扫视支峥城，似乎颇是伤感，忽然间转向御湖，面色微变："那是什么？"

几人闻声回头，瑄离却猛地将含夕掷向子昊，同时闪电般探手，一把扣住子羿肩头，带着他疾退数丈，落在琉璃花台的断壁之间。子昊受伤本重，周身真力虚空，竟被含夕身上传来的劲气撞得倒退数步方才站定。夜玄殇及时伸手接下含夕，子娆扶住子昊，见瑄离竟然挟持子羿，喝道："你干什么？"

瑄离站在崩塌殆尽的金殿之前，森然冷笑："你们害死了含夕，今天还想活着走出支嶂城吗？站住！谁敢往前一步，我便要这孩子的命！"

子娆投鼠忌器，猛地停步，见子羿被他制住挣扎不得，怒道："我们害死了含夕？方才见你伤心，我一直隐忍着不说，子昊拼着自己真元剧损保她平安，含夕的神志分明已被箫声唤回，若不是你背后偷袭，重伤子昊，我和他联手催发灵石，凭借九幽玄通之力，未必就不能抵挡万蛊反噬，含夕又怎会牺牲自己？若说有人害死含夕，罪魁祸首是你才对！"

瑄离十年前对含夕一见钟情，多年痴心守护，方才见她临死前始终念念不忘子昊，原来竟从未将自己放在心上。他生性偏激，眼见含夕惨死，伤心欲绝，此时早已存了与几人同归于尽的心思："不管是谁害死了她，我都不会让她自己孤孤单单的，她若在地下见到我们，一定会很欢喜。"

子昊勉强提聚真气，注视瑄离的神情，忽然低声道："含夕在乎的人是我，我赔她一条命也没什么，你又何必跟着送死？还是跟他们出城去吧。"

瑄离面上一阵扭曲："你不要妄想救他们了！我拿这座机关奇城给你们陪葬，你们也该心满意足。"说着左手一挥，现出一个火折子，冷冷笑道，"含夕既然这么喜欢你，我便成全她又何妨？你可知这机关城下是什么？只要我点燃引信，用不了半刻时间，整座支嶂城便会化作一片火海，到时候我们人人化骨成灰，你便再离不开她，她也离不开我了。"

火光之下，原来琉璃花台大殿正中的位置露出一截金色的机关，夜玄殇和子娆同时一惊，想起那遍布地底的黑油，背心寒意陡生。子昊虽看不见那废墟间残留的机关装置，但知道作为机关奇城的设计者，瑄离想要毁城绝非虚言，淡淡一笑道："你若想一起死，我倒是不介意，怕只怕含夕见到你却没那么高兴。"

轻描淡写的一句话，瑄离明知他是故意要惹自己发怒，仍旧气得浑身发抖。夜玄殇弯腰放下含夕，趁机对子娆道："你和他先走。"

子娆眸光轻轻一抬，两人四目相触，她幽魅的星眸一如当初清澈。夜玄殇挑眉轻笑，在这生死将决的刹那，他低声在她耳边说道："相信我，我会平安带回子羿。"话音甫落，抬手搭上她肩头，掌力微吐，将她和子昊一起向御湖中送去。瑄离见状大怒，火苗一晃，向着机关落下。

子昊被夜玄殇一掌推下，直冲湖底。湖水漩涡重重，早已被鲜血染作暗红，烛九阴庞大的尸身在暗流之中回荡，好似一堵铁墙向着两人迎面扫来。子昊身受重伤，几乎油尽灯枯，子娆伸手抱住他，只觉他气息微弱，已近昏迷，方要向上浮起，忽然感觉水底一阵剧烈的震动，有种炙热的气息从冰冷的水中迅速传来。湖底激流冲涌，翻滚如沸。子婥知道地下机关已然发动，此时根本不可能再重回湖面，将心一横，拖着子昊往密道出口潜去。

湖水越来越热，渐渐沸腾不休，待到最后，子婥已觉气息不畅，模糊中潜入密道，随着强烈的水流奋力向上冲去。漫长的黑暗过后，新鲜空气突然扑面而来，晨光隐现，大地剧震如雷，子婥抱着子昊冲出水面，却见支嵎城中猛地喷出一道冲天赤焰。

石火如雨，烈焰纷流，整座城池向空掀起，炽热的熔岩自山巅喷发，很快将整座赤峰山化为火海。终年不散的云雾也似燃烧的赤浪，向着四域八荒、天地苍穹涌去。傲视九域的机关奇城，在漫天碎石烈芒当中尽毁无余。流火经天，日月失色，大地赤焰丛丛，似是曼殊花开遍红尘，漫向铁血人间、万里江山……

穆国章武十年冬，支嵎城毁，鬼师尽覆。

焚毁支嵎城的大火整整烧了十天十夜，浓烟蔽日，地裂山崩。无数熔岩流淌如河，数日之后，渐渐在赤峰山四周凝结成片，一场雪落，冰雕玉琢，化作一片奇异的美景。

穆、昔两国出动数十万人军队，四处寻找穆王玄殇与储君子羿，仅在第二日凭着九转灵石微弱的感应，找到了昏迷在护城河旁的子羿。此后月余时间，两国战士几乎将赤峰山周围掘地三尺，但除了掩埋在熔岩下的归离剑外，竟连夜玄殇与瑄离的尸骨也寻不到分毫。这一场惊天动地的烈火，仿佛早已将二人焚化成灰，再也没有任何存在的痕迹。

天际飞雪，不休不止。子婥牵着子羿的手站在军营之外的一处断崖上，凝望着渐渐被白雪掩没的赤峰山，玄衣随风，飘摇起伏，清魅的眼中一片光色迷离。

"王后。"耳边忽然传来恭敬的声音，子婥回头看去，只见卫垣、虞肖、廖邺等穆国重臣以及三军校尉以上的将领冒雪站在身后，见她转身，同时倾身跪下。卫垣抚剑抬头道："王后，殿下已经失踪三个月了，这三个月里我们寻遍了北域每一寸土地，殿下生还的希望已经十分渺茫。我等斗胆，恳请王后扶立储君，临朝听政。"

"恳请王后扶立储君，临朝听政！"身后诸将俯首叩拜，齐声说道。

这已经是近日以来诸臣第三次跪请储君继位，子羿抬头看向母亲，问道："母后，父王是不是再也不回来了？"

卫垣低头道："国不可一日无主，请王后成全穆国。"

子婥转过头，看着苍茫无际的白雪。长空万里，天宽地广，举目所及，一只雄鹰振翼高飞，掠过如画山河，直上苍穹九霄。云飞鹰翔，那样洒脱自在，无拘无束，仿佛是那人的影子，风一样的潇洒，没有任何东西可以束缚。

雪落无声，她唇畔轻轻勾出一抹柔媚的笑意，轻声道："夜玄殇，这一次，我成全你。”

穆国章武十一年春，穆王玄殇入葬肃陵。太子子羿登基为王，尊王后凤氏为太后，改元垂圣。因新君年幼，太后垂帘金殿，摄理国政。

垂圣元年，昔王苏陵昭示天下，逊位不就，举国同尊穆王为主。穆王于白虎殿受月华灵石，次日，亲登应天台拜苏陵为相，上将军卫垣封柱国大将军，统领文武百官。

垂圣四年秋，穆王子羿行冠礼，册苏相之女苏韵为后、上将靳无余之女靳庭为妃。太后撤帘还政于王，退居羲和宫。

垂圣七年，穆王子羿平玗、绛、郇、祭、糸等十三边陲小国，一统九域，携王后苏韵登惊云山遥祭天地，改穆国旧称，开创天朝，号始帝。次年迁都伊歌，定元神册。天朝之始，分封功臣名将，以上将叔孙亦为东越侯、楼樊为南靖侯、廖邺为西岷侯、虞肖为北晏侯，坐镇边疆，世袭罔替。

此后数年，九域江山平定，战火绝迹，四海之内百姓安居，元气渐复，渐呈盛世之象。

秋去春来，流水悠悠。天都伊歌城外，当年楚江之畔一处偏僻的小镇上，三十里桃花如云，开遍草村山野。一间青旗酒家掩映在桃花林中，座上客正满，酒正香，一位白衣书生正轻击木案，朗声说道：“列位客官，想那十年前，穆王玄殇率三十万大军抵御鬼师，娀后含夕为祸人间，终与机关奇城同归于尽。可叹那一场天火，从此穆王生死成谜，再也无人见得英雄神踪，这一桩故事说到现在，便是江湖之中至今未解的悬案，不容得在下妄加揣测了。”

醒木一拍，曲终言尽。客人们纷纷解囊，眼见日落西山，陆续散场而去。那说书先生收拾摊子，起身对着一幅画卷发呆，旁边弹琴的童子回头道：“先生，看来今日又没有人认得这画中女子了。这些年先生几乎走遍了天下桃花盛开的地方，我看这画中之人多半是仙子下凡，根本就不在人间呀。”

那白衣书生望着墙上画卷低声长叹。那画中桃花灿烂，一名玄衣女子翩然独立，仿佛是花林深处仙姝丽影，极尽柔情妩媚。那白衣书生寻觅画中之人十年不得，此时心灰意冷，收起画卷背在囊中，黯然转身。

这时门口最后一位客人站起身来走向柜台，和他擦肩而过，一不小心将他撞个正着，急忙作揖赔礼道：“抱歉抱歉，先生莫怪。”那白衣书生失魂落魄，浑没在意，拱手离店而去。那客人嘻嘻一笑，一挑帽檐，将一样物事丢入柜台，笑道：“易老，有人拿着凤主的画像满江湖乱跑，您老看见了，管都不管吗？”

柜上之物正是方才那书生视若珍宝的画卷，却不知何时到了这人手中。柜台后眯着眼睡打盹的老掌柜挑了挑眉，伸手接了画卷道："唉，就洛飞你这猴崽子手快，人间自有痴情人，何必白白惹人家伤心呢？凤主让你回伏俟城办事，你却在这里贪杯，还不快去！"

洛飞哈哈大笑，目光一扬，看向外面如霞似火的桃林："那痴情书生应该谢我才是，否则回头让凤主撞见，可够他消受喽！"

暮风徐徐，吹起店中布帘。便在这桃林深处，一橼竹屋闹中取静，半掩落花，此时此刻，那画卷上的人正倚在屋前枝叶繁茂的桃树之下，相伴晚风，仰首饮酒。

桃色晶莹，落红满襟，花间玉容冶艳绝尘，散发轻衣，风姿慵媚。她喝得一壶酒尽，笑染双靥，闭目赞道："桃夭酒虽然年年都有，但还是这十年之酿才真真当得'风流'二字，不枉当初采花摘叶，一番辛苦。"

隔着垂帘，屋中传来温雅如玉的声音："你们两个再喝下去，酒可要没了。"

"哎呀！"子娆一把拎起抱着酒壶滚倒在地的小兽，提到眼前，丹唇间轻轻飘出两个字，"雪战。"那小兽一个激灵，看着女子半眯的凤眸，微挑的眉，四爪缩起，呜咽一声，死死闭上眼睛。

子娆指尖挑起空了的酒壶，放在雪战脑门上："少装可怜，你主子跟鬼师拼命的时候你不知在哪里躲清闲，等到天下太平你就冒了出来，整天不是毁我的画就是偷我的酒，我看是有人把你宠得无法无天了，连我珍藏十年的桃夭酒也敢喝，走走，找你主子评理去。"

窗内传来男子低沉的轻笑，子娆拎着小兽起身，林外忽然有个面目俊冷的黑衣男子出现，扶膝跪下道："属下见过凤主！"

子娆拂衣转身，眉梢微漾："墨炘，不在天都伺候你小主子，怎么又跑到我这儿来了？"

墨炘低头道："回凤主的话，少主说最近柔然那边有点不安生，万俟勃言今年的岁贡至今未到，让我来跟主上说一声。"

子娆懒懒地道："说一声？让他自己看着办。他那点心思我还不知道？看不顺眼，想出兵就出，北晏侯那些兵马莫非是白养的吗？"

墨炘道："少主虽有此意，却担心大战之后，北晏侯拥兵自重，所以想问问两位主子的意见。"

子娆慵然靠在窗前，转头向屋中道："喂，你徒儿问你，柔然想要寻事，让不让他反啊？"

桃花拂过，垂帘微微一动，飘出张素笺，子娆捏在手中一看，只见上面行云流水地写了四个字"扶立突厥"，不由笑道："奸诈。"将素笺往墨炘眼前一递，道："呐，告诉那小子，再不然就把万俟勃言那个如花似玉的宝贝女儿弄进宫来，给小韵儿当丫头使唤，她爹要是敢乱来，就打她的屁股。"

墨炽低咳一声，素来冰冷的脸上也露出丝缕笑意："凤主……属下一定将话带到。"

子嫣点了点头，目光落在他身上，微微打了个转，忽然露出若有所思的表情。墨炽听她不说话，一抬眼瞥见她神情，心里不由一沉，右手悄悄握住了剑柄。子嫣见他浑身紧张，忍不住掩唇轻笑，道："放心吧，我今天不找你练剑，看你来回跑得辛苦，给你找个信差。"说着将雪战往他眼前一送，"我的碧玺灵石已经传给了小韵儿，你把这家伙带回去交给她，从今儿起，我封它做冥衣楼的神兽，专门负责天下七十二分舵跑腿送信。它若敢不听韵儿的话，回头我就用它来酿酒。"

雪战呜呜低叫，在她手中拼命挣扎。"违令者斩。"子嫣屈指在它脑门上一弹，抬手一丢，那小兽滚入墨炽怀中，颓然埋首，墨炽忍俊不禁，抱着一团雪球告退而去。

子嫣拍了拍手，拂帘而入，只见子昊站在窗前，手底是一卷图画，画的正是她花间饮酒、册封神兽的情景。她唇角微微漾出笑意，倚在案前凝眸相望，总不相信他的眼睛当真看不见她。为什么看不见一个人，还能将她的容貌画得如此生动、如此传神？是否那一颦一笑早已刻入了心底、融入了笔端？

这时子昊却将笔放下，摇头叹了口气。子嫣问道："怎么了？"他淡淡转身，拧眉问道："凤主，什么时候你能不叫这个名字了？"

子嫣轻声笑道："这个问题，你好像说过不止一次了。"

子昊道："我说归说了，但你偏偏就是要姓凤，凤嫣，一点都不好听。"

他说话时无奈的神情，甚至有点赌气的语调，在女子幽魅的眸心荡开重重涟漪。桃花穿帘而入，她在他身前侧首，浅笑嫣然："你真的不知道我为什么要姓凤吗？那我先前提拔凤族之人，你干吗又不反对？"他又是一声轻叹，随后笑了一笑，笑容依旧有着宠溺的温柔。

子嫣手指轻轻划过他的衣襟，桃花落上青衣，她的眉目如此妩媚，轻言笑语，又是如此缠绵："我姓凤，你姓子，三千轮回都不变。你现在知道了吗？哄我喝了那杯酒，你就生生世世都不要再想赖。"

子昊瞬目轻笑，十里春风，桃夭入怀，暮色轻轻落上案前一幅幅柔美的画卷，子嫣手沾朱砂，在他襟前染作一朵丹艳的桃花，含笑打量，说道："我去前面取酒，今晚谁要是醉了，明年的酒就由谁来酿。"笑着拂帘而去。

江风扑面，暮色渐浓，小镇上燃起点点灯火，点缀在万丈红尘深处。

月上东山，江水拍岸，涛声远远送入夜色。子嫣穿花分柳走向林外，一枝桃花倏然掠过眼前，清风拂面，她微一驻足，凝眸浅思，唇畔悠然闪过笑意。这时候，忽听前面有人朗声说道："店家，来两坛十年的桃夭酒。"

易天笑呵呵的声音传来："我家主人早有吩咐，十年桃夭若非有缘，千金不卖，客官远道而来，看来正是此酒的有缘人。"

　　子娆眉色一凝，抬眸看去。帘后闪过一个玄衣身影，跟着酒香四溢，竟是来客将一坛美酒随手拍开，一饮而尽。

　　"桃天风流，不减当年，痛快！痛快！"随着那人爽朗的笑语，马蹄踏花而去。子娆飘身掠向店外，月照江流，天波如洗，玄衣男子在马上蓦然转身，回首处，笑容飞扬，月明，风清。